FATHER BROWNS EINFALT

FATHER BROWNS WEISHEIT

FATHER BROWNS UNGLÄUBIGKEIT

G. K. Chesterton

FATHER BROWNS

EINFALT

WEISHEIT

UNGLÄUBIGKEIT

Erzählungen

Übersetzung aus dem Englischen
von Hanswilhelm Haefs

Titel der englischen Originalausgaben:
The Innocence of Father Brown
The Wisdom of Father Brown
The Incredulity of Father Brown

G. K. Chesterton: Father Browns Einfalt
Father Browns Weisheit · Father Browns Ungläubigkeit
Übersetzung aus dem Englischen von Hanswilhelm Haefs
Copyright by The Royal Literary Fund
Copyright © 2004 by area verlag gmbh, Erftstadt
Alle Rechte vorbehalten
Einbandgestaltung: agilmedien, Köln
Einbandabbildungen: Mauritius, Zefa
Satz & Layout: Andreas Paqué, Ramstein
Druck & Bindung: Bercker, Kevelaer

Printed in Germany 2004

ISBN 3-89996-180-3

Inhalt

FATHER BROWNS EINFALT 7

Das Blaue Kreuz 9
Der verborgene Garten 28
Die sonderbaren Schritte 48
Die Flüchtigen Sterne 67
Der unsichtbare Mann 81
Die Ehre des Israel Gow 98
Die falsche Form 113
Die Sünden des Prinzen Saradine 131
Der Hammer Gottes 150
Das Auge Apollos 167
Das Zeichen des zerbrochenen Säbels 183
Die drei Werkzeuge des Todes 201
Anmerkungen 215

FATHER BROWNS WEISHEIT 225

Die Abwesenheit von Mr. Glass 227
Das Paradies der Diebe 242
Das Duell des Dr. Hirsch 260
Der Mann in der Passage 276
Der Fehler der Maschine 293
Der Kopf Caesars 309

Die purpurne Perücke 325
Der Untergang der Pendragons 340
Der Gott der Gongs 359
Der Salat von Oberst Cray 375
Das eigentümliche Verbrechen von John Boulnois 389
Das Märchen von Father Brown 405
Anmerkungen 419

Father Browns Ungläubigkeit 433

Die Auferstehung von Fallier Brown 435
Der Pfeil aus dem Himmel 453
Das Orakel des Hundes 478
Das Wunder von Moon Crescent 500
Der Fluch des Goldenen Kreuzes 524
Der geflügelte Dolch 550
Das Verhängnis der Darnaways 572
Der Geist von Gideon Wise 597
Anmerkungen 616

G. K. Chesterton

Father Browns Einfalt

Das Blaue Kreuz

Zwischen dem silbernen Band des Morgens und dem grün glitzernden Band der See legte das Schiff in Harwich an und entließ einen Schwarm Menschen wie Fliegen, darin der Mann, dem wir folgen müssen, keineswegs auffällig war – und es auch nicht zu sein wünschte. Nichts an ihm war bemerkenswert, außer einem leichten Gegensatz zwischen der Ferienfröhlichkeit seiner Kleidung und der Amtsgewichtigkeit seines Gesichts. Seine Kleidung bestand aus einer leichten hellgrauen Jacke, einer weißen Weste und einem silberfarbenen Strohhut mit graublauem Band. Sein hageres Gesicht war im Gegensatz dazu dunkel und endete in einem kurzen schwarzen Bart, der spanisch aussah und nach einer elisabethanischen Halskrause verlangte. Er rauchte eine Zigarette mit der Ernsthaftigkeit eines Müßiggängers. Nichts an ihm deutete auf die Tatsache hin, daß die graue Jacke einen geladenen Revolver verdeckte, daß die weiße Weste einen Polizeiausweis verdeckte oder daß der Strohhut einen der klügsten Köpfe Europas bedeckte. Denn es handelte sich um Valentin selbst, den Chef der Pariser Polizei, den berühmtesten Detektiv der Welt; und er war von Brüssel nach London unterwegs, um den größten Fang des Jahrhunderts zu machen.

Flambeau war in England. Der Polizei dreier Länder war es endlich gelungen, die Spur des großen Verbrechers zu verfolgen: von Gent nach Brüssel, von Brüssel nach Hoek van Holland; und es wurde vermutet, daß er sich die Ungewohntheit und Konfusion des Eucharistischen Kongresses zunutze machen würde, der gerade in London stattfand. Vermutlich würde er als einfacher Geistlicher oder damit befaßter Sekretär angereist kommen; aber dessen konnte sich Valentin natürlich nicht sicher sein; bei Flambeau konnte niemand sicher sein.

Viele Jahre ist es jetzt her, seit dieser Gigant des Verbrechens unvermittelt davon abgelassen hat, die Welt in Aufruhr *zu* versetzen; und da war, wie es nach dem Tod von Roland hieß, eine große Stille auf Erden. In seinen besten Tagen aber (ich meine natürlich, in seinen schlimmsten) war Flambeau eine so ragende und internationale Figur wie der Kaiser. Nahezu jeden Morgen berichtete die Zeitung, daß er sich den Folgen des einen außerordentlichen Verbrechens entzogen hatte, indem er ein anderes beging. Er war ein Gascogner von riesiger Gestalt und größtem Wagemut; und die wildesten Geschichten erzählte man sich über die Ausbrüche seines athletischen Humors; wie er den juge d'instruction umdrehte und auf den Kopf stellte, »*um* ihm den Geist zu klären«; wie er die rue de Rivoli hinabstürmte mit je einem Polizisten unter jedem Arm. Man muß ihm freilich zugestehen, daß er seine phantastische Körperkraft im allgemeinen bei solch unblutigen, wenngleich würdelosen Auftritten einsetzte; seine wirklichen Verbrechen waren hauptsächlich solche der genialen und großangelegten Räuberei. Doch jeder seiner Diebstähle war fast eine neue Sünde und würde eine eigene Geschichte abgeben. Er war es, der die große Tiroler Molkerei-Gesellschaft in London betrieb: ohne Molkerei, ohne Kühe, ohne Milchwagen, ohne Milch, aber mit einigen tausend Kunden. Er bediente sie auf die einfachste Weise dergestalt, daß er die kleinen Milchkannen vor anderer Leute Türen wegnahm und vor die seiner Kunden stellte. Er war es, der mit einer jungen Dame eine unerklärliche und enge Korrespondenz unterhielt, obwohl deren Posteingang überwacht wurde, indem er sich des außerordentlichen Tricks bediente, seine Botschaften unendlich klein auf die Plättchen eines Mikroskops zu photographieren. Viele seiner Unternehmungen waren jedoch von umwerfender Einfachheit. So wird erzählt, daß er einmal mitten in der Nacht alle Hausnummern einer Straße ummalte, nur um einen bestimmten Reisenden in eine Falle zu führen. Sicher aber ist, daß er einen tragbaren Briefkasten erfand, den er in ruhigen Vorstädten aufstellte für den Fall, daß Ortsfremde Geldanweisungen hineinwürfen. Schließlich war er auch als erstaunlicher Akrobat bekannt; trotz seiner mächtigen Gestalt konnte er springen wie ein Heuschreck und in Baumkronen verschwinden wie ein Affe. Daher denn der große Valentin, als er daran ging, Flambeau zu fassen, sich völlig klar darüber war, daß seine Abenteuer nicht damit beendet sein würden, daß er ihn fand.

Wie aber sollte er ihn finden? Dazu waren des großen Valentins Gedanken noch im Prozeß der Klärung.

Eine Sache gab es, die Flambeau trotz all seiner Meisterschaft im Verkleiden nicht verdecken konnte, und das war seine einzigartige Größe. Hätte Valentins quicker Blick irgendwo eine große Äpfelfrau, einen großen Infanteristen oder auch nur eine einigermaßen große Herzogin entdeckt, er hätte sie wohl auf der Stelle verhaftet. Aber in seinem ganzen Eisenbahnzug gab es niemanden, der ein verkleideter Flambeau hätte sein können, so wenig wie eine Katze eine verkleidete Giraffe sein kann. Hinsichtlich der Menschen auf dem Schiff hatte er sich bereits vergewissert; und die Menschen, die in Harwich oder auf der Fahrt hinzugekommen waren, beschränkten sich mit Sicherheit auf 6. Da war ein kleiner Eisenbahnbeamter, der zur Endstation fuhr, drei ziemlich kleine Gemüsegärtner, die zwei Stationen später zugestiegen waren, eine sehr kleine verwitwete Dame, die aus einer kleinen Stadt in Essex kam, und ein sehr kleiner römischkatholischer Priester, der aus einem kleinen Dorf in Essex kam. Als er zu diesem letzten Fall kam, gab Valentin auf und hätte fast gelacht. Der kleine Priester war dermaßen die Essenz jener östlichen Ebenen: Er hatte ein Gesicht so rund und stumpf wie ein Norfolk-Kloß; er hatte Augen so leer wie die Nordsee; er hatte mehrere Pakete in braunem Packpapier bei sich, derer er kaum Herr wurde. Der Eucharistische Kongreß hatte zweifellos viele solcher Geschöpfe aus ihren jeweiligen Versumpfungen herausgerissen, blind und hilflos wie ausgegrabene Maulwürfe. Valentin war ein Skeptiker der strengen französischen Schule und konnte für Priester keine Zuneigung aufbringen. Aber er konnte Mitleid für sie aufbringen, und dieser hier hätte Mitleid in jedem erweckt. Er hatte einen großen schäbigen Regenschirm bei sich, der ständig auf den Boden fiel. Er schien nicht zu wissen, welches der richtige Abschnitt seiner Rückfahrkarte war. Er erzählte mit der Einfalt eines Mondkalbes jedem im Waggon, daß er vorsichtig sein müsse, denn er habe etwas aus echtem Silber »mit blauen Steinen« in einem seiner braunen Packpapierpakete. Diese ungewöhnliche Mischung aus Essex-Plattheit und heiligmäßiger Einfalt amüsierte den Franzosen auch weiterhin, bis es dem Priester (irgendwie) gelang, in Stratford mit all seinen Paketen auszusteigen, und er dann wegen seines Regenschirms noch mal zurückkam. Bei dieser Gelegenheit war Valentin sogar gutmütig genug, ihn zu warnen, er solle seine Sorge um das Silber nicht dergestalt verwirklichen, daß er jedem davon erzähle. Mit wem immer Valentin aber auch sprach, ständig hielt er Ausschau nach jemand anderem; ständig suchte er nach jemandem, reich oder arm, Mann oder Frau, der wenigstens 6 Fuß groß war; denn Flambeau maß 4 Zoll darüber.

Er stieg in Liverpool Street aus und war sich ganz sicher, daß er den Verbrecher bisher nicht verpaßt hatte. Danach ging er zu Scotland Yard, um seinen Status zu klären und für den Notfall Unterstützung zu organisieren; danach zündete er eine weitere Zigarette an und unternahm einen langen Spaziergang durch die Straßen Londons. Als er die Straßen und Plätze jenseits Victoria durchwanderte, hielt er plötzlich inne und blieb stehen. Es war ein heimeliger ruhiger Platz, sehr typisch für London, erfüllt von einer zufälligen Stille. Die hohen glatten Häuser ringsherum sahen zugleich wohlhabend und unbewohnt aus; das Viereck aus Gebüsch in der Mitte sah so verlassen aus wie ein grünes Inselchen im Pazifik. Eine der vier Seiten war viel höher als die anderen, wie eine Estrade; und die Front dieser Seite wurde durch einen der wundersamen Londoner Zufälle unterbrochen – ein Restaurant, das aussah, als habe es sich von Soho hierher verirrt. Es war eine unvernünftig anziehende Stätte, mit Zwergpflanzen in Töpfen und langen, gestreiften Jalousien in Zitronengelb und Weiß. Sie lag besonders hoch über der Straße, und in der für London üblichen Flickwerkweise führte eine Stufenflucht von der Straße hinauf zur Eingangstür, fast so, wie eine Feuerleiter zu einem Fenster im ersten Stock hinaufführt. Valentin stand und rauchte vor den gelbweißen Jalousien und betrachtete sie lange.

Das Unglaublichste an Wundern ist, daß sie geschehen. Am Himmel fügen sich einige Wolken in die Form eines staunenden menschlichen Auges zusammen. In der Landschaft erhebt sich während einer zweifelhaften Fahrt ein Baum in der genauen, kunstvollen Form eines Fragezeichens. Ich habe beides während der letzten Tage selbst gesehen. Nelson stirbt im Augenblick des Sieges; und ein Mann namens Williams ermordet ziemlich zufällig einen Mann namens Williamson, was wie nach Kindsmord klingt. Kurz: im Leben findet sich ein Element zauberischer Zufälligkeit, die Menschen, welche mit dem Prosaischen rechnen, ständig verpassen. Poe hat das in seinem Paradox hervorragend ausgedrückt: Weisheit sollte mit dem Unvorhergesehenen rechnen.

Aristide Valentin war unermeßlich französisch; und die französische Intelligenz ist reine und ausschließliche Intelligenz. Er war keine »Denkmaschine«; das ist eine hirnlose Phrase des modernen Fatalismus und Materialismus. Eine Maschine *ist* nur deshalb eine Maschine, weil sie nicht denken kann. Aber er war ein denkender Mann, und ein normaler Mann zugleich. All seine wunderbaren Erfolge, die wie Zauberstücke aussahen, waren durch mühselige Logik, durch klares und gewöhnliches französisches Denken errungen worden. Die Franzosen erregen die Welt nicht, indem sie ein Paradox auf den Weg bringen, sondern indem sie eine Alltäglichkeit verwirklichen. So weit treiben sie ihre Alltäglichkeiten – wie in der Französischen Revolution. Gerade weil aber Valentin die Vernunft verstand, verstand er auch die Grenzen der Vernunft. Nur wer von Motoren nichts versteht, spricht vom Autofahren ohne Benzin; nur wer nichts von Vernunft versteht, spricht von Vernunft ohne feste unbestrittene Grundsätze. Hier hatte er keine festen Grundsätze. Flambeau war in Harwich nicht gefaßt worden; und wenn er sich überhaupt in London aufhielt, mochte er alles mögliche sein, von einem großen Landstreicher auf den Wiesen von Wimbledon bis zu einem großen Chef de Rang im Hotel Metropole. In derartig nackten Zuständen des Nichtwissens hatte Valentin seine eigene Sichtweise und Methode.

In solchen Fällen rechnete er mit dem Unvorhergesehenen. In solchen Fällen, in denen er nicht der Spur des Vernünftigen folgen konnte, folgte er kühl und sorgfältig der Spur des Unvernünftigen. Statt die richtigen Plätze aufzusuchen – Banken, Polizeistationen, Treffpunkte –, suchte er systematisch die falschen Plätze auf; klopfte an jedem leerstehenden Haus, ging in jede Sackgasse, durchwanderte jede mit Abfällen verstopfte Straße, folgte jeder Straßenbiegung, die ihn nutzlos vom Wege abführte. Er verteidigte diesen verrückten Kurs höchst logisch. Er sagte, wenn man einen Anhaltspunkt habe, so sei dies der schlechteste Weg; wenn man aber überhaupt keinen Anhaltspunkt habe, sei es der beste, denn dann bestünde immerhin die Möglichkeit, daß irgendeine Kuriosität, die das Auge des Verfolgers fessele, auch das Auge des Verfolgten gefesselt habe. Irgendwo muß ein Mann anfangen, und am besten da, wo ein anderer Mann aufhören würde. Irgend etwas an der Stufenflucht hinauf zum Geschäft, irgend etwas an der Stille und am altmodischen Aussehen des Restaurants erweckte die ganze rare romantische Phantasie des Detektivs und brachte ihn zu dem Entschluß, aufs Geratewohl zuzuschlagen. Er stieg die Stufen hinauf, setzte sich am Fenster nieder und bestellte eine Tasse schwarzen Kaffees.

Der Morgen war schon halb vorüber, und er hatte noch nicht gefrühstückt; ein paar Überreste anderer Frühstücke standen auf dem Tisch herum und erinnerten ihn an seinen Hunger; und indem er seine Bestellung um ein pochiertes Ei ergänzte, schüttete er nachdenklich weißen Zucker in seinen Kaffee und dachte während der ganzen Zeit an Flambeau. Er dachte daran, wie Flambeau einmal mit Hilfe einer Nagelschere entkommen war und einmal durch ein brennendes Haus; einmal, weil er für einen unfrankierten Brief zahlen mußte, und einmal, indem er Menschen dazu brachte, durch ein Fernrohr einen Kometen zu beobachten, der die Welt zerstören könne. Er hielt sein Detektivgehirn für so gut wie das des Verbrechers, was wahr war. Doch erkannte er auch ganz klar seinen Nachteil: »Der Verbrecher ist der schöpferische Künstler; der Detektiv nur der Kritiker«, sagte er mit säuerlichem Lächeln, führte die Kaffeetasse langsam zum Munde und setzte sie sehr schnell wieder ab. Er hatte Salz hineingeschüttet.

Er sah sich das Gefäß an, aus dem das silbrige Pulver gekommen war; es war unzweifelhaft eine Zuckerdose; ebenso unzweifelhaft für Zucker bestimmt wie eine Champagnerflasche für Champagner. Er fragte sich, warum man wohl Salz hineingefüllt haben mochte. Er sah sich um nach anderen konventionellen Gefäßen. Ja, da gab es zwei volle Salzstreuer. Vielleicht gab es irgend etwas Besonderes an der Würze in den Salzstreuern. Er schmeckte; es war Zucker. Daraufhin sah er sich mit neu erwachtem Interesse im Restaurant um, ob es noch andere Spuren jenes eigenartigen künstlerischen Geschmacks gebe, der Salz in die Zuckerdose füllte und Zucker in den Salzstreuer. Abgesehen von einem seltsamen Flecken irgendeiner dunklen Flüssigkeit auf einer der weiß tapezierten Wände, sah der ganze Raum sauber, fröhlich und gewöhnlich aus. Er läutete nach dem Kellner.

Als jener Dienstleister herbeieilte, wirrhaarig und zu dieser frühen Morgenstunde noch etwas triefäugig, bat ihn der Detektiv (der durchaus Verständnis für einfachere Formen des Humors hatte), er möge doch den Zucker probieren und feststellen, ob der dem hohen Rufe des Hauses gerecht werde. Als Resultat gähnte der Kellner plötzlich und wachte auf.

»Treiben Sie diesen delikaten Scherz mit Ihren Kunden jeden Morgen?« fragte Valentin. »Wird Ihnen der Spaß, Zucker und Salz zu vertauschen, nie langweilig?«

Der Kellner, als ihm diese Ironie deutlicher wurde, versicherte stammelnd, daß das Haus keinesfalls solcherlei Absichten hege; es müsse sich um einen höchst sonderbaren Fehlgriff handeln. Er nahm die Zuckerdose auf und blickte sie an; er nahm den Salzstreuer auf und blickte auch ihn an, wobei sein Gesicht immer verwirrter wurde. Schließlich entschuldigte er sich abrupt, eilte von dannen und kehrte nach wenigen Sekunden mit dem Inhaber wieder. Der Inhaber untersuchte ebenfalls die Zuckerdose und dann den Salzstreuer; der Inhaber sah ebenfalls verwirrt aus.

Plötzlich schien dem Kellner ein Strom von Wörtern die Sprache zu verschlagen.

»Ik denken«, stotterte er eifrig, »ik denken, es is die beiden Priesters.«

»Welche beiden Priester?«

»Die beiden Priesters«, sagte der Kellner, »die was Suppe an Wand schmeißen.«

»Schmissen Suppe an die Wand?« wiederholte Valentin in der festen Überzeugung, hier handle es sich um eine italienische Metapher.

»Ja, ja«, sagte der Aufwärter aufgeregt und wies auf den dunklen Fleck an der weißen Tapete; »schmeißen es da an Wand.«

Valentin sah den Inhaber fragend an, der ihm mit ausführlicherem Bericht zu Hilfe kam.

»Ja, Sir«, sagte er, »das stimmt schon, wenn ich mir auch nicht vorstellen kann, daß das etwas mit dem Zucker und dem Salz zu tun hat. Zwei

Priester kamen herein und tranken sehr früh eine Suppe, wir hatten die Läden gerade ausgehängt. Es waren beide sehr ruhige, würdige Herren; einer von ihnen bezahlte die Rechnung und ging hinaus; der andere, der überhaupt in allem langsamer schien, hatte einige Minuten länger damit zu tun, sein Zeug zusammenzupacken. Aber schließlich ging er auch. Nur, in dem Augenblick, bevor er auf die Straße hinaustrat, nahm er mit Absicht seine Tasse, die er nur halb ausgetrunken hatte, und schmiß die Suppe klatsch an die Wand. Ich selbst war im Hinterzimmer, und der Kellner auch; so kam ich denn gerade noch rechtzeitig angerannt, um die Wand bespritzt und den Laden leer zu finden. Der Schaden ist ja nicht groß, aber es war doch eine verdammte Unverschämtheit; und ich versuchte, die Männer auf der Straße zu erwischen. Aber sie waren schon zu weit weg; ich konnte nur noch sehen, daß sie in die Carstairs Street einbogen.«

Der Detektiv stand aufrecht, den Hut auf und den Spazierstock in der Hand. Er hatte bereits vorher entschieden, daß er angesichts der allgemeinen Dunkelheit in seinem Geiste nurmehr dem ersten sonderbaren Finger folgen konnte, der eine Richtung wies; und dieser Finger war sonderbar genug. Er bezahlte seine Rechnung, schlug klirrend die Glastüren hinter sich zu und bog bald darauf in jene andere Straße ein.

Glücklicherweise blieb sein Blick selbst in solchen fieberischen Augenblicken kühl und quick. Irgend etwas in einer Schaufensterfront zog flüchtig wie ein Blitz an ihm vorbei; und er kehrte um, es anzuschauen. Es war ein gewöhnlicher Gemüse- und Obstladen, eine Warenauswahl war im Freien aufgestellt und mit Namen und Preisen ausgezeichnet. In den beiden auffälligsten Abteilungen gab es zwei Haufen, einen aus Orangen und einen aus Nüssen. Auf dem Haufen Nüsse lag ein Stück Karton, auf das in kühner blauer Kreideschrift geschrieben stand: »Beste Tanger Orangen, 2 für 1 Penny.« Auf den Orangen fand sich eine ebenso klare und eindeutige Beschreibung: »Feinste Paranüsse, 4 Pence pro Pfund.« Monsieur Valentin sah sich diese beiden Aufschriften an und hatte das Gefühl, als sei ihm diese höchst subtile Art von Humor bereits zuvor begegnet, und das vor kurzer Zeit. Er lenkte die Aufmerksamkeit des rotgesichtigen Obsthändlers, der ziemlich finster die Straße hinauf und hinab starrte, auf diese Ungenauigkeit seiner Anpreisungen. Der Obsthändler sagte nichts, steckte aber jeden Karton energisch an seinen richtigen Platz. Der Detektiv, der sich elegant auf seinen Spazierstock stützte, fuhr fort, den Laden zu prüfen. Schließlich sagte er: »Bitte verzeihen Sie mir meine scheinbare Zusammenhanglosigkeit, guter Mann, aber ich möchte Ihnen gerne eine Frage aus dem Bereich der experimentellen Psychologie und der Gedankenassoziationen stellen.«

Der rotgesichtige Händler betrachtete ihn drohend; aber er fuhr fröhlich und seinen Stock schwenkend fort: »Warum«, setzte er nach, »warum sind in einem Gemüseladen zwei Preisschilder so falsch plaziert wie ein Schaufelhut auf Besuch in London? Oder für den Fall, daß ich mich nicht klar genug ausgedrückt habe: Was ist die geheimnisvolle Beziehung, die den Gedanken von Nüssen, die als Orangen ausgezeichnet sind, mit dem Gedanken an zwei Priester verbindet, einem großen und einem kleinen?«

Die Augen des Händlers traten ihm vor den Kopf wie die einer Schnecke; für einen Augenblick schien es so, als wolle er sich auf den Fremden stürzen. Schließlich aber stammelte er zornig: »Ich weiß nich, wat Sie damit zu tun ham, aber wenn Se einer von die seine Freunde sinn, könn Se denen von mir sagen, daß ich ihn ihre blöden Koppe runterprügle, Pfaffen oder nich Pfaffen, wenn Se mir meine Äpfel nochma durcheinander bring.«

»Wirklich?« fragte der Detektiv mit großer Anteilnahme. »Die haben Ihnen Ihre Äpfel durcheinandergebracht?«

»Einer von den'n«, sagte der erhitzte Geschäftsmann; »hatse über de ganze Straße gerollt. Fast hält ich n Doofkopp geschnappt, wenn ich se man nich hätte aufsammeln müssen.«

»Und in welcher Richtung sind die Pfarrer weitergegangen?« fragte Valentin.

»Da durch de zweite Straße auffe linke Seite, un denn übern Platz«, sagte der andere prompt.

»Danke«, sagte Valentin und verschwand wie ein Geist. Auf der anderen Seite des zweiten Platzes fand er einen Polizisten und fragte ihn: »Dringend, Schutzmann, haben Sie zwei Priester mit Schaufelhüten gesehen?«

Der Polizist begann herzlich zu kichern: »Hab ich, Sir; und wenn Se mich fragen, einer von den'n war blau. Der stand mitten inne Straße und so durcheinander, daß ...«

»In welche Richtung sind sie gegangen?« fuhr Valentin ihn an.

»Die haben einen von den gelben Bussen da drüben genommen«, antwortete der Mann; »einen von denen nach Hampstead.«

Valentin zog seinen Dienstausweis heraus und sagte sehr schnell: »Rufen Sie zwei Ihrer Leute her zur Verfolgung mit mir«, und überquerte die Straße mit so ansteckender Energie, daß der gemächliche Schutzmann zu fast hurtigem Gehorsam bewegt wurde. Anderthalb Minuten später schlössen sich dem französischen Detektiv auf der anderen Straßenseite ein Inspektor und ein Zivilbeamter an.

»Nun, Sir«, begann der erstere mit lächelnder Wichtigkeit, »und was mag ...?«

Valentin zeigte plötzlich mit seinem Stock. »Ich werde es Ihnen oben auf jenem Autobus erzählen«, sagte er und schoß im Zickzack durch das Verkehrsgewirr. Nachdem alle drei keuchend auf die Sitze im Oberdeck des gelben Vehikels gesunken waren, sagte der Inspektor: »Wir könnten im Taxi viermal so schnell vorwärtskommen.«

»Sicher«, sagte ihr Anführer gelassen, »wenn wir nur eine Idee hätten, wohin wir fahren.«

»Wieso, wo fahren *Sie* denn hin?« fragte der andere und starrte ihn an.

Valentin rauchte stirnrunzelnd während einiger Sekunden; dann nahm er die Zigarette aus dem Mund und sagte: »Wenn Sie *wissen*, was ein Mann tut, bleiben Sie vor ihm; aber wenn Sie raten müssen, was er tun wird, bleiben Sie hinter ihm. Schlendern Sie, wenn er schlendert; bleiben stehen, wenn er stehen bleibt; reisen so langsam wie er. Dann können Sie sehen, was er gesehen hat, und können tun, was er getan hat. Alles, was wir jetzt tun können, ist, die Augen für sonderbare Dinge offenzuhalten.«

»Was für sonderbare Dinge meinen Sie?« fragte der Inspektor.

»Jede Art von sonderbaren Dingen«, antwortete Valentin und fiel wieder in hartnäckiges Schweigen.

Der gelbe Omnibus kroch scheinbar endlose Stunden durch die nördlichen Straßen; der große Detektiv ließ sich zu keiner weiteren Erklärung herab, und vielleicht empfanden seine Gehilfen einen schweigenden und wachsenden Zweifel ob seines Vorhabens. Vielleicht empfanden sie auch ein schweigendes und wachsendes Verlangen nach ihrem Mittagessen, denn die Stunden krochen weit über die normale Mittagszeit hinaus, und die langen Straßen Nordlondons schienen sich immer weiter zu verlängern wie ein teuflisches Fernrohr. Es war eine jener Fahrten, während denen man ständig das Gefühl hat, jetzt endlich am Ende der Welt angekommen zu sein, und dann stellt man fest, daß man erst den Anfang von Tufnell Park erreicht hat. London starb in schmutzigen Kneipen und ödem Gebüsch dahin, und ward dann unverständlicherweise in strahlenden Straßen und schimmernden Hotels wiedergeboren. Es war, als durchfahre man 13 verschiedene schmutzige Städte, von denen die eine jeweils die andere gerade berührt. Doch obwohl die Winterdämmerung bereits die Straße vor ihnen bedrohte, saß der Pariser Detektiv weiterhin schweigend und wachsam da und beobachtete die Straßenfronten, die auf beiden Seiten vorbeiglitten. Als sie Camden Town verließen, waren die beiden Polizisten fast eingeschlafen; jedenfalls fuhren sie irgendwie zusammen, als Valentin aufsprang, jedem auf die Schulter schlug und dem Fahrer zurief anzuhalten.

Sie stolperten die Stufen hinab auf die Straße, ohne zu begreifen, warum man sie hochgejagt hatte; als sie sich nach Erleuchtung umsahen, fanden sie Valentin, wie er triumphierend mit dem Finger nach einem Fenster auf der linken Straßenseite wies. Es war ein großes Fenster, das einen Teil der Fassade eines goldschimmernden palastartigen Hotels bildete; es war der für ehrbares Speisen vorbehaltene Teil und mit »Restaurant« beschriftet. Dieses Fenster bestand wie alle übrigen in der Hotelfront aus Milchglas mit eingeschliffenen Figuren, in seiner Mitte aber hatte es ein großes schwarzes Loch wie ein Stern im Eis.

»Endlich unsere Spur«, schrie Valentin und schwang seinen Stock; »der Ort mit der zerbrochenen Scheibe.«

»Welche Scheibe? Welche Spur?« fragte sein Chefassistent. »Was beweist uns denn, daß das irgendwas mit ihnen zu tun hat?« Valentin zerbrach vor Zorn fast seinen Bambusstock. »Beweis!« schrie er. »Guter Gott! Der Mann sucht einen Beweis! Natürlich stehen die Chancen 20:1, daß das *nichts* mit ihnen zu tun hat. Aber was können wir denn sonst tun? Begreifen Sie denn nicht: Wir müssen entweder irgendeiner wilden Möglichkeit folgen oder nach Hause ins Bett gehen!« Er bahnte sich einen Weg in das Restaurant, gefolgt von seinen Gefährten, und bald saßen sie an einem kleinen Tisch vor einem späten Mittagessen und betrachteten den Stern im zersprungenen Glas von innen. Nicht, daß der ihnen jetzt etwa mehr verraten hätte.

»Wie ich sehe, ist Ihr Fenster zerbrochen«, sagte Valentin zum Kellner, als er die Rechnung beglich.

»Ja, Sir«, antwortete der Aufwärter, indem er sich geschäftig über das Wechselgeld beugte, dem Valentin schweigend ein gewaltiges Trinkgeld beifügte. Der Kellner richtete sich in sanfter, aber unverkennbarer Erregung auf.

»Ach ja, Sir«, sagte er. »Sehr sonderbare Sache das, Sir.«

»Wirklich? Erzählen Sie«, sagte der Detektiv in sorgloser Neugier.

»Na ja«, sagte der Kellner, »zwei Herren in Schwarz kamen rein; zwei von den ausländischen Pfarrern, die jetzt überall herumlaufen. Sie nahmen ein billiges und einfaches kleines Mittagessen ein, und einer von ihnen bezahlte und ging raus. Der andere wollte ihm gerade nachgehen, als ich nochmals auf mein Geld kuckte und sah, daß er mir mehr als dreimal zuviel bezahlt hatte. ›Holla‹, sag ich zu dem Kerl, der schon fast zur Tür raus war. ›Sie haben zuviel bezahlte‹ ›Oh‹, sagt der ganz kühl, ›haben wir?‹ ›Ja‹, sag ich und schnapp mir die Rechnung, um es ihm zu zeigen. Na ja, das war wie ein K.-o.-Schlag.«

»Was meinen Sie damit?« fragte ihn sein Befrager.

»Na ja, ich hätte auf 7 Bibeln geschworen, daß ich 4 Schilling auf die Rechnung gesetzt hatte. Aber jetzt sehe ich, da hab ich 14 Schilling hingeschrieben, so deutlich wie gedruckt.«

»Und?« schrie Valentin, der sich langsam, aber mit glühenden Augen bewegte, »und dann?«

»Der Pastor an der Tür, der sagt ganz gemütlich: ›Tut mir leid, daß ich Ihre Rechnung durcheinandergebracht habe, aber das ist für das Fenster.‹ ›Welches Fenster?‹ frage ich. ›Das, was ich jetzt zerschlage‹, sagte er und zertrümmert die verfluchte Scheibe mit seinem Schirm.«

Alle drei Befrager stießen Ausrufe aus; und der Inspektor fragte leise: »Sind wir hinter entsprungenen Irren her?« Der Kellner fuhr mit einigem Vergnügen an der verrückten Geschichte fort:

»Für eine Sekunde war ich so verdattert, daß ich mich nicht rühren konnte. Der Mann ging raus und direkt um die Ecke zu seinem Freund. Dann gingen sie so schnell die Bullock Street rauf, daß ich sie nicht mehr einholen konnte, obwohl ich dazu durch den Ausschank rannte.«

»Bullock Street«, sagte der Detektiv und schoß so schnell jene Durchfahrt hinauf wie das seltsame Paar, das er verfolgte.

Ihr Weg führte sie jetzt zwischen nackten Ziegelwänden hin wie durch Tunnel; durch Straßen mit wenigen Laternen und sogar mit wenigen Fenstern; durch Straßen, die aus den kahlen Rückseiten von Irgendwas aus Irgendwo erbaut schienen. Das Dunkel vertiefte sich, und selbst für die Londoner Polizisten war es nicht leicht zu erraten, welche Richtung genau sie nun verfolgten. Der Inspektor war sich immerhin ziemlich sicher, daß sie schließlich irgendwo bei Hampstead Heath herauskommen würden. Plötzlich durchbrach eine gewölbte gasbeleuchtete Schaufensterscheibe das blaue Zwielicht wie eine Blendlaterne; und Valentin blieb einen Augenblick vor einem kleinen grellen Süßwarenladen stehen. Nach einem Moment des Zögerns trat er ein; er stand mit vollendeter Ernsthaftigkeit zwischen den fröhlichen Farben der Zuckerbäckerei und erwarb nach sorgfältiger Wahl 13 Schokoladezigarren. Offensichtlich bereitete er eine Gesprächseröffnung vor; aber dessen bedurfte es nicht.

Eine eckige, ältlich-junge Frau im Laden hatte seine elegante Erscheinung zunächst nur mit einem automatischen Blick gemustert; als sie aber hinter ihm die Tür von der blauen Uniform des Inspektors blockiert sah, wurden ihre Augen wacher.

»Oh«, sagte sie, »wenn Sie wegen des Pakets gekommen sind, das habe ich schon weggeschickt.«

»Paket!« wiederholte Valentin; und nun war es an ihm, fragend zu blicken.

»Ich meine das Paket, was der Herr zurückgelassen hat – der Herr von der Kirche.«

»Um Gottes willen«, sagte Valentin und beugte sich vorwärts, wobei er zum ersten Mal sein brennendes Interesse erkennen ließ, »um Himmels willen, erzählen Sie uns genau, was passiert ist.«

»Na ja«, sagte die Frau ein bißchen zögerlich, »die Priester kamen vor etwa einer halben Stunde herein und kauften ein paar Pfefferminz und schwatzten ein bißchen, und dann gingen sie los in Richtung Heath. Aber eine Sekunde später kommt einer von ihnen zurückgerannt und fragt: ›Habe ich ein Paket liegengelassen?‹ Na, ich kucke überall herum und kann keins sehen; da sagt er: ›Na schön; aber wenn es auftauchen sollte, schicken Sie es bitte an diese Adresse‹, und er gibt mir die Adresse und l Schilling für meine Mühe. Und richtig, obwohl ich mir eingebildet hatte, ich hätte überall nachgesehen, finde ich ein Paket in braunem Packpapier, das er liegengelassen hat, also schicke ich es an die Adresse, die er mir gesagt hatte. Ich kann mich jetzt an die Adresse nicht erinnern; es war irgendwo in Westminster. Aber weil die Sache so wichtig schien, habe ich gedacht, jetzt war die Polizei deswegen gekommen.«

»So ist es«, sagte Valentin kurz. »Ist Hampstead Heath nahebei?«

»Geradeaus 15 Minuten«, sagte die Frau, »und dann kommen Sie direkt ins Freie.« Valentin sprang aus dem Laden und begann zu rennen. Die anderen Detektive folgten ihm in widerwilligem Trab.

Die Straße, die sie durcheilten, war so eng und so von Schatten eingeschlossen, daß sie, als sie unerwartet ins Freie und unter den weiten Himmel kamen, überrascht waren, daß der Abend noch so hell und klar war. Eine vollkommene Halbkugel aus Pfauengrün versank ins Gold zwischen den schwarz werdenden Bäumen und den dunkelvioletten Fernen. Der glühende grüne Ton war gerade dunkel genug, daß sich ein oder zwei Sterne wie Kristalle davon abhoben. Alles, was vom Tageslicht übriggeblieben war, lag als goldener Schimmer über dem Rand von Hampstead und über jener beliebten Mulde, die man Tal des Heils nennt. Die Ausflügler, die diese Gegend durchstreiften, waren noch nicht alle verschwunden: Einige Paare saßen als unbestimmte Formen auf den Bänken; und hier und da hörte man aus der Ferne noch Mädchengekreisch von einer der Schaukeln. Der Glanz des Himmels vertiefte und verdunkelte sich um die erhabene Niedrigkeit des Menschen; und während er auf dem Abhang stand und über das Tal blickte, erblickte Valentin, was er suchte.

Zwischen den schwarzen und sich in der Entfernung auflösenden Gruppen war eine besonders schwarze, die sich nicht auflöste – eine Gruppe von zwei klerikal gekleideten Gestalten. Obwohl sie klein wie

Insekten erschienen, konnte Valentin doch erkennen, daß die eine viel kleiner als die andere war. Und obwohl der andere sich wie ein beflissener Student vornüber beugte und sich ganz unauffällig benahm, konnte er sehen, daß der Mann gut über 6 Fuß groß war. Er biß die Zähne zusammen und stürmte vorwärts, indem er seinen Stock ungeduldig herumwirbelte. Als er nach einiger Zeit die Entfernung erheblich verringert und die beiden schwarzen Gestalten wie durch ein riesiges Fernrohr vergrößert hatte, bemerkte er noch etwas; etwas, das ihn überraschte und das er doch irgendwie erwartet hatte. Wer immer der große Priester sein mochte, über die Identität des kleinen konnte es keinen Zweifel geben. Das war sein Freund vom Harwich-Zug, der plumpe kleine *curé* aus Essex, den er wegen seiner Pakete in braunem Packpapier gewarnt hatte.

Soweit nun paßte alles endgültig und vernünftig zusammen. Valentin hatte durch seine Nachforschungen am Morgen erfahren, daß ein Father Brown aus Essex ein silbernes Kreuz mit Saphiren bringen sollte, eine Reliquie von erheblichem Wert, die während des Kongresses einigen ausländischen Priestern gezeigt werden sollte. Das war unzweifelhaft das »Silber mit blauen Steinen«; und Father Brown war ebenso unzweifelhaft jenes kleine Greenhorn aus dem Zug. Nun gab es nichts Wunderbares an der Tatsache, daß das, was Valentin herausgefunden hatte, auch Flambeau herausgefunden hatte; Flambeau fand alles heraus. Auch gab es nichts Wunderbares an der Tatsache, daß, als Flambeau von dem Saphirkreuz erfuhr, er den Versuch unternahm, es zu stehlen; das war das Allernatürlichste in der ganzen Naturgeschichte. Und es gab absolut nichts Wunderbares an der Tatsache, daß Flambeau ein solch dummes Schaf wie den Mann mit Schirm und Paketen nach Belieben auf jede Weide führen konnte. Den konnte schließlich jeder an einem Bindfaden zum Nordpol führen; nicht überraschend also, daß ein Schauspieler wie Flambeau, als Priester verkleidet, ihn nach Hampstead Heath führen konnte. So weit schien das Verbrechen klar genug; und während der Detektiv den Priester ob seiner Hilflosigkeit bemitleidete, empfand er fast Verachtung für Flambeau, weil der sich mit einem so leichtgläubigen Opferlamm eingelassen hatte. Wenn aber Valentin an alles das dachte, was sich in der Zwischenzeit abgespielt, was alles ihn zu seinem Triumph geführt hatte, zerbrach er sich vergeblich sein Hirn, um auch nur den kleinsten Reim darauf, die winzigste Vernunft darin zu finden. Was hatte der Diebstahl eines Blau-und-Silber-Kreuzes von einem Priester aus Essex damit zu tun, Suppe an die Tapete zu schleudern? Was hatte das damit zu tun, Nüsse Orangen zu nennen oder zuerst für ein Fenster zu bezahlen und es danach einzuschlagen? Zwar war er ans Ende seiner Jagd gelangt; aber irgendwie hatte er ihr Mittelstück verpaßt. Wenn er versagte (was selten geschah), hatte er meistens den Anhaltspunkt, aber dennoch den Verbrecher nicht erwischt. Hier hatte er den Verbrecher erwischt, aber er konnte den Anhaltspunkt immer noch nicht fassen.

Die beiden Gestalten, denen sie folgten, krochen wie schwarze Fliegen über den großen grünen Umriß eines Hügels. Sie waren ganz offensichtlich im Gespräch versunken und bemerkten vielleicht nicht einmal, wohin sie gingen; mit Sicherheit aber gingen sie auf die wilderen und schweigenderen Höhen der Heath zu. Ihre Verfolger, als sie ihnen näher kamen, mußten sich jener unwürdigen Haltungen der Rotwildjäger bedienen, sich hinter Baumgruppen verstecken und sogar auf dem Bauch durchs hohe Gras kriechen. Durch solch plumpe Listen kamen die Jäger der Beute schließlich so nahe, daß sie das Murmeln der Unterhaltung hörten, doch konnte man kein Wort unterscheiden außer dem Wort »Vernunft«, das oft in einer hohen und fast kindlichen Stimme erklang. Einmal verloren die Detektive wegen eines jähen Abfalls des Bodens und eines dichten Gewirrs von Dickicht die beiden Gestalten, denen sie folgten. Während 10 tödlichen Minuten fanden sie die Spur nicht wieder, und dann führte sie um den Rand einer großen Hügelkuppe herum, die ein Amphitheater reicher und verlassener Sonnenuntergangsszenerie überblickte. Unter einem Baum stand an dieser beherrschenden aber vernachlässigten Stelle eine alte wackelige Holzbank. Auf der saßen die beiden Priester ruhig in ernstem Gespräch beisammen. Das prangende Grün und Gold hing noch am dunkelnden Horizont; aber die Halbkugel darüber wandelte sich langsam von Pfauengrün zu Pfauenblau, und die Sterne lösten sich mehr und mehr heraus wie stattliche Juwelen. Valentin winkte stumm seine Gefolgschaft her; dann gelang es ihm, sich hinter den großen weitverzweigten Baum zu schleichen, und während er dort in tödlichem Schweigen stand, vernahm er zum ersten Mal die Worte der sonderbaren Priester.

Nachdem er anderthalb Minuten gelauscht hatte, überfiel ihn ein teuflischer Zweifel. Vielleicht hatte er die beiden englischen Polizisten in die Einöden einer nächtlichen Heide verschleppt auf einer Suche, die nicht sinnvoller war als die Suche nach Feigen an einer Distel. Denn die beiden Priester sprachen genau wie Priester – andächtig, gelehrt und mit Muße – über die subtilsten Geheimnisse der Theologie. Der kleine Priester aus Essex führte die einfachere Sprache, während er sein rundes Gesicht den erstrahlenden Sternen zuwandte; der andere sprach mit gesenktem Haupt, als sei er nicht einmal würdig, zu ihnen aufzuschauen. Doch hätte unschuldigeres Priestergespräch in keinem weißen italienischen Kloster, in keiner schwarzen spanischen Kathedrale vernommen werden können.

Die ersten Worte, die er hörte, waren die letzten eines Satzes von Father Brown, der endete: »... was das Mittelalter wirklich meinte, wenn es den Himmel unbestechlich nannte.«

Der größere Priester nickte mit gesenktem Haupt und sagte:

»Ach ja, diese modernen Ungläubigen rufen ihre Vernunft an; wer aber kann diese Millionen von Welten anschauen und nicht empfinden, daß es über uns wunderbare Universen geben mag, in denen Vernunft vollkommen unvernünftig ist?«

»Nein«, sagte der andere Priester; »Vernunft ist immer vernünftig, selbst in der letzten Vorhölle, jenem verlorenen Grenzland der Dinge. Ich weiß, daß viele der Kirche vorwerfen, sie setze die Vernunft herab, aber es ist genau umgekehrt. Auf Erden räumt nur die Kirche allein der Vernunft ihre wahre Hoheit ein. Auf Erden bekräftigt nur die Kirche allein, daß Gott selbst durch die Vernunft gebunden ist.«

Der andere Priester hob sein strenges Antlitz dem flimmernden Himmel entgegen und sagte:

»Wer weiß, ob nicht in jenem unendlichen Universum ...«

»Unendlich nur physisch«, sagte der kleine Priester und wandte sich jäh auf seinem Sitz um, »nicht unendlich in dem Sinne, daß es den Gesetzen der Wahrheit entkäme.«

Valentin riß sich hinter seinem Baum in stummer Wut fast die Fingernägel aus. Ihm war, als höre er bereits das Spottgekicher der englischen Detektive, die er aufgrund eines phantastischen Einfalls so weit hergeschleppt hatte, nur um dem metaphysischen Geschwätz zweier freundlicher alter Pfarrer zu lauschen. In seiner Ungeduld entging ihm die nicht minder ausgetüftelte Antwort des großen Klerikers, und als er wieder lauschte, war es wieder Father Brown, der sprach:

»Vernunft und Gerechtigkeit beherrschen noch das fernste und einsamste Gestirn. Sehen Sie sich jene Sterne an. Sehen sie nicht aus, als wären es einzelne Diamanten und Saphire? Nun gut, Sie können sich jede noch so verrückte Botanik oder Geologie nach Belieben einbilden. Denken Sie sich Wälder aus Diamanten mit Blättern aus Brillanten. Denken Sie sich den Mond als blauen Mond, als einen gigantischen Saphir. Aber bilden Sie sich nicht ein, daß all diese verrückte Astronomie für die Vernunft und die Gerechtigkeit des Handelns auch nur den geringsten Unterschied machte. Auf Ebenen voller Opale und unter Klippen, geschnitten aus Perlen, werden Sie immer noch die Tafel mit der Inschrift finden: ›Du sollst nicht Stehlen‹.«

Valentin war gerade dabei, sich aus seiner starren und kauernden Lage zu erheben und so leise wie nur möglich hinwegzuschleichen, zermalmt unter der einen großen Torheit seines Lebens. Aber irgend etwas im Schweigen des großen Priesters ließ ihn warten, bis jener wieder sprach. Und als er wieder sprach, sagte er mit gebeugtem Haupt und den Händen auf den Knien einfach:

»Nun gut, ich glaube aber immer noch, daß andere Welten möglicherweise unsere Vernunft übersteigen. Die Mysterien des Himmels sind unauslotbar, und ich für mein Teil kann nur mein Haupt beugen.«

Dann fügte er mit immer noch gesenkter Stirn und ohne seine Haltung oder seine Stimme auch nur im geringsten zu verändern hinzu:

»Und jetzt geben Sie mir bitte Ihr Saphirkreuz, ja? Wir sind hier allein, und ich könnte Sie wie eine Strohpuppe in Fetzen reißen.«

Daß Stimme und Haltung völlig unverändert blieben, fügte dieser bestürzenden Wendung des Gesprächs etwas eigenartig Gewalttätiges bei. Aber der Hüter der Reliquie schien seinen Kopf nur um den winzigsten Teil der Windrose zu drehen. Er schien sein etwas törichtes Gesicht immer noch den Sternen zugewandt zu haben. Vielleicht hatte er nicht verstanden. Oder vielleicht hatte er verstanden und saß nun starr vor Furcht da.

»Ja«, sagte der große Priester mit der gleichen leisen Stimme und in der gleichen ruhigen Haltung, »ja, ich bin Flambeau.«

Dann, nach einer Pause, sagte er:

»Also, geben Sie mir jetzt das Kreuz?«

»Nein«, sagte der andere, und der Einsilber hatte einen eigenartigen Klang.

Flambeau warf plötzlich all sein priesterliches Gehabe ab. Der große Räuber lehnte sich auf seinem Sitz zurück und lachte leise aber lange.

»Nein«, rief er; »Sie werden es mir nicht geben, Sie stolzer Prälat. Sie werden es mir nicht geben, Sie kleiner zölibatärer Einfaltspinsel. Soll ich Ihnen sagen, warum Sie es mir nicht geben werden? Weil ich es schon in meiner eigenen Brusttasche habe.«

Der kleine Mann aus Essex wandte ihm sein wie es in der Dämmerung schien verdutztes Gesicht zu und fragte mit der furchtsamen Bereitwilligkeit des »Privatsekretärs«:

»Sind – sind Sie sicher?«

Flambeau röhrte vor Vergnügen.

»Wirklich, Sie sind so gut wie ein abendfüllendes Lustspiel«, rief er. »Ja, Sie Kohlkopf, ich bin ganz sicher. Ich war klug genug, vom richtigen Paket ein Duplikat zu machen, und jetzt, mein Freund, haben Sie das

Duplikat, und ich habe die Juwelen. Ein alter Trick, Father Brown, ein sehr alter Trick.«

»Ja«, sagte Father Brown und fuhr sich mit der Hand in der gleichen eigenartigen unbestimmten Art durch die Haare, »ja, davon habe ich schon gehört.«

Der Gigant des Verbrechens beugte sich mit einem gewissen plötzlichen Interesse zu dem kleinen ländlichen Pfarrer.

»*Sie* haben davon gehört?« fragte er. »Wo haben *Sie* davon gehört?«

»Nun ja, ich kann Ihnen seinen Namen natürlich nicht nennen«, sagte der kleine Mann einfach. »Er war ein Beichtkind, wissen Sie. Er hatte rund zwanzig Jahre ganz gut ausschließlich von Duplikaten brauner Packpapier-Pakete gelebt. Und deshalb dachte ich, wissen Sie, als ich anfing Sie zu verdächtigen, sofort an die Methode dieses armen Teufels.«

»Anfingen mich zu verdächtigen«, wiederholte der Gesetzlose mit wachsender Intensität. »Hatten Sie wirklich genügend Grips, mich zu verdächtigen, bloß weil ich Sie in diesen verlassenen Teil der Heide gebracht habe?«

»O nein«, sagte Brown, als ob er sich entschuldige. »Sehen Sie, ich verdächtigte Sie schon, als wir uns zum ersten Mal begegneten. Es war wegen dieser kleinen Ausbuchtung in Ihrem Ärmel, wo Leute wie Sie ein Stachelarmband tragen.«

»Wo zum Teufel«, schrie Flambeau, »haben Sie denn vom Stachelarmband gehört?«

»Ach, unsere kleine Herde, wissen Sie!« sagte Father Brown und zog etwas verlegen die Augenbrauen hoch. »Als ich Pfarrverweser in Hartlepool war, gab es drei mit Stachelarmbändern. Und da Sie mir nun von Anfang an verdächtig waren, wissen Sie, habe ich dafür gesorgt, daß das Kreuz auf jeden Fall sicher war. Tut mir leid, aber ich habe Sie beobachtet, wissen Sie. Und da habe ich schließlich gesehen, wie Sie die Pakete vertauschten. Und dann, Sie verstehen, habe ich sie eben zurückvertauscht. Und dann habe ich das richtige liegengelassen.«

»Liegengelassen?« wiederholte Flambeau, und zum ersten Mal war da neben dem Triumph noch ein anderer Ton in seiner Stimme.

»Na ja, es war so«, sagte der kleine Priester in seiner natürlichen Art. »Ich ging zu dem Süßwarenladen zurück und fragte, ob ich ein Paket liegengelassen hätte, und gab eine bestimmte Adresse an für den Fall, daß man es finde. Ich wußte natürlich, daß ich es nicht liegengelassen hatte; aber als ich wieder ging, hatte ich. Statt also mit diesem wertvollen Paket hinter mir herzulaufen, haben sie es schleunigst an einen Freund von mir in Westminster geschickt.« Und ziemlich traurig fügte er hinzu: »Auch das habe ich von einem armen Kerl in Hartlepool gelernt. Er pflegte so mit Handkoffern zu verfahren, die er auf Bahnhöfen stahl, aber jetzt ist er in einem Kloster. Oh, man sammelt Wissen, wissen Sie«, fügte er hinzu und rieb sich wieder den Kopf in jener Art von verzweifelter Entschuldigung. »Wir können nicht anders, wir Priester. Leute kommen zu uns und erzählen uns von solchen Sachen.«

Flambeau riß ein braunes Packpapier-Paket aus seiner Innentasche und zerfetzte es. Da war nichts darin außer Papier und Bleistücken. Er sprang mit mächtiger Geste auf und schrie:

»Ich glaube Ihnen nicht. Ich glaube nicht, daß ein Tölpel wie Sie das alles hinbekäme. Ich glaube, daß Sie das Zeugs immer noch bei sich haben, und wenn Sie es mir nicht geben – nun ja, wir sind allein, dann werde ich es mir mit Gewalt nehmen!«

»Nein«, sagte Father Brown einfach und erhob sich ebenfalls; »Sie werden es sich nicht mit Gewalt nehmen. Erstens weil ich es wirklich nicht mehr habe. Und zweitens weil wir nicht allein sind.«

Flambeau hielt in seinem Sprung inne.

»Hinter jenem Baum«, sagte Father Brown und zeigte auf ihn, »befinden sich zwei starke Polizisten und der größte lebende Detektiv. Wie sie herkamen, fragen Sie? Nun, natürlich habe ich sie hergebracht! Wie ich das getan habe? Na schön, wenn Sie wollen, werde ich es Ihnen erzählen! Mein Gott, wir müssen zwanzig solche Tricks kennen, wenn wir unter Verbrechern arbeiten wollen! Also, zunächst war ich nicht sicher, ob Sie ein Dieb wären, und es ginge natürlich nicht an, einen aus unserer Priesterschaft in einen Skandal zu verwickeln. Also habe ich Sie auf die Probe gestellt, um zu sehen, ob Sie sich vielleicht selbst verrieten. Normalerweise macht ein Mann eine kleine Szene, wenn er Salz im Kaffee findet; wenn nicht, hat er seine Gründe, sich still zu verhalten. Ich vertauschte Salz und Zucker, und *Sie* verhielten sich still. Normalerweise protestiert ein Mann, wenn seine Rechnung ums Dreifache überhöht ist. Wenn er sie bezahlt, hat er irgendwelche Gründe, unbemerkt zu bleiben. Ich änderte Ihre Rechnung ab, und *Sie* haben sie bezahlt.«

Die Welt schien darauf zu warten, Flambeau wie einen Tiger springen zu sehen. Aber etwas wie ein Zauberbann hielt ihn zurück; er war von der äußersten Neugierde betäubt.

»Nun ja«, fuhr Father Brown in schwerfälliger Klarheit fort, »da Sie keine Spuren für die Polizei zurückließen, mußte das eben jemand anderes tun. Überall, wohin wir gegangen sind, habe ich durch irgend etwas dafür gesorgt, daß man für den Rest des Tages von uns spräche. Ich habe nicht viel Schaden angerichtet – eine bekleckste Wand, verstreute Äpfel, eine zerbrochene Scheibe; aber ich habe das Kreuz gerettet, wie das Kreuz immer gerettet werden wird. Jetzt ist es schon in Westminster. Ich habe mich aber gewundert, daß Sie nicht versucht haben, das mit der Eselspfeife zu verhindern.«

»Mit der was?« fragte Flambeau.

»Ich bin froh, daß Sie davon nie gehört haben«, sagte der Priester und zog eine Grimasse. »Das ist eine böse Sache. Ich bin sicher, daß Sie für einen Pfeifer ein zu anständiger Mensch sind. Dem hätte ich nicht einmal mit dem Kreuzsprung entkommen können; ich bin dazu nicht stark genug in den Beinen.«

»Um alles in der Welt – wovon reden Sie denn da?« fragte der andere.

»Oh, ich glaubte, daß Sie den Kreuzsprung kennten«, sagte Father Brown angenehm überrascht. »Oh, dann können Sie noch nicht allzu tief gesunken sein!«

»Wie zur Hölle haben Sie denn all diese Scheußlichkeiten kennengelernt?« schrie Flambeau.

Der Schatten eines Lächelns überflog das runde einfache Gesicht seines klerikalen Gegners.

»Vermutlich, indem ich ein zölibatärer Einfaltspinsel bin«, sagte er. »Ist Ihnen denn nie in den Sinn gekommen, daß einem Mann, der praktisch nichts anderes tut, als den wirklichen Sünden anderer Menschen zuzuhören, das menschliche Böse nicht ganz unbekannt ist? Übrigens, noch eine andere Seite meines Berufes überzeugte mich davon, daß Sie kein Priester sind.«

»Was?« fragte der Dieb mit offenem Mund.

»Sie haben die Vernunft angegriffen«, sagte Father Brown. »Das ist schlechte Theologie.«

Und als er sich umwandte, um sein Eigentum einzusammeln, kamen die drei Polizisten aus dem Zwielicht der Bäume hervor. Flambeau war ein Künstler und ein anständiger Kerl. Er trat zurück und grüßte Valentin mit einer tiefen Verneigung.

»Verbeugen Sie sich nicht vor mir, *mon ami*«, sagte Valentin mit silberner Klarheit. »Verneigen wir uns beide vor unserem Meister.«

Und beide standen sie einen Augenblick mit entblößten Köpfen, während der kleine Essex-Priester blinzelnd nach seinem Regenschirm suchte.

Der verborgene Garten

Aristide Valentin, Chef der Pariser Polizei, hatte sich zum Abendessen verspätet, und einige seiner Gäste waren schon vor ihm eingetroffen. Sie wurden jedoch von seinem Vertrauensdiener Iwan beruhigt, dem alten Mann mit einer Narbe und einem Gesicht, das fast so grau war wie sein Schnurrbart, und der immer an einem Tisch in der Eingangshalle saß – einer Halle, die voller Waffen hing. Valentins Haus war vielleicht ebenso eigenartig und berühmt wie sein Herr. Es war ein altes Haus, dessen hohe Mauern und ragende Pappeln beinahe über der Seine hingen; aber die Eigenartigkeit – und vielleicht der polizeiliche Wert – seiner Architektur war: daß es nur einen einzigen Ausgang gab, nämlich den durch die Eingangstür, die von Iwan und dem Waffenarsenal bewacht wurde. Der Garten war groß und kunstvoll angelegt, und es gab viele Zugänge vom Haus in den Garten. Aber es gab keinen Ausgang vom Garten in die Außenwelt; ihn umgab eine hohe, glatte, unübersteigbare Mauer, oben mit ausgesuchten Stacheln besetzt; vielleicht kein übler Garten zum Nachdenken für einen Mann, den einige hundert Verbrecher zu töten geschworen hatten.

Wie Iwan den Gästen erklärte, hatte ihr Gastgeber angerufen, daß er für etwa zehn Minuten aufgehalten sei. Er hatte tatsächlich noch einige letzte Anweisungen für Hinrichtungen und ähnlich häßliche Dinge zu geben; und obwohl ihm diese Pflichten zutiefst widerwärtig waren, erfüllte er sie doch immer aufs präziseste. So unbarmherzig er auch bei der Jagd nach Verbrechern war, so milde war er in der Frage ihrer Bestrafung. Seit er über die französischen – und weitgehend über die europäischen – Polizeimethoden gebot, hatte er seinen großen Einfluß höchst ehrenhaft für die Milderung der Urteile und die Säuberung der Gefängnisse eingesetzt. Er war einer der großen humanitären französischen Freidenker; und ihr einziger Fehler ist, daß unter ihren Händen Barmherzigkeit noch kälter wird als Gerechtigkeit.

Als Valentin eintraf, trug er bereits den Abendanzug und die rote Rosette – eine elegante Gestalt, der schwarze Bart schon grau meliert. Er durchschritt sein Haus und ging direkt in sein Arbeitszimmer, das zum Garten hin lag. Die Gartentür stand offen, und nachdem er seinen Aktenkoffer sorgsam an dessen offiziellem Platz eingeschlossen hatte, stand er für einige Sekunden in der offenen Tür und blickte in den Garten hinaus. Ein greller Mond kämpfte mit den vorbeijagenden Wolkenfetzen eines Sturms, und Valentin sah sich das mit einer Sehnsüchtigkeit an, die für einen so wissenschaftlichen Geist unüblich ist. Vielleicht aber haben gerade solch wissenschaftliche Geister bestimmte psychische Vorahnungen vom bedeutendsten Problem in ihrem Leben. Doch bald erholte er sich von jedweder solchen übersinnlichen Anwandlung, denn er wußte, daß er sich verspätet hatte und seine Gäste bereits einzutreffen begannen. Als er seinen Salon betrat, genügte aber ein Blick zur Feststellung, daß sein Hauptgast jedenfalls noch nicht eingetroffen war. Doch alle anderen Säulen seiner kleiner Gesellschaft sah er: Er sah Lord Galloway, den englischen Botschafter – ein cholerischer alter Mann mit rötlichbraunem Apfelantlitz, der das blaue Band des Hosenbandordens trug. Er sah Lady Galloway, fadenhaft dünn, mit silbernem Haar und sensiblem, hoheitsvollem Gesicht. Er sah ihre Tochter, Lady Margaret Graham, ein blasses und hübsches Mädchen mit Elfenantlitz und kupfernem Haar. Er sah die Herzogin von Mont St. Michel, schwarzäugig und üppig, und bei ihr ihre beiden Töchter, ebenfalls schwarzäugig und üppig. Er sah Dr. Simon, einen typischen französischen Wissenschaftler, mit Brille, einem spitzen braunen Bart und jenen waagerecht parallelen Stirnfalten, die die Strafe der Hochmütigen sind, denn sie entstehen durch ständiges Hochziehen der Augenbrauen. Er sah Father Brown aus Cobhole in Essex, den er erst kürzlich in England getroffen hatte. Er sah – mit vielleicht größerem Interesse als für jeden der anderen – einen großen Mann in Uniform, der sich vor den Galloways verneigt hatte, ohne ausgesprochen herzlich begrüßt worden zu sein, und der sich nun allein näherte, um seinen Gastgeber zu begrüßen. Das war Major O'Brien von der französischen Fremdenlegion. Er war eine schlanke, aber etwas prahlerische Erscheinung, glattrasiert, dunkelhaarig, blauäugig, und wie es bei einem Offizier jenes berühmten Regiments der siegreichen Versager und der erfolgreichen Selbstmörder nur natürlich schien, trug er eine verwegene und zugleich melancholische Miene zur Schau. Von Geburt war er ein irischer Adliger und hatte die Galloways in seinen Jugendjahren gekannt – besonders Margaret Graham. Er hatte sein Vaterland einer Schuldensache wegen verlassen und zeigte jetzt seine völlige Unabhängigkeit von britischer Etikette, indem er in Uniform mit Säbel und Sporen einherschritt. Als er sich vor der Familie des Botschafters verbeugte, neigten Lord und Lady Galloway steif ihre Häupter, und Lady Margaret sah weg.

Aus welchen alten Gründen solche Leute auch immer an einander interessiert sein mochten, ihr vornehmer Gastgeber war an ihnen nicht sonderlich interessiert. Jedenfalls war in seinen Augen keiner von ihnen der Gast des Abends. Valentin erwartete aus bestimmten Gründen einen Mann weltweiten Rufes, dessen Freundschaft er sich bei Gelegenheit seiner großen Detektivreisen und seiner Triumphe in den Vereinigten Staaten gesichert hatte. Er erwartete Julius K. Brayne, jenen Multimillionär, dessen kolossale, ja überwältigende Geldspenden an kleine Religionsgemeinschaften den amerikanischen und den englischen Zeitungen so viel billigen Witz und noch billigere Feierlichkeit verschafft hatten. Niemand konnte herausfinden, ob Brayne ein Atheist oder ein Mormone oder ein Anhänger der Christian Science war; doch war er jederzeit bereit, sein Geld in ein geistiges Gefäß zu schütten, solange es nur ein unerprobtes Gefäß war. Eines seiner Steckenpferde war es, auf den amerikanischen Shakespeare zu warten – ein Steckenpferd, das noch mehr Geduld verlangt als Angeln. Er bewunderte Walt Whitman, war aber der Überzeugung, daß Luke P. Tanner aus Paris in Pennsylvanien im kleinen Finger »fortschrittlicher« war als der ganze Whitman. Er mochte alles, was er für »fortschrittlich« hielt. Er hielt Valentin für »fortschrittlich«, womit er ihm ein schweres Unrecht antat.

Die mächtige Erscheinung von Julius K. Brayne im Salon wirkte so wie der Gong zur Abendtafel. Er besaß jene große Eigenschaft, die nur wenigen von uns gegeben ist, daß seine Anwesenheit ebenso platzgreifend war wie seine Abwesenheit. Er war ein riesiger Kerl, so fett wie groß, vollständig in Abendschwarz gekleidet, das nicht einmal durch eine Uhrkette oder einen Ring aufgehellt wurde. Sein Haar war weiß und so säuberlich zurückgekämmt wie das eines Deutschen; sein Gesicht war rot, ungestüm und pausbäckig mit einem schwarzen Stutzbärtchen unter der Unterlippe, was seinem sonst eher kindlichen Gesicht etwas Theatralisches, ja geradezu Mephistophelisches verlieh. Nicht lange aber starrte der *salon* nur auf den berühmten Amerikaner; seine Verspätung hatte sich bereits zu einem häuslichen Problem ausgewachsen, und so wurde er schleunigst mit Lady Galloway am Arm in den Speisesaal entsandt.

Mit Ausnahme einer Einzelheit waren die Galloways freundliche und ungezwungene Menschen. Solange Lady Margaret nicht den Arm jenes Abenteurers O'Brien nahm, war ihr Vater völlig zufrieden; und das hatte sie nicht getan; sie war sittsam mit Dr. Simon von dannen geschritten. Dennoch war der alte Lord Galloway unruhig und fast grob. Während des Abendessens verhielt er sich durchaus diplomatisch, als aber drei der jüngeren Herren – Simon der Arzt, Brown der Priester und jener fatale O'Brien, der Exilant in fremder Uniform – mit ihren Zigarren verschwanden, um sich unter die Damen zu mischen oder um im Wintergarten zu rauchen, wurde der englische Diplomat höchst undiplomatisch. Alle sechzig Sekunden stachelte ihn der Gedanke, daß der Lump O'Brien auf irgendeine Weise Margaret Zeichen mache; er versuchte nicht einmal sich vorzustellen wie. Er war beim Kaffee zurückgeblieben mit Brayne, dem weißhaarigen Yankee, der an alle Religionen glaubte, und mit Valentin, dem ergrauten Franzosen, der an keine glaubte. Sie mochten miteinander diskutieren, aber keiner von beiden interessierte ihn. Nach einer Weile hatte diese »fortschrittliche« Wortklauberei eine Krise der Langweiligkeit erreicht; Lord Galloway erhob sich ebenfalls und schritt in den Salon. Auf seinem Weg durch die langen Gänge verlor er sich für 6 oder 8 Minuten, bis er die schrille, belehrende Stimme des Arztes hörte und dann die farblose des Priesters, worauf allgemeines Gelächter folgte. Die stritten also, dachte er mit einem Fluch, offenbar auch über »Wissenschaft und Religion«. Aber in dem Augenblick, in dem er die Tür zum *salon* öffnete, sah er nur eines – er sah, was nicht da war. Er sah, daß Major O'Brien abwesend war und daß Lady Margaret ebenfalls abwesend war.

So ungeduldig, wie er zuvor aus dem Speisesaal gestürmt war, stürmte er nun auch aus dem Salon und stampfte wieder durch die Gänge. Die Vorstellung, seine Tochter vor dem irisch-algerischen Tunichtgut schützen zu müssen, war in seinem Geist zu etwas Zentralem, ja selbst Verrücktem geworden. Als er auf die Rückseite des Hauses zuschritt, wo sich Valentins Arbeitszimmer befand, traf er überraschend auf seine Tochter, die mit weißem, verächtlichem Antlitz an ihm vorbei fegte, ein zweites Rätsel. Wenn sie bei O'Brien gewesen war, wo war dann O'Brien? Wenn sie nicht bei O'Brien gewesen war, wo war sie dann gewesen? Besessen von einem greisenhaften und leidenschaftlichen Verdacht suchte er sich einen Weg in die dunklen Hinterräume des Hauses und fand schließlich einen Dienstboteneingang, der sich zum Garten hin öffnete. Der Mond hatte mit seiner Türkensichel inzwischen alles Sturmgewölk zerfetzt und beiseite geräumt. Das silberne Licht erhellte alle vier Ecken des Gartens. Eine große Gestalt in Blau schritt über den Rasen auf die Tür des Arbeitszimmers zu; im Mondlicht schimmernde silberne Aufschläge machten ihn als Major O'Brien erkenntlich.

Er verschwand durch die Terrassentür im Haus und ließ Lord Galloway in einer unbeschreiblichen Laune zurück, zugleich bösartig und verschwommen. Der bläulich-silberne Garten schien ihn wie eine Theaterszene mit all jener tyrannischen Zärtlichkeit zu verhöhnen, gegen die seine weltliche Autorität zu Felde zog. Die langen und anmutigen Schritte des Iren erfüllten ihn so mit Zorn, als wäre er ein Nebenbuhler und nicht der Vater; das Mondlicht machte ihn toll. Wie durch einen Zauber war er in einem Garten der Minnesänger gefangen, in einem Feenreich von Watteau; und um solche verliebten Narreteien von sich abzuschütteln durch Sprechen, eilte er entschlossen seinem Gegner nach. Dabei stolperte er über einen Baum oder einen Stein im Gras, sah nach unten, zuerst irritiert, dann ein zweites Mal voller Neugier. Im nächsten Augenblick blickten der Mond und die hohen Pappeln auf ein ungewöhnliches Schauspiel – einen englischen Diplomaten würdigen Alters, der aus Leibeskräften rannte und schrie, ja brüllte, während er rannte.

Seine rauhen Schreie brachten ein bleiches Gesicht an die Tür des Arbeitszimmers, die glänzenden Brillengläser und die sorgendurchfurchte Stirn von Dr. Simon, der des Edelmannes erste deutliche Worte vernahm. Lord Galloway schrie: »Eine Leiche im Gras – eine blutbefleckte Leiche.« O'Brien war ihm endlich völlig aus dem Geist entschwunden.

»Wir müssen sofort Valentin verständigen«, sagte der Doktor, als der andere ihm gebrochen beschrieben hatte, was alles er sich zu untersuchen getraut hatte. »Wie gut, daß er hier ist«; und noch während er sprach, betrat der große Detektiv das Arbeitszimmer, von dem Schrei herbeigelockt. Es war fast komisch, die für ihn charakteristische Verwandlung zu beobachten; er war mit der normalen Besorgnis eines Gastgebers und Gentlemans herbeigeeilt, der befürchtete, daß sich ein Gast oder Diener plötzlich unwohl fühlte. Doch als man ihm die blutige Tatsache berichtet hatte, wurde er mit all seiner Ernsthaftigkeit wach und geschäftsmäßig; denn dieses war, wie unerwartet und furchtbar auch immer, sein Geschäft.

»Wie sonderbar, meine Herren«, sagte er, als sie in den Garten hinauseilten, »daß ich in der ganzen Welt Geheimnissen nachgejagt bin und daß jetzt eines kommt und sich in meinem eigenen Garten niederläßt. Wo ist es denn?« Sie überquerten den Rasen nicht mehr ganz so mühelos, denn ein leichter Nebel begann, vom Fluß aufzusteigen; doch unter der Führung des erschütterten Galloway fanden sie den ins tiefe Gras hingesunkenen Körper – den Körper eines sehr großen und breitschultrigen Mannes. Er lag mit dem Gesicht zum Boden, so daß sie nur sehen konnten, daß seine breiten Schultern in schwarzes Tuch gekleidet waren und daß sein mächtiger Kopf kahl war bis auf ein oder zwei Büschelchen braunen Haares, die an seinem Schädel klebten wie nasser Seetang. Eine scharlachne Schlange aus Blut kroch unter seinem gefallenen Gesicht hervor.

»Wenigstens ist es«, sagte Simon in tiefer und sonderbarer Betonung, »keiner von unserer Gesellschaft.«

»Untersuchen Sie ihn, Doktor«, rief Valentin ziemlich scharf. »Vielleicht ist er noch nicht tot.«

Der Doktor beugte sich nieder. »Er ist noch nicht kalt, aber er ist leider tot genug«, antwortete er. »Helfen Sie mir, ihn aufzuheben.«

Man hob ihn sorgsam einen Zoll vom Boden auf, und alle Zweifel, ob er wirklich tot sei, wurden sofort und fürchterlich beseitigt. Der Kopf fiel ab. Er war vollständig vom Körper abgetrennt; wer immer ihm die Gurgel durchgeschnitten hatte, hatte es geschafft, ihm zugleich auch den Nacken zu durchtrennen. Selbst Valentin war leicht erschüttert. »Er muß so stark wie ein Gorilla gewesen sein«, murmelte er.

Obwohl er an anatomische Untersuchungen gewohnt war, hob Dr. Simon den Kopf nicht ohne Schaudern hoch. Er war an Nacken und Kinn leicht zerschlitzt, aber das Gesicht war im wesentlichen unverletzt. Es war ein massiges gelbes Gesicht, zugleich eingefallen und angeschwollen, mit einer Adlernase und schweren Lidern – das Gesicht eines lasterhaften römischen Kaisers, der vielleicht entfernt einem chinesischen Kaiser glich. Alle Anwesenden schienen es mit dem kalten Auge des Nichtkennens anzublicken. Nichts weiter war an dem Mann zu bemerken, außer daß man, als der Körper aufgehoben wurde, darunter den weißen Schimmer der Hemdenbrust gesehen hatte, verunstaltet durch den roten Schimmer von Blut. Wie Dr. Simon sagte, hatte der Mann ihrer Gesellschaft nie angehört. Doch mochte er sehr wohl versucht haben, sich ihr anzuschließen, denn er war für eine solche Gelegenheit gekleidet gekommen.

Valentin ließ sich auf Hände und Knie nieder und untersuchte mit der größten professionellen Aufmerksamkeit Gras und Grund über einige 20 Meter rund um den Körper, wobei ihn der Doktor weniger geschickt und der englische Lord reichlich oberflächlich unterstützten. Nichts belohnte ihre Suche außer einigen Zweigen, die in sehr kleine Stücke zerbrochen oder zerhackt waren. Valentin hob sie für einen kurzen Augenblick zur Untersuchung auf und warf sie dann wieder nieder.

»Zweige«, sagte er ernst, »Zweige und ein völlig Fremder mit abgeschnittenem Kopf; sonst ist nichts auf dem Rasen.«

Es trat eine fast gruselige Stille ein, und dann rief der entnervte Galloway plötzlich scharf:

»Wer ist das? Wer ist das dort drüben an der Gartenmauer?«

Eine kleine Gestalt mit einem töricht großen Kopf kam durch den mondschimmernden Dunst unschlüssig auf sie zu; sah für einen Augenblick wie ein Kobold aus, entpuppte sich dann aber als der harmlose kleine Priester, den sie im Salon zurückgelassen hatten.

»Hören Sie«, sagte er milde, »es gibt keine Türen zu diesem Garten, wissen Sie.«

Valentins schwarze Augenbrauen hatten sich etwas ärgerlich zusammengezogen, wie sie das beim Anblick eines Priesterrockes grundsätzlich taten. Aber er war ein viel zu gerechter Mann, als daß er die Bedeutung dieser Bemerkung geleugnet hätte. »Sie haben recht«, sagte er. »Bevor wir herausfinden, wie er zu Tode kam, müssen wir herausfinden, wie er hierher kam. Hören Sie mir zu, Gentlemen. Wenn es ohne Gefährdung meiner Stellung und meiner Pflichten geschehen kann, wollen wir bestimmte vornehme Namen soweit wie möglich hier heraushalten. Da sind Damen, meine Herren, und da ist ein ausländischer Botschafter. Sobald wir es ein Verbrechen nennen müssen, muß es auch als ein Verbrechen behandelt werden. So lange aber kann ich nach eigenem Ermessen verfahren. Ich bin Chef der Polizei; ich bin eine so öffentliche Person, daß ich es mir leisten kann, privat zu sein. Beim Himmel, ich werde zunächst jeden meiner Gäste entlasten, ehe ich meine Leute kommen lasse, um nach jemand anderem zu suchen. Meine Herren, Sie werden mir Ihr Ehrenwort geben, daß keiner von Ihnen das Haus vor morgen Mittag verläßt; es gibt Schlafzimmer für alle. Simon, Sie wissen, wo Sie meinen Diener Iwan in der Eingangshalle finden; er ist ein vertrauenswürdiger Mann. Sagen Sie ihm, er soll einen anderen Diener zur Wache bestellen und sofort herkommen. Lord Galloway, Sie sind bestimmt der Geeignetste, um den Damen mitzuteilen, was geschehen ist, und eine Panik zu verhindern. Auch sie müssen bleiben. Father Brown und ich werden bei der Leiche bleiben.«

Wenn der Geist des Anführers solchermaßen aus Valentin sprach, gehorchte man ihm wie einem Signalhorn. Dr. Simon ging in die Waffenhalle und stöberte dort Iwan auf, des öffentlichen Detektivs privater Detektiv. Galloway ging in den Salon und erzählte seine schreckliche Nachricht so taktvoll, daß, als die Gesellschaft sich dort wieder versammelte, die Damen bereits erschrocken und bereits beruhigt waren. Inzwischen standen der gute Priester und der gute Atheist zu Haupt und Füßen des toten Mannes bewegungslos im Mondenlicht, wie symbolische Darstellungen ihrer beiden Philosophien vom Tode.

Iwan, der Vertrauensmann mit Narbe und Schnurrbart, kam wie eine Kanonenkugel aus dem Haus geschossen und über den Rasen zu Valentin gerannt wie ein Hund zu seinem Herrn. Sein fahles Gesicht leuchtete geradezu mit der Glut dieser häuslichen Detektivgeschichte, und mit fast widerwärtigem Eifer erbat er sich seines Herrn Erlaubnis, die Überreste zu untersuchen.

»Ja; sieh es dir an, wenn du willst, Iwan«, sagte Valentin, »aber mach nicht lang. Wir müssen hineingehen und die Sache drinnen gründlich durchsprechen.«

Iwan hob den Kopf hoch und ließ ihn dann fast fallen.

»Nein«, keuchte er, »das ist – nein, das ist nicht; das kann nicht sein. Kennen Sie diesen Mann, Sir?«

»Nein«, sagte Valentin gleichgültig; »wir gehen jetzt besser hinein.«

Gemeinsam trugen sie den Leichnam auf ein Sofa im Arbeitszimmer und begaben sich dann alle in den Salon.

Der Detektiv setzte sich ruhig und sogar zögernd an einen Schreibtisch; doch sein Blick war der stählerne Blick eines Richters im Schwurgericht. Er warf ein paar schnelle Notizen auf ein Blatt Papier vor ihm und fragte dann kurz: »Sind alle hier?«

»Mr. Brayne nicht«, sagte die Herzogin von Mont St. Michel und blickte sich um.

»Nein«, sagte Lord Galloway mit rauher harscher Stimme. »Und soviel ich sehen kann, auch nicht Mr. Neil O'Brien. Ich habe diesen Herrn gesehen, wie er durch den Garten wanderte, als der Leichnam noch warm war.«

»Iwan«, sagte der Detektiv, »geh und hole Major O'Brien und Mr. Brayne. Mr. Brayne raucht, wie ich weiß, eine Zigarre im Speisesaal; Major O'Brien geht vermutlich im Wintergarten auf und ab. Da bin ich aber nicht sicher.«

Der getreue Diener schoß aus dem Raum, und ehe noch jemand sich rühren oder etwas sagen konnte, fuhr Valentin in der gleichen soldatischen Raschheit mit seiner Erklärung fort.

»Jeder hier weiß, daß man im Garten einen toten Mann gefunden hat, den Kopf glatt vom Körper getrennt. Dr. Simon, Sie haben ihn untersucht. Glauben Sie, daß es großer Kraft bedarf, um einem Mann die Gurgel auf solche Weise durchzuschneiden? Oder vielleicht auch nur eines sehr scharfen Messers?«

»Ich würde sagen, daß man das mit keinem Messer tun könnte«, sagte der bleiche Doktor.

»Haben Sie irgendeine Vorstellung«, fuhr Valentin fort, »mit was für einem Werkzeug das möglich wäre?«

»Im Rahmen moderner Möglichkeiten habe ich wirklich keine«, sagte der Doktor und zog seine zerquälten Brauen hoch. »Es ist nicht einfach, einen Hals auch nur ungeschickt durchzuhacken, und dieser war sauber durchgeschnitten. Es könnte mit einer Streitaxt oder einem alten Henkersbeil oder einem alten Bidhänder getan werden.«

»Aber beim Himmel«, rief die Herzogin fast hysterisch; »es gibt hier doch gar keine Bidhänder und Streitäxte.«

Valentin beschäftigte sich immer noch mit dem Papier vor ihm. »Sagen Sie mir«, sagte er und schrieb rasch weiter, »könnte es mit einem langen französischen Kavalleriesäbel getan worden sein?«

Ein leises Klopfen kam von der Tür, das aus irgendeinem unvernünftigen Grund jedermanns Blut erstarren ließ wie das Klopfen in *Macbeth*. In dieses erfrorene Schweigen hinein brachte Dr. Simon es fertig zu sagen: »Ein Säbel – ja, ich vermute, das würde gehen.«

»Danke« sagte Valentin. »Komm rein, Iwan.«

Der vertrauenswürdige Iwan öffnete die Tür und brachte Major Neil O'Brien herein, den er schließlich gefunden hatte, wie er wieder im Garten auf und nieder schritt.

Der irische Offizier stand verwirrt und trotzig auf der Türschwelle. »Was wollen Sie von mir?« rief er.

»Bitte nehmen Sie Platz«, sagte Valentin in freundlichem, ruhigem Ton. »Sie sind ja ohne Ihren Säbel? Wo ist er denn?

»Ich habe ihn auf dem Tisch in der Bibliothek liegenlassen«, sagte O'Brien, dessen irischer Akzent in seiner verwirrten Stimmung deutlicher wurde. »Er war mir lästig, er fing an ...«

»Iwan«, sagte Valentin, »bitte geh in die Bibliothek und hole den Säbel des Majors her.« Dann, nachdem der Diener verschwunden war: »Lord Galloway sagte, er habe gesehen, wie Sie den Garten verließen, unmittelbar bevor der Leichnam gefunden wurde. Was haben Sie im Garten getan?«

Der Major warf sich unbekümmert auf einen Stuhl. »Oh«, rief er in reinem Irisch, »den Mond bewundern. Mit der Natur reden, mein Junge.«

Ein schweres Schweigen sank hernieder und hielt an, und an seinem Ende kam wieder jenes banale und schreckliche Klopfen. Iwan erschien aufs neue und trug eine leere Stahlscheide. »Das ist alles, was ich finden kann«, sagte er.

»Leg es auf den Tisch«, sagte Valentin ohne aufzublicken.

Ein unmenschliches Schweigen war im Raum, wie jener Ozean unmenschlichen Schweigens um die Bank des verurteilten Mörders. Die schwachen Ausrufe der Herzogin waren seit langem erstorben. Lord Galloways aufgeblähter Haß war befriedigt und sogar ernüchtert. Die Stimme, die erklang, er klang völlig unerwartet.

»Ich glaube, ich kann es Ihnen sagen«, rief Lady Margaret mit jener klaren zitternden Stimme, mit der eine tapfere Frau in der Öffentlichkeit redet. »Ich kann Ihnen sagen, was Mr. O'Brien im Garten tat, denn er ist verpflichtet zu schweigen. Er bat mich, ihn zu heiraten. Ich wies das zurück; ich sagte ihm, daß ich ihm angesichts der Umstände meiner Familie lediglich meine Hochachtung gewähren könne. Er war darüber etwas ärgerlich; er schien nicht viel von meiner Hochachtung zu halten. Ich frage mich«, fügte sie mit eher mattem Lächeln hinzu, »ob sie ihm jetzt überhaupt noch etwas bedeutet. Denn ich biete sie ihm erneut an. Ich werde überall beschwören, daß er so etwas niemals getan hat.«

Lord Galloway hatte sich an seine Tochter herangedrängt und versuchte sie einzuschüchtern mit einer Stimme, die er für leise hielt. »Halt den Mund, Maggie«, sagte er in donnerndem Flüstern. »Warum willst du diesen Kerl denn in Schutz nehmen? Wo ist sein Säbel? Wo ist sein verdammter Kavallerie …«

Er hielt angesichts des sonderbaren Blickes inne, mit dem ihn seine Tochter ansah, ein Blick, der wie ein düsterer Magnet auf die ganze Gruppe wirkte.

»Du alter Narr!« sagte sie mit leiser Stimme, ohne irgendwelchen Respekt vorzutäuschen; »was glaubst du, versuchst du zu beweisen? Ich sage dir, daß dieser Mann unschuldig war, während er mit mir zusammen war. Und wenn er nicht unschuldig war, dann war er immer noch mit mir zusammen. Wenn er wirklich einen Mann im Garten ermordet hat, wer muß das dann gesehen –, wer muß wenigstens davon gewußt haben? Haßt du Neil so sehr, daß du deine eigene Tochter …«

Lady Galloway schrie auf. Alle anderen saßen da, von einem Schaudern überrieselt ob der Berührung mit einer jener satanischen Tragödien, wie es sie seit jeher zwischen Liebenden gibt. Sie sahen das stolze weiße Gesicht der schottischen Aristokratin und ihren Liebhaber, den irischen Abenteurer, wie alte Portraits in einem dunklen Haus. Das lange Schweigen war voller ungeformter historischer Erinnerungen an ermordete Gatten und giftmischerische Geliebte.

Aus der Mitte dieses morbiden Schweigens heraus fragte eine unschuldige Stimme: »War es eine sehr lange *Zigarre*?«

Der Gedankensprung war so ungeheuer, daß alle sich umsehen mußten, wer da gesprochen habe.

»Ich meine«, sagte der kleine Father Brown aus der Ecke des Raumes, »ich meine jene *Zigarre*, die Mr. Brayne raucht. Mir scheint sie fast so lang wie ein Spazierstock zu sein.«

Trotz der Zusammenhanglosigkeit war da Zustimmung wie Gereiztheit in Valentins Gesicht, als er den Kopf hob.

»Richtig«, sagte er scharf. »Iwan, geh und sieh noch einmal nach Mr. Brayne, und bring ihn sofort her.«

Im gleichen Augenblick, in dem das Faktotum die Tür geschlossen hatte, sprach Valentin das Mädchen mit ganz neuer Ernsthaftigkeit an.

»Lady Margaret«, sagte er, »wir alle empfinden sicherlich sowohl Dankbarkeit wie auch Bewunderung für die Art, in der Sie sich über Ihren Rang erhoben und das Verhalten des Majors erklärt haben. Aber da bleibt noch immer eine Lücke. Wenn ich das richtig verstanden habe, hat Lord Galloway Sie auf dem Weg vom Arbeitszimmer zum Salon getroffen, und nur wenige Minuten danach war er im Garten und sah den Major dort immer noch herumgehen.«

»Sie werden sich daran erinnern«, sagte Margaret mit leiser Ironie in der Stimme, »daß ich ihm gerade einen Korb gegeben hatte, so daß wir kaum Arm in Arm hätten zusammen zurückkommen können. Doch er ist eben ein Gentleman; und so blieb er zurück – und geriet unter Mordverdacht.«

»In diesen wenigen Augenblicken«, sagte Valentin feierlich, »hätte er aber ...«

Da kam wieder das Klopfen, und Iwan steckte sein zernarbtes Gesicht herein.

»Um Vergebung, Sir«, sagte er, »aber Mr. Brayne hat das Haus verlassen.«

»Verlassen!« schrie Valentin und erhob sich zum ersten Mal.

»Gegangen. Abgehauen. Verduftet«, erwiderte Iwan in komischem Französisch. »Sein Hut und sein Mantel sind auch weg; und ich will Ihnen noch was erzählen, um dem Ding die Krone aufzusetzen. Ich rannte aus dem Haus, um irgendwelche Spuren von ihm zu finden, und ich fand eine, eine mächtig große sogar.«

»Wie meinst du das?« fragte Valentin.

»Will ich Ihnen zeigen«, sagte sein Diener und erschien mit einem glänzenden blanken Kavalleriesäbel, der an Spitze und Schneide blutverschmiert war. Jeder im Raum sah ihn an, als ob es ein Blitzkeil wäre; aber der abgehärtete Iwan fuhr ganz ruhig fort:

»Ich hab das gefunden«, sagte er, »50 Meter die Straße rauf nach Paris in die Büsche geschleudert. Mit anderen Worten, ich hab ihn genau da gefunden, wo Ihr ehrenwerter Mr. Brayne ihn hinschmiß, als er abhaute.«

Wieder war da ein Schweigen, aber von einer neuen Art. Valentin ergriff den Säbel, untersuchte ihn, dachte mit ungespielter Konzentration nach und wandte sich dann mit achtungsvollem Gesichtsausdruck an O'Brien. »Major«, sagte er, »wir vertrauen darauf, daß Sie diese Waffe jederzeit wieder vorzeigen können, wenn sie für polizeiliche Untersuchungen gewünscht wird. In der Zwischenzeit«, fügte er hinzu und stieß den Stahl in die klirrende Scheide, »lassen Sie mich Ihnen Ihren Säbel zurückgeben.«

Angesichts der militärischen Symbolik dieser Handlung konnte sich das Publikum kaum von Applaus zurückhalten.

Für Neil O'Brien war diese Geste tatsächlich der Wendepunkt seines Lebens. Als er im frühen Morgenlicht erneut durch den geheimnisvollen Garten wanderte, war der übliche Ausdruck tragischer Nutzlosigkeit von ihm abgefallen; er war ein Mann mit mancherlei Gründen, glücklich zu sein. Lord Galloway war ein Gentleman und hatte ihm seine Entschuldigung angeboten. *Lady* Margaret war etwas Besseres als eine Lady, sie war endlich eine Frau, und vielleicht hatte sie ihm etwas Besseres angeboten als eine Entschuldigung, als sie vor dem Frühstück zwischen den alten Blumenbeeten herumgeschlendert waren. Die ganze Gesellschaft war leichteren Herzens und menschlicher, denn obwohl das Rätsel des Todes bestehen blieb, war ihnen doch die Last der Verdächtigung abgenommen worden und mit dem sonderbaren Millionär nach Paris entschwunden – mit einem Mann, den sie kaum kannten. Der Teufel war aus dem Haus vertrieben – er hatte sich selbst vertrieben.

Aber das Rätsel blieb; und als O'Brien sich neben Dr. Simon auf einen Gartensitz warf, griff diese streng wissenschaftliche Person es unverzüglich wieder auf. Viel allerdings bekam er von O'Brien nicht zu hören, dessen Gedanken erfreulicheren Dingen zugewendet waren.

»Ich kann nicht behaupten, daß mich das sehr interessiert«, sagte der Ire offen, »vor allem, da es jetzt ja ziemlich klar zu sein scheint. Offenbar hat Brayne diesen Fremden aus irgendwelchen Gründen gehaßt, ihn in den Garten gelockt und ihn da mit meinem Säbel getötet. Dann floh er in die Stadt und warf dabei den Säbel fort. Übrigens hat mir Iwan erzählt, daß der Mann einen Yankee-Dollar in der Tasche hatte. Also war er ein Landsmann von Brayne, und das dürfte den Fall schließen. Ich jedenfalls sehe keine Schwierigkeiten mehr.«

»Es gibt da 5 gewaltige Schwierigkeiten«, sagte der Doktor ruhig; »wie hohe Mauern innerhalb von Mauern. Mißverstehen Sie mich nicht. Ich zweifle nicht daran, daß Brayne es getan hat; nach meiner Meinung beweist seine Flucht das. Aber wie hat er es getan? 1. Schwierigkeit: Warum sollte ein Mann einen anderen Mann mit einem großen unhandlichen Säbel töten, wenn er ihn auch fast mit einem Taschenmesser hätte töten und es danach in die Tasche hätte stecken können? 2. Schwierigkeit: Warum gab es kein Geräusch oder Geschrei? Sieht ein Mann überlicherweise einen anderen mit einem Krummsäbel auf sich zukommen und sagt nichts dazu? 3. Schwierigkeit: Ein Diener bewachte während des ganzen Abends die Eingangstür; und in Valentins Garten kann nicht mal eine Ratte schlüpfen – wie also kam der tote Mann in den Garten? 4. Schwierigkeit: Und angesichts der gleichen Bedingungen, wie kam Brayne aus dem Garten heraus?«

»Und die 5.?« sagte Neil und richtete seine Blicke auf den englischen Priester, der langsam auf dem Gartenpfad herankam.

»Ist wohl nur eine Belanglosigkeit«, sagte der Doktor, »aber mir erscheint sie doch sonderbar. Als ich zuerst sah, wie der Kopf abgehauen war, nahm ich an, der Mörder hätte mehr als einmal zugeschlagen. Aber bei näherer Untersuchung fand ich eine ganze Reihe von Schnitten, die quer über der durchtrennten Stelle lagen; mit anderen Worten, sie waren zugefügt worden, *nachdem* der Kopf ab war. Haßte Brayne seinen Feind so satanisch, daß er im Mondschein mit dem Säbel auf die Leiche einhackte?«

»Scheußlich!« sagte O'Brien und schauderte.

Der kleine Priester, Brown, war herangekommen, während sie sprachen, und hatte mit charakteristischer Schüchternheit gewartet, bis sie fertig waren. Dann sagte er unbeholfen:

»Tut mit leid, Sie zu unterbrechen. Aber man hat mich hergeschickt, um Ihnen das Neueste mitzuteilen.«

»Das Neueste?« wiederholte Simon und starrte ihn etwas gequält durch seine Brillengläser an.

»Ja, tut mir leid«, sagte Father Brown sanft. »Wissen Sie, es hat noch einen anderen Mord gegeben.« Die beiden Männer sprangen von ihrem Sitz auf, der leise nachschaukelte.

»Und was noch eigenartiger ist«, fuhr der Priester fort, den glanzlosen Blick auf die Rhododendren gerichtet, »auf dieselbe gräßliche Weise; es ist wieder eine Enthauptung. Sie haben den zweiten Kopf noch blutend im Fluß gefunden, nur wenige Meter von Braynes Weg nach Paris entfernt; deshalb nehmen sie an, daß er ...«

»Großer Gott!« schrie O'Brien. »Ist Brayne denn ein Besessener?«

»Es gibt amerikanische Blutrachen«, sagte der Priester ungerührt. Und fügte hinzu: »Man wünscht, daß Sie in die Bibliothek kommen und ihn sich ansehen.«

Major O'Brien folgte den anderen zur Leichenschau; ihm war ausgesprochen übel. Als Soldat verabscheute er all diese heimliche Abschlachterei; wo würden diese zügellosen Amputationen enden? Zuerst wurde ein

Kopf abgehackt, und dann ein anderer; in diesem Fall (sagte er bitter zu sich selbst) traf es nicht zu, daß zwei Köpfe besser seien als einer. Als er das Arbeitszimmer durchquerte, ließ ihn ein schrecklicher Zufall fast zurücktaumeln. Auf Valentins Tisch lag das farbige Bildnis eines dritten blutigen Kopfes; und das war der Kopf von Valentin selbst. Ein zweiter Blick ließ ihn erkennen, daß es sich lediglich um eine nationalistische Zeitschrift handelte, ›La Guillotine‹, die jede Woche einen ihrer politischen Gegner mit rollenden Augen und verzerrten Zügen unmittelbar nach seiner Exekution zeigte; und Valentin war ein Antiklerikaler von einiger Bedeutung. Aber O'Brien war ein Ire und selbst in seinen Sünden von einer gewissen Keuschheit; deshalb drehte sich ihm der Magen um angesichts dieser ungeheuren Brutalität des Intellekts, die ausschließlich Frankreich zueigen ist. Er empfand Paris als ein Ganzes, von den grotesken Figuren an den gotischen Kirchen bis zu den groben Karikaturen in den Zeitungen. Er erinnerte sich an die ungeheuren Witze der Revolution. Er sah die ganze Stadt als eine einzige häßliche Kraft, von der blutrünstigen Zeichnung auf Valentins Tisch bis dort hinauf, wo über Gebirgen und Wäldern von Wasserspeiern der große Teufel auf Notre Dame herabgrinst.

Die Bibliothek war lang, niedrig und dunkel; was an Licht hereinkam, drängte sich unter den herabgelassenen Jalousien durch und hatte noch etwas von der rötlichen Färbung des Morgens. Valentin und sein Diener Iwan erwarteten sie am oberen Ende eines langen, leicht schrägstehenden Tisches, auf dem die sterblichen Überreste lagen, die im Zwielicht riesig aussahen. Die mächtige schwarze Gestalt und das gelbe Gesicht des Mannes, den man im Garten gefunden hatte, begegneten ihnen im wesentlichen unverändert. Der zweite Kopf, den man am gleichen Morgen aus dem Flußschilf gefischt hatte, lag triefend und tropfend daneben; Valentins Männer suchten immer noch nach dem Rest dieses zweiten Leichnams, von dem man annahm, daß er abgetrieben worden sei. Father Brown, der O'Briens Empfindlichkeit in keiner Weise zu teilen schien, trat an den zweiten Kopf heran und untersuchte ihn mit blinzelnder Sorgfalt. Es war kaum mehr als ein Büschel nassen, weißen Haares, im roten waagrechten Licht des Morgens von silbernem Feuer umrahmt; das Gesicht erschien von häßlichem, purpurnem und vielleicht verbrecherischem Typus und war offensichtlich heftig gegen Bäume oder Steine geschlagen, als es im Wasser herumschleuderte.

»Guten Morgen, Major O'Brien«, sagte Valentin mit ruhiger Herzlichkeit. »Ich nehme an, daß Sie schon von Braynes jüngstem Abschlacht-Experiment gehört haben?«

Father Brown stand immer noch über den Kopf mit dem weißen Haar gebeugt und sagte, ohne aufzuschauen:

»Ich nehme an, es ist völlig sicher, daß Brayne auch diesen Kopf abgeschnitten hat.«

»Na ja, das scheint logisch genug«, sagte Valentin, die Hände in den Taschen. »Auf die gleiche Weise getötet wie der andere. Aufgefunden wenige Meter vom anderen entfernt. Und abgeschnitten mit derselben Waffe, die er, wie wir wissen, mitgenommen hatte.«

»Ja, ja; ich weiß«, erwiderte Father Brown nachgiebig. »Dennoch bezweifle ich, wissen Sie, daß Brayne diesen Kopf hätte abschneiden können.«

»Warum denn nicht?« fragte Dr. Simon mit forschendem Blick.

»Nun, Doktor«, sagte der Priester und blickte blinzelnd auf, »kann ein Mann sich selbst den Kopf abschneiden? Ich weiß nicht.«

O'Brien spürte ein irrsinniges Universum um seine Ohren zusammenbrechen; der Doktor aber sprang mit praktischem Ungestüm herbei und schob die nassen weißen Haare zurück.

»Oh, da gibt es keinen Zweifel, das ist Brayne«, sagte der Priester ruhig. »Er hatte genau diese Einkerbung im linken Ohr.«

Der Detektiv, der den Priester mit steten und glitzernden Augen angesehen hatte, öffnete seinen zusammengepreßten Mund und sagte scharf: »Sie scheinen viel von ihm zu wissen, Father Brown.«

»So ist es«, sagte der kleine Mann einfach. »Ich kam seit einigen Wochen mit ihm zusammen. Er dachte daran, sich unserer Kirche anzuschließen.«

Das Glühen des Fanatismus schoß Valentin in die Augen; er schritt mit geballten Händen auf den Priester zu. »Und vielleicht«, schrie er mit schneidendem Hohn, »vielleicht dachte er auch daran, Ihrer Kirche all sein Geld zu vermachen.«

»Vielleicht«, sagte Brown gleichgültig; »möglich ist das.«

»In diesem Fall«, rief Valentin mit furchtbarem Lächeln, »dürften Sie wirklich eine Menge über ihn wissen. Über sein Leben und über sein ...«

Major O'Brien legte eine Hand auf Valentins Arm. »Machen Sie Schluß mit diesem verleumderischen Quatsch, Valentin«, sagte er, »oder es könnte noch mehr Säbel geben.«

Aber Valentin hatte sich (unter dem steten bescheidenen Blick des Priesters) bereits wieder gefaßt. »Gut«, sagte er knapp, »persönliche Meinungen können warten. Sie, meine Herren, sind immer noch durch Ihr Versprechen gebunden, zu bleiben; Sie müssen sich selbst – und jeder den anderen dazu zwingen. Iwan wird Ihnen alles Weitere sagen, was Sie wissen wollen; ich muß mich an die Arbeit machen und den Behörden schreiben. Wir können das nicht länger geheimhalten. Ich schreibe in meinem Arbeitszimmer, für den Fall, daß es weitere Neuigkeiten gibt.«

»Gibt es weitere Neuigkeiten, Iwan?« fragte Dr. Simon, während der Chef der Polizei aus dem Räume schritt.

»Nur noch eine Sache, glaube ich, Sir«, sagte Iwan und legte sein graues altes Gesicht in Falten; »aber sie ist auf ihre Weise auch wichtig. Es handelt sich um den alten Knaben, den Sie auf dem Rasen gefunden haben«, und er wies ohne jede vorgespielte Ehrerbietung auf den großen schwarzen Körper mit dem gelben Kopf. »Wir haben rausgefunden, wer das ist.«

»Tatsächlich!« rief der verblüffte Doktor; »und wer ist es?«

»Sein Name war Arnold Becker«, sagte der Unterdetektiv, »obwohl er viele andere Namen führte. Er war eine Art wandernder Gauner, und man weiß, daß er in Amerika war; da dürfte Brayne wohl seinen Pick auf ihn bekommen haben. Wir selbst hatten mit ihm nicht viel zu schaffen, denn er arbeitete vorwiegend in Deutschland. Wir haben uns natürlich mit der deutschen Polizei ins Benehmen gesetzt. Aber da gab es, sonderbar genug, auch noch seinen Zwillingsbruder mit Namen Louis Becker, mit dem wir sehr viel zu tun hatten. Kurzum, wir haben es für nötig gehalten, ihn gestern erst guillotinieren zu lassen. Komische Sache, meine Herren, aber als ich den Kerl da flach auf dem Rasen liegen sah, hatte ich den größten Schock meines Lebens. Wenn ich nicht mit meinen eigenen Augen gesehen hätte, wie Louis Becker guillotiniert worden ist, hätte ich geschworen, daß Louis Becker da auf dem Rasen lag. Dann hab ich mich natürlich an seinen Zwillingsbruder in Deutschland erinnert, und als ich dem Faden nachging ...«

Der erklärungsreiche Iwan hielt inne, und zwar aus dem ausgezeichneten Grund, weil ihm niemand mehr zuhörte. Der Major und der Doktor starrten beide Father Brown an, der steif aufrecht stand und sich die Hände an die Schläfen preßte wie ein Mann mit plötzlichen, starken Schmerzen.

»Halt, halt, halt!« rief er. »Hört einen Augenblick zu reden auf, denn ich sehe die Hälfte. Wird Gott mir Stärke geben? Wird mein Verstand den Sprung machen und alles sehen? Himmel hilf mir! Früher konnte ich ganz ordentlich denken. Ich konnte einmal jede Seite bei Thomas von Aquin paraphrasieren. Wird mein Kopf bersten – oder wird er erkennen? Ich sehe die Hälfte – ich sehe nur die Hälfte.«

Er vergrub seinen Kopf in den Händen und stand da in einer Art starrer Qual des Denkens oder Betens, während die anderen drei nichts anderes tun konnten, als auf dieses neueste Wunder ihrer 12 wilden Stunden zu starren.

Als Father Browns Hände herabsanken, ließen sie ein ganz neues und ernsthaftes Gesicht sehen, das Gesicht eines Kindes. Er stieß einen tiefen Seufzer aus und sagte: »Lassen Sie uns das so rasch wie möglich hinter uns bringen. Hören Sie zu, das wird der schnellste Weg sein, Sie alle von der Wahrheit zu überzeugen.« Er wandte sich an den Doktor. »Dr. Simon«, sagte er, »Sie haben einen scharfen Verstand, und heute morgen hörte ich Sie die 5 schwierigsten Fragen zu dieser Angelegenheit stellen. Alsdann, wenn Sie sie noch einmal fragen, werde ich sie beantworten.«

Simons Pincenez fiel ihm vor zweifelnder Verwunderung von der Nase, aber er antwortete sofort: »Nun ja, die 1. Frage, wissen Sie, ist, warum ein Mann einen anderen mit einem unhandlichen Säbel töten sollte, wenn man ihn doch mit einer Ahle töten könnte.«

»Ein Mann kann mit einer Ahle nicht geköpft werden«, sagte Brown ruhig, »und für *diesen* Mord war Köpfen absolut notwendig.«

»Warum?« fragte O'Brien interessiert.

»Und die nächste Frage?« fragte Father Brown.

»Also: Warum hat der Mann nicht geschrien oder so?« fragte der Doktor. »Säbel in Gärten sind doch sicher ziemlich ungewöhnlich.«

»Zweige«, sagte der Priester düster und wandte sich dem Fenster zu, das auf die Todesszene hinausging. »Niemand hat die Sache mit den Zweigen begriffen. Warum sollten sie auf dem Rasen liegen – sehen Sie hin –, so weit von jedem Baum entfernt? Sie sind nicht abgebrochen worden; sie sind abgehauen worden. Der Mörder hat seinen Feind mit irgendwelchen Säbeltricks abgelenkt, hat ihm gezeigt, wie er einen Zweig in der Luft zerhauen kann, oder so was. Und dann, als sich der Feind niederbeugte, um sich das Ergebnis anzusehen, ein unhörbarer Streich, und der Kopf fiel.«

»Jaha«, sagte der Doktor langsam, »das klingt glaubhaft genug. Aber meine beiden nächsten Fragen werden jeden in Verlegenheit bringen.«

Der Priester sah immer noch kritisch aus dem Fenster und wartete.

»Sie wissen, daß der ganze Garten wie eine luftdichte Kammer abgeschlossen war«, fuhr der Doktor fort. »Wie also kam der fremde Mann in den Garten?«

Ohne sich umzuwenden, antwortete der kleine Priester: »Es war nie ein fremder Mann im Garten.«

Da war ein Schweigen, und dann löste ein plötzliches Keckern fast kindlichen Lachens die Spannung. Die Ungereimtheit von Browns Bemerkung trieb Iwan zu offenem Spott.

»Oha!« schrie er, »Dann haben wir also keine große fette Leiche heute nacht aufs Sofa geschleppt? Und ich vermute, daß er überhaupt nicht in den Garten geraten ist?«

»In den Garten geraten?« wiederholte Brown nachdenklich. »Nein, nicht ganz.«

»Zum Henker«, schrie Simon, »entweder gelangt ein Mann in einen Garten, oder er tut es nicht.«

»Nicht notwendigerweise«, sagte der Priester mit einem schwachen Lächeln. »Was ist Ihre nächste Frage, Doktor?«

»Sie sind verrückt«, sagte Dr. Simon scharf; »aber wenn Sie wollen, werde ich die nächste Frage doch stellen. Wie kam Brayne aus dem Garten hinaus?«

»Er kam nicht aus dem Garten hinaus«, sagte der Priester und sah immer noch aus dem Fenster.

»Kam nicht aus dem Garten hinaus?« explodierte Simon.

»Nicht ganz«, sagte Father Brown.

Simon schüttelte die Fäuste in einem rasenden Anfall französischer Logik. »Ein Mann kommt aus einem Garten raus, oder er tut es nicht«, schrie er.

»Nicht immer«, sagte Father Brown.

Dr. Simon sprang ungeduldig auf. »Ich habe keine Zeit für solch sinnloses Geschwätz«, rief er ärgerlich. »Wenn Sie nicht verstehen können, daß ein Mann sich entweder auf der einen Seite einer Mauer befindet oder auf der anderen, will ich Sie nicht länger bemühen.«

»Doktor«, sagte der Kleriker sehr sanft, »wir sind immer gut miteinander ausgekommen. Um unserer alten Freundschaft willen: Hören Sie auf und stellen Sie mir Ihre 5. Frage.«

Der ungeduldige Simon sank auf einen Stuhl nahe der Tür und sagte kurz: »Kopf und Schultern waren auf eigenartige Weise zerschnitten. Das scheint nach dem Tode getan worden zu sein.«

»Ja«, sagte bewegungslos der Priester, »das ist getan worden genau zu dem Zweck, Sie die eine einfache Lüge hinnehmen zu lassen, die Sie hingenommen haben. Es wurde getan, um Sie glauben zu machen, daß der Kopf zu dem Körper gehöre.«

Jenes Grenzgebiet des Geistes, in dem alle Ungeheuer entstehen, bewegte sich gräßlich in dem Kelten O'Brien. Er spürte die chaotische Anwesenheit all jener Pferdemann-Zentauren und Fischschwanz-Frauen, die des Menschen unnatürliche Phantasie gezeugt hat. Eine Stimme, die älter war als die seiner ersten Urahnen, schien ihm ins Ohr zu sprechen: »Halte dich aus dem schrecklichen Garten ferne, wo der Baum mit der doppelten Frucht wächst. Meide den bösen Garten, wo der Mann mit zwei Köpfen starb.« Doch während diese schandbaren symbolischen Schatten über den alten Spiegel seiner irischen Seele zogen, war sein französisierter Intellekt höchst wach und beobachtete den sonderbaren Priester genauso aufmerksam und ungläubig wie die anderen auch.

Father Brown hatte sich endlich doch umgewandt und stand vor dem Fenster, sein Gesicht in tiefem Schatten; aber selbst in diesem Schatten konnten sie sehen, daß es so bleich wie Asche war. Dennoch sprach er ganz vernünftig, so, als gebe es keine keltischen Seelen auf Erden.

»Meine Herren«, sagte er; »Sie haben nicht den fremden Körper von Becker im Garten gefunden. Sie haben überhaupt keinen fremden Körper im Garten gefunden. Trotz Dr. Simons Logik behaupte ich auch weiterhin, daß Becker nur teilweise anwesend war. Sehen Sie her!« (und er wies auf die schwarze Masse der rätselhaften Leiche hin). »Den Mann haben Sie nie in Ihrem Leben gesehen. Haben Sie aber diesen Mann gesehen?«

Er rollte den kahl-gelben Kopf des Unbekannten schnell beiseite und legte den daneben liegenden weißmähnigen Kopf an seine Stelle. Und da lag vollständig, vereint, unverkennbar Julius K. Brayne.

»Der Mörder«, fuhr Brown ruhig fort, »hackte seinem Feind den Kopf ab und schleuderte den Säbel weit über die Mauer. Aber er war zu klug, um das Schwert allein fortzuschleudern. Er schleuderte den *Kopf* ebenfalls über die Mauer. Danach brauchte er nur noch einen anderen Kopf an den Leichnam zu fügen, und da er auf einer privaten Untersuchung bestand, bildeten Sie sich alle einen vollständig neuen Mann ein.«

»Einen anderen Kopf anfügen!« sagte O'Brien starrend. »Welchen anderen Kopf? Köpfe wachsen doch nicht an Gartensträuchern, oder?«

»Nein«, sagte Father Brown rauh und sah auf seine Stiefel; »es gibt nur einen Platz, an dem sie wachsen. Sie wachsen im Korb der Guillotine, neben der der Chef der Polizei, Aristide Valentin, kaum eine Stunde vor dem Mord noch gestanden hatte. O meine Freunde, hört mir noch eine Minute länger zu, ehe Ihr mich in Stücke reißt. Valentin ist ein redlicher Mann, wenn Verrücktsein für eine diskutable Sache Redlichkeit ist. Habt Ihr nie in seinen kalten grauen Augen gesehen, daß er verrückt ist? Er würde alles tun, *alles*, um das zu brechen, was er den Aberglauben des Kreuzes nennt. Dafür hat er gekämpft, und dafür hat er gehungert, und jetzt hat er dafür gemordet. Braynes verrückte Millionen wurden bisher unter so vielen Sekten ausgestreut, daß dadurch das Gleichgewicht der Dinge nicht sehr gestört wurde. Dann aber hörte Valentin Gerüchte, daß Brayne wie manch anderer verwirrter Skeptiker auf uns zutreibe; und das war eine ganz andere Sache. Brayne würde der verarmten aber kämpferischen Kirche Frankreichs Nachschub bringen; er würde sechs nationalistische Zeitungen wie *La Guillotine* unterstützen. Der Kampf stand auf des Messers Schneide, und der Fanatiker fing Feuer an der Gefahr. Er beschloß, den Millionär zu vernichten, und das tat er so, wie man es vom größten Detektiv bei der Begehung seines einzigen Verbrechens erwarten kann. Er entfernte den abgetrennten Kopf Beckers mit irgendeiner krimonologischen Begründung und nahm ihn in seinem Aktenkoffer mit nach Hause. Er hatte jene letzte Auseinandersetzung mit Brayne, die Lord Galloway nicht bis zum Ende anhörte; da sie fehlschlug, führte er ihn hinaus in den versiegelten Garten, sprach über die Fechtkunst, verwendete zur Illustration Zweige und einen Säbel, und ...«

Iwan mit der Narbe sprang auf. »Sie Wahnsinniger«, schrie er; »Sie werden in diesem Augenblick zu meinem Herrn gehen, und wenn ich Sie mit Gewalt ...«

»Ja gut, da wollte ich jetzt sowieso hingehen«, sagte Brown schwer; »ich muß ihn doch auffordern zu beichten, und all das.«

Sie trieben den unglücklichen Brown vor sich her wie eine Geisel oder ein Opferlamm und stürmten gemeinsam in die jähe Stille von Valentins Arbeitszimmer.

Der große Detektiv saß an seinem Tisch, offenbar zu beschäftigt, um ihren lärmenden Eintritt zu hören. Sie hielten einen Moment inne, und dann ließ irgend etwas im Anblick jenes aufrechten und eleganten Rückens den Doktor plötzlich vorwärts stürzen. Eine Berührung und ein Blick zeigten ihm ein kleines Pillendöschen an Valentins Ellbogen und daß Valentin tot in seinem Stuhl saß; und auf dem erloschenen Gesicht des Selbstmörders stand mehr als nur Catos Stolz.

Die sonderbaren Schritte

Sollten Sie je einem Mitglied jenes auserlesenen Clubs »Die zwölf wahren Fischer« begegnen, wie er aus Anlaß des jährlichen Club-Essens das Vernon-Hotel betritt, so werden Sie, sobald er seinen Mantel ablegt, sehen, daß sein Abendanzug grün und nicht schwarz ist. Wenn Sie (vorausgesetzt, Sie besäßen die sterneerschütternde Kühnheit, ein solches Wesen anzusprechen) ihn fragten warum, würde er vermutlich antworten, er tue es, um nicht mit einem Kellner verwechselt zu werden. Woraufhin Sie sich zerschmettert zurückzögen. Hinter sich aber würden Sie ein bisher ungelöstes Rätsel und eine erzählenswerte Geschichte zurücklassen.

Träfen Sie nun (um den gleichen Faden unwahrscheinlicher Vermutungen fortzuspinnen) einen sanftmütigen, hart arbeitenden kleinen Priester namens Father Brown, und fragten Sie ihn, was er für den einzigartigsten Glücksfall seines Lebens ansehe, würde er vermutlich antworten, daß aufs Ganze gesehen sein bester Streich jener im Vernon-Hotel gewesen sei, wo er ein Verbrechen verhinderte und vielleicht eine Seele rettete, einfach indem er auf ein paar Schritte in einem Gang lauschte. Er ist dann vielleicht ein bißchen stolz auf diese seine wilde und wunderbare Mutmaßung, und es ist möglich, daß er sie sogar erwähnt. Aber da es unendlich unwahrscheinlich ist, daß Sie in der Welt der Gesellschaft je so weit aufsteigen, »Die zwölf wahren Fischer« zu finden, oder daß Sie je tief genug zwischen Slums und Verbrechern absinken, Father Brown zu finden, fürchte ich, daß Sie diese Geschichte niemals erfahren werden, es sei denn, Sie erfahren sie von mir.

Das Vernon-Hotel, in dem »Die zwölf wahren Fischer« ihr Jahresessen abhielten, war eine jener Einrichtungen, wie sie nur in einer oligarchischen Gesellschaft bestehen können, die fast verrückt nach guten Manieren ist. Es war jene paradoxe Hervorbringung – ein »exklusives« kaufmännisches Unternehmen. Mit anderen Worten: Es machte Gewinn, nicht indem es Menschen anzog, sondern indem es Menschen abwies. Im Herzen einer Plutokratie werden Händler bald gerissen genug, noch wählerischer als ihre Kundschaft zu sein. Sie schaffen regelrecht Schwierigkeiten, damit ihre geldhabenden und gelangweilten Kunden Geld und Geschick aufwenden müssen, um sie zu überwinden. Wenn es in London ein Hotel gäbe, das gerade berühmt ist und das niemand betreten dürfte, der nicht mindestens 6 Fuß mißt, würde die Gesellschaft demütig Gesellschaften für 6-Fuß-Menschen geben, die in ihm speisen sollten. Wenn es ein kostspieliges Restaurant gäbe, das aufgrund einer Laune seines Besitzers nur donnerstagnachmittags geöffnet wäre, wäre es donnerstagnachmittags brechend voll. Das Vernon-Hotel stand wie zufällig in einer Ecke an einem Platz in Belgravia. Es war ein kleines Hotel; und ein sehr unbequemes. Doch wurden gerade seine Unbequemlichkeiten geschätzt als Mauern, die eine besondere Gesellschaftsschicht schützten. Eine Unbequemlichkeit insbesondere wurde für lebenswichtig erachtet: die Tatsache, daß praktisch nur 24 Menschen gleichzeitig dort speisen konnten. Der einzige große Speisetisch war der berühmte Terrassentisch, der im Freien auf einer Art Veranda stand mit Blick auf einen der herrlichsten alten Gärten Londons. Daher denn selbst jene 24 Plätze an diesem Tisch nur bei warmem Wetter genossen werden konnten; und da dies den Genuß noch erschwerte, machte es ihn um so begehrenswerter. Der gegenwärtige Besitzer des Hotels war ein Jude namens Lever; und er holte fast eine Million heraus, indem er es schwer machte, hineinzukommen. Natürlich verband er diese äußerliche Beschränktheit seines Unternehmens mit der sorgfältigsten Vollendung seiner Leistung. Weine und Küche waren wahrhaftig so gut wie nur irgends in Europa, und das Benehmen der Dienerschaft spiegelte aufs genaueste die stete Stimmung der englischen Oberklasse wider. Der Besitzer kannte alle seine Kellner wie die Finger seiner Hand; insgesamt gab es ihrer nur 15. Es war sehr viel leichter, Parlamentsabgeordneter zu werden als Kellner in jenem Hotel. Jeder Kellner war in erschrecklicher Leisigkeit und Zuvorkommenheit geschult, als sei er der Kammerdiener eines Gentleman. Und es gab auch in der Tat mindestens einen Kellner für jeden speisenden Gentleman.

Der Club der »zwölf wahren Fischer« würde sich niemals dazu herabgelassen haben, anderswo als an einem solchen Orte zu speisen, denn er bestand auf luxuriöser Abgeschlossenheit und wäre höchst ungehalten gewesen bei dem bloßen Gedanken daran, daß irgendein anderer Club auch nur im gleichen Gebäude speise. Aus Anlaß ihres jährlichen Essens pflegten die Fischer all ihre Schätze auszubreiten, als befänden sie sich in einem Privathaus, vor allem aber ihr berühmtes Besteck aus Fischgabeln und Fischmessern, den wahren Insignien ihrer Gesellschaft, jedes Stück eine auserlesene Silberschmiedearbeit in Fischform, und jedes am Griff mit einer großen Perle geschmückt. Sie wurden immer für den Fischgang aufgelegt, und der Fischgang war immer der großartigste jenes großartigen Mahles. Die Gesellschaft verfügte über eine gewaltige Anzahl von Zeremonien und Gebräuchen, aber sie hatte keine Geschichte und keinen Zweck; und darin war sie eben so besonders aristokratisch. Man brauchte nichts zu sein, um einer der Zwölf Fischer zu sein; denn wenn man nicht bereits eine bestimmte Art Person war, hörte man niemals von ihnen. Sie bestand seit zwölf Jahren. Ihr Präsident war Mr. Audley. Ihr Vizepräsident war der Herzog von Chester.

Falls es mir gelungen sein sollte, die Atmosphäre in diesem erstaunlichen Hotel einigermaßen deutlich zu machen, wird sich der Leser ganz natürlich fragen, wie ich denn dazu kam, irgend etwas davon zu wissen, und er mag gar darüber nachdenken, wie eine so gewöhnliche Person wie mein Freund Father Brown dazu kam, sich in jener goldenen Galeere wiederzufinden. Was das angeht, ist meine Geschichte einfach oder gar vulgär. Es gibt in der Welt einen sehr alten Aufrührer und Volksverhetzer, der selbst in die vornehmste Abgeschiedenheit mit der erhabenen Nachricht einbricht, daß alle Menschen Brüder seien, und wohin immer dieser Gleichmacher auf seinem fahlen Pferde ritt, war ihm zu folgen Father Browns Geschäft. Einen der Kellner, einen Italiener, hatte an jenem Nachmittag ein Schlaganfall niedergeschlagen; und sein jüdischer Arbeitgeber hatte, gelinde über solchen Aberglauben sich wundernd, zugestimmt, nach dem nächsten päpstischen Priester zu schicken. Was nun der Kellner Father Brown berichtete, geht uns nichts an, aus dem vortrefflichen Grund, weil der Kleriker darüber schwieg; jedoch veranlaßte es ihn offensichtlich dazu, eine Notiz oder eine Erklärung zur Übermittlung einer Nachricht oder zwecks Richtigstellung einer Falschheit niederzuschreiben. Father Brown jedenfalls bat mit der demütigen Unverschämtheit, die er ebenso im Buckingham-Palast gezeigt haben würde, um ein Zimmer und Schreibzeug. Mr. Lever fühlte sich in zwei gerissen. Er war ein gütiger Mann, und außerdem verfügte er über jene schlechte Nachahmung der Güte, die Unlust an jeglicher Schwierigkeit oder Szene. Auf der anderen Seite war die Anwesenheit eines ungewöhnlichen Fremden in seinem Hotel gerade an diesem Abend so etwas wie ein Dreckfleck auf etwas gerade Gereinigtem. Niemals hatte es im Vernon-Hotel einen Grenzbereich oder einen Vorraum gegeben, keine in der Halle wartenden Menschen, keine Laufkundschaft. Es gab 15 Kellner. Es gab 12 Gäste. An jenem Abend im Hotel einen neuen Gast vorzufinden wäre ebenso beunruhigend gewesen, wie einen neuen Bruder vorzufinden, wie er mit der eigenen Familie frühstückt oder Tee trinkt. Außerdem war die Erscheinung des Priesters zweitklassig und seine Kleidung schäbig; auch nur ein ferner flüchtiger Blick auf ihn hätte eine Krise im Club auslösen können. Schließlich aber kam Mr. Lever auf einen Plan, wie er den Schandfleck, da er ihn nicht auslöschen konnte, verdecken könne. Wenn Sie (was sicherlich nie geschehen wird) das Vernon-Hotel betreten, schreiten Sie durch einen kurzen Gang, den einige dunkle, aber wichtige Bilder schmücken, zur Haupthalle und Lounge, welche sich zu Ihrer Rechten in Gänge öffnet, die zu den Gasträumen führen, und zu Ihrer Linken in einen ähnlichen Gang, der zu den Küchen und Büros des Hotels weist. Unmittelbar zu Ihrer Linken befindet sich die Ecke eines gläsernen Büros, das in die Lounge hineinragt – ein Haus im Haus sozusagen, wie das alte Hotelbüffet, das vermutlich einst diesen Platz eingenommen hat.

In diesem Büro saß der Vertreter des Besitzers (hier erschien niemand in Person, wenn er es irgendwie vermeiden konnte), und unmittelbar hinter dem Büro befand sich, auf dem Weg zu den Quartieren des Personals, die Herrengarderobe, die äußerste Grenze des Bereichs der Gentlemen. Zwischen Büro und Garderobe aber befand sich ein kleiner privater Raum ohne anderen Ausgang, den der Besitzer manchmal für delikate und wichtige Angelegenheiten verwendete, wie einem Herzog 1000 Pfund zu leihen oder ihm 1 Groschen abzuschlagen. Es ist ein Kennzeichen der überwältigenden Toleranz von Mr. Lever, zuzulassen, daß dieser heilige Ort für etwa eine halbe Stunde durch einen einfachen Priester profaniert wurde, der dort ein Stück Papier bekritzelte. Die Geschichte, die Father Brown niederschrieb, ist sicherlich eine sehr viel bessere Geschichte als diese, nur wird sie nie bekannt werden. Ich kann lediglich feststellen, daß sie ziemlich die gleiche Länge hatte, und daß die letzten zwei oder drei Paragraphen die am wenigsten aufregenden und fesselnden waren.

Denn erst, als er bis zu diesen gediehen war, begann der Priester seinen Gedanken zu erlauben, daß sie ein wenig wanderten, und seinen Sinnen, die üblicherweise scharf waren, daß sie erwachten. Die Zeit der Dunkelheit und des Abendessens rückte heran; sein kleines vergessenes Zimmer war ohne Licht, und vielleicht schärfte das dunkelnde Dämmern, wie es ja zuzeiten vorkommt, seinen Sinn des Gehörs. Als Father Brown den letzten und unwesentlichsten Teil des Dokumentes niederschrieb, überraschte er sich dabei, wie er im Rhythmus eines wiederkehrenden Geräusches draußen schrieb, so wie man manchmal im Rhythmus des Ratterns eines Zuges denkt. Als er sich dessen bewußt wurde, erkannte er auch, was es war: nur das gewöhnliche Trappen von Füßen, die an der Tür vorüberkamen, in einem Hotel keine sehr ungewöhnliche Sache. Dennoch starrte er an die dunkelnde Decke und lauschte dem Geräusch. Nachdem er ein paar Sekunden lang verträumt gelauscht hatte, stand er auf und lauschte aufmerksam, den Kopf ein bißchen zur Seite geneigt. Dann setzte er sich wieder hin und vergrub die Stirn in den Händen, nun nicht mehr nur lauschend, sondern lauschend und zugleich nachdenkend.

Die Schritte draußen waren in jedem einzelnen Augenblick solche, wie man sie in jedem Hotel hätte hören können; nahm man sie aber insgesamt, dann war da etwas sehr Sonderbares mit ihnen. Es gab keine anderen Schritte. Das Haus war immer sehr still, denn die wenigen Hausgäste gingen jeweils sofort in ihre Zimmer, und die wohlgeschulten Kellner waren angewiesen, sozusagen unsichtbar zu bleiben, bis sie erwünscht waren. Man könnte sich keinen Ort vorstellen, an dem es noch weniger Grund gab, irgend etwas Unregelmäßiges zu erwarten. Diese Schritte waren aber so eigentümlich, daß man sich nicht entscheiden konnte, sie regelmäßig oder unregelmäßig zu nennen. Father Brown verfolgte sie mit dem Finger auf dem Tischrand, wie jemand, der versucht, eine Melodie auf dem Klavier zu üben.

Zuerst kam da eine lange Reihe rascher kurzer Schritte, wie sie ein leichter Mann machen mag, wenn er ein Geherrennen gewinnt. An einer bestimmten Stelle hielten sie inne und wechselten in eine Art langsam schlendernden Stapfens, das sich nicht auf ein Viertel der Schritte belief, aber nahezu die gleiche Zeit verbrauchte. Und im gleichen Augenblick, in dem das letzte hallende Stapfen erstorben war, folgte wieder das Rennen oder Rieseln leichter eilender Füße, und dann aufs neue das Dröhnen des schwereren Schrittes. Es handelte sich mit Sicherheit um das gleiche Paar Schuhe, teilweise, weil (wie schon gesagt wurde) keine anderen Schuhe unterwegs waren, und teilweise, weil sie ein leichtes, aber unüberhörbares Knarren in sich hatten. Father Brown besaß jene Art Kopf, die nicht umhin kann, Fragen zu stellen; und ob dieser anscheinend belanglosen Frage zerbarst sein Kopf fast. Er hatte Männer rennen gesehen, um zu springen. Er hatte Männer rennen gesehen, um zu schlittern. Aber warum in aller Welt sollte ein Mann rennen, um zu gehen? Oder anders: Warum sollte er gehen, um zu rennen? Und doch wollte keine andere Beschreibung sich mit den Possen dieses unsichtbaren Paares Beine decken. Entweder lief der Mann sehr schnell die eine Hälfte des Ganges hinab, um dann sehr langsam die andere Hälfte zu durchschreiten; oder er schritt am einen Ende sehr langsam aus, um am anderen das Vergnügen des schnellen Laufens zu genießen. Keine dieser Vermutungen schien viel Sinn zu ergeben. Sein Gehirn wurde dunkler und dunkler, wie sein Zimmer.

Doch als er systematisch nachzudenken begann, schien die Dunkelheit seiner Zelle selbst seine Gedanken lebendiger zu machen; er begann wie in einer Art von Vision die phantastischen Füße den Gang entlang tanzen zu sehen in unnatürlichen oder symbolischen Posen. War das ein heidnischer religiöser Tanz? Oder eine vollkommen neue Art wissenschaftlicher Übungen? Father Brown begann, sich genauer zu fragen, was die Schritte andeuteten. Zunächst der langsame Schritt: Mit Sicherheit war das nicht der Schritt des Besitzers. Männer dieses Typs gehen in einem schnellen Watscheln, oder sie sitzen still. Es konnte auch nicht ein Diener oder Bote sein, der auf Anweisungen wartete. Danach klang es nicht. Die niederen Klassen (in einer Oligarchie) stolpern zwar manchmal umher, wenn sie leicht angetrunken sind, aber im allgemeinen, und besonders in solch prachtvoller Umgebung, stehen oder sitzen sie in gezwungener Haltung. Nein; jener schwere und zugleich federnde Schritt, von einer Art unbekümmerter Gewichtigkeit, nicht besonders laut, doch unbesorgt darum, welches Geräusch er verursache, konnte nur zu einem Lebewesen auf Erden gehören. Das war ein Gentleman aus dem westlichen Europa, und vermutlich einer, der nie für seinen Lebensunterhalt gearbeitet hatte.

Gerade als er diese sichere Gewißheit gewonnen hatte, wandelte sich der Schritt in den schnelleren und rannte so hastig an der Tür vorbei wie eine Ratte. Der Lauscher bemerkte, daß dieser Schritt, obwohl viel schneller, zugleich auch viel leiser war, so als laufe ein Mann auf Zehenspitzen. Doch verband sich das in seinem Geiste nicht mit Heimlichkeit, sondern mit etwas anderem – etwas, dessen er sich nicht erinnern konnte. Es quälte ihn eine jener Halberinnerungen, die einen Mann sich halb blöd fühlen lassen. Mit Sicherheit hatte er jenes sonderbare schnelle Gehen schon irgendwo gehört. Plötzlich sprang er mit einem neuen Einfall im Kopf auf die Füße und ging zur Tür. Sein Zimmer hatte keinen direkten Zugang zum Gang, führte aber auf der einen Seite in das gläserne Büro und auf der anderen Seite in die darunterliegende Garderobe. Er versuchte die Tür zum Büro und fand sie verschlossen. Dann blickte er zum Fenster, jetzt eine viereckige Scheibe voller purpurner Wolken, die ein fahler Sonnenuntergang zerteilte, und für einen Augenblick witterte er Böses, wie ein Hund Ratten wittert.

Der vernünftige Teil seines Wesens (ob das nun auch der weisere war oder nicht) gewann wieder die Oberhand. Er erinnerte sich daran, daß ihm der Besitzer gesagt hatte, er wolle die Tür abschließen und später wiederkommen, ihn herauszulassen. Er sagte sich, daß 20 verschiedene Ursachen, an die er nicht gedacht hatte, die außergewöhnlichen

Geräusche draußen erklären könnten; er gemahnte sich daran, daß es gerade noch ausreichend Licht gebe, seine eigene Arbeit zu beenden. Er trug sein Papier zum Fenster, um das letzte Licht des stürmischen Abends einzufangen, und stürzte sich noch einmal in den fast beendeten Bericht. Während etwa 20 Minuten hatte er geschrieben, indem er sich im verdämmernden Licht tiefer und tiefer auf sein Papier beugte; da plötzlich setzte er sich aufrecht hin. Er hatte erneut die sonderbaren Füße gehört.

Dieses Mal wiesen sie eine dritte Eigenart auf. Zuvor war der unbekannte Mann gelaufen, sehr leicht zwar und mit Blitzesschnelle, aber er war gelaufen. Dieses Mal rannte er. Man konnte die schnellen, weichen, springenden Schritte den Korridor entlang kommen hören wie die Tatzen eines flüchtenden und springenden Panters. Wer immer da kam, es war ein sehr kraftvoller tatkräftiger Mann, in stummer aber heftiger Erregung. Doch als das Geräusch wie ein flüsternder Wirbelwind bis an das Büro herangefegt war, wechselte es plötzlich wieder in das alte langsame schlendernde Stapfen.

Father Brown warf seine Papiere hin und ging, da er die Bürotür geschlossen wußte, auf der anderen Seite in die Garderobe. Der Wärter dieses Ortes war zeitweilig abwesend, wohl weil die einzigen Gäste beim Dinner saßen und sein Amt eine Pfründe war. Nachdem er sich durch einen grauen Wald von Mänteln getastet hatte, stellte er fest, daß sich die dunkle Garderobe zum erleuchteten Korridor hin wie ein Ladentisch oder eine Art Halbtür öffnete wie die meisten solcher Theken, über die wir alle schon Schirme gereicht und Marken in Empfang genommen haben. Unmittelbar über dem Schwibbogen dieser Öffnung hing eine Lampe. Sie beleuchtete Father Brown kaum, der wie ein dunkler Umriß vor dem matten Sonenuntergangsfenster hinter ihm erschien. Aber sie warf ein fast theatralisches Licht auf den Mann, der vor der Garderobe im Korridor stand.

Es war ein sehr eleganter Mann in einfachem Abendanzug; großgewachsen, aber er wirkte, als nehme er nicht viel Raum ein; man spürte, daß er wie ein Schatten dort hätte vorübergleiten können, wo sehr viel kleinere Männer auffällig und störend gewirkt hätten. Sein Gesicht, jetzt im Lampenschein zurückgeworfen, war dunkel und lebhaft, das Gesicht eines Ausländers. Seine Erscheinung war gut, seine Manieren waren gut gelaunt und selbstbewußt; ein Kritiker hätte lediglich feststellen können, daß sein schwarzer Frack nicht ganz zu seiner Erscheinung und seinen Manieren paßte, ja sogar auf sonderbare Weise geschwollen und gebauscht erschien. In dem Augenblick, da er Browns schwarze Silhouette vor dem Sonnenuntergang erblickte, warf er ein Stück Papier mit einer Nummer darauf hin und rief mit leutseliger Autorität: »Ich möchte meinen Hut und meinen Mantel bitte; ich muß sofort gehen.«

Father Brown nahm wortlos das Papier und ging gehorsam den Mantel suchen; es war nicht die erste niedere Arbeit, die er in seinem Leben verrichtete. Er brachte ihn herbei und legte ihn auf die Theke; inzwischen sagte der fremde Herr, der in seiner Westentasche herumgesucht hatte, lachend: »Ich hab kein Silber bei mir; behalten Sie das«, und er warf einen halben Sovereign hin und nahm seinen Mantel auf.

Father Browns Gestalt blieb ganz dunkel und ruhig; aber in diesem Augenblick hatte er seinen Kopf verloren. Sein Kopf war immer dann am wertvollsten, wenn er ihn verloren hatte. In solchen Augenblicken zählte er zwei und zwei zusammen und machte vier Millionen daraus. Oftmals billigte die katholische Kirche (die mit der Alltagsvernunft verheiratet ist) das nicht. Oftmals billigte er selbst das nicht. Aber es war eine wirkliche Eingebung – wichtig in seltenen Krisen –, daß wer da seinen Kopf verliert, ihn retten wird.

»Ich glaube, Sir«, sagte er höflich, »daß Sie einiges Silber in Ihren Taschen haben.«

Der hochgewachsene Gentleman starrte ihn an. »Zum Teufel«, schrie er, »ich habe Ihnen doch Gold gegeben, was beklagen Sie sich denn?«

»Weil Silber manchmal wertvoller ist als Gold«, sagte der Priester sanftmütig; »vor allem in großen Mengen.«

Der Fremde sah ihn neugierig an. Danach sah er noch neugieriger den Gang hinab zum Haupteingang hin. Dann sah er wieder Brown an, und dann sah er sehr sorgfältig nach dem Fenster hinter Browns Haupt, das immer noch vom Nachglühen des Gewitters gefärbt war. Dann schien er einen Entschluß gefaßt zu haben. Er stützte eine Hand auf die Theke, schwang sich leicht wie ein Akrobat hinüber und stand dann dräuend über dem Priester, den er mit mächtiger Hand beim Kragen packte.

»Stehen Sie still«, sagte er in einem abgehackten Flüstern. »Ich will Ihnen nicht drohen, aber …«

»Ich will Ihnen drohen«, sagte Father Brown mit einer Stimme wie eine dröhnende Trommel. »Ich will Ihnen drohen mit dem Wurm, der niemals stirbt, und mit dem Feuer, das nie gelöscht wird.«

»Sie sind eine sonderbare Art von Garderobier«, sagte der andere.

»Ich bin Priester, Monsieur Flambeau«, sagte Brown, »und ich bin bereit, Ihre Beichte zu hören.«

Der andere stand einige Augenblicke da, nach Luft schnappend, dann taumelte er rückwärts auf einen Stuhl.

Die beiden ersten Gänge des Dinners der »zwölf wahren Fischer« waren mit ruhigem Erfolg verlaufen. Ich besitze keine Abschrift der Speisekarte; und wenn ich eine besäße, würde ich niemandem davon etwas mitteilen. Sie war in jener Sorte Über-Französisch verfaßt, das Köche gebrauchen und Franzosen nicht verstehen. Es gab eine Tradition im Club, daß die *hors d'œuvres* unterschiedlich und vielfältig zu sein hatten bis zum Exzeß. Sie wurden höchst ernsthaft verspeist, da sie zugegebenermaßen überflüssige Zugaben darstellten wie das ganze Essen und der ganze Club. Es gab auch eine Tradition, daß die Suppe leicht und anspruchslos zu sein hatte – eine Art einfachen und strengen Fastens vor dem Fest des Fisches, das bevorstand. Das Gespräch war jenes sonderbare seichte Gerede, das das British Empire regiert, das es im Geheimen regiert und das doch einen gewöhnlichen Engländer kaum erleuchten würde, selbst wenn er ihm zuhören könnte. Kabinettsminister beider Parteien erwähnte man in einer Art gelangweilten Wohlwollens mit ihren Vornamen. Der radikale Schatzkanzler, den die ganze Partei der Tories angeblich wegen seiner Erpressungen verflucht, wurde wegen seiner unbedeutenden Gedichte oder wegen seines guten Sitzes im Sattel während der Jagd gelobt. Der Tory-Führer, den alle Liberalen angeblich als Tyrannen hassen, wurde durchgehechelt und im großen ganzen gelobt – als Liberaler. Irgendwie schien es, als seien Politiker sehr wichtig. Jedoch schien alles andere wichtig zu sein an ihnen, außer ihrer Politik. Mr. Audley, der Präsident, war ein liebenswürdiger älterer Herr, der immer noch Gladstone-Kragen trug; er war eine Art Symbol jener gauklerischen und doch so starren Gesellschaft. Er hatte niemals irgend etwas getan – nicht einmal etwas Falsches. Er war nicht leichtlebig; er war nicht einmal besonders reich. Er gehörte einfach dazu; und das war alles. Keine Partei konnte ihn übersehen, und hätte er ins Kabinett gewollt, würde man ihn sicherlich aufgenommen haben. Der Herzog von Chester, der Vizepräsident, war ein junger aufsteigender Politiker. Das heißt, er war ein gefälliger Jüngling mit glattem blondem Haar und einem sommersprossigen Gesicht, mit mäßiger Intelligenz und ungeheuren Ländereien. In der Öffentlichkeit waren seine Auftritte immer erfolgreich, und zwar auf die einfachste Weise. Wann immer ihm ein Witz einfiel, machte er ihn, und wurde brillant genannt. Wann immer ihm kein Witz einfiel, sagte er, jetzt sei nicht die Zeit zu scherzen, und wurde fähig genannt. Im Privaten, in einem Club seiner Klasse, war er einfach recht angenehm offen und albern wie ein Schuljunge. Mr. Audley, der sich nie mit Politik beschäftigt hatte, behandelte sie etwas ernsthafter. Manchmal verwirrte er die Gesellschaft sogar mit Sätzen, die andeuteten, daß es zwischen Liberalen und Konservativen gewisse Unterschiede gebe. Er selbst war ein Konservativer, sogar im Privatleben. Ihm hing eine graue Haartolle rücklings über seinen Kragen wie gewissen älteren Staatsmännern, und von hinten sah er aus wie der Mann, den das Empire braucht. Von vorne sah er aus wie ein sanfter, selbstgefälliger Junggeselle mit einer Wohnung im Hotel Albany – was er war.

Wie bereits bemerkt wurde, gab es 24 Sitze am Terrassentisch, aber nur 12 Mitglieder des Clubs. So konnten sie denn die Terrasse auf die luxuriöseste Weise besetzt halten, indem sie entlang der inneren Tischseite saßen, ohne Gegenüber, und so einen ungestörten Blick auf den Garten hatten, dessen Farben immer noch leuchteten, obwohl der Abend sich für die Jahreszeit etwas zu düster um sie schloß. Der Präsident saß in der Mitte der Reihe, und der Vizepräsident an ihrem rechten Ende. Wenn die 12 Gäste zu ihren Plätzen schritten, war es (aus irgendwelchen unbekannten Gründen) üblich, daß die Kellner an der Wand Parade standen wie Truppen, die dem König ihre Waffen präsentieren, während der fette Besitzer dastand und sich vor dem Club in strahlender Überraschung verneigte, als ob er nie zuvor von ihnen gehört hätte. Aber noch vor dem ersten Klirren von Messer und Gabel war diese Vasallenarmee verschwunden, und nur jene ein oder zwei, die man zum Einsammeln und Austeilen der Teller benötigte, schössen in tödlichem Schweigen umher. Mr. Lever, der Besitzer, war natürlich längst zuvor unter Höflichkeitskrämpfen verschwunden. Es wäre übertrieben, ja geradezu unehrerbietig zu behaupten, daß er je wieder wirklich erschien. Wenn aber der wichtige Gang, der Fischgang, hereingebracht wurde, gab es – wie soll ich es beschreiben – einen lebendigen Schatten, die Projektion seiner Persönlichkeit, die mitteilte, daß er in der Nähe weilte. Der heilige Fischgang bestand (für die Augen des Plebs) aus einer Art monströsem Pudding, etwa von der Größe und Form eines Hochzeitskuchens, in dem eine beträchtliche Anzahl interessanter Fische letztlich die Formen verloren hatten, die ihnen Gott einst gab. »Die zwölf wahren Fischer« erhoben ihre Fischmesser und Fischgabeln und gingen ihn so ernsthaft an, als ob jeder Zoll Pudding so viel koste wie die Silbergabel, von der er gegessen ward. Was meines Wissens auch zutraf. Dieser Gang wurde in eifrigem und verschlingendem Schweigen erledigt; und erst als sein Teller fast leer war, machte der junge Herzog die rituelle Bemerkung: »Den können sie wirklich nur hier machen.«

»Sonst nirgendwo«, sagte Mr. Audley mit tiefer Baßstimme, wandte sich dem Sprecher zu und nickte mehrmals mit seinem ehrwürdigen Haupt. »Bestimmt nirgendwo, außer hier. Man hat mir einzureden versucht, daß im Café Anglais ...«

Hier wurde er durch das Abräumen seines Tellers unterbrochen und sogar für einen Moment verwirrt, aber er fand den wertvollen Faden seiner Gedanken wieder. »Man hat mir einzureden versucht, daß im Café Anglais das gleiche erreicht würde. Nichts davon, Sir«, sagte er und schüttelte sein Haupt erbarmungslos wie ein Richter, der zum Galgen verurteilt. »Nichts davon.«

»Überschätzter Laden das«, sagte ein gewisser Oberst Pound, der (seiner Miene nach) zum ersten Mal seit einigen Monaten wieder sprach.

»Oh, ich weiß nicht«, sagte der Herzog von Chester, der ein Optimist war, »es ist ganz nett für bestimmte Dinge. Nicht zu überbieten in ...«

Ein Kellner kam eilig durch den Raum und blieb dann plötzlich stehen. Sein Innehalten war so lautlos wie sein Schritt; aber all jene unbestimmten und freundlichen Gentlemen waren so an die absolute Geschmeidigkeit der unsichtbaren Maschinerie gewöhnt, die ihr Leben umgab und erhielt, daß ein Kellner, der etwas Unerwartetes tat, erschreckte wie ein Mißton. Sie fühlten, wie Sie und ich fühlen würden, wenn die unbelebte Welt nicht gehorchte – wenn ein Stuhl vor uns wegrennte.

Der Kellner stand einige Augenblicke starrend, während sich auf jedem Gesicht an der Tafel eine sonderbare Scham vertiefte, die vollständig ein Produkt unserer Zeit ist. Es ist die Mischung der modernen Humanitätsduselei mit dem schrecklichen modernen Abgrund zwischen den Seelen der Reichen und der Armen. Ein echter historischer Aristokrat hätte Dinge nach dem Kellner geworfen, zuerst leere Flaschen und zuletzt sehr wahrscheinlich Geld. Ein echter Demokrat hätte ihn mit kameradschaftlicher Klarheit der Sprache gefragt, was zum Teufel er wolle. Aber diese modernen Plutokraten können keinen Armen in ihrer Nähe ertragen, weder als Sklaven noch als Freund. Daß irgend etwas bei den Bedienern schief lief, bedeutete lediglich eine peinliche Verlegenheit. Sie wollten nicht brutal sein, aber sie fürchteten die Notwendigkeit, gütig zu sein. Sie wünschten, daß was immer es war, vorbei sei. Es war vorbei. Der Kellner wandte sich, nachdem er einige Sekunden steif wie ein Kataleptiker dagestanden hatte, um und rannte wie wahnsinnig aus dem Raum.

Als er wieder im Raum erschien, oder besser im Eingang, geschah das in Gesellschaft eines weiteren Kellners, mit dem er flüsterte und in südlicher Wildheit gestikulierte. Dann verschwand der erste Kellner, ließ den zweiten Kellner zurück und erschien wieder mit einem dritten Kellner. Als sich ein vierter Kellner dieser hastigen Synode angeschlossen hatte, hielt Mr. Audley es für notwendig, das Schweigen zugunsten von Takt zu brechen. Er verwendete dazu ein sehr lautes Husten anstelle des Präsidentenhämmerchens und sagte: »Hervorragende Arbeit, die der junge Moocher in Burma tut. Nein, kein anderes Volk auf Erden könnte ...«

Ein fünfter Kellner war wie ein Pfeil auf ihn losgeschossen und flüsterte ihm ins Ohr: »Um Vergebung. Wichtig! Dürfte der Besitzer Sie wohl sprechen?«

Der Präsident dreht sich verwirrt um und sah mit betäubtem Starren Mr. Lever sich rasch auf sie zuwälzen. Die Haltung des braven Besitzers war zwar seine gewöhnliche Haltung, aber sein Gesicht war keineswegs gewöhnlich. Im allgemeinen war es ein frisches Kupferbraun; jetzt war es ein kränkliches Gelb.

»Vergeben Sie mir, Mr. Audley«, sagte er mit asthmatischer Atemlosigkeit. »Ich habe erhebliche Befürchtungen. Ihre Fischteller, sie sind mit Messer und Gabel auf ihnen abgeräumt worden!«

»Na, das will ich hoffen«, sagte der Präsident mit einiger Wärme.

»Haben Sie ihn gesehen?« keuchte der aufgeregte Hotelier. »Haben Sie den Kellner gesehen, der sie abräumte? Kennen Sie ihn?«

»Den Kellner kennen?« fragte Mr. Audley empört. »Natürlich nicht!«

Mr. Lever öffnete die Hände in einer Geste der Agonie. »Ich hab ihn nie geschickt«, sagte er. »Ich weiß nich wann und warum er kommt. Ich schick meinen Kellner die Teller abräumen, und er findet sie bereits fort.«

Mr. Audley sah immer noch so verwirrt aus, daß er nicht wirklich der Mann sein konnte, den das Empire braucht; niemand von der Gesellschaft konnte etwas sagen, außer dem Mann aus Holz – Oberst Pound –, der zu unnatürlichem Leben galvanisiert schien. Er stand steif von seinem Stuhl auf, hinterließ die übrigen sitzend, schraubte sich das Monokel ins Auge und sprach mit einem rauhen Unterton, als habe er halb vergessen, wie man spricht. »Wollen Sie sagen, daß jemand unser silbernes Fischbesteck gestohlen hat?«

Der Besitzer wiederholte die offenhändige Geste mit noch größerer Hilflosigkeit; und blitzartig standen alle Männer am Tisch auf den Füßen.

»Sind alle Ihre Kellner da?« fragte der Oberst in seinem leisen rauhen Tonfall.

»Ja, sie sind alle da. Ich habe das selbst bemerkt«, rief der junge Herzog und schob sein knäbisches Gesicht in den inneren Kreis. »Zähle sie immer, wenn ich reinkomme; sie sehen so komisch aus, wenn sie da an der Wand stehen.«

»Aber man kann sich sicherlich nicht genau erinnern«, begann Mr. Audley mit schwerem Zögern.

»Ich erinnere mich genau, sage ich Ihnen«, rief der Herzog aufgeregt. »Hier hat es nie mehr als 15 Kellner gegeben, und hier waren heute Abend nicht mehr als 15 Kellner, das schwöre ich; nicht mehr und nicht weniger.«

Der Besitzer wandte sich ihm zu und zitterte vor Überraschung fast wie vom Schlag gerührt. »Sie meinen – Sie meinen«, stammelte er, »daß Sie alle meine 15 Kellner gesehen?«

»Wie üblich«, bestätigte der Herzog. »Was ist denn los?«

»Nichts«, sagte Lever, und sein Akzent wurde dicker, »nur, Sie haben nicht. Denn einer von se liegt oben tot.«

Für einen Augenblick herrschte erschrockenes Schweigen in jenem Raum. Vielleicht (so übernatürlich ist das Wort Tod) betrachtete jeder dieser unnützen Männer für eine Sekunde seine Seele und sah sie als kleine getrocknete Erbse. Einer von ihnen – der Herzog, glaube ich – fragte sogar mit der blödsinnigen Freundlichkeit des Reichtums: »Können wir irgendwas tun?«

»Er hat einen Priester gehabt«, sagte der Jude nicht ohne Rührung.

Da erwachten sie, wie vom Dröhnen des Jüngsten Gerichts, zu ihrer eigenen Position. Für einige unheimliche Sekunden war ihnen wirklich so gewesen, als ob der fünfzehnte Kellner der Geist des toten Mannes oben gewesen sei. Dieser Druck hatte sie stumm gemacht, denn Geister waren für sie eine Peinlichkeit wie Bettler. Doch die Erinnerung an das Silber brach den Bann des Übernatürlichen; brach ihn jäh und mit brutaler Wirkung. Der Oberst warf seinen Stuhl um und schritt zur Tür. »Wenn ein fünfzehnter Mann hier war, Freunde«, sagte er, »war dieser fünfzehnte der Dieb. Also sofort runter an die Vorder- und die Hintertüren und sichert alles ab; danach wollen wir uns beraten. Die 24 Perlen sind die Rückeroberung wert.«

Mr. Audley schien zunächst zu zögern, ob es eines Gentlemans würdig sei, wegen überhaupt irgend etwas in eine solche Hast zu geraten; doch als er den Herzog mit jugendlicher Energie die Treppe hinabstürzen sah, folgte er ihm in gesetzterer Geschwindigkeit.

In diesem Augenblick rannte ein sechster Kellner in den Raum und erklärte, daß er den Stapel Fischteller auf einem Anrichtetisch gefunden habe, doch keine Spur des Silbers.

Der Haufe von Speisenden und Aufwärtern, der holterdipolter durch die Gänge stolperte, teilte sich in zwei Gruppen. Die meisten der Fischer folgten dem Besitzer zur Eingangshalle, um zu erfahren, ob irgend jemand das Haus verlassen habe. Oberst Pound stürmte mit dem Präsidenten, dem Vizepräsidenten und ein oder zwei anderen durch den Korridor in Richtung Personalräume als wahrscheinlichere Fluchtroute. Dabei kamen sie an der dunklen Nische oder Höhle der Garderobe vorbei und erblickten dort eine kleine schwarzgekleidete Gestalt, offenbar einen Bediensteten, der etwas zurück in ihrem Schatten stand.

»He Sie da!« rief der Herzog. »Haben Sie jemanden vorüberkommen gesehen?«

Die kleine Gestalt antwortete nicht direkt auf die Frage, sondern sagte lediglich: »Vielleicht habe ich, wonach Sie suchen, Gentlemen.«

Sie hielten unschlüssig und verwundert inne, während er ruhig zur Rückseite der Garderobe wanderte und dann mit beiden Händen voll schimmernden Silbers zurückkam, das er mit der Gelassenheit eines Verkäufers auf der Theke ausbreitete. Es nahm die Form eines Dutzends eigenartig geformter Gabeln und Messer an.

»Sie – Sie«, begann der Oberst, nun doch aus der Fassung gebracht. Dann blickte er sich in dem dunklen kleinen Raum um und sah zwei Dinge: erstens, daß der kleine schwarzgewandte Mann wie ein Kirchenmann gekleidet war; und zweitens, daß das Fenster im Raum hinter ihm zerborsten war, als ob jemand es gewaltsam durchstiegen hätte.

»Reichlich wertvolle Sachen, um sie in einer Garderobe aufzubewahren, oder?« bemerkte der Geistliche in heiterer Gelassenheit.

»Haben – haben Sie die Sachen gestohlen?« stammelte Mr. Audley starrenden Auges.

»Selbst wenn«, sagte der Priester freundlich, »habe ich sie hiermit jedenfalls wieder zurückgebracht.«

»Aber Sie waren es nicht«, sagte Oberst Pound, der immer noch das zerbrochene Fenster anstarrte.

»Offengestanden nein«, sagte der andere humorvoll. Und er ließ sich ziemlich feierlich auf einem Stuhl nieder.

»Aber Sie wissen wer«, sagte der Oberst.

»Ich kenne seinen wirklichen Namen nicht«, sagte sanft der Priester; »aber ich weiß einiges über sein Kampfgewicht und vieles über seine geistigen Nöte. Die körperliche Einschätzung gewann ich, als er versuchte, mich zu erwürgen, und die moralische Einschätzung, als er bereute.«

»Oha, also – bereute!« schrie Jung-Chester in einer Art krähenden Lachens.

Father Brown stand auf und legte die Hände auf den Rücken. »Sonderbar, nicht«, sagte er, »daß ein Dieb und Vagabund bereuen sollte, wo so viele Reiche und Sorglose hart und frivol bleiben und weder für Gott noch für die Menschen Früchte tragen? Aber damit geraten Sie, um Vergebung, über die Grenze in meinen Bereich. Wenn Sie Reue als praktische Tatsache bezweifeln, da liegen Ihre Messer und Gabeln. Sie sind ›Die zwölf wahren Fischen, und da sind all Ihre Silberfische. Mich aber hat Er zu einem Menschenfischer gemacht.«

»Haben Sie den Mann gefangen?« fragte der Oberst stirnrunzelnd.

Father Brown sah ihm offen in sein stirnrunzelndes Gesicht. »Ja«, sagte er. »Ich habe ihn mit einem unsichtbaren Haken an einer unsichtbaren Leine gefangen, die lang genug ist, ihn bis ans Ende der Welt wandern zu lassen, und die ihn doch mit einem einzigen Ruck am Faden zurückbringen kann.«

Da war ein langes Schweigen. Alle anderen Anwesenden trieben von dannen, um das wiedergewonnene Silber zu ihren Gefährten zu tragen oder um den eigenartigen Stand der Dinge mit dem Besitzer zu bereden. Nur der grimmgesichtige Oberst saß immer noch seitlich auf der Theke, schwang seine Beine lang und locker hin und her und biß auf seinem schwarzen Schnurrbart herum.

Schließlich sagte er ruhig zu dem Priester: »Muß ein schlauer Bursche gewesen sein, aber ich glaube, ich kenne einen noch schlaueren.«

»Er war ein schlauer Bursche«, antwortete der andere, »aber ich verstehe nicht ganz, welchen anderen Sie meinen.«

»Sie meine ich«, sagte der Oberst mit einem kurzen Lachen.

»Ich will den Burschen nicht im Gefängnis haben; machen Sie sich darüber keine Gedanken. Aber ich würde ne ganze Menge Silbergabeln hergeben, um zu wissen, wie genau Sie in diese Angelegenheit geraten sind und wie Sie das Zeugs von ihm rausbekommen haben. Ich schätze, Sie sind der kenntnisreichste Teufel von uns allen.«

Father Brown schien die ingrimmige Aufrichtigkeit des Soldaten zu mögen. »Na ja«, sagte er lächelnd, »ich darf Ihnen natürlich nichts über die Identität des Mannes erzählen, oder über seine eigene Geschichte; aber es gibt keinen Grund, weshalb ich Ihnen nicht von den äußeren Tatsachen berichten sollte, wie ich sie selbst herausgefunden habe.«

Er schwang sich mit unerwarteter Behendigkeit über die Schranke, hockte sich neben den Oberst und baumelte mit seinen kurzen Beinen wie ein kleiner Junge auf einem Gartentor. Und dann begann er seine Geschichte so unbefangen zu erzählen, als erzählte er sie neben dem Weihnachtsfeuer im Kamin einem alten Freund.

»Sehen Sie, Oberst,« sagte er, »ich war in jenes kleine Zimmer eingeschlossen, um da einige Schreibarbeit zu erledigen, als ich ein Paar Füße durch diesen Korridor kommen hörte, die einen Tanz tanzten so närrisch wie der Tanz des Todes. Zuerst kamen schnelle spaßige kleine Schritte wie von einem Mann, der um einer Wette willen auf Zehenspitzen läuft; dann kamen langsame sorglose knarrende Schritte wie von einem Mann, der mit einer Zigarre spazieren geht. Aber ich schwöre Ihnen, daß beide Schritte von den gleichen Füßen gemacht wurden, und sie wechselten einander ab; erst das Rennen und dann der Spaziergang und dann wieder das Rennen. Zunächst wunderte ich mich mild, und dann wild, warum ein Mann diese beiden Rollen gleichzeitig spielen mochte. Den einen Schritt kannte ich; es war ein Schritt wie Ihrer, Oberst. Es war der Schritt eines wohlgenährten Gentlemans, der auf irgend etwas wartet und dabei umherläuft, eher weil er körperlich wach ist, als weil er geistig ungeduldig ist. Ich wußte, daß ich auch den anderen Schritt kannte, aber ich konnte mich nicht an ihn erinnern. Welchem Lebewesen war ich auf meinen Wegen begegnet, das auf Zehenspitzen in so eigenartiger Weise dahinjagte? Dann hörte ich von irgendwoher das Klirren von Tellern; und die Antwort stand da so deutlich wie der Petersdom. Es war der Lauf eines Kellners – jener Lauf mit vorgeneigtem Körper, mit gesenkten Blicken, mit Zehenballen, die den Boden unter sich wegstoßen, mit fliegenden Frackschößen und Servietten. Dann dachte ich eine Minute lang nach, und noch eine halbe mehr. Und dann sah ich die Natur des Verbrechens so deutlich vor mir, als ob ich es selbst begehen wollte.«

Oberst Pound sah ihn scharf an, aber die sanften grauen Augen des Sprechers blieben mit fast ausdrucksloser Nachdenklichkeit auf die Decke gerichtet.

»Ein Verbrechen«, sagte er langsam, »ist wie jedes andere Kunstwerk. Sehen Sie nicht so überrascht aus; Verbrechen sind keineswegs die einzigen Kunstwerke, die aus dem höllischen Atelier stammen. Aber jedes Kunstwerk, sei es nun göttlich oder teuflisch, trägt ein untrügliches Kennzeichen – damit meine ich, daß sein innerstes Wesen einfach ist, wie kompliziert auch die Ausführung sein mag. So sind zum Beispiel im *Hamlet* das Groteske der Totengräber, die Blumen des wahnsinnigen Mädchens, der phantastische Putz Osrics, die Blässe des Geistes und das Grinsen des Schädels nur seltsame Ornamente verwickelter Verwindungen um die einfache tragische Gestalt eines Mannes in Schwarz. Na ja, und auch das hier«, sagte er und stieg langsam mit einem Lächeln von seinem Sitz herunter, »auch das hier ist die einfache Tragödie eines Mannes in Schwarz. Ja«, fuhr er fort, als er den Oberst in einer Art Verwunderung aufschauen sah, »diese ganze Geschichte dreht sich um einen schwarzen Frack. Da sind wie im *Hamlet* die Rokokoverschnörkelungen – Sie selbst beispielsweise. Da ist der tote Kellner, der da war, als er nicht dasein konnte. Da ist die unsichtbare Hand, die das Silber von Ihrem Tisch abräumte und dann ins Nichts verschwand. Aber jedes noch so ausgeklügelte Verbrechen baut letzten Endes auf irgendeiner ganz einfachen Tatsache auf – einer Tatsache, die in sich selbst gar nicht geheimnisvoll ist. Das Geheimnisvolle kommt aus der Maskierung, die die Gedanken des Zuschauers von der Tatsache ablenken. Dieses großartige und geistreiche und (im normalen Verlauf der Dinge) äußerst einträgliche Verbrechen wurde auf der einfachen Tatsache aufgebaut, daß der Abendanzug eines Gentleman der gleiche ist wie der eines Kellners. Alles andere war Schauspielerei, und zwar hervorragende Schauspielerei.«

»Immer noch«, sagte der Oberst, stand auf und betrachtete stirnrunzelnd seine Schuhe, »bin ich nicht sicher, ob ich das richtig verstehe.«

»Oberst«, sagte Father Brown. »Ich sage Ihnen, daß dieser Erzengel der Unverschämtheit, der Ihre Gabeln stahl, diesen Korridor an die zwanzigmal durchschritten hat im hellsten Schein der Lampen, vor aller Augen. Er ging nicht hin und verbarg sich in dunklen Ecken, wo der Verdacht ihn hätte aufstöbern können. Er blieb in den erhellten Korridoren ständig in Bewegung, und wo immer er gerade ging, schien er sich völlig rechtmäßig zu befinden. Fragen Sie mich nicht, wie er aussah; Sie selbst haben ihn sieben- oder achtmal heute abend gesehen. Sie warteten mit all den anderen feinen Leuten in der Empfangshalle dort hinten am Ende des Korridors, unmittelbar vor der Terrasse. Und wann immer er sich zwischen Euch Gentlemen bewegte, kam er daher in der blitzschnellen Art des Kellners, mit gesenktem Kopf und wehender Serviette und fliegenden Füßen. Er schoß auf die Terrasse hinaus, richtete irgendwas am Tischtuch und schoß zurück in Richtung Büro und Räume des Personals. Sobald er aber in den Blick des Büroangestellten und der Kellner kam, war er ein ganz anderer Mann geworden, in jedem Zoll seines Körpers und in jeder gedankenlosen Geste. Er schlenderte zwischen den Bediensteten umher mit jener geistesabwesenden Unverschämtheit, die sie alle von den feinen Herren gewohnt sind. Für sie war es nichts neues, daß irgendein Elegant von der Tischgesellschaft in allen Teilen des Hauses umherstrolchte wie ein Tier im Zoo; sie wissen, daß nichts die Feine Gesellschaft mehr charakterisiert als die Angewohnheit, überall herumzulaufen, wo man gerade mag. Und wenn ihn das Durchwandern jenes Korridors großartig langweilte, dann machte er kehrt und schritt am Büro vorbei zurück; im Schatten des Türbogens unmittelbar dahinter aber verwandelte er sich wie durch die Berührung eines Zauberstabes und lief wieder eilfertig vorwärts mitten zwischen die Zwölf Fischer, ein aufmerksamer Diener. Warum sollten die Gentlemen auf einen zufälligen Kellner achten? Warum sollten die Kellner einem erstklassigen herumspazierenden Gentleman mißtrauen? Einmal oder zweimal vollführte er die gewagtesten Tricks. In den Privatgemächern des Besitzers rief er lärmend nach einem Sodawassersyphon und erklärte, er sei durstig. Und dann sagte er großzügig, er wolle ihn selbst mitnehmen, und das tat er auch; und er trug ihn schnell und korrekt mitten durch Sie alle hindurch, ein Kellner mit offensichtlichem Auftrag. Natürlich ließ sich das nicht lange durchhalten, aber es brauchte auch nur bis zum Ende des Fischganges durchgehalten zu werden.

Der gefährlichste Augenblick für ihn war, als die Kellner aufgereiht standen; aber selbst dann gelang es ihm, sich gerade um die Ecke so an die Wand zu lehnen, daß während jenes so wichtigen Augenblicks die Kellner ihn für einen Gentleman, die Gentlemen ihn aber für einen Kellner hielten. Der Rest war ein Kinderspiel. Wenn irgendein Kellner ihn fern der Tafel ertappt hätte, hätte der Kellner einen gelangweilten Aristokraten ertappt. Er mußte nur dafür sorgen, daß er zwei Minuten vor dem Abräumen des Fischganges zur Stelle war, sich in einen flinken Kellner verwandelte und den Fischgang selbst abräumte. Er stellte die Teller auf einem Anrichtetisch ab, stopfte sich das Silber in die Brusttasche, die sich entsprechend ausbeulte, und rannte wie ein Hase (ich hörte ihn kommen), bis er die Garderobe erreichte. Dort wurde er einfach wieder zum Plutokraten – zu einem Plutokraten, den Geschäfte plötzlich abberiefen. Dort hatte er einfach seine Garderobenmarke dem Garderobenmann zu geben und anschließend so elegant hinauszuschreiten, wie er hereingeschritten war. Nur – nur war ich zufällig der Garderobenmann.«

»Was haben Sie mit ihm gemacht?« rief der Oberst mit ungewöhnlicher Eindringlichkeit. »Was hat er Ihnen erzählt?«

»Um Vergebung«, sagte der Priester unbeweglich, »aber hier ist die Geschichte zu Ende.«

»Und die interessantere Geschichte beginnt«, knurrte Pound. »Ich glaube, daß ich seinen Berufstrick verstanden habe. Aber irgendwie habe ich Ihren nicht mitbekommen.«

»Ich muß gehen«, sagte Father Brown.

Sie gingen zusammen durch den Korridor zur Empfangshalle, wo sie das muntere sommersprossige Gesicht des Herzogs von Chester sahen, der ihnen in lebhaftem Lauf entgegenkam.

»Kommen Sie, Pound«, rief er atemlos. »Ich habe überall nach Ihnen gesucht. Das Essen geht in strahlendem Stil weiter, und der alte Audley will gerade eine Rede zu Ehren der geretteten Gabeln halten. Wir wollen eine neue Zeremonie erfinden, wissen Sie, zur Erinnerung an das Ereignis. Und da Sie die Dinger ja schließlich zurückgebracht haben, was schlagen Sie vor?«

»Nun«, sagte der Oberst und sah ihn mit einem gewissen sardonischen Beifall an. »Ich bin dafür, daß wir künftig grüne Fräcke tragen statt der schwarzen. Man weiß nie, welche Irrtümer entstehen können, wenn man wie ein Kellner aussieht.«

»Ach beim Henker!« sagte der junge Mann. »Ein Gentleman sieht nie wie ein Kellner aus.«

»Und ein Kellner nie wie ein Gentleman, nehme ich an«, sagte Oberst Pound mit dem gleichen leisen Lächeln. »Hochwürden, Ihr Freund muß sehr gewandt sein, daß er den Gentleman spielen konnte.«

Father Brown knöpfte sich seinen einfachen Überzieher bis zum Halse zu, denn die Nacht war stürmisch, und er nahm seinen einfachen Schirm aus dem Ständer.

»Ja«, sagte er; »es muß harte Arbeit sein, ein Gentleman zu sein; aber wissen Sie, manchmal denke ich mir, es muß fast ebenso harte Arbeit sein, ein Kellner zu sein.«

Und er sagte »Guten Abend« und stieß die schweren Pforten jenes Palastes der Freuden auf. Die goldenen Gatter schlössen sich hinter ihm, und mit schnellen Schritten ging er durch die dumpfen dunklen Straßen, um noch einen Autobus zu erreichen.

Die Flüchtigen Sterne

Das schönste Verbrechen, das ich je begangen habe«, pflegte Flambeau in seinen hochmoralischen alten Tagen zu sagen, »war zugleich durch einen sonderbaren Zufall auch mein letztes. Ich habe es zu Weihnachten begangen. Als Künstler habe ich immer versucht, Verbrechen passend zu der Jahreszeit oder Landschaft hervorzubringen, in der ich mich gerade befand, indem ich für jedes tragische Ereignis diese oder jene Terrasse, diesen oder jenen Garten aussuchte, wie für eine Statue. Landedelleute sollte man also in großen, eichenholzgetäfelten Räumen hereinlegen; jüdische Bankiers sollten sich hingegen plötzlich im lichtüberfluteten Café Riche bar ihres Geldes wiederfinden. Wenn ich daran dächte, in England einen Dechanten von seinen Reichtümern zu befreien (was nicht so einfach ist, wie man annehmen könnte), würde ich daran denken, wenn Sie verstehen, was ich meine, ihn mit den grünen Rasenflächen und den grauen Türmen irgendeiner Bischofsstadt zu umrahmen. Ähnlich befriedigte es mich, wenn ich in Frankreich Geld aus einem reichen und bösartigen Bauern herausgeholt hatte (was nahezu unmöglich ist), sein wütendes Haupt sich vor einer grauen Reihe beschnittener Pappeln abheben zu sehen, und vor jenen feierlichen Ebenen Galliens, über denen der mächtige Geist Millets brütet.

Mein letztes Verbrechen also war ein Weihnachtsverbrechen, ein fröhliches, gemütliches, englisches Mittelstandsverbrechen; ein Verbrechen à la Charles Dickens. Ich beging es in einem guten alten Mittelklassehaus in der Nähe von Putney, einem Haus mit einer halbmondförmigen Kutschenauffahrt, einem Haus mit einer Stallung an der Seite, einem Haus mit dem Namen an den beiden Außentoren, einem Haus mit einem Affenbaum. Genug, Sie kennen das ja. Ich glaube, daß meine Nachahmung des Stils von Dickens genau und literarisch war. Und fast tut es mir leid, daß ich noch am gleichen Abend bereute.«

Und dann pflegte Flambeau die Geschichte von innen her zu erzählen; und selbst von innen her war sie sonderbar. Von außen gesehen war sie vollkommen unverständlich, aber von außen her muß der Fremde sie studieren. Von diesem Blickpunkt aus kann man sagen, daß das Drama begann, als die Vordertür des Hauses mit der Stallung sich auf den Garten mit dem Affenbaum hin öffnete und ein junges Mädchen mit Brotbrocken herauskam, um am Nachmittag des zweiten Weihnachtstages die Vögel zu füttern. Sie hatte ein hübsches Gesicht mit unerschrockenen braunen Augen; ihre Gestalt aber war jenseits aller Mutmaßungen, denn sie war so in braune Pelze eingehüllt, daß es schwer zu sagen war, was nun Haar und was Pelz war. Ohne das anziehende Gesicht hätte man sie für einen kleinen Teddybären halten können.

Der Winternachmittag ging in die Abendröte über, und schon lag ein rubinenes Licht auf den blumenlosen Beeten und schien sie mit dem Geist der toten Rosen zu füllen. Auf der einen Seite des Hauses stand die Stallung, auf der anderen führte eine Allee oder ein Kreuzgang aus Lorbeer zu einem größeren Garten im Hintergrund. Die junge Dame schlenderte, nachdem sie den Vögeln Brot hingestreut hatte (zum vierten- oder fünftenmal an diesem Tag, da der Hund es fraß), zurückhaltend den Lorbeerpfad entlang und dahinter in eine schimmernde Pflanzung Immergrün hinein. Hier stieß sie einen Ruf der Überraschung, wirklicher oder ritueller, aus und sah über sich an der hohen Gartenmauer hinauf, auf der in einigermaßen phantastischem Reitsitz eine einigermaßen phantastische Gestalt saß.

»Springen Sie nicht, Mr. Crook«, rief sie ziemlich besorgt; »das ist viel zu hoch.«

Das Individuum, das die Grenzmauer wie ein Luftroß ritt, war ein großer eckiger junger Mann, dessen dunkles Haar wie eine Haarbürste hochstand, mit gescheiten und sogar vornehmen Gesichtszügen, doch von blassem und fast fremdartigem Teint. Der zeigte sich um so deutlicher, weil er eine herausfordernd rote Krawatte trug, der einzige Teil seiner Bekleidung, dem er irgendeine Aufmerksamkeit gewidmet zu haben schien. Vielleicht war sie ein Symbol. Er nahm von der beunruhigten Beschwörung des Mädchens keine Notiz, sondern sprang wie ein Heuschreck neben ihr auf den Boden, wobei er sich sehr leicht die Beine hätte brechen können.

»Mir scheint, ich war eigentlich zum Einbrecher bestimmt«, sagte er ruhig, »und ich zweifle nicht daran, daß ich einer geworden wäre, wenn ich nicht zufällig in dem netten Haus nebenan zur Welt gekommen wäre. Im übrigen kann ich daran nichts Böses finden.«

»Wie können Sie nur so etwas sagen?« wies sie ihn zurecht.

»Na ja«, sagte der junge Mann, »wenn man auf der falschen Seite der Mauer geboren ist, kann ich nichts Falsches darin sehen, wenn man über sie klettert.«

»Ich weiß nie, was Sie als nächstes sagen oder tun werden«, sagte sie.

»Das weiß ich oft selbst nicht«, erwiderte Mr. Crook; »auf jeden Fall aber bin ich jetzt auf der richtigen Seite der Mauer.«

»Und was ist die richtige Seite der Mauer?« fragte die junge Dame lächelnd.

»Immer die, auf der Sie sich befinden«, sagte der junge Mann namens Crook.

Als sie zusammen durch den Lorbeer zum Vordergarten gingen, ertönte dreimal eine Autohupe, jedesmal näher, und ein Wagen von beachtlicher Geschwindigkeit, großer Eleganz und blaßgrüner Farbe fegte wie ein Vogel vor die Vordertür und blieb dort zitternd stehen.

»Sieh an, sieh an!« sagte der junge Mann mit der roten Krawatte. »Das ist einer, der auf jeden Fall auf der richtigen Seite geboren wurde. Ich wußte nicht, Miss Adams, daß Ihr Weihnachtsmann so modern ist.«

»Ach, das ist nur mein Patenonkel, Sir Leopold Fischer. Er kommt immer am zweiten Weihnachtstag.«

Dann fügte Ruby Adams nach einer unschuldigen Pause, die unbewußt einen gewissen Mangel an Begeisterung verriet, hinzu: »Er ist sehr nett.«

John Crook, Journalist, hatte schon von dem bedeutenden City-Magnaten gehört; und es war nicht sein Fehler, wenn der City-Magnat nichts von ihm gehört hatte; denn in bestimmten Artikeln in ›The Clarion‹ oder ›The New Age‹ war Sir Leopold sehr harsch behandelt worden. Aber er sagte nichts, sondern beobachtete grimmig die Entladung des Wagens, die eine ziemlich langwierige Veranstaltung war. Ein großer reinlicher Chauffeur in Grün stieg vorne aus, und ein kleiner reinlicher Diener in Grau stieg hinten aus, und gemeinsam setzten sie Sir Leopold an der Türschwelle ab und begannen, ihn wie ein sehr sorgsam verschnürtes Paket auszupacken. Genug Decken für einen Basar, Pelze von allem Getier des Waldes und Schals in allen Farben des Regenbogens wurden eins nach dem anderen abgewickelt, bis sie etwas den menschlichen Formen Ähnliches freigaben; die Form eines freundlich, aber ausländisch aussehenden alten Herrn, mit einem grauen Ziegenbart und einem strahlenden Lächeln, der seine dicken Pelzhandschuhe aneinanderrieb.

Lange bevor diese Enthüllung abgeschlossen war, öffneten sich die beiden mächtigen Flügel der Eingangstür in der Mitte, und Oberst Adams (der Vater der bepelzten jungen Dame) trat höchstselbst hervor, um seinen bedeutenden Gast hineinzubitten. Er war ein großer sonnenverbrannter und sehr schweigsamer Mann, der eine rote Hauskappe trug wie einen Fez und die ihn wie einen jener englischen Sirdars oder Paschas in Ägypten aussehen ließ. Ihn begleitete sein Schwager, kürzlich erst aus Kanada eingetroffen, ein großer und ziemlich lärmiger junger Grundbesitzer mit gelbem Bart, namens John Blount. Ihn begleitete ferner die sehr viel bedeutungslosere Gestalt des Priesters der benachbarten katholischen Kirche; denn die verstorbene Frau des Obersts war katholisch gewesen, und die Kinder waren, wie es in solchen Fällen üblich ist, in ihrem Glauben erzogen worden. Alles an diesem Priester erschien unauffällig, bis hin zu seinem Namen, der Brown war; aber der Oberst hatte ihn immer einen irgendwie angenehmen Gesellschafter gefunden und lud ihn oft zu solchen familiären Zusammenkünften ein.

In der großen Eingangshalle des Hauses war genügend Platz selbst für Sir Leopold und die Entfernung seiner Umhüllungen. Portal und Eingangshalle waren tatsächlich im Verhältnis zur Größe des Hauses unverhältnismäßig groß, und sie formten zusammen einen großen Raum, mit der Eingangstür am einen Ende und dem Treppenaufgang am anderen. Der Vorgang wurde vor dem mächtigen Kaminfeuer in der Halle, über dem des Obersts Säbel hing, abgeschlossen, und die Gesellschaft, einschließlich des düsteren Crook, wurde Sir Leopold Fischer vorgestellt. Dieser verehrungswürdige Finanzmann schien indes immer noch mit Teilen seiner gutgeschnittenen Bekleidung zu kämpfen und brachte schließlich aus der innersten Tasche seiner Frackschöße ein schwarzes ovales Etui hervor, zu dem er strahlend erklärte, das sei sein Weihnachtsgeschenk für sein Patenkind. Mit unbefangenem Stolz, der etwas Entwaffnendes hatte, hielt er ihnen allen das Etui hin; auf einen leichten Druck hin sprang es auf und blendete sie fast. Es war, als sei vor ihren Augen ein Kristallspringbrunnen emporgeschossen. In einem Nest aus orangefarbenem Samt lagen wie drei Eier drei weiße funkelnde Diamanten, die die Luft um sie herum in Brand zu setzen schienen. Fischer stand da, strahlte wohlwollend und berauschte sich an der Freude und dem Entzücken des Mädchens, der grimmigen Bewunderung und dem bärbeißigen Dank des Obersts, dem Staunen der ganzen Gruppe.

»Ich werde sie wieder wegstecken, mein Liebling«, sagte Fischer und gab das Etui seinen Frackschößen zurück. »Ich mußte auf sie aufpassen, während ich herfuhr. Das sind die drei großen afrikanischen Diamanten, die man ›Die Flüchtigen Sterne‹ nennt, weil sie so oft gestohlen wurden. Alle bedeutenden Verbrecher sind ihnen auf der Spur; aber selbst die kleinen Gauner in den Straßen und Hotels könnten kaum ihre Finger davon lassen. Sie hätten mir auf dem Weg hierher gut abhanden kommen können. War gut möglich.«

»Was nur natürlich wäre«, knurrte der Mann mit der roten Krawatte. »Ich könnt's ihnen nicht übelnehmen, wenn die sich die geschnappt hätten. Wenn sie um Brot betteln und man ihnen nicht mal Steine gibt, dürfen sie sich die Steine ruhig selber nehmen.«

»Ich will nicht, daß Sie so reden«, rief das Mädchen in eigenartiger Erregung. »Sie reden nur noch so, seit Sie ein schrecklicher Ich-weiß-nicht-was geworden sind. Sie wissen, was ich meine. Wie nennt man noch einen Mann, der sogar Schornsteinfeger umarmen möchte?«

»Einen Heiligen«, sagte Father Brown.

»Ich glaube«, sagte Sir Leopold mit einem hochmütigen Lächeln, »daß Ruby einen Sozialisten meint.«

»Ein Radikaler sein bedeutet nicht, von Radieschen leben«, bemerkte Crook mit einiger Ungeduld; »und ein Konservativer sein bedeutet nicht, Marmelade einkochen. Ebensowenig bedeutet Sozialist sein, das versichere ich Ihnen, ein Mann sein, der sich nach einem gesellschaftlichen Abend mit einem Schornsteinfeger sehnt. Ein Sozialist ist ein Mann, der wünscht, daß alle Schornsteine gefegt und alle Schornsteinfeger dafür bezahlt werden.«

»Aber der nicht erlaubt«, warf der Priester mit leiser Stimme ein, »daß man den eigenen Ruß besitzt.«

Crook sah ihn interessiert und fast respektvoll an. »Wer will denn Ruß besitzen?« fragte er.

»Der eine oder andere«, sagte Brown mit nachdenklichem Gesicht. »Ich habe gehört, daß Gärtner ihn verwenden. Und ich habe einmal sechs Kinder zu Weihnachten glücklich gemacht, als der Zauberer nicht kam, nur mit Ruß – äußerlich angewendet.«

»Oh, herrlich« rief Ruby. »Ach ich wünsche mir so sehr, daß Sie das mit uns tun würden.«

Der lärmige Kanadier, Mr. Blount, ließ seine laute Stimme zustimmend erschallen, und der verblüffte Finanzmann die seine (in bemerkenswerter Ablehnung), als ein Klopfen an der doppelten Eingangstür ertönte. Der Priester öffnete sie, und wieder sah man durch sie den Vorgarten mit Immergrün und Affenbaum und allem, das jetzt vor einem prachtvollen violetten Sonnenuntergang Dunkelheit ansammelte. Die so umrahmte Szene war dermaßen farbenprächtig und seltsam wie der Hintergrund einer Bühne, daß sie für einen Augenblick die unbedeutende Gestalt vergaßen, die in der Tür stand. Er sah verstaubt aus und stak in einem abgetragenen Mantel, offenbar ein einfacher Bote. »Einer von Ihnen Mr. Blount?« fragte er und hielt unschlüssig einen Brief vor sich hin. Mr. Blount fuhr auf und hielt inne mit seinen Beifallsrufen. Er riß den

Umschlag offensichtlich überrascht auf, und las; sein Gesicht verdüsterte sich, und hellte dann wieder auf, und er wandte sich an seinen Schwager und Gastgeber.

»Tut mir leid, daß ich so eine Plage bin, Oberst«, sagte er in der fröhlich-konventionellen Art der Menschen aus den Kolonien; »aber würde es Sie stören, wenn mich heute abend ein alter Bekannter in Geschäften hier aufsuchte? Wissen Sie, es ist Florian, der berühmte französische Akrobat und Komiker; ich habe ihn vor Jahren draußen im Westen kennengelernt (er ist von Geburt Franco-Kanadier), und er scheint irgendein Geschäft für mich zu haben, obwohl ich keine Ahnung habe, was.«

»Natürlich, natürlich«, antwortete der Oberst sorglos. »Mein Lieber, jeder Ihrer Freunde ist willkommen. Er wird sich sicherlich als eine Bereicherung herausstellen.«

»Der wird sich sein Gesicht schwarz anmalen, wenn Sie das meinen«, rief Blount lachend. »Der wird euch allen was vormachen. Mir nur recht; ich bin nicht anspruchsvoll. Ich liebe die fröhliche alte Pantomime, in der sich ein Mann auf seinen Zylinder setzt.«

»Aber bitte nicht auf meinen«, sagte Sir Leopold Fischer würdevoll.

»Schon recht«, sagte Crook leichthin, »keinen Streit deswegen. Schließlich gibt es billigere Späße, als sich auf einen Zylinder setzen.«

Abneigung gegen den rotbeschlipsten Jüngling, sowohl wegen seiner raubsüchtigen Ansichten als auch wegen seiner offenkundigen Vertrautheit mit dem hübschen Patenkind, veranlaßte Fischer dazu, in seiner sarkastischsten und belehrendsten Art zu sagen: »Zweifellos haben Sie etwas entdeckt, was noch billiger ist, als auf einem Zylinder zu sitzen. Was ist das bitte?«

»Zum Beispiel einen Zylinder auf sich sitzen zu lassen«, sagte der Sozialist.

»Halt, halt, halt«, rief der Kanadier in seiner barbarischen Gutmütigkeit, »wir wollen einen fröhlichen Abend doch nicht verderben. Ich meine, wir sollten heute abend etwas für die Geselligkeit tun. Nicht Gesichter anschwärzen oder auf Hüten sitzen, wenn Ihr das nicht mögt – aber irgendwas in der Art. Warum führen wir nicht eine gute altenglische Pantomime auf, so mit Clown und Columbine und so. Ich habe eine gesehen, als ich England als Zwölfjähriger verließ, und seither funkelt sie wie ein Feuerwerk in meiner Erinnerung. Und als ich im vergangenen Jahr nach England zurückkomme, muß ich feststellen, daß es das nicht mehr gibt. Nur noch tränenreiche Märchenspiele. Ich wünsch mir einen rotglühenden Schürhaken und einen Polizisten, aus dem man Brennholz macht, und statt dessen bekomm ich Prinzessinnen, die im Mondschein moralisieren, Blaustrumpf sozusagen. Blaubart ist mehr nach meinem Geschmack, und den mag ich am liebsten, wenn er sich in einen Hanswurst verwandelt.«

»Ich bin sehr für die Verwandlung von Polizisten in Brennholz«, sagte John Crook. »Das ist eine weit bessere Definition von Sozialismus als die vorhin abgegebenen. Aber die Vorbereitungen wären viel zu aufwendig.«

»Nicht die Spur«, rief Blount, den es nun völlig hinriß. »Eine Hanswurstiade ist das einfachste, was wir überhaupt tun können, und zwar aus zwei Gründen. Erstens kann man auf Teufelkommraus improvisieren; und zweitens sind alle nötigen Requisiten Haushaltsgegenstände – Tische und Handtuchhalter und Wäschekörbe und solches Zeugs.«

»Stimmt schon«, gab Crook zu und nickte eifrig und ging auf und ab. »Tut mir nur leid, daß ich keine Polizeiuniform auftreiben kann! Aber ich hab in der letzten Zeit keinen Polizisten umgebracht.«

Blount runzelte für eine Weile nachdenklich die Stirn, dann schlug er sich auf die Schenkel. »Können wir doch!« rief er. »Ich habe hier Florians Adresse, und der kennt jeden Kostümverleih in London. Ich ruf ihn an, daß er ne Polizeiuniform mitbringt, wenn er kommt.« Und er eilte von dannen, dem Telephon zu.

»Ach ist das herrlich, Onkel«, rief Ruby und tanzte beinahe los. »Ich bin Columbine und du wirst Hanswurst.«

Der Millionär hielt sich steif in einer fast heidnischen Würde. »Ich fürchte, meine Liebe«, sagte er, »du wirst jemand anderen zum Hanswurst machen müssen.«

»Wenn du willst, werde ich der Hanswurst sein«, sagte Oberst Adams, der die Zigarre aus dem Mund nahm und zum ersten- und letztenmal sprach.

»Man sollte Ihnen ein Denkmal setzen«, rief der Kanadier, als er strahlend vom Telephon zurückkam. »Damit haben wir alles zusammen. Mr. Crook wird der Clown sein; er ist Journalist und kennt die ältesten Witze. Ich kann den Harlekin machen; der braucht nur lange Beine und herumzuspringen. Freund Florian hat gesagt, daß er ne Polizistenuniform mitbringt; er will sich unterwegs schon umziehen. Wir können hier in der Halle spielen, das Publikum sitzt drüben auf den breiten Treppenstufen, eine Reihe über der anderen. Die Eingangstür ist der Hintergrund, entweder offen oder geschlossen. Geschlossen ist das ein englisches Interieur. Offen ein Garten im Mondschein. Geht alles wie durch Zauberei.« Und er holte ein zufälliges Stück Billardkreide aus der Hosentasche und zog mit ihm halbwegs zwischen Eingangstür und Treppenaufgang einen Strich, um die Reihe der Rampenlichter zu markieren.

Wie es gelang, auch nur ein solches Theater des Unfugs beizeiten in Szene zu setzen, bleibt ewig ein Rätsel. Aber sie machten sich mit jenem unbekümmerten Eifer ans Werk, der lebt, wenn Jugend im Haus ist; und Jugend war in jener Nacht in jenem Haus, auch wenn nicht alle die beiden Gesichter und Herzen erkannt haben mögen, aus denen sie flammte. Wie üblich gerieten die Einfälle gerade wegen der Zahmheit der bourgeoisen Konventionen, aus denen sie erschaffen werden mußten, immer toller und toller. Die Columbine sah in ihrem Reifrock bezaubend aus, der sonderbar dem großen Lampenschirm aus dem Salon glich. Clown und Hanswurst machten sich weiß mit Mehl von der Köchin und rot mit Rouge von einem anderen dienstbaren Geist, der (wie alle wahren christlichen Wohltäter) namenlos blieb. Der Harlekin, bereits bekleidet mit Silberpapier aus Zigarrenkisten, wurde mit Mühe daran gehindert, den alten viktorianischen Kronleuchter zu zerschlagen, um sich mit funkelnden Kristallen zu bedecken. Er hätte das wohl tatsächlich getan, wenn Ruby nicht Theaterjuwelen ausgegraben hätte, die sie einst auf einem Kostümfest als Diamantenkönigin getragen hatte. Ihr Onkel, James Blount, geriet tatsächlich in seiner Aufregung fast außer Rand und Band; er benahm sich wie ein Schuljunge. Er stülpte Father Brown plötzlich einen Eselskopf aus Papier über, welcher ihn geduldig trug und selbst einen geheimnisvollen Weg fand, mit den Ohren zu wackeln. Er versuchte sogar, den papierenen Eselsschwanz Sir Leopold Fischer an die Frackschöße zu heften. Das aber wurde stirnrunzelnd zurückgewiesen. »Onkel ist wirklich zu verrückt«, rief Ruby Crook zu, dem sie in tiefer Ernsthaftigkeit einen Kranz aus Würsten um die Schultern geschlungen hatte. »Warum ist er nur so wild?«

»Er ist der Harlekin zu Ihrer Columbine«, sagte Crook. »Und ich bin nur der Clown, der die alten Witze reißt.«

»Ich wollte, Sie wären der Harlekin«, sagte sie und ließ den Kranz aus Würsten schwingen.

Father Brown wanderte, obwohl er jedes Detail kannte, das hinter den Kulissen entstand, und selbst Beifall errungen hatte durch seine Umgestaltung eines Kissens in ein Pantomimenbaby, wieder nach vorne und setzte sich unter die Zuschauer mit all der feierlichen Erwartung eines Kindes vor seinem ersten Theaterbesuch. Der Zuschauer waren wenige, Verwandte, ein paar Freunde aus dem Ort und die Dienstboten; Sir Leopold saß vornan so, daß seine breite und immer noch pelzbekragte Gestalt den Blick des kleinen Klerikers hinter ihm weitgehend verdunkelte; doch hat kein Kunstausschuß je entschieden, ob dem Kleriker dadurch viel entging. Die Pantomime war äußerst chaotisch, doch keineswegs zu verachten; es durchströmte sie eine wilde Improvisationslust, die vor allem von

Crook, dem Clown ausging. Er war auch gewöhnlich ein gescheiter Mann, doch an diesem Abend befeuerte ihn eine wilde Allwissenheit, eine Narrheit weiser als die Welt, wie sie einen jungen Mann überkommt, der für einen Augenblick einen bestimmten Ausdruck auf einem bestimmten Gesicht gesehen hat. Er sollte der Clown sein und war in Wirklichkeit fast alles andere auch, der Autor (so weit es da einen Autor gab), der Souffleur, der Bühnenbildner, der Kulissenschieber, vor allem aber auch das Orchester. Jäh wirbelte er sich von Zeit zu Zeit inmitten der zügellosen Vorstellung in vollem Kostüm ans Piano und hämmerte irgendeinen ebenso absurden wie passenden Gassenhauer herunter.

Der Höhepunkt davon, wie von allem übrigen, war der Augenblick, in dem die beiden Flügel der Vordertür im Hintergrund der Bühne aufflogen und den lieblich vom Monde beschienenen Garten sichtbar machten, noch sichtbarer aber den berühmten professionellen Gast – den großen Florian, verkleidet als Polizisten. Der Clown am Klavier spielte den Chor der Schutzleute aus den *Pirates of Penzance*, doch ging der in betäubendem Applaus unter, denn jede Geste des großen Komikers war eine bewunderungswürdige, wenngleich zurückhaltende Darbietung des Auftretens und Benehmens eines wirklichen Polizisten. Der Harlekin sprang ihn an und hieb ihm über den Helm; der Pianist pianierte »Wo hast du denn den Hut gekauft?«; er sah sich um in wunderbar gespieltem Erstaunen, und dann hieb ihn der springende Harlekin erneut (während der Pianist ein paar Takte von »Und dann taten wir's noch mal« anspielte). Dann warf sich der Harlekin dem Polizisten direkt in die Arme und stürzte unter donnerndem Applaus auf ihn drauf. Und dann gab der fremde Schauspieler jene berühmte Darstellung des Toten Mannes, davon der Ruhm noch heute durch Putney wabert. Es schien fast unmöglich, daß ein lebender Mensch sich so schlaff machen könne.

Der athletische Harlekin schwang ihn herum wie einen Sack und schlingerte und schleuderte ihn wie eine Gymnastikkeule; ständig zu den tollsten und spaßigsten Tönen des Pianos. Als der Harlekin den komischen Konstabler schwer vom Boden stemmte, spielte der Clown »Reich mir die Hand, mein Leben«. Als er ihn sich über den Rücken zog »Mit dem Rucksack auf dem Ast«, und als der Harlekin schließlich den Polizisten mit einem höchst überzeugenden Dröhnen zu Boden donnern ließ, schlug der Verrückte am Klavier wirbelnde Akkorde zu Worten, von denen man immer noch glaubt, sie hätten geklungen wie »Ich schrieb der Liebsten einen Brief, und unterwegs ließ ich ihn fallen«.

Etwa an diesen äußersten Grenzen geistiger Anarchie wurde Father Browns Sicht völlig verdunkelt; denn der City-Magnat vor ihm erhob sich zu seiner vollen Höhe und grub mit beiden Händen wild in allen Taschen herum. Dann setzte er sich nervös wieder hin, immer noch kramend, und dann stand er wieder auf. Einen Augenblick lang sah es wirklich so aus, als ob er über die Rampenlampen hinwegsteigen wolle; dann warf er einen durchbohrenden Blick auf den klavierspielenden Clown; und dann stürzte er ohne ein Wort aus dem Raum.

Der Priester hatte nur einige Minuten länger dem absurden, aber nicht unelegenten Tanz des Amateurharlekins über seinem glänzend bewußtlosen Gegner zugesehen. Mit wirklicher, wenngleich primitiver Kunst tanzte der Harlekin langsam rückwärts durch die Tür in den Garten hinaus, der voller Mondlicht war und Stille. Das aus Silberpapier und Kleister zusammengestückte Kostüm, das im Schein der Lichter zu grell gewesen war, wurde um so zaubrischer und silbriger, je weiter es unter dem schimmernden Mond davontanzte. Das Publikum rundete mit donnerndem Applaus ab, als Brown sich jählings am Arm berührt fühlte und ihn ein Flüstern aufforderte, ins Arbeitszimmer des Oberst zu kommen.

Er folgte seinem Rufer mit zunehmender Besorgnis, die auch nicht durch die feierliche Komik der Szene im Arbeitszimmer zerstreut wurde. Da saß Oberst Adams, immer noch unverändert als Hanswurst verkleidet, dem das knaufige Fischbein über die Stirn wippte, doch mit so armen alten traurigen Augen, daß sie ein Bacchanal hätten ernüchtern können. Sir Leopold Fischer lehnte am Kaminsims und keuchte vor lauter gewichtiger Panik.

»Das ist eine sehr peinliche Angelegenheit, Father Brown«, sagte Adams. »Es scheint so zu sein, daß die Diamanten, die wir alle heute nachmittag sahen, aus dem Rockschoß meines Freundes verschwunden sind. Und da Sie ...«

»Da ich«, ergänzte Father Brown mit einem breiten Grinsen, »unmittelbar hinter ihm saß ...«

»Nichts dergleichen soll angedeutet werden«, sagte Oberst Adams mit einem festen Blick zu Fischer hin, der erkennen ließ, daß tatsächlich etwas dergleichen angedeutet worden war. »Ich wollte Sie nur um den Beistand bitten, den mir jeder Ehrenmann gewähren würde.«

»Das ist, seine Taschen leeren«, sagte Father Brown und fing sofort damit an, wobei einige Münzen, eine Rückfahrkarte, ein kleines Silberkruzifix, ein kleines Brevier und ein Stück Schokolade zum Vorschein kamen.

Der Oberst sah ihn lange an und sagte dann: »Wissen Sie, ich möchte viel lieber in das Innere Ihres Kopfes als in das Innere Ihrer Taschen blikken. Meine Tochter gehört ja zu Ihren Leuten; nun hat sie vor kurzem ...«, und er hielt inne.

»Sie hat vor kurzem«, rief der alte Fischer, »das Haus ihres Vaters einem Halsabschneider von Sozialisten geöffnet, der öffentlich erklärt, er würde von einem Reicheren alles stehlen. Das ist die ganze Geschichte. Hier haben wir den Reicheren – und doch nicht reicheren.«

»Wenn Sie das Innere meines Kopfes haben wollen, können Sie es haben«, sagte Father Brown etwas erschöpft. »Was es wert ist, können Sie dann hinterher sagen. Was ich aber als erstes in dieser ausgedienten Tasche finde, ist, daß Männer, die Diamanten stehlen wollen, nicht für den Sozialismus eintreten. Sie neigen eher dazu«, fügte er ernst bei, »ihn anzuklagen.«

Die beiden anderen bewegten sich jäh, und der Priester fuhr fort: »Wissen Sie, wir kennen solche Leute ja mehr oder weniger. Der Sozialist da würde einen Diamanten ebensowenig stehlen wie eine Pyramide. Wir müssen uns vielmehr sofort nach dem Mann umsehen, den wir nicht kennen. Dem Burschen, der den Polizisten spielte – Florian. Ich möchte wohl wissen, wo er sich, in diesem Augenblick genau befindet?«

Der Hanswurst sprang auf und strebte langen Schrittes aus dem Zimmer. Ein Zwischenspiel fand statt, während dem der Millionär den Priester anstarrte, und der Priester sein Brevier; dann kam der Hanswurst zurück und sagte in feierlichem Staccato: »Der Polizist liegt immer noch auf der Bühne. Der Vorhang ist sechsmal auf- und zugegangen; und er liegt immer noch da.«

Father Brown ließ sein Buch fallen und stand und starrte mit dem Ausdruck der vollständigen geistigen Niederlage. Dann kroch ganz langsam Licht zurück in seine grauen Augen, und dann gab er eine kaum vorhersehbare Antwort:

»Um Vergebung, Oberst, aber wann ist Ihre Frau gestorben?«

»Meine Frau!« erwiderte der Oberst verblüfft, »sie starb dieses Jahr, vor zwei Monaten. Ihr Bruder James kam genau eine Woche zu spät, um sie noch zu sehen.«

Der kleine Priester sprang auf wie ein angeschossenes Kaninchen. »Vorwärts!« schrie er in höchst unüblicher Erregung. »Vorwärts! Wir müssen uns diesen Polizisten ansehen!«

Sie stürmten durch den Vorhang auf die Bühne, drängten sich grob zwischen Columbine und Clown hindurch (die sehr zufrieden miteinander zu flüstern schienen), und Father Brown beugte sich über den hingestreckten komischen Polizisten.

»Chloroform«, sagte er, als er sich wieder aufrichtete; »das fiel mir gerade eben erst ein.«

Da war ein erschrecktes Schweigen, und dann sagte der Oberst langsam: »Bitte sagen Sie uns im Ernst, was das alles bedeuten soll.«

Father Brown brüllte plötzlich vor Lachen, hielt dann inne und hatte während des Restes seiner Ansprache nur noch ab und an mit ihm zu kämpfen: »Ihr Herren«, keuchte er, »wir haben nicht viel Zeit zum Reden. Ich muß dem Verbrecher nach. Aber dieser große Schauspieler, der den Polizisten spielte – dieser schlaue Körper, mit dem der Harlekin herumtanzte und herumspielte und herumwarf – er war ...« Und wieder versagte ihm die Stimme, und er wandte sich um, um loszulaufen.

»Er war?« rief Fischer fragend.

»Ein wirklicher Polizist«, sagte Father Brown und rannte davon, hinein ins Dunkel.

Am äußersten Rand des blätterreichen Gartens gab es Nischen und Lauben, an denen Lorbeer und andere immergrüne Büsche selbst jetzt im tiefsten Winter vor dem saphirnen Himmel und dem silbernen Mond die warmen Farben des Südens zeigten. Die grüne Fröhlichkeit des sich wiegenden Lorbeers, das satte purpurne Indigo der Nacht, der Mond wie ein riesiger Kristall schaffen ein fast unverantwortlich romantisches Bild; und zwischen den obersten Zweigen der Gartenbäume klettert eine fremdartige Gestalt, die nicht so sehr romantisch als vielmehr unmöglich aussieht. Sie funkelt von Kopf bis Fuß, als wäre sie in zehn Millionen Monde gekleidet; der wirkliche Mond erfaßt sie bei jeder Bewegung und läßt ein neues Stück von ihr aufflammen. Aber sie schwingt sich funkelnd und erfolgreich vom niedrigen Baum in diesem Garten in den hohen, üppig rankenden Baum im anderen, und hält dort nur deshalb inne, weil ein Schatten unter den niedrigeren Baum geglitten ist und sie unmißverständlich angerufen hat.

»Ja, Flambeau«, sagt die Stimme, »Sie sehen wirklich wie ein Fliegender Stern aus; aber das bedeutet letzten Endes immer ein Fallender Stern.«

Die silberne funkelnde Gestalt da oben scheint sich vorwärts in den Lorbeer zu lehnen und lauscht, des Fluchtwegs sicher, der kleinen Gestalt da unten.

»Sie haben niemals Besseres geleistet, Flambeau. Es war eine schlaue Idee, aus Kanada (vermutlich mit einer Pariser Fahrkarte) genau eine Woche nach dem Tod von Frau Adams anzukommen, als niemand in der Stimmung war, Fragen zu fragen. Es war schlauer, die Flüchtigen Sterne und den genauen Tag von Fischers Ankunft herauszufinden. Aber was dem folgte, war nicht mehr Schlauheit, sondern das reine Genie. Die Steine zu stehlen war für Sie, nehme ich an, kein Problem. Sie hätten das mit einer Handbewegung auf hundert andere Weisen tun können als unter dem Vorwand, einen Eselsschwanz aus Papier an Fischers Frack zu heften. Aber was das übrige angeht, da haben Sie sich selbst übertroffen.«

Die silberne Gestalt zwischen den grünen Zweigen scheint wie gebannt zu verweilen, obwohl der Fluchtweg hinter ihr leicht ist; sie starrt den Mann unten an.

»O ja«, sagt der Mann unten, »ich kenne die ganze Geschichte. Ich weiß, daß Sie nicht nur die Pantomime in Gang gesetzt haben, sondern sie außerdem zu einem doppelten Zweck benutzten. Eigentlich wollten Sie die Steine still stehlen; da erreichte Sie eine Nachricht von einem Komplizen, daß Sie bereits unter Verdacht stünden und daß ein fähiger Polizeibeamte unterwegs sei, um Sie an diesem Abend hoppzunehmen. Ein gewöhnlicher Dieb wäre für die Warnung dankbar gewesen und geflohen; aber Sie sind ein Dichter. Sie waren bereits auf den schlauen Einfall gekommen, die Juwelen im Gefunkel falscher Theaterjuwelen zu verstecken. Jetzt erkannten Sie, daß zum Kostüm des Harlekins das Erscheinen des Polizisten vorzüglich paßte. Der würdige Beamte machte sich von der Polizeistation in Putney aus auf den Weg, um Sie aufzustöbern und geriet in die verrückteste Falle, die je auf Erden gestellt wurde. Als sich die Vordertür öffnete, marschierte er prompt auf die Bühne einer Weihnachtspantomime, wo er unter brausendem Gelächter der ehrenwertesten Menschen aus Putney vom tanzenden Harlekin getreten, geschlagen, niedergeschmettert und betäubt werden konnte. O nein, nie werden Sie etwas Besseres leisten können. Und jetzt könnten Sie mir übrigens die Diamanten zurückgeben.«

Der grüne Ast, auf dem die glitzernde Gestalt schaukelte, raschelte wie vor Erstaunen; aber die Stimme fuhr fort:

»Ich möchte, daß Sie sie zurückgeben, Flambeau, und ich möchte, daß Sie dieses Leben aufgeben. Noch haben Sie Jugend und Ehrgefühl und Witz; aber bilden Sie sich nicht ein, daß die in diesem Gewerbe andauern. Männer mögen sich auf einer gewissen Ebene des Guten halten können, aber kein Mann war je imstande, sich auf einer Ebene des Bösen zu halten. Der Weg führt tiefer und tiefer hinab. Ein freundlicher Mann trinkt und wird grausam; ein aufrichtiger Mann tötet und leugnet es ab. Mancher Mann, den ich kannte, begann wie Sie als ehrbarer Gesetzloser, der fröhlich die Reichen beraubte, und endete im tiefsten Sumpf. Maurice Blum begann als Anarchist aus Überzeugung, ein Vater der Armen; er endete als schmieriger Spion und Zwischenträger, den beide Seiten ausnutzten und verachteten. Harry Burke begann seine Bewegung des Freien Geldes ehrlich genug; jetzt schmarotzt er bei einer halbverhungerten Schwester um endlose Schnäpse. Lord Amber begab sich aus einer Art von Ritterlichkeit in die übelste Gesellschaft; jetzt wird er von den miesesten Geiern Londons erpreßt. Hauptmann Barillon war vor Ihrer Zeit der große Gentleman-Verbrecher; er starb in einem Irrenhaus, schreiend aus Angst vor den Spitzeln und Hehlern, die ihn betrogen und zu Tode gehetzt haben. Ich weiß, daß die Wälder hinter Ihnen grenzenlos aussehen, Flambeau; ich weiß, daß Sie in ihnen blitzschnell wie ein Affe verschwinden können. Aber eines Tages werden Sie ein alter grauer Affe sein, Flambeau. Sie werden in Ihrem grenzenlosen Wald sitzen mit kaltem Herzen und dem Tode nahe, und die Baumwipfel werden sehr kahl sein.«

Alles blieb still, als ob der kleine Mann da unten den anderen im Baume an einer langen unsichtbaren Leine hielte; und er fuhr fort:

»Ihr Niedergang hat schon begonnen. Sie haben sich immer gebrüstet, daß Sie nichts Gemeines täten, aber heute abend tun Sie etwas Gemeines. Sie lassen einen ehrenhaften Jungen im Verdacht, gegen den bereits eine ganze Menge anderer Dinge vorgebracht werden; Sie trennen ihn von der Frau, die er liebt und die ihn liebt. Aber bevor Sie sterben, werden Sie noch gemeinere Dinge tun.«

Drei funkelnde Diamanten fielen aus dem Baum auf den Rasen. Der kleine Mann bückte sich, um sie aufzuheben, und als er wieder aufblickte, war der silberne Vogel aus dem grünen Käfig des Baumes verschwunden.

Die Rückgabe der Juwelen (die von allen ausgerechnet Father Brown zufällig gefunden hatte) beschloß den Abend ungeheuer triumphal; und Sir Leopold ging in strahlendster Laune sogar so weit, dem Priester zu sagen, daß er, obwohl selbst von sehr viel weiterem Blick, durchaus jene respektieren könne, deren Glaube von ihnen verlange, abgeschlossen und ohne Kenntnis von dieser Welt zu leben.

Der unsichtbare Mann

Im kalten blauen Zwielicht zweier steiler Straßen in Camden Town glühte das Geschäft an der Ecke, eine Konditorei, wie das Ende einer Zigarre. Oder vielleicht sollte man eher sagen wie das Ende eines Feuerwerks, denn das Licht war vielfarben und von einiger Komplexität, da es von vielen Spiegeln gebrochen wurde und auf vielen vergoldeten und fröhlichbunten Kuchen und Süßigkeiten tanzte. Gegen dieses eine feurige Glas drückten sich die Nasen vieler Gassenjungen, denn all die Schokolade war in jenes metallische Rot und Gold und Grün eingewickelt, das fast noch besser als die Schokolade selbst ist; und der ungeheure weiße Hochzeitskuchen in der Mitte des Schaufensters war irgendwie zugleich unerreichbar und zufriedenstellend, so als wäre der ganze Nordpol leckeres Geschleck. Solch herausfordernder Regenbogenglanz war natürlich geeignet, die Jugend der Nachbarschaft bis zum Alter von 10 oder 12 Jahren zu versammeln. Aber diese Ecke war auch für die reifere Jugend anziehend; und ein junger Mann von nicht weniger als 24 Jahren starrte in das nämliche Schaufenster. Auch für ihn war der Laden von feurigem Zauber, aber diese Anziehungskraft kann nicht allein mit der Schokolade erklärt werden, die er jedoch keineswegs verachtete.

Er war ein großer, kräftiger, rothaariger junger Mann, mit einem entschlossenen Gesicht, aber einem gleichgültigen Auftreten. Er trug unter dem Arm eine flache graue Mappe mit Schwarzweißskizzen, die er mit mehr oder weniger Erfolg Verlegern verkaufte, seit sein Onkel (ein Admiral) ihn als Sozialisten enterbt hatte, wegen eines Vortrags, den er gegen jene Wirtschaftstheorie gehalten hatte. Sein Name war John Turnbull Angus.

Nachdem er schließlich doch eingetreten war, durchschritt er den Laden bis in das Hinterzimmer, eine Art Café, wobei er im Vorbeigehen lässig seinen Hut vor der jungen Dame lüftete, die dort bediente. Sie war ein dunkles, elegantes, waches Mädchen in Schwarz, mit gesunder Gesichtsfarbe und sehr lebhaften dunklen Augen; und nach der gebräuchlichen Pause folgte sie ihm in das Hinterzimmer, um seine Bestellung entgegenzunehmen.

Seine Bestellung war offensichtlich eine übliche. »Ich möchte bitte«, sagte er sehr deutlich, »ein süßes Brötchen und eine kleine Tasse schwarzen Kaffees.« Und einen Augenblick bevor das Mädchen sich abwenden konnte, fügte er hinzu: »Und außerdem möchte ich, daß Sie mich heiraten.«

Die junge Dame aus dem Laden stand plötzlich steif und sagte: »Solche Scherze verbitte ich mir.«

Der rothaarige junge Mann sah sie aus grauen Augen mit unerwarteter Feierlichkeit an.

»Wirklich und wahrhaftig«, sagte er, »mir ist das so ernst – so ernst wie mit dem Brötchen. Es ist kostspielig wie das Brötchen; man muß dafür bezahlen. Es ist unverdaulich wie das Brötchen. Es schmerzt.«

Die dunkle junge Dame hatte währenddessen ihre dunklen Augen nicht von ihm genommen und schien ihn mit fast tragischer Genauigkeit zu studieren. Am Ende ihrer Untersuchung war da so etwas wie der Schatten eines Lächelns, und sie setzte sich auf einen Stuhl.

»Finden Sie nicht auch«, sagte Angus abwesend, »daß es ziemlich grausam ist, diese süßen Brötchen zu verspeisen? Sie könnten sich doch zu süßen Stuten auswachsen. Ich werde diesen brutalen Zeitvertreib aufgeben, sobald wir verheiratet sind.«

Die dunkle junge Dame stand auf und ging zum Fenster, offenbar in einem Zustand heftigen wenn auch nicht mißbilligenden Nachdenkens. Als sie sich endlich mit einem entschlossenen Gesichtsausdruck wieder umwandte, sah sie verblüfft, daß der junge Mann sorgfältig verschiedene Dinge aus dem Schaufenster auf dem Tisch aufbaute. Darunter eine Pyramide aus schreiendbunten Süßigkeiten, mehrere Platten mit belegten Broten und die beiden Karaffen mit jenen rätselhaften Sorten Portwein und Sherry, die für solche Cafés charakteristisch sind. In die Mitte dieses sorgfältigen Arrangements hatte er vorsichtig die gewaltige Ladung des weißbezuckerten Kuchens niedergelassen, die das riesige Prunkstück im Schaufenster gewesen war.

»Was in aller Welt tun Sie denn da?« fragte sie.

»Meine Pflicht, meine liebe Laura«, begann er.

»Um Himmels willen, hören Sie auf«, rief sie, »und sprechen Sie nicht so mit mir. Ich meine, was soll das alles sein?«

»Ein festliches Essen, Fräulein Hope.«

»Und was ist das?« fragte sie ungeduldig und wies auf den Zuckerberg.

»Der Hochzeitskuchen, Frau Angus«, sagte er.

Das Mädchen marschierte auf jenen Gegenstand los, entfernte ihn mit einigem Geklirr und stellte ihn zurück ins Schaufenster; dann kam sie zurück, stützte die eleganten Ellenbogen auf den Tisch und betrachtete den jungen Mann nicht ungnädig, aber doch in erheblicher Verärgerung.

»Sie lassen mir überhaupt keine Zeit zum Nachdenken«, sagte sie.

»So verrückt bin ich nicht«, antwortete er; »das ist meine Art christlicher Demut.«

Sie sah ihn immer noch an; aber hinter ihrem Lächeln war sie erheblich ernster geworden.

»Mr. Angus«, sagte sie fest, »bevor dieser Unfug auch nur noch eine Minute weitergeht, muß ich Ihnen so kurz wie möglich etwas über mich erzählen.«

»Sehr angenehm«, erwiderte Angus feierlich. »Und wenn Sie schon einmal dabei sind, könnten Sie mir auch etwas über mich erzählen.«

»Ach halten Sie doch den Mund und hören Sie zu«, sagte sie. »Es ist nichts, weswegen ich mich schämen müßte, und es ist nicht einmal etwas, das mir besonders leid tut. Aber was würden Sie sagen, wenn da etwas wäre, das mich eigentlich nichts angeht und doch mein Alptraum ist?«

»In diesem Fall«, sagte der Mann ernsthaft, »schlüge ich vor, daß Sie den Kuchen wieder zurückholen.«

»Na schön, dann müssen Sie sich die Geschichte eben anhören«, sagte Laura beharrlich. »Zunächst müssen Sie wissen, daß meinem Vater das Restaurant ›Zum Roten Fisch‹ in Ludbury gehörte und daß ich dort die Gäste in der Bar bediente.«

»Ich habe mich oft gewundert«, sagte er, »warum diese Konditorei hier so eine Atmosphäre von Christlichkeit umgibt.«

»Ludbury ist ein verschlafenes grünes Nest in Ostengland, und die einzige Art von Leuten, die überhaupt in den ›Roten Fisch‹ kamen, waren gelegentliche Handlungsreisende und im übrigen die schrecklichste Gesellschaft, die Sie je gesehen haben, nur haben Sie sie nie gesehen. Kleine schäbige Taugenichtse, die gerade genügend zum Leben hatten und nichts zu tun, als sich in Bars herumzudrücken und auf Pferde zu wetten, in schäbigen Anzügen, die aber für sie immer noch zu gut waren. Aber nicht einmal diese verkommenen jungen Kerle waren gewöhnlich bei uns zu sehen; bis auf zwei von ihnen, die zu gewöhnlich waren – gewöhnlich in jeder Beziehung. Beide hatten Geld und waren ekelhaft faul und überelegant. Und doch taten sie mir ein bißchen leid, denn ich glaube fast, daß sie sich nur deshalb in unsere kleine leere Bar schlichen, weil jeder von ihnen eine kleine Mißbildung aufwies; von der Art, über die Esel lachen. Nicht eigentliche Mißbildungen; eher Eigentümlichkeiten.

Einer von ihnen war ein überraschend kleiner Mann, sowas wie ein Zwerg oder wenigstens ein Jockey. Aber er sah überhaupt nicht wie ein Jockey aus mit seinem runden schwarzen Kopf und seinem sauber geschnittenen schwarzen Bart und seinen hellen Vogelaugen; er klimperte mit dem Geld in seiner Tasche; er klickerte mit seiner dicken goldenen Uhrkette; und nie kam er, ohne zu sehr wie ein Gentleman gekleidet zu sein, um einer zu sein. Er war zwar kein Narr, aber ein nutzloser Faulenzer; er war sonderbar bewandert in allen möglichen brotlosen Künsten; eine Art Gelegenheitszauberer; er machte aus 15 Streichhölzern, die sich aneinander entzündeten, ein regelrechtes Feuerwerk; oder schnitzte aus einer Banane oder was Ähnlichem eine tanzende Puppe. Sein Name war Isidore Smythe; und ich sehe ihn noch vor mir mit seinem kleinen dunklen Gesicht, wie er zum Bartresen kommt und aus 5 Zigarren ein hüpfendes Känguruh macht.

Der andere Bursche war schweigsamer und gewöhnlicher; aber irgendwie beunruhigte er mich sehr viel mehr als der arme kleine Smythe. Er war sehr groß und dünn und hellhaarig; seine Nase war scharf gebogen, und er hätte auf eine gespenstische Weise fast schön sein können; aber er schielte so entsetzlich, wie ich das niemals sonst gesehen oder davon gehört habe. Wenn er einen ansah, wußte man nicht mehr, wo man selbst war, geschweige denn, was er ankuckte. Ich glaube, daß diese Art von Mißbildung den armen Kerl etwas verbitterte; denn während Smythe immer bereit war, seine Taschenspielereien überall vorzuführen, tat James Welkin (so hieß der Schieler) nie etwas anderes, als sich in unserer Bar vollaufen zu lassen und alleine in der flachen grauen Umgebung große Spaziergänge zu machen. Aber ich glaube, daß auch Smythe wegen seiner Kleinheit etwas empfindlich war, obwohl er das besser zu verbergen wußte. Und so war ich denn wirklich verwirrt und zugleich entsetzt, und es tat mir auch sehr leid, als mir beide in der gleichen Woche Heiratsanträge machten.

Und dann tat ich etwas, von dem ich seither manchmal gemeint habe, es sei töricht gewesen. Aber schließlich waren diese schrulligen Kerle auf eine gewisse Art meine Freunde; und die Vorstellung war mir ein Graus, daß sie sich den wahren Grund denken könnten, weshalb ich ihnen einen Korb gab, nämlich ihre unmögliche Häßlichkeit. Also habe ich mir was anderes ausgedacht, daß ich nämlich niemals jemanden heiraten würde, der nicht aus eigener Kraft seinen Weg im Leben gemacht hätte. Ich sagte, ich wolle grundsätzlich nicht von Geld leben, das wie das ihre ererbt sei. Zwei Tage nach dieser gutgemeinten Erklärung begann das ganze Übel. Das erste, was ich hörte, war, daß beide sich aufgemacht hätten, ihr Glück zu suchen, als ob sie in irgendeinem dummen Märchen lebten.

Na ja, und seitdem habe ich bis heute keinen von ihnen wiedergesehen. Aber der kleine Mann namens Smythe hat mir zwei Briefe geschrieben, und die waren ziemlich aufregend.«

»Nie was von dem anderen gehört?« fragte Angus.

»Nein, der hat nie geschrieben«, sagte das Mädchen nach kurzem Zögern. »Der erste Brief von Smythe sagte nur, daß er mit Welkin zusammen losgezogen sei nach London; aber weil Welkin so ein guter Wanderer war, sei der kleine Mann zurückgeblieben und habe am Straßenrand eine Pause eingelegt. Dabei habe ihn irgendeine Wanderschau aufgelesen, und teils weil er fast ein Zwerg war, und teils weil er wirklich ein schlauer kleiner Bursche war, sei er im Schaugeschäft gut vorangekommen und bald vom ›Aquarium‹ engagiert worden wegen irgendwelcher Tricks, derer ich mich nicht entsinne. Das war sein erster Brief. Sein zweiter war sehr viel erschreckender, und den habe ich erst letzte Woche bekommen.«

Der Mann namens Angus leerte seine Kaffeetasse und betrachtete sie mit sanften und geduldigen Augen. Ihr Mund verzog sich zu einem leichten Lachen, als sie fortfuhr: »Sie werden sicher an den Anschlagsäulen all diese Anzeigen für ›Smythes Stummer Dienst‹ gesehen haben? Oder Sie müßten der einzige Mensch sein, der sie nicht gesehen hat. Ich weiß natürlich nicht viel darüber, irgend so eine Uhrwerkerfindung, durch die alle Hausarbeit mittels Maschinen erledigt werden kann. Sie wissen schon, die Art von ›Drücken Sie auf den Knopf – Ihr Diener der Niemals Trinkt‹. ›Ziehen Sie am Hebel – 10 Hausmädchen, die Niemals Flirten‹. Sie müssen die Anzeigen auch gesehen haben. Nun ja, was immer das auch für Apparate sein mögen, sie bringen haufenweise Geld ein; und das alles für den kleinen Kobold, den ich da hinten in Ludbury gekannte habe. Ich kann mir nicht helfen, aber ich freue mich, daß der arme kleine Kerl auf die Füße gefallen ist; aber Tatsache ist auch, daß ich entsetzliche Angst davor habe, er könnte jede Sekunde auftauchen und mir mitteilen, daß er aus eigener Kraft seinen Weg im Leben gemacht hat – was er ja auch wirklich geschafft hat.«

»Und der andere?« wiederholte Angus in einer Art hartnäckiger Gelassenheit.

Laura Hope stand plötzlich auf. »Mein Freund«, sagte sie. »Ich glaube, Sie sind ein Hexer. Ja, Sie haben recht. Ich habe von dem anderen Mann keine einzige Zeile bekommen; und ich habe nicht die geringste Ahnung, was oder wo er ist. Aber er ist es, vor dem ich mich fürchte. Er ist es, der immer um mich herum ist. Er ist es, der mich halb verrückt gemacht hat. Ich habe tatsächlich das Gefühl, daß er mich verrückt gemacht hat; denn ich habe seine Gegenwart gespürt, wo er nicht sein konnte, und ich habe seine Stimme gehört, wo er nicht gesprochen haben kann.«

»Schön, meine Liebe«, sagte der junge Mann heiter, »und wenn er Satan persönlich wäre, jetzt, da Sie zu jemandem darüber gesprochen haben, ist er erledigt. Verrückt wird man allein, altes Mädchen. Aber wann haben Sie sich denn eingebildet, Sie hätten unseren schielenden Freund gespürt und gehört?«

»Ich habe James Welkin ebenso deutlich gehört, wie ich Sie reden höre«, sagte das Mädchen fest. »Niemand war da, denn ich stand gerade vor dem Geschäft an der Ecke und konnte beide Straßen zugleich beobachten. Ich hatte schon vergessen, wie er lachte, obwohl sein Lachen ebenso eigenartig war wie sein Schielen. Ich hatte fast ein Jahr lang nicht mehr an ihn gedacht. Aber es ist die heilige Wahrheit, daß wenige Sekunden danach der erste Brief seines Rivalen ankam.«

»Haben Sie eigentlich das Gespenst je zum Sprechen oder Quietschen oder sonstwas gebracht?« fragte Angus mit einigem Interesse.

Laura schauderte es plötzlich, doch dann sagte sie mit unerschütterter Stimme: »Ja. Gerade als ich den zweiten Brief von Isidore Smythe gelesen hatte, in dem er mir seinen Erfolg mitteilte, gerade da hörte ich Welkin sagen: ›Und er soll dich doch nicht haben.‹ Es war so deutlich, als ob er im Zimmer wäre. Es ist furchtbar; ich glaube, ich bin schon verrückt.«

»Wenn Sie wirklich verrückt wären«, sagte der junge Mann, »würden Sie sich einbilden, Sie seien normal. Im übrigen aber scheint mir da wirklich etwas Zweifelhaftes um diesen unsichtbaren Herrn zu sein. Zwei Köpfe sind besser als einer – ich erspare Ihnen Anspielungen auf andere Körperteile –, und wenn Sie mir jetzt als einem handfesten praktischen Mann erlauben würden, den Hochzeitskuchen wieder aus dem Schaufenster zu holen –«

Während er noch sprach, war da eine Art von stählernem Schrillen in der Straße draußen, und ein kleines Auto, das mit teuflischer Geschwindigkeit gefahren wurde, schoß vor die Tür des Ladens und stoppte. Und fast noch im gleichen Augenblick stand stampfend ein kleiner Mann mit einem glänzenden Zylinder im Vorraum.

Angus, der bisher eine heitere Gelassenheit aus Gründen der geistigen Hygiene bewahrt hatte, verriet nun die Anspannung seiner Seele, indem er jählings aus dem Hinterzimmer stürmte und dem Neuankömmling entgegentrat. Ein Blick auf ihn genügte völlig, um die wilden Vermutungen eines verliebten Mannes zu bestätigen. Diese äußerst flinke aber zwergische Gestalt, die den schwarzen Bart mit seiner Spitze anmaßend vorstreckte, die schlauen ruhelosen Augen, die niedlichen aber sehr nervösen Finger, das konnte kein anderer sein als der ihm gerade erst beschriebene Mann: Isidore Smythe, der aus Bananenschalen und Streichholzschachteln Puppen schuf; Isidore Smythe, der aus metallenen abstinenten Dienern und flirtlosen Hausmädchen Millionen schuf. Für einen Augenblick sahen sich die beiden Männer, die instinktiv einer des anderen Besitzermiene verstanden, mit jener sonderbaren kalten Großmütigkeit an, die das Wesen der Rivalität ist.

Mr. Smythe jedoch spielte in keiner Weise auf den tiefsten Grund ihrer Gegnerschaft an, sondern sagte einfach und explosiv: »Hat Miss Hope das Ding am Fenster gesehen?«

»Am Fenster?« wiederholte der verblüffte Angus.

»Keine Zeit, andere Dinge zu erklären«, sagte der kleine Millionär knapp. »Hier geht irgendein Unsinn vor, der untersucht werden muß.«

Er wies mit seinem polierten Spazierstock auf das Fenster, das kürzlich durch die Hochzeitsvorbereitungen von Mr. Angus ausgeräumt worden war; und dieser Herr sah erstaunt einen langen Streifen Papier über das Glas geklebt, der sich gewißlich nicht am Fenster befunden hatte, als er kurz zuvor hindurchgeschaut. Er folgte dem energischen Smythe hinaus auf die Straße und stellte fest, daß etwa anderthalb Meter lang Reste von Briefmarkenbögen sorgfältig über die Scheibe geklebt worden waren und daß darauf in krakeligen Buchstaben geschrieben war: »Wenn du Smythe heiratest, wird er sterben.«

»Laura«, sagte Angus und schob seinen großen roten Schopf in den Laden, »Sie sind nicht verrückt.«

»Das ist die Schrift von dem Kerl Welkin«, sagte Smythe mürrisch. »Ich hab ihn seit Jahren nicht mehr gesehen, aber er hat mich ständig belästigt. In den letzten vierzehn Tagen hat er mir fünfmal Drohbriefe in die Wohnung geschickt, und ich kann nicht einmal herausfinden, wer sie da hinbringt, geschweige denn, ob er es selber tut. Der Portier des Hauses schwört, daß man keine verdächtige Gestalt gesehen habe, und jetzt klebt er hier eine Art Tapetensockelstreifen auf ein öffentliches Schaufenster, während die Leute im Laden –«

»Jaha«, sagte Angus bescheiden, »während die Leute im Laden ihren Tee genießen. Nun, Sir, ich versichere Ihnen, daß ich Ihre vernünftige Art schätze, die Angelegenheit so unmittelbar anzugehen. Über andere Dinge können wir später sprechen. Der Bursche kann noch nicht sehr weit sein, denn ich beschwöre, daß da noch kein Papier war, als ich zuletzt zum Fenster ging, vor 10 oder 15 Minuten. Auf der anderen Seite ist er inzwischen zu weit weg, als daß wir ihn jagen könnten, da wir nicht einmal die Richtung wissen. Wenn Sie meinen Rat annehmen wollen, Mr. Smythe, dann übergeben Sie diese Angelegenheit sofort einem energischen Untersucher, einem privaten eher als einem öffentlichen. Ich kenne da einen ungemein klugen Burschen, der sein Büro knapp 5 Minuten von hier hat, wenn wir mit Ihrem Wagen fahren. Er heißt Flambeau, und obwohl seine Jugend ein bißchen stürmisch war, ist er heute doch ein absolut ehrlicher Mann, und sein Gehirn ist Geld wert. Er wohnt in den Lucknow Mansions in Hampstead.«

»Das ist merkwürdig«, sagte der kleine Mann und wölbte seine schwarzen Augenbrauen. »Ich selbst wohne in den Himalaya Mansions, um die Ecke. Wollen Sie vielleicht mit mir kommen; ich kann dann in meine Wohnung gehen und diese komischen Welkin-Dokumente heraussuchen, während Sie hinüber laufen und Ihren Freund, den Privatdetektiv, holen.«

»Sehr liebenswürdig«, sagte Angus höflich. »Los also, denn je eher wir etwas unternehmen, desto besser.«

Beide Männer nahmen in komischer improvisierter Fairness auf die gleiche formelle Weise Abschied von der Dame, und beide sprangen dann in den schnellen kleinen Wagen. Als Smythe am Steuer um die große Straßenecke bog, sah Angus amüsiert ein riesiges Plakat von »Smythes Stummer Dienst« mit dem Bild einer großen kopflosen Eisenpuppe, die eine Pfanne mit der Inschrift hielt »Eine Köchin, die Niemals Sauer ist«.

»Ich verwende sie auch in meiner eigenen Wohnung«, sagte der kleine schwarzbärtige Mann lachend, »teils aus Reklamegründen, und teils, weil sie wirklich bequem sind. Ehrlich und ohne Schmus, diese meine großen mechanischen Puppen bringen Ihnen die Kohle oder den Rotspon oder das Kursbuch schneller als irgendein lebender Diener, den ich je gekannt habe, wenn man nur weiß, welchen Knopf man drücken muß. Aber ich würde unter uns nie bestreiten, daß solche Dienstboten auch ihre Nachteile haben.«

»Wirklich?« sagte Angus. »Gibt es irgendwas, das sie nicht können?«

»Ja«, antwortete Srnythe kühl; »sie können mir nicht sagen, wer diese Drohbriefe in meine Wohnung gebracht hat.«

Des Mannes Auto war klein und schnell wie er selbst; und es war ebenso wie sein häuslicher Dienst seine eigene Erfindung. Wenn er ein Marktschreier war, dann einer, der an seine eigenen Waren glaubte. Das Gefühl von etwas Kleinem und Fliegendem wurde deutlicher, als sie im ersterbenden klaren Abendlicht durch die langen weißen Windungen der Straße fegten. Bald wurden die weißen Kurven enger und schwindelerregender; sie befanden sich, wie man in modernen Religionen zu sagen pflegt, in aufsteigenden Spiralen. Denn sie erklommen einen Teil von London, der mindestens genauso steil ist wie Edinburgh, wenn auch nicht ganz so malerisch. Terrasse erhob sich über Terrasse, und jenes spezielle Hochhaus von Wohnungen, das sie suchten, erhob sich über sie alle zu fast ägyptischen Höhen, von der flachen Abendsonne vergoldet. Doch als sie um die Ecke bogen und in das Halbrund einfuhren, das als die Himalaya Mansions bekannt ist, änderte sich das Bild so jäh wie durch das Öffnen eines Fensters; denn jenes Getürm von Wohnungen hockte über London wie über einem grünen Schiefermeer. Gegenüber den Wohnungen befand sich auf der anderen Seite des gekiesten Halbrunds eine buschige Umzäunung, die eher einer steilen Hecke oder einem Damm glich als einem Garten, und ein Stück darunter verlief ein künstlich angelegter Wasserstreifen, eine Art Kanal, wie der Graben jener von Büschen umschlossenen Festung. Als der Wagen um das Halbrund fegte, kam er an einer Ecke an dem verirrten Stand eines Kastanienbräters vorüber; und am anderen Ende der Biegung konnte Angus die verschwommene Gestalt eines blauen Polizisten sehen, der langsam dahinschritt. Das waren die einzigen menschlichen Gestalten in der Einsamkeit dieses hohen Vororts; aber er hatte das irrationale Gefühl, als gäben sie der wortlosen Poesie Londons Ausdruck. Er empfand so, als ob sie Gestalten in einer Geschichte wären.

Das kleine Auto schoß wie eine Kugel auf das rechte Haus zu und schoß seinen Besitzer wie eine Bombe hinaus. Sofort danach erkundigte er sich bei einem langen Türsteher in schimmernder Uniform und bei einem kurzen Hauswart in Hemdsärmeln, ob irgend jemand oder irgend etwas nach seiner Wohnung gesucht habe. Man antwortete ihm, daß niemand und nichts an diesen beiden Angestellten vorübergekommen sei seit seiner letzten Erkundigung; woraufhin er und der leicht verwirrte Angus im Lift wie in einer Rakete emporgeschossen wurden, bis sie die oberste Etage erreichten.

»Kommen Sie für einen Augenblick rein«, sagte der atemlose Smythe. »Ich will Ihnen die Welkin-Briefe zeigen. Dann können Sie um die Ecke laufen und Ihren Freund holen.« Er drückte auf einen in der Wand verborgenen Knopf, und die Tür öffnete sich von selbst.

Sie öffnete sich zu einem langen bequemen Vorraum, dessen einzige, sozusagen fesselnde Züge die Reihen halbmenschlicher mechanischer Gestalten waren, die auf beiden Seiten wie Schneiderpuppen aufgereiht standen. Wie Schneiderpuppen waren sie kopflos; und wie Schneiderpuppen hatten sie hübsche, überflüssige Höcker an den Schultern und eine hühnerbrüstige Wölbung als Brust; davon abgesehen, waren sie einer menschlichen Gestalt aber auch nicht ähnlicher als irgendein anderer Bahnsteigautomat von etwa menschlicher Höhe. Sie hatten zwei große Haken als Arme, um Tabletts zu tragen; und sie waren zum Zweck der Unterscheidbarkeit erbsengrün oder zinnoberrot oder schwarz angestrichen; in jeder anderen Hinsicht waren sie nur Automaten, und niemand würde sie zweimal angesehen haben. Zumindest tat das bei dieser Gelegenheit niemand. Denn zwischen den beiden Reihen häuslicher Puppen lag etwas bei weitem Interessanteres als alle Automaten auf Erden. Es war ein weißer zerknitterter Fetzen Papier, bekritzelt mit roter Tinte; und der bewegliche Erfinder hatte es auch schon aufgerafft, fast ehe die Tür ganz auf war. Er überreichte es wortlos Angus. Noch war die rote Tinte nicht getrocknet, und die Botschaft lautete: »Wenn du sie heute gesehen hast, werde ich dich töten.«

Ein kurzes Schweigen, und dann sagte Isidore Smythe ruhig: »Möchten Sie einen kleinen Whisky? Ich jedenfalls habe einen nötig.«

»Danke Ihnen; ich möchte lieber einen kleinen Flambeau«, sagte Angus düster. »Diese Angelegenheit scheint mir langsam ernst zu werden. Ich ziehe sofort los, um ihn herzuholen.«

»Gut so«, sagte der andere mit bewundernswert guter Laune. »Bringen Sie ihn her, so schnell Sie können.«

Als Angus die Vordertür hinter sich schloß, sah er Smythe, wie der einen Hebel umlegte, und eine der Uhrwerkformen, wie sie von ihrem Platz und durch eine Rinne im Boden glitt und ein Tablett mit Syphon und Karaffe trug. Es war ein wenig unheimlich, den kleinen Mann mit diesen toten Dienern zurückzulassen, die zum Leben erwachten, als die Tür sich schloß.

Sechs Stufen unterhalb des Treppenabsatzes von Smythe war der Mann in Hemdsärmeln dabei, irgend etwas mit einem Eimer zu tun. Angus blieb stehen und entlockte ihm, unterstützt durch eine in Aussicht gestellte Bestechung, das Versprechen, daß er an diesem Platz verweilen werde, bis man mit dem Detektiv zurückkomme, und auf jeden Fremden Obacht gebe, der diese Treppe heraufsteige. Dann stürzte er zur Eingangshalle hinab und auferlegte dort dem Türsteher an der Eingangstür ähnliche Wachsamkeitsaufgaben, wobei er den vereinfachenden Umstand erfuhr, daß es keine Hintertür gebe. Damit nicht zufrieden, schnappte er sich den streifewandelnden Polizisten und veranlaßte ihn, gegenüber dem Eingang Posten zu beziehen und ihn zu überwachen; und schließlich hielt er um eine kleine Portion Maronen inne und erkundigte sich nach der vermutlichen Länge des Aufenthaltes dieses Geschäftsmannes in der Gegend.

Der Kastanienverkäufer stellte den Kragen seines Mantels hoch und erklärte, er werde sich voraussichtlich in Kürze entfernen, da es vermutlich bald schneien werde. Und wirklich wurde der Abend nachgerade grau und schneidend, aber Angus gelang es mit all seiner Beredsamkeit, den Kastanienmann an seinem Orte festzunageln.

»Wärmen Sie sich an Ihren eigenen Maronen«, sagte er ernsthaft. »Essen Sie Ihren ganzen Vorrat auf; ich werde dafür sorgen, daß sich das für Sie lohnt. Ich werde Ihnen einen Sovereign geben, wenn Sie hier bis zu meiner Rückkehr warten und mir dann sagen, ob irgendein Mann, eine Frau, ein Kind in jenes Haus gegangen ist, vor dem der Türsteher steht.«

Danach schritt er mit einem letzten Blick auf den belagerten Turm eilig von dannen.

»Jedenfalls habe ich einen Ring um das Zimmer gelegt«, sagte er. »Denn schließlich können sie nicht alle vier die Komplizen von Welkin sein.«

Die Lucknow Mansions befanden sich sozusagen auf einer niedrigeren Plattform jenes Häuserberges, wobei die Himalaya Mansions dessen Spitze genannt werden könnten. Flambeaus Wohnung mit Büro befand sich im Erdgeschoß und stellte jeden erdenklichen Gegensatz zu der amerikanischen Maschinerie und dem kalten hotelgleichen Luxus der Wohnung des Stummen Dienstes dar. Flambeau, ein Freund von Angus, empfing ihn hinter seinem Büro in einem künstlerischen Rokokozimmer, das mit Säbeln, Hakenbüchsen, Raritäten aus dem Orient, Flaschen italienischen Weines, Kochkesseln von Wilden, einer weichfelligen Perserkatze und einem kleinen, verstaubt aussehenden römisch-katholischen Priester verziert war, der ganz besonders fehl am Platze wirkte.

»Das ist mein Freund Father Brown«, sagte Flambeau. »Ich habe mir oft gewünscht, Sie würden ihn kennenlernen. Herrliches Wetter; aber ein bißchen kühl für einen Südländer wie ich.«

»Ja, ich glaube, daß es klar bleiben wird«, sagte Angus und ließ sich auf einer violettgestreiften orientalischen Ottomane nieder.

»Nein«, sagte der Priester harmlos; »es hat zu schneien begonnen.«

Und wirklich begannen, noch während er sprach, die ersten Flocken, die der Mann der Kastanien vorausgesehen hatte, vor der dunkler werdenden Fensterscheibe vorbeizutreiben.

»Tja«, sagte Angus gewichtig. »Leider bin ich in Geschäften gekommen, und zwar in ziemlich schwierigen Geschäften. Tatsache ist, Flambeau, daß keinen Steinwurf von hier ein Mann lebt, der dringend Ihre Hilfe braucht; er wird andauernd von einem unsichtbaren Gegner gejagt und bedroht – einem Schuft, den niemand jemals gesehen hat.« Während nun Angus die ganze Geschichte von Smythe und Welkin berichtete, wobei er mit Lauras Erzählung begann und dann zu seinen eigenen Erlebnissen kam, und vom übernatürlichen Gelächter an der Ecke zweier leerer Straßen sprach und von den seltsamen deutlichen Worten in einem leeren Raum, hörte Flambeau immer gespannter zu, der kleine Priester aber schien wie ein Möbelstück ausgeschlossen zu bleiben. Und als es zu dem bekritzelten Markenpapier kam, das über das Fenster geklebt war, erhob sich Flambeau und schien mit seinen breiten Schultern das ganze Zimmer zu füllen.

»Wenn Sie nichts dagegen haben«, sagte er, »halte ich es für besser, wenn Sie mir den Rest der Geschichte auf dem schnellsten Weg zum Haus dieses Mannes erzählen. Irgendwie habe ich das Gefühl, daß keine Zeit zu verlieren ist.«

»Ausgezeichnet«, sagte Angus und erhob sich ebenfalls, »obwohl er für den Augenblick sicher genug ist, denn ich habe vier Männer aufgestellt, die das einzige Schlupfloch zu seinem Bau bewachen.«

Sie traten auf die Straße hinaus, wobei der kleine Priester mit der Folgsamkeit eines kleinen Hundes hinter ihnen hertrottete. Dabei sagte er heiter wie einer, der Konversation macht: »Wie schnell der Schnee dicht auf dem Boden liegenbleibt.«

Und während sie sich durch die steilen Seitenstraßen mühten, die schon silbern überpudert waren, beendete Angus seinen Bericht; und als sie den Halbkreis mit den hochgetürmten Wohnungen erreichten, hatte er Muße, seine Aufmerksamkeit den vier Wachtposten zuzuwenden. Der Kastanienverkäufer schwor sowohl vor wie nach dem Empfang eines Sovereigns hartnäckig, daß er die Tür beobachtet und keinen Besucher eintreten gesehen habe. Der Polizist war noch entschiedener. Er sagte, er habe Erfahrungen mit Gaunern aller Art, im Frack wie in Lumpen; er sei nicht so grün, daß er von Verdächtigen erwarte, verdächtig auszusehen; er habe nach irgend jemand Ausschau gehalten, und bei Gott, da sei niemand gewesen. Und als alle drei Männer sich um den vergoldeten Türsteher versammelten, der immer noch lächelnd und breitbeinig vor dem Portal stand, war das Urteil noch endgültiger.

»Ich habe das Recht, jedermann, ob Herzog oder Hausierer, zu fragen, was er in diesen Wohnungen wolle«, sagte der fröhliche goldbetreßte Riese, »und ich beschwöre, daß niemand gekommen ist, den ich hätte fragen können, seit dieser Herr wegging.«

Der unbedeutende Father Brown, der im Hintergrund stand und bescheiden auf das Pflaster schaute, wagte hier sanft zu bemerken: »Es ist also niemand die Treppen hinauf- oder heruntergelaufen, seit der Schnee zu fallen begann? Es begann, während wir alle noch bei Flambeau waren.«

»Niemand war hier drinnen, Sir, das können Sie mir glauben«, sagte der Amtsinhaber mit strahlender Autorität.

»Dann frage ich mich, was das hier ist?« sagte der Priester und starrte ausdruckslos wie ein Fisch auf den Boden.

Die anderen blickten ebenfalls alle nieder; und Flambeau verwendete einen wilden Schrei und eine französische Geste. Denn es war unfraglich wahr, daß in der Mitte des vom Mann in goldenen Tressen bewachten Eingangs und in der Tat sogar zwischen den arrogant gespreizten Beinen des Riesen hindurch ein faseriges Muster grauer Fußabdrücke in den weißen Schnee gestapft verlief.

»O Gott!« rief Angus unwillkürlich; »der Unsichtbare Mann!«

Ohne ein weiteres Wort wandte er sich um und raste die Treppe hinauf, gefolgt von Flambeau; Father Brown aber stand immer noch in der schneebedeckten Straße und blickte sich um, als habe er jedes Interesse an seiner Frage verloren.

Flambeau war in der richtigen Stimmung, die Tür mit seinen breiten Schultern aufzubrechen; aber der vernünftigere, wenn auch weniger intuitive Schotte tastete den Rahmen der Tür ab, bis er den unsichtbaren Knopf gefunden hatte; und die Tür schwang langsam auf.

Sie ließ im wesentlichen das gleiche vollgestellte Innere sehen; der Vorraum war dunkler geworden, auch wenn ihn hier und da die letzten rötlichen Speere des Sonnenuntergangs trafen, und die eine oder die andere der kopflosen Maschinen war um des einen oder anderen Zwecke willen von ihrem Platz bewegt worden, und sie standen jetzt hier und da im dämmrigen Raum umher. Das Grün und Rot ihrer Röcke dunkelte im Dämmer, und ihre Ähnlichkeit mit menschlichen Formen nahm gerade durch ihre Formlosigkeit zu. Doch in der Mitte von all dem lag genau dort, wo das Papier mit der roten Tinte gelegen hatte, etwas, das sehr wie rote Tinte aussah, die aus ihrer Flasche ausgelaufen war. Aber es war keine rote Tinte.

Mit jener französischen Mischung von Vernunft und Heftigkeit sagte Flambeau einfach: »Mord!«, und indem er sich in die Wohnung stürzte, hatte er all ihre Ecken und Schränke in fünf Minuten erforscht. Falls er aber erwartet hatte, eine Leiche zu finden, so fand er keine. Isidore Smythe befand sich einfach nicht am Platze, weder tot noch lebend. Nach der rasendsten Suche trafen die beiden Männer einander mit schweißüberströmten Gesichtern und starren Blicken wieder im Vorraum. »Mein Freund«, sagte Flambeau und sprach vor Aufregung französisch, »nicht nur ist Ihr Mörder unsichtbar, sondern er macht auch den Ermordeten unsichtbar.«

Angus blickte sich in dem dämmrigen Raum voller Puppen um, und in irgendeiner keltischen Ecke seiner schottischen Seele begann sich ein Schaudern zu regen. Eine der lebensgroßen Puppen überschattete unmittelbar den Blutfleck, herbeigerufen vielleicht von dem Erschlagenen unmittelbar bevor er niederstürzte. Einer der hochschultrigen Haken, die dem Ding als Arme dienten, war ein bißchen angehoben, und Angus hatte plötzlich die schreckliche Vorstellung, daß das Eisenkind des armen Smythe selbst ihn niedergeschlagen habe. Die Materie hatte rebelliert, und die Maschinen hatten ihren Meister getötet. Doch selbst wenn, was hatten sie dann mit ihm getan?

»Ihn aufgefressen?« flüsterte die Nachtmahr ihm ins Ohr; und einen Augenblick lang ward ihm übel beim Gedanken an zerfetzte menschliche Überbleibsel, von all diesem hirnlosen Uhrwerk verschlungen und zermalmt.

Er gewann sein geistiges Gleichgewicht mit heftiger Anstrengung zurück und sagte zu Flambeau: »Das war's also. Der arme Kerl ist verdunstet wie eine Wolke und hat einen roten Fleck auf dem Fußboden hinterlassen. Diese Geschichte gehört nicht zu dieser Welt.«

»Da bleibt nur eins zu tun übrig«, sagte Flambeau, »ob sie nun zu dieser oder der anderen Welt gehört, ich muß runterlaufen und mit meinem Freund sprechen.«

Sie stiegen hinab, kamen an dem Mann mit dem Eimer vorbei, der erneut versicherte, daß er keinen Eindringling habe passieren lassen, hinab zu dem Türsteher und dem herumlungernden Kastanienmann, die beide steif und fest ihre eigene Wachsamkeit beschworen. Als Angus sich aber nach seiner vierten Bestätigung umsah, konnte er sie nicht erblicken und rief einigermaßen nervös: »Wo ist der Polizist?«

»Um Vergebung«, sagte Father Brown; »mein Fehler. Ich habe ihn gerade die Straße hinabgeschickt, um etwas zu überprüfen – das ich für wert halte, überprüft zu werden.«

»Na schön, aber wir brauchen ihn schnell zurück«, sagte Angus abrupt, »denn der Unglückliche da oben ist nicht nur ermordet, sondern auch ausgelöscht worden.«

»Wie?« fragte der Priester.

»Father«, sagte Flambeau nach einer Pause, »ich glaube bei meiner Seele, daß diese Sache mehr in Ihre Kompetenz fällt als in meine. Weder Freund noch Feind hat das Haus betreten, und doch ist Smythe verschwunden, wie von Feen entführt. Wenn das nicht übernatürlich ist, dann –«.

Während er sprach, wurde ihnen allen durch einen ungewöhnlichen Anblick Einhalt geboten; der große blaue Polizist kam um die Ecke des Halbkreises gerannt. Er kam direkt auf Brown zu.

»Sie hatten recht, Sir«, keuchte er, »sie haben gerade die Leiche vom armen Mr. Smythe unten im Kanal gefunden.

Angus griff sich wild an den Kopf. »Ist er hinabgelaufen und hat sich selbst ertränkt?« fragte er.

»Ich schwöre, daß er niemals heruntergekommen ist«, sagte der Wachtmeister, »und er wurde auch nicht ertränkt, denn er starb an einem tiefen Stich ins Herz.«

»Und doch haben Sie niemanden eintreten gesehen?« sagte Flambeau mit ernster Stimme.

»Wir wollen ein bißchen die Straße hinuntergehen«, sagte der Priester.

Als sie am anderen Ende des Halbkreises ankamen, bemerkte er plötzlich: »Wie dumm von mir! Ich habe vergessen, den Polizisten etwas zu fragen. Ich möchte wissen, ob sie einen hellbraunen Sack gefunden haben.«

»Warum einen hellbraunen Sack?« fragte Angus erstaunt.

»Wenn es ein Sack von irgendeiner anderen Farbe war, fängt der Fall wieder von vorne an«, sagte Father Brown; »aber wenn es ein hellbrauner Sack war, dann ist der Fall erledigt.«

»Das freut mich zu hören«, sagte Angus mit herzhafter Ironie. »Denn soweit es mich betrifft, hat er noch nicht einmal begonnen.«

»Sie müssen uns alles darüber erzählen«, sagte Flambeau mit einer sonderbar gewichtigen Einfachheit wie ein Kind.

Ohne es zu merken, schritten sie mit immer schnelleren Schritten die lange Biegung der Straße gegenüber dem hohen Halbkreis hinab, Father Brown führte hurtig, aber wortlos. Schließlich sagte er mit einer fast rührenden Unbestimmtheit: »Ich fürchte, Sie werden das alles sehr prosaisch finden. Wir beginnen immer beim abstrakten Ende der Dinge, und diese Geschichte kann man nirgendwo sonst beginnen.

Haben Sie je bemerkt, daß Menschen nie auf das antworten, was Sie sagen? Man antwortet auf das, was Sie meinen – oder was Sie nach deren Ansicht meinen. Stellen Sie sich vor, da sagt eine Dame in einem Landhaus zu einer anderen: ›Ist irgend jemand bei Ihnen im Haus?‹, dann wird die Dame niemals antworten: ›Ja; der Butler, die drei Hausknechte, das Stubenmädchen und so weiter‹, obwohl das Stubenmädchen im Zimmer sein kann oder der Butler hinter ihrem Stuhl. Sie sagt: ›*Niemand* ist außer uns im Haus‹, womit sie meint, niemand von der Art, die Sie meinen. Und nun stellen Sie sich vor, ein Arzt erkundigt sich im Zusammenhang mit einer Epidemie: ›Wer ist im Haus?‹, dann wird die Dame sich des Butlers, des Stubenmädchens und all der anderen erinnern. So wird Sprache immer verwendet; man bekommt eine Frage nie wörtlich beantwortet, selbst wenn man sie wahrheitsgemäß beantwortet bekommt. Als diese vier ehrlichen Männer sagten, daß keiner das Mietshaus betreten habe, meinten sie nicht wirklich, daß *keiner* es betreten hätte. Sie meinten keinen, den sie hätten verdächtigen können, Ihr Mann zu sein. Ein Mann ging ins Haus, und er kam heraus, aber sie haben ihn nicht wahrgenommen.«

»Ein unsichtbarer Mann?« fragte Angus, und seine roten Augenbrauen hoben sich.

»Ein dem Geiste unsichtbarer Mann«, sagte Father Brown.

Ein oder zwei Minuten später sprach er in derselben unaufdringlichen Weise weiter wie ein Mann, der vor sich hin denkt: »Natürlich kann man erst dann an einen solchen Mann denken, wenn man an ihn denkt. Und das ist, wo seine Schlauheit ins Spiel kommt. Aber ich kam durch zwei oder drei kleine Dinge im Bericht von Mr. Angus darauf, an ihn zu denken. Da war erstens die Tatsache, daß dieser Welkin lange Spaziergänge unternahm. Und dann war da die Menge Markenpapier auf dem Fenster. Und dann waren da vor allem die beiden Dinge, die die junge Dame sagte – Dinge, die nicht wahr sein konnten. Werden Sie nicht böse«, fügte er rasch hinzu, als er eine plötzliche Kopfbewegung des Schotten bemerkte; »sie glaubte schon, daß sie wahr waren, aber sie können nicht wahr sein. Eine Person *kann nicht* ganz alleine in einer Straße sein, wenn sie eine Sekunde danach einen Brief bekommt. Sie kann nicht ganz alleine in einer Straße sein, wenn sie beginnt, einen Brief zu lesen, den sie gerade bekommen hat. Jemand muß ihr da sehr nahe sein; er muß dem Geiste unsichtbar sein.«

»Warum muß ihr denn jemand nahe sein?« fragte Angus.

»Weil«, sagte Father Brown, »wenn man Brieftauben ausschließt, ihr jemand den Brief gebracht haben muß.«

»Wollen Sie damit etwa sagen«, fragte Flambeau heftig, »daß Welkin die Briefe seines Nebenbuhlers zur Dame seines Herzens brachte?«

»Ja«, sagte der Priester. »Welkin brachte die Briefe seines Nebenbuhlers zur Dame seines Herzens. Wissen Sie, er mußte das tun.«

»Ich halte das nicht länger aus«, explodierte Flambeau. »Wer ist dieser Kerl? Wie sieht er aus? Was ist die übliche Aufmachung für einen dem Geiste unsichtbaren Mann?«

»Er ist ziemlich ordentlich angezogen in Rot, Blau und Gold«, erwiderte der Priester prompt und präzis, »und in diesem auffallenden, ja geradezu bunten Kostüm betrat er unter 8 menschlichen Augen die Himalaya Mansions; er tötete kaltblütig Smythe und kam wieder auf die Straße herunter, wobei er die Leiche in seinen Armen trug – «

»Hochwürden«, schrie Angus und blieb stehen, »sind Sie verrückt geworden, oder bin ich es?«

»Sie sind nicht verrückt«, sagte Brown, »nur ein bißchen unaufmerksam. Sie haben zum Beispiel einen Mann wie diesen nicht bemerkt.«

Er machte drei schnelle Schritte vorwärts und legte einem gewöhnlichen vorüberkommenden Briefträger die Hand auf die Schulter, der, von ihnen unbemerkt, im Schatten der Bäume herumgewirtschaftet hatte.

»Irgendwie bemerkt niemand je Briefträger«, sagte er nachdenklich; »und doch haben sie Leidenschaften wie andere Männer, und sie tragen sogar große Säcke mit sich, in denen kleine Körper leicht verstaut werden können.«

Der Briefträger hatte sich, statt sich ihnen natürlich zuzuwenden, weggeduckt und war gegen den Gartenzaun getaumelt. Er war ein dünner blondbärtiger Mann von gewöhnlichem Aussehen, aber als er mit ängstlichem Gesicht über die Schulter schaute, blickte alle drei Männer ein fast teuflisches Schielen an.

Flambeau kehrte zu Säbeln, purpurnen Teppichen und persischer Katze zurück, da es vielerlei Dinge gab, denen er sich widmen mußte. John Turnbull Angus kehrte zu der Dame in dem Laden zurück, mit der dieser unbedachtsame junge Mann höchst glücklich zu werden gedachte. Father Brown aber durchwanderte jene schneebedeckten Hügel unter den Sternen während vieler Stunden mit einem Mörder, und was sie einander zu sagen hatten, wird niemals bekannt werden.

Die Ehre des Israel Gow

Ein stürmischer Abend in Olivgrün und Silber brach an, als Father Brown in einen grauen schottischen Plaid gehüllt an das Ende eines grauen schottischen Tales gelangte und die eigenartige Burg Glengyle erblickte. Sie verschloß das eine Ende der Schlucht oder des Hohlwegs wie eine Sackgasse; und sah aus wie das Ende der Welt. Sie stieg in steilen Dächern und Spitztürmen aus seegrünem Schiefer nach Art der alten französisch-schottischen Schlösser empor und erinnerte einen Engländer an die unheimlichen Kirchturmhüte der Hexen in Märchen; und die Föhren, die um die grünen Türme wogten, sahen im Vergleich so schwarz wie zahllose Rabenschwärme aus. Dieser Anflug verträumter, fast verschlafener Teufelei war keine bloße Laune der Landschaft. Denn über der Stätte lagerte eine jener Wolken aus Stolz und Wahnsinn und rätselvoller Trauer, die schwerer über den Adelshäusern Schottlands lagern als über irgendwelchen anderen Menschenkindern. Denn Schottland erhielt eine doppelte Dosis jenes Giftes, das man Vererbung nennt; den Sinn des Aristokraten fürs Blut und den Sinn des Calvinisten fürs Schicksal.

Der Priester hatte sich für einen Tag von seinen Geschäften in Glasgow weggestohlen, um seinen Freund Flambeau zu treffen, den Amateurdetektiv, der auf Burg Glengyle gemeinsam mit einem anderen offizielleren Beamten Leben und Tod des verblichenen Earl of Glengyle untersuchte. Diese geheimnisvolle Persönlichkeit war der letzte Vertreter einer Rasse gewesen, die Tapferkeit, Wahnsinn und gewalttätige Hinterlist selbst unter dem finsteren Adel ihrer Nation im 16. Jahrhundert schrecklich gemacht hatten. Niemand stak tiefer in jenem Labyrinth des Ehrgeizes, in der Kammer innerhalb der Kammer jenes Palastes aus Lügen, den man um Maria, die Königin der Schotten, errichtet hatte.

Ein Spruch, der in jener Gegend umging, bezeugte Ursache und Folgen ihrer Umtriebe eindeutig:

> Was grüner Saft für das Wachsen der Bäume
> War rotes Gold für der Ogilvies Träume.

Während vieler Jahrhunderte hatte es niemals einen redlichen Herrn auf Burg Glengyle gegeben; und als das viktorianische Zeitalter anbrach, hätte man meinen sollen, daß alle Exzentrizitäten erschöpft seien. Der letzte derer von Glengyle aber wurde den Traditionen seines Stammes dergestalt gerecht, daß er das einzige tat, was ihm zu tun übriggeblieben war: Er verschwand. Damit meine ich nicht, daß er ins Ausland ging; allen Berichten zufolge befand er sich immer noch in der Burg, wenn er sich überhaupt noch irgendwo befand. Aber obwohl sich sein Name im Kirchenbuch befand und im Register des Hochadels, hat niemand ihn je unter der Sonne gesehen.

Falls überhaupt jemand ihn sah, war es ein einsamer Diener, ein Mittelding zwischen Stallknecht und Gärtner. Er war so taub, daß die Geschäftsmäßigeren ihn für stumm hielten, während die Tieferblickenden ihn für schwachsinnig erklärten. Ein hagerer rothaariger Arbeiter, mit mächtigem Kiefer und Kinn und ausdruckslosen Augen; erhörte auf den Namen Israel Gow und war der einzige, schweigende Dienstbote auf jenem verlassenen Besitz. Aber die Energie, mit der er Kartoffeln ausbuddelte, und die Regelmäßigkeit, mit der er in der Küche verschwand, vermittelten den Leuten den Eindruck, daß er für die Mahlzeiten eines Höhergestellten sorgte und daß der merkwürdige Earl sich immer noch in der Burg barg. Und wenn die Gesellschaft noch eines weiteren Beweises bedurft hätte, daß er sich dort aufhielt, so reichte die hartnäckige Behauptung des Dienstboten, daß er nicht zu Hause sei.

Eines Morgens wurden der Ortsvorsteher und der Prediger (denn die Glengyles waren Presbyterianer) auf die Burg gerufen. Dort stellten sie fest, daß der Gärtner, Stallknecht und Koch seinen vielen Berufen noch den weiteren eines Leichenbestatters hinzugefügt und seinen noblen Herrn in seinen Sarg genagelt hatte. Wie viele oder wie wenige weitere Untersuchungen diese eigenartige Tatsache begleiteten, war bisher noch nicht klar erkennbar; denn der Vorgang war nie juristisch untersucht worden, bis Flambeau vor zwei oder drei Tagen in den Norden gekommen war. Da aber ruhte der Leichnam von Lord Glengyle (wenn es denn sein Leichnam war) bereits seit einiger Zeit in dem kleinen Friedhof auf dem Hügel.

Als Father Brown den dunklen Garten durchschritt und in den Schatten der Burg geriet, waren die Wolken schwer und die Luft feucht und gewitterschwül. Vor dem letzten Streifen des grüngoldenen Sonnenuntergangs sah er eine schwarze menschliche Silhouette; einen Mann mit einer Angströhre, der einen großen Spaten geschultert hatte. Diese Zusammenstellung erinnerte merkwürdig an einen Totengräber; als Brown sich aber an den stummen Knecht erinnerte, der Kartoffeln ausgrub, fand er es natürlich genug. Er wußte einiges über den schottischen Bauern; er wußte von seiner Achtbarkeit, die es verlangen mochte, zu einer amtlichen Untersuchung »schwarz« zu tragen; er wußte auch von der Sparsamkeit, die deswegen keine Stunde lang Graben verlieren würde. Sogar das Stutzen des Mannes und sein mißtrauisches Starren, als der Priester vorbeiging, entsprachen der Wachsamkeit und dem Argwohn dieses Menschenschlags.

Flambeau selbst, der in Begleitung eines mageren Mannes mit stahlgrauen Haaren und Papieren in den Händen war, Inspektor Craven von Scotland Yard, öffnete ihm die große Tür. Die Eingangshalle war größtenteils kahl und leer; aber die fahlen höhnischen Gesichter von einem oder zwei der verruchten Ogilvies blickten herab aus schwarzen Perücken und sich schwärzenden Leinwänden.

Als Father Brown den Verbündeten in einen der inneren Räume folgte, sah er, daß sie an einem langen Eichentisch gesessen hatten, davon ihr Ende mit beschriebenen Papieren bedeckt war, flankiert von Whisky und Zigarren. Die gesamte übrige Fläche war bedeckt mit einzelnen Gegenständen, die in Abständen angeordnet waren; so unerklärlichen Gegenständen, wie Gegenstände nur sein können. Ein Gegenstand sah aus wie ein kleines Häufchen glitzernden zerbrochenen Glases. Ein anderer sah aus wie ein hoher Haufen braunen Staubes. Ein dritter schien ein einfacher Holzstock zu sein.

»Sie scheinen hier eine Art von geologischem Museum zu haben«, sagte er, als er sich niederließ, und ruckte mit dem Kopf kurz in die Richtung des braunen Staubes und der kristallinen Bruchstücke.

»Kein geologisches Museum«, erwiderte Flambeau; »sagen Sie lieber ein psychologisches Museum.«

»Oh, um Gottes willen«, rief der Polizeidetektiv lachend, »wir wollen doch erst gar nicht mit so langen Wörtern anfangen.«

»Wissen Sie denn nicht, was Psychologie bedeutet?« fragte Flambeau mit freundlichem Erstaunen. »Psychologie bedeutet, es rappelt im Karton.«

»Ich kann immer noch nicht ganz folgen«, erwiderte der Beamte.

»Na schön«, sagte Flambeau entschieden; »was ich meine ist, daß wir über Lord Glengyle nur eines herausgefunden haben. Er war irre.«

Die schwarze Silhouette von Gow mit Zylinder und Spaten glitt, undeutlich gegen den dunkelnden Himmel umrissen, am Fenster vorbei. Father Brown starrte sie unbewegt an und antwortete:

»Ich kann ja verstehen, daß da irgendwas Sonderbares um den Mann war, denn sonst hätte er sich nicht lebendig begraben – und auch nicht so eine Eile gehabt, sich tot begraben zu lassen. Aber was läßt Sie denken, er wäre ein Irrsinniger gewesen?«

»Na gut«, sagte Flambeau; »dann hören Sie sich nur mal die Liste der Gegenstände an, die Craven im Haus gefunden hat.«

»Dazu brauchen wir eine Kerze«, sagte Craven plötzlich. »Ein Sturm kommt auf, und es ist schon zu dunkel zum Lesen.«

»Haben Sie unter Ihren Sonderbarkeiten«, fragte Brown lächelnd, »irgendwelche Kerzen gefunden?«

Flambeau hob sein ernstes Gesicht und richtete seine dunklen Augen auf den Freund.

»Das ist auch seltsam«, sagte er. »25 Kerzen und keine Spur von einem Kerzenhalter.«

In dem sich schnell verdunkelnden Zimmer ging Brown bei dem sich schnell verstärkenden Wind am Tisch entlang da hin, wo ein Bündel Wachskerzen zwischen den anderen Ausstellungsbruchstücken lag. Dabei beugte er sich zufällig über den Haufen rotbraunen Staubes; und ein scharfes Niesen zerbrach die Stille.

»Hallo!« sagte er. »Schnupftabak!«

Er nahm eine der Kerzen, zündete sie sorgfältig an, kam zurück und steckte sie in den Hals der Whiskyflasche. Die unruhige Nachtluft, die durch das zerbrochene Fenster fuhr, ließ die lange Kerzenflamme wie ein Banner wehen. Und rings um die Burg konnte man die schwarzen Föhren Meilen über Meilen wie eine schwarze See um den Felsen rauschen hören.

»Ich will das Verzeichnis verlesen«, begann Craven ernst und hob eines der Papiere auf, »ein Verzeichnis von dem, was wir zusammenhanglos und unerklärlich in der Burg fanden. Sie müssen wissen, daß die Burg fast ausgeräumt und vernachlässigt ist; ein oder zwei Räume sind aber von jemandem in einem einfachen aber keineswegs ärmlichen Stil bewohnt worden; jemand, der nicht der Knecht Gow war. Hier ist die Liste:

Erstens. Ein sehr beachtlicher Hort wertvoller Steine, fast alles Diamanten, und alle lose, ohne jede Fassung. Selbstverständlich ist es nur natürlich, daß die Ogilvies Familienschmuck besaßen; nun sind dies genau die Schmucksteine, die fast immer in besondere Fassungen eingesetzt werden. Die Ogilvies aber scheinen sie lose wie Kupfermünzen in den Taschen getragen zu haben.

Zweitens. Haufen über Haufen loser Schnupftabak, nicht etwa in einer Büchse oder auch nur in einem Beutel, sondern in losen Haufen auf den Wandsimsen, auf der Anrichte, auf dem Piano, überall. Es hat den

Anschein, als ob der alte Herr sich nicht die Mühe machen wollte, in einer Tasche zu suchen oder einen Deckel aufzuklappen.

Drittens. Hier und da im Haus sonderbare kleine Häufchen aus winzigen Metallteilen, manche in der Form von Stahlfedern und andere in der von mikroskopischen Rädchen. Als ob man irgendein mechanisches Spielzeug auseinandergenommen hätte.

Viertens. Die Wachskerzen, die man in Flaschenhälse stecken muß, weil nichts anderes da ist, sie hineinzustecken.

Nun bitte ich Sie zu beachten, wieviel sonderbarer all dieses ist als das, was wir erwartet haben. Auf das Haupträtsel waren wir vorbereitet; wir haben alle auf den ersten Blick gesehen, daß mit dem letzten Earl irgend etwas nicht in Ordnung war. Wir kamen hierher, um herauszufinden, ob er wirklich hier lebte, ob er wirklich hier starb, ob jene rothaarige Vogelscheuche, die ihn begrub, etwas damit zu tun hat, daß er starb. Stellen Sie sich von mir aus die übelste all dieser Möglichkeiten vor, die finsterste oder melodramatischste Lösung nach Belieben. Stellen Sie sich vor, der Diener tötete wirklich den Herrn, oder stellen Sie sich vor, der Herr ist nicht wirklich tot, oder stellen Sie sich den Herrn als Diener verkleidet vor, oder stellen Sie sich den Diener an der Stelle des Herrn begraben vor; erfinden Sie sich welche Tragödie auch immer im Stil von Wilkie Collins, aber dann haben Sie immer noch nicht eine Kerze ohne Kerzenhalter erklärt, oder warum ein älterer Herr aus gutem Hause gewohnheitsmäßig Schnupftabak auf dem Piano verstreuen sollte. Den Kern der Geschichte können wir uns vorstellen; es sind die Ränder, die rätselvoll sind. Selbst die wildeste Phantasie des menschlichen Geistes kann Schnupftabak und Diamanten und Wachs und loses Uhrwerk nicht miteinander verbinden.«

»Ich glaube, ich sehe die Verbindung«, sagte der Priester. »Dieser Glengyle haßte die Französische Revolution. Er war begeisterter Anhänger des *ancien régime*, und deshalb versuchte er, das Familienleben der letzten Bourbonen buchstäblich nachzuspielen. Er hatte Schnupftabak, denn das war der Luxus des 18. Jahrhunderts; Wachskerzen, denn sie waren die Beleuchtung des 18. Jahrhunderts; die mechanischen Eisenstückchen stellen die Uhrmacherei von Ludwig XVI. dar; die Diamanten sind für das Halsband Marie Antoinettes bestimmt.«

Die beiden anderen Männer starrten ihn mit aufgerissenen Augen an. »Welch eine vollkommen ungewöhnliche Idee!« rief Flambeau. »Glauben Sie wirklich, daß das die Wahrheit ist?«

»Ich bin absolut sicher, daß sie das nicht ist«, antwortete Father Brown, »nur sagten Sie, daß niemand Schnupftabak und Diamanten und Uhrwerk und Kerzen in eine Beziehung bringen könnte. Ich habe Ihnen eine solche Beziehung aus dem Ärmel geschüttelt. Die wirkliche Wahrheit liegt mit Sicherheit tiefer.«

Er schwieg einen Augenblick und lauschte dem Heulen des Windes um die Türme. Dann sagte er: »Der verblichene Earl of Glengyle war ein Dieb. Er lebte ein zweites und dunkleres Leben als ein zu allem entschlossener Einbrecher. Er hatte keine Kerzenhalter, weil er die Kerzen nur kurzgeschnitten in seinen Laternen verwendete. Den Schnupftabak verwendete er wie die wildesten französischen Verbrecher den Pfeffer: um ihn plötzlich in großen Mengen einem Häscher oder Verfolger ins Gesicht zu schleudern. Der letzte Beweis aber ist das eigenartige Zusammentreffen von Diamanten und kleinen Stahlrädern. Damit wird Ihnen doch wohl alles klar? Diamanten und kleine Stahlräder sind die beiden einzigen Instrumente, mit denen man eine Glasscheibe ausschneiden kann.«

Der Zweig einer geknickten Föhre peitschte im Sturm schwer gegen die Fensterscheibe hinter ihnen, wie eine Parodie auf einen Einbrecher, aber sie sahen sich nicht um. Ihre Augen hafteten an Father Brown.

»Diamanten und kleine Räder«, wiederholte Craven nachdenklich. »Ist das alles, was Sie denken läßt, das wäre die richtige Erklärung?«

»Ich glaube nicht, daß das die richtige Erklärung ist«, erwiderte der Priester gelassen; »aber Sie haben behauptet, niemand könne diese vier Dinge miteinander verbinden. Die wirkliche Geschichte ist natürlich viel langweiliger. Glengyle fand wertvolle Steine auf seinem Besitz, oder glaubte es wenigstens. Jemand hat ihn mit diesen losen Diamanten getäuscht und behauptet, man habe sie in den Burgkellern gefunden. Die kleinen Räder sind irgendein Diamantenschneidegerät. Er konnte die Sache nur sehr grob und in kleinem Maßstab durchführen, mit der Hilfe einiger Schäfer oder anderer rauher Burschen aus diesen Hügeln. Schnupftabak ist der einzige große Luxus dieser schottischen Schäfer; er ist der einzige Stoff, mit dem man sie bestechen kann. Sie hatten keine Kerzenhalter, weil sie keine brauchten; sie hielten die Kerzen in den eigenen Händen, wenn sie die Burghöhlen durchforschten.«

»Und das ist alles?« fragte Flambeau nach einer langen Pause. »Sind wir damit endlich an die nüchterne Wahrheit geraten?«

»O nein«, sagte Father Brown.

Als der Wind in den fernsten Föhren mit einem langen spöttischen Heulen erstarb, fuhr Father Brown mit völlig unbewegtem Gesicht fort:

»Ich habe das nur vorgebracht, weil Sie behaupteten, niemand könne glaubwürdig Schnupftabak mit Uhrwerken oder Kerzen mit Edelsteinen verbinden. Zehn falsche Philosophien passen aufs Universum; zehn falsche Theorien passen auf Burg Glengyle. Wir aber wollen die wirkliche Erklärung für Burg und All. Gibt es keine anderen Beweisstücke?«

Craven lachte, und Flambeau stand lächelnd auf und wanderte den langen Tisch entlang.

»Fünftens, sechstens, siebtens usw.«, sagte er, »sind bei weitem vielfältiger als erhellend. Eine sonderbare Sammlung nicht von Bleistiften, sondern von Bleiminen aus Bleistiften. Ein sinnloser Bambusstock mit einem ziemlich zersplitterten Ende. Der könnte das Instrument des Verbrechens sein. Nur gibt es kein Verbrechen. Die einzigen anderen Gegenstände sind einige alte Meßbücher und kleine katholische Bilder, die die Ogilvies wohl seit dem Mittelalter aufgehoben haben – ihr Familienstolz war eben stärker als ihr Puritanismus. Wir haben sie nur deshalb ins Museum aufgenommen, weil sie seltsam zerschnitten und entstellt sind.«

Der ungestüme Sturm draußen trieb schauerliche Wolkenwracks über Glengyle dahin und stürzte den langen Raum in Dunkelheit, als Father Brown die kleinen illuminierten Seiten aufnahm, um sie zu untersuchen. Er sprach, bevor der Zug der Dunkelheit vorüber war; aber es war die Stimme eines völlig neuen Mannes.

»Mr. Craven«, sagte er, und sprach wie ein zehn Jahre jüngerer Mann, »Sie haben doch eine gesetzliche Vollmacht, hinzugehen und das Grab zu untersuchen, oder? Je eher wir das tun, um so besser, damit wir dieser scheußlichen Geschichte auf den Grund kommen. Wenn ich Sie wäre, würde ich jetzt gehen.«

»Jetzt«, wiederholte der überraschte Detektiv, »und warum jetzt?«

»Weil dies ernst ist«, antwortete Brown; »hier geht es nicht mehr um verschütteten Schnupftabak oder lose Kiesel, die aus hunderterlei Gründen umherliegen können. Ich kenne nur einen Grund dafür, daß *das* gemacht wird; und dieser Grund reicht hinab bis an die Wurzeln der Welt. Diese religiösen Bilder sind nicht einfach beschmutzt oder zerrissen oder verkritzelt, wie das aus Müßiggang oder Bigotterie geschehen kann, durch Kinder oder durch Protestanten. Diese wurden sehr sorgfältig behandelt – und sehr eigenartig. Überall da, wo der große verzierte Eigenname Gottes in diesen alten Illuminationen vorkommt, ist er sehr sorgsam herausgeschnitten worden. Das einzige andere, was herausgeschnitten wurde, ist der Heiligenschein um den Kopf des Jesuskindes. Deshalb sage ich: Nehmen wir unsere Vollmacht und unseren Spaten und unsere Hacke und gehen hinauf und öffnen den Sarg.«

»Was genau meinen Sie?« fragte der Londoner Beamte.

»Ich meine«, antwortete der kleine Priester, und seine Stimme schien im Röhren des Sturmes lauter zu werden, »ich meine, daß der große Teufel des Universums vielleicht gerade jetzt oben auf dem höchsten Turm dieser Burg hockt, gewaltig groß wie hundert Elefanten und brüllend wie die Apokalypse. Irgendwo auf dem Grund dieses Falles ist schwarze Magie.«

»Schwarze Magie«, wiederholte Flambeau mit leiser Stimme, denn er war zu aufgeklärt, als daß er nicht von diesen Dingen gewußt hätte; »was aber können diese anderen Dinge bedeuten?«

»Oh, sicherlich irgend etwas Verdammungswürdiges, vermute ich«, sagte Brown ungeduldig. »Woher soll ich das wissen? Wie sollte ich denn all ihre Irrwege hienieden erraten können? Vielleicht kann man aus Schnupftabak und Bambusrohr ein Folterinstrument machen. Vielleicht gieren Wahnsinnige nach Wachs und Stahlspänen. Vielleicht kann man aus Bleistiftminen eine Wahnsinn-Droge herstellen! Unser kürzester Weg in dieses Geheimnis ist der den Hügel hinauf zum Grab.«

Seine Gefährten merkten kaum, daß sie gehorchten, und folgten ihm, bis eine Bö des Nachtwindes sie im Garten fast auf ihre Gesichter niederwarf. Und dennoch hatten sie ihm wie Automaten gehorcht; denn Craven fand ein Beil in seiner Hand und die Vollmacht in seiner Tasche; Flambeau trug den schweren Spaten des seltsamen Gärtners; Father Brown trug das kleine goldene Buch, aus dem der Name Gottes gerissen worden war.

Der Pfad hügelan zum Friedhof war gewunden, doch kurz; nur im Druck des Windes erschien er mühsam und lang. So weit das Auge blicken konnte, und weiter und weiter, je höher sie am Hang hochstiegen, wogten Meere und Meere von Föhren, die nun unterm Wind sich alle in eine Richtung bogen. Und diese allgemeine Bewegung erschien ebenso nutzlos, wie sie grenzenlos war, so nutzlos, als ob jener Wind dahinwehe über einen unbevölkerten und nutzlosen Planeten. Durch all jenen unendlichen Wuchs graublauer Wälder sang schrill und hoch die uralte Trauer, die im Herzen aller heidnischen Dinge ist. Man konnte sich einbilden, daß die Stimme aus der Unterwelt des unermeßlichen Laubwerks die Schreie der verlorenen und wandernden heidnischen Götter seien: von Göttern, die diesen irrationalen Wald durchstreiften und nie mehr ihren Weg zurück in den Himmel finden.

»Wissen Sie«, sagte Father Brown mit leiser, aber entspannter Stimme, »die Schotten waren, schon ehe es Schottland gab, ein sonderbares Volk. Eigentlich sind sie immer noch ein sonderbares Volk. Aber in prähistorischen Zeiten haben sie wohl tatsächlich Dämonen verehrt. Und deshalb«, fügte er freundlich hinzu, »sagt ihnen auch die puritanische Theologie so zu.«

»Mein Freund«, fragte Flambeau und wandte sich fast zornig um, »was bedeutet denn all dieser Schnupftabak?«

»Mein Freund«, erwiderte Brown mit gleicher Ernsthaftigkeit, »alle echten Religionen kennzeichnet eines: ihr Materialismus. Und Teufelsanbetung ist eine wahrlich echte Religion.«

Sie hatten das grasige Haupt des Hügels erreicht, eine der wenigen kahlen Stellen, die sich aus dem krachenden und röhrenden Föhrenwald erhoben. Ein billiger Zaun, teils aus Holz und teils aus Draht, klapperte im Sturm und wies ihnen die Grenze des Friedhofs. Als aber Inspektor Craven endlich die Ecke des Grabes erreicht und Flambeau seinen Spaten, Spitze nach unten, abgesetzt und sich daraufgestützt hatte, waren sie beide fast ebenso wackelig wie der wackelige Zaun aus Holz und Draht. Zu Füßen des Grabes wuchsen große hohe Disteln, grau und silbern in ihrem Verfall. Manchmal, wenn sich ein Ball aus Distelwolle im Winddruck löste und an ihm vorbeiflog, zuckte Craven zusammen, als wäre es ein Pfeil.

Flambeau trieb das Blatt seines Spatens durch das zischelnde Gras in die nasse Erde darunter. Dann schien er innezuhalten und sich darauf zu stützen wie auf einen Stab.

»Weiter«, sagte der Priester sehr sanft. »Wir versuchen nur, die Wahrheit herauszufinden. Wovor haben Sie Angst?«

»Davor, sie zu finden«, sagte Flambeau.

Der Londoner Detektiv sprach plötzlich mit einer hohen krähenden Stimme, die eine fröhliche Gesprächsstimme sein sollte. »Ich frage mich, warum er sich wirklich so versteckt hat. Irgendwas Übles, nehme ich an; war er ein Aussätziger?«

»Schlimmer als das«, sagte Flambeau.

»Und was stellen Sie sich vor«, fragte der andere, »könnte schlimmer sein als aussätzig?«

»Ich stelle es mir nicht vor«, sagte Flambeau.

Er grub während einiger scheußlicher Minuten schweigend weiter und sagte dann mit erstickter Stimme: »Ich fürchte, der hier hat nicht die richtige Form.«

»Die hatte auch jenes Stück Papier nicht«, sagte Father Brown ruhig, »und wir überlebten sogar jenes Stück Papier.«*

Flambeau grub in blindem Eifer weiter. Aber der Sturm hatte die erstickenden grauen Wolken beiseite geschoben, die an den Hügeln hingen wie Rauch, und graue Felder schwachen Sternenlichtes enthüllt, ehe

---

*) siehe die Erzählung *Die falsche Form*, nachfolgend S. 113

Flambeau den Umriß eines rohen Holzsargs freigelegt und den irgendwie auf den Rasen gekippt hatte. Craven trat mit seiner Axt hervor; eine Distelspitze berührte ihn, und er fuhr zusammen. Dann trat er entschlossener vor und hackte und hebelte mit ebensolchem Eifer wie Flambeau drauflos, bis der Deckel abgesprengt war und alles, was da war, schimmernd im grauen Sternenlicht lag.

»Knochen«, sagte Craven, und dann fügte er hinzu: »aber das ist ja ein Mann«, als ob das etwas Unerwartetes wäre.

»Ist er«, fragte Flambeau mit einer Stimme, die seltsam auf und nieder schwankte, »ist er in Ordnung?«

»Scheint so«, sagte der Beamte heiser und beugte sich über das undeutliche verfaulende Skelett in der Kiste. »Einen Augenblick.«

Ein mächtiger Schauder überlief Flambeaus riesige Gestalt. »Wenn ich jetzt darüber nachdenke«, schrie er, »warum im Namen des Wahnsinns sollte er nicht in Ordnung sein? Was packt einen Mann in diesen verfluchten kalten Bergen? Ich glaube, das ist die schwarze hirnlose Gleichförmigkeit; all diese Wälder, und über allem das uralte Grauen des Unbewußten. Das ist wie der Traum eines Atheisten. Föhren und noch mehr Föhren und millionenmal mehr Föhren –«

»Um Gottes Willen!«schrie der Mann am Sarg. »Er hat ja keinen Kopf.«

Während die anderen erstarrten, zeigte der Priester zum ersten Mal das Zusammenzucken der Betroffenheit.

»Keinen Kopf!« wiederholte er. »*Keinen Kopf?*«, als hätte er eher irgendeinen anderen Mangel erwartet.

Halbverrückte Vorstellungen von einem kopflosen Säugling, geboren zu Glengyle, von einem kopflosen Jüngling, der sich in der Burg verbarg, von einem kopflosen Mann, der jene alten Hallen oder jenen üppigen Garten durchschritt, zogen wie ein Panorama durch ihren Sinn. Aber nicht einmal in diesem erstarrten Augenblick schlug diese Saga Wurzeln in ihnen und schien auch keinen Sinn zu ergeben. Sie standen und lauschten den lauten Wäldern und dem heulenden Himmel, töricht wie erschöpfte Tiere. Denken schien etwas Ungeheures zu sein, das plötzlich ihrem Zugriff entschlüpft war.

»Da stehen also drei kopflose Männer«, sagte Father Brown, »rund um das offene Grab.«

Der blasse Detektiv aus London öffnete den Mund, um zu reden, und ließ ihn wie der Dorftrottel offenstehen, während ein langgezogener Schrei des Windes den Himmel zerriß; dann blickte er auf die Axt in seinen Händen, als ob sie nicht zu ihm gehöre, und ließ sie fallen.

»Father«, sagte Flambeau mit jener kindlichen, ernsten Stimme, die er nur selten benutzte, »was sollen wir tun?«

Die Antwort seines Freundes kam mit der explosiven Promptheit eines gelösten Schusses.

»Schlafen!« rief Father Brown. »Schlafen. Wir haben das Ende des Weges erreicht. Wißt Ihr, was Schlaf ist? Wißt Ihr, daß jeder Mensch, der schläft, an Gott glaubt? Schlaf ist ein Sakrament; denn er ist ein Akt des Glaubens und er ist Nahrung. Und wir brauchen ein Sakrament, auch wenn es nur ein natürliches ist. Uns ist widerfahren, was Menschen sehr selten widerfährt; vielleicht das Schlimmste, was ihnen widerfahren kann.«

Cravens geöffnete Lippen näherten sich einander, um zu fragen: »Was meinen Sie?«

Der Priester wandte sein Gesicht der Burg zu, als er antwortete: »Wir haben die Wahrheit gefunden; und die Wahrheit ergibt keinen Sinn.«

Er schritt ihnen voraus den Pfad hinab mit einem stürmischen und rücksichtslosen Schritt, der an ihm sehr selten war, und als sie die Burg erreicht hatten, warf er sich mit der Unschuld eines Hundes in den Schlaf.

Trotz seines mystischen Lobgesangs auf den Schlummer war Father Brown eher auf als alle anderen, mit Ausnahme des schweigsamen Gärtners; und ward aufgefunden, wie er eine große Pfeife schmauchte und jenen Fachmann bei seiner wortlosen Arbeit im Küchengarten beobachtete. Gegen Tagesanbruch hatte der rüttelnde Sturm in rauschendem Regen geendet, und der Tag kam mit eigenartiger Frische. Der Gärtner schien sogar gesprochen zu haben, aber beim Anblick der Detektive pflanzte er seinen Spaten mürrisch in ein Beet, sagte irgendwas über sein Frühstück, schlurfte die Kohlkopfreihen entlang und schloß sich in der Küche ein. »Ein wertvoller Mensch, das«, sagte Father Brown. »Er pflegt die Kartoffeln ganz erstaunlich. Aber«, fügte er mit leidenschaftsloser Nachsicht hinzu, »er hat seine Fehler; wer von uns hat die nicht? Er hat dieses Beet nicht ganz regelmäßig umgegraben. Da zum Beispiel«, und er stampfte plötzlich auf eine Stelle. »Wegen dieser Kartoffel habe ich wirklich meine Bedenken.«

»Und warum?« fragte Craven, den das neue Steckenpferd des kleinen Mannes erheiterte.

»Ich habe meine Bedenken«, sagte der andere, »weil der alte Gow selbst seine Bedenken hatte. Er stach mit seinem Spaten methodisch in jede Stelle bis auf diese. Also muß genau hier eine mächtig feine Kartoffel stecken.«

Flambeau zog den Spaten heraus und trieb ihn ungestüm in die Stelle hinein. Er hob mit einer Ladung Erde etwas heraus, das nicht wie eine

Kartoffel aussah, sondern eher wie ein monströser Pilz mit übergroßem Hut. Aber es traf den Spaten mit einem kalten Klicken; es rollte dahin wie ein Ball und grinste zu ihnen auf.

»Der Earl of Glengyle«, sagte Brown traurig und blickte bedrückt auf den Schädel hinab.

Dann, nach einem Augenblick des Nachdenkens, nahm er Flambeau den Spaten weg und sagte: »Wir müssen ihn wieder verstecken«, und packte ihn in die Erde. Danach stützte er seinen kleinen Körper mit dem mächtigen Kopf auf den großen Griff des Spatens, der fest in der Erde stak, und seine Augen waren leer und seine Stirn war voller Falten. »Wenn man nur«, murmelte er, »die Bedeutung dieser letzten Monstrosität begreifen könnte.« Und indem er sich über den großen Spatengriff lehnte, verbarg er seinen Kopf in den Händen, wie man das in der Kirche tut.

Der Himmel leuchtete an allen Ecken in Blau und Silber auf; die Vögel zwitscherten in den winzigen Gartenbäumen; das schien so laut, als sprächen die Bäume selber. Aber die drei Männer waren schweigsam genug.

»Na, ich jedenfalls geb's auf«, sagte Flambeau schließlich heftig. »Mein Gehirn und diese Welt passen nicht zusammen; und das ist alles. Schnupftabak, zerstörte Gebetbücher und das Innere von Musikautomaten – was —«

Brown warf seine zerquälte Stirn zurück und pochte mit einer für ihn sehr ungewöhnlichen Unduldsamkeit auf den Spatengriff. »O pah, pah, pah!« rief er. »Das alles ist so klar wie Kloßbrühe. Ich habe den Schnupftabak und all das Uhrwerk und all das begriffen, als ich heute morgen die Augen aufschlug. Und danach hab ich das mit dem alten Gow geklärt, dem Gärtner, der weder so stumm noch so dumm ist, wie er zu sein vorgibt. Bei den losen Dingen fehlt nichts. Und beim zerrissenen Meßbuch hab ich mich auch geirrt; da ist nichts Schlimmes. Aber diese letzte Angelegenheit. Gräber zu schänden und toter Männer Köpfe zu stehlen – da steckt doch sicherlich Schlimmes drin? Da steckt doch sicher schwarze Magie drin? Das paßt doch nicht in die einfache Geschichte vom Schnupftabak und den Kerzen.« Und wieder schritt er auf und ab und rauchte mürrisch.

»Mein Freund«, sagte Flambeau mit grimmem Humor, »Sie müssen mit mir vorsichtig umgehen und sich daran erinnern, daß ich einstmals ein Verbrecher war. Der große Vorteil jenes Zustandes war, daß ich die Geschichte immer selbst entwarf und sie so schnell spielte, wie es mir gefiel. Dieses Herumlungern, wie es das Geschäft des Detektivs verlangt, ist für meine französische Ungeduld zuviel. Während meines ganzen Lebens habe ich, gut oder nicht, alles sofort erledigt; ich habe meine

Duelle immer am nächsten Morgen gefochten; ich habe meine Rechnungen immer pünktlich bezahlt; ich habe nicht mal einen Besuch beim *Zahnarzt* aufgeschoben —«

Father Brown fiel die Pfeife aus dem Mund und zerbrach auf dem Kiesweg in drei Stücke. Er stand da und rollte mit den Augen, das wahre Abbild eines Schwachsinnigen. »Gott, was bin ich für ein Dummkopf!« wiederholte er immer wieder. »Gott, was für ein Dummkopf!« Dann begann er in einer fast trunkenen Weise zu lachen.

»Der Zahnarzt!« wiederholte er. »Sechs Stunden im geistigen Abgrund, und alles nur, weil ich nie an den Zahnarzt gedacht habe! So ein einfacher, so ein schöner und friedvoller Gedanke! Freunde, wir haben die Nacht in der Hölle verbracht; aber jetzt ist die Sonne aufgegangen, die Vögel jubilieren, und der strahlende Umriß des Zahnarztes tröstet die Welt.«

»Und ich werde den Sinn herauskriegen«, schrie Flambeau und stürmte vor, »selbst wenn ich die Foltern der Inquisition anwenden muß.«

Father Brown unterdrückte, was eine momentane Neigung zu sein schien, auf dem jetzt sonnenbestrahlten Rasen zu tanzen, und rief Mitleid erheischend wie ein Kind: »Ach laßt mich doch ein bißchen albern sein. Ihr wißt nicht, wie unglücklich ich war. Und jetzt weiß ich, daß es in dieser Geschichte überhaupt keine schwere Sünde gibt. Nur ein bißchen Verrücktheit, vielleicht – und wen stört das schon?«

Er wirbelte einmal herum und sah sie dann ernsthaft an.

»Dies ist nicht die Geschichte eines Verbrechens«, sagte er; »es ist vielmehr die Geschichte einer sonderbaren und verdrehten Redlichkeit. Wie haben es mit dem vermutlich einzigen Mann auf Erden zu tun, der nicht mehr genommen hat, als ihm zustand. Dies ist eine Studie der wilden Lebenslogik, die immer schon die Religion seiner Rasse war.

Jener alte Spruch der Gegend über das Haus der Glengyle

> Was grüner Saft für das Wachsen der Bäume
> War rotes Gold für der Ogilvies Träume

ist ebenso wörtlich gemeint wie bildlich. Er bedeutet nicht nur, daß die Glengyles nach Reichtum trachteten; es war ebenso wahr, daß sie buchstäblich Gold horteten; sie besaßen eine große Sammlung von Schmuck und Gerätschaften aus diesem Metall. Sie waren tatsächlich Geizhälse, deren Wahn diese Form annahm. Nun gehen Sie im Lichte dieser Tatsache einmal all die Dinge durch, die wir in der Burg gefunden haben. Diamanten ohne ihren goldenen Ring; Kerzen ohne ihre goldenen Kerzenhalter; Schnupftabak ohne goldene Schnupftabakdosen; Bleistiftminen ohne die goldenen Stifte; einen Spazierstock ohne seinen goldenen Knauf; Uhrwerke ohne ihre goldenen Uhren – oder besser Taschenuhren. Und wie verrückt es auch klingt, weil die Heiligenscheine und der Name Gottes in den alten Meßbüchern aus reinem Gold waren, wurden auch sie entfernt.«

Der Garten schien heller zu werden, das Gras fröhlicher in der stärkenden Sonne zu wachsen, als die verrückte Wahrheit erzählt war. Flambeau zündete sich eine Zigarette an, als sein Freund fortfuhr.

»Wurden entfernt«, berichtete Father Brown weiter, »wurden entfernt – aber nicht gestohlen. Diebe hätten dieses Geheimnis nie ungelüftet gelassen. Diebe hätten die goldenen Schnupftabakdosen, den Schnupftabak und alles geklaut; die goldenen Stifte, die Bleistiftminen und alles. Wir haben es mit einem Menschen zu tun, der ein eigenartiges Gewissen hat, aber gewiß ein Gewissen. Ich habe diesen verrückten Moralisten heute morgen in jenem Küchengarten gefunden, und ich habe die ganze Geschichte gehört.

Der verblichene Archibald Ogilvie kam von allen je auf Glengyle Geborenen einem guten Menschen am nächsten. Aber seine bittere Tugend wandelte sich zur Menschenfeindlichkeit; er grämte sich über die Unredlichkeit seiner Vorfahren und verallgemeinerte daraus eine Unredlichkeit aller Menschen. Insbesondere aber mißtraute er jeglicher Menschlichkeit oder Freigebigkeit; und er schwor: Wenn er einen Mann fände, der nur nehme, was ihm exakt zustehe, dann solle der alles Gold der Glengyles haben. Nachdem er so der Menschheit den Fehdehandschuh hingeworfen hatte, schloß er sich ein, ohne auch nur im mindesten zu erwarten, daß er eine Antwort darauf erhielte. Eines Tages aber brachte ihm ein tauber und scheinbar schwachsinniger Bursche aus einem entfernten Dorf ein verspätetes Telegramm; und Glengyle gab ihm in ätzendem Hohn einen funkelnagelneuen Farthing. Zumindest bildete er sich das ein, aber als er seine Münzen zählte, war der neue Farthing noch da und ein Sovereign verschwunden. Dieser Zwischenfall bot ihm weite Aussichten auf zynische Überlegungen. Der Bursche würde auf jeden Fall die schmierige Gierigkeit der Art beweisen. Entweder würde er verschwinden, der Dieb einer Münze; oder er würde tugendsam mit ihr zurückgekrochen kommen, der Heuchler in Erwartung einer Belohnung. Mitten in der Nacht wurde Lord Glengyle aus seinem Bett gepocht – denn er lebte allein – und mußte dem tauben Schwachsinnigen die Tür öffnen. Der Schwachsinnige brachte ihm nicht etwa den Sovereign, sondern exakt 19 Schilling, 11 Pence und 3 Farthings Wechselgeld.

Die wilde Korrektheit dieses Tuns erfaßte das Hirn des verrückten Lords wie Feuer. Er schwor, daß er Diogenes sei, der lange einen ehrlichen Menschen gesucht und schließlich einen gefunden habe. Er verfaßte ein neues Testament, das ich gesehen habe. Er nahm den buchstäblichen Knaben in sein weitläufiges vernachlässigtes Haus auf und erzog ihn sich zu seinem einzigen Dienstboten und – in einer eigentümlichen Weise – zu seinem Erben. Und was immer dieses absonderliche Geschöpf verstehen mag, es verstand vollkommen die beiden fixen Ideen seines Herrn: erstens, daß der Buchstabe des Gesetzes alles ist; und zweitens, daß er das Gold der Glengyles erben solle. So weit so gut: und soweit ist auch alles einfach. Er hat das Haus von Gold entblößt, und nicht ein Gramm genommen, das kein Gold war; nicht soviel wie ein Gramm Schnupftabak. Er hob selbst das Blattgold einer alten Illumination ab und war vollkommen zufrieden, daß er den Rest unzerstört ließ. Alles das habe ich verstanden; aber ich konnte diese Geschichte mit dem Schädel nicht verstehen. Der menschliche Kopf, zwischen Kartoffeln vergraben, bedrückte mich wirklich. Es machte mir Sorgen – bis Flambeau das Wort sagte.

Jetzt wird alles in Ordnung kommen. Er wird den Schädel zurück ins Grab bringen, sobald er das Gold aus dem Zahn genommen hat.«

Und wirklich, als Flambeau an jenem Morgen den Hügel überquerte, sah er jenes sonderbare Wesen, den gerechten Geizhals, wie er an dem geschändeten Grab grub, den Schal um den Hals im Bergwind flatternd; den nüchternen Zylinder auf dem Kopf.

Die falsche Form

Einige der großen Straßen, die von London aus nach Norden gehen, setzen sich tief ins Land hinein fort als eine Art verdünnten und durchlöcherten Gespenstes einer Straße, das trotz großer Lücken zwischen den Häusern die Idee der Straße aufrechterhält. Da gibt es eine Gruppe Läden, gefolgt von einem umzäunten Feld oder einer Pferdekoppel, und dann eine berühmte Gaststätte, und dann vielleicht eine Gemüsegärtnerei oder eine Baumschule, und dann eine einsame weitläufige Villa, und dann ein weiteres Feld und ein weiteres Wirtshaus, und so fort. Wer nun eine dieser Straßen durchwandert, der wird an einem Haus vorüberkommen, das möglicherweise seinen Blick fesseln wird, obwohl er seine Anziehungskraft nicht zu begründen vermag. Es ist ein langes niedriges Haus, parallel zur Straße, vorwiegend weiß und blaßgrün gestrichen, mit einer Veranda und Sonnenblenden, mit erkerähnlichen Vorbauten unter jenen wunderlichen Kuppeln wie hölzerne Regenschirme, die man noch in einigen altmodischen Häusern antreffen kann. Und in der Tat ist es ein altmodisches Haus, sehr englisch und sehr vorstädtisch im guten alten wohlstandatmenden Sinn von Clapham. Und doch ruft das Haus den Eindruck hervor, als sei es vor allem für heißes Wetter gebaut. Wenn man auf den weißen Anstrich blickt und auf die Sonnenblenden, denkt man undeutlich an indische Turbane, ja sogar an Palmen. Ich kann dieses Gefühl nicht bis in seine Wurzeln aufdecken; vielleicht wurde das Haus von einem Angloindien-Mann gebaut.

Jeder, der an diesem Haus vorbeikommt, sagte ich, wird von ihm unbeschreiblich fasziniert werden; wird das Gefühl haben, es handele sich um einen Ort, über den eine Geschichte zu erzählen wäre. Und damit hätte er recht, wie Sie sofort erfahren werden. Denn dies ist die Geschichte – die Geschichte jener seltsamen Vorgänge, die sich in ihm in der Pfingstzeit des Jahres 18.. wirklich ereignet haben.

Jeder, der an diesem Haus am Donnerstag vor Pfingstsonntag nachmittags gegen halb fünf vorbeikam, hätte gesehen, wie sich die Vordertür öffnete und Father Brown von der kleinen Kirche Sankt Mungo herauskam, eine große Pfeife rauchend und in Gesellschaft seines sehr großen französischen Freundes namens Flambeau, der eine sehr kleine Zigarette rauchte. Diese Personen mögen für den Leser von Interesse sein oder nicht, in Wahrheit aber waren sie keineswegs die einzigen interessanten Dinge, die sichtbar wurden, als sich die Vordertür des weißen und blaßgrünen Hauses öffnete. Es gibt weitere Eigentümlichkeiten dieses Hauses, die als erstes beschrieben werden müssen, nicht nur, damit der Leser diese tragische Geschichte verstehen kann, sondern auch, damit er sich vozustellen vermag, was das Öffnen der Tür enthüllte.

Das ganze Haus war auf dem Grundriß eines T erbaut, aber eines T mit einem sehr langen Querstück und einem sehr kurzen Schwanzstück. Das lange Querstück bildete die Vorderseite, die entlang der Straße lief, mit der Vordertür in der Mitte; es war zwei Stock hoch und umfaßte nahezu alle wichtigen Zimmer. Das kurze Schwanzstück, das sich unmittelbar gegenüber der Vordertür nach hinten erstreckte, war einen Stock hoch und enthielt nur zwei lange Räume, deren einer in den anderen führte. Der erste dieser beiden Räume war das Arbeitszimmer, in dem der gefeierte Mr. Quinton seine wilden orientalischen Gedichte und Romane schrieb. Der hintere Raum war ein Glashaus voller tropischer Blüten von ganz eigenartiger und fast monströser Schönheit und an Nachmittagen wie diesem vom prangenden Sonnenlicht glühend. So kam es, daß wenn die Haustür offen stand, mancher Vorüberkommende buchstäblich stehenblieb, um zu starren und zu staunen; denn er blickte durch eine Flucht reicher Wohnräume auf etwas, das wirklich wie die Verwandlungsszene in einem Märchenspiel wirkte: purpurne Wolken und goldene Sonnen und karmesinrote Sterne, gleichzeitig voll sengenden Lebens und doch durchsichtig und fern.

Leonard Quinton, der Dichter, hatte diesen Effekt höchst sorgfältig selbst arrangiert; und es ist zweifelhaft, ob er seine Persönlichkeit je in einem seiner Gedichte so vollkommen verwirklicht hat. Denn er war ein Mann, der Farben trank und in ihnen badete, der seiner Lust auf Farben nachgab bis zur Vernachlässigung der Formen – selbst der guten Formen. Das hatte seinen Genius völlig auf orientalische Kunst und Bildwelt gelenkt; auf jene verwirrenden Teppiche oder blendenden Stickereien, in denen alle Farben in ein glückliches Chaos gestürzt erscheinen, nichts darstellend und nichts lehrend. Er hatte versucht, vielleicht nicht mit vollendetem künstlerischem Erfolg, aber mit anerkannter Einbildungsgabe und Erfindungskraft, Epen und Liebesgeschichten zu komponieren, die den Tumult greller und selbst grausamer Farben widerspiegelten; Erzählungen von tropischen Himmeln in brennendem Gold oder blutrotem

Kupfer; von östlichen Helden, die unter zwölfturbanigen Herrschermitren auf purpurn oder pfauengrün bemalten Elefanten reiten; von riesigen Edelsteinen, die hundert Negersklaven nicht schleppen könnten, die aber in uralten und fremdartig farbigen Feuern glühen.

Kurz (um es auf alltäglichere Weise darzustellen), er befaßte sich viel mit orientalischen Himmeln, die schlimmer sind als die meisten westlichen Höllen; mit orientalischen Monarchen, die wir vielleicht Wahnsinnige nennen würden; und mit orientalischen Edelsteinen, die ein Juwelier in der Bond Street (falls die hundert stolpernden Neger sie ihm in den Laden brächten) vielleicht gar nicht als echt ansähe. Quinton war ein Genie, wenn auch ein morbides; und selbst seine Morbidität zeigte sich eher in seinem Leben als in seinem Werk. Vom Temperament her war er schwächlich und launisch, und seine Gesundheit hatte schwer unter orientalischen Versuchen mit Opium gelitten. Seine Frau – eine hübsche, hart arbeitende und in der Tat überarbeitete Frau – widersprach dem Opium, aber widersprach noch sehr viel mehr einem lebenden indischen Eremiten in gelben und weißen Roben, den ihr Gatte bereits vor Monaten bei sich aufgenommen hatte, ein Vergil, seinen Geist durch die Himmel und Höllen des Ostens zu geleiten.

Aus diesem Künstlerhaushalt also traten Father Brown und sein Freund vor die Tür; und wenn man nach ihren Gesichtern urteilte, traten sie sehr erleichtert heraus. Flambeau hatte Quinton während wilder Studienzeiten in Paris gekannt, und sie hatten ihre Bekanntschaft während eines Wochenendes erneuert; aber ganz abgesehen von seiner seriösen Entwicklung während der letzten Zeit, kam Flambeau jetzt mit dem Dichter nicht mehr gut aus. Sich mit Opium umzubringen und kleine erotische Verse auf Jungfernpergament zu schreiben entsprach nicht seiner Vorstellung, wie ein Gentleman zum Teufel gehen sollte. Als die beiden auf der Türschwelle stehenblieben, ehe sie einen Spaziergang durch den Garten unternahmen, wurde das vordere Gartentor gewaltsam aufgeschmissen und ein junger Mann, die Melone in den Nacken geschoben, stolperte in seiner Eilfertigkeit die Stufen herauf. Es war ein liederlich aussehender Jüngling, dessen prunkvoll rote Krawatte völlig zerknittert war, als ob er mit ihr geschlafen hätte, und andauernd focht und schlug er mit einem jener kleinen knotigen Bambusstöckchen um sich.

»Hören Sie«, sagte er atemlos, »ich will den alten Quinton sprechen. Ich muß ihn sprechen. Ist er ausgegangen?«

»Mr. Quinton ist zu Hause, glaube ich«, sagte Father Brown und säuberte seine Pfeife, »aber ich weiß nicht, ob Sie ihn sprechen können. Im Augenblick ist der Arzt bei ihm.«

Der junge Mann, der wohl nicht ganz nüchtern war, stolperte in die Eingangshalle; und im gleichen Augenblick kam der Doktor aus Quintons Arbeitszimmer, schloß die Tür und begann sich die Handschuhe anzuziehen.

»Mr. Quinton sprechen?« sagte er kühl. »Nein, tut mir leid, können Sie nicht. Tatsächlich dürfen Sie es auf gar keinen Fall. Niemand kann ihn jetzt sprechen; ich habe ihm gerade sein Schlafmittel gegeben.«

»Na, hören Sie mal, alter Knabe«, sagte der Jüngling mit der roten Krawatte und versuchte, den Doktor liebevoll bei den Rockaufschlägen zu packen. »Hören Sie zu. Ich bin einfach völlig blank, sage ich Ihnen. Ich –«

»Hat gar keinen Zweck, Mr. Atkinson«, sagte der Doktor und zwang ihn zurückzutreten; »wenn Sie die Wirkung einer Droge ändern können, werde ich meine Entscheidung ändern«, und indem er seinen Hut aufsetzte, trat er hinaus zu den beiden anderen in den Sonnenschein. Er war ein stiernackiger, gutmütiger kleiner Mann mit einem schmalen Schnurrbart, unsäglich gewöhnlich, und machte dennoch einen fähigen Eindruck.

Der junge Mann mit Melone, der über die allgemeine Idee hinaus, nach den Röcken von Menschen zu grapschen, mit keinerlei Takt im Umgang mit ihnen begabt zu sein schien, stand vor der Tür, so verblüfft, als ob er körperlich hinausgeworfen worden sei, und beobachtete schweigend, wie die anderen drei zusammen durch den Garten von dannen schritten.

»Das war eben eine satte fette Lüge, die ich da erzählt habe«, bemerkte der Arzt lachend. »Tatsächlich wird der arme Quinton sein Schlafmittel erst in einer halben Stunde bekommen. Aber ich will nicht, daß ihn dieses kleine Viech pestert, der sich nur Geld leihen will, das er niemals zurückzahlen wird, selbst wenn er könnte. Er ist ein dreckiger kleiner Lump, obwohl er Frau Quintons Bruder ist, und die ist die feinste Frau, die es je gegeben hat.«

»Ja«, sagte Father Brown, »sie ist eine gute Frau.«

»Also schlage ich vor, daß wir uns im Garten herumtreiben, bis dieser Lümmel verschwunden ist«, fuhr der Doktor fort, »und dann werde ich mit der Medizin zu Quinton gehen. Atkinson kann nicht rein, denn ich habe die Tür abgeschlossen.«

»In dem Fall, Dr. Harris«, sagte Flambeau, »können wir ebensogut hinten rum um das Gewächshaus gehen. Da gibt es zwar keinen Eingang, aber es lohnt sich, das zu sehen, selbst von außen.«

»Ja, und ich könnte einen Blick auf meinen Patienten werfen«, lachte der Doktor, »denn er liebt es, auf einer Ottomane am Ende des Gewächshauses zu liegen, mitten zwischen all den blutroten Poinsettien; ich würde da eine Gänsehaut kriegen. Was machen Sie denn da?«

Father Brown war für einen Augenblick stehengeblieben und hob aus dem hohen Gras, darin es fast völlig verborgen war, ein sonderbar gekrümmtes orientalisches Messer auf, das herrlich mit bunten Steinen und farbigen Metallen eingelegt war.

»Was ist das?« fragte Father Brown und betrachtete es mit einiger Ablehnung.

»Ach, das gehört wohl Quinton«, sagte Dr. Harris unbekümmert; »er hat haufenweise chinesischen Krimskrams im ganzen Haus. Oder vielleicht gehört es dem sanften Hindu, den er sich an der Leine hält.«

»Welchen Hindu?« fragte Father Brown, der immer noch auf den Dolch in seiner Hand starrte.

»Ach, irgend so einen indischen Zauberer«, sagte der Doktor leichthin; »natürlich ein Schwindler.«

»Sie glauben also nicht an Magie?« fragte Father Brown, ohne aufzublicken.

»Blödsinn! Magie!« sagte der Doktor.

»Es ist sehr schön«, sagte der Priester mit einer leisen träumerischen Stimme; »die Farben sind sehr schön. Aber es hat die falsche Form.«

»Wozu?« fragte Flambeau und starrte ihn an.

»Zu allem. Es ist die falsche Form an sich. Haben Sie das bei östlicher Kunst nie gespürt? Die Farben sind berauschend lieblich; aber die Formen sind niedrig und schlecht – mit Absicht niedrig und schlecht. Ich habe in einem türkischen Teppich wirklich üble Dinge gesehen.«

»*Mon Dieu!*« rief Flambeau lachend.

»Da sind Buchstaben und Zeichen in einer Sprache, die ich nicht kenne; aber ich weiß, daß sie für böse Worte stehen«, fuhr der Priester fort, dessen Stimme leiser und leiser wurde. »Die Linien laufen absichtlich falsch – wie Schlangen, die sich zur Flucht krümmen.«

»Wovon zum Teufel sprechen Sie eigentlich?« fragte der Doktor mit lautem Lachen.

Flambeau gab ihm ruhig zur Antwort: »Den Father überkommt manchmal diese mystische Wolke«, sagte er; »aber ich kann Ihnen versichern, daß ich ihn nie so gesehen habe, wenn da nicht etwas Böses in der Nähe war.«

»Ach Quatsch!« sagte der Wissenschaftler.

»Sehen Sie doch nur«, rief Father Brown und hielt das gekrümmte Messer auf Armeslänge, als ob es eine glitzernde Schlange wäre. »Sehen Sie die falsche Form denn nicht? Sehen Sie nicht, daß es keinen gesunden und einfachen Zweck hat? Es hat keine Spitze wie ein Speer. Es schneidet nicht wie eine Sense. Es *sieht* nicht aus wie eine Waffe. Es sieht aus wie ein Foltergerät.«

»Na schön, da Sie es nicht zu mögen scheinen«, sagte der fröhliche Harris, »sollten wir es lieber seinem Besitzer zurückbringen. Sind wir denn noch nicht am Ende dieses verdammten Gewächshauses? Dies Haus hat die falsche Form, wenn Sie wollen.«

»Sie verstehen nicht«, sagte Father Brown und schüttelte den Kopf. »Die Form dieses Hauses ist sonderbar – sogar lächerlich. Aber da ist nichts *Falsches* an ihm.«

Während sie redeten, kamen sie um die gläserne Rundung, die das Gewächshaus abschloß, eine ununterbrochene Rundung, denn da waren weder Tür noch Fenster, durch die man an jenem Ende hätte eintreten können. Doch das Glas war klar, und die Sonne schien noch hell, obwohl sie bereits unterzugehen begann; und sie konnten nicht nur die flammenden Blüten im Innern sehen, sondern auch die zerbrechliche Gestalt des Dichters, der in einer braunen Samtjacke lässig auf dem Sofa lag, offenbar über einem Buch dösend. Er war ein blasser schlanker Mann mit lockerem braunem Haar und einer Bartkrause, die das Paradox seines Gesichts war, denn der Bart ließ ihn weniger männlich aussehen. Diese Züge waren allen dreien wohlbekannt; aber selbst wenn es nicht so gewesen wäre, dürfte angezweifelt werden, ob sie ausgerechnet dann auf Quinton geblickt hätten. Ihre Blicke waren auf ein anderes Objekt geheftet.

Mitten auf ihrem Weg stand unmittelbar außerhalb der Endrundung des gläsernen Baues ein großer Mann, dessen Gewandung in makellosem Weiß auf seine Füße wallte und dessen nackter brauner Schädel wie sein Gesicht und sein Nacken in der untergehenden Sonne schimmernder Bronze gleich glänzte. Er blickte durch das Glas auf den Schläfer und war bewegungsloser als ein Gebirge.

»Wer ist das?« rief Father Brown, der zurückfuhr und den Atem pfeifend einsog.

»Ach, das ist nur dieser Hindu-Schwindler«, knurrte Harris; »aber ich weiß nicht, was beim Teufel er hier tut.«

»Es sieht aus wie Hypnotismus«, sagte Flambeau und biß sich in den schwarzen Schnurrbart.

»Warum müßt Ihr unmedizinischen Kerle nur immer solchen Unfug über Hypnotismus schwatzen?« rief der Doktor. »Das sieht vielmehr nach Einbruch aus.«

»Auf jeden Fall wollen wir mit ihm sprechen«, sagte Flambeau, der immer für Handlung war. Ein langer Schritt brachte ihn zu der Stelle, wo der Inder stand. Er beugte sich aus seiner großen Höhe herab, die selbst die des Orientalen überragte, und sagte mit gelassener Unverschämtheit:

»Guten Abend, Sir. Was wünschen Sie?«

Ganz langsam, wie ein großes Schiff in den Hafen gleitet, wandte sich das große gelbe Gesicht und blickte schließlich über die weiße Schulter. Es überraschte sie zu sehen, daß die gelben Augenlider wie im Schlaf geschlossen waren. »Danke«, sagte das Gesicht in ausgezeichnetem Englisch. »Ich wünsche nichts.« Dann öffnete er die Lider halb, wie um einen Schlitz schillernden Augapfels zu zeigen, und wiederholte: »Ich wünsche nichts.« Dann öffnete er die Augen weit zu einem erschreckend starren Blick, sagte: »Ich wünsche nichts« und schritt raschelnd in den rasch dunkelnden Garten hinein.

»Christen sind bescheidener«, murmelte Father Brown; »sie wünschen sich was.«

»Was um alles in der Welt hat er da getan?« fragte Flambeau, runzelte seine schwarzen Brauen und senkte die Stimme.

»Mit Ihnen möchte ich lieber später reden«, sagte Father Brown.

Das Sonnenlicht war noch Wirklichkeit, aber es war das rote Licht des Abends, und die Masse der Gartenbäume und Büsche wurde vor ihm dunkler und dunkler. Sie umrundeten das Ende des Gewächshauses und schritten schweigend die andere Seite entlang, um wieder zur Vordertür zu gelangen. Als sie so dahinschritten, schienen sie etwas in der tieferen Ecke zwischen Arbeitszimmer und Haupthaus aufzuscheuchen, wie man einen Vogel aufscheucht; und wieder sahen sie den weißgewandeten Fakir aus dem Schatten gleiten und um die Ecke zur Vordertür hin schlüpfen. Zu ihrer Überraschung aber war er nicht allein gewesen. Sie fanden sich plötzlich durch das Auftauchen von Frau Quinton aufgehalten und gezwungen, ihre Verwirrung zu unterdrücken, wie sie mit ihrem schweren goldenen Haar und dem ehrlichen blassen Gesicht aus dem Zwielicht auf sie zukam. Sie sah ein wenig streng aus, war aber durchaus höflich.

»Guten Abend, Dr. Harris«, war alles, was sie sagte.

»Guten Abend, Frau Quinton«, sagte der kleine Doktor herzlich. »Ich wollte gerade hineingehen und Ihrem Mann sein Schlafmittel geben.«

»Ja«, sagte sie mit klarer Stimme. »Ich glaube, es ist die richtige Zeit.« Und sie lächelte sie an und verschwand rasch im Haus.

»Die Frau ist überfordert«, sagte Father Brown; »das ist die Art von Frauen, die *zwanzig* Jahre lang ihre Pflicht und dann etwas Schreckliches tun.«

Der kleine Arzt sah ihn zum erstenmal mit einem interessierten Blick an. »Haben Sie mal Medizin studiert?« fragte er.

»Sie müssen vom Geist einiges kennen und den Körper«, antwortete der Priester; »wir müssen vom Körper einiges kennen und den Geist.«

»Nun ja«, sagte der Doktor, »ich glaube, ich werde jetzt reingehen und Quinton sein Zeug geben.«

Sie waren um die Ecke der Vorderfront gebogen und näherten sich dem Vordereingang. Als sie in ihn einbogen, sahen sie den Mann in der weißen Robe zum drittenmal. Er kam so gerade auf die Eingangstür zu, daß er eigentlich nur aus dem gegenüberliegenden Arbeitszimmer gekommen sein konnte. Aber sie wußten, daß die Tür zum Arbeitszimmer verschlossen war.

Father Brown und Flambeau jedenfalls behielten diesen seltsamen Widerspruch für sich, und Dr. Harris war nicht der Mann, der seine Gedanken auf das Ungewöhnliche verschwendet. Er ließ den allgegenwärtigen Asiaten seinen Abgang nehmen und trat dann energisch in die Halle. Da fand er eine Gestalt vor, die er inzwischen ganz vergessen hatte. Der alberne Atkinson lungerte immer noch herum, summte und porkelte mit seinem knotigen Stock an den Dingen herum. Das Gesicht des Doktors zog sich vor Widerwillen und Entschlossenheit zusammen, und er flüsterte seinen Gefährten rasch zu: »Ich muß die Tür wieder abschließen, sonst kommt diese Ratte noch rein. Aber ich bin in zwei Minuten zurück.«

Er schloß die Tür schnell auf und schloß sie hinter sich wieder ab und blockierte so einen blinden Ansturm des jungen Mannes mit der Melone. Der junge Mann warf sich ungeduldig in einen Stuhl in der Halle. Flambeau betrachtete eine persische Illustration an der Wand; Father Brown, der sich in einem Zustand der Betäubung zu befinden schien, blickte starräugig auf die Tür. Nach etwa vier Minuten wurde die Tür wieder geöffnet. Diesmal war Atkinson schneller. Er sprang vorwärts, hielt die Tür für einen Augenblick auf und schrie: »Hör mal, Quinton, ich brauche –«

Vom anderen Ende des Arbeitszimmers kam die klare Stimme Quintons, in einer Mischung aus Gähnen und müde gellendem Lachen.

»Ich weiß, was du willst. Nimm's dir und laß mich in Frieden. Ich schreibe gerade ein Gedicht über Pfauen.«

Bevor die Tür sich schloß, flog ein halber Sovereign durch die Öffnung; und Atkinson, der vorwärts stolperte, schnappte ihn mit einzigartiger Geschicklichkeit.

»Das ist also erledigt«, sagte der Doktor, schloß grimmig die Tür ab und führte die anderen hinaus in den Garten.

»Der arme Leonard kann jetzt ein bißchen Ruhe finden«, sagte er zu Father Brown; »jetzt ist er mit sich allein für eine oder zwei Stunden eingeschlossen.«

»Ja«, sagte der Priester; »und seine Stimme klang heiter genug, als wir ihn verließen.« Dann sah er sich nachdenklich im Garten um, sah die liederliche Gestalt von Atkinson dastehen und mit dem halben Sovereign in seiner Tasche klimpern, und dahinter im purpurnen Zwielicht die Gestalt des Inders, der auf einer Grasbank steil aufgerichtet saß, sein Gesicht der sinkenden Sonne zugewandt. Da sagte er abrupt: »Wo ist Frau Quinton?«

»Sie ist hinauf in ihr Zimmer gegangen«, sagte der Doktor. »Das ist ihr Schatten auf der Jalousie.«

Father Brown blickte auf und betrachtete stirnrunzelnd einen dunklen Umriß an dem von Gaslicht erleuchteten Fenster.

»Ja«, sagte er, »das ist ihr Schatten«, und er ging ein oder zwei Schritte weiter und warf sich in einen Gartenstuhl.

Flambeau setzte sich neben ihn; aber der Doktor war eine jener energischen Personen, die ganz natürlich auf ihren Beinen leben. Er wanderte rauchend in die Dämmerung hinein, und die beiden Freunde blieben zusammen zurück.

»*Mon Père*«, fragte Flambeau, »was ist los mit Ihnen?«

Father Brown schwieg bewegungslos eine halbe Minute, dann sagte er: »Aberglaube ist unreligiös, aber hier liegt irgend etwas in der Luft. Ich glaube, das hat mit dem Inder zu tun – wenigstens teilweise.«

Er versank in Schweigen und beobachtete den fernen Umriß des Inders, der immer noch starr dasaß, wie im Gebet. Zuerst erschien er bewegungslos, aber als Father Brown ihn beobachtete, sah er, daß der Mann sich in einer rhythmischen Bewegung ganz leise hin und her wiegte, ebenso wie die dunklen Baumkronen sich ganz leise hin und her wiegten in dem leichten Wind, der die dämmrigen Gartenpfade entlangkroch und die gefallenen Blätter ein bißchen verschob.

Die Landschaft wurde schnell dunkel, wie vor einem Sturm, aber sie konnten immer noch alle Gestalten an ihren unterschiedlichen Plätzen sehen. Atkinson lehnte gegen einen Baum, mit teilnahmslosem Gesicht; Quintons Frau war immer noch an ihrem Fenster; der Doktor schlenderte um das Ende des Gewächshauses herum, sie konnten seine Zigarre wie ein Irrlicht sehen; und der Fakir saß immer noch starr und doch sich wiegend da, während die Bäume über ihm *zu* schwanken und fast zu brausen begannen. Mit Sicherheit kam ein Sturm auf.

»Als der Inder mit uns sprach«, fuhr Brown in leichtem Plauderton fort, »hatte ich eine Art Vision, eine Vision von ihm und seinem ganzen Universum. Und doch sagte er nur dreimal das gleiche. Als er zum erstenmal sagte ›Ich wünsche nicht‹, bedeutete das lediglich, daß er undurchdringlich sei, daß Asien sich nicht selbst aufgebe. Dann sagte er wiederum ›Ich wünsche nichts‹, und ich wußte, er meinte, daß er sich selbst genüge wie der Kosmos und daß er weder einen Gott brauche noch irgendwelche Sünden anerkenne. Und als er zum drittenmal sagte ›Ich wünsche nichts‹, da sagte er das mit flammenden Augen. Und ich wußte, daß er buchstäblich meinte, was er sagte; daß nichts sein Begehren und seine Heimat sei; daß er sich nach nichts sehnte wie nach Wein; daß Vernichtung, die reine Zerstörung von allem und jedem –«

Zwei Tropfen Regen fielen; und aus irgendeinem Grunde fuhr Flambeau zusammen und blickte hoch, als hätten sie ihn gestochen. Und im gleichen Augenblick begann der Doktor unten am Ende des Gewächshauses auf sie zuzulaufen und ihnen im Rennen etwas zuzurufen.

Als er wie eine Kanonenkugel zwischen sie schoß, näherte sich der ruhelose Atkinson zufällig der Hausfront; und der Doktor ergriff ihn beim Kragen mit einem krampfigen Griff. »Teufelswerk!« schrie er, »Was hast du ihm angetan, du Hund?«

Der Priester war aufgesprungen und hatte die stählerne Stimme eines kommandierenden Offiziers.

»Keine Schlägerei!« rief er kühl. »Wir sind genug, um jeden festzuhalten, den wir halten wollen. Was ist los, Doktor?«

»Mit Quinton ist irgendwas nicht in Ordnung«, sagte der Doktor totenblaß. »Ich habe ihn gerade durch die Scheiben gesehen und mir gefällt gar nicht, wie er daliegt. Jedenfalls nicht so, wie ich ihn verlassen habe.«

»Wir wollen zu ihm gehen«, sagte Father Brown kurz. »Sie können Mr. Atkinson loslassen. Ich hatte ihn die ganze Zeit im Auge, seit wir Quintons Stimme gehört haben.«

»Ich werde hierbleiben und auf ihn aufpassen«, sagte Flambeau hastig. »Sie gehen rein und sehen nach.«

Der Doktor und der Priester flogen zur Tür des Arbeitszimmers, schlössen sie auf und stürzten in den Raum. Dabei fielen sie fast über den großen Mahagonitisch in der Mitte des Raumes, an dem der Dichter meistens schrieb; denn das Zimmer war nur durch ein kleines Feuer erleuchtet, das für den Kranken brannte. In der Mitte dieses Tisches lag ein einzelnes Blatt Papier, offenkundig absichtlich dort belassen. Der Doktor schnappte es sich, warf einen Blick darauf, reichte es Father Brown, rief: »Guter Gott, sehen Sie sich das an!« und stürzte in den rückwärts liegenden gläsernen Raum, wo die furchtbaren tropischen Blumen eine karmesinfarbene Erinnerung an den Sonnenuntergang zu bewahren schienen.

Father Brown las die Worte dreimal, ehe er das Papier sinken ließ. Die Worte lauteten: »Ich sterbe von eigener Hand; und dennoch sterbe ich ermordet!« Sie waren in der wirklich unnachahmlichen, um nicht zu sagen unleserlichen Handschrift von Leonard Quinton.

Dann strebte Father Brown, das Papier immer noch in der Hand, dem Gewächshaus zu, nur um seinem ärztlichen Freund zu begegnen, der mit einem Gesichtsausdruck der Gewißheit und des Entsetzens zurückkam. »Er hat es getan«, sagte Harris

Sie gingen zusammen durch die prangende unnatürliche Schönheit von Kakteen und Azaleen und fanden Leonard Quinton, Dichter und Romancier, mit von seiner Ottomane herabhängendem Haupt, dessen rote Locken den Boden fegten. In seine linke Seite war der sonderbare Dolch getrieben, den sie im Garten aufgelesen hatten, und seine schlaffe Hand ruhte noch auf dem Griff.

Draußen war der Sturm losgebrochen, wie die Nacht bei Coleridge, und Garten und Glasdach verdunkelte der prasselnde Regen. Father Brown schien das Papier aufmerksamer zu studieren als die Leiche; er hielt es dicht vor seine Augen und schien zu versuchen, es im Zwielicht zu lesen. Dann hielt er es gegen das schwache Licht empor, und in diesem Augenblick zuckte ein Blitz daher so weiß, daß das Papier gegen ihn schwarz erschien.

Dunkelheit voll Donner folgte, und nach dem Donner sagte Father Browns Stimme aus der Dunkelheit: »Doktor, dieses Papier hat die falsche Form.«

»Was meinen Sie?« fragte Dr. Harris und starrte ihn stirnrunzelnd an.

»Es ist nicht viereckig«, antwortete Brown. »Da ist so eine Art Rand an der Ecke abgeschnitten. Was bedeutet das?«

»Woher zum Teufel soll ich das wissen?« brummte der Doktor. »Was meinen Sie, sollen wir diesen armen Kerl nicht aufheben? Er ist mausetot.«

»Nein«, antwortete der Priester; »wir müssen ihn lassen, wie er liegt, und nach der Polizei schicken.« Aber immer noch untersuchte er das Papier.

Als sie durch das Arbeitszimmer zurückgingen, blieb er am Tisch stehen und hob eine kleine Nagelschere auf. »Aha«, sagte er einigermaßen erleichtert; »damit hat er es also getan. Und doch —« Und er runzelte die Brauen.

»Ach hören Sie doch auf, mit dem Papierfetzen herumzumachen«, sagte der Doktor mit Nachdruck. »Das war eine seiner Marotten. Er hatte deren Hunderte. Er hat sein gesamtes Papier so beschnitten«, und er wies auf einen Stapel unbenutzten Konzeptpapiers auf einem anderen und kleineren Tisch. Father Brown ging hin und nahm ein Blatt auf. Es hatte die gleiche unregelmäßige Form.

»Tatsächlich«, sagte er. »Und hier sehe ich die abgeschnittenen Ecken.« Und zur Empörung seines Kollegen begann er sie zu zählen.

»Stimmt«, sagte er mit einem entschuldigenden Lächeln. »23 Blatt und 22 abgeschnittene Ecken. Und da ich sehe, daß Sie ungeduldig sind, wollen wir wieder zu den anderen gehen.«

»Wer soll es seiner Frau sagen?« fragte Dr. Harris. »Wollen Sie nicht zu ihr gehen und es ihr beibringen, während ich einen Diener zur Polizei schicke?«

»Wie Sie wollen«, sagte Father Brown gleichgültig. Und er ging hinaus zur Tür in der Eingangshalle.

Auch hier fand er ein Drama vor, allerdings eines von der groteskeren Art. Es zeigte nichts Geringeres als seinen riesigen Freund Flambeau in einer Haltung, an die er seit langem nicht mehr gewöhnt war, während auf dem Gehsteig zu Füßen der Treppe der liebenswerte Atkinson mit den Beinen in der Luft strampelte und Melone und Spazierstöckchen in entgegensetzte Richtungen den Gehsteig entlang davonflogen. Atkinson war schließlich Flambeaus fast väterlicher Obsorge müde geworden und hatte sich unterfangen, ihn niederzuschlagen, wobei mit dem König der Apachen zu spielen kein leichtes Unterfangen war, selbst nicht nach der Abdankung dieses Monarchen.

Flambeau setzte gerade an, sich erneut auf seinen Gegner zu werfen und ihn von neuem zu packen, als der Priester ihm leicht auf die Schulter klopfte.

»Schließen Sie Frieden mit Mr. Atkinson, mein Freund«, sagte er. »Bittet euch gegenseitig um Vergebung und sagt ›Gute Nacht‹. Wir brauchen ihn nicht länger festzuhalten.« Nachdem aber Atkinson sich einigermaßen mißtrauisch erhoben und Hut und Stock an sich gerafft hatte und zum Gartentor ging, fragte Father Brown mit ernsterer Stimme: »Wo ist dieser Inder?«

Alle drei (denn der Doktor hatte sich ihnen angeschlossen) wandten sich unwillkürlich der verschwommenen Grasbank mitten zwischen den rauschenden, im Dämmerlicht purpurnen Bäumen zu, wo sie den braunen Mann zuletzt sich in seinen fremdartigen Gebeten wiegend gesehen hatten. Der Inder war verschwunden.

»Hol ihn der Teufel«, sagte der Doktor und stampfte wütend auf. »Jetzt weiß ich, daß es der schwarze Kerl getan hat.«

»Ich dachte, Sie glaubten nicht an Zauberei«, sagte Father Brown ruhig.

»Tu ich auch nicht«, sagte der Doktor und rollte die Augen. »Ich weiß nur, daß ich den gelben Teufel schon verabscheute, als ich noch dachte, er sei ein falscher Zauberer. Und ich werde ihn noch mehr verabscheuen, wenn ich zu der Überzeugung kommen sollte, daß er ein wirklicher ist.«

»Daß er verschwunden ist, bedeutet nichts«, sagte Flambeau. »Denn wir hätten ihm nichts beweisen und nichts gegen ihn unternehmen können. Man kann der Ortspolizei schlecht mit einer Geschichte von Selbstmord, herbeigeführt durch Zauberei oder Autosuggestion, kommen.«

Inzwischen war Father Brown ins Haus gegangen, um der Frau des Toten die Neuigkeit zu überbringen.

Als er wieder herauskam, sah er etwas bleich und ergriffen aus; doch was sich zwischen ihnen bei jener Unterredung abgespielt hat, ist nie bekanntgeworden, selbst nachdem alles bekanntgeworden war.

Flambeau, der sich ruhig mit dem Doktor unterhielt, war überrascht, seinen Freund so rasch wieder neben sich auftauchen zu sehen; aber Brown nahm das nicht zur Kenntnis, sondern zog lediglich den Doktor auf die Seite. »Sie haben doch nach der Polizei geschickt, oder?« fragte er.

»Ja«, sagte Harris. »Sie müssen in etwa zehn Minuten hier sein.«

»Wollen Sie mir einen Gefallen tun?« sagte der Priester ruhig. »Die Wahrheit ist, daß ich jene sonderbaren Geschichten sammle, welche oftmals wie im Fall unseres Hindu-Freundes Elemente enthalten, die man schlecht in einen Polizeibericht schreiben kann. Nun möchte ich, daß Sie mir zu meiner privaten Verwendung einen Bericht über diesen Fall schreiben. Ihr Beruf erfordert Klugheit«, sagte er und sah dem Arzt ernst und stetig ins Gesicht. »Ich meine manchmal, daß Sie bestimmte Einzelheiten dieses Falles kennen, die zu erwähnen Sie nicht für zweckmäßig gehalten haben. Mein Beruf ist ein verschwiegener wie der Ihre, und ich werde alles, was Sie mir aufschreiben, streng vertraulich behandeln. Aber schreiben Sie alles auf.«

Der Doktor, der den Kopf ein bißchen zur Seite geneigt und nachdenklich zugehört hatte, sah dem Priester für einen Augenblick ins Gesicht und sagte: »In Ordnung«, und ging ins Arbeitszimmer, dessen Tür er hinter sich schloß.

»Flambeau«, sagte Father Brown, »da steht eine Bank auf der Veranda, wo wir vor dem Regen geschützt rauchen können. Sie sind mein einziger Freund auf Erden, und jetzt möchte ich mit Ihnen reden. Oder vielleicht mit Ihnen schweigen.«

Sie machten es sich auf der Verandabank bequem; Father Brown nahm gegen seine sonstige Gewohnheit eine gute Zigarre an und rauchte sie stetig und schweigend, während der Regen das Verandadach kreischen und klappern machte.

»Mein Freund«, sagte er schließlich, »das ist ein sehr sonderbarer Fall. Ein sehr sonderbarer Fall.«

»Das scheint mir auch so«, sagte Flambeau mit einem leichten Schaudern.

»Sie nennen ihn sonderbar, und ich nenne ihn sonderbar«, sagte der andere, »und doch meinen wir ganz gegensätzliche Dinge. Der moderne Verstand verwechselt dauernd zwei verschiedene Ideen: Geheimnis im Sinn des Wundersamen, und Geheimnis im Sinn des Komplizierten. Das ist die halbe Schwierigkeit mit Wundern. Ein Wunder ist verblüffend; aber es ist einfach. Es ist einfach, weil es ein Wunder *ist*. Es ist Macht, die direkt von Gott (oder vom Teufel) kommt und nicht indirekt durch die Natur oder den menschlichen Willen. Nun glauben Sie, daß dies hier wundersam ist, weil es ein Wunder ist, weil es Zauberei ist, die ein teuflischer Inder beging. Verstehen Sie wohl, ich sage nicht, daß es nicht geistig oder teuflisch ist. Himmel und Hölle allein wissen, durch welche Einflüsse der Umgebung fremdartige Sünder ins Leben der Menschen geraten. In diesem Falle aber ist meine Meinung folgende: Wenn es reine Magie war, wie Sie glauben, dann ist das wundersam; aber es ist nicht geheimnisvoll – das heißt, nicht kompliziert. Das Wesen eines Wunders ist geheimnisvoll, aber seine Art ist einfach. Nun war aber die Art dieses Falles das Gegenteil von einfach.«

Der Sturm, der für eine Weile abgeflaut war, schien wieder zuzunehmen, und von fernher kam ein schweres Rollen wie von schwachem Donner. Father Brown ließ die Asche seiner Zigarre fallen und fuhr fort:

»Dieser Vorfall ist«, sagte er, »von verdrehtem, häßlichem, komplexem Wesen, das weder den direkten Schlägen des Himmels noch denen der Hölle zu eigen ist. Wie man die krumme Spur einer Schnecke erkennt, erkenne ich die krumme Spur eines Menschen.«

Der weiße Blitz öffnete für ein Blinzeln sein riesiges Auge, der Himmel schloß sich wieder, und der Priester fuhr fort:

»Von allen diesen krummen Dingen war das krummste die Form jenes Stücks Papier. Sie war krummer als die Form des Dolches, der ihn tötete.«

»Sie meinen das Papier, auf dem Quinton seinen Selbstmord bekannte«, sagte Flambeau.

»Ich meine das Papier, auf das Quinton ›Ich sterbe von eigener Hand‹ geschrieben hat«, antwortete Father Brown. »Die Form dieses Papiers, mein Freund, war die falsche Form; die falsche Form, wenn ich je eine in dieser bösen Welt gesehen habe.«

»Es war doch nur eine Ecke abgeschnitten«, sagte Flambeau, »und soviel ich weiß, war alles Papier von Quinton auf diese Art beschnitten.«

»Das war eine sehr befremdliche Art«, sagte der andere, »und für meinen Geschmack und mein Gefühl eine sehr üble Art. Sehen Sie, Flambeau, dieser Quinton – Gott möge seine Seele in Gnaden aufnehmen! – war vielleicht in gewisser Hinsicht ein bißchen ein Lumpenhund, aber er war wirklich ein Künstler, mit dem Zeichenstift wie mit der Feder. Seine Handschrift war, obwohl schwer zu lesen, kühn und schön. Ich kann nicht beweisen, was ich sage; ich kann überhaupt nichts beweisen. Aber ich sage Ihnen aus felsenfester Überzeugung, daß er nie imstande gewesen wäre, dieses gemeine Stückchen von einem Papierblatt abzuschneiden. Wenn er sich das Papier zu irgendeinem Zweck hätte zurechtschneiden wollen, damit es paßt oder fürs Binden oder für was auch immer, dann hätte er mit der Schere einen ganz anderen Schnitt gemacht. Erinnern Sie sich an die Form? Es war eine gemeine Form. Es war eine falsche Form. Wie das hier. Erinnern Sie sich nicht?«

Und mit seiner glühenden Zigarre machte er vor sich in der Dunkelheit so schnelle unregelmäßige Vierecke, daß Flambeau sie wie glühende Hieroglyphen auf der Dunkelheit sehen konnte – Hieroglyphen wie jene, von denen sein Freund gesprochen hatte, die unentzifferbar sind, aber keine gute Bedeutung haben können.

»Aber«, sagte Flambeau, als der Priester die Zigarre wieder in den Mund steckte, sich zurücklehnte und an die Decke starrte. »Angenommen, jemand anders benutzte die Schere. Warum sollte jemand anders Quinton dazu bringen, Selbstmord zu begehen, indem er Stückchen von seinem Konzeptpapier abschnitt?«

Father Brown lehnte immer noch zurück und starrte an die Decke, aber er nahm die Zigarre aus dem Mund und sagte: »Quinton hat niemals Selbstmord begangen.«

Flambeau starrte ihn an. »Zum Teufel«, schrie er; »warum hat er denn dann den Selbstmord gestanden?«

Der Priester lehnte sich vornüber, stützte die Ellbogen auf die Knie, blickte zu Boden und sagte mit leiser deutlicher Stimme: »Er hat niemals den Selbstmord gestanden.«

Flambeau legte seine Zigarre hin. »Sie meinen«, sagte er, »daß das Schriftstück gefälscht war?«

»Nein«, sagte Father Brown; »Quinton hat es schon selbst geschrieben.«

»Was wollen Sie denn dann?« sagte Flambeau ärgerlich; »Quinton schrieb mit eigener Hand: ›Ich sterbe von eigener Hand‹ auf ein einfaches Stück Papier.«

»Von falscher Form«, sagte der Priester ruhig.

»Verdammte Form!« schrie Flambeau. »Was hat die Form damit zu tun?«

»Da lagen 23 Blatt beschnittenes Papier«, machte Brown ungerührt weiter, »aber nur 22 abgeschnittene Ecken. Also war eine der abgeschnittenen Ecken zerstört worden, vermutlich die von dem beschriebenen Blatt. Sagt Ihnen das was?«

Verständnis leuchtete in Flambeaus Gesicht auf, und er sagte: »Quinton hatte noch mehr geschrieben, ein paar weitere Wörter. ›Man wird sagen, ich sterbe von eigner Hand‹, oder ›Glaubt nicht, ich —‹«

»Immer heißer, wie die Kinder sagen«, sagte sein Freund. »Aber das Stückchen war kaum einen halben Zoll breit; kein Platz für ein Wort, geschweige denn für fünf. Können Sie sich etwas kaum Größeres als ein Komma denken, was der Mann mit der Hölle im Herzen als Zeugnis wider sich wegschneiden mußte?«

»Ich kann mir nichts denken«, sagte Flambeau schließlich.

»Und was ist mit Anführungszeichen?« sagte der Priester und schleuderte seine Zigarre weit weg ins Dunkel wie eine Sternschnuppe.

Kein Wort kam aus des anderen Mannes Mund, und Father Brown sagte wie jemand, der aufs Grundsätzliche zurückkommt:

»Leonard Quinton war ein Romancier, und er schrieb an einem orientalischen Roman über Zauberwesen und Hypnotismus. Er —«

In diesem Augenblick wurde die Tür hinter ihnen energisch geöffnet, und der Doktor kam heraus, den Hut auf dem Kopf. Er drückte dem Priester einen großen Umschlag in die Hand.

»Hier ist das Dokument, das Sie haben wollten«, sagte er, »und jetzt muß ich nach Hause. Gute Nacht.«

»Gute Nacht«, sagte Father Brown, als der Doktor energisch zum Gartentor schritt. Er hatte die Vordertür offengelassen, so daß ein Strahl des Gaslichtes auf sie fiel. In diesem Licht öffnete Brown den Umschlag und las die folgenden Worte:

> »Lieber Father Brown – *Vicisti, Galilaee!* Oder anders, verflucht seien Ihre Augen, die alles so sehr durchschauen. Kann es denn möglich sein, daß hinter dem Zeugs, was Sie verzapfen, doch etwas steckt?
>
> Ich bin ein Mann, der seit seiner Knabenzeit an die Natur geglaubt hat, und an alle natürlichen Funktionen und Instinkte, egal ob man sie moralisch oder unmoralisch nennt. Lange bevor ich Arzt wurde, als ich noch Schuljunge war und mir Mäuse und Spinnen hielt, glaubte ich schon, daß ein gutes Tier zu sein das

Beste auf Erden sei. Doch jetzt bin ich darin erschüttert; ich habe an die Natur geglaubt; aber jetzt sieht es so aus, als könne die Natur den Menschen verraten. Kann in Ihrem Humbug doch etwas stecken? Mir scheint, ich werde morbide. Ich liebte Quintons Frau. Was war daran falsch? Die Natur befahl es mir, und Liebe ist es, die die Welt in Gang hält. Auch war ich ehrlich der Überzeugung, daß sie mit einem sauberen Tier wie mir glücklicher sein würde als mit jenem kleinen verrückten Quälgeist. Was war daran falsch? Ich sah als Mann der Wissenschaft lediglich den Tatsachen ins Gesicht. Sie wäre glücklicher gewesen. Nach meinem eigenen Glauben stand es mir völlig frei, Quinton zu töten, was für alle das beste war, selbst für ihn. Aber als gesundes Tier hatte ich nicht die Absicht, mich selbst zu töten. Ich entschloß mich daher, es niemals zu tun, es sei denn, daß ich eine Möglichkeit sähe, damit ungestraft davonzukommen. Diese Möglichkeit sah ich heute morgen.

Ich war heute insgesamt dreimal in Quintons Arbeitszimmer. Als ich das erste Mal hineinging, wollte er über nichts anderes reden als über eine verrückte Geschichte von Zauberei mit dem Titel ›Der Fluch eines Heiligen‹, an der er schrieb und die sich nur darum drehte, wie ein indischer Einsiedler einen englischen Oberst dazu bringt, sich selbst zu töten, indem er an ihn denkt. Er zeigte mir die letzten Seiten und las mir sogar den letzten Absatz vor, der ungefähr so lautete: ›Der Eroberer des Punjab, nurmehr ein gelbes Skelett, aber immer noch ein Riese, schaffte es, sich auf den Ellenbogen aufzurichten und seinem Neffen ins Ohr zu keuchen: »Ich sterbe von eigener Hand; und dennoch sterbe ich ermordet!«‹ Nun hatte es sich durch einen Zufall aus hundert ergeben, daß diese letzten Worte auf den Kopf eines neuen Blattes geschrieben waren. Ich verließ das Zimmer und ging hinaus in den Garten, vergiftet von einer fürchterlichen Möglichkeit.

Wir wanderten um das Haus herum, und es geschahen zwei weitere Dinge zu meinen Gunsten. Sie mißtrauten dem Inder, und Sie fanden einen Dolch, wie ihn ein Inder am wahrscheinlichsten verwenden würde. Ich ergriff die Gelegenheit, steckte ihn in die Tasche, ging zurück in Quintons Arbeitszimmer und gab ihm sein Schlafmittel. Er war absolut dagegen, mit Atkinson auch nur zu sprechen, aber ich bestand darauf, daß er rufe und den Burschen beruhige, denn ich wollte einen eindeutigen Beweis dafür, daß Quinton noch am Leben war, als ich den Raum zum zweitenmal verließ. Quinton legte sich im Gewächshaus nieder, und ich kam durch das Arbeitszimmer heraus. Ich habe geschickte Hände, und so hatte ich in anderthalb Minuten getan, was ich tun wollte. Ich hatte den ganzen ersten Teil von Quintons Roman in den Kamin geworfen, wo er zu Asche verbrannte. Dann sah ich, daß das mit den Anführungszeichen nicht ging, also schnitt ich sie ab und beschnitt, um es wahrscheinlicher zu machen, den ganzen Stoß auf die gleiche Weise. Dann kam ich mit dem Wissen heraus, daß Quintons Bekenntnis seines Selbstmordes auf dem vorderen Tisch lag, während Quinton dahinter im Gewächshaus lag, am Leben, wenn auch schlafend.

Der letzte Akt war ziemlich verzweifelt; Sie können sich das vorstellen: Ich gab vor, Quinton tot liegen gesehen zu haben, und rannte in seinen Raum. Ich hielt Sie mit dem Papier auf und, da ich ein Mann mit schnellen Händen bin, tötete Quinton, während Sie sich sein Selbstmordbekenntnis ansahen. Er war betäubt im Halbschlaf, und so legte ich seine eigene Hand auf den Dolch und trieb ihn ihm in den Leib. Das Messer war von so eigenartiger Form, daß nur ein Chirurg den genauen Winkel berechnen konnte, in dem es sein Herz erreichen würde. Ich frage mich, ob Sie das bemerkt haben.

Als ich es getan hatte, geschah etwas Außerordentliches. Die Natur verließ mich. Mir wurde übel. Ich fühlte mich, als hätte ich etwas Falsches getan. Ich glaube, mein Gehirn versagt; ich fühle eine Art verzweifelten Vergnügens beim Gedanken daran, daß ich die Sache jemandem erzählt habe; daß ich sie nicht allein zu tragen habe, wenn ich heirate und Kinder habe. Was ist mit mir los? … Wahnsinn … oder kann jemand Reue empfinden, wie in den Gedichten von Byron! Ich kann nicht weiterschreiben.

JAMES ERSKINE HARRIS.«

Father Brown faltete den Brief sorgfältig zusammen und verwahrte ihn in seiner Brusttasche, als von der Gartenglocke ein lautes Läuten erscholl und die nassen Regenmäntel von mehreren Polizisten in der Straße draußen erglänzten.

Die Sünden des Prinzen Saradine

Als Flambeau sich seinen Monat Ferien von seinem Büro in Westminster nahm, nahm er ihn in einem kleinen Segelboot, so klein, daß es seine meiste Zeit als Ruderboot verbrachte. Er nahm ihn darüber hinaus auf kleinen Flüssen in den östlichen Grafschaften, so schmalen Flüssen, daß das Boot aussah wie ein Zauberboot, das über Land durch Weiden und Getreidefelder segelt. Das Schiffchen war für gerade zwei Personen bequem; es hatte Platz nur für das Notwendige, und Flambeau hatte es mit solchen Dingen beladen, die seine persönliche Philosophie als notwendig erachtete. Sie beschränkten sich allem Anschein nach auf vier Wesentlichkeiten: Büchsen mit Lachs, falls er essen wollte; geladene Revolver, falls er kämpfen wollte; eine Flasche Weinbrand, vermutlich für den Fall, daß er in Ohnmacht fallen sollte; und einen Priester, vermutlich für den Fall, daß er sterben sollte. Mit diesem leichten Gepäck kroch er die winzigen Flüsse Norfolks hinab in der Absicht, schließlich die Broads zu erreichen, aber in der Zwischenzeit erfreute er sich an den überhängenden Gärten und Weiden, den gespiegelten Herrenhäusern oder Dörfern, lungerte in Tümpeln und Ecken zum Fischen herum und nahm gewissermaßen das Ufer in die Arme.

Wie ein wahrer Philosoph hatte Flambeau während seiner Ferien kein Ziel; aber wie ein wahrer Philosoph hatte er eine Ausrede. Er hatte eine Art von Halbzweck, den er gerade wichtig genug nahm, daß Erfolg die Ferien krönen, doch wieder auch so leicht, daß Mißerfolg sie nicht stören würde. Vor vielen Jahren, als er noch König der Diebe und die berühmteste Erscheinung in Paris war, hatte er oft wilde Zuschriften der Zustimmung, der Verurteilung, selbst der Liebe erhalten; eine davon war auf irgendeine Weise in seiner Erinnerung haftengeblieben. Sie bestand einfach aus einer Visitenkarte in einem Umschlag mit englischer Briefmarke. Auf der Rückseite der Karte stand in Französisch und grüner Tinte geschrieben: »Falls Sie sich je zur Ruhe setzen und ehrbar werden, kommen Sie und besuchen Sie mich. Ich möchte Sie kennenlernen, denn ich habe alle anderen großen Männer meiner Zeit kennengelernt. Jener Trick von Ihnen, den einen Detektiv dazu zu bewegen, den anderen zu verhaften, war die herrlichste Szene der französischen Geschichte.« Auf der Vorderseite der Karte war in der formellen Art eingeprägt: »Prinz Saradine, Schilfhaus, Schilfinsel, Norfolk«.

Damals hatte er sich nicht viel um den Prinzen gekümmert, sondern nur festgestellt, daß er in Süditalien ein glänzender Weltmann gewesen war. In seiner Jugend, hieß es, war er mit einer verheirateten Frau hohen Standes durchgegangen; die Eskapade hatte in seinen Gesellschaftskreisen kaum Aufsehen erregt, aber sie war in der Erinnerung der Leute durch eine mit ihr verbundene Tragödie verblieben: den angeblichen Selbstmord des beleidigten Ehemannes, der sich offenbar in Sizilien eine steile Klippe hinuntergestürzt hatte. Danach lebte der Prinz einige Zeit lang in Wien, aber seine letzten Jahre schienen in ständigem und rastlosem Reisen vergangen zu sein. Nachdem Flambeau nun, wie der Prinz auch, den Ruhm Europas verlassen und sich in England niedergelassen hatte, war es ihm in den Sinn gekommen, daß er diesem hervorragenden Exilanten in den Broads von Norfolk einen Überraschungsbesuch abstatten könnte. Er hatte keine Ahnung, ob er den Ort finden würde; und wahrlich war er dazu klein und vergessen genug. Aber wie sich herausstellen sollte, fand er ihn viel früher als erwartet.

Eines Abends hatten sie ihr Boot unter einem Ufer festgemacht, das sich in langem Gras und kurzgekappten Bäumen verbarg. Schlaf war nach schwerem Rudern früh zu ihnen gekommen, und einem entsprechenden Zufall zufolge erwachten sie, bevor es hell war. Um genauer zu sein, sie erwachten vor Tagesanbruch; denn ein großer zitronengelber Mond versank gerade erst in dem Wald aus hohem Gras zu ihren Häuptern, und der Himmel war von einem lebendigen Blauviolett, nächtlich, aber hell. Beiden Männern kamen gleichzeitig Erinnerungen an ihre Kindheit, an die Zeit der Elfen und Abenteuer, als sich hohe Gräser über ihnen wie Wälder schlössen. So gegen den großen niedrigen Mond sahen die Gänseblümchen aus wie riesige Gänseblümchen, die Löwenzähne wie riesige Löwenzähne. Irgendwie erinnerte sie das an die Bilderstreifen auf den Kinderzimmertapeten. Die Ebbe im Flußbett reichte aus, sie unter die Wurzeln aller Büsche und Blumen sinken und zu den Gräsern aufschauen zu lassen.

»Bei Gott!« sagte Flambeau; »das ist wie im Märchenland.«

Father Brown setzte sich im Boot kerzengerade auf und bekreuzigte sich. Seine Bewegung war so jäh, daß sein Freund ihn mit einem milden Erstaunen fragte, was denn los sei.

»Die Leute, die die mittelalterlichen Balladen schrieben«, antwortete der Priester, »wußten mehr über Märchenwesen als Sie. Im Märchenland ereignen sich nicht nur nette Dinge.«

»Ach Unfug!« sagte Flambeau. »Unter so einem unschuldigen Mond können sich nur nette Dinge ereignen. Ich bin dafür, daß wir weiterfahren und nachsehen, was da wirklich ist. Wir könnten sterben und vermodern, ehe wir noch einmal einen solchen Mond oder eine solche Stimmung erleben.«

»In Ordnung«, sagte Father Brown. »Ich habe nie gesagt, daß es immer falsch ist, ins Märchenland zu gehen. Ich habe nur gesagt, daß es immer gefährlich ist.«

Langsam ruderten sie den erwachenden Fluß hinan; das glühende Violett des Himmels und das blasse Gold des Mondes wurden schwächer und schwächer und verblaßten in jenen weiten farblosen Kosmos, der den Farben der Morgendämmerung vorangeht. Als die ersten schwachen Streifen aus Rot und Gold und Grau den Horizont von einem Ende zum anderen spalteten, brachen sie sich an der schwarzen Masse einer Stadt oder eines Dorfes, die gerade vor ihnen über dem Fluß hockte. Es herrschte bereits ein leichtes Zwielicht, in dem alle Dinge sichtbar waren, als sie unter den überhängenden Dächern und den Brücken dieser Flußufersiedlung ankamen. Die Häuser mit ihren langen, niedrigen, krummen Dächern schienen wie große graue und rotbunte Kühe zum Fluß hinabzusteigen, um zu trinken. Das heller und weißer werdende Licht der Dämmerung hatte sich bereits in volles Tageslicht verwandelt, ehe sie das erste Lebewesen auf Ufern oder Brücken dieser schweigenden Stadt sahen. Schließlich sahen sie einen sehr gelassenen und behäbigen Mann in Hemdsärmeln, mit einem Antlitz so rund wie der jüngst versunkene Mond und mit rötlichen Bartstrahlen um seinen unteren Bogen, der sich auf einen Pfosten über der trägen Strömung stützte. Aus einem nicht erklärbaren Impuls heraus erhob Flambeau sich in dem schwankenden Boot zu seiner vollen Höhe und rief den Mann an, ob er die Schilfinsel oder das Schilf haus kenne. Das Lächeln des behäbigen Mannes wuchs noch um einiges in die Breite, und er wies einfach den Fluß hinauf in Richtung seiner nächsten Krümmung. Flambeau fuhr ohne weitere Worte weiter.

Das Boot umrundete viele grasige Ecken und befuhr viele schilfige und schweigende Flußstrecken; ehe aber die Suche anfing langweilig zu werden, schwangen sie sich um eine besonders scharfe Krümmung und liefen in das Schweigen einer Art Teich oder See ein, dessen Anblick sie instinktiv anhalten ließ. Denn inmitten dieser weiten Wasserfläche, die ringsum von Binsen eingefaßt war, lag ein langes niedriges Inselchen, auf dem sich ein langes niedriges Haus hinzog, ein Bungalow aus Bambus erbaut, oder aus irgendeinem anderen zähen Tropenholz. Die senkrechten Bambusstangen, die die Wände bildeten, waren blaßgelb, die schrägen Stangen, die das Dach bildeten, waren von dunklerem Rot oder Braun, im übrigen war das lange Haus ein einförmiges und eintöniges Ding. Die frühe Morgenbrise raschelte im Ried rund um das Inselchen und sang auf dem sonderbar gerippten Haus wie auf einer riesigen Pansflöte.

»Bei Gott!« schrie Flambeau. »Endlich am Ziel! Das hier ist die Schilfinsel, wenn es je eine gegeben hat. Hier ist das Schilfhaus, wenn es das überhaupt irgendwo gibt. Ich glaube, der fette Mann mit der Bartkrause war eine Fee.«

»Vielleicht«, merkte Father Brown unparteiisch an. »Wenn er eine war, dann war er eine böse Fee.«

Aber während er noch sprach, hatte der ungeduldige Flambeau sein Boot im rauschenden Ried ans Ufer gelegt, und sie standen auf der langen sonderbaren Insel neben dem alten und schweigenden Haus.

Das Haus stand, wie sich ergab, mit der Rückseite zum Fluß und zum einzigen Landesteg; der Haupteingang war auf der anderen Seite und blickte auf den langen Inselgarten hinab. Die Besucher näherten sich ihm also auf einem schmalen Pfade, der nahezu drei Seiten des Hauses umrundete, dicht unter der niedrigen Dachrinne. Durch drei verschiedene Fenster auf drei verschiedenen Seiten blickten sie in den gleichen langen hellen Raum, getäfelt mit hellem Holz und vielen Spiegeln, und wie für ein elegantes Gabelfrühstück hergerichtet. Die Vordertür war, als sie sie endlich erreichten, von zwei türkisblauen Blumentöpfen flankiert. Sie wurde von einem Butler des griesgrämigen Typs – groß, mager, grau und schlaff – geöffnet, der murmelte, daß Prinz Saradine gegenwärtig nicht anwesend sei, aber stündlich erwartet werde; das Haus sei in Bereitschaft für ihn und seine Gäste. Die Vorweisung der Karte mit dem Gekritzel in grüner Tinte erweckte einen Lebensfunken im pergamentenen Gesicht dieses melancholischen Verwesers, und mit einer gewissen zittrigen Höflichkeit schlug er vor, daß die Fremden bleiben sollten. »Seine Hoheit kann jede Minute hier sein«, sagte er, »und würde betrübt sein, daß er einen Herrn verpaßt hätte, den er eingeladen hat. Wir haben Anweisung, immer eine kleine kalte Mahlzeit für ihn und seine Freunde bereitzuhalten, und ich bin sicher, er wünscht, daß sie jetzt angeboten wird.«

Neugierig auf den Weitergang dieses kleinen Abenteuers, nahm Flambeau mit Würde an und folgte dem alten Mann, der ihn zeremoniös in den langen, hell getäfelten Raum geleitete. Daran war nichts besonders Bemerkenswertes außer der ziemlich ungewöhnlichen Wechselfolge von vielen langen und tiefreichenden Fenstern mit vielen langen und tiefreichenden ovalen Spiegeln, was dem Raum etwas einzigartig Leichtes und Wesenloses verlieh. Es war irgendwie, als speiste man im Freien. Ein oder zwei ruhige Bilder hingen in den Ecken: eines eine große graue Photographie eines sehr jungen Mannes in Uniform, ein anderes eine Rötelskizze von zwei langhaarigen Knaben. Als Flambeau fragte, ob die soldatische Person der Prinz sei, verneinte der Butler kurz; das sei des Prinzen jüngerer Bruder, Hauptmann Stephen Saradine, sagte er. Und damit schien der alte Mann plötzlich einzutrocknen und jeden Geschmack an einer Unterhaltung zu verlieren.

Nachdem das Gabelfrühstück mit ausgezeichnetem Kaffee und ausgezeichneten Likören abgerundet war, ward den Gästen der Garten gezeigt, die Bibliothek und die Haushälterin – eine dunkle schöne Dame von nicht geringer Majestät, fast eine plutonische Madonna. Es schien, daß sie und der Butler die einzigen Überlebenden des ursprünglichen ausländischen Haushalts des Prinzen waren, da alle übrigen Dienstboten im Haus neu und von der Haushälterin in Norfolk zusammengeholt worden waren. Diese Dame hörte auf den Namen Frau Anthony, aber sie sprach mit einem leichten italienischen Akzent, und Flambeau hatte keinerlei Zweifel, daß Anthony die Norfolk-Version eines lateinischeren Namens war. Mr. Paul, der Butler, hatte ebenfalls ein leicht ausländisches Aussehen, war aber in Sprache und Ausbildung englisch, wie viele der vollkommensten Diener des kosmopolitischen Adels.

So reizvoll und eigenartig das Anwesen auch war, es war doch von einer merkwürdigen leuchtenden Traurigkeit umfangen. Stunden verrannen in ihm wie Tage. Die langen fensterreichen Räume waren von Tageslicht erfüllt, aber es schien wie totes Tageslicht. Und durch alle anderen zufälligen Geräusche hindurch, das Gemurmel des Gesprächs, das Klirren der Gläser, die vorübereilenden Füße der Dienerschaft, konnten sie rings um das Haus das melancholische Geräusch des Flusses hören.

»Wir haben eine falsche Biegung genommen und sind an einen falschen Platz gekommen«, sagte Father Brown und blickte aus dem Fenster auf das graugrüne Riedgras und die silberne Strömung. »Macht nichts, manchmal kann man Gutes bewirken, indem man die richtige Person am falschen Platz ist.«

Father Brown, obwohl im allgemeinen schweigsam, war ein ungewöhnlich einfühlsamer kleiner Mann, und so sank er in jenen wenigen aber endlosen Stunden unbewußt tiefer in die Geheimnisse des Schilfhauses ein als sein Freund, der Detektiv von Beruf. Er besaß jene Gabe des freundlichen Schweigens, die so wichtig für Klatsch ist; und indem er kaum ein Wort sprach, erfuhr er von seinen neuen Bekannten wahrscheinlich alles, was sie überhaupt zu erzählen bereit waren. Natürlich war der Butler nicht mitteilsam. Er verriet eine mürrische, fast animalische Anhänglichkeit an seinen Herrn, dem, wie er sagte, sehr übel mitgespielt worden sei. Der Hauptübeltäter schien Seiner Hoheit Bruder zu sein, dessen Name allein schon die hohlen Wangen des Alten länger werden und seine Papageiennase sich höhnisch verziehen ließ. Hauptmann Stephen war offenbar ein Tunichtgut und hatte seinen wohlwollenden Bruder um Hunderte und Tausende erleichtert; ihn gezwungen, aus dem mondänen Leben zu flüchten und ruhig in dieser Zurückgezogenheit zu leben. Das war alles, was Paul der Butler zu sagen bereit war, und Paul war offensichtlich Partei.

Die italienische Haushälterin ging etwas mehr aus sich heraus, vermutlich war sie, stellte Brown sich vor, etwas weniger zufrieden. In der Sprache über ihren Herrn war einige Schärfe, zugleich aber auch eine gewisse Ehrfurcht. Flambeau und sein Freund standen in dem Raum mit den Spiegeln und betrachteten die Rötelskizze der beiden Knaben, als die Haushälterin aus irgendwelchen häuslichen Gründen hereingeeilt kam. Es gehörte zu den Eigentümlichkeiten dieses glitzernden, spiegelgetäfelten Raumes, daß jeder, der ihn betrat, in vier oder fünf Spiegeln zugleich gespiegelt wurde; und Father Brown brach, ohne sich umzuwenden, mitten in einem Satz der Familienkritik ab. Aber Flambeau, der das Gesicht unmittelbar vor das Bild hielt, sagte gerade mit lauter Stimme: »Ich vermute, die Brüder Saradine. Beide sehen unschuldig genug aus. Es wäre schwer zu sagen, welcher der gute Bruder ist und welcher der böse.« Dann wurde ihm die Anwesenheit der Dame bewußt, und er gab dem Gespräch eine harmlose Wendung und schlenderte in den Garten hinaus. Father Brown aber blickte weiter mit ruhigem Blick auf die Rötelskizze; und Frau Anthony blickte weiter mit ruhigem Blick auf Father Brown.

Sie hatte große und tragische braune Augen, und ihr olivenes Gesicht glühte dunkel in einer merkwürdigen und peinlichen Verwunderung – wie bei jemandem, der über Identität und Absicht eines Fremden im Zweifel ist. Ob nun des kleinen Priesters Gewand und Glaube irgendwelche südlichen Beichterinnerungen in ihr berührten oder ob sie sich einbildete, er wisse mehr als er tat, jedenfalls sagte sie mit leiser Stimme zu ihm wie zu einem Mitverschworenen: »Auf seine Weise hat er schon recht, Ihr Freund. Er sagte, es wäre schwer, den guten und den bösen Bruder herauszufinden. Oh, es wäre schwer, es wäre sehr schwer, den guten Bruder herauszufinden.«

»Ich verstehe Sie nicht«, sagte Father Brown und begann, sich langsam abzuwenden.

Die Frau tat einen Schritt auf ihn zu, mit finsteren Augenbrauen und auf wilde Weise nach vorn gebeugt, wie ein Stier, der seine Hörner senkt.

»Es gibt keinen guten«, zischte sie. »Es war schlecht von dem Hauptmann, all das Geld zu nehmen, aber ich glaube nicht, daß es gut vom Prinzen war, es zu geben. Der Hauptmann ist nicht der einzige, der etwas auf dem Gewissen hat.«

Im abgewandten Gesicht des Klerikers begann ein Licht aufzuleuchten, und sein Mund formte schweigend das Wort »Erpressung«. Doch noch während er das tat, wandte die Frau ein plötzlich schneeweißes Gesicht über die Schulter und brach fast zusammen. Die Tür hatte sich geräuschlos geöffnet, und in ihr stand wie ein Geist der fahle Paul. Durch den unheimlichen Trick der Spiegelwände schien es, als seien fünf Pauls durch fünf Türen gleichzeitig eingetreten.

»Seine Hoheit«, sagte er, »ist soeben eingetroffen.«

Im gleichen Augenblick kam die Gestalt eines Mannes draußen an dem ersten Fenster vorbei und kreuzte die von der Sonne beschienene Scheibe wie eine beleuchtete Bühne. Einen Moment später kam er am zweiten Fenster vorbei, und die vielen Spiegel spiegelten in aufeinanderfolgenden Rahmen das gleiche Adlerprofil und die gleiche marschierende Gestalt. Er ging aufrecht und lebhaft, aber sein Haar war weiß und sein Teint von einem merkwürdigen Elfenbeingelb. Er hatte jene kurze gebogene römische Nase, die gewöhnlich hagere Wangen und hageres Kinn begleiten, aber die waren zum Teil von Schnurrbart und Zwickelbart bedeckt. Der Schnurrbart war viel dunkler als der Bart, was einen leicht theatralischen Effekt ergab, und auch seine Kleidung reichte ans Übertriebene, mit weißem Zylinder, einer Orchidee im Knopfloch, einer gelben Weste und gelben Handschuhen, die er im Gehen hin und her schwang und flappte. Als er zur Vordertür einbog, hörten sie den steifen Paul sie öffnen und hörten den Neuankömmling fröhlich sagen: »Alsdann, hier bin ich.« Der steife Paul verneigte sich und antwortete in seiner unhörbaren Art; während einiger Minuten konnte man ihre Unterhaltung nicht vernehmen. Dann sagte der Butler: »Alles steht zur Verfügung«; und der handschuhflappende Prinz Saradine kam heiter in den Raum, sie zu begrüßen. Und erneut erblickten sie die gespenstische Szene – fünf Prinzen betraten einen Raum mit fünf Türen.

Der Prinz legte den weißen Zylinder und die Handschuhe auf den Tisch und bot ihnen herzlich die Hand.

»Entzückt, Sie hier zu sehen, Mr. Flambeau«, sagte er. »Kenn Sie Ihrem Ruf nach sehr gut, wenn das keine taktlose Bemerkung ist.«

»Keineswegs«, antwortete Flambeau lachend. »Ich bin da nicht empfindlich. Nur selten wird ein Ruf durch unbefleckte Tugend erworben.«

Der Prinz warf ihm einen scharfen Blick zu, um zu sehen, ob diese Bemerkung eine persönliche Spitze berge; dann lachte er auch, bot allen Stühle an und nahm selbst Platz.

»Netter kleiner Platz hier«, sagte er mit unbekümmerter Miene. »Nicht viel zu tun leider; aber das Fischen ist wirklich gut.«

Den Priester, der ihn mit dem ernsten Blick eines Säuglings anstarrte, suchte irgendeine vage Ahnung heim, die sich jeder Beschreibung entzog. Er sah das graue, sorgfältig gekräuselte Haar an, das gelbweiße Gesicht, die schlanke, etwas stutzerhafte Gestalt. Alles das war nicht unnatürlich, wenngleich vielleicht etwas zu akzentuiert, wie die Ausstattung einer Gestalt hinter den Rampenlichtern. Das namenlose Interesse lag woanders, im Knochenbau des Gesichtes; Brown quälte die halbe Erinnerung daran, es irgendwo zuvor gesehen zu haben. Der Mann sah aus wie ein alter Bekannter, der sich verkleidet hat. Dann dachte er an die Spiegel und führte seine Ahnung auf irgendwelche psychologischen Effekte jener Multiplikation menschlicher Masken zurück.

Prinz Saradine verteilte seine gesellschaftlichen Aufmerksamkeiten zwischen seinen Gästen mit großer Fröhlichkeit und feinem Takt. Als er entdeckte, daß der Detektiv sportlichen Ehrgeiz hatte und seine Ferien gerne nutzen wollte, geleitete er Flambeau und Flambeaus Boot zum besten Fischplatz im Fluß und war in seinem eigenen Kanu zwanzig Minuten später zurück, um sich Father Brown in der Bibliothek anzuschließen und sich mit gleicher Höflichkeit in die mehr philosophischen Vergnügungen des Priesters zu stürzen. Er schien von beidem viel zu wissen, vom Fischen und von Büchern, wenngleich bei diesen nicht eben viel von den erbaulichen; er sprach fünf oder sechs Sprachen, wenngleich meist nur ihren Slang. Er hatte offenkundig in vielen Städten und vielerlei gemischter Gesellschaft gelebt, denn einige seiner amüsantesten Geschichten handelten von Spielhöllen und Opiumhöhlen, von australischen Buschräubern oder italienischen Banditen. Father Brown wußte, daß der einst gefeierte Saradine die letzten Jahre auf fast ununterbrochenen Reisen verbracht hatte, aber er hatte nicht geahnt, daß diese Reisen so unrühmlich oder so amüsant gewesen waren.

Und wirklich strahlte Prinz Saradine trotz all seiner weltmännischen Würde für einen so empfindsamen Beobachter wie den Priester eine gewisse Atmosphäre der Unruhe und selbst der Unzuverlässigkeit aus. Sein Gesicht war stolz, aber sein Blick ungezügelt; er hatte kleine nervöse Ticks wie ein von Drink oder Droge erschütterter Mann; und er hatte auch nicht, und gab es nicht einmal vor, die Hand am Steuer seines Haushaltes. Das überließ er seinen beiden alten Dienstboten, vor allem dem Butler, der offenkundig die tragende Säule des Hauses war. Mr. Paul war tatsächlich nicht so sehr ein Butler, als vielmehr eine Art Haushofmeister oder gar Großkämmerer; er speiste allein, aber mit fast dem gleichen Pomp wie sein Herr; er wurde von allen Dienstboten gefürchtet; und er verhandelte mit dem Prinzen zwar ehrerbietig, aber irgendwie unnachgiebig – eher so, als wäre er des Prinzen Rechtsanwalt. Die düstere Haushälterin war im Vergleich dazu nur ein Schatten; tatsächlich schien sie sich selbst auszulöschen und nur den Butler zu bedienen, und Brown hörte keines jener vulkanischen Geflüster mehr, die die halbe Geschichte des jüngeren Bruders erzählt hatten, der den älteren erpreßte. Ob der Prinz wirklich von dem abwesenden Hauptmann so ausgeblutet wurde, dessen konnte er nicht sicher sein, aber da war etwas Unsicheres und Heimliches um Saradine, das die Erzählung keineswegs unglaubhaft machte.

Als sie ein weiteres Mal in die lange Halle mit den Fenstern und den Spiegeln gingen, sank bereits goldener Abendschein auf das Wasser und die Weiden am Ufer, und eine Rohrdommel schlug in der Ferne wie ein Elf auf seiner Zwergentrommel. Und wieder durchzog jenes eigenartige Gefühl eines traurigen und bösen Märchenlandes die Seele des Priesters wie eine graue Wolke. »Ich wollte, Flambeau wäre zurück«, murmelte er.

»Glauben Sie an das Verhängnis?« fragte der ruhelose Prinz Saradine plötzlich.

»Nein«, antwortet sein Gast. »Ich glaube an das verhängte Jüngste Gericht.«

Der Prinz wandte sich vom Fenster ab und starrte ihn auf sonderbare Weise an, sein Gesicht im Schatten vor dem Sonnenuntergang. »Was meinen Sie damit?« fragte er.

»Ich meine, daß wir uns hier auf der falschen Seite der Tapete befinden«, sagte Father Brown. »Die Dinge, die sich hier ereignen, scheinen nichts zu bedeuten; sie bedeuten irgendwas irgendwoanders. Irgendwoanders trifft den wahren Schuldigen die Vergeltung. Hier scheint sie oft den Falschen zu treffen.«

Der Prinz gab ein unerklärliches Geräusch von sich wie ein Tier; in seinem verschatteten Gesicht leuchteten seine Augen seltsam. Eine neue und scharfsinnige Überlegung brach sich plötzlich im Geist des anderen Bahn. Gab es etwa eine andere Bedeutung für die Mischung von Glanz und Schroffheit in Saradine? War der Prinz – war er ganz gesund? Er wiederholte »Den Falschen – den Falschen« viel öfter, als es im Rahmen eines gesellschaftlichen Gespräches natürlich war.

Und dann erwachte Father Brown zögernd zu einer zweiten Wahrheit. In den Spiegeln vor ihm konnte er die lautlose Tür offenstehen und den lautlosen Mr. Paul in ihr stehen sehen mit seiner üblichen blassen Unempfindlichkeit.

»Es erschien mir richtig, sofort mitzuteilen«, sagte er mit der steifen Ehrerbietung eines alten Familienanwaltes, »daß ein von sechs Männern gerudertes Boot am Landesteg angelegt hat und daß ein Gentleman im Heck sitzt.«

»Ein Boot?« wiederholte der Prinz. »Ein Gentleman?«, und er stand auf.

Da war ein erschrecktes Schweigen, das nur von dem eigentümlichen Geräusch des Vogels in den Binsen durchlöchert wurde; und dann glitt, ehe noch jemand wieder sprechen konnte, ein neues Gesicht, eine neue Gestalt im Profil an den drei sonnendurchleuchteten Fenstern vorüber, wie der Prinz vor ein oder zwei Stunden. Aber abgesehen von dem Zufall, daß beide Profile adlerhaft geschnitten waren, hatten sie wenig Gemeinsames. An der Stelle von Saradines neuem weißem Zylinder befand sich ein schwarzer von antiquierter oder ausländischer Form; darunter war ein junges und sehr ernstes Gesicht, glattrasiert, bläulich um das entschlossene Kinn, und leise an den jungen Napoleon erinnernd. Diese Gedankenverbindung wurde noch dadurch gestützt, daß es etwas Altmodisches und Ausgefallenes in seiner ganzen Ausstattung gab, als habe der Mann sich niemals die Mühe gemacht, die Mode seines Vaters zu ändern. Er trug einen abgewetzten blauen Frack, eine rote soldatische Weste, eine weiße Hose aus grobem Stoff, wie sie bei den frühen Viktorianern üblich war, doch heutigentags seltsam unpassend ist. Aus diesem ganzen Altkleiderladen hob sich sein olivbraunes Gesicht seltsam jung und schrecklich aufrichtig heraus.

»Zum Teufel!« sagte der Prinz Saradine, stülpte sich seinen weißen Hut auf und ging selbst zur Eingangstür, die er zum Garten mit Sonnenuntergang hin aufstieß.

Zu diesem Zeitpunkt hatten sich der Neuankömmling und seine Begleitung auf dem Rasen aufgestellt wie ein kleines Bühnenheer. Die sechs Ruderer hatten ihr Boot weit aufs Ufer hinaufgezogen und bewachten es geradezu bedrohlich, indem sie ihre Ruder aufrecht hielten wie Speere. Es waren dunkelhäutige Männer, und manche von ihren trugen Ohrringe. Doch einer von ihnen war vorgetreten und stand neben dem olivgesichtigen jungen Mann in der roten Weste und trug einen großen Kasten von ungewöhnlicher Form.

»Ihr Name«, fragte der junge Mann, »ist Saradine?«

Saradine stimmte ziemlich gleichgültig zu.

Der Neuankömmling hatte stumpfe braune Hundeaugen, so unterschiedlich wie nur möglich von den rastlosen und glitzernden grauen Augen des Prinzen. Doch wieder wurde Father Brown von einem Gefühl gequält, er habe irgendwo schon einmal ein Ebenbild dieses Gesichtes gesehen; und wieder erinnerte er sich der Wiederholungen in dem spiegelgetäfelten Raum, und er führte den *Zufall* darauf zurück. »Zum Kukkuck mit diesem Kristallpalast!« murmelte er. »Man sieht alles zu oft. Wie in einem Traum.«

»Wenn Sie Prinz Saradine sind«, sagte der junge Mann, »darf ich Ihnen mitteilen, daß mein Name Antonelli ist.«

»Antonelli«, wiederholte der Prinz matt. »Irgendwoher erinnere ich mich an diesen Namen.«

»Erlauben Sie mir, mich vorzustellen«, sagte der junge Italiener.

Mit der Linken nahm er höflich seinen altmodischen Zylinder ab; mit der Rechten verpaßte er Prinz Saradine eine so schallende Ohrfeige, daß der weiße Zylinder die Treppenstufen hinabrollte und einer der blauen Blumentöpfe auf seinem Piedestal ins Wanken geriet.

Der Prinz, was immer sonst er war, war offensichtlich kein Feigling; er sprang seinem Gegner an die Gurgel und schleuderte ihn fast rücklings ins Gras. Aber sein Gegner befreite sich mit einer einzigartig unangemessenen Miene eilfertiger Höflichkeit.

»Schon recht«, sagte er, keuchend und in stockendem Englisch. »Ich habe beleidigt. Ich will Satisfaktion geben. Marco, öffne den Kasten.«

Der Mann neben ihm mit den Ohrringen und dem großen schwarzen Kasten machte sich daran, ihn aufzuschließen. Er entnahm ihm zwei lange italienische Stoßdegen mit herrlichen stählernen Griffen und Klingen, die er mit den Spitzen in den Rasen pflanzte. Der fremdartige junge Mann, der mit seinem gelben rachsüchtigen Gesicht zum Eingang hin stand, die beiden Degen, die im Rasen aufrecht wie zwei Kreuze auf dem Friedhof standen, und die Linie der aufgereihten Ruderer dahinter gaben dem allem den eigentümlichen Ausdruck einer barbarischen Gerichtsstätte. Aber alles andere war unverändert, so plötzlich war die Unterbrechung geschehen. Das Gold des Sonnenunterganges glühte noch auf dem Rasen, und die Rohrdommel dommelte noch immer, als ob sie ein kleines, aber schreckliches Schicksal ankündige.

»Prinz Saradine«, sagte der Mann namens Antonelli; »als ich ein Kind in der Wiege war, töteten Sie meinen Vater und stahlen meine Mutter; mein Vater war der Glücklichere. Sie haben ihn nicht in ehrlichem Kampfe getötet, wie ich Sie jetzt töten werde. Sie und meine lasterhafte Mutter fuhren mit ihm zu einem einsamen Paß auf Sizilien, stürzten ihn eine Klippe hinab und gingen Ihrer Wege. Ich hätte Sie nachahmen können, wenn ich wollte, aber Sie nachzuahmen ist zu verächtlich. Ich bin Ihnen um die ganze Welt gefolgt, und Sie sind immer wieder vor mir geflohen. Aber hier ist das Ende der Welt – und Ihres. Nun habe ich Sie, und ich biete Ihnen die Chance, die Sie meinem Vater nie gaben. Wählen Sie einen dieser Degen.«

Prinz Saradine schien mit zusammengezogenen Brauen einen Augenblick zu zögern, aber ihm klangen die Ohren immer noch von dem Schlag, und er sprang vor und packte einen der Griffe. Father Brown war ebenfalls vorgesprungen, bemüht, den Streit zu schlichten; aber bald erkannte er, daß seine Anwesenheit die Angelegenheit nur schlimmer machte. Saradine war französischer Freimaurer und glühender Atheist, und ein Priester bewegte ihn durch das Gesetz des Gegensatzes nur vorwärts. Und was den anderen Mann anging, so bewegte ihn weder Priester noch Laie. Dieser junge Mann mit dem napoleonischen Antlitz und den braunen Augen war etwas viel Strengeres als ein Puritaner – er war ein Heide. Er war ein einfacher Toter aus der Frühzeit der Erde; ein Mann der Steinzeit – ein Mann aus Stein.

Nur eine Hoffnung blieb noch, der Aufruf des Haushaltes; und Father Brown rannte zurück ins Haus. Dort aber entdeckte er, daß allen Unterbediensteten vom autokratischen Paul ein Ferientag auf dem Festland gegeben worden war und daß sich lediglich die düstere Frau Anthony ruhelos durch die langen Räume bewegte. In dem Augenblick aber, in dem sie ihm ihr geisterbleiches Gesicht zuwandte, löste er eines der Rätsel des Hauses der Spiegel. Die schweren braunen Augen Antonellis waren die schweren braunen Augen von Frau Anthony, und blitzartig erkannte er die Hälfte der Geschichte.

»Ihr Sohn ist draußen«, sagte er, ohne Worte zu verschwenden; »entweder wird er getötet, oder der Prinz. Wo ist Mr. Paul?«

»Er ist am Landungssteg«, sagte die Frau schwach. »Er ist – er ist – er signalisiert um Hilfe.«

»Frau Anthony«, sagte Father Brown tiefernst, »jetzt ist nicht die Zeit für Unsinn. Mein Freund ist mit seinem Boot den Fluß hinab zum Angeln. Ihres Sohnes Boot wird von Ihres Sohnes Männern bewacht. Da ist nur noch dieses eine Kanu; was macht Mr. Paul mit ihm?«

»Santa Maria! Ich weiß es nicht«, sagte sie; und brach bewußtlos der Länge nach auf den Boden nieder.

Father Brown hob sie auf ein Sofa, schüttete einen Topf Wasser über sie, rief nach Hilfe und rannte dann hinab zum Landungssteg der kleinen Insel. Aber das Kanu war schon inmitten des Flusses, und der alte Paul ruderte und stieß es flußauf mit einer für seine Jahre unglaublichen Energie.

»Ich will meinen Herrn retten«, schrie er, und seine Augen glommen wie die eines Wahnsinnigen. »Ich werde ihn noch retten!«

Father Brown konnte nicht mehr tun, als dem Boot nachzustarren, wie es sich flußauf kämpfte, und beten, daß der alte Mann die kleine Stadt noch rechtzeitig alarmieren könne.

»Ein Duell ist schlimm genug«, murmelte er und fuhr sich durch sein borstiges staubfarbenes Haar, »aber da ist etwas falsch mit diesem Duell, sogar als Duell. Ich spür es in den Knochen. Aber was kann das sein?«

Als er so dastand und ins Wasser starrte, in den wabernden Spiegel des Sonnenuntergangs, hörte er vom anderen Ende des Inselgartens ein leises aber unverkennbares Geräusch – das kalte Klirren von Stahl. Er wandte den Kopf.

Weit draußen an der fernsten Spitze der langen Insel hatten auf einem Rasenstreifen hinter der letzten Rosenreihe die Duellanten die Degen gekreuzt. Der Abend über ihnen war ein Dom aus jungfräulichem Gold, und so ferne sie auch waren, eine jede Einzelheit blieb klar erkennbar. Sie hatten ihre Röcke abgeworfen, aber die gelbe Weste und das weiße Haar Saradines, die rote Weste und die weißen Hosen Antonellis schimmerten im waagrechten Licht wie die Farben tanzender Aufziehpuppen. Die beiden Degenspitzen funkelten von der Spitze zum Knauf wie zwei Diamantnadeln. Es war etwas Fürchterliches an den beiden Gestalten, die da so klein erschienen und so fröhlich. Sie sahen aus wie zwei Schmetterlinge, die einander auf Korken zu spießen versuchten.

Father Brown rannte so schnell er nur konnte, seine kurzen Beine wirbelten wie Räder. Aber als er zum Kampfplatz kam, sah er, daß er zu spät und zu früh kam – zu spät, um den Kampf im Schatten der grimmen Sizilianer noch zu verhindern, die sich auf ihre Ruder lehnten, und zu früh, um den tödlichen Ausgang vorauszuerkennen. Denn beide Männer waren einander einzigartig ebenbürtig, wobei der Prinz seine Geschicklichkeit mit einer Art zynischen Vertrauens einsetzte, der Sizilianer die seine mit mörderischer Sorgfalt. Selten sah man feineres Fechten in vollen Amphitheatern als jenes, das hier auf dieser vergessenen Insel im schilfreichen Strom klirrte und funkelte. Der verwirrende Kampf verblieb so lange im Gleichgewicht, daß Hoffnung sich wieder im protestierenden Priester regte; nach aller gewöhnlichen Wahrscheinlichkeit mußte Paul bald mit der Polizei kommen. Es wäre auch schon eine Erleichterung, wenn Flambeau vom Angeln zurückkäme, denn Flambeau war, körperlich gesprochen, vier andere Männer wert. Aber da war kein Anzeichen von Flambeau und, was noch eigenartiger war, kein Anzeichen von Paul oder der Polizei. Kein Floß war da, kein Balken zurückgeblieben, darauf zu treiben; auf jener verlorenen Insel in jenem weiten namenlosen Teich waren sie so abgeschnitten wie auf einem Felsen im Pazifik.

Kaum hatte er den Gedanken zu Ende gedacht, als das Klirren der Rapiere sich zu einem Rattern beschleunigte, die Arme des Prinzen hochflogen und die Spitze hinten zwischen seinen Schulterblättern hervorschoß. Er stürzte in einer großen wirbelnden Bewegung, ähnlich einem, der ein halbes Rad schlägt. Der Degen flog aus seiner Hand wie eine Sternschnuppe und tauchte in den fernen Fluß; und er selbst krachte mit so erderschütternder Masse zu Boden, daß er mit seinem Körper einen großen Rosenstock zerbrach und eine Wolke roten Erdenstaubs in den Himmel hochschoß – wie der Rauch eines heidnischen Opfers. Der Sizilianer hatte dem Geist seines Vaters das Blutopfer gebracht.

Der Priester war sofort auf seinen Knien bei der Leiche, aber nur, um festzustellen, daß es eine Leiche war. Und er versuchte immer noch einige letzte hoffnungslose Hilfen, als er zum erstenmal Stimmen höher den Fluß hinauf hörte und ein Polizeiboot mit Wachtmeistern und anderen bedeutenden Persönlichkeiten einschließlich des aufgeregten Paul an den Landungssteg heranschießen sah. Der kleine Priester erhob sich mit ausgesprochen zweifelnden Gesichtsausdruck.

»Warum in aller Welt«, murmelte er, »warum in aller Welt konnte er nicht früher kommen?«

Einige sieben Minuten später war die Insel von einer Invasion aus Stadtvolk und Polizei besetzt, und diese hatte ihre Hände auf den siegreichen Duellanten gelegt und ihn rituell ermahnt, daß alles, war er sage, gegen ihn verwendet werden könne.

»Ich werde nichts sagen«, sagte der Besessene mit einem wunderbaren und friedvollen Gesichtsausdruck. »Ich werde überhaupt nichts mehr sagen. Ich bin sehr glücklich, und ich wünsche mir nur noch, gehängt zu werden.«

Dann schloß er den Mund, während sie ihn abführten, und es ist die merkwürdige aber sichere Wahrheit, daß er ihn auf Erden nie mehr öffnete, außer um während des Prozesses »Schuldig« zu sagen.

Father Brown hatte auf den plötzlich übervölkerten Garten gestarrt, auf die Verhaftung des Mannes vom Blut, auf den Abtransport des Leichnams nach seiner Untersuchung durch den Arzt, so wie einer, der zusieht, wie ein häßlicher Traum sich auflöst; er war bewegungslos wie ein Mann in einer Nachtmahr. Er gab seinen Namen und seine Adresse als Zeuge an, aber lehnte das Angebot eines Bootes zum anderen Ufer ab, und blieb allein in dem Inselgarten, und bestarrte den zerbrochenen Rosenstock und die ganze grüne Bühne jener schnellen und unerklärlichen Tragödie. Das Licht erstarb entlang des Flusses; Nebel stieg aus den sumpfigen Ufern empor; einige späte Vögel flitzten im Zickzack dahin.

In seinem Unterbewußten (einem ungewöhnlich lebendigen) stak hartnäckig eine wortlose Gewißheit, daß es da immer noch irgendwas Unerklärtes gab. Dieses Gefühl, das ihn schon den ganzen Tag begleitete, konnte nicht wegerklärt werden durch seine Phantasie vom »Spiegelland«. Irgendwie hatte er nicht die wirkliche Geschichte gesehen, sondern ein Spiel oder eine Maskerade. Und doch werden Menschen nicht gehängt oder durch den Leib gestochen wegen einer Scharade.

Als er nachdenklich auf den Stufen des Landungssteges saß, ward er des großen dunklen Striches eines Segels inne, das schweigend den schimmernden Fluß hinabglitt, und er sprang auf in einem solchen Ausbruch von Gefühlen, daß er fast weinte.

»Flambeau!« schrie er und schüttelte seinem Freund immer und immer wieder beide Hände, sehr zum Erstaunen dieses Sportsmannes, der da mit seinem Angelzeug ans Ufer kam. »Flambeau«, sagte er, »sie haben Sie also nicht getötet?«

»Getötet!« wiederholte der Angler aus tiefstem Erstaunen. »Und warum hätte man mich töten sollen?«

»Nur weil fast alle anderen es sind«, sagte sein Gefährte ziemlich durcheinander. »Saradine wurde ermordet, und Antonelli will gehängt werden, und seine Mutter ist in Ohnmacht gefallen, und ich für mein Teil weiß nicht, ob ich mich noch in dieser Welt befinde oder in der anderen. Aber Gott sei Dank, Sie sind immer noch derselbe.« Und er hängte sich in den Arm des verblüfften Flambeau ein.

Als sie sich vom Landungssteg abwandten, kamen sie unter die Regenrinne des niedrigen Bambushauses und sahen durch eines der Fenster hinein, wie sie es bei ihrer ersten Ankunft getan hatten. Sie erblickten ein von Lampen hell erleuchtetes Inneres, wohl geeignet, ihren Blick zu fesseln. Der Tisch im langen Speiseraum war für das Abendessen vorbereitet gewesen, als Saradines Vernichter wie ein Donnerkeil auf die Insel gestürzt war. Und jetzt nahm das Abendessen seinen gelassenen Gang, denn Frau Anthony saß einigermaßen mürrisch am Fuß der Tafel, während Mr. Paul, der Majordomus, am Kopfende saß und aufs beste aß und trank; seine bläulichen Triefaugen quollen ihm seltsam aus dem Gesicht, sein hageres Gesicht war undurchsichtig, aber keineswegs ohne Zufriedenheit.

Mit einer Geste kraftvoller Ungeduld rüttelte Flambeau am Fenster, riß es auf und steckte einen empörten Kopf in den lampenhellen Raum. »Genug!« schrie er. »Ich kann verstehen, daß Ihr einige Erfrischung braucht, aber daß Ihr Eures Herrn Essen stehlt, während er ermordet im Garten liegt –«

»Ich habe in einem langen und freudevollen Leben viele Dinge gestohlen«, erwiderte der sonderbare alte Herr gelassen; »dieses Abendessen aber ist eines von den wenigen Dingen, die ich nicht gestohlen habe. Dieses Abendessen und dieses Haus und dieser Garten gehören zufällig mir.«

Ein Gedanke schoß über Flambeaus Gesicht. »Sie wollen sagen«, begann er, »daß das Testament von Prinz Saradine –«

»Ich bin Prinz Saradine«, sagte der alte Mann und knabberte an einer Salzmandel.

Father Brown, der die Vögel im Freien beobachtete, fuhr zusammen, als sei er angeschossen, und schob sein Gesicht bleich wie eine Runkelrübe durch das Fenster.

»Sie sind wer?« fragte er mit schriller Stimme.

»Paul Prinz Saradine, à *vos ordres*«, sagte die verehrungswürdige Person höflich und erhob sein Glas mit Sherry. »Ich lebe hier sehr ruhig, da ich ein häuslicher Typ bin; und aus Gründen der Bescheidenheit lasse ich mich Mr. Paul nennen, um mich von meinem unglücklichen Bruder Mr. Stephen zu unterscheiden. Er starb, hörte ich, kürzlich – im Garten. Es ist natürlich nicht meine Schuld, daß ihn seine Feinde bis hierher verfolgen. Es ist die Folge der bedauerlichen Unregelmäßigkeiten seines Lebens. Er war kein häuslicher Typ.«

Er verfiel wieder in Schweigen und starrte weiter die Wand gegenüber an, unmittelbar über dem gebogenen und düsteren Haupt der Frau. Jetzt erkannten sie deutlich jene Familienähnlichkeit, die sie bei dem toten Mann heimgesucht hatte. Da begannen seine alten Schultern sich ein wenig zu heben und zu zucken, als ob er ersticke, aber sein Gesichtsausdruck änderte sich nicht.

»Mein Gott!« schrie Flambeau nach einer Pause. »Der lacht ja!«

»Laß uns gehen«, sagte Father Brown, der schneeweiß war. »Laß uns von diesem Haus der Hölle fortgehen. Laß uns zurück in ein ehrliches Boot gehen.«

Bis sie von der Insel abgelegt hatten, war die Nacht auf Schilf und Strom gesunken, und sie fuhren im Dunkeln stromab und wärmten sich an zwei großen Zigarren, die hochrot glühten wie Schiffslaternen. Father Brown nahm die Zigarre aus dem Mund und sagte:

»Ich vermute, daß Sie jetzt die ganze Geschichte erraten können? Schließlich ist es eine einfache Geschichte. Ein Mann hatte zwei Feinde. Er war ein kluger Mann. Und so erkannte er, daß zwei Feinde besser sind als einer.«

»Das verstehe ich nicht«, sagte Flambeau.

»Ach, das ist wirklich ganz einfach«, fuhr sein Freund fort. »Einfach, obwohl alles andere als unschuldig. Beide Saradines waren Schurken, aber der Prinz, der ältere, gehörte zu jener Sorte Schurken, die ganz nach oben aufsteigt; und der jüngere, der Hauptmann, gehörte zu jener Sorte, die bis auf den tiefsten Grund absinkt. Dieser schuftige Offizier sank vom Bettler zum Erpresser hinab, und eines häßlichen Tages bekam er seinen Bruder, den Prinzen, in seine Klauen. Offensichtlich wegen keiner leichten Angelegenheit, denn Prinz Paul Saradine lebte ein wildes Leben und hatte in Sachen bloßer Gesellschaftssünden keinerlei Ruf mehr zu verlieren. In klaren Worten, es handelte sich um eine Sache fürs Schaffott, und Stephen hatte seinem Bruder buchstäblich die Schlinge um den Hals geworfen. Er hatte irgendwie die Wahrheit über die sizilianische Angelegenheit herausgefunden und konnte beweisen, daß Paul den alten Antonelli in den Bergen umgebracht hatte. Der Hauptmann schaufelte schweres Schweigegeld während zehn Jahren, bis selbst das glänzende Vermögen des Prinzen ein wenig armselig auszusehen begann.

Aber Prinz Saradine buckelte noch eine andere Bürde neben dem blutsaugerischen Bruder. Er wußte, daß der Sohn von Antonelli, ein Kind noch zur Zeit des Mordes, in jener wilden sizilianischen Treue aufgezogen worden war und nur dafür lebte, seinen Vater zu rächen, nicht mit dem Galgen (denn dazu fehlten ihm Stephens gesetzliche Beweise), aber mit der alten Waffe der Blutrache. Der Jüngling hatte die Waffenkunst bis zur tödlichen Vollkommenheit geübt, und um die Zeit, da er alt genug war, sie auszuüben, begann Prinz Paul nach den Worten der Gesellschaftszeitungen zu reisen. In Wirklichkeit begann er, um sein Leben zu fliehen, indem er von Ort zu Ort hetzte wie der gejagte Verbrecher; aber ständig mit einem erbarmungslosen Mann auf den Fersen. Das war Prinz Pauls Position, und keine schöne. Je mehr Geld er ausgab, um Antonelli zu entkommen, desto weniger hatte er für Stephens Schweigen. Je mehr er ausgab für Stephens Schweigen, desto weniger Aussichten gab es, schließlich Antonelli doch noch zu entkommen. Da erwies er sich als wahrhaft großer Mann – ein Genie wie Napoleon.

Anstatt seinen beiden Widersachern zu widerstehen, ergab er sich plötzlich beiden. Er wich aus, wie ein japanischer Ringer, und seine Feinde stürzten hingestreckt vor ihn hin. Er gab das Rennen um die Erde auf, und dann gab er dem jungen Antonelli seine Adresse, und dann gab er seinem Bruder alles. Er schickte Stephen genügend Geld für elegante Kleidung und eine luxuriöse Reise und schrieb ihm ungefähr: ›Hier ist alles, was ich noch übrig habe. Du hast mich ausgeräumt. Ich habe noch ein kleines Haus in Norfolk, mit Dienerschaft und Keller, und wenn du noch mehr von mir haben willst, dann mußt du dir das nehmen. Komm her und nimm es in Besitz, wenn du willst, und ich werde dann hier ruhig leben als dein Freund oder Vertreter oder sonst was.‹ Er wußte, daß der Sizilianer die Brüder niemals gesehen hatte, außer vielleicht auf Bildern; er wußte, daß sie sich beide ähnelten mit ihren grauen Spitzbärten. Also rasierte er sich und wartete. Die Falle klappte. Der unselige Hauptmann kam in seinen neuen Kleidern und betrat das Haus triumphierend als Prinz, und lief in den Degen des Sizilianers.

Aber da gab es einen Haken, und der ehrt die menschliche Natur. Üble Geister wie Saradine stolpern oft, weil sie niemals mit menschlichen Tugenden rechnen. Er nahm als sicher an, daß der Schlag des Italieners, wenn er kam, dunkel und gewalttätig und namenlos sein würde wie der Schlag, den er rächte; daß das Opfer bei Nacht erstochen würde oder erschossen, hinter einer Hecke hervor, und also ohne weitere Worte stürbe. Es war ein schlimmer Augenblick für Prinz Paul, als Antonellis Ritterlichkeit ein förmliches Duell anbot mit allen Möglichkeiten der Erklärung. In diesem Augenblick fand ich ihn, wie er sich in seinem Boot mit wilden Augen davonmachte. Er floh barhäuptig in einem offenen Boot, ehe Antonelli erfahren konnte, wer er war.

Wie aufgeregt aber auch immer, war er doch nicht ohne Hoffnung. Er kannte den Abenteurer, und er kannte den Fanatiker. Es war sehr gut möglich, daß Stephen der Abenteurer seinen Mund halten würde, und sei es nur aus der Lust am theatralischen Spiel, aus seiner Gier, sein neues bequemes Quartier zu behalten, aus dem Vertrauen des Schurken auf sein Glück und seine Fechtkunst. Es war sicher, daß Antonelli der Fanatiker seinen Mund halten und sich hängen lassen würde, ohne seine Familiengeschichte auszuplaudern. Paul lungerte auf dem Fluß herum, bis er wußte, daß der Kampf zu Ende war. Dann scheuchte er die Stadt auf, brachte die Polizei her, sah seine beiden besiegten Gegner für immer abtransportiert und setzte sich lächelnd zum Abendessen nieder.«

»Lachend, Gott helfe uns!« sagte Flambeau mit mächtigem Schaudern. »Bekommt man solche Ideen vom Teufel?«

»Er hat diese Idee von Ihnen bekommen«, antwortete der Priester.

»Gott verhüte!« brach es aus Flambeau heraus. »Von mir? Wie meinen Sie das?«

Der Priester zog eine Visitenkarte aus seiner Tasche und hielt sie in der schwachen Glut seiner Zigarre hoch; sie war mit grüner Tinte bekritzelt.

»Erinnern Sie sich nicht an seine ursprüngliche Einladung?« fragte er. »Und an das Kompliment wegen Ihres kriminellen Glanzstücks? ›Jener Trick von Ihnen‹, sagte er, ›den einen Detektiv dazu zu bewegen, den anderen zu verhaften‹? Er hat einfach Ihren Trick nachgemacht. Mit einem Feind auf jeder Seite schlüpfte er schlicht aus dem Weg und ließ sie aufeinanderprallen und sich gegenseitig töten.«

Flambeau riß die Karte vom Prinzen Saradine aus den Händen des Priesters und zerriß sie wild in winzige Fetzen.

»Jetzt ist Schluß mit dem alten Totenschädel und den gekreuzten Knochen«, sagte er, während er die Fetzen auf die dunklen verschwindenden Wellen des Flusses streute; »aber ich fürchte, es wird die Fische vergiften.«

Der letzte Schimmer von weißem Karton und grüner Tinte versank und verschwand; eine schwache, zitternde Farbe des anbrechenden Tages verwandelte den Himmel, und der Mond hinter den Gräsern wurde bleicher. Sie trieben schweigend dahin.

»Father«, fragte Flambeau plötzlich, »glauben Sie, daß das alles ein Traum war?«

Der Priester schüttelte den Kopf, ob nun aus verneinenden oder agnostischen Gedanken, aber blieb stumm. Der Duft von Hagedorn und von Obstgärten kam zu ihnen durch die Dunkelheit und erzählte ihnen, daß ein Wind erwache; im nächsten Augenblick schaukelte er ihr kleines Boot und schwellte ihr Segel, und trug sie den sich windenden Fluß hinab zu glücklicheren Orten und den Heimen harmloser Menschen.

Der Hammer Gottes

Das kleine Dorf Bohun Beacon hockte auf einem so steilen Hügel, daß sein hoher Kirchturm wie die Spitze eines kleinen Berges erschien. Am Fuß der Kirche stand eine Schmiede, gewöhnlich rot von Feuer und ständig mit Hämmern und Eisenstücken übersät; ihr gegenüber, jenseits einer holprigen Kreuzung von Wegen mit Kopfsteinpflaster, war »Der Kahle Keiler«, das einzige Wirtshaus am Orte. An dieser Kreuzung begegneten sich beim Anbruch eines bleiernen und silbernen Morgens zwei Brüder und sprachen miteinander; obwohl der eine den Tag begann und der andere ihn beendete. Der Hochwürdigste Ehrenwerte Wilfred Bohun war sehr fromm und auf dem Wege zu irgendeiner strengen Gebetsübung oder Morgenmeditation. Der Ehrenwerte Oberst Norman Bohun, sein älterer Bruder, war alles andere als fromm und saß im Abendanzug auf der Bank vor dem ›Kahlen Keilen und trank, was der philosophische Beobachter nach Belieben als das letzte Glas am Dienstag oder das erste am Mittwoch betrachten mochte. Der Oberst nahm das nicht so genau.

Die Bohuns waren eine der wenigen Adelsfamilien, die wirklich aus dem Mittelalter stammen, und ihr Banner hatte tatsächlich Palästina gesehen. Aber es wäre ein großer Fehler anzunehmen, daß solche Häuser die ritterlichen Traditionen hochhalten. Nur wenige außer den Armen bewahren Traditionen. Die Aristokratie lebt nicht nach Traditionen, sondern nach Moden. Die Bohuns waren unter Queen Anne Raufbolde gewesen, und unter Queen Victoria Stutzer und Schürzenjäger. Aber wie so manches wirklich alte Haus waren sie in den letzten zwei Jahrhunderten zu Trinkern und Gecken verkommen, bis sogar Gerüchte von Geisteskrankheit umliefen. Sicherlich lag etwas kaum mehr Menschliches in der Vergnügungsgier des Oberst, und seine chronische Entschlossenheit, nie vor dem Morgen nach Hause zu gellen, hatte etwas von der fürchterlichen Klarheit der Schlaflosigkeit. Er war ein großes schönes Tier, schon älter, aber noch mit auffallend blondem Haar. Er würde nur blond und löwenhaft ausgesehen haben, hätten nicht seine Augen so tief im Kopf gelegen, daß sie schwarz wirkten. Sie standen ein bißchen zu eng zusammen. Er hatte einen sehr langen blonden Schnurrbart, auf dessen jeder Seite sich eine Falte oder Furche vom Nasenflügel zum Kinn hinabzog, so daß ein höhnisches Grinsen in sein Gesicht zu schneiden schien. Über seinem Abendanzug trug er einen eigenartig blaßgelben Mantel, der eher wie ein sehr leichter Morgenmantel aussah denn wie ein Rock, und auf seinem Hinterkopf saß ein außergewöhnlich breitkrempiger Hut von leuchtendgrüner Farbe, offenbar eine orientalische Rarität, die er irgendwo aufgelesen hatte. Er war stolz darauf, in so wenig zueinander passenden Kleidungsstücken aufzutreten – stolz auf die Tatsache, daß sie an ihm immer passend erschienen.

Sein Bruder der Kurat hatte das gleiche blonde Haar und die gleiche Eleganz, aber er war bis zum Kinn in Schwarz eingeknöpft, und sein Gesicht war glattrasiert, kultiviert und ein bißchen nervös. Er schien für nichts als seine Religion zu leben; aber es gab manche, die behaupteten (vor allem der Grobschmied, der ein Presbyterianer war), daß sie mehr aus der Liebe zu gotischer Architektur als zu Gott bestand und daß sein geisterhaftes Umherspuken in der Kirche nur eine andere und reinere Form der fast morbiden Gier nach Schönheit sei, die seinen Bruder auf Frauen und Wein hetzte. Diese Anschuldigung konnte angezweifelt werden, denn des Mannes praktische Frömmigkeit war unanzweifelbar. Und tatsächlich war diese Beschuldigung vor allem ein unverständiges Mißverständnis seiner Liebe zu Einsamkeit und geheimem Gebet und gründete sich darauf, daß man ihn oftmals auf den Knien nicht vor dem Altar fand, sondern an sonderbaren Orten, in der Krypta oder auf der Empore, oder sogar im Glockenturm. Im Augenblick war er dabei, über den Hof der Schmiede die Kirche zu betreten, aber er blieb stehen und runzelte ein wenig die Stirn, als er seines Bruders tiefliegende Augen in die gleiche Richtung starren sah. Auf die Vermutung, daß der Oberst an der Kirche interessiert sei, verschwendete er keinen Gedanken. Es konnte sich also nur um die Schmiede handeln, und obwohl der Grobschmied Puritaner und keiner seiner Gemeinde war, hatte Wilfred Bohun doch einige Skandalgeschichten über seine schöne und ziemlich gefeierte Frau vernommen. Er warf einen mißtrauischen Blick über den Hof, und der Oberst stand lachend auf, um ihn anzureden.

»Guten Morgen, Wilfred«, sagte er. »Wie jeder gute Grundbesitzer wache ich schlaflos über meine Leute. Ich wollte den Schmied sprechen.«

Wilfred blickte auf den Boden und sagte: »Der Schmied ist nicht da. Er ist drüben in Greenford.«

»Ich weiß«, antwortete der andere mit lautlosem Lachen; »deshalb bin ich ja zu ihm gekommen.«

»Norman«, sagte der Kleriker und heftete seinen Blick auf einen Kieselstein auf der Straße, »hast du keine Angst vor Donnerkeilen?«

»Was meinst du damit?« fragte der Oberst. »Ist Meteorologie dein Steckenpferd?«

»Ich meine«, sagte Wilfred, ohne aufzublicken, »denkst du nie daran, daß Gott dich auf der Straße niederstrecken könnte?«

»Um Vergebung«, sagte der Oberst; »dein Steckenpferd sind wohl Volksmärchen.«

»Ich weiß, daß dein Steckenpferd die Blasphemie ist«, erwiderte der Mann der Religion, an seiner einzigen empfindlichen Stelle getroffen. »Aber wenn du auch Gott nicht fürchtest, so hast du doch Grund, den Menschen zu fürchten.«

Der ältere hob höflich seine Augenbrauen. »Den Menschen fürchten?« sagte er.

»Barnes der Schmied ist der größte und stärkste Mensch im Umkreis von 40 Meilen«, sagte der Priester streng. »Ich weiß, daß du kein Feigling oder Schwächling bist, aber er könnte dich über die Mauer schmeißen.«

Der Hieb saß, da unbestreitbar wahr, und die mürrische Linie an Mund und Nasenflügel wurde dunkler und tiefer. Für einen Augenblick stand er da mit seinem schweren Grinsen im Gesicht. Aber sofort danach hatte Oberst Bohun seine eigene grausame gute Laune wiedergefunden und lachte, wobei er unter seinem gelben Schnurrbart zwei gelbe hundeähnliche Reißzähne sehen ließ. »Für diesen Fall, mein lieber Wilfred«, sagte er sorglos, »war es weise, daß der letzte der Bohuns teilweise in Rüstung ausgegangen ist.«

Und er nahm den merkwürdigen runden grünbezogenen Hut ab, und da zeigte sich, daß er innen mit Stahl gefüttert war. Wilfred erkannte darin einen leichten japanischen oder chinesischen Helm, der von einer Trophäe herabgerissen war, die im alten Ahnensaal hing.

»Es war der erste Hut, der mir in die Hände kam«, erklärte sein Bruder leichthin; »immer der nächste Hut – und die nächste Frau.«

»Der Grobschmied ist in Greenford«, sagte Wilfred ruhig; »die Stunde seiner Rückkehr steht nicht fest.«

Und damit wandte er sich ab und ging mit gebeugtem Haupt in die Kirche, wobei er sich bekreuzigte wie einer, der sich von einem unreinen Geist befreien will. Es drängte ihn, diese Gemeinheit im kühlen Dämmerlicht seines hohen gotischen Kreuzgangs zu vergessen; aber an diesem

Morgen war es vom Schicksal bestimmt, daß seine ruhige Runde religiöser Übungen überall durch kleine Zwischenfälle aufgehalten werde. Als er die Kirche betrat, die sonst zu dieser Stunde immer leer war, erhob sich hastig eine kniende Gestalt und kam auf das helle Tageslicht des Portals zu. Als der Kurat sie sah, blieb er erstaunt stehen. Denn der frühe Beter war kein anderer als der Dorftrottel, ein Neffe des Schmieds, der sich weder um die Kirche oder um sonst etwas kümmerte, noch das konnte. Man nannte ihn allgemein den ›Verrückten Joe‹, und er schien keinen anderen Namen zu haben; er war ein dunkler, starker, schlurfiger Bursche, mit einem schweren bleichen Gesicht, dunklem glattem Haar und einem immer offenen Mund. Als er an dem Priester vorbeikam, ließ sein mondkälbisches Aussehen keinen Hinweis darauf erkennen, was er getan oder gedacht hatte. Nie zuvor hatte ihn jemand beten gesehen. Welche Art von Gebeten mochte er nun gesprochen haben? Mit Sicherheit sehr ungewöhnliche.

Wilfred Bohun stand lange genug wie angewachsen da, um zu sehen, wie der Blödsinnige in den Sonnenschein hinausging, wo ihn sein liederlicher Bruder mit onkelhafter Scherzhaftigkeit grüßte. Als letztes sah er, wie der Oberst Pennies nach dem offenen Munde Joes warf in der offenkundigen Absicht, hineinzutreffen.

Dieses häßliche sonnenbeschienene Bild von Dummheit und Grausamkeit auf Erden ließ den Asketen schließlich zu seinen Gebeten um Läuterung zurück und zu neuen Gedanken finden. Er stieg hinauf zu einem Kirchenstuhl auf der Empore unter einem farbigen Fenster, das er liebte und das seinen Geist stets beruhigte; ein blaues Fenster mit einem Engel, der Lilien trug. Dort dachte er bald weniger an den Schwachsinnigen mit dem fahlen Gesicht und dem Fischmaul. Dachte er bald weniger an seinen üblen Bruder, der in seinem schrecklichen Heißhunger wie ein magerer Löwe einherschritt. Er sank tiefer und tiefer in jene kalten und süßen Farben der silbernen Blumen und des saphirnen Himmels.

An dieser Stelle ward er eine halbe Stunde später von Gibbs angetroffen, dem Dorfschuster, der in aller Eile nach ihm ausgeschickt worden war. Er sprang sofort auf, denn er wußte, daß keine Kleinigkeit Gibbs überhaupt an diesen Ort geführt haben konnte. Der Schuster war, wie in vielen Dörfern, Atheist und sein Erscheinen in der Kirche noch um einen Grad ungewöhnlicher als das des Verrückten Joe. Es war ein Morgen der theologischen Rätsel.

»Was ist los?« fragte Wilfred Bohun ziemlich steif, während er eine zitternde Hand nach seinem Hut ausstreckte.

Der Atheist sprach in einem Ton, der von ihm überraschend ehrerbietig klang und sogar so etwas wie ein rauhes Mitgefühl verriet.

»Ich bitte um Vergebung, Sir«, sagte er in heiserem Flüstern, »aber wir meinten, es wäre nicht recht, es Sie nicht sofort wissen zu lassen. Ich fürchte, es ist etwas Schreckliches passiert, Sir. Ich fürchte, Ihr Bruder –«

Wilfred ballte seine zarten Hände. »Welche Teufelei hat er denn jetzt begangen?« rief er in unwillkürlichem Zorn.

»Nun, Sir«, sagte der Schuster und hüstelte, »ich fürchte, er hat nichts getan, und wird auch nie mehr etwas tun. Ich fürchte, mit ihm ist es ausgetan. Sie würden wirklich besser runterkommen, Sir.«

Der Kurat folgte dem Schuster eine kurze Wendeltreppe hinab, die sie zu einem Ausgang brachte, der höher als die Straße lag. Bohun übersah die Tragödie mit einem Blick, unter ihm ausgebreitet wie eine Landkarte. Im Hof der Schmiede standen fünf oder sechs Männer, die meisten in Schwarz, einer in der Uniform eines Inspektors. Zu ihnen gehörte der Arzt, der presbyterianische Prediger und der Priester von der römisch-katholischen Kirche, der des Schmiedes Frau angehörte. Der Priester sprach im Augenblick sehr schnell und leise auf sie ein, während sie, eine herrliche Frau mit rotgoldnem Haar, blind schluchzend auf einer Bank hockte. Zwischen beiden Gruppen und gerade bei dem Haupthaufen von Hämmern lag ein Mann im Abendanzug, alle viere von sich gestreckt, flach auf dem Gesicht. Von seiner Höhe oben hätte Wilfred jede Einzelheit seines Anzugs und seiner Ausstaffierung beschwören können, bis hinab zu den Bohun-Ringen an seinen Fingern; der Schädel aber war nur noch ein gräßlicher Matsch, wie ein Stern aus Schwärze und Blut.

Wilfred Bohun gönnte dem Ganzen nur einen Blick und rannte dann die Stufen hinab in den Hof. Der Doktor, zugleich der Familienarzt, grüßte ihn, aber er nahm davon kaum Notiz. Er konnte nur stammeln: »Mein Bruder ist tot. Was bedeutet das? Was ist das für ein entsetzliches Geheimnis?« Da war ein unglückliches Schweigen, und dann antwortete der Schuster, der redseligste unter den Anwesenden: »Viel Entsetzliches, Sir«, sagte er, »aber wenig Geheimnisvolles.«

»Was meinen Sie damit?« fragte Wilfred mit weißem Gesicht.

»Das ist klar genug«, antwortete Gibbs. »Es gibt nur einen Mann im Umkreis von 40 Meilen, der so einen Hieb geschlagen haben kann, und das ist auch der Mann mit dem meisten Anlaß dazu.«

»Wir dürfen nicht voreilig urteilen«, warf der Doktor, ein großer schwarzbärtiger Mann, nervös ein; »doch steht es mir durchaus zu, die Meinung von Mr. Gibbs über die Art des Hiebes zu bestätigen, Sir; es muß ein unglaublicher Hieb gewesen sein. Mr. Gibbs sagt, daß nur ein Mann im Distrikt das getan haben kann. Ich selbst würde gesagt haben, daß niemand das getan haben kann.«

Ein abergläubischer Schauer überlief die schlanke Gestalt des Kuraten. »Ich verstehe nicht ganz«, sagte er.

»Mr. Bohun«, sagte der Doktor mit leiser Stimme, »hier versagen buchstäblich alle Vergleiche. Es wäre unangemessen zu sagen, daß der Schädel in Stücke zerschlagen wurde wie eine Eierschale. Knochensplitter sind in den Körper und in die Erde getrieben wie Kugeln in eine Lehmwand. Das war die Hand eines Riesen.«

Er schwieg einen Augenblick und blickte grimmig durch seine Brille; dann fügte er hinzu: »Ein Gutes hat die Sache – das reinigt die meisten sofort von jedem Verdacht. Wenn Sie oder ich oder irgendein anderer normaler Mann in der Gegend dieses Verbrechens beschuldigt würde, würde man uns freisprechen wie ein Kind von der Anklage, die Nelson-Säule gestohlen zu haben.«

»Das sag ich ja«, wiederholte der Schuster hartnäckig, »nur ein Mann kann das getan haben, und das ist auch der Mann, der es getan haben würde. Wo ist Simeon Barnes, der Schmied?«

»Drüben in Greenford«, sagte der Kurat zögernd.

»Viel wahrscheinlicher drüben in Frankreich«, murmelte der Schuster.

»Nein; er ist weder da noch dort«, sagte eine kleine und farblose Stimme, die von dem kleinen römischen Priester kam, der sich der Gruppe angeschlossen hatte. »Tatsächlich kommt er in diesem Augenblick die Straße herauf.«

Der kleine Priester mit seinem braunen Stoppelhaar und seinem runden und gleichmütigen Gesicht war keine interessante Erscheinung. Aber selbst wenn er ein strahlender Apoll gewesen wäre, hätte in diesem Augenblick niemand auf ihn geschaut. Jeder wandte sich um und spähte hinaus auf den Fußpfad, der sich unten durch die Ebene wand und über den tatsächlich mit seinen weit ausholenden Schritten und einem Hammer auf der Schulter Simeon der Schmied geschritten kam. Er war ein knochiger riesiger Mann, mit tiefen dunklen finsteren Augen und einem dunklen Kinnbart. Er schritt und unterhielt sich ruhig mit zwei anderen Männern; und obwohl er niemals besonders fröhlich war, erschien er doch völlig unbeschwert.

»Mein Gott!« rief der atheistische Schuster. »Und da ist auch der Hammer, mit dem er es getan hat.«

»Nein«, sagte der Inspektor, ein vernünftig aussehender Mann mit sandfarbenem Schnurrbart, der zum erstenmal sprach. »Der Hammer, mit dem er es getan hat, liegt da drüben an der Kirchenmauer. Wir haben ihn und die Leiche genau so gelassen, wie wir sie gefunden haben.«

Alle sahen sich um, und der kleine Priester ging hinüber und sah schweigend auf das Werkzeug hinab, wo es lag. Es war einer der kleinsten und leichtesten Hämmer und wäre unter den anderen nicht aufgefallen; aber an seiner Eisenkante klebten Blut und blonde Haare.

Nach kurzem Schweigen sprach der kleine Priester ohne aufzublicken aber mit einem neuen Klang in seiner langweiligen Stimme. »Mr. Gibbs hatte nicht recht«, sagte er, »als er sagte, es gebe kein Geheimnis. Da ist zum mindesten das Geheimnis, warum ein so großer Mann einen so gigantischen Hieb mit einem so kleinen Hammer versuchen sollte.«

»Ach, das ist doch ganz gleichgültig«, rief Gibbs voller Eifer. »Was sollen wir mit Simeon Barnes machen?«

»Ihn in Frieden lassen«, sagte der kleine Priester ruhig. »Er kommt von selbst hierher. Ich kenne die beiden Männer bei ihm. Das sind sehr anständige Leute aus Greenford, und sie sind wegen der presbyterianischen Kapelle hergekommen.«

Während er noch sprach, kam der große Schmied um die Kirchenecke und schritt in seinen eigenen Hof. Dann blieb er ganz still stehen, und der Hammer fiel ihm aus der Hand. Der Inspektor, der eine undurchdringliche Amtsmiene gewahrt hatte, ging sofort zu ihm hin.

»Ich will Sie nicht fragen, Mr. Barnes«, sagte er, »ob Sie irgendwas von dem wissen, was sich hier abgespielt hat. Sie sind nicht verpflichtet, etwas zu sagen. Ich hoffe, daß Sie nichts wissen und das auch beweisen können. Aber ich muß Sie in aller Form im Namen des Königs wegen Mordes an Oberst Norman Bohun verhaften.«

»Sie sind nicht verpflichtet, irgendwas zu sagen«, sagte der Schuster in dienstbeflissener Erregung. »Die müssen alles beweisen. Bisher haben die nicht mal bewiesen, daß das Oberst Bohun ist, mit dem Kopf dermaßen zerschmettert.«

»Das führt zu nichts«, sagte der Doktor beiseite zum Priester. »Das hat er aus Kriminalromanen. Ich war der Arzt des Obersts und kenne seinen Körper besser, als er ihn kannte. Er hatte sehr feine Hände, aber sehr eigentümliche. Der zweite und der dritte Finger waren von gleicher Länge. Nein, das ist schon wirklich der Oberst.«

Als er auf den Leichnam mit dem zermalmten Schädel auf der Erde blickte, folgten ihm die eisgrauen Augen des bewegungslosen Schmiedes dahin und hefteten sich dort ebenfalls fest.

»Ist Oberst Bohun tot?« fragte der Schmied sehr ruhig. »Dann ist er in der Hölle.«

»Sagen Sie nichts! Oh sagen Sie nichts«, rief der atheistische Schuster und tanzte in einer Ekstase der Bewunderung für das englische Rechtssystem umher. Denn niemand hängt so am Buchstaben des Gesetzes wie der leidenschaftliche Freidenker.

Der Schmied wandte ihm über die Schulter das erhabene Antlitz des Fanatikers zu.

»Für Euch Ungläubige mag es angehen, sich wie ein Fuchs einen Ausweg zu suchen, weil das irdische Recht Euch begünstigt«, sagte er; »aber Gott behütet die Seinen in Seiner Hütetasche, wie Ihr noch heutigen Tages sehen werdet.«

Dann wies er auf den Oberst und fragte: »Wann fuhr dieser Hund in seinen Sünden dahin?«

»Mäßigen Sie Ihre Sprache«, sagte der Doktor.

»Mäßiget die Sprache der Bibel, und ich werde die meine mäßigen. Wann also ist er gestorben?«

»Ich habe ihn um sechs in der Frühe noch lebend gesehen«, stammelte Wilfred Bohun.

»Gott ist gut«, sagte der Schmied. »Herr Inspektor, ich habe nicht das geringste dagegen, verhaftet zu werden. Sie sind es, der vielleicht etwas dagegen hat, mich zu verhaften. Mir ist es egal, wenn ich den Gerichtshof ohne einen Makel auf meinem Charakter verlasse. Ihnen ist es vielleicht nicht egal, den Gerichtshof mit einem Rückschlag für Ihre Karriere zu verlassen.«

Der wackre Inspektor sah den Schmied zum erstenmal mit lebhafter Anteilnahme an – wie jeder andere auch, mit Ausnahme des kleinen fremden Priesters, der immer noch auf den kleinen Hammer hinabblickte, der den entsetzlichen Hieb ausgeteilt hatte.

»Zwei Männer stehen vor diesem Geschäft«, fuhr der Schmied mit behäbiger Klarheit fort, »ehrenwerte Geschäftsleute aus Greenford, die Ihr alle kennt und die beschwören werden, daß sie mich von vor Mitternacht bis zum Tagesanbruch und noch lange danach im Sitzungssaal unserer Erweckungsmission gesehen haben, die während der ganzen Nacht tagte, weil wir Seelen so rasch retten. In Greenford selbst können weitere zwanzig Leute beschwören, daß sie mich während der ganzen Zeit gesehen haben. Wenn ich ein Heide wäre, Herr Inspektor, würde ich Sie in Ihren Untergang wandern lassen; aber als Christ fühle ich mich verpflichtet, Ihnen die Gelegenheit zu bieten und Sie zu fragen, ob Sie mein Alibi jetzt oder erst vor Gericht hören wollen.«

Zum erstenmal schien der Inspektor verwirrt und sagte: »Natürlich wäre ich froh, wenn ich Sie jetzt sofort entlastet sähe.«

Der Schmied ging mit dem gleichen langen und leichten Schritt aus seinem Hof hinaus und kehrte sofort mit seinen beiden Freunden aus Greenford zurück, die in der Tat Freunde von fast allen Anwesenden waren. Jeder von beiden sprach einige Worte, an denen niemand je zu zweifeln dachte. Nachdem sie gesprochen hatten, stand die Unschuld Simeons ebenso fest wie die große Kirche über ihnen.

Eines jener Schweigen überfiel die Gruppe, das fremdartiger und unerträglicher ist als jede Rede. Sinnlos und nur um etwas zu sagen, sagte der Kurat zu dem katholischen Priester:

»Sie haben sich sehr für den Hammer interessiert, Father Brown.«

»Ja«, sagte Father Brown; »warum ist es ein so kleiner Hammer?«

Der Doktor wandte sich rasch zu ihm um.

»Bei Gott, das stimmt«, rief er; »wer würde einen kleinen Hammer nehmen, wenn zehn größere Hämmer herumliegen?«

Dann senkte er seine Stimme und flüsterte dem Kuraten ins Ohr: »Nur jene Art Menschen, die einen großen Hammer nicht heben können. Zwischen den Geschlechtern gibt es keinen Unterschied an Kraft oder Mut. Es ist eine Frage der Hebekraft in den Schultern. Eine mutige Frau könnte zehn Morde mit einem leichten Hammer begehen, ohne mit der Wimper zu zucken. Sie könnte mit einem schweren Hammer keinen Käfer töten.«

Wilfred Bohun starrte ihn in hypnotisiertem Entsetzen an, während Father Brown mit dem Kopf ein wenig zur Seite geneigt zuhörte, wirklich interessiert und aufmerksam. Der Doktor fuhr mit zischender Betonung fort:

»Warum glauben diese Idioten immer, der einzige Mensch, der den Liebhaber der Frau hasse, sei der Mann der Frau? In neun von zehn Fällen haßt den Liebhaber der Frau am meisten die Frau. Wer weiß, welche Unverschämtheit oder Verräterei er ihr angetan hat – sehen Sie?«

Er wies flüchtig auf die rothaarige Frau auf der Bank. Sie hatte endlich ihren Kopf erhoben, und Tränen trockneten auf ihrem schönen Angesicht. Aber ihre Augen waren mit einem solch elektrisierten Starren auf die Leiche gerichtet, daß es fast etwas Geistesschwaches an sich hatte.

Hochwürden Wilfred Bohun machte eine schlappe Geste, als wedele er alle Wißbegierde beiseite; aber Father Brown, der von seinem Ärmel etwas Asche aus der Esse abstaubte, sprach in seiner gleichgültigen Weise.

»Sie sind wie viele Ärzte«, sagte er; »Ihr geistiges Wissen ist wirklich beeindruckend. Aber Ihr physisches Wissen ist absolut unmöglich. Ich gebe zu, daß die Frau den Liebhaber weit öfters zu töten wünscht als der Betrogene. Und ich gebe zu, daß eine Frau immer einen kleinen Hammer statt eines großen ergreifen wird. Aber die Schwierigkeit ist eine der physikalischen Unmöglichkeit. Keine Frau auf Erden hätte jemals den Kopf eines Mannes dermaßen zermalmen können.« Dann fügte er nach einer Pause nachdenklich hinzu: »Diese Leute haben es immer noch nicht begriffen. Der Mann trug einen Eisenhelm, und der Hieb sprengte ihn wie zerbrochenes Glas. Sehen Sie sich die Frau an. Sehen Sie ihre Arme an.«

Schweigen umfaßte sie wieder alle, und dann sagte der Doktor etwas verdrießlich: »Na schön, vielleicht habe ich mich geirrt; Einwände gibt es immer. Aber ich halte an der Hauptsache fest. Kein Mensch außer einem Schwachkopf würde sich den kleinen Hammer greifen, wenn er einen großen Hammer nehmen könnte.«

Da fuhren die schlanken zitternden Hände Wilfred Bohuns hoch zu seinem Kopf und schienen sich in sein dünnes blondes Haar zu verkrampfen. Nach einem Augenblick fielen sie wieder herab, und er rief: »Das war das Wort, das ich erwartete; Sie haben das Wort gesagt.«

Dann fuhr er fort und meisterte seine Fassungslosigkeit: »Die Worte, die Sie sagten, waren: ›Kein Mensch außer einem Schwachkopf würde sich den kleinen Hammer greifen.‹«

»Ja«, sagte der Doktor. »Und?«

»Nun«, sagte der Kurat, »kein Mensch, sondern ein Schwachkopf tat es.« Die übrigen starrten ihn wie mit festgehefteten Blicken an, und er fuhr in fiebriger femininer Erregung fort:

»Ich bin ein Priester«, rief er mit unsicherer Stimme, »und ein Priester sollte kein Blutvergießer sein. Ich – ich meine, daß er niemanden an den Galgen bringen sollte. Und ich danke Gott, daß ich den Verbrecher jetzt klar erkenne – denn er ist ein Verbrecher, der nicht an den Galgen gebracht werden kann.«

»Sie wollen ihn nicht anzeigen?« fragte der Doktor.

»Er würde nicht gehängt werden, selbst wenn ich ihn anzeigte«, sagte Wilfred mit einem wilden aber sonderbar glücklichen Lächeln. »Als ich heute morgen in die Kirche ging, fand ich dort einen Verrückten betend vor – den armen Joe, der all seine Lebtage verrückt war. Gott weiß, was er betete; aber bei solchen sonderbaren Leuten darf man ruhig annehmen, daß auch ihre Gebete verdreht sind. Sehr wahrscheinlich wird ein Verrückter beten, ehe er einen Menschen tötet. Als ich den armen Joe zuletzt gesehen habe, war er bei meinem Bruder. Und mein Bruder verspottete ihn.«

»Beim Zeus!« schrie der Doktor. »Das nenne ich endlich reden. Aber wie erklären Sie –«

Hochwürden Wilfred zitterte fast vor Erregung ob seines eigenen Blicks auf die Wahrheit. »Begreifen Sie nicht, sehen Sie denn nicht«, rief er fieberhaft, »daß das die einzige Theorie ist, die beide Sonderbarkeiten erklärt, die beide Rätsel beantwortet. Die beiden Rätsel sind der kleine Hammer und der große Hieb. Der Schmied würde den großen Hieb geschlagen haben können, aber er würde niemals den kleinen Hammer gewählt haben. Seine Frau würde den kleinen Hammer gewählt haben, aber sie hätte den großen Hieb nicht führen können. Nur der Verrückte kann beides getan haben. Was den kleinen Hammer angeht – nun ja, er ist eben verrückt und hätte sich irgend etwas greifen können. Und was den großen Hieb angeht, haben Sie denn nie gehört, Doktor, daß ein Wahnsinniger während eines Anfalls die Kraft von zehn Männern haben kann?«

Der Doktor atmete tief ein und sagte dann: »Zum Teufel, ich glaube, Sie haben es getroffen.«

Father Brown hatte seine großen Augen so lange und stetig auf den Sprecher geheftet gehalten, daß nun klar war: Seine großen grauen Kuhaugen waren nicht so unbedeutend wie sein übriges Gesicht. Als wieder Schweigen eintrat, sagte er mit bemerkenswerter Hochachtung: »Mr. Bohun, Sie haben bisher die einzige Theorie vorgebracht, die wirklich stichhaltig und im wesentlichen unwiderleglich ist. Ich meine daher, daß Sie verdienten, von mir aus positiver Kenntnis zu hören, daß es nicht die wahre ist.« Und damit wanderte der seltsame kleine Mann von dannen und starrte wieder den Hammer an.

»Der Bursche scheint mehr zu wissen, als er sollte«, flüsterte der Doktor Wilfred mürrisch zu. »Diese päpstischen Priester sind verdammt verschlagen.«

»Nein, nein«, sagte Bohun in einer Art wilder Erschöpfung. »Es war der Wahnsinnige. Es war der Wahnsinnige.«

Die Gruppe der beiden Geistlichen und des Arztes hatte sich von der amtlicheren Gruppe abgesondert, die den Inspektor und den Mann umgab, den er verhaftet hatte. Nun aber, da ihre Gruppe sich aufgelöst hatte, hörten sie wieder die Stimmen der anderen. Der Priester blickte ruhig auf, und dann wieder nieder, als er den Schmied mit lauter Stimme sagen hörte:

»Ich hoffe, ich habe Sie überzeugt, Herr Inspektor. Ich bin ein starker Mann, wie Sie sagen, aber selbst ich hätte meinen Hammer nicht zack von Greenford nach hier schleudern können. Mein Hammer hat keine Flügel, daß er eine halbe Meile über Hecken und Felder hätte fliegen können.«

Der Inspektor lachte freundlich und sagte: »Nein; ich glaube, daß Sie aus der Sache raus sind, obwohl es einer der eigenartigsten Zufälle ist, die ich je erlebt habe. Ich kann Sie nur bitten, uns alle Ihnen mögliche Hilfe bei der Suche nach einem Mann so groß und stark wie Sie selbst zu gewähren. Bei Gott! Sie könnten da nützlich sein, und wenn auch nur, um ihn festzuhalten! Ich vermute, daß Sie keine Ahnung haben, wer es sein könnte«?

»Ich könnte eine Ahnung haben«, sagte der bleiche Schmied, »aber die richtet sich nicht auf einen Mann.« Dann, als er erschreckte Augen sich seiner Frau auf der Bank zuwenden sah, legte er ihr seine große Hand auf die Schulter und sagte: »Und auch nicht auf eine Frau.«

»Was wollen Sie denn damit sagen?« fragte der Inspektor spaßend. »Sie glauben doch wohl nicht, daß Kühe Hämmer verwenden, oder?«

»Ich glaube, daß kein Ding aus Fleisch und Blut den Hammer gehalten hat«, sagte der Schmied mit erstickter Stimme; »ich glaube vielmehr, daß der Mann von selbst gestorben ist.«

Wilfred bewegte sich jäh vorwärts und starrte ihn mit brennenden Augen an.

»Wollen Sie damit sagen, Barnes«, ließ sich die scharfe Stimme des Schusters vernehmen, »daß der Hammer von selbst aufsprang und den Mann niederschlug?«

»O Ihr Herren, die Ihr da starret und spottet«, schrie der Schmied; »Ihr Geistlichen, die Ihr uns jeden Sonntag erzählt, wie der Herr den Sanherib schweigend zerschmiß. Ich glaube, daß einer, der unsichtbar in jedem Hause wandelt, die Ehre meines Hauses verteidigt hat und ihren Schänder tot vor seine Schwelle streckte. Ich glaube, daß die Kraft in jenem Hieb eben die Kraft ist, die in Erdbeben ist, und keine geringere.«

Wilfred sagte mit einer absolut unbeschreiblichen Stimme: »Und ich selbst habe Norman noch gesagt, sich vor dem Donnerkeil zu hüten.«

»Der Täter befindet sich außerhalb meiner Amtsvollmachten«, sagte der Inspektor mit einem leichten Lächeln.

»Ihr aber seid nicht außerhalb der seinen«, erwiderte der Schmied; »hütet Euch vor ihr.« Und damit kehrte er ihnen seinen breiten Rücken zu und ging ins Haus.

Der erschütterte Wilfred ward von Father Brown beiseite geführt, der eine leichte und freundliche Art des Umgangs mit ihm hatte. »Wir wollen diesen schrecklichen Ort verlassen, Mr. Bohun«, sagte er. »Darf ich mir wohl Ihre Kirche ansehen? Ich habe gehört, sie sei eine der ältesten Englands. Wir haben, wie Sie wissen«, fügte er mit einer komischen Grimasse hinzu, »ein gewisses Interesse an alten englischen Kirchen.«

Wilfred Bohun lächelte nicht, denn Humor war nicht seine starke Seite. Aber er nickte bereitwillig genug, nur zu bereit, den gotischen Glanz jemandem zu erklären, der sicherlich verständnisvoller war als der presbyterianische Schmied oder der atheistische Schuster.

»Aber selbstverständlich«, sagte er; »wir wollen hier eintreten.« Und er ging voraus durch den hochgelegenen Seiteneingang oben an der Stufenflucht. Father Brown trat auf die erste Stufe, um ihm zu folgen, als er eine Hand auf seiner Schulter spürte, und als er sich umwandte, sah er die dunkle dünne Gestalt des Arztes, dessen Gesicht vor Mißtrauen noch dunkler war.

»Sir«, sagte der Mediziner harsch, »Sie scheinen einige der Geheimnisse dieses schwarzen Geschäftes zu kennen. Darf ich fragen, ob Sie sie für sich selbst behalten wollen?«

»Nun ja, Doktor«, antwortete der Priester freundlich lächelnd, »es gibt einen sehr guten Grund, weshalb ein Mann meines Berufs Dinge für sich behält, wenn er ihrer nicht ganz sicher ist, und zwar den, daß es ständig seine Pflicht ist, Dinge für sich zu behalten, derer er ganz sicher ist. Wenn Sie aber glauben, ich wäre Ihnen oder anderen gegenüber unhöflich zurückhaltend gewesen, dann will ich bis an die äußersten Grenzen meiner Gepflogenheit gehen. Ich will Ihnen zwei sehr große Hinweise geben.«

»Und welche, Sir?« fragte der Doktor düster.

»Erstens«, sagte Father Brown gelassen, »fällt die Sache völlig in Ihr Gebiet. Es ist eine naturwissenschaftliche Angelegenheit. Der Schmied war im Irrtum, vielleicht nicht, als er sagte, es sei ein Hieb von Gott gewesen, aber sicherlich, als er sagte, es sei ein Wunder. Es war kein Wunder, Doktor, abgesehen davon, daß der Mensch selbst ein Wunder ist, mit seinem sonderbaren und bösen und doch wieder halbheroischen Herzen. Die Kraft, die jenen Schädel zermalmte, war eine der Wissenschaft wohlbekannte Kraft – eines der am häufigsten diskutierten Naturgesetze.«

Der Doktor, der ihn mit stirnrunzelnder Aufmerksamkeit ansah, fragte nur: »Und der andere Hinweis?«

»Der andere Hinweis ist dieser«, sagte der Priester: »Erinnern Sie sich, daß der Schmied, obwohl er an Wunder glaubt, höhnisch von dem unmöglichenMärchen sprach, sein Hammer habe Flügel und fliege eine halbe Meile übers Land?«

»Ja«, sagte der Doktor, »daran erinnere ich mich.«

»Nun«, fügte Father Brown mit breitem Lächeln hinzu, »dieses Märchen kam von allem, was heute gesagt wurde, der Wahrheit am nächsten.« Und damit wandte er sich um und stapfte die Stufen hinauf hinter dem Kuraten her.

Hochwürden Wilfred, der blaß und ungeduldig auf ihn gewartet hatte, als gäbe diese kleine Verzögerung seinen Nerven den Rest, geleitete ihn sofort zu seiner Lieblingsecke in der Kirche, zu jenem Teil der Empore, der geschnitzten Decke am nächsten und erleuchtet durch das wundervolle Fenster mit dem Engel. Der kleine lateinische Priester erforschte und bewunderte alles aufs ausführlichste und sprach während der ganzen Zeit fröhlich, aber mit leiser Stimme. Als er im Verlauf seiner Untersuchungen den Seitenausgang und die Wendeltreppe fand, über die Wilfred hinabgeeilt war, um seinen Bruder tot vorzufinden, lief Father Brown sie mit der Gewandtheit eines Affen nicht hinab sondern hinauf, und seine klare Stimme kam von einer äußeren Plattform oben herab.

»Kommen Sie her, Mr. Bohun«, rief er. »Die Luft wird Ihnen guttun.«

Bohun folgte ihm und trat auf eine Art Steingalerie oder Balkon außen am Gebäude hinaus, von wo aus man die grenzenlose Ebene überschauen konnte, in der ihr kleiner Hügel stand, bis hin zum purpurnen Horizont, bewaldet und von Dörfern und Höfen gesprenkelt. Unter ihnen lag deutlich und viereckig, aber winzig klein der Hof des Grobschmieds, wo der Inspektor immer noch stand und sich Notizen machte und der Leichnam immer noch lag wie eine zerquetschte Fliege.

»Könnte die Weltkarte sein, nicht wahr?« sagte Father Brown.

»Ja«, sagte Bohun sehr ernst und nickte mit dem Kopf.

Unmittelbar unter ihnen und um sie herum stürzten die Linien des gotischen Bauwerks hinaus in die Leere mit jener übelkeiterregenden Geschwindigkeit, die dem Selbstmord nahekommt. Da ist jenes Element von Titanenenergie in der Architektur des Mittelalters, das – gleich von welchem Blickpunkt aus gesehen – immer davonzustürzen scheint wie der Rücken eines durchgehenden Pferdes. Diese Kirche war aus altem und schweigendem Stein gehauen, von alten Pilzkolonien bebartet und von Vogelnestern befleckt. Und doch, als sie von unten hinaufsahen, sprang sie wie ein Springbrunnen auf zu den Sternen; und als sie jetzt von oben hinabblickten, stürzte sie wie ein Wasserfall hinab in den lautlosen Abgrund. Denn diese beiden Männer auf dem Turm waren allein mit dem furchtbaren Aspekt der Gotik: den ungeheuerlichen Verkürzungen und Mißproportionen, den schwindelerregenden Perspektiven, der Erscheinung großer Dinge als klein und kleiner Dinge als groß; eine in der Luft schwebende steinerne Umkehrung aller Dinge. Einzelheiten aus Stein, die durch ihre Nähe riesig wirkten, hoben sich vor dem Muster aus Feldern und Farmen ab, die in der Entfernung winzig wirkten. Ein skulptierter Vogel oder ein Tier in einer Ecke wirkte wie ein riesiger wandelnder oder fliegender Drache, der die Weiden und Weiler tief unten verwüstete. Die ganze Atmosphäre war schwindelerregend und gefährlich, als ob die Menschen inmitten der kreisenden Schwingen riesiger Geister in der

Luft gehalten würden; und die Masse dieser alten Kirche, so groß und prachtvoll wie eine Kathedrale, schien über dem sonnenbeschienenen Land wie eine Gewitterwolke zu lasten.

»Ich glaube, daß an so hohen Orten zu stehen, selbst um zu beten, einige Gefahren birgt«, sagte Father Brown. »Höhen wurden erschaffen, damit man zu ihnen aufblicke, nicht damit man von ihnen herabblicke.«

»Meinen Sie, daß man hinabstürzen könnte?« fragte Wilfred.

»Ich meine, daß die Seele hinabstürzen könnte, wenn schon nicht der Körper«, sagte der andere Priester.

»Ich kann Sie nicht verstehen«, bemerkte Bohun undeutlich.

»Sehen Sie sich zum Beispiel jenen Schmied an«, fuhr Father Brown gelassen fort; »ein braver Mann, aber kein Christ – hart, herrschsüchtig, unnachsichtig. Nun ja, seine schottische Religion wurde von Menschen gemacht, die auf Hügeln und hohen Felsen beteten und dabei lernten, mehr auf die Welt herabzusehen, als zum Himmel aufzusehen. Demut ist die Mutter der Riesen. Aus dem Tal sieht man große Dinge; nur kleine Dinge vom Gipfel.«

»Aber er – er hat es nicht getan«, sagte Bohun bebend.

»Nein«, sagte der andere mit seltsamer Stimme; »wir wissen, daß er es nicht getan hat.«

Und einen Augenblick später fuhr er fort, während er mit seinen blaßgrauen Augen ruhig über die Ebene hin blickte. »Ich kannte einen Mann«, sagte er, »der anfangs mit den anderen vor dem Altar betete, dann aber wurden ihm einsame Stellen als Ort seiner Gebete immer lieber, Ecken oder Nischen im Glockenturm oder in der Turmspitze. Und eines Tages begann an einer dieser schwindelerregenden Stellen, wo sich die ganze Erde unter ihm wie ein Rad zu drehen scheint, auch sein Gehirn zu drehen, und er bildete sich ein, daß er Gott sei. Und so beging er, obwohl er ein anständiger Mann war, ein schweres Verbrechen.«

Wilfreds Gesicht war abgewendet, aber seine knochigen Hände wurden blau und weiß, als sie sich um die steinerne Brüstung krampften.

»Er glaubte, *ihm* sei es gegeben zu richten und den Sünder niederzustrecken. Solche Gedanken hätte er niemals gehabt, wenn er mit anderen Menschen auf dem Boden gekniet hätte. Aber er sah die Menschen da unten herumlaufen wie Insekten. Besonders einen sah er genau unter sich herumstolzieren, unverschämt und an einem leuchtendgrünen Hut erkenntlich – ein giftiges Insekt.«

Krähen krächzten um den Glockenturm; aber kein anderes Geräusch gab es da, bis Father Brown fortfuhr.

»Und auch dies führte ihn in Versuchung, daß er eine der schrecklichsten Naturgewalten in Händen hielt; ich meine die Schwerkraft, jenen wahnwitzigen und immer schneller werdenden Sturz, in dem alle Geschöpfe der Erde, wenn losgelassen, an ihr Herz zurückfliegen. Sehen Sie, der Inspektor geht da gerade unter uns in der Schmiede umher. Wenn ich jetzt einen Kiesel über diese Brüstung stieße, so hätte der sich in etwas wie eine Kugel verwandelt bis zu dem Augenblick, in dem er ihn trifft. Wenn ich einen Hammer fallen ließe – selbst einen kleinen Hammer –«

Wilfred Bohun schwang ein Bein über die Brüstung, und Father Brown hatte ihn im Nu beim Kragen.

»Nicht durch diese Tür«, sagte er ganz sanft; »diese Tür führt zur Hölle.«

Bohun taumelte zurück an die Mauer und starrte ihn mit entsetzten Augen an.

»Woher wissen Sie das alles?« schrie er. »Sind Sie ein Teufel?«

»Ich bin ein Mensch«, antwortete Father Brown ernst; »und habe daher alle Teufel in meinem Herzen. Hören Sie zu«, sagte er nach einer kurzen Pause. »Ich weiß, was Sie getan haben – zumindest kann ich den größten Teil davon erraten. Als Sie Ihren Bruder verließen, kochten Sie vor solch sündigem Zorn, daß Sie sich sogar den kleinen Hammer schnappten, halb geneigt, ihn mit seiner Gemeinheit auf den Lippen totzuschlagen. Davor aber schraken Sie zurück und steckten ihn statt dessen unter Ihren zugeknöpften Rock und stürzten in die Kirche. Sie beteten leidenschaftlich an manchen Stellen, unter dem Engelsfenster, auf der Plattform oben und auf einer noch höheren Plattform, von der aus Sie den orientalischen Hut des Obersten unten wie einen grünrückigen Käfer einherkrabbeln sahen. Da rastete etwas in Ihrer Seele aus, und Sie ließen Gottes Donnerkeil fallen.«

Wilfred fuhr sich langsam mit der Hand an den Kopf und fragte mit leiser Stimme: »Woher wissen Sie, daß sein Hut wie ein grüner Käfer aussah?«

»Ach das«, sagte der andere mit dem Schatten eines Lächelns, »das war gesunder Menschenverstand. Aber hören Sie mir zu. Ich sagte, daß ich das alles weiß; doch sonst wird niemand das wissen. Daher ist der nächste Schritt bei Ihnen; ich werde keinen Schritt mehr tun; ich werde das mit dem Siegel des Beichtgeheimnisses versiegeln. Wenn Sie mich fragen warum, dann gibt es viele Gründe, aber nur einen, der Sie betrifft. Ich überlasse alles Ihnen, weil Sie noch nicht so tief gesunken sind wie übliche Mörder. Sie haben nichts dazu getan, dem Schmied das Verbrechen anzuhängen, als das leicht war; oder seiner Frau, als das leicht war.

Sie haben versucht, es dem Schwachsinnigen anzuhängen, weil Sie wissen, daß er nicht bestraft werden kann. Das war einer jener Lichtblicke, die in Mördern zu finden mein Geschäft ist. Und nun kommen Sie runter ins Dorf und gehen Ihres Weges, frei wie der Wind; denn ich habe mein letztes Wort gesprochen.«

Sie stiegen die Wendeltreppe unter äußerstem Schweigen hinab und traten bei der Schmiede hinaus in den Sonnenschein. Wilfred Bohun öffnete sorgfältig das hölzerne Tor des Hofes, ging zum Inspektor und sagte: »Ich möchte mich selbst anzeigen; ich habe meinen Bruder getötet.«

Das Auge Apollos

Jenes einzigartige rauchige Gefunkel, zugleich Verhüllung und Verklärung, das sonderbare Geheimnis der Themse, wechselte mehr und mehr von seinem Grau zu seinem glitzernden Gegenstück, als die Sonne über Westminster dem Zenith zuklomm und die beiden Männer die Westminster-Brücke überquerten. Der eine war sehr lang und der andere sehr kurz; man hätte sie phantasiereich auch mit dem arroganten Glockenturm des Parlamentes und dem niedrigeren buckligen Rücken der Abtei vergleichen können, denn der kurze Mann war klerikal gekleidet. Die offizielle Beschreibung des langen Mannes war Hercule Flambeau, Privatdetektiv, und er begab sich zu seinen neuen Büroräumen in einem neuen Bürohaus gegenüber dem Eingang zur Abtei. Die offizielle Beschreibung des kurzen Mannes war Hochwürden J. Brown, der St.-Francis-Xavier-Kirche in Camberwell zugehörig, und er kam von einem Sterbebett in Camberwell, um die neuen Büroräume seines Freundes zu besichtigen.

Das Gebäude war amerikanisch in seiner wolkenkratzenden Höhe, und auch amerikanisch in der geölten Vollkommenheit seiner Maschinerie aus Telephonen und Lifts. Aber es war gerade erst fertig geworden und noch unterbesetzt: Erst drei Mieter waren eingezogen; das Büro über Flambeau war besetzt, wie auch das unter ihm; die zwei Etagen darüber und die drei Etagen darunter waren noch völlig leer. Aber der erste Blick auf das neue Hochhaus blieb an etwas sehr viel Faszinierenderem hängen. Abgesehen von ein paar Überresten von Baugerüsten war der einzige auffällige Gegenstand an der Außenseite des Büros gerade über dem von Flambeau angebracht. Es war ein riesiges vergoldetes Abbild eines menschlichen Auges, umgeben von goldenen Strahlen und so viel Platz einnehmend wie zwei oder drei Bürofenster.

»Was in aller Welt ist denn das?« fragte Father Brown und blieb stehen.

»Ach, das ist eine neue Religion«, sagte Flambeau lachend; »eine von jenen neuen Religionen, die einem die Sünde vergeben, indem sie erklären, daß man überhaupt nicht gesündigt hat. So was Ähnliches wie Christian Science, möchte ich meinen. Tatsache ist, daß ein Kerl, der sich Kalon nennt (ich weiß nicht, wie sein Name ist, nur daß es der nicht sein kann), das Büro über mir gemietet hat. Unter mir habe ich zwei Maschinenschreiberinnen, und diesen schwärmerischen alten Schwindler über mir. Er nennt sich der Neue Priester Apolls, und er verehrt die Sonne.«

»Dann soll er sich in acht nehmen«, sagte Father Brown. »Die Sonne war die grausamste aller Gottheiten. Aber was soll denn das entsetzliche Auge bedeuten?«

»Soviel ich verstanden habe«, antwortete Flambeau, »lautet ihre Theorie, daß ein Mensch alles ertragen kann, wenn nur sein Geist beständig ist. Ihre beiden großen Symbole sind die Sonne und das offene Auge; denn sie sagen, wenn ein Mensch wirklich gesund ist, kann er in die Sonne starren.«

»Wenn ein Mensch wirklich gesund ist«, sagte Father Brown, »wird er sich nicht die Mühe machen, sie anzustarren.«

»Na ja, das ist alles, was ich Ihnen über diese neue Religion berichten kann«, fuhr Flambeau leichthin fort. »Sie erhebt natürlich den Anspruch, daß sie alle körperlichen Leiden heilen kann.«

»Kann sie denn auch das eine geistige Leiden heilen?« fragte Father Brown mit ernsthafter Neugier.

»Und was ist das eine geistige Leiden?« fragte Flambeau lächelnd.

»Oh, sich einzubilden, daß man völlig gesund sei«, sagte sein Freund.

Flambeau war mehr an dem kleinen ruhigen Büro unter ihm interessiert, als an dem prachtvollen Tempel über sich. Er war ein klar denkender Südländer und daher unfähig, sich selbst als etwas anderes denn als einen Katholiken oder einen Atheisten zu sehen; und neue Religionen von leuchtender Farblosigkeit waren nicht nach seinem Geschmack. Aber Menschliches war immer nach seinem Geschmack, vor allem, wenn es gut aussah; darüber hinaus waren die Damen unter ihm auf ihre Art Persönlichkeiten. Das Büro gehörte zwei Schwestern, beide schlank und dunkel, eine von ihnen groß und auffallend. Sie hatte ein dunkles, gespanntes Adlerprofil und war eine jener Frauen, die man sich immer im Profil vorstellt, wie die klar geschnittene Schneide einer Waffe. Sie schien sich ihren Weg durchs Leben zu schneiden. Sie hatte Augen von auffälligem Glanz, aber es war eher der Glanz des Stahls als der des Diamanten; und ihre gerade, schlanke Figur war einen Hauch zu steif für ihre Anmut. Ihre jüngere Schwester war wie ihr verkürzter Schatten, ein bißchen grauer, farbloser, unbedeutender. Beide trugen geschäftsmäßiges Schwarz, mit kleinen männlichen Manschetten und Kragen. In den Londoner Büros gibt es Tausende solcher kurz angebundener fleißiger Damen, doch der Reiz dieser beiden bestand eher in ihrer wirklichen als in ihrer scheinbaren Stellung.

Denn Pauline Stacey, die ältere, war tatsächlich die Erbin eines Helmwappens und einer halben Grafschaft sowie eines großen Vermögens; sie war in Schlössern und Gärten aufgewachsen, ehe ihr frostiger Stolz (der modernen Frau eigentümlich) sie in ein nach ihrer Ansicht strengeres und höheres Leben trieb. Sie hatte zwar auf ihr Geld keineswegs verzichtet; das wäre ein romantischer oder mönchischer Verzicht gewesen, der ihrem herrschsüchtigen Utilitarismus keineswegs entsprach. Sie halte ihren Reichtum beisammen, pflegte sie zu sagen, um ihn für praktische soziale Zwecke zu verwenden. Einen Teil davon hatte sie in ihr Geschäft gesteckt, den Kern eines mustergültigen Schreibbüroreiches, einen anderen Teil hatte sie unter alle möglichen Gesellschaften und Bewegungen für die Förderung solcher Arbeit unter Frauen verteilt. Wie weit Joan, ihre Schwester und Partnerin, diesen ziemlich prosaischen Idealismus teilte, war nicht sicher auszumachen. Aber sie folgte ihrer Führerin mit geradezu hündischer Zuneigung, die mit ihrem Hauch von Tragödie viel anziehender war als der harte hochmütige Geist der älteren. Denn Pauline Stacey hatte zum Thema Tragödie nichts zu sagen; vielmehr leugnete sie deren Existenz überhaupt.

Ihre starre Geschwindigkeit und ihre kalte Ungeduld hatten Flambeau anläßlich seines ersten Besuchs im Hause sehr belustigt. Er hatte in der Eingangshalle vor dem Lift herumgelungert und auf den Liftboy gewartet, der gewöhnlich die Fremden auf die einzelnen Etagen bringt. Aber dieses glanzäugige Falkenmädchen hatte sich offen geweigert, eine derartige amtliche Verzögerung hinzunehmen. Sie erklärte scharf, daß sie alles über den Lift wisse und nicht von Boys abhängig sei – oder von Männern. Und obwohl ihr Büro nur drei Stockwerke hoch lag, gelang es ihr in den wenigen Sekunden der Auffahrt, Flambeau den größten Teil ihrer grundsätzlichen Ansichten aus dem Stegreif vorzutragen; sie liefen insgesamt darauf hinaus, daß sie eine moderne arbeitende Frau sei und moderne Arbeitsmaschinen liebe. Ihre glänzenden schwarzen Augen blitzten in abstraktem Ärger wider jene, die die mechanische Wissenschaft ablehnen und die Wiederkehr der Romantik ersehnen. Jeder, sagte sie, sollte imstande sein, Maschinen zu bedienen, so wie sie imstande sei, den Lift zu bedienen. Es war ihr geradezu unangenehm, daß Flambeau die Lifttür für sie öffnete; und dieser Gentleman wanderte hinauf zu seinen eigenen Räumen und lächelte mit einigermaßen gemischten Gefühlen in der Erinnerung an so viel feuerspeiende Selbst-Abhängigkeit.

Sie hatte zweifellos Temperament, von einer zupackenden praktischen Art; die Gesten ihrer dünnen, eleganten Hände waren schroff oder gar zerstörerisch. Einmal betrat Flambeau ihr Büro in irgendeiner Schreibarbeitenangelegenheit und stellte fest, daß sie gerade die Brille ihrer Schwester mitten ins Zimmer geschleudert hatte und darauf herumstampfte. Sie befand sich mitten in den Katarakten eines ethischen Wortschwalls über die »kränklichen medizinischen Ansichten« und das krankhafte Eingeständnis von Schwäche, die ein solches Gerät einschließe. Sie verbot ihrer Schwester, je wieder solch künstlichen, ungesunden Dreck mit ins Büro zu bringen. Sie fragte, ob man vielleicht von ihr erwarte, daß sie Holzbeine trüge, oder falsche Haare, oder Glasaugen; und während sie sprach, funkelten ihre Augen wie schrecklicher Kristall.

Flambeau, den dieser Fanatismus sehr verblüffte, konnte sich nicht enthalten, Fräulein Pauline (mit unverblümter französischer Logik) zu fragen, wieso eine Brille ein krankhafteres Zeichen von Schwäche sei als ein Lift, und wenn die Wissenschaft uns in dem einen Fall helfen dürfe, warum dann nicht auch in dem anderen.

»Das ist doch etwas *ganz* anderes«, sagte Pauline Stacey hochfahrend. »Batterien und Motoren und all solche Sachen sind Bekundungen der Kraft des Menschen – ja, Mr. Flambeau, auch der Kraft der Frauen! Auch wir werden unseren Anteil an diesen großen Maschinen haben, die Entfernungen verschlingen und uns von der Zeit befreien. Das ist groß und herrlich – das ist wahre Wissenschaft. Aber diese ekelhaften Ersatzteile und Pflästerchen, die einem die Ärzte verkaufen – das sind doch nur Abzeichen der Feigheit. Die Ärzte kleben einem Beine und Arme an, als ob wir geborene Krüppel wären und kränkliche Sklaven. Ich aber wurde frei geboren, Mr. Flambeau! Die Leute bilden sich nur ein, daß sie diese Dinge brauchten, weil sie zu Furcht erzogen sind und nicht zu Macht und Mut erzogen wurden, genauso wie dumme Ammen Kindern erzählen, sie sollten nicht in die Sonne schauen, und also können sie es auch nicht ohne zu zwinkern tun. Warum aber sollte es unter allen Sternen einen Stern geben, den ich nicht sehen darf? Die Sonne ist nicht mein Herr, und also werde ich meine Augen aufmachen und sie anstarren, wann immer ich das will.«

»Ihre Augen«, sagte Flambeau mit einer ausländischen Verbeugung, »werden die Sonne blenden.« Es machte ihm Spaß, dieser seltsam steifen Schönheit Komplimente zu sagen, auch weil es sie ein bißchen aus dem Gleichgewicht brachte. Als er aber zu seinem Stockwerk hinaufstieg, holte er tief Atem und pfiff leise und sagte zu sich selbst: »Dann ist sie also auch diesem Taschenspieler da oben mit seinem goldenen Auge in die Hände gefallen.« Denn so wenig er von der neuen Religion Kalons wußte oder sich darum kümmerte, von seinen besonderen Ansichten über das In-die-Sonne-Starren hatte er bereits gehört.

Er fand bald heraus, daß die geistigen Bande zwischen den Stockwerken über und unter ihm eng waren und immer enger wurden. Der Mann, der sich selbst Kalon nannte, war ein herrliches Geschöpf, in physischem Sinne wahrhaft würdig, der Oberpriester Apolls zu sein. Er war fast so groß wie Flambeau und sah sehr viel besser aus, mit goldenem Bart, leuchtend blauen Augen, einer wehenden Löwenmähne. Seinem Bau nach war er die blonde Bestie Nietzsches, aber diese animalische Schönheit wurde erhöht, aufgehellt und gesänftet durch echten Verstand und wahre Geistigkeit. Wenn er schon einem der großen Sachsenkönige glich, dann einem jener Könige, die auch Heilige waren. Und das trotz all der Ungereimtheiten seiner alltäglichen Umgebung; trotz der Tatsache, daß er ein Büro auf halber Höhe eines Gebäudes in der Victoria Street hatte; daß sein Sekretär (ein gewöhnlicher Jüngling mit Manschetten und Kragen) im Vorzimmer zwischen ihm und dem Korridor saß; daß sich sein Name auf einem Messingschild befand und das vergoldete Emblem seines Glaubens über der Straße hing wie das Firmenschild eines Augenarztes. All diese Gewöhnlichkeiten konnten dem Mann namens Kalon die Lebendigkeit des Eindrucks und des Einflusses nicht nehmen, die ihm aus Seele und Körper kamen. In der Gegenwart dieses Marktschreiers fühlte man sich trotz allem in der Gegenwart eines großen Mannes. Selbst in seinem losen leinenen Anzug, den er als Arbeitsanzug in seinem Büro trug, war er eine faszinierende und beeindruckende Erscheinung; und wenn er in die weißen Gewänder gekleidet und mit dem goldenen Reifen gekrönt war, in denen er täglich die Sonne grüßte, dann sah er wirklich so herrlich aus, daß dem Straßenvolk das Gelächter manchmal auf den Lippen erstarb. Denn dreimal am Tage trat der neue Anbeter der Sonne hinaus auf seinen kleinen Balkon, um vor ganz Westminster seinem strahlenden Herrn eine Litanei aufzusagen: einmal zum Tagesanbruch, einmal bei Sonnenuntergang, und einmal Punkt zwölf Uhr mittags. Und während noch der Klang des Mittagsläutens schwach von den Türmen des Parlaments und der Pfarrkirche herüberdrang, geschah es, daß Father Brown, der Freund Flambeaus, erstmals hochschaute und den weißen Priester Apolls erblickte.

Flambeau hatte diese täglichen Begrüßungen von Phoebus oft genug gesehen und verschwand durch das Portal des hohen Gebäudes, ohne sich auch nur nach seinem klerikalen Freund umzudrehen, ob der ihm folge.

Father Brown aber, ob nun aus beruflichem Interesse an Ritualen oder aus einem starken persönlichen Interesse an Betrügereien, blieb stehen und starrte hinauf zu dem Balkon des Sonnenanbeters, gerade so, wie er es bei einem Kasperletheater getan hätte. Kalon der Prophet stand bereits aufgerichtet da, in silbernen Gewändern und mit erhobenen Händen, und der Klang seiner seltsam durchdringenden Stimme konnte den ganzen Weg hinab in die geschäftige Straße gehört werden, wie er seine Sonnenlitanei betete. Er hatte bereits ihre Mitte erreicht; seine Augen waren auf die flammende Scheibe gerichtet. Es ist zu bezweifeln, daß er irgend etwas oder irgend jemand auf Erden sah; es ist absolut sicher, daß er einen kümmerlichen rundgesichtigen Priester nicht sah, der unten in der Menge mit blinzelnden Augen zu ihm aufblickte. Und das war vielleicht der auffälligste Unterschied zwischen diesen beiden so ungleichen Männern. Father Brown konnte nichts ansehen, ohne zu blinzeln; aber der Priester Apolls konnte in die flammende Mittagsglut blicken, ohne auch nur mit einer Wimper zu zucken.

»O Sonne«, rief der Prophet, »o Stern, der du zu groß bist, um bei den anderen Sternen zu weilen! O Quell, der du ruhig an jenem geheimnisvollen Orte fließest, der das All heißt. Weißer Vater aller weißen unveränderlichen Dinge, der weißen Flammen und der weißen Blüten und der weißen Gipfel. Vater, der du unschuldiger bist als das unschuldigste und ruhigste deiner Kinder; Urreinheit, in deren Frieden –«

Ein Stürzen und Krachen wie der Umkehrsturz einer Rakete wurde von einem schrillen langgezogenen Schrei durchschnitten. Fünf Menschen stürmten durch das Portal des Hochhauses hinein, während drei Menschen herausstürmten, und für einen Augenblick überschrien alle einander. Ein Gefühl des äußersten fürchterlichsten Schreckens schien für einen Moment die halbe Straße mit üblen Nachrichten zu erfüllen – üble Nachrichten, die um so schlimmer waren, als niemand wußte, um was es ging. Zwei Gestalten blieben nach diesem Zusammenprall von Bewegungen ruhig stehen: der schöne Priester Apolls oben auf dem Balkon, und der häßliche Priester Christi unter ihm.

Schließlich erschienen die Riesengestalt und die titanische Energie Flambeaus im Portal des Gebäudes und beherrschten den kleinen Auflauf. Er sprach mit seiner lautesten Stimme, die wie ein Nebelhorn dröhnte, und befahl jemandem und allen, einen Arzt zu holen; und als er sich in den dunklen und überfüllten Eingang zurückwandte, schlüpfte sein Freund Father Brown hinter ihm unauffällig mit hinein. Aber selbst als er sich durch die Menge drückte und schlängelte, konnte er immer noch die großartige Melodie und Monotonie des Sonnenpriesters vernehmen, der immer noch den glücklichen Gott anrief, den Freund der Quellen und Blumen.

Father Brown fand Flambeau und sechs andere Leute um den kleinen Schacht versammelt, in den der Lift normalerweise hinabsank. Aber der Lift war nicht hinabgesunken. Etwas anderes war herabgekommen; etwas, das mit dem Lift hätte kommen sollen.

Während der letzten vier Minuten hatte Flambeau darauf hinabgeschaut; hatte den zerschmetterten Kopf und die blutende Gestalt jener schönen Frau gesehen, die die Existenz der Tragödie verneinte. Für ihn hatte es nie den geringsten Zweifel gegeben, daß es sich um Pauline Stacey handele; und obwohl er nach einem Arzt geschickt hatte, hegte er doch nicht den geringsten Zweifel daran, daß sie tot war.

Er konnte sich nicht genau erinnern, ob er sie gemocht hatte oder nicht; da gab es zu vieles sowohl zu mögen wie auch nicht zu mögen. Aber für ihn war sie ein Mensch gewesen, und das unerträgliche Pathos der Einzelheiten und der Gewohnheit peinigte ihn mit all den kleinen Dolchen des Verlustes. Er erinnerte sich ihres schönen Antlitzes und ihrer spröden Reden mit einer plötzlichen geheimen Lebendigkeit, die da die ganze Bitternis des Todes ist. In einem einzigen Augenblick war dieser schöne und abweisende Körper wie ein Blitz aus heiterem Himmel, wie ein Donnerkeil aus dem Nichts den offenen Schacht des Liftes hinab in den Tod auf dem Grunde gestürzt. War es Selbstmord? Bei einer so anmaßenden Optimistin erschien das unmöglich. War es Mord? Aber wer war da in dem kaum bewohnten Gebäude, um irgendwen zu ermorden? In einem heiseren Wortschwall, den er für kraftvoll hielt und plötzlich als schwächlich erkannte, fragte er, wo der Bursche Kalon sei. Eine Stimme, die wie üblich schwer, ruhig und voll klang, versicherte ihm, daß Kalon während der letzten fünfzehn Minuten auf seinem Balkon gestanden und seinen Gott angebetet habe. Als Flambeau die Stimme hörte und die Hand Father Browns fühlte, wandte er ihm sein dunkles Gesicht zu und sagte schroff:

»Wenn er die ganze Zeit da oben gewesen ist, wer kann es dann getan haben?«

»Vielleicht«, sagte der andere, »sollten wir hinaufgehen und es herausfinden. Wir haben eine halbe Stunde, bevor die Polizei da sein wird.«

Flambeau überließ den Körper der ermordeten Erbin den Ärzten, stürmte die Treppen zum Schreibbüro hinauf, fand es vollkommen leer vor und stürmte höher in sein eigenes. Nachdem er es betreten hatte, kehrte er mit einem neuen und weißen Gesicht zu seinem Freund zurück.

»Ihre Schwester«, sagte er mit unerfreulichem Ernst, »ihre Schwester scheint zu einem Spaziergang ausgegangen zu sein.«

Father Brown nickte. »Oder sie kann in das Büro des Sonnenmannes hinaufgegangen sein«, sagte er. »Wenn ich Sie wäre, würde ich zunächst das feststellen, und dann wollen wir die Sache in Ihrem Büro durchsprechen. Nein«, sagte er plötzlich, als ob er sich an etwas erinnere; »ob ich wohl jemals klüger werde? Natürlich in ihrem Büro unten.«

Flambeau starrte; aber er folgte dem kleinen Father die Treppen hinab in das leere Büro der Staceys, wo jener undurchdringliche Pastor sich einen großen roten Ledersessel mitten in den Eingang stellte, von wo aus er die Treppen und Absätze überblicken konnte, und wartete. Er wartete nicht sehr lange. Innerhalb von etwa vier Minuten stiegen drei Gestalten die Treppen herab, einander lediglich in ihrer Feierlichkeit ähnlich. Die erste war Joan Stacey, die Schwester der toten Frau – offenbar *war* sie oben in dem zeitweiligen Tempel Apolls gewesen; die zweite war der Priester Apolls selber, der, nachdem er seine Litanei beendet hatte, die leeren Treppen in herrlicher Pracht herabwandelte – etwas an seinen weißen Roben, dem Bart, dem gescheitelten Haar erinnerte an Dores Christus, der das Praetorium verläßt; die dritte war Flambeau, mit finsterer Stirn und einigermaßen verblüfft.

Miss Joan Stacey, mit verkniffenem Gesicht und einem vorzeitigen Anflug von Grau im Haar, ging direkt zu ihrem Schreibtisch und ordnete ihre Papiere mit geübtem Griff. Das allein brachte die übrigen zur Vernunft. Wenn Miss Joan Stacey eine Verbrecherin war, dann war sie eine sehr kaltblütige. Father Brown betrachtete sie eine Weile mit einem seltsamen kleinen Lächeln, und dann wandte er sich, ohne den Blick von ihr zu nehmen, an jemand anderen.

»Prophet«, sagte er, vermutlich zu Kalon, »ich möchte, daß Sie mir so viel wie möglich über Ihre Religion erzählen.«

»Es ist mir eine Ehre«, sagte Kalon und neigte sein immer noch gekröntes Haupt; »aber ich bin mir nicht sicher, ob ich richtig verstanden habe.«

»Nun, es ist so«, sagte Father Brown in seiner offenen nachdenklichen Weise. »Nach unserer Lehre ist ein Mensch mit wirklich schlechten Grundsätzen daran wenigstens teilweise selbst schuld. Aber wir können dennoch unterscheiden zwischen einem Menschen, der gegen ein strahlend reines Gewissen handelt und einem, dessen Gewissen von Spitzfindigkeiten umwölkt ist. Sind Sie also davon überzeugt, daß Mord etwas Böses ist?«

»Ist das eine Anklage?« fragte Kalon sehr ruhig.

»Nein«, antwortete Brown ebenso sanft, »das ist das Plädoyer für die Verteidigung.«

In das lange und erschreckte Schweigen des Raumes hinein erhob sich der Prophet Apollos langsam, und wahrlich war es wie der Aufgang der Sonne. Er füllte den Raum mit seinem Licht und Leben auf so intensive Art, daß man das Gefühl bekam, er hätte ebenso leicht die Ebene von Salisbury erfüllen können. Seine in Roben gehüllte Gestalt schien den ganzen Raum mit klassischen Draperien zu versehen; seine epische Geste schien ihn in immer größere Räume zu entgrenzen, bis die kleine schwarze Gestalt des modernen Klerikers wie ein Fehlgriff und ein Eindringling erschien, ein runder schwarzer Fleck auf dem strahlenden Glanz von Hellas.

»Endlich treffen wir uns, Kaiaphas«, sagte der Prophet. »Ihre Kirche und die meine sind die einzigen Wirklichkeiten auf Erden. Ich bete die Sonne an, und Sie ihren Untergang; Sie sind der Priester des sterbenden Gottes, ich bin der Priester des lebendigen Gottes. Ihr gegenwärtiges Werk der Verdächtigung und Verleumdung ist Ihres Gewandes und Ihres Glaubens würdig. Ihre ganze Kirche ist nichts als eine schwarze Polizei; Ihr alle seid nur Spione und Detektive, die versuchen, den Menschen Bekenntnisse ihrer Schuld zu entreißen, durch Verrat oder durch Folter. Sie wollen die Menschen ihrer Verbrechen überführen, ich will sie ihrer Unschuld überführen. Sie wollen sie von ihren Sünden überzeugen, ich will sie von ihrer Tugend überzeugen.

Leser der Bücher des Bösen, ein Wort noch, bevor ich Ihre grundlosen Hirngespinste für immer hinwegblase. Nicht einmal im entferntesten können Sie verstehen, wie gleichgültig es mir ist, ob Sie mich überführen können oder nicht. Was ihr Schande und schreckliches Henken nennt, ist mir nicht mehr als der Menschenfresser im Märchenbuch des Kindes dem erwachsenen Mann. Sie sagten, Sie hielten das Plädoyer für die Verteidigung. Mir liegt so wenig an dem Nebelland dieses Lebens, daß ich Ihnen das Plädoyer für die Staatsanwaltschaft anbiete. Nur eines kann in dieser Angelegenheit gegen mich vorgebracht werden, und das will ich selbst sagen. Die Frau, die tot ist, war meine Liebe und meine Braut; nicht nach jener Art, die eure Blechkapellen rechtmäßig nennen, sondern nach einem reineren und strengeren Gesetz, als Sie je verstehen können. Sie und ich, wir wandelten in einer anderen Welt als der Ihren und schritten durch kristallene Paläste, während Sie durch Korridore und Tunnels aus Ziegelsteinen krochen. Ich weiß wohl, daß Polizisten, seien sie theologische oder andere, sich immer einbilden, wo Liebe sei, müsse bald auch Haß sein; und damit haben Sie den ersten Punkt für die Anklage. Der zweite Punkt aber ist gewichtiger; ich will ihn Ihnen nicht verhehlen. Nicht nur ist wahr, daß Pauline mich liebte, wahr ist auch, daß sie noch diesen Morgen, bevor sie starb, an jenem Tische dort ihr Testament geschrieben hat, durch das sie mir und meiner neuen Kirche eine halbe Million vermachte. Alsdann, wo sind die Handschellen? Bilden Sie sich denn ein, es kümmere mich noch, welch törichte Dinge Sie mir antun? Zuchthausstrafe wird mir sein, wie an einer Zwischenstation auf sie warten. Der Galgen wird mir nur sein wie ein Wagen zu ihr ohne Zwischenhalt.«

Er sprach mit der gehirnerschütternden Autorität des Redners, und Flambeau wie Joan Stacey starrten ihn voll der verblüfften Verwunderung an. Father Browns Gesicht schien nichts als äußerste Pein auszudrücken er blickte mit einer Schmerzensfalte auf der Stirn zu Boden. Der Prophet der Sonne lehnte sich leicht gegen den Kaminsims und fuhr fort:

»Mit wenigen Worten habe ich Ihnen den ganzen Fall gegen mich vorgetragen – den einzig möglichen Fall gegen mich. Mit noch weniger Worten werde ich ihn in Stücke sprengen, so, daß auch nicht eine Spur von ihm bleibt. Zur Frage, ob ich das Verbrechen begangen habe, die Antwort in einem Satz: Ich kann dieses Verbrechen nicht begangen haben. Pauline Stacey stürzte von diesem Stockwerk um 5 Minuten nach 12 in die Tiefe. Hundert Menschen werden in den Zeugenstand gehen und aussagen, daß ich draußen stand auf dem Balkon meiner eigenen Räume, von kurz vor Beginn des Mittagsläutens bis Viertel nach – die übliche Zeitlänge meiner öffentlichen Gebete. Mein Sekretär (ein achtbarer Jüngling aus Clapham, der in keinerlei Beziehung zu mir steht) wird beschwören, daß er während des ganzen Morgens in meinem Vorzimmer saß und daß während dieser Zeit niemand durch das Vorzimmer gegangen ist. Er wird beschwören, daß ich volle 10 Minuten vor der Zeit eintraf, 15 Minuten vor den ersten Gerüchten über den Unfall, und daß ich mich während der ganzen Zeit entweder im Büro oder auf dem Balkon aufgehalten habe. Noch nie hat jemand ein so vollkommenes Alibi gehabt; ich könnte halb Westminster in den Zeugenstand rufen lassen. Ich glaube, Sie sollten die Handschellen lieber wieder wegstecken. Der Fall ist zu Ende.

Zum Schluß aber, und damit auch nicht ein Hauch dieser idiotischen Verdächtigung in der Luft bleibe, will ich Ihnen alles erzählen, was Sie wissen wollen. Ich glaube zu wissen, wie meine unglückliche Freundin zu Tode kam. Wenn Sie wollen, können Sie mich, oder wenigstens meinen Glauben und meine Philosophie, dafür verantwortlich machen; aber mit Sicherheit können Sie mich nicht einsperren lassen. Allen, die sich je dem Studium der höheren Wahrheiten gewidmet haben, ist wohlbekannt, daß im Lauf der Geschichte gewisse Eingeweihte und *Illuminati* die Fähigkeit der Levitation erreicht haben – das heißt, daß sie in der freien Luft schweben konnten. Das ist nur ein Teil jener allgemeinen Eroberung der Materie, die das Hauptelement unseres okkulten Wissens ist. Die arme Pauline war von impulsivem und ehrgeizigem Temperament. Und, um die Wahrheit zu sagen, glaube ich, daß sie sich bereits tiefer in die Geheimnisse eingedrungen wähnte, als sie es war; und oftmals sagte sie zu mir, wenn wir im Lift mitsammen abwärts fuhren, daß wessen Wille stark genug sei, wie eine Feder ungefährdet abwärts schweben könne. Ich bin der festen Überzeugung, daß sie in der Ekstase edelster Gedanken das Wunder versucht hat. Ihr Wille oder ihr Glaube müssen sie im kritischen Moment im Stich gelassen haben, und die niederen Gesetze der Materie haben ihre furchtbare Rache genommen. Das also ist die ganze Geschichte, meine Herren, sehr traurig und nach Ihren Vorstellungen sehr vermessen und sehr gottlos, jedoch auf keinen Fall verbrecherisch oder in irgendeinem Zusammenhang mit mir. In der Kurzschrift der Polizeigerichte sollten Sie es besser Selbstmord nennen. Ich aber werde es immer ein heroisches Scheitern im Dienste des wissenschaftlichen Fortschritts und des langsamen Erklimmens des Himmels nennen.«

Zum ersten Male überhaupt sah Flambeau Father Brown besiegt. Er saß immer noch da und blickte mit schmerzvoll verzogenen Brauen zu Boden, als schämte er sich. Es war unmöglich, sich dem Gefühl zu entziehen, das des Propheten beflügelte Worte angefacht hatten, daß hier ein tumber professioneller Verdächtiger seiner Mitmenschen von einem stolzeren und reineren Geist natürlicher Freiheit und Gesundheit überwältigt worden sei. Schließlich sagte er blinzelnd wie in körperlichen Schmerzen: »Nun ja, wenn das so ist, Sir, brauchen Sie nichts anderes mehr zu tun, als jenes Testamentspapier zu nehmen, von dem Sie gesprochen haben, und zu gehen. Ich frage mich, wo die arme Dame es gelassen hat.«

»Es wird da drüben auf ihrem Tisch nahe der Tür sein, nehme ich an«, sagte Kalon in jener massiven Unschuld des Verhaltens, die ihn völlig freizusprechen schien. »Sie sagte mir ausdrücklich, sie werde es an diesem Morgen schreiben, und wirklich habe ich sie schreiben gesehen, als ich im Fahrstuhl hoch zu meinen Räumen fuhr.«

»War die Tür da auf?« fragte der Priester und blickte auf eine Ecke des Fußbodenbelags.

»Ja«, sagte Kalon gelassen.

»Aha! Sie ist dann seither offen gewesen«, sagte der andere und nahm sein schweigsames Studium des Bodenbelags wieder auf.

»Da drüben liegt ein Stück Papier«, sagte die grimme Miss Joan mit etwas seltsamer Stimme. Sie war zum Schreibtisch ihrer Schwester neben der Tür getreten und hielt ein Stück blauen Konzeptpapiers in der Hand. Auf ihrem Gesicht lag ein säuerliches Lächeln, das für eine solche Szene und Gelegenheit sehr unpassend erschien, und Flambeau sah sie mit sich verfinsternder Stirne an.

Kalonder Prophethielt sich mit jener königlichen Unbefangenheit von dem Papier fern, die ihn bis hier getragen hatte. Aber Flambeau nahm es der Dame aus der Hand und las es mit dem größten Erstaunen. Es begann tatsächlich in der üblichen Form eines Testamentes, aber nach den Worten »Ich schenke und vermache alles, was ich bei meinem Tode besitze« brach es jählings in eine Kritzelei ab, und vom Namen irgendeines Erben war da keine Spur. Flambeau reichte dieses abrupt endende Testament verwundert seinem klerikalen Freund, der es überflog und schweigend an den Priester der Sonne weiterreichte.

Einen Augenblick später hatte jener Hohepriester in seinen glänzenden wallenden Gewändern den Raum mit zwei großen Schritten durchmessen und stand dräuend über Joan, wobei ihm seine blauen Augen aus dem Kopf quollen.

»Was für Gaunertricks hast du da gespielt?« schrie er. »Das ist nicht alles, was Pauline geschrieben hat.«

Sie hörten ihn zu ihrer Verblüffung mit einer völlig neuen Stimme ein schrilles Yankee-Englisch sprechen; all seine Großartigkeit und sein ausgezeichnetes Englisch waren von ihm wie ein Umhang abgefallen.

»Das war das einzige Stück auf ihrem Schreibtisch«, sagte Joan und sah ihn stetig mit dem gleichen Lächeln tiefer Abneigung an.

Und plötzlich brach der Mann in eine Sturzflut lästerlicher und ungläubiger Worte aus. Das Fallenlassen seiner Maske hatte etwas Erschütterndes; es war, als falle einem Mann sein wirkliches Gesicht ab.

»Hör zu!« schrie er in breiigem Amerikanisch, vom Fluchen außer Atem; »vielleicht bin ich n Abenteurer, aber du bist ne Mörderin. Jawoll, die Herren, hier habt ihr euren Tod erklärt, und ganz ohne Levitation. Das arme Mädchen schreibt ein Testament zu meinen Gunsten; ihre verfluchte Schwester kommt rein, kämpft mit ihr um die Feder, zerrt sie zum Schacht und schmeißt sie runter, ehe sie fertig ist. Scheiße! Wir werden die Handschellen doch noch brauchen.«

»Wie Sie so richtig bemerkt haben«, erwiderte Joan in verächtlicher Ruhe, »ist Ihr Sekretär ein achtbarer junger Mann, der das Wesen eines Eides kennt; und er wird vor jedem Gericht beschwören, daß ich oben in Ihrem Büro war, um bestimmte Schreibarbeiten vorzubereiten, von 5 Minuten vor bis 5 Minuten nach dem Sturz meiner Schwester. Und Mr. Flambeau wird aussagen, daß er mich dort angetroffen hat.«

Schweigen herrschte.

»Dann also«, rief Flambeau, »war Pauline allein, als sie stürzte, und es war Selbstmord!«

»Sie war allein, als sie stürzte,« sagte Father Brown, »aber es war kein Selbstmord.«

»Wie ist sie denn dann gestorben?« fragte Flambeau ungeduldig.

»Sie wurde ermordet.«

»Aber sie war doch ganz allein«, widersprach der Detektiv.

»Sie wurde ermordet, während sie ganz allein war«, antwortete der Priester.

Die anderen alle starrten ihn an, aber er blieb in der gleichen niedergeschlagenen Haltung von vorhin sitzen, mit einer Falte auf seiner runden Stirn und dem Ausdruck von unpersönlicher Scham und Trauer; seine Stimme war farblos und düster.

»Was ich wissen will«, schrie Kalon mit einem Fluch, »ist, wann die Polizei sich diese blutbefleckte gottverdammte Schwester abholt. Sie hat ihr eigen Fleisch und Blut ermordet; sie hat mich um eine halbe Million beraubt, die mindestens so unverbrüchlich mir gehörte wie —«

»Komm, komm, Prophet«, unterbrach ihn Flambeau spöttisch; »denk daran, daß diese Welt nur eine Nebelbank ist.«

Der Hierophant des Sonnengottes unternahm eine Anstrengung, wieder auf sein Podest zu klettern. »Es geht ja nicht allein ums Geld«, rief er, »obwohl das unsere Sache in der ganzen Welt auf sicheren Boden stellen würde. Es geht ja auch um die Wünsche meiner so sehr Geliebten. Pauline war das alles heilig. In Paulines Augen —«

Father Brown sprang so plötzlich hoch, daß er seinen Sessel glatt umwarf. Er war totenbleich, aber er schien von einer Hoffnung entflammt. Seine Augen leuchteten.

»Das ist es«, schrie er mit klarer Stimme. »Damit muß man anfangen. In Paulines Augen —«

Der große Prophet wich in fast wahnsinniger Verwirrung vor dem kleinen Priester zurück. »Was meinen Sie? Wie können Sie es wagen?« schrie er wieder und wieder.

»In Paulines Augen«, wiederholte der Priester, und seine eigenen leuchteten immer mehr. »Weiter – in Gottes Namen weiter. Das schlimmste Verbrechen, das der böse Feind einem eingeflüstert hat, wird durch die Beichte leichter; und ich flehe Sie an: Beichten Sie. Weiter, weiter – in Paulines Augen –«

»Laß mich gehen, du Teufel!« donnerte Kalon und wand sich wie ein Riese in Fesseln. »Wer bist du, du verfluchter Spion, daß du es wagst, dein Spinngewebe um mich zu weben und zu lauern und zu glotzen? Laß mich gehen.«

»Soll ich ihn festhalten?« fragte Flambeau und sprang auf die Tür zu, denn Kalon hatte sie bereits weit geöffnet.

»Nein; lassen Sie ihn gehen«, sagte Father Brown mit einem eigenartigen tiefen Seufzer, der aus den Tiefen des Universums zu kommen schien. »Laß Kain vorüber, denn er gehört Gott.«

Im Raum herrschte, nachdem er ihn verlassen hatte, ein langes Schweigen, das für Flambeaus schnellen Witz eine Ewigkeit tödlicher Neugier bedeutete. Miss Joan Stacey ordnete sehr kühl die Papiere auf ihrem Schreibtisch.

»Father«, sagte Flambeau schließlich, »es ist meine Pflicht und nicht nur meine Neugier – es ist meine Pflicht, herauszufinden, wer das Verbrechen begangen hat, wenn ich kann.«

»Welches Verbrechen?« fragte Father Brown.

»Das, mit dem wir uns befassen, natürlich«, antwortete sein ungeduldiger Freund.

»Wir befassen uns mit zwei Verbrechen«, sagte Brown; »Verbrechen von sehr unterschiedlichem Gewicht – und von sehr unterschiedlichen Verbrechern begangen.«

Miss Joan Stacey, die ihre Papiere eingesammelt und weggeräumt hatte, begann, ihren Schreibtisch abzuschließen. Father Brown fuhr fort und beachtete sie so wenig, wie sie ihn beachtete.

»Die beiden Verbrechen«, bemerkte er, »wurden gegen die gleiche Schwäche der gleichen Person begangen, im Kampf um ihr Geld. Der Urheber des größeren Verbrechens fand sich durch das kleinere Verbrechen um seinen Lohn betrogen; der Urheber des kleineren Verbrechens bekam das Geld.«

»Ach, halten Sie doch keine Vorlesung«, stöhnte Flambeau; »sagen Sie es mit ein paar Worten.«

»Ich kann es mit einem Wort sagen«, antwortete sein Freund.

Miss Joan Stacey stülpte sich ihren sachlich-düsteren Hut vor einem kleinen Spiegel mit einem sachlich-düsteren Stirnrunzeln auf den Kopf und ergriff, während das Gespräch weiterging, ohne Hast Handtasche und Schirm und verließ den Raum.

»Die Wahrheit ist in einem Wort, sogar einem kurzen«, sagte Father Brown. »Pauline Stacey war blind.«

»Blind!« wiederholte Flambeau, und erhob sich langsam zu seiner ganzen Größe.

»Sie war das durch Vererbung«, fuhr Brown fort. »Ihre Schwester hätte Brillen getragen, wenn Pauline sie gelassen hätte; aber sie hatte nun mal die besondere Philosophie oder Macke, daß man solches Ungemach nicht ermutigen dürfe, indem man ihm nachgebe. Sie wollte die Wolke nicht eingestehen; oder sie versuchte, sie durch ihren Willen zu vertreiben. Und durch die Überanstrengung wurden ihre Augen schlechter und schlechter; aber die schlimmste Überanstrengung sollte noch kommen. Sie kam mit diesem kostbaren Propheten, oder wie immer er sich bezeichnet, der sie lehrte, mit bloßen Augen in die heiße Sonne zu starren. Das hieß Apollo empfangen. Ach, wenn diese neuen Heiden nur die alten Heiden wären, dann wären sie ein bißchen weiser! Die alten Heiden wußten, daß die reine Naturanbetung ihre grausamen Seiten hat. Sie wußten, daß Apollos Auge sengen und blenden kann.«

Nach einer Pause fuhr der Priester mit sanfter, ja gebrochener Stimme fort: »Ob jener Teufel sie nun absichtlich blind machte oder nicht, es gibt keinen Zweifel, daß er sie absichtlich durch ihre Blindheit ermordet hat. Die Einfachheit des Verbrechens macht krank. Wie Sie wissen, fuhren er und sie in den Fahrstühlen ohne Liftboy auf und ab; und Sie wissen auch, wie glatt und lautlos die Fahrstühle gleiten. Kalon brachte den Fahrstuhl auf das Stockwerk des Mädchens und sah sie durch die offene Tür in ihrer langsamen sichtlosen Weise das Testament schreiben, das sie ihm versprochen hatte. Er rief fröhlich zu ihr hinüber, daß er den Lift für sie bereitgestellt habe und daß sie kommen solle, sobald sie fertig sei. Dann drückte er auf den Knopf und schoß lautlos hoch zu seinem Stockwerk, ging durch sein eigenes Büro, hinaus auf seinen eigenen Balkon, und betete in Sicherheit vor der überfüllten Straße, als das arme Mädchen, nachdem sie ihre Arbeit beendet hatte, fröhlich aus der Tür lief, wo Liebhaber und Lift sie erwarteten, und sie trat –

»Nicht!« schrie Flambeau.

»Er hätte die halbe Million dadurch bekommen, daß er einfach den Liftknopf drückte«, fuhr der kleine Hochwürden in jener farblosen Stimme fort, mit der er von solchen Greueln sprach: »aber das ging schief. Es ging schief, weil es da noch eine andere Person gab, die das Geld ebenfalls haben wollte und die ebenfalls das Geheimnis von der Sehkraft der armen Pauline kannte. Es gab da auf jenem Testament etwas, das wohl niemand bemerkt hat: Obwohl es unbeendet und ohne Unterschrift war, hatten die andere Miss Stacey und irgendwelche Bediensteten es bereits als Zeugen unterschrieben. Joan hatte es zuerst unterzeichnet und Pauline dann in typisch weiblicher Mißachtung rechtlicher Formen gesagt, sie könne es ja später beenden. Also wollte Joan, daß ihre Schwester ohne wirkliche Zeugen unterschreibe. Warum? Ich dachte an die Blindheit und wurde mir sicher, daß sie Pauline alleine unterzeichnen lassen wollte, weil sie wollte, daß sie überhaupt nicht unterzeichne.

Leute wie die Staceys verwenden immer Füllfederhalter; doch für Pauline war dies besonders typisch. Durch Gewohnheit und ihren festen Willen und ihr Gedächtnis konnte sie immer noch fast so gut schreiben, als wenn sie sähe; aber sie konnte nicht mehr feststellen, wann ihr Füller neue Füllung brauchte. Deshalb wurden ihre Füller immer sorgfältig von ihrer Schwester gefüllt – alle, bis auf diesen Füller. Diesen hat ihre Schwester sorgfältig *nicht* gefüllt; der Rest an Tinte hielt für einige Zeilen und war dann alle. Und der Prophet verlor 500 000 Pfund und beging einen der brutalsten und genialsten Morde in der Geschichte der Menschheit für nichts.«

Flambeau ging zur offenen Tür und hörte die Polizei die Treppen heraufkommen. Er wandte sich um und sagte: »Sie müssen aber auf alles höllisch scharf aufgepaßt haben, um das Verbrechen binnen 10 Minuten bis zu Kalon zurückzuverfolgen.«

Father Brown bückte ihn erstaunt an.

»Ach das!« sagte er. »Nein; ich hatte scharf aufzupassen, um die Sache mit Miss Joan und dem Füllfederhalter herauszufinden. Daß Kalon der Verbrecher war, wußte ich schon, bevor ich durch die Eingangstür kam.«

»Sie scherzen!« schrie Flambeau.

»Ich meine es ernst«, antwortete der Priester. »Ich sage Ihnen, ich wußte, daß er es getan hatte, ehe ich noch wußte, was er getan hatte.«

»Aber wie denn?«

»Diese heidnischen Stoiker«, sagte Brown nachdenklich, »stolpern immer über ihre Stärke. Da war ein Krachen und ein Aufschrei draußen in der Straße, und der Priester Apollos zuckte nicht zusammen und sah sich nicht um. Ich wußte nicht, was es war; aber ich wußte, daß er es erwartet hatte.«

Das Zeichen des zerbrochenen Säbels

Die tausend Arme des Waldes waren grau, und seine Millionen Finger silbern. In einem Himmel aus dunklem grünlich-blauem Schiefer waren die Sterne kalt und funkelnd wie Eissplitter. Das dicht bewaldete und dünn besiedelte Land war in bitterem sprödem Frost erstarrt. Die schwarzen Höhlungen zwischen den Wurzelnder Bäume sahen aus wie bodenlose schwarze Höhlen in jener herzlosen skandinavischen Hölle, jener Hölle unermeßlicher Kälte. Selbst der viereckige Steinturm der Kirche sah nördlich aus bis an den Rand des Heidentums, so als handele es sich um irgendeinen Barbarenturm auf den Meeresfelsen Islands. Es war eine eigentümliche Nacht für die Erforschung eines Friedhofes durch wen auch immer. Aber auf der anderen Seite lohnte sich die Erforschung vielleicht.

Er erhob sich schroff aus der eschengrauen Waldlandschaft als eine Art Buckel oder Schulter grünen Grases, das im Sternlicht grau aussah. Die meisten Gäber lagen im Hang, und der Pfad, der zur Kirche hinaufführte, war so steil wie eine Treppe. Oben auf dem Hügel stand an flacher und hervorragender Stelle das Denkmal, durch das der Ort berühmt war. Es bildete einen eigenartigen Widerspruch zu den gesichtslosen Gräbern ringsumher, denn es war das Werk eines der größten Bildhauer des modernen Europas; und doch versank sein Ruhm im Ruhm des Mannes, dessen Abbild er geschaffen hatte. Der schmale Silberstift des Sternenlichts zeigte die massive metallische Gestalt eines hingesunkenen Soldaten, die starken Hände in ewigem Gebet gefaltet, das große Haupt auf eine Kanone gebettet. Das ehrwürdige Antlitz war bärtig, oder besser backenbärtig nach der alten plumpen Mode des Oberst Newcome. Die Uniform, nur mit den wenigen Strichen der Einfachheit angedeutet, war die des modernen Krieges. An seiner rechten Seite lag ein Säbel, dessen Spitze abgebrochen war; an seiner linken Seite lag eine Bibel. An durchglühten Sommernachmittagen kamen Wagenladungen von Amerikanern und gebildeten Vorstadtbewohnern, um die Grabstätte zu besichtigen; aber selbst dann empfanden sie das weite Waldland mit der einen kargen

Kuppel über Kirchhof und Kirche als einen sonderbar stummen und vernachlässigten Ort. In diesem Eisesdunkel tiefsten Winters sollte man meinen, er sei allein gelassen mit den Sternen. Dennoch knarrte durch die Stille der starren Wälder ein hölzernes Tor, und zwei vage Gestalten in Schwarz erklommen den schmalen Pfad zum Grab.

So schwach war das kalte Sternenlicht, daß an ihnen nichts zu erkennen war, außer daß beide schwarz gekleidet waren und der eine Mann riesig groß und der andere (vielleicht wegen des Kontrastes) geradezu erschreckend klein war. Sie stiegen hinauf zu dem großen gravitätischen Grabmal des historischen Kriegers und standen für ein paar Minuten da und starrten es an. Kein menschliches, vielleicht nicht einmal ein lebendes Wesen gab es in weitem Umkreis; und eine morbide Phantasie hätte sich wohl fragen können, ob sie denn selbst menschliche Wesen wären. Auf jeden Fall hätte der Anfang ihres Gespräches sonderbar erscheinen mögen. Nach einem ersten Schweigen sagte der kleine Mann zu dem anderen:

»Wo verbirgt ein Weiser einen Kiesel?«

Und der große Mann antwortete mit leiser Stimme: »Am Strand.«

Der kleine Mann nickte und sagte nach kurzem Schweigen: »Wo verbirgt der Weise ein Blatt?«

Und der andere antwortete: »Im Wald.«

Wieder herrschte Schweigen, und dann faßte der große Mann zusammen: »Meinen Sie, daß wenn ein weiser Mann echte Diamanten zu verbergen hat, er sie jemals unter falschen verbirgt?«*

»Nein, nein«, sagte der kleine Mann lachend, »wir wollen Vergangenes vergangen sein lassen.«

Er stampfte für ein oder zwei Sekunden mit seinen kalten Füßen und sagte dann: »Daran habe ich überhaupt nicht gedacht, sondern an etwas ganz anderes; etwas äußerst Merkwürdiges. Zünden Sie doch bitte ein Streichholz an, ja?«

Der große Mann fummelte in seiner Tasche herum, und bald erfolgte ein Kratzen, und dann malte eine Flamme die ganze glatte Seite des Denkmals golden an. In sie waren in schwarzen Lettern die wohlbekannten Worte eingehauen, die so viele Amerikaner ehrfurchtsvoll gelesen haben: »Geweiht der Erinnerung an General Sir Arthur St. Clare, Held und Märtyrer, der seine Feinde Stets Besiegte und Stets Verschonte, und von Ihnen zuletzt Verräterisch Erschlagen Ward. Wolle Gott, auf Den er Vertraute, ihn Belohnen und Rächen.«

---

*) siehe *Die Flüchtigen Sterne*, S. 67

Das Streichholz verbrannte des großen Mannes Finger, erlosch und fiel zu Boden. Er wollte schon ein weiteres entzünden, aber sein kleiner Gefährte hielt ihn ab. »Schon gut, Flambeau, mein Alter; ich habe gesehen, was ich wollte. Oder besser, ich habe nicht gesehen, was ich nicht wollte. Und jetzt müssen wir bis zum nächsten Wirtshaus anderthalb Meilen die Straße entlanggehen, und da werde ich versuchen, Ihnen alles darüber zu erzählen. Denn beim Himmel, man braucht ein Kaminfeuer und Ale, wenn man es wagt, eine solche Geschichte zu erzählen.«

Sie stiegen den steilen Pfad hinab, sie verriegelten das rostige Tor hinter sich, und sie machten sich auf zu einem stampfenden klirrenden Marsch über den gefrorenen Waldweg. Sie waren bereits eine gute Viertelmeile gegangen, als der kleine Mann wieder sprach. Er sagte: »Ja; der Weise verbirgt den Kiesel am Strand. Aber was macht er, wenn es da keinen Strand gibt? Haben Sie je von der großen St.-Clare-Affäre gehört?«

»Ich weiß nichts über englische Generäle, Father Brown«, antwortete der große Mann lachend, »obwohl ich einiges über englische Polizisten weiß. Ich weiß nur, daß Sie mich einen reichlich langen Tanz zu all den Schreinen dieses Burschen haben machen lassen, wer immer er war. Man sollte meinen, daß man ihn an sechs verschiedenen Orten begraben hat. Ich habe in der Westminster-Abtei ein Denkmal des Generals St. Clare gesehen; ich habe am Embankment ein sich aufbäumendes Reiterstandbild des Generals St. Clare gesehen; ich habe eine Gedenktafel in der Straße gesehen, in der er geboren wurde; und eine andere in der Straße, in der er gewohnt hat; und nun haben Sie mich in der Dunkelheit zu seinem Sarg auf dem Dorffriedhof geschleppt. Langsam habe ich genug von seiner großartigen Persönlichkeit, vor allem, da ich nicht die leiseste Ahnung habe, wer er war. Wonach jagen Sie in all diesen Krypten und Abbildungen?«

»Ich suche nach einem einzigen Wort«, sagte Father Brown. »Einem Wort, das nicht da ist.«

»Na schön«, sagte Flambeau, »wollen Sie mir was darüber erzählen?«

»Ich muß das in zwei Teile teilen«, bemerkte der Priester. »Einmal gibt es das, was alle Welt weiß; und dann gibt es das, was ich weiß. Nun ist das, was alle Welt weiß, kurz und einfach genug. Es ist außerdem absolut falsch.«

»Wie recht Sie haben«, sagte der große Mann namens Flambeau fröhlich. »Beginnen wir am falschen Ende. Beginnen wir mit dem, was alle wissen, was aber nicht wahr ist.«

»Wenn auch nicht ganz unwahr, so doch zumindest höchst unzureichend«, fuhr Brown fort; »denn was alle Welt weiß, ist nur folgendes: Alle

Welt weiß, daß Arthur St. Clare ein großer und erfolgreicher englischer General war. Man weiß, daß er nach glänzenden, aber sorgfältig geführten Feldzügen in Indien und Afrika das Kommando gegen Brasilien hatte, als der große brasilianische Patriot Olivier sein Ultimatum stellte. Man weiß, daß bei jener Gelegenheit St. Clare mit sehr schwachen Kräften Olivier mit sehr starken Kräften angriff und nach heldenhaftem Widerstand gefangengenommen wurde. Und man weiß, daß nach seiner Gefangennahme St. Clare zum Entsetzen der gesamten zivilisierten Welt am nächsten Baum aufgehängt worden ist. Man fand ihn dort baumelnd, nachdem die Brasilianer sich zurück gezogen hatten, mit dem zerbrochenen Säbel um den Hals.«

»Und diese volkstümliche Geschichte ist unwahr?« regte Flambeau an.

»Nein«, sagte sein Freund ruhig; »die Geschichte ist wohl wahr, soweit sie reicht.«

»Na, ich meine, sie geht weit genug!« sagte Flambeau. »Aber wenn die volkstümliche Geschichte wahr ist, wo liegt dann das Geheimnis?«

Sie waren an vielen hundert weiteren grauen und geisterhaften Bäumen vorbeigekommen, ehe der kleine Priester antwortete. Dann kaute er nachdenklich auf seinem Finger herum und sagte: »Nun, das Geheimnis ist ein Geheimnis der Psychologie. Oder vielmehr, es ist ein Geheimnis von zwei Psychologien. In dieser brasilianischen Angelegenheit haben zwei der berühmtesten Männer der modernen Geschichte völlig gegen ihren Charakter gehandelt. Bedenken Sie – Olivier und St. Clare waren beides Helden – von der alten Art, damit da kein Zweifel entsteht; es war wie der Kampf zwischen Rektor und Achill. Und nun: Was würden Sie zu einem Treffen sagen, in dem Achill feige und Hektor verräterisch handelt?«

»Weiter«, sagte der große Mann ungeduldig, als der andere erneut auf seinem Finger herumbiß.

»Sir Arthur St. Clare war ein Soldat von der alten frommen Art – der Art, die uns während der Meuterei gerettet hat«, fuhr Brown fort. »Er war immer mehr für die Pflicht als für das Wagnis; und bei all seinem persönlichen Mut war er ein entschieden bedächtiger Befehlshaber, dem jedes sinnlose Aufopfern von Soldaten besonders zuwider war. Und doch versuchte er bei seiner letzten Schlacht etwas, von dem ein Säugling erkannt hätte, wie absurd es war. Man braucht kein Stratege zu sein, um zu erkennen, daß das so wild wie der Wind war; genausowenig braucht man ein Stratege zu sein, um einem Bus aus dem Wege zu gehen. Das also ist das erste Geheimnis: Was ging im Kopf des englischen Generals vor? Das zweite Rätsel ist, was ging im Herzen des brasilianischen Generals vor? Man kann Präsident Olivier einen Visionär oder eine Landplage nennen; aber selbst seine Feinde geben zu, daß er großmütig wie ein fahrender Ritter war. Nahezu jeden anderen Gefangenen, den er je gemacht hat, hat er wieder laufengelassen oder sogar mit Wohltaten überschüttet. Selbst Menschen, die ihm wirklich Unrecht zugefügt hatten, kamen zurück, gerührt von seiner Schlichtheit und Milde. Warum in aller Welt sollte er sich ein einziges Mal in seinem Leben so teuflisch rächen; und dann ausgerechnet wegen des einzigen Schlages, der ihn nicht verletzt haben kann? Da haben Sie es. Einer der klügsten Männer auf Erden handelte grundlos wie ein Idiot. Einer der gütigsten Männer auf Erden handelte grundlos wie ein Schurke. Das ist die ganze Geschichte; und nun sind Sie dran, mein Junge.«

»Nein, bin ich nicht«, sagte der andere mit einem Schnauben. »Sie sind dran; und Sie werden sie mir höchstselbst erzählen.«

»Na schön«, fuhr Father Brown fort, »es wäre nicht gerecht zu behaupten, daß die öffentliche Meinung so ist, wie ich eben gesagt habe, ohne hinzuzufügen, daß sich seither zwei Dinge ereignet haben. Ich kann nicht behaupten, daß sie ein neues Licht auf die Angelegenheit würfen, denn niemand kann sich einen Reim darauf machen. Aber sie warfen eine neue Dunkelheit, sie warfen die Dunkelheit in neue Richtungen. Das erste ist folgendes. Der Familienarzt der St. Clares bekam mit der Familie Streit und begann, eine Serie scharfer Artikel zu veröffentlichen, in denen er behauptete, der verblichene General sei von religiöser Manie besessen gewesen; aber soweit der Bericht reicht, scheint das kaum mehr zu bedeuten, als daß er ein religiöser Mann war. Auf alle Fälle hielt sich die Geschichte nicht lange. Jeder wußte natürlich, daß St. Clare einige der Exzentrizitäten puritanischer Frömmigkeit besaß. Der zweite Zwischenfall war sehr viel spannender. In jenem glücklosen Regiment, das den sinnlosen Angriff am Schwarzen Fluß unternahm, diente ein gewisser Hauptmann Keith, der damals mit St. Clares Tochter verlobt war und sie später auch heiratete. Er gehörte zu jenen, die Olivier gefangengenommen hatte und der wie alle übrigen außer dem General großzügig behandelt und umgehend wieder freigelassen worden war. Einige zwanzig Jahre später hat nun dieser Mann, inzwischen Oberstleutnant Keith, eine Art Autobiographie veröffentlicht mit dem Titel ›Ein britischer Offizier in Burma und Brasilien‹. An der Stelle, wo der Leser begierig nach einem Bericht über das Geheimnis um St. Clares Katastrophe sucht, findet er die folgenden Worte: ›Überall sonst in diesem Buch habe ich die Dinge genau so berichtet, wie sie sich ereignet haben, da ich der altmodischen Ansicht bin, daß der Ruhm Englands alt genug ist, um für sich selbst zu sorgen. Die Ausnahme mache ich in der Frage der Niederlage am Schwarzen Fluß; und meine Gründe dafür, obwohl privat, sind ehrenwert und zwingend. Ich will aber, um dem Gedächtnis zweier ausgezeichneter Männer Gerechtigkeit widerfahren zu lassen, dieses hinzufügen. General St. Clare ist bei dieser Gelegenheit der Unfähigkeit bezichtigt worden; ich kann zum mindesten dies bezeugen, daß sein Unternehmen, richtig verstanden, eines der glänzendsten und klügsten seines Lebens war. Präsident Olivier ist durch ähnliche Berichte barbarischer Ungerechtigkeit bezichtigt worden. Ich halte es der Ehre eines Gegners gegenüber für meine Pflicht festzustellen, daß er bei dieser Gelegenheit mit noch größerer als seiner üblichen Hochherzigkeit handelte. Um das Ganze verständlicher auszudrücken: Ich kann meinen Landsleuten versichern, daß St. Clare keineswegs der Narr, noch Olivier die Bestie war, als die sie erscheinen. Das ist alles, was ich zu sagen habe; und nichts auf Erden wird mich dazu bewegen, dem noch ein Wort hinzuzufügen.‹«

Ein großer gefrorener Mond begann wie ein schimmernder Schneeball zwischen dem Gewirr der Zweige vor ihnen durchzuscheinen, und in seinem Licht hatte der Erzähler seine Erinnerung an Hauptmann Keith' Text von einem Stück bedruckten Papiers auffrischen können. Als er es zusammenfaltete und wieder in die Tasche steckte, warf Flambeau die Hand in einer typisch französischen Geste hoch.

»Augenblick, Augenblick«, rief er aufgeregt. »Ich glaube, daß ich das auf Anhieb erraten kann.«

Er schritt schwer atmend voran, den schwarzen Kopf und den Stiernacken gebeugt wie ein Mann, der ein Geherrennen gewinnt. Der kleine Priester, erheitert und interessiert, hatte Mühe, sich an seiner Seite zu halten. Unmittelbar vor ihnen wichen die Bäume ein wenig nach links und rechts zurück, und die Straße schwang sich abwärts quer durch ein klares, monderleuchtetes Tal, bis sie wie ein Kaninchen in die Wand eines anderen Waldes tauchte. Der Eingang in diesen ferneren Wald erschien klein und rund wie das schwarze Loch eines entfernten Eisenbahntunnels. Ehe Flambeau aber wieder sprach, war er nur noch einige hundert Meter entfernt und gähnte wie eine Höhle.

»Ich hab's«, schrie er schließlich und klatschte sich mit seiner großen Hand auf die Schenkel. »Vier Minuten Nachdenken, und ich kann Ihnen die ganze Geschichte erzählen.«

»Alsdann«, stimmte sein Freund zu. »Erzählen Sie sie.«

Flambeau hob den Kopf, aber senkte die Stimme. »General Sir Arthur St. Clare«, sagte er, »entstammte einer Familie, in der Wahnsinn erblich ist; und sein einziges Ziel war, das vor seiner Tochter und, wenn möglich, sogar vor seinem zukünftigen Schwiegersohn geheimzuhalten. Er bildete sich zu Recht oder zu Unrecht ein, daß der endgültige Zusammenbruch nahe sei, und entschloß sich zum Selbstmord. Doch ein gewöhnlicher Selbstmord würde gerade das herausposaunen, was er so fürchtete. Als der Feldzug näherrückte, verdichteten sich auch die Wolken in seinem Gehirn, und in einem wahnerfüllten Augenblick opferte er seine öffentlichen Pflichten seinen privaten auf. Er stürzte sich Hals über Kopf in die Schlacht und hoffte, beim ersten Schuß zu fallen. Als er feststellen mußte, daß er lediglich Gefangenschaft und Schande erreicht hatte, platzte die versiegelte Bombe in seinem Hirn, und er zerbrach seinen Säbel und hängte sich auf.«

Er starrte fest auf die graue Front des Waldes vor ihm, mit dem einen schwarzen Loch darin wie der Mund des Grabes, wohinein sich ihr Pfad stürzte. Vielleicht verstärkte etwas Bedrohliches an der so plötzlich verschlungenen Straße seine lebhafte Vision der Tragödie, denn er erschauerte. »Eine furchtbare Geschichte«, schloß er.

»Eine furchtbare Geschichte«, wiederholte der Priester mit gesenktem Kopf; »aber nicht die wahre Geschichte.«

Dann warf er den Kopf in einer Art Verzweiflung zurück und rief: »Oh, ich wünschte, sie wäre es.«

Der große Flambeau wandte sich um und starrte ihn an.

»Ihre Geschichte ist eine saubere«, rief Father Brown tief bewegt. »Eine gütige, reine, redliche Geschichte, so klar und weiß wie jener Mond. Wahnsinn und Verzweiflung sind unschuldig genug. Es gibt schlimmere Dinge, Flambeau.«

Flambeau blickte wild zu dem so angerufenen Mond auf; und von da aus, wo er stand, sah er einen schwarzen Baumast sich genau wie ein Teufelshorn über ihn krümmen.

»Father – Father«, rief er mit seiner französischen Geste und schritt noch schneller aus, »Sie meinen, es war noch schlimmer?«

»Noch schlimmer«, sagte der andere wie ein tiefes Echo. Und sie tauchten in den schwarzen Kreuzgang des Waldes, der sich neben ihnen als düstere Tapete aus Stämmen hinzog, wie einer der dunklen Korridore in einem Traum.

Bald befanden sie sich im geheimsten Inneren des Waldes und fühlten dicht über sich Laubwerk, das sie nicht sehen konnten, als der Priester wieder fragte:

»Wo verbirgt der Weise ein Blatt? Im Wald. Aber was tut er, wenn da kein Wald ist?«

»Gut, gut«, schrie Flambeau gereizt, »was also tut er?«

»Er läßt einen Wald wachsen, um es darin zu verbergen«, sagte der Priester mit undeutlicher Stimme. »Eine furchtbare Sünde.«

»Passen Sie auf«, rief sein Freund ungeduldig, denn der düstere Wald und die düstere Rede gingen ihm an die Nerven; »wollen Sie mir die Geschichte erzählen oder nicht? Was für andere Beweisstücke kann man denn noch heranziehen?«

»Es gibt noch drei weitere Stückchen Beweise«, sagte der andere, »die ich in Löchern und Ecken ausgegraben habe, und ich will sie in logischer statt in chronologischer Reihenfolge vorlegen. Zuallererst haben wir natürlich als Quelle für Verlauf und Ausgang der Schlacht Oliviers Meldungen, die klar genug sind. Er hatte sich mit zwei oder drei Regimentern auf der Höhe über dem Schwarzen Fluß verschanzt, auf dessen anderem Ufer sich niedrigerer und sumpfiger Grund erstreckte. Dahinter hob sich das Land wieder sanft, und darauf befand sich der erste englische Vorposten, unterstützt von anderen, die allerdings weiter zurück lagen. Die britischen Kräfte waren zahlenmäßig insgesamt längst überlegen; aber dieses eine britische Regiment war gerade so weit von seiner Basis entfernt, daß Olivier erwog, den Fluß zu überschreiten und es abzuschneiden. Bei Sonnenuntergang hatte er sich jedoch entschlossen, in seiner Stellung zu bleiben, die besonders stark war. Am nächsten Morgen war er bei Tagesanbruch wie vom Donner gerührt, als er sah, daß diese verirrte Handvoll Engländer, völlig ohne Unterstützung von der Hauptmacht, den Fluß überschritten hatten, die eine Hälfte über eine Brücke zur Rechten, die andere durch eine weiter oben gelegene Furt, und sich auf dem sumpfigen Ufer unter ihm sammelte.

Daß sie in so geringer Zahl einen Angriff gegen eine solche Stellung versuchen sollten, war unglaublich genug; aber Olivier bemerkte etwas noch Ungewöhnlicheres. Denn statt zu versuchen, festeren Boden zu gewinnen, unternahm dieses wahnsinnige Regiment, das den Fluß in einem einzigen wilden Ansturm hinter sich gebracht hatte, nichts weiter, sondern blieb da im Morast stecken wie Fliegen im Sirup. Selbstverständlich bliesen die Brasilianer riesige Löcher mit ihrer Artillerie hinein, der sie nur mit mutigem aber schnell schwächer werdendem Gewehrfeuer antworten konnten. Doch gaben sie nicht auf; und Oliviers knapper Bericht schließt mit einem kräftigen Ausdruck der Bewunderung für die geheimnisvolle Tapferkeit dieser Narren. Schließlich rückte unsere Linie vor, schrieb Olivier, ›und trieb sie in den Fluß; wir nahmen General St. Clare selbst und einige weitere Offiziere gefangen. Der Oberst und der Major waren beide im Gefecht gefallen. Ich kann mich nicht enthalten festzustellen, daß es in der Geschichte nur wenige großartigere Anblick gegeben haben kann, wie den letzten Widerstand dieses außerordentlichen Regiments; verwundete Offiziere ergriffen die Gewehre toter Soldaten, und der General selbst warf sich uns zu Pferde entgegen, barhäuptig und mit zerbrochenem Säbel.‹ Über das, was danach mit dem General geschah, ist Olivier ebenso schweigsam wie Hauptmann Keith.«

»Na schön«, knurrte Flambeau, »weiter mit dem nächsten Beweisstück.«

»Das nächste Beweisstück«, sagte Father Brown, »mußte ich lange suchen, aber es wird nicht lange dauern, es zu erzählen. Schließlich fand ich in einem Armenhaus in den Lincolnshire Fens einen alten Soldaten, der nicht nur am Schwarzen Fluß verwundet wurde, sondern tatsächlich neben dem Oberst des Regimentes kniete, als der starb. Es war dies ein gewisser Oberst Clancy, ein mächtiger Bulle von Irländer; und es scheint, daß er ebenso an Zorn wie an Kugeln starb. Er jedenfalls war nicht verantwortlich für jenen lächerlichen Angriff; der General muß ihn dazu gezwungen haben. Seine letzten erbaulichen Worte waren meinem Informanten zufolge: ›Und da geht der verdammte alte Esel mit der Spitze des Säbels abgeschlagen. Ich wollte, es wäre sein Kopf.‹ Sie werden bemerkt haben, daß offenbar jeder diese Einzelheit mit der abgebrochenen Säbelspitze zur Kenntnis genommen hat, obwohl die meisten Menschen sie ehrfürchtiger betrachten, als der verblichene Oberst Clancy. Und nun zum dritten Bruchstück.«

Ihr Pfad durch das Waldland begann zu steigen, und der Sprecher pausierte ein bißchen, um wieder zu Atem zu kommen, bevor er fortfuhr. Dann machte er im gleichen geschäftsmäßigen Ton weiter:

»Vor kaum ein oder zwei Monaten starb in England ein brasilianischer Beamte, der mit Olivier Krach bekommen und sein Land verlassen hatte. Er war eine wohlbekannte Figur, sowohl hier wie auf dem Kontinent, ein Spanier namens Espado; ich habe ihn selbst gekannt, ein gelbgesichtiger alter Lebemann mit einer Hakennase. Aus unterschiedlichen privaten Gründen habe ich die Genehmigung erhalten, in die von ihm hinterlassenen Dokumente Einsicht zu nehmen; er war natürlich Katholik, und ich war bis zu seinem Ende bei ihm. Nichts gab es da, was irgendeine Ecke der dunklen St.-Clare-Affäre hätte erhellen können, mit Ausnahme einiger fünf oder sechs einfacher Hefte mit Tagebuchnotizen eines englischen Soldaten. Ich kann nur vermuten, daß sie von den Brasilianern bei einem Gefallenen gefunden wurden. Jedenfalls brechen sie am Abend unmittelbar vor der Schlacht ab.

Aber der Bericht über den letzten Tag im Leben dieses armen Teufels war wirklich lesenswert. Ich habe ihn bei mir; aber hier ist es zu dunkel, um ihn vorzulesen, und deshalb will ich Ihnen eine Zusammenfassung geben. Der erste Teil der Eintragung ist voller Witze über jemanden, den man Geier nannte, und die offenbar unter den Männern umliefen. Es hat nicht den Anschein, daß diese Person, wer immer es war, zu ihnen gehört hat oder auch nur ein Engländer war; aber es wird von ihm auch nicht ausdrücklich als von einem der Gegner gesprochen. Es hört sich fast so an, als ob er irgendein örtlicher Mittelsmann und Nichtkombattant gewesen sei; vielleicht ein Führer oder ein Journalist. Oft saß er mit dem alten Oberst Clancy zusammen; wird aber häufiger noch im Gespräch mit dem Major gesehen. Nun nimmt dieser Major in der Erzählung des Soldaten einen herausragenden Platz ein; allem Anschein nach ein hagerer, dunkelhaariger Mann mit Namen Murray – ein Mann aus Nordirland und ein Puritaner. Da gibt es ständig Witze über den Gegensatz zwischen der Strenge dieses Ulster-Mannes und der herzhaften Lebensfreude von Oberst Clancy. Es gibt da auch einige Witze über den Geier und seine grellfarbene Kleidung.

Doch all diese Nichtigkeiten werden durch etwas verscheucht, was man den Klang der Kriegstrompete nennen könnte. Hinter dem englischen Lager verlief fast parallel zum Fluß eine der wenigen großen Straßen des Gebietes. Nach Westen hin bog die Straße zum Fluß ab, den sie auf der schon erwähnten Brücke überquerte. Nach Osten hin schwang die Straße wieder zurück in die Wildnis, und einige zwei Meilen weiter lag an ihr der erste englische Vorposten. Aus dieser Richtung kam am Abend über die Straße das Blitzen und Klirren leichter Reiterei, in der sogar der einfache Tagebuchschreiber zu seinem Erstaunen den General mit seinem Stab erkennen konnte. Er ritt das große weiße Pferd, das Sie so oft in Illustrierten und auf akademischen Ölbildern gesehen haben; und Sie dürfen sicher sein, daß ihre Ehrenbezeugung vor ihm nicht nur formell geschah. Er aber verschwendete keine Zeit auf Zeremonien, sondern sprang sofort aus dem Sattel, mischte sich unter die Gruppe Offiziere und begann ein intensives wenngleich vertrauliches Gespräch. Was unseren Freund den Tagebuchschreiber am meisten überraschte, war seine besondere Neigung, sich mit Major Murray zu besprechen; nun war eine solche Auswahl, solange sie nicht besonders hervorgehoben wurde, keineswegs unnatürlich. Die beiden Männer waren für gegenseitige Sympathien wie geschaffen; beide waren Männer, die ›ihre Bibel lasen‹; beide gehörten zum alttestamentarischen Offizierstyp. Aber wie dem auch sein mag, sicher ist, daß, als der General wieder aufsaß, er immer noch ernsthaft mit Murray sprach; und daß, als er sein Roß langsam die Straße zum Fluß hinabgehen ließ, der große Ulster-Mann immer noch in ernsthaftem

Gespräch neben seiner Zügelhand ging. Die Soldaten sahen den beiden nach, bis sie hinter einer Baumgruppe verschwanden, an der sich die Straße zum Fluß hin bog. Der Oberst war zurück zu seinem Zelt gegangen, und die Männer zu ihren Posten; der Mann mit dem Tagebuch lungerte noch einige vier Minuten herum und erblickte etwas Erstaunliches.

Das große, weiße Pferd, das langsam die Straße hinabgeschritten war, wie es schon in so manchen Aufzügen geschritten war, kam zurückgeflogen, galoppierte über die Straße auf sie zu, als sei es wild darauf, ein Rennen zu gewinnen. Zuerst dachten sie, es sei mit dem Mann im Sattel durchgegangen; aber sie erkannten bald, daß der General, ein ausgezeichneter Reiter, es selbst zu höchster Geschwindigkeit anspornte. Pferd und Mann stürmten wie ein Wirbelwind auf sie hin; und dann wendete ihnen der General, während er das taumelnde Schlachtroß zügelte, ein Gesicht wie eine lodernde Flamme zu und brüllte nach dem Oberst wie die Posaune, die die Toten erweckt.

Ich stelle mir vor, daß all die erdbebenhaften Ereignisse jener Katastrophe im Geiste solcher Menschen wie unserem Tagebuchschreiber übereinanderstürzten wie Baumstämme. Mit der benommenen Erregung eines Traumes sahen sie sich in Reih und Glied stürzen – buchstäblich stürzen – und erfuhren, daß sofort ein Angriff über den Fluß zu führen sei. General und Major, wurde gemunkelt, hätten an der Brücke etwas herausgefunden, und nun bleibe gerade noch genug Zeit, ums Leben zu kämpfen. Der Major sei sofort zurückgegangen, um die Reserven weiter die Straße hinab heranzuführen; doch sei es zweifelhaft, ob selbst durch so prompten Hilferuf die Hilfe sie noch rechtzeitig erreichen könne. Auf jeden Fall aber müsse man den Fluß bei Nacht überqueren und die Höhe am Morgen angreifen. Und mit der Aufregung und dem Pulsieren des romantischen Nachtmarsches bricht das Tagebuch plötzlich ab.«

Father Brown schritt voran, denn der Waldweg wurde schmaler, steiler und gewundener, bis sie sich vorkamen, als stiegen sie eine Wendeltreppe hinan. Die Stimme des Priesters kam von oben aus der Dunkelheit.

»Da gab es noch, einen anderen kleinen ungeheuerlichen Zwischenfall. Als der General sie zu ihrem ritterlichen Angriff drängte, zog er seinen Säbel halb aus der Scheide; und dann, als ob er sich der melodramatischen Geste schämte, stieß er ihn wieder hinein. Wieder der Säbel, sehen Sie.«

Halblicht brach durch das Netzwerk der Zweige über ihnen und warf ihnen den Geist eines Netzes vor die Füße; denn sie stiegen erneut in die schwache Helle der reinen Nacht hinein. Flambeau empfand um sich Wahrheit wie eine Stimmung, aber nicht wie eine Idee. Er antwortete aus verwirrtem Hirn: »Was ist das denn mit dem Säbel? Offiziere tragen gewöhnlich Säbel, oder nicht?«

»Sie werden in modernen Kriegen nicht oft erwähnt«, sagte der andere leidenschaftslos; »aber in dieser Affäre stolpert man überall über diesen gesegneten Säbel.«

»Und was ist damit?« grollte Flambeau; »das ist ein fadenscheiniger Zwischenfall; die Klinge des alten Mannes ist in seiner letzten Schlacht abgebrochen. Natürlich kann man darauf wetten, daß die Zeitungen sich auf so etwas stürzen, wie sie es auch getan haben. Auf all diesen Grabmälern und Dingern wird er an der Spitze abgebrochen gezeigt. Ich hoffe, Sie haben mich nicht auf diese Polarexpedition mitgeschleppt, weil zwei Männer mit einem Blick fürs Malerische St. Clares zerbrochenen Säbel gesehen haben.«

»Nein«, rief Father Brown mit einer Stimme scharf wie ein Pistolenschuß; »aber wer hat seinen unzerbrochenen Säbel gesehen?«

»Was meinen Sie damit?« schrie der andere und blieb unter den Sternen stehen. Jäh waren sie aus den grauen Toren des Waldes hinausgetreten.

»Ich frage, wer seinen unzerbrochenen Säbel gesehen hat«, wiederholte Father Brown hartnäckig. »Jedenfalls nicht der Schreiber des Tagebuches; der General stieß ihn rechtzeitig in die Scheide zurück.«

Flambeau starrte ihn im Mondenlicht an, wie ein Blinder in die Sonne starren mag; und zum erstenmal fuhr sein Freund lebhaft fort:

»Flambeau«, rief er, »ich kann es nicht beweisen, selbst nicht nach dieser Jagd durch die Gräber. Aber ich bin mir dessen sicher. Lassen Sie mich nur noch eine Kleinigkeit hinzufügen, die das ganze Ding aus dem Gleichgewicht bringt. Der Oberst war durch einen merkwürdigen Zufall einer der ersten, die von einer Kugel getroffen wurden. Er wurde getroffen, schon lange bevor die Truppen ins Handgemenge kamen. Aber er sah St. Clares Säbel zerbrochen. Warum war er zerbrochen? Wie war er zerbrochen? Mein Freund, er war bereits vor der Schlacht zerbrochen.«

»Oha!« sagte sein Freund in einer Art verlorener Heiterkeit; »und wo bitte befindet sich das abgebrochene Stück?«

»Das will ich Ihnen sagen«, erwiderte der Priester prompt. »In der nördlichsten Ecke des Friedhofes der protestantischen Kathedrale in Belfast.«

»Tatsächlich?« fragte der andere. »Haben Sie sich danach umgesehen?«

»Ich konnte nicht«, erwiderte Brown mit offenkundigem Bedauern. »Über ihm erhebt sich ein großes Marmordenkmal; ein Denkmal zur

Erinnerung an den heroischen Major Murray, der ruhmvoll kämpfend in der berühmten Schlacht am Schwarzen Fluß fiel.«

Flambeau schien plötzlich wieder ins Leben elektrisiert. »Sie meinen«, rief er rauh, »daß General St. Clare Murray haßte und ihn auf dem Schlachtfeld ermordete, weil –«

»Sie sind immer noch voller gütiger und reiner Gedanken«, sagte der andere. »Es war schlimmer als das.«

»Nun gut«, sagte der große Mann, »mein Vorrat an üblen Vorstellungen ist aufgebraucht.«

Der Priester schien wirklich im Zweifel, wo anzufangen, und schließlich sagte er:

»Wo würde ein Weiser ein Blatt verbergen? Im Wald.«

Der andere antwortete nicht.

»Wenn es keinen Wald gibt, muß er einen Wald erschaffen. Und wenn er ein totes Blatt verbergen will, muß er einen toten Wald erschaffen.«

Da war immer noch keine Antwort, und der Priester fügte noch sanfter und leiser hinzu:

»Und wenn ein Mann eine Leiche zu verbergen hat, dann schafft er ein Feld von Leichen, sie darin zu verbergen.«

Flambeau begann voranzustapfen, als könne er keinen Verzug in Zeit oder Raum mehr vertragen; aber Father Brown fuhr fort, als führe er den letzten Satz weiter:

»Sir Arthur St. Clare war, wie ich schon sagte, ein Mann, der seine Bibel las. Das war es, was mit *ihm* los war. Wann werden die Menschen begreifen, daß es für einen Mann nutzlos ist, seine Bibel zu lesen, wenn er nicht auch aller anderen Bibel liest? Ein Drucker liest eine Bibel auf Setzfehler hin. Ein Mormone liest seine Bibel und findet darin Vielweiberei; ein Christian Scientist liest die seine und findet darin, daß wir keine Arme und Beine haben. St. Clare war ein alter protestantischer Angloindien-Soldat. Nun überlegen Sie mal, was das bedeutet; und lassen Sie um des Himmels willen alle Scheinheiligkeit beiseite. Es könnte einen körperlich eindrucksvollen Mann bedeuten, der unter tropischer Sonne in einer orientalischen Gesellschaft lebt und sich ohne Vernunft und Anleitung in ein orientalisches Buch verliert. Denn natürlich wird er eher das Alte als das Neue Testament lesen. Und natürlich findet er im Alten Testament alles, was er sich wünscht – Wollust, Tyrannei, Verrat. O ja, natürlich war er ein Ehrenmann, wie Sie das nennen. Aber welchen Wert hat es, wenn ein Mann in seiner Verehrung der Ehrlosigkeit Ehrenmann ist?

In jedem der glühenden und verschwiegenen Länder, in die dieser Mann kam, hielt er sich einen Harem, folterte Zeugen, häufte schändliches Gold; aber dazu würde er sicherlich ruhigen Blickes gesagt haben, daß er es zur höheren Ehre Gottes tue. Meine eigene Theologie ist ausreichend ausgedrückt durch die Frage: welchen Gottes? Wie auch immer: Mit solch Bösem ist es so, daß es Tür um Tür in die Hölle öffnet, und in immer kleinere und kleinere Räume. Das ist die wahre Anklage gegen das Verbrechen, daß ein Mann nicht wilder und wilder wird, sondern gemeiner und gemeiner. Bald erstickte St. Clare in Schwierigkeiten aus Bestechungen und Erpressungen; und er brauchte mehr und mehr Bargeld. Und zur Zeit der Schlacht am Schwarzen Fluß war er von Welt zu Welt herabgestürzt an jenen Ort, den Dante als die allerunterste Stufe des Universums beschreibt.«

»Was meinen Sie damit?« fragte sein Freund wiederum.

»Ich meine *das*«, erwiderte der Kleriker und wies jäh auf eine vom Eis versiegelte Pfütze, die im Mondschein schimmerte. »Erinnern Sie sich, wen Dante in den Kreis aus Eis versetzte?«

»Die Verräter«, sagte Flambeau und erschauerte. Als er sich in der unmenschlichen Landschaft der Bäume mit ihren verhöhnenden und fast obszönen Umrissen umblickte, konnte er sich fast vorstellen, er sei Dante, und der Priester mit der strömenden Stimme war wirklich ein Vergil, der ihn durch ein Land der ewigen Sünden geleitete.

Die Stimme fuhr fort: »Olivier war, wie Sie wissen, eine Don-Quijote-Natur und gestattete weder Geheimdienst noch Spione. Es wurde das also, wie viele andere Dinge, hinter seinem Rücken erledigt. Dafür war mein alter Freund Espado zuständig; er war der grellfarben gekleidete Geck, dem seine Hakennase den Beinamen Geier eintrug. An der Front spielte er den Philantropen, ertastete sich seinen Weg durch die englische Armee und bekam schließlich – o Gott! – ihren einzigen korrupten Mann zu fassen, und das war der Mann an der Spitze. St. Clare brauchte verzweifelt Geld, und zwar ganze Gebirge. Der in Mißkredit geratene Familienarzt drohte mit jenen unerhörten Bloßstellungen, die später begannen und wieder abgebrochen wurden; Geschichten von ungeheuerlichen und vorgeschichtlichen Vorgängen in Park Lane; von Dingen, die ein englischer Protestant tat und die nach Menschenopfern und Sklavenhorden rochen. Geld wurde auch für die Mitgift seiner Tochter benötigt; denn für ihn war der Ruf des Reichtums so süß wie der Reichtum selbst. Er griff nach einem letzten Strohhalm, ließ Brasilien Nachrichten zukommen, und Reichtum strömte ihm zu von den Feinden Englands. Aber außer ihm sprach noch ein anderer Mann mit Espado dem Geier. Irgendwie hatte der dunkle grimme junge Major aus Ulster die scheußliche Wahrheit erraten; und als sie gemeinsam jene Straße hinab zur Brücke hinschritten, erklärte Murray dem General, daß er entweder sofort den Dienst quittieren müsse oder vor ein Kriegsgericht gestellt und erschossen werde. Der General sträubte sich, um Zeit zu gewinnen, bis sie zu dem Saum tropischer Bäume bei der Brücke kamen; und da, am rauschenden Fluß unter sonnenbeschienenen Palmen (ich kann das Bild vor mir sehen), zog der General seinen Säbel und stieß ihn dem Major durch den Leib.«

Die winterliche Straße bog in schneidendem Frost über einen mit grausamen Formen von Buschwerk und Dickicht bestandenen Hang; Flambeau aber kam es vor, als sehe er weit jenseits einen schwachen Schimmer, der nicht von Sternenlicht und Mondenlicht stammte, sondern von einem Feuer, wie es von Menschen gemacht wird. Er beobachtete es weiter, während die Erzählung sich ihrem Ende zuneigte.

»St. Clare war ein Höllenhund, aber er war ein Hund von Rasse. Niemals, das schwöre ich, war er so scharfsichtig und tatkräftig wie damals, da der arme Murray ihm als kalter Klumpen vor den Füßen lag. Niemals war, wie Hauptmann Keith richtig feststellte, der große Mann bei all seinen Triumphen so groß wie in jener letzten, von der Welt verachteten Niederlage. Er sah kalt nach seiner Waffe, um das Blut abzuwischen; er sah, daß die Säbelspitze, die er seinem Opfer zwischen die Schultern gepflanzt hatte, in dessen Körper abgebrochen war. Er sah ganz gelassen, wie durch das Fenster eines Clubs, alles, was folgen mußte. Er sah, daß man den unerklärlichen Leichnam finden mußte; die unerklärliche Säbelspitze herausholen mußte; den unerklärlichen abgebrochenen Säbel bemerken mußte – oder die Abwesenheit eines Säbels. Er hatte getötet, aber nicht Schweigen gewonnen. Doch sein herrischer Geist bäumte sich gegen diesen Schlag ins Gesicht auf – noch gab es einen Ausweg. Er konnte den Leichnam weniger unerklärlich machen. Er konnte einen Hügel Leichname schaffen, um diesen einen zu bedecken. 20 Minuten danach marschierten 800 englische Soldaten in ihren Tod.«

Der wärmere Glanz hinter dem schwarzen Winterwald wurde stärker und heller, und Flambeau schritt aus, um ihn zu erreichen. Auch Father Brown beschleunigte seine Schritte; aber vor allem schien er in seine Geschichte versunken.

»So groß war die Tapferkeit dieses englischen Tausends, und so groß das Genie ihres Befehlshabers, daß, wenn sie sofort den Hügel angegriffen hätten, sogar ihr Wahnsinnsmarsch hätte Erfolg haben können. Aber der böse Geist, der mit ihnen wie mit Bauern spielte, hatte andere Ziele und Gründe. Sie mußten wenigstens so lange in den Sümpfen bei der Brücke bleiben, bis britische Leichname dort ein gewöhnlicher Anblick waren. Und dann die letzte große Szene: der silberhaarige Heilige Soldat, der sein zerbrochenes Schwert übergibt, um weiteres Schlachten zu verhindern. Oh, für ein Stegreifstück war es ausgezeichnet inszeniert. Aber ich glaube (ich kann es nicht beweisen), ich glaube, daß dort in den blutigen Sümpfen jemand zu zweifeln begann – und jemand erriet.«

Er schwieg einen Augenblick und sagte dann: »Eine Stimme aus dem Nichts flüstert mir zu, daß dieser Mann der Liebhaber war, der Mann, der das Kind des alten Mannes heiraten sollte.«

»Aber was ist mit Olivier und dem Aufhängen?« fragte Flambeau.

»Olivier pflegte seinen Marsch teils aus Ritterlichkeit, teils aus Politik selten mit Gefangenen zu beschweren«, erklärte der Erzähler. »Er ließ meistens alle frei. Er ließ in diesem Fall alle frei.«

»Alle bis auf den General«, sagte der große Mann.

»Alle«, sagte der Priester.

Flambeau runzelte seine schwarzen Brauen. »Ich verstehe immer noch nicht ganz«, sagte er.

»Es gibt noch ein anderes Bild, Flambeau«, sagte Brown mit geheimnisvollem Unterton. »Ich kann es nicht beweisen; aber ich kann mehr tun – ich kann es sehen. Ich sehe, wie am Morgen auf den kahlen sengenden Hügeln das Lager abgebrochen wird und brasilianische Uniformen sich zu Blöcken und Marschkolonnen massieren. Ich sehe das rote Hemd und den langen schwarzen Bart von Olivier, wie er im Winde weht, als der dasteht mit dem breitkrempigen Hut in der Hand. Er sagt dem großen Gegner, den er freiläßt, Lebewohl – dem einfachen, weißköpfigen englischen Veteranen, der ihm im Namen seiner Männer dankt. Die englischen Überreste stehen hinter ihm angetreten; neben ihnen Vorräte und Fahrzeuge für den Rückmarsch. Die Trommeln rollen; die Brasilianer ziehen ab; die Engländer stehen noch wie Statuen und bleiben so, bis das letzte Brummen und Blitzen des Feindes vom tropischen Horizont verschwunden ist. Dann plötzlich ändert sich ihre Haltung, als ob tote Männer zum Leben erwachten; sie wenden ihre 50 Gesichter dem General zu – Gesichter, die unvergeßlich sind.«

Flambeau fuhr zusammen. »Ah«, schrie er. »Sie meinen doch nicht etwa –«

»Ja«, sagte Father Brown mit tiefer und bewegender Stimme. »Es war eine englische Hand, die den Strick um St. Clares Hals legte; ich glaube, es war die Hand, die den Ring auf seiner Tochter Finger schob. Es waren englische Hände, die ihn zum Baum der Schande schleiften; die Hände von Männern, die ihn angebetet hatten und ihm zum Sieg gefolgt waren. Und es waren englische Seelen (Gott vergebe uns allen und erbarme sich unser!), die auf ihn starrten, wie er da unter der fremden Sonne am grünen Galgen der Palme schwang, und die in ihrem Haß beteten, daß er von ihr in die Hölle stürzen möge.«

Als die beiden den Kamm überquert hatten, brach ihnen das starke rote Licht eines englischen Gasthauses mit roten Vorhängen entgegen. Es stand beiseite der Straße, als sei es in einem Übermaß an Gastfreundlichkeit beiseite getreten. Seine drei Türen standen einladend offen; und selbst da, wo sie standen, konnten sie das Murmeln und Lachen der für eine Nacht glücklichen Menschheit hören.

»Ich brauche Ihnen nicht mehr zu erzählen«, sagte Father Brown. »Sie verurteilten ihn in der Wildnis und vernichteten ihn; und dann, um der Ehre Englands und um seiner Tochter willen, versiegelten sie die Geschichte von der Geldbörse des Verräters und der Säbelspitze des Mörders durch Eid auf ewig. Vielleicht – Gott helfe ihnen – versuchten sie, zu vergessen. Wir jedenfalls wollen versuchen, es irgendwie zu vergessen; hier ist unser Gasthaus.«

»Aus ganzem Herzen«, sagte Flambeau und war gerade dabei, mit langen Schritten in die hellerleuchtete lärmige Bar zu treten, als er zurückfuhr und fast auf die Straße stürzte.

»Sehn Sie sich das an, zum Teufel!« schrie er und wies starr auf das viereckige hölzerne Wirtshausschild, das über der Straße hing. Es zeigte undeutlich den groben Umriß eines Säbels mit verkürzter Klinge; und es war mit falschen altertümlichen Buchstaben beschrieben: »Das Zeichen des zerbrochenen Säbels«.

»Waren Sie darauf nicht vorbereitet?« fragte Father Brown milde. »Er ist der Abgott dieser Landschaft; die Hälfte aller Wirtshäuser und Parks und Straßen sind nach ihm und seiner Geschichte benannt.«

»Ich dachte, wir wären mit diesem Ungeheuer fertig«, rief Flambeau und spie auf die Straße.

»In England wird man nie mit ihm fertig sein«, sagte der Priester und blickte zu Boden, »solange Erz stark bleibt und Stein fortdauert. Seine Marmorstatuen werden die Herzen stolzer, unschuldiger Jungen für Jahrhunderte aufrichten, sein Grab auf dem Dorffriedhof wird nach Loyalität wie nach Lilien duften. Millionen, die ihn nie gekannt haben, werden ihn wie einen Vater lieben – diesen Mann, den die wenigen letzten, die ihn kannten, wie Mist behandelten. Er wird ein Heiliger sein; und die Wahrheit über ihn wird nie erzählt werden, denn ich habe mich endlich entschlossen. Es liegt soviel Gutes wie Böses im Enthüllen von Geheimnissen, daß ich mein Verhalten von einem Versuch abhängig gemacht habe. Alle diese Zeitungen werden untergehen; die Anti-Brasilien-Gesinnung ist schon vorüber; Olivier wird überall sonst geehrt. Aber ich hatte mir vorgenommen, daß wenn irgendwo mit Namen in Metall oder Marmor, die wie die Pyramiden Bestand haben, Oberst Clancy oder Hauptmann Keith oder Präsident Olivier oder sonst ein unschuldiger Mann fälschlich bezichtigt wäre, ich sprechen würde. Wenn aber lediglich St. Clare falsch gepriesen würde, wollte ich schweigen. Und ich werde schweigen.«

Sie tauchten in die Taverne mit den roten Vorhängen ein, die innen nicht nur angenehm, sondern geradezu luxuriös war. Auf einem Tisch stand ein Silbermodell des Grabes von St. Clare, das silberne Haupt gebeugt, der silberne Säbel zerbrochen. An den Wänden waren kolorierte Photographien der gleichen Szene und von den Wagenschlangen, die Touristen zu ihrer Besichtigung herbeischafften. Sie ließen sich auf den bequem gepolsterten Bänken nieder.

»Kommen Sie, es ist kalt«, rief Father Brown; »wir wollen Wein oder Bier trinken.«

»Oder Brandy«, sagte Flambeau.

Die drei Werkzeuge des Todes

Father Brown wußte von Berufs wegen wie aus Überzeugung besser als die meisten von uns, daß jeden Toten Würde umgibt. Doch selbst er empfand einen Schmerz der Ungereimtheit, als man ihn bei Tagesanbruch herausklopfte und ihm mitteilte, daß Sir Aaron Armstrong ermordet worden sei. Es lag etwas Widersinniges und Unpassendes in der heimlichen Gewalttat gegen einen so überaus unterhaltsamen und beliebten Mann. Denn Sir Aaron Armstrong war unterhaltsam bis an den Rand des Komischen; und er war beliebt in einem schon fast legendären Ausmaß. Es war, als höre man, daß Sunny Jim sich aufgehängt habe; oder daß Mr. Pickwick in Hanwell gestorben sei. Denn obwohl Sir Aaron Philanthrop war und also mit den dunkleren Seiten unserer Gesellschaft zu tun hatte, war er stolz darauf, das auf die hellste mögliche Weise zu tun. Seine politischen und sozialen Ansprachen waren Sturzbäche von Anekdoten und »lautem Gelächter«; seine körperliche Gesundheit war von explosiver Art; seine Ethik war der reine Optimismus; und er nahm sich des Trinkerproblems (seinem Lieblingsthema) mit jener unsterblichen oder selbst monotonen Fröhlichkeit an, die so oft das Kennzeichen des wohlhabenden absoluten Abstinenzlers ist.

Die etablierte Fassung seiner Wandlung war auf den puritanischeren Rednertribünen und Predigtkanzeln wohlbekannt: wie es ihn als Knaben fast noch von der schottischen Theologie zum schottischen Whisky gezogen habe und wie er aus beidem aufstieg und (wie er es bescheiden formulierte) zu dem wurde, was er war. Doch ließen sein weiter weißer Bart, sein engelhaftes Angesicht, seine blitzende Brille auf den zahllosen Essen und Kongressen, zu denen sie erschienen, es fast unglaubwürdig erscheinen, daß er je etwas so Morbides wie ein Schnapstrinker oder ein Kalvinist gewesen sei. Er war, das fühlte man, der ernsthafteste Fröhliche unter allen Menschenkindern.

Er hatte am ländlichen Rand von Hampstead gelebt, in einem schönen Haus, hoch aber nicht breit, einem modernen und prosaischen Turm. Die schmälste seiner schmalen Seiten überragte die steile grüne Böschung einer Eisenbahn und wurde von den vorbeifahrenden Zügen erschüttert. Sir Aaron Armstrong hatte, wie er lärmig erklärte, keine Nerven. Doch wenn der Zug oft das Haus erschüttert hatte, so war es an diesem Morgen umgekehrt, das Haus erschütterte den Zug.

Die Lokomotive verlangsamte und hielt genau jenseits jener Stelle an, wo eine Ecke des Hauses an die steile Rasenböschung stieß. Das Anhalten der meisten mechanischen Dinge muß langsam geschehen; aber der lebende Anlaß dieses Anhaltens war sehr schnell. Ein Mann, der vollständig in Schwarz gekleidet war, bis hin (wie man sich später erinnerte) zu dem schrecklichen Detail der schwarzen Handschuhe, war auf der Böschung vor der Lokomotive erschienen und hatte seine schwarzen Hände geschwungen wie finstere Windmühlenflügel. Das allein würde selbst einen Bummelzug kaum angehalten haben. Aber da kam ein Schrei aus ihm, von dem man später als von etwas absolut Unnatürlichem und Neuem sprach. Es war einer jener Schreie, die schrecklich eindeutig sind, selbst wenn man nicht versteht, was geschrieen wird. In diesem Fall lautete das Wort »Mord!«

Aber der Lokomotivführer beschwört, daß er auch dann angehalten hätte, wenn er nur den schrecklichen und eindeutigen Ton gehört hätte, und nicht das Wort.

Nachdem der Zug einmal angehalten hatte, konnte selbst der oberflächlichste Blick viele Einzelheiten der Tragödie aufnehmen. Der Mann in Schwarz auf der grünen Böschung war Sir Aaron Armstrongs Kammerdiener Magnus. Der Baronet hatte in seinem Optimismus oft über die schwarzen Handschuhe seines düsteren Dieners gelacht; jetzt aber gab es sicherlich niemanden, den über ihn zu lachen gelüstete.

Sofort nachdem ein oder zwei Untersuchungsbeamte aus dem Zug und über die verräucherte Hecke gestiegen waren, sahen sie, fast bis an den Grund der Böschung hinabgerollt, den Körper eines alten Mannes in einem gelben Morgenmantel mit grellrotem Futter. Ein Stück Seil schien um sein Bein geschlungen, das sich vermutlich bei einem Kampf herumgewickelt hatte. Da waren einige Blutspuren, aber nur sehr kleine; doch der Körper war in eine jedem lebenden Wesen unmögliche Haltung gebogen oder gebrochen. Es war Sir Aaron Armstrong. Nach einigen weiteren ratlosen Augenblicken kam ein großer blondbärtiger Mann heraus, den einige der Reisenden als den Sekretär des toten Mannes begrüßen konnten, Patrick Royce, der einst in Kreisen der Boheme wohl bekannt und in den Künsten der Boheme sogar berühmt gewesen war. In einer vageren, aber noch überzeugenderen Weise echote er das Grauen des

Dieners. Als schließlich noch die dritte Gestalt jenes Haushaltes, Alice Armstrong, die Tochter des Toten, bereits schwankend und zitternd in den Garten gekommen war, gebot der Lokomotivführer seinem Anhalt Einhalt. Die Pfeife blies, und der Zug keuchte von dannen, um von der nächsten Station Hilfe zu schicken.

Father Brown war auf Wunsch von Patrick Royce, dem großen Ex-Bohemien-Sekretär, so rasch herbeigerufen worden. Royce war Ire von Geburt und einer jener Gelegenheitskatholiken, die sich ihrer Religion niemals entsinnen, ehe sie nicht wirklich in der Klemme stecken. Doch wäre Roycens Wunsch wohl kaum so prompt erfüllt worden, wenn nicht einer der amtlichen Detektive ein Freund und Bewunderer des nichtamtlichen Flambeau gewesen wäre; und es war unmöglich, ein Freund Flambeaus zu sein, ohne unzählige Geschichten über Father Brown gehört zu haben. Als daher der junge Detektiv (dessen Name Merton war) den kleinen Priester über die Felder zur Eisenbahn führte, war ihr Gespräch vertraulicher, als es normalerweise zwischen zwei völlig Fremden erwartet werden kann.

»Soweit ich sehen kann«, sagte Merton offen, »ergibt das Ganze überhaupt keinen Sinn. Es gibt niemanden, den man verdächtigen könnte. Magnus ist ein feierlicher alter Narr, viel zu sehr Narr, um ein Mörder zu sein. Royce war seit Jahren der beste Freund des Baronets; und seine Tochter betete ihn zweifelsohne an. Davon abgesehen ist das alles zu absurd. Wer würde solch einen fröhlichen alten Burschen wie Armstrong töten wollen? Wer würde seine Hände in das Blut eines Tischredners tauchen wollen? Das wäre, als ob man den Weihnachtsmann tötete.«

»Ja, das war ein fröhliches Haus«, stimmte Father Brown zu. »Es war ein fröhliches Haus, als er noch lebte. Glauben Sie, daß es fröhlich bleiben wird, jetzt, da er tot ist?«

Merton fuhr zusammen und sah seinen Gefährten mit lebhafteren Augen an. »Jetzt, da er tot ist?« wiederholte er.

»Ja«, fuhr der Priester gleichmütig fort; »*er* war fröhlich. Aber konnte er seine Fröhlichkeit weitergeben? Offen gefragt, war außer ihm im Haus noch jemand fröhlich?«

Ein Fenster in Mertons Geist ließ jenes eigenartige Licht der Überraschung ein, in dem wir zum erstenmal Dinge begreifen, die wir schon seit langem gewußt haben. Er war im Zusammenhang mit kleinen Polizeihilfsarbeiten für den Philanthropen oft bei den Armstrongs gewesen; doch erschien es ihm jetzt, da er darüber nachzudenken begann, eigentlich als ein niederdrückendes Haus. Die Zimmer waren sehr hoch und sehr kalt; die Einrichtung war billig und provinziell; die zugigen Korridore wurden von elektrischem Licht erleuchtet, das frostiger als Mondlicht war. Und obwohl des alten Mannes rotes Angesicht und silberner Bart in jedem Zimmer und jedem Gang nacheinander wie Freudenfeuer erstrahlt waren, hatten sie doch keinerlei Wärme hinterlassen. Zweifellos war diese gespenstische Ungemütlichkeitdes Hauses teilweise gerade auf die Lebenskraft und den Überschwang seines Besitzers zurückzuführen; er brauche weder Öfen noch Lampen, pflegte er zu sagen, sondern trüge seine eigene Wärme in sich. Als aber Merton an die anderen Bewohner dachte, war er gezwungen zuzugeben, daß sie ihrerseits nichts als Schatten ihres Herrn waren. Der melancholische Kammerdiener mit seinen gräßlichen schwarzen Handschuhen war geradezu ein Albtraum; Royce, der Sekretär, war eigentlich kräftig genug gebaut, ein Stier von einem Mann in Tweed mit kurzem Bart; aber der strohfarbene Bart war wie der Tweed auffallend grau gesprenkelt, und die breite Stirn war voller vorzeitiger Falten. Er war an sich auch gutmütig, aber es war eine traurige Art der Gutmütigkeit, fast eine Art Gutmütigkeit aus gebrochenem Herzen – er trug die Miene eines Mannes zur Schau, der im Leben gescheitert ist. Und was Armstrongs Tochter angeht, so war es geradezu unglaubhaft, daß sie seine Tochter war; so blasse Farben und so zarte Konturen hatte sie. Sie war anmutig, aber da war ein Zittern in ihrer Gestalt wie in einer Espe. Merton hatte sich manches Mal gefragt, ob dieses Zittern vielleicht vom Lärm der vorüberfahrenden Züge herrühre.

»Wie Sie sehen«, sagte Father Brown und blinzelte bescheiden, »bin ich nicht so sicher, daß Armstrongs Fröhlichkeit so fröhlich ist – für andere Menschen. Sie sagten, daß niemand einen so glücklichen alten Mann töten könne, doch bin ich mir da nicht so sicher; *ne nos inducas in tentationem*. Wenn ich jemals jemanden umbringen sollte«, fügte er einfach hinzu, »wird es sicherlich ein Optimist sein.«

»Warum?« rief Merton erheitert. »Glauben Sie, daß die Menschen Fröhlichkeit nicht lieben?«

»Menschen lieben häufiges Lachen«, antwortete Father Brown, »aber ich glaube nicht, daß sie ein ständiges Lächeln lieben. Fröhlichkeit ohne Humor ist reichlich anstrengend.«

Sie gingen eine Weile schweigend an der windigen Grasböschung der Eisenbahn entlang, und gerade als sie unter den weitfallenden Schatten des hohen Armstrong-Hauses kamen, sagte Father Brown plötzlich wie ein Mann, der einen störenden Gedanken eher fortwirft, als ihn ernsthaft anzubieten: »Natürlich ist Trinken an sich weder gut noch böse. Aber ich werde manchmal das Gefühl nicht los, daß Menschen wie Armstrong von Zeit zu Zeit ein Glas Wein brauchen, um traurig zu werden.«

Mertons Dienstvorgesetzter, ein grauer und fähiger Detektiv namens Gilder stand auf der grünen Böschung, wartete auf den amtlichen Leichenbeschauer und unterhielt sich mit Patrick Royce, der mit seinen breiten Schultern und borstigem Haar und Bart über ihm aufragte. Das war um so bemerkenswerter, als Royce sonst immer in einer Art kraftvollen Gebeugtseins einherging und seine geringen Aufgaben als Sekretär und im Haushalt in einer schwerfälligen und demütigen Weise zu verrichten schien, wie ein Ochse, der eine Kinderkutsche zieht.

Er hob beim Anblick des Priesters den Kopf mit ungewöhnlicher Freude und nahm ihn ein paar Schritte beiseite. Inzwischen sprach Merton den älteren Detektiv durchaus ehrerbietig, aber nicht ohne eine gewisse jungenhafte Ungeduld an.

»Nun, Mr. Gilder, sind Sie mit dem Geheimnis weitergekommen?«

»Es gibt kein Geheimnis«, antwortete Gilder, während er mit verträumten Augen Saatkrähen nachblickte.

»Nun, für mich jedenfalls gibt es eins«, sagte Merton lächelnd.

»Das ist alles einfach genug, mein Junge«, bemerkte der vorgesetzte Untersuchungsbeamte und strich sich seinen grauen Spitzbart. »Drei Minuten, nachdem Sie sich zu Mr. Roycens Priester aufgemacht haben, kam die ganze Geschichte heraus. Sie kennen diesen teiggesichtigen Diener mit den schwarzen Handschuhen, der den Zug anhielt?«

»Ich würde ihn überall erkennen. Irgendwie hat er mich das Gruseln gelehrt.«

»Na schön«, sagte Gilder träge, »als der Zug wieder abgefahren war, war auch der Mann abgefahren. Ein reichlich kaltblütiger Verbrecher, meinen Sie nicht auch, der mit demselben Zug flieht, der nach der Polizei abfuhr?«

»Und Sie sind ganz sicher, nehme ich an«, sagte der junge Mann, »daß er wirklich seinen Herrn getötet hat?«

»Ja, mein Sohn; ich bin ganz sicher«, erwiderte Gilder trocken; »und zwar aus dem unwichtigen Grund, daß er mit 20 000 Pfund in Wertpapieren abgehauen ist, die sich im Schreibtisch seines Herrn befanden. Nein; die einzige Sache, die man eine Schwierigkeit nennen könnte, ist die Frage, wie er ihn umgebracht hat. Der Schädel scheint wie mit irgendeiner schweren Waffe zerschmettert, aber nirgendwo liegt eine Waffe herum, und dem Mörder wäre es sicher zu lästig gewesen, sie mitzuschleppen, es sei denn, die Waffe war zu klein, um bemerkt zu werden.«

»Vielleicht war die Waffe zu groß, um bemerkt zu werden«, sagte der Priester mit einem sonderbaren kleinen Kichern.

Gilder blickte sich bei dieser phantastischen Bemerkung um und fragte Brown einigermaßen scharf, was er damit meine.

»Dumme Art, es auszudrücken, ich weiß«, sagte Father Brown entschuldigend. »Hört sich wie ein Märchen an. Aber der arme Armstrong wurde tatsächlich mit einer Riesenkeule getötet, einer großen grünen Keule, zu groß, um gesehen zu werden, und die wir die Erde nennen. Er zerbrach an dieser grünen Böschung, auf der wir stehen.«

»Wie meinen Sie das?« fragte der Detektiv schnell.

Father Brown wandte sein Mondgesicht der schmalen Fassade des Hauses zu und blinzelte hoffnungslos hoch. Als sie seinen Blicken folgten, sahen sie, daß ganz oben in dieser sonst fensterlosen Rückseite ein Dachstubenfenster aufstand.

»Sehen Sie denn nicht«, erklärte er und wies ein bißchen ungeschickt wie ein Kind nach oben, »daß er von da oben hinabgestürzt wurde?«

Gilder studierte das Fenster stirnrunzelnd und sagte dann: »Das ist sicherlich möglich. Aber ich verstehe nicht, warum Sie sich dessen so sicher sind.«

Brown öffnete seine grauen Augen weit. »Nun ja«, sagte er, »da hängt doch ein Stück Strick am Bein des Toten. Sehen Sie denn nicht das andere Stück Strick, das sich da oben in der Fensterecke festgeklemmt hat?«

In der Höhe nahm das Ding sich wie ein winziges Staubkorn oder Haar aus, aber der kluge alte Detektiv war überzeugt. »Sie haben ganz recht, Sir«, sagte er zu Father Brown, »wirklich 1:0 für Sie.«

Während er noch sprach, kam durch die Biegung der Gleise zu ihrer Linken ein Sonderzug mit einem Wagen heran, hielt an und spie eine weitere Gruppe Polizisten aus, in deren Mitte sich das Armesündergesicht von Magnus befand, dem entwichenen Diener.

»Bei Gott! Sie haben ihn«, schrie Gilder und trat mit neuerwachter Lebendigkeit vor.

»Haben Sie das Geld?« rief er dem ersten Polizisten zu. Der Mann sah ihm mit einem sonderbaren Ausdruck ins Gesicht und sagte: »Nein.« Dann fügte er hinzu: »Wenigstens nicht hier.«

»Wer ist der Inspektor, bitte?« fragte der Mann namens Magnus.

Als er sprach, verstand sofort jeder, daß diese Stimme einen Zug angehalten hatte. Er war ein langweilig aussehender Mann mit flach anliegendem schwarzem Haar, einem farblosen Gesicht und einem schwach orientalischen Einschlag an den waagrechten Schlitzen von Augen und Mund. Seine Herkunft wie sein Name waren zweifelhaft geblieben, seit Sir Aaron ihn aus der Kellnerschaft eines Londoner Restaurants »errettet« hatte und (wie manche behaupten) aus schändlicheren Dingen. Doch seine Stimme war so lebendig wie sein Gesicht tot war. Ob durch Bemühungen um Exaktheit in einer fremden Sprache oder ob aus Rücksicht auf seinen Herrn (der ein bißchen taub gewesen war), jedenfalls waren Magnus' Töne von einer eigenartig klingenden und durchdringenden Beschaffenheit, und die ganze Gruppe fuhr zusammen, als er zu sprechen begann.

»Ich habe immer schon gewußt, daß das passieren würde«, sagte er laut mit unverschämter Gelassenheit. »Mein armer alter Herr verspottete mich, weil ich schwarzgekleidet gehe; aber ich antwortete immer, ich wolle für seine Beerdigung bereit sein.«

Und er machte eine kurze Bewegung mit seinen beiden dunkelbehandschuhten Händen.

»Sergeant«, sagte Inspektor Gilder und sah sich die schwarzen Hände voller Zorn an, »warum haben Sie diesem Kerl keine Handschellen angelegt? Er sieht mir reichlich gefährlich aus.«

»Nun, Sir«, sagte der Sergeant mit dem gleichen sonderbaren Ausdruck des Erstauntseins, »ich weiß nicht, ob wir das dürfen.«

»Was meinen Sie damit?« fragte der andere scharf. »Haben Sie ihn denn nicht verhaftet?«

Leichter Hohn verbreitete den geschlitzten Mund, und der Pfiff einer nahenden Lokomotive erschien wie ein eigentümlich spöttischer Widerhall.

»Wir haben ihn verhaftet«, erwiderte der Sergeant feierlich, »gerade als er aus der Polizeistation zu Highgate kam, wo er Inspektor Robinsons Fürsorge das gesamte Geld seines Herrn anvertraut hatte.«

Gilder sah den Kammerdiener mit größtem Erstaunen an. »Warum in aller Welt haben Sie denn das getan?« fragte er Magnus.

»Natürlich, um es vor dem Verbrecher in Sicherheit zu bringen«, erwiderte jene Person gelassen.

»Sicherlich«, sagte Gilder, »hätte Sir Aarons Geld unbesorgt bei Sir Aarons Familie bleiben können.«

Das Ende dieses Satzes ging im Dröhnen des Zuges unter, der schüttelnd und klirrend vorbeirollte; aber durch diese Hölle von Gelärme, deren regelmäßiges Opfer das unglückliche Haus war, konnten sie die Silben von Magnus' Antwort in all ihrer glockenähnlichen Klarheit vernehmen: »Ich habe keinen Grund, zu Sir Aarons Familie Vertrauen zu haben.«

All die bewegungslosen Männer hatten das gespenstische Gefühl der Anwesenheit einer weiteren Person; und Merton war kaum überrascht, als er aufblickte und das blasse Gesicht von Armstrongs Tochter über Father Browns Schulter sah. Sie war noch jung und auf silbrige Art schön, aber ihr Haar war von so staubigem farblosem Braun, daß es unter bestimmten Umständen aussah, als sei es bereits völlig ergraut.

»Seien Sie vorsichtig mit dem, was Sie sagen«, sagte Royce schroff, »sonst erschrecken Sie Fräulein Armstrong.«

»Das hoffe ich«, sagte der Mann mit der klaren Stimme.

Als die Frau zusammenzuckte und sich alle anderen wunderten, fuhr er fort: »Ich bin an Fräulein Armstrongs Zittern einigermaßen gewöhnt. Ich habe sie seit Jahren zittern gesehen. Manche behaupteten, sie zittere vor Kälte, und andere, sie zittere vor Furcht; aber ich weiß, daß sie aus Haß und bösem Zorn zitterte – Teufel, die heute morgen ihr Freudenfest feierten. Ohne mich wäre sie inzwischen mit ihrem Liebhaber und dem ganzen Geld über alle Berge. Seit mein armer alter Herr sie daran hinderte, diesen betrunkenen Lumpen zu heiraten –«

»Halt«, sagte Gilder sehr streng; »wir haben nichts mit Ihren Familienphantastereien oder Verdächtigungen zu tun. Solange Sie keine handfesten Beweise haben, sind Ihre bloßen Meinungen –«

»Oh! Ich werde Ihnen handfeste Beweise geben«, fiel Magnus ihm mit seinem hackenden Akzent ins Wort. »Sie werden mich als Zeugen aufrufen müssen, Herr Inspektor, und ich werde die Wahrheit sagen müssen. Und die Wahrheit ist die: Einen Augenblick, nachdem der alte Mann blutend aus dem Fenster gestürzt worden war, rannte ich in die Dachkammer und fand seine Tochter da ohnmächtig auf dem Boden mit einem blutigen Dolch noch in der Hand. Erlauben Sie mir, den ebenfalls den zuständigen Behörden zu übergeben.« Er holte aus der Tasche seiner Rockschöße ein langes Messer mit Horngriff, das rot verschmiert war, und reichte es höflich dem Sergeanten. Dann trat er wieder zurück, und die Augenschlitze verschwanden in einem fetten chinesischen Hohngrinsen fast von seinem Gesicht.

Merton wurde es bei seinem Anblick nahezu übel, und er murmelte Gilder zu: »Sie werden doch sicher Fräulein Armstrongs Wort gegen das seine gelten lassen?«

Father Brown hob plötzlich ein so absurd frisch wirkendes Gesicht hoch, daß es irgendwie aussah, als habe er es gerade erst gewaschen. »Ja«, sagte er und strahlte Unschuld aus, »aber steht Fräulein Armstrongs Wort gegen seines?«

Das Mädchen stieß einen erschreckten sonderbaren kleinen Schrei aus; jeder sah sie an. Ihre Gestalt war steif wie gelähmt; nur ihr Gesicht in seinem Rahmen aus schwachbraunem Haar war lebendig vor entsetztem Erstaunen. Sie stand da wie plötzlich mit dem Lasso eingefangen und gewürgt.

»Dieser Mann«, sagte Mr. Gilder feierlich, »hat soeben gesagt, daß Sie nach dem Mord gefunden wurden, bewußtlos und ein Messer umklammernd.«

»Er sagt die Wahrheit«, antwortete Alice.

Die nächste Tatsache, derer sie sich bewußt wurden, war, daß Patrick Royce mit seinem mächtigen vornübergebeugten Kopf in ihren Kreis trat und die einzigartigen Worte äußerte: »Na schön, wenn ich denn gehen muß, will ich aber vorher noch ein bißchen Spaß haben.«

Seine mächtige Schulter hob sich, und seine eiserne Faust krachte in Magnus' mildes Mongolengesicht und schleuderte ihn wie einen Seestern auf den Rasen. Zwei oder drei Polizisten legten sofort Hand an Royce; den anderen aber erschien es, als sei alle Vernunft verlorengegangen und das Universum verwandle sich in ein sinnloses Possenspiel.

»Nichts dergleichen, Mr. Royce«, hatte Gilder gebieterisch gerufen. »Ich werde Sie wegen Körperverletzung festnehmen.«

»Werden Sie nicht«, antwortete der Sekretär mit einer Stimme wie ein eiserner Gong; »Sie werden mich wegen Mord festnehmen.«

Gilder warf einen besorgten Blick auf den niedergeschlagenen Mann; aber da diese mißhandelte Person bereits wieder aufrecht dasaß und sich ein bißchen Blut aus dem fast unverletzten Gesicht wischte, sagte er nur kurz: »Was meinen Sie damit?«

»Es stimmt schon, was dieser Bursche da gesagt hat«, erklärte Royce, »daß Fräulein Armstrong mit einem Messer in der Hand ohnmächtig wurde. Aber sie hatte das Messer nicht ergriffen, um ihren Vater anzugreifen, sondern um ihn zu verteidigen.«

»Ihn zu verteidigen«, wiederholte Gilder feierlich. »Und gegen wen?«

»Gegen mich«, antwortete der Sekretär.

Alice sah ihn mit einem erstaunten und bestürzten Gesicht an; dann sagte sie mit leiser Stimme: »Ich bin doch froh, daß Sie so mutig sind.«

»Kommen Sie rauf«, sagte Patrick Royce schwerfällig, »und ich werde Ihnen die ganze verdammte Sache zeigen.«

Die Dachkammer war das Privatzimmer des Sekretärs (und eine wahrhaft schmale Zelle für einen so breiten Eremiten) und zeigte alle Spuren eines gewaltsamen Dramas. Nahe der Mitte des Fußbodens lag ein großer Revolver, als sei er weggeworfen worden; nach links war eine Whiskyflasche gerollt, offen aber nicht ganz leer. Das Tischtuch des kleinen Tisches war herabgerissen und zertrampelt, und ein Stück Strick von der Art des an dem Toten gefundenen war wirr über das Fensterbrett geschleudert worden. Zwei Vasen waren auf dem Kaminsims zerschmettert worden, und eine auf dem Teppich.

»Ich war betrunken«, sagte Royce. Und diese Schlichtheit des vorzeitig zerstörten Mannes hatte etwas von dem Pathos der ersten Sünde eines kleinen Kindes.

»Sie alle kennen mich«, fuhr er heiser fort; »jeder weiß, wie meine Geschichte angefangen hat, und so mag sie denn auch entsprechend enden. Man hat mich früher einen klugen Mann genannt, und vielleicht wäre ich auch ein glücklicher Mann geworden; Armstrong rettete die Überreste eines Gehirns und eines Körpers aus den Kneipen und war auf seine Weise immer freundlich zu mir, der arme Kerl! Nur, er wollte mich Alice nicht heiraten lassen; und man wird immer behaupten, daß er damit recht hatte. Nun, Sie können sich Ihre eigene Meinung bilden und werden nicht wollen, daß ich in Details gehe. Das ist meine Whiskyflasche, die da halbgeleert in der Ecke liegt; das ist mein Revolver, der da ganz geleert auf dem Teppich liegt. Es war vom Strick aus meiner Kiste, was man an dem Leichnam gefunden hat, und aus meinem Fenster wurde der Körper hinabgestürzt. Sie brauchen keine Detektive anzusetzen, um meine Tragödie auszugraben; sie ist auf dieser Erde gewöhnlich genug. Ich liefere mich selbst an den Galgen; und das sollte bei Gott reichen!«

Auf ein entsprechend diskretes Zeichen hin umgab die Polizei den großen Mann, um ihn abzuführen; aber ihr unauffälliges Vorgehen wurde durch einen bemerkenswerten Auftritt von Father Brown weidlich gestört, der auf Händen und Knien auf dem Teppich in der Tür lag, wie in einer Art würdelosen Gebetes. Da er völlig unempfindlich dagegen war, was für eine Figur er abgab, blieb er in dieser Haltung, kehrte aber ein breites rundes Gesicht der Gesellschaft zu, wobei er den Eindruck eines Vierfüßlers mit sehr komischem menschlichem Kopf bot.

»Wissen Sie«, sagte er gutmütig, »so geht das nun wirklich nicht. Zuerst haben Sie gesagt, wir hätten überhaupt keine Waffe gefunden. Aber jetzt finden wir zu viele; da ist das Messer zum Erstechen, und der Strick zum Erwürgen, und die Pistole zum Erschießen; und außerdem hat er sich den Hals gebrochen, als er aus dem Fenster fiel! So geht das nicht. Das ist nicht ökonomisch.« Und er schüttelte seinen Kopf über dem Boden, wie es ein Pferd beim Grasen tut.

Inspektor Gilder hatte den Mund mit ernsten Absichten geöffnet, aber ehe er etwas sagen konnte, fuhr die groteske Gestalt auf dem Boden redselig fort.

»Und jetzt noch drei unmögliche Dinge: erstens die Löcher im Teppich, wo die 6 Kugeln hineingefahren sind. Warum in aller Welt sollte jemand auf den Teppich schießen? Ein Betrunkener schießt nach dem Kopf seines Feindes, nach dem Ding, das ihn angrinst. Er beginnt keinen

Streit mit seinen Füßen und belagert nicht seine Pantoffeln. Und dann ist da der Strick«, – nachdem er mit dem Teppich fertig war, hob der Sprecher die Hände und versenkte sie in den Taschen, blieb aber ungerührt auf den Knien – »in welchem vorstellbaren Zustand der Betrunkenheit müßte jemand sein, der versucht, einem Mann den Strick um den Hals zu legen, und der ihn ihm schließlich um die Beine wickelt? Royce jedenfalls war niemals so betrunken, oder er würde jetzt schlafen wie ein Klotz. Und, am offenkundigsten von allem, die Whiskyflasche. Sie behaupten, daß ein Alkoholiker um die Whiskyflasche kämpfte und dann, als er gewonnen hatte, die eine Hälfte ausgoß und die andere drinließ. Das ist so ziemlich das Letzte, was ein Säufer tun würde.«

Er kam unbeholfen auf die Füße und sagte zu dem Mörder, der sich selbst angeklagt hatte, im Ton der klarsten Zerknirschung: »Tut mir unendlich leid, mein lieber Herr, aber Ihre ganze Geschichte ist der reine Unfug.«

»Sir«, sagte Alice Armstrong in leisem Ton zu dem Priester, »kann ich Sie einen Augenblick allein sprechen?«

Diese Bitte zwang den mitteilsamen Kleriker hinaus auf den Flur, und bevor er im nächsten Zimmer etwas sagen konnte, redete das Mädchen mit sonderbarer Eindringlichkeit.

»Sie sind ein kluger Mann«, sagte sie, »und Sie versuchen, Patrick zu retten, das weiß ich. Aber das hat keinen Zweck. Der Kern dieser ganzen Angelegenheit ist schwarz, und je mehr Sie herausfinden, desto mehr finden Sie gegen den Unglückseligen heraus, den ich liebe.«

»Wieso?« fragte Brown und sah sie fest an.

»Weil«, sagte sie ebenso fest, »ich selbst ihn das Verbrechen begehen sah.«

»Aha!« sagte Brown ungerührt; »und was hat er getan?«

»Ich war in diesem Zimmer neben ihnen«, erklärte sie; »beide Türen waren geschlossen, aber plötzlich hörte ich eine Stimme, wie ich sie noch nie auf Erden gehört habe, und sie brüllte ›Hölle, Hölle, Hölle‹, wieder und wieder, und dann erbebten die beiden Türen vom ersten Revolverschuß. Dreimal noch ging das Ding los, ehe ich die beiden Türen auf hatte und das Zimmer voller Rauch fand; aber die Pistole rauchte in meines armen verrückten Patricks Hand, und ich sah ihn die letzte mörderische Salve mit meinen eigenen Augen abfeuern. Dann sprang er auf meinen Vater zu, der sich entsetzt am Fensterbrett festklammerte, und versuchte, ihn mit dem Strick zu erwürgen, den er ihm über den Kopf geworfen hatte, der aber über seine kämpfenden Schultern hinab zu seinen Füßen glitt. Dann legte er sich fest um ein Bein und Patrick zerrte ihn daran herum wie ein Wahnsinniger. Ich hob ein Messer vom Teppich auf, warf mich zwischen sie, und es gelang mir, den Strick durchzuschneiden, ehe ich ohnmächtig wurde.«

»Ich verstehe«, sagte Father Brown in hölzerner Höflichkeit. »Ich danke Ihnen.«

Als das Mädchen unter ihren Erinnerungen zusammenbrach, ging der Priester steif in das Nebenzimmer, in dem er Gilder und Merton allein mit Patrick Royce vorfand, der in einem Stuhl saß, in Handschellen. Dort sagte er unterwürfig zum Inspektor:

»Dürfte ich wohl mit dem Gefangenen ein Wort in Ihrer Gegenwart sprechen; und dürfte er wohl diese komischen Manschetten für eine Minute ablegen?«

»Er ist ein sehr starker Mann«, sagte Merton leise. »Warum wollen Sie, daß sie abgenommen werden?«

»Nun, ich dachte«, sagte der Priester demütig, »daß ich vielleicht die große Ehre haben dürfte, ihm die Hand zu schütteln.«

Die beiden Detektive blickten erstaunt, und Father Brown fügte hinzu: »Wollen Sie es ihnen nicht erzählen, Sir?«

Der Mann auf dem Stuhl schüttelte sein wirres Haupt, und der Priester wandte sich ungeduldig ab.

»Dann will ich das tun«, sagte er. »Das Leben ist wichtiger als der Ruf. Ich werde den Lebenden retten, und sollen die Toten doch ihre Toten begraben.«

Er ging zu dem fatalen Fenster und blinzelte hinaus, während er weitersprach.

»Ich habe Ihnen gesagt, daß es in diesem Fall zu viele Waffen und nur einen Toten gibt. Ich sage Ihnen jetzt, daß es keine Waffen sind und daß sie nicht zum Töten verwendet wurden. All diese grausigen Geräte, die Schlinge, das blutige Messer, der feuernde Revolver, waren Instrumente eines sonderbaren Erbarmens. Sie wurden nicht verwendet, um Sir Aaron zu töten, sondern um ihn zu retten.«

»Ihn zu retten!« wiederholte Gilder. »Und wovor?«

»Vor sich selbst«, sagte Father Brown. »Er war ein vom Selbstmord besessener Irrer.«

»*Was?*« rief Merton in ungläubigem Ton. »Und seine Religion der Fröhlichkeit —«

»Es ist eine grausame Religion«, sagte der Priester und blickte aus dem Fenster. »Warum konnte man ihn nicht ein bißchen weinen lassen, wie es seine Ahnen vor ihm taten? Seine Pläne erstarrten, seine großen Ideen erkalteten; hinter jener fröhlichen Maske war der leere Geist des Atheisten. Und schließlich verfiel er, um die Heiterkeit seiner öffentlichen Auftritte durchhalten zu können, wieder aufs Schnapstrinken, das er so lange zuvor aufgegeben hatte. Aber da ist für den einsamen Abstinenzler jenes Grauen im Alkohol: daß er sich die seelische Hölle, vor der er die anderen immer wieder gewarnt hat, ausmalt und sie erwartet. Den armen Armstrong überkam es vorzeitig, und heute morgen war er in einem solchen Zustand, daß er hier saß und brüllte, er sei in der Hölle, und mit einer so verzerrten Stimme, daß seine eigene Tochter sie nicht erkannte. Er gierte geradezu nach dem Tod und hatte mit der Affenschlauheit des Verrückten den Tod in vielerlei Gestalt um sich gestreut – die offene Schlinge, den geladenen Revolver seines Freundes, das Messer. Royce kam zufällig herein und handelte wie der Blitz. Er warf das Messer auf den Teppich hinter sich, ergriff den Revolver, und da er keine Zeit hatte, ihn zu entladen, schoß er ihn Schuß für Schuß in den Boden leer. Der Selbstmörder erkannte eine vierte Gestalt des Todes und stürzte zum Fenster. Der Retter tat das einzige, was er tun konnte – er rannte ihm mit dem Strick nach und versuchte, ihm Hände und Füße zu fesseln. Da kam das unglückliche Mädchen herein, mißverstand den Kampf, versuchte ihren Vater loszuschneiden. Zunächst zerschnitt sie nur dem armen Royce die Fingerknöchel, woher das ganze Blut in dieser kleinen Angelegenheit kam. Sie haben natürlich bemerkt, daß er nur Blut, aber keine Wunde im Gesicht des Dieners hinterließ? Aber unmittelbar bevor die arme Frau ohnmächtig wurde, schnitt sie ihren Vater noch los, und so stürzte er krachend durch jenes Fenster in die Ewigkeit.«

Da war ein langes Schweigen, das langsam durch das metallische Klikken gebrochen wurde, mit dem Gilder Patrick Royce die Handschellen aufschloß, zu dem er sagte: »Ich glaube, Sie hätten die Wahrheit erzählen sollen, Sir. Sie und die junge Dame sind mehr wert, als die Nachrufe auf Armstrong.«

»Zum Teufel mit Armstrongs Nachrufen«, rief der junge Mann heiser. »Begreifen Sie denn nicht, daß das nur war, weil sie es nicht erfahren darf?«

»Was nicht erfahren?« fragte Merton.

»Daß sie ihren Vater getötet hat, Sie Narr!« brüllte der andere. »Ohne sie lebte er noch. Es könnte sie in den Wahnsinn treiben, das zu wissen.«

»Nein, das glaube ich nicht«, bemerkte Father Brown, als er seinen Hut aufnahm. »Ich glaube, ich würde es ihr sagen. Selbst die tödlichsten Fehler vergiften das Leben nicht so wie Sünden; auf jeden Fall glaube ich, daß Sie beide jetzt glücklicher sein werden. Ich muß zurück zur Schule für Taube.«

Als er auf den vom Winde umwehten Rasen hinaus trat, hielt ihn ein Bekannter aus Highgate an und sagte:

»Der Leichenbeschauer ist gerade angekommen. Jetzt geht gleich die Untersuchung los.«

»Ich muß zur Schule für Taube zurück«, sagte Father Brown. »Tut mir leid, daß ich nicht zur Untersuchung bleiben kann.«

Anmerkungen

DAS BLAUE KREUZ
The Blue Cross

»Father Brown«: Chestertons Priester-Detektiv ist dem deutschen Publikum von Anfang an falsch als »Pater Brown« vorgestellt worden; das englische »Father« ist ebenso wie das französische »Père« Anrede an Weltgeistliche, also am ehesten mit »Hochwürden« wiederzugeben, während im deutschen Sprachgebrauch »Pater« Titel der Ordensgeistlichen ist. Da aber bei uns die Anrede »Hochwürden« weitgehend außer Dienst geraten ist, wird in dieser Neuübersetzung die englische Formel »Father Brown« unübersetzt beibehalten.

S. 9: »Roland« – gemeint ist jene Gestalt Roland aus dem Sagenkreis um Karl den Großen und in diesen Sagen der wichtigste seiner 12 Paladine; der historische Roland, der Graf Hruotlant aus der Bretonischen Mark, fiel 778 in einem Nachhutgefecht gegen die Basken im Tal von Roncesvalles; er ist sonst historisch nicht weiter bekannt.

»der Kaiser« – gemeint ist der deutsche Kaiser Wilhelm II.

»juge d'instruction« – Untersuchungsrichter.

S. 11: Was das Äußere von Father Brown betrifft, so schreibt Martin Gardner in seiner Einleitung zu *The Annoted Innocence of Father Brown:* »Aus gewissen Gründen, vielleicht wegen Chestertons eigener Massigkeit oder dem Vergleich mit einem Norfolk-Kloß, stellen sich viele den Priester rundlich und untersetzt vor. Tatsächlich aber war er ein kleiner, feingebauter Mann mit einem, wie Chesterton sich ausdrückt, ›blödsinnig großen Kopf‹. In *Das Auge Apollos* wird er als häßlich bezeichnet. Sein Gesicht ist rund, stumpf und vollmondähnlich mit schweren, ausdruckslosen Zügen und ›Augen so leer wie die Nordsee‹. Sein Haar ist braun, seine Gesichtsfarbe dunkel, seine Nase kurz und dick. Wegen seiner geschwächten Sehkraft kneift er die Augen zusammen, wenn er ohne Brille liest, und gewöhnlich blinzelt er, wenn er sich in Gedanken verliert. Und manchmal beißt er nachdenklich auf seinem Finger herum wie in *Das Zeichen des zerbrochenen Säbels*. Er raucht gerne Zigarren und Pfeife und trinkt gelegentlich Wein und Bier.«

In seiner *Autobiographie* schreibt Chesterton: »Father Browns Besonderheit war, daß er keine hatte. Sein Zweck war es, zwecklos zu erscheinen; und man könnte sagen, daß seine auffallendste Eigenschaft die war, nicht aufzufallen. Sein gewöhnliches Aussehen sollte mit seiner unvermuteten Wachsamkeit und Intelligenz kontrastieren; und deshalb machte ich aus ihm eine schäbige und formlose Erscheinung, mit einem runden, ausdruckslosen Gesicht, mit unbeholfenen Manieren usw.«

S. 12: »Denkmaschine« – Chesterton polemisiert hier wie andernorts gerne und scharf gegen jene Folgerungen der französischen Aufklärung, die den Menschen zu einem absolut berechenbaren »homme machine« erklären wollen.

S. 16: »Schaufelhut« – breitrandiger, auf beiden Seiten nach oben gebogener Hut katholischer Geistlicher.

S. 21: Hier wird Father Brown erstmals namentlich erwähnt, bleibt aber ohne Vornamen, außer in *Das Auge Apollos*.

S. 24: »zölibatärer Einfaltspinsel« – es ist darauf hinzuweisen, daß die katholische Kirchenlehre beim Begriff des Zölibats streng trennt zwischen Verstößen gegen das Gebot der Keuschheit (eine solche Sünde hat der Priester seinem Amtsbruder zu beichten und kann dann von ihm die Absolution erhalten) und dem Gebot der Ehelosigkeit (eine Ehe kann der Priester nur dem Papst beichten, und nur von ihm kann er die Absolution erhalten).

S. 24: »Privatsekretär« – *The Privat Secretary* war ein damals sehr erfolgreiches Stück des Boulevardtheaters.

»Stachelarmband« – wahrscheinlich von Chesterton erfundener Ausdruck für eine Vorrichtung im Ärmel, die zum Austausch von Gegenständen dient.

S. 27: »Eselspfeife ... Kreuzsprung« – offensichtlich üble Tricks aus der Verbrecherwelt; ich konnte bisher nicht feststellen, ob Chesterton die Namen frei erfunden hat oder ob es sich um Bezeichnungen für damals reale Verbrechertricks handelt, und also auch nicht, was sie im einzelnen bedeuten.

DER VERBORGENE GARTEN
The Secret Garden

S. 28: »rote Rosette« – das Abzeichen der Ehrenlegion, deren Mitglied (sicherlich hohen Ranges) Valentin also war.

»französische Fremdenlegion« – hier sei der Hinweis gestattet, daß die spanische Fremdenlegion, obwohl kaum bekannt, im Grunde den gleichen Ruf verdiente wie die französische.

»britische Etikette« – bei gesellschaftlichen Gelegenheiten trägt der britische Offizier weder Säbel noch Sporen.

»Walt Whitman« – bedeutendster US-Lyriker (1819–1892), dessen *Leaves of Grass (Grashalme)* auch in Europa der modernen Lyrik die Bahn brachen. Ob es einen Luke P. Tanner wirklich gegeben hat oder ob Chesterton ihn zum Kontrast selbst erfand, konnte ich nicht feststellen. Fest steht hingegen, daß es in Pennsylvanien niemals ein Paris gab.

S. 30: Daß sein Haar »so säuberlich zurückgekämmt wie das eines Deutschen« war, ist eine Formulierung, die wiederum auf die Zeit der Entstehung dieser Geschichte zurückweist: die Zeit vor dem 1. Weltkrieg.

S. 32: »Watteau« – Jean-Antoine Watteau (1684–1721), französischer Maler, schuf zahlreiche Werke, die in heiter dichterischer Verklärung galante Feste der höfischen Gesellschaft in Parklandschaften darstellen; die elegante Leichtigkeit seiner Gestalten und die bei aller Leuchtkraft zart bleibende Farbigkeit seines Stils machten ihn berühmt.

S. 36: »Bidhänder« – langes zweischneidiges Schwert aus dem Mittelalter, das wegen seiner Schwere mit beiden Händen geführt wurde (ähnlich dem Henkersschwert).

»das Klopfen in *Macbeth*« – der König von Schottland Macbeth (1040–1047) besiegte und tötete seinen Vorgänger König Duncan I. und fiel selbst im Kampf gegen seinen Nachfolger Duncan III.; Shakespeare schuf aus diesem Stoff sein Trauerspiel *Macbeth* (1605), in dem verschiedentlich ein Klopfen unheilschwangere Bedeutung hat, so z. B. in Akt 2, Szene 1, wo Macbeth, nachdem ihn Lady M. verlassen hat, vor einem Klopfen erschrickt und sich zu fragen beginnt, was mit ihm los sei, da jedes Geräusch ihn zu erschrecken vermöge.

»in reinem Irisch« – gemeint ist: in Englisch mit einem reinen irischen Akzent, denn daß der Major auf die Fragen Valentins in gälischem Irisch geantwortet hätte, ist mehr als unwahrscheinlich (auch wenn damals noch mehr Iren Irisch gesprochen haben dürften als heute: Von 3,5 Mill. sprechen es ausschließlich ca. 10 000, weitere ca. 45 000 verstehen und sprechen es, rund 700 000 verstehen und sprechen es gebrochen).

S. 46: »sah auf seine Stiefel« – es ist daran zu erinnern, daß der Halbschuh erst nach dem 1. Weltkrieg allgemein Verbreitung fand; zur Zeit der Erzählung trug man meist bis über die Knöchel reichende Schnürschuhe, die als »boots« = Stiefel bezeichnet wurden, aber keine Stiefel im eigentlichen Sinn sind.

S. 47: »Catos Stolz« – Marcus Porcius Cato der Jüngere (Urenkel von Marcus Porcius Cato dem Älteren, der 149 v. Chr. starb und als Anhänger altrömischer Sittenstrenge und als unversöhnlicher Gegner Karthagos bekannt wurde: »Ceterum censeo Carthaginem esse delendam« = Im übrigen meine ich, daß Karthago zerstört werden muß, war sein berühmter Abschlußsatz in jeder seiner Reden im Senat) war ein erbitterter Gegner Cäsars, von dem er die Zerstörung des alten Rom erwartete, und gab sich 46 v. Chr. nach Cäsars Sieg bei Thapsus in Utica selbst den Tod.

DIE SONDERBAREN SCHRITTE
The Queer Feet

S. 48: »Die zwölf wahren Fischer« – Chesterton parodiert hier die 12 Apostel und das Abendmahl der Jünger, um vor diesem Hintergrund der Vulgarisierung des Christentums durch die Gesellschaft die unklerikale Souveränität Father Browns um so heller zeichnen zu können.

»oligarchische Gesellschaft« – die Oligarchie bzw. Oligokratie (griechisch = Herrschaft der Wenigen) bedeutete bei Aristoteles die Herrschaft der Reichsten, heute jede Regierungsform, in der die Herrschaft bei kleinen Führungsgruppen mit besonderen Privilegien liegt.

S. 48: »Plutokratie« – griechisches Kunstwort zu Plutos, dem altgriechischen Gott des Reichtums, bedeutet soviel wie Geldherrschaft, also eine Regierungsform, bei der für die Auswahl der Herrschenden ihr Reichtum ausschlaggebend ist; der Plutokrat ist der Geldsack, der Prototyp des rücksichtslosen Kapitalisten.

S. 54: »Pfründe« – von lateinisch »praebenda« = Unterhalt: im speziellen Sinne ein Kirchenamt, das mit einer Vermögensausstattung verbunden ist, deren Nutznießung dem Amtsinhaber zusteht; im allgemeineren Sinne eine mit besonders guten Einkünften ausgestattete Stellung ohne große Arbeitslast.

S. 55: »Sovereign« – alte englische Goldmünze im Gegenwert von 20 silbernen Schilling.

S. 55: »Gladstone-Kragen« – William Ewart Gladstone, britischer Staatsmann (1809–1898) trug immer hohe steife Kragen, sogenannte »Vatermörder«, deren vordere Ecken nicht, wie beim späteren Stehkragen, umgebogen waren.

S. 58: »Kataleptiker« – griechisch Katalepsie = Starrsucht: Verkrampfungszustand der Muskeln, eines der Anzeichen eines schizophrenen Anfalls.

S. 62: »Tanz des Todes« – der Tanz des Todes wird oftmals irreführend als Totentanz bezeichnet; es handelt sich um die Darstellung des tanzenden Todes, der die Toten aus ihren Gräbern herausführt.

DIE FLÜCHTIGEN STEINE
The Flying Stars

S. 67: »Die Flüchtigen Sterne« – im Original »The Flying Stars«; sie werden meist falsch als *Sternschnuppen* übersetzt, obwohl Sternschnuppen »falling Stars« oder »shooting Stars« sind. »Flying Stars« kann *fliegende* oder *fliehende oder flüchtige* Sterne (im Sinne nicht dauerhaften Verweilens) bedeuten, und Chesterton spielt mit allen diesen Bedeutungen im Rahmen seiner Geschichte. Deshalb erschien mir der weitestgreifende Begriff, der der »Flüchtigen Sterne«, hier am angemessensten.

»Millet« – Jean-François M. (1814–1875), französischer Maler, der zuletzt in schweren braunen und grauen Tönen erdgebundene Bauerngestalten in Landschaften von überwiegend schwermütiger Stimmung malte.

»Affenbaum« – im Original »monkey tree« (auch monkey puzzle), die Araucaria imbricata; ihr Zweigwerk ist so ungewöhnlich angeordnet und ihre Blätter so scharf wie Nadelspitzen, daß die Legende behauptet, selbst Affen könnten diesen Baum nicht besteigen; im Deutschen Schuppentanne, seltener auch Affentanne genannt.

S. 69: ›The Clarion‹ bzw. ›The New Age‹ – ›The Clarion‹ erschien als sozialistisches Wochenblatt 1851–1932, ›The New Age‹ war ein der sozialistisch orientierten Fabian Society nahestehendes Wochenblatt, in dem u. a. George Bernard Shaw viel publizierte.

»Sirdar« – von Urdu *sardar* (aus Persisch *sar* = Oberhaupt und *dar* = Besitz), in Indien und anderen asiatischen Ländern Bezeichnung für einen hohen militärischen Führer; speziell seit dem 19. Jh. der britische Oberbefehlshaber der ägyptischen Streitkräfte.

S. 71: »Zauberer« – England kannte/kennt den Weihnachtsmann im deutschen Sinn nicht; statt dessen wurden zu privaten Weihnachtsveranstaltungen zur Freude der Kinder nicht selten Berufs- oder Amateurzauberer gebeten.

S. 71: Blount spricht seinen Schwager mit »Sie« an – man kannte sich noch nicht lange und gut genug, daß ein deutsches »du« gerechtfertigt gewesen wäre, und kumpelhaftes Duzen, wie heute so weit verbreitet, wäre für jene Zeit unverzeihlich gewesen; daher siezen sich auch Ruby und John.

S. 72: »altenglische Pantomime« – zu den festlichen Hausveranstaltungen des alten Europa (Hausmusik, Haustheater) in der Vorkino- und Vorfernsehzeit gehörte spätestens seit 1739 in England die P., aus römischer Tradition entstanden, durch die italienische Commedia dell'arte weiterentwickelt, in England zu einer ursprünglich ebenfalls stummen dramatischen Vorführung ausgebaut, dann in Sprechtheater umgeformt, wobei der Auflösung des »Dramas« als Abschluß eine derb-komische Szene mit Clown und Hanswurst und dem Tanz des Harlekin mit der Columbine folgte; hierbei wurden ferner Züge des Kasperl-Theaters übernommen, so etwa das Auftreten des Polizisten, der den Kasper/Harlekin unter irgendwelchen Vorwänden verhaften will, von diesem aber glorreich geschlagen wird (Verspottung der Obrigkeit); nach und nach wurde die P. in die Weihnachtsveranstaltungen integriert, spätestens seit 1892 als wesentlicher Teil, wobei Familienangehörige und Freunde die Rollen spielen.

S. 74: »Diamantenkönigin« – die englische »Queen of Diamonds« ist die Karodame des Kartenspiels, doch hätte dieser Begriff im Deutschen den Zusammenhang mit den Theaterjuwelen verdeckt.

S. 75: *The Pirates of Penzance* – berühmte komische Oper von Gilbert & Sullivan, Erstaufführung 1879.

ANMERKUNGEN

DER UNSICHTBARE MANN
The Invisible Man

S. 83: »Art christlicher Demut« – nämlich die Gaben des Herrn unbefragt demütig entgegenzunehmen.

S. 88: »Lucknow Mansions« ... »Himalaya Mansions« – Lucknow ist eine Stadt in Indien zu Füßen des Himalajas.

DIE EHRE DES ISRAEL GOW
The Honour of Israel Gow

S. 102: »Wilkie Collins« – William Wilkie C. (1824–1889), englischer Schriftsteller, der als Verfasser von spannungsreichen Romanen um geheimnisvolle Verbrechen berühmt wurde und als Vater des englischen Kriminalromans mit meisterhaft ausgetüftelten »plots« gilt (sein erster erfolgreicher Roman war 1852 *Basil*, seine berühmtesten wurden 1860 *Woman in White*, deutsch berühmt geworden in der Übersetzung von Arno Schmidt: *Die Frau in Weiß*, und 1868 *The Moonstone*).

»Ludwig XVI.« – herrschte 1774–1792 als König von Frankreich und war bekannt wegen seines Steckenpferdes: der Feinmechanik und der Uhrmacherei, die er beide mit großem Geschick und Talent betrieb, bis hin zu Sicherheitsschlössern für seine Privatgemächer und Schatztruhen.

S. 111: »Farthing« – zu »four« (4) = der vierte Teil, nämlich von 1 Penny, die kleinste englische Scheidemünze jener Zeit.

DIE FALSCHE FORM
The Wrong Shape

S. 113: »Clapham« – einst reiche, ruhige Luxus-Vorstadt, heute immer noch im Südwesten Londons.

»Angloindien-Mann« – im Original »Anglo-Indian«; wörtlich also »Angloinder«, aber das bezeichnet im deutschen Sprachgebrauch einen Mischling aus englischen und indischen Eltern, während hier ein Engländer gemeint ist, der im Dienste des angloindischen Imperiums in Indien (bzw. im Orient) gedient hat.

S. 115: »Vergil« – Dante ließ sich in seiner »Göttlichen Komödie« vom Geist des römischen Dichters V. durch Hölle und Fegefeuer führen, während er sich auf seiner Wanderung durch den Himmel der Seele seiner geliebten Beatrice anvertraute.

S. 123: »Coleridge« – Samuel Taylor C. (1772–1834), englischer Dichter, brachte das Übersinnliche (und damit auch die Naturereignisse als Naturkräfte) in klangreicher Wortkunst zu farbiger Sinnlichkeit und damit Anschauung.

S. 124: »Apachen« – bedeutet hier nicht das Volk Winnetous oder Geronimos, sondern war seinerzeit die romantisierende Bezeichnung für Mitglieder der Pariser Unterwelt.

S. 128: »Vicisti, Galilaee!« – Flavius Claudius Julianus, letzter heidnischer römischer Kaiser (361–363), ein Brudersohn Konstantins des Großen (hatte 357 die Alemannen bei Straßburg geschlagen, wurde 360 zum Augustus ausgerufen und 361 zum Alleinherrscher), versuchte dem Christentum ein im neuplatonischen Geist erneuertes Heidentum entgegenzusetzen, weshalb ihn die Christen »Apostata« (griechisch = der Abtrünnige) nannten; auf dem Sterbelager soll er nach der Kirchengeschichte Theodorets, 3,20 gesagt haben: »Vicisti, Galilaee!« = Du hast gesiegt, Galiläer (= Jesus, genannt Christus).

S. 130: »Byron« – George Gordon Noel, Lord B. (1788–1824), englischer Dichter, gilt als zwiespältige Natur, eine Mischung aus hingebender Liebe und ausschweifender Sinnlichkeit, aus weltschmerzlicher Pose und echtem Leid (Byronismus); Goethe huldigte ihm in Faust 2. Teil als »Euphorion«. Chestertons Weise, Dichter und Denker zu zitieren, läßt seine Haltung ihnen gegenüber erkennen.

DIE SÜNDEN DES PRINZEN SARDINE
The Sins of Prince Saradine

S. 132: »die Broads« – damit sind generell breite seenartige Flußmündungen bzw. Mündungsmarschen gemeint, vor allem aber diejenigen in Norfolk.

S. 139: »falsche Seite der Tapete« – ein typisches Beispiel für Chestertons Lust an Doppeldeutigkeiten: Einerseits formuliert Father Brown hier Platons alten Gedanken, daß der Mensch auf Erden nur der Schatten seiner wahreren Wirklichkeit sei, brownisch pointiert; zum anderen aber läßt sich das Bild vollkommen auf die real existierende Situation auf der Insel anwenden, der Brown ja von Anfang an mißtraute: Besuche im Märchenland sind immer gefährlich.

S. 144: »Einige sieben Minuten« – ein typisches Beispiel für Chestertons Lust am Stabreim bzw. an der Alliteration: die Zahl der Minuten ist eigentlich unwesentlich, aber um des Stabreims und des Rhythmus' des Satzes willen schreibt er »Some seven minutes later« (wobei es bei Chesterton allerdings auch nicht auszuschließen ist, daß er an die 7 Tage der Schöpfung dachte, denn auch auf der Insel ist jetzt alles getan, und der Herr kann von seinem Tun ausruhen).

S. 146: »à vos ordres« – französisch – zu Ihren Diensten; altmodische Floskel formeller Höflichkeit.

»um mich von meinem unglücklichen Bruder Mr. Stephen zu unterscheiden« – Chesterton hat möglicherweise den Namen Saradine gewählt, weil sich die beiden Brüder wie eine Sardine der ändern glichen.

S. 149: »alter Totenschädel und gekreuzte Knochen« – das berüchtigte Zeichen des »Jolly Joker«, der Piratenflagge, unter der einst auch der Verbrecher Flambeau gesegelt war.

S. 149: »agnostische Gedanken« – die Lehre des Agnostizismus vertritt die Auffassung, daß man über das, was jenseits der realen Welt liege (das absolute Sein, Gott o. ä.), nichts wissen könne und daher Fragen nach deren wahrem Sein zu unterlassen habe bzw. unentschieden lassen müsse.

DER HAMMER GOTTES
The Hammer of God

S. 150: »Der Hochwürdigste Ehrenwerte« – der »Reverend« ist der Titel des Weltgeistlichen, in der deutschen Anredeform »Hochwürden«; der »Honorable« ist der Titel des Adligen, als »der Ehrenwerte« zu übersetzen (auch für Parlamentarier üblich).

S. 151: »der Kurat« – »the curate« ist die Bezeichnung für einen Kirchenverweser und für einen Pfarrer, vor allem der anglikanischen Kirche.

S. 155: »die Nelson-Säule« – das englische Nationalheiligtum sozusagen, das Ehrenmal für den britischen Admiral Sir Horatio Nelson auf dem Londoner Trafalgar Square zur Erinnerung an seinen Seesieg über die vereinigten Flotten Frankreichs und Spaniens im Kampf gegen Napoleon bei Trafalgar, in dessen Verlauf er tödlich verwundet wurde. Dieser See-

sieg verschaffte Großbritannien die uneingeschränkte Herrschaft zur See und bedeutete den Anfang vom Ende des napoleonischen Abenteuers.
S. 156: »im Namen des Königs« – also spielt die Geschichte nach dem Tod der Königin Victoria im Jahre 1901.
S. 161: »der Herr den Sanherib schweigend zerschmiß« – vgl. AT, Buch der Könige II, 18,13 ff.
»Wir haben ein ... gewisses Interesse an alten englischen Kirchen« – sagt der katholische Priester zum anglikanischen: bis zur Kirchenspaltung durch Heinrich VIII. und seine Gründung der anglikanischen Sonderkirche gab es in England praktisch nur katholische Kirchen, und alle alten englischen Kirchen waren ausnahmslos zuvor katholische.

DAS AUGE APOLLOS
The Eye of Apollo

S. 168: »Christian Science« – Mary Baker Eddy gründete sie 1866 als Weltanschauung in religiös-kirchlicher Form: Gott sei das allein Wirkliche und Krankheit etwas Unwirkliches, das als Frucht der Unwissenheit und Sünde entstehe und durch Gebet zu beseitigen sei; die Mutterkirche der Bewegung befindet sich in Boston (wo auch sonst?).
S. 171: »die blonde Bestie Nietzsches« – Friedrich Wilhelm N. (1844–1900), deutscher Philosoph, der in geistiger Umnachtung in Weimar starb; von Schopenhauer und Wagner beeinflußt, entwickelte er ein neues Griechenbild, in dem Dionysisches und Apollinisches miteinander konkurrieren; dann rechnete er mit dem bürgerlichen Bildungsbegriff und dem Historismus seiner Zeit ab und entwickelte als Leitbild den freien Geist in einer »Umwertung aller Werte«, anschließend stellte er der »Sklavenmoral« des Christentums die »Herrenmoral«, dem Jenseitsglauben die Bejahung der Erde und des Lebens entgegen *(Also sprach Zarathustra)*; seine Ablehnung des Christentums steigerte sich schließlich zu ausgesprochenem Haß. Sein Denken wurde oft und gründlich mißverstanden; seine Aphorismen und Schlagworte (»Übermensch«, »Herrenmensch«, »Wille zur Macht«) dienten später wie der Vulgärdarwinismus faschistischen Zielen und Zwecken und pervertierten sein mißverstandenes Denken so völlig.
»große Sachsenkönige« – gemeint sind die großen sächsischen Könige Altenglands vor der Eroberung durch die Normannen 1066.
»vor ganz Westminster« – in deutschen Städten dürfte solches Treiben leider an ordnungspolitischen Vorschriften und Maßnahmen scheitern.
S. 174: »Pastor« – lateinisch »pastor« = der Hirte, der Hüter.
»Dorés Christus, der das Praetorium verläßt« – Gustave D. (1832–1883), französischer Zeichner und Maler; seine frühen Zeichnungen für Buchholzschnitte sind geistreich und frisch; seine späten ganzseitigen für Prachtausgaben in Tonstich sprengen alle Rahmen der Illustration; seine Bibelillustration erschien 1865 und zeigt u. a. Christus, wie er vom Verhör durch Pontius Pilatus aus dem römischen Praetorium zu Jerusalem kommt.
S. 175: »Ebene von Salisbury« – in ihr befindet sich das Megalithheiligtum Stonehenge.
»Kaiaphas« – der jüdische Hohe Priester, der die Vernehmung Jesu durchführte.
S. 177: »Illuminati« – die Erleuchteten, der höchste Rang in den Geheimwissenschaften wie etwa bei den Rosenkreuzern usw.
S. 179: »Hierophant« – ursprünglich der im alten Griechenland in die Eleusinischen Mysterien einweihende Oberpriester; diese Mysterien gehörten zum Geheimkult um Demeter und Persephone; Persephone war die Tochter von Zeus und Demeter, Gattin des Hades und damit Göttin der Unterwelt.

DAS ZEICHEN DES ZERBROCHENEN SÄBELS
The Sign of the Broken Sword

S. 183: »Hölle unermeßlicher Kälte« – man erinnere sich, daß in den skandinavischen und altgermanischen Mythen die Urkuh Audumla alles Leben aus dem Ureis leckt.

»Bildhauer des modernen Europas« – gemeint ist nicht Sir Henry Moore.

»Oberst Newcome« – Figur aus der Novelle *Die Newcomes* von William Makepeace Thakkeray (1811–1863). Th. ist neben Charles Dickens der bedeutendste englische Romancier. Sein Werk zeichnet ein ironisch-sarkastisches Sittenbild der gehobenen Mittelklasse und des Adels.

S. 185: »Ale« – nicht schäumendes englisches Bitterbier.

S. 185: »Embankment« – Steinmauern, gepflasterte Straßen und Promenaden beidseits der Themse in London. Das E. auf dem nördlichen Themse-Ufer heißt Victoria E., dasjenige auf dem südlichen ist das Albert E.

S. 186: »Hektor und Achill« – bei Homer besiegt der Held Achill den tapferen Hektor und schleift ihn an den Fersen um die Festung Troja.

»Meuterei« – gemeint ist die große Mutiny, die Meuterei der Hindu- und Muslim-Einheiten in der angloindischen Armee 1857, der sogenannte Sepoy-Aufstand: Die Armee hatte neue Karabinermunition eingeführt, wobei die Kartuschen mit den Zähnen aufzureißen waren; da die Kartuschen mit einer Mischung aus Rinder- und Schweinefett eingeschmiert waren, gelang es auf diese geniale Weise der Armeeleitung, gleichzeitig die Hindusoldaten (durch Rinderfett) und die Muslimsoldaten (durch Schweinefett) in ihren religiösen Tabus zu verletzen, eine Meisterleistung sacheffizienter Verwaltungsarbeit, die folgerichtig zum Aufstand führte.

»fahrender Ritter« – der letzte ihrer Art wurde auch der berühmteste: Don Quijote aus der Mancha, gedichtet von Miguel Cervantes Saavedra.

S. 187: »Schwarzer Fluß« – auch eine Übersetzung des »Black River« in ein »Rio Negro« hülfe beim Versuch der Lokalisierung dieses imaginierten Brasilienfeldzugs nicht weiter.

»Burma« – oder Birma heißt heute amtlich Myanma, was früher nur ein Teil des amtlichen Namens »Pyi-Daung-Su Socialist Thammada Myanma Naingng-an-Daw« war.

S. 191: »Lincolnshire Fens« – große Marschlandschaft in Ostengland, die sich durch verschiedene Grafschaften bis an die Nordseeküste erstreckt. Die Gegend war ursprünglich Sumpfland, doch begannen bereits die Römer mit der Trockenlegung, so daß sie längst als Kulturland genutzt wird (vgl. auch die Aufanischen Matronen, das Hohe Venn und La Haute Fagne).

S. 196: »Philanthrop« – im älteren Sprachgebrauch ein praktizierender Menschenfreund, der z.B. als Zivilist freiwillig an die Front reiste, um dort den Verwundeten zu helfen o. ä.

S. 197: »Bauern« – gemeint sind hier die des Schachspiels.

S. 200: »Brandy« – Frankreich ist es im sogenannten Versailler Frieden u. a. gelungen, durchzusetzen, daß nur noch Weinbrände aus der Gegend von Cognac den Namen Cognac tragen dürfen.

DIE DREI WERKZEUGE DES TODES
The Three Tools of Death

S. 201: »Sunny Jim« – 1902 in den USA ins Leben gerufenes und 1903 in England eingeführtes Reklamemännchen für Force Frühstücksflocken. Äußerst beliebte Persönlichkeit mit weißgepudertem Zopf, rotem Frack, hohen Eckenkragen, Querbinder und Monokel.

»Mr. Pickwick« – Samuel Pickwick, der naive quijotische Held der *Nachgelassenen Aufzeichnungen* des Pickwick-Clubs von Charles Dickens (1836/37 erschienen).
»lautes Gelächter« – in Klammern stehende Bemerkung in Parlamentsprotokollen, wenn einer der politischen Redner dem Haus Anlaß zur Heiterkeit geboten hat.
S. 203: »Baronet« – in England von James I. 1611 eingeführter niedrigster Adelsrang.
S. 204: »et ne nos inducas in tentationem«, – lat. = und führe uns nicht in Versuchung (aus dem Vaterunser).

G. K. Chesterton

Father Browns Weisheit

Die Abwesenheit von Mr. Glass

Die Konsultationsräume von Dr. Orion Hood, dem hervorragenden Kriminologen und Spezialisten für gewisse moralische Gebresten, zogen sich an der Seeseite von Scarborough hin, hinter einer Reihe sehr großer und heller Terrassentüren, durch die man die Nordsee wie eine endlose Außenmauer aus blaugrünem Marmor sah. An solchen Orten hat die See etwas von der Monotonie eines blaugrünen Tapetensockelstreifens: denn in den Räumen herrschte eine schreckliche Ordentlichkeit, nicht unähnlich der schrecklichen Ordentlichkeit der See. Man darf nun nicht annehmen, daß Dr. Hoods Räume des Luxus oder gar der Poesie entbehrten. Auch diese Dinge waren da, an ihrem Platze; aber man spürte, daß er es niemals gestattete, sie von ihrem Platz zu entfernen. Luxus gab es: Da standen auf einem besonderen Tisch acht oder zehn Kistchen der besten Zigarren; aber sie waren einem Plan gemäß aufgestellt, so, daß sich die stärksten immer der Wand und die leichtesten dem Fenster am nächsten befanden. Jener rechtens Tantalus genannte Ständer mit drei Karaffen Spirituosen in Verriegelung, natürlich die feinsten Marken, stand immer auf dem Tisch des Luxus; doch Phantasiebegabte behaupten, daß der Pegelstand von Whisky, Brandy und Rum sich niemals verändere. Poesie gab es: Die linke Ecke des Raumes war mit einer ebenso vollständigen Sammlung der englischen Klassiker ausgestattet, wie sie die rechte an englischen und ausländischen Physiologen aufweisen konnte. Aber wenn man einen Band Chaucer oder Shelley aus ihrer Reihe nahm, irritierte deren Abwesenheit den Geist ebenso wie eine Lücke in eines Mannes vorderen Zahnreihe. Man konnte nicht behaupten, daß die Bücher niemals gelesen würden; vermutlich wurden sie es, aber da waltete so ein Eindruck, als seien sie an ihre Plätze gekettet wie die Bibeln in alten Kirchen. Dr. Hood behandelte seine privaten Bücherregale, als seien sie eine öffentliche Bibliothek. Und wenn diese strenge wissenschaftliche Unantastbarkeit sich sogar auf die mit Lyrik und Balladen beladenen Borde und die mit Getränken und Tabak beladenen Tische erstreckte, dann braucht nicht ausdrücklich betont zu werden, daß eine noch größere heidnische Heiligkeit jene anderen Regale schützte, die des Spezialisten Fachbibliothek enthielten, und jene anderen Tische, die die zerbrechlichen und sogar zauberhaften Gerätschaften der Chemie und der mechanischen Verfahren trugen.

Dr. Hood durchschritt die Flucht seiner Räume, die – wie die geographischen Schulbücher es ausdrücken – im Osten von der Nordsee und im Westen von den gedrängten Reihen seiner soziologischen und kriminologischen Fachbibliotheken begrenzt wurden. Er war in Künstlersamt gekleidet, aber mit keiner der Nachlässigkeiten eines Künstlers; sein Haar war bereits stark angegraut, wuchs aber dicht und gesund; sein Gesicht war mager, aber gut durchblutet und erwartungsvoll. Alles an ihm und in seinen Räumen wies etwas zugleich Steifes und Ruheloses auf wie jene große nördliche See, an der er (aus rein hygienischen Grundsätzen) sein Heim erbaut hatte.

Das Schicksal, gerade spaßhaft gelaunt, stieß die Tür auf und geleitete jemanden in jene langgestreckten, gestrengen, seebegrenzten Räume, der vielleicht ihr und ihres Herrn verblüffendstes Gegenteil war. In Beantwortung eines kurzen, aber höflichen Klopfens öffnete sich die Tür nach innen, und in den Raum watschelte eine formlose kleine Gestalt, die ihren eigenen Hut und Schirm ebenso unhandlich zu finden schien wie einen großen Berg Gepäck. Der Regenschirm war ein schwarzes und prosaisches Bündel, längst jenseits jeder Reparatur; der Hut war ein schwarzer Hut mit breiten hochgerollten Krempen, klerikal, aber für England ungewöhnlich; der Mann selbst war die reine Verkörperung all dessen, was schlicht und hilflos ist.

Der Doktor betrachtete den Neuankömmling mit zurückhaltendem Erstaunen, nicht unähnlich jenem, das er gezeigt haben würde, wenn irgend ein riesiges, aber offenkundig harmloses Seewesen in sein Zimmer gekrochen wäre. Der Neuankömmling betrachtete den Doktor mit jener strahlenden, aber atemlosen Freundlichkeit, die eine umfangreiche Putzfrau kennzeichnet, der es gerade noch gelungen ist, sich in einen Bus zu stopfen. Eine reiche Mischung aus gesellschaftlicher Selbstbeglückwünschung und körperlicher Durcheinanderkeit. Sein Hut war auf den Teppich gefallen, sein schwerer Schirm glitt ihm polternd zwischen die Beine; er griff nach dem einen und bückte sich nach dem anderen, sprach aber mit einem unbeschädigten Lächeln auf seinem runden Gesicht gleichzeitig wie folgt:

»Mein Name ist Brown. Bitte um Vergebung. Ich komme wegen dieser Sache mit den MacNabs. Ich habe gehört, daß Sie oft Menschen aus solchen Schwierigkeiten helfen. Um Vergebung, wenn ich mich irre.«

Inzwischen hatte er unter Verrenkungen seinen Hut zurückgewonnen und machte nun eine sonderbare kleine ruckende Verbeugung über ihn hin, als sei damit alles in zufriedenstellender Ordnung.

»Ich gestehe, Sie nicht zu verstehen«, erwiderte der Wissenschaftler mit kalter intensiver Höflichkeit. »Ich fürchte, Sie haben sich in der Tür geirrt. Ich bin Dr. Hood, und meine Arbeit ist fast ausschließlich literarisch und erzieherisch. Es trifft zu, daß ich manchmal von der Polizei in Fällen besonderer Schwierigkeit und Wichtigkeit konsultiert worden bin, aber –«

»Oh, dieser ist von der größten Wichtigkeit«, fiel ihm der kleine Mann namens Brown ins Wort. »Wissen Sie, ihre Mutter läßt nicht zu, daß sie sich verloben.« Und er lehnte sich in fröhlicher Vernünftigkeit in seinen Stuhl zurück.

Die Brauen von Dr. Hood zogen sich düster zusammen, aber die Augen unter ihnen leuchteten hell, aus Ärger oder aus Erheiterung. »Aber dennoch«, sagte er, »verstehe ich immer noch nicht.«

»Passen Sie auf, sie wollen heiraten«, sagte der Mann mit dem klerikalen Hut. »Maggie MacNab und der junge Todhunter wollen *heiraten*. Nun also, und was könnte noch wichtiger sein?«

Die wissenschaftlichen Triumphe des großen Orion Hood hatten ihn mancher Dinge beraubt – die einen behaupten seiner Gesundheit, die anderen seines Gottes; aber sie hatten ihm nicht völlig den Sinn fürs Absurde genommen. Bei dieser letzten Vorbringung des einfältigen Priesters brach ein Kichern aus seinem Inneren hervor, und er warf sich in der ironischen Haltung eines konsultierten Arztes in seinen Lehnstuhl.

»Mr. Brown«, sagte er feierlich, »es ist mindestens 14 und $^1/_2$ Jahr her, seit ich persönlich ersucht wurde, ein persönliches Problem zu untersuchen: Damals ging es um einen versuchten Giftanschlag auf den französischen Präsidenten bei einem Bankett des Londoner Oberbürgermeisters. Jetzt also handelt es sich, soweit ich verstehe, um die Frage, ob eine Ihrer Bekannten namens Maggie die geeignete Verlobte für einen ihrer Bekannten namens Todhunter ist. Alsdann, Mr. Brown, ich bin Sportsmann. Ich übernehme den Fall. Ich werde der Familie MacNab meinen besten Rat zuteil werden lassen, so gut, wie ich ihn dem französischen Präsidenten und dem König von England zuteil werden ließ – nein, besseren; 14 Jahre besseren. Heute nachmittag habe ich nichts anderes zu tun. Also erzählen Sie mir Ihre Geschichte.«

Der kleine Kirchenmann namens Brown dankte ihm mit unbestreitbarer Wärme, aber immer noch in einer sonderbaren Art von Schlichtheit. Es war eher, als danke er einem Fremden in einem Raucherzimmer für die

Mühen, ihm die Streichhölzer zu reichen, als daß er sozusagen (was er ja auch tat) dem Direktor von Kew Gardens dafür dankte, ihn aufs Feld zu begleiten, um ein vierblättriges Kleeblatt zu suchen. Und so begann er praktisch ohne einen Strichpunkt nach seinem herzlichen Dank mit seinem Bericht:

»Wie ich Ihnen sagte, heiße ich Brown; so ist es in der Tat, und ich bin der Priester jener kleinen katholischen Kirche, die Sie sicherlich jenseits jener langgezogenen Straßen bereits gesehen haben, in denen die Stadt nach Norden zu endet. In der letzten und langgezogensten jener Straßen, die wie ein Seedamm an der See entlang läuft, lebt ein Mitglied meiner Herde, sehr ehrbar, aber mit eher heftigem Temperament, eine Witwe namens MacNab. Sie hat eine Tochter, und sie hat Einmieter, und zwischen ihr und ihrer Tochter, und zwischen ihr und den Einmietern – nun ja, ich zweifle nicht, daß man für beide Seiten manches sagen könnte. Gegenwärtig hat sie nur einen Einmieter, den jungen Mann namens Todhunter, aber er hat mehr Schwierigkeiten als alle anderen zusammen verursacht, denn er will die Tochter des Hauses heiraten.«

»Und was«, fragte Dr. Hood mit großem und stillem Vergnügen, »will die Tochter des Hauses?«

»Nun ja, sie will ihn auch heiraten«, rief Father Brown und setzte sich eifrig auf. »Das ist ja gerade die gräßliche Schwierigkeit.«

»Das ist wahrhaft ein fürchterliches Rätsel«, sagte Dr. Hood.

»Dieser junge James Todhunter«, fuhr der Kleriker fort, »ist meines Wissens ein sehr anständiger Mensch; aber schließlich weiß niemand sehr viel. Er ist ein aufgeweckter bräunlicher kleiner Kerl, beweglich wie ein Affe, glattrasiert wie ein Schauspieler und entgegenkommend wie ein geborener Höfling. Er scheint eine ganze Menge Geld zu haben, aber niemand weiß, was er für einen Beruf hat. Mrs. MacNab ist deshalb (da sie einen Hang zum Pessimismus hat) der Überzeugung, daß es sich um etwas Furchtbares handeln muß und möglicherweise mit Dynamit zu tun hat. Das Dynamit muß von scheuer und geräuschloser Art sein, denn der arme Kerl schließt sich nur jeden Tag ein paar Stunden ein und studiert hinter geschlossener Tür irgendwas. Er erklärt, daß diese Zurückgezogenheit zeitlich begrenzt und gerechtfertigt sei, und verspricht, alles vor der Hochzeit zu erklären. Das ist alles, was man genau weiß, aber Mrs. MacNab wird Ihnen eine ganze Menge mehr erzählen, als selbst sie genau weiß. Sie wissen ja, daß Geschichten auf so einem Feld der Unwissenheit wie Gras wachsen. Es gibt Geschichten von zwei Stimmen, die man im Zimmer habe sprechen hören, obwohl bei geöffneter Tür Todhunter immer allein angetroffen wird. Es gibt Geschichten von einem rätselhaften großen Mann mit seidenem Zylinderhut, der einmal aus den Seenebeln, scheinbar direkt aus der See, auftauchte und im Zwielicht sanft über die sandigen Streifen schritt und durch den schmalen Garten, bis man ihn mit dem Einmieter an dessen offenem Fenster sprechen hörte. Das Zwiegespräch scheint in Streit geendet zu haben. Todhunter jedenfalls schlug das Fenster gewaltsam zu, und der Mann mit hohem Hut verschmolz wieder mit dem Seenebel. Diese Geschichte wird von der Familie mit den wildesten Ausschmückungen erzählt; aber ich glaube, daß Mrs. MacNab tatsächlich ihre eigene ursprüngliche Fassung allen anderen vorzieht: daß nämlich der Andermann (oder was immer es sein mag) jede Nacht aus der großen Kiste in der Ecke hervorkriecht, die den ganzen Tag über verschlossen ist. Sie ersehen daraus, wie Todhunters verschlossene Tür als die Eingangspforte zu allen Phantasien und Ungeheuerlichkeiten aus *Tausendundeiner Nacht* behandelt wird. Und dann ist da dieser kleine Kerl in seiner anständigen schwarzen Jacke, so pünktlich und unschuldig wie eine Standuhr. Er zahlt pünktlich seine Miete; er ist praktisch Abstinenzler; er ist unermüdlich freundlich zu den kleineren Kindern und kann sie den ganzen Tag lang in guter Laune halten; und schließlich und am wichtigsten von allem, er hat sich bei der ältesten Tochter genauso beliebt gemacht, die deshalb bereit ist, morgen mit ihm zum Altar zu schreiten.«

Ein Mann, der sich einmal leidenschaftlich mit einer beliebigen weitgespannten Theorie eingelassen hat, findet immer Vergnügen daran, sie auf jede beliebige Belanglosigkeit anzuwenden. Nachdem der große Spezialist sich einmal zu des Priesters Schlichtheit herabgelassen hatte, ließ er sich ausführlich herab. Er setzte sich bequem in seinem Lehnstuhl zurecht und begann im Tonfall eines etwas geistesabwesenden Dozenten zu reden:

»Selbst bei winzigen Vorkommnissen ist es am besten, zuerst einen Blick auf die Hauptbestrebungen der Natur zu werfen. Eine spezielle Blume mag bei Wintereinbruch nicht sterben, aber die Blumen sterben; ein spezieller Kiesel mag niemals von der Flut benetzt werden, aber die Flut kommt immer. Für den wissenschaftlichen Blick ist die ganze Menschheitsgeschichte eine Reihung von kollektiven Bewegungen, Zerstörungen oder Wanderungen wie das Massensterben der Fliegen im Winter oder die Rückkehr der Vögel im Frühling. Nun heißt das aller Geschichte zugrundeliegende Faktum Rasse. Rasse bringt Religion hervor; Rasse bringt Rechts- wie Religionskriege hervor. Dafür gibt es keinen stärkeren Beweis als jene wilde, unweltliche und aussterbende Rasse, die wir gewöhnlich die Kelten nennen, davon Ihre Freunde, die MacNabs, Musterexemplare sind. Klein, dunkel und von träumerisch schweifendem Blut, nehmen sie leicht die abergläubischen Erklärungen jedes Vorkommnisses hin, wie sie immer noch (Sie werden mir verzeihen) jene abergläubische Erklärung aller Vorkommnisse hinnehmen, die Sie und Ihre Kirche darstellen. Es ist nicht verwunderlich, daß solche Leute mit der stöhnenden See hinter sich und der dröhnenden Kirche vor sich (Sie verzeihen erneut) vermutlich normalen Vorgängen phantastische Züge andichten. Sie mit Ihren beschränkten Gemeindeverantwortlichkeiten sehen nur diese spezielle Mrs. MacNab mit ihrer speziellen Geschichte von den zwei Stimmen und einem großen Mann aus der See. Aber der Mann mit wissenschaftlicher Vorstellungskraft sieht die ganzen Sippen der MacNabs gleichsam über die ganze Erde verstreut, in ihrer letztlichen Durchschnittlichkeit so einförmig wie eine Vogelart. Er sieht Tausende von Mrs. MacNabs in Tausenden von Häusern, wie sie ihre kleinen Tröpfchen Morbidität in die Teetassen ihrer Freunde träufeln; er sieht –«

Ehe der Wissenschaftler seinen Satz abschließen konnte, erscholl von draußen ein weiteres und ungeduldigeres Pochen; jemand in raschelnden Röcken wurde eilends durch die Gänge geleitet, und die Tür öffnete sich einem jungen Mädchen, anständig gekleidet, aber durcheinander und vor Eile feuerrot. Sie hatte vom Seewind verwehtes blondes Haar und wäre von vollendeter Schönheit gewesen, wenn es nicht ihre Wangenknochen gegeben hätte, die in der schottischen Art nach Form und Farbe zu stark betont waren. Ihre Entschuldigung war fast ebenso schroff wie ein Befehl.

»Tut mir leid, Sie zu unterbrechen, Sir«, sagte sie, »aber ich mußte Father Brown gleich nachlaufen; es geht schließlich um Leben oder Tod.«

Father Brown kam in einiger Verwirrung auf die Füße. »Was ist denn los, Maggie?« fragte er.

»Soweit ich das feststellen kann, ist James ermordet worden«, antwortete das Mädchen und atmete immer noch schwer vom rennen. »Der Mann Glass war wieder bei ihm; ich habe sie ganz deutlich durch die Tür reden gehört. Zwei verschiedene Stimmen: denn James spricht leise und kehlig, aber die andere Stimme war hoch und zittrig.«

»Der Mann Glass?« wiederholte der Priester in einiger Verblüffung.

»Ich weiß, daß sein Name Glass ist«, antwortete das Mädchen in großer Ungeduld. »Ich hab ihn durch die Tür gehört. Sie haben sich gestritten, wohl um Geld – denn ich habe James immer wieder sagen hören ›Das ist richtig, Mr. Glass‹ oder ›Nein, Mr. Glass‹, und dann ›Zwei oder drei, Mr. Glass‹. Aber wir reden viel zu viel; Sie müssen sofort mitkommen, vielleicht ist noch Zeit.«

»Zeit wofür?« fragte Dr. Hood, der die junge Dame mit offenkundigem Interesse studiert hatte. »Was gibt es da mit Mr. Glass und seinen Geldsorgen, was solche Dringlichkeit nahelegt?«

»Ich hab versucht, die Tür einzubrechen, und hab es nicht gekonnt«, antwortete das Mädchen kurz. »Dann bin ich in den Hinterhof gerannt und bin aufs Fensterbrett geklettert, von wo man ins Zimmer kucken kann. Alles war dunkel und schien leer zu sein, aber ich schwöre, daß ich James wie ein Häufchen in einer Ecke liegen sah, als ob er betäubt oder erwürgt wäre.«

»Das ist sehr ernst«, sagte Father Brown, schnappte sich seinen wanderlustigen Hut und seinen Schirm und stand auf; »übrigens habe ich gerade diesem Herrn hier Ihren Fall vorgetragen, und seine Meinung –«

»Hat sich entschieden verändert«, sagte der Wissenschaftler ernst. »Ich glaube nicht, daß diese junge Dame so keltisch ist, wie ich angenommen habe. Und da ich nichts anderes zu tun habe, werde ich mir meinen Hut aufsetzen und mit Ihnen in die Stadt hinabgehen.«

Einige Minuten danach näherten sie sich alle drei dem trübseligen Ende der Straße der MacNabs: das Mädchen mit dem festen und atemlosen Schritt des Bergbewohners, der Kriminologe in lässiger Anmut (die nicht ohne eine gewisse leopardenähnliche Schnelligkeit war) und der Priester in einem energischen Trab ohne jede erkennbare Eigenschaft. Der Anblick dieser Ecke der Stadt war nicht gänzlich ohne erkennbare Rechtfertigung für die Hinweise des Doktors auf trostlose Stimmungen und Umgebungen. Die verstreuten Häuser standen weiter und weiter voneinander entfernt, in einer gebrochenen Reihe entlang der Seeküste; der Nachmittag verging in einer verfrühten und halb gespenstischen Dämmerung; die See war von tintigem Purpur und düsterem Raunen. In dem winzigen Garten der MacNabs, der zum Sandstrand hinunterlag, standen zwei schwarze kahle Bäume aufrecht wie vor Erstaunen erhobene Dämonenhände, und als Mrs. MacNab die Straße herabgelaufen kam, um sie mit mageren, ähnlich ausgestreckten Händen zu empfangen, schien sie fast selbst ein Dämon. Der Doktor und der Priester antworteten kaum auf ihre schrillen Wiederholungen der Geschichte ihrer Tochter, die sie von sich aus mit noch mehr beunruhigenden Einzelheiten anreicherte, auf ihre geteilten Racheschwüre gegen Mr. Glass wegen Mordes, und gegen Mr. Todhunter wegen Sichermordenlassens, oder gegen die Kühnheit des letzteren, ihre Tochter heiraten zu wollen, und seine Unfähigkeit, dafür lange genug zu leben. Sie gingen durch den engen Durchgang an der Vorderseite des Hauses, bis sie zur Tür des Einmieters an der Hinterseite kamen, und da warf Dr. Hood mit der Praxis des alten Detektivs seine Schulter scharf gegen das Türpaneel und brach die Tür auf.

Sie öffnete sich auf eine Szene der schweigenden Katastrophe. Keiner, der sie auch nur für einen Augenblick sah, konnte daran zweifeln, daß das

Zimmer die Bühne eines schauerlichen Zusammenstoßes zwischen zwei oder vielleicht noch mehr Personen gewesen war. Spielkarten lagen über Tisch und Boden verstreut, als ob ein Spiel unterbrochen worden wäre. Zwei Weingläser standen in Erwartung des Weines auf einem Beisetztisch bereit, doch ein drittes lag, zu einem Stern von Kristallsplittern zerschmettert, auf dem Teppich. Einige Schritte weiter lag etwas wie ein langes Messer oder ein kurzes Schwert, gerade, aber mit reich verziertem und bemaltem Griff; die matte Klinge fing einen grauen Schimmer vom trüben Fenster dahinter ein, durch das man die schwarzen Bäume gegen die bleierne Fläche der See sah. In die gegenüberliegende Zimmerecke war der Seidenzylinder eines Gentlemans gerollt, als habe man ihn soeben erst von seinem Kopf herabgeschlagen; geradezu so deutlich, daß man fast vermeinte, ihn immer noch rollen zu sehen. Und in der Ecke dahinter lag, hingeworfen wie ein Sack Kartoffeln, aber verschnürt wie ein Eisenbahnkoffer, Mr. James Todhunter, mit einem Schal über dem Mund und sechs oder sieben Schlingen um Ellenbogen und Knöchel. Seine braunen Augen waren lebendig und bewegten sich wachsam.

Dr. Orion Hood hielt für einen Augenblick auf der Türmatte inne und nahm die ganze Szene stimmloser Gewalt in sich auf. Dann schritt er schnell über den Teppich, hob den hohen Seidenhut auf und stülpte ihn feierlich auf den Kopf des immer noch gefesselten Todhunter. Er war für ihn so sehr zu groß, daß er ihm fast bis auf die Schultern rutschte.

»Der Hut von Mr. Glass«, sagte der Doktor, der mit ihm zurückkam und sein Inneres mit einer Taschenlampe untersuchte. »Wie soll man die Abwesenheit von Mr. Glass und die Anwesenheit des Huts von Mr. Glass erklären? Denn Mr. Glass geht mit seiner Kleidung nicht unachtsam um. Dieser Hut ist von modischer Form und systematisch gebürstet und gepflegt, wenngleich nicht gerade neu. Ein alter Lebemann, sollte ich meinen.«

»Aber um Himmels willen!« rief Miss MacNab, »wollen Sie denn den Mann nicht zuerst losbinden?«

»Ich sagte ›alter‹ mit Absicht, obwohl nicht mit Sicherheit«, fuhr der Erläuterer fort; »mein Grund dafür mag etwas weit hergeholt erscheinen. Das Haar des Menschen fällt in sehr unterschiedlichem Maße aus, aber es fällt immer aus, und durch die Lupe sollte ich die feinen Haare in einem kürzlich getragenen Hut sehen können. Da sind aber keine, was mich zu der Vermutung bringt, daß Mr. Glass kahl ist. Wenn man dies nun mit der hohen und streitsüchtigen Stimme zusammenbringt, die Miss MacNab so lebhaft beschrieben hat (Geduld, meine liebe Dame, Geduld), wenn wir den kahlen Kopf mit dem Tonfall greisenhaften Zorns zusammenbringen, dann können wir daraus, meine ich, auf einen gewissen Vorschritt in den Jahren schließen. Dennoch war er vermutlich kraftvoll und fast mit Sicherheit hochgewachsen. Ich könnte mich dabei in gewissem Maße auf den Bericht über sein früheres Auftauchen am Fenster stützen, als großgewachsener Mann mit Zylinder, aber ich glaube, daß ich einen genaueren Hinweis habe. Dieses Weinglas ist über das ganze Zimmer zersplittert, aber einer der Splitter liegt oben auf der hohen Konsole neben dem Kaminsims. Kein solches Bruchstück könnte dorthin gefallen sein, wenn das Gefäß in der Hand eines verhältnismäßig kurzen Mannes wie Mr. Todhunter zerbrochen wäre.«

»Übrigens«, fragte Father Brown, »könnten wir Mr. Todhunter nicht ebensogut losbinden?«

»Unsere Lektion aus den Trinkgefäßen ist damit nicht beendet«, fuhr der Spezialist fort. »Ich will gleich sagen, daß der Mann Glass möglicherweise eher durch Ausschweifungen denn durch Alter kahl und nervös wurde. Es wurde gesagt, daß Mr. Todhunter ein ruhiger, sparsamer Mann ist, im wesentlichen ein Abstinenzler. Diese Spielkarten und Weinkelche gehören nicht zu seinen Gepflogenheiten; sie wurden für einen speziellen Gefährten bereitgestellt. Wir können aber angesichts der Lage der Dinge noch weiter gehen. Mr. Todhunter mag Besitzer dieser Weingläser sein oder auch nicht, aber es gibt kein Anzeichen dafür, daß er Wein besitzt. Was also sollten diese Gefäße enthalten? Spontan möchte ich annehmen Brandy oder Whisky, vielleicht von einer besonderen Sorte, aus einer Flasche in der Tasche von Mr. Glass. Damit entsteht gewissermaßen das Bildnis dieses Mannes, oder wenigstens des Typs: groß, ältlich, elegant, aber bereits etwas verbraucht, Liebhaber sicherlich von Glücksspielen und starken Getränken, vielleicht zu sehr Liebhaber. Mr. Glass ist ein Gentleman, wie er in den Randgebieten der Gesellschaft nicht unbekannt ist.«

»Hören Sie«, rief die junge Frau, »wenn Sie mich nicht vorbeilassen, um ihn loszubinden, laufe ich raus und schreie nach der Polizei.«

»Ich würde *Ihnen* nicht raten, Miss MacNab«, sagte Dr. Hood gravitätisch, »sich mit der Herbeiholung der Polizei zu überstürzen. Father Brown, ich rate Ihnen ernstlich, Ihre Herde zu beruhigen, in ihrem Interesse, nicht in meinem. Nun denn, wir haben einiges von der Gestalt und dem Wesen des Mr. Glass erkannt; was sind nun die wichtigsten Tatsachen, die wir von Mr. Todhunter kennen? Es sind vor allem drei: daß er sparsam ist, daß er mehr oder minder wohlhabend ist und daß er ein Geheimnis hat. Nun ist es sicherlich offenkundig, daß dies die drei wichtigsten Merkmale der Art Mann sind, der erpreßt wird. Und sicherlich ist es ebenso offenkundig, daß die verblichene Eleganz, die lasterhaften

Gepflogenheiten und der schrille Zorn von Mr. Glass die unverkennbaren Merkmale der Art Mann sind, der ihn erpreßt. Wir haben hier die beiden typischen Gestalten aus einer Schweigegeldtragödie: auf der einen Seite den ehrbaren Mann mit einem Geheimnis; auf der anderen den Geier aus dem Westend mit einem Gespür für Geheimnisse. Diese beiden Männer trafen heute hier zusammen und haben miteinander gestritten, wobei sie Hiebe und eine blanke Waffe verwendeten.«

»Werden Sie ihm jetzt diese Stricke abnehmen?« fragte das Mädchen hartnäckig.

Dr. Hood legte den Seidenhut sorgsam auf dem Beistelltisch ab und ging dann hinüber zu dem Gefangenen. Er studierte ihn sorgfältig, bewegte ihn sogar ein wenig und drehte ihn an den Schultern halb herum, antwortete aber nur:

»Nein; ich denke, diese Stricke werden durchaus reichen, bis Ihre Freunde von der Polizei die Handschellen bringen.«

Father Brown, der teilnahmslos auf den Teppich gestarrt hatte, hob sein rundes Gesicht und sagte: »Was meinen Sie damit?«

Der Mann der Wissenschaft hatte den eigenartigen Dolchdegen vom Teppich aufgehoben und untersuchte ihn aufmerksam, als er antwortete:

»Weil Sie Mr. Todhunter zusammengeschnürt vorfinden«, sagte er, »fliegen Sie alle auf die Schlußfolgerung, daß Mr. Glass ihn zusammengeschnürt hat; und dann, vermutlich, entflohen ist. Dagegen sprechen vier Gründe: Erstens, warum sollte ein so eitler Mann wie unser Freund Glass seinen Hut zurücklassen, wenn er das Zimmer aus freien Stücken verließ? Zweitens«, fuhr er fort und ging zum Fenster, »ist dies der einzige Ausgang, und der ist von innen verschlossen. Drittens hat diese Klinge hier einen kleinen Blutfleck an der Spitze, aber an Mr. Todhunter ist keine Wunde. Mr. Glass nahm diese Wunde mit sich fort, tot oder lebendig. Rechnen Sie die einfache Wahrscheinlichkeit hinzu. Es ist sehr viel wahrscheinlicher, daß die erpreßte Person versucht, ihren Peiniger zu töten, als daß der Erpresser die Gans töten sollte, die ihm die goldenen Eier legt. Mir scheint, da haben wir eine ziemlich vollständige Geschichte.«

»Und die Stricke?« fragte der Priester, dessen Augen in einer Art leerer Bewunderung geöffnet blieben.

»Ja, die Stricke«, sagte der Experte mit eigenartiger Betonung. »Miss MacNab wollte so gerne wissen, warum ich Mr. Todhunter nicht von seinen Stricken befreit habe. Ich will es ihr sagen. Ich habe es nicht getan, weil Mr. Todhunter sich selbst von ihnen in dem Augenblick befreien kann, in dem er das will.«

»Was?« schrie die Zuhörerschaft in den unterschiedlichsten Tönen des Erstaunens.

»Ich habe mir alle Knoten an Mr. Todhunter angesehen«, fuhr Hood ruhig fort. »Ich weiß einiges über Knoten; sie stellen einen eigenen Zweig der Kriminologie dar. Jeden einzelnen dieser Knoten hat er selbst geschlungen und kann ihn auch jederzeit selbst wieder lösen; und nicht einen davon hätte ein Gegner geschlungen, der ihn wirklich hätte fesseln wollen. Diese ganze Angelegenheit mit den Stricken ist ein schlauer Trick, um uns denken zu lassen, er sei das Opfer des Streites statt des unseligen Glass', dessen Leiche im Garten versteckt sein mag oder in den Kamin geschoben wurde.«

Daraufhin herrschte ein ziemlich bedrücktes Schweigen; das Zimmer wurde dunkel, die von der See verbrandeten Äste der Gartenbäume sahen noch dürrer und schwärzer aus als sonst, ja sie schienen sich dem Fenster genähert zu haben. Fast konnte man sich einbilden, sie seien Seeungeheuer wie Kraken oder Tintenfische, sich windende Polypen, die aus der See heraufgekrochen seien, um das Ende dieser Tragödie zu sehen, so wie einst *er*, ihr Bösewicht und ihr Opfer, der schreckliche Mann im Zylinder, aus der See herangekrochen war. Denn die ganze Atmosphäre war voll vom Pesthauch der Erpressung, die das pesthafteste aller menschlichen Gebresten ist, denn sie ist ein Verbrechen, das ein Verbrechen verhüllt; ein schwarzes Pflaster auf einer schwärzeren Wunde.

Das Gesicht des kleinen katholischen Priesters, das gewöhnlich zufrieden und sogar etwas komisch aussah, hatte sich plötzlich durch ein sonderbares Runzeln verknotet. Es war das nicht die blanke Neugier seiner ersten Unschuld. Es war vielmehr jene schöpferische Neugier, die auftaucht, wenn einem Mann die Anfänge eines Gedankens kommen. »Sagen Sie das bitte noch mal«, bat er schlicht und zugleich beunruhigt; »meinen Sie wirklich, daß Todhunter sich ganz allein zusammenschnüren und sich ganz allein wieder aufschnüren kann?«

»Genau das meine ich«, sagte der Doktor.

»Jerusalem!« rief Brown plötzlich. »Ich möchte wissen, ob es nicht das sein kann!«

Er hoppelte wie ein Kaninchen durchs Zimmer und blickte mit ganz neuer Lebhaftigkeit in das halbbedeckte Gesicht des Gefangenen. Dann kehrte er der Gesellschaft sein eigenes ziemlich albernes Antlitz zu. »Ja, das ist es!« rief er in einer gewissen Erregung. »Können Sie es dem Mann nicht am Gesicht ablesen? Sehen Sie doch nur in seine Augen!«

Sowohl der Professor wie das Mädchen folgten der Richtung seines Blickes. Und obwohl der breite schwarze Schal die untere Hälfte von

Todhunters Gesicht vollständig verbarg, wurde ihnen etwas Angespanntes und Intensives in der oberen Hälfte bewußt.

»Seine Augen sehen sonderbar aus«, rief die junge Frau heftig bewegt. »Ihr seid gemein; ich glaube, es tut ihm weh!«

»Das glaube ich nicht«, sagte Dr. Hood; »die Augen haben sicherlich einen eigenartigen Ausdruck. Aber ich würde diese querlaufenden Faltungen eher interpretieren als Ausdruck einer gewissen psychischen Abnormität —«

»Ach Quatsch!« rief Father Brown: »könnt Ihr denn nicht sehen, daß er lacht?«

»Lacht!« wiederholte der Doktor aufgeschreckt. »Aber worüber in aller Welt kann er denn lachen?«

»Naja«, erwiderte Hochwürden Brown entschuldigend, »ich will da ja nicht drauf herumreiten, aber ich glaube, er lacht über Sie. Und in Wahrheit bin ich durchaus geneigt, auch über mich zu lachen, jetzt da ich es weiß.«

»Jetzt da Sie was wissen?« fragte Hood in leichter Verzweiflung.

»Jetzt da ich weiß«, erwiderte der Priester, »welchen Beruf Mr. Todhunter hat.«

Er hoppelte wieder durch das Zimmer, sah sich einen Gegenstand nach dem anderen mit einer Art leeren Starrens an und brach dann jedesmal in eine ebenso leere Art Lachens aus, ein äußerst verwirrender Vorgang für jene, die ihm zuzuschauen hatten. Er lachte sehr über den Hut, noch brüllender über das zerbrochene Glas, aber das Blut auf der Degenspitze stürzte ihn geradezu in lebensgefährliche Lachkrämpfe. Dann wandte er sich zu dem kochenden Spezialisten um.

»Dr. Hood«, rief er begeistert, »Sie sind ein wahrhaft großer Poet! Sie haben ein ungeschaffenes Wesen aus dem Nichts heraufbeschworen. Wieviel gottähnlicher ist das doch, als wenn Sie nur die einfachen Tatsachen herausgeschnüffelt hätten! Wirklich, die einfachen Tatsachen sind im Vergleich dazu reichlich gewöhnlich und komisch.«

»Ich habe keine Ahnung, wovon Sie reden«, sagte Dr. Hood reichlich hochmütig; »meine Tatsachen sind alle unausweichlich, wenngleich naturgemäß unvollständig. Ein gewisser Platz mag vielleicht der Intuition eingeräumt werden (oder der Poesie, wenn Sie das Wort bevorzugen), aber nur, weil die entsprechenden Einzelheiten gegenwärtig noch nicht gesichert werden können. In der Abwesenheit von Mr. Glass —«

»Das ist *es*, das ist es«, sagte der kleine Priester und nickte eifrig; »das ist die erste Idee, die man festhalten muß; die Abwesenheit von Mr. Glass.

Er ist so überaus abwesend. Ich nehme an«, fügte er nachdenklich hinzu, »daß noch nie jemand so abwesend war wie Mr. Glass.«

»Meinen Sie, daß er aus der Stadt abwesend ist?« fragte der Doktor.

»Ich meine, daß er überall abwesend ist«, antwortete Father Brown; »er ist sozusagen aus der Natur der Dinge abwesend.«

»Wollen Sie damit ernsthaft behaupten«, sagte der Spezialist mit einem Lächeln, »daß es eine solche Person gar nicht gibt?«

Der Priester stimmte durch ein Zeichen zu. »Es ist schon ein Jammer«, sagte er.

Orion Hood brach in ein verächtliches Lachen aus. »Alsdann«, sagte er, »bevor wir uns über die hundertundeins anderen Beweisstücke hermachen, wollen wir den ersten Beweis betrachten, den wir gefunden haben; die erste Tatsache, über die wir fielen, als wir in dieses Zimmer einfielen. Wenn das nicht der Zylinder von Mr. Glass ist, wessen Zylinder ist es dann?«

»Der von Mr. Todhunter«, sagte Father Brown.

»Aber er paßt ihm doch nicht«, rief Hood ungeduldig. »Er kann ihn doch überhaupt nicht tragen!«

Father Brown schüttelte den Kopf mit unaussprechlicher Nachsicht. »Ich habe nie gesagt, daß er ihn tragen könne«, antwortete er. »Ich habe gesagt, daß es sein Hut sei. Oder, wenn Sie auf dem Schatten eines Unterschiedes bestehen, daß dieser Hut ihm gehöre.«

»Und was ist der Schatten eines Unterschiedes?« fragte der große Kriminologe mit leichtem Hohn.

»Lieber Herr«, rief der milde kleine Mann mit einer ersten, der Ungeduld ähnlichen Regung, »wenn Sie die Straße bis zum nächsten Hutgeschäft hinablaufen, werden Sie schon sehen, daß es in der normalen Sprache einen Unterschied gibt zwischen dem Hut eines Mannes und den Hüten, die er besitzt.«

»Aber ein Hutmacher«, protestierte Hood, »kann Geld aus seinem Lager an neuen Hüten ziehen. Was könnte Todhunter denn aus diesem alten Hut ziehen?«

»Kaninchen«, erwiderte Father Brown prompt.

»*Was?*« schrie Dr. Hood.

»Kaninchen, Bänder, Süßigkeiten, Goldfische, bunte Papierschlangen«, ratterte der hochwürdigste Gentleman rasend schnell herunter. »Haben Sie denn das nicht durchschaut, als Sie die falschen Schlingen fanden? Mit dem Degen ist es das gleiche. Mr. Todhunter hat keinen Kratzer an sich, wie Sie sagten; aber er hat einen Kratzer in sich, wenn Sie mir folgen können.«

»Meinen Sie auf der Innenseite von Mr. Todhunters Kleidern?« fragte Mrs. MacNab streng.

»Ich meine nicht die Innenseite von Mr. Todhunters Kleidern«, sagte Father Brown. »Ich meine die Innenseite von Mr. Todhunter.«

»Und was im Namen aller Irrenhäuser meinen Sie denn *damit?*«

»Mr. Todhunter«, erklärte Father Brown gelassen, »lernt die Kunst des berufsmäßigen Zauberkünstlers, Jongleurs, Bauchredners und Entfesselungskünstlers. Die Zaubertricks erklären den Hut. In ihm findet sich keine Spur von Haaren, nicht weil ihn der vorzeitig erkahlte Mr. Glass getragen hätte, sondern weil ihn nie jemand getragen hat. Das Jonglieren erklärt die drei Gläser, die hochzuwerfen und in Bewegung zu halten Mr. Todhunter sich selbst beibrachte. Aber da er auf diesem Gebiet erst Lehrling ist, warf er eines gegen die Decke, wo es zerbrach. Und das Jonglieren erklärt auch den Degen, den zu verschlucken Mr. Todhunters beruflicher Stolz und seine Pflicht ist. Wiederum aber: Da er auch hierin noch ein Lehrling ist, hat er die Innenseite seiner Kehle ganz leicht mit der Waffe angekratzt. Und daher hat er eine Wunde in sich, die (nach dem Ausdruck seines Gesichtes zu urteilen) nicht ernsthaft ist. Und außerdem übt er mit den Schlingen den Entfesselungstrick der Davenport Brothers, und er war gerade dabei, sich selbst zu befreien, als wir alle in das Zimmer platzten. Die Spielkarten sind selbstverständlich für Kartentricks, und sie liegen verstreut auf dem Boden, weil er gerade einen jener Kniffe übte, bei denen man sie durch die Luft fliegen läßt. Und er hat seinen Beruf bloß geheimgehalten, weil er seine Tricks geheimhalten mußte wie jeder andere Zauberer auch. Aber die Tatsache, daß irgendein Müßiggänger mit Zylinder irgendwann einmal in sein Hinterfenster geblickt hat und von ihm in großer Empörung vertrieben wurde, genügte, um uns alle auf die falsche Fährte des Fabulierens zu locken und uns sein ganzes Leben überschattet vom zylinderhütigen Geist des Mr. Glass vorzustellen.«

»Und was ist mit den beiden Stimmen?« fragte Maggie starren Blickes.

»Haben Sie denn nie einen Bauchredner gehört?« fragte Father Brown. »Wissen Sie nicht, wie sie zunächst mit ihrer natürlichen Stimme sprechen und sich dann mit eben jener schrillen, zittrigen, unnatürlichen Stimme antworten, die Sie gehört haben?«

Danach herrschte ein langes Schweigen, und Dr. Hood betrachtete den kleinen Mann, der gesprochen hatte, mit einem düsteren und aufmerksamen Lächeln. »Sie sind wahrhaftig eine sehr einfallsreiche Person«, sagte er; »in einem Buch hätte man es nicht besser machen können.

Aber es gibt noch einen einzigen Teil an Mister Glass, den wegzuerklären Ihnen nicht gelungen ist, und das ist sein Name. Miss MacNab hörte genau, wie Mr. Todhunter ihn so anredete.«

Hochwürden Brown brach in ein ziemlich kindliches Kichern aus. »Naja«, sagte er, »das ist der albernste Teil dieser ganzen albernen Geschichte. Während unser jonglierender Freund hier die drei Gläser nacheinander hochwarf, zählte er laut mit, als er sie wieder auffing, und kommentierte es ebensolaut, wenn ihm das mißlang. Was er wirklich sagte, war: ›Eins und zwei und drei – Miste-Glas; eins und zwei und – Miste-Glas.‹ Und so weiter.«

Danach herrschte ein zweites Schweigen in dem Zimmer, und dann brach männiglich wie auf Absprache in Gelächter aus. Gleichzeitig löste die Gestalt in der Ecke behaglich die Schlingen und ließ sie schwungvoll niederfallen. Dann trat sie mit einer Verbeugung in die Mitte des Zimmers und zog aus ihrer Tasche einen großen blau und rot gedruckten Anschlagzettel, der bekannt machte, daß SALADIN, der Welt größter Zauberer, Schlangenmensch, Bauchredner und Menschliches Känguruh, am nächsten Montagabend um genau 8 Uhr im Empire Pavilion zu Scarborough mit einem vollständig neuen Trickprogramm auftreten werde.

•

Das Paradies der Diebe

Der große Muscari, der originellste unter den jungen toskanischen Dichtern, eilte in sein Lieblingsrestaurant, das, von einem Sonnensegel überdacht und von kleinen Limonen- und Orangenbäumen umzäunt, das Mittelmeer überblickt. Kellner in weißen Schürzen legten auf weißen Tafeln bereits die Insignien eines frühen und eleganten Mahles aus; und das schien in ihm eine Zufriedenheit noch zu steigern, die ohnehin bereits ans Prahlerische grenzte. Muscari hatte eine Adlernase wie Dante; Haare und Halstuch waren dunkel und wallend; er trug einen schwarzen Umhang, und es schien fast, als trüge er auch eine schwarze Maske, so sehr umgab ihn die Atmosphäre eines venezianischen Melodrams. Er benahm sich, als ob ein Troubadour immer noch ein öffentliches Amt innehabe wie ein Bischof. Er bemühte sich, so weit ihm sein Jahrhundert das gestattete, die Welt wahrhaft als Don Juan zu durchwandeln, mit Degen und Gitarre.

Denn niemals reiste er ohne einen Kasten mit Degen, mit denen er so manches brillante Duell ausgefochten hatte, oder ohne den entsprechenden Kasten mit seiner Mandoline, auf der er gegenwärtig Miss Ethel Harrogate, der äußerst konventionellen Tochter eines Bankiers aus Yorkshire in Ferien, Serenaden darbrachte. Und doch war er weder Scharlatan noch Kindskopf, sondern ein heißblütiger, logisch denkender Südländer, der etwas Bestimmtes mochte und war. Seine Poesie war ebenso geradeaus wie anderer Leute Prosa. Er begehrte Ruhm oder Wein oder die Schönheit von Frauen mit einer sengenden Direktheit, die in den wolkigen Idealen und den wolkigen Kompromissen des Nordens unvorstellbar ist; verschwommeneren Rassen roch seine Intensität nach Gefahr oder gar Verbrechen. Wie das Feuer oder die See war er zu einfach, als daß man ihm hätte vertrauen können.

Der Bankier und seine wunderschöne englische Tochter wohnten in dem Muscaris Restaurant angeschlossenen Hotel; deshalb war es sein Lieblingsrestaurant. Ein schneller Blick durch den Raum zeigte ihm jedoch, daß die englische Gesellschaft noch nicht herabgekommen war.

Das Restaurant glitzerte, war aber noch verhältnismäßig leer. Zwei Priester unterhielten sich an einem Tisch in einer Ecke, aber Muscari (ein glühender Katholik) nahm von ihnen nicht mehr Notiz wie von einem Paar Krähen. Doch von einem noch entfernteren Platz, den ein von Orangen goldener Zwergbaum teilweise verdeckte, erhob sich eine Person und kam auf den Poeten zu, deren Gewandung den heftigsten Gegensatz zu seiner eigenen bildete.

Diese Gestalt war in buntscheckigen Tweed gekleidet, mit rosaroter Krawatte, einem steifen Kragen und grellgelben Schuhen. Es gelang ihr in der wahren Tradition 'Arrys zu Margate, gleichzeitig auffallend und gewöhnlich auszusehen. Als aber diese Cockney-Erscheinung näher kam, bemerkte Muscari erstaunt, daß sich der Kopf auffällig vom Körper unterschied. Es war ein italienischer Kopf: kraushaarig, dunkel und mit lebhaftem Mienenspiel, der jäh aus dem Stehkragen wie aus Karton und der komischen rosaroten Krawatte aufragte. Tatsächlich war es sogar ein Kopf, den er kannte. Er erkannte ihn über all dieser gräßlichen englischen Ferienaufmachung als das Gesicht eines alten, wenngleich vergessenen Freundes namens Ezza. Dieser Knabe war das Wunderkind seiner Schule gewesen, und europaweiter Ruhm war ihm bereits versprochen, als er noch kaum fünfzehn zählte; doch als er ins Leben hinaustrat, scheiterte er, zunächst öffentlich als Dramatiker und Redner und dann während endloser Jahre privat als Schauspieler, Handlungsreisender, Geschäftsvertreter und Journalist. Muscari hatte ihn zuletzt hinter den Scheinwerfern auf der Bühne erblickt; er war mit den Aufregungen jenes Berufes nur zu vertraut gewesen, und allgemein ward angenommen, daß ihn irgendeine Herzenskatastrophe verschlungen habe.

»Ezza!« rief der Poet, erhob sich und schüttelte ihm in angenehmer Überraschung die Hände. »Ich hab dich im grünen Salon zwar schon in mancherlei Kostüm gesehen; aber ich habe niemals erwartet, dich je als Engländer verkleidet zu erblicken.«

»Dieses«, sprach Ezza feierlich, »ist nicht das Kostüm eines Engländers, sondern das des Italieners der Zukunft.«

»In diesem Fall«, bemerkte Muscari, »bekenne ich, daß ich den Italiener der Vergangenheit vorziehe.«

»Das ist dein alter Fehler, Muscari«, sagte der Mann im Tweed und schüttelte den Kopf; »und der Fehler Italiens. Im 16. Jahrhundert begann mit uns Toskanern der neue Tag: Wir hatten den modernsten Stahl, die modernsten Skulpturen, die modernste Chemie. Warum sollten wir nicht auch jetzt die modernsten Fabriken, die modernsten Motoren, das modernste Finanzwesen haben – und die modernste Kleidung?«

»Weil es sich nicht lohnt, sie zu haben«, antwortete Muscari. »Man kann die Italiener nicht wirklich fortschrittlich machen, dazu sind sie zu intelligent. Menschen, die eine Abkürzung zum angenehmen Leben kennen, werden niemals die neuen ausgeklügelten Straßen fahren.«

»Naja, aber für mich sind Marconi oder D'Annunzio die Sterne Italiens«, sagte der andere. »Und deshalb bin ich Futurist geworden – und Reiseführer.«

»Reiseführer!« lachte Muscari. »Ist das der neueste Beruf auf deiner Liste? Und wen führst du?«

»Ach, einen Menschen namens Harrogate und seine Familie, soviel ich weiß.«

»Aber doch nicht den Bankier hier im Hotel?« fragte der Poet mit einigem Eifer.

»Das ist der Mann«, antwortete der Reiseführer.

»Zahlt sich das denn aus?« fragte der Troubadour unschuldig.

»Für mich wird es sich auszahlen«, sagte Ezza mit einem sehr rätselhaften Lächeln. »Aber ich bin auch eine merkwürdige Art Reiseführer.« Und dann, wie um das Thema zu wechseln, sagte er abrupt: »Er hat eine Tochter – und einen Sohn.«

»Die Tochter ist göttlich«, bestätigte Muscari, »Vater und Sohn sind vermutlich menschlich. Aber wenn man ihm auch seine harmlosen Eigenschaften zugesteht, erscheint dir dieser Bankier nicht als ein glänzender Beweis meiner These? Harrogate hat Millionen im Tresor, und ich habe – ein Loch in der Tasche. Aber du wirst nicht behaupten – du kannst nicht behaupten, daß er klüger als ich ist, oder kühner als ich, oder auch nur tatkräftiger. Er ist nicht klug, seine Augen sind wie blaue Knöpfe; er ist nicht tatkräftig, er bewegt sich von Stuhl zu Stuhl wie ein Gelähmter. Er ist ein gewissenhafter, freundlicher, alter Schwachkopf; aber er hat Geld, einfach weil er Geld sammelt, wie ein Junge Briefmarken sammelt. Du hast einen viel zu selbständigen Geist fürs Geschäft, Ezza. Du würdest keinen Erfolg haben. Um klug genug zu sein, so viel Geld zusammenzutragen, muß man dumm genug sein, das zu wollen.«

»Dazu bin ich dumm genug«, sagte Ezza düster. »Aber ich rege eine Vertagung deiner Kritik an dem Bankier an, denn hier kommt er.«

Mr. Harrogate, der große Finanzmann, betrat tatsächlich den Raum, aber niemand beachtete ihn. Er war ein massiger älterer Mann mit verwaschen wirkenden, blauen Augen und einem verblaßten, grausandfarbenen Schnurrbart; wenn er nicht von so gebeugter Haltung gewesen wäre, hätte er ein Oberst sein können. Er hielt eine Anzahl ungeöffneter Briefe in der Hand. Sein Sohn Frank war ein wirklich wohlgeratener Bursche, kraushaarig, sonnenverbrannt und lebhaft; aber auch ihn beachtete niemand. Aller Augen richteten sich wie üblich, wenigstens im Augenblick, auf Ethel Harrogate, deren goldenes griechisches Haupt und deren Farben der Morgenröte wie absichtlich über jene saphirene See gesetzt erschienen, wie das Haupt einer Göttin. Der Poet Muscari sog die Luft ein, als täte er einen tiefen Trunk, was er auch wirklich tat. Er trank klassische Antike; die seine Ahnen geschaffen hatten. Ezza betrachtete sie mit der gleichen Intensität, aber mit unsteterem Blick.

Miss Harrogate war bei dieser Gelegenheit besonders strahlend und zum Plaudern aufgelegt; und ihre Familie hatte sich in die bequemere kontinentale Lebensweise sinken lassen, die es dem fremden Muscari und sogar dem Reiseführer Ezza gestattete, ihnen bei Tisch und Gespräch Gesellschaft zu leisten. In Ethel Harrogate krönte sich Konventionalität durch Vollendung und eigenen Glanz selbst. Stolz auf ihres Vaters Steinreichtum, fröhlich fashionablen Vergnügungen hingegeben, liebende Tochter, aber wetterwendischer Flirt, all das war sie, doch in einer Art goldiger Gutmütigkeit, die selbst noch ihren eigenen Stolz erfreulich und ihre gesellschaftliche Ehrsamkeit erfrischend und erquickend machte.

Sie waren in heller Erregung über irgendwelche Gefahren auf den Bergstraßen, die sie in jener Woche befahren wollten. Diese Gefahren bestanden nicht in Steinschlag und Lawinen, sondern in etwas weit Romantischerem. Ethel war in allem Ernst versichert worden, daß Banditen, die wahren Gurgelschlitzer moderner Märchen, immer noch in den Apenninen die einen Klüfte heimsuchten, die anderen Paßstraßen hielten.

»Man sagt«, rief sie mit dem ehrfurchtsvollen Vergnügen eines Schulmädchens, »daß diese ganze Landschaft nicht vom König von Italien, sondern vom König der Diebe beherrscht wird. Wer ist der König der Diebe?«

»Ein großer Mann«, erwiderte Muscari, »wohl wert, zusammen mit Ihrem Robin Hood genannt zu werden, Signorina. Von Montano, dem König der Diebe, hörte man in den Bergen zum ersten Mal vor etwa 10 Jahren, als man behauptete, die Banditen seien ausgerottet. Aber seine wilde Macht verbreitete sich mit der Schnelligkeit einer schweigenden Revolution. Man fand seine herrischen Bekanntmachungen in jedem Gebirgsdorf angenagelt; seine Wachposten, die Büchse in der Hand, in jeder Bergesschlucht. Sechsmal versuchte die italienische Regierung, ihn auszuheben, und sechsmal ward sie in regelrechten Schlachten besiegt, wie von Napoleon.«

»Also so was«, bemerkte der Bankier gewichtig, »würde in England niemals zugelassen werden; vielleicht sollten wir doch eine andere

Strecke wählen. Aber unser Reiseführer war der Ansicht, daß sie vollkommen sicher sei.«

»Sie ist vollkommen sicher«, sagte der Reiseführer verächtlich. »Ich habe sie schon zwanzigmal befahren. Vielleicht gab es da zur Zeit unserer Großmütter irgendeinen alten Galgenvogel, den man König nannte; aber das gehört in die Geschichte, wenn nicht gar in die Legende. Heute ist das Banditentum völlig ausgerottet.«

»Es kann niemals völlig ausgerottet werden«, sagte Muscari; »denn der bewaffnete Aufstand ist den Südländern eine Art natürliche Réaktion. Unsere Bauern sind wie ihre Berge, reich an Anmut und grüner Heiterkeit, aber darunter glühen die Feuer. Es gibt in der menschlichen Verzweiflung einen Grenzpunkt, an dem die nördlichen Armen zu den Flaschen greifen – und unsere Armen zu den Dolchen.«

»Dichter haben Vorrechte«, höhnte Ezza zur Antwort. »Wenn Signor Muscari Engländer wäre, würde er immer noch bei Wandsworth nach Straßenräubern suchen. Glauben Sie mir, da besteht in Italien nicht größere Gefahr, entführt zu werden, als in Boston skalpiert zu werden.«

»Also schlagen Sie vor, es zu versuchen?« fragte Mr. Harrogate stirnrunzelnd.

»Oh, das klingt eher schrecklich«, rief das Mädchen und wandte ihre strahlenden Augen Muscari zu. »Glauben Sie wirklich, daß der Paß gefährlich ist?«

Muscari warf seine schwarze Mähne zurück. »Ich weiß, daß er gefährlich ist«, sagte er. »Ich werde ihn morgen überqueren.«

Der junge Harrogate blieb einen Augenblick zurück, um sein Glas Weißwein zu leeren und sich eine Zigarette anzuzünden, während die Schönheit sich mit dem Bankier, dem Reiseführer und dem Poeten zurückzog und Glockentöne silbriger Satire um sich streute. Etwa zur gleichen Zeit erhoben sich die beiden Priester in der Ecke; der größere, ein weißhaariger Italiener, verabschiedete sich. Der kleinere Priester wandte sich um und ging auf den Bankierssohn zu, und diesen erstaunte es festzustellen, daß jener, obwohl katholischer Priester, doch Engländer war. Er konnte sich schwach erinnern, daß er ihm bei gesellschaftlichen Veranstaltungen einiger seiner katholischen Freunde bereits begegnet war. Aber ehe seine Erinnerungen sich noch sammeln konnten, sprach der Mann ihn an.

»Mr. Frank Harrogate, nehme ich an«, sagte er. »Ich bin Ihnen zwar schon vorgestellt worden, will mich darauf aber nicht berufen. Das Eigenartige, was ich zu sagen habe, kommt besser von einem Fremden. Mr. Harrogate, ich will nur ein Wort sagen und dann gehen: Nehmen Sie sich Ihrer Schwester in ihrem großen Schmerz an.«

Selbst für Franks wahrhaft brüderliche Gleichgültigkeit schienen Glanz und Übermut seiner Schwester noch zu strahlen und zu klingen; er konnte ihr Lachen noch aus dem Hotelgarten hören, und so starrte er seinen düsteren Ratgeber nur verwirrt an.

»Meinen Sie die Banditen?« fragte er; und dann erinnerte er sich unbestimmter eigener Befürchtungen. »Oder denken Sie etwa an Muscari?«

»Man denkt niemals an den wahren Schmerz«, sagte der seltsame Priester. »Man kann nur liebevoll sein, wenn er kommt.«

Und damit verließ er den Raum, und ließ den anderen sozusagen mit offenem Munde zurück.

Ein oder zwei Tage danach kroch und rüttelte tatsächlich eine Kutsche mit der ganzen Gesellschaft die Ausläufer der bedrohlichen Bergkette hinan. Zwischen Ezzas heiterer Verneinung der Gefahr und Muscaris prahlerischer Verachtung, war die Finanzfamilie fest bei ihrem ursprünglichen Plan geblieben; und Muscari ließ seine Bergreise mit der ihren zusammenfallen. Überraschender war da schon das Auftauchen des kleinen Priesters aus dem Restaurant, der in der Station der Küstenstadt zustieg; er deutete lediglich an, daß auch ihn Geschäfte zwängen, das Gebirge zu überqueren. Aber der junge Harrogate konnte gar nicht anders, als seine Gegenwart mit den geheimnisvollen Ängsten und Warnungen vom Vortag in Verbindung zu bringen.

Die Kutsche war eine Art bequemer Waggonette, erfunden von den modernistischen Talenten des Reiseführers, der die Expedition mit seiner wissenschaftlichen Betriebsamkeit und seinem unbeschwerten Witz beherrschte. Der Gedanke an eine Gefährdung durch Räuber ward aus Gedanken und Gespräch verbannt; obwohl gewissermaßen formell dergestalt anerkannt, daß gewisse Schutzmaßnahmen ergriffen waren. Der Reiseführer und der junge Bankier führten geladene Revolver mit sich, und Muscari hatte sich (mit lebhaftem Lausbubenspaß) unter seinem schwarzen Umhang eine Art Hirschfänger umgeschnallt.

Er hatte seine Person mit fliegendem Sprung neben die liebliche Engländerin gepflanzt; auf ihrer anderen Seite saß der Priester, dessen Name Brown und der selbst glücklicherweise eine schweigsame Person war; Reiseführer und Vater und Sohn saßen auf der hinteren Bank. Muscari war in überschäumender Laune, und da er selbst ernsthaft an die Gefahren glaubte, hätte seine Unterhaltung mit Ethel sie leicht dazu bringen können, ihn für einen Irren zu halten. Aber da war etwas an diesem verrückten und überwältigenden Aufstieg zwischen Klippen wie Bergkuppen, die mit Wäldern wie Obsthaine bedeckt waren, das ihren Geist gemeinsam mit dem seinen in purpurn bizarre Himmel voll kreisender Sonnen emporsog. Die weiße Straße klomm empor wie eine weiße Katze; sie überspannte sonnenlose Abgründe wie das straff gespannte Seil von Seiltänzern; sie war um ferne Vorgebirge geschleudert wie ein Lasso.

Doch wie hoch auch immer sie kamen, überall blühte die Einöde wie eine Rose. Die Felder flammten in Sonne und Wind in den Farben von Eisvogel und Papagei und Kolibri; den Schattierungen von hundert blühenden Blumen. Es gibt keine lieblicheren Wiesen und Wälder als die englischen, keine erhabeneren Grate und Klüfte als die von Snowdon und Glencoe. Ethel Harrogate aber hatte niemals zuvor südliche Gärten auf die Zacken nördlicher Bergspitzen gespreitet gesehen; die Klamm von Glencoe beladen mit den Früchten von Kent. Nichts war hier von jener Kälte und Verlassenheit, die man in England mit wilder Bergwelt verbindet. Es wirkte eher wie ein von Erdbeben zerstörter Mosaikpalast; oder wie ein holländischer Tulpengarten, den man mit Dynamit sternwärts gesprengt hat.

»Das ist wie Kew Gardens auf Beachy Head«, sagte Ethel.

»Das ist unser Geheimnis«, sagte er, »das Geheimnis des Vulkans; das ist auch das Geheimnis der Revolution – daß etwas gewalttätig und zugleich fruchtbar sein kann.«

»Sie sind selbst ziemlich gewalttätig«, und sie lächelte ihn an.

»Und dabei ziemlich fruchtlos«, gab er zu; »wenn ich heute nacht sterbe, sterbe ich unverheiratet und als Narr.«

»Es ist nicht meine Schuld, daß Sie mitgekommen sind«, sagte sie nach schwierigem Schweigen.

»Es ist niemals Ihre Schuld«, antwortete Muscari; »es war nicht Ihre Schuld, daß Troja stürzte.«

Während er so sprach, kamen sie unter überhängende Klippen, die sich fast wie Schwingen über einer Ecke von besonderer Gefährlichkeit spreizten. Vom schweren Schatten über dem schmalen Pfade erschreckt, schreckten die Pferde unsicher zurück. Der Kutscher sprang zu Boden, um sie am Kopfzaum zu packen, und da gerieten sie außer Kontrolle. Ein Pferd bäumte sich auf zu seiner vollen Höhe – der riesigen und schrecklichen Höhe eines Pferdes, das zum Zweibeiner wird. Das reichte, um das Gleichgewicht zu verändern; die ganze Kutsche kenterte wie ein Schiff und stürzte krachend durch den Buschsaum über die Klippe. Muscari schlang einen Arm um Ethel, die sich an ihn klammerte, und schrie laut auf. Für solche Augenblicke lebte er.

Im gleichen Augenblick, da die prunkenden Bergwände wie purpurne Windmühlen um den Kopf des Poeten wirbelten, geschah etwas, das oberflächlich noch erstaunlicher war. Der ältliche und lethargische Bankier sprang in der Kutsche auf und hinab in den Abgrund, noch ehe das kenternde Fahrzeug ihn dorthin zu bringen vermochte. Auf den ersten Blick wirkte der Vorgang wie ein verrückter Selbstmordversuch; aber auf den zweiten so sinnvoll wie eine sichere Kapitalanlage. Der Mann aus Yorkshire besaß offenbar mehr Geistesgegenwart und Klugheit, als Muscari ihm zugetraut hatte; denn er landete auf einem Landstreifen, der aussah, als sei er eigens zu seinem Empfang mit Rasen und Klee gepolstert worden. Nun geschah es tatsächlich, daß die gesamte Gesellschaft in ihrer Niederfahrt gleich glücklich, wenngleich weniger würdevoll war. Unmittelbar unter dieser schroffen Kehre der Straße befand sich eine grasige und blumenbedeckte Mulde wie eine abgesunkene Wiese; eine Art grünsamtener Tasche in den langen, grünen, schleppenden Gewändern der Berge. In diese nun wurden sie alle mit geringem Schaden gestürzt und gestoßen, abgesehen davon, daß ihr kleinstes Gepäck und selbst der Inhalt aus ihren Taschen zerstreut im Grase um sie herum lag. Die zertrümmerte Kutsche hing immer noch über ihnen, in die zähen Hecken verhakt, und die Pferde kämpften sich mühsam den Abhang hinab. Als erster richtete sich der kleine Priester auf, der sich mit einem Ausdruck dummer Verwunderung am Kopfe kratzte. Frank Harrogate hörte ihn zu sich selbst sagen: »Warum in aller Welt sind wir bloß genau hierhin gestürzt?«

Er blinzelte in den Wirrwarr um sich herum und fand da seinen besonders unhandlichen Regenschirm wieder. Dahinter lag der breite Sombrero, der von Muscaris Kopf gefallen war, und daneben ein versiegelter Geschäftsbrief, den er nach einem Blick auf die Adresse dem älteren Harrogate zurückgab. Auf der anderen Seite verbarg das Gras teilweise Miss Ethels Sonnenschirm, und direkt dahinter lag eine sonderbare kleine Glasflasche, knapp zwei Zoll lang. Der Priester hob sie hoch; auf schnelle und unauffällige Weise entkorkte er sie und roch an ihr, und da nahm sein schweres Gesicht die Farbe von Lehm an.

»Der Himmel bewahre uns!« murmelte er. »Das kann nicht ihr gehören! Hat denn ihr Schmerz sie schon erreicht?« Er ließ sie in die Westentasche gleiten. »Ich habe, glaube ich, das Recht dazu«, sagte er, »bis ich ein wenig mehr darüber weiß.«

Er blickte bekümmert zu dem Mädchen hin, das in diesem Augenblick von Muscari aus den Blumen gehoben wurde, der dazu sagte: »Wir sind in den Himmel gestürzt; das ist ein Zeichen. Sterbliche klimmen empor und stürzen ab; aber nur Götter und Göttinnen können aufwärts stürzen.«

Und wirklich stieg sie aus dem Meer der Farben als eine so schöne und glückliche Erscheinung empor, daß der Priester seinen Verdacht erschüttert und vergehen spürte. »Vielleicht«, dachte er, »ist das schließlich gar nicht ihr Gift; vielleicht ist das nur einer von Muscaris melodramatischen Tricks.«

Muscari stellte die Dame leicht auf ihre Füße, machte ihr eine absurde theatralische Verbeugung, zog dann seinen Hirschfänger und hackte mit ihm scharf auf die angespannten Geschirre der Pferde ein, so daß diese auf ihre Hufe kamen und mit fliegenden Flanken im Gras standen. Als er das erledigt hatte, ereignete sich ein höchst bemerkenswerter Vorfall. Ein sehr ruhiger, sehr ärmlich gekleideter, aber äußerst sonnenverbrannter Mann kam aus dem Gebüsch und faßte die Pferde bei den Köpfen. Er hatte ein eigenartig geformtes Messer, sehr breit und krumm, an den Gürtel geschnallt; sonst war nichts Bemerkenswertes an ihm, außer seinem plötzlichen und schweigenden Erscheinen. Der Poet fragte ihn, wer er sei, aber er antwortete nicht.

Als Muscari dann die verwirrte und aufgeschreckte Gruppe in der Mulde überblickte, gewahrte er, daß ein weiterer verbrannter und verlumpter Mann mit einem kurzen Karabiner unterm Arm vom unteren Wiesenrand zu ihnen aufsah, wobei er die Ellenbogen auf den Rasensaum stützte. Dann blickte er zur Straße hinauf, von der sie herabgestürzt waren, und sah von dort die Mündungen von vier weiteren Karabinern und vier weitere braune Gesichter mit hellen, aber ziemlich bewegungslosen Augen auf sie herabschauen.

»Die Banditen!« schrie Muscari in einer Art monströser Heiterkeit. »Dies war eine Falle. Ezza, wenn du mich dir zu Dankbarkeit verpflichten und zunächst den Kutscher erschießen willst, können wir uns unseren Weg noch heraushauen. Ihrer sind nur sechs.«

»Der Kutscher«, sagte Ezza, der ingrimmig mit den Händen in den Hosentaschen dastand, »ist zufällig ein Diener von Mr. Harrogate.«

»Um so mehr Grund, ihn zu erschießen«, rief der Dichter ungeduldig; »man hat ihn bestochen, daß er seinen Herrn umwerfe. Dann wollen wir die Dame in die Mitte nehmen und die Linie da oben in einem Sturmlauf durchbrechen.«

Und durch wildes Gras und Blumen watend, rückte er furchtlos gegen die vier Karabiner vor; doch als er bemerkte, daß ihm niemand außer dem jungen Harrogate folgte, wandte er sich um und schwang seinen Hirschfänger, um die anderen anzustacheln. Dabei sah er den Fremdenführer immer noch in der Mitte des Rasenringes stehen, mit leicht gespreizten Beinen, die Hände in den Taschen; und sein hageres ironisches Italienergesicht schien im Abendlicht länger und länger zu werden.

»Du hast geglaubt, Muscari, daß ich unter uns Schulkameraden der Versager sei«, sagte er, »und du der Erfolg. Aber ich war erfolgreicher als du und werde einen größeren Platz in der Geschichte einnehmen. Ich habe Epen gelebt, während du sie geschrieben hast.«

»Mach schon voran!« donnerte Muscari von oben herab. »Willst du da herumstehen und Unsinn über dich selbst deklamieren, während es eine Dame zu retten gilt und drei starke Männer zur Hilfe bereit stehen? Wie würdest Du Dich da wohl nennen?«

»Ich nenne mich Montano«, rief der sonderbare Reiseführer mit gleichermaßen lauter und voller Stimme. »Ich bin der König der Diebe, und ich heiße euch alle in meiner Sommerresidenz willkommen.«

Und während er noch sprach, kamen fünf weitere schweigsame Männer mit bereitgehaltenen Waffen aus den Büschen und blickten ihn um Befehle an. Einer von ihnen hielt ein großes Blatt Papier in den Händen.

»Dieses hübsche kleine Nest, in dem wir jetzt alle picknicken werden«, fuhr der Reiseführer-Bandit mit dem gleichen leichten, aber düsteren Lächeln fort, »nennt man zusammen mit einigen darunter liegenden Höhlen Das Paradies der Diebe. Es ist meine wichtigste Festung in diesen Bergen; denn dieser Adlerhorst ist (wie Sie zweifellos bemerkt haben) von der Straße oben ebenso unsichtbar wie vom Tale unten. Er ist noch besser als unbezwinglich; er ist unsichtbar. Hier lebe ich meistens, und hier werde ich sicherlich sterben, wenn die Gendarmen mich je hier aufspüren sollten. Ich bin kein Verbrecher jener Art, die sich ›die Verteidigung vorbehält‹, ich gehöre zu jener besseren Art, die sich die letzte Kugel vorbehält.«

Alle starrten ihn still und wie vom Donner gerührt an, mit Ausnahme von Father Brown, der einen mächtigen Seufzer der Erleichterung ausstieß und die kleine Flasche in seiner Tasche befingerte. »Gott sei Dank!« murmelte er. »So wird das sehr viel wahrscheinlicher. Das Gift gehört natürlich diesem Räuberhauptmann. Er trägt es mit sich, damit man ihn wie Cato niemals gefangennehmen kann.«

Der König der Diebe jedoch setzte seine Ansprache mit der gleichen gefährlichen Höflichkeit fort. »Mir bleibt noch übrig«, sagte er, »meinen Gästen jene gesellschaftlichen Umstände zu erklären, unter denen ich das Vergnügen habe, sie bei mir zu empfangen. Ich brauche mich nicht über das seltsame alte Ritual des Lösegeldes auszulassen, das aufrechtzuerhalten mir obliegt; und selbst das betrifft nur einen Teil der Gesellschaft. Hochwürden Father Brown und den berühmten Signor Muscari werde ich morgen im Morgengrauen freilassen und zu meinen Vorposten geleiten lassen. Poeten und Priester besitzen, wenn Sie mir bitte die Direktheit meiner Rede verzeihen, niemals Geld. Und deshalb (da es denn unmöglich ist, aus ihnen etwas herauszuholen) wollen wir die Gelegenheit wahrnehmen und unsere Bewunderung für die klassische Literatur und unsere Hochachtung vor der Heiligen Kirche bezeugen.«

Er hielt mit einem unerfreulichen Lächeln inne; und Father Brown blinzelte ein paarmal zu ihm herüber und schien dann plötzlich mit großer Aufmerksamkeit zu lauschen. Der Räuberhauptmann nahm das große Blatt Papier von seinem Räuberdiener entgegen und fuhr, indem er es überflog, fort: »Meine anderen Absichten werden in diesem öffentlichen Dokument, das ich gleich herumgehen lasse, in aller Deutlichkeit klargestellt; danach wird es in jedem Dorf im Tal und an jeder Kreuzung im Gebirge an Bäume angeschlagen. Ich will Sie nicht mit dem Wortlaut langeweilen, da Sie ihn überprüfen können; das Wesentliche meiner Proklamation ist dies: Ich gebe zunächst bekannt, daß ich den englischen Millionär, den Giganten des Finanzwesens, Mr. Samuel Harrogate, gefangengenommen habe. Alsdann gebe ich bekannt, daß ich bei ihm Noten und Wertpapiere für 2000 Pfund gefunden habe, die er mir übergeben hat. Nun wäre es höchst unmoralisch, einen solchen Vorgang einem gläubigen Publikum zu verkünden, wenn er nicht stattgefunden hat, weshalb ich anrege, daß er ohne weitere Verzögerung stattfinden sollte. Ich rege an, daß Mr. Harrogate senior mir nun die 2000 Pfund aus seiner Tasche übergebe.«

Der Bankier sah ihn unter zusammengezogenen Brauen an, rotgesichtig und mürrisch, aber offenbar eingeschüchtert. Jener Sprung aus der stürzenden Kutsche schien seine letzte Männlichkeit aufgezehrt zu haben. Er hatte sich wie ein geprügelter Hund zurückgehalten, als sein Sohn und Muscari einen kühnen Vorstoß versucht hatten, um aus der Falle der Banditen auszubrechen. Und nun hob sich seine rote und zitternde Hand zögerlich zu seiner Brusttasche und übergab dem Banditen ein Bündel Papiere und Umschläge.

»Ausgezeichnet!« rief jener Gesetzlose fröhlich; »bisher geht alles höchst angenehm. Ich komme also zu den Punkten meiner Proklamation zurück, die in Kürze in ganz Italien veröffentlicht wird. Der dritte Punkt ist der des Lösegeldes. Ich fordere von den Freunden der Familie Harrogate ein Lösegeld von 3000 Pfund, was gegenüber dieser Familie gewiß schon fast eine Beleidigung wegen der bescheidenen Einschätzung ihrer Bedeutung ist. Wer würde denn nicht das Dreifache dieser Summe für einen weiteren Tag in diesem häuslichen Kreise zahlen? Ich will Ihnen nicht verhehlen, daß das Dokument mit gewissen juristischen Phrasen endet über jene unerfreulichen Dinge, die sich ereignen könnten, wenn das Geld nicht bezahlt wird; aber in der Zwischenzeit lassen Sie mich, meine Damen und Herren, versichern, daß ich hier ausreichend mit den nötigsten Bequemlichkeiten sowie mit Wein und *Zigarren* versorgt bin und Ihnen für den Augenblick mit den Genüssen des Paradieses der Diebe den Willkomm eines Sportsmannes entbiete.«

Während der ganzen Zeit seiner Ansprache hatten sich zweifelhaft aussehende Männer mit Karabinern und speckigen Schlapphüten schweigend in so überwältigender Menge versammelt, daß selbst Muscari die Hoffnungslosigkeit seines Ausfalls mit dem Schwerte einzusehen gezwungen war. Er blickte sich um; aber das Mädchen war bereits hinübergegangen, um ihren Vater zu trösten und es ihm bequem zu machen, denn ihre natürliche Zuneigung zu seiner Person war ebenso stark, wenn nicht stärker als ihr etwas hochnäsiger Stolz auf seinen Erfolg. Muscari bewunderte diese töchterliche Ergebenheit und wurde doch in der Unlogik des Liebenden durch sie irritiert. Er stieß sein Schwert in die Scheide zurück und warf sich selbst einigermaßen schmollend auf eine der grünen Bänke. Der Priester setzte sich in ein oder zwei Meter Entfernung von ihm nieder, und Muscari wandte ihm seine Adlernase in einer momentanen Verärgerung zu.

»Na«, sagte der Poet schneidend, »meinen die Herrschaften immer noch, ich sei zu romantisch? Gibt es, frage ich, immer noch Banditen in den Bergen?«

»Könnte sein«, sagte Father Brown agnostisch.

»Was meinen Sie damit?« fragte der andere scharf.

»Ich meine, daß ich verwirrt bin«, erwiderte der Priester. »Mich verwirrt Ezza oder Montano oder wie immer er heißen mag. Er scheint mir als Bandit noch viel unerklärlicher denn als Reiseführer.«

»Aber wieso denn?« fragte sein Gefährte nach. »Santa Maria! Mir scheint, daß er als Bandit doch einfach genug ist.«

»Ich finde da drei eigenartige Schwierigkeiten«, sagte der Priester mit ruhiger Stimme. »Ich würde dazu ganz gerne Ihre Meinung hören. Zunächst muß ich berichten, daß ich in jenem Restaurant am Meeresufer gespeist habe. Als Sie zu viert den Raum verließen, gingen Sie und Miss Harrogate voraus, Sie sprachen und lachten miteinander; der Bankier und der Reiseführer folgten Ihnen, sie sprachen kaum und dann sehr leise. Aber ich konnte es nicht vermeiden, Ezza sagen zu hören: ›Na schön, lassen wir sie noch ein bißchen Spaß haben; Sie wissen ja, welcher Schlag sie jeden Augenblick niederwerfen kann.‹ Mr. Harrogate antwortete nichts;

also müssen diese Worte einige Bedeutung gehabt haben. Aus dem Impuls des Augenblicks heraus warnte ich ihren Bruder, daß sie in Gefahr sein könnte; ich sagte aber nichts über deren Natur, denn die kannte ich nicht. Doch wenn es diese Entführung im Gebirge bedeuten sollte, dann ist das alles Unsinn. Warum sollte der Banditen-Reiseführer seinen Brotherrn selbst auch nur durch einen Hinweis warnen, wenn es doch sein ganzes Streben war, ihn in diese Gebirgsmausefalle zu locken? Also kann das nicht gemeint gewesen sein. Wenn aber nicht das, was ist dann jene Gefahr, die sowohl der Reiseführer wie der Bankier kennen und die über Miss Harrogates Haupt schwebt?«

»Gefahr für Miss Harrogate!« brach der Poet aus und richtete sich heftig auf. »Erklären Sie sich; los, weiter.«

»Alle meine Rätsel drehen sich um unseren Banditenhäuptling«, fuhr der Priester nachdenklich fort. »Und hier kommt das zweite. Warum hat er in seiner Lösegeldforderung so nachdrücklich die Tatsache betont, daß er seinem Opfer an Ort und Stelle bereits 2000 Pfund abgenommen hat? Das kann doch das Lösegeld in keiner Weise lockerer machen. *Ganz* im Gegenteil. Harrogates Freunde würden doch sehr viel eher um ihn Befürchtungen hegen, wenn sie glauben, daß die Räuber arm und verzweifelt sind. Und doch wurde die Ausplünderung an Ort und Stelle nicht nur betont, sondern auch noch an die erste Stelle vor die Lösegeldforderung gesetzt. Warum sollte Ezza Montano ganz Europa erzählen wollen, daß er die Taschen des Opfers vor der Erpressung leerte?«

»Kann ich mir auch nicht vorstellen«, sagte Muscari und rieb sich sein schwarzes Haar ausnahmsweise mit einer natürlichen Geste. »Vielleicht glauben Sie, daß Sie mich erleuchtet haben, aber Sie haben mich nur tiefer in die Dunkelheit geführt. Und was ist der dritte Einwand gegen den König der Diebe?«

»Der dritte Einwand«, sagte Father Brown immer noch nachdenklich, »ist dieser Rand, auf dem wir sitzen. Warum nennt unser Banditen-Reiseführer das hier seine Hauptburg und das Paradies der Diebe? Es ist sicherlich eine sanfte Stelle, um darauf zu stürzen, und eine liebliche Stelle, um sie anzusehen. Es ist auch wahr, daß sie, wie er sagt, vom Tal wie vom Berg aus unsichtbar ist und also ein Versteck. Aber es ist keine Burg. Es könnte nie eine Burg sein. Ich halte es für die schlechteste Befestigung auf Erden. Denn in Wirklichkeit wird sie von der öffentlichen Hochstraße über die Berge da oben beherrscht – ausgerechnet von jenem Platz aus, an dem die Polizei mit großer Sicherheit vorüberkäme. Haben uns denn nicht fünf schäbige kurzläufige Flinten hier noch vor einer halben Stunde hilflos festgehalten? Auch nur ein Zug von Soldaten jeder beliebigen Art könnte uns mühelos über den Klippenrand blasen. Was immer also dieser sonderbare kleine Fleck aus Gras und Blumen bedeuten mag, eine Verschanzung ist er nicht. Er ist irgend etwas anderes; er hat irgendeine andere eigenartige Bedeutung; irgendeinen Wert, den ich nicht begreife. Das Ganze ist eher eine improvisierte Bühne oder eine natürliche Pergola; es ist die Szenerie einer romantischen Komödie; es ist wie ...«

Als die Worte des kleinen Priesters sich in die Länge zogen und in einer stumpfen und träumerischen Ernsthaftigkeit verloren, hörte Muscari, dessen animalische Sinne wachsam und ungeduldig waren, ein neues Geräusch im Gebirge. Selbst für ihn war der Klang noch sehr schwach und leise; aber er hätte schwören können, daß die Abendbrise etwas wie das Hämmern von Pferdehufen und fernes Hallogeschrei mit sich brachte.

Im gleichen Augenblick, und lange bevor die Vibrationen die weniger erfahrenen englischen Ohren erreichten, rannte Montano der Bandit den Hang über ihnen hinauf, faßte in der zerbrochenen Hecke Posten, lehnte sich an einen Baum und starrte die Straße hinab. Er gab da oben eine eigentümliche Figur ab, denn als König der Banditen hatte er sich einen phantastischen Schlapphut und ein schaukelndes Wehrgehänge mit Hirschfänger beigelegt, aber der grelle prosaische Tweed des Reiseführers schimmerte doch überall durch.

Im nächsten Augenblick wandte er sein olivfarbenes, höhnisches Gesicht um und machte eine Bewegung mit der Hand. Die Banditen zerstreuten sich auf das Signal hin, nicht in Verwirrung, sondern in einer offenkundigen Art von Guerrilla-Disziplin. Statt aber die Straße entlang des Höhenkamms zu besetzen, verteilten sie sich an ihr entlang hinter den Bäumen und der Hecke, als beobachteten sie ungesehen einen Feind. Das Geräusch wurde nun immer stärker und begann, die Bergstraße zu erschüttern, und eine Stimme konnte deutlich gehört werden, wie sie Befehle erteilte. Die Banditen wurden unruhig und liefen durcheinander, sie fluchten und flüsterten, und die Abendluft war voller leichter metallischer Geräusche, als sie ihre Pistolen spannten oder ihre Messer zückten oder mit ihren Scheiden über die Steine schleiften. Dann begegneten sich die Geräusche von beiden Seiten oben auf der Straße; Zweige brachen, Pferde wieherten, Menschen riefen.

»Entsatz!« schrie Muscari, sprang auf die Füße und schwang seinen Hut. »Die Gendarmen sind über ihnen! Jetzt für die Freiheit, und schlagt gut zu! Jetzt seid Rebellen gegen die Räuber! Los doch, laßt uns nicht alles der Polizei überlassen; das ist so schrecklich modern. Fallt den Schurken in den Rücken. Die Gendarmen retten uns; auf denn, Freunde, laßt uns die Gendarmen retten!«

Und damit schleuderte er seinen Hut über die Bäume, zog erneut seinen Hirschfänger und begann, den Anhang zur Straße hinauf zu erklimmen. Frank Harrogate sprang auf und rannte, den Revolver in der Faust, hinüber, um ihm beizustehen, fand sich aber zu seinem Erstaunen gebieterisch von der rauhen Stimme seines Vaters zurückgerufen, der in heftiger Erregung war.

»Ich will das nicht«, sagte der Bankier mit erstickender Stimme; »ich befehle dir, dich nicht einzumischen.«

»Aber Vater«, sagte Frank hitzig, »ein italienischer Gentleman geht voran. Du wirst doch nicht wollen, daß man sagt, die Engländer seien zurückgeblieben.«

»Nutzlos«, sagte der ältere Mann, der heftig zitterte, »es ist nutzlos. Wir müssen uns unserem Schicksal beugen.«

Father Brown sah den Bankier an; dann legte er die Hand instinktiv wie auf sein Herz, in Wirklichkeit aber auf die kleine Giftflasche; und eine große Helligkeit kam in sein Antlitz wie jene Helligkeit, durch die sich der Tod ankündigt.

Muscari hatte inzwischen, ohne weiter auf Hilfe zu warten, den Straßenrand erklommen und schlug dem Banditenkönig so hart auf die Schulter, daß der stolperte und herumschwang. Auch Montano hatte seinen Hirschfänger aus der Scheide gezogen, und Muscari führte, ohne weitere Worte, einen Hieb nach jenes Kopf, den er abfangen und parieren mußte. Aber noch während die beiden kurzen Klingen sich kreuzten und aneinander klangen, senkte der König der Diebe absichtlich seine Spitze und lachte.

»Was soll denn das, alter Junge?« sagte er in gutgelauntem italienischem Slang. »Diese verdammte Farce ist gleich vorbei.«

»Was meinst du damit, du Ränkeschmied?«, keuchte der feuerfressende Poet. »Ist dein Mut ebenso Betrug wie deine Ehre?«

»Ich bin insgesamt Betrug«, antwortete der Ex-Reiseführer in der besten Laune. »Ich bin ein Schauspieler; und wenn ich jemals einen privaten eigenen Charakter hatte, dann habe ich den längst vergessen. Ich bin ebensowenig ein echter Bandit, wie ich ein echter Reiseführer bin. Ich bin nur ein Bündel Masken, und mit dem kannst du kein Duell fechten.« Und er lachte mit bübischem Vergnügen und fiel wieder in seine alte breitbeinige Haltung zurück und wandte dem Gefecht auf der Straße den Rücken zu.

Dunkelheit nahm unter den Bergwänden zu, und es war nicht leicht, etwas von dem Fortgang des Gefechtes zu erkennen, abgesehen davon, daß hochgewachsene Männer die Nüstern ihrer Pferde durch eine zusammenhaltende Masse Banditen drängten, die allem Anschein nach eher dazu neigten, die Angreifer zu belästigen und zu beschubsen als sie zu töten. Es gemahnte eher an eine Menschenmenge in der Stadt, die der Polizei den Weg verlegen will, als an jenes Bild vom letzten Gefecht eines verlorenen Haufens blutrünstiger Verbrecher, wie es sich der Dichter nur immer ausgemalt hatte. Aber als er gerade begann, seine Augen vor Verwunderung zu verdrehen, fühlte er eine Berührung am Arm und fand den sonderbaren kleinen Priester wie einen kleinen Noah mit einem großen Hut dastehen, der um ein kurzes Gespräch bat.

»Signor Muscari«, sagte der Kleriker, »in dieser eigenartigen Krise sei mir eine gewisse Vertraulichkeit gestattet. Ich möchte Ihnen, ohne Ihnen nahezutreten, einen Rat geben, wie Sie mehr Gutes tun können als dadurch, daß Sie den Gendarmen helfen, die auf jeden Fall siegen werden. Vergeben Sie mir die zudringliche Intimität; aber bedeutet Ihnen das Mädchen etwas? Genug, um Sie zu heiraten und ihr ein guter Ehemann zu sein?«

»Ja«, sagte der Dichter einfach.

»Bedeuten Sie ihr etwas?«

»Ich glaube ja«, war die ebenso ernsthafte Antwort.

»Dann gehen Sie zu ihr und bitten sie um ihre Hand«, sagte der Priester. »Bieten Sie ihr alles, was Sie haben; bieten Sie ihr Himmel und Erde, wenn Sie die besitzen. Die Zeit ist knapp.«

»Warum?« fragte der erstaunte Mann der Feder.

»Weil«, sagte Father Brown, »ihr Schicksal die Straße heraufkommt.«

»Nichts kommt die Straße herauf«, erklärte Muscari, »außer der Rettung.«

»Los doch, gehen Sie zu ihr«, sagte sein Ratgeber, »und halten Sie sich bereit, sie vor den Rettern zu retten.«

Fast noch während er sprach, brachen überall den ganzen Kamm entlang die flüchtenden Banditen jählings durch die Hecken. Sie tauchten in Gebüsche und dichtes Gras, wie geschlagene Männer, die verfolgt werden; und man sah die hohen Federhüte der berittenen Gendarmerie oben an der niedergebrochenen Hecke entlangziehen. Ein anderer Befehl ward gegeben; es erklangen die Geräusche des Absitzens, und ein hochgewachsener Offizier mit Federhut und grauem Kaiserbart und einem Papier in der Hand erschien in der Lücke, die das Portal zum Paradies der Diebe war. Einen Augenblick lang herrschte Schweigen, das in ungewöhnlicher Weise durch den Bankier gebrochen wurde, der mit rauher und erstickender Stimme schrie: »Beraubt! Ich bin beraubt worden!«

»Was denn, das war doch schon vor Stunden«, rief sein Sohn erstaunt, »als man Dir 2000 Pfund raubte.«

»Nicht 2000 Pfund«, sagte der Finanzier in jäher und schrecklicher Gefaßtheit, »nur ein kleines Fläschchen.«

Der Polizist mit dem grauen Kaiserbart strebte über die grüne Mulde. Als er auf seinem Weg dem König der Diebe begegnete, schlug er ihm mit einer Mischung von Zärtlichkeit und Grobheit auf die Schulter und gab ihm einen Stoß, der ihn beiseite taumeln ließ. »Du wirst auch noch Schwierigkeiten bekommen«, sagte er, »wenn du weiter solche Spiele spielst.«

Und wieder erschien das Muscaris Künstlerauge keineswegs wie die Festnahme eines großen niedergehetzten Gesetzlosen. Der Polizist schritt weiter, hielt dann vor der Harrogate-Gruppe inne und sagte: »Samuel Harrogate, ich verhafte Sie im Namen des Gesetzes wegen Unterschlagung der Gelder der Hüll & Huddersfield-Bank.«

Der große Bankier nickte in einer sonderbaren Art geschäftsmäßiger Zustimmung, schien einen Augenblick nachzudenken, wandte sich halb um und tat, bevor sich jemand einmischen konnte, einen Schritt, der ihn an den Rand der äußeren Bergwand brachte. Dann warf er die Hände hoch und sprang, genau so wie er aus der Kutsche gesprungen war. Aber dieses Mal fiel er nicht auf eine gerade darunter liegende kleine Wiese; er fiel tausend Fuß hinab, um im Tal ein Haufen zerbrochener Knochen zu werden.

Der Ärger des italienischen Polizisten, den er wortmächtig gegenüber Father Brown ausdrückte, war kräftig mit Bewunderung durchsetzt. »Das sieht ihm ähnlich, uns noch im letzten Augenblick zu entkommen«, sagte er. »*Der* war ein wirklich großer Bandit, wenn Sie so wollen. Und sein letzter Trick ist meines Wissens ohne Vorbild. Er floh mit dem Geld der Gesellschaft nach Italien, wo er sich von falschen Banditen, die in seinem Solde standen, entführen ließ, um so das Verschwinden des Geldes ebenso wie sein eigenes Verschwinden zu erklären. Diese Lösegeldforderung ist von der Polizei fast überall ernstgenommen worden. Aber solche vorzüglichen Spiele hat er schon seit Jahren gespielt, mindestens so vorzügliche. Er wird ein schwerer Verlust für seine Familie sein.«

Muscari führte die unglückliche Tochter fort, die sich eng an ihn klammerte, wie sie das noch für viele Jahre danach tun sollte. Aber selbst während dieses tragischen Zusammenbruchs konnte er ein Lächeln und einen Handschlag halb spöttischer Freundschaft für den unhaltbaren Ezza Montano nicht unterdrücken. »Und wohin ziehst du jetzt?« fragte er über die Schulter.

»Birmingham«, antwortete der Schauspieler und paffte aus seiner Zigarette. »Hab ich dir nicht erzählt, daß ich Futurist bin? Ich glaube wirklich an diese Dinge, wenn ich denn überhaupt an etwas glaube. Wechsel, Bewegung und Neues jeden Morgen. Ich gehe nach Manchester, Liverpool, Leeds, Hüll, Huddersfield, Glasgow, Chicago – kurz: in die aufgeklärte, energiegeladene, zivilisierte Gesellschaft!«

»Kurz«, sagte Muscari, »in das wahre Paradies der Diebe.«

Das Duell des Dr. Hirsch

Monsieur Maurice Brun und Monsieur Armand Armagnac querten die sonnenbeschienenen Champs Elysees in einer Art lebhafter Ehrbarkeit. Sie waren beide kurz, kräftig und kühn. Sie trugen beide schwarze Bärte, die aber nicht zu ihren Gesichtern zu gehören schienen dank der sonderbaren französischen Mode, die echtes Haar wie falsches aussehen läßt. Monsieur Brun trug ein dunkles keilförmiges Bärtchen, das ihm offenbar an die Unterlippe geklebt war. Monsieur Armagnac trug zur Abwechslung zwei Barte; je einer sproß an den beiden Ecken seines energischen Kinns hervor. Beide waren jung. Beide waren Atheisten, mit deprimierend festgelegten Ansichten, aber höchst beweglich in ihrer Darlegung. Beide waren Schüler des großen Dr. Hirsch, Wissenschaftler, Publizist, Moralist.

Monsieur Brun war berühmt geworden durch seinen Vorschlag, aus allen französischen Klassikern das geläufige Wort »Adieu« zu streichen, und eine leichte Geldstrafe für seine Verwendung im Privatleben zu verhängen. »Dann«, sagte er, »wird selbst der Name eures eingebildeten Gottes zum letzten Male im Ohr der Menschheit erklungen sein.« Monsieur Armagnac spezialisierte sich hingegen mehr auf einen Widerstand gegen den Militarismus und wünschte den Refrain der Marseillaise geändert von »Zu den Waffen, Bürger« in »Auf zum Streike, Bürger«. Doch war sein Antimilitarismus ausgesprochen eigenartig und gallisch. Ein hervorragender und äußerst reicher englischer Quäker, der ihn besuchte, um mit ihm die Entwaffnung des ganzen Planeten zu planen, ward von Armagnacs Vorschlag recht gepeinigt, man solle (als Anfang) die Soldaten ihre Offiziere erschießen lassen.

Und tatsächlich unterschieden sich beide Männer in dieser Hinsicht am meisten von ihrem Führer und Vater in der Philosophie. Dr. Hirsch war, obwohl in Frankreich geboren und mit den triumphalsten Segnungen der französischen Erziehung ausgestattet, von ganz anderem Temperament – sanft, träumerisch, menschlich; und trotz seines skeptischen Denksystems nicht ohne Sinn fürs Transzendentale. Um es kurz zu machen, er ähnelte mehr einem Deutschen als einem Franzosen; und so sehr sie ihn auch bewunderten, etwas im Unterbewußtsein dieser Gallier wurde durch seine so friedfertige Weise, sich für den Frieden einzusetzen, gereizt. Den Friedensfreunden in ganz Europa aber galt Paul Hirsch als ein Heiliger der Wissenschaft. Seine umfassenden und kühnen kosmischen Theorien bezeugten sein strenges Leben und seine unschuldige, wenn auch etwas frostige Moralität; er vertrat so etwas wie die Position Darwins, verdoppelt um die Position Tolstois. Doch war er weder anarchistisch noch antipatriotisch; seine Ansichten über die Abrüstung waren gemäßigt und evolutionär – die republikanische Regierung setzte hinsichtlich bestimmter chemischer Verbesserungen beträchtliches Vertrauen in ihn. Jüngst hatte er sogar einen geräuschlosen Sprengstoff entdeckt, dessen Geheimnis die Regierung sorgfältig hütete.

Sein Haus stand in einer hübschen Straße nahe dem Elysee – in einer Straße, die in jenem heißen Sommer fast so belaubt erschien wie dessen Park selbst; eine Reihe von Kastanienbäumen zerbrach den Sonnenschein und wurde nur an einer Stelle unterbrochen, wo ein großes Café sich bis an die Straße heranschob. Ihm fast gegenüber befanden sich die weißgrünen Sonnenblenden am Haus des großen Wissenschaftlers, an dem ein ebenfalls grüngestrichener schmiedeeiserner Balkon vor den Fenstern des ersten Stockwerks entlanglief. Darunter befand sich der Eingang in eine Art von Innenhof, geschmückt durch Sträucher und Fliesen, in den die beiden Franzosen in lebhaftem Gespräch einbogen.

Die Tür ward ihnen von Simon, des Doktors altem Diener, geöffnet, der selbst sehr wohl für einen Doktor hätte angesehen werden können mit seinem strengen schwarzen Anzug, der Brille, dem grauen Haar und der vertrauenerweckenden Umgangsweise. Er gab in der Tat einen sehr viel ansehnlicheren Mann der Wissenschaft ab als sein Herr, Dr. Hirsch, der wie ein gegabelter Rettich aussah und dessen mächtiger Schädel den Körper bedeutungslos erscheinen ließ. Mit all der Würde eines bedeutenden Arztes im Umgang mit einem Rezept händigte Simon Monsieur Armagnac einen Brief aus. Dieser Ehrenmann riß ihn mit der seiner Rasse eigentümlichen Ungeduld auf und las rasch das Folgende:

> »Ich kann jetzt nicht hinabkommen, um mit Ihnen zu reden. Im Haus befindet sich ein Mann, den zu sprechen ich mich weigere. Er ist ein chauvinistischer Offizier namens Dubosc. Er sitzt auf den Treppenstufen. Er hat in all den anderen Zimmern die Möbel herumgeschmissen; ich habe mich in meinem Arbeitszimmer gegenüber dem Café eingeschlossen. Wenn Sie mich lieben, gehen

Sie hinüber ins Café und warten an einem der Tische draußen. Ich will versuchen, ihn zu Ihnen hinüberzuschicken. Ich möchte, daß Sie ihm antworten und mit ihm sprechen. Ich kann ihn nicht selbst treffen. Ich kann nicht: ich will nicht. Es wird einen neuen Fall Dreyfus geben.

P. HIRSCH«

Monsieur Armagnac sah Monsieur Brun an. Monsieur Brun nahm sich den Brief, las ihn und sah Monsieur Armagnac an. Dann begaben sich beide rasch zu einem der kleinen Tische unter den Kastanien gegenüber, wo sie sich zwei große Gläser scheußlich grünen Absinths bestellten, den sie offenbar bei jedem Wetter und zu jeglicher Zeit trinken konnten. Im übrigen erschien das Café leer, mit Ausnahme eines Soldaten, der an einem der Tische einen Kaffee trank, und, an einem anderen Tisch, eines großen Mannes, der einen kleinen Aperitif trank, und eines Priesters, der nichts trank.

Maurice Brun räusperte sich und sagte: »Natürlich müssen wir dem Meister in jeder Weise behilflich sein, aber –«

Dann herrschte jäh Schweigen, bis Armagnac sagte: »Er mag ja ganz ausgezeichnete Gründe dafür haben, den Mann nicht selbst treffen zu wollen, aber –«

Bevor noch einer von ihnen seinen Satz beenden konnte, wurde offenkundig, daß der Eindringling aus dem gegenüberstehenden Haus herausgeworfen worden war. Das Gebüsch unter der Toreinfahrt bebte und barst auseinander, als jener unwillkommene Besucher wie eine Kanonenkugel herausschoß.

Es war eine handfeste Gestalt mit einem kleinen kecken Tirolerhut, eine Gestalt, die in der Tat etwas allgemein Tirolerisches an sich hatte. Die Schultern des Mannes waren mächtig und breit, aber seine Beine waren schlank und beweglich in Bundhosen und Strickstrümpfen. Sein Gesicht war nußbraun; er hatte sehr helle und unruhige braune Augen; sein dunkles Haar war vorne streng zurückgebürstet und hinten kurz geschnitten und ließ einen quadratischen mächtigen Schädel erkennen; und er hatte einen riesigen schwarzen Schnurrbart wie das Gehörn eines Wisents. So ein mächtiges Haupt sitzt normalerweise auf einem Stiernakken; aber dieser hier war von einem großen bunten Schal verhüllt, der sich bis zu des Mannes Ohren schlang und vorne in seiner Jacke stak wie eine Art farbenfroher Weste. Es war ein Schal von starken stumpfen Farben, Dunkelrot und Altgold und Purpur, vermutlich ein orientalisches Gewebe. Insgesamt war um den Mann ein Hauch Barbarisches; eher ein ungarischer Landedelmann als ein gewöhnlicher französischer Offizier. Sein Französisch jedoch war offenkundig das eines Eingeborenen; und sein französischer Patriotismus war so impulsiv, daß es ans Absurde grenzte. Nachdem er aus dem Torweg herausgeflogen kam, rief er als erstes mit Stentorstimme die Straße hinab: »Gibt es hier Franzosen?«, als riefe er in Mekka nach Christen.

Armagnac und Brun erhoben sich sofort; aber sie waren schon zu spät. Von den Straßenecken rannten bereits Männer herbei; es bildete sich eine kleine, aber ständig dichter werdende Menge. Mit dem untrüglichen Instinkt des Franzosen für die Politik der Straße war der Mann mit dem schwarzen Schnurrbart bereits zu einer Ecke des Cafés gerannt, auf einen der Tische gesprungen und schrie, während er sich an einem Kastanienast festhielt, wie einst Camille Desmoulins schrie, als er Eichenlaub unter das Volk streute.

»Franzosen!« donnerte er. »Ich kann nicht reden! Gott steh' mir bei, und deshalb rede ich! Die Kerle in ihren lausigen Parlamenten, die gelernt haben zu reden, haben auch gelernt zu schweigen – zu schweigen wie jener Spion, der da drüben in seinem Haus kauert! Zu schweigen wie er, als ich gegen seine Schlafzimmertür schlug! Zu schweigen wie er eben jetzt, obwohl er meine Stimme über die Straße hinweg hört und erbebt, wo er auch sitzen mag! Oh, sie können beredt schweigen – die Politiker! Aber die Zeit ist gekommen, da wir, die wir nicht reden können, reden *müssen*. Ihr seid an die Preußen verraten. Verraten in diesem Augenblick. Verraten durch jenen Mann. Ich bin Jules Dubosc, Oberst der Artillerie, Beifort. Wir haben gestern in den Vogesen einen deutschen Spion gefangengenommen und bei ihm ein Papier gefunden – ein Papier, das ich hier in der Hand halte. Oh, sie haben versucht, die Sache zu vertuschen; aber ich bin mit ihm direkt zu dem Mann gegangen, der es geschrieben hat – zu dem Mann in jenem Haus! Es ist in seiner Handschrift. Es ist mit seinen Initialen gezeichnet. Es ist eine Anweisung, wo man das Geheimnis dieses neuen Geräuschlosen Sprengstoffs findet. Hirsch hat ihn erfunden; Hirsch hat diese Notiz darüber geschrieben. Diese Notiz ist in deutsch verfaßt, und sie wurde in der Tasche eines Deutschen gefunden. ›Sagen Sie dem Mann, die Formel für Sprengstoff ist im grauen Umschlag in der ersten Schublade links vom Schreibtisch des Kriegsministers, mit roter Tinte. Er muß vorsichtig sein. P.H.‹«

Er rasselte die kurzen Sätze wie ein Maschinengewehr heraus, aber er war offensichtlich von jener Art Mann, die entweder verrückt ist oder recht hat. Die Masse der Menge war Nationalisten und bereits in bedrohlichem Aufruhr; und eine Minderheit gleichermaßen zorniger Intellektueller, angeführt von Armagnac und Brun, machte die Mehrheit nur noch militanter.

»Wenn das ein militärisches Geheimnis ist«, brüllte Brun, »warum schreien Sie es dann in den Straßen aus?«

»Das will ich Ihnen sagen!« brüllte Dubosc über die brüllende Menge hinweg. »Ich bin offen und höflich zu diesem Mann gegangen. Falls er irgendeine Erklärung hätte, sollte er sie in vollständiger Vertraulichkeit geben können. Er verweigert jede Erklärung. Er verweist mich an zwei Fremde in einem Café wie an zwei Lakaien. Er hat mich aus dem Haus geworfen, aber ich werde wieder hineingehen, mit dem Volk von Paris hinter mir!«

Ein Aufschrei schien die Fassade des Häuserblocks zu erschüttern, und zwei Steine flogen, deren einer eine Scheibe über dem Balkon zerbrach. Der aufgebrachte Oberst stürzte sich erneut durch den Torweg, und man hörte ihn drinnen brüllen und donnern. Jeden Augenblick schwoll die menschliche See weiter und weiter an; sie brandete gegen die Geländer und Treppen am Haus des Verräters; es erschien bereits gewiß, daß man das Haus stürmen werde wie einst die Bastille, als sich die zerbrochene Glastüre öffnete und Dr. Hirsch auf den Balkon heraustrat. Für einen Augenblick wandelte sich der Zorn halb in Gelächter; denn in einer solchen Szene bildete er eine absurde Erscheinung. Sein langer nackter Hals und die sackenden Schultern bildeten die Gestalt einer Champagnerflasche nach, aber das war auch das einzig Festliche an ihm. Seine Jacke hing an ihm wie an einem Kleiderhaken; er trug sein karottenrotes Haar lang und ungepflegt; Wangen und Kinn waren von einem jener beunruhigenden Bärte umwuchert, die fern vom Munde wachsen. Er war sehr bleich, und er trug blaue Gläser.

Fahl wie er war, sprach er doch mit so fester Entschlossenheit, daß der Pöbel zur Mitte seines dritten Satzes hin ruhig war:

»... euch jetzt nur zwei Dinge zu sagen. Das erste gilt meinen Feinden, das zweite meinen Freunden. Meinen Feinden sage ich: Es stimmt, daß ich Monsieur Dubosc nicht treffen will, obwohl er gegenwärtig vor diesem Zimmer hier herumtobt. Es stimmt, daß ich zwei andere Herren gebeten habe, sich an meiner Stelle mit ihm zu treffen. Und ich will euch sagen warum! Weil ich ihn nicht sehen will und nicht sehen darf – denn ihn zu sehen wäre gegen alle Regeln der Würde und der Ehre. Bevor ich aber durch einen Gerichtshof im Triumph von allen Anwürfen gereinigt werde, schuldet dieser Ehrenmann mir als Ehrenmann eine andere Art der Genugtuung, und wenn ich ihn an meine Sekundanten verweise, so folge ich genauestens —«

Armagnac und Brun schwenkten wild ihre Hüte, und selbst die Gegner des Doktors brüllten dieser unerwarteten Herausforderung Beifall. Wieder waren einige Sätze unhörbar, aber dann konnte man ihn sagen hören: »... meinen Freunden – ich selbst würde immer rein geistige Waffen vorziehen, und eine entwickelte Menschheit wird sich eines Tages sicherlich auf sie beschränken. Nun ist aber unsere wertvollste Wahrheit die Grundmacht von Materie und Vererbung. Meine Bücher sind erfolgreich; meine Theorien sind unwiderlegt; aber in der Politik leide ich unter einem geradezu physischen Vorurteil der Franzosen. Ich kann nicht reden wie Clemenceau und Déroulède, denn ihre Worte sind wie der Widerhall ihrer Pistolen. Die Franzosen gieren nach Duellanten wie die Engländer nach Sportlern. Nun gut, ich will die Probe aufs Exempel ablegen: Ich werde diese barbarische Bestechung bezahlen und dann für den Rest meines Lebens zur Vernunft zurückkehren.«

Sofort fanden sich in der Menge selbst zwei Männer, die Oberst Dubosc ihre Dienste anboten, der kurz darauf befriedigt herauskam. Der eine war der gemeine Soldat mit dem Kaffee, der einfach sagte: »Ich stehe zu Ihrer Verfügung, mein Herr. Ich bin der Herzog de Valognes.« Der andere war der große Mann, den sein Freund der Priester zunächst davon abzubringen suchte, ehe er dann allein von dannen schritt.

Am frühen Abend wurde hinten im Café Charlemagne ein leichtes Abendessen aufgetragen. Obwohl nicht überdacht durch Glas oder vergoldeten Stuck, befanden sich fast alle Gäste unter einem zarten unregelmäßigen Dach aus Laub; denn die dekorativen Bäume standen so dicht um die Tische und zwischen ihnen, daß sie den Dämmer wie den Schimmer eines lauschigen Haines verbreiteten. An einem der Mitteltische saß ein sehr stämmiger kleiner Priester in vollständiger Einsamkeit und widmete sich mit der feierlichsten Genüßlichkeit einem Turm gebratener Bratlinge. Da sein Alltagsleben sehr einfach war, hatte er einen besonderen Geschmack für plötzliche und ausgefallene Genüsse; er war ein enthaltsamer Epikureer. Er hob den Blick nicht von seinem Teller, um den in strenger Ordnung roter Pfeffer, Zitronen, Schwarzbrot, Butter etc. aufgereiht standen, bis ein großer Schatten über den Tisch fiel und sein Freund Flambeau sich ihm gegenüber niederließ. Flambeau war düster.

»Ich fürchte, daß ich mich aus diesem Geschäft zurückziehen muß«, sagte er schwer. »Ich bin ganz auf Seiten der französischen Soldaten wie Dubosc, und ich bin ganz gegen die französischen Atheisten wie Hirsch; aber mir scheint, daß wir in diesem Fall einen Fehler begangen haben. Der Herzog und ich fanden es für angebracht, die Anklage zu untersuchen, und ich muß sagen, ich bin froh darüber.«

»Dann ist das Papier also eine Fälschung?« fragte der Priester.

»Das ist gerade das Verrückte«, erwiderte Flambeau. »Es ist absolut Hirschs Handschrift, und niemand kann darin den kleinsten Fehler finden. Aber es ist nicht von Hirsch geschrieben worden. Wenn er ein französischer Patriot ist, hat er es nicht geschrieben, weil es Deutschland Informationen übermittelt. Und wenn er ein deutscher Spion ist, hat er es nicht geschrieben, nun ja – weil es Deutschland keine Informationen gibt.«

»Sie meinen, die Information ist falsch?« fragte Father Brown.

»Falsch«, erwiderte der andere, »und genau da falsch, wo Dr. Hirsch richtig gewesen wäre – im Hinblick auf das Versteck seiner eigenen Geheimformel in seinem eigenen Dienstbüro. Mit Genehmigung von Hirsch und den Behörden haben der Herzog und ich die Erlaubnis erhalten, die Geheimschublade im Kriegsministerium zu untersuchen, in der Hirschs Formel verwahrt wird. Wir sind die einzigen, die sie außer dem Erfinder und dem Kriegsminister gesehen haben; aber der Minister erlaubte es, um Hirsch das Duell zu ersparen. Und jetzt können wir Dubosc wirklich nicht mehr unterstützen, falls seine Enthüllungen Schwindel sind.«

»Sind sie das denn?« fragte Father Brown.

»Sie sind es«, sagte sein Freund düster. »Es ist eine ungeschickte Fälschung durch jemanden, der vom richtigen Versteck nichts weiß. Sie behauptet, das Papier sei in dem Aktenschrank rechts vom Schreibtisch des Ministers. Tatsächlich steht der Aktenschrank mit der Geheimschublade ein Stück links vom Schreibtisch. Sie behauptet, der graue Umschlag enthalte ein langes Dokument, das mit roter Tinte geschrieben sei. Es ist nicht mit roter Tinte geschrieben, sondern mit einfacher schwarzer. Es ist offenkundig absurd zu behaupten, daß Hirsch sich über ein Papier geirrt haben kann, das niemand außer ihm selbst kennt; oder versucht hat, einem ausländischen Dieb zu helfen, indem er ihn anweist, in der falschen Schublade zu suchen. Ich glaube, wir müssen die Sache aufgeben und uns beim alten Rotkopf entschuldigen.«

Father Brown schien nachzudenken; er schob einen kleinen Bratling auf die Gabel. »Sie sind sicher, daß der graue Umschlag sich im linken Aktenschrank befand?« fragte er.

»Absolut«, erwiderte Flambeau. »Der graue Umschlag – es war in Wirklichkeit ein weißer – befand –«

Father Brown legte den kleinen silbernen Fisch und die Gabel nieder und starrte seinen Gefährten über den Tisch hinweg an. »Was?« fragte er mit veränderter Stimme.

»Wie, was?« wiederholte Flambeau und aß herzhaft.

»Er war *nicht* grau«, sagte der Priester. »Flambeau, Sie machen mir Angst.«

»Was zum Teufel macht Ihnen denn Angst?«

»Ein weißer Umschlag macht mir Angst«, sagte der andere ernsthaft. »Wenn er doch nur grau gewesen wäre! Zum Henker, er könnte doch ebensogut grau gewesen sein. Aber wenn er weiß war, ist das ganze Geschäft schwarz. Der Doktor hat also doch wieder im alten Höllenschwefel herumgestochert.«

»Aber ich sag Ihnen doch, daß er eine solche Notiz niemals hätte schreiben können!« rief Flambeau. »Die Notiz ist vollständig falsch im Hinblick auf alle Fakten. Und ob nun unschuldig oder schuldig, Dr. Hirsch weiß alles über die Fakten.«

»Der Mann, der diese Notiz geschrieben hat, wußte alles über die Fakten«, sagte sein kirchlicher Freund nüchtern. »Er könnte sie niemals alle so falsch hingekriegt haben, wenn er nicht alles über sie wüßte. Man muß eine ganze Menge wissen, um in jeder Einzelheit falsch zu sein – wie der Teufel.«

»Sie meinen –?«

»Ich meine, daß ein Mann, der Zufallslügen erzählt, zufällig auch Stückchen der Wahrheit erzählt hätte«, sagte sein Freund fest. »Stellen Sie sich vor, jemand beauftragt Sie, ein Haus zu suchen mit grüner Tür und blauer Blende, mit Vorgarten, aber keinem Hintergarten, mit einem Hund aber keiner Katze, und wo man Kaffee trinkt, aber keinen Tee. Nun würden Sie sagen, wenn Sie ein solches Haus nicht fänden, wäre alles erfunden. Aber da sage ich nein. Ich sage, wenn Sie ein Haus fänden mit blauer Tür und grüner Blende, mit einem Hintergarten und keinem Vorgarten, wo Katzen üblich sind und Hunde sofort erschossen werden, wo man Tee literweise trinkt und Kaffee verboten ist – dann hätten Sie das Haus gefunden. Der Mann muß dieses bestimmte Haus genau gekannt haben, um so genau ungenau zu sein.«

»Aber was soll das denn bedeuten?« fragte sein Tischgefährte.

»Ich kann es mir nicht vorstellen«, sagte Brown; »ich verstehe diese ganze Hirsch-Angelegenheit überhaupt nicht. Solange es sich nur um die linke Schublade statt um die rechte handelte, und um rote Tinte statt um schwarze, so lange dachte ich, es könne sich um einen Zufallsirrtum eines Fälschers handeln, wie Sie sagten. Aber drei ist eine mystische Zahl; sie setzt Dingen ein Ende. Sie setzt diesem ein Ende. Daß die Angaben zur Schublade, zur Farbe der Tinte, zur Farbe des Umschlags *alle* durch Zufall falsch sein sollten, *kann* kein Zufall sein. Ist keiner.«

»Was ist es denn dann? Verrat?« fragte Flambeau und wandte sich wieder seiner Mahlzeit zu.

»Das weiß ich auch nicht«, antwortete Brown mit einem Ausdruck der völligen Verwirrung. »Das einzige, woran ich denken kann ... Naja, ich habe die Dreyfus-Angelegenheit nie verstanden. Ich kann moralische Beweise immer leichter begreifen als andere. Ich richte mich nach den Augen eines Mannes und nach seiner Stimme, wissen Sie, und danach, ob seine Familie glücklich erscheint, und welche Themen er wählt – und welche er meidet. Na gut, in der Dreyfus-Sache war ich verwirrt. Nicht wegen der schrecklichen Dinge, die man sich gegenseitig anlastete; ich weiß (obwohl es nicht mehr zeitgemäß ist, das zu sagen), daß die menschliche Natur auch an höchster Stelle fähig bleibt, Cenci oder Borgia zu sein. Nein; was mich verwirrte, war die *Ehrlichkeit* beider Seiten. Damit meine ich nicht die politischen Parteien; die große Masse ist immer einigermaßen ehrlich und oft hintergangen. Ich meine die Personen im Spiel. Ich meine die Verschwörer, wenn es Verschwörer waren. Ich meine den Verräter, wenn er Verräter war. Ich meine die Männer, die die Wahrheit gewußt haben *müssen*. Aber Dreyfus verhielt sich wie ein Mann, der *wußte*, daß ihm Unrecht geschah. Und dennoch verhielten sich die französischen Staatsmänner und Offiziere, als ob sie *wüßten*, daß ihm kein Unrecht geschah, sondern daß er Unrecht getan hatte. Ich meine nicht, daß sie sich richtig verhalten haben; ich meine, sie verhielten sich, als seien sie sicher. Ich kann diese Dinge nicht beschreiben; ich weiß, was ich meine.«

»Ich wollte, ich auch«, sagte sein Freund. »Und was hat das mit dem alten Hirsch zu tun?«

»Stellen Sie sich vor, ein Mann in einer Vertrauensstellung«, fuhr der Priester fort, »begann dem Feind Informationen zuzuspielen, weil es falsche Informationen waren. Stellen Sie sich vor, er selbst glaubte, daß er sein Land rette, indem er den Feind in die Irre führte. Stellen Sie sich vor, das brachte ihn mit Spionagekreisen in Berührung, und ihm wurden kleine Geldgeschenke gemacht, und nach und nach wurde er mit kleinen Banden gebunden. Stellen Sie sich vor, er hielt diese zwiespältige Haltung in einer wirren Weise bei, indem er den ausländischen Spionen niemals die Wahrheit sagte, sie die aber mehr und mehr erraten ließ. Sein besseres Ich (was davon noch übrig war) sagte sich immer noch: ›Ich habe dem Feind nicht geholfen; ich habe gesagt, es war die linke Schublade.‹ Aber sein schlechteres Ich würde bereits feststellen: ›Aber vielleicht ist er klug genug zu begreifen, daß ich die rechte gemeint habe.‹ Das halte ich jedenfalls psychologisch für möglich – in einer aufgeklärten Zeit, wissen Sie.«

»Es mag psychologisch möglich sein«, antwortete Flambeau, »und es würde sicherlich erklären, warum Dreyfus sicher war, daß ihm Unrecht geschah, und warum seine Richter sicher waren, daß er schuldig war. Aber historisch gesehen geht das nicht, denn Dreyfus' Dokument (wenn es sein Dokument war) war buchstäblich korrekt.«

»Ich dachte nicht an Dreyfus«, sagte Father Brown.

Stille war um sie herum mit dem Leerwerden der Tische herabgesunken; es war schon spät, obwohl das Sonnenlicht sich noch überall hielt, als ob es sich zufällig in den Bäumen verhakt hätte. In diese Stille hinein verschob Flambeau scharf seinen Stuhl – wodurch ein einsames und widerhallendes Geräusch entstand – und warf den Arm über die Lehne. »Nun«, sagte er ziemlich harsch, »wenn Hirsch nicht besser ist als ein feiger Verratskrämer mit Nachrichten ...«

»Sie dürfen nicht zu hart über sie urteilen«, sagte Father Brown sanft. »Es ist nicht nur ihre Schuld; aber sie haben keinen Instinkt. Damit meine ich die Dinge, die eine Frau dazu veranlassen, mit einem Mann nicht zu tanzen, oder einen Mann, irgendwo nicht zu investieren. Man hat sie gelehrt, daß es immer auf das Maß ankomme.«

»Jedenfalls«, rief Flambeau ungeduldig, »ist er gar nicht zu vergleichen mit meinem Duellanten; und deshalb werde ich das zu Ende bringen. Der alte Dubosc mag ein bißchen verrückt sein, aber schließlich ist er doch immerhin ein Patriot.«

Father Brown fuhr fort, Bratlinge zu verspeisen.

Irgend etwas in der gleichmütigen Art, in der er das tat, veranlaßte Flambeaus wilde schwarze Augen, seinen Gefährten erneut zu betrachten. »Was ist mit Ihnen los?« fragte Flambeau. »In der Beziehung ist Dubosc schon in Ordnung. Oder zweifeln Sie an ihm?«

»Mein Freund«, sagte der kleine Priester und legte Messer und Gabel in einer Art kalter Verzweiflung nieder, »ich zweifle an allem. An allem, meine ich, das sich heute ereignet hat. Ich zweifle an der ganzen Geschichte, obwohl sie sich vor meinen Augen abgespielt hat. Ich zweifle an jedem Anblick, den meine Augen seit heute morgen gehabt haben. Irgendwas an dieser Sache ist völlig anders als das übliche Polizeirätsel, in dem der eine Mann mehr oder weniger lügt und der andere Mann mehr oder weniger die Wahrheit sagt. Hier sind es beide Männer, die ... Na schön! Ich habe Ihnen die einzige Theorie erzählt, die ich mir ausdenken kann und die jedermann befriedigen könnte. Mich befriedigt sie nicht.«

»Mich auch nicht«, erwiderte Flambeau stirnrunzelnd, während der andere weiter Fisch aß mit dem Ausdruck der vollkommenen Resignation. »Wenn Ihre ganzen Überlegungen auf die Vorstellung einer Botschaft hinauslaufen, die durch Widersprüche übermittelt wird, dann nenne ich das ungewöhnlich schlau, aber ... na ja, wie würden Sie das nennen?«

»Ich würde es fadenscheinig nennen«, sagte der Priester prompt. »Ich würde es ungewöhnlich fadenscheinig nennen. Aber das ist ja das Sonderbare an der ganzen Geschichte. Das ist wie die Lüge eines Schuljungen. Wir haben lediglich drei Versionen, die von Dubosc und die von Hirsch und meine Hirngespinste. Entweder wurde diese Notiz von einem französischen Offizier geschrieben, um einen französischen Beamten zu vernichten; oder sie wurde von dem französischen Beamten geschrieben, um den deutschen Offizieren zu helfen; oder sie wurde von dem französischen Beamten geschrieben, um die deutschen Offiziere in die Irre zu führen. Na schön. Nun würde man aber erwarten, daß ein Geheimpapier zwischen solchen Leuten, Beamten oder Offizieren, ganz anders aussieht. Man würde vielleicht einen Geheimcode erwarten, sicherlich Abkürzungen; ganz sicherlich wissenschaftliche und höchst professionelle Bezeichnungen. Aber dieses Ding ist ausgeklügelt simpel, wie ein Groschenroman: ›In der purpurnen Grotte findest du das goldene Kästchen.‹ Sieht so aus, als ob ... als ob es auf den ersten Blick durchschaut werden sollte.«

Fast noch ehe sie sie wahrnehmen konnten, war eine kleine Gestalt in französischer Uniform wie der Wind zu ihrem Tisch herangelaufen und ließ sich mit einer Art Plumps nieder.

»Ich habe außerordentliche Neuigkeiten«, sagte der Herzog de Valognes. »Ich komme gerade von diesem unserem Oberst. Er packt, um das Land zu verlassen, und er bittet uns, ihn *sur le terrain* zu entschuldigen.«

»Was?« schrie Flambeau in schrecklicher Ungläubigkeit – »*entschuldigen?*«

»Ja«, sagte der Herzog rauh; »dann und da – vor allen – sobald die Degen gezogen werden. Und Sie und ich haben das zu tun, während er das Land verläßt.«

»Aber was *kann* das bedeuten?« schrie Flambeau. »Er kann doch keine Angst vor diesem kleinen Hirsch haben! Verflucht!« schrie er in einer Art vernünftiger Wut. »Niemand *kann* vor Hirsch Angst haben!«

»Ich glaube, das ist irgendeine Verschwörung!« knurrte Valognes, »eine Verschwörung der Juden und der Freimaurer. Und das soll Hirsch Ruhm verschaffen ...«

Father Browns Gesicht sah gewöhnlich aus, aber sonderbar zufrieden; es konnte vor Unverständnis strahlen wie vor Wissen. Aber es gab da immer ein Aufleuchten, wenn die Maske der Dummheit sank und die

Maske der Weisheit an ihre Stelle kam; und Flambeau, der seinen Freund kannte, wußte, daß sein Freund plötzlich verstanden hatte. Brown sagte nichts, sondern beendete seine Fischplatte.

»Wo haben Sie unseren wertvollen Oberst zuletzt gesehen?« fragte Flambeau irritiert.

»Drüben im Hotel St. Louis beim Elysee, wohin wir mit ihm gefahren sind. Ich sagte Ihnen doch, er packt.«

»Glauben Sie, daß er immer noch da ist?« fragte Flambeau und blickte stirnrunzelnd den Tisch an.

»Ich glaube nicht, daß er schon weg ist«, erwiderte der Herzog; »er packt für eine lange Reise ...«

»Nein«, sagte Father Brown einfach, stand aber plötzlich auf, »für eine sehr kurze Reise. Tatsächlich für eine der kürzesten überhaupt. Aber wenn wir uns ein Taxi nehmen, können wir noch rechtzeitig hinkommen.«

Darüber hinaus war nichts aus ihm herauszubringen, bis das Taxi um die Ecke vors Hotel St. Louis fegte, wo sie ausstiegen, und dann führte er die Gruppe in eine Seitengasse, die bereits im tiefen Schatten der sinkenden Dunkelheit lag. Einmal, als der Herzog ungeduldig fragte, ob Hirsch denn nun des Verrates schuldig sei oder nicht, antwortete er ziemlich geistesabwesend: »Nein; nur des Ehrgeizes – wie Caesar.« Dann fügte er etwas zusammenhanglos hinzu: »Er lebt ein sehr einsames Leben; er hat immer alles selbst tun müssen.«

»Na schön, wenn er ehrgeizig ist, dann sollte er jetzt zufrieden sein«, sagte Flambeau ziemlich bitter. »Ganz Paris wird ihm jetzt zujubeln, nachdem unser verfluchter Oberst den Schwanz eingekniffen hat.«

»Sprechen Sie nicht so laut«, sagte Father Brown und senkte die Stimme; »Ihr verfluchter Oberst ist direkt vor uns.«

Die beiden anderen fuhren zusammen und zogen sich tiefer in den Schatten der Mauer zurück, denn man konnte tatsächlich die stämmige Gestalt ihres entwichenen Duellanten erkennen, wie sie mit einer Reisetasche in jeder Hand im Zwielicht vor ihnen dahinschlurfte. Er sah fast genauso aus wie zu der Zeit, da sie ihn zum ersten Mal sahen, nur hatte er seine malerische Bergsteigerhose gegen normale Hosen getauscht. Es war ganz klar, daß er bereits aus dem Hotel geflohen war.

Die Gasse, durch die sie ihm folgten, war eine von jenen, die hinter dem Rücken der Dinge vorüberzulaufen scheinen und aussehen wie die falsche Seite einer Bühnendekoration. Eine farblose ununterbrochene Mauer erstreckte sich an der einen Seite, ab und zu von stumpffarbenen und schmutzfleckigen Türen unterbrochen, alle fest geschlossen und gesichtslos, abgesehen von einigen Kreidekritzeleien herumstreunender »gamins«. Wipfel von Bäumen, meist reichlich traurigen immergrünen, blickten in Abständen über die Mauer, und hinter ihnen konnte man vor der grauen und purpurnen Dämmerung die Rückseiten langer Terrassen hoher Pariser Häuser sehen, in Wirklichkeit ziemlich nahe, aber irgendwie sahen sie ebenso unzugänglich aus wie eine Kette marmorner Berge. Auf der anderen Seite der Gasse verliefen die hohen vergoldeten Gitter eines düsteren Parks.

Flambeau sah sich etwas beklommen um. »Wissen Sie«, sagte er, »irgendwas ist mit diesem Ort, das –«

»Hallo!« rief der Herzog scharf. »Der Kerl ist verschwunden. Verschwunden wie so 'n verdammtes Gespenst!«

»Er hat einen Schlüssel«, erklärte ihr kirchlicher Freund. »Er ist nur durch eines dieser Gartentörchen eingetreten«, und noch während er sprach, hörten sie vor sich, wie sich eine der hölzernen Gartentüren mit einem Klicken schloß.

Flambeau trat auf die Tür zu, die sich ihm fast ins Gesicht hinein geschlossen hatte, und stand für einen Augenblick vor ihr, während er seinen Schnurrbart in wütender Neugier zerkaute. Dann warf er seine langen Arme empor, schwang sich daran wie ein Affe hoch und stand auf der Mauerkrone, seine riesige Gestalt dunkel vor dem purpurnen Himmel, wie eine der dunklen Baumkronen.

Der Herzog sah den Priester an. »Die Flucht von Dubosc ist ausgeklügelter, als wir gedacht haben«, sagte er; »aber ich vermute, daß er aus Frankreich fliehen will.«

»Er will aus allem fliehen«, antwortete Father Brown.

Valognes Augen leuchteten auf, aber seine Stimme wurde leise. »Sie meinen Selbstmord?« fragte er.

»Sie werden seinen Körper nicht finden«, erwiderte der andere.

Flambeau auf der Mauer oben stieß eine Art Schrei aus. »Mein Gott«, rief er auf französisch, »jetzt weiß ich, wo wir sind! Das ist die Straße hinter dem Haus, in dem der alte Hirsch wohnt. Ich habe immer geglaubt, ich könnte die Rückseite eines Hauses ebensogut erkennen wie die Rückseite eines Mannes.«

»Und Dubosc ist da reingegangen!« schrie der Herzog und klatschte sich auf die Schenkel. »Dann begegnen sie sich schließlich also doch!« Und mit plötzlicher gallischer Lebhaftigkeit sprang er auf die Mauer neben Flambeau und hockte da und strampelte tatsächlich vor Aufregung mit den Beinen. Der Priester allein blieb unten, und er lehnte an der Mauer mit dem Rücken zur Bühne all der Ereignisse, und blickte nachdenklich auf die Gatter des Parks und die im Zwielicht zwinkernden Bäume.

Der Herzog, wie aufgeregt auch immer, besaß die Instinkte des Aristokraten und wollte das Haus beobachten, aber es nicht ausspionieren; Flambeau jedoch besaß die Instinkte eines Einbrechers (und Detektivs) und hatte sich bereits von der Mauer in die Gabelung eines üppigen Baumes geschwungen, von wo aus er ganz nahe an das einzige erleuchtete Fenster auf der Rückseite des hohen dunklen Hauses herankriechen konnte. Eine rote Jalousie war vor dem Licht herabgezogen worden, aber unordentlich, so daß sie an einer Seite aufklaffte, und indem er seinen Hals auf einem Ast riskierte, der so zuverlässig wie ein Zweig wirkte, konnte er gerade noch sehen, wie Oberst Dubosc in einem hell erleuchteten luxuriösen Schlafzimmer umherging. Wie nahe Flambeau aber auch dem Hause war, er konnte doch die Worte seiner Freunde an der Mauer hören, und er wiederholte sie leise.

»Ja, sie begegnen sich jetzt doch noch!«

»Sie werden sich niemals begegnen«, sagte Father Brown. »Hirsch hatte recht, als er sagte, in einer solchen Angelegenheit dürften sich die Kontrahenten nicht begegnen. Haben Sie nie die eigenartige psychologische Geschichte von Henry James gelesen, in der sich zwei Personen ständig durch Zufall verpassen, so daß sie schließlich beginnen, voreinander Angst zu empfinden und es für Schicksal halten? Hier ist das ähnlich, nur noch eigenartiger.«

»In Paris gibt es genug Leute, die sie von so morbiden Phantasien heilen werden«, sagte Valognes rachsüchtig. »Sie werden sich schon begegnen müssen, wenn wir sie fassen und zu fechten zwingen.«

»Sie werden sich selbst am Tag des Jüngsten Gerichts nicht begegnen«, sagte der Priester. »Und selbst wenn Gott der Allmächtige den Heroldsstab schwänge und Sankt Michael die Trompete zum Kreuzen der Schwerter bliese – selbst dann würde, wenn der eine bereitsteht, der andere nicht erscheinen.«

»Was sollen denn all diese mystischen Bemerkungen bedeuten?« rief der Herzog de Valognes ungeduldig. »Warum in aller Welt sollten sie sich nicht wie andere Leute begegnen?«

»Sie sind jeder das Gegenteil des anderen«, sagte Father Brown mit sonderbarem Lächeln. »Sie widersprechen einander. Sie schließen einander sozusagen aus.«

Er fuhr fort auf die dunkelnden Bäume gegenüber zu starren, aber Valognes fuhr auf einen unterdrückten Ausruf Flambeaus hin jäh mit dem Kopf herum. Dieser Detektiv hatte, während er in den erleuchteten Raum hineinspähte, eben noch gesehen, wie sich der Oberst nach ein oder zwei Schritten daran machte, den Rock abzulegen. Flambeaus erster Gedanke war, daß das jetzt wirklich nach einem Duell aussah; aber er ließ diesen Gedanken bald wieder zugunsten eines anderen fallen. Die mächtige Brust von Dubosc und seine breiten Schultern waren nichts anderes als eine kräftige Schicht Wattierung und wurden mit der Jacke abgelegt. In Hemd und Hose war er ein verhältnismäßig schlanker Gentleman, der durch das Schlafzimmer dem Badezimmer mit keinen grimmigeren Absichten zustrebte, als sich zu waschen. Er beugte sich über ein Becken trocknete seine tropfenden Hände und sein Gesicht an einem Handtuch ab und wandte sich wieder um, so daß der helle Lampenschein auf sein Gesicht fiel. Die braune Haut war verschwunden, sein großer schwarzer Schnurrbart war verschwunden; er war glatt rasiert und sehr blaß. Nichts blieb von dem Oberst als seine hellen, falkengleichen braunen Augen. Unter der Mauer fuhr Father Brown in tiefem Nachdenken wie zu sich selbst fort:

»Es ist genau so, wie ich zu Flambeau gesagt habe. Diese Gegensätze tun es nicht. Sie funktionieren nicht. Sie kämpfen nicht. Wenn es weiß statt schwarz ist, und fest statt flüssig, und so immer wieder und in allem – dann ist da was falsch, Monsieur, dann ist da was falsch. Einer dieser Männer ist blond und der andere dunkel, einer stämmig und der andere schlank, einer stark und der andere schwach. Der eine hat einen Schnurrbart und keinen Bart, so daß man seinen Mund nicht sehen kann; der andere hat einen Bart und keinen Schnurrbart, so daß man sein Kinn nicht sehen kann. Der eine hat sein Haar bis auf den Schädel kurz geschoren, aber einen Schal, um seinen Hals zu verbergen; der andere hat weiche Hemdenkragen, aber langes Haar, um seinen Schädel zu verbergen. Das alles ist zu sauber und zu korrekt, Monsieur, und da ist irgendwas falsch. Dinge, die so entgegengesetzt gemacht sind, sind Dinge, die nicht miteinander streiten können. Wo immer der eine herauskommt, verschwindet der andere. Wie Gesicht und Maske, wie Schloß und Schlüssel ...«

Flambeau starrte in das Haus mit einem Gesicht so weiß wie ein Blatt Papier. Der Bewohner des Raumes stand mit dem Rücken zu ihm, aber mit dem Gesicht zu einem Spiegel, und er hatte sich inzwischen einen Kranz von üppigem rotem Haar ums Gesicht gelegt, das unordentlich vom Kopf herabhing und um Kiefer und Kinn ging, aber den spöttischen Mund unbedeckt ließ. So im Spiegel gesehen, sah das weiße Gesicht wie das Gesicht Judas' aus, das schrecklich lachte und von den wabernden Flammen der Hölle umgeben war. Für einen Augenblick sah Flambeau die wilden rotbraunen Augen tanzen, dann wurden sie mit einem Paar blauer Brillengläser bedeckt. Und während sie sich eine lose schwarze Jacke überzog, verschwand die Gestalt zur Vorderseite des Hauses hin. Wenige Augenblicke später kündete donnernder Applaus von der jenseitigen Straße davon, daß Dr. Hirsch erneut auf dem Balkon erschienen war.

Der Mann in der Passage

Zwei Männer tauchten gleichzeitig an den zwei Enden einer Art von Passage auf, die seitlich am Apollo-Theater im Adelphi entlangläuft. Das abendliche Tageslicht in den Straßen war kraftvoll und leuchtend, opalisierend und leer. Die Passage war verhältnismäßig lang und dunkel, so daß jeder der Männer den anderen am anderen Ende nur als schwarze Silhouette sehen konnte. Dennoch kannte jeder der Männer den anderen, selbst als tintichten Umriß; denn beide waren sie Männer von auffallender Erscheinung, und sie haßten einander.

Die überdachte Passage öffnete sich am einen Ende in eine der steilen Straßen von Adelphi, und am anderen auf eine Terrasse, die den sonnenuntergangsroten Fluß überschaute. Die eine Seite der Passage bildete eine kahle Mauer, denn das Gebäude, das sie stützte, war ein altes erfolgloses Theater-Restaurant, das jetzt geschlossen war. Die andere Seite der Passage wies zwei Türen auf, an jedem Ende eine. Keine war das, was man üblicherweise die Bühnentür nennt; sie waren vielmehr eine Art spezieller und privater Bühnentüren, die von sehr speziellen Darstellern benützt wurden, und in diesem Fall von Hauptdarsteller und Hauptdarstellerin der Shakespeare-Aufführung dieses Tages. Persönlichkeiten von solcher Prominenz lieben es häufig, über derartige private Ausgänge und Eingänge zu verfügen, um Freunde zu treffen oder zu vermeiden.

Die beiden fraglichen Männer waren zweifellos beide solche Freunde, die offensichtlich die Türen kannten und damit rechneten, daß sie geöffnet würden, denn sie näherten sich beide der Tür am oberen Ende mit der gleichen Gelassenheit und Gewißheit. Jedoch nicht mit der gleichen Geschwindigkeit; aber da der Mann, der schnell schritt, der Mann vom anderen Ende des Tunnels war, trafen beide fast im gleichen Augenblick vor der geheimen Bühnentür ein. Sie grüßten einander höflich und warteten einen Moment, bevor einer von ihnen, der schärfere Gänger, der die kürzere Geduld zu haben schien, an die Tür klopfte.

In diesem wie in allem anderen war jeder der Männer des anderen Gegensatz, und keinen hätte man dem anderen unterlegen nennen können. Als Privatmann war jeder ansehnlich, fähig und beliebt. Als Mann der Öffentlichkeit war jeder Mitglied der vordersten Reihe. Aber alles an ihnen, von ihrem Ruhm bis zu ihrem guten Aussehen, war von unterschiedlicher und unvergleichbarer Art. Sir Wilson Seymour gehörte jener Art von Männern an, von deren Bedeutung jeder weiß, der weiß. Je intimer man im innersten Kreis jeder Politik oder Profession verkehrte, desto häufiger traf man Sir Wilson Seymour. Er war der eine intelligente Mann in zwanzig unintelligenten Ausschüssen – zu jeder Art von Thema, von der Reform der Königlichen Akademie bis zur Frage der Edelmetallwährung für das Größere Britannien. Im Bereich der Künste insbesondere war er allmächtig. Er war so einzigartig, daß niemand so recht zu entscheiden vermochte, ob er ein großer Aristokrat war, der sich der Künste annahm, oder ein großer Künstler, dessen sich die Aristokratie annahm. Doch genügten bereits fünf Minuten des Zusammenseins mit ihm, um zu erkennen, daß man zeitlebens von ihm bestimmt worden ist.

Seine Erscheinung war »distinguiert« in genau dem gleichen Sinn; sie war zugleich konventionell und einzigartig. Die Mode selbst hätte an seinem Seidenzylinder keinen Fehl gefunden; und doch war er anders als jedes anderen Hut – ein bißchen höher vielleicht, und so seiner natürlichen Höhe etwas hinzufügend. Seine große, schlanke Gestalt war leicht gebeugt, sah aber alles andere als schwächlich aus. Sein Haar war silbergrau, aber er sah nicht alt aus; er trug es länger als üblich, sah aber nicht weichlich aus; es war lockig, sah aber nicht wie in Locken gelegt aus. Sein sorgfältig gestutzter Spitzbart ließ ihn männlicher und soldatischer aussehen, als er es ohne ihn getan hätte, wie bei jenen alten Admirälen von Velazquez, deren düstere Porträts in seinem Hause hingen. Seine grauen Handschuhe waren eine Spur bläulicher, sein silberknäufiger Stock war eine Spur länger als Dutzende solcher Handschuhe und Stöcke, die in den Theatern und Restaurants herumwirbeln.

Der andere Mann war nicht so groß, doch wäre er niemandem als klein erschienen, sondern vielmehr als kraftvoll und gutaussehend. Auch sein Haar war lockig, aber blond und um den starken massigen Kopf kurz geschoren – jene Art von Kopf, mit der man Türen einrennt, wie Chaucer vom Kopf des Müllers sagte. Sein militärischer Schnurrbart und die Schulterhaltung wiesen ihn als Soldaten aus, doch hatte er jene eigentümlich offenen und durchdringenden blauen Augen, die man häufiger bei Seeleuten findet. Sein Gesicht war irgendwie kantig, sein Kiefer war kantig, seine Schultern waren kantig, sogar seine Jacke war kantig. Und wirklich hatte Max Beerbohm ihn in jener damals vorherrschenden wilden Schule der Karikatur als Lehrsatz aus dem vierten Buch Euklids dargestellt.

Denn auch er war ein Mann der Öffentlichkeit, wenngleich seine Erfolge ganz anderer Art waren. Man brauchte kein Mitglied der besten Gesellschaft zu sein, um von Hauptmann Cutler gehört zu haben, von der Belagerung Hongkongs und dem großen Marsch durch China. Wo immer man sich befand, wurde unausweichlich von ihm gesprochen; jede zweite Postkarte trug sein Porträt; seine Karten und Schlachten fanden sich in jeder zweiten Illustrierten; Lieder zu seinen Ehren hörte man in jeder zweiten Varieté-Nummer oder von jeder zweiten Drehorgel. Sein Ruhm, obwohl möglicherweise zeitgebundener, war doch zehnmal verbreiteter, volkstümlicher und spontaner als der des anderen Mannes. In Tausenden englischer Heime ragte er gewaltig über England empor, wie Nelson. Und doch hatte er unendlich viel weniger Macht in England als Sir Wilson Seymour.

Die Tür ward ihnen von einem alten Diener oder Garderobier geöffnet, dessen niedergeschlagene Miene und Haltung und dessen schwarzer schäbiger Anzug sonderbar kontrastierten mit der glitzernden Inneneinrichtung der Garderobe jener großen Schauspielerin. Sie war mit Spiegeln in jeglichem Brechungswinkel dermaßen ausgestattet und gefüllt, daß sie wie die hundert Facetten eines riesigen Diamanten wirkten – falls man ins Innere eines Diamanten eintreten kann. Die anderen Anzeichen von Luxus, ein paar Blumen, ein paar bunte Kissen, ein paar Bühnenkostüme, wurden von all den Spiegeln in den Irrwitz von *Tausendundeiner Nacht* vervielfacht und tanzten und veränderten ständig ihren Ort, ganz wie der herumschlurfende Diener einen Spiegel vorzog oder einen anderen an die Wand zurückschob.

Beide sprachen den düsteren Diener mit Namen an, nannten ihn Parkinson und fragten nach seiner Herrin als nach Miss Aurora Rome. Parkinson sagte, daß sie sich im Nebenraum befinde und daß er zu ihr gehen und sie benachrichtigen wolle. Ein Schatten flog über die Stirnen beider Besucher; denn der Nebenraum war die Privatgarderobe jenes großen Schauspielers, mit dem Miss Aurora auftrat, und sie war von jener Art, die Bewunderung nicht entfacht, ohne zugleich Eifersucht zu entfachen. Nach etwa einer halben Minute aber öffnete sich die Verbindungstür, und sie trat auf wie immer, selbst im privaten Leben, so daß sogar das Schweigen wie donnernder Applaus erschien, und wohlverdienter. Sie trug ein etwas sonderbares Gewand aus pfauengrünem und pfauenblauem Satin, der glitzerte wie blaues und grünes Metall, wie es Kinder und Ästheten entzückt, und ihr schweres, glühendbraunes Haar umrahmte eines jener zauberischen Gesichter, die allen Männern gefährlich sind, besonders aber Knaben und Ergrauenden. Gemeinsam mit ihrem Kollegen, dem großen amerikanischen Schauspieler Isidore Bruno, brachte sie eine besonders poetische und phantastische Interpretation des *Sommernachtstraums* auf die Bühne, worin der künstlerische Vorrang Oberon und Titania eingeräumt war, oder mit anderen Worten Bruno und ihr. In den träumerischen und erlesenen Kulissen und in den mystischen Tänzen drückte das grüne Kostüm, wie schillernde Käferflügel, die ganze unfaßbare Ausstrahlung einer Elfenkönigin aus. Wenn man ihr aber in jenem immer noch hellen Tageslicht persönlich gegenüberstand, sah ein Mann nichts anderes als das Antlitz dieser Frau.

Sie begrüßte beide Männer mit jenem strahlenden verwirrenden Lächeln, das so manchen Mann in gerade der gleichen gefährlichen Entfernung zu ihr hielt. Sie nahm von Cutler einige Blumen entgegen, die so tropisch und kostspielig waren wie seine Siege; und eine andere Art Geschenk von Sir Wilson Seymour, das jener Gentleman ihr später und nachlässiger überreichte. Denn seiner Aufzucht widersprach es, seine Gefühle zur Schau zu stellen, und seiner konventionellen Unkonventionalität, so etwas Offenbares wie Blumen zu schenken. Er habe da, sagte er, eine Kleinigkeit gefunden, die eher eine Kuriosität sei; einen antiken griechischen Dolch aus der mykenischen Epoche, der sehr wohl zur Zeit von Theseus und Hippolyte getragen worden sein mochte. Er sei aus Bronze, wie alle heroischen Waffen, aber eigenartigerweise immer noch scharf genug, um jemand damit zu stechen. Er sei besonders durch die blattähnliche Form angezogen worden; vollkommen wie eine griechische Vase. Wenn das für Miss Rome von irgendeinem Interesse sei, oder vielleicht in der Aufführung gebraucht werden könne, hoffe er, daß sie –

Die Verbindungstür flog auf und eine mächtige Gestalt erschien, die zum erklärungsfreudigen Seymour einen noch größeren Gegensatz bildete als sogar Hauptmann Cutler. Fast 6 Fuß 6 hoch und von mehr als theatralischen Sehnen und Muskeln, glich Isidore Bruno in dem prächtigen Leopardenfell und den goldbraunen Gewändern Oberons einem heidnischen Gott. Er lehnte sich auf eine Art Jagdspeer, der auf einer Bühne wie ein leichter silberner Stab wirkte, aber in dem kleinen und verhältnismäßig überfüllten Raum so einfach wie eine Lanze aussah – und so bedrohlich. Seine lebhaften schwarzen Augen rollten vulkanisch, sein bronzefarbenes Gesicht, wie schön auch immer, zeigte in jenem Augenblick eine Kombination von hohen Wangenknochen und zusammengebissenen

Zähnen, die an gewisse amerikanische Vermutungen betreffend seine Herkunft von Südstaatenplantagen erinnerte.

»Aurora«, begann er mit seiner tiefen, leidenschaftlich dröhnenden Stimme, die so viele Zuschauer bewegt hatte, »willst du –«

Er brach unentschlossen ab, weil eine sechste Figur plötzlich in der Tür aufgetaucht war – eine mit der Szene so unvereinbare Figur, daß sie schon fast komisch wirkte. Es war ein sehr kurzer Mann in der schwarzen Uniform des römischen Weltklerus, und er sah (besonders in solcher Gegenwart wie der von Bruno und Aurora) eher dem hölzernen Noah aus einer Arche ähnlich. Jedoch schien er sich keines Kontrastes bewußt zu sein, sondern sagte mit einfacher Höflichkeit: »Ich glaube, daß Miss Rome nach mir geschickt hat.«

Ein gewiefter Beobachter würde bemerkt haben, daß die emotionale Temperatur bei dieser so unemotionalen Unterbrechung ziemlich anstieg. Die Abgelöstheit eines berufsmäßigen Zölibatärs schien den anderen deutlich zu machen, daß sie die Frau umstanden wie ein Kreis von Liebesrivalen; so wie das Eintreten eines Fremden mit Eis am Mantel deutlich macht, daß der Raum heiß wie ein Schmelzofen ist. Die Anwesenheit dieses einen Mannes, der an ihr nicht interessiert war, steigerte Miss Romes Gespür dafür, daß jeder andere in sie verliebt war, und jeder auf eine gewissermaßen gefährliche Weise: der Schauspieler mit all der Gier eines Wilden und eines verzogenen Kindes; der Soldat mit all der einfachen Selbstigkeit eines Mannes von Willen statt von Geist; Sir Wilson mit jener sich täglich verstärkenden Konzentration, mit der alte Hedonisten sich einem Hobby hingeben; und selbst der unterwürfige Parkinson, der sie bereits vor ihren Triumphen gekannt hatte und ihr zu Auge oder zu Fuß durch den Raum folgte, mit der dumpfen Hingabe eines Hundes.

Ein gewiefter Mensch würde aber auch etwas noch Eigenartigeres bemerkt haben. Der Mann wie ein schwarzer Holznoah (der nicht ganz ohne Gewieftheit war) bemerkte es mit erheblicher aber verhohlener Belustigung. Es war offensichtlich, daß die große Aurora, obwohl der Bewunderung durch das andere Geschlecht keineswegs abhold, in diesem Augenblick all jene Männer loswerden wollte, die sie bewunderten, um mit jenem Mann allein gelassen zu werden, der das nicht tat – sie jedenfalls nicht in diesem Sinne bewunderte; denn der kleine Priester bewunderte und genoß die entschlossene weibliche Diplomatie, mit der sie sich an ihre Aufgabe machte. Es gab vielleicht nur eine Sache, in der Aurora Rome wirklich klug war, und das war die Hälfte der Menschheit – die andere Hälfte. Der kleine Priester beobachtete wie einen napoleonischen Feldzug die rasche Genauigkeit ihrer Politik, alle zu vertreiben und keinen zu verbannen. Bruno, der große Schauspieler, war so kindisch, daß es leicht war, ihn fortzuschicken, ungezogen schmollend und die Tür zuschlagend. Cutler, der britische Offizier, war dickfellig gegenüber Gedanken, aber dünnhäutig in Sachen des guten Benehmens. Er würde alle Winke ignorieren, aber eher sterben, als einen eindeutigen Auftrag einer Dame zu ignorieren. Was den alten Seymour anging, so mußte er ganz anders behandelt werden; er mußte bis zuletzt bleiben. Der einzige Weg, ihn hinauszubewegen, war, sich vertrauensvoll an ihn zu wenden wie an einen alten Freund, ihn ins Geheimnis dieser Bereinigung einzuweihen. Der Priester bewunderte Miss Rome aufrichtig, wie sie diese drei Ziele gleichzeitig mit einer wohlerwogenen Handlung erreichte.

Sie ging zu Hauptmann Cutler hinüber und sagte auf die süßeste Weise: »Mir sind all diese Blumen lieb und wert, denn es müssen Ihre Lieblingsblumen sein. Aber sie wären nicht vollkommen, wissen Sie, ohne *meine* Lieblingsblumen. *Bitte* gehen Sie in das Geschäft um die Ecke und holen Sie mir einige Maiglöckchen, und dann wird alles *ganz wunderschön* sein.«

Das erste Ziel ihrer Diplomatie, der Abgang des wütenden Bruno, wurde sofort erreicht. Er hatte seinen Speer bereits mit königlicher Gebärde wie ein Szepter dem kläglichen Parkinson gereicht und war im Begriffe, sich eines der Polstersitze wie eines Thrones zu bemächtigen. Bei dieser offenen Anrufung seines Rivalen jedoch glühte in seinen opalen Augäpfeln all die leidenschaftliche Unverschämtheit des Sklaven auf; für einen Augenblick ballte er seine riesigen braunen Fäuste und verschwand dann, indem er die Tür aufstieß, in seinen eigenen dahinter liegenden Räumen. Inzwischen hatte der Versuch Miss Romes, die britische Armee in Bewegung zu setzen, nicht so einfach geklappt, wie zu erwarten gewesen war. Cutler hatte sich zwar steif und schnell erhoben und war, hutlos und wie auf Befehl, der Tür entgegengeschritten. Aber vielleicht gab es da etwas aufreizend Elegantes in der lässigen Gestalt Seymours, der gegen einen der Spiegel lehnte, was ihn unmittelbar vor dem Eingang zum Stillstand und dazu brachte, den Kopf hin und her zu bewegen wie eine verwirrte Bulldogge.

»Ich muß diesem dummen Menschen den Weg zeigen«, flüsterte Aurora Seymour zu und rannte über die Schwelle, um den abgehenden Gast zur Eile anzutreiben.

Seymour schien in seiner eleganten und sorglosen Pose zu lauschen und schien erleichtert, als er hörte, wie die Dame dem Hauptmann einige letzte Instruktionen nachrief und sich dann auf dem Absatz umdrehte und lachend die Passage gegen das andere Ende zu hinablief, das Ende mit der Terrasse über der Themse. Doch eine Sekunde oder zwei danach verdüsterte sich Seymours Stirn erneut. Ein Mann in seiner Position hat so viele Rivalen, und er erinnerte sich, daß sich am anderen Ende der Passage der entsprechende Eingang zu Brunos privater Garderobe befand. Er verlor seine Haltung nicht; er sagte einige höfliche Worte zu Father Brown über die Wiederbelebung byzantinischer Architektur in der Kathedrale von Westminster und schlenderte dann ganz ungezwungen hinaus in das obere Ende der Passage. Father Brown und Parkinson blieben allein zurück, und keiner von ihnen hatte Geschmack an überflüssiger Konversation. Der Garderobier ging im Zimmer umher, zog Spiegel vor und schob sie wieder zurück, und sein abgewetzter dunkler Anzug sah um so schäbiger aus, als er immer noch den schimmernden Märchenspeer Oberons hielt. Jedesmal, wenn er den Rahmen eines anderen Spiegels hervorzog, erschien eine andere schwarze Gestalt Father Browns; das absurde Spiegelkabinett war voller Father Browns, kopfüber in der Luft wie Engel, Purzelbäume schlagend wie Akrobaten, jedem ihre Rücken zukehrend wie ungewöhnlich ungezogene Leute.

Father Brown schien sich dieser Wolke von Zeugen nicht bewußt zu sein, sondern verfolgte Parkinson mit müßig aufmerksamem Blick, bis jener sich mitsamt seinem absurden Speer in das entferntere Zimmer von Bruno begab. Danach gab er sich jenen abstrakten Meditationen hin, wie sie ihn immer ergötzten – Berechnung der Spiegelwinkel, der Brechungswinkel, der Winkel, mit denen jeder Spiegel an der Wand befestigt werden müßte ... als er einen lauten, aber erstickten Schrei hörte.

Er sprang auf und lauschte erstarrt. Im gleichen Augenblick stürmte Sir Wilson Seymour wieder ins Zimmer, weiß wie Elfenbein. »Wer ist der Mann in der Passage?« schrie er. »Wo ist der Dolch von mir?«

Ehe Father Brown sich noch in seinen schweren Stiefeln hatte umdrehen können, durchwühlte Seymour auf der Suche nach der Waffe bereits den Raum. Und ehe er noch diese Waffe oder eine andere hätte finden können, erscholl das scharfe Geräusch rennender Füße draußen auf dem Pflaster, und das kantige Gesicht von Cutler wurde in den gleichen Eingang geschoben. Er umklammerte immer noch grotesk einen Maiglöckchenstrauß. »Was ist los?« schrie er. »Wer ist dieses Wesen da draußen in der Passage? Ist das einer Ihrer Tricks?«

»Meine Tricks!« zischte sein bleicher Rivale und machte einen Schritt auf ihn zu.

In dem Augenblick, da dieses alles sich abspielte, trat Father Brown oben in die Passage, blickte sie hinab und ging dann rasch auf das zu, was er da sah.

Angesichts dessen ließen die beiden anderen Männer ihren Streit beiseite und stürmten hinter ihm her, wobei Cutler rief: »Was machen Sie da? Wer sind Sie?«

»Mein Name ist Brown«, sagte der Priester traurig, als er sich über etwas beugte und sich dann wieder aufrichtete. »Miss Rome hat nach mir geschickt, und ich bin so schnell gekommen, wie ich konnte. Ich bin zu spät gekommen.«

Die drei Männer blickten nach unten, und in wenigstens einem von ihnen erstarb in jenem späten Nachmittagslicht das Leben. Das Licht durchfloß die Passage wie ein Pfad aus Gold, und in seiner Mitte lag Aurora Rome in ihren schimmernden Gewändern aus Grün und Gold, ihr totes Gesicht nach oben gewendet. Ihr Kleid war wie durch einen Kampf beiseite gerissen und ließ ihre rechte Schulter bloß, aber die Wunde, aus der das Blut quoll, war auf der anderen Seite. Der Bronzedolch lag flach und glänzend einen Meter oder so entfernt.

Für geraume Zeit herrschte tote Stille, so daß sie weit entfernt ein Blumenmädchen vor Charing Cross lachen hören konnten, und irgend jemanden, der in einer der Nebenstraßen des Strands wütend nach einem Taxi pfiff. Dann packte der Hauptmann mit einer so schnellen Bewegung, daß es entweder Leidenschaft oder Schauspielerei sein konnte, Sir Wilson Seymour bei der Gurgel.

Seymour blickte ihn stetig ohne Kampf noch Furcht an. »Sie brauchen mich nicht zu töten«, sagte er mit kalter Stimme; »das werde ich schon selbst besorgen.«

Des Hauptmanns Hand zögerte und sank; und der andere fügte mit der gleichen eisigen Direktheit hinzu: »Falls ich nicht den Mut aufbringen sollte, das mit jenem Dolch zu tun, kann ich es binnen eines Monats mit Trinken schaffen.«

»Trinken ist für mich nicht gut genug«, erwiderte Cutler, »aber bevor ich sterbe, will ich hierfür Blut sehen. Nicht Ihres – aber ich glaube, ich weiß, wessen.«

Und ehe noch die anderen seine Absicht erkennen konnten, griff er sich den Dolch, sprang zu jener anderen Türe am unteren Ende der Passage, rannte sie mit Riegel und Schloß nieder und trat Bruno in dessen Garderobe gegenüber. Als er das tat, schlurfte der alte Parkinson in seiner zittrigen Weise aus der Tür und erblickte die Leiche, die in der Passage lag. Er bewegte sich erbebend auf sie zu; schaute sie schwächlich mit zuckendem Gesicht an; bewegte sich dann bebend zurück in die Garderobe und setzte sich plötzlich auf einen der reichgepolsterten Stühle. Father Brown lief sofort zu ihm, wobei er Cutler und den riesigen Schauspieler außer acht ließ, obwohl der Raum schon von ihren Hieben widerhallte und sie um den Dolch zu kämpfen begannen. Seymour, der sich einen gewissen praktischen Sinn bewahrt hatte, pfiff am Ende der Passage nach der Polizei.

Als die Polizei eintraf, hatte sie zunächst die beiden Männer aus einer affenähnlichen Umklammerung zu lösen und nach einigen formellen Fragen Isidore Bruno unter der Mordanklage zu verhaften, die sein wütender Gegner gegen ihn vorbrachte. Der Gedanke, daß der große Nationalheld der Stunde einen Übeltäter mit eigener Hand gefangengenommen hatte, fiel bei der Polizei, die nicht frei von journalistischen Elementen ist, zweifellos ins Gewicht. Sie behandelten Cutler mit einer gewissen feierlichen Aufmerksamkeit und wiesen darauf hin, daß er an der Hand einen leichten Schnitt habe. Denn als Cutler Bruno über umgestürzte Stühle und Tische zurückdrängte, hatte dieser ihm den Dolch aus dem Griff gewunden und ihn gerade unterhalb des Handgelenks verletzt. Die Wunde war wirklich leicht, aber bis er aus dem Zimmer entfernt war, blickte der halbwilde Häftling mit stetem Lächeln auf das rinnende Blut.

»Der Kerl sieht fast wie ein Kannibale aus, nicht?« sagte der Schutzmann vertraulich zu Cutler.

Cutler antwortete nicht, sagte aber einen Augenblick später scharf: »Wir müssen uns um ... um die Tote ...«, und seine Stimme versagte.

»Die beiden Toten«, kam die Stimme des Priesters von der anderen Seite des Zimmers. »Dieser arme Kerl war schon tot, als ich zu ihm kam.« Und er stand da und blickte auf den alten Parkinson hinab, der da als schwarzes Bündel auf dem prachtvollen Stuhl saß. Auch er hatte, nicht unberedt, der Frau, die da gestorben war, seinen Tribut gezollt.

Das Schweigen brach als erster Cutler, der von einer rauhen Zärtlichkeit angerührt schien. »Ich wollte, ich wäre er«, sagte er heiser. »Ich erinnere mich, daß er sie mehr als jeder andere beobachtete, wo immer sie ging. Sie war seine Luft, und jetzt ist er verschmachtet. Er ist einfach tot.«

»Wir sind alle tot«, sagte Seymour mit seltsamer Stimme und blickte die Straße hinab.

Sie nahmen an der Straßenecke Abschied von Father Brown mit einigen flüchtigen Entschuldigungen hinsichtlich irgendwelcher Unhöflichkeiten, die vielleicht vorgefallen seien. Ihrer beider Gesichter waren tragisch, aber auch verschlossen.

Der Geist des kleinen Priesters war immer ein Kaninchengehege voller wilder Gedanken, die zu schnell umherhüpften, als daß er sie hätte festhalten können. Wie der weiße Schwanz eines Kaninchens schoß ihm der Gedanke durch den Sinn, daß er ihrer Trauer sicher war, ihrer Unschuld aber nicht so sicher.

»Wir sollten besser gehen«, sagte Seymour schwer; »wir haben alles getan, was wir konnten, um zu helfen.«

»Ob Sie wohl meine Beweggründe verstehen«, fragte Father Brown ruhig, »wenn ich sage, daß Sie alles getan haben, was Sie konnten, um zu schaden?«

Beide fuhren sie wie schuldig zusammen, und Cutler fragte scharf: »Wem zu schaden?«

»Sich selbst zu schaden«, antwortete der Priester. »Ich würde Ihren Kummer nicht noch erschweren, wenn es nicht einfacher Gerechtigkeitssinn wäre, Sie zu warnen. Sie haben fast alles getan, was Sie konnten, um sich selbst zu hängen, wenn dieser Schauspieler freigesprochen werden sollte. Man wird mich sicherlich als Zeugen vorladen; und dann muß ich sagen, daß Sie beide, nachdem der Schrei gehört worden war, in aufgelöstem Zustand in das Zimmer stürzten und sich um einen Dolch zu streiten begannen. So weit ich unter Eid aussagen kann, könnte jeder von Ihnen beiden es getan haben. Damit haben Sie sich geschadet; und dann mußte sich Hauptmann Cutler auch noch mit dem Dolch schaden.«

»Mir schaden!« rief der Hauptmann verächtlich aus. »Ein dummer kleiner Kratzer.«

»Der Blut fließen ließ«, erwiderte der Priester nickend. »Wir wissen, daß jetzt Blut auf der Bronze ist. Und deshalb werden wir nie erfahren, ob bereits vorher Blut da war.«

Schweigen herrschte; und dann sagte Seymour mit einem Nachdruck, der seiner üblichen Redeweise ganz fremd war: »Aber ich habe doch einen Mann in der Passage gesehen.«

»Ich weiß, daß Sie einen Mann sahen«, sagte der Kleriker Brown mit hölzernem Gesicht, »und Hauptmann Cutler sah auch einen Mann. Das macht es so unwahrscheinlich.«

Bevor einer von ihnen sich darüber genügend klar werden konnte, um auch nur zu antworten, hatte Father Brown sich höflich entschuldigt und stapfte mit seinem zerfledderten alten Regenschirm die Straße hinauf.

Wie moderne Zeitungen geleitet werden, sind die ehrlichsten und wichtigsten Nachrichten die Polizeinachrichten. Wenn es zutrifft, daß im 20. Jahrhundert dem Mord mehr Platz eingeräumt wird als der Politik, so aus dem ausgezeichneten Grund, daß Mord ein ernsthafteres Thema ist. Aber selbst das könnte kaum die ungeheure Allgegenwart des »Falles Bruno« oder des »Geheimnisses der Passage« und die weite Verbreitung der Einzelheiten in der Londoner wie in der Provinzpresse erklären. So groß war die Aufregung, daß die Presse für einige Wochen tatsächlich die Wahrheit berichtete; und so sind denn die unendlichen, ja selbst unerträglichen Berichte über die Verhöre und die Kreuzverhöre wenigstens zuverlässig. Der wahre Grund lag natürlich im Zusammentreffen der Persönlichkeiten. Das Opfer war eine beliebte Schauspielerin; der Angeklagte war ein beliebter Schauspieler; und der Angeklagte war sozusagen mit blutigen Händen vom populärsten Soldaten der patriotischen Saison gefaßt worden. Diese außergewöhnlichen Umstände zwangen die Presse zur Aufrichtigkeit und Genauigkeit; und so kann denn der Rest dieser ziemlich einzigartigen Geschichte aus den Reportagen über Brunos Verfahren berichtet werden.

Dem Verfahren saß Richter Monkhouse vor, einer jener, die als witzige Richter verhöhnt werden, die aber im allgemeinen viel ernsthafter sind als die ernsthaften Richter, denn ihre Leichtfertigkeit entspringt ihrer lebendigen Ungeduld professioneller Feierlichkeit gegenüber; während der ernsthafte Richter in Wahrheit voller Frivolität steckt, weil er voller Eitelkeit steckt. Da alle hauptbeteiligten Personen von irdischer Bedeutung waren, hatte man die Anwälte sorgsam ausbalanciert; Staatsanwalt war Sir Walter Cowdray, ein schwerer, aber gewichtiger Advokat jener Art, die weiß, wie man englisch und vertrauenswürdig erscheint und wie man sich rhetorisch zurückhaltend hervortut. Den Gefangenen verteidigte der Anwalt Patrick Butler, den jene für einen bloßen »Flaneur« hielten, die den Charakter der Iren mißverstehen – und jene, die von ihm noch nicht verhört worden sind. Die medizinischen Untersuchungsberichte ergaben keine Widersprüche, da der Arzt, den Seymour sofort beigezogen hatte, mit dem bedeutenden Chirurgen übereinstimmte, der die Leiche später untersucht hatte. Aurora Rome war mit einem scharfen Instrument wie Messer oder Dolch erstochen worden; einem Instrument zumindest, dessen Klinge kurz war. Die Wunde befand sich unmittelbar über dem Herzen, und sie war sofort gestorben. Als der Arzt sie zuerst sah, konnte sie kaum mehr als 20 Minuten tot sein. Deshalb konnte sie, als Father Brown sie fand, kaum mehr als 3 Minuten tot sein.

Einige amtliche Polizeiberichte folgten, die sich vor allem mit der Anwesenheit oder Abwesenheit jeglichen Beweises für einen Kampf befaßten; der einzige Hinweis auf so etwas war, daß das Kleid an der Schulter zerrissen war, und das wiederum paßte nicht eben gut zu Richtung und Endgültigkeit des Hiebes. Nachdem diese Einzelheiten vorgetragen, wenn auch nicht erklärt waren, wurde der erste der wichtigen Zeugen aufgerufen.

Sir Wilson Seymour machte seine Aussage, wie er alles tat, was er überhaupt tat – nicht nur gut, sondern vollendet. Obwohl selbst weitaus mehr ein Mann der Öffentlichkeit als der Richter, vermittelte er doch gerade jenen feinen Hauch von Selbstrücknahme vor des Königs Gerichtshof; und obwohl jedermann ihn ebenso beobachtete, wie man den Premierminister oder den Erzbischof von Canterbury beobachtet hätte, hätte doch niemand etwas anderes über sein Auftreten sagen können, als daß es das eines privaten Gentleman war, wobei die Betonung auf dem Hauptwort liegt. Zudem war er erfrischend klar, wie er es auch bei Ausschußsitzungen war. Er hatte Miss Rome im Theater besucht; er hatte dort Hauptmann Cutler getroffen; es hatte sich ihnen für kurze Zeit der Angeklagte angeschlossen, der dann in seine eigenen Gemächer zurückgekehrt war; danach hatte sich ihnen ein römisch-katholischer Priester angeschlossen, der nach der verstorbenen Dame fragte und sagte, sein Name sei Brown. Miss Rome sei dann aus dem Theater bis zum Eingang der Passage gegangen, um Hauptmann Cutler ein Blumengeschäft zu zeigen, wo er ihr noch mehr Blumen kaufen sollte; und der Zeuge sei da im Raum verblieben und habe einige Worte mit dem Priester gewechselt. Er habe dann ganz deutlich die Verstorbene, nachdem sie den Hauptmann auf seinen Botengang entsandt habe, sich lachend umkehren und die Passage hinab zum anderen Ende laufen gehört, wo sich die Garderobe des Gefangenen befand. In müßiger Neugier betreffend die schnellen Bewegungen seiner Freunde sei er selbst zum Anfang der Passage hinausgeschlendert und habe sie hinab zur Tür des Gefangenen hin überblickt. Ob er in der Passage etwas gesehen habe? Ja; er habe in der Passage etwas gesehen.

Sir Walter Cowdray ließ eine eindrucksvolle Pause entstehen, während der der Zeuge zu Boden blickte und trotz seiner üblichen Gelassenheit bleicher als üblich erschien. Dann fragte der Staatsanwalt mit leiserer Stimme, die zugleich anteilnehmend und schleichend klang: »Haben Sie es deutlich gesehen?«

Sir Wilson Seymour hatte, wie erregt auch immer, sein ausgezeichnetes Hirn in der vollsten Arbeitsordnung. »Sehr deutlich, was die Umrisse angeht, aber nur sehr undeutlich, oder besser überhaupt nicht, was die Einzelheiten innerhalb des Umrisses angeht. Die Passage ist so lang, daß jemand in ihrer Mitte vor der Helligkeit am anderen Ende einfach schwarz erscheint.« Der Zeuge senkte seine steten Augen ein weiteres Mal und fügte hinzu: »Ich hatte diese Tatsache bereits zuvor bemerkt, als Hauptmann Cutler sie zuerst betrat.« Wiederum entstand ein Schweigen, und der Richter lehnte sich vor und machte sich eine Notiz.

»Na schön«, sagte Sir Walter geduldig, »und wie sah der Umriß aus? Ähnelte er zum Beispiel der Gestalt der ermordeten Frau?«

»Nicht im entferntesten«, antwortete Seymour ruhig.

»Wie erschien er Ihnen denn?«

»Er erschien mir«, erwiderte der Zeuge, »wie ein großer Mann.«

Jedermann im Gericht hielt seine Augen auf seine Feder gerichtet, oder seine Regenschirmkrücke, oder sein Buch, oder seine Stiefel, oder worauf er auch immer zufällig blickte. Alle schienen ihre Blicke mit Gewalt von dem Gefangenen fortzuhalten; aber sie empfanden seine Anwesenheit auf der Anklagebank, und sie empfanden sie als gigantisch. Wie groß Bruno auch immer dem Auge erscheinen mochte, als aller Augen von ihm abgewandt waren, schien er immer größer und größer zu werden.

Cowdray nahm mit seinem feierlichen Gesicht seinen Platz wieder ein und strich sich glättend über die schwarze Seidenrobe und den weißen Seidenbackenbart. Sir Wilson verließ nach einigen letzten Einzelheiten, für die es viele andere Zeugen gab, den Zeugenstand, als der Anwalt der Verteidigung aufsprang und ihn anhielt.

»Ich werde Sie nur für einen Augenblick aufhalten«, sagte Mr. Butler, eine bäuerisch aussehende Person mit roten Augenbrauen und dem Ausdruck einer gewissen Schläfrigkeit. »Wollen Sie bitte dem Hohen Gericht sagen, woher Sie wußten, daß es ein Mann war?«

Ein schwaches feines Lächeln schien über Seymours Züge zu gleiten. »Ich fürchte, es handelt sich um etwas so Vulgäres wie Hosenbeine«, sagte er. »Als ich zwischen den langen Beinen das Tageslicht sah, war ich schließlich sicher, daß es sich um einen Mann handelte.«

Butlers schläfrige Augen öffneten sich so plötzlich wie durch eine lautlose Explosion. »Schließlich!« wiederholte er langsam. »Also dachten Sie zuerst, es handele sich um eine Frau?«

Seymour sah zum ersten Mal beunruhigt aus. »Es handelt sich zwar nicht um eine Tatsache«, sagte er, »aber wenn das Hohe Gericht wünscht, daß ich meinem Eindruck Ausdruck gebe, will ich das natürlich tun. Da war etwas an dem Ding, das nicht so recht zu einer Frau paßte, und doch auch wieder nicht ganz zu einem Mann; irgendwie waren die Kurven anders. Und es hatte etwas, das wie lange Haare aussah.«

»Ich danke Ihnen«, sagte der Anwalt Butler und setzte sich so plötzlich nieder, als habe er bekommen, was er wünschte.

Hauptmann Cutler war ein bei weitem weniger glaubwürdiger und gefaßter Zeuge als Sir Wilson, aber sein Bericht über die Anfangsereignisse war im wesentlichen gleich. Er beschrieb die Rückkehr Brunos in seine Garderobe, seine eigene Entsendung zum Einkauf eines Maiglöckchenstraußes, seine Rückkehr zum oberen Ende der Passage, wie er das Ding in der Passage sah, seinen Verdacht gegen Seymour und seinen Kampf mit Bruno. Aber er konnte nur geringen künstlerischen Beistand hinsichtlich der schwarzen Gestalt geben, die er und Seymour gesehen hatten. Gefragt nach dem Umriß sagte er, daß er kein Kunstkritiker sei – mit einem etwas zu offensichtlichen Hohngrinsen zu Seymour hin. Gefragt nach Mann oder Frau, sagte er, es habe mehr nach einem Tier ausgesehen – mit einem zu offensichtlichen Knurren zum Gefangenen hin. Doch war der Mann von Kummer und aufrichtigem Zorn offensichtlich erschüttert, und Cowdray entband ihn rasch von der Aufgabe, Tatsachen zu bestätigen, die schon ausreichend klar waren.

Und auch der Anwalt der Verteidigung war in seinem Kreuzverhör wiederum kurz; obwohl er (wie das seine Gewohnheit war) selbst beim Kurzsein sich lange Zeit nahm. »Sie verwendeten einen ziemlich bemerkenswerten Ausdruck«, sagte er und sah Cutler schläfrig an. »Was meinten Sie, als Sie sagten, es habe mehr nach einem Tier ausgesehen, als nach einem Mann oder einer Frau?«

Cutler schien wirklich aufgeregt. »Vielleicht hätt' ich das nicht sagen sollen«, sagte er; »aber das Vieh hatte mächtige bucklige Schultern wie ein Schimpanse, und Borsten ragten ihm aus dem Kopf wie einem Schwein –«

Mr. Butler schnitt ihm seine sonderbare Ungeduld in der Mitte ab. »Egal, ob das Haar wie Schweinsborsten war«, sagte er, »war es das einer Frau?«

»Einer Frau!« schrie der Soldat. »Großer Gott, nein!«

»Der letzte Zeuge sagte, ja«, kommentierte der Anwalt mit skrupelloser Raschheit. »Und hatte die Gestalt irgendwelche jener geschwungenen und irgendwie weiblichen Kurven, auf die so beredt angespielt wurde? Nein? Keine weiblichen Kurven? Die Gestalt war also, wenn ich Sie richtig verstehe, eher schwerfällig und eckig als anders?«

»Er kann sich ja vornübergebeugt haben«, sagte Cutler mit heiserer und ziemlich schwacher Stimme.

»Oder auch nicht«, sagte Mr. Butler und setzte sich zum zweiten Mal plötzlich nieder.

Der dritte Zeuge, den Sir Walter Cowdray aufrief, war der kleine katholische Kirchenmann, im Vergleich zu den anderen so klein, daß sein Kopf kaum über den Zeugenstand ragte, so daß es aussah, als werde ein Kind kreuzverhört. Unglücklicherweise hatte sich in Sir Walters Kopf der Gedanke festgesetzt (vor allem wegen einiger Verzwicktheiten in der

Religion seiner Familie), daß Father Brown auf der Seite des Gefangenen stehe, weil der Gefangene böswillig und ausländisch und sogar teilweise schwarz war. Deshalb fuhr er Father Brown jedesmal scharf an, wenn jener stolze Kirchenfürst es wagte, irgend etwas erklären zu wollen; und befahl ihm, mit Ja oder Nein zu antworten und die einfachen Tatsachen ohne alle Jesuiterei zu erzählen. Als Father Brown in seiner Einfalt darüber zu berichten begann, wer seiner Meinung nach der Mann in der Passage gewesen sei, erklärte ihm der Staatsanwalt, er wünsche seine Theorien nicht.

»Eine schwarze Form wurde in der Passage gesehen. Und Sie sagen, Sie haben die schwarze Form gesehen. Also gut, welche Form war das?«

Father Brown zwinkerte, als sei er getadelt worden; aber er kannte seit langem die wörtliche Natur des Gehorsams. »Die Form«, sagte er, »war kurz und dick, aber hatte zwei scharfe schwarze Auswüchse, die sich an jeder Seite des Kopfes oder oben hochwölbten, ähnlich wie Hörner, und –«

»Oha! Der Teufel mit Hörnern, zweifellos«, stieß Cowdray hervor und setzte sich in triumphierender Heiterkeit nieder. »Es war der Teufel, der gekommen ist, um Protestanten zu fressen.«

»Nein«, sagte der Priester leidenschaftslos; »ich weiß, wer es war.«

Die im Gerichtssaal Anwesenden waren in ein irrationales aber höchst reales Gefühl irgendeiner Ungeheuerlichkeit geraten. Sie hatten die Gestalt auf der Anklagebank vergessen und dachten nur an die Gestalt in der Passage. Und die Gestalt in der Passage, die von drei fähigen und ehrenwerten Männern beschrieben wurde, welche sie alle gesehen hatten, wurde zu einem sich wandelnden Albtraum: einer nannte sie eine Frau, und der andere ein Tier, und der nächste einen Teufel ...

Der Richter sah Father Brown mit stetigen und durchdringenden Augen an. »Sie sind ein außergewöhnlicher Zeuge«, sagte er; »aber irgend etwas an Ihnen überzeugt mich davon, daß Sie sich bemühen, die Wahrheit zu sagen. Alsdann, wer war der Mann, den Sie in der Passage gesehen haben?«

»Er war ich«, sagte Father Brown.

Anwalt Butler sprang in der außerordentlichen Stille auf und sagte sehr ruhig: »Erlaubt mir das Hohe Gericht Kreuzverhör?« Und dann, ohne Pause, schoß er gegen Brown die offenkundig zusammenhanglose Frage ab: »Sie haben von diesem Dolch gehört; Sie wissen, daß die Fachleute behaupten, das Verbrechen sei mit einer kurzen Klinge begangen worden?«

»Eine kurze Klinge«, stimmte Brown zu und nickte feierlich wie eine Eule, »aber ein sehr langer Schaft.«

Noch ehe die Zuhörer sich ganz von der Vorstellung befreien konnten, der Priester habe sich wirklich selbst gesehen, wie er den Mord mit einem kurzen Dolch an einem langen Schaft (was die Sache irgendwie noch schauerlicher machte) beging, beeilte er sich mit einer Erklärung.

»Ich meine, Dolche sind nicht die einzigen Dinge mit kurzen Klingen. Speere haben auch kurze Klingen. Und auch Speere treffen mit der Stahlspitze wie Dolche, wenn es sich um jene Art von nachgemachten Speeren handelt, wie man sie im Theater hat; wie der Speer, mit dem der arme alte Parkinson seine Frau tötete, die gerade nach mir geschickt hatte, um die familiären Schwierigkeiten zu regeln – und ich kam um einen Augenblick zu spät, Gott verzeihe mir! Aber er starb in Reue – er starb geradezu aus Reue. Er konnte nicht ertragen, was er getan hatte.«

Der allgemeine Eindruck im Gerichtssaal war, daß der kleine Priester, der da vor sich hin brabbelte, im Zeugenstand buchstäblich verrückt geworden sei. Aber der Richter sah ihn nach wie vor mit hellen und stetigen Augen voller Interesse an; und der Anwalt der Verteidigung fuhr ungerührt mit seinen Fragen fort.

»Wenn Parkinson es mit jenem Theaterspeer getan hat«, sagte Butler, »dann muß er ihn aus etwa 4 Metern Entfernung geschleudert haben. Wie erklären Sie sich dann die Anzeichen eines Kampfes, zum Beispiel das von der Schulter gezerrte Kleid?« Er hatte begonnen, seinen einfachen Zeugen wie einen Fachmann zu behandeln; aber im Augenblick bemerkte das niemand.

»Das Kleid der armen Dame war zerrissen«, sagte der Zeuge, »weil es sich in einem Rahmen verfangen hatte, der gerade hinter ihr herausglitt. Sie bemühte sich freizukommen, und während sie das tat, kam Parkinson aus dem Zimmer des Angeklagten und schleuderte den Speer.«

»Ein Rahmen?« fragte der Staatsanwalt mit neugieriger Stimme.

»Es war ein Spiegel auf der anderen Seite«, erklärte Father Brown. »Als ich in der Garderobe war, bemerkte ich, daß einige von ihnen wahrscheinlich in die Passage hinausgeschoben werden konnten.«

Danach herrschte ein weiteres ausgedehntes und unnatürliches Schweigen, und dieses Mal war es der Richter, der sprach. »Sie meinen also wirklich, daß als Sie die Passage hinabblickten, der Mann, den Sie sahen, Sie selbst waren – in einem Spiegel?«

»Ja, Euer Ehren; das habe ich versucht zu sagen«, sagte Brown, »aber dann fragte man mich nach der Form; und unsere Hüte haben Ecken wie Hörner, und so habe ich –«

Der Richter lehnte sich nach vorne, seine alten Augen glänzten noch heller, und er sagte mit besonderer Betonung: »Wollen Sie wirklich behaupten, daß als Sir Wilson Seymour jenes wilde Was-auch-immer mit Kurven und Frauenhaar und Männerhosen sah, er in Wirklichkeit Sir Wilson Seymour sah?«

»Ja, Euer Ehren«, sagte Father Brown.

»Und Sie wollen behaupten, daß als Hauptmann Cutler jenen Schimpansen mit buckligen Schultern und Schweineborsten sah, er sich einfach selbst sah?«

»Ja, Euer Ehren.«

Der Richter lehnte sich in seinen Sitz mit einem solchen Behagen zurück, daß man darin Zynismus und Bewunderung kaum auseinanderhalten konnte. »Und können Sie uns auch sagen«, fragte er, »warum Sie Ihre eigene Gestalt im Spiegel erkannten, wo das zwei so bedeutende Persönlichkeiten nicht konnten?«

Father Brown blinzelte noch schmerzlicher als zuvor; dann stammelte er: »Wirklich, Euer Ehren, ich weiß nicht ... vielleicht, weil ich nicht so oft hineinschaue.«

Der Fehler der Maschine

Flambeau und sein Freund der Priester saßen bei Sonnenuntergang in den Temple Gardens; und ihre Nachbarschaft oder ein anderer ähnlicher zufälliger Einfluß hatte ihr Gespräch auf Fragen von Gerichtsverfahren gebracht. Vom Problem der Regeln beim Kreuzverhör war ihr Gespräch zur römischen und zur mittelalterlichen Folter geraten, auf das Amt des Untersuchungsrichters in Frankreich und auf das Verhör Dritten Grades in Amerika.

»Ich habe«, sagte Flambeau, »über diese neue psychometrische Methode gelesen, von der man jetzt so viel spricht, vor allem in Amerika. Sie wissen, was ich meine; man legt einem Mann einen Pulsmesser ums Handgelenk und beurteilt, wie sein Herzschlag auf die Aussprache bestimmter Wörter reagiert. Was halten Sie davon?«

»Ich finde das sehr interessant«, erwiderte Father Brown; »das erinnert mich an die interessante Idee des frühen dunklen Mittelalters, daß bei der Berührung durch den Mörder Blut aus der Leiche fließe.«

»Wollen Sie damit wirklich behaupten«, fragte sein Freund, »daß Sie beide Methoden für gleich wertvoll halten?«

»Ich halte sie für gleich wertlos«, erwiderte Brown. »Blut fließt schnell oder langsam in Toten oder Lebenden aus millionenmal mehr Gründen, als wir je wissen können. Blut müßte schon sehr komisch fließen; es müßte schon das Matterhorn hinauffließen, ehe ich das für ein Zeichen nähme, daß ich es zu vergießen hätte.«

»Die Methode«, bemerkte der andere, »wird aber von einigen der bedeutendsten Wissenschaftler Amerikas für gut befunden.«

»Wie sentimental Wissenschaftler doch sind!« rief Father Brown aus. »Und wieviel sentimentaler müssen da amerikanische Wissenschaftler sein! Wer außer einem Yankee käme wohl auf die Idee, irgend etwas mit Herzschlägen zu beweisen? Sie müssen so sentimental sein wie der Mann, der glaubt, eine Frau liebe ihn, weil sie errötet. Dieser Beweis stammt aus dem Blutkreislauf, den der unsterbliche Harvey entdeckt hat; davon abgesehen aber ein reichlich blödsinniger Beweis.«

»Aber sicherlich«, beharrte Flambeau, »könnte es doch ziemlich deutlich auf das eine oder andere hinweisen.«

»Ein Stock, der eindeutig auf etwas hinweist, hat einen großen Nachteil«, antwortete der andere. »Welchen? Nun, das andere Ende des Stokkes weist immer in genau die entgegengesetzte Richtung. Alles hängt davon ab, ob man den Stock am richtigen Ende gefaßt hat. Ich habe die Methode einmal vorgeführt bekommen und habe seither nie mehr an sie geglaubt.« Und dann fuhr er fort und erzählte die Geschichte seiner Enttäuschung.

Es hatte sich das rund zwanzig Jahre zuvor abgespielt, als er Kaplan für seine Glaubensbrüder in einem Gefängnis von Chicago war – wo die irische Bevölkerung ihre Fähigkeiten sowohl zum Verbrechen wie zur Reue dermaßen auslebte, daß er reichlich zu tun hatte. Der ranghöchste Beamte nach dem Direktor war ein ehemaliger Detektiv namens Greywood Usher, ein skelettdürrer Yankee-Philosoph der behutsamsten Sprache, der ab und zu seinen starren Gesichtsausdruck gegen eine seltsam um Entschuldigung bittende Grimasse auswechselte. Er mochte Father Brown auf eine leicht bevormundende Weise; und Father Brown mochte ihn, obwohl er seine Theorien von Herzen verabscheute. Seine Theorien waren ungewöhnlich kompliziert und wurden mit ungewöhnlicher Schlichtheit vertreten.

Eines abends hatte er nach dem Priester geschickt, der nach seiner Gewohnheit schweigend an einem mit Papieren überladenen und übersäten Schreibtisch Platz nahm und wartete. Der Beamte suchte aus den Papieren einen Zeitungsausschnitt heraus, den er dem Kleriker reichte, welcher ihn aufmerksam las. Es war ein Ausschnitt aus einem der buntesten Blätter der Regenbogenpresse, und er lautete wie folgt:

> »Der fröhlichste Witwer der Gesellschaft ist wieder auf seiner Festessen-mit-Überraschungen-Tour. Alle Mitglieder unserer feinsten Gesellschaft werden sich noch des Kinderwagenparadefestessens erinnern, während dem ›Letzter-Trick‹ Todd in seinem anheimelnden Palast am Pilgrim's Pond so viele unserer prominenten Debütantinnen noch jünger als ihre Jahre aussehen ließ. Ebenso elegant, aber noch gemischter und in gesellschaftlicher Hinsicht weitherziger war Letzter-Tricks Schau im Vorjahr, der populäre Kannibalenkauschmaus, bei dem das gereichte Konfekt höhnisch den Formen menschlicher Gliedmaßen nachgebildet war und während dem man mehr als einen unserer witzigsten Gei-

stesriesen sich anbieten hören konnte, die Partnerin zu verspeisen. Der Witz, der den diesjährigen Abend befeuern soll, ist noch in Mr. Todds reichlich verschlossenem Geist verborgen, oder in den Juwelenbusen der heitersten Herrscherinnen unserer Stadt verschlossen; doch munkelt man von einer poppigen Parodie auf die einfachen Sitten und Gebräuche am anderen Ende der gesellschaftlichen Skala. Dies wäre um so effektvoller, als der gastfreie Todd zur Zeit in Lord Falconroy, dem berühmten Weltreisenden, einen reinblütigen Aristokraten frisch aus Englands Eichenhainen beherbergt. Lord Falconroys Reisen begannen, bevor noch sein uralter Feudaltitel wieder auferstand; in seiner Jugend hielt er sich in der Republik auf, und in Gesellschaftskreisen munkelt man über einen heimlichen Hintergrund seiner Rückkehr. Miss Etta Todd ist eine unserer lieblichsten New Yorkerinnen und wird einmal fast 1200 Millionen Dollar erben.«

»Nun«, fragte Usher, »interessiert Sie das?«

»Mir fehlen die Worte«, antwortete Father Brown. »Ich kann im Augenblick an nichts auf der Welt denken, was mich noch weniger interessierte. Und falls der gerechte Zorn der Republik nicht endlich dazu übergeht, Journalisten, die so was schreiben, auf dem elektrischen Stuhl zu braten, sehe ich auch nicht recht, warum Sie das interessieren sollte.«

»Soso!« sagte Mr. Usher trocken und reichte ihm einen anderen Zeitungsausschnitt. »Na schön, interessiert Sie *das* vielleicht?«

Der Abschnitt war betitelt »Brutaler Mord an Aufseher. Häftling Entflohen«, und lautete:

»Kurz vor Tagesanbruch wurde heute in der Strafanstalt von Sequah in diesem Staat ein Hilfeschrei gehört. Beamte, die zum Ort des Schreis eilten, fanden den Leichnam des Aufsehers, der auf der Nordmauer des Gefängnisses Wache ging, dem steilsten und schwierigsten Fluchtweg, für dessen Bewachung immer ein Mann für ausreichend befunden wurde. Der unglückliche Beamte war von der hohen Mauer herabgeschleudert worden, wobei sein Gehirn zerspellt war, wie mit einer Keule zerschmettert; sein Gewehr fehlte. Weitere Nachforschungen ergaben, daß eine der Zellen leer war; sie war bisher mit einem ziemlich düsteren Raufbold belegt, der sich Oscar Rian nannte. Er saß zwar nur kurzfristig wegen eines verhältnismäßig harmlosen Überfalls ein; doch vermittelte er jedermann den Eindruck, als habe er eine schwarze

Vergangenheit und eine gefährliche Zukunft. Als schließlich das Tageslicht die Szene des Mordes voll erhellte, stellte man fest, daß er an die Wand über der Leiche einen unvollständigen Satz geschrieben hatte, offenbar mit einem in Blut getauchten Finger: ›Das war Notwehr, denn er hatte das Gewehr. Ich wollte weder ihm noch sonst wem was tun, bis auf einen. Ich hebe die Kugel für Pilgrim's Pond auf– O.R.‹ Ein Mann muß über die teuflischsten Tücken oder die rücksichtsloseste und erstaunlichste körperliche Kühnheit verfügen, um eine solche Mauer gegen einen bewaffneten Posten zu erstürmen.«

»Na ja, der Stil ist schon besser«, gab der Priester fröhlich zu, »aber ich sehe immer noch nicht, was ich für Sie tun kann. Ich würde schon eine erbärmliche Figur machen, wenn ich auf meinen kurzen Beinen einem solchen athletischen Verbrecher durch den ganzen Staat nachjagen würde. Ich bezweifle, daß irgend jemand ihn finden kann. Die Strafanstalt von Sequah ist 30 Meilen entfernt; die Landschaft unterwegs ist wild und unzugänglich genug, und die Landschaft dahinter, in die zu fliehen er sicherlich Verstand genug hat, ist das perfekte Niemandsland und verläuft sich in die Prärien. Er kann in jedem Loch und auf jedem Baum hocken.«

»Er hockt in keinem Loch«, sagte der Direktor; »er hockt auf keinem Baum.«

»Wieso, woher wissen Sie das?« fragte Father Brown blinzelnd.

»Würden Sie ihn sprechen wollen?« fragte Usher.

Father Brown riß seine unschuldigen Augen weit auf. »Ist er hier?« rief er. »Wie haben Ihre Leute ihn denn gefaßt?«

»Ich selbst habe ihn gefaßt«, sagte der Amerikaner gedehnt, stand auf und vertrat sich faul die schlaksigen Beine vor dem Feuer. »Ich habe ihn gefaßt mit der Krücke eines Spazierstocks. Sehen Sie mich nicht so erstaunt an. Ich habe das wirklich getan. Wissen Sie, ich unternehme manchmal Spaziergänge auf den Feldwegen außerhalb dieses unglückseligen Ortes; na gut, heute am frühen Abend wanderte ich einen steilen Weg zwischen dunklen Hecken und grauschimmernden gepflügten Feldern hinauf; und der junge Mond übergoß den Weg mit Silber. In seinem Licht sah ich einen Mann über das Feld auf die Straße zu rennen; rennen mit gebeugtem Körper und mit dem Tempo eines guten Mittelstreckenläufers. Er schien sehr erschöpft; aber als er an die dichte schwarze Hecke kam, ging er durch sie durch, als wäre sie aus Spinnweben; oder besser (denn ich hörte die starken Zweige brechen und klacken wie Bajonette), als wäre er aus Stein. In dem Augenblick aber, in dem er im Mondenlicht auftauchte und den Weg querte, habe ich mit meinem Stockgriff seine Beine gefaßt, ihn zum Stolpern gebracht und ihn zu Boden geworfen. Dann habe ich meine Trillerpfeife lang und laut geblasen, und meine Männer rannten herbei und nahmen ihn fest.«

»Es wäre äußerst peinlich gewesen«, bemerkte Brown, »wenn Sie dann festgestellt hätten, daß er ein bekannter Sportler war, der für ein Mittelstreckenrennen trainiert hat.«

»Das war er nicht«, sagte Usher grimmig. »Wir fanden bald heraus, wer er war; aber ich hatte das schon beim ersten Blick auf ihn im Mondenlicht geahnt.«

»Sie nahmen an, es sei der ausgebrochene Sträfling«, stellte der Priester einfach fest, »weil Sie am Morgen in dem Zeitungsausschnitt gelesen hatten, daß ein Sträfling ausgebrochen war.«

»Ich hatte sehr viel bessere Gründe«, erwiderte der Direktor kühl. »Den ersten will ich übergehen, da er zu simpel ist, um besonders betont zu werden – daß nämlich wirkliche Sportler nicht über gepflügte Felder rennen und sich nicht die Augen in Dornenhecken auskratzen. Außerdem rennen sie nicht gebeugt wie ein geprügelter Hund. Für ein einigermaßen geübtes Auge gab es entscheidendere Einzelheiten. Der Mann war in grobe und zerlumpte Sachen gekleidet, aber sie waren noch etwas mehr als nur grob und zerlumpt. Sie paßten ihm so schlecht, daß es schon fast grotesk wirkte; selbst als er vor dem aufgehenden Mond als Umriß auftauchte, ließ ihn der Jackenkragen, in dem er seinen Kopf verbarg, wie einen Buckligen aussehen, und die losen Ärmel waren so lang, daß es aussah, als habe er keine Hände. Mir wurde auf Anhieb klar, daß es ihm irgendwie gelungen war, seine Anstaltskleidung mit Kleidern eines Komplizen zu tauschen, die ihm nicht paßten. Zum zweiten wehte ein ziemlich kräftiger Wind, gegen den er anrannte, so daß ich sein wehendes Haar hätte sehen müssen, wäre es nicht kurz geschnitten gewesen. Dann erinnerte ich mich daran, daß jenseits der gepflügten Felder, über die er rannte, Pilgrim's Pond liegt, für wo (Sie erinnern sich) der Sträfling seine Kugel aufgehoben hat; und also ließ ich meinen Spazierstock handeln.«

»Ein brillantes Beispiel rascher Deduktion«, sagte Father Brown; »aber hatte er ein Gewehr bei sich?«

Als Usher in seiner Wanderung abrupt innehielt, fügte der Priester entschuldigend hinzu: »Ich habe gehört, daß eine Kugel ohne Gewehr nicht einmal halb so nützlich ist.«

»Er hatte kein Gewehr«, sagte der andere ernst; »aber das war sicherlich die Folge irgendeines sehr natürlichen Mißgeschicks oder einer Änderung seiner Pläne. Vermutlich hat ihn der gleiche Gedanke, der ihn zum Kleiderwechsel brachte, auch veranlaßt, das Gewehr wegzuwerfen; er begann die Nachricht zu bedauern, die er im Blute seines Opfers zurückgelassen hatte.«

»Das klingt wahrscheinlich genug«, antwortete der Priester.

»Und es lohnt sich auch nicht, weiter zu spekulieren«, sagte Usher und wandte sich anderen Papieren zu, »denn inzwischen wissen wir, daß es unser Mann ist.«

Sein kirchlicher Freund fragte leise: »Aber woher?« Und Greywood Usher warf die Zeitungen hin und nahm die beiden Presseausschnitte erneut zur Hand.

»Na schön, da Sie so hartnäckig sind«, sagte er, »wollen wir noch mal am Anfang anfangen. Sie werden bemerkt haben, daß diese beiden Ausschnitte nur eines gemeinsam haben, nämlich die Erwähnung von Pilgrim's Pond, dem Besitz, wie Sie wissen, des Millionärs Ireton Todd. Sie wissen auch, daß er ein bemerkenswerter Charakter ist; einer von denen, die als Stufen –«

»Unsere Leichen auf dem Weg nach oben benutzen«, stimmte sein Gefährte bei. »Ja, das weiß ich. Erdöl, nehme ich an.«

»Wie dem auch sei«, sagte Usher, »Letzter-Trick Todd spielt eine große Rolle in dieser eigenartigen Angelegenheit.«

Er streckte sich erneut vor dem Feuer und fuhr fort, in seiner weiträumigen, ausführlich erklärenden Weise zu erzählen.

»Ich will damit anfangen, daß wir es oberflächlich betrachtet überhaupt nicht mit einem Rätsel zu tun haben. Es ist weder rätselhaft noch auch nur sonderbar, daß ein Knastbruder mit seinem Gewehr nach Pilgrim's Pond zieht. Unsere Leute hier sind nicht so wie die Engländer, die einem Mann seinen Reichtum verzeihen, solange er sein Geld an Pflegeheime oder für Pferdewetten wegwirft. Letzter-Trick Todd ist durch seine eigenen beachtlichen Fähigkeiten groß geworden; und es gibt keinen Zweifel, daß viele von jenen, denen er seine Fähigkeiten gezeigt hat, ihm liebend gerne die ihren mit einem Schießgewehr zeigen würden. Todd könnte leicht von irgendeinem umgelegt werden, dessen Namen er noch nie gehört hat; irgendein Arbeiter, den er rausgeschmissen hat, oder ein Büromensch in einem Unternehmen, das er ruiniert hat. Letzter-Trick Todd ist ein Mann mit beachtlichem Köpfchen und eine bedeutende öffentliche Figur; aber in diesem Land sind die Beziehungen zwischen Arbeitgeber und Arbeitnehmer reichlich gespannt.

So sieht die ganze Sache aus, wenn man voraussetzt, daß dieser Rian auf dem Weg nach Pilgrim's Pond war, um Todd zu töten. So sah es für mich aus, bis eine andere kleine Entdeckung den Detektiv in mir aufweckte. Nachdem ich meinen Gefangenen sicher hatte, schnappte ich mir wieder meinen Spazierstock und wanderte die zwei oder drei Kehren der Landstraße hinab, die mich zu einem der Seiteneingänge von Todds Besitzung brachte, dem Tor am nächsten jenem Tümpel oder See, nach dem der Platz benannt ist. Das war vor rund zwei Stunden, also etwa gegen 7 Uhr; das Mondlicht war nun heller, und ich konnte seine langen weißen Bahnen auf dem Weiher und seinen grauen, glitschigen, sumpfigen Ufern liegen sehen, auf denen unsere Vorväter angeblich Hexen laufen ließen, bis sie versanken. Ich habe die Geschichte nicht mehr genau im Kopf; aber Sie kennen die Stelle, die ich meine; sie liegt nördlich von Todds Haus zur Wildnis hin, und da stehen zwei eigenartig verkrümmte Bäume von so scheußlichem Aussehen, daß sie eher an riesige Pilze als an anständiges Laubwerk erinnern. Als ich so dastand und auf diesen dunstigen Tümpel starrte, kam es mir vor, als sähe ich die vage Gestalt eines Mannes, der sich vom Haus aus auf ihn zu bewegte, aber es war alles zu undeutlich und zu weit weg, als daß man sich auch nur der Tatsache, geschweige denn der Einzelheiten sicher sein konnte. Außerdem wurde meine Aufmerksamkeit von etwas sehr viel Näherem gefesselt. Ich kauerte mich hinter dem Zaun nieder, der nicht mehr als zweihundert Meter vom einen Flügel des Herrenhauses weg verläuft und glücklicherweise an einigen Stellen zerbrochen ist, wie gemacht für den Einsatz vorsichtiger Augen. Eine Tür hatte sich in der dunklen Masse des linken Flügels geöffnet, und eine Gestalt erschien schwarz vor dem beleuchteten Inneren – eine vermummte Gestalt, die sich vorwärts beugte und offenbar in die Nacht starrte. Sie schloß die Türe hinter sich und ich sah, daß sie eine Laterne trug, die einen trüben Lichtfleck auf Kleidung und Gestalt ihres Trägers warf. Es schien die Gestalt einer Frau zu sein, die in einen zerlumpten Mantel gehüllt und offensichtlich verkleidet war, um keine Aufmerksamkeit zu erregen; es war da etwas sehr Sonderbares um die Lumpen und das Huschen dieser Person, die da geradewegs aus jenen goldverkleideten Räumen kam. Sie schlug vorsichtig den gewundenen Gartenweg ein, der sie auf ein halbes Hundert Meter an mich heranbrachte; dann stand sie für einen Augenblick auf jener Rasenbank aufrecht, die den schlammigen See überblickt, und sie hielt ihre flammende Laterne über den Kopf und schwang sie entschlossen dreimal hin und her, wie um ein Zeichen zu geben. Als sie sie zum zweiten Male schwang, fiel für einen Augenblick ein Lichtstrahl auf ihr Gesicht, ein Gesicht, das ich kenne. Sie war unnatürlich blaß, und ihr Kopf war in den geliehenen Plebejerschal eingehüllt, aber ich bin sicher, daß es Etta Todd war, die Tochter des Millionärs.

Sie ging auf ihren Spuren in der gleichen Heimlichkeit zurück, und wiederum schloß sich die Tür hinter ihr. Ich wollte schon über den Zaun klettern und ihr folgen, als mir klar wurde, wie würdelos das Jagdfieber des Detektivs war, das mich in dieses Abenteuer gelockt hatte; und daß ich in meiner amtlichen Eigenschaft bereits alle Karten in der Hand hielt. Ich wollte mich gerade abwenden, als ein neues Geräusch in die Nacht brach. Ein Fenster wurde in einem der oberen Stockwerke aufgerissen, aber just um die Ecke des Hauses, so daß ich es nicht sehen konnte; und ich hörte eine Stimme von schrecklicher Deutlichkeit über den dunklen Garten hin schreien, wo denn Lord Falconroy sei, er befinde sich in keinem Zimmer des Hauses. Die Stimme konnte man nicht mißverkennen. Ich habe sie bei mancher Wahlversammlung und bei mancher Aufsichtsratssitzung gehört; das war Ireton Todd selbst. Einige der anderen schienen an die tieferliegenden Fenster oder auf die Stufen getreten zu sein und riefen zu ihm hinauf, daß Falconroy vor gut einer Stunde hinab zum Pilgrim's Pond geschlendert sei und daß man ihn seither nicht mehr finden könne. Dann schrie Todd ›Verfluchter Mord!‹ und knallte das Fenster zu; und ich konnte hören, wie er drinnen die Treppen hinabstürmte. Da besann ich mich auf meine früheren und weiseren Ansichten und räumte mich aus dem Weg der allgemeinen Suche, die jetzt folgen mußte; und war hier nicht später als um 8 Uhr zurück.

Nun bitte ich Sie, sich an jenen kleinen Bericht aus der Gesellschaft zu erinnern, der Ihnen so entsetzlich uninteressant erschien. Wenn der Sträfling den Schuß nicht für Todd aufgehoben hatte, was er offensichtlich nicht tat, dann ist es am wahrscheinlichsten, daß er ihn für Falconroy aufgehoben hat; und es sieht so aus, als habe er ihn inzwischen abgeliefert. Es gibt keinen geeigneteren Platz, um einen Mann zu erschießen, als die geologisch eigenartigen Ufer jenes Teiches, wo ein hineingestürzter Leichnam durch dicke Schlammschichten in praktisch unbekannte Tiefen absackt. Wollen wir also annehmen, daß unser Freund mit dem kurzgeschorenen Haar gekommen ist, um Lord Falconroy und nicht Todd zu töten. Nun habe ich Sie schon darauf hingewiesen, daß es viele Gründe gibt, weshalb Menschen in Amerika Todd töten wollen. Aber es gibt keinen Grund, warum irgendwer in Amerika einen gerade erst angekommenen englischen Lord töten wollen sollte, mit Ausnahme jenes einen Grundes, der in der Regenbogenpresse genannt wird – weil der Lord der Tochter des Millionärs den Hof macht. Unser kurzgeschorener Freund muß also trotz seiner so schlecht sitzenden Kleidung ein hoffnungsvoller Liebhaber sein.

Ich weiß, daß diese Vorstellung Ihnen widersprüchlich und sogar komisch vorkommt; aber das liegt daran, daß Sie Engländer sind. Für Sie klingt das so, als erzählte jemand, daß die Tochter des Erzbischofs von Canterbury in der St.-George-Kathedrale am Hanover Square einen Straßenkehrer auf Urlaub heiraten werde. Damit verschaffen Sie aber der Aufstiegskraft und Sehnsucht nach Höherem unserer bemerkenswerteren Bürger keine Gerechtigkeit. Sie sehen einen gutaussehenden grauhaarigen Mann im Abendanzug mit einer gewissen Ausstrahlung, Sie wissen, daß er eine Säule des Staates ist, und Sie bilden sich ein, daß er einen Vater gehabt habe. Sie irren sich. Sie machen sich nicht klar, daß er noch vor relativ wenigen Jahren ein Landarbeiter oder (wahrscheinlicher) ein Gefängnisinsasse gewesen sein mag. Sie räumen da unserer nationalen Schwungkraft und unserem Auftrieb keinen Platz ein. Manche unserer einflußreichsten Bürger sind nicht nur erst in jüngster Zeit aufgestiegen, sondern sie stiegen auch erst in relativ späten Jahren auf. Todds Tochter war schon 18 Jahre alt, als ihr Vater seinen ersten großen Schnitt machte; also ist es wirklich nicht unmöglich, daß sie noch einen Verehrer aus den niederen Schichten hat; oder daß sie sogar selbst an ihm hängt, was sie meiner Ansicht nach tut, wenn man nach der Geschichte mit der Laterne urteilt. Wenn das aber so ist, dann kann die Hand, die die Laterne hielt, durchaus verbunden sein mit der Hand, die das Gewehr hielt. Dieser Fall, Sir, wird noch einigen Staub aufwirbeln.«

»Aha«, sagte der Priester geduldig, »und was haben Sie dann getan?«

»Ich nehme an, das wird Sie schockieren«, erwiderte Greywood Usher, »da ich weiß, daß Sie dem Fortschritt der Wissenschaft auf diesem Gebiet nicht zustimmen. Ich habe hier eine ganze Menge Befugnisse und nehme mir vielleicht noch mehr, als mir gegeben sind; und da habe ich mir gedacht, es sei dies eine ausgezeichnete Möglichkeit, die Psychometrische Maschine zu erproben, von der ich Ihnen erzählt habe. Nun kann diese Maschine meiner Meinung nach nicht lügen.«

»Keine Maschine kann lügen«, sagte Father Brown; »noch kann sie die Wahrheit sagen.«

»In diesem Fall hat sie, wie ich Ihnen zeigen werde«, fuhr Usher überzeugt fort. »Ich setzte den Mann mit den schlecht sitzenden Kleidern in einen bequemen Stuhl und schrieb einfach Wörter an die Tafel; und die Maschine schrieb einfach die Veränderungen seines Pulsschlags auf; und ich beobachtete einfach sein Verhalten. Der Trick besteht darin, irgendein mit dem vermuteten Verbrechen in Zusammenhang stehendes Wort in eine Liste von Wörtern zu bringen, die mit ganz anderen Dingen in Zusammenhang stehen, in der es aber ganz natürlich erscheint. Also schrieb ich ›Reiher‹ und dann ›Adler‹ und dann ›Eule‹, aber als ich ›Falke‹ schrieb, wurde er aufs höchste erregt; und als ich begann, an den ›Falken‹ ein ›r‹ zu hängen, zersprang die Maschine fast. Wer sonst aber hat in dieser unserer Republik irgendeinen Grund, beim Namen eines gerade erst angekommenen Engländers wie Falconroy dermaßen zusammenzufahren außer dem Mann, der ihn erschossen hat? Ist das nicht ein besserer Beweis als das Geschwätz eines Haufens von Zeugen – der Beweis einer zuverlässigen Maschine?«

»Sie vergessen immer wieder«, bemerkte sein Gefährte, »daß die zuverlässige Maschine stets von einer unzuverlässigen Maschine bedient werden muß.«

»Wieso, was meinen Sie damit?« fragte der Detektiv.

»Ich meine den Menschen«, sagte Father Brown, »die unzuverlässigste Maschine, von der ich weiß. Ich will nicht unhöflich sein; und ich glaube nicht, daß Sie ›Mensch‹ als eine beleidigende oder unzureichende Beschreibung Ihrer selbst ansehen. Sie sagten, daß Sie sein Verhalten beobachteten; aber woher wissen Sie, daß Sie richtig beobachtet haben? Sie sagten, die Wörter müßten einander in natürlicher Weise folgen; aber woher wissen Sie, daß Sie sie auf natürliche Weise einander folgen ließen? Woher wissen Sie, wenn wir schon dabei sind, daß nicht er Ihr Verhalten beobachtete? Wer könnte beweisen, daß nicht Sie aufs höchste erregt waren? An Ihren Puls war keine Maschine angeschlossen.«

»Ich sage Ihnen«, schrie der Amerikaner in höchster Erregung, »daß ich so kühl wie eine Gurke war.«

»Verbrecher können auch kühl wie Gurken sein«, sagte Brown lächelnd. »Und fast so kühl wie Sie.«

»Na schön, aber dieser war es nicht«, sagte Usher und warf seine Papiere durcheinander. »Ach was, Sie gehen mir auf die Nerven!«

»Tut mir leid«, sagte der andere. »Ich habe nur auf etwas hingewiesen, was mir eine vernünftige Möglichkeit zu sein scheint. Wenn Sie aus seinem Verhalten lesen können, wann das Wort kommt, das ihn hängen könnte, warum sollte er nicht aus Ihrem Verhalten lesen können, wann das Wort, das ihn hängen könnte, kommt? Ich würde nach mehr als nur nach Wörtern fragen, ehe ich jemanden aufhängte.«

Usher schlug auf den Tisch und erhob sich in einer Art zornigen Triumphs.

»Und das«, rief er, »ist genau das, was ich Ihnen geben werde. Ich habe nämlich die Maschine zunächst eingesetzt, um dann die Sache auf andere Weise zu überprüfen, und die Maschine, Sir, hat recht.«

Er hielt einen Augenblick inne und fuhr dann weniger aufgeregt fort. »Ich möchte diesbezüglich betonen, daß ich bis auf das wissenschaftliche Experiment bisher sehr wenig in Händen hatte. Im Grunde gab es tatsächlich nichts gegen den Mann. Seine Kleider sitzen schlecht, wie ich schon gesagt habe, aber sie sind immerhin doch von besserer Qualität als die der Unterklasse, der er offensichtlich angehört. Außerdem war der Mann unter all dem Schmutz vom Sturmlauf über gepflügte Felder und vom Durchbruch durch staubige Hecken verhältnismäßig sauber. Das konnte natürlich daher kommen, daß er gerade erst aus dem Gefängnis entsprungen war; mich aber erinnerte es mehr an die verzweifelte Sauberkeit der verhältnismäßig ehrbaren Armen. Auch sein Verhalten war, wie ich gestehen muß, durchaus dem ihren entsprechend. Er war so schweigsam und würdevoll, wie sie es sind; er scheint einen großen, aber tief verborgenen Kummer zu haben, wie sie. Er bekundet völlige Unkenntnis des Verbrechens und dieser ganzen Angelegenheit; und er zeigt lediglich eine finstere Ungeduld, mit der er auf irgend etwas Sinnvolles wartet, das ihn aus dieser sinnlosen Klemme befreien kann. Er hat mich mehr als einmal gefragt, ob er nicht einen Rechtsanwalt anrufen könne, der ihm vor längerer Zeit einmal in einer geschäftlichen Schwierigkeit geholfen hat, und benimmt sich in jeder Weise so, wie man das von einem Unschuldigen erwartet. Es gab nichts auf der Welt gegen ihn außer jenem kleinen Zeiger am Meßgerät, der auf den Wechsel seines Pulsschlags hinwies.

Und dann, Sir, wurde die Maschine auf die Probe gestellt; und die Maschine hatte recht. Als ich mit ihm aus dem Verhörraum in die Vorhalle kam, in der alle möglichen Leute auf ihr Verhör warteten, war er meiner Meinung nach mehr oder minder entschlossen, die Dinge durch so etwas wie ein Geständnis zu klären. Er drehte sich zu mir um und sagte mit leiser Stimme: ›Ich kann das nicht mehr länger ertragen. Wenn Sie schon alles über mich wissen müssen —‹

In diesem Augenblick sprang eines der armen Weiber, die da auf der langen Bank saßen, auf und schrie laut und wies mit dem Finger auf ihn. Ich habe in meinem ganzen Leben nie etwas so teuflisch Eindeutiges gehört. Ihr magerer Finger zielte auf ihn wie ein Blasrohr. Und obwohl das Wort eigentlich nur ein Heulen war, war doch jede einzelne Silbe so klar wie ein einzelner Glockenschlag.

›Drugger Davis!‹ schrie sie. ›Sie haben Drugger Davis geschnappt!‹

Unter den armseligen Weibern, meistens Diebinnen und Straßenmädchen, wandten sich ihm zwanzig Gesichter zu, die ihn voller Freude und Haß anstarrten. Und wenn ich die Worte auch nie zuvor gehört hätte, so wäre ich doch durch das tiefe Erschrecken auf seinem Gesicht sicher gewesen, daß dieser sogenannte Oscar Rian seinen wirklichen Namen gehört hatte. Aber es wird Sie überraschen zu hören, daß ich so unwissend nun auch wieder nicht bin. Drugger Davis war einer der fürchterlichsten und verkommensten Verbrecher, der je unsere Polizei zum Narren gehalten hat. Sicher ist, daß er lange vor dem letzten an dem Aufseher schon mehr Morde begangen hat. Aber er konnte niemals wirklich überführt werden, und zwar eigenartigerweise, weil er die Morde auf die gleiche Weise beging wie seine milderen – oder gemeineren – Verbrechen, derer er oft genug überführt wurde. Er war ein gutaussehender Schuft, der auch nach guter Erziehung aussah, wie in gewissem Maße heute noch; und meistens gab er sich mit Barmädchen oder Verkäuferinnen ab und erleichterte sie um ihr Geld. Oftmals ging er aber auch ein gutes Stück weiter; und dann fand man sie, betäubt mit Zigaretten oder Schokolade, und ihr gesamter Besitz war verschwunden. Dann geschah es, daß das Mädchen tot aufgefunden wurde; aber Absicht konnte nicht recht nachgewiesen werden, und, was noch praktischer war, der Verbrecher war nicht mehr aufzufinden. Ich hörte dann Gerüchte, daß er irgendwo in der entgegengesetzten Rolle aufgetreten sei, als Geldverleiher statt als Geldnehmer; immer noch aber an solche armen Witwen, die er persönlich mächtig beeindrucken konnte, doch mit dem gleichen üblen Ende für sie. Nun ja, das also ist Ihr unschuldiger Mann, und das ist sein unschuldiges Register. Inzwischen haben ihn vier Verbrecher und drei Aufseher identifiziert und die Geschichte bestätigt. Und was haben Sie jetzt über meine arme kleine Maschine zu sagen? Hat nicht die Maschine ihn dahin gebracht? Oder ziehen Sie vor zu sagen, daß jene Frau und ich ihn dahin gebracht haben?«

»Wohin Sie ihn gebracht haben«, erwiderte Father Brown, indem er aufstand und sich faul reckte. »Sie haben ihn vor dem elektrischen Stuhl in Sicherheit gebracht. Ich glaube nicht, daß man Drugger Davis auf Grund jener alten vagen Giftgeschichte töten kann; und was den Sträfling angeht, der den Aufseher getötet hat, so ist ja wohl offenkundig, daß Sie den nicht erwischt haben. An diesem Verbrechen ist Mr. Davis auf jeden Fall schuldlos.«

»Was soll das heißen?« fragte der andere. »Warum sollte er an diesem Verbrechen schuldlos sein?«

»Gott sei uns gnädig!« rief der kleine Mann in einem seiner seltenen Gefühlsausbrüche. »Eben weil er der anderen Verbrechen schuldig ist! Ich begreife nicht, woraus Ihr Leute gemacht seid. Ihr scheint zu glauben, daß alle Sünden in einem einzigen Sack stecken. Ihr redet, als ob der Geizhals vom Montag immer am Dienstag der große Verschwender wäre. Sie erzählen mir, daß dieser Mann, den Sie hier haben, Wochen und Monate damit verbrachte, bedürftigen Frauen kleine Geldsummen abzuschwindeln; daß er bestenfalls ein Betäubungsmittel und schlimmstenfalls

Gift verwendete; daß er später als die billigste Art von Geldverleiher auftauchte und wieder ärmste Leute auf die gleiche geduldige und friedfertige Weise betrogen hat. Soll's sein – wir wollen um des Argumentes willen zugeben, daß er all das getan hat. Wenn das so ist, dann werde ich Ihnen sagen, was er nicht getan hat. Er hat keine befestigte und von einem Mann mit geladenem Gewehr bewachte Mauer gestürmt. Er hat nicht mit eigener Hand an die Mauer geschrieben, um mitzuteilen, daß er das getan habe. Er ist nicht stehengeblieben, um festzuhalten, daß seine Rechtfertigung Selbstverteidigung sei. Er hat nicht erklärt, daß er mit dem armen Aufseher keinen Streit hatte. Er hat nicht das Haus des reichen Mannes genannt, zu dem er mit dem Gewehr unterwegs sei. Er hat seine eigenen Initialen nicht mit dem Blut eines anderen Mannes geschrieben. Bei allen Heiligen! Können Sie denn nicht sehen, daß der ganze Charakter im Guten wie im Bösen ganz unterschiedlich ist? Sie scheinen nicht so zu sein, wie ich ein bißchen bin. Man sollte meinen, daß Sie niemals irgendein Laster gehabt hätten.«

Der verblüffte Amerikaner hatte bereits den Mund geöffnet, um zu protestieren, als an der Tür seines Privat- und Amtszimmers in einer so unfeierlichen Weise gehämmert und gerüttelt wurde, wie er das absolut nicht gewohnt war.

Die Tür flog auf. Im Augenblick zuvor war Greywood Usher zu der Überzeugung gekommen, daß Father Brown möglicherweise verrückt geworden sei. Im Augenblick danach begann er zu glauben, er selbst sei verrückt. Da stürmte und stürzte in sein Zimmer ein Mann in den drekkigsten Lumpen, einen speckigen zerknautschten Hut schief auf dem Kopf, eine schäbige grüne Klappe vom einen seiner Augen hochgeschoben, die beide wie die eines Tigers glommen. Der Rest seines Gesichtes war fast nicht auszumachen, da es von einem verfilzten Bart bedeckt war, durch den die Nase sich kaum durchdrängen konnte, und außerdem war es von einem schmuddeligen roten Schal oder Taschentuch verhüllt. Mr. Usher war stolz darauf, daß er die meisten der übelsten Burschen im ganzen Staat kannte, aber er war überzeugt, daß er noch nie einen solchen Pavian dermaßen als Vogelscheuche verkleidet gesehen hatte. Vor allem aber hatte er in all seiner friedlichen wissenschaftlichen Existenz niemals erlebt, daß so ein Mann ihn als erster angeredet hätte.

»Hören Sie zu, mein alter Usher«, schrie das Wesen mit dem roten Taschentuch, »mir reicht's jetzt langsam. Versuchen Sie bloß Ihre Versteckspielchen nicht mit mir; mich hält man nicht zum Narren. Lassen Sie meine Gäste in Ruhe, und ich werde nachsichtiger sein gegen diese einfallsreiche Maschinerie. Behalten Sie ihn aber auch nur noch einen

Augenblick hier, dann werden Sie sich ganz schön schäbig vorkommen. Schätze, ich bin nicht ein Mann mit keinem Einfluß.«

Der eminente Usher betrachtete das brüllende Ungeheuer mit einem Staunen, das alle anderen Gefühle verschlungen hatte. Der Schock für seine Augen hatte seine Ohren fast nutzlos gemacht. Schließlich läutete er mit gewalttätiger Hand eine Glocke. Während die Glocke noch laut erdröhnte, erklang die Stimme von Father Brown sanft, aber deutlich.

»Ich möchte eine Vermutung aussprechen«, sagte er, »aber sie ist ein bißchen verwirrend. Ich kenne diesen Herrn nicht – aber – aber ich glaube, daß ich ihn kenne. Sie aber, Sie kennen ihn – Sie kennen ihn sogar gut –, aber Sie kennen ihn nicht – natürlich. Klingt paradox, ich weiß.«

»Ich glaube, der Kosmos hat einen Sprung«, sagte Usher und ließ sich lang ausgestreckt in seinen Amtsstuhl fallen.

»Hören Sie mal her«, geiferte der Fremde und schlug auf den Tisch, aber er sprach mit einer Stimme, die um so rätselhafter war, als sie verhältnismäßig milde und vernünftig, wenngleich immer noch dröhnend klang. »Ich will Sie da nicht drin haben. Ich will –«

»Wer zum Teufel sind Sie?« brüllte Usher und setzte sich plötzlich aufrecht hin.

»Ich glaube, der Name des Herrn ist Todd«, sagte der Priester.

Dann nahm er den regenbogenfarbenen Zeitungsausschnitt.

»Ich fürchte, Sie lesen die Gesellschaftsblätter nicht gründlich«, sagte er und begann mit eintöniger Stimme vorzulesen: ›oder in den Juwelenbusen der heitersten Herrscherinnen unserer Stadt verschlossen; doch munkelt man von einer poppigen Parodie auf die einfachen Sitten und Gebräuche am anderen Ende der gesellschaftlichen Skala‹. Heute abend hat es ein großes Slum-Fest am Pilgrim's Pond gegeben; und ein Mann, einer der Gäste, ist verschwunden. Mr. Ireton Todd ist ein guter Gastgeber und hat seine Spuren bis hierher verfolgt, ohne sich auch nur die Zeit zu nehmen, sein Maskenkostüm abzulegen.«

»Was meinen Sie damit?«

»Ich meine den Mann in der komischen, schlecht sitzenden Kleidung, den Sie über das gepflügte Feld haben rennen sehen. Wäre es nicht besser, Sie gingen zu ihm und überprüften ihn? Er wird langsam ungeduldig sein, zu seinem Champagner zurückzukommen, von dem er in solcher Eile davonrannte, als der Sträfling mit dem Gewehr in Sicht kam.«

»Meinen Sie allen Ernstes –«, begann der Beamte.

»Hören Sie, Mr. Usher«, sagte Father Brown ruhig, »Sie sagten, die Maschine könne keinen Fehler machen, und in einem gewissen Sinne machte sie auch keinen. Aber die andere Maschine machte einen; die

Maschine, die sie bediente. Sie nahmen an, daß der Mann in Lumpen beim Namen Lord Falconroy zusammenfuhr, weil er der Mörder von Lord Falconroy sei. Er fuhr bei dem Namen Lord Falconroy zusammen, weil er Lord Falconroy *ist*.«

»Warum zur Hölle hat er das denn nicht gesagt?« fragte der starr blikkende Usher.

»Er war der Ansicht, daß weder seine Lage noch seine vorhergehende Panik sehr aristokratisch waren«, erwiderte der Priester, »und deshalb versuchte er zunächst, seinen Namen zu verschweigen. Aber er wollte ihn Ihnen gerade nennen, als« – und Father Brown blickte auf seine Schuhe nieder –, »als eine Frau einen anderen Namen für ihn fand.«

»Aber Sie können doch nicht so verrückt sein zu behaupten«, sagte Greywood Usher sehr bleich, »daß Lord Falconroy Drugger Davis war.«

Der Priester sah ihn sehr ernsthaft an, aber mit einem verwirrenden und unentzifferbaren Gesichtsausdruck.

»Dazu sage ich überhaupt nichts«, sagte er. »Den Rest überlasse ich Ihnen. Ihre Regenbogenzeitung sagt, daß sein Titel erst kürzlich wieder für ihn erneuert worden sei; aber solche Blätter sind reichlich unzuverlässig. Sie behauptet, daß er in seiner Jugend in den Staaten war; aber die ganze Geschichte klingt reichlich sonderbar. Davis und Falconroy sind beides ziemliche Feiglinge, aber das sind viele andere Männer auch. Ich würde auf Grund meiner Ansichten von der Sache nicht einmal einen Hund aufhängen. Aber ich glaube«, fuhr er sanft und nachdenklich fort, »ich glaube, Ihr Amerikaner seid zu bescheiden. Ich glaube, Ihr idealisiert die englische Aristokratie – sogar, indem Ihr annehmt, daß sie so aristokratisch ist. Sie sehen einen gutaussehenden Engländer im Abendanzug; Sie wissen, daß er im House of Lords sitzt; und Sie bilden sich ein, daß er einen Vater gehabt habe. Sie räumen da unserer nationalen Schwungkraft und unserem Auftrieb keinen Platz ein. Manche unserer einflußreichsten Adligen sind nicht nur erst in jüngster Zeit aufgestiegen, sondern –«

»Ach, hören Sie doch auf!« rief Greywood Usher und wrang eine magere Hand ungeduldig wider einen Schatten der Ironie im Gesicht des anderen.

»Sprechen Sie doch nicht weiter mit diesem Wahnsinnigen!« rief Todd brutal. »Bringen Sie mich zu meinem Freund.«

Am nächsten Morgen erschien Father Brown wieder mit dem gleichen sittsamen Gesichtsausdruck und brachte ein weiteres Stück Regenbogenpresse mit.

»Ich befürchte, daß Sie die Gesellschaftspresse ziemlich vernachlässigen«, sagte er, »aber dieser Ausschnitt dürfte Sie doch interessieren.«

Usher las die Schlagzeile »Letzter-Tricks Streunende Nachtschwärmer: Erheiternder Zwischenfall nahe Pilgrim's Pond«. Der Bericht darunter lautete:

> »Ein komischer Zwischenfall spielte sich gestern abend vor Wilkinsons Garage ab. Ein Streifenpolizist wurde von Straßenbengeln auf einen Mann in Gefängniskluft aufmerksam gemacht, der sich mit bemerkenswerter Gelassenheit in den Fahrersitz eines hochtourigen hübschen Panhard schwang; ihn begleitete ein Mädchen mit zerlumptem Schal. Auf Einmischung der Polizei hin warf die junge Frau ihren Schal zurück, und alle erkannten Millionär Todds Tochter, die gerade vom Slum-Maskenfest am Pond kam, wo sich die ausgesuchtesten Gäste in ähnlicher Kleidung befanden. Sie und der Herr, der sich eine Gefängnisuniform angezogen hatte, brachen zu der üblichen Lustpartie auf.«

Unter dem regenbogenfarbenen Ausschnitt fand Mr. Usher einen Ausschnitt aus einer späteren Ausgabe mit der Schlagzeile »Verblüffende Flucht von Millionärstochter mit Sträfling. Sie hatte Lumpenball arrangiert. Nun in Sicherheit in –«

Greywood Usher hob den Blick, aber Father Brown war bereits gegangen.

Der Kopf Caesars

Irgendwo in Brompton oder Kensington gibt es eine Straße mit hohen Häusern, prächtig, aber meist leer, die wie eine Anlage von Grabdenkmälern aussieht. Sogar die Stufen, die zu den dunklen Portalen emporführen, erscheinen so steil wie die Seiten einer Pyramide; man zögert, an die Tür zu pochen, aus Angst, es möchte eine Mumie öffnen. Aber eine noch niederdrückendere Eigenart der grauen Häuserfassaden ist ihre unabsehbare Länge und ihre abwechslungslose Kontinuität. Den Pilgrim, der sie hinabwandert, überkommt die Vorstellung, er werde niemals an eine Unterbrechung oder eine Ecke kommen; und doch gibt es eine Ausnahme – eine zwar nur sehr kleine, aber vom Pilgrim fast mit einem Jubelschrei begrüßt. Es gibt da zwischen zweien der hohen Gebäude eine Art Stallung, ein bloßer Schlitz wie ein Türspalt im Vergleich zur Straße, doch aber gerade groß genug, daß dort eine winzige Bier- oder Eßkneipe in der Ecke Platz findet, wie sie die Reichen ihren Stallknechten noch eben zugestehen. Da ist etwas Fröhliches gerade in ihrer Kleinheit, und etwas Freies und Märchenhaftes gerade in ihrer Anspruchslosigkeit. Zu Füßen jener grauen Steingiganten sieht sie wie ein beleuchtetes Zwergenhaus aus.

Wer nun an einem bestimmten, selbst schon fast märchenhaften Herbstabend hier vorbeigekommen wäre, hätte eine Hand sehen können, wie sie die rote Halbgardine beiseite schob, die (zusammen mit einigen großen weißen Buchstaben) das Innere halb vor der Straße verbarg, und ein Gesicht, wie es einem unschuldigen Kobold nicht unähnlich herausschaute. Es war in der Tat das Gesicht jemandes mit dem harmlos menschlichen Namen Brown, vormals Priester in Cobhole/Essex, der nun in London arbeitete. Sein Freund Flambeau, ein halbamtlicher Detektiv, saß ihm gegenüber und schloß gerade seine Notizen über einen Fall ab, den er in der Nachbarschaft aufgeklärt hatte. Sie saßen an einem kleinen Tisch, nahe dem Fenster, als der Priester den Vorhang zurückzog und hinausschaute. Er wartete, bis ein Fremder in der Straße am Fenster vorübergegangen war, ehe er den Vorhang wieder fallen ließ. Dann rollten seine runden Augen zu den großen weißen Buchstaben über seinem Kopf hoch, und wanderten dann hinüber zum Nachbartisch, an dem nur ein Bauarbeiter bei Bier und Käse saß, und ein junges Mädchen mit rotem Haar und einem Glas Milch. Dann (als er sah, daß sein Freund das Notizbuch wegsteckte) sagte er milde:

»Wenn Sie 10 Minuten Zeit hätten, möchte ich, daß Sie dem Mann mit der falschen Nase folgen.«

Flambeau blickte überrascht auf; aber auch das Mädchen mit dem roten Haar blickte auf, jedoch von Stärkerem als nur Erstaunen bewegt. Sie war einfach, ja fast nachlässig mit einem hellbraunen leinenen Hängekleid bekleidet; aber sie war eine Dame, und zwar, wie ein zweiter Blick zeigte, eine eher unnötig hochmütige. »Der Mann mit der falschen Nase!« wiederholte Flambeau. »Wer ist das?«

»Ich habe keine Ahnung«, antwortete Father Brown. »Ich möchte, daß Sie das herausfinden; ich bitte Sie um diesen Gefallen. Er ist da hinabgegangen« – und er wies mit seinem Daumen in einer seiner unbestimmten Gesten über die Schulter – »und kann noch keine drei Straßenlaternen weit gekommen sein. Ich möchte nur seine Richtung wissen.«

Flambeau starrte seinen Freund einige Zeit lang mit einer Mischung aus Bestürzung und Belustigung an; dann erhob er sich vom Tisch, quetschte seine riesige Gestalt durch die kleine Tür der Zwergenkneipe, und verschwand im Dämmerlicht.

Father Brown nahm ein kleines Buch aus der Tasche und begann, gelassen zu lesen; er verriet durch nichts, ob er sich der Tatsache bewußt war, daß die rothaarige Dame ihren Tisch verlassen und sich ihm gegenüber niedergesetzt hatte. Schließlich lehnte sie sich vor und sagte mit leiser, kräftiger Stimme: »Warum haben Sie das gesagt? Woher wissen Sie, daß sie falsch ist?«

Er hob seine ziemlich schweren Augenlider, die in beträchtlicher Verwirrung flatterten. Dann schweifte sein zweifelhafter Blick wieder hinauf zu den weißen Buchstaben an der Glasscheibe der Kneipe. Der Blick der jungen Frau folgte dem seinen und blieb dort ebenfalls haften, wenngleich in völligem Unverständnis.

»Nein«, sagte Father Brown, indem er ihre Gedanken beantwortete. »Das bedeutet nicht ›Sela‹ wie das Ding in den Psalmen; ich habe das eben auch so gelesen, als ich vor mich hin träumte; es bedeutet ›Ales‹.«

»Und?« fragte die entgeistert blickende junge Dame. »Was spielt denn das für eine Rolle?«

Sein nachdenklicher Blick schweifte über des Mädchens leichten Leinenärmel, der am Handgelenk mit einer sehr schmalen kunstreichen Spitzenborte abgesetzt war, gerade genug, um ihn vom Arbeitskleid einer gewöhnlichen Frau zu unterscheiden und ihn mehr wie das Arbeitskleid einer Kunststudentin wirken zu lassen. Darin schien er reiche Nahrung für seine Gedanken zu finden; aber seine Antwort kam sehr langsam und zögerlich. »Nun ja, mein Fräulein«, sagte er, »von außen sieht dieses Lokal – es ist selbstverständlich ein höchst anständiges Lokal – aber Damen wie Sie denken – denken im allgemeinen nicht so. Sie betreten ein solches Lokal niemals freiwillig, abgesehen von –«

»Und?« wiederholte sie.

»Abgesehen von ein paar Unglücklichen, die aber nicht hereinkommen, um Milch zu trinken.«

»Sie sind ein sehr sonderbarer Mensch«, sagte die junge Dame. »Warum tun Sie das alles?«

»Nicht, um Ihnen dadurch Kummer zu bereiten«, sagte er sehr sanft. »Nur um mich mit genügend Kenntnissen auszurüsten, um Ihnen helfen zu können für den Fall, daß Sie aus freien Stücken um meine Hilfe bitten.«

»Aber warum sollte ich denn Hilfe brauchen?«

Er setzte seinen träumerischen Monolog fort. »Sie können nicht hereingekommen sein, um Schützlinge zu treffen, arme Leute oder so, sonst wären Sie weiter in den Aufenthaltsraum gegangen ... und Sie können nicht hereingekommen sein, weil Sie sich schlecht fühlen, sonst hätten Sie mit der Wirtin gesprochen, die offensichtlich ehrbar ist ... und außerdem sehen Sie nicht krank aus in diesem Sinne, sondern nur unglücklich ... Diese Straße ist die einzige echt lange Gasse, die keine Kurven aufweist; und die Häuser auf beiden Seiten sind geschlossen ... Ich kann mir nur vorstellen, daß Sie jemanden kommen sahen, dem Sie nicht zu begegnen wünschten; und da entdeckten Sie dieses Lokal als einzigen Zufluchtsort in dieser Wüstenei aus Stein ... Ich glaube nicht, daß ich die Befugnisse eines Fremden überschritten habe, als ich einen Blick auf den einzigen Mann warf, der kurz danach vorbeikam ... Und da ich meine, daß er wie etwas Falsches aussah ... und Sie wie etwas Richtiges aussehen ... hielt ich mich bereit, Ihnen zu helfen, falls er Sie belästigen sollte; das ist alles. Was meinen Freund angeht, so wird er bald zurück sein; und er wird sicherlich nichts ausfindig machen, indem er eine Straße wie diese hinabstürmt ... Damit habe ich auch nicht gerechnet.«

»Aber warum haben Sie ihn denn dann losgeschickt?« rief sie und lehnte sich mit noch intensiverer Neugier vor. Sie hatte das stolze ungestüme Gesicht einer Rothaarigen und eine römische Nase wie Marie Antoinette.

Er sah sie zum ersten Mal unmittelbar an und sagte: »Weil ich hoffte, Sie würden mich ansprechen.«

Sie sah ihn eine Weile mit erhitztem Gesicht an, in dem der rote Schatten eines Zorns hing; dann aber brach trotz aller Ängste ihr Humor aus ihren Augen und ihren Mundwinkeln, und sie antwortete fast grimmig: »Nun gut, wenn Sie so scharf auf meine Unterhaltung sind, dann beantworten Sie mir vielleicht meine Frage.« Und nach einer Pause fügte sie hinzu: »Ich hatte die Ehre, Sie zu fragen, wieso Sie glaubten, daß die Nase des Mannes falsch war.«

»Wachs wird bei solchem Wetter immer ein bißchen fleckig«, antwortete Father Brown ganz einfach.

»Aber das ist doch so eine *krumme* Nase«, widersprach das rothaarige Mädchen.

Der Priester lächelte seinerseits. »Ich sage ja auch nicht, daß man eine solche Nase aus reiner Fopperei trägt«, gab er zu. »Dieser Mann trägt sie, glaube ich, weil seine wirkliche viel edler geformt ist.«

»Aber warum?« fragte sie beharrlich.

»Wie heißt es doch in dem Kinderlied?« bemerkte Brown zerstreut. »War einst ein krummer Mann, ging einen krummen Weg ... Dieser Mann, stelle ich mir vor, geht eine sehr krumme Straße – indem er seiner Nase nachgeht.«

»Was hat er denn getan?« fragte sie ziemlich unsicher.

»Ich will mich auf keinen Fall in Ihr Vertrauen drängen«, sagte Father Brown sehr ruhig. »Aber ich glaube, daß Sie mir darüber mehr erzählen könnten, als ich Ihnen.«

Das Mädchen sprang auf und stand ganz ruhig da, aber mit geballten Händen, so wie jemand, der gleich fortgeht; dann lösten sich ihre Hände langsam, und sie setzte sich wieder hin. »Sie sind ein noch größeres Geheimnis als die anderen«, sagte sie verzweifelt, »aber ich habe das Gefühl, daß in Ihrem Geheimnis ein Herz stecken könnte.«

»Was wir alle am meisten fürchten«, sagte der Priester mit leiser Stimme, »ist ein Irrgarten *ohne* Mittelpunkt. Darum ist der Atheismus nur ein Alptraum.«

»Ich werde Ihnen alles erzählen«, sagte das rothaarige Mädchen trotzig, »außer warum ich es Ihnen erzähle; denn das weiß ich nicht.«

Sie zupfte an der gestopften Tischdecke herum und fuhr fort: »Sie sehen aus, als wüßten Sie, was Snobismus nicht ist und was es ist; und wenn ich sage, daß meine Familie eine gute alte Familie ist, dann werden Sie verstehen, daß das ein wesentlicher Teil der Geschichte ist; tatsächlich besteht meine größte Gefahr in den vereinsamten Vorstellungen meines

Bruders über die Abkehr vom Alltagsleben, über »noblesse oblige« und dergleichen. Ich heiße Christabel Carstairs; und mein Vater war jener Oberst Carstairs, von dem Sie vielleicht schon gehört haben und der die berühmte Carstairs-Sammlung römischer Münzen aufgebaut hat. Ich könnte Ihnen meinen Vater niemals beschreiben; das Zutreffendste wäre noch, daß er selbst sehr wie eine römische Münze war. Er war genauso schön und echt und wertvoll und metallisch und veraltet. Er war stolzer auf seine Sammlung als auf sein Wappen – und das sagt ja wohl alles. Sein außerordentlicher Charakter äußerte sich am deutlichsten in seinem Testament. Er hatte zwei Söhne und eine Tochter. Er hatte Streit mit dem einen Sohn, meinem Bruder Giles, dem er ein kleines Einkommen aussetzte und den er damit nach Australien schickte. Dann verfaßte er sein Testament, durch das er die Carstairs-Sammlung mit einem noch kleineren Einkommen meinem Bruder Arthur vermachte. Er sah das als eine Belohnung an, als die höchste Ehre, die er zu vergeben hatte, in Anerkennung von Arthurs Loyalität und Rechtschaffenheit und jener Ehrungen, die er in Mathematik und Wirtschaftswissenschaften bereits in Cambridge errungen hatte. Mir hinterließ er praktisch sein ganzes, ziemlich großes Vermögen; und ich bin sicher, daß er das verachtungsvoll meinte.

Nun könnten Sie sagen, daß Arthur sich darüber mit Recht hätte beklagen können; aber Arthur ist in allem erneut mein Vater. Zwar hatte er in seiner Jugend einige Auseinandersetzungen mit meinem Vater gehabt, doch kaum hatte er die Sammlung übernommen, als er zu einem heidnischen, seinem Tempel geweihten Priester wurde. Er vermischte diese römischen Halbpfennige auf die gleiche steife, götzendienerische Weise mit der Familienehre der Carstairs wie sein Vater vor ihm. Er benahm sich, als müsse römisches Geld von allen römischen Tugenden gehütet werden. Er gönnte sich keine Vergnügungen; er gab nichts für sich selbst aus; er lebte für die Sammlung. Oftmals machte er sich nicht einmal die Mühe, sich zu seinen einfachen Mahlzeiten umzuziehen; sondern er wirtschaftete in einem alten braunen Morgenmantel zwischen seinen verschnürten braunen Päckchen herum (die sonst niemand auch nur anrühren durfte). Mit der Kordel und der Quaste und seinem blassen, schmalen, verfeinerten Gesicht sah er aus wie ein alter asketischer Mönch. Ab und zu allerdings erschien er gekleidet wie ein entschieden modebewußter Gentleman; das aber nur dann, wenn er sich zu Londoner Versteigerungen oder Läden begab, um der Carstairs-Sammlung Neues hinzuzufügen.

Wenn Sie jemals irgendwelche jungen Leute gekannt haben, werden Sie nicht schockiert sein, wenn ich Ihnen sage, daß ich bei all diesem nachgerade in einen ziemlich unerfreulichen Geisteszustand geriet; jenen Geisteszustand, in dem man zu sagen beginnt, daß einem die alten Römer reichlich egal sind. Ich bin nicht so wie mein Bruder Arthur; ich will mich mit Vergnüglichem vergnügen. Ich habe eine ganze Menge Romantik und Unsinn von da mitbekommen, wo ich auch mein rotes Haar herhabe, von der anderen Seite der Familie. Der arme Giles war genauso; und ich glaube, daß diese Münzenatmosphäre als Entschuldigung für ihn dienen kann; obwohl er wirklich Übles getan hat und fast ins Gefängnis gekommen ist. Aber er hat sich auch nicht schlechter benommen als ich; wie Sie gleich hören werden.

Denn ich komme jetzt zum törichten Teil der Geschichte. Ein so kluger Mann wie Sie kann sicherlich die Art von Vorgang erraten, die sich ereignen mußte, um für eine widerspenstige Siebzehnjährige die Monotonie einer solchen Position zu erleichtern. Aber mich haben schrecklichere Dinge so verwirrt, daß ich meine eigenen Gefühle kaum mehr lesen kann und nicht weiß, ob ich sie jetzt als einen Flirt verachte oder als gebrochenes Herz trage. Wir lebten damals in einem kleinen Seebad in Südwales. Ein paar Häuser weiter lebte ein Seekapitän im Ruhestand, der einen Sohn etwa 5 Jahre älter als ich hatte, mit dem Giles befreundet gewesen war, ehe er in die Kolonien ging. Sein Name spielt zwar für meine Geschichte keine Rolle; aber ich sage Ihnen, daß er Philip Hawker hieß, denn ich erzähle Ihnen alles. Wir zogen zusammen auf Garnelenfang und sagten und dachten, daß wir einander liebten; wenigstens sagte er es entschieden, und ich dachte es entschieden. Wenn ich Ihnen nun sage, daß er einen bronzenen Lockenkopf hatte und eine Art Falkengesicht, von der See ebenfalls bronzen, dann versichere ich Ihnen, daß es nicht seinetwegen geschieht, sondern wegen der Geschichte; denn das war der Ursprung eines sehr sonderbaren Zwischenfalls.

Eines Sommernachmittags, als ich versprochen hatte, mit Philip am Strand auf Garnelenfang zu gehen, wartete ich ziemlich ungeduldig im vorderen Salon und beobachtete Arthur, wie er sich mit einigen Päckchen Münzen beschäftigte, die er gerade erworben hatte, und sie langsam, jeweils eine oder zwei zugleich, in sein düsteres Arbeitszimmer und Museum schaffte, das sich hinten im Haus befand. Sobald ich die schwere Tür sich endlich hinter ihm schließen hörte, stürzte ich zu meinem Garnelennetz und der Schottenmütze und wollte gerade aus dem Haus schlüpfen, als ich sah, daß mein Bruder eine Münze zurückgelassen hatte, die da schimmernd auf der langen Bank am Fenster lag. Es war eine Bronzemünze, und diese Farbe, zusammen mit der exakten Krümmung der römischen Nase und irgend etwas im Schwung des langen sehnigen Nakkens, machte aus dem Kopf Caesars auf der Münze das fast vollkommene Porträt von Philip Hawker. Dann erinnerte ich mich plötzlich daran, daß Giles einst Philip von einer Münze erzählt hatte, die ihm so ähnlich war, und daß Philip sich wünschte, sie zu besitzen. Vielleicht können Sie sich die wilden törichten Gedanken vorstellen, die in meinem Kopf herumwirbelten; ich fühlte mich, als hätte mich die gute Fee beschenkt. Mir schien es so, daß wenn ich nur mit ihr fortlaufen und sie Philip geben könnte wie eine Art wilden Traurings, das ein ewiger Bund zwischen uns wäre; tausend solche Dinge fühlte ich gleichzeitig. Und dann gähnte plötzlich unter mir wie der Höllenschlund die grausige furchtbare Erkenntnis dessen, was ich da tat; und vor allem anderen der unerträgliche Gedanke, als faßte ich glühendes Eisen an, was Arthur darüber denken würde. Eine Carstairs eine Diebin; und eine Diebin am Carstairs-Schatz! Ich glaube, mein Bruder hätte mich dafür wie eine Hexe brennen sehen können. Dann aber stachelte gerade dieser Gedanke an eine solch fanatische Grausamkeit meinen alten Haß auf seine verstaubte Antiquitätenpedanterie ebenso an wie meine Sehnsucht nach Jugend und Freiheit, die mich vom Meer her riefen. Draußen war strahlender Sonnenschein, und ein Wind ging; und der gelbe Kopf eines Besenkrauts oder Stechginsters im Garten klopfte an die Fensterscheibe. Ich dachte daran, wie all das lebendige und wachsende Gold mir von allen Heiden der Welt aus zurief – und dann, wie das tote stumpfe Gold meines Bruders und die Bronze und das Messing staubiger und staubiger wurden, während das Leben verging. Natur und Carstairs-Sammlung waren endlich aneinander geraten.

Die Natur ist älter als die Carstairs-Sammlung. Als ich durch die Straßen zum Meer hinabrannte, die Münze in der fest geballten Faust, spürte ich das *ganze* Römische Reich auf meinen Schultern, und zusätzlich den ganzen Carstairschen Stammbaum. Nicht nur der alte silberne Wappenlöwe brüllte mir ins Ohr, sondern auch alle Adler der Caesaren schienen mich flatternd und kreischend zu verfolgen. Und doch stieg mein Herz höher und höher wie der Drache eines Kindes, bis ich über die lockeren trockenen Sandhügel zu den ebenen, nassen Sänden kam, wo Philip schon knöcheltief im flachen, glitzernden Wasser stand, einige hundert Meter seewärts. Es gab einen gewaltigen roten Sonnenuntergang; und die weite Fläche flachen Wassers, das für über eine halbe Meile kaum über den Knöchel stieg, war wie ein See aus rubinenen Flammen. Erst nachdem ich mir die Schuhe und Strümpfe ausgezogen hatte und dahin gewatet war, wo er stand, ziemlich weit vom trockenen Land entfernt, drehte ich mich um und schaute umher. Wir waren in dem Ring aus Seewasser und nassem Sand allein; und da gab ich ihm den Kopf Caesars.

In diesem gleichen Augenblick widerfuhr mir ein Schock der Einbildungskraft: daß ein Mann weit weg auf den Sandhügeln mich intensiv anstarre. Mir muß unmittelbar danach bewußt geworden sein, daß das nur ein Zucken unvernünftiger Nerven war; denn der Mann war lediglich ein dunkler Punkt in der Entfernung, und ich konnte kaum mehr sehen, als daß er ganz still stand und starrte, den Kopf ein bißchen auf die Seite geneigt. Es gab keinerlei logischen irdischen Beweis, daß er überhaupt zu mir herübersah; er hätte genauso gut nach einem Schiff oder nach dem Sonnenuntergang oder nach den Seemöwen oder auch nach irgendeinem der Menschen schauen können, die hier und da auf dem Ufer zwischen uns herumliefen. Jedoch: Woraus auch immer mein Erschrecken kam, es war prophetisch; denn während ich noch starrte, begann er, über die weiten nassen Sande energisch gerade auf uns zu auszuschreiten. Als er näher und näher kam, sah ich, daß er dunkel und bärtig war und daß eine dunkle Brille seine Augen kennzeichnete. Er war ärmlich, aber anständig in Schwarz gekleidet, von dem alten schwarzen Zylinder auf seinem Kopf bis zu den soliden schwarzen Stiefeln an seinen Füßen. Ohne Rücksicht auf sie ging er ohne das geringste Zögern in die See hinein und kam mit der Stetigkeit einer Kugel auf mich zu.

Ich kann Ihnen das Gefühl des Ungeheuerlichen und Übernatürlichen nicht beschreiben, das mich überkam, als er so schweigend die Schranken zwischen Land und Wasser durchbrach. Es war, als ob er direkt über eine Klippe hinaus geschritten wäre und immer noch stetig mitten durch die Luft marschiere. Es war, als ob ein Haus in die Luft geflogen oder der Kopf eines Mannes abgefallen wäre. *Zwar* machte er sich nur die Stiefel naß; aber er schien ein Dämon zu sein, der sich über ein Naturgesetz hinwegsetzte. Wenn er auch nur eine Sekunde am Rande des Wassers gezögert hätte, so wäre es nichts gewesen. Aber so erschien es, als schaue er so ausschließlich mich an, daß er den Ozean nicht bemerkte. Philip war einige Meter entfernt mit dem Rücken zu mir und beugte sich über sein Netz. Der Fremde kam heran, bis er zwei Meter vor mir stand, während das Wasser ihn bis halbwegs zum Knie umspülte. Dann sagte er mit einer klar modulierten, aber doch gezierten Aussprache: ›Würde es Sie inkommodieren, andernorts eine Münze mit einer etwas anderen Beschriftung zu kontribuieren?‹

Mit einer Ausnahme gab es eigentlich nichts eindeutig Abnormales an ihm. Seine gefärbten Gläser waren nicht wirklich undurchsichtig, sondern von einer ziemlich gewöhnlichen blauen Sorte, und auch die Augen hinter ihnen waren nicht etwa unstet, sondern sahen mich stetig an. Sein dunkler Bart war nicht wirklich lang oder ungepflegt; aber er sah besonders haarig aus, denn der Bart setzte sehr hoch in seinem Gesicht an, unmittelbar unter den Backenknochen. Seine Hautfarbe war nicht etwa fahl oder gar aschfahl, sondern im Gegenteil recht klar und jugendlich; aber gerade das gab ihm ein rosig-weißes, wächsernes Aussehen, das irgendwie (ich weiß nicht warum) den Schrecken nur noch steigerte. Die einzige feststellbare Eigentümlichkeit war, daß seine Nase, im übrigen von gutem Schnitt, an der Spitze leicht zur Seite verdreht war; als ob man, als sie noch weich war, mit einem Spielzeughammer auf die eine Seite geschlagen hätte. Man könnte es kaum eine Mißgestaltung nennen; und doch kann ich Ihnen gar nicht sagen, welch ein lebender Albtraum das für mich war. Als er da in dem sonnenfleckigen Wasser stand, erschien er mir wie ein höllisches Meeresungeheuer, das gerade brüllend aus einer See von Blut aufgetaucht ist. Ich weiß gar nicht, warum eine Verbiegung der Nase meine Einbildungskraft so stark beeinflussen konnte. Ich glaube, weil es so aussah, als könne er seine Nase wie einen Finger bewegen. Und als hätte er sie in diesem Augenblick gerade bewegt.

›Jegliche Art kleiner Hülfe‹, fuhr er in demselben sonderbaren, geckenhaften Akzent fort, ›die der Notwendigkeit abhülfe, daß ich mich mit der Familie in Verbindung setzen müßte.‹

Da wurde mir plötzlich klar, daß ich wegen des Diebstahls der Bronzemünze erpreßt wurde; und all meine lediglich abergläubischen Ängste und Zweifel wurden von einer einzigen, alles überwältigenden praktischen Frage verschlungen. Wie war er dahintergekommen? Ich hatte das Ding jählings und spontan gestohlen; ich war mit Sicherheit allein gewesen, denn ich hatte immer dafür gesorgt, unbeobachtet zu sein, wenn ich hinausschlüpfte, um Philip auf diese Weise zu treffen. Allem Anschein nach war mir niemand durch die Straßen gefolgt; und wenn doch, hätte niemand die Münze in meiner geballten Hand ohne Röntgenstrahlen sehen können. Der Mann, der auf den Sanddünen stand, hätte ebensowenig sehen können, was ich Philip gab, wie er einer Fliege das Auge hätte ausschießen können wie der Mann im Märchen.

›Philip‹, rief ich hilflos, ›frag doch diesen Mann, was er von mir will.‹

Als Philip schließlich den Kopf von seiner Netzflickerei hob, sah er ziemlich rot aus, als ob er schmolle oder sich schäme; aber das kann auch nur von der Anstrengung des Bückens gekommen sein und von der roten Abendsonne; vielleicht habe ich auch nur eine weitere der Einbildungen gehabt, die um mich her zu tanzen schienen. Er sagte lediglich schroff zu dem Mann: ›Hauen Sie hier ab.‹ Er winkte mir, ihm zu folgen, und begann der Küste zuzuwaten, ohne sich weiter um ihn zu kümmern. Er stieg auf einen steinernen Wellenbrecher, der sich vom Fuß der Sandhügel her erstreckte, und wanderte auf ihm heimwärts, vielleicht in der Überzeugung, unser höllischer Plagegeist würde es schwieriger finden, auf so rauhen, von Tang grünen und schlüpfrigen Steinen zu laufen als wir, die wir jung waren und daran gewöhnt. Aber mein Verfolger schritt ebenso geziert dahin wie er sprach; und immer noch folgte er mir, und wählte sich seinen Weg, und wählte sich seine Phrasen. Ich hörte seine delikate widerwärtige Stimme mich über meine Schulter ständig ansprechen, bis schließlich, als wir die Sandhügel überquert hatten, Philips Geduld (die bei den meisten anderen Anlässen keineswegs so sichtbar wurde) riß. Er wandte sich plötzlich um und sagte: ›Gehen Sie. Ich kann jetzt nicht mit Ihnen sprechen‹. Und als der Mann zögerte und den Mund aufmachte, hieb Philip ihm einen solchen Schlag darauf, daß er von der obersten Spitze des höchsten Sandhügels bis ganz hinunter stürzte. Ich sah ihn da unten sandbedeckt herauskriechen.

Dieser Hieb tröstete mich irgendwie, obwohl er meine Gefährdung durchaus noch vergrößern mochte; aber Philip zeigte nichts von seinem üblichen Stolz auf den eigenen Mut. Obwohl so liebevoll wie immer, schien er doch niedergeschlagen zu sein; und bevor ich ihn noch zu irgend etwas gründlicher fragen konnte, nahm er vor seiner Tür von mir Abschied mit zwei Bemerkungen, die mir eigenartig vorkamen. Er sagte, daß ich in Anbetracht aller Umstände die Münze eigentlich wieder in die Sammlung zurückgeben müßte, daß er sie aber ›für den Augenblick‹ selbst verwahren werde. Und dann fügte er ebenso plötzlich wie zusammenhanglos hinzu: ›Weißt du übrigens, daß Giles aus Australien zurück ist?‹«

Die Tür der Taverne öffnete sich, und der riesige Schatten des Forschers Flambeau fiel über den Tisch. Father Brown stellte ihn der Dame in seiner eigenen nachlässig einnehmenden Sprechweise vor und erwähnte seine Kenntnisse und seine Einfühlungsgabe in solchen Fällen; und fast ohne es zu bemerken, wiederholte bald darauf das Mädchen ihre Geschichte vor zwei Zuhörern. Flambeau jedoch, während er sich verneigte und dann niedersetzte, überreichte dem Priester einen schmalen Streifen Papiers. Brown nahm ihn mit einiger Überraschung entgegen und las auf ihm: »Droschke nach Wagga Wagga, Mafeking Avenue 379, Putney.« Das Mädchen indes fuhr mit ihrer Geschichte fort.

»Ich ging die steile Straße zu meinem eigenen Haus hinauf, während sich mir der Kopf drehte; er hatte auch noch nicht begonnen, sich zu klären, als ich unsere Hausschwelle erreichte, auf der ich eine Milchflasche fand – und den Mann mit der verdrehten Nase. Die Milchflasche erzählte mir, daß die Bediensteten alle ausgegangen waren; denn natürlich würde Arthur, während er in seinem braunen Morgenmantel in seinem braunen Arbeitszimmer herumfuhrwerkte, die Haustürklingel weder hören noch beachten. Also gab es niemanden im Haus, der mir hätte helfen können außer meinem Bruder, und dessen Hilfe mußte mein Ruin sein. In meiner Verzweiflung drückte ich dem entsetzlichen Wesen zwei Schilling in die Hand und sagte ihm, er solle sich in ein paar Tagen wieder melden, wenn ich mir die Sache überlegt hätte. Er zog mißmutig ab, aber gutwilliger als ich erwartet hatte – vielleicht hatte ihn der Sturz doch etwas erschüttert –, und ich beobachtete mit schrecklich rachsüchtiger Freude, wie sich der Sandfleck auf seinem Rücken die Straße hinab entfernte. Er verschwand etwa sechs Häuser weiter um eine Ecke.

Danach ging ich hinein, machte mir etwas Tee und versuchte, mir die Sache zu überlegen. Ich saß am Fenster des Salons und blickte hinaus in den Garten, der im letzten vollen Abendlicht erglühte. Doch ich war zu zerstreut und versunken, als daß ich den Rasen und die Blumentöpfe und Blumenbeete hätte mit Aufmerksamkeit betrachten können. Und deshalb traf mich der Schock um so schärfer, als ich ihn erst so spät bemerkte.

Der Mann oder das Ungeheuer, das ich fortgeschickt hatte, stand ganz ruhig in der Mitte des Gartens. Ach, wir alle haben viel über fahlgesichtige Phantome im Dunkeln gelesen; aber das hier war noch viel schlimmer, als irgend etwas von jener Art je sein könnte. Denn obwohl er einen langen Abendschatten warf, stand er doch noch im warmen Sonnenschein. Und weil sein Gesicht nicht fahl war, sondern jenen wächsern rosigen Ton zeigte, den Frisierpuppen haben. Er stand ganz ruhig da, sein Gesicht mir zugewandt; und ich kann Ihnen gar nicht sagen, wie schrecklich er da zwischen den Tulpen und all den hohen, prangenden, fast nach Gewächshaus aussehenden Blumen wirkte. Es sah aus, als hätten wir eine Wachspuppe statt einer Statue in der Mitte des Gartens aufgestellt.

Doch im gleichen Augenblick, da er sah, wie ich mich am Fenster bewegte, wandte er sich um und rannte durch die hintere Pforte aus dem Garten, die offenstand und durch die er zweifellos hereingekommen war. Diese neuerliche Verzagtheit auf seiner Seite war so völlig verschieden von der unverschämten Selbstsicherheit, mit der er in die See geschritten war, daß ich mich undeutlich getröstet fühlte. Ich stellte mir vielleicht vor, daß er eine Begegnung mit Arthur mehr fürchtete, als ich wußte. Jedenfalls setzte ich mich schließlich hin und hatte ein ruhiges Abendessen allein (denn es war gegen die Spielregeln, Arthur zu stören, wenn er das Museum neu ordnete), und meine Gedanken flohen, ein bißchen erleichtert, zu Philip und verloren sich, vermute ich. Jedenfalls blickte ich abwesend, aber eher vergnügt als sonst etwas auf ein anderes vorhangloses

Fenster, das inzwischen durch das endgültige Niedersinken der Nacht schwarz wie Schiefer war. Mir schien es, als wäre da etwas wie eine Schnecke draußen an der Fensterscheibe. Aber als ich aufmerksamer hinblickte, sah es eher wie der gegen die Scheibe gepreßte Daumen eines Mannes aus; jedenfalls hatte es das geriffelte Aussehen eines Daumens. Meine Angst und mein Mut waren gemeinsam wieder erwacht, und so stürzte ich denn ans Fenster und fuhr mit einem erstickten Schrei zurück, den jeder andere Mann außer Arthur gehört haben würde.

Denn es war weder ein Daumen noch eine Schnecke.

Es war die Spitze einer krummen Nase, die gegen das Glas gepreßt wurde; sie war weiß von dem Druck; und das starrende Gesicht und die Augen hinter ihr waren zunächst unsichtbar und wurden dann grau wie ein Geist. Irgendwie schlug ich die Fensterläden zu, rannte hinauf in mein Zimmer und schloß mich ein. Aber während ich vorbeirannte, hätte ich schwören können, daß ich ein zweites schwarzes Fenster sah mit etwas daran wie eine Schnecke.

Vielleicht wäre es doch am besten, zu Arthur zu gehen. Wenn das Ding das Haus umschlich wie eine Katze, mochte es vielleicht noch üblere Absichten als Erpressung haben. Mein Bruder könnte mich zwar aus dem Haus werfen und auf ewig verfluchen, aber er war ein Gentleman, und er würde mich auf der Stelle verteidigen. Nach zehn Minuten strengen Nachdenkens ging ich hinab, klopfte an die Tür und trat ein: um den letzten und gräßlichsten Anblick zu sehen.

Der Stuhl meines Bruders war leer, und er war offensichtlich nicht da. Aber der Mann mit der krummen Nase saß da und wartete auf seine Rückkehr, den Hut noch immer unverfroren auf dem Kopf, und er las tatsächlich ein Buch meines Bruders unter meines Bruders Lampe. Sein Gesicht sah gefaßt und beschäftigt aus, aber seine Nasenspitze schien immer noch der beweglichste Teil seines Gesichtes zu sein, so, als habe sie sich gerade wieder von links nach rechts bewegt, wie der Rüssel eines Elefanten. Ich hatte ihn schon ekelhaft genug empfunden, als er mich verfolgte und beobachtete; aber ich denke, daß sein Nichtbemerken meiner Anwesenheit noch schrecklicher war.

Ich glaube, daß ich laut und lang geschrieen habe; aber das ist unwichtig. Wichtig ist, was ich als nächstes tat: Ich gab ihm alles Geld, das ich hatte, einschließlich eines guten Teils in Papieren, die zwar mir gehörten, die ich aber eigentlich nicht antasten durfte. Schließlich zog er ab und kleidete sein hassenswertes taktvolles Bedauern in lange Wörter; und ich setzte mich nieder und fühlte mich in jeder Beziehung ruiniert. Und doch wurde ich noch in der gleichen Nacht durch einen puren *Zufall* gerettet. Arthur war plötzlich nach London gefahren, wie er das aus geschäftlichen Gründen so oft tat; und er kam spät zurück, aber strahlend, denn es war ihm fast gelungen, sich einen Schatz zu sichern, der selbst der Familiensammlung zusätzlichen Glanz verleihen könnte. Er war so glänzender Laune, daß ich mich fast ermutigt fühlte, ihm die Entwendung jener minderen Gemme zu bekennen; doch walzte er alle anderen Themen mit seinen überwältigenden Projekten nieder. Da das Geschäft aber immer noch jeden Augenblick schiefgehen konnte, bestand er darauf, daß ich sofort packe und mit ihm in eine kleine Wohnung ziehe, die er bereits in Fulham gemietet hatte, um dem Raritätenladen nahe zu sein. So entfloh ich ohne eigenes Zutun fast bei Nacht und Nebel meinem Feind – aber auch Philip ... Mein Bruder besuchte oft das South-Kensington-Museum, und ich zahlte, um mir eine Art zweiten Lebens zu schaffen, für einige Kurse an der Kunstschule. Von dort kam ich heute abend zurück, als ich jenes unsägliche Scheusal in Person die lange gerade Straße herabkommen sah, und das übrige war so, wie dieser Herr bereits gesagt hat.

Ich habe nur noch eines zu sagen. Ich verdiene nicht, daß man mir hilft; und ich stelle meine Bestrafung nicht in Frage oder bejammere sie; sie ist gerecht, es mußte so kommen. Aber ich frage mich immer noch mit zerplatzendem Hirn, wie es dazu kommen konnte. Bestraft mich ein Wunder? Oder wie *könnte* irgend jemand außer Philip und mir wissen, daß ich ihm inmitten des Meeres eine winzige Münze gegeben habe?«

»Das ist ein ungewöhnliches Problem«, gab Flambeau zu.

»Nicht so ungewöhnlich wie die Antwort«, bemerkte Father Brown reichlich düster. »Miss Carstairs, werden Sie zu Hause sein, wenn wir Sie in Ihrer Wohnung in Fulham in anderthalb Stunden aufsuchen?«

Das Mädchen sah ihn an, erhob sich dann und zog sich die Handschuhe an. »Ja«, sagte sie; »ich werde dort sein«; und verließ im gleichen Augenblick das Lokal.

An jenem Abend sprachen der Priester und der Detektiv immer noch über die Angelegenheit, als sie sich dem Fulham-Haus näherten, einem Mietshaus, das selbst als zeitweiliger Wohnsitz für die Carstairs-Familie von sonderbarer Armseligkeit war.

»Natürlich würde der oberflächliche Betrachter«, sagte Flambeau, »zuerst an diesen australischen Bruder denken, der zuvor in Schwierigkeiten war, jetzt so plötzlich zurückgekommen ist und genau der Mann ist, um finstere Verbündete zu haben. Aber ich kann mir absolut keine Möglichkeit ausdenken, wie er in diese Geschichte paßt, es sei denn –«

»Ja?« fragte sein Begleiter geduldig.

Flambeau senkte seine Stimme. »Es sei denn, der Liebhaber des Mädchens gehört auch dazu und ist der wirklich schwarze Schuft. Der australische Kerl wußte, daß Hawker sich die Münze wünschte. Aber ich kann mir beim besten Willen nicht vorstellen, wie er hätte wissen können, daß Hawker sie erhalten hat, es sei denn, daß Hawker es ihm oder einem Komplizen übers Ufer hin zusignalisiert hätte.«

»Das stimmt«, sagte der Priester anerkennend.

»Haben Sie übrigens auch bemerkt«, fuhr Flambeau eifrig fort, »daß Hawker zuhört, wie seine Liebste beleidigt wird, aber erst zuschlägt, *als sie sich in den sanften Sanddünen befinden,* wo er in einem Scheinkampf Sieger bleiben kann. Wenn er zwischen Felsen und Meer zugeschlagen hätte, wäre sein Verbündeter vielleicht verletzt worden.«

»Stimmt auch«, sagte Father Brown nickend.

»Und nun noch einmal von vorne. Alles spielt sich zwischen wenigen Personen ab, aber mindestens dreien. Zum Selbstmord braucht man eine Person; zum Mord zwei Personen; aber wenigstens drei Personen für Erpressung.«

»Warum?« fragte der Priester sanft.

»Das ist doch offensichtlich«, rief sein Freund; »eine Person zum Bloßstellen; eine, die Bloßstellung androht; und wenigstens eine, für die die Bloßstellung entsetzlich wäre.«

Nach einer langen nachdenklichen Pause sagte der Priester: »Sie haben einen logischen Fehltritt begangen. Drei Personen braucht man als Idee. Nur zwei sind in der Wirklichkeit vonnöten.«

»Wie meinen Sie das?« fragte der andere.

»Warum sollte ein Erpresser«, fragte Brown mit leiser Stimme, »seinem Opfer nicht mit sich selbst drohen? Nehmen wir an, eine Ehefrau wird strikte Abstinenzlerin, *um* ihren Ehemann dazu zu bringen, daß er ihr *seine* Kneipenbesuche verheimlicht, und schreibt ihm dann mit verstellter Handschrift Briefe, in denen sie ihm androht, ihn an seine Frau zu verraten! Warum sollte das nicht funktionieren? Nehmen wir an, ein Vater verbietet seinem Sohn das Glücksspiel, folgt ihm dann in guter Verkleidung und bedroht den Jungen schließlich mit seiner eigenen vorgetäuschten väterlichen Strenge! Nehmen wir an – aber da sind wir schon, mein Freund.«

»Mein Gott!« rief Flambeau; »Sie meinen doch nicht etwa –«

Eine lebhafte Gestalt sprang die Stufen des Hauses herab und ließ im goldenen Laternenlicht den unverkennbaren Kopf erkennen, der der römischen Münze glich. »Miss Carstairs«, sagte Hawker formlos, »wollte das Haus nicht eher betreten, bis Sie kämen.«

»Nun«, bemerkte Brown vertraulich, »meinen Sie nicht, daß war das Beste, was sie tun konnte, draußen zu warten – mit Ihnen als Beschützer? Wie Sie sehen, habe ich erraten, daß Sie selbst auch alles erraten haben.«

»Ja«, sagte der junge Mann leise, »ich habe es auf den Sänden erraten, und jetzt weiß ich es; deshalb habe ich ihn so sanft stürzen lassen.«

Flambeau nahm von dem Mädchen den Schlüssel und von Hawker die Münze entgegen, öffnete sich und seinem Freund das leere Haus, und schritt in den äußeren Salon. Er war menschenleer mit einer Ausnahme. Der Mann, den Father Brown an der Taverne hatte vorübergehen sehen, stand an der Wand wie in die Ecke getrieben; unverändert, abgesehen davon, daß er seinen schwarzen Mantel abgelegt hatte und nun einen braunen Morgenmantel trug.

»Wir sind gekommen«, sagte Father Brown höflich, »um diese Münze ihrem Besitzer zurückzugeben.« Und er übergab sie dem Mann mit der Nase.

Flambeaus Augen traten hervor. »Ist dieser Mann ein Münzsammler?« fragte er.

»Dieser Mann ist Arthur Carstairs«, sagte der Priester bestimmt, »und er ist ein Münzsammler von eigentümlicher Art.«

Der Mann wechselte so entsetzlich die Farbe, daß die krumme Nase aus seinem Gesicht wie ein selbständiges und komisches Ding herausragte. Er sprach dennoch mit einer Art von verzweifelter Würde. »Sie werden gleich sehen«, sagte er, »daß ich noch nicht alle Familieneigenschaften verloren habe.« Und er wandte sich plötzlich um, ging in eines der inneren Zimmer und schlug die Tür hinter sich zu.

»Haltet ihn auf!« schrie Father Brown, der losspring und fast über einen Stuhl stürzte; und Flambeau hatte nach ein oder zwei Anläufen die Tür auf. Aber es war zu spät, in tödlichem Schweigen ging Flambeau zum Telephon und rief Arzt und Polizei an.

Eine leere Arzneiflasche lag auf dem Boden. Über dem Tisch lag die Leiche des Mannes im braunen Morgenmantel inmitten seiner geplatzten und aufklaffenden braunen Päckchen, aus denen Münzen strömten und rollten, keine römischen, sondern sehr moderne englische.

Der Priester hielt den bronzenen Kopf Caesars hoch. »Dies«, sagte er, »ist alles, was von der Carstairs-Sammlung übriggeblieben ist ...«

Und nach einer Pause fuhr er mit mehr als gewöhnlichem Zartgefühl fort: »Es war ein grausames Testament, das sein bösartiger Vater verfaßte, und der Sohn nahm es, wie Sie sehen, einigermaßen übel auf. Er haßte das römische Geld, das er besaß, und sehnte sich immer mehr nach wirklichem Geld, das ihm verweigert war. Er verkaufte nicht nur Stück für Stück die Sammlung, sondern sank Stück für Stück auf die gemeinsten Arten des Geldmachens hinab – bis hin zur Erpressung seiner eigenen Familie in Verkleidung. Er erpreßte seinen Bruder aus Australien mit dessen kleinem vergessenen Vergehen (deshalb nahm er eine Droschke nach Wagga Wagga in Putney), er erpreßte seine Schwester mit dem Diebstahl, den er allein bemerkt haben konnte. Und deshalb hatte sie übrigens jene übernatürliche Empfindung, als er weit weg in den Sanddünen stand. Gestalt und Haltung erinnern uns, wie entfernt auch immer, viel eher an jemanden, als ein gut zurechtgemachtes Gesicht aus der Nähe.«

Wiederum herrschte Schweigen. »Nun gut«, knurrte der Detektiv, »dann war also dieser große Numismatiker und Münzsammler nichts anderes als ein elender Geizhals.«

»Ist da ein so großer Unterschied?« fragte Father Brown in dem selben sonderbaren, nachsichtigen Ton. »Was ist an einem Geizhals falsch, das nicht oftmals ebenso falsch an einem Sammler ist? Was ist da falsch, außer ... Du sollst dir kein geschnitztes Bildnis machen; du sollst dich nicht vor ihm verneigen und ihm dienen, denn Ich ... aber wir müssen gehen und nachsehen, wie es den armen jungen Leuten geht.«

»Ich glaube«, sagte Flambeau, »daß es ihnen trotz allem vermutlich ziemlich gut geht.«

Die purpurne Perücke

Mr. Edward Nutt, der emsige Redakteur des ›Daily Reformer‹, saß an seinem Schreibtisch, öffnete Briefe und bearbeitete Korrekturfahnen zur fröhlichen Melodie einer Schreibmaschine, die eine lebhafte junge Dame bearbeitete.

Er war ein untersetzter blonder Mann in Hemdsärmeln; seine Bewegungen waren entschlossen, sein Mund war energisch und seine Sprache endgültig; aber seine runden, fast babyhaft blauen Augen hatten einen verwirrten, ja beinahe melancholischen Ausdruck, der all dem widersprach. Und dieser Ausdruck führte keineswegs in die Irre. Man darf mit Fug und Recht von ihm wie von vielen anderen Journalisten in führender Stellung sagen, daß sein vertrautestes Gefühl das der ständigen Angst war; Angst vor Verleumdungsklagen, Angst vor entgangenen Anzeigen, Angst vor Druckfehlern, Angst vor dem Rausschmiß.

Sein Leben war eine Serie von aufreibenden Kompromissen zwischen dem Besitzer der Zeitung (und seiner selbst) – einem senilen Seifensieder mit drei unausrottbaren irrigen Gedanken im Gehirn – und dem sehr fähigen Stab, den er zusammengebracht hatte, um die Zeitung zu machen; einige von ihnen waren brillante und erfahrene Männer und (was noch schlimmer war) ehrliche Enthusiasten für die politische Position des Blattes.

Ein Brief eines dieser Mitarbeiter lag vor ihm, und so rasch und entschlossen er auch war, so schien er doch zu zögern, ihn zu öffnen. Er nahm sich stattdessen eine Korrekturfahne, überflog sie mit seinem blauen Blick und einem blauen Stift, veränderte das Wort »Unzucht« in »Ungehörigkeit« und das Wort »Jude« in »Fremder«, läutete eine Glocke und schickte die Fahne in fliegender Eile hoch.

Dann riß er mit nachdenklicherem Blick den Brief seines ausgezeichneten Mitarbeiters auf. Der Brief trug einen Poststempel aus Devonshire und lautete wie folgt:

»Lieber Nutt,

da ich sehe, daß Sie gleichzeitig Gespenster und Gangster behandeln, wie wäre es mit einem Artikel über diese undurchsichtige Geschichte mit den Eyres von Exmoor; oder, wie es hier die alten Weiber nennen, das Teufelsohr von Eyre? Chef der Familie, wissen Sie, ist der Herzog von Exmoor; er ist einer der wenigen noch übriggebliebenen wirklich sturen alten Tory-Aristokraten, ein richtiger alter verknöcherter Tyrann, dem Ärger zu machen ganz auf unserer Linie läge. Und ich glaube, daß ich einer Geschichte auf der Spur bin, die Ärger machen wird. Natürlich glaube ich nicht an die alte Legende über James I.; und was Sie angeht, so glauben Sie ja an gar nichts, nicht einmal an den Journalismus. Die Legende, Sie werden sich wahrscheinlich erinnern, behandelt das finsterste Geschäft in Englands Geschichte – die Vergiftung von Overbury durch jene Höllenkatze Frances Howard und den höchst geheimnisvollen Terror, der den König zwang, den Mördern zu vergeben. Da ist eine ganze Menge angeblicher Hexerei hineingemischt; und man erzählt sich, daß ein Diener, der am Schlüsselloch lauschte, die ganze Wahrheit aus einem Gespräch zwischen dem König und Carr erfuhr; und daß das nämliche Ohr, mit dem er hörte, wie durch Zauber größer und größer wurde, so furchtbar war das Geheimnis. Und obwohl man ihn mit Ländereien und Gold überhäufen und zum Ahnherrn von Herzögen machen mußte, tritt das durch Hexerei verformte Ohr in der Familie immer wieder auf. Na schön, Sie glauben nicht an schwarze Magie, und täten Sie es, würden Sie es doch nicht drucken. Geschähe in Ihrem Büro ein Wunder, müßten Sie es vertuschen, wo heute doch so viele Bischöfe Agnostiker sind. Aber darum geht es nicht. Es geht darum, daß es tatsächlich etwas Sonderbares um Exmoor und seine Familie *gibt*; etwas ganz Natürliches, nehme ich an, aber eben völlig Unnormales. Und ich glaube, daß das Ohr da irgendeine Rolle spielt; entweder als Symbol oder als Irreführung oder als Krankheit oder als sonstwas. Eine andere Tradition berichtet, daß die Kavaliere unmittelbar nach James I. begannen, ihre Haare lang zu tragen, und zwar nur, um das Ohr des ersten Lord Exmoor zu kaschieren. Auch das ist ohne Zweifel reine Erfindung. Warum ich Sie darauf hinweise: Mir scheint, wir machen einen Fehler, wenn wir die Aristokratie nur wegen ihres Champagners und ihrer Diamanten attackieren. Die meisten Menschen bewundern den Adel eher, weil es ihm so gut geht, aber ich glaube, daß wir zuviel aufgeben, wenn wir zugeben, daß die Aristokratie wenigstens die Aristokraten glücklich gemacht hat. Ich schlage eine Serie darüber vor, wie armselig, wie unmenschlich, wie geradezu diabolisch der Geruch und die Atmosphäre einiger dieser großen Häuser sind. Es gibt dafür viele Beispiele; aber Sie könnten mit keinem besseren beginnen als mit dem Ohr der Eyres. Bis Ende der Woche werde ich Ihnen, wie ich glaube, die Wahrheit darüber ausgegraben haben.

Stets Ihr Francis Finn.«

Mr. Nutt überlegte einen Augenblick, während er seinen linken Stiefel anstarrte; dann rief er mit starker, lauter und völlig lebloser Stimme, in der jede Silbe wie die andere klang: »Miss Barlow, nehmen Sie bitte einen Brief an Mr. Finn auf.«

»Lieber Finn,
ich glaube, das geht; das Manuskript sollte uns mit der zweiten Post am Samstag erreichen.

Ihr E. Nutt.«

Dieses ausgefeilte Schriftstück artikulierte er, als ob das Ganze ein Wort wäre; und Miss Barlow ratterte es runter, als ob das Ganze ein Wort wäre. Dann nahm er sich eine andere Korrekturfahne und einen blauen Stift und änderte das Wort »übernatürlich« in das Wort »wunderbar«, und den Ausdruck »niederschießen« in den Ausdruck »unterdrücken«.

Mit so glücklichen gesunden Tätigkeiten vertrieb Nutt sich die Zeit, bis ihn der nächste Samstag am gleichen Schreibtisch fand, der gleichen Sekretärin diktierend und den gleichen blauen Stift an der ersten Lieferung von Mr. Finns Enthüllungen ansetzend. Die Einleitung war ein sauberes Stück schneidender Schmähungen der üblen Geheimnisse von Fürsten und über die Verzweiflung selbst in den höchsten irdischen Kreisen. Obwohl leidenschaftlich geschrieben, war es doch in ausgezeichnetem Englisch verfaßt; aber der Redakteur hatte es wie üblich jemand anderem gegeben, damit der es durch Untertitel auflockere, die von einer würzigeren Sorte waren, wie etwa »Gräfinnen und Gifte«, »Das Schaurige Ohr«, »Die Eyres in ihrem Eyrie«, und so fort durch hunderterlei glückliche Abwandlungen. Dann folgte die Legende vom Ohr, nach Finns erstem Brief ausführlicher ausgearbeitet, und dann das Wesentliche seiner späteren Entdeckungen, wie folgt:

»Ich weiß, daß es die Gepflogenheit der Journalisten ist, das Ende der Geschichte an den Anfang zu stellen und es Schlagzeile zu nennen. Ich weiß, daß Journalismus im wesentlichen daraus besteht, Leuten mitzuteilen ›Lord Jones Tot‹, die nie gewußt haben, daß Lord Jones lebte. Ihr Berichterstatter aber glaubt, daß das wie manche andere journalistische Gepflogenheit schlechter Journalismus ist; und daß der ›Daily Reformer‹ in solchen Dingen ein besseres Beispiel geben sollte. Daher schlägt er vor, seine Geschichte so zu erzählen, wie sie sich ereignete, Schritt um Schritt. Er wird die wirklichen Namen der Beteiligten nennen, die fast alle bereit sind, seinen Bericht zu bestätigen. Und was die Schlagzeilen angeht, die sensationellen Bekanntmachungen – sie werden am Schluß stehen.

Ich wanderte einen öffentlichen Pfad entlang, der durch einen privaten Obstgarten in Devonshire führt und so aussieht, als führe er einen zu Devonshirer Apfelwein, als ich plötzlich zu genau so einem Lokal kam, wie es der Pfad andeutete. Es war ein langgestreckter, niedriger Gasthof, der in Wirklichkeit aus einem Bauernhaus und zwei Scheunen bestand; vollkommen überdacht mit einem Strohdach aus jenem Stroh, das aussieht wie braunes und graues Haar, das bereits vor aller Geschichte gewachsen ist. Vor der Tür gab es ein Wirtshausschild, das es ›Der Blaue Drachen‹ nannte; und unter dem Schild stand einer jener langen ländlichen Tische, die vor den meisten freien englischen Gasthäusern standen, ehe Abstinenzler und Brauer gemeinsam diese Freiheit zerstörten. Und an diesem Tisch saßen drei Herren, die gut und gerne vor dreihundert Jahren gelebt haben könnten.

Jetzt, da ich sie alle besser kenne, ist es nicht schwierig, die Eindrücke auseinander zu halten; damals aber sahen sie mir wie drei sehr solide Gespenster aus. Die beherrschende Erscheinung war, sowohl weil er in allen drei Dimensionen größer war und weil er mitten an der Längsseite des Tisches saß, das Gesicht mir zugewandt, ein hochgewachsener fetter Mann, vollständig in Schwarz gekleidet, mit rötlichem, ja zu Schlagfluß neigendem Gesicht, aber einer ziemlich kahlen und ziemlich kummerzerfurchten Stirn. Als ich nochmals genauer hinsah, konnte ich nicht genau sagen, was mir den Eindruck von Altertümlichkeit gab, abgesehen vom altertümlichen Schnitt seines weißen klerikalen Kragens und den tief in seine Stirn eingegrabenen Falten.

Noch weniger leicht war es, den Eindruck im Fall des Mannes am rechten Ende des Tisches festzuhalten, der, um die Wahrheit zu sagen, eine so alltägliche Erscheinung war, wie man sie nur überall sehen kann, mit einem runden braunhaarigen Kopf und einer runden Stupsnase, aber ebenfalls in klerikales Schwarz gekleidet, wenngleich von strengerem

Schnitt. Erst als ich seinen Hut mit der breiten aufgebogenen Krempe neben ihm auf dem Tisch liegen sah, begriff ich, warum ich ihn mit irgend etwas Antikem verband. Er war ein römisch-katholischer Priester.

Vielleicht hatte der dritte Mann, jener am anderen Ende des Tisches, mehr damit zu tun als die übrigen, obwohl er sowohl an physischer Präsenz geringer wie auch in seiner Kleidung gleichgültiger war. Seine schmächtigen Gliedmaßen waren in sehr enge graue Ärmel und Hosen gekleidet, ich könnte auch sagen gequetscht; er hatte ein langes, bleiches Adlergesicht, das um so schwermütiger aussah, als seine hageren Wangen in einen Kragen und ein Halstuch nach der Art der Alten vergraben war; und sein Haar (das eigentlich dunkelbraun hätte sein sollen) hatte eine eigenartig dumpfe rötliche Farbe, die über seinem gelblichen Gesicht eher purpurn als rot wirkte. Die unaufdringliche, wenngleich unübliche Farbe war um so bemerkenswerter, weil sein Haar von fast unnatürlicher Fülle und Lockigkeit war und er es lang trug. Jedoch neige ich nach gründlicher Analyse dazu anzunehmen, daß mir den ersten Eindruck von Altertümlichkeit die hohen, altmodischen Weingläser, ein oder zwei Zitronen und zwei Tonpfeifen vermittelten. Und vielleicht auch die Suche nach der Vergangenheit, die mich hergeführt hatte.

Da ich ein abgebrühter Reporter bin, und da es allem Anschein nach ein öffentliches Gasthaus war, brauchte ich nicht allzuviel von meiner Unverschämtheit zu Hilfe zu nehmen, um mich an dem langen Tisch niederzulassen und Apfelwein zu bestellen. Der große Mann in Schwarz erschien sehr gelehrt, insbesondere in Lokalgeschichte; der kleine Mann in Schwarz überraschte mich, obwohl er sehr viel weniger sprach, durch noch umfassendere Kenntnisse. So vertrugen wir uns ganz gut miteinander; aber der dritte Mann, der alte Gentleman in den engen Hosen, schien ziemlich unnahbar und hochmütig, bis ich das Thema Herzog von Exmoor und seine Ahnen anschnitt.

Mir schien es, als ob das Thema den beiden anderen etwas peinlich sei; aber es brach höchst erfolgreich den Bann des Schweigens des dritten Mannes. Er sprach mit Zurückhaltung und mit dem Akzent eines hochgebildeten Herrn, und ab und zu paffte er aus seiner langen Tonpfeife, aber zugleich erzählte er mir einige der schauerlichsten Geschichten, die ich in meinem ganzen Leben vernommen habe: wie in früheren Zeiten einer der Eyres seinen eigenen Vater aufgehängt hat; und wie ein anderer seine Frau an einen Karren gebunden durchs Dorf geißeln ließ; und wie wieder ein anderer eine Kirche voller Kinder in Brand steckte, und so weiter.

Einige dieser Berichte sind tatsächlich nicht zur Veröffentlichung geeignet; wie zum Beispiel die Geschichte von den Scharlachroten Nonnen, die scheußliche Geschichte vom Gefleckten Hund oder die Sache, die sich im Steinbruch abspielte. Und dieses ganze Rotbuch der Ruchlosigkeit kam eher spröde von seinen dünnen aristokratischen Lippen, als er da saß und Wein aus seinem hohen dünnen Glas schlürfte.

Ich konnte sehen, daß der große Mann mir gegenüber alles nur Mögliche versuchte, um ihn zum Schweigen zu bringen; aber offenbar brachte er dem alten Herrn tiefe Hochachtung entgegen und wagte nicht, ihn einfach abrupt zu unterbrechen. Und der kleine Priester am anderen Ende des Tisches blickte, obwohl frei von solchen Gefühlen der Peinlichkeit, stetig auf den Tisch und schien die Erzählungen mit großem Unbehagen anzuhören – was nur zu verständlich ist.

›Sie scheinen‹, sagte ich zu dem Erzähler, ›dem Stammbaum der Exmoors nicht eben wohlgesinnt zu sein.‹

Er blickte mich einen Augenblick lang an, mit immer noch spröden Lippen, die aber weiß wurden und sich zusammenpreßten; dann zerbrach er absichtlich Tonpfeife und Glas auf dem Tisch und erhob sich, das vollkommene Ebenbild des vollkommenen Gentlemans mit dem jähen Zorn eines Teufels.

›Diese Herren‹, sagte er, ›werden Ihnen erzählen, ob ich Grund habe, ihn zu mögen. Der Fluch der alten Eyres hat schwer auf diesem Land gelastet, und viele haben darunter gelitten. Und sie wissen, daß niemand darunter so gelitten hat wie ich.‹ Und damit zermalmte er eine herabgefallene Scherbe des Glases unter seinem Absatz und schritt von dannen, hinein in das grüne Zwielicht unter den schimmernden Apfelbäumen.

›Das ist ein ungewöhnlicher alter Herr‹, sagte ich zu den beiden anderen; wissen Sie zufällig, was ihm die Familie Exmoor angetan hat? Wer ist das?‹

Der große Mann in Schwarz starrte mich mit dem wilden Ausdruck eines erschreckten Stieres an; doch schien er zunächst meine Frage gar nicht zu begreifen. Aber schließlich sagte er: ›Sie wissen nicht, wer er ist?‹

Ich bekräftigte mein Unwissen, und darauf war wieder Schweigen; und dann sagte der kleine Priester, der immer noch auf den Tisch starrte: ›Das ist der Herzog von Exmoor.‹

Und bevor ich noch meine verwirrten Sinne einsammeln konnte, fügte er ebenso ruhig, aber mit einer Miene des Dingeordnens hinzu: ›Mein Freund hier ist Dr. Mull, der Bibliothekar des Herzogs. Und mein Name ist Brown.‹

›Aber‹, stammelte ich, ›wenn er der Herzog ist, wieso verflucht er denn dann die alten Herzöge dermaßen?‹

›Weil er wirklich zu glauben scheint‹, antwortete der Priester namens Brown, ›daß sie ihn mit einem Fluch belastet haben.‹ Und dann fügte er ziemlich belanglos hinzu: ›Deshalb trägt er auch eine Perücke.‹

Es dauerte einige Augenblicke, ehe mir die Bedeutung dieser Mitteilung klar wurde. ›Sie sprechen doch wohl nicht von der Fabel über das phantastische Ohr?‹ fragte ich. ›Ich habe natürlich davon gehört, aber das muß sicherlich ein abergläubisches Garn sein, das aus etwas viel Einfacherem herausgesponnen ist. Ich habe mir manchmal gedacht, daß es vielleicht eine wilde Variante jener Verstümmelungsgeschichten ist. Im 16. Jahrhundert pflegte man doch Verbrechern ein Ohr abzuschneidend.‹

›Ich glaube nicht, daß es das war‹, antwortete der kleine Mann nachdenklich, ›aber es ist keineswegs außerhalb der normalen Wissenschaft oder der Naturgesetze, daß sich in einer Familie eine Mißbildung immer wieder vererbt – so wie ein Ohr, das größer ist als das andere.‹

Der große Bibliothekar hatte seine große kahle Stirn in seine großen roten Hände vergraben, wie ein Mann, der versucht, sich über seine Pflicht klarzuwerden. ›Nein‹, stöhnte er. ›Sie tun dem Manne eigentlich Unrecht. Verstehen Sie mich recht, ich habe keinen Grund, ihn zu verteidigen oder ihm auch nur die Treue zu wahren. Er war mir gegenüber ein Tyrann wie zu allen anderen. Denken Sie bloß nicht, weil Sie ihn hier sitzen gesehen haben, er sei kein großer Herr im übelsten Sinn des Wortes. Er würde einen Mann eine Meile weit herbeiholen, um eine Glocke zu läuten, die einen Meter neben ihm steht – um einen anderen Mann drei Meilen weit herbeizuholen, daß er ihm eine Streichholzschachtel bringe, die drei Meter neben ihm liegt. Er hält sich einen Diener, um seinen Spazierstock zu tragen; er hält sich einen Leibdiener, damit der ihm sein Opernglas hält –‹

›Aber keinen Kammerdiener, der ihm die Kleidung ausbürstet‹, fiel der Priester mit eigentümlicher Trockenheit ein, ›denn der Kammerdiener würde ihm auch die Perücke ausbürsten wollen.‹

Der Bibliothekar wandte sich ihm zu und schien meine Anwesenheit zu vergessen; er war sehr bewegt und, wie ich glaube, auch ein bißchen vom Weine befeuert. ›Ich weiß nicht, woher Sie das wissen, Father Brown‹, sagte er, ›aber Sie haben recht. Er läßt sich von der ganzen Welt bedienen – außer beim Ankleiden. Und er besteht darauf, das in buchstäblicher Einsamkeit wie in einer Wüste zu tun. Jeder wird ohne Zeugnis aus dem Haus geworfen, den man auch nur in der Nähe der Tür seines Ankleidezimmers antrifft.‹

›Scheint ja ein lustiger alter Kauz zu sein‹, bemerkte ich.

›Nein‹, erwiderte Dr. Mull einfach; ›und doch ist es gerade das, was ich meinte, als ich sagte, Sie täten ihm eigentlich Unrecht. Meine Herren, der Herzog empfindet tatsächlich ob des Fluches jene Verbitterung, die er eben äußerte. Er verbirgt in ehrlicher Scham und Furcht unter jener purpurnen Perücke etwas, von dem er glaubt, sein Anblick würde die Kinder der Menschen vernichten. Ich weiß das; und ich weiß, daß es nicht nur eine natürliche Mißbildung ist, wie etwa die Verstümmelung eines Verbrechers, oder eine erblich bedingte Disproportion seiner Züge. Ich weiß, daß es schlimmer ist als so etwas; denn ein Mann hat es mir erzählt, der dabei war, als sich eine Szene abspielte, die niemand erfinden kann und in der ein Mann, der stärker ist als jeder von uns, das Geheimnis zu lüften versuchte und einen tödlichen Schrecken davontrug.‹

Ich öffnete den Mund und wollte etwas sagen, aber Mull, der mich vollständig vergessen hatte, sprach weiter aus der Höhlung seiner Hände heraus. ›Ich erzähle Ihnen davon, Father, denn es dient eher zur Verteidigung des armen Herzogs, als daß es ihm schadet. Sie haben doch sicher von jener Zeit gehört, als er beinahe seine ganzen Besitzungen verloren hat?‹

Der Priester schüttelte den Kopf; und der Bibliothekar erzählte die Geschichte, wie er sie von seinem Vorgänger im Amt vernommen hatte, der sein Vorgesetzter und sein Lehrer gewesen war und dem er unbegrenzt zu vertrauen schien. Bis zu einem gewissen Punkt war es die ach so gewöhnliche Geschichte vom Niedergang eines großen Familienvermögens – die Geschichte eines Familienanwalts. Dieser Anwalt aber betrog sozusagen ehrlich, wenn dieser Ausdruck verständlich ist. Er vergriff sich nicht etwa an den Mitteln, die ihm zur Verwaltung übergeben waren, sondern er benutzte die Sorglosigkeit des Herzogs, um die Familie in eine finanzielle Klemme zu manövrieren, in der der Herzog sich gezwungen sehen mußte, sie ihm als Eigentum zu übergeben.

Der Name des Rechtsanwaltes war Isaac Green, aber der Herzog nannte ihn nur Elisha; vielleicht weil er schon völlig kahl war, obwohl noch kaum dreißig. Er war sehr rasch aus sehr schmutzigen Anfängen aufgestiegen; zuerst war er ein Spitzel oder Informant der Polizei gewesen, und dann ein Geldverleiher: aber als Anwalt der Eyres hatte er Verstand genug, wie ich schon gesagt habe, sich absolut korrekt zu verhalten, bis er bereit war, den endgültigen Schlag zu führen. Der Schlag fiel beim Abendessen; und der alte Bibliothekar erzählte mir, er werde niemals vergessen, wie die Lampenschirme und die Karaffen aussahen, als der kleine Anwalt mit gelassenem Lächeln dem großen Grundherrn vorschlug, sie sollten die Besitzungen untereinander je zur Hälfte teilen. Die Folgen waren unübersehbar; denn der Herzog zerschlug in tödlichem Schweigen eine Karaffe auf dem kahlen Schädel des Mannes, so jäh, wie ich selbst ihn das Weinglas an jenem Nachmittag im Obstgarten hatte zerschmettern sehen. Das hinterließ eine dreieckige Wunde in der Kopfhaut, und der Ausdruck in den Augen des Anwalts änderte sich, nicht aber sein Lächeln.

Er erhob sich schwankend auf seine Füße und schlug zurück, wie solche Menschen zurückschlagen. ›Dafür danke ich Ihnen, sagte er, ›denn jetzt kann ich mir den ganzen Besitz nehmen. Das Gesetz wird ihn mir geben.‹

Exmoor war, scheint es, weiß wie Asche, aber seine Augen flammten immer noch. ›Das Gesetz wird es Ihnen geben‹, sagte er; ›aber Sie werden es nicht nehmen ... Warum nicht? Warum? Weil das für mich der Jüngste Tag wäre, und wenn Sie es nehmen, *werde ich meine Perücke abnehmen* ... Nun, Sie erbärmlicher gerupfter Vogel, jedermann kann Ihren kahlen Kopf sehen. Aber kein Mann wird meinen sehen und überleben.‹

Nun können Sie sagen, was Sie wollen, und es ausdeuten, wie Sie wollen. Aber Mull beschwor als feierliche Tatsache, daß der Anwalt, nachdem er zunächst seine verkrampften Fäuste für einen Augenblick durch die Luft geschwungen hatte, einfach aus dem Zimmer gerannt sei und niemals wieder in der Gegend gesehen wurde; und daß seither Exmoor noch mehr als Hexer gefürchtet wurde denn schon zuvor als Großgrundbesitzer und Friedensrichter.

Nun hat Dr. Mull seine Geschichte mit reichlich wilden und theatralischen Gesten erzählt und mit einer Leidenschaft, die mir einigermaßen parteiisch vorkam. Ich war mir durchaus der Möglichkeit bewußt, daß das Ganze die Extravaganz eines alten Schwätzers und Klatschonkels sein könnte. Aber bevor ich diese Hälfte meiner Entdeckungen beschließe, muß ich Dr. Mull Gerechtigkeit angedeihen lassen und berichten, daß meine ersten beiden Recherchen seine Geschichte bestätigt haben. Ich erfuhr von einem alten Apotheker im Dorf, daß eines Abends ein kahler Mann im Abendanzug aufgetaucht sei, der seinen Namen mit Green angegeben habe, und der sich von ihm eine dreieckige Wunde an der Stirn habe versorgen lassen. Und ich erfuhr aus Gerichtsakten und alten Zeitungen, daß einst ein Verfahren von einem Green gegen den Herzog von Exmoor eingeleitet und zumindest eröffnet worden ist.«

Mr. Nutt vom ›Daily Reformer‹ schrieb einige höchst unpassende Worte quer über das Manuskript, machte eine Reihe höchst geheimnisvoller Zeichen an den Rand und rief mit der gleichen lauten monotonen Stimme nach Miss Barlow: »Nehmen Sie einen Brief an Mr. Finn auf.«

»Lieber Finn,
Ihr Manuskript ist ganz brauchbar, aber ich hatte es ein bißchen zu untertiteln; und außerdem würden unsere Leser niemals einen römischen Priester in der Geschichte dulden – Sie dürfen die Vorstädte nicht vergessen. Ich habe ihn in Mr. Brown, Spiritualisten, geändert.

Ihr E. Nutt.«

Einen oder zwei Tage später sah man den rührigen und kritischen Redakteur, wie er mit blauen Augen, die größer und größer zu werden schienen, den zweiten Teil von Mr. Finns Bericht über die Geheimnisse aus dem Leben der höchsten Kreise studierte. Er begann mit folgenden Worten:

»Ich habe eine erstaunliche Entdeckung gemacht. Ich gestehe freimütig, daß sie ganz anders aussieht als alles, was zu entdecken ich erwartet hatte, und sie wird die Öffentlichkeit auf eine höchst handfeste Weise erschüttern. Ich wage ohne Eitelkeit zu behaupten, daß man das, was ich jetzt niederschreiben werde, in ganz Europa lesen wird, und ebenso in ganz Amerika und in allen Kolonien. Und doch erfuhr ich alles, was ich zu berichten habe, bevor ich diesen nämlichen kleinen Holztisch in diesem nämlichen kleinen Gehölz aus Apfelbäumen verließ.

Ich verdanke alles dem kleinen Priester Brown; er ist ein außerordentlicher Mann. Der große Bibliothekar hatte den Tisch verlassen, vielleicht beschämt ob seiner Geschwätzigkeit, vielleicht besorgt ob des Sturms, in dem sein rätselhafter Herr verschwunden war: wie auch immer, er verschwand schwerfällig auf den Spuren des Herzogs zwischen den Bäumen. Father Brown hatte eine der Zitronen ergriffen und betrachtete sie mit einem sonderbaren Vergnügen.

›Welch schöne Farbe doch eine Zitrone hat!‹ sagte er. ›Es gibt nur eine Sache, die ich an der Perücke des Herzogs nicht mag – die Farbe.‹

›Ich glaube nicht, daß ich Sie verstehe‹, antwortete ich.

›Ich wage zu behaupten, daß er gute Gründe hat, seine Ohren zu bedecken, wie einst König Midas‹, fuhr der Priester in heiterer Schlichtheit fort, die unter den obwaltenden Umständen einen etwas spöttischen Charakter zu haben schien. ›Ich kann gut verstehen, daß es angenehmer ist, sie mit Haar zu bedecken, als mit Messingplatten oder Lederklappen. Aber wenn er Haar verwenden will, warum läßt er es nicht wie Haar aussehen? Niemals hat es Haar von dieser Farbe auf Erden gegeben. Es sieht eher aus, als komme eine Sonnenuntergangswolke durchs Gehölz. Warum verbirgt er den Familienfluch nicht geschickter, wenn er sich seiner wirklich so sehr schämt? Soll ich es Ihnen sagen? Weil er sich seiner überhaupt nicht schämt. Er ist stolz auf ihn.‹

›Das ist aber eine zu häßliche Perücke, um darauf stolz zu sein – und eine zu häßliche Geschichte‹, sagte ich.

›Denken Sie einmal nach‹, erwiderte dieser seltsame kleine Mann, ›wie Sie selbst wirklich über solche Dinge denken. Ich bin nicht der Ansicht, daß Sie versnobter oder morbider sind als wir übrigen: Aber haben Sie nicht auch den Eindruck, daß ein echter alter Familienfluch in Wirklichkeit ein ganz hübscher Besitz ist? Würden Sie sich schämen, wären Sie nicht auch ein bißchen stolz, wenn der Erbe des Schreckens der Glamis Sie seinen Freund nennte? Oder wenn Byrons Familie Ihnen ganz allein die üblen Geheimnisse dieses Geschlechtes anvertraut hätte? Beurteilen Sie die Aristokraten nicht zu streng, wenn ihre Köpfe sich als so schwach wie unsere erweisen, und wenn sie sich als Snobs gegenüber ihren eigenen Kümmernissen erweisen.‹

›Bei Gott!‹ schrie ich. ›Das ist wahr genug. In der Familie meiner Mutter gab es eine Todesfee; und jetzt, da ich darüber nachdenke, wird mir klar, wie oft mich das in kalten Stunden getröstet hat.‹

›Und denken Sie‹, fuhr er fort, ›an jenen Strom von Blut und Gift, der ihm im gleichen Augenblick von den dünnen Lippen sprudelte, als Sie seine Vorfahren erwähnten. Warum sollte er jedem beliebigen Fremden eine solche Schreckenskammer zeigen, wenn er nicht stolz auf sie wäre? Er verbirgt seine Perücke nicht, er verbirgt sein Blut nicht, er verbirgt seinen Familienfluch nicht, er verbirgt die Verbrechen seiner Familie nicht – *aber* –‹

Die Stimme des kleinen Mannes änderte sich so plötzlich, er ballte seine Hände so jäh, seine Augen wurden so rasch runder und leuchtender wie die einer erwachenden Eule, daß es die ganze Abruptheit einer kleinen Explosion auf dem Tisch hatte.

›Aber‹, schloß er, ›*er verbirgt das Geheimnis seines Ankleidens.*‹

Irgendwie vervollständigte es das Erschauern meiner phantasievollen Nerven, daß in diesem Augenblick der Herzog schweigend zwischen den schimmernden Bäumen wieder erschien, auf seinen leisen Füßen und mit seinem sonnenuntergangfarbenen Haar kam er in Begleitung seines Bibliothekars um die Hausecke. Aber noch ehe er in Hörweite war, hatte Father Brown ganz gelassen hinzugefügt: ›Warum verbirgt er in Wirklichkeit das Geheimnis dessen, was er mit der purpurnen Perücke macht? Weil es nicht die Art von Geheimnis ist, die wir vermuten.‹

Der Herzog kam um die Ecke und nahm seinen Platz am Kopf des Tisches mit all seiner angeborenen Würde wieder ein. Den Bibliothekar ließ seine Verlegenheit wie einen großen Bären auf seinen Hinterbeinen schwanken. Der Herzog sprach den Priester in tiefem Ernst an. ›Father Brown‹, sagte er, ›Doktor Mull hat mich unterrichtet, daß Sie hergekommen sind, um mir ein Ersuchen vorzutragen. Nun beachte ich die Religion meiner Väter schon seit langem nicht mehr; aber um ihretwillen und wegen unserer früheren Begegnungen bin ich gerne bereit, Sie anzuhören. Aber ich nehme an, daß Sie es vorzögen, Ihr Ersuchen unter vier Augen vorzubringen.‹

Was immer in mir noch von guter Erziehung übrig war, hieß mich gehen. Was immer ich mir vom Journalisten angeeignet habe, hieß mich bleiben. Aber noch ehe diese Lähmung sich in mir gelöst hatte, hielt mich der Priester mit einer leichten Bewegung zurück. ›Wenn‹, sagte er, ›Euer Gnaden mir meinen wirklichen Wunsch gewähren wollen, oder wenn ich irgendein Recht habe, Ihnen zu raten, dann würde ich darauf drängen, daß so viele Leute wie nur möglich anwesend sein sollten. Überall in dieser Gegend habe ich Aberhunderte selbst von meiner eigenen Herde und Konfession gefunden, deren Phantasie von dem Bann vergiftet ist, den zu brechen ich Sie anflehe. Ich wollte, wir könnten ganz Devonshire hier haben, um Sie es tun zu sehen.‹

›Mich was tun zu sehen?‹ fragte der Herzog und runzelte die Brauen.

›Zu sehen, wie Sie die Perücke abnehmen‹, sagte Father Brown.

Das Gesicht des Herzogs blieb unbewegt; aber er blickte den Bittsteller mit einem so glasigen Starren an, daß es mir als der furchtbarste Ausdruck erschien, den ich je auf einem menschlichen Gesicht gesehen habe. Ich konnte die mächtigen Beine des Bibliothekars unter ihm beben sehen wie die Schatten von Stämmen in einem Teich; und ich konnte aus meinem Hirn die Vorstellung nicht vertreiben, daß sich die Bäume um uns herum in dem Schweigen still mit Teufeln statt mit Vögeln füllten.

›Ich will Sie verschonen‹, sagte der Herzog mit der Stimme unmenschlichen Erbarmens. ›Ich lehne ab. Gäbe ich Ihnen auch nur den leisesten Hinweis auf die Last des Schreckens, die ich allein zu tragen habe, würden Sie kreischend hier vor meinen Füßen liegen und darum betteln, Ihnen mehr zu ersparen. Ich will Ihnen den Hinweis ersparen. Sie sollen nicht einmal den ersten Buchstaben dessen buchstabieren, was auf dem Altar des Unbekannten Gottes geschrieben steht.‹

›Ich kenne den Unbekannten Gott‹, sagte der kleine Priester mit der unbewußten Größe der Gewißheit, die wie ein Granitturm aufragt. ›Ich weiß seinen Namen; er ist Satan. Der wahre Gott wurde Fleisch und weilte unter uns. Ich aber sage Ihnen, wo immer Sie Menschen finden, die ausschließlich von einem Geheimnis beherrscht werden, ist es das

Geheimnis der Sünde. Wenn der Teufel einem sagt, irgend etwas sei zu furchtbar, um es anzublicken, blicke man es an. Wenn er sagt, irgend etwas sei zu schrecklich, um es anzuhören, höre man es an. Wenn man irgendeine Wahrheit für unerträglich hält, trage man sie. Ich flehe Euer Gnaden an, diesem Albtraum jetzt und hier an diesem Tisch ein Ende zu bereiten.‹

›Wenn ich das täte‹, sagte der Herzog mit leiser Stimme, würden Sie und Ihr ganzer Glaube und alles, aus dem heraus allein Sie leben, zusammenschrumpfen und untergehen. Sie würden für einen Augenblick das große Nichts erkennen, ehe Sie stürben.‹

›Das Kreuz Christi sei zwischen mir und allem Übel‹, sagte Father Brown. ›Nehmen Sie die Perücke ab.‹

Ich lehnte mich in unbeherrschbarer Erregung über den Tisch; während ich diesem außerordentlichen Zweikampf zuhörte, war mir eine halbe Idee in den Kopf geschossen. ›Euer Gnaden‹, schrie ich, ›Sie bluffen. Nehmen Sie die Perücke ab, oder ich schlage sie Ihnen herunter.‹

Ich kann vermutlich wegen tätlicher Beleidigung verklagt werden, aber ich bin froh, daß ich es tat. Als er mit der gleichen steinernen Stimme sagte: ›Ich lehne ab‹, sprang ich ihn einfach an. Für drei lange Augenblicke widerstand er mir, als hülfe ihm die ganze Hölle; aber ich zwang seinen Kopf immer tiefer zurück, bis die haarige Mütze herabfiel. Ich gestehe, daß ich noch während des Ringens die Augen schloß, als sie herabfiel.

Ein Aufschrei von Mull, der sich inzwischen an der Seite des Herzogs befand, brachte mich wieder zu mir. Sein Kopf beugte sich wie der meine über den kahlen Kopf des perückenlosen Herzogs. Dann zerriß das Schweigen, als der Bibliothekar ausrief: ›Was bedeutet das? Der Mann hat ja gar nichts zu verbergen. Seine Ohren sind so normal wie die aller anderen.‹

›Ja‹, sagte Father Brown, ›und das ist es, was er zu verbergen hatte.‹

Der Priester trat zu ihm hin, blickte aber sonderbarerweise überhaupt nicht auf seine Ohren. Er starrte ihm vielmehr mit einer fast komischen Ernsthaftigkeit auf die Stirn und wies dann auf eine dreieckige Narbe, seit langem verheilt, aber immer noch erkennbar. ›Mr. Green, nehme ich an‹, sagte er höflich, ›und also hat er schließlich doch den ganzen Besitz bekommen.‹

Und nun möchte ich den Lesern des ›Daily Reformer‹ berichten, was ich für das Bemerkenswerteste an der ganzen Angelegenheit halte. Diese Verwandlungsszene, die Ihnen so wild und bunt erscheinen wird wie ein persisches Märchen, war (abgesehen von meinem Überfall) von Anfang an vollkommen gesetzlich und verfassungsmäßig. Dieser Mann mit der sonderbaren Narbe und den normalen Ohren ist kein Betrüger. Obwohl er (in gewissem Sinne) eines anderen Mannes Perücke trägt und eines anderen Mannes Ohren zu haben vorgibt, hat er doch den Adelstitel eines anderen Mannes nicht gestohlen. Er ist wirklich der einzige wahre Herzog von Exmoor. Was aber geschehen war, ist dieses. Der alte Herzog hatte tatsächlich ein etwas mißgestaltetes Ohr, was tatsächlich mehr oder minder erblich war. Er benahm sich wegen ihm tatsächlich krankhaft; und es ist höchst wahrscheinlich, daß er es in jener gewalttätigen Szene (die sich zweifellos abgespielt hat) als eine Art Fluch anrief, als er Green mit der Karaffe schlug. Aber die Auseinandersetzung endete ganz anders. Green bestand auf seinen Forderungen und erhielt den Besitz zugesprochen; der enteignete Edelmann erschoß sich und starb ohne Nachkommen. Nach einer angemessenen Frist hat die wunderbare englische Regierung den ›erloschenen‹ Herzogstitel von Exmoor erneuert und ihn wie üblich der bedeutendsten Persönlichkeit verliehen, der Person, die den Besitz innehatte.

Dieser Mann machte sich die alten feudalen Fabeln zunutze – in seiner versnobten Seele beneidete und bewunderte er sie womöglich wirklich –, so daß Abertausende armer englischer Menschen vor einem geheimnisvollen Oberhaupt mit uraltem Schicksal und einer Krone aus bösen Sternen erzitterten – während sie in Wirklichkeit vor einem erzitterten, der aus der Gosse gekommen und vor nicht einmal zwölf Jahren noch ein Winkeladvokat und Pfandleiher gewesen war. Ich glaube, das ist sehr typisch für die wirkliche Anklage gegen unseren Adel, wie er nun einmal ist und es bleiben wird, bis Gott uns bessere Männer schickt.«

Mr. Nutt legte das Manuskript hin und rief mit unüblicher Schärfe: »Miss Barlow, bitte nehmen Sie einen Brief an Mr. Finn auf.«

»Lieber Finn,
Sie müssen verrückt sein; das können wir nicht bringen. Ich wollte Vampire und die böse alte Zeit und den Adel Hand in Hand mit dem Aberglauben. Das liebt man. Aber es muß Ihnen doch klar sein, daß uns die Exmoors dieses niemals verzeihen würden. Und was würden unsere Leute dann dazu sagen, möchte ich gerne wissen! Schließlich ist Sir Simon einer der engsten Freunde von Exmoor; und es würde jenen Vetter der Eyres ruinieren, der für uns in Bradford kandidiert. Außerdem war der alte Seifensieder unglücklich genug, als er im letzten Jahr seinen Adelstitel nicht bekommen hat; er würde mich per Telegramm feuern, wenn ich

ihm das durch solchen Unfug vermasselte. Und was ist mit Duffey? Er schreibt uns rauschende Artikel über ›Die Spur des Normannen‹. Und wie kann er über die Normannen schreiben, wenn der Mann nur ein Advokat ist? Seien Sie doch vernünftig.

Ihr E. Nutt.«

Und während Miss Barlow fröhlich vor sich hin ratterte, knüllte er das Manuskript zusammen und schleuderte es in den Papierkorb; aber nicht, ehe er automatisch und aus dem Zwang der Gewohnheit das Wort »Gott« abgeändert hatte in das Wort »Umstände«.

Der Untergang der Pendragons

Father Brown war nicht in der Stimmung für Abenteuer. Er war kürzlich vor Überarbeitung krank geworden, und als er sich zu erholen begann, hatte sein Freund Flambeau ihn auf eine Vergnügungsfahrt auf einer kleinen Segeljacht mitgenommen, zusammen mit Sir Cecil Fanshaw, einem jungen Landjunker aus Cornwall und begeisterten Liebhaber der kornischen Küstenlandschaften. Aber Brown fühlte sich noch eher schwach; als Seemann fühlte er sich nicht sehr wohl; und obwohl er nicht zu jenen gehörte, die entweder herumnörgeln oder zusammenbrechen, stieg seine Stimmung doch nicht über Geduld und Höflichkeit hinaus. Wenn die beiden anderen den zerfetzten violetten Sonnenuntergang oder die zerklüfteten vulkanischen Klippen priesen, stimmte er ihnen bei. Wenn Flambeau auf einen Felsen wies, der wie ein Drache geformt sei, sah er ihn an und dachte bei sich, er sehe einem Drachen sehr ähnlich. Wenn Fanshaw noch aufgeregter auf einen Felsen hinwies, der wie Merlin aussehe, sah er ihn an und bekundete Zustimmung. Wenn Flambeau fragte, ob dieses Felsentor des sich windenden Flusses nicht das Tor zum Märchenland sei, sagte er »Ja«. Er lauschte den wichtigsten wie den unwichtigsten Dingen mit der gleichen teilnahmslosen Aufmerksamkeit. Er vernahm, daß diese Küste für alle außer den sorgfältigsten Seeleuten den Tod bedeute; und er vernahm, daß die Schiffskatze schlafe. Er vernahm, daß Fanshaw seine Zigarrenspitze nirgends finden könne; und er vernahm den Orakelspruch des Steuermanns:

»Beide Augen offen, läßt gute Fahrt erhoffen;
nur ein Auge blinkt, unser Schifflein sinkt.«

Er vernahm, wie Flambeau zu Fanshaw sagte, das bedeute zweifelsfrei, der Steuermann müsse beide Augen offen halten und äußerst wachsam sein. Und er vernahm, wie Fanshaw zu Flambeau sagte, daß es das sonderbarerweise nicht bedeute: es bedeute vielmehr, daß sie sich im richtigen Kanal des Flusses befänden, solange sie zwei der Küstenlichter, eines nahe, eines ferne, genau nebeneinander sähen; wenn aber das eine der Lichter sich hinter dem anderen verberge, dann laufe man auf Felsen auf. Er vernahm Fanshaw hinzufügen, daß sein Land voll solcher seltsamer Märchen und Redensarten sei; es sei die wahre Heimat romantischer Dichtung; er beanspruchte sogar für diesen Teil Cornwalls vor Devonshire den Lorbeer elisabethanischer Seefahrerkunst. Er erzählte, daß es zwischen diesen Buchten und Inselchen Kapitäne gegeben habe, neben denen Drake sozusagen eine Landratte gewesen sei. Er vernahm Flambeau lachen und fragen, ob vielleicht der Abenteuerruf »Westward Ho!« nur bedeute, daß alle Devonshirer in Cornwall leben wollten. Er vernahm Fanshaw sagen, daß es da keinen Grund für Albereien gebe; daß kornische Kapitäne nicht nur Helden gewesen seien, sondern es immer noch wären: daß ganz in der Nähe ein alter Admiral im Ruhestand lebe, zernarbt von aufregenden Reisen voller Abenteuer, der in seiner Jugend die letzte Gruppe von 8 Südseeinseln gefunden habe, die der Weltkarte hinzugefügt wurden. Dieser Cecil Fanshaw verkörperte jene Art, die gewöhnlich einen derben aber fröhlichen Enthusiasmus verbreitet; ein junger Mann, blond, mit frischen Farben und einem lebhaften Profil; mit lausbübisch herausforderndem Geist, aber einer fast mädchenhaften Feinheit von Teint und Typus. Die breiten Schultern, die schwarzen Brauen, der schwarze Musketiersauftritt Flambeaus bildeten da den größten Gegensatz.

Alle diese Trivialitäten hörte und sah Brown; aber er hörte sie, wie ein müder Mann eine Melodie im Rattern der Eisenbahnräder hört, und sah sie, wie ein kranker Mann die Muster seiner Zimmertapeten sieht. Niemand kann die Stimmungsumschwünge in der Genesung vorhersagen: Aber Father Browns Niedergeschlagenheit hatte wohl zum großen Teil mit seiner Unvertrautheit mit der See zu tun. Denn als die Flußmündung sich wie ein Flaschenhals verengte, das Wasser ruhiger wurde und die Luft wärmer und mehr nach Land roch, schien er wie ein neugeborener Säugling aufzuwachen und aufzumerken. Sie hatten diese Phase kurz nach Sonnenuntergang erreicht, als Luft und Wasser noch hell waren, aber die Erde und alle auf ihr wachsenden Dinge im Vergleich schon fast schwarz aussahen. An diesem besonderen Abend war aber etwas Ungewöhnliches. Es war eine jener seltenen Stimmungen, in der ein rauchschwarzes Glas zwischen uns und der Natur weggeschoben worden zu sein scheint, so daß an einem solchen Tag selbst dunkle Farben leuchtender wirken als helle Farben an einem wolkigeren Tag. Die zertrampelte Erde der Uferbänke und die Torfbrühe in den Tümpeln wirkten nicht dreckig, sondern wie glühendes Goldbraun, und die dunklen Wälder, die sich in der Brise wiegten, wirkten nicht wie üblich matt bläulich durch die Tiefe der Entfernung, sondern eher wie winddurchwogte Massen kräftig violetter Blüten. Diese zauberische Klarheit und die Nachdrücklichkeit der Farben zwangen sich Browns langsam wiedererwachenden Sinnen auch noch durch irgend etwas Romantisches und sogar Geheimnisvolles in der Form der Landschaft selbst auf.

Der Fluß war immer noch breit und tief genug für ein Vergnügungsboot so klein wie ihres; aber die Schwünge der Landschaft deuteten an, daß sie sich auf beiden Seiten enger zusammenzog; die Wälder schienen abgebrochene und flüchtige Versuche zu unternehmen, Brücken zu schlagen – als ob das Boot aus der Romantik eines Tales in die Romantik eines Hohlweges und hinein in die noch tiefere Romantik eines Tunnels gleite. Jenseits dieser äußeren Ansicht der Dinge gab es wenig Nahrung für Browns sich erfrischende Phantasie; er sah keine Menschen außer einigen Zigeunern, die mit Bündeln im Walde geschnittenen Reisigs und Ruten von Korbweiden am Ufer dahinzogen; und einen nicht länger unüblichen, aber in so abgelegenen Gegenden immer noch ungewöhnlichen Anblick: eine dunkelhaarige Dame mit unbedecktem Kopf, die ihr eigenes Kanu paddelte. Falls Father Brown ihnen auch nur die geringste Aufmerksamkeit gewidmet haben sollte, so vergaß er sie hinter der nächsten Biegung des Flusses, die ein einzigartiges Objekt in den Blick rückte.

Die Wasserfläche schien sich zu verbreitern und aufzureißen, zerspalten vom dunklen Keil eines fischförmigen und bewaldeten Inselchens. Bei der Fahrt, die sie machten, schien das Inselchen ihnen wie ein Schiff entgegenzuschwimmen; ein Schiff mit einem sehr hohen Bug – oder besser gesagt mit einem sehr hohen Schlot. Denn am äußersten, ihnen am nächsten Punkt erhob sich ein sonderbar aussehendes Bauwerk, ungleich allem, woran sie sich erinnern oder das sie mit irgendeinem Zweck verbinden konnten. Es war nicht besonders hoch, aber es war für seine Breite zu hoch, als daß man es anders denn einen Turm hätte nennen können. Jedoch schien es ausschließlich aus Holz erbaut zu sein, und das in einer höchst ungleichmäßigen und exzentrischen Weise. Manche der Planken und Balken waren aus guter abgelagerter Eiche; manche andere aus dem gleichen Holz, aber grob und kürzlich zugeschnitten; andere wieder waren aus weißem Fichtenholz, und noch viel mehr aus dem gleichen Holz, aber schwarz geteert. Diese schwarzen Balken hatte man schief und die kreuz und quer in allen möglichen Winkeln eingesetzt, was dem Ganzen ein höchst zusammengeflicktes und verwirrendes Äußeres verlieh. Es gab ein oder zwei Fenster, die auf altmodische Weise aber in einem feineren Stil bunte, bleigefaßte Scheiben hatten. Die Reisenden sahen sich das mit jenem paradoxen Gefühl an, das uns überkommt, wenn etwas uns an etwas erinnert und wir doch sicher sind, daß es etwas ganz anderes ist.

Father Brown vermochte, selbst wenn er verwirrt war, klug seine Verwirrung zu analysieren. Und er entdeckte sich beim Nachsinnen darüber, ob das Sonderbare nicht daher rühre, daß eine bestimmte Form aus einem völlig unpassenden Material geschnitten sei; als ob man einen Zylinder aus Zinn sähe, oder einen Frack aus buntkariertem Schottentartan. Er war sich sicher, daß er Hölzer verschiedener Farben schon einmal ähnlich zusammengefügt gesehen hatte, niemals aber in solchen architektonischen Proportionen. Im nächsten Augenblick sagte ihm ein Blick durch die dunklen Bäume alles, was er zu wissen wünschte, und er lachte. Für einen Augenblick erschien da in einer Lücke im Laubwerk eines jener alten Holzhäuser, deren Vorderseite mit schwarzen Balken ausgelegt ist und die man immer noch hier und da in England finden kann, die aber die meisten von uns als Nachahmungen in Ausstellungen mit Titeln wie »Alt-London« oder »Shakespeares England« sehen. Es blieb gerade lange genug in Sicht, daß der Priester es, wie altmodisch auch immer, als ein bequemes und wohlgepflegtes Landhaus erkennen konnte, mit Blumenbeeten davor. Es hatte nichts von dem buntscheckigen und verrückten Anblick des Turmes an sich, der aus seinen Überbleibseln zusammengestoppelt erschien.

»Was in aller Welt ist denn das?« fragte Flambeau, der immer noch den Turm anstarrte.

Fanshaws Augen leuchteten auf, und triumphierend sagte er: »Aha! Ich kann mir vorstellen, daß Sie so was nie zuvor gesehen haben; deshalb habe ich Sie hergebracht, mein Freund. Nun sollen Sie selbst sehen, ob ich im Hinblick auf die Seeleute von Cornwall übertrieben habe. Dieser Besitz gehört dem alten Pendragon, den wir den Admiral nennen, obwohl er in den Ruhestand trat, ehe er diesen Rang noch erreicht hatte. Der Geist von Raleigh und Hawkins ist für die Devon-Leute eine Erinnerung; bei den Pendragons ist er moderne Tatsache. Wenn Königin Elisabeth aus dem Grabe erstünde und in einer goldenen Barke diesen Fluß heraufkäme, würde sie vom Admiral in genau so einem Haus empfangen, wie sie es gewohnt war, mit jeder Ecke und jedem Fensterflügel, mit jedem Wandpaneel und jedem Teller auf dem Tisch. Und sie würde einen englischen Seekapitän vorfinden, der immer noch so begeistert von der Suche in kleinen Schiffen nach unbekannten Ländern erzählt, als ob sie mit Drake dinierte.«

»Und im Garten würde sie ein wunderliches Ding finden«, sagte Father Brown, »das ihrem Renaissance-Auge gar nicht gefallen würde. Diese elisabethanische Art Häuser zu bauen ist auf ihre Weise bezaubernd; aber es widerspricht ihrem Wesen, in Türmchen auszubrechen.«

»Und doch«, antwortete Fanshaw, »ist das gerade der romantischste und elisabethanischste Teil der Geschichte. Der Turm wurde zur Zeit der Kriege mit Spanien von den Pendragons erbaut; und obwohl er Reparaturen und aus anderen Gründen sogar einen Wiederaufbau brauchte, wurde er doch immer wieder in der alten Weise errichtet. Man erzählt, daß die Gemahlin von Sir Peter Pendragon ihn an diesem Platz und mit dieser Höhe errichten ließ, weil man von seiner Spitze aus gerade jene Biegung erblicken kann, um welche die Schiffe in die Flußmündung einbiegen; und sie wollte die erste sein, die das Schiff ihres Gemahls erblickte, wie er es aus der spanischen Karibik nach Hause brachte.«

»Und aus welchem anderen Grunde«, fragte Father Brown, »wurde er, wie Sie sagen, wieder aufgebaut?«

»Oh, auch dazu gibt es eine seltsame Geschichte«, sagte der junge Landjunker voller Freude. »Sie sind wirklich in einem Land der seltsamen Geschichten. König Artus war hier mit Merlin, und vor ihm die Feen. Man erzählt sich, daß Sir Peter Pendragon, der (fürchte ich) einige der Fehler der Piraten nebst allen Tugenden des Seemanns besaß, drei spanische Edelleute in ehrenhafter Gefangenschaft mit zurück nach Hause brachte, um sie zum Hofe der Königin Elisabeth zu geleiten. Aber er war ein Mann vom flammenden Temperament eines Tigers, und als es zu einem heftigen Wortwechsel mit einem von ihnen kam, packte er ihn bei der Gurgel und schleuderte ihn zufällig oder absichtlich in die See. Ein zweiter Spanier, der Bruder des ersten, zog daraufhin sofort seinen Degen und griff Pendragon an, und nach einem kurzen aber wilden Kampf, während dem beide drei Wunden in ebenso vielen Minuten empfingen, stieß Pendragon dem anderen seine Klinge durch den Leib, und damit war auch der zweite Spanier erledigt. Nun war das Schiff bereits in die Flußmündung eingeschwenkt und verhältnismäßig flachem Wasser nahe. Da sprang der dritte Spanier über Bord, schwamm aufs Ufer zu und war ihm bald nahe genug, daß er bis zu den Hüften im Wasser stehen konnte. Und da wandte er sich erneut dem Schiff zu und reckte beide Arme zum Himmel empor – wie ein Prophet, der die Pest auf eine gottlose Stadt herabbeschwört – und schrie Pendragon mit durchdringender und schrecklicher Stimme zu, daß wenigstens er noch lebe, daß er weiterleben werde, daß er für immer leben werde; und daß vom Hause der Pendragons Generation um Generation weder ihn noch die Seinen je wiedersehen würde, aber durch höchst sichere Zeichen stets wissen werde, daß er und seine Rache lebendig seien. Damit tauchte er in eine Welle und ertrank entweder, oder schwamm so lange unter Wasser, daß kein Haar seines Hauptes je wieder gesehen ward.«

»Da ist das Mädchen im Kanu wieder«, sagte Flambeau zusammenhanglos, denn gutaussehende junge Frauen konnten ihn von jedem Thema abbringen. »Ihr scheint der eigenartige Turm ebenso verwirrend vorzukommen wie uns.«

Und wirklich ließ die schwarzhaarige junge Dame ihr Kanu langsam und schweigend an der sonderbaren Insel vorübertreiben und blickte den sonderbaren Turm aufmerksam an, wobei auf ihrem ovalen olivfarbenen Antlitz hell die Neugier brannte.

»Kümmern Sie sich nicht um Mädchen«, sagte Fanshaw ungeduldig; »von denen gibt es viele auf der Welt, aber nicht viele Dinge wie den Turm der Pendragons. Wie Sie sich leicht vorstellen können, entstanden aus dem Fluch des Spaniers viele abergläubische Geschichten und Skandale; und ohne jeden Zweifel wurde, wie Sie sagen würden, jedes Unglück, das dieser kornischen Familie zustieß, von ländlicher Leichtgläubigkeit mit ihm in Verbindung gebracht. Aber vollkommen wahr ist, daß dieser Turm zwei- oder dreimal niederbrannte; und man kann die Familie nicht vom Glück begünstigt nennen, denn meines Wissens sind mehr als zwei der nächsten Anverwandten des Admirals bei Schiffsuntergängen umgekommen; und wenigstens einer, nach meinen eigenen Kenntnissen, an praktisch eben der Stelle, wo Sir Peter den Spanier über Bord geworfen hat.«

»Wie schade!« rief Flambeau aus. »Sie macht sich davon.«

»Wann hat Ihnen Ihr Freund der Admiral diese Familiengeschichte erzählt?« fragte Father Brown, als das Mädchen im Kanu davonpaddelte, ohne die geringste Absicht zu zeigen, ihr Interesse vom Turm auf die Jacht auszudehnen, die Fanshaw inzwischen längsseits der Insel hatte anlegen lassen.

»Vor vielen Jahren«, erwiderte Fanshaw; »er ist seit einiger Zeit nicht mehr zur See gefahren, obwohl er darauf immer noch so scharf ist wie nur je. Ich glaube, es gibt da ein Familienabkommen oder so was. Aber hier ist der Landungssteg; gehen wir an Land und begrüßen wir den alten Knaben.«

Sie folgten ihm unmittelbar unter dem Turm durch auf die Insel, und Father Brown schien, ob nun durch die einfache Berührung trockenen Landes oder durch etwas Interessantes auf dem anderen Ufer des Flusses (wohin er einige Sekunden lang sehr aufmerksam starrte), auf einmalige Weise an Frische zu gewinnen. Sie kamen in eine Allee zwischen zwei Zäunen aus dünnem gräulichem Holz, wie sie oftmals Parks und Gärten einfassen, und über die hinweg man die Gipfel der dunklen Bäume hin und her schwingen sah wie schwarze und purpurne Federn auf dem Leichenwagen eines Riesen. Der Turm sah, als sie ihn hinter sich zurückließen, um so merkwürdiger aus, denn solche Einfahrten werden meist von zwei Türmen flankiert; und dieser eine hier sah daher schief aus. Davon abgesehen bot die Allee den üblichen Anblick einer Auffahrt zu einem Herrenhaus; und da sie so geschwungen verlief, daß das Haus jetzt außer Sicht geriet, erweckte der Park den Eindruck, viel größer zu sein, als irgendeine Anpflanzung auf dieser Insel in Wahrheit sein konnte. Father Browns Phantasie war vielleicht durch seine Mattigkeit etwas angeregt, aber fast glaubte er, die ganze Anlage dehne sich aus, wie Dinge das in einem Alptraum tun. Wie auch immer: Eine mystische Monotonie war die einzige Eigenschaft ihres Marsches, bis Fanshaw plötzlich stehenblieb und auf etwas hinwies, das durch den grauen Zaun stach – etwas, das zuerst nach dem festgekeilten Horn eines Tieres aussah. Nähere Betrachtung erwies hingegen, daß es eine leicht gebogene Klinge aus Metall war, die schwach im schwindenden Licht schimmerte.

Flambeau, der wie alle Franzosen Soldat gewesen war, beugte sich über sie und sagte mit aufgeschreckter Stimme: »Wie denn, das ist ja ein Säbel! Ich glaube, ich kenne die Sorte, schwer und gebogen, aber kürzer als bei der Kavallerie; man hatte solche gewöhnlich bei der Artillerie und bei –«

Doch während er noch sprach, zog sich die Klinge aus dem Spalt heraus, den sie gemacht hatte, und sauste dann in einem mächtigeren Hieb nieder und spaltete den aufklaffenden Zaun bis zum Boden mit einem berstenden Geräusch. Dann wurde sie wieder herausgezogen, blitzte einige Schritte weiter über dem Zaun auf und spaltete ihn wiederum bis zur Hälfte mit dem ersten Streich; und nachdem sie ein bißchen hin und her gewackelt hatte, um sich (begleitet von Flüchen in der Dunkelheit) zu befreien, spaltete sie ihn mit einem zweiten bis zum Boden. Dann schleuderte ein Tritt von geradezu teuflischer Kraft das ganze gelöste Viereck dünnen Holzes auf den Fußweg, und in der Umzäunung gähnte ein großes Loch dunklen Gebüschs.

Fanshaw blickte in die dunkle Öffnung und stieß einen Ausruf des Erstaunens aus. »Mein lieber Admiral!« rief er aus. »Schneiden Sie – err – schneiden Sie sich immer eine neue Vordertür zurecht, wenn Sie Spazierengehen wollen?«

Die Stimme im Düster fluchte erneut und brach dann in ein heiteres Lachen aus. »Nein«, sagte sie; »ich mußte diesen Zaun wirklich irgendwie kleinhauen; er schädigt all die Pflanzen, und außer mir kann es niemand hier tun. Aber ich will noch ein weiteres Stück aus der Vordertür schnitzeln und dann rauskommen und Sie begrüßen.«

Und wirklich schwang er die Waffe erneut empor und legte mit zwei Hieben einen weiteren ähnlichen Streifen Zaun um, wodurch die Öffnung alles in allem 14 Fuß breit wurde. Dann trat er durch dieses verbreiterte Waldtor ins Abendlicht heraus, und ein Stück grauen Holzes stak auf seiner Säbelspitze.

Für den Augenblick erfüllte er Fanshaws ganze Erzählung von einem alten piratischen Admiral; obwohl die Einzelheiten sich hernach in Zufälligkeiten aufzulösen schienen. So trug er zum Beispiel einen breitrandigen Hut als Schutz gegen die Sonne; aber die Vorderkrempe war himmelwärts hochgebogen und die beiden Ecken tiefer hinabgezogen als die Ohren, so daß er ihm halbmondförmig über der Stirne stand wie einst der alte Dreispitz, den Nelson trug. Er trug eine gewöhnliche dunkelblaue Jacke, deren Knöpfe nichts Besonderes hatten, die aber in Verbindung mit den weißen Leinenhosen einen irgendwie seemännischen Anblick bot. Er war groß und schlaksig und ging mit einem gewissermaßen wiegenden Gang, der nicht direkt der Seemannsgang war und doch irgendwie an ihn erinnerte; und in der Hand hielt er einen kurzen Säbel, der wie ein Entermesser der Marine aussah, aber etwa doppelt so lang war. Unter dem Brückenbogen seines Hutes blickte sein Adlerantlitz beutelustig hervor, um so mehr, als es nicht nur glattrasiert war, sondern auch keine Augenbrauen hatte. Es sah aus, als sei ihm all sein Haar aus dem Gesicht geschwunden, weil er es durch das Dräuen der Elemente gedrängt hatte. Seine Augen standen vor und waren durchdringend. Seine Gesichtsfarbe war eigenartig anziehend, da sie teils tropisch war; sie erinnerte einen von ferne an eine Blutorange. Denn wiewohl sie rötlich und gut durchblutet war, gab es etwas Gelbes darin, das aber in keiner Weise kränklich wirkte, sondern eher zu glühen schien, wie die goldenen Äpfel der Hesperiden. Father Brown dachte, daß er noch nie eine Gestalt gesehen hatte, die all die romantischen Erzählungen aus den Ländern der Sonne so sehr verkörperte.

Nachdem Fanshaw seine beiden Freunde ihrem Gastgeber vorgestellt hatte, verfiel er wieder in Spöttereien über jene Zerstörung des Zaunes und seine offenkundige Lust am Fluchen. Der Admiral spielte das zuerst als ein Stück nötiger aber langweiliger Gartenarbeit herab, bis schließlich der Klang wirklicher Energie wieder in sein Gelächter zurückkehrte und er in einer Mischung aus Ungeduld und guter Laune ausrief:

»Na schön, vielleicht treib ich's ja ein bißchen rabiat und empfinde auch ein gewisses Vergnügen daran, etwas zusammenzuhauen. Das würde Ihnen auch so ergehen, wenn Ihre wahre Freude darin bestand, um die

Welt zu segeln und nach noch unbekannten Menschenfresser-Eilanden zu suchen, und wenn Sie dann in diesem schlammigen kleinen Steingarten inmitten eines ländlichen Teichs festsäßen. Wenn ich daran denke, wie ich anderthalb Meilen grünen, giftigen Dschungels mit einem alten Entermesser halb so scharf wie dieses niedergemacht habe, und dann daran denke, daß ich hier feststecke und dieses Streichhölzerholz zerhacke, und das bloß wegen eines verfluchten alten Handels, der in die Familienbibel gekritzelt ist, dann möchte ich –«

Er schwang den schweren Stahl erneut hoch, und diesmal spaltete er die Wand aus Holz von oben bis unten mit einem einzigen Streich.

»Danach ist mir«, sagte er lachend, schleuderte aber den Säbel zornig einige Meter den Fußpfad hinab, »und nun wollen wir ins Haus gehen; Sie müssen was zum Abendessen haben.«

Der Halbkreis von Rasen vor dem Haus wurde von drei kreisrunden Blumenbeeten unterbrochen, eines voller roter Tulpen, ein zweites voller gelber Tulpen und das dritte voller weißer, wächsern aussehender Blumen, welche die Besucher nicht kannten und für exotisch hielten. Ein plumper, behaarter und ziemlich mürrisch aussehender Gärtner war dabei, eine schwere Gartenschlauchrolle aufzuhängen. Die Ecken des erlöschenden Sonnenuntergangs, die sich an den Ecken des Hauses festzuklammern schienen, ließen hie und da Blicke auf die Farben weiter entfernter Blumenbeete zu; und in einer baumlosen Lichtung auf der einen Seite des Hauses, die sich zum Fluß hin öffnete, stand ein großes messingnes Dreibein, auf dem sich ein geneigtes großes messingnes Teleskop befand. Unmittelbar neben den Türstufen stand ein kleiner grün angestrichener Gartentisch, als ob dort gerade jemand seinen Tee genossen hätte. Den Eingang flankierten zwei jener roh behauenen Steinklumpen mit Löchern als Augen, von denen man sagt, sie seien Südseegötzen; und in dem braunen Eichenbalken über der Tür waren einige unordentliche Schnitzereien, die fast ebenso barbarisch aussahen.

Als sie eintraten, sprang der kleine Kleriker plötzlich auf den Tisch und stand dort und starrte ungerührt durch seine Brille auf die Einkerbungen im Eichenbalken. Admiral Pendragon sah sehr erstaunt aus, wenngleich nicht besonders unangenehm berührt; während Fanshaw sich durch das, was wie die Vorführung eines Zwerges auf seinem Podest aussah, so erheitert fühlte, daß er sein Gelächter nicht beherrschen konnte. Aber Father Brown war nicht von der Art, daß er das Gelächter oder das Erstaunen wahrgenommen hätte.

Er starrte auf drei eingeschnitzte Symbole, die ihm, obwohl sehr verwittert und nachgedunkelt, irgendeinen Sinn zu übermitteln schienen.

Das erste ähnelte dem Umriß eines Turmes oder eines anderen Gebäudes, das von etwas bekrönt war, was wie an den Enden gekräuselte Bänder aussah. Das zweite war deutlicher: eine alte elisabethanische Galeere auf dekorativen Wellen, in der Mitte von einem sonderbar gezackten Felsen unterbrochen, entweder einem Fehler im Holze oder irgendeiner stilisierten Darstellung eines Wassereinbruchs. Das dritte stellte die obere Hälfte eines Menschen dar, die in einer muschelrandartigen Wellenlinie endete; das Gesicht war abgerieben und ohne Gesichtszüge, und beide Arme wurden sehr steif in die Höhe gehalten.

»Aha«, murmelte Father Brown blinzelnd, »das hier ist deutlich genug die Geschichte vom Spanier. Hier hält er seine Arme hoch und steht verfluchend in der See; und hier sind die beiden Flüche: das zerborstene Schiff und der Brand des Turms der Pendragons.«

Pendragon schüttelte den Kopf in respektvoller Belustigung. »Und was es sonst nicht alles sein könnte«, sagte er. »Kennen Sie denn nicht jene Art von Halbmenschen oder Halblöwen oder Halbhirschen, die in der Heraldik durchaus geläufig sind? Könnte nicht diese Wellenlinie durch das Schiff eine jener *Parti-per-pale*-Linien sein, gezickzackt, wie man sie wohl nennt? Und obwohl das dritte Ding nicht so besonders heraldisch aussieht, wäre es doch heraldischer anzunehmen, es sei ein mit Lorbeer statt mit Feuer bekrönter Turm; und es sieht aus, als sei es gerade das.«

»Aber es erscheint doch reichlich merkwürdig«, sagte Flambeau, »daß es so genau zu der alten Legende paßt.«

»Ach«, sagte der skeptische Weltumsegler, »Sie wissen ja nicht, wieviel von der alten Legende sich aus diesen alten Figuren entwickelt haben mag. Und außerdem ist es nicht die einzige alte Legende. Unser Fanshaw, der sich für solche Dinge sehr interessiert, wird Ihnen sagen, daß es noch andere Versionen der Geschichte gibt, und sehr viel entsetzlichere. Eine Variante schreibt meinem unseligen Vorfahr zu, daß er den Spanier in zwei Teile gehauen habe; und das paßte ebenfalls zu dem hübschen Bildchen. Eine andere schreibt unserer Familie liebenswürdigerweise den Besitz eines Turmes voller Schlangen zu und erklärt damit diese kleinen, sich windenden Dinger. Und eine dritte Theorie unterstellt, daß die gezackte Linie am Schiff einen stilisierten Blitz darstellen soll; aber schon das zeigt, wenn man es denn ernsthaft untersucht, auf wie kurzen Beinen diese unglücklichen Zufälligkeiten wirklich wandeln.«

»Wieso, was meinen Sie?« fragte Fanshaw.

»Zufälligerweise«, erwiderte der Gastgeber kühl, »steht fest, daß es bei keinem der zwei oder drei Schiffbrüche in meiner Familie, von denen ich weiß, Donner und Blitz gab.«

»Oh!« sagte Father Brown und sprang von dem kleinen Tisch herunter.

Es folgte ein Schweigen, in dem sie das endlose Murmeln des Flusses hörten; dann sagte Fanshaw in zweifelndem und vielleicht enttäuschtem Ton: »Dann glauben Sie also nicht an die Geschichten vom Turm in Flammen?«

»Da sind natürlich diese Geschichten«, sagte der Admiral und zuckte mit den Schultern, »von denen einige, was ich gar nicht bestreiten will, sich auf so ehrbare Beweise stützen, wie man sie für solche Fragen nur bekommen kann. Irgend jemand sah hier in der Gegend einen Feuerschein, wissen Sie, als er durch den Wald nach Hause wanderte; irgend jemand, der landeinwärts auf der Hochebene seine Schafe hütete, glaubte, er habe eine Flamme über dem Turm der Pendragons schweben gesehen. Na ja, aber ein nasser Haufen Schlamm wie diese verdammte Insel ist nun wirklich der letzte Ort, an dem man einen Brand vermuten sollte.«

»Was ist das für ein Feuer da drüben?« fragte Father Brown mit sanfter Plötzlichkeit, wobei er auf die Wälder am linken Flußufer zeigte. Das brachte sie alle etwas aus der Fassung, und der phantasiereichere Fanshaw hatte sogar einige Schwierigkeiten, seine zurückzugewinnen, als sie eine lange dünne Säule blauen Rauches lautlos ins ersterbende Abendlicht aufsteigen sahen.

Dann brach Pendragon wieder in ein spöttisches Lachen aus. »Zigeuner!« sagte er. »Sie lagern da seit rund einer Woche. Meine Herren, Sie werden Hunger haben«, und er wandte sich um, um ins Haus zu gehen.

Aber die abergläubische Lust des Liebhabers von Altertümlichem in Fanshaw bebte noch nach, und er sagte hastig: »Aber, Admiral, was ist das zischelnde Geräusch nahe der Insel? Das klingt sehr nach Feuer.«

»Das klingt mehr nach dem, was es ist«, lachte der Admiral, als er voranschritt; »das ist nur ein vorbeifahrendes Kanu.«

Noch während er sprach, erschien der Butler, ein hagerer Mann in Schwarz, mit sehr schwarzem Haar und einem sehr langen gelben Gesicht, in der Tür und verkündete, das Abendessen sei aufgetragen.

Das Speisezimmer war so schiffsmäßig wie eine Kabine an Bord; aber die Ausstattung entsprach eher einem modernen als einem elisabethanischen Kapitän. *Zwar* hingen da tatsächlich drei altertümliche Entermesser wie Trophäen über dem Kamin, und eine vergilbte Weltkarte aus dem 16. Jahrhundert mit Tritonen und auf eine gekräuselte See hingetupften kleinen Schiffen. Aber die traten auf der weißen Täfelung weniger hervor als einige Kästen mit seltsam bunten südamerikanischen Vögeln, sehr fachmännisch ausgestopft, mit phantastischen Muscheln aus der Südsee und einigen Instrumenten von so grober und eigenartiger Form, daß Wilde sie ebensowohl zum Töten wie zum Kochen ihrer Feinde verwendet haben mochten. Aber die fremdartige Farbigkeit gipfelte in der Tatsache, daß außer dem Butler die beiden einzigen Bediensteten des Admirals zwei Neger waren, einigermaßen sonderbar in engsitzende gelbe Uniformen gekleidet. Des Priesters instinktiver Trick, seine eigenen Eindrücke zu analysieren, teilte ihm mit, daß die Farbe und die kleinen sauberen Rockschöße dieser Zweibeiner ihm das Wort »Kanarienvögel« aufgedrängt hatten und sie so durch ein Wortspiel mit Südreisen in Verbindung brachten. Gegen Ende der Mahlzeit entfernten sie ihre gelbe Kleidung und ihre schwarzen Gesichter aus dem Raum und hinterließen lediglich die schwarze Kleidung und das gelbe Gesicht des Butlers.

»Tut mir leid, daß Sie das so leichtnehmen«, sagte Fanshaw zu dem Gastgeber; »denn ich habe, um die Wahrheit zu sagen, diese meine Freunde mitgebracht mit dem Hintergedanken, daß sie Ihnen helfen könnten, weil sie von solchen Dingen eine ganze Menge verstehen. Glauben Sie denn wirklich überhaupt nicht an diese Familiengeschichte?«

»Ich glaube an gar nichts«, antwortete Pendragon sehr aufgeräumt, indem er mit seinen hellen Augen einen roten tropischen Vogel schräg ansah. »Ich bin ein Mann der Wissenschaften.«

Zu Flambeaus ziemlicher Verblüffung nahm sein klerikaler Freund, der vollständig wach geworden zu sein schien, das Stichwort auf und diskutierte mit seinem Gastgeber Naturgeschichte mit einem Wortschwall und vielerlei unerwarteter Kenntnis, bis Nachtisch und Karaffen serviert waren und der letzte Bedienstete verschwunden war. Dann sagte er, ohne den Tonfall zu ändern:

»Bitte halten Sie mich nicht für unverschämt, Admiral Pendragon. Ich frage nicht aus Neugierde, sondern wirklich zu meiner Orientierung und zu Ihrer Bequemlichkeit. Irre ich mich, wenn ich annehme, daß Sie diese alten Dinge nicht vor Ihrem Butler besprechen möchten?«

Der Admiral wölbte die haarlosen Bögen über seinen Augen und rief aus: »Ich weiß zwar nicht, woher Sie das wissen, aber die Wahrheit ist, daß ich den Kerl nicht ausstehen kann, obwohl ich keinen Grund habe, einen Diener der Familie zu entlassen. Fanshaw mit seinen Gespenstergeschichten würde sagen, daß mein Blut sich gegen Männer mit so schwarzem, spanisch aussehendem Haar auflehnt.«

Flambeau schlug mit seiner schweren Faust auf den Tisch. »Bei Gott!« schrie er. »Und das hatte auch das Mädchen!«

»Ich hoffe, daß heute nacht alles aufhören wird«, fuhr der Admiral fort, »wenn mein Neffe heil von seinem Schiff zurückkommt. Sie sehen überrascht aus. Sie verstehen nichts, nehme ich an, wenn ich Ihnen nicht die ganze Geschichte erzähle. Sehen Sie, mein Vater hatte zwei Söhne; ich blieb Junggeselle, aber mein älterer Bruder heiratete und bekam einen Sohn, der wie wir alle Seemann wurde und eines Tages die Besitzung erben wird. Nun war mein Vater ein eigenartiger Mann; irgendwie verband sich in ihm Fanshaws Abergläubigkeit mit meiner Skepsis; sie kämpften ständig miteinander in ihm; und nach meinen ersten Reisen entwickelte er eine Vorstellung, die nach seiner Meinung endgültig klären sollte, ob der Fluch Wahrheit oder Wahn sei. Wenn alle Pendragons gleichzeitig herumsegelten, gab es nach seiner Meinung zu viele Möglichkeiten für natürliche Katastrophen, als daß sich daraus irgend etwas hätte beweisen lassen. Aber wenn wir jeweils nur einer zur See fahren würden in der strengen Reihung der Erbfolge, dann würde sich, so dachte er, zeigen können, ob tatsächlich der Familie als Familie ein Fluch folge. Ich hielt das für eine blödsinnige Idee, und ich stritt darüber mit meinem Vater recht heftig; denn ich war ein ehrgeiziger Mann und hatte bis zuletzt zu warten, da ich in der Erbfolge erst nach meinem eigenen Neffen komme.«

»Und Ihr Vater und Ihr Bruder«, sagte der Priester sehr sanft, »starben, fürchte ich, auf See.«

»Ja«, stöhnte der Admiral; »durch einen jener brutalen Zufälle, auf denen alle die verlogenen Mythologien der Menschheit aufbauen, wurden beide schiffbrüchig. Mein Vater, der aus dem Atlantik hereinkam, lief auf diese kornischen Felsen auf. Meines Bruders Schiff versank, niemand weiß wo, auf der Heimreise von Tasmanien. Seine Leiche wurde nie gefunden. Ich sage Ihnen, es waren ganz natürliche Unfälle; viele andere Menschen ertranken außer den Pendragons; und beide Unglücksfälle werden von Seefahrern als ganz normal besprochen. Aber natürlich setzte es diesen ganzen Wald des Aberglaubens in Brand; und man sah überall den brennenden Turm. Deshalb sagte ich, daß alles in Ordnung kommen wird, sobald Walter zurück ist. Das Mädchen, mit dem er verlobt ist, wollte heute herkommen; aber ich hatte solche Angst, eine zufällige Verzögerung könnte sie erschrecken, daß ich ihr telegraphiert habe, sie solle erst kommen, wenn sie von mir höre. Aber er war praktisch sicher, daß er irgendwann heute nacht hier sein wird; dann wird sich alles in Rauch auflösen – in Tabaksrauch. Wir werden diese alten Lügen köpfen, wie wir eine Flasche dieses Weines köpfen werden.«

»Ausgezeichneter Wein«, sagte Father Brown und hob feierlich sein Glas; »aber, wie Sie sehen, ein sehr schlechter Weintrinker. Ich muß Sie sehr um Entschuldigung bitten«; denn er hatte ein paar Tropfen Weines auf dem Tischtuch verschüttet. Er trank und setzte das Glas mit gefaßtem Gesicht ab; aber seine Hand hatte gezuckt, als er sich eines Gesichtes bewußt geworden war, das durch das Gartenfenster gerade hinter dem Admiral lugte – das Gesicht einer Frau, mit dunklem Teint, mit südländischen Haaren und Augen, und jung, aber wie eine tragische Maske.

Und nach einer Weile sprach der Priester wieder in seiner milden Manier. »Admiral«, sagte er, »würden Sie mir einen Gefallen erweisen? Würden Sie mich und meine Freunde hier – wenn sie wollen – nur heute nacht in Ihrem Turm bleiben lassen? Wissen Sie, daß man in meinem Beruf fast vor allem anderen ein Teufelsaustreiber ist?«

Pendragon sprang auf und ging rasch vor dem Fenster hin und her, aus dem das Gesicht sofort verschwunden war. »Ich sage Ihnen doch, daß da nichts ist«, schrie er in dröhnendem Unmut. »Es gibt eines, was ich in dieser Angelegenheit weiß. Sie können mich einen Atheisten nennen. Ich bin ein Atheist.« Und er schwang sich herum und fixierte Father Brown mit einem Blick schrecklicher Konzentration. »Diese ganze Geschichte ist vollkommen natürlich. In ihr gibt es überhaupt keinen Fluch.«

Father Brown lächelte. »In dem Fall«, sagte er, »sollte es doch keinerlei Einspruch dagegen geben, daß ich in Ihrem hübschen Sommerhaus übernachte.«

»Der Gedanke ist vollkommen lächerlich«, erwiderte der Admiral und schlug auf der Lehne seines Stuhles den Zapfenstreich.

»Ich bitte wegen allem um Vergebung«, sagte Brown mit seiner liebenswürdigsten Stimme, »einschließlich des Weinvergießens. Aber mir scheint, daß Sie den brennenden Turm nicht ganz so leichtnehmen, wie Sie vorgeben.«

Admiral Pendragon setzte sich ebenso plötzlich wieder hin, wie er aufgesprungen war; aber er saß ganz still da, und als er wieder sprach, geschah das mit leiser Stimme. »Sie tun das auf Ihre eigene Gefahr«, sagte er; »aber würden nicht auch *Sie* zum Atheisten, um in all diesem Teufelsspuk den Verstand zu behalten?«

Etwa drei Stunden danach schlenderten Fanshaw, Flambeau und der Priester immer noch in der Dunkelheit im Garten umher; und es dämmerte den beiden anderen, daß Father Brown überhaupt nicht die Absicht hatte, sei es im Turm oder im Haus ins Bett zu gehen.

»Ich glaube, der Rasen muß gejätet werden«, sagte er träumerisch. »Wenn ich ein Jätemesser oder so was finden könnte, würde ich mich selbst daran machen.«

Sie folgten ihm, lachend und halb protestierend; aber er erwiderte ihnen in größter Feierlichkeit und erklärte ihnen in einer nervtötenden kleinen Predigt, daß man immer irgendeine kleine Arbeit finden könne, die anderen hilfreich sei. Er fand kein Jätemesser; aber er fand einen alten Reisigbesen, mit dem er energisch die gefallenen Blätter vom Rasen abzukehren begann.

»Immer gibt es Kleinigkeiten zu tun«, sagte er mit fast idiotischer Heiterkeit; »wie George Herbert sagt: ›Wer da den Garten eines Admirals in Cornwall um Deiner Gebote willen kehrt, heiliget dadurch die Handlung und sich.‹ Und jetzt«, fügte er hinzu und schleuderte plötzlich den Besen beiseite, »wollen wir gehen und die Blumen wässern.«

Mit den gleichen gemischten Gefühlen beobachteten sie ihn, wie er beachtliche Längen des großen Gartenschlauchs abwickelte und dazu mit einem Ausdruck der bedeutungsvollsten Diskriminierung sagte: »Die roten Tulpen vor den gelben, nicht wahr? Sie sehen ein bißchen trocken aus, meint ihr nicht auch?«

Er drehte den Hahn auf, und das Wasser schoß heraus, so gerade und massiv wie eine lange Stahlstange.

»Aufgepaßt, Samson«, schrie Flambeau; »nun haben Sie doch die Tulpenköpfe abgeschnitten!«

Father Brown stand da und betrachtete reuevoll die enthaupteten Pflanzen.

»Mir scheint, ich habe da eine ziemlich mörderische Bewässerungsmethode«, gab er zu und kratzte sich am Kopf. »Es ist wirklich schade, daß ich kein Jätemesser gefunden habe. Ihr hättet mich erst mal mit einem Jätemesser sehen sollen! Apropos Handwerkszeug, haben Sie eigentlich den Stockdegen bei sich, Flambeau, den Sie sonst immer mit sich tragen? Das ist gut so; und Sir Cecil könnte sich den Säbel holen, den der Admiral an der Hecke fortgeschleudert hat. Wie grau alles aussieht!«

»Der Nebel steigt vom Fluß auf«, sagte der starr vor sich hin blickende Flambeau.

Fast noch während er sprach, erschien die mächtige Gestalt des behaarten Gärtners auf einer höheren Stufe des mit Gräbern und Terrassen angelegten Rasens und rief sie mit einer schrecklich bellenden Stimme an, während er wüst den Rechen schwang. »Legen Sie den Schlauch hin«, schrie er; »legen Sie den Schlauch hin und gehen Sie zum –«

»Ich bin so furchtbar ungeschickt«, erwiderte der ehrwürdige Herr mit schwacher Stimme; »wissen Sie, schon bei Tisch habe ich etwas Wein verschüttet.« Er machte eine schwankende, Entschuldigung heischende Halbwendung zum Gärtner hin, den spritzenden Wasserschlauch immer noch in der Hand. Den Gärtner traf der kalte Schwall Wassers ins Gesicht wie eine Kanonenkugel; er stolperte rückwärts, rutschte aus und ging zu Boden mit den Stiefeln himmelwärts.

»Wie entsetzlich!« sagte Father Brown und sah sich wie verwundert um. »Ich habe ja einen Menschen getroffen!«

Er stand einen Augenblick mit vorwärts geneigtem Kopf da, als betrachte oder höre er etwas; und dann setzte er sich in Richtung Turm in Trab und zerrte immer noch den Gartenschlauch hinter sich her. Der Turm war ganz nahe, aber seine Umrisse waren sonderbar undeutlich.

»Ihr Flußnebel«, sagte er, »hat einen eigenartigen Geruch.«

»Bei Gott, das hat er«, schrie Fanshaw mit schneeweißem Gesicht. »Aber Sie wollen doch nicht etwa behaupten –«

»Ich behaupte«, sagte Father Brown, »daß eine der wissenschaftlichen Voraussagen des Admirals heute nacht in Erfüllung geht. Diese Geschichte löst sich in Rauch auf.«

Während er noch sprach, schien ein wunderschönes rosenrotes Licht in die Blüte einer riesigen Rose aufzuplatzen; begleitet war das von einem krachenden und klappernden Geräusch wie dem Gelächter von Teufeln.

»Mein Gott! Was ist das?« schrie Sir Cecil Fanshaw.

»Das Zeichen des brennenden Turmes«, sagte Father Brown und schickte den Wasserstrahl aus seinem Schlauch in das Herz der roten Stelle.

»Wie gut, daß wir nicht zu Bett gegangen sind!« entfuhr es Fanshaw. »Ich nehme an, es kann nicht auf das Haus übergreifen.«

»Sie werden sich erinnern«, sagte der Priester ruhig, »daß der hölzerne Zaun, der es hätte weiterleiten können, weggehauen worden ist.«

Flambeau richtete seine Blicke wie elektrisiert auf seinen Freund, aber Fanshaw sagte lediglich abwesend: »Wenigstens kann niemand getötet werden.«

»Das ist wahrlich ein eigenartiger Turm«, bemerkte Father Brown; »wenn es ans Töten von Leuten geht, tötet er immer Leute, die gerade irgendwo anders sind.«

Im gleichen Augenblick erschien wieder die monströse Gestalt des Gärtners mit dem wallenden Bart auf der hohen Rasenkante vor dem Himmel und winkte anderen zu, heranzukommen; aber diesmal winkte er nicht mit einem Rechen, sondern mit einem Entermesser. Hinter ihm tauchten die beiden Neger auf, ebenfalls mit den krummen Klingen aus der Trophäensammlung bewaffnet. Aber in dem blutroten Schein sahen sie mit ihren schwarzen Gesichtern und gelben Gestalten aus wie Teufel, die Foltergeräte tragen. In dem düsteren Garten hinter ihnen hörte man eine ferne Stimme kurze Befehle rufen. Als der Priester diese Stimme hörte, fand in seiner Haltung eine schreckliche Verwandlung statt.

Aber er blieb gefaßt; und er nahm seinen Blick keine Sekunde lang von dem Feuerflecken fort, der sich zuerst ausgebreitet hatte, aber nun ein wenig zu schrumpfen schien, während er unter der Fackel des langen silbernen Wasserspeers zischte. Er behielt den Finger an der Öffnung des Schlauchs, um besser zielen zu können, und kümmerte sich um nichts anderes, und erkannte nur am Geräusch und aus den halbbewußten Augenwinkeln die aufregenden Vorgänge, die sich um den Inselgarten zu überschlagen begannen. Er gab seinen Freunden zwei kurze Anweisungen. Eine lautete: »Schlagt diese Kerle irgendwie nieder und bindet sie, wer immer sie sein mögen; Stricke liegen da bei den Reisigbündeln. Sie wollen mir meinen schönen Schlauch wegnehmen.« Die andere lautete: »Sobald ihr die Möglichkeit habt, ruft das Kanu-Mädchen an; sie ist da drüben auf dem Ufer bei den Zigeunern. Fragt sie, ob sie nicht ein paar Eimer herüberbringen und aus dem Fluß füllen können.« Dann schloß er den Mund und fuhr fort, die neue rote Blume ebenso gnadenlos zu wässern, wie er die roten Tulpen gewässert hatte.

Keinmal wandte er den Kopf, um den sonderbaren Kampf zu beobachten, der sich zwischen den Feinden und den Freunden des rätselvollen Feuers abspielte. Er fühlte fast, wie die Insel erbebte, als Flambeau mit dem riesenhaften Gärtner zusammenprallte; er stellte sich nur vor, wie alles um sie herum wirbelte, während sie miteinander rangen. Er hörte den dröhnenden Sturz und das triumphierende Keuchen seines Freundes, als der sich auf den ersten der Neger stürzte; und die Schreie der beiden Schwarzen, als Flambeau und Fanshaw sie banden. Flambeaus ungeheure Stärke machte das Mißverhältnis im Kampfe mehr als wett, vor allem, da der vierte Mann sich immer noch nahe dem Hause herumdrückte, nur ein Schatten und eine Stimme. Er hörte auch, wie die Paddeln eines Kanus das Wasser teilten, wie die Stimme des Mädchens Anweisungen gab, wie die antwortenden Stimmen der Zigeuner näher kamen und das platschende und schlürfende Geräusch leerer Eimer, die in einen vollen Fluß tauchten, und schließlich das Geräusch vieler Füße rund um das Feuer. Aber alles das bedeutete ihm weniger als die Tatsache, daß der rote Riß, der kürzlich wieder größer geworden war, erneut langsam kleiner wurde.

Dann erscholl ein Schrei, der ihn fast den Kopf hätte wenden machen. Flambeau und Fanshaw hatten sich, verstärkt durch einige der Zigeuner, auf den geheimnisvollen Mann beim Haus gestürzt; und jetzt hörte er vom anderen Ende des Gartens des Franzosen Schrei aus Entsetzen und Erstaunen. Ihm antwortete ein nicht mehr menschlich zu nennendes Heulen, als das Wesen sich aus ihrer Umklammerung löste und durch den Garten rannte. Dreimal mindestens rannte es um die ganze Insel, auf eine Weise, die so entsetzlich wie die Jagd auf einen Wahnsinnigen war, sowohl durch die Schreie des Verfolgten wie durch die Stricke der Verfolger; aber es war entsetzlicher noch, denn auf irgendeine Weise erinnerte es einen an die Haschmich-Spiele von Kindern im Garten. Und dann, als es sich auf allen Seiten eingekreist fand, sprang das Wesen auf eines der hohen Flußufer und verschwand mit einem Platschen im dunklen treibenden Fluß.

»Ihr könnt jetzt nichts mehr tun, fürchte ich«, sagte Brown mit einer Stimme, die vor Kummer kalt war. »Es wird ihn inzwischen gegen die Felsen geschmettert haben, wohin er so viele andere geschickt hat. Er wußte die Familienlegende gut zu nutzen.«

»Ach, reden Sie doch nicht immer in Bildern«, rief Flambeau ungeduldig. »Können Sie es denn nicht in einfachen Worten sagen?«

»Ja«, sagte Brown, mit dem Blick auf den Schlauch gerichtet:

»Beide Augen offen, läßt gute Fahrt erhoffen;
nur ein Auge blinkt, unser Schifflein sinkt.«

Das Feuer zischte und kreischte immer mehr, wie ein erwürgtes Wesen, während es unter den Fluten aus Schlauch und Eimern kleiner und kleiner wurde, aber Father Brown hielt auch weiterhin seinen Blick darauf gerichtet, während er fortfuhr:

»Wäre es schon Morgen, würde ich die junge Dame hier bitten, durch das Teleskop die Flußmündung und den Fluß zu beobachten. Dann könnte sie vielleicht etwas sehen, was sie interessiert: das Zeichen des Schiffes, oder Mr. Walter Pendragon, wie er heimkommt, und vielleicht sogar das Zeichen des Halbmannes, denn obwohl er inzwischen bestimmt in Sicherheit ist, mußte er doch möglicherweise ans Ufer waten. Er stand um Haaresbreite vor einem anderen Schiffbruch, und wäre ihm nimmer entkommen, hätte die Dame nicht genug Verstand gehabt, dem Telegramm des alten Admirals zu mißtrauen und herzukommen, um ihn zu überwachen. Aber wir wollen nicht vom alten Admiral sprechen. Wir wollen von nichts sprechen. Es genügt zu sagen, daß, wann immer dieser Turm aus Pechkiefer und harzigem Holz wirklich Feuer fing, sein Glutfunke am Horizont stets aussah wie das Zwillingslicht des Leuchtfeuers am Ufer.«

»Und so«, sagte Flambeau, »starben Vater und Bruder. Der böse Onkel aus der Legende hat schließlich fast doch noch den Besitz bekommen.«

Father Brown antwortete nicht; und wirklich sprach er außer einigen Höflichkeiten nicht wieder, ehe sie nicht alle sicher um eine Zigarrenkiste in der Kabine der Jacht saßen. Er sah, daß das erfolglose Feuer gelöscht war; und dann weigerte er sich, länger zu bleiben, obwohl er bereits den jungen Pendragon in Begleitung einer begeisterten Menge das Flußufer heraufmarschieren hörte; und er hätte (würde er sich von romantischer Neubegier haben bewegen lassen) die vereinten Danksagungen des Mannes vom Schiff und des Mädchens aus dem Kanu entgegennehmen können. Aber seine Mattigkeit hatte ihn erneut überfallen, und er fuhr nur einmal zusammen, als ihm Flambeau plötzlich sagte, daß er sich habe Zigarrenasche auf die Hose fallen lassen.

»Das ist keine Zigarrenasche«, sagte er müde. »Das kommt vom Feuer, aber daran denken Sie nicht, weil Sie alle Zigarren rauchen. Auf diese Weise ist mir übrigens mein erster Verdacht gegen die Karte gekommen.«

»Meinen Sie Pendragons Karte von seinen Südseeinseln« fragte Fanshaw.

»Sie glaubten, es sei eine Karte der Südseeinseln«, antwortete Brown. »Packen Sie eine Feder und eine Versteinerung und ein Stückchen Koralle zusammen, und jeder wird glauben, es handele sich um ein Ausstellungsstück. Packen Sie dieselbe Feder mit einem Band und einer künstlichen Blume zusammen, und jeder wird glauben, es sei für den Hut einer Dame bestimmt. Packen Sie dieselbe Feder mit einem Tintenfaß, einem Buch und einem Haufen Manuskriptpapier zusammen, und die meisten werden schwören, sie hätten eine Schreibfeder gesehen. Nun haben Sie jene Karte zwischen tropischen Vögeln und Muscheln gesehen und haben angenommen, es sei eine Karte der Südseeinseln. Es war die Karte dieses Flusses hier.«

»Aber woher haben Sie das gewußt?« fragte Fanshaw.

»Ich habe den Felsen gesehen, der Ihnen wie ein Drache vorkam, und den anderen wie Merlin, und –«

»Sie haben anscheinend eine Menge bemerkt, als wir herkamen«, rief Fanshaw. »Und wir dachten, Sie wären reichlich abwesend.«

»Ich hatte die Seekrankheit«, sagte Father Brown einfach. »Ich fühlte mich einfach entsetzlich. Aber sich entsetzlich fühlen hat nichts mit Dinge nicht sehen zu tun.« Und er schloß die Augen.

»Glauben Sie, daß viele Menschen das bemerkt hätten?« fragte Flambeau. Er bekam keine Antwort: Father Brown war eingeschlafen.

Der Gott der Gongs

Es war einer jener kalten und leeren Nachmittage im frühen Winter, wenn das Licht des Tages eher nach Silber als nach Gold aussieht, und eher nach Zinn als nach Silber. Und wenn es in hunderten öder Büros und gähnender Salons trübselig war, so war es noch trübseliger entlang der flachen Strände in Essex, deren Monotonie um so unmenschlicher wirkte, weil sie in langen Abständen von Laternenpfählen unterbrochen wurde, die weniger zivilisiert als ein Baum aussahen, und von Bäumen, die häßlicher aussahen als Laternenpfähle. Ein leichter Schneefall war bis auf wenige Stellen wieder weggeschmolzen, die auch eher bleiern als silbern aussahen, nachdem sie das Siegel des Frostes befestigt hatte; frischer Schnee war nicht gefallen, aber ein Streifen des alten Schnees lief genau an der Küstenkante entlang, um so eine Parallele zum blassen Streifen der Gischt zu bilden.

Die Wasserlinie erschien im lebhaften Leuchten ihres violetten Blaus wie erfroren, wie die Ader in einem erfrorenen Finger. Auf Meilen und Meilen vorauf und zurück gab es keine atmende Seele, bis auf zwei Wanderer, die eilenden Schrittes dahinzogen, obwohl der eine sehr viel längere Beine hatte und sehr viel weiter ausschritt als der andere.

Weder der Ort noch das Wetter erschienen besonders geeignet für Ferien; aber Father Brown hatte selten Ferien und mußte sie sich nehmen, wann immer er konnte, und er zog es vor, sie wann immer möglich gemeinsam mit seinem alten Freund Flambeau zu nehmen, dem Ex-Verbrecher und Ex-Detektiv. Den Priester hatte die Laune überkommen, seine alte Gemeinde in Cobhole zu besuchen, und deshalb marschierte er nordostwärts die Küste entlang.

Nachdem sie ein oder zwei Meilen weiter gegangen waren, stellten sie fest, daß das Ufer begann, sich sozusagen formell zu befestigen, um so etwas wie eine Uferpromenade zu bilden; die häßlichen Straßenlaternen wurden weniger selten und standen nicht mehr so weit auseinander, und sie wurden ornamentreicher, ohne dadurch weniger häßlich zu sein. Eine halbe Meile weiter verwirrte Father Brown zunächst ein kleines Labyrinth von blumenlosen Blumentöpfen, von niedrigen, flachen, ruhigfarbenen Blattpflanzen überwuchert, die weniger nach einem Garten als vielmehr nach einem gewürfelten Pflaster aussahen und zwischen sanft geschwungenen Pfaden standen, mit Bänken übersät, deren Rücklehnen ebenfalls geschwungen waren. Ihm kam schwach der Geruch einer bestimmten Art von Seebadeorten in die Nase, die er nicht besonders liebte, und als er der See entlang über die Uferpromenade hinblickte, sah er, was jeden Zweifel ausschloß. In der grauen Entfernung erhob sich der große Musikpavillon eines Seebades wie ein gigantischer Pilz auf sechs Beinen.

»Ich nehme an«, sagte Father Brown, stellte den Mantelkragen hoch und zog sich seinen Wollschal enger um den Hals, »daß wir uns einem Vergnügungsort nähern.«

»Ich fürchte«, antwortete Flambeau, »einem Vergnügungsort, den gegenwärtig nur wenige Leute Lust haben, zum Ort ihres Vergnügens zu machen. Man versucht, diese Orte auch im Winter in Gang zu halten, aber das hat nirgendwo geklappt, mit Ausnahme von Brighton und den anderen alten Plätzen. Das hier muß Seawood sein, nehme ich an – Spekulationsobjekt von Lord Pooley; für Weihnachten hatte er die Sizilianischen Sängerknaben hierher engagiert, und es heißt, er wolle hier einen der großen Boxkämpfe veranstalten. Aber sie werden das *ganze* verrottete Ding ins Meer schmeißen müssen; es ist so trostlos wie ein verlorengegangener Eisenbahnwaggon.«

Sie waren unter dem großen Musikpavillon angekommen, und der Priester schaute auf zu ihm mit einer Neugier, die etwas Seltsames an sich hatte; den Kopf hatte er wie ein Vogel ein bißchen auf die Seite geneigt. Es war die übliche, für solche Zwecke reichlich aufgedonnerte Konstruktion: eine flache Kuppel, hier und da vergoldet, die sich über sechs schlanken Pfeilern aus bemaltem Holz erhob, und das Ganze errichtet rund 5 Fuß über der Uferpromenade auf einer runden hölzernen Plattform, wie auf einer Trommel. Irgend etwas Phantastisches am Schnee in der Verbindung mit irgend etwas Künstlichem am Gold suchte Flambeau wie seinen Freund mit Assoziationen heim, die er nicht fassen konnte, von denen er aber wußte, daß sie gleichermaßen künstlerisch wie fremdartig waren.

»Ich hab's«, sagte er schließlich. »Das ist japanisch. Das ist wie diese phantastischen japanischen Drucke, wo der Schnee auf dem Berg wie Puderzucker aussieht, und das Gold auf den Pagoden wie das Gold auf Lebkuchen. Sieht ganz genauso aus wie ein kleiner heidnischer Tempel.«

»Ja«, sagte Father Brown. »Werfen wir einen Blick auf den Gott.« Und mit einer Beweglichkeit, die man ihm kaum zugetraut hätte, sprang er hinauf auf die erhöhte Plattform.

»Na schön«, lachte Flambeau; und im nächsten Augenblick war auch seine eigene hochragende Gestalt auf jener eigenartigen Erhebung sichtbar.

Obwohl der Höhenunterschied gering war, gab er doch in jenen flachen Weiten ein Gefühl, daß man noch weiter und immer weiter über Land und See schauen könne. Landeinwärts verblaßten die winterlichen kleinen Gärten zu wirrem grauem Gestrüpp; hinter diesem waren in der Ferne die langen niedrigen Scheunen eines einsamen Bauernhofes; und dahinter gab es nichts mehr als die weiten Ebenen Ostenglands. Seewärts gab es nicht Segel noch Lebenszeichen außer ein paar Seemöwen: und selbst die sahen eher aus wie die letzten Schneeflocken, und schienen eher zu treiben als zu fliegen.

Flambeau drehte sich auf einen Ausruf hinter ihm plötzlich um. Er schien von tiefer unten zu kommen, als man hätte erwarten sollen, und eher an seine Füße gerichtet als an seinen Kopf. Er streckte sofort die Hand aus, doch konnte er angesichts des Anblicks, der sich ihm bot, das Lachen kaum unterdrücken. Aus irgendeinem Grunde hatte die Plattform unter Father Brown nachgegeben, und der unglückliche kleine Mann war durchgebrochen bis hinab auf die Ebene der Uferpromenade. Er war gerade groß, oder klein, genug, daß sein Kopf allein aus dem Loch im zerbrochenen Holz herausragte und gerade so aussah wie das Haupt des heiligen Johannes des Täufers auf dem Tablett. Sein Gesicht trug einen Ausdruck der Fassungslosigkeit wie vielleicht auch das des heiligen Johannes des Täufers.

Einen Augenblick später begann er, ein bißchen zu lachen. »Das Holz muß verfault sein«, sagte Flambeau. »Obwohl es merkwürdig erscheint, daß es mich tragen kann, während Sie durch die verfaulte Stelle brechen. Lassen Sie mich Ihnen heraushelfen.«

Doch der kleine Priester besah sich neugierig die Kanten und Splitter des angeblich verfaulten Holzes, und auf seiner Stirn erschien ein Anflug von Besorgnis.

»Los doch«, rief Flambeau ungeduldig, der immer noch seine große braune Hand ausgestreckt hielt. »Oder wollen Sie nicht rauskommen?«

Der Priester hielt einen Splitter des zerbrochenen Holzes zwischen Zeigefinger und Daumen und antwortete nicht sofort. Schließlich sagte er nachdenklich: »Rauskommen? Eigentlich nicht. Ich glaube, ich möchte lieber reingehen.« Und damit tauchte er so jäh in die Dunkelheit unter dem Holzboden, daß der ihm seinen großen klerikalen Hut mit den hochgebogenen Krempen vom Haupte stieß und auf dem Bretterboden liegen ließ, ohne ein klerikales Haupt darinnen.

Flambeau schaute erneut landeinwärts und seewärts und konnte erneut nichts anderes erblicken als eine See so winterlich wie der Schnee, und Schnee so eben wie die See.

Dann erklang hinter ihm ein eilendes Geräusch, und der kleine Priester kam schneller aus dem Loch herausgekrochen, als er hineingestürzt war. Sein Gesicht sah nicht mehr fassungslos aus, sondern sehr entschlossen und, vielleicht durch den Widerschein des Schnees, ein bißchen blasser als gewöhnlich.

»Na?« fragte sein großer Freund. »Haben Sie den Gott des Tempels gefunden?«

»Nein«, antwortete Father Brown. »Ich habe gefunden, was manchmal noch wichtiger war. Das Opfer.«

»Was beim Teufel meinen Sie damit?« schrie Flambeau, aufs tiefste erschrocken.

Father Brown antwortete nicht. Er starrte mit gerunzelter Stirn in die Landschaft; und plötzlich wies er auf sie. »Was ist das da drüben für ein Haus?« fragte er.

Indem er seinem Finger folgte, sah Flambeau zum ersten Mal die Ecken eines Hauses, das näher stand als der Bauernhof, aber zum größten Teil von Bäumen verdeckt war. Es war kein großes Gebäude und stand ein gutes Stück vom Ufer entfernt; aber das Schimmern seiner Verzierungen verriet, daß es wie der Musikpavillon, die kleinen Gärten und die Eisenbänke mit den geschwungenen Rückenlehnen zur Promenadenanlage des Seebades gehörte.

Father Brown sprang vom Musikpavillon herab, und sein Freund folgte ihm; und als sie in die angegebene Richtung schritten, verschoben sich die Bäume nach rechts und links, und sie erblickten ein kleines, ziemlich aufgedonnertes Hotel, wie das in Seebädern üblich ist – Hotel mit Bar, und nicht mit Trinkstube. Fast die *ganze* Vorderfront bestand aus vergoldeter Stukkatur und Buntglas, und zwischen der grauen Küstenlandschaft und den grauen hexenhaften Bäumen wirkte sein verspielter Aufputz in seiner Melancholie fast gespenstisch. Sie hatten beide das undeutliche Gefühl, daß wenn einem in solch einer Gaststätte Speise oder Trank geboten wurde, es sich um den Pappmacheschinken und die leeren Humpen der Pantomime handeln müsse.

Das allerdings sollte sich nicht ganz bestätigen. Als sie näher und näher kamen, sahen sie vor dem Büffet, das offensichtlich geschlossen war, eine der eisernen Gartenbänke mit der geschwungenen Rückenlehne, die die Gärten verzierten, aber sehr viel länger, fast die gesamte Vorderfront entlang. Vermutlich hatte man sie so aufgestellt, damit Besucher dort Platz nehmen und auf die See hinausblicken konnten, aber man würde kaum erwarten, daß irgend jemand das in solchem Wetter täte.

Dennoch aber stand gerade vor dem äußersten Ende der Eisenbank ein kleiner runder Restauranttisch, und darauf standen eine Flasche Chablis und eine Schale mit Mandeln und Rosinen. Hinter dem Tisch saß auf der Bank ein dunkelhaariger junger Mann, der barhäuptig in einem Zustand der erstaunlichsten Unbeweglichkeit aufs Meer hinausstarrte.

Doch obwohl er auch eine Wachspuppe hätte sein können, als sie noch 4 Meter entfernt waren, sprang er wie der Teufel-aus-der-Kiste auf, als sie 3 Meter Distanz erreichten, und sagte in ehrerbietiger wenngleich nicht unterwürfiger Weise: »Wollen Sie nicht hereinkommen, meine Herren? Zwar ist gegenwärtig niemand vom Personal da, aber irgend etwas Einfaches kann ich Ihnen selbst vorsetzen.«

»Sehr liebenswürdig«, sagte Flambeau. »Dann sind Sie also der Besitzer?«

»Ja«, sagte der dunkle Mann und verfiel wieder ein bißchen in seine Bewegungslosigkeit. »Meine Kellner sind alle Italiener, müssen Sie wissen, und ich war der Meinung, daß es nur fair sei, wenn sie ihren Landsmann den Neger schlagen sehen, wenn er das wirklich schaffen kann. Wissen Sie, daß der große Kampf zwischen Malvoli und Nigger Ned jetzt doch noch zustande kommt?«

»Ich fürchte, wir haben nicht genügend Zeit, um Ihre Gastfreundschaft wirklich in Anspruch zu nehmen«, sagte Father Brown. »Aber mein Freund würde sicherlich gerne ein Glas Sherry nehmen, gegen die Kälte und um auf den Sieg des italienischen Champions zu trinken.«

Flambeau verstand das mit dem Sherry zwar nicht, hatte aber nicht das geringste einzuwenden. So konnte er denn nur sehr liebenswürdig sagen: »Oh, danke sehr.«

»Sherry, der Herr – sofort«, sagte ihr Gastgeber und wandte sich seinem Hotel zu. »Verzeihen Sie, wenn ich Sie einige Minuten warten lasse. Wie ich Ihnen bereits sagte, ist kein Personal da –« Und damit ging er auf die schwarzen Fenster seines unbeleuchteten Hotels mit den geschlossenen Fensterläden zu.

»Ach, so wichtig ist das nicht«, begann Flambeau, aber der Mann wandte sich um, um ihn zu beruhigen.

»Ich habe die Schlüssel«, sagte er. »Und ich kann meinen Weg auch im Dunkeln finden.«

»Ich hatte nicht die Absicht –«, begann Father Brown.

Da unterbrach ihn eine bellende menschliche Stimme, die aus den Tiefen des unbewohnten Hotels erscholl. Sie donnerte laut, aber unverständlich einen ausländischen Namen, und der Hotelbesitzer wandte sich ihr schneller zu, als er das für Flambeaus Sherry getan hatte. Wie der Augenschein sofort beweisen sollte, hatte der Besitzer da wie später nichts als die buchstäbliche Wahrheit gesagt. Aber Flambeau wie Father Brown haben öfters eingestanden, daß sie bei all ihren (manchmal reichlich gewalttätigen) Abenteuern ihr Blut niemals so erstarren fühlten wie beim Klang dieser Stimme eines Menschenfressers, die da plötzlich aus einem schweigenden und leeren Gasthof erscholl.

»Mein Koch!« rief der Besitzer hastig. »Ich hatte meinen Koch vergessen. Er wird gleich starten. Sherry, der Herr?«

Und wirklich erschien in der Tür eine große weiße massige Gestalt mit weißer Mütze und weißer Schürze, wie es sich für einen Koch gehört, aber mit dem überflüssigen Akzent eines schwarzen Gesichtes. Flambeau hatte schon oft vernommen, daß Neger gute Köche abgeben. Aber irgendwie steigerte irgend etwas im Widerspruch von Farbe und Beruf seine Überraschung darüber, daß der Hotelbesitzer auf den Ruf des Kochs reagierte, und nicht der Koch auf den Ruf des Besitzers. Aber er überlegte, daß Chefköche sprichwörtlich arrogant sind; und außerdem kam der Gastgeber jetzt mit dem Sherry zurück, und das war die Hauptsache.

»Ich wundere mich«, sagte Father Brown, »daß da so wenige Menschen am Strand sind, wenn dieser große Kampf jetzt doch zustande kommt. Wir haben meilenweit nur einen einzigen Mann angetroffen.«

Der Hotelbesitzer zuckte mit den Achseln. »Wissen Sie, sie kommen vom anderen Ende der Stadt – von der Bahnstation, 3 Meilen von hier. Sie sind nur am Sport interessiert und werden in den Hotels nur zur Übernachtung bleiben. Schließlich ist das auch kaum das Wetter, um sich am Strand braten zu lassen.«

»Oder auf der Bank«, sagte Flambeau und wies auf den kleinen Tisch.

»Ich mußte Ausguck halten«, sagte der Mann mit dem bewegungslosen Gesicht. Er war ein ruhiger, gut aussehender Bursche, eher blaß; seine dunkle Kleidung hatte nichts Auffälliges an sich, außer daß er seine schwarze Krawatte sehr hoch gebunden trug, wie eine Halsbinde, und sie mit einer goldenen Nadel festgesteckt hatte, die einen grotesken Kopf zeigte. Noch gab es in dem Gesicht irgend etwas Bemerkenswertes, abgesehen von etwas, das vielleicht nur ein nervöser Tick war – die Angewohnheit, das eine Auge nicht so weit zu öffnen wie das andere, was den Eindruck vermittelte, als sei das andere größer oder vielleicht aus Glas.

Das folgende Schweigen wurde gebrochen, als ihr Gastgeber ruhig sagte: »Und wo haben Sie während Ihres Marsches diesen einen Mann getroffen?«

»Sonderbar genug«, sagte der Priester, »ganz nahebei – gerade drüben am Musikpavillon.«

Flambeau, der sich auf die lange Eisenbank gesetzt hatte, um seinen Sherry zu schlürfen, setzte ihn ab und sprang auf und starrte seinen Freund verblüfft an. Er öffnete den Mund, um etwas zu sagen, und schloß ihn dann wieder.

»Sonderbar«, sagte der dunkelhaarige Mann nachdenklich. »Wie sah er denn aus?«

»Es war ziemlich dunkel, als ich ihn sah«, begann Father Brown, »aber er war –«

Wie bereits bemerkt wurde, kann nachgewiesen werden, daß der Hotelbesitzer die reine Wahrheit gesprochen hatte. Sein Satz, daß der Koch gleich starten werde, wurde buchstäblich erfüllt, denn noch während sie sprachen, kam der Koch heraus und zog sich die Handschuhe an.

Aber nun war er eine von jener wirren Masse von Weiß und Schwarz, die für einen Augenblick in der Tür erschienen war, sehr verschiedene Erscheinung. Er war bis zu seinen hervorquellenden Augäpfeln auf die modischste Weise geschniegelt und gebügelt. Ein hoher schwarzer Zylinder saß schräg auf seinem breiten schwarzen Kopf – ein Hut jener Art, die französischer Witz mit 8 Spiegeln verglichen hat. Aber irgendwie glich der schwarze Mann dem schwarzen Hut. Auch er war schwarz, aber in seiner schimmernden Haut brach sich das Licht in mindestens 8 unterschiedlichen Winkeln. Überflüssig zu sagen, daß er weiße Gamaschen trug und ein weißes Vorsteckhemd in der Weste. Eine rote Blume erhob sich angriffslustig aus seinem Knopfloch, als sei sie da plötzlich emporgeschossen. Und die Art, wie er seinen Spazierstock in der einen und seine Zigarre in der anderen Hand schwang, zeigte eine gewisse Haltung – eine Haltung, an die wir uns immer erinnern sollten, wenn wir von Rassenvorurteilen sprechen: etwas zugleich Unschuldiges und Unverschämtes – der reine Cakewalk.

»Manchmal«, sagte Flambeau und blickte ihm nach, »überrascht es mich nicht, daß man sie lyncht.«

»Mich überrascht«, sagte Father Brown, »kein Werk der Hölle. Aber wie ich sagte«, fuhr er fort, während der Neger sich immer noch angeberisch seine gelben Handschuhe zurechtzupfte und raschen Schrittes dem

Seebad zustrebte, eine groteske Varieté-Figur vor jener grauen und frostigen Szenerie –, »wie ich eben sagte, könnte ich den Mann nicht sehr genau beschreiben, aber er trug einen üppigen und altmodischen Backenbart und einen ebensolchen Schnurrbart, dunkel oder gefärbt, wie auf den Bildern fremdländischer Finanzherren, und um seinen Hals war ein langer purpurner Schal geschlungen, der im Winde flatterte, als er ausschritt. Er war am Hals etwa so festgesteckt, wie Kindermädchen die Schlabberlätzchen der Kinder feststecken, mit einer Sicherheitsnadel. Nur war das«, fügte der Priester hinzu und sah gelassen aufs Meer hinaus, »hier keine Sicherheitsnadel.«

Der Mann, der auf der langen Eisenbank saß, sah ebenfalls gelassen aufs Meer hinaus. Jetzt, da er wieder seine Ruhestellung eingenommen hatte, war sich Flambeau ganz sicher, daß das eine Auge von Natur aus größer war als das andere. Beide waren jetzt weit geöffnet, und er gewann fast den Eindruck, als würde das linke Auge immer größer, während er so schaute.

»Es war eine sehr lange goldene Nadel, und sie trug den geschnitzten Kopf eines Affen oder so etwas Ähnliches«, fuhr der Kleriker fort; »und sie war auf höchst eigenartige Weise festgesteckt – er trug einen Zwicker und eine breite schwarze –«

Der bewegungslose Mann fuhr fort, aufs Meer hinauszublicken, und die Augen in seinem Kopf hätten zwei verschiedenen Männern gehören können. Dann unternahm er eine blitzschnelle Bewegung.

Father Brown hatte ihm den Rücken zugewandt und hätte durch diesen Blitz tot vornüber stürzen können. Flambeau hatte keine Waffe, aber seine großen braunen Hände ruhten auf der Lehne der langen Eisenbank. Seine Schultern veränderten plötzlich ihre Form, und er hievte das ganze riesige Ding hoch über sein Haupt, so wie des Henkers Axt unmittelbar vor dem Niedersausen. Schon durch die reine Höhe des Dings, als er es senkrecht hielt, sah es aus wie eine lange Eisenleiter, mit der er Menschen einlud, zu den Sternen emporzuklimmen. Aber der lange Schatten sah im flachen Abendlicht aus, als schwinge ein Riese den Eiffelturm. Es war der Schock dieses Schattens noch vor dem Schock durch das niederkrachende Eisenstück, der den Fremden erzittern und zur Seite springen und dann in seinen Gasthof stürzen ließ, wobei er den flachen schimmernden Dolch genau da liegen ließ, wohin er ihm gefallen war.

»Wir müssen sofort von hier verschwinden«, schrie Flambeau und schleuderte die große Bank in wütender Gleichgültigkeit auf den Strand. Er ergriff den kleinen Priester am Ellbogen und rannte mit ihm die graue Flucht eines brachen Hintergartens entlang, an dessen Ende sich eine geschlossene Hintergartenpforte befand. Flambeau beugte sich während eines Augenblicks gewalttätigen Schweigens zu ihr nieder und sagte dann: »Das Tor ist verschlossen.«

Während er noch sprach, brach eine schwarze Feder aus einer der Zierföhren herab und kitzelte die Krempe seines Hutes. Das schreckte ihn mehr auf, als die kleine entfernte Explosion, die unmittelbar zuvor zu hören war. Dann folgte eine andere entfernte Explosion, und die Tür, die er zu öffnen sich mühte, erbebte unter der Kugel, die sich in sie eingrub. Flambeaus Schultern füllten sich erneut und veränderten dann plötzlich ihr Aussehen. Drei Scharniere und ein Schloß zerbarsten zugleich, und er stürmte in den leeren Fußweg hinaus, wobei er die große Gartentür mit sich schleppte, wie einst Samson das Stadttor von *Gaza*.

Dann schleuderte er die Gartentür über die Gartenmauer, gerade als ein dritter Schuß Schnee und Staub hinter seinen Absätzen aufsprühen machte. Ohne weitere Förmlichkeiten schnappte er sich den kleinen Priester, schwang ihn sich rittlings auf die Schultern und rannte auf Seawood los, so schnell ihn seine langen Beine nur tragen konnten. Erst fast zwei Meilen weiter setzte er seinen kleinen Gefährten nieder. Es war keine sehr würdevolle Flucht gewesen, trotz des klassischen Vorbildes von Anchises, aber auf Father Browns Gesicht lag nur ein breites Grinsen.

»Alsdann«, sagte Flambeau nach einem ungeduldigen Schweigen, als sie ihre konventionellere Wanderung durch die Straßen am Rande der Stadt wieder aufnahmen, wo sie keinerlei Gewalttätigkeiten zu befürchten hatten, »ich habe zwar keine Ahnung, was das alles zu bedeuten hat, aber ich glaube, ich kann meinen eigenen Augen doch so weit vertrauen, daß Sie dem Mann, den Sie so genau beschrieben haben, niemals begegnet sind.«

»Ich bin ihm in gewisser Weise wohl begegnet«, sagte Brown und biß reichlich nervös auf seinen Fingern herum –, »wirklich. Und es war zu dunkel, als daß ich ihn genau hätte sehen können, denn das geschah unter diesem Musikpavillon. Aber ich fürchte, daß ich ihn doch nicht so ganz genau beschrieben habe, denn sein Zwicker lag zerbrochen unter ihm, und die lange goldene Nadel war nicht durch seinen Schal gestochen, sondern durch sein Herz.«

»Und ich nehme an«, sagte der andere leiser, »daß dieser glasäugige Bursche irgendwas damit zu tun hat.«

»Ich hatte gehofft, nur ein bißchen«, antwortete Brown mit bekümmerter Stimme, »und vielleicht handelte ich falsch mit dem, was ich tat. Aber ich handelte spontan. Und ich fürchte, daß diese Angelegenheit tiefe und düstere Wurzeln hat.«

Sie schritten schweigend durch einige Straßen. Die gelben Lampen wurden im kalten blauen Dämmerlicht angesteckt, als sie sich offenbar immer mehr den zentralen Teilen der Stadt näherten. Hochbunte Anzeigen waren an die Mauern geklebt und kündigten den Boxkampf zwischen Nigger Ned und Malvoli an.

»Also«, sagte Flambeau, »ich habe nie jemanden umgebracht, selbst nicht in meinen kriminellen Zeiten, aber ich kann beinahe Mitgefühl für jemanden aufbringen, der so was an so einem trübsinnigen Ort tut. Von allen gottverlassenen Müllhaufen in der Natur sind wohl solche Orte am herzzerbrechendsten, die wie der Musikpavillon da festlich gedacht waren und nun verlassen sind. Ich kann mir vorstellen, wie einen morbiden Mann das Gefühl überkommt, er müsse seinen Rivalen in der Einsamkeit und Ironie einer solchen Szenerie morden. Ich erinnere mich, wie ich einstens eine Fußwanderung in Ihr herrliches Hügelland von Surrey unternommen habe, und an nichts als an Ginster und Lerchen dachte, und auf einen großen Kreis flachen Landes herauskam und sich über mir eine riesige schweigende Konstruktion emportürmte, Sitzreihe um Sitzreihe, so gewaltig wie ein römisches Amphitheater und so leer wie ein neuer Briefkasten. Ein Vogel segelte über ihr durch den Himmel. Das war die Tribüne des großen Rennplatzes von Epsom. Und ich hatte das Gefühl, daß dort niemals mehr jemand glücklich sein würde.«

»Sonderbar, daß Sie ausgerechnet Epsom erwähnen«, sagte der Priester. »Erinnern Sie sich an die Geschichte, die man das Sutton-Geheimnis nannte, weil zwei verdächtigte Männer – ich glaube Eiscremeverkäufer – zufällig in Sutton wohnten? Sie wurden schließlich freigesprochen. Man hatte, hieß es, in den Hügeln der Umgebung einen Mann erwürgt aufgefunden. In Wirklichkeit wurde er, wie ich zufällig weiß (von einem irischen Polizisten, der ein Freund von mir ist), unmittelbar bei der großen Tribüne von Epsom gefunden – tatsächlich nur durch eine der unteren Türen verborgen, die aufgeblieben war.«

»Wirklich merkwürdig«, stimmte Flambeau bei. »Aber das bekräftigt nur meine Meinung, daß solche Vergnügungsplätze außerhalb ihrer Saison scheußlich verlassen sind, sonst wäre der Mann nicht gerade da umgebracht worden.«

»Ich bin nicht so sicher, daß er –«, begann Brown und hielt wieder inne.

»Nicht so sicher, daß er ermordet wurde?« fragte sein Gefährte.

»Nicht so sicher, daß er außerhalb der Saison ermordet wurde«, antwortete der kleine Priester schlicht. »Finden Sie nicht auch, daß es mit dieser Einsamkeit irgendeine merkwürdige Bewandtnis hat, Flambeau? Sind Sie sicher, daß ein kluger Mörder sich immer *wünscht*, daß der Platz einsam sei? Ein Mann ist nur sehr, sehr selten *wirklich* allein. Und davon abgesehen, je alleiner er ist, desto sicherer wird er gesehen. Nein; ich glaube, daß da irgendein anderer – Aha, da sind wir ja an dem Pavillon oder Palast oder wie immer sich das nennt.«

Sie waren zu einem kleinen Platz gekommen, der strahlend hell erleuchtet war und an dem das Hauptgebäude fröhlich vor Vergoldungen glänzte und mit Plakaten prangte, flankiert von zwei Riesenphotos von Malvoli und Nigger Ned.

»Hallo!« rief Flambeau zutiefst erstaunt, als sein klerikaler Freund geradewegs die breiten Stufen hinanstapfte. »Ich wußte ja gar nicht, daß Faustkämpfe Ihr jüngstes Steckenpferd sind. Wollen Sie sich den Kampf ansehen?«

»Ich glaube nicht, daß es einen Kampf geben wird«, erwiderte Father Brown.

Sie durchquerten rasch Foyers und Innenräume; sie durchquerten den Saal der Kämpfe selbst, in dem der Ring mit Seilen abgeteilt aufgebaut war, vollgestopft mit ungezählten Sitzen und Logen, und immer noch blickte der Geistliche weder umher, noch hielt er inne, bis er zu einem Angestellten an einem Tisch vor einer Tür kam, die mit »Ausschuß« gekennzeichnet war. Da blieb er stehen und sagte, er wolle Lord Pooley sprechen.

Der Angestellte bemerkte, daß Seine Lordschaft sehr beschäftigt sei, da der Kampf bald beginnen werde, aber Father Brown besaß die gutmütige Lästigkeit steter Wiederholung, auf die der beamtete Geist meist nicht vorbereitet ist. Nach wenigen Augenblicken fand sich der reichlich verwirrte Flambeau in der Anwesenheit eines Mannes, der einem anderen Mann, der gerade aus dem Raum ging, immer noch Anweisungen nachrief. »Sie wissen ja, passen Sie nach der vierten auf die Seile auf. Und was wollen Sie von mir?«

Lord Pooley war ein Gentleman und, wie die meisten der wenigen in unserer Rasse noch verbliebenen, bekümmert – vor allem um Geld. Er war halb ergraut und halb blond, seine Augen waren fiebrig, und seine Nase war gebogen und frostrot.

»Nur ein Wort«, sagte Father Brown. »Ich bin gekommen, um zu verhindern, daß ein Mann getötet wird.«

Lord Pooley sprang aus seinem Sessel hoch, als habe ihn eine Feder herausgeschleudert. »Ich will verflucht sein, wenn ich mir noch mehr davon anhöre!« schrie er. »Ihr und eure Komitees und Pastöre und Petitionen! Gab es denn keine Pastöre in der alten Zeit, als man noch ohne Handschuhe boxte? Nun kämpfen sie mit vorschriftsmäßigen Handschuhen, und es besteht auch nicht das geringste Zipfelchen an Möglichkeiten, daß einer der Boxer getötet wird.«

»Ich meinte auch keinen von den Boxern«, sagte der kleine Priester.

»Aha, na schön!« sagte der Edelmann mit einem Anflug frostigen Humors. »Und wer soll getötet werden? Der Schiedsrichter?«

»Ich weiß nicht, wer getötet werden soll«, erwiderte Father Brown mit nachdenklichem Blick. »Wenn ich das wüßte, hätte ich Ihr Vergnügen nicht zu stören brauchen. Dann hätte ich ihn einfach zur Flucht bewegt. Ich habe im Preisboxen nie etwas Übles sehen können. Aber wie die Dinge nun einmal stehen, muß ich Sie bitten bekanntzugeben, daß der Kampf gegenwärtig nicht stattfindet.«

»Sonst noch was?« höhnte der Herr mit den fiebrigen Augen. »Und was ist mit den 2000 Menschen, die gekommen sind, um ihn zu sehen?«

»Von denen werden noch 1999 leben, wenn sie ihn gesehen haben«, sagte Father Brown.

Lord Pooley sah Flambeau an. »Ist Ihr Freund verrückt?« fragte er.

»Alles andere als das«, war die Erwiderung.

»Und passen Sie auf«, fuhr Pooley in seiner rastlosen Art fort, »es ist noch schlimmer. Eine ganze Bande Italiener ist aufgetaucht, um Malvoli zu unterstützen – jedenfalls schwarze wilde Burschen aus irgendeinem Land. Sie wissen ja, wie diese Mittelmeervölker sind. Wenn ich bekanntgebe, daß der Kampf abgesagt ist, werden wir Malvoli an der Spitze eines ganzen korsischen Clans hereinstürmen sehen.«

»My Lord, es handelt sich um Leben oder Tod«, sagte der Priester. »Läuten Sie. Geben Sie Ihre Botschaft bekannt. Und beobachten Sie, ob es Malvoli ist, der antwortet.«

Der Edelmann schlug die Glocke auf seinem Tisch mit einem eigenartigen Ausdruck neu erwachter Neugier. Er sagte zu dem Angestellten, der fast sofort in der Tür erschien: »Ich habe dem Publikum gleich eine sehr ernste Ankündigung zu machen. Würden Sie in der Zwischenzeit bitte den beiden Champions sagen, daß der Kampf vorerst abgesagt werden muß?«

Der Angestellte starrte ihn einige Sekunden lang an, als sähe er einen Dämon, und verschwand dann.

»Welche Beweise haben Sie eigentlich für Ihre Behauptung?« fragte Lord Pooley schroff. »Wen haben Sie um Rat gefragt?«

»Ich habe einen Musikpavillon um Rat gefragt«, sagte Father Brown und kratzte sich am Kopf. »Nein, ich irre mich; ich habe auch ein Buch um Rat gefragt. Ich habe es an einem Bücherstand in London aufgegabelt – und zwar sehr billig.«

Er holte aus seiner Tasche einen kleinen dicken Lederband hervor, und Flambeau, der ihm über die Schulter schaute, konnte erkennen, daß es sich um irgendeine alte Reisebeschreibung handelte und daß eine Seite durch ein Eselsohr gekennzeichnet war.

»Die einzige Form, in der Voodoo –«, begann Father Brown laut vorzulesen.

»In der was?« fragte Seine Lordschaft.

»In der Voodoo«, wiederholte der Vorleser fast mit Vergnügen, »außerhalb Jamaikas selbst weit verbreitet und organisiert ist, ist die des Affen, oder des Gottes der Gongs, die in vielen Teilen beider Amerikas sehr mächtig ist, insbesondere unter Halbblütigen, von denen viele genau wie Weiße aussehen. Sie unterscheidet sich von den meisten anderen Formen der Teufelsanbetung und des Menschenopfers dadurch, daß das Blut nicht formell auf dem Altar vergossen wird, sondern durch eine Art von Mord in der Menschenmenge. Der Gong wird mit ohrenbetäubendem Dröhnen geschlagen, wenn die Türen des Schreins geöffnet werden und der Affengott enthüllt wird; fast die gesamte Anhängerschaft heftet ihre ekstatischen Blicke auf ihn. Aber nach –«

Die Tür des Zimmers flog auf, und der modische Neger stand in ihrem Rahmen, mit rollenden Augäpfeln, den Seidenzylinder immer noch unverschämt schräg auf dem Kopf. »Hah!« schrie er und zeigte sein Affengebiß. »Was los? Hah! Hah! Sie stehl ein farbigen Gentleman sein Preis – schon sein Preis – Sie glaub Sie könn retten so den weiß talienisch Abfall –«

»Die Angelegenheit ist lediglich verschoben«, sagte der Edelmann ruhig. »Ich werde in ein oder zwei Minuten kommen und alles erklären.«

»Wer Sie beim –«, schrie Nigger Ned und begann zu wüten.

»Mein Name ist Pooley«, erwiderte der andere mit bewunderungswürdiger Gelassenheit. »Ich bin der Organisationssekretär, und ich rate Ihnen, jetzt diesen Raum zu verlassen.«

»Wer dies Kerl?« fragte der dunkle Champion und wies verächtlich auf den Priester.

»Mein Name ist Brown«, war die Antwort. »Und ich rate Ihnen, jetzt dieses Land zu verlassen.«

Der Preisboxer stand einige Sekunden kochend da, und dann ging er, zur größten Überraschung von Flambeau und den anderen, und knallte die Tür hinter sich zu.

»Nun«, fragte Father Brown, während er sein staubfarbenes Haar durchwühlte, »was halten Sie von Leonardo da Vinci? Ein wunderschöner italienischer Kopf.«

»Hören Sie zu«, sagte Lord Pooley, »ich habe auf Ihr blankes Wort hin eine beachtliche Verantwortung auf mich genommen. Ich glaube, Sie sollten mir mehr darüber erzählen.«

»Sie haben ganz recht, my Lord«, antwortete Brown. »Und es dauert auch nicht lange, es zu erzählen.« Er steckte das kleine Lederbuch in seine Manteltasche. »Ich glaube zwar, daß wir schon alles wissen, was es zu berichten hat, aber Sie können ja hineinschauen, um zu sehen, ob ich recht habe. Der Neger, der hier gerade hinausgestürmt ist, ist einer der gefährlichsten Männer auf Erden, denn er hat das Hirn eines Europäers mit den Instinkten eines Kannibalen. Er hat die saubere vernünftige Metzelei seiner Mitbarbaren in eine sehr moderne wissenschaftliche Geheimgesellschaft von Mördern verwandelt. Er weiß nicht, daß ich es weiß, und übrigens auch nicht, daß ich es nicht beweisen kann.«

Schweigen herrschte, und der kleine Mann fuhr fort: »Wenn ich aber jemanden umbringen will, ist dann wirklich der beste Plan, dafür zu sorgen, daß ich mit ihm allein bin?«

Lord Pooleys Augen begannen wieder frostig zu zwinkern, als er den kleinen Kirchenmann ansah. Er sagte nur: »Wenn Sie jemanden ermorden *wollen*, würde ich dazu raten.«

Father Brown schüttelte den Kopf wie ein Mörder mit der reicheren Erfahrung. »Das sagt auch Flambeau«, erwiderte er seufzend. »Aber denken Sie nach. Je einsamer sich ein Mann fühlt, desto weniger sicher kann er sein, daß er allein ist. Denn das bedeutet leere Räume um ihn herum, und genau die machen ihn sichtbar. Haben Sie nie von den Höhen aus einen Pflüger beobachtet, oder in den Tälern einen Schäfer? Sind Sie nie oben auf einer Klippe entlanggewandert und haben einen Mann beobachtet, der unten durch den Sand wanderte? Hätten Sie nicht gesehen, wenn er einen Krebs getötet hätte, und hätten Sie nicht gewußt, ob es sich um einen Ihrer Gläubiger handelte? Nein! Nein! Nein! Für einen intelligenten Mörder wie Sie oder ich es wären, wäre ein Plan unmöglich, der davon ausginge, daß einen niemand sähe.«

»Aber welchen anderen Plan gäbe es denn dann?«

»Es gibt nur einen anderen«, sagte der Priester. »Dafür zu sorgen, daß alle woandershin blicken. Ein Mann wird nahe bei der großen Tribüne in Epsom erwürgt. Jeder hätte das sehen können, während die Tribüne leerstand – ein Landstreicher unter den Hecken oder ein Autofahrer zwischen den Hügeln. Aber niemand würde es gesehen haben, wenn die Tribüne überfüllt war und das ganze Rund aufbrüllte, weil der Favorit als erster hereinkam – oder nicht. Ein Halstuch zuziehen, eine Leiche hinter einer Tür verstauen, das konnte in einem Augenblick geschehen – solange es *dieser* Augenblick war. Das gleiche war es natürlich«, fuhr er zu Flambeau gewandt fort, »mit dem armen Teufel unter dem Musikpavillon. Man ließ ihn durch das Loch stürzen (es war kein zufälliges Loch), als sich gerade ein besonders dramatischer Augenblick der Unterhaltung ereignete, als der Bogen eines großen Geigers oder die Stimme einer großen Sängerin einsetzten oder zu ihrem Höhepunkt kamen. Und dann hier natürlich – wenn der K.-o.-Schlag käme, würde es nicht der einzige sein. Das ist der kleine Trick, den Nigger Ned von seinem alten Gott des Gongs übernommen hat.«

»Übrigens, Malvoli –«, begann Pooley.

»Malvoli«, sagte der Priester, »hat überhaupt nichts damit zu tun. Er hat vielleicht ein paar Italiener bei sich, aber unsere liebenswürdigen Freunde sind keine Italiener. Sie sind Oktoronen und afrikanisches Halbblut der verschiedensten Schattierungen, aber ich befürchte, daß wir Engländer alle Ausländer für ein und dasselbe halten, solange sie nur schwarz und schmutzig sind. Ich befürchte auch«, fügte er mit einem Lächeln hinzu, »daß die Engländer es ablehnen, jeglichen feinen Unterschied zwischen der Moral zu erkennen, die meine Religion hervorruft, und jener, die aus dem Voodoo erblüht.«

Der Glanz der Frühjahrssaison war über Seawood hereingebrochen und übersäte seine Strände mit Familien und Strandkarren, mit Wanderpredigern und Negerbarden, ehe die beiden Freunde es wiedersahen, und lange bevor die Verfolgungsjagd auf die sonderbare Geheimgesellschaft eingestellt wurde. Fast überall ging das Geheimnis ihrer Anschläge mit ihnen selbst zugrunde. Den Mann vom Hotel fand man tot in der See treiben wie Seetang; sein rechtes Auge war friedvoll geschlossen, aber sein linkes war weit geöffnet und glitzerte wie Glas im Mondschein. Nigger Ned wurde ein oder zwei Meilen entfernt gestellt und erschlug drei Polizisten mit der geballten linken Faust. Der übrigbleibende Beamte war so überrascht – nein, geschockt –, daß der Neger entkommen konnte. Das aber reichte aus, um die gesamte englische Presse in Aufregung zu versetzen, und für ein oder zwei Monate bestand die Hauptaufgabe des Britischen Empires darin, diesen Höllenneger an der Flucht aus irgendeinem englischen Hafen zu hindern. Personen mit einer der seinen auch nur entfernt ähnlichen Gestalt wurden höchst ungewöhnlichen Befragungen unterworfen und mußten sich ihre Gesichter abschrubben, ehe man sie an Bord gehen ließ, so als ob alle weißen Gesichter aus aufgetragener Schminke bestünden. Jedem Neger in England wurden Sondervorschriften auferlegt, und er mußte sich melden; auslaufende Schiffe hätten einen Neger auch nicht lieber mitgenommen als einen Basilisken. Denn den Menschen war bewußt geworden, wie furchtbar und weitgespannt und schweigsam die Macht der wüsten Geheimgesellschaft war, und zu der Zeit, da Flambeau und Father Brown sich im April gegen die Brüstung der Uferpromenade lehnten, bedeutete der Schwarze Mann in England fast eben das, was er einst in Schottland bedeutet hatte.

»Er muß noch in England sein«, bemerkte Flambeau, »und außerdem verdammt gut versteckt. Wenn er sich nur das Gesicht weiß angestrichen hätte, hätte man ihn in einem der Häfen aufgegriffen.«

»Sie sehen also, daß er ein wirklich schlauer Kopf ist«, sagte Father Brown entschuldigend. »Und ich bin sicher, daß er sein Gesicht niemals weißen würde.«

»Was würde er denn dann tun?«

»Ich glaube«, sagte Father Brown, »er würde sein Gesicht schwärzen.«

Flambeau, der bewegungslos gegen das Geländer lehnte, lachte und sagte: »Mein lieber Mann!«

Father Brown, der ebenfalls bewegungslos gegen das Geländer lehnte, bewegte für einen Augenblick einen Finger in Richtung auf die rußgesichtigen Neger, die am Strande sangen.

Der Salat von Oberst Cray

Father Brown wanderte an einem weißen unheimlichen Morgen von der Messe nach Hause, während sich die Nebel nur langsam hoben – einem jener Morgen, an denen man das Tageslicht als etwas Geheimnisvolles und Neues empfindet. Einzelne Bäume gewannen im Dunst immer schärfere Umrisse, als seien sie zuerst mit grauer Kreide skizziert worden, und danach mit Holzkohle. In noch weiteren Zwischenräumen erschienen die Häuser am zerfasernden Rand der Vorstadt; ihre Umrisse wurden deutlicher und deutlicher, bis er viele erkennen konnte, in denen flüchtige Bekannte wohnten, und sehr viele mehr, deren Besitzer er kannte. Aber alle Fenster und Türen waren geschlossen; niemand von diesen Leuten gehörte zu jenen, die schon so früh auf waren, und noch weniger zu jenen auf solchen Wegen. Aber als er durch den Schatten einer schönen Villa mit Veranden und weiten Ziergärten ging, hörte er ein Geräusch, das ihn fast gegen seinen Willen innehalten ließ. Es war das unverkennbare Geräusch einer Pistole oder eines Gewehrs oder einer anderen leichten Feuerwaffe, mit der geschossen wurde; aber nicht das verwirrte ihn am meisten. Dem ersten vollen Geräusch folgte unmittelbar eine Reihe schwächerer Geräusche nach – nach seiner Zählung etwa sechs. Er nahm an, daß das das Echo war; aber sonderbarerweise klang das Echo nicht im entferntesten so wie das Originalgeräusch. Es klang auch nach nichts anderem, das er hätte erkennen können; die drei dem am nächsten kommenden Dinge waren das Geräusch eines Sodawassersiphons, oder eines der vielen tierischen Geräusche, oder das Geräusch, das entsteht, wenn jemand ein Gelächter unterdrücken möchte. Keines davon ergab aber irgendeinen Sinn.

Father Brown bestand aus zwei Männern. Der eine war ein Mann der Tat, so bescheiden wie eine Primel und so pünktlich wie ein Uhrwerk; der seinen kleinen Kreis an Pflichten erfüllte und niemals daran dachte, sie zu ändern. Und dann war da der Mann des Nachdenkens, der sehr viel einfacher aber auch sehr viel stärker war und der nicht leicht aufgehalten werden konnte; dessen Denken stets (im einzig intelligenten Sinn des Wortes) freies Denken war. Er konnte nicht anders, als sich, selbst unbewußt, all die Fragen zu stellen, die zu stellen waren, und so viele wie ihm nur immer möglich zu beantworten; und alles das geschah wie das Atmen oder der Blutkreislauf. Bewußt aber ließ er seine Handlungen ihn niemals über den Rahmen seiner Pflichten hinaus tragen; und in diesem Fall wurden beide Haltungen gehörig auf die Probe gestellt. Er wollte gerade seinen Marsch durch das morgendliche Dämmerlicht wieder aufnehmen, während er sich einerseits zuredete, daß ihn das alles nichts angehe, gleichzeitig aber zwanzig Theorien im Kopfe hin und her wendete, was die sonderbaren Geräusche wohl bedeuteten. Dann aber wurde der graue Horizont silbern, und im heller werdenden Licht erkannte er, daß er sich beim Haus eines angloindischen Majors namens Putnam befand, der einen einheimischen Koch aus Malta hatte, welcher seiner Religionsgemeinschaft angehörte. Und er begann auch, sich daran zu erinnern, daß Pistolenschüsse manchmal ernsthafte Dinge sind, denen Konsequenzen folgen, die ihn durchaus offiziell angingen. Er wandte sich um, durchschritt das Gartentor und ging auf die Eingangstür zu.

Aus der Mitte der einen Seite des Hauses ragte etwas wie ein sehr niedriger Schuppen hervor; das war, wie er später herausfand, ein großer Müllbehälter. Um dessen Ecke kam eine Gestalt auf ihn zu, zunächst kaum mehr als ein Schatten im Nebel, die sich offensichtlich niederbeugte und herumsuchte. Dann verfestigte sie sich im Näherkommen, bis sie einen tatsächlich ungewöhnlich festen Körper ergab. Major Putnam war ein kahlköpfiger, stiernackiger Mann, klein und sehr breitschultrig und mit einem jener zu Schlaganfällen neigenden Gesichter, die durch den verlängerten Versuch entstehen, das orientalische Klima mit okzidentalem Luxus zu verbinden. Doch war es ein gutmütiges Gesicht und trug selbst jetzt, obwohl offensichtlich verwirrt und auf der Suche, eine Art unschuldigen Grinsens. Er hatte einen breiten Palmblätterhut auf dem Hinterkopf (der da an einen gar nicht zu diesem Gesicht passenden Heiligenschein erinnerte), ansonsten war er nur mit einem schreiend rot und gelb gestreiften Pyjama bekleidet, der, obwohl ob seines Glühens ins Auge fallend, an einem so frischen Morgen reichlich kühl zu tragen gewesen sein muß. Er war offensichtlich in höchster Eile aus seinem Haus gestürzt, und es überraschte den Priester nicht, daß er ohne weitere Förmlichkeiten rief: »Haben Sie das Geräusch gehört?«

»Ja«, antwortete Father Brown; »und ich dachte mir, ich schaue lieber mal herein für den Fall, daß irgendwas los ist.«

Der Major sah ihn mit seinen gutmütigen Glotzaugen sonderbar an. »Was meinen Sie denn, was das für ein Geräusch war?« fragte er.

»Es hörte sich nach einem Gewehr oder so was an«, erwiderte der andere nach einigem Zögern; »aber es schien mir eine eigenartige Sorte Echo zu haben.«

Der Major sah ihn immer noch ruhig, aber mit hervorstehenden Augen an, als die Vordertüre aufflog und eine Flut Gaslicht ins Gesicht des sich auflösenden Nebels losließ; und eine weitere Gestalt im Pyjama sprang oder stürzte hinaus in den Garten. Die Gestalt war sehr viel größer, schlanker und athletischer; ihr Pyjama, obwohl ebenfalls tropischer Herkunft, war vergleichsweise geschmackvoll, weiß mit einem leichten zitronengelben Streifen. Der Mann war hager, sah aber gut aus und war stärker sonnenverbrannt als der andere; er hatte das Profil eines Adlers und ziemlich tiefliegende Augen, und ein leicht komischer Zug entstand durch die Verbindung von pechschwarzem Haupthaar mit einem sehr viel helleren Schnurrbart. All dies nahm Father Brown in den Einzelheiten zu einem müßigeren Zeitpunkt wahr. In diesem Augenblick sah er an dem Mann nur eine Sache; das war der Revolver in seiner Hand.

»Cray!« rief der Major aus und starrte ihn an; »hast du den Schuß abgefeuert?«

»Ja, habe ich«, erwiderte der schwarzhaarige Gentleman wild; »und du hättest das an meiner Stelle auch getan. Wenn dich Teufel überall jagten und beinahe –«

Der Major unterbrach ihn reichlich hastig. »Das ist mein Freund Father Brown«, sagte er. Und dann zu Brown: »Ich weiß nicht, ob Sie Oberst Cray von der Königlichen Artillerie bereits begegnet sind.«

»Ich habe natürlich schon von ihm gehört«, sagte der Priester unschuldsvoll. »Haben Sie – haben Sie irgend etwas getroffen?«

»Das habe ich geglaubt«, antwortete Cray feierlich.

»Hat er –«, fragte Major Putnam mit leiser Stimme, »ist er hingestürzt, oder hat er geschrien, oder sonstwas?«

Oberst Cray sah seinen Gastgeber mit einem sonderbaren und steten Blick an. »Ich werde dir genau sagen, was er getan hat«, sagte er. »Er hat geniest.«

Father Browns Hand fuhr halb zum Kopf empor in der Geste eines Mannes, der sich an jemandes Namen erinnert. Er wußte nun, daß es weder Sodawasser noch das Schnarchen eines Hundes gewesen war.

»Was denn«, brachte der entgeisterte Major hervor, »ich habe noch nie gehört, daß man auf einen Dienstrevolver niest.«

»Ich auch nicht«, sagte Father Brown schwach. »Wie gut, daß Sie nicht Ihre Kanonen auf ihn gerichtet haben, sonst hätte er sich wohl schwer erkältet.« Und dann, nach einer verwirrten Pause, sagte er: »War es ein Einbrecher?«

»Wir wollen reingehen«, sagte Major Putnam reichlich scharf und führte sie in sein Haus.

Das Innere ließ ein Paradoxon erkennen, das man oft in solch frühen Morgenstunden bemerken kann: daß die Zimmer heller erscheinen als der Himmel draußen; und das selbst, nachdem der Major das eine Gaslicht draußen in der Eingangshalle gelöscht hatte. Father Brown sah überrascht, daß der Speisetisch wie für ein Festmahl gedeckt war, mit Mundtüchern in ihren Ringen und Weingläsern von sechs unnötigen Formen neben jedem Teller. Es geschieht häufig genug, daß man zu jener Morgenstunde die Überreste eines Banketts vom Vorabend vorfindet; aber es so früh neu aufgedeckt zu finden, war ungewöhnlich.

Während er zögernd in der Halle stand, stürzte Major Putnam hinter ihm vorbei und warf einen hastigen Blick über das ganze längliche Geviert des Tischtuches. Schließlich stieß er stotternd hervor: »Alles Silber ist verschwunden!« und keuchte. »Fischmesser und -gabeln verschwunden. Der alte Gewürzständer verschwunden. Sogar das alte silberne Sahnekännchen verschwunden. Und nun, Father Brown, bin ich bereit, Ihre Frage zu beantworten, ob das ein Einbrecher war.«

»Das ist nur eine Irreführung«, sagte Cray hartnäckig. »Ich weiß besser als du, warum Leute dieses Haus verfolgen; ich weiß besser als du, warum —«

Der Major klopfte ihm mit einer Geste auf die Schulter, die fast der glich, mit der man ein krankes Kind tröstet, und sagte: »Es war ein Einbrecher. Es war ganz offensichtlich ein Einbrecher.«

»Ein Einbrecher mit einer schweren Erkältung«, bemerkte Father Brown, »das dürfte Ihnen helfen, ihn in der Nachbarschaft aufzuspüren.«

Der Major schüttelte düster den Kopf. »Er dürfte längst schon über alle Berge sein, fürchte ich«, sagte er.

Und dann, als sich der ruhelose Mann mit dem Revolver wieder der Tür zum Garten zuwandte, fügte er mit gedämpfter und vertraulicher Stimme hinzu: »Ich weiß nicht, ob ich nach der Polizei schicken soll, denn ich fürchte, daß mein Freund hier vielleicht ein bißchen zu großzügig mit seinen Kugeln umgegangen und auf die falsche Seite des Gesetzes geraten ist. Er hat an den übelsten Orten gelebt und, um Ihnen gegenüber offen zu sein, ich habe den Eindruck, daß er sich manchmal Dinge einbildet.«

»Ich glaube mich zu erinnern, daß Sie mir mal erzählt haben«, sagte Brown, »er glaube, daß ihn eine indische Geheimgesellschaft verfolge.«

Major Putnam nickte, doch zugleich zuckte er mit den Achseln. »Ich nehme an, wir sollten ihm besser nach draußen folgen«, sagte er. »Ich will kein weiteres – sollen wir sagen, Niesen?«

Sie traten hinaus in das Morgenlicht, das jetzt bereits mit Sonnenschein gefärbt war, und sahen Oberst Crays hohe Gestalt sich tief zu Boden neigen und aufs genaueste den Zustand von Kies und Gras untersuchen. Während der Major unauffällig auf ihn zu schlenderte, schlug der Priester ebenso beiläufig einen Bogen, der ihn um die nächste Ecke des Hauses auf einen oder zwei Meter an den herausragenden Müllbehälter heranbrachte.

Er stand da und betrachtete dieses trübselige Objekt ungefähr anderthalb Minuten lang; dann trat er auf es zu, hob den Deckel an und steckte seinen Kopf hinein. Als er das tat, schossen Staub und andere schmutzfarbene Substanzen empor; aber Father Brown beachtete sein eigenes Äußeres niemals, was immer er sonst auch beachtete. Er verblieb so eine beträchtliche Zeitspanne, als ob er in geheimnisvolle Gebete versunken sei. Dann tauchte er wieder auf, mit Asche in seinem Haar, und wanderte ungerührt von dannen.

Als er um die Ecke wieder zum Gartentor hin bog, fand er dort eine Gruppe vor, die Morbiditäten aufzuzehren schien, wie das Sonnenlicht inzwischen die Morgennebel aufgezehrt hatte. Das wirkte keineswegs bewußt beruhigend; es war einfach reichlich komisch, so als habe sich ein Haufen Dickensscher Gestalten versammelt. Major Putnam war es gelungen, in ein ordentliches Hemd zu schlüpfen und sich in seine Hosen zu stürzen, einen karmesinroten Kummerbund umzulegen und sich eine passende leichte Jacke anzuziehen; auf diese Weise alltäglich gekleidet, schien sein rötlich-heiteres Gesicht vor Alltagsherzlichkeit zu bersten. Allerdings gestikulierte er nachdrücklich, aber schließlich sprach er mit seinem Koch – dem dunkelhäutigen Sohn Maltas, dessen hageres, gelbes, kummerdurchfurchtes Gesicht eigenartig mit der schneeigen Weiße von Kappe und Kleidung kontrastierte. Der Koch mochte wohl kummerdurchfurcht sein, denn das Kochen war des Majors Steckenpferd. Er war einer jener Amateure, die immer alles besser wissen als die Profis. Die einzige andere Person, der er jemals zugestand, ein Omelette beurteilen zu können, war sein Freund Cray – und als Brown sich daran erinnerte, wandte er sich um, um nach dem anderen Offizier zu sehen. In der neuerlichen Anwesenheit des Tageslichtes und der ordentlich gekleideten Menschen und ihres vernünftigen Geistes wirkte sein Anblick wie ein

Schock. Der größere und elegantere Mann befand sich immer noch in seinem Nachtgewand, mit wirren schwarzen Haaren, und jetzt kroch er auf Händen und Füßen durch den Garten und suchte immer noch nach Spuren des Einbrechers; und hin und wieder schlug er mit der Hand auf den Boden, offensichtlich vor Zorn, daß er ihn nicht finde. Als er ihn so vierfüßig im Rasen sah, runzelte der Priester ziemlich bekümmert die Augenbrauen; und zum ersten Mal begann er zu vermuten, daß »bildet sich Dinge ein« ein Euphemismus sein könnte.

Der dritte Bestandteil der Gruppe von Koch und Epikuräer war Father Brown ebenfalls bekannt; es war Audrey Watson, das Mündel des Majors und seine Haushälterin; und in diesem Augenblick, wenn man nach ihrer Schürze, den aufgerollten Ärmeln und ihrem entschlossenen Benehmen urteilte, weit mehr Haushälterin als Mündel.

»Geschieht dir ganz recht«, sagte sie gerade, »ich hab dir immer gesagt, du sollst den altmodischen Gewürzständer nicht mehr benutzen.«

»Ich mag ihn aber«, sagte Putnam versöhnlich. »Ich bin auch altmodisch, und so paßt alles gut zusammen.«

»Und verschwindet zusammen, wie du siehst«, erwiderte sie. »Na schön, wenn du dich nicht um den Einbrecher kümmerst, werd ich mich nicht ums Essen kümmern. Es ist Sonntag, und deshalb können wir weder Essig noch sonstwas in der Stadt holen lassen; und ihr indischen Herren könnt ja, was ihr Dinner nennt, nicht genießen, ohne einen Haufen scharfer Zutaten. Jetzt wünschte ich bei Gott, du hättest Vetter Oliver nicht gebeten, mich zum Hochamt zu begleiten. Es dauert mindestens bis halb eins, und bis dahin muß der Oberst aufbrechen. Ich glaube nicht, daß ihr Männer alleine fertig werdet.«

»O doch, können wir, meine Liebe«, sagte der Major und sah sie sehr freundlich an. »Marco hat alle Saucen; und wir haben uns oft genug an reichlich wilden Orten ganz gut zu helfen gewußt, wie Du inzwischen wissen solltest. Und außerdem brauchst Du einmal eine Abwechslung, Audrey; Du mußt doch nicht den ganzen Tag die Haushälterin sein; und außerdem weiß ich, daß Du gerne Musik hörst.«

»Ich möchte gerne in die Kirche gehen«, sagte sie mit sehr strengen Blicken.

Sie war eine jener schönen Frauen, die immer schön bleiben, weil ihre Schönheit nicht von ihrem Ausdruck oder ihrer Aufmachung abhängt, sondern vom Bau des Kopfes und von ihren Zügen. Aber obwohl sie die mittleren Jahre noch nicht erreicht hatte und ihr kastanienbraunes Haar von tizianischer Fülle, Form und Farbe war, gab es um ihren Mund und ihre Augen doch einen Zug, der andeutete, daß irgendein Kummer sie zernagte, wie Winde schließlich auch die Kanten griechischer Tempel zernagen. Denn die kleine häusliche Schwierigkeit, von der sie jetzt so entschieden sprach, war eher komisch denn tragisch. Father Brown entnahm dem Verlauf der Unterhaltung, daß Cray, der andere »Gourmet«, vor der üblichen Essenszeit abreisen mußte; daß aber Putnam, sein Gastgeber, um nicht um ein letztes Schlemmen mit einem alten Freund zu kommen, für ein besonderes Frühstück gesorgt hatte, das während der Morgenstunden aufgetragen und verspeist werden sollte, während Audrey und andere ernsthaftere Personen in der Morgenmesse weilten. Sie sollte sich dahin unter dem Schutz ihres Verwandten und alten Freundes Dr. Oliver Oman begeben, der, obwohl ein Wissenschaftler des eher bitteren Typs, ein begeisterter Musikliebhaber war und sogar bereit, in die Kirche zu gehen, um Musik zu hören. Nichts von all diesem also konnte mit der Tragödie in Miss Watsons Antlitz zu tun haben; und aus einem halb unbewußten Gefühl heraus wandte Father Brown sich erneut dem offenbar Wahnsinnigen zu, der da im Grase umherwühlte.

Als er zu ihm hinüberschlenderte, wurde der schwarze ungekämmte Kopf plötzlich gehoben, so als sei er von des Fathers andauernden Anwesenheit überrascht. Und tatsächlich war Father Brown aus Gründen, die nur er allein kannte, weit länger geblieben, als die Höflichkeit verlangte; oder auch nur üblicherweise gestattete.

»Also los!« schrie Cray mit wilden Augen. »Ich nehme an, Sie denken wie die übrigen, daß ich verrückt bin?«

»Ich habe diese Theorie erwogen«, erwiderte der kleine Mann gelassen. »Und ich neige zu der Annahme, daß Sie es nicht sind.«

»Was meinen Sie damit?« fauchte Cray reichlich bissig.

»Wirklich Verrückte«, erklärte Father Brown, »ermutigen stets ihre Krankhaftigkeit. Sie kämpfen nie dagegen an. Sie aber bemühen sich, die Spuren eines Einbrechers zu finden, selbst wenn es keine gibt. Sie kämpfen dagegen an. Sie wollen, was kein Verrückter je will.«

»Und was ist das?«

»Sie wollen widerlegt werden«, sagte Brown.

Während dieser letzten Worte war Cray auf die Füße gesprungen, oder besser getaumelt, und starrte den Geistlichen mit bewegten Blicken an. »Zum Teufel, das ist ein wahres Wort!« schrie er. »Alle hier reden auf mich ein, daß der Bursche lediglich hinter dem Silber her sei – als ob ich nicht nur zu erfreut wäre, wenn ich das auch glauben könnte! *Sie* redet auf mich ein«, und er warf seinen zerzausten schwarzen Kopf in Richtung auf Audrey herum, aber der andere bedurfte dieses Hinweises nicht, »sie redete heute auf mich ein, wie grausam es von mir sei, auf einen harmlosen Einbrecher zu schießen, und daß ich vom Teufel gegen die harmlosen Eingeborenen besessen sei. Und dabei war ich einst ein gutmütiger Mann – so gutmütig wie Putnam.«

Nach einer Pause sagte er: »Hören Sie, ich habe Sie noch nie gesehen; aber Sie sollen die ganze Geschichte beurteilen. Der alte Putnam und ich waren in der gleichen Offiziersmesse Freunde; aber aufgrund bestimmter Vorfälle an der afghanischen Grenze bekam ich weit früher mein Kommando als die meisten anderen Männer; nur wurden wir verwundet für eine Weile nach Hause geschickt. Ich hatte mich da draußen mit Audrey verlobt; und so reisten wir alle zusammen zurück. Aber auf der Rückreise kam es zu Vorfällen. Zu eigenartigen Vorfällen. Als Ergebnis davon wünscht Putnam, daß die Verlobung aufgelöst werde, und selbst Audrey läßt sie in der Schwebe. Ich weiß, wofür sie mich halten. Und Sie auch.

Nun gut, hier sind die Tatsachen. An unserem letzten Tag in einer indischen Stadt fragte ich Putnam, wo ich Trichinepoli-Zigarren bekommen könne; er verwies mich an ein kleines Geschäft gegenüber seiner Wohnung. Inzwischen habe ich herausgefunden, daß er völlig recht hatte; aber ›gegenüber‹ ist ein riskantes Wort, wenn einem anständigen Haus fünf oder sechs verkommene gegenüberstehen; und ich muß mich in der Tür geirrt haben. Sie öffnete sich nur sehr schwer, und dann in völlige Dunkelheit; aber als ich zurückgehen wollte, fiel die Tür hinter mir zu und rastete mit einem Geräusch von unzähligen Riegeln an ihrem Platz ein. Mir blieb nichts anderes übrig, als vorwärts zu gehen; und das tat ich auch, durch Gang nach Gang, in pechschwarzer Dunkelheit. Schließlich kam ich an Treppenstufen und dann an eine Geheimtür, die mit einem Riegelwerk der ausgeklügeltsten orientalischen Schloßmacherkunst verschlossen war, das ich nur durch Tasten untersuchen, aber schließlich doch öffnen konnte. Und wieder geriet ich in Düsternis, die unten durch eine Vielzahl kleiner aber stetig brennender Lampen in ein grünliches Zwielicht verwandelt wurde. Sie machten lediglich den Fuß oder den Sockel irgendeiner riesigen und leeren Architektur sichtbar. Unmittelbar vor mir war etwas, das wie ein Gebirge aussah. Ich gestehe, daß ich fast über die große steinerne Plattform stürzte, auf die ich herausgekommen war, als ich erkannte, daß es sich um ein Götzenbild handelte. Und am schlimmsten, es stand mit dem Rücken zu mir.

Es war kaum menschenähnlich, kam mir vor; jedenfalls wenn ich nach dem kleinen platten Kopf urteilte, und mehr noch nach einem Ding wie einem Schwanz oder einem zusätzlichen Glied, das hinten hochstand und wie ein ekelhafter Riesenfinger auf ein Symbol hinwies, das in die Mitte des weitläufigen steinernen Rückens eingegraben war. Ich hatte in dem matten Licht begonnen, nicht ohne Schrecken an der Hieroglyphe herumzurätseln, als etwas noch Schrecklicheres geschah. Eine Tür öffnete sich lautlos in der Tempelwand hinter mir, und ein Mann kam heraus mit braunem Gesicht und schwarzer Jacke. Er hatte ein eingraviertes Lächeln in seinem Gesicht aus kupfernem Fleisch und elfenbeinenen Zähnen; aber ich glaube, das Widerlichste an ihm war seine europäische Kleidung. Ich war, glaube ich, auf verhüllte Priester oder nackte Fakire vorbereitet. Das aber schien zu bezeugen, daß Teufelswerk die ganze Erde erobert habe. Wie ich dann herausfand, war es auch so.

›Wenn du nur des Affen Fuß gesehen hättest‹, sagte er mit stetem Lächeln und ohne weitere Vorrede, ›wären wir sehr milde gewesen – du wärest nur gefoltert und getötet worden. Wenn du des Affen Antlitz gesehen hättest, wären wir immer noch sehr maßvoll, sehr tolerant gewesen – du wärest nur gefoltert worden und dürftest leben. Da du aber des Affen Schwanz gesehen hast, müssen wir das furchtbarste Urteil verkünden. Und das lautet – Gehe in Freiheit.‹

Als er diese Worte sprach, hörte ich, wie das komplizierte eiserne Riegelwerk, mit dem ich mich so abgemüht hatte, sich automatisch öffnete: und dann hörte ich, wie sich weit hinten in den dunklen Gängen, die ich durchschritten hatte, die Riegel der schweren Straßentür von selbst wieder lösten.

›Es hat keinen Sinn, um Gnade zu bitten; du mußt frei gehen‹, sagte der lächelnde Mann. ›Von jetzt an wird ein Haar dich wie ein Schwert schneiden, und ein Hauch dich wie eine Natter stechen; Waffen werden wider dich aus dem Nichts kommen; und du sollst viele Male sterben.‹ Und damit verschluckte ihn die Wand erneut; und ich trat auf die Straße hinaus.«

Cray hielt inne; und Father Brown setzte sich ungekünstelt auf den Rasen und begann, Gänseblümchen zu pflücken.

Dann fuhr der Soldat fort: »Putnam machte sich mit seiner fröhlichen Alltagsvernunft natürlich über meine Ängste lustig; und seit jener Zeit zweifelt er an meiner geistigen Gesundheit. Na schön, und jetzt werde ich Ihnen mit den knappsten Worten die drei Dinge berichten, die sich seither ereignet haben; und dann sollen Sie urteilen, wer von uns recht hat.

Das erste ereignete sich in einem indischen Dorf am Rande des Dschungels, aber Hunderte von Meilen von dem Tempel und der Stadt und jenen Völkerstämmen und Gebräuchen entfernt, wo der Fluch auf mich gelegt worden war. Ich erwachte in der tiefsten Nacht und lag da und dachte an nichts Besonderes, als ich ein schwaches Kitzeln spürte, als ob ein Faden oder ein Haar über meine Gurgel gezogen würde. Ich zuckte davor zurück und mußte unwillkürlich an die Worte im Tempel denken. Als ich dann aufstand und mir Lampen und einen Spiegel gesucht hatte, erwies sich die Spur an meinem Hals als eine Blutspur.

Das zweite ereignete sich in einem Gasthof in Port Said, später während unserer gemeinsamen Heimreise. Es war eine Mischung aus Kneipe und Andenkenladen; und obwohl sich nichts da befand, was auch nur im entferntesten an den Affenkult erinnerte, ist es natürlich durchaus möglich, daß sich irgendwelche ihm zugehörigen Bildnisse oder Amulette dort befanden. Sein Fluch jedenfalls befand sich da. Ich erwachte wiederum in der Dunkelheit von einem Gefühl, das in keine kälteren oder buchstäblicheren Worte gefaßt werden könnte als die, daß ein Hauch mich stach wie eine Natter. Existenz war nurmehr Todeskampf der Auslöschung; ich schlug mit dem Kopf gegen die Wand, bis ich ihn gegen ein Fenster schlug; und stürzte mehr als ich sprang in den Garten darunter. Putnam, der arme Kerl, der den anderen Vorfall einen zufälligen Kratzer genannt hatte, mußte jetzt doch die Tatsache ernst nehmen, daß man mich im Morgengrauen halb besinnungslos unten auf dem Rasen fand. Ich befürchte aber, daß er meinen Geisteszustand ernst nahm, und nicht meine Geschichte.

Das dritte ereignete sich auf Malta. Wir befanden uns da in einer Festung; und zufälligerweise lagen unsere Schlafzimmer zur offenen See hin, die fast bis zu unseren Fensterbänken reichte, hätte es da nicht eine platte weiße Brustwehr gegeben, so kahl wie die See. Wieder wachte ich auf; aber es war nicht dunkel. Es war Vollmond, als ich zum Fenster ging; ich hätte einen Vogel auf den kahlen Zinnen sehen können oder ein Segel am Horizont. Was ich sah, war eine Art Stock oder Ast, der frei im leeren Himmel kreiste. Er flog geradewegs durch mein Fenster und zerschmetterte die Lampe neben dem Kopfkissen, das ich gerade erst verlassen hatte. Es war eine jener sonderbar geformten Kriegskeulen, die manche östlichen Völker verwenden. Aber es war aus keiner menschlichen Hand gekommen.«

Father Brown warf die Gänseblümchenkette weg, die er geflochten hatte, und erhob sich mit nachdenklichem Gesicht. »Besitzt Major Putnam«, fragte er, »irgendwelche östlichen Erinnerungsstücke, Idole, Waffen oder so, von denen das eine oder andere vielleicht einen Fingerzeig geben könnte?«

»Viele, wenngleich nicht von großem Nutzen, fürchte ich«, erwiderte Cray; »aber kommen Sie doch auf alle Fälle in sein Arbeitszimmer.«

Als sie eintraten, gingen sie an Miss Watson vorüber, die sich ihre Handschuhe für die Kirche zuknöpfte, und sie hörten von unten Putnams Stimme, der immer noch dem Koch eine Vorlesung über die Kochkunst hielt. Im Arbeitszimmer und Kuriositätenkabinett des Majors stießen sie plötzlich auf einen Dritten, mit seidenem Zylinder und im Ausgehanzug, der am Rauchtisch über einem offenen Buch brütete – ein Buch, das er geradezu schuldbewußt fallen ließ, als er sich umdrehte.

Cray stellte ihn höflich genug als Dr. Oman vor, aber in seinem Gesicht zeigte sich eine solche Abneigung, daß Brown vermutete, die beiden Männer seien, ob Audrey das nun wußte oder nicht, Rivalen. Und der Priester war dem Vorurteil keineswegs abgeneigt. Dr. Oman war wirklich ein tadellos gekleideter Herr; mit gutgeschnittenen Zügen, obwohl fast so dunkel wie ein Asiate. Doch Father Brown mußte sich energisch zureden, daß man auch solchen gegenüber Nächstenliebe zu empfinden habe, die ihren Spitzbart wichsen, die schmale, behandschuhte Hände haben und die mit vollkommen modulierter Stimme sprechen.

Cray schien an dem kleinen Gebetbuch in Omans dunkel behandschuhter Hand etwas besonders Irritierendes zu finden. »Ich wußte nicht, daß das auf Ihrer Linie liegt«, sagte er ziemlich grob.

Oman lachte leicht und unbeleidigt. »Das hier ist es mehr, ich weiß«, sagte er und legte die Hand auf das dicke Buch, das er hatte fallen lassen, »ein Wörterbuch der Drogen und ähnlicher Dinge. Aber es ist viel zu groß, als daß man es in die Kirche mitnehmen könnte.« Dann schloß er das größere Buch, und wieder schien da ein feinster Hauch von Hast und Verwirrung zu sein.

»Ich nehme an«, sagte der Priester, der das Thema offenbar gerne wechseln wollte, »daß all diese Speere und anderen Sachen aus Indien sind?«

»Von überall her«, antwortete der Doktor. »Putnam ist ein alter Soldat und war soviel ich weiß auch in Mexiko und Australien und auf den Kannibalen-Inseln.«

»Ich hoffe, er hat nicht auch auf den Kannibalen-Inseln«, sagte Brown, »die Kunst des Kochens erlernt.« Und er ließ seine Blicke über die Schmortiegel und die anderen fremdartigen Geräte an den Wänden wandern.

In diesem Augenblick schob das fröhliche Subjekt ihres Gesprächs sein lachendes hummeriges Gesicht ins Zimmer. »Nun komm schon, Cray«, rief er. »Dein Essen wird gerade aufgetragen. Und die Glocken läuten für die Kirchgänger.«

Cray verschwand nach oben, um sich umzuziehen; Dr. Oman und Miss Watson verfügten sich feierlich inmitten anderer Kirchgänger die Straße hinab; aber Father Brown bemerkte, daß der Doktor sich zweimal umsah und das Haus beobachtete; und daß er sogar bis zur Straßenecke zurückkam, um es erneut zu überblicken.

Der Priester sah verwirrt aus. »*Er* kann nicht am Müllbehälter gewesen sein«, murmelte er. »Nicht in dem Anzug. Oder war er heute schon früher da?«

Father Brown war, was andere Menschen anging, so feinfühlig wie ein Barometer; heute aber schien er so feinfühlig zu sein wie ein Nilpferd. Keine gesellschaftliche Anstandsregel, sei sie nun von der strikten oder von der unausgesprochenen Art, ließ sein Verweilen beim Mahle der angloindischen Freunde zu; und doch verweilte er, wobei er seine Position durch einen Schwall amüsanter aber völlig überflüssiger Konversation verschleierte. Das war um so rätselhafter, als er keinerlei Anteil an der Mahlzeit wünschte. Als nacheinander die exquisitest gewürzten Curry-Reisspeisen vor die beiden anderen hingestellt wurden, begleitet von den zugehörigen Weinen, wiederholte er nur, daß dies einer seiner Fasttage sei, und knabberte an einem Stück Brot und nippte an einem Glas kalten Wassers, das er dann aber nicht mehr anrührte. Dafür war sein Redestrom überwältigend.

»Ich will Ihnen sagen, was ich für Sie tun werde«, rief er; »ich werde Ihnen einen Salat anmachen! Ich darf ihn zwar nicht essen, aber ich werde ihn anmachen wie ein Engel! Da haben Sie ja einen Kopf Salat.«

»Das ist unglücklicherweise das einzige, was wir haben«, antwortete der Major gutgelaunt. »Erinnern Sie sich, daß Senf, Essig, Öl und so weiter mit dem Gewürzständer und dem Einbrecher verschwunden sind.«

»Ich weiß«, erwiderte Brown unbestimmt. »Ich habe immer befürchtet, daß das geschehen würde. Deshalb trage ich auch immer einen Gewürzständer mit mir. Ich liebe eben Salat.«

Und zum Erstaunen der beiden Männer zog er einen Pfefferstreuer aus seiner Westentasche und stellte ihn auf den Tisch.

»Ich frage mich, was der Einbrecher mit dem Senf wollte«, fuhr er fort und zog ein Senftöpfchen aus einer anderen Tasche. »Vermutlich ein Senfpflaster. Und Essig« – während er diese Würze hervorbrachte – »habe ich da nicht etwas über Essig und braunes Papier gehört? Was Öl angeht, das ich wohl in meine linke –«

Seine Geschwätzigkeit ward für einen Augenblick angehalten; denn als er den Blick hob, sah er, was sonst niemand sah – die schwarze Gestalt von Dr. Oman, der auf dem sonnenbeschienenen Rasen stand und reglos in das Zimmer schaute. Bevor er sich jedoch wieder fassen konnte, war Cray eingefallen.

»Sie sind schon eine erstaunliche Nummer«, sagte er mit starrem Blick. »Wenn Ihre Predigten so amüsant sind wie Ihre Manieren, werde ich gerne kommen und sie anhören.« Seine Stimme veränderte sich ein wenig, und er lehnte sich in seinen Stuhl zurück.

»Oh, ein Gewürzständer enthält auch Predigten«, sagte Father Brown sehr ernsthaft. »Haben Sie denn nichts vom Glauben gehört, der wie ein Senfkorn ist; oder vom Erbarmen, das mit Öl salbt? Und was den Essig angeht, kann denn irgendein Soldat jenen einsamen Soldaten vergessen, der, als sich die Sonne verdunkelte –«

Oberst Cray beugte sich ein wenig vor und griff krampfhaft in das Tischtuch.

Father Brown, der den Salat anmachte, rührte zwei Löffel Senf in das Glas Wasser neben sich; dann stand er auf und sagte mit einer neuen, lauten und jähen Stimme: »Trinken Sie das!«

Im gleichen Augenblick kam der bewegungslose Doktor aus dem Garten herbeigestürzt, sprengte ein Fenster auf und rief: »Werde ich gebraucht? Hat man ihn vergiftet?«

»Fast«, sagte Brown mit dem Schatten eines Lächelns; denn das Brechmittel hatte sehr plötzlich gewirkt. Und Cray lag in einem Liegestuhl und keuchte wie ums Leben, aber lebend.

Major Putnam war aufgesprungen, sein purpurrotes Gesicht grau gefleckt. »Ein Verbrechen!« schrie er heiser. »Ich werde die Polizei holen!«

Der Priester konnte hören, wie er seinen Palmblätterhut vom Haken riß und durch die Eingangstür davonstürzte; er hörte das Gartentor schlagen. Aber er stand nur da und sah Cray an; und nach einigem Schweigen sagte er ruhig:

»Ich werde nicht viel sagen; aber ich werde Ihnen sagen, was Sie wissen wollen. Auf Ihnen liegt kein Fluch. Der Tempel des Affen war entweder *Zufall* oder ein Teil des Tricks; und der Trick war ein Trick des weißen Mannes. Es gibt nur eine Waffe, die eine Blutspur mit jener federleichten Berührung zieht: ein Rasiermesser in der Hand eines weißen Mannes. Es gibt nur einen Weg, ein gewöhnliches Zimmer mit einem unsichtbaren überwältigenden Gift zu füllen: das Gas anzudrehen – das Verbrechen eines weißen Mannes. Und es gibt nur eine Art Keule, die man aus einem Fenster schleudern kann, die sich inmitten der Luft umdreht und in das nächstgelegene Fenster zurückfliegt: der australische Bumerang. Sie können davon einige im Arbeitszimmer des Majors sehen.«

Und damit ging er nach draußen und sprach einen Augenblick mit dem Doktor. Im nächsten Augenblick kam Audrey Watson ins Haus gestürzt und warf sich neben Crays Stuhl auf die Knie. Er konnte nicht hören, was sie einander sagten; aber ihre Gesichter bewegte Freude und nicht Unglück. Der Doktor und der Priester gingen langsam auf das Gartentor zu.

»Ich nehme an, daß auch der Major sie liebte«, sagte er mit einem Seufzer; und als der andere nickte, bemerkte er: »Sie haben sich sehr nobel verhalten, Doktor. Sie haben eine schöne Tat getan. Aber was hat Ihren Verdacht erregt?«

»Eine winzige Kleinigkeit«, sagte Oman; »aber in der Kirche ließ es mir keine Ruhe, so daß ich zurückkam, um zu sehen, ob alles in Ordnung sei. Das Buch auf seinem Tisch war ein Werk über Gifte; und es war an der Stelle geöffnet, wo steht, daß ein bestimmtes indisches Gift, obwohl tödlich und kaum nachzuweisen, besonders einfach durch die Anwendung der einfachsten Brechmittel unschädlich gemacht werden kann. Ich nehme an, daß er das im letzten Augenblick gelesen hat –«

»Und sich daran erinnerte, daß es im Gewürzständer Brechmittel gab«, sagte Father Brown. »Genau so war es. Er warf den Ständer in den Müllbehälter – wo ich ihn zusammen mit anderem Silber fand –, um einen Einbruch vorzutäuschen. Wenn Sie sich aber den Pfefferstreuer ansehen, den ich auf den Tisch gestellt habe, werden Sie ein kleines Loch sehen. Da traf Crays Kugel, wirbelte den Pfeffer hoch und machte den Verbrecher niesen.«

Es herrschte Schweigen. Dann sagte Dr. Oman ingrimmig: »Der Major brauchte lange, um die Polizei zu finden.«

»Oder die Polizei, um den Major zu finden?« sagte der Priester. »Wie auch immer, auf Wiedersehen.«

Das eigentümliche Verbrechen von John Boulnois

Mr. Calhoun Kidd war ein sehr junger Herr mit einem sehr alten Gesicht, einem von seinem eigenen Eifer ausgetrockneten Gesicht, von schwarzblauem Haar und einer schwarzen Fliege umrahmt. Er war der nach England entsandte Platzhalter der gewaltigen amerikanischen Tageszeitung ›Western Sun‹ – spöttisch auch als »der aufgehende Sonnenuntergang« bezeichnet. Das war eine Anspielung auf die bedeutende journalistische Deklaration (die man Mr. Kidd selbst zuschrieb), daß »er der Meinung ist, die Sonne würde auch im Westen aufgehen, wenn die amerikanischen Bürger sich nur ein wenig mehr sputen würden«. Jene aber, die sich vom Standpunkt gereifterer Traditionen über den amerikanischen Journalismus lustig machen, vergessen ein gewisses Paradoxon, das dies teilweise wieder aufwiegt. Denn wenngleich der Journalismus in den Staaten eine pantomimische Vulgarität gestattet, über die alles Englische längst hinaus ist, zeigt er ebenso eine wahre Begeisterungsfähigkeit für die ernsthaftesten geistigen Probleme, zu der englische Zeitungen zu unschuldig oder besser unfähig sind. Die ›Sun‹ war voll der ernsthaftesten Themen, die auf die possenhafteste Weise behandelt wurden. William James tauchte dort ebenso auf wie »Weary Willie«, und Pragmatiker wechselten sich mit Pugilisten in der langen Prozession ihrer Porträts ab.

Als daher ein sehr unauffälliger Professor zu Oxford namens John Boulnois in einer sehr unlesbaren Zeitschrift namens ›Natural Philosophy Quarterly‹ eine Artikelserie über angebliche Schwachpunkte in Darwins Entwicklungstheorie veröffentlichte, bewegte sich kein Blatt im englischen Blätterwald, obwohl Boulnois Theorie (von einem wesentlich statischen Universum, das von Zeit zu Zeit von Konvulsionen der Veränderung heimgesucht wird) in Oxfords feinen Kreisen fashionable war und dort sogar den Namen »Katastrophismus« erhielt. Viele amerikanische Zeitungen aber griffen diese Herausforderung als bedeutendes Ereignis auf; und die ›Sun‹ warf den Schatten von Mr. Boulnois gigantisch über ihre Seiten. Durch das bereits genannte Paradoxon geschah es nun, daß Artikel von beachtlicher Intelligenz und Begeisterungsfähigkeit unter Schlagzeilen erschienen, die offensichtlich ein illiterater Wahnsinniger verfaßt hatte; Schlagzeilen wie »Darwin kaut Dreck; Kritiker Boulnois kommt Schocks zuvor« – oder »Seid katastrophenbewußt, rät Denker Boulnois«. Und Mr. Calhoun Kidd von der ›Western Sun‹ ward angewiesen, sich mit Fliege und Leichenbittermiene zu jenem kleinen Hause außerhalb Oxfords zu begeben, in dem Denker Boulnois in glücklicher Unkenntnis eines solchen Titels lebte.

Dieser von den Schicksalsmächten auserkorene Philosoph hatte ziemlich verwirrt zugestimmt, den Interviewer zu empfangen, und hatte die neunte Stunde jenes Abends dafür angesetzt. Die letzten Strahlen eines Sommersonnenuntergangs hingen über Cumnor und den niedrigen bewaldeten Hügeln; der romantische Yankee war sich seines Weges nicht sicher und neugierig auf die Umgebung; und da er die Tür eines echten feudalen altländlichen Gasthofs, ›The Champion Arms‹, offenstehen sah, trat er ein, um Erkundungen einzuziehen.

In der Schankstube läutete er und hatte einige Zeit auf Antwort zu warten. Die einzige andere anwesende Person war ein hagerer Mann mit dichtem rotem Haar und lockerer, sportlicher Kleidung, der sehr schlechten Whisky trank, aber eine sehr gute Zigarre rauchte. Der Whisky war natürlich die Hausmarke von ›The Champion Arms‹; die Zigarre hatte er sich wahrscheinlich aus London mitgebracht. Nichts hätte widersprüchlicher sein können als seine zynische Saloppheit und die gewandte Nüchternheit des jungen Amerikaners; aber irgend etwas an seinem Bleistift und offenen Notizbuch, und vielleicht im Ausdruck seiner lebhaften blauen Augen, veranlaßte Kidd dazu, zutreffend zu vermuten, daß er ein Bruder im Journalismus sei.

»Würden Sie mir den Gefallen tun«, sagte Kidd mit der ganzen Höflichkeit seiner Nation, »und mir den Weg zum Grey Cottage weisen, wo meines Wissens Mr. Boulnois lebt?«

»Paar Meter die Straße runter«, sagte der rothaarige Mann und entfernte seine Zigarre; »ich werd da selbst in ein paar Minuten vorbeikommen, aber ich will weiter zum Pendragon Park und mir den Spaß ansehen.«

»Was ist der Pendragon Park?« fragte Calhoun Kidd.

»Der Besitz von Sir Claude Champion – sind Sie denn nicht auch deswegen hergekommen?« fragte der andere Pressemann und blickte auf. »Sie sind doch Journalist, oder?«

»Ich bin gekommen, um Herrn Boulnois zu sehen«, sagte Kidd.

»Ich bin gekommen, um Frau Boulnois zu sehen«, erwiderte der andere. »Aber ich werde sie kaum zu Hause erwischen.« Und er lachte ziemlich unerfreulich.

»Sind Sie am Katastrophismus interessiert?« erkundigte sich der verwunderte Yankee.

»Ich bin an Katastrophen interessiert; und es wird ein paar geben«, erwiderte sein Genosse düster. »Ich betreibe ein schmutziges Geschäft, und hab nie was anderes behauptet.«

Damit spie er auf den Boden; und doch konnte man gerade an Tat und Zeitpunkt erkennen, daß der Mann als Gentleman erzogen worden war.

Der amerikanische Pressemann betrachtete ihn aufmerksamer. Sein Gesicht war fahl und verwüstet und verriet die Fähigkeit zum Ausbruch beachtlicher Leidenschaften; aber es war ein kluges und feinfühliges Gesicht; seine Kleidung war grob und nachlässig, aber er trug einen wertvollen Siegelring an einem seiner langen dünnen Finger. Sein Name war, wie sich im Gespräch herausstellte, James Dalroy; er war der Sohn eines bankrotten irischen Grundbesitzers und arbeitete für ein Blatt der Regenbogenpresse namens ›Die feine Gesellschaft‹, das er von Herzen verabscheute, als Reporter und als etwas einem Spion schmerzlich Ähnliches.

›Die feine Gesellschaft‹, ich bedaure, das sagen zu müssen, empfand nichts von dem Interesse an Boulnois oder Darwin, das Herz und Hirn der ›Western Sun‹ solche Ehre machte. Dalroy war offenbar hergekommen, um die Spur eines Skandals auszuschnüffeln, die leicht vor dem Scheidungsrichter enden konnte, sich aber gegenwärtig zwischen Grey Cottage und Pendragon Park erstreckte.

Sir Claude Champion war den Lesern der ›Western Sun‹ ebenso bekannt wie Mr. Boulnois. So wie der Papst und der Derby-Sieger; aber die Vorstellung, diese beiden könnten sich näher kennen, wäre Kidd als ebenso absurd vorgekommen. Er hatte über Sir Claude Champion reden gehört (und über ihn geschrieben, gar fälschlich vorgegeben, ihn zu kennen) als »einen der blendendsten und wohlhabendsten von Englands Oberen Zehn«; als den großen Sportsmann, der Rennjachten rund um die Welt segelte; als den großen Reisenden, der Bücher über den Himalaja schrieb; als den Politiker, der Wählermassen mit einer aufregenden Variante von Tory-Demokratie anzog; als den großen Liebhaber der Künste, der Musik, der Literatur und, vor allem, der Schauspielkunst. Sir Claude war wirklich in den Augen aller außer der Amerikaner großartig. In seiner alles verschlingenden Kultur und seiner rastlosen Sucht nach Öffentlichkeit war etwas von einem Renaissancefürsten; er war nicht nur ein hervorragender, er war sogar ein glühender Amateur. An ihm war nichts von jener altertümelnden Oberflächlichkeit, die wir mit dem Begriff des »Dilettanten« verbinden.

Jenes makellose Falkenprofil mit den brillantschwarzen italienischen Augen, das so oft sowohl für ›Die Feine Gesellschaft‹ wie für die ›Western Sun‹ geschnappschußt worden war, vermittelte jedermann den Eindruck eines Mannes, den der Ehrgeiz wie ein Feuer oder gar wie eine Seuche zerfraß. Aber obwohl Kidd viel über Sir Claude wußte – tatsächlich mehr, als es zu wissen gab –, wäre es ihm selbst in seinen wildesten Träumen nicht eingefallen, diesen so glänzenden Aristokraten mit jenem jüngst erst ausgegrabenen Begründer des Katastrophismus in Beziehung zu bringen oder zu ahnen, daß Sir Claude Champion und John Boulnois enge Freunde seien. Das aber war, nach Dalroys Bericht, dennoch eine Tatsache. Die beiden hatten zusammen Schule und Universität besucht, und obwohl ihre gesellschaftlichen Geschicke sich gänzlich unterschiedlich gestalteten (denn Champion war Großgrundbesitzer und nahezu Millionär, während Boulnois ein armer und bis vor kurzem auch noch unbekannter Gelehrter war), waren sie doch in engem Kontakt miteinander geblieben. Boulnois' Cottage stand sogar unmittelbar vor den Toren von Pendragon Park.

Ob aber die beiden Männer noch sehr viel länger Freunde bleiben könnten, wurde zu einer dunklen und häßlichen Frage. Ein oder zwei Jahre zuvor hatte Boulnois eine wunderschöne und nicht erfolglose Schauspielerin geheiratet, der er auf seine schüchterne und schwerfällige Weise ergeben war; und die Nähe zu Champions Haushaltung hatte jener koketten Berühmtheit Gelegenheit geboten, sich in einer Weise aufzuführen, die nur schmerzliche und ziemlich niedrige Aufregung auslösen konnte. Sir Claude hatte die Kunst der Publicity zur Perfektion entwickelt; und er schien ein verrücktes Vergnügen daran zu finden, gleichermaßen aufsehenerregend eine geheime Liebesbeziehung durchzuspielen, die ihm auf keinen Fall zur Ehre gereichen konnte. Diener aus Pendragon überbrachten ständig Blumengebinde für Mrs. Boulnois; Kaleschen und Autos holten ständig Mrs. Boulnois im Cottage ab; Bälle und Maskenfeste erfüllten ständig die Anlagen, in denen der Freiherr Mrs. Boulnois wie die Königin der Liebe und Schönheit eines Minneturniers vorführte. Jenen speziellen Abend, den Mr. Kidd für die Darlegung des Katastrophismus vorgesehen hatte, hatte Sir Claude für eine Freiluftaufführung von *Romeo und Julia* vorgesehen, bei der er den Romeo einer Julia zu spielen hatte, deren Namen zu nennen unnötig ist.

»Ich glaub nicht, daß das ohne Krach so weitergehen kann«, sagte der junge Mann mit dem roten Haar, stand auf und reckte sich. »Der alte

Boulnois kann in die Enge getrieben sein – oder er kann anständig sein. Aber wenn er anständig ist, ist er strohdumm. Doch das kann ich nicht für möglich halten.«

»Er ist ein Mann von großer geistiger Kraft«, sagte Calhoun Kidd mit tiefer Stimme.

»Ja«, antwortete Dalroy; »aber selbst ein Mann von großer geistiger Kraft kann nicht so ein blinder Blödian sein. Müssen Sie schon gehn? Ich werd Ihnen in ein oder zwei Minuten nachkommen.«

Calhoun Kidd aber, der seine Milchsoda ausgetrunken hatte, machte sich rasch auf den Weg zum Grey Cottage und ließ seinen zynischen Informanten bei Whisky und Tabak. Das letzte Tageslicht war erloschen; der Himmel war von dunklem Grüngrau, wie aus Schiefer, und hie und da mit einem Stern besteckt, am linken Himmelsrand aber lichter, was auf den aufgehenden Mond hinwies.

Grey Cottage stand sozusagen verschanzt in einem Viereck aus starren hohen Dornenhecken und so nahe den Kiefern und Palisaden des Parks, daß Kidd es zunächst für das Pförtnerhäuschen hielt. Als er dann aber den Namen auf dem schmalen Holztor fand und auf seiner Uhr sah, daß die Stunde der Verabredung mit dem »Denker« soeben geschlagen hatte, trat er ein und klopfte an die Vordertür. Als er innerhalb der Hecke war, konnte er sehen, daß das Haus, obwohl unscheinbar genug, doch größer und luxuriöser war, als es zunächst aussah, und etwas ganz anderes als ein Pförtnerhäuschen. Eine Hundehütte und ein Bienenstock standen davor wie Symbole des alten englischen Landlebens; der Mond ging hinter einer schönen Birnbaumpflanzung auf; der Hund, der aus seiner Hütte kam, war ehrerbietig und zurückhaltend mit Bellen; und der einfache ältliche Diener, der die Tür öffnete, war ebenso wortkarg wie würdevoll.

»Mr. Boulnois hat mich beauftragt, Ihnen seine Entschuldigung auszurichten«, sagte er, »aber er sah sich gezwungen, plötzlich auszugehen.«

»Hören Sie mal zu, ich habe aber eine Verabredung«, sagte der Interviewer mit lauter werdender Stimme. »Wissen Sie denn, wo er hingegangen ist?«

»Nach Pendragon Park, Sir«, sagte der Diener düster und begann, die Tür zu schließen.

Kidd fuhr ein bißchen zusammen.

»Ist er mit Mrs. ..., mit den übrigen hingegangen?« fragte er vage.

»Nein, Sir«, sagte der Mann kurz; »er blieb zurück, und ging dann allein aus.« Und er schloß brutal die Tür, doch mit einem Gesichtsausdruck, als hätte er seine Pflicht nicht getan.

Der Amerikaner, diese eigenartige Zusammensetzung aus Unverfrorenheit und Feinfühligkeit, war verärgert. Er fühlte ein starkes Verlangen, sie alle aufzuscheuchen und ihnen Geschäftsmanieren beizubringen; dem angegrauten alten Hund und dem ergrauten, schwergesichtigen alten Diener mit seinem vorsintflutlichen Vorsteckhemd, und dem schläfrigen alten Mond, und vor allem diesem zerstreuten alten Philosophen, der seine Verabredung nicht einhalten konnte.

»Wenn der sich so benimmt, dann hat er es verdient, die reinste Anbetung seiner Frau zu verlieren«, sagte Mr. Calhoun Kidd. »Aber vielleicht ist er rübergegangen, um Krach zu schlagen. Für den Fall aber meine ich, sollte ein Mann von der ›Western Sun‹ an Ort und Stelle sein.«

Und indem er um die Ecke in die offenen Parktore bog, zog er los und stapfte die lange Allee schwarzer Föhren hinauf, die in jäher Flucht in die inneren Gärten von Pendragon Park führte. Die Bäume standen so schwarz und ordentlich da wie Federn auf einem Leichenwagen; noch waren einige Sterne zu sehen. Er war ein Mann von eher literarischen als unmittelbaren Naturbeziehungen; so kam ihm das Wort »Rabenwald« wiederholt in den Sinn. Teils kam das von der Rabenfarbe der Föhren; teils aber auch aus einer unbeschreiblichen Stimmung, die in Scotts großer Tragödie fast beschrieben ist; der Ruch nach etwas, das im 18. Jahrhundert gestorben ist; der Ruch von dunklen Gärten und zerbrochenen Urnen, von Falschem, das nun nie mehr gerichtet werden kann; nach etwas, das nicht weniger unheilbar traurig ist, weil es eigenartig unwirklich ist.

Mehr als einmal blieb er, während er diese gepflegte schwarze Straße von tragischer Künstlichkeit hinanschritt, aufgeschreckt stehen, weil er glaubte, er höre Schritte vor sich. Doch konnte er vor sich nichts sehen als die düstere Doppelwand der Föhren und den Keil des Sternenhimmels über ihnen. Zuerst dachte er, er habe sich das eingebildet oder sei auf das Echo seiner eigenen Schritte hereingefallen. Als er aber weiterging, neigte er mehr und mehr dazu, mit den Überbleibseln seiner Vernunft zu schließen, daß da wirklich andere Schritte auf der Straße waren. Er dachte vage an Geister; und er war überrascht, wie schnell er das Bild eines angemessenen örtlichen Geistes zu erblicken vermochte, eines Geistes mit einem Gesicht so weiß wie das von Pierrot, aber schwarz gefleckt. Die Spitze des Dreiecks aus dunkelblauem Himmel wurde heller und blauer, aber noch begriff er nicht, daß das geschah, weil er den Lichtern des großen Hauses und seines Gartens näher kam. Er spürte nur, daß die Stimmung dichter wurde; da war in der Traurigkeit mehr Gewalt und mehr Geheimnis, mehr – er zögerte vor dem Wort und stieß es dann mit einem kurzen Lachen aus – Katastrophismus.

Mehr Föhren, mehr Fahrweg versanken hinter ihm, und dann blieb er wie durch einen Zauberbann angewurzelt stehen. Überflüssig wäre es zu sagen, er fühlte sich, als ob er in einen Traum geraten sei; diesmal aber war er sich sicher, daß er in ein Buch geraten war. Denn wir Menschen sind an unpassende Dinge gewöhnt; wir sind an das Geklapper des Zusammenhanglosen gewöhnt; das ist eine Melodie, bei der wir einschlafen können. Wenn aber ein passendes Ding geschieht, weckt es uns auf wie der Klang eines vollkommenen Akkords. Etwas geschah, wie es an einem solchen Ort in einem vergessenen Märchen geschehen wäre.

Über die schwarzen Föhren flog funkelnd im Mondenschein ein blanker Degen heran – solch ein schlankes und sprühendes Rapier, wie es manches ungerechte Duell in jenem alten Park ausgefochten haben mochte. Es fiel weit vorauf auf den Fußweg vor ihm und lag schimmernd da wie eine große Nadel. Er rannte wie ein Hase zu ihm und beugte sich darüber, es zu betrachten. Aus der Nähe sah es reichlich prunkvoll aus: die großen roten Juwelen an Heft und Stichblatt waren ein bißchen fragwürdig. Aber da waren andere rote Tropfen auf der Klinge, die nicht fragwürdig waren.

Er blickte sich wild in die Richtung um, aus der das blinkende Wurfgeschoß gekommen war, und sah, daß an dieser Stelle die zobeldüstre Front von Föhren und Tannen rechtwinklig durch einen schmaleren Weg unterbrochen war, der ihn, als er auf ihn eingebogen war, des langen erleuchteten Hauses ansichtig werden ließ, mit einem Teich und Springbrunnen davor. Dennoch sah er sich das nicht an, da er etwas Interessanteres zu besehen hatte.

Über ihm befand sich am Rand des steilen grünen Sockels des terrassierten Gartens eine jener kleinen malerischen Überraschungen, die in der alten Landschaftsgärtnerei so üblich waren; eine Art kleinen runden Hügels, eine kleine Kuppel aus Rasen, wie ein riesiger Maulwurfshügel, beringt und bekrönt von drei konzentrischen Rosenhecken, mit einer Sonnenuhr mitten auf dem höchsten Punkt. Kidd konnte den Zeiger über dem Zifferblatt dunkel vor dem Himmel sehen wie die Rückenfinne eines Hais, und wie das nichtige Mondenlicht an jener müßigen Uhr festhing. Aber während eines wilden Augenblicks sah er noch etwas daran festhängen – die Gestalt eines Mannes.

Obwohl er sie da nur für einen Augenblick sah, obwohl sie in einem fremdländischen und unglaublichen Kostüm steckte, von Kopf bis Fuß in enganliegendes Karmesin gehüllt und stellenweise golddurchwirkt, erkannte er doch in einem Mondenstrahl, wer es war. Dieses weiße, himmelwärts gerichtete Gesicht, glattrasiert und unnatürlich jung, ein Byron mit römischer Nase, jene schwarzen, schon ergrauenden Locken – er hatte Tausende der öffentlichen Porträts von Sir Claude Champion gesehen. Die wilde rote Gestalt taumelte für einen Augenblick gegen die Sonnenuhr; im nächsten war sie bereits den steilen Hang herabgerollt und lag zu Füßen des Amerikaners und bewegte schwach einen Arm. Ein grelles, unnatürlich goldenes Ornament auf dem Ärmel erinnerte Kidd plötzlich an *Romeo und Julia*; natürlich, die enganliegende karmesinrote Kleidung war Teil des Stückes. Aber da zog sich ein langer roter Fleck den Hang herunter, wo der Mann herabgerollt war – der war nicht Teil des Stückes. Er war erstochen worden.

Mr. Calhoun Kidd rief um Hilfe, und rief erneut. Und wieder schien es ihm, als höre er phantastische Fußschritte, und er fuhr hoch, nur um eine andere Gestalt bereits nahe bei sich zu sehen. Er kannte die Gestalt, und doch erschreckte sie ihn. Der liederliche Jüngling, der sich Dalroy nannte, hatte eine entsetzlich ruhige Art; und wenn Boulnois Verabredungen nicht einhielt, die er getroffen hatte, so hatte Dalroy eine dräuende Weise, Verabredungen einzuhalten, die er nicht getroffen hatte. Mondenlicht verfärbt alles; unter seinen roten Haaren war Dalroys bleiches Gesicht nicht so sehr weiß wie fahlgrün.

All dieser morbide Impressionismus mag Kidds Entschuldigung dafür sein, daß er brutal und ohne alle Vernunft aufgeschrieen hatte: »Haben Sie das getan, Sie Teufel?«

James Dalroy lächelte sein unerfreuliches Lächeln; aber bevor er etwas sagen konnte, machte die gestürzte Gestalt eine weitere Bewegung mit dem Arm und winkte vage in die Richtung, wo der Degen niedergefallen war; dann kam ein Stöhnen, und dann gelang es ihr zu sprechen.

»Boulnois ... Boulnois sag ich ... Boulnois hat es getan ... eifersüchtig ... er war eifersüchtig, er war, er war .. .«

Kidd neigte sich vor, um mehr zu hören, und konnte gerade noch die Worte vernehmen: »Boulnois ... mit meinem eigenen Degen ... er hat ihn geschleudert ...«

Und wieder winkte die versagende Hand zum Degen hin und fiel dann mit einem Aufprall steif hin. In Kidd stieg aus den tiefsten Tiefen jener bittere Humor empor, der das seltsame Salz seiner Rasse ist, wenn es ihr ernst wird.

»Hören Sie her«, sagte er scharf und befehlend, »Sie müssen einen Doktor holen. Dieser Mann ist tot.«

»Und vermutlich auch einen Priester«, sagte Dalroy auf eine undurchschaubare Weise. »All diese Champions sind Papisten.«

Der Amerikaner kniete neben dem Körper nieder, tastete nach dem Herzschlag, stützte den Kopf auf und unternahm einige letzte Versuche der Wiederbelebung; aber noch ehe der andere Journalist mit einem Arzt und einem Priester wieder erschien, war er bereits bereit zu bestätigen, daß sie zu spät kämen.

»Sind Sie auch zu spät gekommen?« fragte der Doktor, ein solider und wohlhabend aussehender Mann mit dem üblichen Schnurr- und Backenbart, aber einem lebhaften Blick, der Kidd mißtrauisch betrachtete.

»In gewissem Sinne ja«, dehnte der Vertreter der ›Sun‹. »Ich kam zu spät, um den Mann zu retten, aber ich war gerade noch zur rechten Zeit da, um etwas Wichtiges zu hören. Ich habe den toten Mann seinen Mörder nennen gehört.«

»Und wer war der Mörder?« fragte der Doktor und runzelte die Augenbrauen.

»Boulnois«, sagte Calhoun Kidd und pfiff leise vor sich hin.

Der Doktor starrte ihn düster an und seine Stirn rötete sich; aber er widersprach nicht. Dann sagte der Priester, eine kleinere Gestalt im Hintergrund, milde: »Ich dachte, daß Mr. Boulnois heute abend nicht nach Pendragon Park käme.«

»Auch hier«, sagte der Yankee grimmig, »befinde ich mich in der Lage, dem alten Land ein oder zwei Fakten zu liefern. Yes, *Sir*, John Boulnois wollte den ganzen Abend zu Hause bleiben; er traf eine feste ordentliche Verabredung mit mir. Aber John Boulnois änderte seine Meinung; John Boulnois verließ plötzlich sein Haus, allein, und kam vor einer Stunde oder so in diesen verfluchten Park. Sein Butler hat mir das gesagt. Ich glaube, damit haben wir, was die allweise Polizei eine Spur nennen würde – haben Sie nach ihr geschickt?«

»Ja«, sagte der Doktor; »aber sonst haben wir noch niemanden benachrichtigt.«

»Weiß es Frau Boulnois?« fragte James Dalroy; und wieder wurde Kidd sich des irrationalen Wunsches bewußt, ihm eins über seinen sich kräuselnden Mund zu geben.

»Ich hab' es ihr nicht erzählt«, sagte der Doktor schroff; »aber hier kommt die Polizei.«

Der kleine Priester war auf den Hauptweg hinausgetreten und kam jetzt mit dem niedergefallenen Degen zurück, der sich neben seiner dicklichen, klerikalischen und gewöhnlichen Gestalt lächerlich groß und theatralisch ausnahm. »Bevor die Polizei kommt«, sagte er entschuldigend, »hat jemand ein Licht?«

Der Yankee-Journalist zog eine elektrische Lampe aus seiner Tasche, und der Priester hielt sie nahe an die Mitte der Klinge, die er mit blinzelnder Sorgfalt untersuchte. Dann reichte er die lange Waffe ohne einen Blick auf Spitze oder Knauf dem Arzt.

»Hier bin ich nicht mehr von Nutzen«, sagte er mit einem kurzen Seufzer. »So wünsche ich Ihnen denn eine gute Nacht, die Herren.« Und er schritt durch die dunkle Allee auf das Haus zu, die Hände hinter sich verschränkt und den großen Kopf nachdenklich gebeugt.

Der Rest der Gruppe hastete zum Parktor, wo ein Inspektor und zwei Konstabler bereits im Gespräch mit dem Pförtner zu sehen waren. Der kleine Priester aber schritt immer langsamer und langsamer durch den dunklen Kreuzgang der Föhren und blieb schließlich abrupt an den Stufen zum Haus stehen. Das war seine schweigende Art der Anerkennung einer ebenso schweigenden Annäherung; denn ihm entgegen kam ein Wesen, das selbst Calhoun Kidds Anforderungen an einen lieblichen und aristokratischen Geist hätte zufriedenstellen können. Es war eine junge Frau, gekleidet in Silbersatin im Renaissance-Stil; ihr goldenes Haar hing in zwei langen schimmernden Zöpfen nieder, und ihr Gesicht war zwischen ihnen von so erschreckender Blässe, als sei sie chryselefantin – wie einige der alten griechischen Statuen also gefertigt aus Elfenbein und Gold. Aber ihre Augen waren sehr hell, und ihre Stimme, obwohl leise, war vertrauensvoll.

»Father Brown?« sagte sie.

»Mrs. Boulnois?« erwiderte er ernst. Dann sah er sie an und sagte sofort: »Wie ich sehe, wissen Sie von Sir Claude.«

»Woher wissen Sie, daß ich weiß?« fragte sie gelassen.

Er beantwortete die Frage nicht, sondern stellte eine andere: »Haben Sie Ihren Gatten gesehen?«

»Mein Gatte ist zu Hause«, sagte sie. »Er hat mit all dem hier nichts zu tun.«

Wiederum antwortete er nicht; und die Frau trat näher zu ihm hin mit einem eigenartig intensiven Gesichtsausdruck.

»Soll ich Ihnen noch mehr erzählen?« sagte sie mit einem ängstlichen Lächeln. »Ich glaube nicht, daß er es getan hat, und *Sie* glauben es auch nicht.«

Father Brown gab ihren Blick mit einem langen ernsten zurück, und dann nickte er noch ernster.

»Father Brown«, sagte die Dame, »ich werde Ihnen alles sagen, was ich weiß, aber ich bitte Sie zuvor um einen Gefallen. Würden Sie mir bitte sagen, *warum* Sie sich nicht der Schlußfolgerung angeschlossen haben, der arme John sei schuldig, wie alle anderen es taten? Sprechen Sie ganz offen: Ich – ich kenne den Klatsch und den Augenschein, der gegen ihn spricht.«

Father Brown sah ehrlich verlegen aus und fuhr sich mit der Hand über die Stirne. »Zwei sehr kleine Dinge«, sagte er. »Zum mindesten ist das eine sehr banal und das andere sehr vage. Aber dennoch passen sie nicht zur These, daß Mr. Boulnois der Mörder sei.«

Er wandte sein leeres rundes Gesicht den Sternen zu und fuhr geistesabwesend fort: »Um von der vagen Idee zuerst zu sprechen: Ich messe vagen Ideen große Bedeutung bei. All jene Dinge, die ›keine Beweise‹ sind, sind die, die mich überzeugen. Für mich ist eine moralische Unmöglichkeit die größte aller Unmöglichkeiten. Ich kenne Ihren Mann nur oberflächlich, aber mir erscheint dieses sein Verbrechen, von dem alle überzeugt sind, als eine moralische Unmöglichkeit. Bitte glauben Sie nicht, daß ich dächte, Boulnois könne nicht so böse sein. Jeder kann böse sein – so böse wie er will. Wir können unseren moralischen Willen steuern; aber wir können unsere instinktiven Neigungen und Handlungsweisen nicht grundlegend ändern. Boulnois könnte sicherlich einen Mord begehen, aber nicht diesen Mord. Er würde niemals Romeos Degen aus seiner romantischen Scheide reißen; oder seinen Feind auf der Sonnenuhr wie auf einem Altar erschlagen; oder seine Leiche zwischen den Rosen liegenlassen; oder den Degen zwischen die Kiefern schleudern. Wenn Boulnois jemanden umbrächte, würde er das unauffällig und bedachtsam tun, wie er alles Zweifelhafte tun würde – ein zehntes Glas Portwein trinken, oder einen frivolen griechischen Dichter lesen. Nein, die romantische Inszenierung entspricht nicht Boulnois. Sie entspricht eher Champion.«

»Ah!« sagte sie und sah ihn an mit Augen wie Diamanten.

»Und das banale Ding war dieses«, sagte Brown. »Es gab Fingerabdrücke auf dem Degen; Fingerabdrücke können noch eine lange Zeit nach ihrem Entstehen entdeckt werden, wenn sie sich auf einer polierten Oberfläche wie Glas oder Stahl befinden. Diese waren auf einer polierten Oberfläche. Sie waren etwa in der Mitte der Degenklinge. Ich habe nicht den geringsten Hinweis, wessen Abdrücke das waren; aber warum sollte irgend jemand einen Degen in der Mitte anfassen? Es ist ein langer Degen, aber Länge ist ein Vorteil beim Ausfall gegen einen Feind. Wenigstens bei den meisten Feinden. Bei allen Feinden mit einer Ausnahme.«

»Mit einer Ausnahme«, wiederholte sie.

»Es gibt nur einen einzigen Feind«, sagte Father Brown, »den man leichter mit dem Dolch als mit dem Degen töten kann.«

»Ich weiß«, sagte die Frau. »Sich selbst.«

Es folgte ein langes Schweigen, und dann sagte der Priester ruhig, aber abrupt: »Also habe ich recht? Hat Sir Claude sich selbst getötet?«

»Ja«, sagte sie mit einem Antlitz wie aus Marmor. »Ich sah ihn selbst es tun.«

»Starb er«, sagte Father Brown, »aus Liebe zu Ihnen?«

Ein ungewöhnlicher Ausdruck huschte über ihre Züge, ganz anders als Mitleid, Bescheidenheit, Reue oder irgend etwas, das ihr Begleiter erwartete: ihre Stimme wurde plötzlich kräftig und klingend. »Ich glaube nicht«, sagte sie, »daß er sich je auch nur einen Deut aus mir gemacht hat. Er haßte meinen Mann.«

»Warum?« fragte der andere und kehrte sein rundes Gesicht vom Himmel ab der Dame zu.

»Er haßte meinen Mann, weil … es ist so sonderbar, daß ich kaum weiß, wie ich es sagen soll … weil …«

»Ja?« sagte Brown geduldig.

»Weil mein Mann ihn nicht hassen wollte.«

Father Brown nickte nur und schien immer noch zu lauschen; er unterschied sich von den meisten Detektiven in der Wirklichkeit wie in der Dichtung in einem kleinen Punkt – er gab nie vor, nicht zu verstehen, wenn er vollkommen verstand.

Mrs. Boulnois kam erneut näher mit dem gleichen maßvollen Glühen der Gewißheit. »Mein Mann«, sagte sie, »ist ein großer Mann. Sir Claude Champion war kein großer Mann: er war ein berühmter und erfolgreicher Mann. Mein Mann war nie berühmt oder erfolgreich; und es ist die feierliche Wahrheit, daß er niemals auch nur davon geträumt hat, es zu sein. Er erwartet ebensowenig, wegen seines Denkens berühmt zu werden, wie etwa wegen des Rauchens von Zigarren. Was all diese Dinge angeht, ist er von einer herrlichen Dummheit. Er ist niemals erwachsen geworden. Er liebte Champion immer noch so, wie er ihn auf der Schule liebte; er bewunderte ihn, wie er einen Zaubertrick bewundern würde, der bei Tisch vorgeführt wird. Aber durch nichts hätte man ihn dazu bringen können, Champion zu *beneiden*. *Und Champion wollte beneidet werden.* Das machte ihn verrückt, und deshalb brachte er sich um.«

»Ja«, sagte Father Brown; »ich glaube, ich beginne zu verstehen.«

»Aber sehen Sie das denn nicht?« rief sie. »Das Ganze ist doch dafür inszeniert worden – der Platz wurde dafür geplant. Champion setzte John in ein kleines Haus vor seiner eigenen Tür, wie einen Dienstmann – um ihn sein Versagen *spüren* zu lassen. Er hat es nie gespürt. An solche Sachen denkt er genauso wenig wie – wie ein zerstreuter Löwe. Champion pflegte hereinzuplatzen, wenn John am schäbigsten aussah oder zu den bescheidensten Mahlzeiten, mit irgendeinem aufwendigen Geschenk oder einer Ankündigung oder einer Unternehmung, die das wie Besuche von Harun al-Raschid wirken ließ, und John nahm an oder lehnte ab, mit jener sozusagen halben Aufmerksamkeit, mit der ein Schüler faul die Meinung eines anderen teilt oder nicht. Nach fünf solchen Jahren hatte John sich nicht um ein Jota geändert, aber Sir Claude Champion war zum Monomanen geworden.«

»Und Haman begann und erzählte ihnen«, sagte Father Brown, »von all den Dingen, womit ihn der König geehrt hatte; und er sagte: ›Dies alles ist mir nichts, solange ich noch Mordekai den Juden im Tore sitzen sehe.‹«

»Die Krise kam«, fuhr Mrs. Boulnois fort, »als ich John überredet hatte, mich einige seiner Überlegungen aufschreiben und an eine Zeitschrift schicken zu lassen. Sie begannen Aufmerksamkeit zu erwecken, vor allem in Amerika, und eine Zeitung wollte ihn interviewen. Als Champion (der fast jeden Tag interviewt wird) von diesem späten kleinen Krümel des Erfolges hörte, der seinem sich dessen unbewußten Nebenbuhler zufiel, brach das letzte Glied der Kette, die seinen teuflischen Haß gebändigt hatte. Damals begann er jene wahnsinnige Belagerung meiner Liebe und Ehre, die seither das Gespräch der Grafschaft war. Sie werden fragen wollen, warum ich diese abscheulichen Aufmerksamkeiten zugelassen habe. Darauf antworte ich, daß ich sie nicht hätte ablehnen können, ohne das meinem Mann zu erklären, und es gibt bestimmte Dinge, die die Seele nicht über sich bringt, wie der Körper nicht fliegen kann. Niemand hätte das meinem Mann erklären können. Niemand könnte es jetzt. Wenn Sie ihm mit noch so vielen Worten sagen würden: ›Champion will Ihnen Ihre Frau stehlen‹, dann würde er den Witz geschmacklos finden: Aber daß es mehr sein könnte als nur ein Witz – dieser Gedanke würde an seinem großen Kopf keinen Spalt finden, wo er eindringen könnte. Nun gut, John wollte heute abend kommen und uns bei der Aufführung zusehen, aber gerade als wir aufbrechen wollten, sagte er, er wolle nicht mit; er habe da ein interessantes Buch und eine Zigarre. Das erzählte ich Sir Claude, und das war sein Todesstoß. Dem Monomanen blieb nur noch Verzweiflung. Er erstach sich und schrie dabei wie ein Teufel, daß Boulnois ihn ermorde; er liegt dort im Garten, getötet durch seine eigene Eifersucht, Eifersucht hervorzurufen; und John sitzt im Wohnzimmer und liest ein Buch.«

Ein anderes Schweigen folgte, und dann sagte der kleine Priester: »In Ihrem ganzen so lebendigen Bericht gibt es nur einen schwachen Punkt, Mrs. Boulnois. Ihr Mann sitzt nicht im Wohnzimmer und liest ein Buch. Jener amerikanische Reporter hat mir erzählt, er sei an Ihrem Haus gewesen, und dort habe ihm der Butler gesagt, Mr. Boulnois sei doch noch zum Pendragon Park gegangen.«

Ihre leuchtenden Augen öffneten sich zu einem fast elektrischen Glanz; und doch schien das mehr Verblüffung denn Verwirrung oder Furcht zu sein. »Was meinen Sie denn *damit?*« rief sie. »Alle Dienstboten waren aus dem Haus, um die Aufführung zu sehen. Und einen Butler haben wir Gott sei Dank nicht!«

Father Brown fuhr auf und wirbelte halb herum wie ein absurder Kreisel. »Was, was?« schrie er, als sei er plötzlich ins Leben galvanisiert. »Sagen Sie – bitte – kann Ihr Mann mich hören, wenn ich zum Haus hinübergehe?«

»Sicher, die Dienstboten werden inzwischen zurück sein«, sagte sie verwundert.

»Gut, gut!« versetzte der Kleriker energisch und machte sich mit eilenden Trippelschritten auf den Weg zu den Parktoren. Einmal drehte er sich um: »Schnappen Sie sich besser den Yankee, oder ›John Boulnois Verbrecher‹ wird in Riesenschlagzeilen über die ganze Republik kommen.«

»Sie verstehen nicht«, sagte Mrs. Boulnois. »Ihm wäre das egal. Ich glaube nicht, daß er Amerika wirklich wichtig nimmt.«

Als Father Brown das Haus mit dem Bienenstock und dem schläfrigen Hund erreichte, führte ihn ein kleines sauberes Dienstmädchen in das Wohnzimmer, wo Boulnois lesend neben einer Lampe saß, genau wie sein Frau ihn beschrieben hatte. Eine Karaffe Port und ein Weinglas standen neben seinem Ellenbogen, und in dem Augenblick, da der Priester eintrat, bemerkte er den langen Aschekegel, der ungebrochen an seiner Zigarre war.

›Er ist mindestens seit einer halben Stunde hier‹, dachte Father Brown. Er sah wirklich so aus, als säße er da, wo er gesessen hatte, als das Abendessen abgeräumt wurde.

»Bleiben Sie sitzen, Mr. Boulnois«, sagte der Priester auf seine freundliche, prosaische Weise. »Ich werde Sie nur für einen Augenblick stören. Ich befürchte, daß ich in irgendwelche Ihrer wissenschaftlichen Studien einbreche.«

»Nein«, sagte Boulnois; »ich lese gerade ›Der blutige Daumen‹.« Er sagte das ohne Stirnrunzeln oder Lächeln, und seinem Besucher wurde an dem Manne eine tiefe und männliche Unbekümmertheit bewußt, die seine Frau Größe genannt hatte. Er legte den blutrünstigen gelben Reißer aus der Hand, ohne sich der Ungereimtheit auch nur so weit bewußt zu werden, daß er sie humorig kommentiert hätte. John Boulnois war ein großer Mann mit langsamen Bewegungen und einem mächtigen Schädel, teils ergraut und teils kahl, und einem derben breiten Gesicht. Er hatte einen schäbigen und sehr altmodischen Abendanzug an, an dem sich ein schmales Dreieck auf die Hemdenbrust öffnete: Er hatte ihn an jenem Abend noch in der ursprünglichen Absicht angezogen, seine Frau die Julia spielen zu sehen.

»Ich werde Sie nicht lange vom ›Blutigen Daumen‹ oder anderen katastrophischen Angelegenheiten abhalten«, sagte Father Brown lächelnd. »Ich bin nur gekommen, um Sie nach dem Verbrechen zu befragen, das Sie heute abend begangen haben.«

Boulnois sah ihn stetig an, aber ein roter Fleck begann, sich über seine breite Stirn auszudehnen; und er sah aus wie einer, der zum ersten Mal Verlegenheit verspürt.

»Ich weiß, es war ein eigenartiges Verbrechen«, gab Brown mit leiser Stimme zu. »Eigenartiger vielleicht als Mord – für Sie. Die kleinen Sünden sind manchmal schwerer zu bekennen als die großen – aber deshalb ist es so wichtig, sie zu bekennen. Ihr Verbrechen wird von jeder Gastgeberin der Gesellschaft sechsmal in der Woche begangen: und doch empfinden Sie es, als klebe Ihnen eine unaussprechliche Verruchtheit an der Zunge.«

»Man kommt sich«, sagte der Philosoph langsam, »wie ein verfluchter Narr vor.«

»Ich weiß«, stimmte der andere zu, »aber oft muß man wählen zwischen sich wie ein Narr fühlen und einer sein.«

»Ich kann mich selbst nur schlecht analysieren«, fuhr Boulnois fort; »aber als ich da in diesem Stuhl mit dieser Erzählung saß, war ich so glücklich wie ein Schuljunge an einem halben Feiertag. Da war Sicherheit, Ewigkeit – ich kann es nicht recht klar machen ... die Zigarren lagen in Reichweite ... die Streichhölzer waren in Reichweite ... der *Daumen* mußte noch viermal erscheinen, bis ... das war nicht nur Frieden, das war Erfüllung. Dann läutete die Klingel, und für eine lange tödliche Minute glaubte ich, daß ich nicht aus dem Sessel hochkönne – buchstäblich, physisch, muskelmäßig nicht hochkönne. Dann schaffte ich es doch, wie ein Mann, der die ganze Welt stemmt, weil ich wußte, daß alle Dienstboten außer Hauses waren. Ich öffnete die Vordertür, und da stand ein kleiner Mann, den Mund zum Reden geöffnet und sein Notizbuch zum Aufschreiben geöffnet. Ich erinnerte mich des Yankee-Interviewers, den ich ganz vergessen hatte. Sein Haar war in der Mitte gescheitelt, und ich sage Ihnen, daß Mord –«

»Ich verstehe«, sagte Father Brown. »Ich habe ihn gesehen.«

»Ich habe keinen Mord begangen«, fuhr der Katastrophiker milde fort, »wohl aber einen Meineid. Ich habe gesagt, daß ich zum Pendragon

Park hinübergegangen sei, und habe die Tür vor seiner Nase zugemacht. Das ist mein Verbrechen, Father Brown, und ich wüßte nicht, welche Buße Sie dafür auferlegen wollten.«

»Ich werde keinerlei Buße auferlegen«, sagte der klerikale Gentleman, während er seinen schweren Hut und den Regenschirm aufsammelte, mit dem Ausdruck eines gewissen Vergnügens; »ganz im Gegenteil. Ich bin ausdrücklich hergekommen, um Sie aus der kleinen Buße zu entlassen, die sonst Ihrem kleinen Vergehen gefolgt wäre.«

»Und aus welcher kleinen Buße«, fragte Boulnois lächelnd, »bin ich da so glücklich entlassen worden?«

»Gehängt zu werden«, sagte Father Brown.

Das Märchen von Father Brown

Pittoresk waren Stadt und Staat Heiligwaldenstein, eines jener Spielzeugkönigreiche, aus denen bestimmte Teile des Deutschen Reichs immer noch bestehen. Der Staat war erst spät in seiner Geschichte unter preußische Vorherrschaft geraten – kaum 50 Jahre vor jenem herrlichen Sommertag, an dem Flambeau und Father Brown sich in seinen Gartenwirtschaften befanden und sein Bier tranken. Während der letzten Generation hatte es da nicht wenig Krieg und Willkürjustiz gegeben, wie gleich gezeigt werden wird. Doch wenn man sich Stadt und Staat nur so ansah, konnte man sich jenes Eindrucks der Kindlichkeit nicht erwehren, die ja die bezauberndste Eigenschaft Deutschlands ist – jene puppen-theatrischen, väterlichen Monarchien, in denen der König so umgänglich zu sein scheint wie der Koch. Die deutschen Soldaten vor ihren unzähligen Schilderhäuschen sahen deutschem Spielzeug merkwürdig ähnlich, und die klar geschnittenen Zinnen des Schlosses sahen, vergoldet vom Sonnenschein, um so mehr vergoldetem Lebkuchen ähnlich. Denn es war das strahlendste Wetter. Der Himmel war von so preußischem Blau, wie es Potsdam nur hätte verlangen können, und doch glich es noch mehr jenem verschwenderischen und satten Farbgebrauch, den ein Kind aus seinem billigen Malkasten herausholt. Selbst die graurippigen Bäume sahen jung aus, denn ihre spitzen Knospen waren noch rosa, und ihr Muster sah vor dem tiefen Blau wie unzählige Kinderzeichnungen aus.

Trotz seiner prosaischen Erscheinung und seiner allgemein praktischen Lebensführung war Father Brown nicht ohne einen Schuß Romantik in seiner Zusammensetzung, obwohl er seine Träumereien im allgemeinen für sich behielt, wie das auch viele Kinder tun. Inmitten der kräftigen, strahlenden Farben eines solchen Tages aber und in dem heraldischen Rahmen einer solchen Stadt fühlte er sich fast so, als sei er in ein Märchen geraten. Er fand, wie ein jüngerer Bruder vielleicht, ein kindliches Vergnügen an dem beachtlichen Stockdegen, den Flambeau im

Gehen zu schwingen pflegte und der nun senkrecht neben seinem mächtigen Humpen Münchner Bieres stand. Ja, in seiner schläfrigen Verantwortungslosigkeit ertappte er sich selbst sogar dabei, wie er den knorrigen und plumpen Griff seines schäbigen Schirmes mit den Augen schwacher Erinnerungen an die Keule eines Menschenfressers in einem farbigen Bilderbuch ansah. Doch niemals fügte er Dinge zur Dichtung zusammen, es sei denn die Erzählung, die jetzt folgt:

»Ich frage mich«, sagte er, »ob man wohl an einem solchen Ort wirkliche Abenteuer erleben könnte, wenn man sich dazu die Möglichkeit gäbe? Das alles ist ein herrlicher Hintergrund für sie, aber ich werde das Gefühl nicht los, daß man dann eher mit Pappschwertern angegriffen würde als mit wirklichen, schrecklichen Degen.«

»Sie irren sich«, sagte sein Freund. »In dieser Stadt kämpft man nicht nur mit Degen, sondern tötet auch ohne Degen. Und es gibt noch Schlimmeres.«

»Wieso, was meinen Sie?« fragte Father Brown.

»Nun«, erwiderte der andere, »wir sind hier am einzigen Ort in Europa, wo je ein Mann erschossen wurde ohne Feuerwaffe.«

»Sie meinen Pfeil und Bogen?« fragte Brown verwundert.

»Ich meine Kugel im Kopf«, erwiderte Flambeau. »Kennen Sie die Geschichte des verblichenen Fürsten dieser Stadt nicht? Dabei handelt es sich um eines der großen Polizeimysterien vor etwa 20 Jahren. Sie erinnern sich sicherlich, daß dieses Land zur Zeit der frühesten Konsolidierungspläne Bismarcks gewaltsam annektiert worden ist – gewaltsam, aber gar nicht mühelos. Das Reich (oder was einmal eines werden wollte) entsandte Fürst Otto von Großenmark, um das Land im Interesse des Reiches zu regieren. Wir haben sein Porträt in der Galerie gesehen – er wäre sicherlich ein gutaussehender älterer Herr gewesen, wenn er nur Haare und Augenbrauen gehabt hätte und nicht so verrunzelt gewesen wäre wie ein Geier; aber er hatte einiges durchzumachen, wie ich gleich erklären werde. Er war ein Soldat von hervorragendem Geschick und Erfolg, aber er hatte mit diesem kleinen Land keine leichte Aufgabe. Er wurde in verschiedenen Schlachten von den berühmten Gebrüdern Arnhold geschlagen – den drei patriotischen Freischärlern, auf die Swinburne ein Gedicht schrieb, Sie werden sich erinnern:

> *Wolves with the hair of the ermine*
> *Crows that are crowned and kings*
> *These things be many as vermin*
> *Yet Three shall abide these things.*

Wölfe im Hermelin
Krähen zu Königen gekrönt –
Mögen zahlreich wie Gewürm sein,
Drei werden ihnen widerstehen.

Oder irgendwas dieser Art. Tatsächlich ist es keineswegs sicher, daß die Besetzung je hätte Erfolg haben können, wenn nicht einer der drei Brüder, Paul, sich verächtlich aber entscheidend geweigert hätte, diesen Dingen weiterhin zu widerstehen, und, indem er alle Geheimnisse des Aufstandes übergab, dessen Niederwerfung ebenso wie seine eigene Beförderung zum Kämmerer des Fürsten Otto sicherstellte. Danach wurde Ludwig, der einzige wahre Held unter Swinburnes Helden, mit dem Schwert in der Hand bei der Eroberung der Stadt getötet; und der dritte, Heinrich, der, obwohl kein Verräter, im Vergleich zu seinen tatendurstigen Brüdern immer schon zahm, ja geradezu zaghaft war, zog sich in eine Art Einsiedelei zurück, wurde zu einem christlichen Quietismus bekehrt, der schon fast quäkerisch war, und mischte sich nie wieder unter die Menschen, außer um fast sein ganzes Hab und Gut den Armen zu geben. Man hat mir erzählt, daß man ihn bis vor gar nicht langer Zeit gelegentlich in der Nachbarschaft sehen konnte, einen Mann in schwarzem Umhang, fast blind, mit wildem weißem Haar, aber einem Antlitz von erstaunlicher Sanftmut.« »Ich weiß«, sagte Father Brown, »ich habe ihn einmal gesehen.« Sein Freund schaute ihn überrascht an. »Ich habe gar nicht gewußt, daß Sie schon früher hier waren«, sagte er. »Dann wissen Sie vielleicht ebensoviel darüber wie ich. Jedenfalls ist das die Geschichte der Arnholds, und er war ihr letzter Überlebender. Ja, und auch aller anderen Männern, die in diesem Drama ihre Rollen spielten.«

»Sie meinen, daß auch der Fürst schon lange tot ist?« »Tot«, wiederholte Flambeau, »und das ist ungefähr alles, was wir darüber wissen. Sehen Sie, gegen Ende seines Lebens begannen seine Nerven, ihm Streiche zu spielen, wie das bei Tyrannen nicht ungewöhnlich ist. Er vervielfachte die übliche Tag- und Nachtwache rund um sein Schloß, bis es mehr Schilderhäuschen als Wohnhäuser in der Stadt zu geben schien, und zweifelhafte Charaktere wurden erbarmungslos erschossen. Er lebte fast ausschließlich in einem kleinen Zimmer genau im Zentrum des gewaltigen Labyrinthes all der anderen Zimmer, und selbst darin errichtete er sich noch eine Art Zentralzelle oder Zentralverschlag, mit Stahl beschlagen wie ein Safe oder ein Kriegsschiff. Manche behaupten, daß sich unter ihm wiederum ein geheimes Loch in der Erde befand, kaum groß genug, ihn zu fassen, so daß er also in seiner Angst vor dem Grab sich freiwillig an einen Platz verkroch, der einem Grab sehr ähnlich war. Aber er ging noch weiter. Die Bevölkerung galt eigentlich seit der Niederschlagung der Revolte als entwaffnet, aber Otto bestand nun, wie Regierungen das nur sehr selten tun, entschieden auf einer absoluten und buchstäblichen Entwaffnung. Sie wurde mit außerordentlicher Gründlichkeit und Strenge von ausgezeichnet organisierten Beamten durchgeführt, denen jeweils ein kleines und ihnen bekanntes Gebiet zugewiesen wurde, und soweit menschliche Kraft und Kenntnis von irgend etwas absolute Sicherheit erlangen können, war Fürst Otto absolut sicher, daß niemand auch nur eine Spielzeugpistole nach Heiligwaldenstein einführen konnte.«

»Menschliche Kenntnis kann sich solcher Dinge niemals sicher sein«, sagte Father Brown, der immer noch die rosa Knospen an den Zweigen über seinem Kopf betrachtete, »und wenn auch nur wegen der Schwierigkeiten in Definition und Bezeichnung. Was ist eine *Waffe*? Menschen sind schon mit den sanftesten Haushaltsgegenständen ermordet worden; sicherlich, mit Teekesseln, vielleicht gar mit Teewärmern. Auf der anderen Seite: Wenn Sie einem alten Britannier einen Revolver zeigten, bezweifle ich, daß er ihn als Waffe erkennte – bis man damit in ihn hineinschösse, natürlich. Vielleicht hat jemand eine Feuerwaffe mitgebracht, die so neu war, daß sie nicht einmal wie eine Feuerwaffe aussah. Vielleicht sah sie aus wie ein Fingerhut oder so was. War an der Kugel etwas Besonderes?«

»Nicht, daß ich wüßte«, antwortete Flambeau; »aber alle meine Informationen sind bruchstückhaft und stammen ausschließlich von meinem alten Freund Grimm. Er war ein sehr fähiger Detektiv im deutschen Geheimdienst, und er versuchte, mich festzunehmen; stattdessen habe ich ihn festgenommen, und dann hatten wir manch interessanten Plausch miteinander. Er war hier mit der Untersuchung zum Fall des Fürsten Otto betraut, aber ich habe vergessen, ihn zu der Kugel zu befragen. Nach Grimm hat sich folgendes ereignet.« Er hielt einen Augenblick inne, um den größeren Teil seines dunklen Lagerbieres in einem Zug zu trinken, und fuhr dann fort:

»An dem fraglichen Abend sollte der Fürst allem Anschein nach in einem der äußeren Gemächer erscheinen, weil er bestimmte Besucher zu empfangen hatte, die er wirklich sehen sollte. Es handelte sich um Geologen, die ausgeschickt worden waren, um der alten Frage angeblicher Goldvorkommen in den Bergen hier herum nachzugehen, die so lange (sagt man) die Kreditwürdigkeit des kleinen Stadtstaates sicherten, weshalb der im Stande gewesen war, selbst während der pausenlosen Bombardierung durch größere Armeen seine Beziehungen zu den Nachbarn aufrechtzuerhalten. Bisher wurde aber selbst von der sorgfältigsten Untersuchung nichts gefunden, die –«

»Die absolut sicher sein konnte, auch eine Spielzeugpistole zu finden«, sagte Father Brown mit einem Lächeln. »Aber was war mit dem verräterischen Bruder? Hatte der dem Fürsten nichts zu erzählen?«

»Er hat immer wieder beteuert, daß er davon nichts wisse«, erwiderte Flambeau; »daß dies das einzige Geheimnis sei, das seine Brüder ihm nicht mitgeteilt hätten. Man muß allerdings zugeben, daß das durch einige fragmentarische Worte unterstützt wird, die der große Ludwig in der Stunde seines Todes sprach, als er Heinrich ansah, aber auf Paul wies und sagte: ›Du hast *ihm* nicht erzählt ...‹, und kurz danach vermochte er nicht mehr zu sprechen. Jedenfalls, die Abordnung der ausgezeichneten Geologen und Mineralogen aus Paris und Berlin war da in der glanzvollsten und angemessensten Aufmachung, denn niemand trägt seine Orden lieber als die Männer der Wissenschaft – wie jeder weiß, der einmal an einer Soiree der Royal Society teilgenommen hat. Es war eine brillante Versammlung, aber sehr spät und erst nach und nach entdeckte der Kämmerer – Sie haben sein Porträt auch gesehen: ein Mann mit schwarzen Augenbrauen, ernstem Blick und einem ausdruckslosen Lächeln darunter –, der Kämmerer, sagte ich, entdeckte, daß alle da waren außer dem Fürsten. Er suchte alle äußeren Gemächer ab; dann erinnerte er sich an die wahnsinnigen Angstanfälle des Mannes und stürzte in das innerste Zimmer. Das war ebenfalls leer, aber den in seiner Mitte errichteten stählernen Turm oder Verschlag zu öffnen dauerte eine Weile. Als er sich öffnete, war er ebenfalls leer. Der Kämmerer ging hinein und starrte in das Loch im Boden, das tiefer schien und um so grabähnlicher – das ist natürlich sein Bericht. Und während er noch dabei war, hörte er Aufschreie und Tumult in den langen Räumen und Korridoren draußen.

Zuerst war es ein fernes Getöse und Gekreische von etwas Undenkbarem am Rande der Menge, sogar außerhalb des Schlosses. Danach war es ein erschreckend nahes Gelärme, laut genug, um verständlich zu sein, hätte nicht das eine Wort das andere übertönt. Danach kamen Worte von schrecklicher Klarheit, und sie kamen näher, und als nächstes stürzte ein Mann ins Zimmer und berichtete die Neuigkeit so knapp, wie solche Neuigkeiten berichtet werden.

Otto, Fürst von Heiligwaldenstein und Großenmark, lag im Tau des dunkelnden Dämmerlichtes im Walde jenseits des Schlosses, die Arme zur Seite und das Gesicht zum Mond empor geworfen. Das Blut pulsierte noch aus seiner zerschmetterten Schläfe und Wange, aber das war auch das einzige an ihm, was sich noch wie etwas Lebendes bewegte. Er war mit seiner weißgelben Paradeuniform bekleidet, wie um die Gäste drinnen zu empfangen, mit der Ausnahme, daß seine Schärpe gelöst worden war und zusammengeknüllt neben ihm lag. Bevor er aufgehoben werden konnte, war er tot. Aber tot oder lebendig war er ein Rätsel – er, der sich immer im innersten Zimmer verborgen hatte, hier draußen in den nassen Wäldern, unbewaffnet und allein.«

»Wer hat seine Leiche gefunden?« fragte Father Brown.

»Ein dem Hofe verbundenes Mädchen namens Hedwig von Soundso«, erwiderte sein Freund, »die in den Wald gegangen war, um wilde Blumen zu pflücken.«

»Hatte sie welche gepflückt?« fragte der Priester und starrte leeren Blickes auf die Zweige über ihm.

»Ja«, erwiderte Flambeau. »Ich erinnere mich besonders, daß der Kämmerer oder der alte Grimm oder sonstwer sagte, wie schrecklich das gewesen sei, als man auf ihren Ruf herbeieilte und das Mädchen erblickte, wie es mit Frühlingsblumen sich über dieses – dieses blutige Häufchen beugte. Jedenfalls, die Hauptsache ist, daß er tot war, ehe Hilfe eintraf, und diese Nachricht mußte natürlich sofort ins Schloß überbracht werden. Die Verwirrung, die sie dort auslöste, ging weit über alles hinaus, was an einem Hof beim Sturz eines Potentaten üblich ist. Die ausländischen Besucher, und insbesondere die Bergwerksexperten, waren in die wildesten Zweifel und Erregungen gestürzt, ebenso wie viele wichtige preußische Beamte, und es wurde bald deutlich, daß der Plan zur Auffindung des Schatzes eine viel größere Rolle in der Angelegenheit spielte, als man zunächst gedacht hatte. Experten und Beamten waren große Prämien und internationale Vorteile versprochen worden, und manche behaupteten sogar, daß die Geheimräume des Fürsten und die starke Bewachung weniger auf Furcht vor der Bevölkerung zurückgingen als vielmehr auf die Verfolgung irgendwelcher privater Nachforschungen von –«

»Hatten die Blumen lange Stengel?« fragte Father Brown.

Flambeau starrte ihn an. »Was sind Sie doch für ein merkwürdiger Mensch!« sagte er. »Genau das ist es, was der alte Grimm erzählte. Er erzählte, der häßlichste Teil an der Sache – häßlicher noch als Blut und Kugel – sei gewesen, daß die Blumen besonders kurz waren, fast direkt unter den Köpfen abgepflückt.«

»Natürlich«, sagte der Priester, »wenn ein erwachsenes Mädchen *wirklich* Blumen pflückt, pflückt sie sie mit langen Stengeln. Wenn sie nur ihre Köpfe abpflückt, wie das ein Kind tut, so sieht das aus, als ob –« Und er zögerte.

»Ja?« fragte der andere.

»Naja, sieht es fast so aus, als habe sie sie nervös abgerupft, als Entschuldigung dafür, daß sie da war – nun, da sie da war.«

»Ich weiß, worauf Sie hinauswollen«, sagte Flambeau düster.

»Aber dieser wie jeder andere Verdacht bricht an der einen Stelle zusammen – das Fehlen einer Waffe. Er hätte, wie Sie sagten, mit vielen Dingen getötet werden können – selbst mit seiner eigenen Schärpe; aber wir haben nicht zu erklären, wie er getötet wurde, sondern wie er erschossen wurde. Und Tatsache ist, daß wir das nicht können. Man hat das Mädchen rücksichtslos durchsucht; denn um die Wahrheit zu sagen, sie erschien verdächtig, obwohl sie die Nichte und das Mündel des bösen alten Kämmerers Paul Arnhold war. Aber sie war sehr romantisch und der Sympathie mit der alten revolutionären Begeisterung ihrer Familie verdächtig. Jedoch: Wie romantisch auch immer man ist, man kann einem Mann keine große Kugel in Schläfe oder Hirn denken, ohne ein Gewehr oder eine Pistole zu verwenden. Und es gab keine Pistole, obwohl es zwei Pistolenschüsse gab. Und jetzt sind Sie dran, mein Freund.«

»Woher wissen Sie, daß es zwei Schüsse gab?« fragte der kleine Priester.

»Nur eine stak in seinem Kopf«, sagte sein Gefährte, »aber in der Schärpe gab es ein weiteres Schußloch.«

Father Browns glatte Stirn zog sich plötzlich zusammen. »Hat man die andere Kugel gefunden?« fragte er.

Flambeau zuckte ein bißchen zusammen. »Ich kann mich nicht erinnern«, sagte er.

»Warten Sie! Warten Sie! Warten Sie!« rief Brown und runzelte seine Stirne mehr und mehr in einer ungewöhnlichen Konzentration der Wißbegier. »Halten Sie mich nicht für unhöflich. Lassen Sie mich einen Augenblick darüber nachdenken.«

»Schon gut«, sagte Flambeau lachend und leerte sein Bier. Eine leichte Brise bewegte die knospenden Bäume und blies weiße und rosafarbene Wölkchen in den Himmel, die den Himmel um so blauer und die ganze farbenprächtige Szene um so eigenartiger erscheinen ließen. Sie hätten Cherubime sein können, die durch die Fensterflügel eines himmlischen Kindergartens heimflogen. Der älteste Turm des Schlosses, der Drachenturm, stand da ebenso grotesk wie der Bierkrug, aber ebenso vertraut. Und erst hinter dem Turm schimmerte der Wald, in dem der Mann tot gelegen hatte.

»Was ist dann aus dieser Hedwig geworden?« fragte der Priester schließlich.

»Sie ist mit General Schwartz verheiratet«, sagte Flambeau. »Sie haben sicherlich von seiner reichlich romantischen Karriere gehört. Er hatte sich schon vor seinen Heldentaten zu Königgrätz und Gravelotte ausgezeichnet; er hat tatsächlich von der Pike auf gedient, was sehr ungewöhnlich ist, selbst in den kleinsten der deutschen Staaten –«

Father Brown setzte sich plötzlich aufrecht hin.

»Von der Pike auf gedient!« rief er und spitzte die Lippen, als wolle er pfeifen. »Oha, oha, was für eine seltsame Geschichte! Was für eine seltsame Art, einen Mann zu töten; aber ich vermute, daß es die einzig mögliche war. Aber sich einen so geduldigen Haß vorzustellen –«

»Was meinen Sie?« fragte der andere. »Auf welche Art haben sie den Mann denn getötet?«

»Sie haben ihn mit der Schärpe getötet«, sagte Brown sorgfältig; und dann, als Flambeau protestierte: »Ja, ja, ich weiß, die Kugel. Vielleicht sollte ich sagen, er starb daran, daß er eine Schärpe hatte. Ich weiß, das klingt nicht wie daß er eine Krankheit hatte.«

»Ich nehme an«, sagte Flambeau, »daß Ihnen eine Vorstellung in Ihren Kopf gekommen ist, aber das wird die Kugel aus seinem nicht leicht herausbekommen. Wie ich bereits erklärt habe, *hätte* er leicht erwürgt werden können. Aber er *wurde* erschossen. Von wem? Mit was?«

»Er wurde auf seinen eigenen Befehl hin erschossen«, sagte der Priester.

»Sie meinen, er hat Selbstmord begangen?«

»Ich habe nicht gesagt, auf seinen eigenen Wunsch hin«, erwiderte Father Brown. »Ich sagte, auf seinen eigenen Befehl hin.«

»Na schön, wie lautet also Ihre Theorie?«

Father Brown lachte. »Ich bin in Ferien«, sagte er. »Ich habe keine Theorien. Nur erinnert mich dieser Ort an Märchen, und wenn Sie mögen, erzähle ich Ihnen eine Geschichte.«

Die kleinen rosafarbenen Wolken, die wie Zuckerwatte aussahen, waren hinauf zu den Zinnen der Türme des vergoldeten Lebkuchenschlosses geschwebt, und die rosafarbenen Babyfinger der knospenden Bäume schienen sich zu spreiten und zu strecken, um sie zu fassen; der blaue Himmel nahm das helle Violett des Abends an, als Father Brown plötzlich wieder sprach:

»Es war in einer scheußlichen Nacht, der Regen tropfte noch von den Bäumen, und der Tau verdichtete sich bereits, als Fürst Otto von Großenmark hastig aus einer Seitentür des Schlosses trat und schnell in den Wald schritt. Einer der zahllosen Wachposten salutierte, aber er nahm keine

Notiz davon. Er wollte auch nicht, daß man besondere Notiz von ihm nähme. Er war froh, als die großen Bäume, grau und glitschig vom Regen, ihn wie ein Sumpf verschluckten. Er hatte absichtlich die am wenigsten belebte Seite seines Palastes gewählt, aber selbst die war belebter, als ihm lieb war. Jedoch bestand keine besondere Gefahr, daß ihm jemand amtlich oder diplomatisch folgen würde, denn sein Ausgang erfolgte aus einem plötzlichen Impuls. All die Diplomaten in voller Uniform, die er hinter sich ließ, waren unwichtig. Es war ihm plötzlich klar geworden, daß er ohne sie auskommen konnte.

Seine große Leidenschaft war nicht die edle Furcht vor dem Tode, sondern die seltsame Sucht nach Gold. Um dieser Legende vom Golde willen hatte er Großenmark verlassen und war in Heiligwaldenstein eingedrungen. Dafür, und nur dafür hatte er den Verräter gekauft und den Helden abgeschlachtet, dafür hatte er den falschen Kämmerer lange befragt und wieder befragt, bis er zu dem Schluß gekommen war, daß der Renegat im Hinblick auf sein Unwissen wirklich die Wahrheit gesagt hatte. Dafür hatte er fast widerwillig Gold bezahlt und versprochen um der Chance willen, den größeren Betrag zu gewinnen; und dafür hatte er sich aus seinem Palast gestohlen wie ein Dieb im Regen, denn ihm war ein anderer Weg eingefallen, wie er sich seinen Herzenswunsch erfüllen könnte, und dazu billig.

Ferne am oberen Ende eines sich hinaufwindenden Bergpfades, zu dem er seine Schritte lenkte, stand zwischen den Felsenpfeilern auf der Klippe, die die Stadt überragte, die Einsiedelei, kaum mehr als eine mit Dornengestrüpp eingefriedete Höhle, in der der dritte der großen Brüder sich so lange vor der Welt verborgen hielt. Er, dachte Fürst Otto, konnte keinen wirklichen Grund haben, ihm die Übergabe des Goldes zu verweigern. Er hatte das Versteck schon seit Jahren gekannt und keinerlei Schritte unternommen, es aufzusuchen, schon ehe ihn sein neuer asketischer Glaube von Vermögen und Vergnügen trennte. Gewiß, er war ein Gegner gewesen, aber jetzt bekannte er die Pflicht, keinen Gegner zu haben. Einige Zugeständnisse in seinen Angelegenheiten, einige Anrufungen seiner Grundsätze vermochten ihn wahrscheinlich dazu zu bewegen, das Geheimnis des schnöden Geldes preiszugeben. Otto war trotz all seiner sorgfältigen militärischen Schutzmaßnahmen kein Feigling, und außerdem war seine Habgier stärker als seine Angst. Und schließlich gab es kaum Grund für Angst. Denn wenn er sicher war, daß es im ganzen Fürstentum keine privaten Waffen mehr gab, so war er hundertmal sicherer, daß es deren keine in der kleinen Einsiedelei des Quäkers auf dem Berge gab, wo er mit zwei alten einfachen Dienern von Krautern lebte, und jahraus jahrein ohne die Stimme eines anderen Menschen. Fürst Otto schaute mit einem grimmen Lächeln auf die hellen viereckigen Labyrinthe der lampenbeleuchteten Stadt unter sich. Denn soweit das Auge blicken konnte, standen die Gewehre seiner Freunde, und keine Prise Pulver für seine Feinde. Die Gewehre standen so nahe selbst an diesen Bergpfad heran, daß ein Ruf von ihm die Soldaten den Berg heraufstürmen lassen würde, um nicht von der Tatsache zu reden, daß Wald wie Hang in regelmäßigen Abständen von Patrouillen begangen wurden; Gewehre so weit weg in den düsteren Wäldern jenseits des Flusses, winzig durch die Entfernung, daß kein Feind sich auf irgendwelchen Umwegen in die Stadt schleichen konnte. Und um den Palast waren Gewehre an der Westtür und an der Osttür, an der Nordtür und an der Südtür, und überall entlang der vier Fassaden, die sie miteinander verbanden. Er war sicher.

Das war um so deutlicher, nachdem er die Kuppe überschritten hatte und sah, wie nackt das Nest seines alten Feindes war. Er stand auf einer schmalen Felsenkanzel, die an drei Seiten steil abbrach. Hinten lag die schwarze Höhle, von grünen Dornen maskiert, so niedrig, daß man kaum glauben konnte, ein Mann könne sie betreten. Vorne der Felsabsturz und die weite, aber wolkige Sicht übers Tal. Auf der engen Felskanzel stand ein altes bronzenes Chor- oder Lesepult und ächzte unter einer großen deutschen Bibel. Bronze oder Kupfer war von den nagenden Winden und Wettern an jenem ausgesetzten Ort grün geworden, und Otto kam unmittelbar in den Sinn: ›Selbst wenn sie Waffen gehabt haben, müssen die inzwischen verrostet sein.‹ Der aufgehende Mond hatte hinter Gipfeln und Zacken totenfahles Dämmerlicht werden lassen, und der Regen hatte aufgehört.

Hinter dem Lesepult, mit dem Blick über das Tal, stand ein sehr alter Mann in einer schwarzen Robe, die ebenso gerade herabfiel wie die Felsabhänge ringsherum, und dessen weißes Haar und schwache Stimme gleichermaßen im Winde zu verwehen schienen. Er las offenbar ein Stundengebet als Teil seiner religiösen Übungen. ›Sie vertrauten auf ihre Pferde …‹

›Mein Herr‹, sagte der Fürst von Heiligwaldenstein mit recht ungewöhnlicher Höflichkeit, ›ich würde gerne ein kurzes Wort mit Ihnen sprechen.‹

›… und auf ihre Streitwagen‹, fuhr der alte Mann schwach fort, ›wir aber vertrauen auf den Namen des Herrn aller Heerscharen …‹ Seine letzten Worte waren unhörbar, aber er schloß das Buch verehrungsvoll und machte, da fast blind, eine tastende Bewegung und hielt sich dann am Lesepult fest. Sofort glitten seine beiden Diener aus der niedrigen Höhle hervor und stützten ihn. Sie trugen dumpfschwarze Gewänder dem seinen gleich, aber auf ihrem Haar lag weder jenes frostige Silber noch auf ihren Gesichtern die frostige Feinheit der Züge. Es waren Landleute, Kroaten oder Ungarn, mit breiten, stumpfen Gesichtern und schmalen Augenschlitzen. Zum ersten Mal beunruhigte den Fürsten irgend etwas, aber sein Mut und sein diplomatisches Geschick blieben standhaft.

›Ich fürchte, wir sind uns‹, sagte er, ›seit jener furchtbaren Kanonade nicht mehr begegnet, in der Ihr armer Bruder fiel.‹

›Alle meine Brüder starben‹, sagte der alte Mann und sah immer noch über das Tal hin. Dann wandte er für einen Augenblick Otto sein ermattetes feines Gesicht zu und sein wintriges Haar, das ihm wie Eiszapfen über die Augenbrauen fiel, und fügte hinzu: ›Wie Sie sehen, bin auch ich tot.‹

›Ich hoffe, Sie verstehen‹, sagte der Fürst und nahm sich fast bis zur Versöhnlichkeit zusammen, ›daß ich nicht hergekommen bin, um Sie als Gespenst jener großen Kämpfe heimzusuchen. Wir wollen nicht darüber reden, wer damals im Recht oder im Unrecht war, aber in wenigstens einem Punkt hatten wir nie unrecht, weil Sie immer recht hatten. Was immer man über die Politik Ihrer Familie sagen mag, niemand hat auch nur für einen Augenblick geglaubt, daß Sie durch die Gier nach Gold getrieben wurden; Sie haben sich selbst über jeden Verdacht erhaben gezeigt, daß —‹

Der alte Mann in dem schwarzen Gewand hatte ihn bisher gelassen mit seinen wäßrigen blauen Augen und einem Ausdruck hinfälliger Weisheit angesehen. Als aber das Wort ›Gold‹ gesagt wurde, streckte er seine Hand aus, als ob er etwas anhalten wolle, und wandte sein Gesicht ab und den Bergen zu.

›Er hat vom Gold gesprochen‹, sagte er. ›Er hat von ungesetzlichen Dingen gesprochen. Hindert ihn am Sprechen.‹

Otto hatte das Laster seiner preußischen Art und Abkunft, Erfolg nicht als einen Zufall, sondern als Charaktereigenschaft anzusehen. Er sah sich und seinesgleichen als ewige Eroberer von Völkern, die ewig erobert werden. Demgemäß war er kaum mit dem Gefühl der Überraschung bekannt und kaum auf den nächsten Zug vorbereitet, der ihn erschreckte und erstarren ließ. Er hatte gerade den Mund geöffnet, um dem Einsiedler zu antworten, als ihm der Mund gestopft und die Stimme erstickt ward mit einem starken weichen Knebelband, das ihm jählings wie eine Bandage um den Kopf geschlungen wurde. Es dauerte volle vierzig Sekunden, ehe ihm auch nur klar wurde, daß die beiden ungarischen Diener das getan hatten und daß sie es mit seiner eigenen Offiziersschärpe getan hatten.

Der alte Mann wandte sich wieder schwach seiner großen, bronzegetragenen Bibel zu, wendete die Seiten mit einer schrecklichen Geduld um, bis er zum Jakobusbrief kam und zu lesen begann: ›So ist auch die Zunge nur ein kleines Glied und —‹

Etwas in dieser Stimme ließ den Fürsten sich plötzlich umdrehen und den Bergpfad herabjagen, den er hinaufgeklommen war. Er hatte bereits den halben Weg zu den Gärten des Schlosses zurückgelegt, ehe er versuchte, sich die erstickende Schärpe von Hals und Mund zu lösen. Er versuchte es wieder und wieder, und es war unmöglich. Die Männer, die den Knebel geknüpft hatten, kannten den Unterschied zwischen dem, was ein Mann mit seinen Händen vor sich tun kann, und dem, was er mit seinen Händen hinter seinem Kopf tun kann. Seine Beine waren frei, um wie Antilopen über die Berge zu springen; seine Arme waren frei für jede Geste oder für jedes Signal; aber sprechen konnte er nicht. In ihm hauste ein stummer Teufel.

Er war den Wäldern bereits nahe, die das Schloß umgaben, ehe er richtig begriff, was sein stummer Zustand bedeutete und was er bedeuten sollte. Erneut blickte er grimmig hinab auf die hellen viereckigen Labyrinthe der lampenbeleuchteten Stadt unter sich, aber er lächelte nicht mehr. Er wiederholte sich in tödlicher Ironie die Phrasen seiner früheren Stimmung. Soweit das Auge blicken konnte, standen die Gewehre seiner Freunde, deren jeder einzelne ihn erschießen würde, wenn er den Anruf nicht beantworten konnte. Gewehre standen so nahe, daß Wald und Hang in regelmäßigen Abständen von Patrouillen begangen werden konnten; deshalb war es nutzlos, sich im Wald bis zum Morgen zu verbergen. Gewehre standen so weit entfernt, daß kein Feind sich auf irgendwelchen Umwegen in die Stadt schleichen konnte; deshalb war es sinnlos, auf irgendeinem weiten Weg in die Stadt zurückzukehren. Ein Ruf von ihm würde seine Soldaten den Berg hinaufstürmen lassen. Aber von ihm würde kein Ruf kommen.

Der Mond war in strahlendem Silberglanz aufgegangen, der Himmel zeigte sich in Streifen hellen Nachtblaus zwischen den schwarzen Streifen der Föhren um das Schloß. Blumen von großer und fedriger Art – nie noch hatte er zuvor solche Dinge bemerkt – leuchteten zugleich und wurden vom Mondschein verfärbt und erschienen unbeschreiblich phantastisch, wie sie sich zusammenrotteten, als kröchen sie um die Wurzeln der Bäume herum. Vielleicht war seine Vernunft bereits durch die unnatürliche Gefangenschaft unsicher geworden, die er mit sich herumschleppte, aber in jenem Wald empfand er etwas unergründlich Deutsches – das Märchen. Mit halbem Geiste wußte er, daß er sich dem

Schloß eines Ungeheuers näherte – vergessen hatte er, daß er selbst das Ungeheuer war. Er erinnerte sich, wie er seine Mutter gefragt hatte, ob im alten Park zu Hause Bären hausten. Er bückte sich, um eine Blume zu pflücken, als ob sie ein Zauber gegen Verzauberung sei. Der Stengel war stärker, als er erwartet hatte, und brach mit einem leisen Krachen. Er versuchte, sie sorgsam in seine Schärpe zu stecken, als er den Anruf hörte: ›Wer da?‹ Da erinnerte er sich, daß die Schärpe nicht an ihrem gewöhnlichen Platze war.

Er versuchte zu schreien, und war stumm. Der zweite Anruf kam; und dann ein Schuß, der kreischte, während er herankam, und dann durch den Aufschlag plötzlich verstummte. Otto von Großenmark lag friedlich zwischen den Märchenbäumen und konnte weder mit Gold noch mit Stahl weiteres Unheil anrichten; nur der Silberstift des Mondes griff die komplizierten Verzierungen seiner Uniform auf und zeichnete sie hie und da nach, oder die alten Falten auf seiner Stirne. Möge Gott Erbarmen mit seiner Seele haben.

Der Wachposten, der entsprechend den strikten Befehlen der Garnison gefeuert hatte, kam natürlich herbeigelaufen, um nach Spuren seiner Beute zu suchen. Es war ein Gemeiner namens Schwarte, seither in seinem Beruf nicht unbekannt, und was er fand, war ein kahler Mann in Uniform, dessen Gesicht mit einer Art Maske aus seiner eigenen Offiziersschärpe so bandagiert war, daß nichts als seine offenen toten Augen zu sehen war, die im Mondlicht steinern glitzerten. Die Kugel war durch den Knebel in den Mund eingedrungen; deshalb gab es ein Schußloch in der Schärpe, aber nur einen Schuß. *Zwar* nicht korrekt, aber sehr natürlich riß der junge Schwartz die rätselvolle Seidenmaske ab und schleuderte sie auf den Rasen; und dann erkannte er, wen er niedergestreckt hatte.

Wir können uns der nächsten Phase nicht sicher sein. Aber ich neige dazu anzunehmen, daß es in jenem kleinen Wald trotz des entsetzlichen Anlasses doch noch zu einem Märchen kam. Ob jene junge Dame namens Hedwig zuvor bereits irgend etwas von dem Soldaten wußte, den sie rettete und schließlich heiratete oder ob sie zufällig auf den Zufall stieß und ihre Bekanntschaft in jener Nacht begann, werden wir vermutlich niemals wissen. Aber wir können, glaube ich, wissen, daß diese Hedwig eine Heldin war und es verdiente, einen Mann zu heiraten, der ein Held wurde. Sie tat das Kühne und Kluge. Sie überredete den Wachposten, auf seinen Posten zurückzukehren, wo ihn nichts mit der Katastrophe in Verbindung bringen konnte; er war nur einer der treuesten und ordentlichsten von 50 solcher Posten in Rufweite. Sie blieb bei der Leiche und schlug Alarm; und da gab es nichts, was sie mit der Katastrophe in Verbindung bringen konnte, da sie keine Feuerwaffe hatte und sich auch keine hätte beschaffen können.

Nun«, sagte Father Brown und erhob sich fröhlich, »ich hoffe, daß sie glücklich sind.«

»Wohin gehen Sie?« fragte sein Freund.

»Ich werde mir das Porträt dieses Kämmerers noch einmal ansehen, dieses Arnholds, der seine Brüder verriet«, antwortete der Priester. »Ich möchte wissen, welchen Anteil – ich möchte wissen, ob ein Mann weniger Verräter ist, wenn er zweimal Verräter ist.«

Und lange grübelte er vor dem Porträt eines weißhaarigen Mannes mit schwarzen Augenbrauen und einer rosigen, gemalten Art Lächelns, das der schwarzen Warnung in seinen Augen zu widersprechen schien.

Anmerkungen

DIE ABWESENHEIT VON MR. GLASS
The Absence of Mr. Glass

S. 227: »Scarborough« – Seestadt und Seebad an der nordöstlichen Küste Englands, gegenüber der Doggerbank.

»Tantalus« (im Original steht hier nur das Wort »tantalus«) – so nennt man seit 1898 einen Ständer, in dem sich (üblicherweise drei) Karaffen für Spirituosen befinden, die zwar frei dazustehen scheinen, ihm aber erst entnommen werden können, wenn eine Verriegelung geöffnet wird (von wegen Tantalus-Qualen).

»Chaucer« – Geoffrey Ch. (ca. 1340–1400), englischer Dichter. Sein Hauptwerk sind die *Canterbury Tales*, ein unvollendeter Novellenkranz meist in Reimversen, eine lebendige Sittenschilderung und deftige Satire.

»Shelley« – Percy Bysshe Sh. (1792–1822), englischer Dichter und Dramatiker pantheistischer Religiosität und empörter Streiter wider alle Unterdrückung.

S. 230: »Kew Gardens« – bedeutender botanischer Garten in Richmond, einem westlichen Stadtteil von London.

S. 231: »Tausendundeine Nacht« – die Übersetzung dieser Sammlung ins Englische durch Sir Richard Burton ist zwar nicht unbedingt richtig, aber insofern ein besonderer Genuß, als der Angehörige eines Reitervolkes mit einem immensen equestrischen Wortschatz das Arabische, die Sprache eines Reitervolkes mit einem immensen equestrischen Wortschatz, entsprechend übertragen hat, was insbesondere bei allen die Liebe betreffenden Vorgängen zu im Deutschen nicht nachzuahmenden Hochleistungen präziser Beschreibung führt (aber die arabische Tonalität insgesamt doch verfälscht).

S. 236: »Westend« – damals jener Teil Londons, in dem solcherlei halbseidene Halbwelt zu leben liebte.

S. 240: »Davenport Brothers« – die D.B. waren US-Zirkuskünstler, die als erste 1859 mit dem »indischen Seil- und Sacktrick« auftraten und berühmt wurden.

S. 241: »Mister Glass ... Miste-Glas« – das im Deutschen holprige Wortspiel, das hier nachzuahmen aber unumgänglich ist, klingt im Englischen viel eleganter »Mister Glass ... missed a glass« (hat das Glas nicht gefangen, verpaßt, o. ä.); ein Mistglas hätte es zur Not im Deutschen auch getan, obwohl dann eine der ausgesprochenen Silben fehlte.

DAS PARADIES DER DIEBE
The Paradise of Thieves

S. 242: »schwarzer Umhang ... schwarze Maske ... venezianisches Melodram« – Chesterton spielt hier in knappster Weise auf das große Genre der »Mantel-und-Degen«-Literatur an, auch durch die Wortwahl: »Mantel-und-Degen«, im Englischen »cloak-and-dagger«. Chesterton verwendet »cloak« für Umhang.

»Don Juan« – um Mißverständnissen vorzubeugen: Don Juan ist keineswegs mit Casanova zu verwechseln; der Venezianer liebte alle Frauen, suchte keine und machte daher keine unglücklich – der Spanier suchte *die* Frau, liebte keine und machte alle unglücklich. Daß Chesterton im Folgenden freizügig die Begriffe Gitarre und Mandoline wie Synonyme verwendet, läßt auch hier erkennen, wie nachlässig er mit Details umgeht, die für seine Argumentation nichts Wesentliches enthalten, sondern nur zum »Stimmungsbericht« gehören.

S. 243: »'Arry zu Margate« – (H)Arry (Nebenform zu Henry) ist durch das apostrophierte H ebenso wie durch die Ortsangabe (Stadtteil in London) eindeutig als Typus des Cockney zu erkennen, dem im vorigen Jahrhundert etwa der altberliner Typus Nante Eckensteher entsprach (mit dem Begriff »cockney«, der dem deutschen Hahnenei entspricht, wird seit ca. 1600 in der englischen Literatur der typische Londoner Eingeborene aus kleinen Verhältnissen, mit einer Neigung zum Prahlerischen und scharfem großstädtischem Mutterwitz sowie einem ihm eigentümlichen Slang bezeichnet).

S. 243: »modernster Stahl ... modernste Skulpturen ... modernste Chemie« – im 16. Jh. waren unter den europäischen Raufbolden und Mord-Duellanten vor allem die ausgezeichneten florentinischen Stahldegen beliebt, zu denen in der venezianischen Fechtvariante mit Degen und Dolch noch der bereits erwähnte »dagger« kam (militärische Helden bevorzugten die Klinge aus Toledo); »modernste Skulpturen« schuf etwa Michelangelo; und wiederum aus vorwiegend florentinischen Labors kamen die berühmten Gifte, die z.B. den Borgias, den Medicis und über deren eheliche Bindungen dem französischen Hof (bis hin zur Marquise de Brinvillier) berüchtigte Dienste leisteten (bekannt etwa als »aqua toffana« = toskanisches Wasser, oder »aqua benedetta« = gesegnetes Wasser, da aus seiner Anwendung Segen für den Anwender durch Eliminierung dessen, gegen den es angewendet wurde, entstand).

»Marconi ... D'Annunzio ... Futurist« – Guglielmo Marconi (1874–1937), italienischer Funktechniker, entwickelte ab 1895 die drahtlose Telegraphie. Gabriele D'Annunzio (1863–1938), italienischer Dichter, der sich zu einem heidnischen Sinnen- und Schönheitskult bekannte, in dem er überfeinertes Ästhetentum im Sinne der europäischen Décadence mit üppigstem rhetorischem Pathos verband; 1919/20 verhinderte er als Führer einer reichlich romantischen Freischärlertruppe die Internationalisierung des Hafens Fiume, in dem er einen Stadtstaat nach eigenen Vorstellungen verwirklichen wollte; 1924 wurde er (nicht grundlos) vom »Duce« Mussolini zum Principe di Montenevoso, also in den höchsten Adelsstand, erhoben. 1909 begründete der italienische Schriftsteller F.T. Marinetti durch das »Manifeste futurista« eine literarische, künstlerische und politische Bewegung, den Futurismus, der für eine völlige Erneuerung Italiens durch Loslösung von allen Überlieferungen eintrat, Kampf und Gefahr, Technik, Geschwindigkeit und Krieg verherrlichte, in ganz Europa Widerhall fand, und für viele Leitgedanken des späteren Faschismus Ideenlieferant wurde.

S. 246: »Wandsworth« – vormals eine Gemeinde südlich von London, heute Stadtteil von Groß-London.

S. 248: »Snowdon ... Glencoe« – der »Snowdon« (auf walisisch Eryri) ist mit 1185 m der höchste Gipfel des walisischen Zentralmassivs; »Glencoe« ist ein Tal im Westen Schottlands in der Grafschaft Argyle, die angebliche Heimat des erfundenen Dichters Ossian, in dem in der Wirklichkeit im Februar 1692 der Clan der MacDonald vom Clan der Campbell massakriert wurde.

S. 248: »Beachy Head« – ein liebliches Kap in Sussex am Ärmelkanal.

S. 251: »Cato« – Marcus Porcius C. der Jüngere war ein erbitterter Gegner Caesars, von dem er die Zerstörung des alten Rom erwartete, und gab sich 46 v. Chr. nach Caesars Sieg bei Thapsus in Utica selbst den Tod.

S. 253: »agnostisch« – die Lehre des Agnostizismus vertritt die Auffassung, daß man über das, was jenseits der realen Welt liege (das absolute Sein, Gott o. ä.), nichts wissen könne und daher Fragen nach deren wahrem Sein zu unterlassen habe bzw. unentschieden lassen müsse.

S. 259: »Ich gehe nach Manchester, Liverpool ...« – Namen der damals wichtigsten und im Sinne des Manchester-Liberalismus »fortschrittlichsten« Industriestädte.

DAS DUELL DES DR. HIRSCH
The Duel of Dr. Hirsch

S. 261: »Position Darwins ... Position Tolstois« – Charles D. (1809–1882), englischer Naturforscher, der aufgrund eigener Forschungen und unter dem Einfluß von Malthus' Bevölkerungslehre die bis dahin geltende Anschauung von der Unveränderlichkeit der Arten aufgab und zur Abstammungslehre fand, deren Hauptthese die Selektionstheorie ist, wonach in der Natur diejenigen Individuen einer Art grundlegende Veränderungen der Lebensbedingungen überleben, die sich als die Geeignetsten erweisen: »survival of the rittest« bedeutet also keineswegs das »Überleben des Stärksten«. Lew Nikolajewitsch T. (1828–1910), russischer Graf und Dichter, typischer Vertreter des psychologischen Realismus, von sinnenfroher Erdgebundenheit bei gleichzeitiger intensivster Suche nach ethisch-religiösen Wahrheiten, kam bei seiner Bemühung um eine Art Rekonstruktion des Urchristentums u. a. zu der Überlegung vom »Nichtwiderstehen dem Bösen« und angesichts der konstitutiven Verlogenheit der abendländischen Gesellschaftsordnungen und -theorien zu einer Art Kulturnihilismus.

»Elysée« – der Palast des Präsidenten der französischen Republik zu Paris an der ehemaligen Prachtstraße Champs Elysees.

S. 262: »Fall Dreyfus« – Alfred D. (1859–1935), französischer Offizier jüdischer Abstammung aus dem Elsaß, wurde 1894 wegen angeblichen Verrats an die Deutschen verurteilt, wobei bereits zum Zeitpunkt der Verurteilung klar war, daß Dreyfus den Verrat nicht begangen hatte; er wurde aus antisemitischen und nationalistischen Gründen zur höheren Ehre der Armee, die sich nie irren konnte, und der ihr verbundenen Politiker geopfert. Seine Rehabilitierung erzwang u. a. Emile Zola; dies währte von 1899 bis 1906. Der Fall Dreyfus führte u. a. zur Vereinigung der französischen Linken, die im Kampf gegen die katholische Kirche, in der sie die Hauptstütze der nationalistischen Rechten sah, die Trennung von Staat und Kirche durchsetzen konnte (1901–1905).

»Absinth« – ein aus der Wermutwurzel hergestelltes Destillat in Likörform, das wegen seiner überaus hohen Toxizität bereits vor dem 1. Weltkrieg in Europa verboten wurde.

S. 263: »Camille Desmoulins« – Canaille D. (1760–1794), französischer Revolutionär, der den Sturm auf die Bastille anführte, zu Danton hielt, daher zum Gegner Robespierres wurde und von diesem gemeinsam mit Danton unter die Guillotine geschickt wurde.

S. 265: »Clemenceau und Déroulède« – Georges C. (1841–1929), französischer Arzt und Politiker, Führer der Radikalen, glühender Deutschlandhasser, der bei den Verhandlungen zu Versailles 1919 seine Gewaltpolitik durchsetzen konnte; als Ministerpräsident hatte er 1906/9 die Trennung von Staat und Kirche verwirklicht. Paul D. (1846–1914), französischer Dichter und Politiker, war führend in der Revanche-Bewegung gegen Deutschland, gründete 1882 die Patriotenliga, spielte im Prozeß Dreyfus eine entsprechende Rolle, versuchte

1899 einen Staatsstreich im Sinne des Revanchismus, wurde aus Frankreich verbannt, aber 1905 begnadigt.

»Brätlinge« – engl. »whitebait« = der weiße Breitling oder Bratling (clupeaalba), zu den Weißfischen gehörend.

»Epikureer« – Epikur (341–271 v. Chr.), griechischer Philosoph, betrachtete die sinnliche Wahrnehmung als Maßstab der Wahrheit, sah aber nicht in grober Sinnlichkeit die wahre Glückseligkeit, sondern lehrte, diese sei nur durch weise Abwägung des Genusses, durch Selbstbeherrschung, Tugend und Gerechtigkeit erreichbar; Kern seiner Lehre ist die Ethik, deren Ziel es ist, durch richtiges Denken zu einem glückseligen Leben zu finden; seine Anhänger sind die Epikureer.

S. 266: »Tatsächlich steht der Aktenschrank ...« – diese Wiedergabe widerspricht dem Text der Notiz auf S. 263; entweder hat sich Flambeau in der Aufregung geirrt, oder hier liegt (sehr viel wahrscheinlicher) ein Irrtum Chestertons vor, da es ihn gelangweilt haben dürfte, die Details der Erzählung noch einmal zu kontrollieren; dementsprechend sind auch die anderen Einzelheiten des Berichts von Flambeau nur bedingt mit dem Text der genannten Notiz identisch.

S. 268: »Cencioder Borgia« – die Cenci waren eine alte römische Familie, die sich auf den Konsul des 5. Jh. Crescentius oder Centius aus Nomentum zurückführte; sie wurde berühmt durch Reichtum, Macht und stetigen Widerstand gegen die Päpste (1062 unterstützte sie den Gegenpapst Kadalus, 1075 wollte ein Cenci Papst Gregor VII. ermorden, im 12. Jh. ließ Papst Kalixt II. die Wohn- und Machttürme der Cenci in Rom schleifen); im l6. Jh. wurde die Familie erneut berüchtigt durch die Taten und Untaten der Sippe Francescos, die zu wilden Legendenbildungen und sehr realen Konsequenzen führten: Als seine zweite Frau in Konspiration mit einigen Kindern aus seiner ersten Ehe Francesco 1598 durch Mietsmeuchelmörder umbringen ließ, führte das zu Verfahren, die teilweise in Exekutionen endeten; 1605 erlosch die Familie, die als einzige den Borgias Konkurrenz machen konnte. Die Borgias waren ein spanisches Adelsgeschlecht, das im 15. Jh. nach Italien kam, zwei Päpste stellte (Kalixt III. und seinen Neffen Alexander VI.), die rücksichtslosesten Gewaltmenschen der italienischen Renaissance hervorbrachte, durch Meuchelmord (u. a. mit Hilfe des oben zu S. 243 erläuterten »aqua toffana«) groß und berüchtigt und durch hemmungslose Sinnenlust vielfältig wurde (bekannt wurden hier vor allem Cesare und Lucrezia, die Kinder des Papstes Alexanders VI.); Francesco B., Urenkel Alexanders VI., Herzog von Gandia, verzichtete auf Gandia, wurde 1565 3. General der Societas Iesu, später heiliggesprochen.

S. 270: »sur le terrain« – französisch = auf dem Feld (der Ehre), also dem Duellplatz.

S. 272: »gamins« – französisch = Straßenjungens.

S. 272: »Mein Gott« – auf französisch »Mon Dieu«.

S. 273: »Henry James« – Henry J. (1843–1916), bedeutender US-Schriftsteller in deutlich europäischen Traditionen, der sich immer wieder mit den schicksalhaften Verstrickungen des Menschen in die ihm von Familie, Umwelt und Gesellschaft oktroyierten Denk- und Verhaltensmustern befaßte und besonders einfühlsam vor dem Leben Zurückschreckende oder von ihm Ausgeschlossene behandelte. Father Browns knappe und vage Paraphrase läßt sich am ehesten noch auf die Erzählung *The Beast in the Jungle (Das Tier im Dschungel)* beziehen, die 1903 erschienen ist (deutsch 1958 und 1959).

»Heroldstab ... und ... Trompete« – die Signale beim mittelalterlichen Ritterturnier zur Eröffnung des Zweikampfes.

DER MANN IN DER PASSAGE
The Alan in the Passage

S. 276: »Adelphi« – 1768 errichtete der Architekt Robert Adam (1728–1792) zusammen mit seinen Brüdern unmittelbar auf einem Steilufer der Themse im heutigen Zentrum Londons einen riesigen Gebäudekomplex mit Theater, den er zur Erinnerung an das Mitwirken der Brüder nach dem griechischen Wort »adelphoi« = die Brüder eben Adelphi nannte.

S. 277: »Frage der Edelmetallwährung für das Größere Britannien« – im Original »the project of bimetallism for Greater Britain«: mit »bimetallism« bezeichnete man seit 1876 Überlegungen, den uneingeschränkten Umlauf von Gold- und Silbermünzen bei fixiertem Wertverhältnis zueinander zur Währungsgrundlage zu machen, und zwar nicht nur in Großbritannien selbst, sondern auch im Bereich des Größeren Britannien, nämlich in zusätzlichen Teilen des Empire; doch wurde man sich über beide Teile des Projekts nie einig, das dementsprechend auch nie realisiert wurde.

»Velazquez« – Diego de Silva V. (1599–1660), spanischer Maler, ab 1623 Hofmaler zu Madrid, schuf in der »Übergabe von Breda« eines der bedeutendsten Geschichtsbilder der europäischen Malerei insgesamt.

S. 277: »Chaucer« – siehe Anmerkung zu S. 227; der Müller ist eine der Gestalten aus den Canterbury Tales.

»Behrboom« – (Sir) Henry Maximilian B. (1872–1956), englischer Kritiker, Essayist, Karikaturist und Romanautor *(Zuleika Dobson,* 1911); eng befreundet mit Audrey Beardsley, keiner besonderen Schule zuzurechnen.

»Euklid« – griechischer Mathematiker um 300 v. Chr., lehrte in Alexandrien und faßte das mathematische und vor allem geometrische Wissen seiner Zeit sowie seine eigenen Weiterentwicklungen in dem Werk *Die Elemente* zusammen, von denen noch 13 Bücher überliefert sind; bis heute bekannt ist die von ihm entwickelte »euklidische Geometrie«, deren Allgemeingültigkeit erst Ende des 18. Jh. widerlegt wurde: nichteuklidische Geometrie.

»... und dem großen Marsch durch China« – diese Anspielungen könnten sich noch am ehesten auf Vorgänge während des Taiping-Aufstandes in China bzw. den Boxeraufstand (1900) beziehen.

»Nelson« – Horatio N. (1758–1805), britischer Admiral, der die britische Seeherrschaft durch den Sieg über Napoleons Flotte bei Abukir und den bei Trafalgar (bei dem er fiel) sicherte und so den Sieg Napoleons über England verhinderte; die vielleicht bedeutendste Einzelleistung im Kampf Europas gegen Napoleons Herrschaftsgier.

S. 279: »Theseus und Hippolyte« – Theseus war nach der griechischen Sage ein Sohn von Ägeus, dem König von Athen, tötete mit Hilfe Ariadnes und ihres Fadens den Minotauros im Labyrinth zu Knossos auf Kreta und war zuletzt mit der Amazonenkönigin Antiope verheiratet, die auch Hippolyte hieß, weshalb beider Sohn den Namen Hippolytos erhielt; seit dem 5. Jh. v. Chr. athenischer Nationalheld.

»amerikanische Vermutungen« – Chesterton gebraucht das Wort amerikanisch meist wie allgemein üblich falsch, nämlich ausschließlich im Sinne eines Adjektivs zu USA, obwohl die USA nur ein kleiner Teil Amerikas zwischen der Nordspitze Alaskas und der Südspitze Feuerlands sind.

S. 283: »Charing Cross« – wichtiger Platz, Metrostation usw. in London; König Heinrich II. Plantagenet von England (herrschte 1154 bis 1189) ließ nach dem Tode seiner Frau, der Königin Eleonore von Aquitanien, trotz äußerst unerfreulicher Eheverhältnisse an jeder Stelle, an der ihr Trauerzug Halt machte, ein Gedenkkreuz errichten: das bekannteste ist Charing Cross.

S. 286: »Anwälte« – da die Terminologie der britischen Rechtspflege äußerst kompliziert ist und hier zum Verständnis nicht unbedingt nötig, habe ich versucht, mir durch deutschen Verhältnissen angepaßte Begriffe zu helfen; der Richter z.B. wird als »Your Lordship« angesprochen, hier »Euer Ehren« bzw. »Hoher Gerichtshof«.
»Flaneur« – französisch = Bummler, Müßiggänger usw.; um die Jahrhundertwende geradezu ein Typus der guten Gesellschaft.

DER FEHLER DER MASCHINE
The Mistake of the Machine

S. 293: »Temple Gardens« – Parkanlage beim Middle und Inner Temple in London, zwei Gebäuden, die auf dem Platz stehen, auf dem einst die Baulichkeiten des Ordens der Tempelherren/Ritter sich erhoben (sie wurden 1313 enteignet; seither als Ort der wichtigsten Rechtsschulen Zentrum der englischen Jurisprudenz).
»Amerika« – vgl. Anmerkung zu S. 279.
»frühes dunkles Mittelalter« – die »Dark Ages« = dunkle Jahrhunderte (da nach traditioneller Lehrmeinung kaum durch zuverlässige Geschichtsdokumente aufgehellt) bezeichnen im englischen Sprachgebrauch die Jahrhunderte des frühen Mittelalters bis zum Beginn der Kreuzzüge.
»Yankee« – ein in seiner Herkunft und Urbedeutung bis heute ungeklärter Ausdruck, der ab 1683 mit zunächst niederländischen Assoziationen belegt ist (also vielleicht die Anglisierung eines niederländischen Janke als spöttischherabsetzendes Diminutiv zu Jan: ergo etwa Hänschen); ab 1758 als Spitzname zunächst für Neuengland-Bewohner, dann für solche der Nordstaaten überhaupt (während des US-Bürgerkrieges allgemeine herabsetzende Bezeichnung des Südens für die Nordstaatensoldaten), ab 1784 in England für alle US-Einwohner (als die natürlich nur weiße protestantische Menschen galten); seit 1781 zunehmend auch Charakterkennzeichnung mit den Bedeutungen Schläue, pfiffige Hinterlist, kaltes Profitkalkül usw.
S. 293: »Harvey« – William H. (1578–1657), englischer Arzt und Leibarzt König Charles I.; entdeckte den großen Blutkreislauf und lehrte, daß alles Lebendige aus dem Ei stamme.
»das andere Ende des Stockes« – Bundespräsident Gustav Heinemann pflegte zu sagen, wer mit dem Finger auf andere weise, weise zugleich mit mindestens drei Fingern auf sich selbst.
S. 295: »Republik« – gemeint ist die Republik der United States.
S. 296: »Sequah in diesem Staat« – der Staat ist Illinois; ein Ort Sequah war bisher nicht zu finden (was zwar alles völlig belanglos ist, aber zugunsten der Idee eines ordentlichen Anmerkungsapparates nicht unterschlagen werden darf).
S. 296: »sagte der Direktor« – wieder ein Beispiel für Chestertons Nachlässigkeit: oben S. 294 heißt es noch, er sei der ranghöchste Beamte nach dem Direktor.
S. 297: »kurz geschnitten« – damals schor man Gefangenen grundsätzlich das Haar kurz: aus hygienischen Gründen (Läuse) wie aus ideologischen (nur der freie Mann hat das Recht auf wallendes Haar – vgl. Allongeperücke gegen Kurzzopf der Diener –, dem striktestem Gehorsam Unterworfenen ist der Verlust der Selbständigkeit durch Haarscherung zu demonstrieren, und zugleich ist er so den anderen kenntlich zu machen: vgl. die Scherung Samsons durch seine Ehefrau, die von Kollaborateusen vor allem in Frankreich, den »crew cut« bei der US-Army und die Schafschur).
S. 298: »er begann die Nachricht zu bedauern ...« – im Original der vorliegenden Ausgabe »he began to repent the coat he had left behind him in the blood of the victim« = er begann zu bereuen, daß er dem Rock/Mantel im Blut seines Opfers zurückgelassen hatte: Das

macht so keinen Sinn, da dem Vorbericht zufolge kein Rock/Mantel im Blut des Opfers zurückgelassen wurde. Entweder ist hier der Text verderbt, oder es liegt wieder eine der Nachlässigkeiten Chestertons vor. Die Übertragung folgt der Überlegung, daß man die blutige Nachricht an der Wand als eine Art Visitenkarte, als eine Art »coat of arms« = Wappen verstehen könnte, daß also hier mit dem zurückgelassenen »coat« das Wappen als Nachricht gemeint sein könnte (wenngleich in einer an sich unverständlichen Konstruktion; oder sollte Chesterton ursprünglich an »code« = verschlüsselte Nachricht gedacht haben?).

S. 301: »Erzbischof von Canterbury« – gemeint ist hier nicht der katholische, sondern der anglikanische Primas der Kirche von England, der auch in Canterbury residiert.

S. 302: »kühl wie eine Gurke« – »cool as a cucumber« wird gewöhnlich mit »kalt wie eine Hundeschnauze« übersetzt (wenn es nicht zu »kühl wie ein Kürbis« verstabreimt wird); nun ist die Kühle etwa einer Scheibe Schlangengurke ausreichend bekannt, die kalte Hundeschnauze aber wesentlich vulgärer, weshalb hier die kühle Gurke belassen wird (obwohl Kürbis dem Stabreim zuträglicher gewesen wäre).

S. 308: »Panhard« – französisches Luxusmobil der Zeit; einfache Ausgaben hatten lange ein Chassis in Bootsform.

DER KOPF CAESARS
The Head of Caesar

S. 309: »Brompton oder Kensington«, später noch Putney – Vorstädte bzw. Stadtteile Londons.

S. 310: »Sela« – musikalische Angabe in den hebräischen Psalmen, also dem Psalter des AT; wohl Aufforderung zu einem jubelnden Zwischenruf der Gemeinde o. ä.; volkstümlich früher verwendet im Sinne von punktum, ebenfalls früher verwendet im Sinne von basta (italienisch = genug!). »Ales« = Biere.

S. 312: »Kinderlied ... krummer Mann« – das Kinderlied heißt:

There was a crooked man,	Da war ein krummer Mann,
And he walked a crooked Mile,	Der wanderte eine krumme Meile,
He found a crooked sixpence	Er fand einen krummen Groschen
Against a crooked Stile;	An einem krummen Zauntritt;
He bought a crooked cat,	Er kaufte eine krumme Katze,
Which caught a crooked mouse,	Die fing eine krumme Maus,
And they all lived together	Und sie lebten alle zusammen
In a little crooked house.	In einem kleinen krummen Haus.

(Text nach »The Oxford Nursery Rhyme Book«, London 1984). Der Text erlebte Anfang der 60er eine neue internationale Karriere, als ihn u. a. die Serendipity Singers als »Volkslied« weltweit berühmt machten. »noblesse oblige« – französisch = Adel verpflichtet.

S. 317: »der Mann im Märchen« – das spielt vermutlich auf eines der zahlreichen irischen Lügenmärchen an, in denen es darum geht, wer irgend etwas schneller, größer, besser usw. kann.

S. 318: »Wagga Wagga, Mafeking ...« – Das Haus hat seinen Namen Wagga Wagga vom australischen Ortsnamen Wagga Wagga am Ufer des Murrumbidgee River westlich von Canberra; Mafeking: der Straßenname kommt von der Stadt Mafeking, damals Distriktsstadt in der südafrikanischen Kapprovinz und Verwaltungssitz des Protektorats Bechuanaland, vormals Hauptstadt des Zulureiches; aus Bechuanaland wurde Botswana, aus Mafeking Gaborone.

DIE PURPURNE PERÜCKE
The Purple Wig

S. 325: »Druckfehler« – sind wie englische »misprints«, aber anders als französische »fautes de coquille« in Wirklichkeit keine »Druck«-, sondern Setzfehler; wirkliche Druckfehler sind äußerst selten; zutreffend wäre der Begriff dann, wenn man ihn als »gedruckte Fehler« begriffe; die Schuld des (der) Verursacher liegt hier also nicht bei den Druckern, sondern bei den Setzern, Korrektoren und Lektoren (allerlei Geschlechts).

»Fahne« – bis in die 70er Jahre war es üblich, daß der von den Setzern produzierte Satz zunächst auf langen Papierstreifen (von etwa der dreifachen Höhe einer normalen Buchseite) zu Korrekturzwecken abgezogen wurde: den (Korrektur-)Fahnen. Und in alten Zeitungsverlagen war es normalerweise so, daß die Redaktion sich in einer Etage unterhalb der Setzerei befand, weshalb die korrigierten Fahnen zur Korrektur dann eben »hoch«geschickt werden mußten.

S. 326: »James I.« – Sohn Maria Stuarts und Lord Darnleys; König Großbritanniens (1603–1625), stützte sich besonders auf die anglikanische Hochkirche gegen die Presbyterianer, versuchte die Aussöhnung zwischen Katholiken und Anglikanern, vereitelte 1605 die Pulververschwörung von Guy Fawkes, der für die englischen Katholiken König und Parlament in die Luft sprengen wollte, und wurde – wie alle umstrittenen Herrscher – Zentrum reicher Legenden sowohl im Bereich seiner Anhänger (positiv) wie seiner Gegner (negativ).

»Agnostiker« – sind immer wieder Thema Chestertons, was seine intensive Beschäftigung mit dem Thema belegt; vgl. Anmerkung zu S. 253.

S. 326: »Kavaliere« – Wortsinn »Ritter«; im Englischen besonders die Anhänger von Charles I. (1625–1649), dem vielleicht gebildetsten und kunstsinnigsten Monarch auf Großbritanniens Königsthron; auch er suchte die Versöhnung zwischen Anglikanern und Rom; wurde aber aus den beiden Gründen zumindest von den schottischen Presbyterianern an das englische Parlament unter dem Diktator Cromwell ausgeliefert und 1649 enthauptet.

S. 328: »Apfelwein« – im Original »cidre«; der Begriff »cidre« ist ebenso vielfältig wie Wein und keinesfalls mit dem berühmt/berüchtigten Frankfurter Apfelwein (Äppelwoi) in eins zu denken; guter Devonshirer Cidre steht keinem moussierenden Traubenwein nach.

S. 332: »Elisha« – im 2. Buch der Könige im AT heißt es II, 23, daß als Elisha (Elisa) den Weg nach Bethel hinaufzog, Knaben aus der Stadt ihn ob seiner Kahlköpfigkeit verspotteten.

S. 334: »König Midas« – nicht nur der sprichwörtlich noch bekannte phrygische König, den das Glück so begünstigte, daß alles, was er anfaßte, zu Gold wurde, sondern auch der darob so hochmütig geworden, daß ihn Gott Apoll strafte, indem er ihm aus gegebenem Anlaß (wer Gold macht, kann – dachte er – auch die Qualität göttlicher Musik kritisch beurteilen) Eselsohren wachsen ließ.

S. 335: »Todesfee« – im Original »banshee«: Fee aus der irischen Mythologie, die Todesfälle vorverkündet.

DER UNTERGANG DES PENDRAGONS
The Perishing of the Pendragons

S. 340: »Pendragon ... Flambeau ... Merlin« – eine genaue Untersuchung der Chestertonschen Namengebung könnte sicherlich höchst reizvolle Aufschlüsse über seine Assoziationen und Vorstellungen liefern. Der Name des französischen Freundes unseres Fathers, Flambeau, bedeutet z. B. auch »Fackel, Wachsfackel, Armleuchter, Hängeleuchter« usw., und angesichts des Berufs von Brown wird es zulässig sein, an die Kerzenhalter am Altar zu denken und an das Licht, das ihre Kerzen den Vollzügen des Priesters spenden. Pendragon setzt sich zusammen aus dem Walisischen bzw. Kornischen »pen« = Haupt, Oberhaupt und »dragon« – draco, Drache (Wales ist neben China das einzige Land, das den Drachen in der Flagge führt); seit spätestens 1470 belegt als Bezeichnung für einen Anführer im Kriege; der Titel findet sich erstmals in der Dichtung von Sir Thomas Malory (1408–1471), der in »La Mort D'Arthur« (Der Tod Arthurs) schrieb: »Es geschah zu den Zeiten von Uther Pendragon, als er König von ganz England war.« Seither verwendet man das Wort einerseits als Bezeichnung für altenglische oder altwalisische Prinzen und Fürsten, die Anspruch auf die oberste Herrschaft erheben; bezeichnet aber zugleich in der Legendendichtung damit auch jenen König, eben Uther Pendragon, dessen Nachfolger Arthur wird, den der Weise und Zauberer Merlin berät, bis Arthur in der Gestalt und Idee des Königs Artus verschwindet.

S. 341: »Drake« – Sir Francis D. (ca. 1540–1596, gefallen), englischer Seeheld, der sich auf Seeräuberzügen und Kriegsfahrten gegen Spanien, nicht immer im Rahmen der Gesetze, große Verdienste um die elisabethanische England erwarb; er führte 1585 in England die Kartoffel ein und bekämpfte im Kanal 1588 die Armada.

»Westward Ho!« = Auf nach Westen!

S. 343: »Raleigh und Hawkins« – Sir Walter R. (ca. 1552–1618, hingerichtet), englischer Seeheld wie Drake, dessen sich Jakob I. entledigte, als R. vor Guyana gescheitert war, um seinen Frieden mit den Spaniern zu machen; R. war hochgebildet, schrieb Gedichte, politische und volkswirtschaftliche Schriften und eine Weltgeschichte.

Sir John Hawkins (1520–1595) gehörte ebenfalls zu den von England als Seehelden verehrten erfolgreichen Bekämpfern der spanischen Seemacht.

S. 344: »spanische Karibik« – im Original »Spanish Main«, womit das Gebiet gemeint ist, das damals rund um die Karibik in spanischer Hand war: Mittelamerika, der nördliche Teil Südamerikas, der südliche Teil der nachmaligen USA und selbstverständlich auch die Inseln in der Karibik.

S. 347: »Nelson« – ein weiterer britischer Seeheld, siehe Anmerkung zu S. 277.

S. 347: »die goldenen Äpfel der Hesperiden« – in der griechischen Mythologie hatte Herkules als eine seiner 12 Arbeiten die goldenen Äpfel der H. zu beschaffen, die diese im äußersten Westen der antiken Welt behüteten (manche wollen sie auf den Azoren lokalisieren); wer sie aber aß, dem brachten sie Unsterblichkeit.

S. 350: »Tritonen« – Meeresgötter in der griechischen Mythologie; zum Gefolge Poseidons gehörend.

»Kanarienvögel« – im Englischen »Canary«, was sowohl Kanarienvögel als auch Kanarische Inseln bedeuten kann.

S. 354: »George Herbert« – George H. (1593–1633), englischer Dichter, dessen Hymnen vorwiegend zu Kirchenliedern wurden.

DER GOTT DER GONGS
The God of the Gongs

S. 360: »den anderen alten Plätzen« – gemeint sind die alten, von der Gesellschaft längst anerkannten Seebäder, im Gegensatz zu den neuen Bädern, die aus Spekulationen zu erwachsen begannen.

S. 362: »klerikaler Hut ... ohne ein klerikales Haupt darinnen« – hier läßt sich sehr schön erkennen, wie Chestertons Lust am Spiel mit Worten ihn immer wieder fortreißt: die völlig überflüssige und nicht einmal sonderlich witzige Bemerkung, daß der klerikale Hut ohne ein klerikales Haupt darinnen liegen blieb, entstand wohl ausschließlich aus dem fast identischen Klang der englischen Begriffe »clerical hat« und »clerical head«.

S. 365: »Cakewalk« – ursprünglich ein grotesker Wett-Tanz der Negersklaven in Nordamerika, bei denen der Sieger als Preis einen Kuchen, den »cake«, überreicht bekam; er kam dann um 1900 in stilisierter Form als Gesellschaftstanz nach Europa.

S. 367: »wie einst Samson das Stadttor von Gaza« – die Geschichte Samsons oder Simsons wird im Alten Testament, Buch der Richter, XIII–XVI, berichtet, die Geschichte seines Besuchs zu Gaza und seines Endes speziell im Kapitel XVI. »Anchises« war der lateinischen Sage zufolge der Vater von Aeneas, den dieser auf seinen Schultern aus dem brennenden Troja trug.

S. 373: »Oktoron« – Mischling von Quadronen und Weißen, also ein Achtelblut, da Quadronen Mischlinge von Halbblut und Weißen sind, also Viertelblut.

S. 374: »Basilisk« – das griechische Wort bedeutet »kleiner König« und bedeutet nach der antiken Legende ein Fabelwesen, dessen Blick tötet.

»der Schwarze Mann« – seit ca. 1590 ist »the black man« in Schottland als Umschreibung für den Teufel geläufig.

DER SALAT VON OBERST CRAY
The Salad of Colonel Cray

S. 376: »angloindischer Major« – im Original »Anglo-Indian«; bezeichnet im deutschen Sprachgebrauch einen Mischling aus englischen und indischen Eltern, während hier ein Engländer gemeint ist, der im Dienste des angloindischen Imperiums in Indien gedient hat.

S. 378: »Paradoxon« – üblicherweise als »Widerspruch in sich« verstanden, in Wirklichkeit einen Schein-Widerspruch meinend, also einen, der durchaus auflösbar ist.

S. 379: »Dickens« – Charles D. (1812–1870), englischer Erzähler, der als erster eine neue Welt literarisch erschloß: die der kleinen Leute, der von der Gesellschaft stiefmütterlich Behandelten, die er liebevoll und mit groteskem Humor vorstellte, wobei er zugleich scharfe Kritik an den gesellschaftlichen Gegebenheiten übte; der Begründer des Sozialromans.

»Kummerbund« – aus dem Urdu »kamar-band« = Band um die Nieren: schärpenähnlich um die Hüften gelegtes Seidentuch; dient heute als Bezeichnung für ähnliches, das zum Smoking o. dgl. anstelle einer Weste getragen wird.

S. 380: »Euphemismus« – beschönigende Umschreibung für einen sehr viel häßlicheren Tatbestand.

S. 380: »von tizianischer Fülle« – Tiziano Vecellio (ca. 1476–1576), italienischer Maler, der in seiner monumentalen Mittelphase lebensvolle pralle Menschendarstellung und Farbenpracht mit stark bewegter Komposition verband, ehe er in seiner Altersphase ab 1550 aus tief durchgeistigter Gelöstheit bei ungeminderter Kraft zu geheimnisvoll aus dem Dunkel aufleuchtenden Farben fand.

»Gourmet« – französisch = Feinschmecker; oft wird der Gourmand fälschlich als »Vielfraß« und maßloses Gegenstück zum maßvollen Gourmet dargestellt, obwohl Gourmand viel eher das Leckermäulchen ist; man könnte den Gourmet richtiger als den asketischen, den Gourmand als den wollüstigen Feinschmecker definieren (Anhänger der inzwischen wieder veralteten Nouvelle Cuisine wäre auch ein Gourmet nur bedingt und unter großen Vorbehalten gewesen).

S. 382: »Trichinepoli« – Name einer Stadt und eines Distriktes im damaligen Regierungsbezirk Madras (südöstlicher Dekkan in Indien und Hauptstadt des gleichnamigen Gebietes), durch bei Kolonialbeamten und -offizieren besonders beliebte Zigarren feinster Qualität berühmt.

»zusätzliches Glied« – heute übliche Assoziationen sind im chestertonschen Kontext absolut abwegig, wie abwegig auch immer das heute erscheinen mag.

S. 385: »Kannibalen-Inseln« – das englische »Cannibal Islands« ist so wörtlich übersetzt; gemeint sind die Karibischen Inseln. Das Wort »Kannibale/Cannibals« o. ä. ist vom spanischen »cannibales« abgeleitet, das wiederum aus »caribales« entstand und ursprünglich die Kariben bezeichnete, die von Spanien ausgemordeten Ureinwohner der Karibischen Inseln; die Selbstbezeichnung »caribe« bedeutete »die Tapferen, die Mutigen« und bezog sich ursprünglich nur auf die Kriegerkaste. Da die Kariben rituellen Verzehr von Menschenfleisch kannten und betrieben, wurde ihr Name zum Synonym für Menschenfresser. Hier mußte die Bezeichnung Kannibalen-Inseln statt der richtigeren Karibischen Inseln beibehalten werden, da sonst das Wortspiel Father Browns im nächsten Satz unverständlich bliebe.

S. 386: »Curry-Reisspeisen« – im Original »kedgerees of curries«; Gerichte dieser Art haben nichts mit der sogenannten Reistafel Indonesiens zu tun. »Kedgeree« ist die Verenglischung des Hindi-Wortes »khichri« aus dem Sanskrit »krsara« = Speise aus Reis und Sesam; in angloindischen Zeiten ein indisches Gericht aus gekochtem Reis mit geschälten Hülsenfrüchten (Erbsen, Bohnen, Linsen o. ä.), Zwiebeln, Eiern, Butter und Gewürzen (vereuropäisiert auch aus kaltem Fisch, gekochtem Reis, Eiern und Gewürzen angerichtet und ebenfalls heiß serviert); »curry« ist eine scharfe Mischung aus Gewürzpflanzen. Da beide Herren »Angloinder« sind, darf man wohl annehmen, daß sie die indische Speise genossen, wobei die unterschiedlichen Gänge vor allem durch unterschiedliche Gewürzmischungen auf Curry-Basis entstanden, zu denen dann die entsprechenden Weine auszuwählen bzw. zu servieren waren.

»Senfpflaster« – aus Senfmehl angerichtetes Hausmittel mit hautreizendem Effekt zur Verbesserung der Durchblutung.

»Essig und braunes Papier« – braunes Papier war ein mit Teerextrakten durchtränktes Packpapier; zusammen mit Essig ergab es ein weiteres Hausmittel gegen Quetschungen.

S. 387: »ein Gewürzständer enthält auch Predigten« – da nach den zahlreichen erfolgreichen Schul- und Bildungsreformen nicht mehr vorausgesetzt werden kann, daß dem Leser die Grundbestandteile abendländischer Bildung ebenso geläufig sind, wie Chesterton das für seine Leser als selbstverständlich voraussetzen konnte, seien die folgenden Beispiele kurz erläutert: Senfkorn – im Neuen Testament ist bei Markus IV, 31 nachzulesen, daß das Senfkorn unter allen Samenkörnern das kleinste ist, aber (wie der Glaube) auf gutem Boden zu zweigreicher Größe heranwächst; Öl – im NT ist bei Lukas X, 30–34 nachzulesen, daß ein Mann aus Samaria einen aus Jerusalem am Wegesrand fand, den die Räuber übel zugerichtet hatten, und er pflegte ihn (obwohl zwischen beiden Religionsfeindschaft bestand) und goß ihm schmerzlindernd Öl (teuer und kostbar) in seine Wunden; Essig – im NT ist bei Markus V, 34–36 nachzulesen, daß als Jesus am Kreuze hing und der Himmel sich verfinsterte, ein Soldat einen Essigschwamm an seine Lanze tat und Jesu an den Mund führte (um ihm Erleichterung zu verschaffen).

DAS EIGENTÜMLICHE VERBRECHEN VON JOHN BOULNOIS
The Strange Crime of John Boulnois

S. 389: »amerikanisch« – hierzu siehe die Anmerkung zu S. 279.

»William James« – William J. (1842–1910), der ältere Bruder von Henry J. (siehe Anmerkung zu S. 273), New Yorker Psychologe und Philosophie-Professor.

»Weary Willie« = »müder Willy«, vermutlich erfundener (oder wirklicher) Spitzname eines damals populären (oder als solcher erfundenen) Boxers, was jedenfalls der Kontext nahelegt.

»Pugilisten« – wörtlich Faustkämpfer, also Boxer; hier wurde das altmodische Wort stehen gelassen, um den vierfachen Stabreim Chestertons auf P beibehalten zu können.

S. 389: »Katastrophismus« – englisch »catastrophism«: 1869 entstand unter diesem Namen tatsächlich eine Theorie, daß bestimmte geologische und biologische Phänomene durch Katastrophen oder plötzliche und gewaltsame Veränderungen der Natur hervorgerufen worden seien; die Theorie entstand im Umfeld der Auseinandersetzungen mit den Lehren Darwins; »a catastrophist« war/ist einer, der dieser Theorie anhängt.

»Cumnor« – Dorf und Hügel ca. 10 Meilen westlich von Oxford.

S. 390: »Grey Cottage« – »cottage« ist die Hütte, das Häuschen (etwa des Landarbeiters); inzwischen etwa das Äquivalent zur Datsche; Grey Cottage = das Graue Haus.

»Pendragon« – hierzu siehe die Anmerkung zu S. 340.

S. 391: »Tory-Demokratie« – »tory« ist die Verenglischung des irischen »toraidhe« = der Verfolger; wurde im 17. Jh. Spitzname der von den englischen Besatzern enteigneten irischen Landbesitzer, die sich als Straßenräuber gegen englische Siedler und Soldaten ihren Lebensunterhalt zu beschaffen trachteten; daher später generell im Sinne »Straßenräuber«. 1679 Spitzname für diejenigen, die sich dem Ausschluß des (katholischen) Herzogs James of York widersetzten. Ab 1689 Name der einen der beiden großen Parteien: Sie entstand aus den Royalisten und Kavalieren (siehe Anmerkungen zu S. 326); den Namen löste um 1830 die Bezeichnung »Konservative« ab. Die Begriffe »Tory« und »Demokratie« schlossen sich lange Zeit eigentlich gegenseitig wegen des Staatsverständnisses der Tories aus.

S. 392: »Königin ... Minneturnier« – im Hoch- und Spätmittelalter gehörte es zum immer höher stilisierten Minnekult, an Minnehöfen eben diese Minneturniere zu veranstalten, deren Herrin die jeweilige Königin des Minnehofes war.

»Romeo und Julia« – Drama von William Shakespeare, in dessen Verlauf das Liebespaar, dem der politische Streit der beiden Familien das Eheglück verweigert, in den Tod geht, teils auch durch Mißverständnisse verursacht: Romeo ersticht sich.

S. 394: »Rabenwald« – Edgar Herr auf Rabenwald (Ravenswood) ist der Held in Sir Walter Scotts Roman *The Bride of Lammermoor* (*Die Braut von Lammermoor*), 1819, dem düstersten Werk des Romanciers.

S. 394: »Pierrot« – französisch = Peterchen; seit 1741 Bezeichnung für den Possenreißer in der Pantomime; in englischem Sprachgebrauch vor allem Bezeichnung für Grotesksänger oder -instrumentalisten in der Pantomime, die dabei meistens ein geweißtes Gesicht haben und sehr weite, lose hängende weiße Kleidung tragen.

S. 400: »Deut« – im Original »rap«; beides bedeutet die kleinste Scheidemünze im Münzsystem (heute z.B. Cent oder Schweizer Rappen).

S. 401: »Harun al-Raschid« – Märchenfürst aus Tausendundeiner Nacht, der mit dem historischen Harun ar-Raschid, einer bedeutenden, aber höchst unerfreulichen Gestalt, nur wenig gemeinsam hat.

S. 401: »nicht um ein Jota geändert« – Jota ist der Name des »i« im griechischen Alphabet, das als ein Strich geschrieben wird, weshalb man oft die Meinung finden kann, die Redensart bedeute, es sei nicht einmal ein Strich, also nichts geändert worden. Tatsächlich geht die Formel auf einen der schwierigsten Streitpunkte bei der Formierung der alten christlichen Kirche zurück, als es nämlich um die Frage ging, ob Jesus »homousis« – Mensch gewesen sei, oder »homoiusis« = menschenähnlich, menschengleich; man einigte sich darauf, daß er zugleich Gott und Mensch, also »homousis« war – und wer das Wort auch nur um ein Jota änderte (nämlich zum »homoiusis«) galt fürder als Häretiker. »Und Haman begann ...« – Übersetzung der Father Brownschen Fassung des Berichtes im Buch Esther des AT, V, 9–14.

S. 402: »galvanisiert« – Luigi Galvani (1737–1798), italienischer Naturforscher und Professor der Anatomie in Bologna, entdeckte 1789, daß ein Froschschenkel (vom Tier abgetrennt) bei bestimmten Versuchen plötzlich zuckte, was er auf elektrische Entladungen zurückführte.
»Republik« – gemeint sind die USA.

DAS MÄRCHEN VON FATHER BROWN
The Fairy Tales of Father Brown

S. 405: »Spielzeugkönigreiche« – auch Duodezfürstentümer genannt, haben etwa in der englischen oder französischen Literatur eine merkwürdige Rolle inne; Eugène Sue läßt in seinen *Mystères de Paris* den Herzog und das Herzogtum von Gerolstein einen bedeutenden Part spielen, und Jacques Offenbach schuf 1876 seine Oper *Die Großherzogin von Gerolstein*, wobei beide Gerolsteine nur den Namen mit dem Eifelort gemeinsam haben (und die Landschaft); auch Arsene Lupin bestand einige seiner Abenteuer gegen Bismarck und Wilhelm II. in solcherlei Residenzen; hier also auch Chestertons Beitrag zur Geschichte der Duodezfürsten.

S. 406: »Swinburne« – Algernon Charles S. (1837–1909), englischer Dichter, der zunächst in der Nachfolge von Baudelaire durch seine Gedichte die bürgerliche Sittsamkeit seiner Zeit herausforderte und dann unter dem Einfluß Manzinis glühende Freiheitsgedichte schrieb. Da Flambeau das Gedicht selbst mit den Worten »Oder irgendwas dieser Art« abtut und die Gebrüder Arnhold zunebst Stadt, Land und Geschichte Heiligwaldenstein spätestens durch Napoleon untergegangen zu sein scheinen, dürfte sich eine Suche nach dem Gedicht in Swinburnes Werken nicht recht fruchtbar gestalten, wenngleich dort vielerlei schöne Töne über Freischärler, die man heute Guerilleros und Terroristen nennt, finden lassen.

»Quietismus« – eine religiöse Lehre, die eine mystische Vereinigung mit Gott durch affekt- und willenloses Sichergeben in den Willen Gottes erstrebt(e). »quäkerisch« – der Grundgedanke der Lehre der Quäker ist, daß über jeden Menschen die Erleuchtung als Quelle der Gotteserkenntnis und des wahren christlichen Lebens komme; die Gemeinschaft der »Quakers« (Spottname = die Zitterer) wurde im 17. Jh. in England von George Fox gegründet und später in Nordamerika von William Penn ausgebaut.

S. 409: »Royal Society« – 1662 von Charles II. gegründete Akademie der Wissenschaften zur Förderung von Mathematik und Naturwissenschaften; Sitz: Burlington House, London.

S. 411: »Cherubime« – übermenschliche Wesen in der nächsten Nähe Gottes, bildlich dargestellt als von 4 Schwingen getragene Köpfe (die ihnen artverwandten Seraphim haben 6 Schwingen); später sollten sie zu den berühmten Putten verniedlicht werden.

»Königgrätz« – tschechisch »Hradec Králové« (beides = Königsstadt), Gebietshauptstadt im Östlichen Böhmen, wo 1866 die Preußen entscheidend über die Österreicher und Sachsen siegten (in England und Frankreich nach dem eigentlichen Schlachtort auch Sadowa genannt).

»Gravelotte« – Gemeinde in Lothringen, einer der Hauptschlachtorte im Deutsch-Französischen Krieg von 1870/71, den vor allem Habgier und Eitelkeit Napoleons III. auslösten.

S. 414: »Sie vertrauten auf ihre Pferde ...« – AT Psalm 20, Vers 8.

»Kroaten oder Ungarn« – demnach müßte entweder Heiligwaldenstein im Bereich etwa des heutigen Burgenlandes gelegen haben, oder aber die Arnholds müssen sich aus den österreichischen Heeren Kroaten oder Ungarn angeheuert haben.

S. 416: »So ist auch die Zunge ...« – Brief des Apostels Jakobus im NT, V, 5.

G. K. Chesterton

Father Browns Ungläubigkeit

Die Auferstehung von Father Brown

Es gab eine kurze Zeit, in der Father Brown so etwas wie Berühmtheit genoß, oder besser: er genoß sie nicht. In den Tageszeitungen galt er neun Tage lang als Wunder; selbst in den Wochenzeitschriften wurde er zum Thema kontroverser Diskussionen; und seine Heldentaten erzählte man sich in unzähligen Clubs und Wohnzimmern vor allem in Amerika eifrig und ungenau. Und so unpassend und tatsächlich unglaublich, wie es jedem erscheinen mag, der ihn kennt: seine Abenteuer als Detektiv wurden gar zum Thema von Kurzgeschichten gemacht, die in Illustrierten erschienen.

Seltsam genug erwischte ihn dieses huschende Rampenlicht im obskursten oder wenigstens entferntesten seiner vielen Wohnorte. Man hatte ihn entsandt, um als eine Mischung von Missionar und Gemeindepfarrer in einem jener Streifen an der Nordküste Südamerikas seines Amtes zu walten, wo gewisse Landstriche immer noch unsicher an europäischen Mächten hängen oder ständig drohen, im gigantischen Schatten Präsident Monroes unabhängige Republiken zu werden. Die Bevölkerung war rot und braun mit rosa Flecken; das heißt, sie war spanisch-amerikanisch, vorwiegend spanisch-amerikanisch-indianisch, aber es gab auch einen beachtlichen und zunehmenden Zustrom von Amerikanern der nördlichen Art – Engländer, Deutsche und so weiter. Der ganze Aufruhr scheint begonnen zu haben, als einer dieser Besucher, sehr frisch angekommen und sehr verärgert über den Verlust eines seiner Koffer, auf das erste Gebäude zusteuerte, das ihm in den Blick geriet – was zufällig das Missionshaus mit der zugehörigen Kapelle war, wovor eine lange Veranda entlanglief und eine lange Reihe von Pfählen, an denen schwarze gewundene Weinreben emporgezogen waren, deren eckige Blätter herbstlich rot leuchteten. Hinter ihnen saßen ebenfalls in einer Reihe eine Anzahl menschlicher Wesen, fast ebenso steif wie die Pfähle und den Reben ähnlich gefärbt. Denn während ihre breitkrempigen Hüte so schwarz waren wie ihre Augen, die nicht blinzelten, hätten die Gesichter vieler unter ihnen der Farbe nach aus dem dunkelroten Holz jener transatlantischen Wälder gemacht sein können. Manche von ihnen rauchten sehr lange dünne schwarze Zigarren; und in der ganzen Gruppe war der Rauch fast das einzige, was sich bewegte. Der Besucher würde sie vermutlich als Eingeborene beschrieben haben, obwohl einige unter ihnen sehr stolz auf spanisches Blut waren. Aber er gehörte nicht zu jenen, die da feine Unterscheidungen zwischen Spaniern und Indianern machen, sondern neigte eher dazu, die Leute von der Szene zu entlassen, sobald er sie überführt hatte, in ihr geboren zu sein.

Er war ein Zeitungsmann aus Kansas City, ein hagerer hellhaariger Mann mit einer, wie Meredith sagen würde, abenteuerlustigen Nase; man konnte sich fast vorstellen, wie sie ihren Weg fand, indem sie ihren Weg erfühlte und sich dabei bewegte wie der Rüssel eines Ameisenbären. Sein Name war Snaith, und seine Eltern hatten ihn nach einigem dunklem Nachdenken Saul getauft, eine Tatsache, die er so weit wie möglich zu verheimlichen den guten Geschmack hatte. Tatsächlich hatte er schließlich den Kompromiß geschlossen, sich Paul zu nennen, wenngleich keineswegs aus dem gleichen Grunde, der den Apostel der Heiden bewegt hatte. Im Gegenteil wäre, soweit er überhaupt Meinungen zu solchen Dingen hatte, der Name des Verfolgers angemessener gewesen; denn er betrachtete die organisierte Religion mit jener gewohnheitsmäßigen Verachtung, die man leichter bei Ingersoll als bei Voltaire erlernen kann. Und zufälligerweise war es diese nicht eben bedeutungsvolle Seite seines Charakters, die er der Missionsstation und der Gruppe vor der Veranda zuwendete. Etwas in ihrer schamlosen Gelassenheit und Teilnahmslosigkeit entflammte seine eigene wütige Tüchtigkeit; und da er auf seine ersten Fragen keine bemerkenswerte Antwort erhielt, übernahm er das ganze Reden selbst.

Wie er da im starken Sonnenschein stand, geschniegelt und gebügelt, mit Panamahut und sauberer Kleidung, den Reisesack in stählernem Griff, begann er, die Leute im Schatten anzuschreien. Er begann, ihnen sehr lautstark zu erklären, warum sie faul und schmutzig seien und viehisch unwissend und niedriger als das Vieh, das verrecke, falls diese Frage schon je zuvor ihren Geist bewegt haben sollte. Nach seiner Meinung war es der verderbliche Einfluß der Priester, der sie so elendiglich arm und so hoffnungslos unterdrückt gemacht habe, daß sie jetzt imstande seien, im Schatten zu sitzen und zu rauchen und nichts zu tun.

»Und außerdem müßt ihr'n schöner Haufen Schlappschwänze sein«, sagte er, »daß ihr euch von diesen hochnäsigen Ölgötzen tyrannisieren laßt, bloß weil sie in ihren Mitren und Tiaren und goldenen Chorröcken und anderen protzigen Fetzen herumwandern und auf alle anderen wie auf Dreck herabschauen – euch von Kronen und Baldachinen und heiligen Schirmen wie Kinder von der Pantomime ins Bockshorn jagen laßt; nur weil ein eingebildeter alter Oberbonze in diesem Hokuspokus aussieht, als sei er der Herr der Erde. Was ist mit euch? Wie seht denn ihr aus, ihr armen Hunde? Ich sage euch, daher kommt es, daß ihr noch so tief in der Barbarei steckt und nicht lesen und nicht schreiben könnt und –«

In diesem Augenblick kam der Oberbonze in diesem Hokuspokus mit würdeloser Eile aus dem Missionshaus und sah einem Herrn der Erde gar nicht ähnlich, sondern eher einem Bündel schwarzer Kleider aus dem Trödelladen, die man um ein kurzes Polster mit menschlichen Maßen zugeknöpft hatte. Er trug seine Tiara nicht, vorausgesetzt er besaß eine, sondern einen schäbigen breitrandigen Hut, der den Hüten der spanischen Indianer nicht sehr unähnlich war und den er mit einer Geste, als fühle er sich durch ihn belästigt, in den Nacken geschoben hatte. Schon wollte er die bewegungslosen Eingeborenen ansprechen, als er den Fremden erblickte und schnell fragte:

»Oh, kann ich Ihnen irgendwie helfen? Möchten Sie nicht hereinkommen?«

Mr. Paul Snaith kam herein; und damit begann für diesen Journalisten ein beachtlicher Zuwachs an Informationen über viele Dinge. Wahrscheinlich war sein journalistischer Instinkt stärker als seine Vorurteile, wie man das oft bei klugen Journalisten findet; und er fragte viele Fragen, wozu ihn die Antworten interessierten und überraschten. Er entdeckte, daß die Indianer lesen und schreiben konnten, aus dem einfachen Grunde, weil der Priester sie das gelehrt hatte; daß sie aber möglichst wenig lasen oder schrieben, weil sie eine natürliche Vorliebe für unmittelbarere Kommunikationen hatten. Er erfuhr, daß diese sonderbaren Leutchen, die da wie Häufchen auf der Veranda saßen und kein Haar bewegten, auf ihren eigenen Landstücken sehr hart arbeiten konnten; besonders jene, die mehr als nur halbe Spanier waren; und er erfuhr mit noch größerem Erstaunen, daß sie alle Landstücke hatten, die wirklich ihr Eigentum waren. So weit war das Teil einer dickschädeligen Tradition, die den Eingeborenen sehr eingeboren war. Aber auch dabei hatte der Priester eine gewisse Rolle gespielt und hatte dabei vielleicht zum ersten wie zum letzten Mal eine Rolle in der Politik gespielt, auch wenn es nur Lokalpolitik war. Kürzlich nämlich hatte jene Gegend eines dieser Fieber des atheistischen, ja fast anarchistischen Radikalismus heimgesucht, die periodisch in Ländern der lateinischen Kultur ausbrechen, gewöhnlich in einer Geheimgesellschaft beginnen und gewöhnlich in einem Bürgerkrieg und sehr wenig mehr enden. Der lokale Leiter der ikonoklastischen Partei war ein gewisser Alvarez, ein ziemlich pittoresker Abenteurer portugiesischer Nationalität, aber teilweise von, wie seine Gegner behaupteten, negerischem Ursprung, das Oberhaupt jeder beliebigen Anzahl von Logen und Tempeln der Initiation von jener Art, die an solchen Orten selbst den Atheismus noch mit Mystischem bekleidet. Der Führer der konservativeren Partei war ein sehr viel gewöhnlicherer Mensch, ein sehr reicher Mann namens Mendoza, der Besitzer vieler Fabriken und höchst ehrenwert, aber nicht sehr aufregend. Es war allgemeine Ansicht, daß die Sache von Recht und Ordnung völlig verloren gewesen wäre, hätte sie sich nicht eine populärere Politik zu eigen gemacht in der Form der Sicherung von Land für die Bauern; und diese Bewegung war besonders von der kleinen Missionsstation Father Browns ausgegangen.

Während er sich mit dem Journalisten unterhielt, kam Mendoza, der Führer der Konservativen, herein. Er war ein stämmiger dunkler Mann mit einem kahlen birnenförmigen Kopf auf einem runden birnenförmigen Körper; er rauchte eine kräftig duftende Zigarre, aber als er in die Gegenwart des Priesters kam, warf er sie – vielleicht ein bißchen theatralisch – fort, als betrete er eine Kirche; und er verbeugte sich so tief, wie man es bei einem so korpulenten Herrn nicht für möglich gehalten hätte. Er legte immer besonderen Wert auf seine Umgangsformen, insbesondere gegenüber religiösen Institutionen. Er war einer jener Laien, die viel kirchlicher sind als die Kirchenmänner. Das war Father Brown reichlich peinlich, vor allem, wenn es so auch ins private Leben eingebracht wurde.

»Ich glaube, ich bin antiklerikal«, pflegte Father Brown mit schwachem Lächeln zu sagen; »aber es gäbe auch kaum halb soviel Klerikalität, wenn man diese Dinge bloß den Klerikern überließe.«

»Hallo, Mr. Mendoza«, rief der Journalist neu belebt aus, »ich glaube, wir sind uns schon begegnet. Waren Sie nicht auf der Handelsmesse in Mexiko im letzten Jahr?«

Mendozas schwere Augenlider zeigten ein Flattern des Wiedererkennens, und er lächelte auf seine langsame Art. »Ich erinnere mich.«

»Schöne fette Geschäfte hat man da in einer Stunde oder zwei gemacht«, sagte Snaith mit Genuß. »Dürfte Ihnen auch 'ne schöne Scheibe eingebracht haben, nehme ich an.«

»Ich hatte viel Glück«, sagte Mendoza bescheiden.

»Glauben Sie das ja nicht!« rief der begeisterte Snaith. »Das Glück kommt zu denen, die es festzuhalten wissen; und Sie haben gut und sauber festgehalten. Aber ich hoffe, ich störe Ihre Geschäfte nicht.«

»Keineswegs«, sagte der andere. »Ich habe oftmals die Ehre, auf ein kleines Gespräch beim Padre vorbeizukommen. Nur auf ein kleines Gespräch.«

Es sah so aus, als vollende diese Vertrautheit zwischen Father Brown und einem erfolgreichen und sogar berühmten Geschäftsmann die Versöhnung zwischen dem Priester und dem praktischen Mr. Snaith. Er spürte, darf man annehmen, wie eine neue Respektabilität Station und Mission einhüllte, und er war bereit, solche gelegentlichen Erinnerungen an die Existenz von Religion zu übersehen, wie sie eine Kapelle und ein Pfarrhaus nicht immer ganz vermeiden können. Er geriet ob des Priesters Programm in Begeisterung – wenigstens hinsichtlich seiner säkularen und sozialen Aspekte – und erklärte sich bereit, jederzeit als lebendiger Draht tätig zu werden, um es der Welt insgesamt mitzuteilen. Und genau zu diesem Zeitpunkt begann Father Brown, den Journalisten mit seiner Sympathie für lästiger zu halten als mit seiner Feindschaft.

Mr. Paul Snaith machte sich energisch daran, Father Brown groß herauszubringen. Er sandte lange und laute Lobgesänge auf ihn über den Kontinent hin zu seiner Zeitung im mittleren Westen. Er machte Schnappschüsse vom unglücklichen Kleriker bei seinen alltäglichsten Tätigkeiten und stellte sie in gigantischen Photos in den gigantischen Sonntagszeitungen der Vereinigten Staaten zur Schau. Er machte aus seinen Aussprüchen Schlagworte und übersandte der Welt ständig »Eine Botschaft« des Ehrwürdigen Herrn in Südamerika. Jede andere Rasse, die weniger stark und weniger heftig aufnahmebereit ist als die amerikanische, wäre von Father Brown höchst gelangweilt gewesen. Tatsächlich aber erhielt er ansehnliche und begierige Angebote, eine Vorlesungsreise durch die Staaten zu unternehmen; und als er ablehnte, wurden die Angebote mit dem Ausdruck respektvoller Verwunderung erhöht. Eine Serie von Berichten über ihn wurde wie die Geschichten über Sherlock Holmes durch Vermittlung von Mr. Snaith geplant und dem Helden mit der Bitte um seine Hilfe und Ermutigung unterbreitet. Als der Priester herausfand, daß sie bereits zu erscheinen begonnen hatten, konnte er keinen anderen Vorschlag unterbreiten als den, damit sofort wieder aufzuhören. Und dies wiederum griff Mr. Snaith als Text einer Diskussion darüber auf, ob Father Brown zeitweilig über eine Klippe verschwinden sollte in der Art von Dr. Watsons Helden. Auf all diese Anfragen mußte der Priester geduldig und schriftlich antworten und erklären, daß er unter solchen Bedingungen durchaus für eine zeitweilige Einstellung der Geschichten sei, und er bat darum, daß eine erhebliche Zeit verstreichen möge, ehe sie wieder begönnen. Die Stellungnahmen, die er schrieb, wurden kürzer und kürzer; und als er die letzte schrieb, seufzte er.

Überflüssig festzuhalten, daß diese sonderbare Hochkonjunktur im Norden sich auf seinen kleinen Vorposten im Süden auswirkte, wo er in einem so einsamen Exil zu leben erwartet hatte. Die bereits am Orte ansässige beachtliche englische und amerikanische Bevölkerung begann stolz darauf zu sein, einen so weithin bekannt gemachten Mann zu besitzen. Amerikanische Touristen jener Art, die mit einer lauten Forderung nach Westminster Abbey landen, landeten an jener fernen Küste mit einer lauten Forderung nach Father Brown. Es war bereits abzusehen, wann man Sonderzüge nach ihm benennen und die Massen damit herankarren würde, auf daß sie ihn besichtigten, als sei er ein öffentliches Denkmal. Besonders verstörten ihn energische und ehrgeizige neue Händler und Geschäftsleute am Orte, die ihn ständig anstachelten, ihre Waren zu erproben und für sie Zeugnis abzulegen. Und selbst wenn diese Zeugnisse nicht kamen, setzten sie die Korrespondenz doch fort, um seine Autographen zu sammeln. Da er ein gutmütiger Mensch war, erhielten sie von ihm ein Gutteil dessen, was sie von ihm wollten; doch als er in Beantwortung einer besonderen Bitte eines Frankfurter Weinhändlers namens Eckstein hastig ein paar Worte auf eine Karte kritzelte, sollte sich das als schrecklicher Wendepunkt in seinem Leben herausstellen.

Eckstein war ein aufgeregter kleiner Kerl mit faserigem Haar und einem Zwicker, und entsetzlich darauf bedacht, daß der Priester nicht nur seinen berühmten medizinischen Portwein probiere, sondern ihm auch noch mit der Empfangsbestätigung mitteile, wo und wann er ihn zu trinken gedenke. Der Priester war über dieses Ansinnen nicht weiter verwundert, denn er hatte es längst aufgegeben, sich über die Verrücktheiten des Werbewesens zu verwundern. Also kritzelte er etwas hin und wandte sich anderen Aufgaben zu, die ein wenig vernünftiger erschienen. Doch wieder wurde er unterbrochen, und zwar durch eine Nachricht von niemand Geringerem als seinem politischen Gegner Alvarez, der ihn bat, zu einer Konferenz zu kommen, auf der man hoffe, einen Kompromiß in einer besonders wichtigen Angelegenheit zu erzielen, und als Treffpunkt für den nämlichen Abend ein Café unmittelbar außerhalb der Mauern dieser kleinen Stadt vorschlug. Auch hierzu gab er dem darauf wartenden, reichlich aufgedonnerten militärischen Boten eine Botschaft der Zustimmung mit; und dann, da er noch ein oder zwei Stunden vor sich hatte, setzte er sich hin und versuchte, einen kleinen Teil seiner eigentlichen Aufgaben zu erledigen. Als diese Zeit um war, schenkte er sich ein Glas von Herrn Ecksteins bemerkenswertem Wein

ein, blickte mit humorvollem Ausdruck auf die Uhr, trank es aus und trat hinaus in die Nacht.

Helles Mondenlicht lag auf der kleinen spanischen Stadt, und als er zu dem malerischen Stadttor mit seinem Rokokobogen und den phantastischen Rüschen der Palmwedel dahinter kam, sah es fast aus wie eine Szene in einer spanischen Oper. Ein langes Palmblatt mit gezackten Kanten hing schwarz vor dem Mond auf der anderen Seite des Bogens und durch den Torbogen sichtbar herab und sah fast aus wie der Kiefer eines schwarzen Krokodils. Dieses Phantasiebild hätte sich nicht in seiner Einbildung festgesetzt, wäre da nicht noch etwas anderes gewesen, das seinem natürlich aufmerksamen Blick aufgefallen war. Die Luft war totenstill, und es gab nicht den Hauch eines Windes; aber er sah deutlich, wie sich das hängende Blatt bewegte.

Er blickte sich um und stellte fest, daß er allein war. Er hatte die letzten Häuser hinter sich gelassen, die zum größten Teil geschlossen und verriegelt waren, und schritt zwischen zwei langen kahlen Mauern aus großen und formlosen, aber abgeflachten Steinen dahin, aus denen hier und da die sonderbar stachligen Büschel des Unkrauts jener Gegend sprossen – Mauern, die die ganze Strecke bis zum Torweg parallel dahinliefen. Die Lichter des Cafés vor dem Stadttor konnte er nicht sehen; vielleicht lag es zu weit entfernt. Unter dem Torbogen war nichts zu erkennen außer einer weiteren Fläche Pflasterung aus großen Platten, fahl unterm Mond, und hier und da auswuchernden Feigenkakteen. Er hatte den starken Eindruck vom Geruch des Bösen; er fühlte einen sonderbaren körperlichen Widerwillen; aber er dachte nicht daran, innezuhalten. Sein Mut, der beachtlich war, war vielleicht ein schwächerer Teil seines Wesens als seine Neugier. Während seines ganzen Lebens hatte ihn ein geistiger Hunger nach der Wahrheit angeleitet, selbst in Belanglosigkeiten. Oftmals kontrollierte er ihn im Namen der Ausgewogenheit; aber da war er immer. Er ging geradeaus durch den Torweg, und auf der anderen Seite sprang ein Mann wie ein Affe aus einem Baumgipfel herab und stach mit einem Messer nach ihm. Im gleichen Augenblick kam ein anderer Mann schnell die Mauer entlanggekrochen, wirbelte eine Keule um seinen Kopf und ließ sie niedersausen. Father Brown drehte sich, taumelte und sank zu einem Haufen zusammen, aber während er zusammensank, leuchtete auf seinem runden Gesicht der Ausdruck einer sanften und ungeheuren Überraschung auf.

Zur gleichen Zeit lebte in der gleichen kleinen Stadt ein anderer junger Amerikaner, der sich von Mr. Paul Snaith grundlegend unterschied. Sein Name war John Adams Race, und er war ein Elektroingenieur, den

Mendoza angestellt hatte, um die alte Stadt mit allen neuen Bequemlichkeiten auszustatten. Er war ein Mensch von jener Art, die viel seltener in der Satire und dem internationalen Klatsch auftaucht als die des amerikanischen Journalisten. Und doch ist es eine Tatsache, daß in Amerika auf 1 Million Menschen von der moralischen Art eines Race nur 1 von der moralischen Art eines Snaith kommt. Er war außergewöhnlich insofern, als er in seiner Arbeit außergewöhnlich gut war, aber in jeder anderen Beziehung war er sehr einfach. Er hatte seine Laufbahn als Gehilfe eines Drogisten in einem Dorf im Westen begonnen und war lediglich durch Arbeit und Verdienst aufgestiegen; aber noch immer betrachtete er seine Vaterstadt als das natürliche Herz der bewohnbaren Welt. Er war in einer sehr puritanischen, oder rein evangelischen, Christlichkeit aus der Familienbibel auf den Knien seiner Mutter aufgezogen worden; und falls er Zeit hatte, um eine Religion zu haben, dann war das immer noch seine Religion. Zwischen all den blendenden Lichtern der jüngsten und selbst wildesten neuen Entdeckungen zweifelte er nie, selbst wenn er bei seinen Versuchen bis zum äußersten ging und aus Licht und Ton Wunder wirkte wie ein Gott, der neue Sterne und Sonnensysteme schafft, auch nur für einen Augenblick daran, daß die Dinge »zu Hause« die besten Dinge auf Erden seien; seine Mutter und die Familienbibel und die ruhige und altmodische Moral seines Dorfes. Er hatte einen ebenso ernsthaften und edlen Sinn für die Heiligkeit seiner Mutter, als wäre er ein frivoler Franzose. Er war vollkommen sicher, daß die biblische Religion wirklich die richtige Sache sei; nur vermißte er sie vage, wohin immer in der modernen Welt er wanderte. Man konnte kaum von ihm erwarten, daß er mit den religiösen Äußerlichkeiten in katholischen Landen sympathisiere; und in seiner Abneigung gegen Mitren und Rosenkränze sympathisierte er mit Mr. Snaith, wenngleich nicht auf eine so überhebliche Art. Er hatte für die öffentlichen Verneigungen und Kratzfüße Mendozas nichts übrig und verspürte gewißlich keinerlei Verlockung durch den freimaurerischen Mystizismus des Atheisten Alvarez. Vielleicht war all dieses halbtropische Leben, durchwirkt mit indianischem Rot und spanischem Gold, zu farbenfreudig für ihn. Wenn er aber sagte, nichts komme seiner Heimatstadt gleich, so war das keine Übertreibung. Er war wirklich davon überzeugt, daß es irgendwo dort irgend etwas Einfaches und Anspruchsloses und Anrührendes gebe, das er wirklich mehr als alles andere auf Erden respektierte. Bei solcher geistigen Haltung von John Adams Race auf einem südamerikanischen Posten war in ihm doch seit einiger Zeit ein sonderbares Gefühl entstanden, das all seinen Vorurteilen widersprach und über das er keine Rechenschaft ablegen konnte. Denn die Wahrheit war: Das einzige Ding, dem er jemals auf seinen Reisen begegnet war und das ihn an den alten Holzstoß und den provinziellen Anstand und die Bibel auf Mutters Knien erinnerte, waren (aus unerforschlichen Gründen) das rundliche Gesicht und der schwarze plumpe Regenschirm von Father Brown.

Er ertappte sich dabei, wie er unbewußt jene gewöhnliche und sogar komische Figur beobachtete, wie sie geschäftig umhereilte; sie mit einer fast morbiden Faszination beobachtete, als ob sie ein wandelndes Rätsel, ein wandelnder Widerspruch sei. Er hatte im Herzen von all dem, was er haßte, etwas gefunden, das er mögen mußte; es war so, als sei er von kleineren Dämonen entsetzlich gequält worden und habe dann entdeckt, daß der Teufel selbst nur ein gewöhnlicher Mensch sei.

So geschah es denn, daß er, in jener monddurchleuchteten Nacht aus dem Fenster blickend, den Teufel vorübergehen sah, den Dämon der unerklärlichen Makellosigkeit, in seinem breitrandigen schwarzen Hut und seinem langen schwarzen Rock, wie er die Straße zum Torweg hinabschlurfte, und er sah ihn mit einem Interesse, das er selbst nicht verstand. Er wunderte sich, wohin der Priester gehe und was er wirklich vorhabe; und blieb da und starrte hinaus auf die mondhelle Straße noch lange, nachdem die kleine schwarze Gestalt vorübergekommen war. Und dann sah er etwas anderes, das ihn noch mehr verwirrte. Zwei andere Männer, die er kannte, kamen vor seinem Fenster vorbei wie über eine beleuchtete Bühne. Eine Art bläulichen Rampenlichtes umfloß vom Monde her wie ein gespenstischer Heiligenschein das große Haarbüschel, das aufrecht stand auf dem Kopf des kleinen Eckstein, des Weinhändlers, und es umriß eine größere und dunklere Gestalt mit einem Adlerprofil und einem wunderlich altmodischen und sehr kopflastigen schwarzen Hut, der den ganzen Umriß noch bizarrer erscheinen ließ, wie eine Gestalt in einem Schattenspiel. Race tadelte sich selbst, daß er dem Mond erlaube, solche Tricks mit seiner Phantasie zu spielen; denn auf einen zweiten Blick hin erkannte er die schwarzen spanischen Koteletten und die länglichen Gesichtszüge von Dr. Calderon, einem ehrbaren Arzt aus der Stadt, dem er einmal begegnet war, als er Mendoza beruflich Beistand. Und dennoch gab es da etwas in der Art, wie die beiden Männer miteinander flüsterten und die Straße hinabspähten, was ihm eigentümlich vorkam. Einer plötzlichen Regung folgend, sprang er über das niedrige Fenstersims und schritt selbst auf ihren Spuren barhäuptig die Straße hinab. Er sah sie unter dem dunklen Torbogen verschwinden, und einen Augenblick später erscholl von jenseits ein furchtbarer Schrei, merkwürdig laut und durchdringend, der Races Blut um so mehr erstarren ließ, als er etwas sehr deutlich in einer Sprache ausdrückte, die er nicht kannte.

Im nächsten Augenblick folgte ein Rennen von Füßen, mehr Schreie, dann ein wirres Gebrüll aus Zorn oder Kummer, das die Türmchen und die hohen Palmen am Platze erbeben ließ; dann gab es eine Bewegung in der Masse, die zusammengeströmt war, als brande sie rückwärts durch den Torbogen. Und dann erdröhnte der dunkle Torweg von einer neuen Stimme, die ihm diesmal verständlich war und im Tonfall des Verhängnisses erscholl, als jemand durch den Torweg rief:

»Father Brown ist tot!«

Er kam nie dahinter, welcher Stützpfeiler in seinem Geiste zusammenbrach, oder warum ihn etwas, auf das er stets gezählt hatte, plötzlich im Stich ließ; aber er rannte auf den Torweg zu und kam gerade rechtzeitig, um seinem Landsmann, dem Journalisten Snaith, zu begegnen, der aus dem dunklen Eingang kam, totenbleich, und nervös mit den Fingern schnalzend.

»Stimmt wirklich«, sagte Snaith in einem Ton, der für ihn fast schon der Ehrfurcht gleichkam. »Er ist hin. Der Arzt hat ihn sich angesehen, und da gibt es keine Hoffnung. Einer von diesen verdammten Dagos hat ihn niedergeschlagen, als er durch das Tor kam – Gott weiß warum. Wird ein schwerer Verlust für die Stadt.«

Race antwortete nicht oder konnte nicht antworten, rannte aber unter dem Bogen hindurch zu der Szene dahinter. Die kleine schwarze Gestalt lag da, wo sie in die Wildnis der weiten Steinplatten gesunken war, aus denen wie Sterne hier und da grüne Dornen hervorleuchteten; und die große Menge wurde fast ausschließlich durch die bloßen Gesten einer einzigen gigantischen Gestalt im Vordergrund zurückgehalten. Denn viele waren da, die nach den bloßen Bewegungen seiner Hand hin- und herschwankten, so als wäre er ein Zauberer.

Alvarez, der Diktator und Demagoge, war eine große und prahlerische Erscheinung, immer reichlich prunkvoll gekleidet, und bei dieser Gelegenheit trug er eine grüne Uniform mit Stickereien, die wie silberne Schlangen überall auf ihr umherkrochen, und einem Orden, der ihm an einem lebhaft leuchtenden kastanienbraunen Band um den Hals hing. Sein kurzgeschorenes krauses Haar war schon grau, und im Gegensatz dazu sah seine Gesichtsfarbe, die seine Freunde oliven und seine Feinde mulattenbraun nannten, fast buchstäblich golden aus, so als sei sie eine aus Gold geformte Maske. Doch in diesem Augenblick waren seine großflächigen Züge, sonst kraftvoll und humorvoll, ganz gewichtig und grimmig. Er hatte, erklärte er, im Café auf Father Brown gewartet, als er ein

Geraschel und einen Sturz hörte, herauskam und den Körper auf dem Pflaster liegend fand.

»Ich weiß, was einige von Ihnen denken«, sagte er und sah sich stolz um, »und für den Fall, daß Sie Angst vor mir haben – was Sie haben –, will ich es an Ihrer Stelle sagen. Ich bin ein Atheist; ich habe keinen Gott, bei dem ich für jene schwören könnte, die meinem Wort nicht glauben. Aber ich sage Ihnen bei jeder letzten Faser der Ehre, die in einem Soldaten und einem Mann ist, daß ich daran keinen Teil habe. Wenn ich die Kerle hier hätte, die das getan haben, würde ich sie voller Freude an jenem Baum aufknüpfen.«

»Wir sind natürlich glücklich, Sie das sagen zu hören«, sagte der alte Mendoza, der neben dem Körper seines gefallenen Koadjutors stand, steif und feierlich. »Dieser Schlag ist viel zu entsetzlich für uns, als daß wir sagen könnten, was wir in diesem Augenblick noch verspüren. Ich bin der Meinung, daß es ziemlicher und angemessener wäre, wenn wir den Körper meines Freundes entfernten und diese unregelmäßige Versammlung auflösten. Soweit ich begriffen habe«, fügte er zum Arzte gewandt ernst hinzu, »besteht unglücklicherweise kein Zweifel.«

»Es besteht kein Zweifel«, sagte Dr. Calderon.

John Race ging traurig und mit einem eigenartigen Gefühl der Leere zu seiner Wohnung zurück. Es erschien ihm unmöglich, daß er einen Mann vermissen sollte, den er niemals gekannt hatte. Er erfuhr, daß die Beisetzung am nächsten Tag stattfinden werde; denn alle waren der Ansicht, daß die Krise so schnell wie möglich überstanden werden sollte, aus Angst vor Unruhen, deren Ausbrechen von Stunde zu Stunde wahrscheinlicher wurde. Als Snaith die Reihe roter Indianer auf der Veranda hatte sitzen sehen, hätten sie eine Reihe aus rotem Holz geschnitzter alter aztekischer Statuen sein können. Aber er hatte sie nicht gesehen, wie sie waren, als sie hörten, daß der Priester tot sei.

Sie hätten sich sicherlich zu einer Revolution erhoben und den republikanischen Führer gelyncht, wären sie nicht sofort durch die unmittelbare Notwendigkeit zurückgehalten worden, sich angesichts des Sarges ihres eigenen religiösen Führers respektvoll zu verhalten. Die wirklichen Meuchelmörder, die zu lynchen höchst natürlich gewesen wäre, schienen sich in Luft aufgelöst zu haben. Niemand kannte ihre Namen; und niemand würde je erfahren, ob der sterbende Mann ihre Gesichter gesehen hatte. Jener sonderbare Ausdruck der Überraschung auf seinem Gesicht, der offenbar sein letzter Ausdruck auf Erden war, mochte durchaus dem Erkennen ihrer Gesichter entsprungen sein. Alvarez erklärte erneut energisch, daß dies nicht sein Werk sei, und wohnte der Beisetzung bei, wobei er in seiner prangenden silbernen und grünen Uniform hinter dem Sarg einherschritt in einer Art herausfordernder Hochachtung.

Hinter der Veranda führte eine Flucht von Steinstufen einen steilen grünen Hang hinan, von einer Kaktushecke eingezäunt, und hier wurde der Sarg mühsam emporgewuchtet zu der Fläche da oben und dort vorübergehend zu Füßen des großen hageren Kruzifixes aufgebahrt, das die Straße beherrschte und den geweihten Grund bewachte. Unten in der Straße strömten Meere von Menschen zusammen, die klagten und den Rosenkranz beteten – ein Volk von Waisen, das seinen Vater verloren hatte. Trotz all dieser Symbole, die für ihn aufreizend genug waren, benahm Alvarez sich mit Zurückhaltung und Respekt; und alles wäre gut gegangen – wie Race sich selber sagte –, hätten die anderen ihn nur in Ruhe gelassen.

Race sagte sich bitter, daß der alte Mendoza stets wie ein alter Narr ausgesehen habe und sich nun sehr offenkundig und vollständig wie ein alter Narr benahm. Entsprechend einer in einfacheren Gesellschaften üblichen Sitte hatte man den Sarg offen und das Gesicht unbedeckt gelassen und steigerte so das Pathos all dieser einfachen Leute fast bis zur Agonie. Da auch das noch mit der Tradition übereinstimmte, hätte daraus kein Harm entstehen müssen; aber irgendeine amtliche Person hatte dem den Brauch der französischen Freidenker von Reden am Grabe hinzugefügt. Mendoza begann eine Rede – eine reichlich lange Rede, und je länger sie wurde, desto tiefer sanken John Races Stimmung und Sympathien für das betroffene religiöse Ritual. Eine Liste von heiligmäßigen Eigenschaften, eindeutig von der antiquiertesten Art, wurde mit der ausschweifenden Stumpfheit eines Redners nach Tische abgespult, der nicht weiß, wie er sich wieder hinsetzen kann. Das war schon übel genug; aber Mendoza brachte auch noch die unaussprechliche Dummheit auf, seine politischen Gegner nicht nur zu tadeln, sondern sie auch noch zu verhöhnen. Binnen drei Minuten hatte er eine Szene heraufbeschworen, und noch dazu eine äußerst ungewöhnliche.

»Mit Recht können wir fragen«, sagte er und blickte dabei wichtigtuerisch um sich, »mit Recht können wir fragen, wo solche Tugenden unter jenen gefunden werden können, die im Wahne den Glauben ihrer Väter aufgegeben haben. Nur wenn da Atheisten unter uns weilen, atheistische Führer, ja manchmal gar atheistische Herrscher, stellen wir fest, daß ihre infame Philosophie verbrecherische Früchte wie diese trägt. Wenn wir fragen, wer diesen heiligen Mann ermordet hat, werden wir sicherlich feststellen –«

Das Afrika der Dschungel blitzte aus den Augen von Alvarez, dem bastardischen Abenteurer; und Race bildete sich ein, er könne plötzlich sehen, daß der Mann trotz allem ein Barbar war, der sich nicht bis zum Ende unter Kontrolle halten konnte; man könnte erraten, daß all seinem »erleuchteten« Transzendentalismus ein Hauch Voodoo beigemischt war. Wie auch immer: Mendoza konnte nicht fortfahren, denn Alvarez war aufgesprungen und brüllte zurück und brüllte ihn mit unendlich überlegenen Lungen nieder.

»Wer hat ihn ermordet?« röhrte er. »Euer Gott ermordete ihn! Sein eigener Gott ermordete ihn! Eurer Lehre zufolge ermordet er alle seine treuen und törichten Diener – wie er *jenen* ermordet hat«, und mit einer gewalttätigen Geste wies er nicht auf den Sarg hin, sondern auf den Gekreuzigten. Dann schien er sich wieder etwas zu beherrschen und fuhr in einem immer noch ärgerlichen, aber doch mehr argumentativen Ton fort: »Ich glaube nicht daran, aber ihr tut es. Ist es nicht besser, keinen Gott zu haben als einen, der einen auf solche Weise beraubt? Ich jedenfalls fürchte mich nicht zu sagen, daß es keinen Gott gibt. Nirgendwo in diesem blinden und hirnlosen Universum gibt es eine Macht, die euer Gebet hören oder euren Freund zurückgeben kann. Auch wenn ihr den Himmel anfleht, ihn auferstehen zu lassen, wird er nicht auferstehen. Auch wenn ich den Himmel herausfordere, ihn auferstehen zu lassen, wird er nicht auferstehen. Hier und jetzt will ich den Versuch wagen – ich spotte jenes Gottes, der nicht da ist, den Mann aufzuerwecken, der für immer schläft.«

Ein Schock des Schweigens, und der Demagoge hatte seine Sensation.

»Das hätten wir wissen können«, schrie Mendoza mit dicker kollernder Stimme, »wenn man Männern wie Ihnen gestattet —«

Eine neue Stimme schnitt in seine Rede; eine hohe und schrille Stimme mit Yankee-Akzent.

»Halt! Halt!« schrie Snaith der Journalist. »Da tut sich was! Ich schwör es, ich hab ihn sich bewegen gesehn!«

Er raste die Stufen hinauf und rannte zum Sarg, während unten die Menge in unbeschreiblicher Ekstase schwankte. Im nächsten Augenblick wandte er ein Gesicht voller Verwunderung über seine Schulter und winkte mit dem Finger Dr. Calderon, der vorwärts hastete, um sich mit ihm zu besprechen. Als die beiden Männer wieder vom Sarg zurücktraten, konnten alle es sehen, daß die Lage des Kopfes sich verändert hatte. Ein Schrei der Erregung stieg aus der Menge und endete dann so plötzlich, als sei er in der Luft abgeschnitten worden; denn der Priester im Sarge stöhnte und richtete sich auf einen Ellenbogen auf und blickte mit trüben und blinzelnden Augen auf die Menge.

John Adams Race, der bis dahin nur die Wunder der Wissenschaft gekannt hatte, fand sich auch in späteren Jahren nie fähig, das Chaos der nächsten paar Tage zu beschreiben. Ihm erschien es, als sei er aus der Welt von Zeit und Raum gesprengt und lebe im Unmöglichen. Binnen einer halben Stunde hatten sich Stadt und Distrikt in etwas verwandelt, das man seit tausend Jahren nicht mehr gekannt hatte; ein mittelalterliches Volk verwandelte sich durch ein überwältigendes Wunder in eine Menge von Mönchen; eine griechische Stadt, in die der Gott zwischen die Menschen herabgestiegen war. Tausende warfen sich auf der Straße nieder; Hunderte legten auf der Stelle Gelübde ab; und sogar Außenseiter wie die beiden Amerikaner konnten an nichts anderes denken und von nichts anderem sprechen als dem Wunder. Alvarez selbst war erschüttert, und das mit Recht; und er setzte sich nieder, den Kopf in den Händen.

Und im Zentrum dieses Wirbelsturms der Glückseligkeit kämpfte ein kleiner Mann darum, daß man seine Stimme höre. Seine Stimme war klein und schwach, und der Lärm war ohrenbetäubend. Er machte schwache kleine Gesten, die eher solche der Verwirrung zu sein schienen als etwas anderes. Er kam an den Rand der Brüstung über der Menge und winkte ihr zu, ruhig zu sein, mit Bewegungen eher dem Flappen der kurzen Schwingen eines Pinguins ähnlich. Da entstand so etwas wie eine Stille im Gelärme; und dann erreichte Father Brown zum ersten Mal die äußersten Grenzen seiner Empörung, die er gegen seine Kinder zu richten vermochte.

»Oh ihr *einfältigen* Menschen«, sagte er mit hoher und bebender Stimme; »oh ihr einfältigen, *einfältigen* Menschen.«

Dann schien er sich plötzlich zusammenzureißen, machte in seiner nun wieder gewöhnlichen Haltung einen Satz zu den Stufen hin und begann, eilig hinabzusteigen.

»Wohin gehen Sie, Father?« fragte Mendoza mit mehr als seiner üblichen Verehrung.

»Zum Telegraphenamt«, sagte Father Brown hastig. »Was? Nein; natürlich ist das kein Wunder. Warum sollte es ein Wunder geben? Wunder sind so billig nicht wie das hier.«

Und er kam taumelnd die Stufen herab, und die Leute warfen sich ihm in den Weg und erflehten seinen Segen.

»Seid gesegnet, seid gesegnet«, sagte Father Brown hastig. »Gott segne euch alle und gebe euch mehr Vernunft.«

Und mit seinen kleinen Schritten eilte er mit außerordentlicher Geschwindigkeit zum Telegraphenamt, wo er dem Sekretär des Bischofs drahtete: »Verrückte Geschichte über Wunder hier läuft um; hoffe Seine Eminenz verweigert Anerkennung. Nichts daran.«

Als er sich von dieser Anstrengung abwandte, taumelte er in der Reaktion leicht, und John Race ergriff ihn am Arm.

»Darf ich Sie nach Hause bringen?« sagte er. »Sie verdienen mehr, als diese Leute Ihnen geben.«

John Race und der Priester saßen in der Pfarrei; auf dem Tisch türmten sich immer noch die Papiere, mit denen sich der letztere am Vortag herumgeschlagen hatte; die Flasche Wein und das geleerte Weinglas standen noch so da, wie er sie verlassen hatte.

»Und nun«, sagte Father Brown fast grimmig, »kann ich anfangen nachzudenken.«

»Ich würde nicht gerade jetzt allzu scharf nachdenken«, sagte der Amerikaner. »Sie müssen sich doch nach Ruhe sehnen. Und außerdem, worüber wollen Sie denn nachdenken?«

»Zufälligerweise stand ich ziemlich häufig vor der Aufgabe, einen Mord zu untersuchen«, sagte Father Brown. »Nun muß ich den Mord an mir untersuchen.«

»Wenn ich Sie wäre«, sagte Race, »würde ich mir erst einen Schluck Wein nehmen.«

Father Brown stand auf und füllte sich ein Glas, hob es, blickte nachdenklich ins Leere und setzte es wieder nieder. Dann setzte er sich selbst wieder nieder und sagte:

»Wissen Sie, wie ich mich fühlte, als ich starb? Sie werden es nicht glauben, aber mein Gefühl war das einer überwältigenden Verwunderung.«

»Nun ja«, antwortete Race, »ich nehme an, Sie waren verwundert, daß man Sie über den Kopf schlug.«

Father Brown beugte sich zu ihm hinüber und sagte leise: »Ich war verwundert, daß man mir nicht über den Kopf schlug.«

Race sah ihn einen Augenblick lang an, als dächte er, der Schlag über den Kopf sei nur allzu wirksam gewesen; aber er sagte lediglich: »Wie meinen Sie das?«

»Ich meine damit, daß, als der Mann seine Keule in großem Bogen niedersausen ließ, sie vor meinem Kopf innehielt und ihn nicht einmal berührte. Auf die gleiche Weise tat der andere Bursche so, als ob er mit dem Messer nach mir steche, aber er hat mich nicht einmal gekratzt. Das war wie Theater spielen. Ich glaube, das war es. Aber dann geschah das Außerordentliche.«

Er sah für einen Augenblick nachdenklich die Papiere auf dem Tisch an und fuhr dann fort:

»Obwohl mich weder Messer noch Knüttel berührt hatten, fühlte ich, wie meine Beine unter mir nachgaben und mein Leben erlosch. Ich wußte, daß mich etwas niederstreckte, aber es waren nicht jene Waffen. Wissen Sie, was ich glaube, was es war?«

Und er zeigte auf den Wein auf dem Tisch.

Race nahm das Weinglas hoch, sah es an und beroch es.

»Ich glaube, Sie haben recht«, sagte er. »Ich habe als Drogist angefangen und dann Chemie studiert. Ich kann ohne Analyse nichts Genaues sagen, aber ich glaube, daß sich in diesem Zeug etwas sehr Ungewöhnliches befindet. Es gibt Drogen, mit denen die Asiaten einen zeitweiligen Schlaf verursachen, der wie der Tod aussieht.«

»Genau das«, sagte der Priester ruhig. »Dieses ganze Wunder wurde aus irgendeinem Grunde vorgetäuscht. Die Beisetzungsszene ist arrangiert und zeitlich geplant worden. Ich glaube, das ist Teil jenes irrsinnigen Publicity-Wahns, der Snaith befallen hat; aber ich kann kaum glauben, daß er nur deswegen so weit gehen würde. Schließlich ist es eine Sache, mit mir die Auflage zu steigern und mich als einen angeblichen Sherlock Holmes zu verkaufen, und –«

Noch während der Priester sprach, veränderte sich sein Gesicht. Seine blinzelnden Augenlider schlössen sich plötzlich, und er stand da, als ob er ersticke. Dann streckte er eine zitternde Hand aus, als wolle er sich seinen Weg zur Tür ertasten.

»Wo gehen Sie hin?« fragte der andere verwundert.

»Wenn Sie mich so fragen«, sagte Father Brown, der schneeweiß aussah, »ich wollte beten gehen. Oder besser lobpreisen.«

»Ich verstehe Sie nicht. Was ist mit Ihnen los?«

»Ich gehe, um Gott zu lobpreisen, daß er mich so merkwürdig und so unglaublich gerettet hat – um Haaresbreite gerettet hat.«

»Natürlich«, sagte Race, »ich gehöre zwar nicht Ihrer Religion an; aber glauben Sie mir, ich habe Religion genug, um das zu verstehen. Natürlich, Sie wollen Gott danken, daß er Sie vor dem Tode errettet hat.«

»Nein«, sagte der Priester. »Nicht vor dem Tode. Vor der Schande.«

Der andere saß da und starrte; und des Priesters nächste Worte brachen aus ihm heraus wie ein Schrei.

»Und wenn es nur meine Schande gewesen wäre! Aber es wäre die Schande alles dessen gewesen, wofür ich einstehe; die Schande des Glaubens, die sie heraufbeschworen haben. Was wäre daraus geworden! Der größte und grauenhafteste Skandal, der je gegen uns entfesselt wurde, seit die letzte Lüge in der Gurgel von Titus Gates erstickt ward.«

»Von was in aller Welt reden Sie eigentlich?« fragte ihn sein Gesprächspartner.

»Nun wohl, ich sollte es Ihnen wohl ganz erzählen«, sagte der Priester. Und während er sich niedersetzte, fuhr er gefaßter fort: »Es wurde mir blitzartig klar, als ich zufällig Snaith und Sherlock Holmes erwähnte. Nun erinnerte ich mich wieder, was ich ihm über seinen absurden Plan geschrieben habe; es schien das Natürlichste zu sein, so zu schreiben, und doch glaube ich jetzt, daß sie mich geradezu genial dahin gebracht haben, ausgerechnet jene Worte zu schreiben. Sie lauteten etwa: ›Ich bin bereit zu sterben und wieder lebendig zu werden wie Sherlock Holmes, wenn das der beste Weg ist.‹ Und im gleichen Augenblick, in dem mir das einfiel, wurde mir klar, daß man mich alle Arten Dinge dieser Art schreiben gemacht hat, die alle in dieselbe Richtung weisen. Ich habe wie an einen Komplizen geschrieben, daß ich den gedokterten Wein zu einer bestimmten Stunde trinken würde. Begreifen Sie jetzt?«

Race sprang immer noch starren Blickes auf: »Ja«, sagte er, »ich glaube, ich beginne zu begreifen.«

»*Diese* Leute hätten das Wunder zuerst richtig bekannt gemacht. Und dann hätten *sie* das Wunder platzen lassen. Und am schlimmsten ist, sie hätten beweisen können, daß *ich* mit in der Verschwörung war. Das wäre *unser* falsches Wunder gewesen. Das ist alles; und der Hölle so nahe, wie Sie und ich hoffentlich nie wieder sein werden.«

Dann sagte er nach einer Pause mit wahrhaft milder Stimme: »Sie hätten aus mir wirklich eine Menge Auflagensteigerung herausholen können.«

Race blickte auf den Tisch und fragte düster: »Wie viele dieser Schweine waren daran beteiligt?«

Father Brown schüttelte den Kopf. »Mehr, als ich mir vorstellen möchte«, sagte er; »aber ich hoffe, daß einige von ihnen nur Werkzeuge waren. Alvarez dürfte wahrscheinlich glauben, daß im Kriege alles erlaubt sei; er hat einen verdrehten Kopf. Ich muß leider fürchten, daß Mendoza ein alter Heuchler ist; ich habe ihm nie getraut, und er haßte meine Einmischung in eine Industriegeschichte. Aber all das kann warten; jetzt habe ich nur Gott dafür zu danken, daß ich entkommen bin. Und besonders dafür, daß ich dem Bischof sofort gekabelt habe.«

John Race schien sehr nachdenklich zu sein.

»Sie haben mir vieles erzählt, was ich nicht wußte«, sagte er schließlich, »und deshalb will ich Ihnen das einzige erzählen, was Sie nicht wissen. Ich kann mir sehr gut vorstellen, wie die Brüder sich das ausgerechnet haben. Sie dachten sich, daß jeder lebende Mensch, der in einem Sarg aufwacht und wie ein Heiliger verehrt wird und in ein wandelndes Wunder verwandelt ist, das jedermann bewundert, von seinen Verehrern mitgerissen würde und die Krone des Ruhmes annähme, die da aus dem Himmel auf ihn gefallen ist. Und ich glaube, daß ihre Berechnung patente praktische Psychologie war, was normale Menschen angeht. Ich habe alle Arten Männer an allen Arten Orten gesehen; und ich sage Ihnen offen, ich glaube nicht, daß es 1 unter 1000 gibt, der unter solchen Umständen mit all seinem Grips parat aufwachen würde; und der, während er fast noch im Schlafe spricht, die Vernunft und die Schlichtheit und die Demut hätte, um –« Er war sehr überrascht, sich selbst bewegt und seine gelassene Stimme bebend zu finden.

Father Brown starrte geistesabwesend und ziemlich angeschlagen die Flasche auf dem Tisch an. »Sagen Sie mal«, sagte er, »was halten Sie von einer Flasche richtigen Weines?«

Der Pfeil aus dem Himmel

Es ist zu befürchten, daß rund 100 Detektivgeschichten mit der Entdekkung beginnen, daß ein amerikanischer Millionär ermordet wurde; ein Ereignis, das aus irgendwelchen Gründen als eine Art Unheil behandelt wird. Ich bin glücklich festzustellen, daß auch diese Geschichte mit einem ermordeten Millionär zu beginnen hat; in gewissem Sinne hat sie sogar mit drei ermordeten Millionären zu beginnen, was manche ohne Zweifel als einen »embarras de richesse« betrachten werden. Aber gerade dieses Zusammentreffen oder diese Kontinuität verbrecherischer Organisationskunst hob die ganze Angelegenheit aus dem üblichen Verlauf von Kriminalfällen heraus und machte aus ihr das außerordentliche Problem, das sie darstellte.

Ziemlich allgemein wurde behauptet, daß sie alle Opfer irgendeiner Fehde oder eines Fluches geworden waren, der am Besitz einer Antiquität großen Wertes sowohl im materiellen wie im historischen Sinne hing: eine Art Kelch, der mit kostbaren Steinen eingelegt war und gemeinhin der Koptenkelch hieß. Seine Ursprünge lagen im dunkeln, aber allgemein wurde angenommen, daß er religiöser Art sei; und manche schrieben das schlimme Geschick, das seine Besitzer verfolgte, dem Fanatismus irgendwelcher orientalischen Christen zu, die es entsetze, ihn in so materialistischen Händen zu sehen. Der geheimnisvolle Vernichter aber war, gleich ob ein solcher Fanatiker oder nicht, bereits zur Gestalt eines gierigen Sensationsinteresses in der Welt von Journalismus und Klatsch geworden. Der Namenlose wurde mit einem Namen oder besser mit einem Spitznamen bedacht. Hier aber haben wir es nur mit der Geschichte des dritten Opfers zu tun; denn nur in diesem dritten Fall fand ein gewisser Father Brown, der das Thema dieser Skizzen ist, Gelegenheit, seine Anwesenheit zur Geltung zu bringen.

Als Father Brown zum ersten Mal von einem Atlantikdampfer aus Amerikas Boden betrat, stellt er wie mancher andere Engländer fest, daß er eine viel bedeutendere Persönlichkeit war, als er je vermutet hätte. Seine kurze Gestalt, sein kurzsichtiges Gesicht ohne besonders markante Züge, seine reichlich schäbige schwarze klerikale Kleidung hätten in seinem eigenen Lande in jeder Menge durchgehen können, ohne als ungewöhnlich aufzufallen, höchstens vielleicht als ungewöhnlich unbedeutend. Amerika aber hat eine besondere Fähigkeit, Ruhm zu ermutigen; und sein Auftreten in ein oder zwei eigenartigen Kriminalfällen hatte zusammen mit seiner langen Beziehung zu Flambeau, dem Ex-Verbrecher und Detektiv, in Amerika zu einem Ruf verdichtet, was in England kaum mehr als ein Gerücht war. Sein rundes Gesicht war leer vor Staunen, als er sich am Kai von einer Gruppe Journalisten wie von einer Brigantenbande aufgehalten fand, die ihn Fragen zu all den Themen fragten, für die er sich selbst am wenigsten als Autorität ansehen würde, wie etwa nach Einzelheiten der Frauenmode und der Verbrechensstatistik des Landes, das er in jenem Augenblick zum ersten Mal sah. Vielleicht war es der Gegensatz zu der schwarzen, schlachterprobten Gemeinschaftlichkeit dieser Gruppe, die eine andere Gestalt um so deutlicher werden ließ, die sich ebenfalls schwarz gegen das brennend weiße Tageslicht jener strahlenden Örtlichkeit und Jahreszeit abhob, vollständig allein; ein großer, fast gelbgesichtiger Mann mit großen Brillengläsern, der ihn mit einer Handbewegung aufhielt, als die Journalisten fertig waren, und sagte: »Verzeihen Sie, aber vielleicht suchen Sie Hauptmann Wain.«

Eine Entschuldigung für Father Brown mag angebracht sein; denn er selbst hätte sich sicherlich sehr entschuldigt. Es muß daran erinnert werden, daß er Amerika niemals zuvor gesehen hatte, und vor allem, daß er diese Art von Schildpattbrillen niemals zuvor gesehen hatte; denn diese Mode hatte zu jener Zeit England noch nicht erreicht. Sein erstes Empfinden war, ein glotzäugiges Seeungeheuer mit einer schwachen Andeutung von Taucherhelm anzustarren. Davon abgesehen war der Mann ausgezeichnet gekleidet; und Brown erschien in seiner Unschuld die Brille als die sonderbarste Entstellung eines Dandys. Es war so, als habe sich ein Dandy als letzte Steigerung der Eleganz ein Holzbein zugelegt. Und auch die Frage verwirrte ihn. Ein amerikanischer Flieger namens Warn, ein Freund seiner Freunde in Frankreich, stand tatsächlich auf der langen Liste von Personen, die während seines Amerika-Besuches zu sehen er eine gewisse Hoffnung hegte; aber er hatte niemals erwartet, von ihm so früh zu hören.

»Um Vergebung«, sagte er zweifelnd, »sind Sie Hauptmann Wain? Kennen – kennen Sie ihn?«

»Nun, ich bin ziemlich sicher, daß ich nicht Hauptmann Wain bin«, sagte der Mann mit der Brille und einem Gesicht aus Holz. »Das war mir ziemlich klar, als ich ihn da drüben im Auto auf Sie warten sah. Aber die andere Frage ist ein bißchen problematischer. Ich nehme an, ich kenne Wain und seinen Onkel, und den alten Merton auch. Ich kenne den alten Merton, aber der alte Merton kennt mich nicht. Und deshalb glaubt er, er sei im Vorteil, und ich glaube, ich bin im Vorteil. Kapiert?«

Father Brown kapierte nicht ganz. Er blinzelte über das glitzernde Gewässer und die Zinnen der Stadt und dann den Mann mit der Brille an. Es war nicht nur diese Maskierung der Augen des Mannes, die den Eindruck des Undurchdringlichen heraufbeschwor. Etwas in seinem gelben Gesicht war fast asiatisch, gar chinesisch; und seine Konversation schien aus verfestigten Schichten Ironie zu bestehen. Er war ein Typ, wie man ihn hier und da in jener offenherzigen und geselligen Bevölkerung findet; er war der unergründliche Amerikaner.

»Mein Name ist Drage«, sagte er, »Norman Drage, und ich bin amerikanischer Bürger, was alles erklärt. Jedenfalls bilde ich mir ein, daß Ihr Freund Wain das übrige erklären möchte; also wollen wir den 4. Juli auf ein anderes Datum vertagen.«

Father Brown wurde in ziemlich benommenem Zustand zu einem Auto geschleppt, das in einiger Entfernung wartete, darinnen ein junger Mann mit Büscheln unordentlichen blonden Haares und gequältem und abgezehrtem Gesicht ihn bereits von ferne begrüßte und sich als Peter Wain vorstellte. Bevor er wußte, wo er war, wurde er in dem Wagen verstaut und reiste mit beachtlicher Geschwindigkeit durch die Stadt und aus ihr hinaus. Er war an den ungestümen Zugriff solchen amerikanischen Handelns nicht gewöhnt und fühlte sich etwa so verwirrt, als entführte ihn eine von Drachen gezogene Kutsche ins Märchenland. Unter diesen beunruhigenden Umständen hörte er zum ersten Mal in langen Monologen von Wain und kurzen Sätzen von Drage die Geschichte des Koptenkelches und der beiden Verbrechen, die bereits mit ihm verbunden waren.

Allem Anschein nach hatte Wain einen Onkel namens Crake, der einen Partner namens Merton hatte, der Nummer drei in der Reihe reicher Geschäftsleute war, denen der Kelch bisher gehört hatte. Der erste von ihnen, Titus P. Trant, der Kupferkönig, hatte von einem Unbekannten, der mit Daniel Doom unterzeichnete, Drohbriefe erhalten. Der Name war vermutlich ein Pseudonym, vertrat aber inzwischen eine sehr bekannte, wenn nicht gar beliebte Figur; jemanden, der so bekannt war wie Robin Hood und Jack the Ripper zusammen. Denn es wurde bald deutlich, daß der Schreiber der Drohbriefe sich nicht aufs

Drohen beschränkte. Das Ergebnis jedenfalls war, daß man den alten Trant eines Morgens mit dem Kopf in seinem eigenen Seerosenteich fand, und es gab nicht den Hauch einer Spur. Der Kelch befand sich glücklicherweise sicher in der Bank; und er ging mit dem übrigen Vermögen von Trant in den Besitz seines Vetters Brian Horder über, der ebenfalls ein Mann von großem Reichtum war und ebenfalls von jenem namenlosen Feind bedroht wurde. Brian Horder wurde tot am Fuß einer Klippe vor seiner Strandvilla entdeckt, in die ein Einbruch, diesmal großen Stils, stattgefunden hatte. Denn obwohl der Kelch offenbar erneut entkommen war, wurden doch genug Aktien und Pfandbriefe gestohlen, daß Horders finanzielle Angelegenheiten in größte Unordnung gerieten.

»Brian Horders Witwe«, erklärte Wain, »mußte meines Wissens den größten Teil seiner Wertgegenstände verkaufen, und Brander Merton muß den Kelch bei dieser Gelegenheit gekauft haben, denn er hatte ihn bereits, als ich ihn kennenlernte. Aber Sie können sich ja selbst vorstellen, daß das kein sehr bequemes Besitztum ist.«

»Hat Mr. Merton je Drohbriefe bekommen?« fragte Father Brown nach einer Pause.

»Ich glaube ja«, sagte Mr. Drage; und irgend etwas in seiner Stimme ließ den Priester ihn neugierig ansehen, bis ihm klar wurde, daß der Mann mit der Brille leise lachte, auf eine Weise, die den Neuankömmling ein wenig schaudern machte.

»Ich bin ziemlich sicher, daß ja«, sagte Peter Wain stirnrunzelnd. »Ich habe die Briefe nicht gesehen, da nur sein Sekretär Briefe an ihn sieht, denn er ist in Geschäftsangelegenheiten sehr zurückhaltend, wie große Geschäftsleute zu sein haben. Aber ich habe ihn wegen Briefen sehr verstimmt und verärgert gesehen; und auch, wie er Briefe aufriß, bevor sogar sein Sekretär sie gesehen hat. Und der Sekretär selbst wird nervös und sagt, er sei sicher, daß jemand hinter dem alten Mann her sei; und, kurz und gut, wir wären für ein bißchen Rat in dieser Angelegenheit sehr dankbar. Jeder kennt hier Ihren großen Ruf, Father Brown, und der Sekretär hat mich gebeten, Sie zu fragen, ob es Ihnen etwas ausmachte, sofort zum Merton-Haus zu kommen.«

»Ach so«, sagte Father Brown, dem endlich die Bedeutung dieser offenbaren Entführung aufzugehen begann. »Aber ich sehe wirklich nicht, wie ich mehr tun könnte als Sie. Sie sind an Ort und Stelle und müssen hundertmal mehr Anhaltspunkte haben, um zu einer wissenschaftlichen Schlußfolgerung zu gelangen, als ein zufälliger Besucher.«

»Ja«, sagte Mr. Drage trocken, »unsere Schlußfolgerungen sind viel zu wissenschaftlich, als daß sie wahr sein könnten. Ich nehme an, wenn irgendwas einen Mann wie Titus P. Trant treffen konnte, dann kam das geradewegs von oben, ohne auf wissenschaftliche Erklärungen zu warten. Was man einen Blitz aus heiterem Himmel nennt.«

»Sie wollen doch nicht etwa behaupten«, rief Wain, »daß es übernatürlich war!«

Doch war es zu keiner Zeit besonders leicht herauszufinden, was Mr. Drage möglicherweise meinte, außer daß wenn er sagte, irgend jemand sei ein besonders schlauer Bursche, er mit großer Wahrscheinlichkeit meinte, er sei ein Narr. Mr. Drage behielt eine orientalische Unbeweglichkeit bei, bis der Wagen kurze Zeit danach anhielt, offenbar am Ort ihrer Bestimmung. Es war ein ziemlich einmaliger Ort. Sie waren durch dünn bewaldetes Land gefahren, das sich in eine weite Ebene öffnete, und unmittelbar vor ihnen lag ein Gebäude, das aus einer einzigen Mauer oder einem sehr hohen Zaun bestand, rund wie ein römisches Legionslager, und das eher wie eine Flughalle aussah. Die Umfriedung sah weder nach Holz noch nach Stein aus, und eine nähere Untersuchung erwies, daß sie aus Metall war.

Alle stiegen sie aus dem Wagen aus, und eine schmale Tür in der Mauer glitt nach erheblichen Vorsichtsmaßnahmen und nach Hantierungen, die dem Öffnen eines Safes ähnelten, auf. Sehr zu Father Browns Erstaunen aber zeigte der Mann namens Norman Drage keinerlei Neigung einzutreten, sondern verabschiedete sich von ihnen mit finsterer Fröhlichkeit.

»Ich komm nicht mit rein«, sagte er. »Schätze, das war zu viel freudige Aufregung für'n alten Mann Merton. Er liebt meinen Anblick so sehr, der würde vor Freude sterben.«

Und er schritt von dannen, während Father Brown mit zunehmender Verwunderung durch die Stahltür eingelassen wurde, die sich unmittelbar hinter ihm klickend schloß. Im Inneren befand sich ein großer und kunstvoll angelegter Garten in heiteren und vielfältigen Farben, jedoch vollständig bar jeden Baumes oder hohen Gebüschs und von Blumen. In der Mitte erhob sich ein Haus von schöner, ja auffallender Architektur, aber so hoch und schmal, daß es eher einem Turm glich. Der brennende Sonnenschein schimmerte oben hier und da in Glasdächern, aber im ganzen unteren Teil schien es kein einziges Fenster zu geben. Über allem lag jene fleckenlose und funkelnde Reinlichkeit, die der klaren amerikanischen Luft so angemessen erscheint. Als sie in das Portal getreten waren, befanden sie sich inmitten von Marmor und Metallen und Emaillen der brillantesten Farben, aber es gab kein Treppenhaus. Zwischen den massiven Wänden stieg in der Mitte lediglich ein einzelner Schacht für einen Aufzug empor, und den Zugang zu ihm bewachten schwere kräftige Männer wie Polizisten in Zivil.

»Ich weiß, ziemlich ausgeklügelte Schutzmaßnahmen«, sagte Wain. »Vielleicht macht es Sie lächeln, Father Brown, daß Merton in einer Festung wie dieser leben muß, selbst ohne jeden Baum im Garten, hinter dem sich jemand verbergen könnte. Aber Sie wissen nicht, mit was wir es in diesem Lande zu tun haben. Und vielleicht wissen Sie auch nicht, was der Name Brander Merton bedeutet. Er sieht bescheiden genug aus, und auf der Straße würde sich niemand nach ihm umdrehen; nicht daß heutzutage viele Gelegenheit dazu bekommen, denn er kann nur noch ab und zu in einem geschlossenen Wagen ausfahren. Wenn aber Brander Merton etwas zustieße, entstünden daraus Erdbeben von Alaska bis zu den Karibischen Inseln. Ich glaube nicht, daß je ein König oder ein Kaiser solche Macht über die Nationen hatte wie er. Im übrigen nehme ich an, daß Sie, forderte man Sie auf, den Zaren oder den König von England zu besuchen, neugierig genug wären, hinzugehen. Sie mögen sich wenig aus Zaren oder Millionären machen; aber es bedeutet doch, daß solche Macht immer interessant ist. Und ich hoffe, daß es Ihren Grundsätzen nicht widerspricht, eine moderne Sorte Kaiser wie Merton zu besuchen.«

»Keineswegs«, sagte Father Brown ruhig. »Es ist meine Pflicht, Häftlinge und alle Unglücklichen in Gefangenschaft zu besuchen.«

Ein Schweigen entstand, und der junge Mann runzelte mit einem sonderbaren und fast durchtriebenen Ausdruck auf seinem hageren Gesicht die Stirn. Dann sagte er abrupt:

»Jedenfalls müssen Sie auch daran denken, daß er nicht bloß einfache Verbrecher oder die Schwarze Hand gegen sich hat. Dieser Daniel Doom ist ein wahrer Teufel. Sie müssen sich nur ansehen, wie er Trant in seinem eigenen Garten und Horder vor seinem Haus umlegte und damit davongekommen ist.«

Das oberste Stockwerk des Gebäudes bestand zwischen den ungeheuer dicken Mauern aus zwei Räumen; einem äußeren Raum, in den sie eintraten, und einem inneren Raum, dem Allerheiligsten des großen Millionärs. Sie betraten den äußeren Raum gerade, als zwei andere Besucher aus dem inneren kamen. Den einen begrüßte Peter Wain als seinen Onkel – ein kleiner, aber sehr kraftvoller und energischer Mann mit rasiertem Schädel, der kahl wirkte, und einem braunen Gesicht, das fast zu braun aussah, als daß es jemals hätte weiß gewesen sein können. Das war der alte Crake, den man gewöhnlich wegen seines Ruhmes aus den letzten Indianerkriegen Hickory Crake nannte in Erinnerung an den berühmteren Old Hickory. Sein Begleiter bildete einen einzigartigen Gegensatz – ein sehr kleiner und lebhafter Gentleman mit dunklem Haar wie ein schwarzer Lacküberzug und einem breiten schwarzen Band an seinem Monokel: Barnard Blake, der Rechtsanwalt des alten Merton, der mit den Partnern Geschäftsangelegenheiten der Firma besprochen hatte. Die vier Männer begegneten sich in der Mitte des äußeren Raumes und blieben im Akte des jeweiligen Gehens beziehungsweise Kommens zu einem kleinen höflichen Gespräch stehen. Und während all dieses Gehens und Kommens saß eine andere Gestalt im Hintergrund des Raumes nahe der Tür zum inneren Raum, mächtig und bewegungslos im Halblicht des inneren Fensters; ein Mann mit Negergesicht und gewaltigen Schultern. Er war das, was die humorvolle Selbstkritik Amerikas neckisch den Bösewicht nennt; den seine Freunde einen Leibwächter nennen mochten, und seine Feinde einen Meuchler.

Dieser Mann bewegte und rührte sich niemals, um jemanden zu begrüßen; aber sein Anblick im äußeren Raum bewegte Peter Wain zu seiner ersten nervösen Frage.

»Ist jemand beim Chef?« fragte er.

»Nun werd nicht nervös, Peter«, kicherte sein Onkel. »Der Sekretär Wilton ist bei ihm, und ich hoffe, das dürfte für jeden ausreichen. Ich glaube nicht, daß Wilton jemals schläft, vor lauter Aufpassen auf Merton. Er ist besser als zwanzig Leibwächter. Und er ist so schnell und lautlos wie ein Indianer.«

»Das mußt du ja wissen«, sagte sein Neffe lachend. »Ich erinnere mich an die Indianertricks, die du mir beigebracht hast, als ich noch ein Junge war und es liebte, Indianergeschichten zu lesen. Aber in meinen Indianergeschichten schienen immer die Indianer irgendwie das schlechte Ende erwischt zu haben.«

»Aber nicht in der Wirklichkeit«, sagte der alte Indianerkämpfer grimmig.

»Wirklich?« fragte der sanfte Mr. Blake. »Ich hätte gedacht, daß sie gegen unsere Feuerwaffen wenig ausrichten konnten.«

»Ich habe einen Indianer inmitten von 100 Gewehren gesehen, der nichts als ein kleines Skalpmesser hatte und damit einen Weißen tötete, der oben auf dem Fort stand«, sagte Crake.

»Ja, aber was tat er denn damit?« fragte der andere.

»Er schleuderte es«, erwiderte Crake, »schleuderte es wie einen Blitz, bevor noch jemand schießen konnte. Ich weiß nicht, wo er den Trick gelernt hat.«

»Nun, ich hoffe, daß du ihn nicht gelernt hast«, sagte sein Neffe lachend.

»Mir scheint«, sagte Father Brown nachdenklich, »daß diese Geschichte eine Moral haben könnte.«

Während sie noch sprachen, war Mr. Wilton, der Sekretär, aus dem inneren Raum gekommen und stand wartend da; ein blasser blonder Mann mit eckigem Kinn und steten Augen mit einem Blick wie der eines Hundes; es war nicht schwer zu glauben, daß er den Blick eines Wachhundes besaß.

Er sagte nur: »Mr. Merton kann Sie in ungefähr 10 Minuten empfangen«, aber das diente als Signal, um die schwatzende Gruppe aufzulösen. Der alte Crake sagte, er müsse sich auf den Weg machen, und sein Neffe begleitete ihn und seinen legalen Gefährten hinaus, so daß Father Brown einen Augenblick mit dem Sekretär allein blieb; denn der riesige Neger am anderen Ende des Raumes konnte kaum als menschlich oder lebendig empfunden werden; so bewegungslos saß er da, seinen breiten Rücken ihnen zugekehrt und auf den inneren Raum starrend.

»Ziemlich ausgeklügelte Vorkehrungen hier, fürchte ich«, sagte der Sekretär. »Sie haben sicherlich alles über diesen Daniel Doom gehört, und warum es nicht gut ist, den Boss zu sehr allein zu lassen.«

»Aber jetzt ist er allein, oder?« sagte Father Brown.

Der Sekretär sah ihn mit ernsten grauen Augen an.

»Für 15 Minuten«, sagte er. »Für 15 Minuten von 24 Stunden. Das ist die einzige Zeit, die er wirklich allein sein kann; und auf der er aus einem sehr bemerkenswerten Grund besteht.«

»Und was für ein Grund ist das?« fragte der Besucher.

Wilton, der Sekretär, behielt seinen stetigen Blick bei, aber sein Mund, der bisher lediglich ernst war, wurde grimmig.

»Der Koptenkelch«, sagte er. »Vielleicht haben Sie den Koptenkelch vergessen; aber er hat weder den noch sonst etwas vergessen. Mit dem Koptenkelch traut er keinem von uns. Der ist irgendwo und irgendwie in jenem Raum verschlossen, so daß nur er allein ihn finden kann; und er nimmt ihn nicht heraus, ehe wir nicht alle draußen sind. Also müssen wir diese Viertelstunde riskieren, während der er dasitzt und ihn anbetet; ich schätze, das ist seine einzige Anbetung. Und dann gibt es ja auch kein wirkliches Risiko; denn ich habe dieses ganze Haus in eine einzige Falle verwandelt, in die wohl nicht einmal der Teufel herein könnte – oder aus der er wenigstens nicht mehr hinauskäme. Wenn dieser höllische Daniel Doom uns einen Besuch abstattete, müßte er zum Abendessen bleiben und, bei Gott, eine ganze Weile länger! Ich sitze hier während der 15

Minuten auf glühenden Steinen, und im gleichen Augenblick, in dem ich einen Schuß hörte oder Geräusche eines Kampfes, würde ich diesen Knopf drücken, und elektrischer Strom würde ringsum die Gartenmauern aufladen, so daß es tödlich wäre, sie zu überklettern. Natürlich kann es gar keinen Schuß geben, denn das hier ist der einzige Eingang; und das einzige Fenster, an dem er sitzt, ist hoch oben an einem Turm, der so glatt wie ein geölter Pfahl ist. Und außerdem sind wir hier natürlich alle bewaffnet; und wenn Doom in jenen Raum käme, wäre er tot, ehe er hinaus könnte.«

Father Brown blinzelte den Teppich in träumerisches Nachdenken versunken an. Dann sagte er plötzlich und zuckte dabei fast zusammen:

»Ich hoffe, Sie nehmen mir das nicht übel, aber mir schoß gerade ein Gedanke durch den Kopf. Und der betrifft Sie.«

»Soso«, sagte Wilton, »und was ist mit mir?«

»Ich glaube, daß Sie von einer einzigen Idee besessen sind«, sagte Father Brown, »und Sie werden mir vergeben, wenn ich sage, daß das mehr noch die Idee zu sein scheint, Daniel Doom zu erwischen, als Brander Merton zu schützen.«

Wilton fuhr leicht zusammen und starrte seinen Gefährten weiter an; dann begann sein grimmer Mund sehr langsam auf eine sonderbare Weise zu lächeln.

»Wie sind Sie – was bringt Sie auf diesen Gedanken?« fragte er.

»Sie sagten, wenn Sie einen Schuß hörten, könnten Sie den fliehenden Feind sofort durch elektrischen Strom töten«, bemerkte der Priester. »Ich nehme an, Ihnen wird klar sein, daß der Schuß für Ihren Arbeitgeber tödlich sein könnte, ehe der Schock für seinen Feind tödlich würde. Ich meine nicht, daß Sie Mr. Merton nicht beschützen würden, wenn Sie können, daß das aber in Ihren Überlegungen erst an zweiter Stelle steht. Die Vorkehrungen sind ziemlich ausgeklügelt, wie Sie sagten, und Sie scheinen sie ausgeklügelt zu haben. Aber sie scheinen sehr viel mehr darauf angelegt, einen Mörder zu fassen, als einen Mann zu schützen.«

»Father Brown«, sagte der Sekretär, der seine ruhige Stimme wiedergefunden hatte, »Sie sind sehr klug, aber in Ihnen ist noch mehr als nur Klugheit. Irgendwie sind Sie die Art Mann, der man die Wahrheit erzählen möchte; und außerdem werden Sie sie sowieso erfahren, denn auf gewisse Weise ist sie bereits ein Witz, der gegen mich erzählt wird. Alle sagen, daß ich von der Idee, diesen Verbrecher zu fassen, besessen sei, und vielleicht bin ich das. Aber ich werde Ihnen etwas sagen, das die anderen alle nicht wissen. Mein voller Name lautet John Wilton Horder.« Father

Brown nickte, als ob er vollständig auf dem laufenden sei, aber der andere fuhr fort:

»Dieser Kerl, der sich Daniel Doom nennt, ermordete meinen Vater und meinen Onkel und ruinierte meine Mutter. Als Merton sich nach einem Sekretär umsah, habe ich die Stellung angenommen, weil ich dachte, daß da, wo sich der Kelch befinde, der Verbrecher früher oder später auftauchen würde. Aber ich weiß nicht, wer der Verbrecher ist, und kann deshalb nur auf ihn warten; und ich habe die Absicht, Merton treu zu dienen.«

»Ich verstehe«, sagte Father Brown sanft; »und übrigens, ist es nicht an der Zeit, daß wir zu ihm hineingehen?«

»Wieso, ja«, antwortete Wilton, der wiederum aus seinem Brüten auffuhr, so daß der Priester schloß, es habe ihn sein Rachedurst wiederum für einen Augenblick verschlungen. »Natürlich, treten Sie ein.«

Father Brown ging geradewegs in den inneren Raum. Kein Geräusch von Begrüßungen folgte, nur ein tödliches Schweigen; und einen Augenblick später erschien der Priester wieder in der Tür.

Im gleichen Augenblick bewegte sich der schweigende Leibwächter, der nahe der Tür saß, plötzlich; es war, als werde ein riesiges Möbelstück lebendig. Es schien, als ob etwas in der Haltung des Priesters wie ein Signal gewirkt habe; denn sein Kopf stand vor dem Licht des inneren Fensters, und sein Gesicht war im Schatten.

»Ich glaube, daß Sie den Knopf jetzt drücken wollen«, sagte er mit einer Art Seufzer.

Wilton schien mit einem Ruck aus seinen wilden Brütereien aufzuwachen, und er sprang auf und rief mit gebrochener Stimme: »Es hat keinen Schuß gegeben!«

»Nun ja«, sagte Father Brown, »das hängt davon ab, was Sie unter einem Schuß verstehen.«

Wilton sprang vor, und gemeinsam stürzten sie in den inneren Raum. Es war ein verhältnismäßig kleiner und einfacher, aber elegant möblierter Raum. Ihnen gegenüber stand ein weites Fenster auf, das den Garten und die bewaldete Ebene überblickte. Nahe beim Fenster standen ein Sessel und ein kleiner Tisch, als hätte der Gefangene während des kurzen Glücks des Alleinseins gar nicht genug Luft und Licht bekommen können.

Auf dem kleinen Tisch unter dem Fenster stand der Koptenkelch; sein Besitzer hatte ihn sich offenbar bei bester Beleuchtung angesehen. Er war es wohl wert, angesehen zu werden, denn das blendendweiße Tageslicht verwandelte seine kostbaren Steine in vielfarbene Flammen, so daß er aussah wie das Urbild des Heiligen Grals. Er war es wohl wert, angesehen zu werden; aber Brander Merton sah ihn nicht an. Denn sein Kopf war ihm rückwärts über die Lehne gesunken, seine Mähne weißen Haares hing ihm nach unten, sein grauer Spitzbart wies zur Decke, und aus seiner Kehle ragte ein langer, braungestrichener Pfeil mit roten Federn am anderen Ende hervor.

»Ein lautloser Schuß«, sagte Father Brown mit leiser Stimme, »ich dachte gerade über diese neue Erfindung lautloser Feuerwaffen nach. Aber das hier ist eine sehr alte Erfindung, und ebenso lautlos.«

Dann fügte er nach einem Augenblick hinzu: »Ich fürchte, er ist tot. Was werden Sie jetzt tun?«

Der bleiche Sekretär erhob sich in jäher Entschlossenheit. »Ich werde natürlich zunächst auf den Knopf drücken«, sagte er, »und wenn das Daniel Doom nicht erledigt, werde ich ihn um die ganze Welt jagen, bis ich ihn finde.«

»Passen Sie auf, daß Sie unsere Freunde nicht erledigen«, bemerkte Father Brown; »sie können noch nicht weit sein; wir rufen sie besser zurück.«

»Die wissen alles über die Mauern«, antwortete Wilton. »Niemand von ihnen wird versuchen, sie zu überklettern, es sei denn, einer von ihnen ... wäre in großer Eile.«

Father Brown ging zum Fenster, durch den der Pfeil offenbar hereingekommen war, und blickte hinaus. Der Garten mit seinen flachen Blumenbeeten lag tief drunten wie eine zart getönte Karte der Erde. Der ganze Ausblick erschien so weit und leer, der Turm so hoch in den Himmel gebaut, daß ihm, als er hinausstarrte, ein eigenartiger Satz wieder einfiel.

»Ein Blitz aus heiterem Himmel«, sagte er. »Wer hat doch was von einem Blitz aus heiterem Himmel gesagt und daß der Tod aus dem Himmel komme? Sehen Sie nur, wie weit entfernt alles aussieht; es erscheint außerordentlich, daß ein Pfeil von so weit her hätte kommen können, es sei denn, es wäre ein Pfeil aus dem Himmel.«

Wilton hatte sich umgedreht, aber er antwortete nicht, und der Priester fuhr wie im Selbstgespräch fort.

»Man denkt an die Fliegerei. Wir müssen den jungen Wain fragen ... nach der Fliegerei.«

»Davon gibt es hierherum eine ganze Menge«, sagte der Sekretär.

»Der Fall sehr alter oder sehr neuer Waffen«, bemerkte Father Brown. »Einige davon dürften seinem alten Onkel wohl bekannt sein, nehme ich an; wir müssen ihn nach Pfeilen fragen. Der hier sieht eher nach einem

Indianerpfeil aus. Ich weiß nicht, womit der Indianer ihn abgeschossen hat; aber erinnern Sie sich der Geschichte, die der alte Mann erzählte. Ich habe da gesagt, sie habe eine Moral.«

»Wenn sie eine Moral hatte«, sagte Wilton mit Wärme, »war es nur die, daß ein echter Indianer Dinge weiter schießen kann, als man sich vorstellt. Es ist Unfug, da Parallelen sehen zu wollen.«

»Ich glaube nicht, daß Sie die Moral richtig verstanden haben«, sagte Father Brown.

Obwohl der kleine Priester am nächsten Tag mit den Millionen in New York zu verschmelzen schien, ohne jeden erkennbaren Versuch, etwas anderes als eine Nummer in einer benummerten Straße zu sein, war er in Wirklichkeit während der nächsten vierzehn Tage doch unauffällig mit dem ihm anvertrauten Auftrag beschäftigt, denn ihn erfüllte eine tiefe Furcht vor einem möglichen Justizirrtum. Ohne daß er den Anschein erweckte, er bevorzuge sie vor seinen anderen neuen Bekannten, gelang es ihm doch leicht, mit den zwei oder drei Männern zu plaudern, die jüngst in den Fall verwickelt waren; und mit dem alten Hickory Crake insbesondere führte er ein eigenartiges und interessantes Gespräch. Das fand auf einer Bank im Central Park statt, wo der alte Kämpe saß und seine knochigen Hände und sein scharfgeschnittenes Gesicht auf den eigentümlich geformten Griff seines Spazierstocks stützte, der aus dunkelrotem Holz und vielleicht einem Tomahawk nachgebildet war.

»Nun, vielleicht war das ein weiter Schuß«, sagte er und schüttelte den Kopf, »aber ich warne Sie davor, sich zu genaue Vorstellungen davon zu machen, wie weit ein Indianerpfeil fliegen könnte. Ich habe einige Pfeilschüsse gesehen, die gerader flogen als irgendeine Kugel und ihr Ziel angesichts ihrer weiten Flugbahn mit erstaunlicher Sicherheit trafen. Natürlich hört man heute praktisch nie mehr von einem Indianer mit Pfeil und Bogen, noch weniger von einem Indianer, der hier in der Gegend wäre. Aber wenn sich zufälligerweise einer der alten indianischen Scharfschützen mit einem der alten indianischen Bögen da hinten in den Bäumen Hunderte Meter jenseits von Mertons Außenmauer versteckt halten sollte – nun, dann würde ich es einem edlen Wilden durchaus zutrauen, daß er einen Pfeil über die Mauer in das oberste Fenster von Mertons Haus schicken könnte; und auch in Merton selbst. Ich habe genauso wunderbare Taten in den alten Tagen geschehen sehen.«

»Zweifellos«, sagte der Priester, »haben Sie so wunderbare Taten nicht nur gesehen, sondern auch selbst getan.«

Der alte Crake kicherte und sagte dann schroff: »Ach, das ist alles längst vergangene Geschichte.«

»Manche Menschen neigen dazu, die vergangene Geschichte zu studieren«, sagte der Priester. »Ich nehme an, daß es in Ihrer Vergangenheit nichts gibt, was die Leute dazu bringen könnte, unfreundlich über diese Geschichte zu sprechen.«

»Was meinen Sie damit?« fragte der alte Crake, wobei sich seine Augen zum ersten Mal schnell hin und her bewegten in seinem roten hölzernen Gesicht, das eher dem Kopf eines Tomahawks ähnelte.

»Nun ja, da Sie mit allen Künsten und Schlichen der Rothäute so wohl vertraut waren –«, begann Father Brown langsam.

Crake hatte zusammengesunken und fast zusammengeschrumpft gewirkt, wie er so dasaß mit dem Kinn auf der sonderbar geformten Krücke. Aber im nächsten Augenblick stand er aufrecht auf dem Weg wie ein kampfbereiter wilder Indianer und umkrampfte die Krücke wie eine Keule.

»Was?« schrie er – in einer Art heiseren Kreischens. »Was zum Teufel! Wollen Sie mir etwa ins Gesicht sagen, daß ich meinen eigenen Schwager ermordet hätte?«

Von einem Dutzend Bänke, die entlang des Weges verstreut standen, blickten Menschen auf die Streitenden, die da auf dem Wege einander gegenüberstanden, der kahlköpfige energische kleine Mann, der seinen fremdartigen Stock wie eine Keule schwang, und die schwarze dickliche Gestalt des kleinen Klerikers, der ihn ansah, ohne mit einem Muskel zu zucken, abgesehen von den blinzelnden Augenlidern. Für einen Augenblick sah es so aus, als werde der schwarzen dicklichen Gestalt auf den Kopf geschlagen und als werde sie mit wahrhaft indianischer Raschheit und Gründlichkeit niedergestreckt; und in der Entfernung konnte man bereits die mächtigen Formen eines irischen Polizisten sich auftürmen und auf die Gruppe zustürmen sehen. Aber der Priester sagte nur ganz gelassen wie einer, der eine gewöhnliche Frage beantwortet:

»Ich bin darüber zu bestimmten Schlußfolgerungen gekommen, aber ich glaube nicht, daß ich sie erwähnen werde, ehe ich meinen Bericht vorlege.«

Ob nun unter dem Einfluß der Fußschritte des Polizisten oder der Augen des Priesters, der alte Hickory jedenfalls stopfte sich seinen Stock wieder unter den Arm und stülpte sich seinen Hut grummelnd wieder über. Der Priester entbot ihm gelassen einen guten Morgen, verließ ohne Eile den Park und machte sich auf den Weg zum Salon des Hotels, wo, wie er wußte, der junge Wain zu finden war. Der junge Mann sprang grüßend auf; er sah noch beunruhigter und abgemagerter aus als zuvor, so als ob irgendein Kummer an ihm zehre; und der Priester hegte den Verdacht, daß sich sein junger Freund in der jüngsten Zeit mit nur zu sichtbarem Erfolg bemüht hatte, dem letzten Zusatz zur amerikanischen Verfassung zu entkommen. Doch beim ersten Wort über seinen Lieblingssport beziehungsweise seine Lieblingswissenschaft war er wieder vollkommen wach und konzentriert. Denn Father Brown hatte auf eine müßige und gesprächige Art gefragt, ob man denn viel in jenem Distrikt flöge, und hatte erzählt, wie er zuerst Mr. Mertons kreisrunde Wallmauer für eine Flughalle gehalten habe.

»Wundert mich, daß Sie davon nichts gesehen haben, als wir da waren«, antwortete Hauptmann Wain. »Manchmal treiben sie sich da rum wie Fliegenschwärme; diese offene Ebene ist für sie ideales Gelände, und ich würde mich nicht wundern, wenn das in Zukunft sozusagen der Hauptbrutplatz für Vögel in meinem Sinn wäre. Ich habe da selbst natürlich schon viel geflogen, und ich kenne die meisten Burschen hier, die im Krieg geflogen sind; aber es gibt inzwischen 'ne ganze Menge Leute, die sich jetzt da draußen herumtreiben und von denen ich noch nie in meinem Leben gehört habe. Ich nehme an, das wird bald wie Autofahren sein, und jeder in den Staaten wird im Besitze von einem Flugzeug sein.«

»Von seinem Schöpfer begabt«, sagte Father Brown mit einem Lächeln, »mit dem Recht auf Leben, Freiheit und Autofahren – vom Fliegen ganz zu schweigen. Also dürfen wir wohl annehmen, daß ein fremdes Flugzeug, das zu bestimmten Zeiten über das Haus fliegt, nicht besonders zur Kenntnis genommen würde.«

»Nein«, sagte der junge Mann; »ich glaube kaum, daß es würde.«

»Oder selbst wenn der Mann bekannt wäre«, fuhr der andere fort, »nehme ich an, könnte er sich eine Maschine beschaffen, die man nicht als seine erkennen würde. Wenn Sie zum Beispiel auf die übliche Weise vorbeiflögen, könnten Mr. Merton und seine Freunde Sie vielleicht an der Ausstattung erkennen; aber in einem anderen Flugzeugtyp, oder wie immer Sie das nennen, könnten Sie reichlich nahe an dem Fenster vorbeifliegen; nahe genug für praktische Zwecke.«

»Sicher, ja«, begann der junge Mann fast automatisch und brach dann ab und starrte den Kleriker mit offenem Munde und herausquellenden Augen an.

»Mein Gott!« sagte er leise. »Mein Gott!«

Dann erhob er sich bleich und von Kopf bis Fuß zitternd aus seinem Sessel und starrte weiter den Priester an.

»Sind Sie verrückt?« sagte er. »Sind Sie vollkommen verrückt?«

Nach einem Schweigen sprach er schnell und zischend weiter. »Sind Sie wirklich hergekommen, um anzudeuten –«

»Nein; nur um Anregungen zu sammeln«, sagte Father Brown und erhob sich. »Ich bin zu einigen vorläufigen Schlußfolgerungen gelangt, aber die werde ich für den Augenblick besser für mich behalten.«

Und indem er den anderen mit der gleichen steifen Höflichkeit grüßte, verließ er das Hotel, um seine eigenartigen Wanderungen wieder aufzunehmen.

Bei Anbruch des Abends an jenem Tage hatten sie ihn die schmutzigen Sträßchen und Treppen hinabgeführt, die im ältesten und unregelmäßigsten Teil der Stadt hinunter zum Flusse stolpern und taumeln. Unmittelbar unter den farbigen Laternen, die den Eingang zu einem reichlich verkommenen chinesischen Restaurant kennzeichneten, begegnete er einer Gestalt, die er bereits einmal gesehen hatte, die sich aber jetzt keineswegs so dem Blicke bot, wie er sie gesehen hatte.

Mr. Norman Drage trat der Welt immer noch grimmig hinter seiner großen Brille entgegen, die sein Gesicht irgendwie wie eine dunkle Glasmaske zu bedecken schien. Abgesehen von der Brille aber war seine Erscheinung in dem Monat seit dem Mord auf sonderbare Weise verwandelt worden. Damals war er, wie Father Brown bemerkt hatte, auf das Ausgesuchteste gekleidet gewesen – dermaßen, daß es schon fast unmöglich wurde, noch jene feinste Grenzlinie zwischen einem Dandy und einer Modepuppe vor einem Schneideratelier zu ziehen. Nun aber hatten sich all jene Äußerlichkeiten auf geheimnisvolle Weise zum Übelsten verkehrt; als ob die Schneiderpuppe zur Vogelscheuche geworden wäre. Sein Zylinder war noch da, aber zerbeult und schäbig; seine Kleidung war zerlumpt; seine Uhrkette und die kleineren Schmuckstücke waren verschwunden. Aber Father Brown begrüßte ihn, als ob sie sich erst gestern gesehen hätten und nahm keinerlei Anstand, sich neben ihm auf der Bank in dem billigen Eßlokal niederzulassen, wohin der andere seine Schritte gelenkt hatte. Doch war nicht er es, der dann die Unterhaltung begann.

»Nun?« knurrte Drage. »Ist es Ihnen gelungen, Ihren heiligen und heiliggesprochenen Millionär zu rächen? Wir wissen, daß alle Millionäre heilig und heiliggesprochen sind; man findet in der Zeitung am nächsten Tag alles darüber, wie sie vom Lichte der Familienbibel lebten, die sie auf Mutters Knien lasen. Teufel! Wenn sie doch nur die eine oder andere Geschichte aus der Familienbibel laut gelesen hätten, dann wäre wenigstens die Mutter ein bißchen erschrocken gewesen. Und der Millionär vielleicht auch, schätze ich. Das alte Buch ist voller großartiger grimmiger alter Vorstellungen, die heute nicht mehr wachsen; Sorte Weisheit aus der Steinzeit, unter Pyramiden begraben. Stellen Sie sich vor, jemand hätte den alten Mann Merton von der Spitze seines Turmes hinabgeschleudert und ihn unten von den Hunden fressen lassen, das wäre auch nicht schlimmer gewesen, als was Jesabel widerfuhr. Hat man nicht Agag in Stückchen gehackt, nur weil er empfindsam wandelte? Merton wandelte empfindsam all seine Tage, hol ihn der Teufel – bis er zum Schluß zu empfindsam zum Wandeln wurde. Aber der Wurfspieß des Herrn traf ihn, wie das in dem alten Buch hätte geschehen können, und streckte ihn tot nieder, oben auf seinem Turm, auf daß er ein Schauspiel gebe vor allem Volke.«

»Dieser Wurfspieß war aber schließlich materiell«, sagte sein Gefährte.

»Die Pyramiden sind mächtig materiell und halten doch die toten Könige drinnen ganz schön nieder«, grinste der Mann mit der Brille. »Ich glaube, man kann allerhand für diese alten materiellen Religionen sagen. Es gibt alte Skulpturen, die Jahrtausende überdauert haben und ihre Götter und Kaiser mit gespanntem Bogen zeigen; mit Händen, die aussehen, als könnten sie wirklich Bögen aus Stein biegen. Materiell vielleicht – aber aus was für Material. Stehen Sie nicht manchmal auch vor den alten orientalischen Formen und Dingen und betrachten sie, bis Sie das Gefühl haben, der alte Herr Gott führe noch immer daher wie ein dunkler Apoll und verschieße schwarze Todesstrahlen?«

»Wenn er das tut«, erwiderte Father Brown, »würde ich ihn mit einem anderen Namen nennen. Aber ich bezweifle, daß Merton durch einen schwarzen Strahl oder auch nur einen Steinpfeil starb.«

»Ich wette, Sie glauben, er ist der heilige Sebastian«, spottete Drage, »den ein Pfeil tötete. Ein Millionär muß auch ein Märtyrer sein. Woher wollen Sie wissen, daß er das nicht verdient hat? Sie wissen nicht viel über Ihren Millionär, nehme ich an. Na schön, dann lassen Sie mich Ihnen sagen, daß er das hundertmal verdient hat.«

»Und«, fragte Father Brown sanft, »warum haben Sie ihn nicht ermordet?«

»Sie wollen wissen, warum ich das nicht getan hab?« fragte der andere starrend. »Na also, Sie sind mir 'ne schöne Art Kirchenmann.«

»Keineswegs«, sagte der andere, als ob er ein Kompliment beiseite wedeln wolle.

»Ich nehme an, das ist Ihre Art zu behaupten, daß ich es getan hab«, knurrte Drage. »Na schön, beweisen Sie's, das ist alles. Aber was ihn angeht, schätze, der war kein Verlust.«

»Doch, war er«, sagte Father Brown scharf. »Er war ein Verlust für Sie. Deshalb haben nicht Sie ihn getötet.«

Und er schritt aus dem Raum und ließ den Mann mit der Brille offenen Mundes zurück.

Fast einen Monat später besuchte Father Brown erneut das Haus, in dem der dritte Millionär der Fehde des Daniel Doom erlegen war. Die besonders interessierten Personen hielten eine Art Rat ab. Der alte Crake saß am Kopf des Tisches, den Neffen zur Rechten, den Anwalt zur Linken; der riesige Mann mit den afrikanischen Zügen, dessen Name sich als Harris herausstellte, war wuchtig anwesend, wenn auch nur als materieller Zeuge; ein rothaariges spitznasiges Individuum, das als Dixon angesprochen wurde, war offenbar als Vertreter von Pinkerton oder irgend so einer Privatdetektei anwesend; und Father Brown glitt unauffällig auf den leeren Stuhl neben ihm.

Alle Zeitungen auf Erden waren voll von der Katastrophe des Finanzkolosses, des großen Organisators des Big Business, das die moderne Welt reitet; aber von der kleinen Gruppe, die ihm im Augenblick seines Todes am nächsten war, konnte man nur wenig erfahren. Onkel, Neffe und Rechtsbeistand erklärten, daß sie sich bereits außerhalb der Außenmauer befunden hätten, als der Alarm losging; und Erkundungen, die man bei den offiziellen Wachen an beiden Sperren einholte, ergaben zwar reichlich verwirrte Antworten, aber im Ganzen doch bestätigende. Nur eine einzige andere Schwierigkeit schien nach Erwägung zu schreien. Es schien, daß ungefähr zur Todeszeit, etwas zuvor oder danach, ein Fremder entdeckt worden war, der rätselhaft am Eingang herumlungerte und forderte, Mr. Merton zu sprechen. Die Bediensteten hatten einige Schwierigkeiten zu verstehen, was er wollte, denn seine Sprache war sehr dunkel; später aber wurde sie als ebenso verdächtig betrachtet, denn er hatte irgendetwas darüber gesagt, daß ein Bösewicht durch ein Wort aus dem Himmel vernichtet werde.

Peter Wain lehnte sich vorwärts, die Augen blitzten in seinem hageren Gesicht, und er sagte: »Darauf würde ich sowieso wetten. Norman Drage.«

»Und wer in aller Welt ist Norman Drage?« fragte sein Onkel.

»Das möchte ich auch wissen«, erwiderte der junge Mann. »Ich hab ihn so gut wie gefragt, aber er hat eine wunderbare Technik, jede gerade Frage krumm zu drehen; das ist, wie nach einem Fechter stechen. Er hat sich mit Hinweisen auf ein Flugschiff der Zukunft an mich gehängt; aber ich hab ihm nie richtig getraut.«

»Was für eine Art Mann ist er denn?« fragte Crake.

»Er ist ein Mystagoge«, sagte Father Brown mit unschuldiger Direktheit. »Von denen schwirrt eine ganze Menge herum; die Art von Männern, die sich in den Städten herumtreiben und einem in Pariser Cafés und Cabarets andeuten, sie hätten den Schleier der Isis gehoben oder kennten das Geheimnis von Stonehenge. In einem Fall wie diesem haben sie mit Sicherheit irgendeine mystische Erklärung.«

Der glatte dunkle Kopf von Barnard Blake, dem Anwalt, neigte sich höflich dem Sprecher zu, aber sein Lächeln war leicht feindselig.

»Ich hätte nicht gedacht, Sir«, sagte er, »daß Sie irgendwelche Vorurteile gegen mystische Erklärungen haben.«

»Im Gegenteil«, erwiderte Father Brown und blinzelte ihn freundlich an. »Aber gerade deshalb kann ich sie beurteilen. Jeder vorgetäuschte Rechtsanwalt könnte mich prellen, aber er könnte Sie nicht prellen, der Sie selber Anwalt sind. Jeder Narr könnte sich als Indianer verkleiden, und ich würde ihn für den originalen Hiawatha halten, aber Mr. Crake würde ihn sofort durchschauen. Jeder Schwindler könnte mir vormachen, daß er alles über Flugzeuge weiß, aber niemals Hauptmann Wain. Und so ist es mit dem anderen auch, wissen Sie? Gerade weil ich ein bißchen von Mystik verstehe, habe ich mit Mystagogen nichts im Sinn. Wirkliche Mystiker verbergen die Mysterien nicht, sie enthüllen sie. Sie stellen das Ding ins hellste Tageslicht, und wenn Sie es sich angesehen haben, ist es immer noch ein Mysterium. Aber der Mystagoge verbirgt die Dinge in Dunkelheit und Geheimnistuerei, und wenn man sie findet, sind es Platitüden. Im Falle von Drage allerdings gebe ich zu, daß er auch einen anderen und praktischeren Grund hatte, als er von Feuer aus dem Himmel oder Blitzen aus dem Blauen sprach.«

»Und welchen Grund hatte er?« fragte Wain. »Ich glaube, was immer der ist, man muß auf ihn eingehen.«

»Nun«, erwiderte der Priester langsam, »er wollte uns glauben machen, daß die Morde Wunder seien, weil ... na ja, weil er weiß, daß sie keine waren.«

»Aha«, sagte Wain zischend, »darauf hab ich gewartet. In einfachen Worten, er ist der Verbrecher.«

»In einfachen Worten, er ist der Verbrecher, der das Verbrechen nicht beging«, sagte Father Brown gelassen.

»Entspricht das Ihrer Vorstellung von einfachen Worten?« erkundigte Blake sich höflich.

»Sie werden gleich behaupten, daß jetzt ich der Mystagoge bin«, sagte Father Brown beschämt, aber mit breitem Lächeln, »doch war es wirklich nur ein Zufall. Drage hat das Verbrechen nicht begangen – ich meine dieses Verbrechen. Sein einziges Verbrechen war, daß er jemanden erpreßte, und um das zu tun, trieb er sich hier herum; aber er wollte keineswegs, daß das Geheimnis öffentlich bekannt werde oder daß das ganze Geschäft durch den Tod beendet würde. Wir können uns später über ihn unterhalten. Im Augenblick möchte ich ihn nur aus dem Wege haben.«

»Aus welchem Wege?« fragte der andere.

»Aus dem Weg zur Wahrheit«, erwiderte der Priester und sah ihn mit ruhigen Augenlidern gelassen an.

»Sie meinen«, zögerte der andere, »daß Sie die Wahrheit kennen?«

»Ich glaube ja«, sagte Father Brown bescheiden.

Es gab ein jähes Schweigen, und dann rief Crake plötzlich und zusammenhanglos mit rauher Stimme:

»Und wo ist dieser Bursche, der Sekretär? Wilton! Er sollte jetzt hier sein.«

»Ich stehe in Verbindung mit Mr. Wilton«, sagte Father Brown feierlich; »tatsächlich habe ich ihn gebeten, mich hier in ein paar Minuten anzurufen. Ich darf sagen, daß wir die Sache gemeinsam aufgeklärt haben, gewissermaßen.«

»Wenn Sie zusammenarbeiten, dürfte das ja wohl in Ordnung sein«, brummte Crake. »Ich weiß, daß er andauernd wie ein Bluthund auf der Fährte dieses krummen Hundes war, und also war es vielleicht richtig, mit ihm gemeinsam zu jagen. Aber wenn Sie die Wahrheit darüber wissen, woher zum Teufel haben Sie sie erfahren?«

»Von Ihnen«, sagte der Priester ruhig und fuhr fort, den sprühenden Kämpen sanft anzublicken. »Ich will sagen, mich brachte ein Hinweis in einer Geschichte auf die Spur, die Sie von einem Indianer erzählten, der ein Messer warf und einen Mann oben auf einer Festung traf.«

»Sie haben das schon ein paarmal gesagt«, sagte Wain mit verwirrtem Gesichtsausdruck, »aber ich kann da keinerlei Zusammenhang erkennen, außer daß dieser Mörder einen Pfeil warf und einen Mann auf der Spitze eines Hauses traf, das einer Festung sehr ähnelt. Aber natürlich wurde der Pfeil nicht geworfen, sondern geschossen, und flog viel weiter. Gewiß flog er sogar ungewöhnlich weit; aber ich kann nicht sehen, wie das uns weiterbringen könnte.«

»Ich fürchte, daß Ihnen die Pointe der Geschichte entgangen ist«, sagte Father Brown. »Es handelt sich nicht darum, daß wenn ein Ding weit, ein anderes weiter fliegen kann. Es handelt sich hier darum, daß die falsche Verwendung eines Gerätes zur zweischneidigen Sache werden kann. Die Männer in Crakes Fort dachten an ein Messer als einen Gegenstand für den Nahkampf und vergaßen, daß es ein Geschoß wie ein Wurfspeer sein kann. Andere Männer, die ich kenne, denken an einen Gegenstand wie ein Geschoß ähnlich dem Wurfspeer und vergessen, daß es auch im Nahkampf wie ein Speer verwendet werden kann. Kurz und gut, die

Moral von der Geschieht ist, daß wenn man einen Dolch in einen Pfeil verwandeln kann, man einen Pfeil auch in einen Dolch verwandeln kann.«

Jetzt sahen ihn alle an; er aber fuhr auf die gleiche beiläufige und unbewußte Weise fort:

»Natürlich haben wir uns alle gewundert und nach Kräften damit abgeplagt, wer den Pfeil durchs Fenster geschossen hat und ob er von fernher kam und so weiter. Die Wahrheit aber ist, daß niemand den Pfeil abgeschossen hat. Und er kam auch nie durchs Fenster.«

»Wie ist er denn dann gekommen?« fragte der dunkle Anwalt mit eher mürrischem Gesicht.

»Ich nehme an, daß ihn jemand mitgebracht hat«, sagte Father Brown; »es wäre nicht schwierig, ihn bei sich zu tragen oder ihn an sich zu verstecken. Jemand hatte ihn in der Hand, als er neben Merton in Mertons eigenem Zimmer stand. Jemand stach ihn wie einen Dolch in Mertons Kehle und hatte dann den höchst intelligenten Einfall, das Ganze so anzuordnen, daß wir alle sofort überzeugt waren, das Ding sei durchs Fenster hereingeflogen wie ein Vogel.«

»Jemand«, sagte der alte Crake mit einer Stimme so schwer wie Stein.

Das Telephon klingelte mit schneidendem und entsetzlich nachdrücklichem Ton. Es stand im Nebenzimmer, und Father Brown war bereits dorthin geschossen, ehe sich noch jemand anderer bewegen konnte.

»Was zum Teufel ist denn jetzt los?« schrie Peter Wain, der vollkommen zerrüttet und verwirrt schien.

»Er sagte, er erwarte von Wilton, dem Sekretär, angerufen zu werden«, erwiderte sein Onkel mit der gleichen toten Stimme.

»Ich nehme an, das ist Wilton«, bemerkte der Anwalt und sprach wie einer, der ein Schweigen ausfüllen will. Aber niemand antwortete darauf, bis Father Brown plötzlich und schweigend wieder im Raum erschien und die Antwort brachte.

»Meine Herren«, sagte er, als er sich wieder hingesetzt hatte, »Sie haben mich gebeten, die Wahrheit in diesem Rätsel zu suchen; und nachdem ich die Wahrheit gefunden habe, muß ich sie erzählen, ohne irgendwelche Versuche, den Schock zu mildern. Ich fürchte, jeder, der seine Nase in solche Dinge steckt, kann es sich nicht leisten, Rücksicht auf Menschen zu nehmen.«

»Ich nehme an«, sagte Crake und brach das folgende Schweigen, »das bedeutet, daß einige von uns angeklagt oder verdächtigt sind.«

»Wir alle sind verdächtig«, antwortete Father Brown. »Ich selbst könnte verdächtigt werden, denn ich habe die Leiche gefunden.«

»Natürlich sind wir alle verdächtig«, schnappte Wain. »Father Brown hat mir freundlicherweise erklärt, wie ich den Turm mit einem Flugapparat hätte belagern können.«

»Nein«, erwiderte der Priester mit einem Lächeln; »Sie haben mir beschrieben, wie Sie es hätten tun können. Und das war gerade das Interessante daran.«

»Ihm erschien es wahrscheinlich«, grollte Crake, »daß ich ihn selbst mit einem Indianerpfeil umgebracht hätte.«

»Mir erschien das höchst unwahrscheinlich«, sagte Father Brown und zog ein schiefes Gesicht. »Tut mir leid, wenn ich falsch handelte, aber ich konnte mir keine andere Möglichkeit ausdenken, die Fragen zu prüfen. Ich kann mir kaum etwas Unwahrscheinlicheres vorstellen als die Idee, wie Hauptmann Wain in einer großen Maschine am Fenster im Augenblick des Mordes vorbeisaust, und niemand bemerkt ihn; außer vielleicht der Idee, daß ein ehrenwerter alter Herr mit Pfeil und Bogen hinter den Büschen Indianer spielt, um jemanden zu töten, den er auf zwanzig einfachere Weisen hätte töten können. Aber ich mußte herausfinden, ob sie irgend etwas damit zu tun hatten; und so mußte ich sie anklagen, um ihre Unschuld zu beweisen.«

»Und wie haben Sie ihre Unschuld bewiesen?« fragte Blake, der Anwalt, und lehnte sich eifrig vor.

»Durch die Erregung, die sie zeigten, als sie angeklagt wurden«, antwortete der andere.

»Und was meinen Sie damit genau?«

»Wenn Sie mir erlauben, das zu sagen«, bemerkte Father Brown gelassen genug, »so hielt ich es für meine unbezweifelbare Pflicht, sie und alle anderen zu verdächtigen. Ich verdächtigte Mr. Crake und ich verdächtigte Hauptmann Wain, in dem Sinne, daß ich die Möglichkeit oder Wahrscheinlichkeit ihrer Schuld erwog. Ich erzählte ihnen, daß ich zu Schlußfolgerungen gekommen sei; und ich will Ihnen nun erzählen, was diese Schlußfolgerungen waren. Ich überzeugte mich von ihrer Unschuld durch die Art und den Zeitpunkt, in dem sie von Unwissenheit zu Empörung wechselten. So lange sie nicht daran dachten, daß sie angeklagt seien, gaben sie mir unbefangen Material, das die Anklage stützte. Sie haben mir praktisch erklärt, wie sie das Verbrechen hätten begehen können. Dann wurde ihnen plötzlich mit einem Schock und einem Schrei des Zornes klar, daß sie angeklagt waren; das wurde ihnen viel später klar, als sie eigentlich hätten erwarten sollen, angeklagt zu werden, und viel früher, als ich sie anklagte. Nun hätte keine schuldige Person sich so benehmen können. Sie hätte entweder von Anfang an kurz angebunden und mißtrauisch sein können; oder sie hätte Unwissenheit und Unschuld bis zum Ende vortäuschen können. Aber sie würde niemals damit anfangen, die Dinge für sich selbst noch schlimmer zu machen und dann einen großen Schreck bekommen und wütend eben jene Idee zu leugnen beginnen, die zu formen sie selbst beigetragen hatte. Das konnte nur jemand tun, der wirklich nicht begriffen hatte, was er da anregte. Das Selbstbewußtsein eines Mörders würde immer zumindest auf morbide Weise lebendig genug sein, um zu verhindern, daß er zuerst seine Beziehung zu der Tat vergißt und sich danach daran erinnert, sie zu leugnen. Also habe ich Sie beide und andere aus anderen Gründen, die ich jetzt nicht zu besprechen brauche, ausgeschlossen. Da war zum Beispiel der Sekretär – aber darüber werde ich nicht gerade jetzt sprechen. Hören Sie zu, ich habe gerade mit Wilton am Telephon gesprochen, und er hat mir die Erlaubnis erteilt, Ihnen einige sehr ernste Neuigkeiten mitzuteilen. Nun nehme ich an, daß Sie inzwischen alle wissen, wer Wilton war und wohinter er her war.«

»Ich weiß, er ist hinter Daniel Doom her und wird nie mehr glücklich sein, ehe er ihn nicht hat«, antwortete Peter Wain; »und ich habe gehört, daß er der Sohn vom alten Horder und deshalb der Bluträcher ist. Auf jeden Fall sucht er den Mann namens Doom.«

»Ja«, sagte Father Brown, »und er hat ihn gefunden.«

Peter Wain sprang aufgeregt auf.

»Den Mörder!« schrie er. »Sitzt der Mörder schon hinter Gittern?«

»Nein«, sagte Father Brown feierlich; »ich sagte, die Neuigkeiten seien ernst, und sie sind noch ernster als das. Ich fürchte, der arme Wilton hat eine furchtbare Verantwortung auf sich geladen. Ich fürchte, er wird eine furchtbare Verantwortung auf uns laden. Er hat den Verbrecher gestellt, und als er ihn endlich in die Ecke gedrängt hatte – nun ja, da hat er das Gesetz in die eigene Hand genommen.«

»Sie meinen, daß Daniel Doom –«, begann der Anwalt.

»Ich meine, daß Daniel Doom tot ist«, sagte der Priester. »Es gab eine Art wilden Kampfes, und Wilton tötete ihn.«

»Geschah ihm recht«, grollte Mr. Hickory Crake.

»Ich kann Wilton keinen Vorwurf machen, daß er einen solchen Verbrecher umgebracht hat, vor allem, wenn man an die Fehde denkt«, stimmte Wain bei; »das war wie eine Schlange zertreten.«

»Ich bin da anderer Ansicht«, sagte Father Brown. »Ich nehme an, daß wir alle ins Blaue hinein romantischen Unsinn schwatzen, um Lynchjustiz und gesetzlose Willkür zu verteidigen; aber ich habe den Verdacht, daß wir es bedauern werden, wenn wir unsere Rechte und Freiheiten verlieren. Außerdem erscheint es mir unlogisch zu sagen, man könne etwas für Wiltons Mord sagen, ohne auch nur zu fragen, ob man nicht auch etwas für Dooms Morde sagen könnte. Ich bezweifle, daß Doom nur ein einfacher Meuchelmörder war; er könnte ein Gesetzloser gewesen sein mit einer Wahnidee wegen des Kelches, der ihn mit Drohungen gefordert hat, und der erst nach einem Kampf tötete; beide Opfer wurden ganz in der Nähe ihrer Häuser umgebracht. Mein Widerspruch gegen Wiltons Art, die Sache zu regeln, ist, daß wir jetzt niemals Dooms Seite des Falles erfahren werden.«

»Oh, ich kann all dieses sentimentale Weißwaschen von wertlosen mörderischen Erpressern nicht mehr ertragen«, rief Wain hitzig. »Wenn Wilton den Verbrecher um die Ecke gebracht hat, hat er eine gute Tagesarbeit getan, und damit Schluß.«

»Genau das, genau das«, sagte sein Onkel und nickte energisch.

Father Browns Gesicht wurde noch ernster, als er sich langsam im Halbkreis der Gesichter umsah.

»Ist das wirklich Ihrer aller Meinung?« fragte er. Und noch während er das fragte, wurde ihm klar, daß er ein Engländer und im Exil war. Es wurde ihm klar, daß er unter Fremden, wenngleich unter Freunden war. Durch diesen Ring von Fremden lief ein rastloses Feuer, das seiner eigenen Art nicht angeboren war; der grimmigere Geist der westlichen Nation, der rebellieren und lynchen und vor allem kombinieren kann. Er wußte, daß sie bereits kombiniert hatten.

»Nun gut«, sagte Father Brown mit einem Seufzer, »ich muß also annehmen, daß Sie entschieden dieses unglückseligen Mannes Verbrechen vergeben, oder diesen Akt privater Justiz, oder wie immer Sie das nennen wollen. In diesem Fall kann es ihm nicht schaden, wenn ich Ihnen ein bißchen mehr darüber erzähle.«

Er erhob sich plötzlich auf seine Füße; und obwohl sie in seiner Bewegung keine Bedeutung erkennen konnten, schien sie doch selbst die Luft im Raume auf irgendeine Weise zu verändern, ja zu erkälten.

»Wilton tötete Doom auf eher merkwürdige Weise«, begann er.

»Wie hat Wilton ihn getötet?« fragte Crake abrupt.

»Mit einem Pfeil«, sagte Father Brown.

Zwielicht sammelte sich in dem langen Raum, und das Tageslicht schwand bis auf einen Schimmer im großen Fenster des inneren Raumes, wo der große Millionär gestorben war. Fast automatisch wandten die Augen der Gruppe sich ihm langsam zu, noch aber war da kein Ton. Dann kam die Stimme von Crake krächzend und hoch und senil in einer Art krähenden Plapperns.

»Was meinen Sie? Was meinen Sie? Brander Merton von einem Pfeil getötet. Dieser Verbrecher von einem Pfeil getötet —«

»Von demselben Pfeil«, sagte der Priester, »und im selben Augenblick.«

Und wieder war da eine Art von ersticktem, aber doch schwellendem und berstendem Schweigen, und der junge Wain begann: »Sie wollen sagen —«

»Ich will sagen, daß Ihr Freund Merton Daniel Doom war«, sagte Father Brown fest; »und zwar der einzige Daniel Doom, den Sie je finden werden. Ihr Freund Merton war immer verrückt nach dem Koptenkelch, den er jeden Tag wie einen Götzen zu verehren pflegte; und in seiner wilden Jugend hat er wirklich zwei Männer getötet, um ihn in seinen Besitz zu bekommen, obwohl ich immer noch glaube, daß die beiden Toten in gewisser Weise eher Opfer von Unfällen während des Raubes waren. Wie dem auch sei, jetzt hatte er ihn; und dieser Mann Drage kannte die Geschichte und erpreßte ihn. Wilton aber war aus einem ganz anderen Grunde hinter ihm her; ich vermute, daß er die Wahrheit erst entdeckte, nachdem er in sein Haus gekommen war. Wie auch immer, es war in diesem Haus und in jenem Zimmer, wo diese Jagd endete und er den Mörder seines Vaters tötete.«

Lange Zeit sagte niemand etwas. Dann konnte man hören, wie der alte Crake mit den Fingern auf dem Tisch trommelte und vor sich hin murmelte: »Brander muß verrückt gewesen sein. Er muß verrückt gewesen sein.«

»Aber guter Gott!« brach es aus Peter Wain hervor, »was sollen wir denn jetzt tun? Was sollen wir sagen? Aber dann ist ja alles ganz anders! Was ist mit den großen Zeitungen und den Big-Business-Leuten? Brander Merton ist sowas wie der Präsident oder der Papst in Rom.«

»Ich bin sicher, daß jetzt alles anders ist«, begann Barnard Blake, der Rechtsanwalt, mit leiser Stimme. »Die Andersartigkeit involviert ein ganzes —«

Father Brown schlug auf den Tisch, daß die auf ihm stehenden Gläser klirrten; und sie konnten sich fast ein gespenstisches Echo von dem rätselhaften Kelch vorstellen, der immer noch im Raum nebenan stand.

»Nein!« schrie er mit einer Stimme wie ein Pistolenschuß. »Es gibt keine Andersartigkeit. Ich habe Ihnen die Chance gegeben, den armen Teufel zu bedauern, als Sie dachten, er sei ein gewöhnlicher Verbrecher. Da wollten Sie nicht hören; da waren Sie alle für private Rache. Da wollten Sie ihn abschlachten lassen wie ein wildes Tier, ohne Anhörung und ohne öffentliches Gerichtsverfahren, und Sie sagten, er habe nur bekommen, was ihm zustand. Nun gut, wenn Daniel Doom bekommen hat, was ihm zustand, dann hat Brander Merton bekommen, was ihm zustand. Wenn das gut genug für Doom war, dann, bei allem was heilig ist, ist es auch gut genug für Merton. Entweder haltet euch an eure wilde Justiz oder an unsere langweilige Gesetzmäßigkeit; aber im Namen des allmächtigen Gottes, es herrsche entweder gleiche Gesetzlosigkeit oder gleiches Gesetz.«

Niemand antwortete außer dem Rechtsanwalt, und der antwortete mit Knurren:

»Was wird die Polizei sagen, wenn wir ihr erzählen, wir hätten die Absicht, ein Verbrechen zu vergeben?«

»Was wird sie sagen, wenn ich ihr erzähle, daß Sie das bereits getan haben?« erwiderte Father Brown. »Ihr Respekt vor dem Gesetz kommt reichlich spät, Mr. Barnard Blake.«

Und nach einer Pause fuhr er in milderem Ton fort: »Ich für meinen Teil bin bereit, die ganze Wahrheit zu sagen, wenn die richtigen Behörden danach fragen; und ihr übrigen könnt tun, was ihr wollt. Tatsächlich aber wird das wenig Unterschied machen. Wilton hat mich nur angerufen, um mir zu sagen, daß es mir jetzt frei stünde, Ihnen seine Beichte zu unterbreiten; denn wenn Sie sie hören würden, wäre er jenseits aller Verfolgung.«

Er schritt langsam in den inneren Raum und stand dort an dem Tischchen, neben dem der Millionär gestorben war. Der Koptenkelch stand immer noch an derselben Stelle, und dort blieb er eine Weile stehen und starrte in das Gefunkel aller Farben des Regenbogens und darüber hinweg in den blauen Abgrund des Himmels.

Das Orakel des Hundes

»Ja«, sagte Father Brown, »ich mag jeden Hund, solange er nicht rückwärts buchstabiert wird.«*

Schnelle Sprecher sind nicht immer schnelle Zuhörer. Manchmal bringt gerade ihre Brillanz eine Art von Dummheit hervor. Father Browns Freund und Begleiter war ein junger Mann, der von Ideen und Geschichten überströmte, ein enthusiastischer junger Mann namens Fiennes, mit eifrigen blauen Augen und blondem Haar, das nicht lediglich von einer Haarbürste zurückgebürstet erschien, sondern vielmehr von den Winden der Welt, wie er sie durchstürmte. Doch hielt er im Strom seiner Rede in einer augenblicklichen Verwirrung inne, ehe er des Priesters sehr einfache Meinung begriff.

»Sie meinen also, daß sich die Leute zu viel aus ihnen machen?« sagte er. »Nun, ich weiß nicht. Es sind wunderbare Geschöpfe. Manchmal glaube ich, daß sie sehr viel mehr wissen als wir.«

Father Brown sagte nichts, sondern fuhr fort, den Kopf des großen Apportierhundes in einer halb abwesenden, aber offensichtlich beruhigenden Weise zu streicheln.

»Nun gab es«, sagte Fiennes und erwärmte sich wieder für seinen Monolog, »einen Hund in diesem Fall, wegen dem ich Sie aufgesucht habe: was man den ›Fall des Unsichtbaren Mordes‹ nennt, wissen Sie. Das ist eine sonderbare Geschichte, aber nach meiner Ansicht ist dabei der Hund das Sonderbarste. Natürlich gibt es da das Rätsel des Verbrechens selbst und wie der alte Druce von jemandem umgebracht worden sein kann, wenn er sich doch ganz allein in dem Gartenhaus befunden hat –«

Die Hand, die den Hund streichelte, hielt für einen Augenblick in ihrer rhythmischen Bewegung inne, und Father Brown sagte ruhig: »Oh, es handelte sich also um ein Sommerhaus, nicht?«

---

*) »Hund«, auf englisch »dog«, ergibt rückwärts buchstabiert »god« = »Gott«.

»Ich dachte, Sie hätten alles darüber in den Zeitungen gelesen«, antwortete Fiennes. »Warten Sie; ich glaube, ich habe hier einen Zeitungsausschnitt bei mir, der Ihnen alle Einzelheiten berichten kann.« Er zog ein Stück Zeitung aus der Tasche und gab es dem Priester, der es zu lesen begann, indem er es mit der einen Hand nahe an seine blinzelnden Augen hielt, während die andere Hand mit ihren halb unbewußten Liebkosungen des Hundes fortfuhr. Das sah aus wie das Gleichnis von dem Mann, der seine rechte Hand nicht wissen läßt, was seine linke Hand tut.

»Viele mysteriöse Geschichten über Menschen, die man hinter verschlossenen Türen und Fenstern mordete, und über Mörder, die ohne Möglichkeiten des Ein- oder Ausgangs entkamen, wurden wahr im Laufe der außerordentlichen Ereignisse zu Cranston an den Küsten Yorkshires, wo man Oberst Druce fand, von hinten erstochen mit einem Dolch, der vollständig von der Szene, ja wohl gar aus der Gegend verschwunden ist. Das Gartenhaus, in dem er starb, war tatsächlich nur auf einem einzigen Wege zugänglich, durch die normale Haustür, die sich gegenüber dem Mittelpfad durch den Garten zum Haus hin befindet. Aber durch eine Zusammenfügung von Ereignissen, die man schon fast Zufall nennen könnte, war es so, daß sowohl der Pfad als auch die Eingangstür während der fraglichen Zeit überwacht wurden, und es gibt eine Reihe von Zeugen, die sich gegenseitig bestätigen. Das Gartenhaus steht am äußersten Ende des Gartens, wo es keinerlei Eingang oder Ausgang gibt. Der Mittelpfad ist eine Allee zwischen zwei Reihen hohen Rittersporns, die so eng gepflanzt sind, daß jeder Schritt vom Pfade ab seine Spuren hinterlassen würde; und beide, Pfad wie Pflanzen, laufen unmittelbar auf die Öffnung des Gartenhauses zu, so daß kein Abweichen von diesem geraden Wege unbeobachtet erfolgen könnte, und keine andere Art des Eintritts ist vorstellbar.
Patrick Floyd, Sekretär des ermordeten Mannes, bezeugt, daß er sich in einer Position befunden habe, von der aus er den ganzen Garten überschauen konnte, von dem Zeitpunkt an, in dem Oberst Druce zum letzten Mal lebendig in der Tür erschienen war, bis zu dem Zeitpunkt, da man ihn tot auffand; da er, Floyd, sich oben auf einer Treppenleiter befunden und die Gartenhecke geschnitten habe. Janet Druce, die Tochter des toten Mannes, bestätigte das und erklärte, sie habe während der ganzen Zeit auf der Terrasse gesessen und Floyd bei seiner Arbeit gesehen. Für

einen Teil der Zeit wird das zusätzlich von Donald Druce, ihrem Bruder, bekräftigt, der den Garten überblickte, während er im Morgenmantel an seinem Schlafzimmerfenster stand, da er spät aufgestanden war. Schließlich stimmt dieser Bericht mit jenem überein, den Dr. Valentine, ein Nachbar, gegeben hat, der für eine Weile zu einem Gespräch mit Miss Druce auf der Terrasse vorbei kam, und mit dem vom Anwalt des Obersten, Mr. Aubrey Traill, der allem Anschein nach den ermordeten Mann als letzter lebend gesehen hat – wahrscheinlich mit der Ausnahme des Mörders.

Alle stimmen überein, daß sich der Ablauf der Ereignisse wie folgt abspielte: Gegen halb vier am Nachmittag ging Miss Druce den Pfad hinab, um ihren Vater zu fragen, wann er den Tee wünsche; doch sagte er, er wünsche keinen, sondern warte auf Traill, seinen Anwalt, den man ihm ins Gartenhaus senden solle. Daraufhin kam das Mädchen zurück und traf Traill, der gerade den Pfad herunterkam; sie wies ihn zu ihrem Vater, und er ging gemäß der Anweisung hinein. Etwa eine halbe Stunde später kam er wieder heraus, wobei ihn der Oberst bis zur Tür begleitete und sich allem Anschein nach gesund und sogar in guter Laune zeigte. Früher am Tage hatte er sich über den unregelmäßigen Lebenswandel seines Sohnes etwas verärgert gezeigt, aber er schien seine Fassung auf völlig normale Weise wiedergefunden zu haben und war bemerkenswert freundlich beim Empfang anderer Besucher, darunter zwei seiner Neffen, die für den Tag zu Besuch kamen. Da diese beiden aber während der ganzen Zeit der Tragödie auf einem Spaziergang waren, hatten sie nichts auszusagen. Es wird zwar behauptet, daß der Oberst sich mit Dr. Valentine nicht auf bestem Fuße befand, doch führte dieser Herr nur ein kurzes Gespräch mit der Tochter des Hauses, der er angeblich ernsthaft den Hof macht. Traill, der Rechtsanwalt, sagte aus, daß er den Oberst im Gartenhaus vollständig allein zurückließ, und dies wird von Floyds Vogelperspektive über den Garten bestätigt, dem sich niemand sonst zeigte, der den einzigen Eingang durchschritt. Zehn Minuten später ging Miss Druce wiederum den Garten hinab und hatte das Ende des Pfades noch nicht erreicht, als sie ihren Vater, auffällig durch seinen weißen Leinenrock, als einen Haufen auf dem Boden liegen sah. Sie stieß einen Schrei aus, der andere zur Stelle brachte, und als man das Haus betrat, fand man den Oberst tot neben seinem Korbstuhl liegen, der ebenfalls umgestürzt war. Dr. Valentine, der sich noch in der unmittelbaren Nachbarschaft aufhielt, bezeugte, daß die Wunde durch irgendeine Art Stilett verursacht worden sei, das unter dem Schulterblatt eindrang und das Herz durchbohrte. Die Polizei hat die Nachbarschaft nach einer solchen Waffe abgesucht, aber konnte keine Spur von ihr finden.«

»Also hat Oberst Druce einen weißen Rock getragen, oder?« sagte Father Brown, als er das Papier hinlegte.

»Hat er sich in den Tropen angewöhnt«, erwiderte Fiennes mit einiger Verwunderung. »Er muß da nach seinen eigenen Berichten die merkwürdigsten Abenteuer erlebt haben; ich glaube, seine Abneigung gegen Valentine stand im Zusammenhang damit, daß der Doktor ebenfalls aus den Tropen kam. Aber das Ganze ist ein höllisches Rätsel. Der Bericht da ist ziemlich genau; ich habe die Tragödie nicht mit angesehen, im Sinne der Entdeckung; ich war mit den beiden jungen Neffen spazieren, und mit dem Hund – dem Hund, von dem ich Ihnen erzählen wollte. Aber ich habe die Szenerie gesehen, wie sie da beschrieben wird; die gerade Allee zwischen den blauen Blumen direkt bis zum dunklen Eingang, und wie der Anwalt da in Schwarz und mit seidenem Zylinder hinabging, und den roten Schopf des Sekretärs hoch über der grünen Hecke, wie er sie mit seiner Schere bearbeitete. Niemand hätte diesen roten Schopf selbst auf die Entfernung hin verkennen können; und wenn die Leute sagen, sie hätten ihn die ganze Zeit da gesehen, dann können Sie sicher sein, daß sie das auch taten. Dieser rothaarige Sekretär Floyd ist schon eine Type; ein atemlos herumjagender Bursche, der ständig anderer Leute Arbeit erledigt, wie da die des Gärtners. Ich glaube, er ist Amerikaner; jedenfalls hat er die amerikanische Ansicht vom Leben – was sie drüben den Gesichtspunkt nennen. Der Teufel soll sie holen.«

»Und was ist mit dem Rechtsanwalt?« fragte Father Brown.

Es gab ein Schweigen, und dann sprach Fiennes für seine Verhältnisse reichlich langsam. »Traill ist mir als ein eigenartiger Mann aufgefallen. In seinem feinen schwarzen Anzug sah er fast wie ein Stutzer aus, und doch könnte man ihn nicht modebewußt nennen. Denn er trug ein Paar langer üppiger schwarzer Koteletten, wie man sie seit den Zeiten der Viktorianer nicht mehr gesehen hat. Er hatte ein vornehmes ernsthaftes Gesicht und vornehme Manieren, aber ab und zu schien er sich daran zu erinnern, wie man lächelt. Und wenn er seine weißen Zähne zeigte, schien er ein bißchen von seiner Würde zu verlieren, und dann umgab ihn etwas fast Kriecherisches. Aber das konnte auch nur Verlegenheit gewesen sein, denn er fummelte andauernd an seiner Krawatte und der Krawattennadel herum, die zugleich schön und ungewöhnlich waren, wie er selbst. Wenn ich mir irgend jemanden denken könnte – aber wozu, da die ganze Sache unmöglich ist? Niemand weiß, wer es getan hat. Niemand weiß, wie es getan werden konnte. Aber da muß ich eine Ausnahme machen, und deshalb habe ich die ganze Sache erwähnt. Der Hund weiß es.«

Father Brown seufzte und sagte dann abwesend: »Sie waren da als Freund des jungen Donald, oder? Und er hat Sie auf Ihrem Spaziergang nicht begleitet?«

»Nein«, erwiderte Fiennes lächelnd. »Der junge Schuft war erst am Morgen ins Bett gekommen und erst am Nachmittag wieder aufgestanden. Ich bin mit seinen Vettern losgezogen, zwei jungen Offizieren aus Indien, und unser Gespräch war recht alltäglich. Ich erinnere mich, daß der ältere, dessen Name wohl Herbert Druce ist, ein Fachmann im Bereich der Pferdezucht, nur über eine Stute sprach, die er gekauft hat, und über den Charakter des Mannes, der sie verkauft hat; während sein Bruder Harry über sein Pech in Monte Carlo zu brüten schien. Ich erwähne das nur, damit Sie im Hinblick auf das, was sich während unseres Spaziergangs ereignete, sehen können, daß es mit uns nichts Übersinnliches auf sich hatte. Der Hund war in unserer Gesellschaft der einzige Mystiker.«

»Was für eine Art Hund war er?« fragte der Priester.

»Die gleiche Rasse wie der da«, antwortete Fiennes. »Das hat mich ja erst auf diese Geschichte gebracht, als Sie sagten, Sie glaubten nicht, daß man einem Hund glauben könnte. Er ist ein großer schwarzer Apportierer namens Nacht, und das ist auch ein passender Name; denn mir scheint das, was er getan hat, ein noch dunkleres Mysterium als der Mord. Wie Sie wissen, befinden sich Druces Haus und Garten am Meer; wir sind zunächst rund eine Meile über den Sand davongegangen und haben uns dann umgedreht, um den Weg zurückzugehen. Wir kamen an einem reichlich seltsamen Felsen vorbei, den man den Schicksalsfelsen nennt und der in der Gegend berühmt ist, denn er ist ein Beispiel dafür, wie ein Fels auf einem anderen balanciert, so daß ein Stoß ihn hinabstürzen würde. Er ist nicht wirklich hoch, aber der überhängende Umriß läßt ihn ziemlich wild und schaurig erscheinen; jedenfalls für mich, denn ich kann mir nicht vorstellen, daß meine fröhlichen jungen Gefährten Sinn für das Malerische haben. Vielleicht aber habe ich auch begonnen, eine Art Stimmung zu empfinden; denn gerade dann tauchte die Frage auf, ob es an der Zeit sei, zum Tee zurückzukehren, und schon da hatte ich wohl eine Art Vorahnung, daß die Frage der Zeit eine große Rolle spiele. Weder Herbert Druce noch ich hatten eine Uhr, und so riefen wir nach seinem Bruder, der ein paar Schritte zurückgeblieben war, um sich seine Pfeife im Schutz der Hecke anzuzünden. Daher kam es, daß er die Zeit, zwanzig nach vier, mit seiner starken Stimme durch das fallende Dämmerlicht ausrief; und irgendwie ließ diese Lautheit das wie die Verkündung von irgend etwas Ungeheurem erscheinen. Daß ihm das unbewußt war, vertiefte diesen Eindruck nur noch; aber so ist das mit Vorzeichen ja immer; und an jenem Nachmittag waren bestimmte Uhrschläge ja besonders unheilschwanger. Nach dem Zeugnis von Dr. Valentine war der arme Druce tatsächlich gegen halb fünf gestorben.

Na, die Jungens sagten jedenfalls, wir brauchten uns für weitere zehn Minuten nicht auf den Rückweg zu machen, und so schlenderten wir noch ein wenig weiter den Strand entlang und trieben nichts Besonderes – wir schleuderten Steine für den Hund und warfen ihm Stöcke in die See, damit er hinter ihnen herschwömme. Mir aber wurde die Dämmerung immer bedrückender, und der Schatten des kopflastigen Schicksalsfelsens lag wie eine Last auf mir; Und dann ereignete sich das Eigenartige. Nacht hatte gerade Herberts Spazierstock aus dem Meer zurückgebracht, und sein Bruder hatte den seinen hineingeschleudert. Der Hund schwamm wieder raus, aber in genau dem Augenblick, in dem es die halbe Stunde geschlagen haben muß, hielt er mit Schwimmen inne. Er kam ans Ufer zurück und stand da vor uns. Und dann warf er plötzlich den Kopf zurück und stieß ein Heulen, ein wahres Weheheulen aus – wie ich es noch nie gehört hatte.

›Was zum Teufel ist denn mit dem Hund los?‹ fragte Herbert; aber keiner von uns konnte antworten. Eine lange Stille herrschte, nachdem das Heulen und Winseln der Kreatur an dem verlassenen Strand erstorben war; und dann wurde die Stille gebrochen. Bei meinem Leben, sie wurde gebrochen von einem schwachen und fernen Schrei, wie dem Schrei einer Frau hinter den Hecken im Binnenland. Damals wußten wir nicht, was es war; aber später wußten wir es. Es war der Schrei, den das Mädchen ausstieß, als sie zuerst die Leiche ihres Vaters sah.«

»Ich nehme an, Sie sind dann zurückgegangen«, sagte Father Brown geduldig. »Und was geschah dann?«

»Ich werde Ihnen erzählen, was dann geschah«, sagte Fiennes mit grimmigem Nachdruck. »Als wir in jenen Garten zurückkamen, sahen wir als erstes Traill, den Anwalt; ich kann ihn immer noch sehen, wie er sich da mit dem schwarzen Hut und den schwarzen Koteletten vor dem Hintergrund der blauen Blumen abhob, die sich zum Gartenhaus hinab erstreckten, und vor dem Sonnenuntergang und dem sonderbaren Umriß des Schicksalsfelsens in der Ferne. Sein Gesicht und seine Gestalt befanden sich vor dem Sonnenuntergang im Schatten; aber ich schwöre, daß seine weißen Zähne leuchteten und daß er lächelte.

In dem Augenblick, als Nacht den Mann sah, stürmte der Hund vorwärts und stand da mitten auf dem Pfad und bellte ihn wie besessen mörderisch an, wobei er Verfluchungen hervorstieß, die in ihrer fürchterlichen Deutlichkeit des Hasses fast wie Worte wirkten. Und der Mann krümmte sich zusammen und floh zwischen den Blumen den Pfad hinab.«

Father Brown sprang mit erschreckender Ungeduld auf.

»Dann hat ihn also der Hund angeklagt, oder?« rief er. »Das Orakel des Hundes verurteilte ihn. Haben Sie auch gesehen, welche Vögel da flogen, und ob zur Rechten oder zur Linken? Haben Sie die Auguren nach den Opfern befragt? Sicherlich haben Sie nicht versäumt, den Hund aufzuschneiden und seine Eingeweide zu befragen. Das ist die Art wissenschaftlicher Prüfung, auf die ihr heidnischen Humanitarier euch zu verlassen scheint, wenn ihr einem Mann Leben und Ehre nehmen wollt.«

Fiennes saß einen Augenblick mit offenem Munde da, ehe er genügend Atem fand, um zu fragen: »Was ist denn mit Ihnen los? Was habe ich denn jetzt getan?«

In die Augen des Priesters kroch eine Art Besorgnis zurück – die Besorgnis eines Mannes, der im Dunkeln gegen einen Pfosten gerannt ist und sich nun fragt, ob er ihn verletzt habe.

»Tut mir furchtbar leid«, sagte er mit aufrichtiger Betrübnis. »Ich bitte Sie um Vergebung, daß ich so grob war; bitte verzeihen Sie mir.«

Fiennes sah ihn neugierig an. »Manchmal glaube ich, daß Sie von allen Geheimnissen das Geheimnisvollste sind«, sagte er. »Aber wenn Sie auch nicht an das Geheimnis des Hundes glauben, so kommen Sie doch nicht um das Geheimnis des Mannes herum. Sie können nicht leugnen, daß im gleichen Augenblick, da das Tier aus dem Meer stieg und heulte, die Seele seines Meisters durch den Hieb einer ungesehenen Macht aus dem Körper getrieben wurde, die kein Sterblicher aufspüren oder sich auch nur vorstellen kann. Und was den Anwalt angeht – ich halte mich da nicht nur an den Hund –, da gibt es auch noch andere merkwürdige Einzelheiten. Er kam mir wie ein glatter, lächelnder, doppelzüngiger Mensch vor; und eine seiner Angewohnheiten erschien wie eine Art Hinweis. Wie Sie wissen, waren der Doktor und die Polizei sehr rasch an Ort und Stelle; Valentine wurde zurückgeholt, während er vom Haus fortschritt, und er telephonierte sofort. Das machte es angesichts des abgeschlossenen Hauses, der kleinen Anzahl Leute und des eingefriedeten Geländes möglich, jeden zu durchsuchen, der auch nur in der Nähe gewesen sein konnte; und jeder wurde gründlich durchsucht – nach einer Waffe. Das ganze

Haus, der Garten, das Ufer wurden nach einer Waffe durchkämmt. Das Verschwinden des Dolches ist fast ebenso irrsinnig wie das Verschwinden des Mannes.«

»Das Verschwinden des Dolches«, sagte Father Brown nickend. Er schien plötzlich aufmerksam geworden zu sein.

»Nun«, fuhr Fiennes fort, »ich habe Ihnen erzählt, daß dieser Traill die Angewohnheit hatte, an Krawatte und Krawattennadel herumzufummeln – vor allem an der Krawattennadel. Die Nadel war wie er selbst gleichzeitig prunkvoll und altmodisch. Sie besaß einen jener Steine mit konzentrischen farbigen Ringen, die wie ein Auge aussehen; und wie er sich auf ihn konzentrierte, ging mir auf die Nerven, so als ob er ein Zyklop mit einem Auge mitten auf seiner Brust wäre. Die Nadel war aber nicht nur groß, sondern auch lang; und mir kam es so vor, als komme seine Unruhe über ihren richtigen Sitz daher, daß sie noch länger war als sie aussah; so lang wie ein Stilett.«

Father Brown nickte nachdenklich. »Hat man auch noch an eine andere Waffe gedacht?« fragte er.

»Es gab noch einen anderen Gedanken«, antwortete Fiennes, »von einem der jungen Druces – den Vettern, meine ich. Weder Herbert noch Harry würden einem zunächst als mögliche Helfer bei einer wissenschaftlichen Aufklärung auffallen; während aber Herbert tatsächlich der typische schwere Dragoner war, den nichts anderes interessierte als Pferde, mit dem einzigen Wunsch, eine Zierde der berittenen Garde zu sein, war sein jüngerer Bruder Harry bei der Indien-Polizei gewesen und wußte einiges von solchen Dingen. Auf seine Weise war er sogar ganz schön schlau; und vielleicht ist er sogar zu schlau gewesen; ich glaube, er mußte die Polizei verlassen, weil er sich über irgendwelche Dienstvorschriften hinweggesetzt und irgendwelche Risiken und Verantwortungen selbst übernommen hat. Jedenfalls, er war auf eine gewisse Art ein Detektiv außer Diensten und warf sich auf diese Sache mit mehr als dem Eifer eines Amateurs. Und mit ihm hatte ich eine Diskussion über die Waffe – eine Diskussion, die zu etwas Neuem führte. Es begann damit, daß er meiner Beschreibung widersprach, wie der Hund Traill angebellt habe; er sagte, wenn ein Hund besonders zornig ist, belle er nicht mehr, sondern knurre.«

»Damit hatte er ganz recht«, bemerkte der Priester.

»Dieser junge Bursche sagte dann weiter, wenn es darum ginge, so habe er Nacht schon zuvor andere Menschen anknurren gehört; darunter auch Floyd, den Sekretär. Ich gab ihm zurück, daß sein Argument sich selbst widerlege; denn man könne das Verbrechen nicht zwei oder drei

Menschen anhängen, und zu allerletzt Floyd, der so unschuldig sei wie ein ausgelassener Schuljunge und den jedermann die ganze Zeit gesehen habe, wie er sich mit seinem Büschel roter Haare so auffällig wie ein scharlachroter Kakadu über die Hecke gebeugt habe. ›Ich weiß, daß es da Schwierigkeiten gibt‹, sagte mein Kollege, ›aber kommen Sie bitte mal mit mir in den Garten. Ich möchte Ihnen etwas zeigen, das sonst wohl niemand gesehen hat.‹ Das war an dem Tag der Entdeckung, und der Garten war ganz unverändert. Die Treppenleiter stand noch an der Hecke, und unmittelbar an der Hecke blieb mein Führer stehen und zog etwas aus dem tiefen Gras hervor. Es war die Heckenschere, und an einer der Scherenspitzen war ein Blutfleck.«

Es gab ein kurzes Schweigen, und dann sagte Father Brown plötzlich: »Warum war der Anwalt gekommen?«

»Er erzählte uns, der Oberst habe nach ihm geschickt, um sein Testament zu ändern«, antwortete Fiennes. »Und übrigens, im Zusammenhang mit dem Testament gab es noch etwas anderes, das ich erwähnen sollte. Wissen Sie, das Testament wurde gar nicht an dem Nachmittag im Sommerhaus unterzeichnet.«

»Das nehme ich auch nicht an«, sagte Father Brown, »dazu hätte es zweier Zeugen bedurft.«

»Der Anwalt war bereits am Vortag gekommen, und da war es unterschrieben worden; aber es wurde am nächsten Tag wieder nach ihm geschickt, weil dem alten Mann Zweifel wegen eines der Zeugen gekommen waren und er sich deshalb vergewissern wollte.«

»Wer waren die Zeugen?« fragte Father Brown.

»Das ist es ja gerade«, erwiderte sein Informant eifrig, »die Zeugen waren Floyd, der Sekretär, und dieser Dr. Valentine, diese ausländische Art Chirurg oder was immer er ist; und die beiden hatten einen Streit miteinander. Nun muß ich sagen, daß der Sekretär die Art Mensch ist, die sich in alles einmischt. Er ist einer von diesen hitzigen und halsstarrigen Kerlen, deren Temperament sich unglücklicherweise meistens in Widerborstigkeit und knisterndes Mißtrauen verwandelt; den Menschen mißtrauen, statt ihnen zu trauen. Diese Sorte rothaariger rotglühender Burschen ist immer entweder unendlich zutraulich oder unendlich mißtrauisch; und manchmal auch beides. Er ist nicht nur ein Hans-Dampf-in-allen-Gassen, sondern er weiß auch alles besser als jeder Fachmann. Er weiß nicht nur alles besser, sondern er warnt auch jeden vor jedem. All das muß man im Hinblick auf seine Verdächtigungen gegen Valentine mit in Rechnung stellen; aber in diesem besonderen Fall scheint doch etwas dahinter zu stecken. Er sagte, Valentine heiße nicht wirklich

Valentine. Er sagte, er habe ihn anderswo gesehen, wo man ihn unter dem Namen de Villon kannte. Er sagte, das würde das Testament ungültig machen; natürlich besaß er die Freundlichkeit, dem Rechtsanwalt das Recht in dieser Frage zu erklären. Darauf gerieten sie sich ganz schön in die Haare.«

Father Brown lachte. »Leute sind oft so, wenn sie ein Testament bezeugen«, sagte er, »denn das bedeutet unter anderem, daß sie darin nicht bedacht werden können. Aber was hat Dr. Valentine gesagt? Zweifellos wußte der universale Sekretär mehr über den Namen des Doktors, als der Doktor selbst. Aber auch der Doktor sollte eigentlich etwas über seinen eigenen Namen wissen.«

Fiennes hielt einen Augenblick inne, ehe er antwortete.

»Dr. Valentine nahm das in einer eigenartigen Weise auf. Dr. Valentine ist ein eigenartiger Mann. Seine Erscheinung ist recht auffällig und sehr ausländisch. Er ist noch jung, aber trägt einen eckig geschnittenen Bart; sein Gesicht ist sehr blaß, schrecklich blaß und schrecklich ernsthaft. In seinen Augen schimmert ein Schmerz, als ob er Brillen tragen müsse oder als ob er sich durch Denken Kopfschmerzen verschafft hätte; aber er sieht sehr gut aus und ist immer sehr förmlich gekleidet, mit Zylinder und dunklem Jackett und einer kleinen roten Rosette. Sein Benehmen ist ziemlich kühl und hochmütig, und er hat eine Art, einen anzustarren, die einen ganz durcheinander bringt. Als man ihn bezichtigte, seinen Namen geändert zu haben, starrte er zunächst wie eine Sphinx und sagte dann mit einem kleinen Lachen, er nehme an, daß Amerikaner keine Namen hätten, die sie ändern könnten. Daraufhin geriet auch der Oberst in Fahrt und sagte dem Doktor alle Arten ärgerlicher Dinge; um so ärgerlicher wegen der Absichten des Doktors auf einen künftigen Platz in seiner Familie. Ich hätte mir aus all dem aber nicht viel gemacht, wären da nicht einige Worte, die ich zufällig später hörte, am frühen Nachmittag der Tragödie. Ich will ihnen aber nicht zuviel Gewicht beimessen, denn sie waren nicht von der Art, bei der man gewöhnlich gern den Lauscher macht. Als ich mit meinen beiden Gefährten und dem Hund zum Gartentor strebte, hörte ich Stimmen, die mir verrieten, daß sich Dr. Valentine und Miss Druce für einen Augenblick in den Schatten des Hauses zurückgezogen hatten, in einen Winkel hinter einer Reihe blühender Pflanzen, und daß sie miteinander in leidenschaftlichem Flüstern sprachen – manchmal fast wie ein Zischen; es war zugleich ein Streit und ein Stelldichein von Liebenden. Niemand wird da bereit sein zu wiederholen, was die beiden sich hauptsächlich sagten; aber in einer so unglücklichen Geschichte fühle ich mich doch verpflichtet zu sagen, daß mehr als einmal ein Satz wiederholt wurde, daß jemand getötet werden solle. Tatsächlich schien das Mädchen ihn anzuflehen, jemanden nicht zu töten, oder darauf hinzuweisen, daß keine Provokation es rechtfertigen könne, jemanden zu töten; was mir als eine unübliche Art von Rede erscheint, die man an einen Herrn richtet, der auf eine Tasse Tee vorbeigekommen ist.«

»Wissen Sie«, fragte der Priester, »ob Dr. Valentine nach der Szene mit dem Sekretär und dem Oberst sehr ärgerlich war – ich meine die Sache mit dem Bezeugen des Testaments?«

»Nach allen Berichten«, erwiderte der andere, »war er nicht halb so ärgerlich wie der Sekretär. Es war der Sekretär, der nach der Beglaubigung des Testamentes kochend vor Wut wegstürmte.«

»Und jetzt«, sagte Father Brown, »was ist mit dem Testament?«

»Der Oberst war ein sehr wohlhabender Mann, und sein Testament war daher wichtig. Traill wollte uns zu jenem Zeitpunkt die Änderung nicht mitteilen, und ich habe erst heute Morgen gehört, daß der Hauptteil des Geldes vom Sohn auf die Tochter übertragen wurde. Ich habe Ihnen ja erzählt, daß Druce mit meinem Freund Donald wegen dessen Lebenswandel ziemlich zornig war.«

»Die Frage des Motivs ist durch die Frage der Methode ziemlich überschattet worden«, bemerkte Father Brown nachdenklich. »In jenem Augenblick war also Miss Druce die offenkundige Nutznießerin aus dem Tod.«

»Guter Gott! Welch eine kaltblütige Weise zu reden«, rief Fiennes und starrte ihn an. »Sie wollen doch nicht wirklich andeuten, daß sie –«

»Wird sie diesen Dr. Valentine heiraten?« fragte der andere.

»Manche sind dagegen«, antwortete sein Freund. »Aber im Ort mag und respektiert man ihn, und er ist ein geschickter und gewissenhafter Chirurg.«

»Ein so gewissenhafter Chirurg«, sagte Father Brown, »daß er sein chirurgisches Besteck mit sich führte, als er der jungen Dame zur Teezeit einen Besuch abstattete. Er muß eine Lanzette oder so was Ähnliches benutzt haben, und er scheint niemals nach Hause gegangen zu sein.«

Fiennes sprang auf und starrte ihn in brennender Neugierde an. »Sie meinen, er könnte dieselbe Lanzette verwendet haben, die –«

Father Brown schüttelte den Kopf. »Alle diese Überlegungen sind jetzt noch reine Phantasiegebilde«, sagte er. »Die Frage ist nicht, wer es tat, oder was er tat, sondern wie es getan wurde. Wir können viele Männer finden und sogar viele Tatwerkzeuge – Krawattennadeln und Heckenscheren und Lanzetten. Aber wie ist ein Mann in den Raum gekommen? Oder wie ist auch nur eine Nadel hineingekommen?«

Er starrte nachdenklich an die Decke, während er sprach, aber als er die letzten Worte sagte, zuckte sein Auge wachsam, als habe er plötzlich an der Decke eine eigenartige Fliege gesehen.

»Und was würden Sie deswegen unternehmen?« fragte der junge Mann. »Sie haben doch eine Menge Erfahrungen; was würden Sie jetzt raten?«

»Ich fürchte, ich bin da nicht von großem Nutzen«, sagte Father Brown mit einem Seufzer. »Ich kann nicht gut Ratschläge geben, ohne dem Ort oder den Menschen auch nur nahe gewesen zu sein. Im Augenblick können Sie nur mit den örtlichen Untersuchungen fortfahren. Ich nehme an, daß Ihr Freund von der Indien-Polizei die Untersuchungen da unten mehr oder minder übernommen hat. Ich würde hinfahren und nachsehen, wie er vorankommt. Sehen, was er im Rahmen der Amateurermittlung getan hat. Es mag inzwischen Neuigkeiten geben.«

Nachdem seine Gäste, der zweibeinige und der vierbeinige, verschwunden waren, nahm Father Brown sich seinen Federhalter und kehrte zu seiner unterbrochenen Beschäftigung zurück, nämlich eine Vortragsreihe über die Enzyklika *Rerum Novarum* zu planen. Das Thema war umfangreich, und er hatte es mehr als einmal neu anzugehen, so daß er fast auf die gleiche Weise beschäftigt war, als zwei Tage später der große schwarze Hund erneut ins Zimmer stürmte und sich enthusiastisch und aufgeregt auf ihn warf. Sein Herr, der dem Hund folgte, teilte dessen Aufregung, wenn nicht seinen Enthusiasmus. Er war in weniger angenehmer Weise aufgeregt, denn seine blauen Augen schienen ihm vor den Kopf zu treten, und sein eifriges Gesicht war sogar ein bißchen bleich.

»Sie haben mir gesagt«, begann er abrupt und ohne Vorrede, »ich solle herausfinden, was Harry Druce tue. Wissen Sie, was er getan hat?«

Der Priester antwortete nicht, und der junge Mann fuhr ruckartig fort: »Ich werd Ihnen sagen, was er getan hat. Er hat sich umgebracht.«

Father Browns Lippen bewegten sich nur schwach, und in dem, was er sagte, war nichts Praktisches – nichts, das irgend etwas mit dieser Geschichte oder dieser Welt zu tun hatte.

»Manchmal bekomme ich von Ihnen eine Gänsehaut«, sagte Fiennes. »Haben Sie – haben Sie das erwartet?«

»Ich hielt es für möglich«, sagte Father Brown, »deshalb habe ich Sie gebeten, hinzufahren und nachzusehen, was er tue. Ich hoffte, Sie kämen nicht zu spät.«

»Ich habe ihn gefunden«, sagte Fiennes mit belegter Stimme. »Es war die häßlichste und unheimlichste Erfahrung meines Lebens. Ich bin wieder durch den alten Garten gegangen, und ich wußte, daß es da etwas

Neues und Unnatürliches außer dem Mord gab. Die Blumen drängten sich noch immer in blauen Mengen auf beiden Seiten des schwarzen Eingangs zum alten grauen Gartenhaus; aber auf mich wirkten die blauen Blumen wie blaue Teufel, die vor den dunklen Höhlen der Unterwelt tanzen. Ich sah in die Runde, alles schien an seinem üblichen Platz zu sein. Aber in mir wuchs der sonderbare Eindruck, daß irgendwas mit der Form des Himmels selbst nicht stimme. Und dann sah ich, was es war. Immer hatte sich der Schicksalsfelsen im Hintergrund jenseits der Gartenhecke vor der See erhoben. Der Schicksalsfelsen war nicht mehr da.«

Father Brown hatte den Kopf gehoben und lauschte aufmerksam.

»Es war, als sei ein Berg aus einer Landschaft weggewandert oder ein Mond aus dem Himmel gefallen; obwohl ich natürlich wußte, daß jederzeit eine Berührung das Ding umstürzen konnte. Ich war von irgendwas besessen, und ich raste wie der Wind den Gartenpfad hinab und rauschte krachend durch die Hecke, als wäre sie ein Spinnweb. In Wirklichkeit war es eine dünne Hecke, obwohl ihr ungestörter Beschnitt sie die Dienste einer Mauer hatte tun lassen. Am Ufer fand ich den losen Felsen, der von seinem Sockel gestürzt war; und der arme Harry Druce lag wie ein Wrack darunter. Einen Arm hatte er wie in einer Umarmung herumgeschlungen, als habe er ihn auf sich herabgezogen; und in den bräunlichen Sand daneben hatte er in großen wackeligen Buchstaben die Worte gekritzelt: ›Der Schicksalsfelsen stürzt auf den Narren.‹«

»Das Testament des Obersten hat das ausgelöst«, bemerkte Father Brown. »Der junge Mann hatte alles darauf gesetzt, von Donalds Ungnade zu profitieren, besonders, nachdem sein Onkel am gleichen Tage nach ihm schickte wie nach dem Anwalt und ihn mit solcher Wärme begrüßte. Andernfalls war es mit ihm aus; er hatte seinen Posten in der Polizei verloren; in Monte Carlo war er zum Bettler geworden. Und er brachte sich selbst um, als sich herausstellte, daß er seinen Verwandten umsonst umgebracht hatte.«

»Halt, einen Augenblick!« schrie Fiennes starren Blicks. »Sie sind *zu* schnell für mich.«

»Wenn wir übrigens vom Testament sprechen«, fuhr Father Brown ruhig fort, »ehe ich das vergesse oder wir zu wichtigeren Dingen kommen: Es gibt, glaube ich, für all den Wirrwarr um des Doktors Namen eine einfache Erklärung. Ich bilde mir ein, daß ich beide Namen schon früher irgendwo gehört habe. Der Doktor ist in Wirklichkeit ein französischer Edelmann mit dem Titel eines Marquis de Villon. Aber er ist ebensosehr ein glühender Republikaner, der seinen Titel aufgegeben hat und sich statt dessen des vergessenen Familiennamens bedient.

›Mit eurem Bürger Riquetti habt ihr Europa zehn Tage lang sehr verwirrte.‹

»Was ist denn das?« fragte der junge Mann verständnislos.

»Egal«, sagte der Priester. »In 9 von 10 Fällen liegt einer Namensveränderung eine Schurkerei zugrunde; in diesem Fall aber war es ein Stück des feinsten Fanatismus. Und das ist die Pointe seiner sarkastischen Bemerkung, daß die Amerikaner keine Namen zum Ändern hätten – nämlich keine Titel. In England würde man den Marquis of Hartington niemals als Mr. Hartington anreden; aber in Frankreich wird der Marquis de Villon als Monsieur de Villon angeredet. Deshalb konnte das Ganze wie eine Namensänderung aussehen. Was nun das Gespräch übers Töten angeht, so vermute ich, daß es sich da ebenfalls um eine Frage der französischen Etikette handelte. Der Doktor sprach davon, Floyd zu einem Duell zu fordern, und das Mädchen versuchte, ihm das auszureden.«

»Oh, ich *verstehe*«, rief Fiennes langsam. »Jetzt begreife ich auch, was sie gemeint hat.«

»Und was war das?« fragte ihn sein Gefährte lächelnd.

»Nun«, sagte der junge Mann, »mir ist da etwas zugestoßen, unmittelbar bevor ich die Leiche des armen Kerls gefunden habe; nur diese Katastrophe hat es mich vergessen gemacht. Vermutlich ist es schwierig, sich an eine kleine romantische Idylle zu erinnern, wenn man gerade den Gipfel einer Tragödie erreicht hat. Jedenfalls, als ich die Straßen zum alten Wohnhaus des Obersten hinabging, begegnete ich seiner Tochter, die mit Dr. Valentine spazieren ging. Sie war natürlich in Trauer, und er trug immer Schwarz, als ob er zu einer Beerdigung ginge; aber ich kann nicht behaupten, daß ihre Gesichter sehr nach Beerdigung aussahen. Nie habe ich zwei Menschen gesehen, die auf ihre Weise ehrbarer strahlend und fröhlich aussahen. Sie hielten an und begrüßten mich, und dann erzählte sie mir, sie seien verheiratet und lebten in einem kleinen Haus am Rande der Stadt, wo der Doktor weiterhin praktiziere. Das hat mich einigermaßen überrascht, denn ich wußte ja, daß das Testament ihres Vaters ihr seinen Besitz zugesprochen hatte; darauf wies ich vorsichtig hin, indem ich sagte, ich sei unterwegs zu ihres Vaters Haus und hätte halb erwartet, sie dort anzutreffen. Aber sie lachte nur und sagte: ›Wir haben das alles aufgegeben. Mein Mann liebt Erbinnen nicht.‹ Und dann stellte ich mit einigem Erstaunen fest, daß sie wirklich darauf bestanden hatte, den ganzen Besitz an den armen Donald zurückzugeben; also hoffe ich, daß er einen heilsamen Schock erlitten hat und ihn vernünftig behandelt. Es stand in Wirklichkeit nie ganz übel mit ihm; er war sehr jung, und sein Vater war nicht sehr klug. Aber in diesem Zusammenhang sagte sie etwas, was ich damals nicht verstanden habe; jetzt aber bin ich sicher, daß es so gewesen sein muß, wie Sie sagen. Sie sagte mit plötzlichem und glänzendem Hochmut, der vollkommen altruistisch war:

›Ich hoffe, das wird diesen rothaarigen Narren davon abhalten, noch weiter Aufhebens um das Testament zu machen. Glaubt er denn, mein Mann, der um seiner Grundsätze willen Helmschmuck und Wappenkrone aufgegeben hat, die so alt wie die Kreuzzüge waren, würde einen alten Mann in seinem Gartenhaus um einer solchen Erbschaft willen umbringen?‹ Dann lachte sie wieder und sagte: ›Mein Mann bringt niemanden außer beruflich um. Er hat ja nicht einmal seine Freunde gebeten, den Sekretär aufzusuchend. Nun begreife ich natürlich, was sie da gemeint hat.«

»Ich begreife natürlich einen Teil dessen, was sie gemeint hat«, sagte Father Brown. »Aber was genau meinte sie mit dem Aufhebens, das der Sekretär um das Testament mache?«

Fiennes lächelte, als er antwortete: »Ich wünschte, Sie kennten den Sekretär, Father Brown. Es würde Ihnen Spaß machen zuzusehen, wie er alles sausen macht, wie er das nennt. Er machte das Trauerhaus sausen. Er stattete die Bestattung mit allem Biß und Zack einer sportlichen Großveranstaltung aus. Nichts kann ihn halten, wenn irgendwas wirklich geschehen ist. Ich habe Ihnen erzählt, wie er den Gärtner bei der Gartenarbeit überwachte und wie er den Rechtsanwalt die Rechte lehrte. Unnötig zu sagen, daß er auch den Chirurgen in der Chirurgie unterwies; und da der Chirurg Dr. Valentine war, dürfen Sie sicher sein, daß es damit endete, daß er ihn schlimmerer Dinge als nur chirurgischer Kunstfehler bezichtigte. Der Sekretär hat unter seinem roten Schopf die fixe Idee, daß der Doktor das Verbrechen begangen habe, und als die Polizei eintraf, benahm er sich unendlich erhaben. Muß ich betonen, daß er sich auf der Stelle in den größten aller Amateurdetektive verwandelte? Sherlock Holmes hat Scotland Yard niemals mit titanischerem intellektuellem Stolz und Spott überragt, als Oberst Druces Privatsekretär die Polizei, die Oberst Druces Tod untersuchte. Ich sage Ihnen, es war ein Genuß, ihm zuzusehen. Er schritt mit abwesendem Antlitz umher, warf seine rote Haarmähne zurück und gab kurze ungeduldige Antworten. Natürlich hat sein Verhalten während jener Tage Druces Tochter so gegen ihn aufgebracht. Natürlich hatte er eine Theorie. Genau die Art von Theorie, die ein Mann in einem Roman haben würde; und Floyd ist die Art von Mann, die in einem Roman vorkommen sollte. In einem Roman böte er mehr Spaß und weniger Verdruß.«

»Was ist denn seine Theorie?« fragte der andere.

»Oh, die war ganz schön gepfeffert«, erwiderte Fiennes düster. »Sie würde Riesenschlagzeilen gemacht haben, wenn sie nur für 10 Minuten länger zusammengehalten hätte. Er behauptete, der Oberst sei noch am Leben gewesen, als man ihn im Gartenhaus fand, und dann habe der Doktor ihn mit einem Skalpell unter dem Vorwand getötet, die Kleidung aufzuschneiden.«

»Aha«, sagte der Priester. »Ich nehme an, daß er bäuchlings auf dem Lehmboden lag, ausgestreckt zum Mittagsschlaf.«

»Wunderbar, was Betriebsamkeit alles schafft«, fuhr sein Informant fort. »Ich glaube, daß Floyd seine große Theorie auf alle Fälle in die Presse gebracht und den Doktor vielleicht verhaften lassen hätte, wäre das alles nicht wie durch Dynamit in die Luft geflogen durch die Entdeckung jener Leiche unter dem Schicksalsfelsen. Und damit sind wir wieder beim Anfang angekommen. Ich nehme an, daß der Selbstmord praktisch ein Geständnis ist. Aber niemand wird wohl je die ganze Geschichte kennen.«

Es herrschte Schweigen, und dann sagte der Priester bescheiden: »Ich glaube, daß ich die ganze Geschichte kenne.«

Fiennes starrte ihn an. »Aber wie denn«, schrie er; »wie könnten Sie denn die ganze Geschichte kennen? Oder sicher sein, daß es die wahre Geschichte ist? Sie haben hier hundert Meilen entfernt gesessen und an einer Predigt geschrieben; wollen Sie mir erzählen, daß Sie wirklich wüßten, was bisher geschehen ist? Wenn Sie wirklich das Ende erkannt haben, wo in aller Welt haben Sie begonnen? Was hat Sie denn auf Ihre Geschichte gebracht?«

Father Brown sprang in sehr ungewöhnlicher Aufregung auf, und sein erster Ausruf war wie ein Ausbruch.

»Der Hund!« rief er. »Natürlich der Hund! Mit der Geschichte vom Hund am Strand hatten Sie die ganze Geschichte in der Hand, wenn Sie nur den Hund richtig beachtet hätten.«

Fiennes starrte immer mehr. »Aber Sie selbst haben mir doch früher gesagt, daß meine Gefühle dem Hund gegenüber Unfug seien und daß der Hund nichts damit zu tun habe.«

»Der Hund hatte alles damit zu tun«, sagte Father Brown, »wie Sie selbst herausgefunden hätten, wenn Sie den Hund nur als Hund gesehen hätten und nicht als Gott den Allmächtigen, wie er die Seelen der Menschen richtet.«

Er hielt für einen Augenblick verwirrt inne und sagte dann mit einem pathetischen Ausdruck der Entschuldigung: »Die Wahrheit ist, daß ich Hunde zufällig furchtbar gern habe. Und mir scheint, daß bei all diesem unheimlichen Nimbus von Aberglauben um den Hund niemand wirklich an den armen Hund selbst gedacht hat. Um mit einer Kleinigkeit zu beginnen, wie er den Anwalt anbellte oder den Sekretär anknurrte. Sie haben mich gefragt, wie ich die Dinge hundert Meilen entfernt erraten konnte; die Ehre dafür gebührt vor allem Ihnen, denn Sie haben die Personen so gut beschrieben, daß ich sie genau kenne. Ein Mann wie Traill, der normalerweise die Stirne runzelt und dann plötzlich lächelt, ein Mann, der an den Dingen herumfummelt und besonders an seiner Kehle, ist ein nervöser und leicht in Verlegenheit geratender Mann. Ich würde mich nicht wundern, wenn auch Floyd, der so tüchtige Sekretär, ein aufgeregter und schreckhafter Mann wäre; diese übereifrigen Yankees sind das oft. Andernfalls hätte er sich nicht die Finger an der Schere geschnitten und sie fallen gelassen, als er Janet Druce schreien hörte.

Nun hassen Hunde nervöse Menschen. Ich weiß nicht, ob sie den Hund auch nervös machen; oder ob er, der schließlich nur ein Tier ist, auch ein bißchen vom Bramarbas hat; oder ob sich seine hündische Eitelkeit (die kolossal ist) einfach dadurch beleidigt fühlt, daß man ihn nicht mag. Wie auch immer, da war nichts anderes im armen Nacht, was gegen diese Leute protestierte, außer daß er sie nicht mochte, weil sie ihn fürchteten. Nun weiß ich, daß Sie sehr scharfsinnig sind, und kein vernünftiger Mann verspottet den Scharfsinn. Aber manchmal stelle ich mir beispielsweise vor, daß Sie zu scharfsinnig sind, um die Tiere zu verstehen. Manchmal sind Sie auch zu scharfsinnig, um die Menschen zu verstehen, vor allem, wenn sie fast so einfach wie Tiere handeln. Tiere nehmen alles wörtlich; sie leben in einer Welt der alltäglichen Wahrheiten. Nehmen Sie diesen Fall: Ein Hund bellt einen Mann an, und ein Mann flieht vor einem Hund. Nun scheinen Sie nicht einfach genug zu sein, um die Tatsachen zu erkennen: daß der Hund bellte, weil er den Mann nicht mochte, und daß der Mann floh, weil er vor dem Hund Angst hatte. Die hatten keine anderen Gründe, und sie brauchten keine; aber Sie müssen da psychologische Rätsel hineingeheimnissen und annehmen, der Hund besitze übernatürliche Erkenntnisse und sei das rätselhafte Sprachrohr des Schicksals. Sie müssen annehmen, daß der Mann nicht vor dem Hund, sondern vor dem Henker floh. Denken Sie aber darüber nach, so ist all diese tiefere Psychologie ungewöhnlich unwahrscheinlich. Wenn der Hund wirklich bewußt den Mörder seines Herrn erkennen könnte, stünde er nicht kläffend vor ihm wie vorm Dorfpriester bei der Teegesellschaft; dann würde er ihm viel eher an die Gurgel gehen. Und andererseits, glauben Sie wirklich, daß ein Mann, der sein Herz genug verhärtet hat, um einen alten Freund zu ermorden und dann lächelnd zwischen seiner Familie umherzugehen, unter den Augen der Tochter seines alten

Freundes und des Arztes, der seinen Tod festgestellt hat – glauben Sie, ein solcher Mann würde vor lauter Gewissensbissen zusammenbrechen, bloß weil ein Hund bellt? Er könnte die tragische Ironie darin spüren; sie könnte seine Seele erschüttern wie jede andere tragische Kleinigkeit. Aber er würde nicht wie ein Verrückter durch den ganzen Garten fliehen, um dem einzigen Zeugen zu entkommen, von dem er weiß, daß er nicht reden kann. Menschen verfallen in solche Panik nicht aus Angst vor tragischer Ironie, sondern vor Zähnen. Die ganze Sache ist einfacher, als Sie begreifen können.

Wenn wir aber zu den Ereignissen am Ufer kommen, sind die Dinge sehr viel interessanter. Und wie Sie sie dargestellt haben, auch sehr viel verwirrender. Ich habe die Geschichte von dem Hund, der ins Wasser ging und wieder herauskam, einfach nicht verstanden; das erschien mir nicht wie hündisches Verhalten. Wenn Nacht wegen irgend etwas sehr aufgeregt gewesen wäre, hätte er sich möglicherweise geweigert, überhaupt hinter dem Stock herzulaufen. Er hätte vermutlich in jeder Richtung nachgeschnüffelt, in der er das Unheil vermutete. Aber wenn ein Hund einmal dabei ist, hinter irgendwas herzujagen, einem Stein oder einem Stock oder einem Kaninchen, dann würde ihn nach meiner Erfahrung nichts davon abbringen, außer dem schärfsten Befehl, und nicht einmal immer der. Daß er umgekehrt sein soll, weil sich seine Stimmung geändert hat, schien mir völlig undenkbar.«

»Aber er ist umgekehrt«, beharrte Fiennes, »und er kam ohne den Stock zurück.«

»Er kam aus dem besten Grund auf der Welt ohne den Stock zurück«, erwiderte der Priester. »Er kam zurück, weil er ihn nicht finden konnte. Er winselte, weil er ihn nicht finden konnte. Solche Sachen sind es, wegen denen ein Hund wirklich winselt. Ein Hund hängt höllisch an Ritualen. Er ist mit der exakten Routine eines Spiels ebenso eigen wie ein Kind mit der exakten Wiederholung eines Märchens. In diesem Fall war mit dem Spiel etwas falsch gelaufen. Er kam zurück, um sich ernstlich über das Benehmen des Stockes zu beschweren. So etwas war noch nie dagewesen. Noch nie war ein so bedeutender und ausgezeichneter Hund von einem üblen alten Spazierstock so behandelt worden.«

»Was hatte der Spazierstock denn getan?« fragte der junge Mann.

»Er war untergegangen«, sagte Father Brown.

Fiennes sagte nichts, sondern fuhr fort zu starren; und dann fuhr der Priester fort:

»Er war untergegangen, weil er nicht wirklich ein Stock war, sondern vielmehr eine Stahlstange mit einem sehr dünnen Bambusmantel und einer scharfen Spitze. Mit anderen Worten, ein Stockdegen. Ich nehme an, daß noch nie ein Mörder seine blutige Waffe auf eine so ungewöhnliche und doch zugleich so natürliche Weise losgeworden ist, indem er sie für einen Apportierhund ins Meer schleuderte.«

»Ich beginne zu begreifen, was Sie meinen«, gab Fiennes zu, »aber selbst wenn ein Stockdegen verwendet wurde, habe ich doch keine Ahnung, wie er verwendet wurde.«

»Ich hatte eine Ahnung«, sagte Father Brown, »bereits ganz im Anfang, als Sie das Wort Gartenhaus sagten. Und eine andere, als Sie sagten, daß Druce eine weiße Jacke trug. Solange jeder nach einem kurzen Dolch suchte, hat niemand daran gedacht; aber wenn wir die Möglichkeit einer langen Klinge wie die eines Rapiers einräumen, ist es nicht mehr unmöglich.«

Er lehnte sich zurück, blickte an die Decke und begann wie jemand, der sich auf seine Anfangsgedanken und Grundsätze zurückbesinnt.

»All dies Gerede über Detektivromane wie *Das Gelbe Zimmer*, über einen Mann, der in geschlossenen Räumen tot aufgefunden wurde, zu denen niemand Zutritt hat, paßt nicht auf diesen Fall, weil es sich um ein Sommerhaus handelt. Wenn wir von einem Gelben Zimmer oder sonst einem Raum sprechen, gehen wir davon aus, daß die Mauern wirklich massiv und undurchdringlich sind. Aber so ist ein Gartenhaus nicht gebaut; es besteht meistens und auch in diesem Fall aus dicht verbundenen, aber einzelnen Holzplanken und Holzstücken, zwischen denen es da und dort Lücken gibt. Eine befand sich unmittelbar hinter Druces Rükken, als er in seinem Stuhl gegen die Wand gelehnt saß. Aber ebenso wie der Raum ein Gartenhaus war, war der Stuhl ein Korbstuhl. Auch das war ein Geflecht mit Schlitzen. Und schließlich stand das Gartenhaus unmittelbar an der Hecke; und Sie selbst haben mir erzählt, daß es eine dünne Hecke war. Ein Mann, der hinter ihr stand, konnte leicht durch das Gewirr von Zweigen und Planken und Rohr das Weiß von der Jacke des Obersten sehen, so deutlich wie das Weiß einer Zielscheibe.

Nun haben Sie die Geographie ein bißchen undeutlich gehalten; aber es war möglich, zwei und zwei zusammenzuzählen. Sie sagten, der Schicksalsfelsen sei nicht besonders hoch gewesen; aber Sie sagten auch, man habe ihn den Garten wie eine Bergspitze beherrschen gesehen. Mit anderen Worten, er befand sich nahe dem Gartenende, obwohl Ihr Spaziergang Sie einen weiten Weg um ihn herumgeführt hatte. Und dann ist es nicht sehr wahrscheinlich, daß die junge Dame wirklich so laut gebrüllt hat, daß man sie eine halbe Meile weit gehört hätte. Sie stieß unwillkürlich einen Schrei aus, und doch hörten Sie den am Strand. Und unter anderen interessanten Dingen, die Sie mir erzählt haben, war auch, woran ich Sie erinnern darf, daß Harry Druce zurückgeblieben war, um sich seine Pfeife im Schatten der Hecke anzuzünden.«

Fiennes schauerte leicht. »Sie meinen, er hat da die Klinge gezogen und sie durch die Hecke in die weiße Stelle gejagt? Aber das war doch eine sehr kleine Chance und ein sehr plötzlicher Entschluß. Und außerdem konnte er sich gar nicht sicher sein, daß das Geld des alten Mannes an ihn fiele, was es dann ja auch nicht tat.«

Father Browns Gesicht belebte sich.

»Sie verstehen den Charakter des Mannes nicht«, sagte er, als ob er selbst den Mann sein ganzes Leben lang gekannt hätte. »Ein eigenartiger, aber nicht ungewöhnlicher Charakter. Wenn er wirklich *gewußt* hätte, daß ihm das Geld zufiele, dann hätte er es nach meiner festen Überzeugung nicht getan. Dann wäre es ihm als die schmutzige Tat erschienen, die sie ist.«

»Ist das denn nicht paradox?« fragte der andere.

»Dieser Mann war ein Spieler«, sagte der Priester, »und ein Mann, der in Ungnade gefallen war, weil er Risiken auf sich genommen und Befehlen zuvorgekommen war. Wahrscheinlich wegen etwas reichlich Skrupellosem, denn jede Reichspolizei ähnelt der russischen Geheimpolizei mehr, als wir wahrhaben wollen. Er aber hatte die Grenze überschritten und war gescheitert. Nun besteht die Verlockung für diesen Typ Mann, etwas Verrücktes zu tun, gerade darin, daß sich das Risiko in der Rückschau wunderbar ausnehmen wird. Er möchte sagen: ›Niemand außer mir hätte diese Chance ergreifen oder erkennen können, daß sie dann oder nie da war. Welch eine wilde und wunderbare Kombination war das doch, als ich all diese Dinge zusammenfügte; Donald in Ungnade; nach dem Anwalt war geschickt worden; und zugleich war nach Herbert und mir geschickt worden – und dann nichts mehr als die Art, wie der alte Mann mich angrinste und mir die Hand schüttelte. Jeder würde sagen, daß ich verrückt war, das Risiko auf mich zu nehmen; aber so werden eben Vermögen gewonnen, von einem Mann, der verrückt genug war, ein bißchen Weitblick zu haben.‹ Kurz, das ist die Eitelkeit des Raters. Das ist der Größenwahn des Spielers. Je unwahrscheinlicher der Zufall, je spontaner der Entschluß, desto sicherer glaubt er, die Chance zu erwischen. Der Zufall, die tatsächliche Alltäglichkeit des weißen Flecks und des Lochs in der Hecke berauschte ihn wie eine Vision der Schätze dieser Erde. Keiner, der klug genug war, ein solches Zusammentreffen von Zufällen zu erkennen, konnte feige genug sein, das nicht zu nutzen! So spricht der Teufel zum Spieler. Aber selbst der Teufel hätte jenen unglückseligen

Mann schwerlich dazu verleiten können, auf eine langweilige überlegte Art hinzugehen und einen alten Erbonkel umzubringen. Das wäre ihm zu bürgerlich erschienen.«

Er hielt für einen Augenblick inne, und fuhr dann mit einer gewissen ruhigen Betonung fort.

»Und nun versuchen Sie, sich der Szene zu erinnern, wie Sie selbst sie gesehen haben. Als er da stand, trunken von dieser teuflischen Gelegenheit, blickte er auf und sah jenen sonderbaren Umriß, der ein Abbild seiner eigenen schwanken Seele hätte sein können; den einen großen Felsbrocken, wie der da gefährlich auf dem anderen lagerte, wie eine Pyramide auf ihrer eigenen Spitze, und er erinnerte sich, daß man ihn den Schicksalsfelsen nannte. Können Sie sich vorstellen, wie solch ein Mann in solch einem Augenblick solch ein Zeichen liest? Ich bin sicher, daß es ihn zur Tat und sogar zur Wachsamkeit aufpeitschte. Er, der ein Turm sein würde, brauchte nicht zu fürchten, ein stürzender Turm zu sein. Und er handelte; seine nächste Schwierigkeit war, seine Spuren zu verbergen. Wenn man ihn während der folgenden Suche mit einem Stockdegen und gar einem blutbefleckten anträfe, würde das fatal sein. Wenn er ihn irgendwo liegen ließe, würde man ihn finden und die Spur verfolgen. Und selbst wenn er ihn ins Meer schleuderte, würde man die Tat bemerken und für bemerkenswert halten – außer es gelänge ihm, sich irgendeine natürlichere Weise auszudenken, die Tat zu verdecken. Wie Sie wissen, dachte er sich eine aus, und eine ungewöhnlich gute dazu. Da er der einzige von Ihnen mit einer Uhr war, erzählte er Ihnen, es sei noch nicht an der Zeit zurückzukehren, schlenderte noch ein Stückchen weiter und begann mit dem Spiel, dem Apportierer Stöckchen hineinzuwerfen. Aber wie verzweifelt muß sein Blick über jenes verlassene Meeresufer hingeflogen sein, bis er an dem Hund hängenblieb!«

Fiennes nickte und blickte gedankenvoll ins Weite. Sein Geist schien sich zu einem weniger faßlichen Teil der Geschichte zurückzubewegen.

»Sonderbar«, sagte er, »daß der Hund nach allem nun doch eine Rolle in der Geschichte spielt.«

»Der Hund hätte Ihnen fast die ganze Geschichte erzählen können, wenn er nur hätte reden können«, sagte der Priester. »Ich beschwere mich lediglich darüber, daß Sie sich seine Geschichte ausdachten, weil er sie nicht erzählen konnte, und ihn dabei mit den Zeugen von Menschen und Engeln sprechen ließen. Das ist ein Teil von etwas, das mir in der modernen Welt mehr und mehr auffällt, wie es in allen Arten von Zeitungsgerüchten und gesellschaftlichen Schlagworten auftaucht; etwas Willkürliches ohne Entscheidungsvollmacht. Die Leute schlucken die

Ansprüche von diesem oder jenem oder noch anderem ungeprüft. Das schwemmt euren ganzen alten Rationalismus und Skeptizismus fort und wallt heran wie Meereswogen; und sein Name ist Aberglaube.«

Er stand plötzlich auf, sein Gesicht von einem gewissen Runzeln schwer, und er sprach weiter fast so, als ob er allein wäre. »Das ist die erste Folge davon, wenn man nicht mehr an Gott glaubt, daß man seinen gesunden Verstand verliert und die Dinge nicht mehr sehen kann, wie sie sind. Alles, wovon jemand spricht und behauptet, da stecke doch eine ganze Menge drin, dehnt sich aus ins Unendliche wie die Aussicht in einem Alptraum. Und ein Hund ist ein Vorzeichen und eine Katze ist ein Geheimnis und ein Schwein ist ein Glücksbringer und ein Käfer ist ein Skarabäus, der die ganze Menagerie des Polytheismus Ägyptens und des alten Indiens heraufbeschwört; der Hund Anubis und die große grünäugige Pascht und alle die heiligen brüllenden Bullen von Bashan; zurück zu den Tiergöttern des Anbeginns, Flucht in Elefanten und Schlangen und Krokodile; und das alles, weil ihr Angst vor den vier Worten habt: ›Er ist Mensch geworden.‹«

Der junge Mann stand ein bißchen verlegen auf, als ob er ein Selbstgespräch belauscht hätte. Er rief den Hund zu sich und verließ das Zimmer mit vagen, aber unbeschwerten Abschiedsworten. Doch mußte er den Hund zweimal rufen, denn der Hund war einen Augenblick lang bewegungslos zurückgeblieben und blickte Father Brown ebenso stetig an wie einst der Wolf den heiligen Franz.

Das Wunder von Moon Crescent

Moon Crescent war in einem gewissen Sinne so romantisch gedacht wie sein Name; und die Ereignisse, die sich da begaben, waren auf ihre Weise romantisch genug. Zumindest war es ein Ausdruck jenes ehrlichen Elementes von Gefühl – historischem und fast heroischem –, das es schafft, sich in den älteren Städten an der Ostküste Amerikas Seite an Seite mit dem Kommerzialismus zu behaupten. Ursprünglich war es ein gebogener Gebäudekomplex klassizistischer Architektur, der wirklich noch die Atmosphäre jenes 18. Jahrhunderts heraufbeschwor, in dem Männer wie Washington und Jefferson als um so bessere Republikaner erschienen, weil sie Aristokraten waren. Von Reisenden, denen man immer wieder die Frage stellte, was sie denn von unserer Stadt dächten, erwartete man, daß sie sich insbesondere über unser Moon Crescent äußerten. Gerade die Gegensätze, die seine ursprüngliche Harmonie störten, waren charakteristisch für sein Überleben. Am einen Ende oder Horn der Halbmondform blickten die letzten Fenster über eine zu einem Herrenhaus passende parkähnliche Anlage, deren Bäume und Hecken so förmlich ausgerichtet waren wie in einem Garten zu Queen Annes Zeiten. Aber unmittelbar um die Ecke blickten die anderen Fenster der gleichen Zimmer oder eher »Apartments« auf die kahle unansehnliche Mauer eines riesigen Lagerhauses, das zu einem häßlichen Industriebetrieb gehörte. Die Wohnungen im Moon Crescent selbst waren an jenem Ende nach dem monotonen Muster eines amerikanischen Hotels umgebaut und erhoben sich bis in eine Höhe, die man, obzwar niedriger als das riesige Lagerhaus, in London doch einen Wolkenkratzer genannt haben würde. Der Säulengang aber, der die ganze Straßenfront entlanglief, trug eine solch graue und verwitterte Stattlichkeit zur Schau, als wanderten die Geister der Gründerväter dieser Republik noch immer in ihm auf und nieder. Das Innere der Zimmer war hingegen so sauber und neu, wie die modernste New Yorker Innenausstattung sie nur gestalten konnte, vor allem am nördlichen Ende zwischen dem ordentlichen Garten und der nackten

Lagerhauswand. Sie bildeten zusammen ein System sehr kleiner Wohnungen, wie wir in England sagen würden, von denen jede aus Wohnzimmer, Schlafzimmer und Badezimmer bestand, einander jeweils so gleich wie die hundert Zellen einer Bienenwabe. In einer davon saß der berühmte Warren Wynd an seinem Schreibtisch, sortierte Briefe und streute Befehle mit wunderbarer Schnelligkeit und Genauigkeit um sich. Man konnte ihn nur mit einem Ordnung schaffenden Wirbelwind vergleichen. Warren Wynd war ein sehr kleiner Mann mit schütterem grauem Haar und einem Spitzbart, dem Anschein nach zart, doch von hitzigster Tätigkeit. Er hatte herrliche Augen, heller als Sterne und stärker als Magneten, die niemand, der sie je gesehen hatte, jemals vergessen konnte. Und tatsächlich hatte er bei seiner Arbeit als Reformer und Organisator von vielerlei Wohltätigkeiten bewiesen, daß er zumindest Augen im Kopf hatte. Es wurden allerlei Arten von Geschichten und sogar Legenden über die wundersame Geschwindigkeit erzählt, mit der er sich ein gesundes Urteil bilden konnte, besonders über den Charakter von Menschen. Es wurde behauptet, daß er sich seine Frau, die mit ihm so lange auf so wohltätige Art zusammengearbeitet hatte, aus einem ganzen Regiment uniformierter Frauen herausgepickt habe, die während irgendeiner offiziellen Veranstaltung vorbeimarschierten, Pfadfinderinnen sagen die einen, Polizistinnen andere. Und eine weitere Geschichte wird erzählt, wie drei Landstreicher, untereinander ob der Gemeinsamkeit von Schmutz und Lumpen nicht zu unterscheiden, ihn um ein Almosen angegangen waren. Ohne auch nur einen Augenblick zu zögern, schickte er den einen in ein spezielles Krankenhaus für gewisse Nervenkrankheiten, empfahl dem anderen eine Entziehungsanstalt und stellte den dritten für ein sehr anständiges Gehalt als seinen privaten Diener ein, eine Stellung, die er in den folgenden Jahren erfolgreich ausfüllte. Natürlich gab es auch jene unvermeidlichen Anekdoten über seine prompte Kritik und seine schlagfertigen Antworten bei Begegnungen mit Roosevelt, mit Henry Ford und mit Mrs. Asquith und all jenen anderen Persönlichkeiten, mit denen ein Mann der amerikanischen Öffentlichkeit ein historisches Gespräch führen sollte, wenn auch nur in den Zeitungen. Mit Sicherheit ließ er sich von solchen Persönlichkeiten nicht einschüchtern; und in diesem Augenblick fuhr er gelassen mit seinem zentrifugalen Papiergewirbel fort, obwohl der Mann ihm gegenüber eine Persönlichkeit von annähernd gleicher Bedeutung war.

Silas T. Vandam, der Millionär und Erdölmagnat, war ein hagerer Mann mit einem langen gelblichen Gesicht und blauschwarzem Haar, Farben, die weniger auffällig, aber dafür um so bedrohlicher wirkten, als sich Gesicht und Gestalt dunkel vor dem Fenster und der weißen Lagerhauswand dahinter abhoben; er trug einen enggeknöpften eleganten Mantel mit Astrachanbesatz. Das eifrige Gesicht und die strahlenden Augen von Wynd andererseits befanden sich im hellen Licht des anderen Fensters, das den kleinen Garten überschaute, denn Stuhl und Schreibtisch standen ihm gegenüber; und obwohl das Gesicht beschäftigt erschien, erschien es nicht besonders mit dem Millionär beschäftigt. Wynds Lakai oder persönlicher Diener, ein großer kraftvoller Mann mit glattem blondem Haar, stand hinter dem Tisch seines Herrn und hielt ein Bündel Briefe; und Wynds Privatsekretär, ein adretter rothaariger junger Mann mit einem harten Gesicht, hatte seine Hand schon auf der Türklinke, als ob er einen Auftrag errate oder einer Geste seines Arbeitgebers gehorche. Das Zimmer war nicht nur ordentlich, sondern bis an den Rand der Leere karg; denn Wynd hatte mit charakteristischer Gründlichkeit die ganze Wohnung darüber gemietet und daraus eine Art Lager- und Archivraum gemacht, wo alle seine anderen Papiere und Besitztümer in Kästen und verschnürten Ballen lagerten.

»Gib das dem Etagendiener, Wilson«, sagte Wynd zu dem Diener, der die Briefe hielt, »und dann hol mir die Flugschrift über die Nachtclubs in Minneapolis; du findest sie in dem Ballen mit dem Buchstaben ›G‹. Ich brauche sie in einer halben Stunde, aber bis dahin stör mich nicht. Nun, Mr. Vandam, ich glaube, daß Ihr Vorschlag vielversprechend ist; aber ich kann eine endgültige Antwort erst geben, wenn ich den Bericht gelesen habe. Der sollte mich morgen nachmittag erreichen, und dann werde ich Sie sofort anrufen. Tut mir leid, daß ich im Augenblick nichts Definitiveres sagen kann.«

Mr. Vandam empfand das als eine Art höflicher Verabschiedung; und sein blasses melancholisches Gesicht ließ erkennen, daß er darin eine gewisse Ironie sah.

»Na, dann werde ich wohl gehen müssen«, sagte er.

»Sehr freundlich, Mr. Vandam, daß Sie vorbeigekommen sind«, sagte Wynd höflich; »Sie werden verzeihen, daß ich Sie nicht hinausbegleite, aber ich muß hier sofort etwas erledigen. Fenner«, setzte er zum Sekretär gewandt hinzu, »begleiten Sie Mr. Vandam zu seinem Wagen und kommen Sie während der nächsten halben Stunde nicht zurück. Ich habe hier was, das ich selbst ausarbeiten muß; danach aber werde ich Sie wieder brauchen.«

Die drei Männer gingen zusammen in den Korridor hinaus und schlossen die Türe hinter sich. Der große Diener Wilson ging den Korridor hinab zum Etagendiener, und die beiden anderen begaben sich in die entgegengesetzte Richtung zum Aufzug; denn Wynds Apartment befand sich hoch oben im 14. Stock. Sie hatten sich noch kaum einen Meter von der geschlossenen Tür entfernt, als ihnen bewußt wurde, daß den Korridor eine heranschreitende, ja majestätische Gestalt ausfüllte. Der Mann war sehr groß und breitschultrig, und seine Massigkeit war um so auffälliger, als er in Weiß gekleidet war, oder in ein helles Grau, das wie Weiß wirkte, mit einem sehr weitkrempigen weißen Panamahut und einem fast ebenso weiten Heiligenschein von fast ebenso weißem Haar. In dieser Aureole wirkte sein Gesicht stark und schön wie das eines römischen Kaisers, nur lag da etwas mehr als nur Jungenhaftes, etwas fast Kindliches um den Glanz seiner Augen und die Glückseligkeit seines Lächelns.

»Ist Mr. Warren Wynd da?« fragte er mit herzlicher Stimme.

»Mr. Warren Wynd ist beschäftigt«, sagte Fenner; »er kann unter keinen Umständen gestört werden. Ich bin sein Sekretär und kann jede Botschaft entgegennehmen.«

»Mr. Warren Wynd ist weder für den Papst noch für gekrönte Häupter anwesend«, sagte Vandam, der Erdölmagnat, mit saurem Sarkasmus. »Mr. Warren Wynd ist sehr eigen. Ich bin hergekommen, um ihm die Kleinigkeit von 20 000 Dollar unter bestimmten Bedingungen zu übergeben, und er hat mir gesagt, ich solle wieder vorbeikommen, als wäre ich ein Botenjunge.«

»Es ist schön, ein Junge zu sein«, sagte der Fremde, »und noch schöner, eine Botschaft zu haben; und ich habe eine Botschaft, die er einfach anzuhören hat. Es ist eine Botschaft aus dem großen guten Land im Westen, wo der wirkliche Amerikaner entsteht, während ihr alle schnarcht. Sagen Sie ihm, daß Art Alboin aus der Stadt Oklahoma gekommen ist, um ihn zu bekehren.«

»Ich sagte Ihnen doch, daß niemand ihn sprechen kann«, sagte der rothaarige Sekretär scharf. »Er hat Anweisungen gegeben, daß er für eine halbe Stunde nicht gestört werden darf.«

»Ihr Leutchen hier im Osten wollt euch alle nicht stören lassen«, sagte der lärmige Mr. Alboin, »aber ich schätze, daß da im Westen ein großer Lärm entsteht, der euch schon aufstören wird. Er rechnet herum, wieviel Geld er der einen oder anderen verstaubten alten Religion geben soll; ich aber sage Ihnen, daß jede Verteilung, die die neue Großer-Geist-Bewegung draußen in Texas und Oklahoma außer acht läßt, die Religion der Zukunft außer acht läßt.«

»Oha; ich hab mir all diese Religionen der Zukunft genau angesehen«, sagte der Millionär verächtlich. »Ich bin sie mit dem Läusekamm durchgegangen, und sie sind alle so räudig wie gelbe Hunde. Da war die Frau, die sich Sophia nannte: die hätte sich besser Saphira genannt, schätze ich. Nichts als plumper Schwindel. Überall Fäden an Tischen und Tamburinen. Dann war da der Haufen vom Unsichtbaren Leben; sie behaupteten, sie könnten nach Willen verschwinden, und verschwinden taten sie, und 100 000 meiner Dollars verschwanden mit ihnen. Ich kannte Jupiter Jesus drüben in Denver; war wochenlang mit ihm zusammen; und er war doch nur ein gewöhnlicher Gauner. Ebenso der Patagonische Prophet; Sie können drauf wetten, daß er sich nach Patagonien davongemacht hat. Nein, mit all dem bin ich durch; von jetzt an glaube ich nur noch, was ich sehe. Ich nehme an, das nennt man einen Atheisten.«

»Ich schätze, Sie haben mich falsch verstanden«, sagte der Mann aus Oklahoma eifrig. »Ich schätze, ich bin ebensosehr Atheist wie Sie. In unserer Bewegung gibt es keinen übernatürlichen oder abergläubischen Quatsch; nur reine Wissenschaft. Die einzige wirkliche Wissenschaft heißt ganz einfach Gesundheit, und die einzige wirkliche Gesundheit heißt ganz einfach Atmen. Füllen Sie sich Ihre Lungen mit der freien Luft der Prärie, und Sie können alle Ihre alten Städte des Ostens ins Meer pusten. Sie können Ihre größten Männer wegpusten wie Pusteblumen. Das tun wir in der neuen Bewegung draußen zu Hause: Wir atmen. Wir beten nicht; wir atmen.«

»Ja, das nehme ich an«, sagte der Sekretär gelangweilt. Er hatte ein scharfes intelligentes Gesicht, das die Langeweile kaum verbergen konnte; aber er hatte den beiden Monologen mit jener bewunderungswürdigen Geduld und Höflichkeit (so sehr im Widerspruch zu den Legenden über Ungeduld und Unverfrorenheit) gelauscht, mit denen man in Amerika solchen Monologen lauscht.

»Nichts Übernatürliches«, fuhr Alboin fort, »nur die große natürliche Wahrheit hinter all den übernatürlichen Phantasien. Wofür brauchten die Juden einen Gott, außer daß er dem Menschen den Odem des Lebens in die Nüstern blase? Wir betreiben draußen in Oklahoma das Blasen in unsere Nüstern selbst. Was bedeutet denn das Wort ›spiritus‹ genau? Es ist griechisch und bedeutet Atemübung. Leben, Fortschritt, Prophetien; alles ist Atmen.«

»Manche würden auch sagen, es sei Wind«, sagte Vandam, »aber ich bin froh, daß Sie von dem Göttlichkeitshumbug losgekommen sind.«

Das scharfe Gesicht des Sekretärs, ziemlich blaß unter seinem roten Haar, zeigte das Flackern eines eigenartigen Gefühls, das auf eine heimliche Bitternis hinwies.

»Ich bin nicht froh«, sagte er, »ich bin nur sicher. Sie scheinen gerne Atheisten zu sein; da können Sie glauben, was Sie glauben wollen.

Aber ich wünschte bei Gott, es gäbe einen Gott; doch da ist keiner. Mein Pech.«

Und in diesem Augenblick wurden sie sich fast mit einer Gänsehaut bewußt, daß die Gruppe, die da vor Wynds Tür stand, ohne ein Geräusch oder eine Bewegung von drei auf vier Menschen angewachsen war. Wie lange die vierte Gestalt bereits da gestanden hatte, konnte keiner der drei ernsthaften Disputanten sagen, aber es schien ganz so, als stünde sie da und warte respektvoll und sogar schüchtern auf die Gelegenheit, etwas Dringliches zu sagen. Für ihre nervöse Empfindsamkeit aber schien sie plötzlich und schweigend emporgeschossen zu sein wie ein Pilz. Und sie sah tatsächlich einem großen schwarzen Pilz ähnlich, denn sie war sehr klein, und die untersetzte Figur verschwand im Schatten ihres großen schwarzen klerikalen Hutes; die Ähnlichkeit wäre noch vollständiger gewesen, wenn Pilze die Angewohnheit hätten, Regenschirme von einer schäbigen und unförmigen Art bei sich zu haben.

Fenner, der Sekretär, wurde sich einer eigenartigen zusätzlichen Überraschung bewußt, als er die Gestalt eines Priesters erkannte; als aber der Priester unter dem runden Hut sein rundes Gesicht aufwärts wandte und unschuldig nach Mr. Warren Wynd fragte, gab er die übliche negative Antwort fast noch schroffer als zuvor. Doch der Priester ließ sich nicht abschrecken.

»Ich möchte aber wirklich Mr. Wynd sehen«, sagte er. »Das mag merkwürdig erscheinen, aber genau das möchte ich tun. Ich will nicht mit ihm sprechen. Ich will ihn nur sehen. Ich will nur sehen, ob er zu sehen ist.«

»Also, ich sage Ihnen, daß er da ist, daß man ihn aber nicht sehen kann«, sagte Fenner zunehmend gereizt. »Was meinen Sie damit, wenn Sie sagen, Sie wollten nur sehen, ob er zu sehen ist? Natürlich ist er da. Wir haben ihn alle vor 5 Minuten verlassen, und seither haben wir hier vor der Tür gestanden.«

»Nun, dann möchte ich sehen, ob er in Ordnung ist«, sagte der Priester.

»Warum?« fragte der Sekretär verärgert.

»Weil ich einen gewichtigen, ich möchte fast sagen feierlichen Grund habe«, sagte der Kleriker sehr ernst, »daran zu zweifeln, daß er in Ordnung ist.«

»O Gott!« rief Vandam fast wütend, »nicht noch mehr Aberglaube.«

»Ich sehe schon, daß ich Ihnen meine Gründe angeben muß«, bemerkte der kleine Kleriker sehr ernst. »Ich nehme an, ich kann nicht einmal erwarten, daß Sie mich durch einen Türspalt schauen lassen, ehe ich Ihnen nicht die ganze Geschichte erzählt habe.«

Er schwieg einen Augenblick lang nachdenklich und fuhr dann fort, ohne die verwunderten Gesichter um ihn herum zu beachten. »Ich ging da unten am Säulengang entlang, als ich einen reichlich zerlumpten Mann schnell um die Ecke am Ende des Halbmondbogens rennen sah. Er raste über das Pflaster auf mich zu und ließ mich eine große grobknochige Gestalt und ein Gesicht sehen, das ich erkannte. Es war das Gesicht eines wilden Iren, dem ich früher mal ein bißchen geholfen habe; seinen Namen werde ich Ihnen nicht sagen. Als er mich sah, taumelte er, rief meinen Namen und sagte: ›Bei allen Heiligen, das ist Father Brown; Sie sind der einzige Mann, dessen Gesicht mir heute Angst machen kann.‹ Da wußte ich, er meinte, daß er heute etwas Übles angestellt hatte, und ich glaube nicht, daß ihm mein Gesicht wirklich Angst gemacht hat, denn sofort danach erzählte er mir davon. Und das war eine sehr merkwürdige Geschichte. Er fragte mich, ob ich Warren Wynd kenne, und ich sagte nein, obwohl ich wußte, daß er ziemlich hoch oben in diesem Gebäudekomplex wohnt. Er sagte: ›Das ist ein Mann, der sich einbildet, ein Heiliger Gottes zu sein; aber wenn er wüßte, was ich von ihm sage, dann wäre er bereit, sich selbst aufzuhängen. Und hysterisch wiederholte er mehrere Male: ›Ja, bereit, sich selbst aufzuhängen.‹ Ich fragte ihn, ob er Wynd irgendein Leid angetan habe, und seine Antwort war reichlich sonderbar. Er sagte: ›Ich habe mir eine Pistole genommen und sie weder mit Kugel noch mit Schrot geladen, sondern mit einem Fluch.‹ Soweit ich verstanden habe, war alles, was er getan hat, daß er die kleine Straße zwischen diesem Gebäude und dem großen Lagerhaus hinabgegangen ist mit einer alten Pistole, die mit einer Platzpatrone geladen war, und daß er damit gegen die Mauer geschossen hat, als könne dies das Gebäude zum Einsturz bringen. ›Aber als ich das getan habe‹, sagte er, ›verfluchte ich ihn mit dem großen Fluch, daß die Gerechtigkeit Gottes ihn beim Schopf ergreifen solle und die Rache der Hölle bei den Fersen und daß er auseinandergerissen werden solle wie Judas, auf daß die Welt ihn nicht mehr kenne.‹ Nun, es spielt jetzt keine Rolle, was ich dem armen verrückten Kerl sonst noch gesagt habe; jedenfalls ging er ein bißchen beruhigter davon, und ich ging zur Rückseite des Gebäudes, um mir die Sache anzusehen. Und tatsächlich lag da in der kleinen Straße am Fuß dieser Mauer eine verrostete uralte Pistole; ich weiß genug von Pistolen, um zu wissen, daß sie nur mit ein bißchen Pulver geladen war; denn an der Mauer fanden sich die schwarzen Spuren von Pulver und Rauch und sogar der Abdruck der Mündung, aber nicht die geringste Vertiefung durch eine Kugel. Er hatte keine Spur der Zerstörung hinterlassen; er hatte überhaupt keine Spur hinterlassen, abgesehen von jenen schwarzen Spuren und dem schwarzen Fluch, den er in den Himmel geschleudert hatte. Also kam ich hierher zurück, um mich nach Warren Wynd zu erkundigen und herauszufinden, ob er in Ordnung ist.«

Fenner, der Sekretär, lachte. »Die kleine Schwierigkeit kann ich bald für Sie aus der Welt schaffen. Ich versichere Ihnen, daß er völlig in Ordnung ist; wir haben ihn vor wenigen Minuten verlassen, wie er an seinem Schreibtisch saß und schrieb. Er war allein in der Wohnung; sie liegt hundert Fuß über der Straße und hat eine solche Lage, daß kein Schuß hätte treffen können, selbst wenn ihr Freund nicht mit einer Platzpatrone geschossen hätte. Es gibt zu dieser Wohnung keinen anderen Eingang als diese Tür, und wir haben die ganze Zeit vor ihr gestanden.«

»Dennoch«, sagte Father Brown sehr ernst, »würde ich gerne hineinblicken und selbst sehen.«

»Das können Sie nicht«, erwiderte der andere. »Guter Gott, Sie wollen mir doch wohl nicht erzählen, daß Sie an den Fluch glauben.«

»Sie vergessen«, sagte der Millionär mit leichtem Spott, »daß das Geschäft von Hochwürden aus Segnen und Fluchen besteht. Na los doch, Sir, wenn man ihn in die Hölle verflucht hat, warum segnen Sie ihn denn nicht wieder her? Was hat Ihr Segen denn für einen Wert, wenn er nicht einmal den Fluch eines irischen Rowdys schlagen kann?«

»Glaubt denn heute noch jemand an so etwas?« protestierte der Westmann.

»Ich nehme an, daß Father Brown an eine ganze Menge Dinge glaubt«, sagte Vandam, dessen Laune unter der knappen Abfertigung vorhin ebenso wie unter dem jetzigen Zank litt. »Father Brown glaubt an einen Einsiedler, der auf einem Krokodil über einen Fluß setzte, das er zuerst aus dem Nichts herbeigezaubert hatte und dem er dann sagte, jetzt solle es sterben, was es auch prompt tat. Father Brown glaubt, daß irgendein gesegneter Heiliger starb und dann seine Leiche in drei Leichen verwandelte, damit drei Gemeinden gedient sei, die alle drauf aus waren, als seine Vaterstadt zu gelten. Father Brown glaubt, daß der eine Heilige seinen Mantel an einem Sonnenstrahl aufhängte und daß ein anderer den seinen als Boot benutzte, um den Atlantik zu überqueren. Father Brown glaubt, daß der heilige Esel 6 Beine hatte und daß das Haus von Loreto durch die Luft geflogen ist. Er glaubt an Hunderte von steinernen Jungfrauen, die den ganzen Tag lang blinzeln und weinen. Ihm ist es ein leichtes zu glauben, daß ein Mann durch ein Schlüsselloch entkommt oder aus einem verschlossenen Zimmer verschwindet. Ich schätze, er mißt den Naturgesetzen wenig Bedeutung bei.«

»Ich hingegen muß den Gesetzen von Warren Wynd große Bedeutung beimessen«, sagte der Sekretär erschöpft, »und sein Gesetz lautet, daß man ihn allein zu lassen hat, wenn er das so will. Wilson wird Ihnen das Gleiche sagen«, denn der große Diener, der nach der Flugschrift ausgeschickt worden war, kam in diesem Augenblick gelassen den Korridor herab und trug die Flugschrift mit sich, ging aber unbekümmert an der Tür vorüber. »Er wird sich da hinten auf die Bank beim Etagendiener setzen und Däumchen drehen, bis er gewünscht wird; vorher aber wird er keinesfalls hineingehen; und ich auch nicht. Ich schätze, wir wissen beide, auf welcher Seite unser Brot gebuttert ist, und es würde eine ganze Menge von Father Browns Heiligen und Engeln nötig sein, uns das vergessen zu machen.«

»Was die Heiligen und die Engel angeht –«, begann der Priester.

»Alles Unfug«, sagte Fenner. »Ich möchte nichts Beleidigendes sagen, aber all dieses Zeugs paßt nur gut zu Krypten und Klöstern und anderen mondbeglänzten Bauten. Doch durch eine geschlossene Tür in einem amerikanischen Hotel können Geister nicht gehen.«

»Aber Menschen können eine Tür öffnen, sogar in einem amerikanischen Hotel«, sagte Father Brown geduldig. »Und mir will scheinen, die einfachste Sache wäre, sie zu öffnen.«

»Das wäre einfach genug, um mich meinen Job zu kosten«, antwortete der Sekretär, »und Warren Wynd wünscht sich so einfache Sekretäre nicht. Nicht einfach genug, um an die Art von Märchen zu glauben, an die Sie zu glauben scheinen.«

»Nun«, sagte der Priester ernst, »es ist sicherlich wahr, daß ich an viele Dinge glaube, an die Sie wahrscheinlich nicht glauben. Aber es würde lange Zeit dauern, um all die Dinge zu erklären, an die ich glaube, und all die Gründe, weshalb ich annehme, daß ich damit recht habe. Es würde etwa 2 Sekunden dauern, diese Tür zu öffnen und mir zu beweisen, daß ich unrecht habe.«

Irgend etwas in diesem Satz schien dem ungezügelteren und ruhelosen Geist des Mannes aus dem Westen zu gefallen.

»Ich geb' zu, ich würd' Ihnen gern beweisen, wie unrecht Sie haben«, sagte Alboin und schritt plötzlich an ihnen vorüber, »und ich werde es tun.«

Er öffnete die Tür zur Wohnung weit und blickte hinein. Der erste Blick zeigte, daß Warren Wynds Stuhl leer war. Der zweite Blick zeigte, daß auch sein Zimmer leer war.

Fenner wurde seinerseits durch Energie elektrifiziert und stürzte an den anderen vorbei ins Apartment.

»Er ist im Schlafzimmer«, sagte er kurz, »er muß da sein.«

Als er in dem inneren Zimmer verschwand, standen die anderen Männer im leeren äußeren Zimmer und starrten um sich. Die Kargheit und Einfachheit der Einrichtung, die bereits zuvor bemerkt worden war, wandte sich mit kalter Herausforderung wider sie. In diesem Zimmer hätte sich sicherlich nicht einmal eine Maus verbergen können, geschweige denn ein Mann. Es gab keine Vorhänge und, was bei amerikanischen Einrichtungen selten ist, keine Wandschränke. Selbst der Schreibtisch war nicht mehr als ein einfacher Tisch mit einer flachen Schublade und einer hochgestellten Platte. Die Stühle waren harte und hochrückige Skelette. Einen Augenblick später erschien der Sekretär wieder an der inneren Tür, nachdem er die beiden inneren Zimmer durchsucht hatte. In seinen Augen stand starrende Verneinung, und sein Mund schien sich selbständig zu bewegen, als er scharf fragte: »Hier ist er wohl nicht herausgekommen?«

Den anderen erschien es offenbar nicht einmal nötig, der Verneinung verneinend zu antworten. Ihr Geist war gegen etwas geraten wie die kahle Wand des Lagerhauses, die durch das gegenüberliegende Fenster hereinstarrte und nach und nach von Weiß zu Grau wechselte, als mit dem voranschreitenden Nachmittag die Dämmerung langsam sank. Vandam schritt hinüber zu dem Fensterbrett, gegen das er sich eine halbe Stunde zuvor gelehnt hatte, und sah aus dem offenen Fenster. Da gab es keine Röhren oder Feuerleitern, keine Gesimse oder Fußhalte irgendeiner Art an der glatten Mauer, die zu der kleinen Nebenstraße unten hinabfiel, und nichts war da an derselben Erstreckung der Wand aufwärts, die sich noch viele Stockwerke höher erhob. Und noch weniger Abwechslung gab es auf der anderen Straßenseite; da gab es nichts außer der ermüdenden Erstreckung der weiß gekalkten Wand. Er starrte nach unten, als erwarte er, den verschwundenen Philantropen als selbstmörderisches Wrack auf dem Fußsteig liegen zu sehen. Er konnte aber nichts erblicken außer einem kleinen dunklen Gegenstand, der, obwohl durch die Entfernung verkleinert, sehr wohl jene Pistole sein mochte, die der Priester dort gefunden hatte. Inzwischen war Fenner zu dem anderen Fenster gegangen, das aus einer ebenso kahlen und unbesteigbaren Mauer hinausschaute, aber über einen kleinen kunstreichen Park statt über eine Seitenstraße hinblickte. Eine Gruppe von Bäumen unterbrach dort die tatsächliche Sicht hinab auf die Erde; aber sie reichten nur einen kleinen Weg die riesige, von Menschen erbaute Klippe hinan. Beide wandten sich in das Zimmer zurück und sahen einander in dem zunehmenden Zwielicht an, während die letzten Silberstrahlen des Tageslichtes auf den schimmernden Platten von Pulten und Tischen schnell grau wurden. Fenner drückte den Schalter, und die Szene sprang in die erschreckende Deutlichkeit des elektrischen Lichtes.

»Wie Sie eben sagten«, sagte Vandam grimmig, »kein Schuß von da unten hätte ihn treffen können, auch wenn eine Kugel im Lauf gesteckt hätte. Aber selbst wenn ihn eine Kugel getroffen hätte, würde er nicht einfach wie eine Seifenblase zerplatzt sein.«

Der Sekretär, der bleicher denn je war, blickte zornig in das gallenbittere Gesicht des Millionärs.

»Was hat Sie denn auf so morbide Gedanken gebracht? Wer redet denn von Kugeln und Seifenblasen? Warum sollte er denn nicht mehr am Leben sein?«

»Ja, warum nicht?« erwiderte Vandam glatt. »Wenn Sie mir sagen, wo er ist, werde ich Ihnen sagen, wie er dahin gekommen ist.«

Nach einer Pause murmelte der Sekretär verdrießlich: »Ich nehme an, daß Sie recht haben. Wir stehen da genau vor der Frage, über die wir gesprochen haben. War schon 'ne komische Sache, wenn Sie oder ich je zu der Überzeugung kommen sollten, daß es mit Verfluchungen etwas auf sich hat. Wer aber könnte Wynd, der hier drinnen eingeschlossen war, etwas Böses zugefügt haben?«

Mr. Alboin aus Oklahoma stand spreizbeinig in der Mitte des Zimmers, und sein weißer haariger Heiligenschein schien ebenso wie seine runden Augen Erstaunen auszustrahlen. An dieser Stelle sagte er etwas abwesend mit der unaufmerksamen Unverschämtheit eines »enfant terrible«:

»Sie hatten wohl nicht viel für ihn übrig, oder, Mr. Vandam?«

Mr. Vandams langes gelbliches Gesicht schien im selben Maße noch länger zu werden, in dem es noch finsterer wurde, während er lächelte und ruhig antwortete:

»Wenn wir denn von diesen Zufällen reden, so waren Sie es, glaube ich, der sagte, daß ein Wind aus dem Westen unsere großen Männer wegpusten würde wie Pusteblumen.«

»Ich weiß, daß ich das gesagt habe«, sagte der Westmann offenherzig; »aber wie zum Teufel könnte er denn?«

Das Schweigen brach Fenner, der mit einer Plötzlichkeit, die an Gewalttätigkeit grenzte, sagte:

»Hierzu kann ich nur eins sagen. Es hat einfach nicht stattgefunden. Es kann nicht stattgefunden haben.«

»O doch«, sagte Father Brown aus seiner Ecke, »es hat wirklich stattgefunden.«

Sie fuhren alle zusammen; denn sie hatten tatsächlich alle den unbedeutenden kleinen Mann vergessen, der sie ursprünglich dazu veranlaßt hatte, die Tür zu öffnen. Und die Wiederkehr der Erinnerung ging einher mit einem jähen Umschwung der Stimmung; ihnen allen fiel plötzlich wieder ein, daß sie ihn als abergläubischen Träumer zurückgewiesen hatten, als er auf genau das anspielte, was sich seither unter ihren Augen abgespielt hatte.

»Donnerwetter!« schrie der impulsive Westmensch wie einer, der spricht, ehe er sich zügeln kann; »angenommen, da ist doch etwas dran!«

»Ich muß gestehen«, sagte Fenner und starrte stirnrunzelnd auf den Tisch, »daß die Vorahnungen von Hochwürden offenbar wohlbegründet waren. Ich weiß nicht, ob er uns noch etwas anderes zu sagen hat.«

»Er könnte uns möglicherweise sagen«, sagte Vandam sardonisch, »was zum Teufel wir jetzt machen sollen.«

Der kleine Priester nahm diese Stellung auf bescheidene, aber sachliche Weise ein. »Das einzige, woran ich jetzt denken kann«, sagte er, »ist, daß wir die Verwaltung des Gebäudes unterrichten und nachsehen, ob es irgendwelche weiteren Spuren von dem Mann gibt, der die Pistole abfeuerte. Er verschwand am anderen Ende des Crescent, wo sich der kleine Park befindet. Dort gibt es Bänke, ein bei Landstreichern beliebter Ort.«

Direkte Konsultationen mit der Gebäudeverwaltung, die zu indirekten Konsultationen mit der Polizeibehörden führten, beschäftigten sie eine beträchtliche Zeit; und die Nacht brach bereits herein, als sie unter den langen klassizistischen Bogen des Säulenganges hinaustraten. Das crescentische Halbrund sah so kalt und hohl aus wie der Mond, nach dem es benannt war, und der Mond selbst stieg leuchtend, aber gespenstisch hinter den schwarzen Baumwipfeln auf, als sie um die Ecke bei der kleinen öffentlichen Gartenanlage bogen. Die Nacht verhüllte viel von dem, was an ihr nur städtisch und künstlich war; und als sie in den Schatten der Bäume tauchten, hatten sie ein eigenartiges Gefühl, so als seien sie plötzlich viele hundert Meilen von zu Hause fort. Als sie schweigend ein Weilchen dahingeschritten waren, ging Alboin, der etwas Elementares an sich hatte, plötzlich in die Luft.

»Ich geb's auf«, schrie er, »ich bin geschlagen. Ich hab nie geglaubt, daß ich eines Tages an solche Dinge geriete; aber was geschieht, wenn solche Dinge an einen geraten? Um Vergebung, Father Brown; schätze, ich geb' klein bei, was Sie und Ihre Märchen angeht. Ab jetzt bin ich auch für Märchen. Und Sie, Mr. Vandam, Sie haben selbst gesagt, daß Sie Atheist sind und nur glauben, was Sie sehen. Also los, was haben Sie gesehen? Oder vielmehr, was haben Sie nicht gesehen?«

»Ich weiß«, sagte Vandam und nickte düster.

»Ach, teilweise sind das dieser Mond und diese Bäume, die einem an die Nerven gehen«, sagte Fenner hartnäckig. »Bäume sehen im Mondschein immer sonderbar aus mit ihren umherkriechenden Zweigen. Sehen Sie sich nur –«

»Ja«, sagte Father Brown, der stehengeblieben war und durch ein Gewirr von Bäumen nach dem Monde starrte. »Das da oben ist ein sehr eigenartiger Ast.«

Und als er wieder sprach, sagte er nur: »Ich glaubte, es sei ein gebrochener Ast.«

Aber dieses Mal war da ein Bruch in seiner Stimme, die seine Zuhörer unerklärlich erstarren ließ. Etwas, das tatsächlich einem toten Ast ähnlich sah, hing schlaff von dem Baum herab, der sich dunkel vor dem Mond abzeichnete; aber es war kein toter Ast. Als sie nahe genug waren, um zu erkennen, was es war, sprang Fenner mit einem hallenden Fluch zurück. Dann eilte er wieder herbei und löste eine Schlinge vom Hals des schmutzigbraunen kleinen Körpers, der da mit herabhängenden Federn grauer Haare baumelte. Irgendwie wußte er, daß der Körper ein toter Körper war, noch ehe er ihn aus dem Baum hatte herabheben können. Ein sehr langes Stück Seil war um die Äste geschlungen, und ein sehr kurzes Stück davon führte von der Astgabel zu dem Körper. Ein großer Gartenbottich war etwa einen Meter unter den Füßen weggerollt, wie ein Stuhl, den die Füße eines Selbstmörders weggetreten haben.

»O mein Gott!« sagte Alboin, und es klang wie ein Gebet und ein Fluch. »Was hat noch der Mann über ihn gesagt? – ›Wenn er wüßte, wäre er bereit, sich selbst aufzuhängen!‹ Hat er das nicht gesagt, Father Brown?«

»Ja«, sagte Father Brown.

»Nun«, sagte Vandam mit hohler Stimme, »ich habe nie geglaubt, so etwas zu sehen oder zu sagen. Was aber könnte man sagen, außer daß der Fluch gewirkt hat?«

Fenner stand da und bedeckte sein Gesicht mit den Händen; und der Priester legte ihm eine Hand auf den Arm und sagte sanft: »Haben Sie ihn sehr gemocht?«

Der Sekretär ließ die Hände sinken, und sein weißes Gesicht sah unterm Mond gespenstisch aus.

»Ich habe ihn gehaßt wie die Hölle«, sagte er, »und wenn er durch einen Fluch gestorben ist, dann könnte es meiner gewesen sein.«

Der Druck der Hand des Priesters auf seinem Arm verstärkte sich; und der Priester sagte mit einem so tiefen Ernst, wie er ihn bisher noch kaum gezeigt hatte:

»Es war nicht Ihr Fluch; seien Sie dessen gewiß.«

Die Bezirkspolizei hatte erhebliche Schwierigkeiten im Umgang mit den vier Zeugen, die in den Fall verwickelt waren. Alle von ihnen waren ehrbare und im üblichen Sinne sogar verläßliche Menschen; und einer von ihnen war eine Persönlichkeit von erheblicher Macht und Bedeutung: Silas Vandam von der Oil Trust. Der erste Polizeibeamte, der versuchte, seiner Geschichte gegenüber Skepsis zu zeigen, schlug sehr schnell Funken aus dem Stahl des Geistes jenes Magnaten.

»Hören Sie auf damit, mir vorzuschwafeln, ich solle mich an die Fakten halten«, sagte der Millionär harsch. »Ich hab' mich an eine ganze Menge Fakten gehalten, bevor Sie geboren waren, und ein paar Fakten haben sich an mich gehalten. Ich geb' Ihnen die Fakten schon richtig an, wenn Sie nur auch genügend Verstand haben, sie korrekt aufzuschreiben.«

Der fragliche Polizist war noch jung und untergeordnet und hatte die undeutliche Vorstellung, daß der Millionär politisch zu bedeutend war, um wie ein gewöhnlicher Bürger behandelt zu werden; also reichte er ihn zunebst seinen Gefährten an einen unerschütterlicheren Vorgesetzten weiter, einen Inspektor Collins, einen ergrauten Mann mit einer grimmig behaglichen Redeweise; an einen, der zwar freundlich war, sich aber keinen Unsinn bieten lassen würde.

»Soso«, sagte er und sah sich die drei Gestalten vor ihm mit zwinkernden Augen an, »das scheint mir eine merkwürdige Geschichte zu sein.«

Father Brown war bereits wieder in seinen täglichen Geschäften unterwegs; aber Silas Vandam ließ sogar seine gigantischen Geschäfte auf den Finanzmärkten für eine Stunde oder so allein, um seine bemerkenswerten Erlebnisse zu bezeugen. Fenners Geschäfte als Sekretär waren in gewisser Weise mit dem Leben seines Arbeitgebers zu Ende gegangen; und der große Art Alboin, der weder in New York noch sonstwo irgendwelche Geschäfte hatte außer der Verbreitung der Atem-des-Lebens- oder Großer-Geist-Religion, hatte nichts, das ihn im Augenblick von der anliegenden Angelegenheit fortgezogen hätte. So standen sie denn in des Inspektors Zimmer in einer Reihe, bereit, einander zu bestätigen.

»Nun sollte ich Ihnen wohl zunächst einmal klarmachen«, sagte der Inspektor fröhlich, »daß es keinem guttut, wenn er mir mit irgendwelchem Wunderquatsch kommt. Ich bin ein praktischer Mann und ein Polizist, und die Sorte Zeugs ist höchstens gut für Priester und Pastöre. Dieser Ihr Priester scheint Sie alle mit einer Geschichte über einen furchtbaren Tod und einen Urteilsspruch verrückt gemacht zu haben; ich werde ihn aber mitsamt seiner Religion ganz raushalten. Wenn Wynd aus jenem Zimmer rausgekommen ist, dann hat ihn jemand rausgelassen. Und wenn man Wynd in einem Baum hängend vorgefunden hat, dann hat ihn jemand dahin gehängt.«

»So ist es«, sagte Fenner, »da aber unsere Aussagen beweisen, daß niemand ihn herausgelassen hat, bleibt die Frage, wie irgendwer ihn dahin gehängt haben kann?«

»Wie kann jemand eine Nase im Gesicht haben?« fragte der Inspektor. »Er hatte eine Nase im Gesicht und eine Schlinge um den Hals. Das sind die Tatsachen; und da ich, wie gesagt, ein praktischer Mann bin, halte ich mich an die Tatsachen. Es kann nicht durch ein Wunder getan worden sein, also muß es ein Mensch getan haben.«

Alboin hatte mehr im Hintergrund gestanden; und seine breite Gestalt schien tatsächlich den natürlichen Hintergrund für die schlankeren und beweglicheren Männer vor ihm zu bilden. Sein weißer Kopf war mit einer gewissen Selbstvergessenheit niedergebeugt; als aber der Inspektor seinen letzten Satz gesprochen hatte, hob er ihn, schüttelte seine haarige Mähne wie ein Löwe und sah verdutzt, aber wach um sich. Er bewegte sich vorwärts in die Mitte der Gruppe, und sie hatten den vagen Eindruck, daß er noch massiger als zuvor war. Sie waren nur zu bereit gewesen, ihn als einen Narren oder einen Scharlatan abzutun; aber es war nicht ganz falsch gewesen, als er von sich sagte, in ihm befänden sich gewisse Tiefen an Lunge und Leben, wie ein Westwind, der seine Stärke in sich birgt und eines Tages leichtere Dinge hinwegpusten mag.

»Sie also sind ein praktischer Mann, Mr. Collins«, sagte er in einer Stimme, die zugleich weich und schwer war. »Sie haben in unserer kleinen Unterhaltung bisher mindestens schon zwei- oder dreimal gesagt, daß Sie ein praktischer Mann sind; also kann ich mich darin nicht irren. Und das ist sicherlich eine sehr interessante kleine Tatsache für jemanden, der damit beauftragt ist, Ihr Leben, Ihre Werke und Ihre Tischgespräche aufzuschreiben, mit einem Porträt des Fünfjährigen, einer Daguerreotypie der Großmutter und alten Ansichten Ihrer Vaterstadt; und ich bin sicher, Ihr Biograph wird nicht versäumen, das ebenso zu erwähnen wie die Tatsache, daß Sie eine Knollennase mit einem Pickel darauf hatten und fast zu fett zum Laufen waren. Und da Sie ein praktischer Mann sind, wäre es nett von Ihnen, wenn Sie weiter praktizierten, bis Sie Warren Wynd wieder ins Leben gebracht und herausgefunden haben, wie genau ein praktischer Mann durch eine massive Holztür gehen kann. Aber ich glaube, Sie irren sich. Sie sind kein praktischer Mann. Sie sind ein praktischer Witz; genau das sind Sie. Der Allmächtige machte sich einen Spaß mit uns, als er sich Sie ausgedacht hat.«

Mit einem charakteristischen Sinn für dramatische Effekte segelte er bereits der Tür zu, ehe noch der erstaunte Inspektor antworten konnte; und keine spätere Beschuldigung konnte ihm einen gewissen Anschein von Triumph rauben.

»Ich glaube, Sie haben vollkommen recht«, sagte Fenner. »Wenn das praktische Männer sind, ziehe ich Priester vor.«

Ein weiterer Versuch ward unternommen, eine amtliche Version der Vorgänge zu erhalten, als die Behörden sich klar darüber wurden, wer die Zeugen der Geschichte wirklich waren und was das bedeutete. Schon hatte die Presse die Sache in ihrer sensationellsten und sogar schamlosesten Weise herausgebracht. Interviews mit Vandam über sein wundersames Abenteuer, Artikel über Father Brown und seine mystischen Eingebungen brachten bald jene, die sich für die Anleitung des Publikums verantwortlich fühlten, zu dem Wunsch, es in weisere Kanäle zu leiten. Beim nächsten Mal ging man die unbequemen Zeugen auf eine indirektere und taktvollere Weise an. Man erzählte ihnen auf fast beiläufige Art, daß Professor Vair an solchen ungewöhnlichen Erfahrungen sehr interessiert sei; und daß er besonders an ihrem so erstaunlichen Fall interessiert sei. Professor Vair war ein Psychologe von großem Ruf; er war dafür bekannt, daß er ein unparteiisches Interesse an der Kriminologie hatte; und erst einige Zeit später entdeckten sie, daß er überhaupt mit der Polizei in Beziehung stand.

Professor Vair war ein höflicher Mann, er trug einen ruhigen hellgrauen Anzug, eine künstlerische Krawatte und einen blonden Spitzbart; für jemanden, dem ein bestimmter Typ des Hochschullehrers unbekannt ist, sah er eher wie ein Landschaftsmaler aus. Sein Gesicht drückte nicht allein Höflichkeit, sondern sogar Offenheit aus.

»Ja ja, ich weiß«, sagte er lächelnd, »ich kann mir vorstellen, was Sie durchgemacht haben. Die Polizei zeigt sich bei Untersuchungen psychischer Art nicht in ihrem besten Licht, oder? Natürlich, der gute alte Collins sagt, daß er nur Tatsachen haben will. Welch ein absurder Fehler! In einem Fall dieser Art wünschen wir aufs entschiedenste *nicht* nur die Tatsachen. Es ist uns viel wesentlicher, auch die Phantasien zu erfahren.«

»Wollen Sie damit sagen«, fragte Vandam gewichtig, »daß alles, was wir Tatsachen nennen, nur Phantasien waren?«

»Keineswegs«, sagte der Professor, »ich wollte nur sagen, daß die Polizei dumm ist, wenn sie sich einbildet, sie könne das psychologische

Moment dieser Dinge außer acht lassen. Dabei ist doch das psychologische Element alles in allem, obwohl man das erst jetzt zu begreifen beginnt. Nehmen wir, um damit zu beginnen, das Persönlichkeit genannte Element. Nun habe ich von diesem Priester Father Brown schon früher gehört; und sicherlich ist er einer der bemerkenswertesten Männer unserer Zeit. Männer dieser Art tragen eine gewisse Art von Atmosphäre mit sich; und niemand weiß bis anhin, wie sehr Nerven und sogar Sinne durch sie beeinflußt werden. Die Leute sind hypnotisiert – ja, hypnotisiert; denn auch Hypnose ist wie alles andere eine Frage des Grades; sie schleicht sich leicht in alle Alltagsgespräche ein: Sie braucht nicht unbedingt von einem Herrn im Smoking auf einer Bühne in einem Varieté vorgeführt zu werden. Father Browns Religion hat schon immer die Psychologie des Atmosphärischen verstanden und weiß, wie sie alles gleichzeitig anspricht; selbst zum Beispiel den Geruchssinn. Sie versteht jene eigenartigen Wirkungen, die Musik auf Tiere und Menschen ausübt; sie kann –«

»Hol's der Henker«, protestierte Fenner, »glauben Sie denn, er wäre mit einer Kirchenorgel unterm Arm den Korridor hinabspaziert?«

»Er ist zu klug, um so was zu tun«, sagte Professor Vair lachend. »Er weiß, wie man die Essenz all dieser geistigen Töne und Ansichten und sogar Gerüche in einige wenige zurückhaltende Gesten konzentriert; in eine Kunst oder Schule des Verhaltens. Er könnte Ihren Geist allein durch die Tatsache seiner Gegenwart so auf das Übernatürliche konzentrieren, daß Natürliches rechts und links an Ihrem Geist unbemerkt vorüberglitte. Nun müssen Sie wissen«, fuhr er fort und kehrte in eine heitere Vernünftigkeit zurück, »daß die Frage menschlicher Bezeugungen um so sonderbarer wird, je mehr wir sie studieren. Nicht einer unter 20 nimmt Dinge überhaupt wahr. Nicht einer unter 100 nimmt sie wirklich genau wahr; und sicherlich kann nicht einer unter 100 zunächst wahrnehmen, sich dann erinnern und schließlich beschreiben. Immer und immer wiederholte wissenschaftliche Experimente haben erwiesen, daß Menschen unter Druck geglaubt haben, eine Tür sei geschlossen, wenn sie offen war, oder offen, wenn sie geschlossen war. Menschen waren sich uneins über die Anzahl von Türen oder Fenstern in einer Mauer ihnen direkt gegenüber. Sie erlitten bei hellem Tageslicht optische Täuschungen. Ihnen widerfuhr das sogar ohne die hypnotische Wirkung von Persönlichkeit; hier aber haben wir eine ungemein kraftvolle und überzeugende Persönlichkeit, die darauf aus ist, ein ganz bestimmtes Bild in Ihrem Geist zu fixieren; das Bild eines wilden irischen Rebellen, der seine Pistole wider den Himmel schüttelt und jene schußlose Salve abfeuert, dessen Echo der Donner vom Himmel war.«

»Professor«, schrie Fenner, »ich werd noch auf meinem Sterbebett beschwören, daß jene Tür niemals geöffnet wurde.«

»Jüngste Versuche«, fuhr der Professor ruhig fort, »haben den Verdacht nahegelegt, daß unser Bewußtsein nicht beständig ist, sondern aus einer Folge sehr schneller Eindrücke besteht, etwa wie ein Film; es ist möglich, daß jemand oder etwas sozusagen zwischen den Szenen herein- oder hinausschlüpft. Das geschieht nur in den Augenblicken, in denen der Vorhang zu ist. Wahrscheinlich beruhen alle Zauberei und alle Taschenspielertricks auf dem, was wir schwarze Blitze oder die Blindheit zwischen den Sichtblitzen nennen können. Nun hat Sie dieser Priester und Prediger transzendentaler Vorstellungen ganz mit einer transzendentalen Bilderwelt erfüllt; mit dem Bild des Kelten, wie er gleich einem Titan den Turm durch seinen Fluch erschüttert. Vermutlich hat er das mit leichten, aber zwingenden Gesten begleitet, die Ihre Augen und Ihren Geist in die Richtung zum unbekannten Zerstörer drunten lenkten. Oder vielleicht geschah sonst etwas, oder sonstwer kam vorüber.«

»Wilson der Diener«, knurrte Alboin, »ging den Korridor hinab, um dort auf der Bank zu warten, aber ich schätze, er hat uns nicht sehr abgelenkt.«

»Wie sehr, werden Sie nie wissen«, erwiderte Vair; »vielleicht war es das, oder wahrscheinlicher noch, daß Ihre Blicke irgendwelchen Gesten des Priesters folgten, als er Ihnen sein Märchen von Magie erzählte. Und in einem dieser schwarzen Blitze schlüpfte Mr. Warren Wynd aus seiner Tür und ging in seinen Tod. Das ist die wahrscheinlichste Erklärung. Es ist eine Veranschaulichung der neuen Entdeckung. Der Geist ähnelt nicht einer durchgezogenen Linie, sondern einer gepunkteten Linie.«

»Sehr gepunktet«, sagte Fenner schwach. »Um nicht zu sagen bekloppt.«

»Sie glauben doch wohl nicht wirklich«, fragte Vair, »daß Ihr Arbeitgeber in einem Zimmer wie in einem Kasten eingeschlossen war?«

»Besser als zu glauben, daß ich in ein Zimmer mit Gummiwänden eingeschlossen gehörte«, antwortete Fenner. »Darüber, Professor, beklage ich mich bei Ihren Vermutungen. Ich könnte genausogut einem Priester glauben, der an ein Wunder glaubt, wie irgendeinem Manne nicht zu glauben, der irgendein Recht hat, an irgendeine Tatsache zu glauben. Der Priester erzählt mir, daß ein Mann einen Gott anrufen kann, von dem ich nichts weiß, er möge ihn nach den Gesetzen einer höheren Gerechtigkeit rächen, von der ich nichts weiß. Ich kann dazu nicht mehr sagen, als daß ich davon nichts weiß. Wenn aber jenes armen Iren Gebet und Gewehr schließlich doch in einer höheren Welt vernommen wurden, könnte jene höhere Welt auf eine Weise gehandelt haben, die uns verquer erscheint. Sie aber fordern mich auf, den Tatsachen dieser Welt nicht zu glauben, wie sie meinen fünf Sinnen erscheinen. Ihnen zufolge hätte ja eine ganze Prozession Iren mit Donnerbüchsen durch dieses Zimmer marschieren können, während wir miteinander sprachen, solange sie nur darauf achteten, daß sie lediglich auf die blinden Flecken in unserem Geist traten. Wunder von der mönchischen Art wie das Materialisieren von Krokodilen oder das Aufhängen von Mänteln an Sonnenstrahlen scheinen mir im Vergleich zu Ihnen geradezu vernünftig zu sein.«

»Na schön«, sagte Professor Vair kurz, »wenn Sie entschlossen sind, an Ihren Priester und seinen mirakulösen Iren zu glauben, kann ich nichts mehr sagen. Ich fürchte, Sie hatten keine Gelegenheit, Psychologie zu studieren.«

»Nein«, sagte Fenner trocken, »aber ich hatte eine Gelegenheit, Psychologen zu studieren.«

Und führte, indem er sich höflich verneigte, seine Abordnung aus dem Zimmer und sagte kein einziges Wort, ehe er nicht auf der Straße war; dann sprach er sie reichlich explosiv an.

»Diese Irren!« schrie Fenner in aufbrausendem Zorn. »Was zum Teufel bilden die sich ein geschieht mit der Welt, wenn niemand weiß, ob er etwas gesehen hat oder nicht? Ich wünschte, ich hätte ihm seinen blöden Schädel mit einer Platzpatrone weggeschossen und dann erklärt, ich hätte das in einem blinden Blitz getan. Father Browns Wunder mag wunderbar sein oder nicht, aber er hat gesagt, es werde geschehen, und es geschah. Alles, was diese verdammten Spinner können, ist zusehen, wie sich etwas ereignet, und dann behaupten, es habe sich nicht ereignet. Hören Sie, ich glaube, wir sind es dem Padre schuldig, daß wir seine kleine Vorführung bezeugen. Wir sind alle vernünftige, solide Männer, die nie an irgendwas geglaubt haben. Wir waren nicht betrunken. Wir waren nicht fromm. Es ist ganz einfach geschehen, wie er es vorausgesagt hat.«

»Ganz meine Meinung«, sagte der Millionär. »Vielleicht ist das der Anfang von mächtig großen Dingen auf der spirituellen Linie; aber jedenfalls hat der Mann, der selbst auf der spirituellen Linie ist, Father Brown, bei diesem Geschäft mit Sicherheit Pluspunkte gemacht.«

Einige Tage danach erhielt Father Brown eine sehr höfliche Note, gezeichnet von Silas T. Vandam, die ihn bat, zu einer bestimmten Stunde in jenem Apartment zu erscheinen, das die Szene des Verschwindens war, um die notwendigen Schritte zu unternehmen, jenes wundersame Ereignis festzuhalten. Das Ereignis selbst begann bereits, sich in den Zeitungen auszubreiten, und überall bemächtigten sich die Anhänger des Okkulten seiner. Father Brown erblickte die schreienden Plakate mit Aufschriften wie »Selbstmord des Mannes, der sich in Luft auflösen konnte« und »Fluch hängt Philanthropen«, als er auf dem Wege nach Moon Crescent vorüberkam und die Treppen auf dem Weg zum Aufzug hinaufstieg. Er fand die kleine Gruppe ziemlich genau so vor, wie er sie verlassen hatte, Vandam, Alboin und den Sekretär; aber in ihrem Ton ihm gegenüber war eine ganz neue Hochachtung und sogar Verehrung. Sie standen an Wynds Schreibtisch, auf dem ein großer Papierbogen und Schreibgeräte lagen, als sie sich umdrehten, um ihn zu begrüßen.

»Father Brown«, sagte der Sprecher, der weißhaarige Westmann, durch seine Verantwortlichkeit einigermaßen ernüchtert, »wir haben Sie in erster Linie hergebeten, um Sie um Entschuldigung zu bitten und Ihnen unseren Dank abzustatten. Wir anerkennen, daß Sie es waren, der die spirituelle Manifestation von Anfang an erkannte. Wir alle waren in der Schale hartgesottene Skeptiker; aber jetzt erkennen wir, daß ein Mann zunächst diese Schale durchbrechen muß, um zu den großen Dingen hinter der Welt vorzudringen. Sie stehen für diese Dinge ein; Sie treten für die paranormale Erklärung der Dinge ein; und wir müssen uns vor Ihnen verneigen. Und in zweiter Linie haben wir Sie hergebeten, weil wir meinen, daß dieses Dokument ohne Ihre Unterschrift nicht vollständig wäre. Darin unterbreiten wir die exakten Tatsachen der Gesellschaft für Para-Forschung, denn die Zeitungsberichte sind nicht gerade das, was man exakt nennen könnte. Wir haben niedergelegt, wie der Fluch in der Straße ausgesprochen wurde; wie der Mann sich hier in einem Zimmer eingeschlossen befand wie in einem Kasten, wie der Fluch ihn unmittelbar in Luft auflöste und auf eine unausdenkbare Weise als Selbstmörder am Galgen wieder materialisierte. Das ist alles, was wir dazu sagen können; aber alles das wissen wir und haben es mit eigenen Augen gesehen. Und da Sie der erste waren, der an das Wunder glaubte, sind wir alle der Ansicht, daß Sie auch der erste sein sollten, zu unterschreiben.«

»Aber nicht doch«, sagte Father Brown in heftiger Verwirrung. »Ich glaube wirklich nicht, daß ich das tun möchte.«

»Heißt das, Sie wollen nicht als erster unterschreiben?«

»Ich meine, ich möchte gar nicht unterschreiben«, sagte Father Brown bescheiden. »Wissen Sie, für einen Mann in meiner Position schickt es sich nicht, über Wunder zu scherzen.«

»Aber Sie waren es doch, der sagte, es sei ein Wunder«, sagte Alboin und starrte ihn an.

»Tut mir leid«, sagte Father Brown, »aber ich fürchte, daß es sich hier um einen Irrtum handelt. Ich glaube nicht, daß ich je gesagt habe, es sei ein Wunder. Alles, was ich gesagt habe, war, daß es sich ereignen könnte. Sie haben dann gesagt, es könne sich nicht ereignen, denn es wäre ein Wunder, wenn es doch geschähe. Und dann geschah es. Und deshalb haben Sie gesagt, es sei ein Wunder. Aber ich habe von Anfang bis Ende nie ein Wort gesagt über Wunder oder Zauberei, oder etwas dergleichen.«

»Aber ich dachte, Sie glauben an Wunder«, brach es aus dem Sekretär heraus.

»Ja«, sagte Father Brown, »ich glaube an Wunder. Ich glaube an menschenfressende Tiger, aber ich sehe sie nicht überall herumlaufen. Wenn ich mir Wunder wünsche, weiß ich, wo ich sie bekommen kann.«

»Ich kann nicht verstehen, wie Sie diese Haltung einnehmen können, Father Brown«, sagte Vandam ernsthaft. »Das erscheint so engstirnig; und Sie erscheinen mir gar nicht engstirnig, auch wenn Sie wie ein Pastor aussehen. Begreifen Sie denn nicht, daß ein Wunder wie dieses den Materialismus endgültig erledigt? Es bezeugt der ganzen Welt in riesigen Schlagzeilen, daß spirituelle Kräfte wirken können und wirklich wirken. Damit würden Sie der Religion einen Dienst erweisen, wie ihn ihr noch nie ein Pastor erwiesen hat.«

Der Priester hatte sich ein wenig versteift und schien auf eine eigenartige Weise trotz seiner plumpen Gestalt in eine unbewußte und unpersönliche Würde gehüllt. »Aber«, sagte er, »Sie wollen doch nicht etwa, daß ich der Religion durch etwas diene, von dem ich genau weiß, daß es eine Lüge ist? Ich weiß nicht genau, was Sie mit dem Satz gemeint haben; und, um ehrlich zu sein, weiß ich auch nicht, ob Sie das tun. Lügen mag der Religion dienen; aber ich bin sicher, daß es nicht Gott dient. Und da Sie so sehr darauf herumharfen, was ich glaube, wäre es da nicht angebracht, wenn Sie wenigstens eine Ahnung davon bekämen, was das ist?«

»Ich glaube nicht, daß ich Sie ganz verstehe«, bemerkte der Millionär neugierig.

»Ich glaube nicht, daß Sie das tun«, sagte Father Brown einfach. »Sie sagen, diese Geschichte sei durch spirituelle Kräfte geschehen. Welche spirituellen Kräfte? Sie glauben doch nicht etwa, die heiligen Engel hätten ihn sich geschnappt und in den Parkbaum gehängt, oder? Und was die unheiligen Engel angeht – nein, nein, nein. Die Männer, die das taten, taten ein böses Ding, aber sie gingen nicht über ihre eigene Bosheit hinaus; sie waren nicht böse genug, um mit spirituellen Kräften umzugehen. Ich weiß, bei meinen Sünden, einiges über den Satanismus; ich war gezwungen, es zu wissen. Ich weiß, was das ist, was es praktisch immer ist. Es ist stolz, und es ist verschlagen. Es liebt es, überlegen zu sein; es liebt es, die Unschuldigen mit halbverstandenen Dingen zu entsetzen, den

Kindern Gänsehaut zu verursachen. Deshalb liebt es Mysterien und Initiationen und Geheimgesellschaften und all das andere so sehr. Seine Augen sind nach innen gewendet, und wie groß und erhaben es auch erscheinen mag, es verbirgt immer ein kleines verrücktes Lächeln.« Er schauerte plötzlich zusammen, als habe ihn ein eiskalter Luftzug getroffen. »Kümmern Sie sich nicht um die; sie haben mit dem hier nichts zu tun, glauben Sie mir. Glauben Sie denn, daß mein armer wilder Ire, der wie rasend die Straße herabrannte und die Hälfte der Geschichte heraussprudelte, als er nur mein Gesicht sah, und der davonlief vor lauter Angst, noch mehr herauszuspruden, glauben Sie, daß Satan dem irgendwelche Geheimnisse anvertraut? Ich gebe zu, daß er sich an einer Verschwörung beteiligte, wahrscheinlich an einer Verschwörung mit zwei anderen Männern, die schlimmer sind als er; aber trotz allem befand er sich nur in einem ungeheuren Zorn, als er die Straße hinabbrannte und seine Pistole und seinen Fluch losfeuerte.«

»Aber was auf Erden soll denn das alles bedeuten?« fragte Vandam.

»Eine Spielzeugpistole und einen lächerlichen Fluch abzufeuern würde niemals getan haben, was getan worden ist, es sei denn durch ein Wunder. Sonst hätte es Wynd nicht wie einen Elf verschwinden lassen. Sonst hätte es ihn nicht eine Viertelmeile weiter mit einem Strick um den Hals wieder auftauchen lassen.«

»Nein«, sagte Father Brown scharf; »aber was hätte es getan?«

»Ich kann Ihnen immer noch nicht folgen«, sagte der Millionär ernsthaft.

»Ich frage, was hätte es getan?« wiederholte der Priester und zeigte zum ersten Mal Anzeichen einer Bewegung, die an Ärger grenzte. »Sie wiederholen ständig, daß der Schuß mit einer Platzpatrone dieses oder jenes nicht tun würde; daß, wenn das alles wäre, der Mord nicht geschehen wäre oder das Wunder nicht geschehen wäre. Es scheint Ihnen nicht einzufallen, zu fragen, was wirklich geschehen würde. Was würde geschehen, wenn ein Verrückter genau unter Ihrem Fenster ohne Sinn und Verstand losfeuerte? Was wäre das allererste, was geschähe?«

Vandam blickte nachdenklich drein. »Ich schätze, ich würde aus dem Fenster schauen«, sagte er.

»Ja«, sagte Father Brown, »Sie würden aus dem Fenster schauen. Das ist die ganze Geschichte. Es ist eine traurige Geschichte; aber jetzt ist sie vorüber; und außerdem gibt es mildernde Umstände.«

»Wieso sollte er aber zu Schaden kommen, nur indem er aus dem Fenster schaute?« fragte Alboin. »Er stürzte nicht hinaus, sonst wäre er unten in der Straße gefunden worden.«

»Nein«, sagte Father Brown mit leiser Stimme. »Er stürzte nicht ab. Er stieg empor.«

In seiner Stimme war etwas wie das Grollen eines Gongs, wie ein Klang des Schicksals, sonst aber fuhr er gleichmäßig fort:

»Er stieg empor, aber nicht auf Flügeln; nicht auf den Flügeln heiliger oder unheiliger Engel. Er stieg empor am Ende eines Strickes, genau so, wie Sie ihn im Park gesehen haben; eine Schlinge senkte sich ihm über den Kopf im gleichen Augenblick, in dem er ihn aus dem Fenster streckte. Erinnern Sie sich nicht an Wilson, seinen großen Diener, ein Mann von riesiger Stärke, während Wynd so klein und leicht wie eine Krabbe war? Ist nicht Wilson in die Etage darüber gestiegen, um eine Flugschrift zu holen, aus einem Zimmer voller Gepäck, das mit Stricken über Stricken verschnürt war? Hat man Wilson seit jenem Tag noch einmal gesehen? Ich glaube nicht.«

»Sie meinen«, fragte der Sekretär, »daß Wilson ihn sich direkt aus dem Fenster geangelt hat wie eine Forelle an der Angelschnur?«

»Ja«, sagte der andere, »und ließ ihn dann wiederum aus dem anderen Fenster hinab in den Park, wo der dritte Komplize ihn in einen Baum hing. Erinnern Sie sich, daß die Straße immer leer war; erinnern Sie sich, daß die gegenüberliegende Wand völlig kahl ist; erinnern Sie sich, daß alles knapp 5 Minuten, nachdem der Ire mit der Pistole das Zeichen gegeben hatte, vorüber war. Natürlich waren sie zu dritt; und ich frage mich, ob Sie sie nicht alle erraten können.«

Alle drei starrten das einfache viereckige Fenster und die kahle weiße Wand dahinter an; und niemand antwortete.

»Übrigens«, fuhr Father Brown fort, »denken Sie nicht, daß ich Ihnen Vorwürfe machte, weil Sie so schnell zu übernatürlichen Schlußfolgerungen fanden. Der Grund dafür ist wirklich sehr einfach. Sie haben alle geschworen, daß Sie in der Schale hartgesottene Materialisten seien; und in Wirklichkeit balancierten Sie alle am Rande des Glaubens – des Glaubens an fast alles. Tausende balancieren heute so; aber es ist eine sehr scharfe und unbequeme Kante, wenn man daraufsitzt. Sie werden keine Ruhe finden, ehe Sie nicht irgend etwas glauben; deshalb ist Mr. Vandam die neuen Religionen mit einem Läusekamm durchgegangen, und deshalb zitiert Mr. Alboin die Bibel im Dienste seiner Religion der Atemübungen, und deshalb grollt Mr. Fenner demselben Gott, den er leugnet. Darin sind Sie alle gespalten; es ist natürlich, ans Übernatürliche zu glauben. Es erscheint nie natürlich, nur Natürliches anzunehmen. Und obgleich es nur eines kleinen Anstoßes bedurfte, um Sie in diesen Dingen ins Widernatürliche zu stoßen, waren diese Dinge doch nur natürliche

Dinge. Sie waren nicht nur natürlich, sie waren auch fast unnatürlich einfach. Ich glaube, es hat niemals eine Geschichte gegeben, die so einfach wie diese war.«

Fenner lachte und sah dann verwirrt aus. »Eins verstehe ich nicht«, sagte er. »Wenn es Wilson war, wie kam dann Wynd dazu, sich einen Mann unter so intimen Umständen zu halten? Wie kam es, daß ihn ein Mann umbrachte, den er seit Jahren täglich gesehen hat? Er war berühmt für seine Beurteilung von Menschen?«

Father Brown stieß seinen Regenschirm mit einer Heftigkeit auf den Boden, die man selten an ihm sah.

»Ja«, sagte er fast wütend, »deshalb wurde er umgebracht. Genau dafür wurde er umgebracht. Er wurde umgebracht, weil er ein Verurteiler von Menschen war.«

Sie alle starrten ihn an, aber er fuhr fort, fast so, als seien sie gar nicht anwesend.

»Was ist denn der Mensch, daß er der Beurteiler von Menschen wäre?« fragte er. »Die drei waren diese Landstreicher, die einst vor ihm standen und blitzschnell zur Rechten und zur Linken auf diesen oder jenen Platz gewiesen wurden; als ob es für sie keine Höflichkeit, keine Stufen der Vertrautheit, keinen freien Willen zur Freundschaft gäbe. Und 20 Jahre konnten die Empörung nicht erschöpfen, die aus jener bodenlosen Beleidigung in jenem Augenblick entstand, da er sich erdreistete zu glauben, er könne sie auf einen Blick erkennen.«

»Ja«, sagte der Sekretär, »ich verstehe ... und ich verstehe, wieso Sie alle Arten Dinge verstehen.«

»Ich aber will verflucht sein, wenn ich verstehe«, schrie der lärmige Westmensch stürmisch. »Ihr Wilson und Ihr Ire scheinen mir nur ein paar gurgelschlitzender Mörder zu sein, die ihren Wohltäter umgebracht haben. Ich habe keinen Platz für solche verräterischen und blutigen Meuchler in meiner Moral, ob sie nun eine Religion ist oder nicht.«

»Er war ein verräterischer und blutiger Meuchler, kein Zweifel«, sagte Fenner ruhig. »Ich verteidige ihn nicht; aber ich nehme an, daß es Father Browns Geschäft ist, für alle Menschen zu beten, selbst für einen Mann wie —«

»Ja«, stimmte Father Brown zu, »es ist mein Geschäft, für alle Menschen zu beten, selbst für einen Mann wie Warren Wynd.«

Der Fluch des Goldenen Kreuzes

Menschen saßen um einen kleinen Tisch herum, so zusammenhanglos und zufällig, als hätten sie jeder einzeln an demselben kleinen menschenleeren Eiland Schiffbruch erlitten. Jedenfalls umgab sie die See, denn in gewissem Sinn war ihr Eiland von einem anderen Eiland umschlossen, einer großen und fliegenden Insel wie Laputa. Der kleine Tisch war nämlich einer von vielen kleinen Tischen, die im Speisesaal jenes gigantischen Schiffes *Moravia* umherstanden, das durch die Nacht und die ewige Leere des Atlantiks jagte. Die kleine Gesellschaft hatte nichts gemeinsam, außer daß sie alle von Amerika nach England reisten. Mindestens zwei unter ihnen hätte man Berühmtheiten nennen können; andere hätte man düster nennen können und in ein oder zwei Fällen gar dubios.

Der erste war der berühmte Professor Smaill, eine Autorität auf dem Gebiet archäologischer Studien zum spätbyzantinischen Reich. Seine Vorlesungen, gehalten an einer amerikanischen Universität, wurden selbst an den autoritativsten europäischen Sitzen der Gelehrsamkeit als von erstrangiger Autorität anerkannt. Seine literarischen Werke waren so sehr von einer reifen und einbildungsmächtigen Sympathie für die europäische Vergangenheit durchtränkt, daß es Fremde oft erstaunte, ihn mit amerikanischem Akzent sprechen zu hören. Aber auf seine Weise war er sehr amerikanisch; er hatte langes blondes Haar, das er aus einer hohen viereckigen Stirn zurückgebürstet trug, lange gerade Gesichtszüge und einen eigentümlich gemischten Ausdruck von Gedankenverlorenheit und verhaltener Schnelligkeit, wie ein Löwe, der geistesabwesend über seinen nächsten Sprung nachgrübelt.

Es gab nur eine Dame in der Gruppe; aber sie stellte für sich allein (wie die Journalisten oftmals von ihr sagten) eine ganze Heerschar dar; und war durchaus bereit, an diesem oder jedem anderen Tisch die Gastgeberin, um nicht zu sagen: die Kaiserin zu spielen. Es war Lady Diana Wales, die berühmte Forschungsreisende in tropischen und anderen Ländern; aber ihr Erscheinen bei Tisch wies nichts Rauhes oder Männliches auf.

Sie selbst war auf fast tropische Weise eine Schönheit, mit einer Fülle brennendrotem, schwerem Haar; sie war, wie die Journalisten das bezeichnen, gewagt gekleidet, aber ihr Gesicht war intelligent, und ihre Augen hatten jenes helle und ziemlich auffallende Aussehen, das zu den Augen von Damen gehört, die auf politischen Versammlungen Fragen stellen.

Die anderen vier Gestalten erschienen zunächst in dieser strahlenden Gegenwart wie Schatten; aber bei näherer Betrachtung wiesen sie Unterschiede auf. Einer von ihnen war ein junger Mann, den das Schiffsregister als Paul T. Tarrant führte. Er war ein amerikanischer Typus, den man besser einen amerikanischen Antitypus nennen könnte. Jede Nation hat wahrscheinlich einen Antitypus; eine Art von extremer Ausnahme, die die nationale Regel bestätigt. Amerikaner achten wirklich die Arbeit, so wie Europäer den Krieg achten. Es umgibt sie ein Heiligenschein von Heldentum; und wer vor ihr zurückschreckt, ist weniger als ein Mann. Der Antitypus erweist sich dadurch, daß er ausnehmend selten ist. Er ist der Stutzer, der feine Stadtpinkel: der wohlhabende Verschwender, der in so vielen amerikanischen Romanen den schwachen Schurken abgibt. Paul Tarrant schien absolut nichts anderes zu tun zu haben, als seine Kleidung zu wechseln, was er ungefähr sechsmal am Tage tat; er schlüpfte in schwächere oder stärkere Schattierungen seines Anzugs aus erlesenem Hellgrau wie die delikaten silbrigen Wechsel des Zwielichts. Anders als die meisten Amerikaner kultivierte er sehr sorgsam einen kurzen lockigen Bart; und anders als die meisten Stutzer selbst seines Typs schien er eher trotzig als protzig. In seinem Schweigen und seiner Düsternis lag etwas, das eigentlich fast an Lord Byron erinnerte.

Die beiden nächsten Reisenden schienen automatisch zusammenzugehören; lediglich weil sie beide englische Vertragsreisende waren, die von einer Amerikatour zurückkehrten. Einen von ihnen nannte man Leonard Smyth, offenbar ein kleiner Poet, aber ein großer Journalist; langschädlig, blond, vollkommen gekleidet und vollkommen imstande, sich um sich selbst zu kümmern. Der andere stellte fast einen komischen Kontrast dar, kurz und breit, mit einem schwarzen Walroßschnurrbart, und so schweigsam, wie der andere gesprächig war. Doch da man ihn sowohl des Raubes angeklagt wie wegen der Rettung einer rumänischen Prinzessin vor den Pranken eines Jaguars in seinem Wanderzoo bejubelt und er so in einer Gesellschaftsangelegenheit eine Rolle gespielt hatte, war man natürlich der Meinung, seine Ansichten über Gott, den Fortschritt, seine Kinderzeit und die Zukunft der anglo-amerikanischen Beziehungen wären von großem Interesse und Wert für die Einwohner von Minneapolis und

Omaha. Die sechste und unbedeutendste Gestalt war die eines kleinen englischen Priesters, der auf den Namen Brown hörte. Er lauschte der Konversation mit respektvoller Aufmerksamkeit und gewann in jenem Augenblick den Eindruck, daß sie in einem Punkte ziemlich seltsam sei.

»Ich nehme an, Professor«, sagte Leonard Smyth, »daß Ihre byzantinischen Studien einiges Licht auf die Geschichte des Grabes werfen könnten, das man irgendwo an der Südküste entdeckt hat, bei Brighton, oder? Nun ist Brighton natürlich eine mächtige Strecke von Byzanz entfernt. Aber ich habe da irgendwas gelesen, daß der Stil der Beisetzung oder Einbalsamierung oder so für byzantinisch gehalten wird.«

»Byzantinische Studien haben tatsächlich eine mächtige Strecke zu bewältigen«, erwiderte der Professor trocken. »Man spricht von Spezialisten; aber ich glaube, das schwierigste auf Erden ist, sich zu spezialisieren. Nehmen Sie als Beispiel diesen Fall: Wie kann ein Mann irgend etwas über Byzanz wissen, solange er nicht alles über Rom zuvor und den Islam danach weiß? Die meisten arabischen Künste sind alte byzantinische Künste. Nehmen Sie zum Beispiel Algebra —«

»Aber ich will Algebra nicht nehmen«, rief die Dame entschieden. »Ich habe das nie getan, und ich werde es nie tun. Aber am Einbalsamieren bin ich ganz furchtbar interessiert. Ich war bei Gatton, müssen Sie wissen, als er die babylonischen Gräber öffnete. Und seither sind für mich Mumien und erhaltene Körper und all das absolut aufregend. Erzählen Sie uns doch bitte von diesem.«

»Gatton war ein interessanter Mann«, sagte der Professor. »Es war eine interessante Familie. Sein Bruder, der ins Parlament gewählt wurde, war sehr viel mehr als ein gewöhnlicher Politiker. Ich habe die Faschisten nie verstanden, bis er seine Rede über Italien hielt.«

»Ja, aber auf dieser Reise gehen wir nicht nach Italien«, sagte Lady Diana hartnäckig, »während ich glaube, daß Sie zu jenem kleinen Ort gehen, wo man das Grab gefunden hat. In Sussex, oder?«

»Sussex ist ziemlich groß für so einen kleinen englischen Bezirk«, erwiderte der Professor. »Man kann darin lange Zeit umherwandern; und es ist wie geschaffen, um darin umherzuwandern. Es ist wunderbar, wie hoch diese niedrigen Hügel scheinen, wenn man sich auf ihnen befindet.«

Es entstand ein jähes zufälliges Schweigen; und dann sagte die Dame: »Ach, ich gehe an Deck«, und erhob sich, und die Männer erhoben sich mit ihr. Aber der Professor blieb zurück, und der kleine Priester war der letzte, der sich anschickte, den Tisch zu verlassen, da er noch seine Serviette sorgfältig zusammenfaltete. Als sie so allein zusammen zurückgeblieben waren, sagte der Professor plötzlich zu seinem Gefährten:

»Was war denn nach Ihrer Ansicht das Thema dieser kleinen Unterhaltung?«

»Nun ja«, sagte Father Brown lächelnd, »wenn Sie mich schon fragen, da gab es etwas, das mich ein bißchen erheiterte. Ich mag mich irren; aber mir erschien es so, als ob die Gesellschaft drei Versuche unternahm, Sie dazu zu bringen, über einen einbalsamierten Körper zu sprechen, den man angeblich in Sussex gefunden hat. Und Sie Ihrerseits haben sehr höflich angeboten zu sprechen – zunächst über Algebra, dann über die Faschisten und dann über die Landschaft der Downs.«

»Kurz«, erwiderte der Professor, »Sie dachten, daß ich bereit war, über jedes beliebige Thema zu sprechen, nur nicht über das eine. Sie hatten ganz recht.«

Der Professor schwieg eine kleine Weile und blickte auf das Tischtuch hinab; dann blickte er auf und sprach mit jener schnellen Impulsivität, die an den Sprung des Löwen gemahnt.

»Hören Sie, Father Brown«, sagte er, »für mich sind Sie der weiseste und anständigste Mann, dem ich je begegnet bin.«

Father Brown war der typische Engländer. Ihm eignete die ganze normale Hilflosigkeit seiner Nation gegenüber einem ernsten und gewichtigen Kompliment, das ihm jählings auf die amerikanische Art ins Gesicht gesagt wurde. Seine Antwort bestand aus einem sinnlosen Murmeln; und es war der Professor, der in der gleichen abgehackten Ernsthaftigkeit fortfuhr:

»Sehen Sie, bis zu einem bestimmten Punkt ist alles ganz einfach. Ein christliches Grab aus dem frühen Mittelalter, offenbar ein Bischofsgrab, ist unter einer kleinen Kirche in Dulham an der Küste von Sussex gefunden worden. Zufälligerweise ist der Vikar selbst ein tüchtiges Stück von Archäologe, und er konnte eine ganze Menge mehr herausfinden, als ich bisher selbst wußte. Es gab Gerüchte, daß der Leichnam auf eine Weise einbalsamiert worden sei, die für Griechen und Ägypter eigentümlich, aber im Westen unbekannt ist, vor allem zu jener Zeit. Also hat Mr. Walters (der Vikar) natürlich an byzantinische Einflüsse gedacht. Aber er hat auch noch etwas anderes erwähnt, das für mich von weit größerem persönlichem Interesse ist.«

Sein langes ernstes Gesicht schien noch länger und ernster zu werden, als er auf das Tischtuch hinabstarrte. Sein langer Finger schien darauf Muster zu zeichnen wie die Pläne toter Städte und ihrer Tempel und Grabstätten.

»Und nun werde ich Ihnen, und sonst niemandem, erzählen, warum ich mich davor hüten muß, diese Angelegenheit in gemischter Gesellschaft zu erwähnen; und warum ich um so vorsichtiger sein muß, je begieriger sie sind, darüber zu sprechen. Es wurde auch erklärt, daß sich in dem Grab eine Kette mit einem Kreuz befinde, von einfachem Aussehen, aber mit einem ganz bestimmten geheimen Symbol auf der Rückseite, das man bisher nur auf einem einzigen anderen Kreuz auf Erden gefunden hat. Es entstammt den Geheimzeichen der frühesten Kirche und bezeichnet vermutlich die Errichtung des Stuhls von Sankt Peter zu Antiochien, ehe er nach Rom kam. Wie auch immer, ich glaube, daß es nur noch ein anderes dieser Art gibt, und das gehört mir. Angeblich gibt es eine Geschichte, daß auf ihm ein Fluch laste; aber darum kümmere ich mich nicht. Aber ob nun ein Fluch oder nicht, tatsächlich gibt es in gewisser Weise eine Verschwörung; obwohl diese Verschwörung sicherlich nur aus einem Mann besteht.«

»Aus einem Mann?« wiederholte Father Brown fast mechanisch.

»Aus einem Verrückten, soviel ich weiß«, sagte Professor Smaill. »Es ist eine lange Geschichte, und in gewisser Weise eine alberne.«

Er hielt erneut inne, zog mit seinem Finger auf dem Tischtuch Linien wie in einer Bauzeichnung und fuhr dann fort:

»Vielleicht sollte ich Ihnen die Geschichte von Anfang an erzählen, für den Fall, daß Sie irgendeine Kleinigkeit in ihr bemerken, die für mich bedeutungslos ist. Es begann vor vielen Jahren, als ich auf eigene Rechnung bestimmte Nachforschungen in den Altertümern Kretas und der griechischen Inseln betrieb. Den größten Teil davon machte ich praktisch allein, manchmal mit der gröbsten Hilfe von Ortsansässigen auf Zeit, und manchmal buchstäblich allein. Unter diesem letzten Umstand nun entdeckte ich ein Labyrinth unterirdischer Gänge, die mich schließlich zu einem Haufen reicher Reste führten, zerbrochener Ornamente und verstreuter Edelsteine, die ich für die Überbleibsel eines versunkenen Altars hielt, und unter ihnen fand ich das eigenartige goldene Kreuz. Ich drehte es um, und ich fand auf seiner Rückseite den Ichthys oder Fisch, ein frühes christliches Symbol, doch nach Form und Ausführung völlig unterschiedlich von den üblichen Funden; und mir erschien es realistischer, so als habe der alte Zeichner die Absicht gehabt, es nicht nur wie eine konventionelle Umrahmung, wie einen Nimbus aussehen zu lassen, sondern eher wie einen richtigen Fisch. Ich hatte den Eindruck, daß es da zum einen Ende hin eine Abflachung gab, die nicht so sehr wie eine bloße mathematische Dekoration aussah, sondern vielmehr wie eine Art grober oder gar heidnischer Zoologie.

Um kurz zu erklären, warum ich diesen Fund für so bedeutsam hielt, muß ich Ihnen die Fundstelle beschreiben. Zum einen war sie gewissermaßen eine Ausgrabung in der Ausgrabung. Wir befanden uns auf der

Spur nicht nur von Antiquitäten, sondern von Antiquitätenhändlern der Antike. Wir hatten Grund zu der Annahme, oder einige von uns dachten, wir hätten Grund zu der Annahme, daß diese unterirdischen Gänge, die meisten aus der minoischen Periode wie jener berühmte, den man jetzt mit dem Labyrinth des Minotaurus identifiziert, während all jener Jahrhunderte zwischen dem Minotaurus und den modernen Erforschern keineswegs vergessen und ungestört geblieben waren. Wir nahmen an, daß in diese unterirdischen Stätten, fast möchte ich sagen diese unterirdischen Städte und Dörfer, bereits während der Zwischenzeit irgendwelche Personen aus irgendwelchen Gründen eingedrungen waren. Hinsichtlich der Gründe gibt es verschiedene Ansichten: Einige Schulen meinen, daß die Kaiser amtliche Untersuchungen aus rein wissenschaftlicher Neugier angeordnet haben; andere, daß die verrückte Mode während des späten Römischen Reiches, sich mit allen Arten düsteren Aberglaubens Asiens zu befassen, irgendeine namenlose manichäische Sekte oder andere Zusammenrottung dazu vermochte, sich in jenen Höhlen wüsten Orgien hinzugeben, die das Licht der Sonne scheuen mußten. Ich selbst gehöre jener Gruppe an, die glaubt, daß diese Höhlen in der gleichen Weise wie die Katakomben verwendet wurden. Das heißt, wir glaubten, daß während einer der Verfolgungen, die wie Feuer das ganze Reich überzogen, die Christen sich in diesen alten heidnischen Steinlabyrinthen verbargen. Deshalb durchrann mich ein Schauer so scharf wie ein Donnerschlag, als ich das gefallene goldene Kreuz fand und aufhob und die Zeichnung sah; und es war ein noch stärkerer Schock der Beglückung, als ich, indem ich mich umwandte, um mich erneut nach draußen und droben ins Tageslicht auf den Weg zu machen, die Wände aus nacktem Fels hochblickte, die sich endlos entlang der niedrigen Gänge erstreckten, und in noch gröberen, aber wenn möglich noch unverkennbareren Umrissen die Form des Fisches geritzt sah.

Irgend etwas daran gab ihm den Anschein, als sei es ein fossiler Fisch oder irgendein anderer rudimentärer Organismus, für immer in einer erfrorenen See festgehalten. Ich konnte diese Analogie zunächst nicht analysieren, da sonst nichts sie mit dieser Ritzzeichnung im Stein verband, bis mir klar wurde, daß ich mir im Unterbewußten sagte, die ersten Christen müßten wie Fische gewirkt haben, die da stumm in einer versunkenen Welt aus Zwielicht und Schweigen hausten, tief unter den Füßen der Menschen, und die sich im Dunkel und Zwielicht einer lautlosen Welt bewegten.

Jeder, der je durch eine Steinpassage geschritten ist, weiß, wie das ist, wenn einem Phantomschritte folgen. Das Echo folgt einem tappernd nach oder läuft klappernd vorauf, so daß es einem Mann, der wirklich allein ist, fast unmöglich ist, an sein Alleinsein zu glauben. Ich hatte mich an die Wirkung dieses Echos gewöhnt und es schon seit einiger Zeit nicht mehr wahrgenommen, als mein Blick auf den symbolischen Umriß fiel, der da in die Felswand geritzt war. Ich blieb stehen, und im gleichen Augenblick erschien es mir, als bliebe mein Herz ebenfalls stehen; denn zwar waren meine Füße stehengeblieben, aber das Echo marschierte weiter.

Ich rannte vorwärts, und es schien, als ob die gespenstischen Fußschritte ebenfalls rannten, aber nicht in jener exakten Nachahmung, die das materielle Nachbeben eines Tons kennzeichnet. Ich hielt wieder an, und die Schritte ebenfalls; aber ich hätte schwören können, daß sie einen Augenblick zu spät anhielten; ich rief eine Frage; und mein Ruf wurde beantwortet; aber die Stimme war nicht meine.

Sie kam um die Ecke eines Felsens genau vor mir; und während jener ganzen unheimlichen Jagd bemerkte ich, daß sie immer an solchen Ecken des krummen Ganges innehielt und redete. Das bißchen Raum vor mir, das meine kleine elektrische Lampe erhellen konnte, war immer so leer wie ein leerer Raum. Und unter solchen Umständen führte ich ein Gespräch mit ich weiß nicht wem, das bis zum ersten weißen Schimmer des Tageslichtes währte, und selbst da konnte ich nicht erkennen, wie er ins Licht des Tages verschwand. Doch die Mündung des Labyrinthes war voller Öffnungen und Risse und Spalten, und für ihn wäre es nicht schwierig gewesen, sich irgendwie zurückzustürzen und aufs neue in der Unterwelt der Höhlen zu verschwinden. Ich weiß nur, daß ich auf die einsamen Stufen eines großen Berges wie auf eine Marmorterrasse hinaustrat, nur von grüner Vegetation überstreut, die irgendwie tropischer als die Reinheit des Felsens wirkte, so wie die orientalischen Invasionen, die sich sporadisch über den Untergang des klassischen Hellas ergossen. Ich blickte hinaus auf eine See von fleckenloser Bläue, und die Sonne schien stetig auf die äußerste Einsamkeit und Stille; und da war nicht ein Grashalm, den der Hauch einer Flucht bewegt hätte, und nicht der Schatten vom Schatten eines Mannes.

Es war ein schreckliches Gespräch gewesen; so intim und so persönlich und in gewisser Weise so beiläufig. Dieses Wesen – körperlos, gesichtslos, namenlos, das aber mich beim Namen rief – hatte zu mir in jenen Grüften und Klüften, in denen wir lebendig begraben waren, mit nicht mehr Leidenschaft oder Dramatik gesprochen, als säßen wir in einem Club in zwei Sesseln. Und dennoch hatte er mir gesagt, daß er ohne jeden Zweifel mich oder jeden anderen Mann töten werde, der in den Besitz des

Ferrero D-60624 Frankfurt/M.

Warnhinweis! Lesen und aufbewahren. Nicht für Kinder unter 3 Jahren geeignet, da Spielzeug oder Kleinteile verschluckt oder eingeatmet werden können.

ICE AGE 3 SCRAT

SCRAT das Säbelzahn-Eichhörnchen ist zurück. Doch diesmal bereitet ihm nicht nur seine geliebte Nuss Kopfzerbrechen. Er trifft auf die attraktive GIRL SCRAT, die es ihm alles andere als leicht macht. Wird sie sein Herz erobern, Scrats Nuss an sich reißen oder gar beides bekommen?

NV269

Kreuzes mit dem Zeichen des Fisches komme. Er erklärte mir offen, daß er nicht verrückt genug sei, mich dort in jenem Labyrinth anzugreifen, da er wisse, daß ich einen geladenen Revolver bei mir trage und er also das gleiche Risiko wie ich laufe. Aber er erklärte mir ebenso gelassen, daß er meine Ermordung mit der Gewißheit des Erfolges plane, wobei er jede Einzelheit ausarbeiten und jede Gefährdung abwenden werde nach Art jener künstlerischen Vollkommenheit, die ein chinesischer Kunsthandwerker oder ein indischer Sticker einem Lebenskunstwerk widme. Und doch war er kein Orientale; ich bin sicher, er war ein weißer Mann. Ich habe den Verdacht, daß er ein Landsmann von mir ist.

Seither habe ich von Zeit zu Zeit Zeichen und Symbole und sonderbare unpersönliche Nachrichten empfangen, die mir zumindest die Gewißheit gegeben haben, daß der Mann, wenn er denn ein Wahnsinniger ist, ein Monomane ist. Ständig erzählt er mir auf diese leichte und leidenschaftslose Art, daß die Vorbereitungen für meinen Tod und meine Beisetzung zufriedenstellend voranschritten; und daß der einzige Weg, auf dem ich verhindern könne, daß sie ein bequemer Erfolg kröne, darin bestehe, auf die Reliquie in meinem Besitz zu verzichten – das einzigartige Kreuz, das ich in den Höhlen fand. Ihn scheinen in dieser Angelegenheit keinerlei religiöse Gefühle oder Fanatismen zu bewegen; er scheint keine Leidenschaft außer der Leidenschaft eines Sammlers von Raritäten zu haben. Das ist einer der Gründe, die mich sicher machen, daß er ein Mann des Westens und nicht des Ostens ist. Aber diese besondere Rarität scheint ihn verrückt gemacht zu haben.

Und dann kam dieser noch unbestätigte Bericht über die zweite Reliquie, die man auf einem einbalsamierten Leichnam in einem Grab in Sussex gefunden habe. Wenn er zuvor ein Wahnsinniger war, dann verwandelte ihn diese Nachricht in einen von sieben Teufeln Besessenen. Daß es da deren eine geben sollte, die einem anderen Mann gehörte, war übel genug, aber daß es deren zwei geben sollte, von denen keine ihm gehörte, war ihm eine unerträgliche Qual. Seine verrückten Nachrichten kamen massiert und schnell, wie ein Regen vergifteter Pfeile, und jede schrie zuversichtlicher als die letzte hinaus, daß der Tod mich in dem Augenblick ereilen werde, in dem ich meine unwürdige Hand nach dem Kreuz im Grab ausstrecke.

›Sie werden mich niemals kennen‹, schrieb er, ›Sie werden niemals meinen Namen sagen; Sie werden niemals mein Gesicht sehen; Sie werden sterben und niemals wissen, wer Sie getötet hat. Ich könnte jeder von denen sein, die Sie umgeben; aber ich werde nur in jenem sein, auf den zu achten Sie vergessen haben.‹

Aus diesen Drohungen schließe ich, daß er mich während dieser Expedition wahrscheinlich beschattet und versuchen wird, mir die Reliquie zu stehlen oder mir irgend etwas anzutun, um in ihren Besitz zu kommen. Aber da ich den Mann nie in meinem Leben gesehen habe, kann er praktisch jeder Mann sein, dem ich begegne. Logisch gesprochen, kann er jeder der Aufwärter sein, die mir bei Tisch aufwarten. Er kann jeder der Passagiere sein, die mit mir am Tisch sitzen.«

»Er kann mich sein«, sagte Father Brown in fröhlicher Mißachtung der Grammatik.

»Er kann jeder andere sein«, antwortete Smaill ernst. »Das habe ich mit dem gemeint, was ich bisher gesagt habe. Sie sind der einzige, bei dem ich die Gewißheit fühle, daß er nicht der Feind ist.«

Father Brown sah wiederum verlegen aus; dann lächelte er und sagte: »Nun ja, sonderbarerweise bin ich es wirklich nicht. Jetzt sollten wir erwägen, ob es irgendeine Möglichkeit gibt herauszufinden, ob er wirklich hier ist, bevor er – bevor er sich unangenehm bemerkbar macht.«

»Ich glaube, daß es eine Möglichkeit gibt, das herauszufinden«, bemerkte der Professor grimmig. »Wenn wir in Southampton ankommen, werde ich mir sofort einen Wagen entlang der Küste nehmen; ich wäre froh, wenn Sie mit mir kämen, im übrigen aber wird sich unsere kleine Gesellschaft natürlich auflösen. Wenn aber einer von ihnen auf jenem kleinen Friedhof an der Küste von Sussex wieder auftaucht, dann werden wir wissen, wer er wirklich ist.«

Das Programm des Professors wurde entsprechend ausgeführt, wenigstens im Hinblick auf den Wagen und seine Ladung in Gestalt von Father Brown. Sie fuhren entlang der Küstenstraße mit dem Meer auf der einen Seite und den Hügeln von Hampshire und Sussex auf der anderen; und dem Auge ward kein Schatten eines Verfolgers sichtbar. Als sie sich dem Dorfe Dulham näherten, kreuzte nur ein Mann ihren Weg, der in irgendeiner Weise mit der Angelegenheit in Beziehung stand; ein Journalist, der gerade die Kirche besucht hatte und vom Vikar höflich durch die neu ausgegrabene Kapelle geführt worden war; doch schienen seine Bemerkungen und Notizen von der üblichen Zeitungsart zu sein. Der Professor aber war vielleicht etwas phantasievoll, denn er wurde das Gefühl nicht los, daß etwas Eigentümliches und Entmutigendes in der Haltung des Mannes sei, der groß und schäbig gekleidet war, mit Hakennase und eingesunkenen Augen und einem wehmütig herabhängenden Schnurrbart. Und seine jüngste Besichtigung schien auf ihn alles andere als belebend gewirkt zu haben; tatsächlich schien er so schnell wie möglich von diesem Orte fortzustreben, als sie ihn mit einer Frage aufhielten.

»Dreht sich alles um einen Fluch«, sagte er, »einen Fluch auf der Stätte, laut Fremdenführer oder Pfarrer oder ältestem Einwohner oder wer da immer als Autorität gilt; und wirklich fühl' ich mich, als ob es stimmt. Fluch oder nicht Fluch, ich bin froh, daß ich wieder raus bin.«

»Glauben Sie an Flüche?« fragte Smaill neugierig.

»Ich glaube an gar nichts; ich bin Journalist«, antwortete die traurige Gestalt – »Boon, vom ›Daily Wire‹. Aber irgendwas ist in der Krypta nicht geheuer; und ich werde niemals leugnen, daß es mich kalt überrieselt hat.« Und mit neuerlich beschleunigtem Schritt strebte er dem Bahnhof zu.

»Der Bursche sieht wie ein Rabe oder eine Krähe aus«, bemerkte Smaill, als sie sich dem Friedhof zuwandten. »Was sagt man doch von einem Vogel, der Unheil bedeutet?«

Als sie langsam den Friedhof betraten, glitten die Blicke des amerikanischen Altertumsforschers genüßlich über das einsame Dach der Totenpforte und den tiefen unergründlichen schwarzen Wuchs der Eibe, die aussah wie die Nacht selbst, die das Tageslicht verwehrt. Der Pfad klomm zwischen wogenden Rasenflächen empor, auf denen die Grabsteine in alle Richtungen wiesen wie steinerne Flöße, die auf einer grünen See umhergeworfen werden, bis er den Kamm erreichte, hinter dem die große See selbst lag wie eine Eisenplatte, mit fahlen Lichtern wie aus Stahl darinnen. Fast unmittelbar zu ihren Füßen wandelte sich das zähe verwilderte Gras in Büschel von Mannstreu und lief in graugelbem Sand aus; und ein oder zwei Fuß vor dem Mannstreu stand dunkel vor der stählernen See eine bewegungslose Gestalt. Von ihrem dunkelgrauen Anzug abgesehen, hätte es fast die Statue auf einem Grabmal sein können. Father Brown aber erkannte sofort die elegante Beugung der Schultern und den fast trotzigen Vorstoß des kurzen Bartes.

»Nanu!« rief der Professor der Archäologie aus, »das ist ja der Mann Tarrant, wenn man ihn einen Mann nennen kann. Haben Sie geglaubt, als ich auf dem Schiff davon gesprochen habe, daß ich so schnell eine Antwort auf meine Frage erhalten würde?«

»Ich glaubte, daß Sie zu viele Antworten darauf bekommen würden.«

»Wie meinen Sie das?« erkundigte sich der Professor und warf einen Blick über die Schulter zurück.

»Ich meine«, antwortete der andere mild, »daß ich glaube, Stimmen hinter der Eibe gehört zu haben. Ich glaube nicht, daß Mr. Tarrant so einsam ist, wie er aussieht; ich möchte sogar wagen zu behaupten, so einsam, wie er aussehen möchte.«

Und noch während Tarrant sich langsam in seiner mürrischen Weise umdrehte, kam die Bestätigung. Eine andere Stimme, hoch und ziemlich hart, aber deshalb nicht weniger die einer Frau, sagte mit erprobter Koketterie:

»Und woher sollte ich wissen, daß es hier sein würde?«

Es dämmerte Professor Smaill, daß diese fröhliche Bemerkung nicht an ihn gerichtet war; also hatte er in einiger Verwirrung den Schluß zu ziehen, daß noch eine dritte Person anwesend war. Als Lady Diana Wales strahlend und entschlossen wie nur je aus dem Schatten der Eibe auftauchte, nahm er ingrimmig zur Kenntnis, daß sie einen eigenen lebenden Schatten mit sich führte. Die schlanke schmucke Gestalt von Leonard Smythe, jenes einschmeichelnden Mannes der Feder, erschien unmittelbar hinter ihrer prunkvollen Erscheinung, lächelnd, den Kopf ein wenig wie ein Hund auf die Seite geneigt.

»Schlangen!« murmelte Smaill, »wie denn, die sind ja alle hier! Oder doch alle mit Ausnahme des kleinen Schaustellers mit seinem Walroßschnurrbart.«

Er hörte Father Brown leise neben sich lachen; und in der Tat wurde die Situation inzwischen mehr als lächerlich. Sie schien Purzelbäume zu schlagen und ihnen wie der Trick einer Pantomime um die Ohren zu wirbeln; denn noch während der Professor sprach, erfuhren seine Worte den komischsten Widerspruch. Der runde Kopf mit dem grotesken schwarzen Schnurrbarthalbmond war plötzlich und so wie aus einem Loch im Boden aufgetaucht. Einen Augenblick später wurde ihnen klar, daß das Loch in Wahrheit ein sehr großes Loch war und zu einer Leiter führte, die ins Erdinnere hinabstieg; daß es sich tatsächlich um den Eingang zu jenem unterirdischen Schauplatz handelte, den zu besuchen sie gekommen waren. Der kleine Mann war der erste gewesen, der den Zugang entdeckt hatte, und war bereits ein oder zwei Leitersprossen hinabgestiegen, bevor er seinen Kopf wieder hinausschob, um sich an seine Mitreisenden zu wenden. Er sah wie ein besonders abgeschmackter Totengräber in einer *Hamlet*-Burleske aus. Er sagte nur mit dicker Stimme hinter seinem dicken Schnurrbart: »Hier unten ist es.« Aber das erreichte die übrige Gesellschaft zugleich mit dem Schock des Begreifens, daß, obwohl sie ihm bei den Mahlzeiten während einer Woche gegenübergesessen hatten, sie ihn kaum je zuvor hatten sprechen hören; und daß er, obwohl angeblich ein englischer Vortragsreisender, mit einem nicht erkennbaren ausländischen Akzent sprach.

»Wissen Sie, mein lieber Professor«, rief Lady Diana mit schneidender Fröhlichkeit, »Ihre byzantinische Mumie ist einfach zu aufregend, um verpaßt zu werden. Ich mußte einfach kommen und sie sehen; und ich bin sicher, daß die Herren genauso empfinden. Aber jetzt müssen Sie uns alles darüber erzählen.«

»Ich weiß aber nicht alles darüber«, sagte der Professor ernst, um nicht zu sagen grimmig. »Teilweise weiß ich nicht einmal, um was es sich eigentlich handelt. Auf jeden Fall erscheint es merkwürdig, daß wir alle so schnell wieder zusammengetroffen sind; doch nehme ich an, daß der moderne Durst nach Neuigkeiten keine Grenzen kennt. Wenn wir aber alle den Ort besichtigen wollen, dann muß das in einer verantwortlichen Weise geschehen und, um Vergebung, unter verantwortlicher Führung. Wir müssen den Leiter der Ausgrabungen benachrichtigen; und wir werden uns vermutlich wenigstens in eine Liste eintragen müssen.«

Eine Art Streit entstand aus diesem Zusammenprall zwischen der Ungeduld der Dame und dem Mißtrauen des Archäologen; doch trug dessen Beharren auf den amtlichen Rechten des Vikars und der örtlichen Untersuchung schließlich den Sieg davon; der kleine Mann mit dem Schnurrbart kam widerstrebend wieder aus seinem Grab hervor und stimmte schweigend einem weniger stürmischen Abstieg zu. Glücklicherweise erschien zu diesem Zeitpunkt der Kirchenmann selbst – ein grauhaariger, gutaussehender Gentleman mit vorgebeugter Haltung, die durch besonders dicke Brillengläser noch betont wurde; und während er schnell freundschaftliche Beziehungen zu dem Professor als einem Mitbruder der Altertumskunde anknüpfte, schien er dessen buntscheckige Begleitschar mit nichts Feindseligerem als mit Belustigung zu betrachten.

»Hoffentlich ist niemand unter Ihnen abergläubisch«, sagte er freundlich. »Ich muß Ihnen nämlich sofort sagen, daß angeblich alle Arten von Verhängnissen und Verfluchungen in dieser Angelegenheit über unseren hingebungsvollen Häuptern hängen. Ich habe gerade eine lateinische Inschrift entziffert, die über dem Eingang zur Kapelle gefunden wurde, und danach sind mindestens drei Verfluchungen im Spiel: eine Verfluchung für das Eindringen in den versiegelten Raum, eine doppelte Verfluchung für das Öffnen des Sarges, und eine dreifache und höchst fürchterliche Verfluchung für das Antasten der darin gefundenen goldenen Reliquie. Die beiden ersten Verwünschungen habe ich bereits auf mich gezogen«, fügte er lächelnd hinzu, »aber ich befürchte, daß auch Sie zumindest die erste und mildeste auf sich nehmen müssen, wenn Sie überhaupt etwas sehen wollen. Der Geschichte zufolge erfüllen sich die Verwünschungen in einer zögerlichen Weise, nach langen Pausen und zu späteren Gelegenheiten. Allerdings weiß ich nicht, ob Ihnen das zum Troste gereicht.« Und Hochwürden Walters lächelte wieder auf seine vorgebeugte und wohlwollende Art.

»Geschichte«, wiederholte Professor Smaill, »was für eine Geschichte ist das denn?«

»Es ist eine reichlich lange Geschichte mit vielen Abwandlungen, wie andere örtliche Legenden«, antwortete der Vikar. »Zweifellos aber entstammt sie der gleichen Zeit wie das Grab; und ihr Kern, den die Inschrift enthält, ist ungefähr folgender: Guy de Gisors, ein hiesiger Grundherr des 13. Jahrhunderts, hatte sein Herz an ein herrliches schwarzes Pferd im Besitz eines Abgesandten von Genua gehängt, das dieser weltkluge Handelsfürst aber nur für einen hohen Preis zu verkaufen bereit war. Guy wurde durch seinen Geiz zum Verbrechen der Ausplünderung dieses Heiligtums getrieben und, einer anderen Version zufolge, sogar zur Erschlagung des damals hier residierenden Bischofs. Jedenfalls stieß der Bischof eine Verfluchung aus, die jeden treffen solle, der dem goldenen Kreuz seinen Ruheplatz im Grabe versage oder Schritte unternehme, ihn zu stören, sobald es dahin zurückgekehrt sei. Der Landherr brachte das Geld für das Pferd auf, indem er die goldene Reliquie an einen Goldschmied in der Stadt verkaufte; aber am ersten Tag, da er das Pferd bestieg, bäumte das Tier sich auf und warf ihn vor dem Kirchenportal ab, wobei er sich den Hals brach. Den Goldschmied, bis dahin wohlhabend und erfolgreich, ruinierte eine Reihe unerklärbarer Zwischenfälle, und er geriet in die Gewalt eines jüdischen Geldverleihers, der auf dem Herrengut lebte. Als dem unglücklichen Goldschmied schließlich nichts mehr als das Verhungern übrigblieb, erhängte er sich an einem Apfelbaum. Das Goldkreuz war da schon lange mit all seinem anderen Eigentum, Haus und Laden und Handwerkszeug, in den Besitz des Geldverleihers übergegangen. Inzwischen war der Sohn und Erbe des Landherrn, entsetzt vom Gericht über seinen gotteslästerlichen Erzeuger, zu einem Anhänger der Religion im düsteren und strengen Sinne jener Zeiten geworden, der es als seine Pflicht ansah, Ketzerei und Unglauben bei seinen Untertanen zu verfolgen. So wurde der Jude, den der Vater zynisch geduldet hatte, auf Befehl des Sohnes erbarmungslos verbrannt und litt so seinerseits für den Besitz der Reliquie. Nach diesem dreifachen Gericht aber wurde sie in das Grab des Bischofs zurückgelegt; und seit dieser Zeit hat kein Auge sie mehr gesehen, keine Hand sie mehr berührt.«

Lady Diana Wales schien tiefer beeindruckt, als zu erwarten gewesen wäre.

»Es läuft einem wirklich kalt über den Rücken«, sagte sie, »wenn man daran denkt, daß wir die ersten außer dem Vikar sein werden.«

Der Pionier mit dem großen Schnurrbart und dem gebrochenen Englisch stieg nun doch nicht auf seiner geliebten Leiter hinab, die tatsächlich nur von einigen Arbeitern während der Ausgrabung benutzt worden war; denn der Kirchenmann führte sie zu einem größeren und bequemeren Eingang etwa 90 Meter weiter, durch den er selbst gerade aus seinen unterirdischen Untersuchungen aufgetaucht war. Hier geschah der Abstieg über eine ziemlich sanfte Schräge, die außer der zunehmenden Dunkelheit keine Schwierigkeiten bot; denn bald befanden sie sich im Gänsemarsch in einem Tunnel unterwegs, der schwarz wie Teer war, und es dauerte eine kleine Weile, ehe sie vor sich einen Lichtschimmer erblickten. Einmal gab es während jenes schweigsamen Marsches ein Geräusch, als habe jemand plötzlich den Atem angehalten, unmöglich zu sagen, wer; und einmal gab es einen Fluch wie eine dumpfe Explosion, und das geschah in einer unbekannten Sprache.

Schließlich betraten sie einen runden Raum wie eine Basilika in einem Ring von Rundbögen; denn diese Kapelle war erbaut worden, ehe noch der erste Spitzbogen der Gotik unsere Zivilisation wie ein Speer durchbohrte. Ein Schimmer grünlichen Lichtes zwischen einigen der Säulen kennzeichnete die andere Öffnung zur Oberwelt und vermittelte ein undeutliches Gefühl, als befinde man sich unter Wasser, das durch ein oder zwei zufällige Ähnlichkeiten, die vielleicht nur in der Phantasie existierten, verstärkt wurde. Denn das normannische Zahnziermuster zog sich schwach um alle Bögen und gab ihnen über der Dunkelheit der Höhlungen das Aussehen der Rachen ungeheurer Haie. Und die dunkle Masse des Grabes selbst in der Mitte mit dem hochgeklappten Steindeckel hätte fast die Kiefer eines solchen Leviathans sein können.

Ob nun aus einem Sinn fürs Angemessene oder aus Mangel an modernerer Ausrüstung, der geistliche Altertumskundler hatte zur Beleuchtung der Kapelle lediglich für 4 große Kerzen gesorgt, die in großen hölzernen Kerzenhaltern auf der Erde standen. Nur eine von diesen brannte, als sie eintraten, und warf einen schwachen Schimmer über die mächtigen architektonischen Formen. Nachdem sie sich alle versammelt hatten, entzündete der Kirchenmann auch die drei anderen, und Aussehen und Inhalt des großen Sarkophags traten deutlicher in Sicht.

Aller Augen wandten sich zunächst dem Antlitz des Toten zu, das durch all diese Jahrhunderte einen Anschein von Leben bewahrt hatte dank geheimer Verfahren aus dem Orient, die, wie man sagte, aus heidnischer Vorzeit überkommen und den einfachen Friedhöfen unserer Insel unbekannt waren. Der Professor konnte kaum einen Ausruf des Erstaunens unterdrücken; denn obgleich das Gesicht bleich wie eine Wachsmaske war, sah es doch aus wie das eines schlafenden Mannes, der soeben erst die Augen geschlossen hatte. Das Gesicht war vom asketischen, vielleicht gar fanatischen Typus, mit hohem Knochenbau; die Gestalt war in einen goldenen Chorrock und in prächtige Gewänder gekleidet, und hoch oben auf der Brust glänzte am Halsansatz das berühmte Goldkreuz an einer kurzen goldenen Kette, oder richtiger an einem Halsband. Der Steinsarg war geöffnet worden, indem man seinen Deckel am Kopfende hochgehoben und mittels zweier starker hölzerner Stempel aufgestützt hatte, die oben unter die Kante des Deckels geklemmt und unten hinter dem Kopf des Leichnams in die Ecken des Sarges verkeilt waren. Daher konnte man weniger von den Füßen oder dem unteren Teil der Gestalt sehen, doch war das Antlitz voll von Kerzenlicht beschienen, und im Gegensatz zu seiner Farbe toten Elfenbeins schien das Kreuz aus Gold zu flackern und zu funkeln wie Feuer.

Professor Smaills hohe Stirn trug eine tiefe Denker- oder gar Sorgenfalte, seit der Kirchenmann die Geschichte des Fluches erzählt hatte. Weibliche Intuition aber, nicht frei von weiblicher Hysterie, verstand die Bedeutung dieser brütenden Unbeweglichkeit besser als die Männer. In das Schweigen jener vom Kerzenlicht erhellten Höhle rief Lady Diana plötzlich hinein:

»Rühren Sie es nicht an, sage ich Ihnen!«

Aber der Mann hatte bereits eine seiner schnellen löwenähnlichen Bewegungen vollzogen und lehnte sich vorwärts über den Körper. Im nächsten Augenblick fuhren sie alle auseinander, manche vorwärts, manche rückwärts, aber alle mit einer erschreckten wegduckenden Bewegung, als stürze der Himmel ein.

Als der Professor einen Finger an das goldene Kreuz legte, schienen die hölzernen Stempel, die sich beim Halten des hochgeklappten Steindeckels nur leicht gebogen hatten, zusammenzuzucken und sich mit einem Ruck zu strecken. Der Rand der Steinplatte rutschte von seinen hölzernen Stützen; und in ihren Seelen und Mägen entstand das Übelkeit erregende Gefühl niedersausenden Unheils, als ob sie alle von einer steilen Klippe hinabgeschleudert worden seien. Smaill hatte seinen Kopf schnell zurückgezogen, aber nicht mehr rechtzeitig; und er lag besinnungslos neben dem Sarg, in einer roten Pfütze von Blut aus Schwarte oder Schädel. Und der alte Steinsarg war erneut geschlossen, wie er es durch die Jahrhunderte gewesen war; nur daß ein oder zwei Splitter oder Späne in dem Spalt staken und entsetzlich an Knochen erinnerten, die ein Ungeheuer zermalmt hatte. Der Leviathan hatte mit seinen steinernen Kiefern zugebissen.

Lady Diana starrte den Niedergeschmetterten mit Augen an, die einen elektrischen Glanz wie vom Wahnsinn hatten; ihr rotes Haar sah über ihrem bleichen Gesicht im grünlichen Zwielicht scharlachfarben aus. Smyth sah sie immer noch mit etwas Hündischem in der Neigung seines

Kopfes an; aber es war der Ausdruck eines Hundes, der einen Herrn anstarrt, dessen Katastrophe er nur teilweise verstehen kann. Tarrant und der Ausländer waren in ihrer üblichen mürrischen Haltung erstarrt, aber ihre Gesichter waren lehmfarben geworden. Der Vikar schien ohnmächtig zu sein. Father Brown kniete neben der hingestreckten Gestalt und versuchte, deren Zustand zu ergründen.

Zum allgemeinen Erstaunen kam der byronische Müßiggänger Paul Tarrant ihm zu Hilfe.

»Am besten tragen wir ihn rauf an die Luft«, sagte er. »Vielleicht hat er da noch eine Chance.«

»Er ist nicht tot«, sagte Father Brown mit leiser Stimme, »doch glaube ich, daß es sehr schlimm um ihn steht; Sie sind nicht zufällig Arzt?«

»Nein; aber ich mußte mir im Laufe der Zeit mancherlei aneignen«, sagte der andere. »Aber lassen wir mich jetzt beiseite. Mein wirklicher Beruf würde Sie vermutlich überraschen.«

»Das glaube ich nicht«, erwiderte Father Brown mit leichtem Lächeln. »Nach etwa der halben Reise bin ich draufgekommen. Sie sind ein Detektiv, der jemanden beschattet. Auf jeden Fall aber ist das Kreuz jetzt vor Dieben sicher.«

Während sie sprachen, hatte Tarrant die zarte Gestalt des niedergestreckten Mannes leicht und geschickt hochgehoben und trug ihn sorgsam zum Ausgang. Er antwortete über die Schulter: »Ja, das Kreuz ist sicher genug.«

»Sie meinen damit, daß dies sonst niemand ist«, erwiderte Brown. »Denken Sie auch an den Fluch?«

Father Brown wanderte während der nächsten ein oder zwei Stunden unter einer Last grübelnder Verwirrung umher, die etwas anderes war als der Schock des tragischen Zwischenfalls. Er half dabei, das Opfer in den kleinen Gasthof gegenüber der Kirche zu tragen, befragte den Arzt, der die Verletzung als ernst und bedrohlich, aber nicht unbedingt tödlich beschrieb, und brachte diese Nachricht zu der kleinen Reisegruppe, die sich um den Tisch im Schankraum des Gasthofes versammelt hatte. Aber wohin auch immer er sich begab, die Wolke des Rätselhaften lagerte über ihm und schien um so düsterer zu werden, je tiefer er nachdachte. Denn das zentrale Geheimnis wurde immer geheimnisvoller, und zwar in dem gleichen Maße, in dem sich die kleineren Geheimnisse in seinem Geiste klärten. Genau in dem Maße, in dem die Bedeutung der einzelnen Personen in der buntscheckigen Gruppe sich selbst erklärte, wurde es immer schwieriger, die Sache zu erklären, die sich ereignet hatte. Leonard Smyth war nur gekommen, weil Lady Diana gekommen war; und Lady Diana war nur gekommen, weil sie es wollte. Sie hatten einen jener oberflächlichen Gesellschaftsflirts miteinander, die um so alberner sind, da sie sich auf halbintellektueller Ebene abspielen. Aber die Romantik der Dame hatte auch eine abergläubische Seite; und das schreckliche Ende ihres Abenteuers hatte sie fast niedergeworfen. Paul Tarrant war Privatdetektiv, der möglicherweise im Auftrag irgendeiner Ehefrau oder eines Ehemannes den Flirt beobachtete oder möglicherweise den fremden Vortragsreisenden mit Schnurrbart beschattete, der ganz das Aussehen eines unerwünschten Ausländers hatte. Wenn aber der oder sonst jemand die Absicht gehabt hatte, die Reliquie zu stehlen, so war diese Absicht endgültig gescheitert. Und allem irdischen Anschein nach hatte entweder ein unglaublicher Zufall sie scheitern lassen, oder die Einwirkung eines uralten Fluches.

Als er so in unüblicher Verwirrung mitten auf der Dorfstraße zwischen Gasthof und Kirche stand, fühlte er sich sanft überrascht, als er eine seit kurzem bekannte, aber reichlich unerwartete Gestalt die Straße heraufkommen sah. Mr. Boon, der Journalist, der ziemlich abgespannt aussah im Sonnenlicht, welches seine schäbige Kleidung wie die einer Vogelscheuche erscheinen ließ, hatte seine dunklen und tiefliegenden Augen (die an den Seiten seiner langen herabhängenden Nase eng beieinander standen) auf den Priester gerichtet. Dieser mußte zweimal hinsehen, ehe er begriff, daß der dichte dunkle Schnurrbart etwas wie ein Grinsen oder wenigstens ein grimmiges Lächeln verbarg.

»Ich dachte, Sie führen ab«, sagte Father Brown ein wenig scharf. »Ich dachte, Sie wären mit dem Zug vor zwei Stunden abgereist.«

»Na ja, Sie sehen ja, daß ich das nicht getan habe«, sagte Boon.

»Warum sind Sie zurückgekommen?« fragte der Priester fast streng.

»Das hier ist nicht die Art kleinen ländlichen Paradieses, die ein Journalist schnell wieder verläßt«, erwiderte der andere. »Hier ereignen sich die Dinge zu rasch, als daß es sich lohne, an einen so langweiligen Ort wie London zurückzukehren. Außerdem kann man mich aus dieser Geschichte nicht raushalten – ich meine diese zweite Geschichte. Schließlich hab ich die Leiche gefunden, oder wenigstens ihre Kleider. Reichlich verdächtiges Verhalten meinerseits, oder? Vielleicht glauben Sie, ich wollte mich mit seinen Kleidern verkleiden. Gäbe ich nicht einen herrlichen Pfarrer ab?«

Und der hagere langnasige Schmierenkomödiant vollführte plötzlich inmitten des Marktplatzes eine theatralische Geste, indem er seine Arme ausstreckte und seine Hände in dunklen Handschuhen zu einem komischen Segen spreizte und sagte: »Oh, meine geliebten Brüder und Schwestern, wie sehr ich euch doch alle umarmen möchte ...«

»Um Himmels willen, wovon reden Sie?« rief Father Brown und schlug leicht mit seinem ungefügen Regenschirm auf die Pflastersteine, denn er war etwas weniger geduldig als üblich.

»Ach, das werden Sie alles herausfinden, wenn Sie Ihre Picknick-Party dahinten im Gasthof befragen«, erwiderte Boon höhnisch. »Dieser Tarrant scheint mich zu verdächtigen, bloß weil ich die Kleidung gefunden habe; obwohl er selbst nur eine Minute zu spät kam, um sie selbst zu finden. Aber in dieser Geschichte stecken alle Arten von Geheimnissen. Der kleine Mann mit dem großen Schnurrbart könnte mehr in sich haben, als man sehen kann. Und schließlich sehe ich keinen Grund, warum Sie nicht selbst den armen Kerl umgebracht haben sollten.«

Father Brown schien über diese Verdächtigung nicht im geringsten verärgert, wohl aber durch die Bemerkung zutiefst verstört und verwirrt.

»Wollen Sie damit sagen«, fragte er schlicht, »daß ich es war, der versucht hat, Professor Smaill umzubringen?«

»Aber nicht doch«, sagte der andere und wedelte mit der Hand wie jemand, der ein freundliches Zugeständnis macht. »Es gibt genug Tote, unter denen Sie wählen können. Nicht auf Professor Smaill beschränkt. Wieso, wissen Sie denn nicht, daß noch jemand aufgetaucht ist, der noch viel toter ist als Professor Smaill? Und ich sehe keinen Grund, warum Sie den nicht auf eine ruhige Weise beiseite gebracht haben sollten. Religiöse Differenzen, wissen Sie ... beklagenswerte Uneinigkeit des Christentums ... Ich nehme an, daß Sie schon immer die englischen Gemeinden zurückhaben wollten.«

»Ich gehe zurück in den Gasthof«, sagte der Priester ruhig; »Sie haben gesagt, die Leute da wüßten, wovon Sie reden, und vielleicht sind *sie* imstande, es mir zu sagen.«

Und wirklich wurden unmittelbar danach seine privaten Besorgnisse für den Augenblick durch die Neuigkeit von neuem Unglück zerstreut. In dem Augenblick, in dem er den kleinen Schankraum betrat, wo der Rest der Gesellschaft versammelt war, erzählte ihm etwas in ihren bleichen Gesichtern, daß sie von etwas Neuerem als dem Unfall im Grabe erschüttert waren. Und während er noch eintrat, sagte Leonard Smyth: »Wo soll das alles enden?«

»Das wird niemals enden, sage ich Ihnen«, erwiderte Lady Diana und starrte mit glasigen Augen ins Leere; »das wird nicht enden, ehe wir nicht alle enden. Einen nach dem anderen wird der Fluch uns dahinraffen; vielleicht langsam, wie der arme Vikar gesagt hat; aber er wird uns alle dahinraffen, wie er ihn dahingerafft hat.«

»Was um alles in der Welt ist denn jetzt geschehen?« fragte Father Brown.

Zunächst war Schweigen, und dann sagte Tarrant mit einer etwas hohl klingenden Stimme:

»Mr. Walters, der Vikar, hat Selbstmord begangen. Ich nehme an, daß der Schock ihn um den Verstand gebracht hat. Auf jeden Fall gibt es, fürchte ich, keinen Zweifel. Wir haben gerade seinen schwarzen Hut und seine Kleidung auf einem Felsen gefunden, der aus der Küste herausragt. Er scheint sich ins Meer gestürzt zu haben. Ich hatte den Eindruck, als sähe er wie halb von Sinnen aus, und vielleicht hätten wir nach ihm sehen sollen; aber da gab es so vieles, nach dem wir sehen mußten.«

»Sie hätten nichts tun können«, sagte die Dame. »Begreifen Sie denn nicht, daß das Verhängnis in einer fürchterlichen Reihenfolge seinen Lauf nimmt? Der Professor hat das Kreuz berührt, und er ging als erster; der Vikar hat das Grab geöffnet, und er ging als zweiter; wir haben nur die Kapelle betreten, und wir –«

»Halt«, sagte Father Brown mit einer scharfen Stimme, wie er sie nur sehr selten benutzte, »das muß ein Ende haben.«

Er trug immer noch ein tiefes wenn auch unbewußtes Stirnrunzeln, aber in seinen Augen hing nicht mehr die Wolke des Geheimnisses, sondern vielmehr das Licht schrecklichen Verstehens.

»Was bin ich doch für ein Narr!« murmelte er. »Ich hätte das schon lange sehen sollen. Die Geschichte vom Fluch hätte es mir erzählen sollen.«

»Wollen Sie damit sagen«, fragte Tarrant, »daß wir tatsächlich jetzt von irgend etwas getötet werden können, das sich im 13. Jahrhundert abgespielt hat?«

Father Brown schüttelte den Kopf und antwortete mit ruhiger Betonung:

»Ich will nicht erörtern, ob wir von irgend etwas getötet werden können, das sich im 13. Jahrhundert abgespielt hat; aber ich bin völlig sicher, daß wir nicht von etwas getötet werden können, das sich im 13. Jahrhundert *nie* ereignet hat, das sich überhaupt nie ereignet hat.«

»Fein«, sagte Tarrant, »es ist erfrischend, einem Priester zu begegnen, der dem Übernatürlichen so skeptisch gegenübersteht.«

»Durchaus nicht«, erwiderte der Priester gelassen, »ich zweifle nicht an der übernatürlichen Seite der Sache. Aber an der natürlichen. Ich befinde mich genau in der Lage des Mannes, der sagte: ›Ich kann an das Unmögliche glauben, aber nicht an das Unwahrscheinliche.‹«

»Das würden Sie ja wohl ein Paradox nennen, oder?« fragte der andere.

»Das würde ich gesunden Menschenverstand nennen, richtig verstanden«, erwiderte Father Brown. »Es ist viel natürlicher, eine übernatürliche Geschichte zu glauben, die für uns unverständliche Dinge behandelt, als eine natürliche Geschichte, die uns verständlichen Dingen widerspricht. Wenn Sie mir erzählen, daß den großen Gladstone in seiner letzten Stunde der Geist Parnells heimsuchte, werde ich mich agnostisch verhalten. Wenn Sie mir aber erzählen, daß Gladstone, als er zum ersten Mal der Königin Viktoria vorgestellt wurde, in ihrem Boudoir den Hut aufbehielt, ihr auf die Schulter klopfte und ihr eine Zigarre anbot, dann werde ich mich alles andere als agnostisch verhalten. Das wäre nicht unmöglich; sondern nur unglaublich. Und doch bin ich sehr viel sicherer, daß es nicht geschehen ist, als daß Parnells Geist nicht erschienen wäre; weil es die Gesetze der Welt verletzt, die ich verstehe. So ist das auch mit der Geschichte vom Fluch. Nicht die Legende glaube ich nicht – sondern die Geschichte.«

Lady Diana hatte sich etwas von ihrer Kassandra-Erstarrung erholt, und ihre ewige Neugier nach neuen Dingen begann wieder, ihr aus den hellen und auffallenden Augen zu blicken.

»Was sind Sie doch für ein eigenartiger Mensch!« sagte sie. »Warum sollten Sie die Geschichte nicht glauben?«

»Ich glaube die Geschichte nicht, weil sie nicht Geschichte ist«, antwortete Father Brown. »Für jeden, der auch nur etwas übers Mittelalter weiß, ist die ganze Geschichte ebenso wahrscheinlich wie die von Gladstone, der der Königin Viktoria eine Zigarre anbietet. Aber wer weiß schon was übers Mittelalter? Wissen Sie, was eine Gilde war? Haben Sie je von *salvo managio suo* gehört? Wissen Sie, was für Leute die *Servi Regis* waren?«

»Natürlich nicht«, sagte die Dame eher ärgerlich. »Was für ein Haufen lateinischer Wörter!«

»Natürlich nicht«, sagte Father Brown. »Hätte es sich um Tutenchamun und eine Gruppe vertrockneter Afrikaner gehandelt, die aus Gott weiß welchen Gründen am anderen Ende der Welt erhalten geblieben sind; hätte es sich um Babylon oder China gehandelt; hätte es sich um irgendeine Rasse gehandelt, die so entfernt und geheimnisvoll ist wie der Mann im Mond, dann hätten Ihre Zeitungen Ihnen alles darüber berichtet, bis hin zur letzten Auffindung einer Zahnbürste oder eines Kragenknopfes. Aber die Männer, die Ihre eigenen Pfarrkirchen erbaut haben und Ihren Städten und Gewerben die Namen gaben, und selbst den Straßen, auf denen Sie wandeln – es ist Ihnen nie in den Sinn gekommen, über sie etwas zu erfahren. Ich will nicht behaupten, daß ich selbst viel wüßte;

aber ich weiß genug, um zu erkennen, daß diese ganze Geschichte von Anfang bis Ende Quatsch und Unfug ist. Geldverleiher durften einem Mann seinen Laden und seine Werkzeuge nicht wegpfänden. Es ist höchst unwahrscheinlich, daß die Gilde einen Mann nicht vor solch äußerstem Ruin gerettet hätte, vor allem wenn ihn ein Jude ruinierte. Diese Menschen hatten ihre eigenen Laster und Tragödien; manchmal haben sie andere Menschen gefoltert und verbrannt. Aber der Gedanke, daß ein Mann ohne Gott oder Hoffnung sich verkrieche, um zu sterben, weil sich niemand darum kümmerte, ob er lebe – das ist kein mittelalterlicher Gedanke. Das ist ein Produkt von Wissenschaft und Fortschritt in unserer Wirtschaft. Der Jude würde auch kein Vasall des Feudalherrn gewesen sein. Juden hatten normalerweise eine Sonderstellung als Diener des Königs. Vor allem anderen aber hätte der Jude nicht wegen seiner Religion verbrannt werden können.«

»Die Paradoxe vermehren sich«, bemerkte Tarrant, »aber Sie werden doch sicherlich nicht ableugnen, daß Juden im Mittelalter verfolgt wurden?«

»Es käme der Wahrheit näher«, sagte Father Brown, »wenn man sagte, daß sie die einzigen waren, die im Mittelalter nicht verfolgt wurden. Wenn man die Zeit des Mittelalters satirisch zeichnen wollte, könnte man das gut tun, indem man sagte, daß mancher arme Christ lebenden Leibes verbrannt werden konnte, weil er in Sachen Homousios einen Fehler machte, während ein reicher Jude die Straße hinabgehen und öffentlich Christus und die Mutter Gottes verhöhnen mochte. So also sieht die Geschichte aus. Es war niemals eine Geschichte aus dem Mittelalter; es war niemals auch nur eine Legende übers Mittelalter. Sie wurde von jemandem erfunden, dessen Vorstellungen aus Zeitungen und Romanen stammen, und höchstwahrscheinlich aus dem Stegreif.«

Die anderen schienen von der geschichtlichen Abschweifung etwas benommen zu sein und sich zu wundern, warum der Priester sie so betonte und zu einem so wichtigen Teil des Rätsels machte. Aber Tarrant, dessen Geschäft es war, die handfesten Einzelheiten aus vielen verworrenen Abschweifungen herauszuklauben, war plötzlich aufmerksam geworden. Sein bärtiges Kinn war weiter denn je vorgestreckt, seine düsteren Augen aber waren hellwach.

»Aha«, sagte er, »aus dem Stegreif erfunden!«

»Das ist vielleicht eine Übertreibung«, räumte Father Brown ruhig ein. »Ich hätte besser sagen sollen: zufälliger und sorgloser erfunden als der Rest des ungewöhnlich sorgfältigen Planes. Aber der Planer dachte nicht daran, daß Einzelheiten einer mittelalterlichen Geschichte irgendwem etwas bedeuten könnten. Und diese seine Berechnung war ja im allgemeinen auch ziemlich richtig wie die meisten seiner anderen Berechnungen.«

»Wessen Berechnungen? Wer hatte recht?« fragte die Dame mit einem plötzlichen Anflug von leidenschaftlicher Ungeduld. »Von wem reden Sie eigentlich? Haben wir noch nicht genug durchgemacht, ohne daß Sie uns mit Ihren ›ers‹ und ›seins‹ zum Gruseln bringen?«

»Ich spreche vom Mörder«, sagte Father Brown.

»Welcher Mörder?« fragte sie scharf. »Wollen Sie behaupten, daß der arme Professor ermordet wurde?«

»Nun«, knurrte Tarrant starräugig in seinen Bart, »wir können nicht sagen ›ermordet‹, denn wir wissen nicht, wie er zu Tode kam.«

»Der Mörder tötete jemand anderen, der nicht Professor Smaill war«, sagte der Priester ernst.

»Wieso, wen hat er denn getötet?« fragte der andere.

»Er tötete Hochwürden John Walters, den Vikar von Dulham«, erwiderte Father Brown mit Präzision. »Er wollte nur diese beiden töten, denn beide waren sie in den Besitz von Reliquien einer seltenen Art gekommen. In dieser Frage war der Mörder monoman.«

»Das klingt alles sehr sonderbar«, murmelte Tarrant. »Natürlich können wir auch nicht beschwören, daß der Vikar wirklich tot ist. Wir haben seine Leiche nicht gesehen.«

»O doch, haben Sie«, sagte Father Brown.

Eine Stille entstand so plötzlich wie der Schlag eines Gongs; eine Stille, in der das unbewußte Rätselraten, das in der Frau so aktiv und akkurat war, sie fast zu einem Aufschrei brachte.

»Genau das haben Sie gesehen«, fuhr der Priester fort. »Sie haben seine Leiche gesehen. Sie haben nicht ihn gesehen – den wirklichen lebendigen Mann; aber Sie haben tatsächlich seine Leiche gesehen. Sie haben sie im Lichte von vier großen Kerzen aufmerksam angestarrt; und sie trieb nicht als Folge eines Selbstmordes in der See umher, sondern sie war prunkvoll aufgebahrt wie die eines Kirchenfürsten, in einem vor den Kreuzzügen erbauten Schrein.«

»Mit anderen Worten«, sagte Tarrant, »wollen Sie uns glauben machen, daß der einbalsamierte Körper tatsächlich die Leiche eines ermordeten Mannes war.«

Father Brown schwieg einen Augenblick; dann sagte er mit einem Ausdruck, als sei es nebensächlich:

»Was mir als erstes auffiel, war das Kreuz, oder vielmehr die Schnur, an der das Kreuz hing. Natürlich war es für die meisten von Ihnen nur eine Perlenschnur und nichts weiter; aber ebenso natürlich lag das mehr auf meiner als auf Ihrer Linie. Sie werden sich erinnern, daß es dem Kinn sehr nahe lag und daß nur wenige Perlen sichtbar waren, als ob das ganze Halsband sehr kurz sei. Aber die Perlen, die sichtbar waren, waren auf eine besondere Weise angeordnet, erst eine und dann drei, und so weiter; tatsächlich erkannte ich auf den ersten Blick, daß es ein Rosenkranz war, ein einfacher Rosenkranz mit einem Kreuz am Ende. Nun weist aber ein Rosenkranz mindestens fünf Zehnergruppen und außerdem zusätzliche Perlen auf; deshalb fragte ich mich natürlich, wo wohl der Rest von ihnen war. Er würde sehr viel häufiger als nur einmal um den Hals des alten Mannes reichen. Damals verstand ich das nicht; und erst später erriet ich, wo die überschüssige Länge geblieben war. Sie war um den Fuß der Holzstütze gewickelt, die in der Ecke des Sarges festgekeilt war und den Deckel offen hielt. So daß, als der arme Smaill auch nur leicht an dem Kreuz zupfte, dies die Stütze aus ihrer Stellung zog und der Deckel ihm auf den Schädel krachte wie eine Steinkeule.«

»Donnerwetter!« sagte Tarrant, »ich beginne zu glauben, daß Sie recht haben könnten. Eine eigenartige Geschichte, wenn sie zutrifft.«

»Als mir das klar geworden war«, fuhr Father Brown fort, »konnte ich den Rest mehr oder weniger erraten. Denken Sie vor allem daran, daß es bisher außer für die Untersuchung selbst keinerlei kompetente archäologische Autorität gab. Der arme alte Walters war ein redlicher Altertumskundler, der damit beschäftigt war, das Grab zu öffnen, um *herauszufinden*, ob die Legende von einbalsamierten Körpern irgendeine Wahrheit enthielt. Alles andere waren Gerüchte von jener Art, die so oft solche Entdeckungen vorausnehmen oder übertreiben. Tatsächlich fand er heraus, daß die Leiche nicht einbalsamiert worden, sondern bereits vor langer Zeit zu Staub zerfallen war. Aber als er da beim Schein seiner einsamen Kerze in jener versunkenen Kapelle arbeitete, warf das Kerzenlicht noch einen Schatten außer dem seinen.«

»Ah!« rief Lady Diana mit stockendem Atem. »Und jetzt weiß ich, was Sie sagen wollen. Sie wollen uns sagen, daß wir dem Mörder begegnet sind, mit dem Mörder sprachen und scherzten, ihn uns romantische Erzählungen erzählen ließen, und ihn dann unangetastet gehen ließen.«

»Wobei er seine geistliche Verkleidung auf einem Felsen zurückließ«, stimmte Brown zu. »Es ist alles wirklich schrecklich einfach. Dieser Mensch kam dem Professor bei dem Wettlauf nach Friedhof und Kapelle voraus, möglicherweise, während der Professor mit jenem melancholischen Journalisten sprach. Er fand den alten Geistlichen neben dem leeren Sarge vor und tötete ihn. Dann zog er sich selbst das schwarze

Gewand der Leiche an und hüllte sie in einen alten Chorrock, der zu den wirklichen Funden der Untersuchung gehörte, und legte sie in den Sarg, wobei er den Rosenkranz und die hölzerne Stütze so arrangierte, wie ich das bereits beschrieben habe. Und nachdem er so die Falle für seinen zweiten Gegner aufgestellt hatte, stieg er hinauf ans Tageslicht und begrüßte uns alle mit der liebenswürdigen Höflichkeit eines Landgeistlichen.«

»Da setzte er sich aber der erheblichen Gefahr aus«, wandte Tarrant ein, »daß jemand Walters vom Sehen kannte.«

»Ich gebe zu, daß er halb von Sinnen war«, stimmte Father Brown zu, »aber Sie werden zugeben, daß die Gefahr sich gelohnt hat, denn schließlich ist er damit durchgekommen.«

»Ich gebe zu, daß er großes Glück gehabt hat«, murrte Tarrant. »Und wer beim Teufel ist er?«

»Wie Sie sagen, hatte er großes Glück«, antwortete Father Brown, »und nicht zuletzt in diesem Punkt. Denn das ist das einzige, was wir vielleicht niemals erfahren werden.«

Er blickte einen Augenblick lang den Tisch mit gerunzelter Stirn an und fuhr dann fort: »Dieser Bursche hat seit Jahren auf der Lauer gelegen und gedroht, und dabei als einziges äußerst sorgfältig das Geheimnis gewahrt, wer er ist; und das hat er auch jetzt gewahrt. Wenn aber der arme Smaill wieder gesund wird, wovon ich überzeugt bin, dann werden Sie sicherlich noch mehr davon hören.«

»Was wird denn Professor Smaill nach Ihrer Meinung tun?« fragte Lady Diana.

»Als erstes wird er wohl«, sagte Tarrant, »diesem mörderischen Teufel Detektive wie Hetzhunde auf die Spur setzen. Am liebsten würde ich selbst mein Glück versuchen.«

»Nun ja«, sagte Father Brown und lächelte plötzlich wieder nach jenem langen Anfall stirnrunzelnder Verwirrtheit, »ich glaube, ich weiß, was er als erstes tun sollte.«

»Und was ist das?« fragte Lady Diana mit anmutigem Eifer.

»Er sollte sich bei Ihnen allen entschuldigen«, sagte Father Brown.

Doch stellte Father Brown fest, daß er nicht diese Frage mit Professor Smaill besprach, als er während der langsamen Genesung des bedeutenden Archäologen an seinem Bett saß. Auch war es nicht vorwiegend Father Brown, der sprach; denn obwohl dem Professor nur kleine Dosen des Anregungsmittels Gespräch erlaubt waren, konzentrierte er davon den Großteil auf diese Unterredungen mit seinem geistlichen Freund. Father Brown hatte die Gabe, auf ermutigende Weise zu schweigen, und Smaill ward dadurch ermutigt, über viele eigentümliche Themen zu sprechen, über die zu sprechen nicht immer leicht ist; etwa über die morbiden Phasen der Genesung und die monströsen Träume, die oftmals das Delirium begleiten. Es kann einen oftmals das Geschäft, sich langsam von einem bösen Schlag auf den Kopf zu erholen, aus dem Gleichgewicht bringen; aber wenn der Kopf so interessant ist wie der von Professor Smaill, können selbst seine Verstörungen und Verzerrungen originell und interessant sein. Seine Träume glichen kühnen und großen Entwürfen eher im Zeichenstil, wie sie in jenen starken, aber starren archaischen Kunstwerken zu finden sind, die er studiert hatte; sie waren voll von seltsamen Heiligen mit viereckigen und dreieckigen Heiligenscheinen, von ungewöhnlichen goldenen Kronen und Gloriolen rund um dunkle flache Gesichter, von Adlern aus dem Osten und jenem hohen Kopfputz bärtiger Männer, die ihre Haare wie Frauen aufbinden. Doch gab es, wie er seinem Freund erzählte, eine sehr viel einfachere und weniger verschlungene Gestalt, die ständig in seine einbildungskräftige Erinnerung zurückkehrte. Wieder und wieder wichen alle diese byzantinischen Muster verblassend zurück wie das verblassende Gold, auf das sie wie auf Feuer gezeichnet waren; und nichts blieb, als die dunkle nackte Felswand, auf die die schimmernde Form des Fisches gezeichnet war wie von einem Finger, der in die Phosphoreszenz der Fische tauchte. Denn dies war das Zeichen, das er einst emporschauend entdeckte in jenem Augenblick, als er zum ersten Mal um die Ecke des dunklen Ganges die Stimme seines Feindes hörte.

»Und schließlich«, sagte er, »glaube ich, in Bild und Stimme eine Bedeutung erkannt zu haben; eine, die ich nie zuvor verstanden habe. Warum sollte es mich beunruhigen, daß ein Verrückter unter einer Million Gesunder, die in einer großen Gemeinschaft gegen ihn verbündet sind, sich rühmt, mich zu verfolgen oder mich in den Tod zu hetzen? Der Mann, der in der dunklen Katakombe das geheime Zeichen Christi zeichnete, wurde auf eine ganz andere Weise verfolgt. Er war der einsame Verrückte; die ganze gesunde Gesellschaft hatte sich zusammengeschlossen, nicht, um ihn zu retten, sondern um ihn zu ermorden. Ich habe manchmal herumgerätselt und grübelt und mich gefragt, ob dieser oder jener mein Verfolger sei; ob Tarrant; ob Leonard Smyth; ob irgend jemand von ihnen. Wenn sie es nun alle gewesen wären? Wenn es nun alle Menschen auf dem Schiff und im Zug und in dem Dorf gewesen wären. Wenn sie nun alle, was mich anging, Mörder gewesen wären. Ich glaubte, ich hätte ein Recht, besorgt zu sein, weil ich im Dunklen durch das Innere der Erde kroch und es da einen Mann gab, der mich vernichten wollte. Was wäre gewesen, wenn der Vernichter im Licht des Tages Herr der ganzen Erde und Befehlshaber aller Heere und aller Massen gewesen wäre? Was, wenn er imstande gewesen wäre, die Erde anzuhalten oder mich aus meinem Loch rauszuräuchern oder mich zu töten in dem Augenblick, in dem ich meine Nase ins Tageslicht hob? Wie wäre es, sich mit Mord in solchem Ausmaß befassen zu müssen? Die Welt hat derartige Dinge vergessen, wie sie bis vor kurzem Krieg vergessen hatte.«

»Ja«, sagte Father Brown, »aber der Krieg kam. Der Fisch mag wieder in den Untergrund getrieben werden, aber er wird erneut ins Tageslicht auftauchen. Wie der heilige Antonius von Padua humorvoll bemerkte: ›Nur Fische überleben die Sintflut.‹«

Der Geflügelte Dolch

Father Brown fiel es zu einer gewissen Zeit seines Lebens schwer, seinen Hut an einen Garderobehaken zu hängen, ohne ein leichtes Schaudern zu unterdrücken. Der Ursprung dieser Idiosynkrasie war freilich nur ein Detail sehr viel komplizierterer Ereignisse; aber es war vielleicht das einzige Detail, das ihm in seinem geschäftigen Leben verblieb, um ihn an die ganze Angelegenheit zu erinnern. Der ferne Ursprung ist in den Tatsachen zu finden, die Dr. Boyne, den Polizeiarzt, veranlaßten, an einem besonders frostkalten Dezembermorgen nach dem Priester zu schicken.

Dr. Boyne war ein großer dunkler Ire, einer jener ziemlich verblüffenden Iren, die man in der ganzen Welt finden kann und die des langen und breiten wissenschaftliche Skepsis, Materialismus und Zynismus vertreten, aber nicht einmal im Traume daran dächten, in Fragen, die religiöse Riten betreffen, etwas anderes als die traditionelle Religion ihres Vaterlandes heranzuziehen. Es wäre schwierig zu entscheiden, ob ihr Glaube ein sehr oberflächlicher Firnis ist oder ein sehr fundamentaler Untergrund; am wahrscheinlichsten ist er beides mit einer Menge Materialismus dazwischen. Wie dem auch sei: Als er zu der Ansicht kam, daß Fragen dieser Art auftauchen könnten, bat er Father Brown um seinen Besuch, obwohl er nicht den Anschein erweckte, als würde er in jenen Dingen diesem Aspekt den Vorzug geben.

»Wissen Sie, ich bin mir nicht sicher, ob ich Sie dabeihaben will«, war seine Begrüßung. »Eigentlich bin ich mir noch über gar nichts sicher. Ich kann beim Henker nicht rausfinden, ob das ein Fall für den Arzt, den Polizisten oder den Priester ist.«

»Nun«, sagte Father Brown lächelnd, »da Sie sowohl Polizist wie Arzt sind, bin ich ja wohl eher in der Minderheit.«

»Ich will zugeben, daß Sie in der Sprache der Politiker eine unterrichtete Minderheit sind«, erwiderte der Doktor. »Ich meine, ich weiß, daß Sie auch schon ein bißchen auf unserem Gebiet gearbeitet haben, genau wie auf Ihrem eigenen. Aber es ist reichlich schwierig zu sagen, ob diese

Angelegenheit in Ihr Gebiet fällt oder in unseres, oder ganz einfach in das der Irrenärzte. Wir haben da gerade eine Nachricht von einem Mann bekommen, der hier in der Nähe lebt, in dem weißen Haus da oben auf dem Hügel, und der um Schutz vor mörderischer Nachstellung bittet. Wir haben die Tatsachen, so weit wir konnten, überprüft, aber vielleicht erzähle ich Ihnen die Geschichte, wie sie sich angeblich ereignet haben soll, besser von Anfang an.

Anscheinend hat ein Mann namens Aylmer, ein reicher Grundbesitzer im Westen des Landes, erst ziemlich spät im Leben geheiratet und drei Söhne bekommen, Philip, Stephen und Arnold. Während seiner Junggesellentage aber, als er glaubte, er werde keinen Leibeserben haben, hatte er einen Knaben adoptiert, den er für brillant und vielversprechend hielt, mit Namen John Strake. Seine Herkunft scheint unklar; manche sagen, er sei ein Findelkind; andere, er sei ein Zigeuner. Ich glaube, daß diese zweite Behauptung mit dem Umstand zusammenhängt, daß Aylmer sich auf seine alten Tage mit allen möglichen zweifelhaften Okkultismen beschäftigt hat, einschließlich Handlesen und Astrologie, und die drei Söhne sagten, daß Strake ihn darin bestärkt habe. Aber sie haben noch eine ganze Menge Dinge außer dem behauptet. Sie behaupteten, daß Strake ein erstaunlicher Schuft und vor allem ein erstaunlicher Lügner sei; ein Genie im spontanen Erfinden von Lügen, die er so erzählen könne, daß er selbst Detektive täusche. Aber im Lichte der Ereignisse könnte das auch ganz gut ein natürliches Vorurteil sein. Vermutlich können Sie sich mehr oder weniger vorstellen, was sich ereignet hat. Der alte Mann hinterließ dem Adoptivsohn praktisch alles; und nachdem er gestorben war, fochten die leiblichen Söhne das Testament an. Sie behaupteten, ihr Vater sei so lange in Angst versetzt worden, bis er nachgegeben habe oder, um es rundheraus zu sagen, bis er zum lallenden Idioten wurde. Sie behaupteten, Strake habe über die sonderbarsten und ausgefuchstesten Wege verfügt, um trotz der Pflegerinnen und der Familie an ihn heranzukommen und ihn noch auf dem Sterbebett zu terrorisieren. Irgendwie scheinen sie aber irgend etwas im Zusammenhang mit dem Geisteszustand des toten Mannes nachgewiesen zu haben, denn die Gerichte verwarfen das Testament, und die Söhne erbten. Strake soll in der schrecklichsten Weise getobt haben und geschworen, er werde alle drei umbringen, einen nach dem anderen, und nichts könne sie vor seiner Rache verbergen. Jetzt hat sich der dritte oder letzte der Brüder, Arnold Aylmer, um Schutz an die Polizei gewandt.«

»Der dritte und letzte«, sagte der Priester und blickte ihn ernst an.

»Ja«, sagte Boyne. »Die beiden anderen sind tot.«

Schweigen herrschte, bevor er fortfuhr. »Hier treten nun Zweifel auf. Es gibt keine Beweise, daß sie ermordet wurden, aber es könnte sein. Der älteste, der seine Stellung als ländlicher Grundherr einnahm, soll in seinem Garten Selbstmord begangen haben. Den zweiten, der sich als Fabrikant etablierte, traf in seiner Fabrik eine Maschine am Kopf; er könnte sehr wohl einen falschen Tritt getan haben und gestürzt sein. Wenn aber Strake sie getötet hat, dann ist er wahrlich außerordentlich geschickt dabei, wie er es macht und wie er sich danach aus dem Staube macht. Andererseits ist es mehr als wahrscheinlich, daß die ganze Angelegenheit eine Frage des Verfolgungswahns ist, der sich auf Zufällen gründet. Ich möchte, daß ein vernünftiger Mensch, der nicht Beamter ist, hinaufgeht, mit Arnold Aylmer spricht und sich eine Meinung von ihm bildet. Sie wissen, wie ein Mensch mit einer fixen Idee ist, und Sie wissen, wie ein Mensch aussieht, der die Wahrheit sagt. Ich möchte Sie als Vorhut, bevor wir die Sache in die Hand nehmen.«

»Es erscheint mir ziemlich merkwürdig«, sagte Father Brown, »daß Sie die Sache nicht schon früher in die Hand nehmen mußten. Wenn irgendwas an dieser Geschichte dran ist, dann muß sie doch schon seit geraumer Zeit im Gange sein. Gibt es irgendeinen besonderen Grund, weshalb er gerade jetzt nach Ihnen geschickt hat und nicht zu einem anderen Zeitpunkt?«

»Daran habe ich auch schon gedacht, wie Sie sich denken können«, antwortete Dr. Boyne. »Er hat einen Grund angegeben, aber ich gestehe, daß gerade der einer der Gründe ist, weshalb ich mich frage, ob die ganze Sache nicht wirklich nur die Schrulle eines halbverrückten Sonderlings ist. Er erklärt, daß alle seine Bediensteten plötzlich streikten und ihn verlassen hätten, was ihn dazu zwinge, sich an die Polizei zu wenden, damit die sich um sein Haus kümmere. Und als ich nachfragte, stellte ich fest, daß es tatsächlich einen allgemeinen Auszug der Dienerschaft aus jenem Haus auf dem Hügel gegeben hat; und natürlich schwirrt die ganze Stadt von Gerüchten, sehr einseitigen, wie ich sagen muß. Danach sieht es so aus, als ob ihr Arbeitgeber in seiner Unruhe und Furcht und mit seinen Anforderungen reichlich unmöglich geworden ist; daß er von ihnen verlangte, das Haus wie Wachtposten zu bewachen oder nachts wie Nachtschwestern im Krankenhaus aufzubleiben; daß sie niemals allein sein konnten, weil er niemals allein sein wollte. Und da haben sie alle einstimmig erklärt, er sei verrückt, und sind abgezogen. Natürlich beweist das nicht, daß er wirklich verrückt ist; aber heutzutage erscheint es doch reichlich merkwürdig, wenn ein Mann von seinem Kammerdiener oder seinem Stubenmädchen verlangt, als bewaffnete Leibgarde zu agieren.«

»Und also«, sagte der Priester mit einem Lächeln, »möchte er, daß ein Polizist als sein Stubenmädchen agiert, weil sein Stubenmädchen nicht als Polizist agieren will.«

»Ich fand das auch ein starkes Stück«, stimmte der Doktor zu, »aber ich kann die Verantwortung für eine schlichte Ablehnung nicht auf mich nehmen, ehe ich es nicht mit einem Kompromiß versucht habe. Und Sie sind der Kompromiß.«

»In Ordnung«, sagte Father Brown einfach. »Ich werde hingehen und ihn jetzt besuchen, wenn Sie wollen.«

Die wellige Landschaft um die kleine Stadt war vom Frost versiegelt und in Fesseln geschlagen, und der Himmel war klar und kalt wie Stahl außer im Nordosten, wo Wolken mit düsteren Rädern am Himmel aufzuziehen begannen. Vor diesen dunkleren und drohenderen Farben erglänzte das Haus auf dem Hügel mit einer Reihe blasser Säulen, die eine kurze Kolonnade nach klassischem Muster bildeten. Eine Straße wand sich über die Rundung des Hügels dort hinauf und verschwand in einer Masse dunklen Buschwerks. Unmittelbar bevor sie das Buschwerk erreichte, schien die Luft kälter und kälter zu werden, als nahe er sich einem Eiskeller oder dem Nordpol. Aber er war ein höchst praktisch veranlagter Mensch, der solche Phantasien nur als Phantasien gelten ließ. Und der großen bleigrauen Wolke, die über dem Haus emporkroch, warf er lediglich einen Blick zu und bemerkte heiter: »Bald schneit es.«

Durch einen niedrigen eisernen Torweg mit Ornamenten im italienischen Stil betrat er einen Garten, dem einiges von jener Trostlosigkeit eignete, die nur zur Unordnung ordentlicher Dinge gehört. Dunkelgrüne Büsche waren grau vom leichten Puder des Frostes, große Gräser umfaßten die vergehenden Formen der Blumenbeete wie zerborstene Rahmen; und das Haus stand bis zu den Hüften in einem verkümmerten Wald aus Sträuchern und Büschen. Die Vegetation bestand vor allem aus Immergrün oder sehr widerstandsfähigen Pflanzen; und obwohl sie so dicht und füllig war, war sie doch zu nördlich, um üppig genannt zu werden. Man könnte sie als einen arktischen Dschungel beschreiben. So war es in gewisser Weise auch mit dem Haus selbst, dessen Säulenreihen und dessen klassische Fassade über das Mittelmeer hätten blicken können, die aber jetzt im Wind der Nordsee dahinzuwelken schienen. Hier und da betonten klassische Ornamente den Kontrast. Karyatiden und skulptierte Masken aus Komödie und Tragödie blickten von den Ecken des Gebäudes auf die graue Wirrnis der Gartenwege; aber die Gesichter erschienen wie vom Frost zerbissen. Und selbst die Voluten der Kapitelle wirkten wie vor Kälte eingerollt.

Father Brown schritt die grasigen Stufen zu einer viereckigen Vorhalle hinauf, die von großen Pfeilern flankiert war, und klopfte an die Tür. Ungefähr 4 Minuten später klopfte er erneut. Dann stand er still und wartete geduldig mit dem Rücken zur Tür und blickte hinaus auf die langsam dunkler werdende Landschaft. Sie wurde dunkler durch den Schatten jenes einen großen Wolkenkontinents, der aus dem Norden herangezogen kam; und während er noch zwischen den Pfeilern der Vorhalle hinaussah, die im Zwielicht hoch und schwarz über ihm erschien, erblickte er den schillernd einherschleichenden Rand der großen Wolke, wie sie über das Dach segelte und sich wie ein Baldachin über die Vorhalle wölbte. Der graue Baldachin schien mit seinen schwach gefärbten Fransen tiefer und tiefer auf den Garten hinabzusinken, bis von dem eben noch klaren und blaßfarbenen Winterhimmel nicht mehr als ein paar silberne Streifen und Fetzen wie bei einem kränklichen Sonnenuntergang übriggeblieben war. Father Brown wartete, doch von innen hörte man keinen Ton.

Dann begab er sich rasch die Stufen hinab und um das Haus herum, um nach einem anderen Eingang zu suchen. Schließlich fand er einen, eine Seitentür in der glatten Mauer, und auch an diese klopfte er, und auch vor dieser wartete er. Dann versuchte er den Türgriff und stellte fest, daß die Tür offenbar verriegelt oder sonstwie verschlossen war; und dann bewegte er sich an dieser Seite des Hauses entlang und grübelte über die Möglichkeiten der Situation nach und fragte sich, ob der exzentrische Mr. Aylmer sich vielleicht so tief im Hause verbarrikadiert habe, daß er kein Klopfen und Rufen hören könne; oder ob er sich in der Annahme, jedes Klopfen und Rufen müsse die Herausforderung des rachedurstigen Strake sein, nur um so mehr verbarrikadiere. Es mochte auch sein, daß die abziehenden Dienstboten am Morgen beim Weggehen lediglich eine Tür aufgeschlossen hatten, die ihr Herr dann wieder verschloß; was immer aber er getan haben mochte, so war es unwahrscheinlich, daß sie in der Stimmung jenes Augenblicks so sorgsam auf die Verteidigungssysteme geachtet haben sollten. Er setzte seine Erkundung um das Haus herum fort; es war gar keine so große Anlage, wenngleich vielleicht ein bißchen angeberisch; und nach wenigen Augenblicken stellte er fest, daß er sie vollständig umrundet hatte. Einen Augenblick später fand er, was er vermutet und gesucht hatte. Die Terrassentür eines Zimmers stand, von Vorhängen bedeckt und von Schlinggewächsen überschattet, einen Spaltbreit offen, sicherlich versehentlich offengelassen, und so fand er sich in einem zentralen Raum, bequem eingerichtet auf eine ziemlich altmodische Weise, aus dem auf der einen Seite eine Treppe nach oben und auf der anderen Seite eine Tür hinausführte. Unmittelbar ihm gegenüber befand sich eine weitere Tür, in die rotes Glas eingelassen war, ein bißchen zu bunt für den neueren Geschmack; etwas, das wie eine rotgekleidete Figur in billigem Buntglas aussah. Auf einem runden Tisch zur Rechten stand eine Art Aquarium – ein großer Behälter, gefüllt mit grünlichem Wasser, in dem sich Fische und ähnliche Geschöpfe wie in einem Weiher bewegten, und ihm genau gegenüber eine Pflanze der Gattung Palme mit sehr großen grünen Blättern. Alles das sah so sehr verstaubt und frühviktorianisch aus, daß das Telephon, sichtbar hinter den Vorhängen des Alkovens, fast überraschend wirkte.

»Wer ist da?« rief eine Stimme scharf und ziemlich mißtrauisch hinter der Buntglastür hervor.

»Könnte ich Mr. Aylmer sprechen?« fragte der Priester entschuldigend.

Die Tür öffnete sich, und ein Gentleman in pfauengrünem Morgenrock trat mit fragendem Gesichtsausdruck ein. Sein Haar war ziemlich struppig und unordentlich, als ob er im Bett gewesen wäre oder gerade dabei, langsam aufzustehen, aber seine Augen waren nicht nur wach, sondern geradezu wachsam, ja, mancher würde gesagt haben alarmiert. Father Brown wußte, daß ein solcher Widerspruch bei einem Manne, der im Schatten einer Wahnvorstellung oder einer Gefahr dahinvegetiert, ganz natürlich war. Von der Seite hatte er ein schönes Adlerprofil, aber von vorne gesehen herrschte als erster Eindruck der seines ungepflegten, ja wilden unordentlichen braunen Bartes vor.

»Ich bin Mr. Aylmer«, sagte er, »aber ich habe mir abgewöhnt, Besucher zu erwarten.«

Etwas in Mr. Aylmers unruhigem Blick brachte den Priester dazu, sofort zum Kern zu kommen. Wenn der Verfolgungswahn des Mannes bloß eine fixe Idee war, würde er das um so weniger übelnehmen.

»Ich frage mich«, sagte Father Brown sanft, »ob Sie wirklich niemals Besucher erwarten.«

»Sie haben recht«, erwiderte der Hausherr unverwandt. »Ich erwarte einen Besucher immer. Und vielleicht ist er der letzte.«

»Ich hoffe nicht«, sagte Father Brown, »jedenfalls aber erleichtert es mich, zu schließen, daß ich ihm nicht sehr ähnlich sehe.«

Mr. Aylmer schüttelte sich in einer Art grimmen Lachens. »Das tun Sie sicherlich nicht«, sagte er.

»Mr. Aylmer«, sagte Father Brown offen, »ich bitte um Entschuldigung, daß ich mir die Freiheit herausnehme, aber Freunde von mir haben mir von Ihren Schwierigkeiten erzählt und mich gebeten, nachzusehen, ob ich nicht irgend etwas für Sie tun kann. Denn ich habe einige Erfahrung in Angelegenheiten wie dieser.«

»Angelegenheiten wie diese gibt es nicht«, sagte Aylmer.

»Wollen Sie sagen«, bemerkte Father Brown, »daß die Tragödien in Ihrer unglücklichen Familie keine normalen Todesfälle waren?«

»Ich will sagen, daß sie nicht einmal normale Morde waren«, antwortete der andere. »Der Mann, der uns alle zu Tode hetzt, ist ein Hetzhund der Hölle, und seine Macht stammt aus der Hölle.«

»Alles Böse hat eine einzige Wurzel«, sagte der Priester ernst. »Aber woher wissen Sie, daß es sich nicht um normale Morde handelte?«

Aylmer antwortete mit einer Geste, die seinem Gast einen Stuhl anbot; dann setzte er sich selbst langsam in einen anderen und runzelte die Stirn, während seine Hände auf seinen Knien lagen; als er aber wieder aufblickte, war sein Ausdruck milder und nachdenklicher geworden, und seine Stimme war herzlich und gefaßt.

»Sir«, sagte er, »ich möchte nicht, daß Sie sich einbilden, ich sei unvernünftig. Ich bin zu meinen Schlüssen durch die Vernunft gekommen, denn unglücklicherweise führt die Vernunft eben zu ihnen. Ich habe über solche Dinge viel gelesen; denn ich war der einzige, der meines Vaters Gelehrsamkeit in okkulten Angelegenheiten geerbt hat, und seither habe ich auch seine Bibliothek geerbt. Was ich Ihnen aber erzähle, beruht nicht auf dem, was ich gelesen habe, sondern auf dem, was ich gesehen habe.«

Father Brown nickte, und der andere fuhr fort, als müsse er seine Worte einzeln aufpicken:

»Im Fall meines älteren Bruders war ich zunächst nicht sicher. Es gab dort, wo er erschossen aufgefunden wurde, keinerlei Anzeichen oder Fußspuren, und die Pistole lag neben ihm. Doch hatte er gerade zuvor einen Drohbrief erhalten, sicherlich von unserem Feind, denn er war mit einem Zeichen wie ein geflügelter Dolch gekennzeichnet, einem seiner teuflischen kabalistischen Tricks. Und ein Dienstmädchen sagte aus, sie habe gesehen, wie sich im Zwielicht etwas entlang der Gartenmauer bewegte, das viel zu groß für eine Katze war. Ich will es dabei belassen; alles, was ich sagen kann, ist, daß der Mörder, wenn er denn gekommen ist, es fertig brachte, keinerlei Spuren seines Kommens zu hinterlassen. Als aber mein Bruder Stephen starb, war es anders; und seither weiß ich. Eine Maschine arbeitete auf einem offenen Gerüst unter dem Fabrikschlot; ich bestieg die Plattform unmittelbar nachdem er unter den Eisenhammer gestürzt war, der ihn erschlug; ich sah nichts anderes ihn erschlagen, aber ich sah, was ich sah.

Eine große Wolke Fabrikrauch hing zwischen mir und dem Fabrikschlot; aber durch einen Riß in ihr sah ich oben auf dem Schlot eine dunkle menschliche Gestalt in etwas gehüllt, das wie ein schwarzer Umhang aussah. Dann trieb der schweflige Rauch wieder zwischen uns; und als er sich verzogen hatte und ich wieder zu dem fernen Schlot emporblickte – war da niemand. Ich bin ein vernünftiger Mensch, und ich möchte alle vernünftigen Menschen fragen, wie sie auf jenen schwindelerregenden, unzugänglichen Turm gekommen ist und wie sie ihn wieder verließ.«

Er starrte den Priester herausfordernd wie eine Sphinx an; dann sagte er nach einem Schweigen plötzlich:

»Meines Bruders Schädel war zerschlagen, aber sein Körper war nicht stark verletzt. Und in seiner Tasche fanden wir eine jener warnenden Botschaften, die am Vortag datiert und mit dem geflügelten Dolch gestempelt war.

Ich bin überzeugt«, fuhr er düster fort, »daß das Symbol des geflügelten Dolches weder willkürlich noch zufällig ist. Nichts an diesem abscheulichen Menschen ist zufällig. Er ist ganz Absicht; und alles ist finstere und höchst vertrackte Absicht. Sein Geist besteht nicht nur aus einem Gewebe der ausgeklügeltsten Pläne, sondern auch aus allen Arten geheimer Sprachen und Zeichen, stummer Signale und wortloser Bilder, die Namen für namenlose Dinge sind. Er ist die schlimmste Art Mensch, die die Welt kennt: er ist der böse Mystiker. Nun will ich nicht behaupten, daß ich alles durchschaute, was dieses Symbol ausdrückt; mir scheint es aber sicher zu sein, daß es eine Beziehung zu all dem hat, was an seinen Bewegungen, während er meine unglückliche Familie umlauerte, besonders bemerkenswert oder gar unglaublich ist. Oder gibt es vielleicht keine Beziehung zwischen einer geflügelten Waffe und dem Geheimnis, das Philip tot auf seinem eigenen Rasen niederstreckte, ohne daß die leichteste Berührung eines Fußabdrucks Staub oder Gras störte? Gibt es keine Beziehung zwischen dem geflügelten Dolch, der wie ein gefiederter Dolch dahinfliegt, und jener Gestalt, die am obersten Rand des hochragenden Schlotes hing, gehüllt in ein Schwingengewand?«

»Sie glauben also«, sagte Father Brown nachdenklich, »daß er sich ständig im Zustand der Levitation befindet.«

»Simon Magus tat es«, erwiderte Aylmer, »und es gehörte zu den verbreitetsten Weissagungen des Mittelalters, daß der Antichrist fliegen könne. Auf jeden Fall gab es den geflügelten Dolch auf dem Dokument; und ob er nun fliegen konnte oder nicht – mit Sicherheit konnte er zustoßen.«

»Haben Sie bemerkt, auf welcher Sorte Papier er sich fand?« fragte Father Brown. »Gewöhnliches Papier?«

Das sphinxähnliche Gesicht brach plötzlich in ein harsches Lachen aus.

»Sie können selbst sehen, wie sie aussehen«, sagte Aylmer grimmig, »denn heute morgen habe ich auch eines bekommen.«

Er saß nun in seinen Sitz zurückgelehnt, seine langen Beine ragten unter dem grünen Morgenmantel hervor, der etwas zu kurz für ihn war, und sein bärtiges Kinn ruhte auf seiner Brust. Ohne sich sonst zu bewegen, schob er die Hand tief in die Tasche des Morgenmantels und streckte dann mit steifem Arm einen zitternden Fetzen Papier hin. Seine ganze Haltung gemahnte an eine Art Lähmung, die gleichermaßen aus Starre und Zusammenbruch bestand. Doch die nächste Bemerkung des Priesters übte einen merkwürdig aufweckenden Einfluß auf ihn aus.

Father Brown blinzelte in seiner kurzsichtigen Weise auf das ihm hingehaltene Papier. Es war eine eigenartige Art Papier, rauh, aber nicht gewöhnlich, wie aus dem Skizzenblock eines Künstlers; darauf war mit kühnen Zügen in roter Tinte ein Dolch gezeichnet, den Flügel schmückten wie den Stab des Hermes, und geschrieben standen die Worte: »Der Tod kommt am folgenden Tag, wie er zu deinen Brüdern kam.«

Father Brown schleuderte das Papier auf den Boden und saß kerzengerade auf seinem Stuhl.

»Sie dürfen sich von diesem Zeugs nicht verblüffen lassen«, sagte er scharf. »Diese Teufel versuchen immer wieder, uns hilflos zu machen, indem sie uns hoffnungslos machen.«

Zu seinem eigenen Erstaunen überlief eine belebende Welle die hingestreckte Gestalt, die aus ihrem Stuhl emporsprang, wie aus einem Traum aufgescheucht.

»Sie haben recht, Sie haben recht!« schrie Aylmer in geradezu unheimlicher Lebhaftigkeit; »und diese Teufel werden herausfinden, daß ich trotz allem nicht so hoffnungslos bin und auch nicht so hilflos. Vielleicht habe ich mehr Hoffnung und bessere Hilfe, als Sie sich vorstellen können.«

Er stand da mit den Händen in den Taschen und starrte mit gerunzelten Brauen auf den Priester hinab, der während dieses angespannten Schweigens für einen Augenblick befürchtete, daß des Mannes lange Gefährdung sein Gehirn angegriffen habe. Doch als er sprach, geschah das ganz nüchtern.

»Ich glaube, daß meine unglücklichen Brüder scheiterten, weil sie sich der falschen Waffen bedienten. Philip trug einen Revolver bei sich, und daher nannte man seinen Tod Selbstmord. Stephen hatte zwar Polizeischutz, aber auch ein starkes Gefühl dafür, was ihn lächerlich erscheinen ließ; und deshalb konnte er nicht zulassen, daß ihm ein Polizist die Leiter hinauf zu einem Gerüst nachkletterte, auf dem er sich nur einen Augenblick aufhalten wollte. Sie waren beide Spötter, die sich vor dem sonderbaren Mystizismus der letzten Tage meines Vaters in Skepsis zurückzogen. Ich aber wußte immer, daß mehr in meinem Vater war, als sie verstehen konnten. Es ist wahr, daß er durch das Studium der Magie zuletzt dem Pesthauch der Schwarzen Magie erlag; der Schwarzen Magie jenes Schurken Strake. Meine Brüder aber irrten sich im Gegenmittel. Das Gegenmittel zur Schwarzen Magie ist nicht harter Materialismus oder weltliche Klugheit. Das Gegenmittel zur Schwarzen Magie ist Weiße Magie.«

»Das hängt ganz davon ab«, sagte Father Brown, »was Sie unter Weißer Magie verstehen.«

»Ich meine silberne Magie«, sagte der andere mit leiser Stimme wie einer, der von einer geheimen Offenbarung spricht. Und nach einer Pause sagte er: »Wissen Sie, was ich mit silberner Magie meine? Entschuldigen Sie mich einen Augenblick.«

Er wandte sich um, öffnete die Mitteltür mit dem roten Glas und trat in einen Korridor hinter ihr. Das Haus hatte weniger Tiefe, als Brown angenommen hatte; statt daß die Tür sich auf Innenräume hin öffnete, führte der Korridor, den sie freigab, zu einer anderen Tür in den Garten. Auf der einen Seite des Korridors war die Tür eines Zimmers; zweifellos, wie der Priester sich sagte, die zum Schlafzimmer des Besitzers, von wo er in seinem Morgenmantel herausgeeilt war. An jener Wand befand sich weiter nichts als ein gewöhnlicher Kleiderständer mit dem gewöhnlichen staubigen Durcheinander alter Hüte und Mäntel; aber an der anderen Wand befand sich etwas Interessanteres: ein sehr dunkles altes Eichenbüffet, auf dem altes Silber ausgelegt war und über dem eine Trophäe oder ein Ornament aus alten Waffen hing. Hier war Arnold Aylmer stehengeblieben und blickte empor zu einer langläufigen altmodischen Pistole mit glockenförmiger Mündung.

Die Tür am anderen Ende des Korridors war nur angelehnt, und durch den Spalt floß ein Streifen weißen Tageslichts. Der Priester hatte für Naturereignisse einen schnellen Instinkt, und etwas an der ungewöhnlichen Helligkeit dieses weißen Striches verriet ihm, was sich draußen ereignet hatte. Eben das, was er vorausgesagt hatte, als er sich dem Hause näherte. Er rannte an seinem ziemlich erschreckten Gastgeber vorbei und öffnete die Tür und sah sich etwas gegenüber, das zugleich ein Nichts und ein Glanz war. Was er durch den Spalt hatte schimmern gesehen, war nicht nur die höchst negative Weiße des Tageslichts, sondern die positive

Weiße des Schnees. Ringsum war die hinstreichende Senkung der Landschaft von jener schimmernden Blässe bedeckt, die zugleich altersgrau und unschuldig wirkt.

»Hier jedenfalls ist Weiße Magie«, sagte Father Brown mit seiner fröhlichen Stimme. Dann, als er sich zurück in die Halle wandte, murmelte er: »Und vermutlich auch silberne Magie«, denn der weiße Schein ließ das Silber erglänzen und den alten Stahl der dunkelnden Waffen hier und da aufleuchten. Das zottige Haupt des brütenden Aylmer schien umgeben von einem Strahlenkranz aus silbernem Feuer, als er sich umdrehte, das Gesicht im Schatten und die fremdartige Pistole in der Hand.

»Wissen Sie, warum ich mir gerade diese alte Art Donnerbüchse ausgesucht habe?« fragte er. »Weil ich sie mit dieser Art Kugeln laden kann.«

Er hatte einen kleinen Zierlöffel mit Apostelfigur am Griff vom Büffet aufgenommen und brach jetzt mit schierer Gewalt die kleine Gestalt ab. »Wir wollen in das andere Zimmer zurückgehen«, fügte er hinzu.

»Haben Sie je über Dundees Tod gelesen?« fragte er, als sie wieder Platz genommen hatten. Er hatte sich von seinem Ärger über die Rastlosigkeit des Priesters erholt. »Graham von Claverhouse, wissen Sie, der die Covenanters verfolgte und ein schwarzes Pferd besaß, das einen Abgrund geradewegs hinaufreiten konnte. Wissen Sie denn nicht, daß er nur mit einer Silberkugel erschossen werden konnte, weil er sich dem Teufel verkauft hatte? Das ist das Angenehme an Ihnen; Sie wissen wenigstens genug, um an den Teufel zu glauben.«

»O ja«, erwiderte Father Brown, »ich glaube an den Teufel. Woran ich nicht glaube, ist der Dundee. Ich meine den Dundee der Covenanter-Legenden, mit seinem Alptraum von Pferd. John Graham war nur ein Berufssoldat des 17. Jahrhunderts, eher besser als die meisten. Wenn er ihnen die Hölle heiß machte, so weil er ein Dragoner war, nicht aber ein Drache. Nun sind es nach meiner Erfahrung gerade nicht solche prahlerischen Haudegen, die sich dem Teufel verkaufen. Die Teufelsanbeter, die ich gekannt habe, waren ganz anders. Um keine Namen zu nennen, die gesellschaftlich Aufsehen erregen würden, will ich einen Mann aus Dundees Tagen nehmen. Haben Sie je von Dalrymple von Stair gehört?«

»Nein«, erwiderte der andere mürrisch.

»Sie haben von dem gehört, was er getan hat«, sagte Father Brown, »und das war schlimmer als alles, was Dundee jemals tat; doch entging er der Schande durch Vergessen. Er war es, der das Massaker von Glencoe verursachte. Er war ein sehr gelehrter Mann und ein glänzender Jurist, ein Staatsmann mit sehr ernsthaften und weitblickenden Vorstellungen von der Staatskunst, ein ruhiger Mann mit einem sehr feinen und intellektuellen Gesicht. Das ist die Art Mensch, die sich selbst dem Teufel verschachert.«

Aylmer sprang im Enthusiasmus jäher Zustimmung halb aus seinem Stuhl hoch.

»Bei Gott! Sie haben recht«, rief er. »Ein feines intellektuelles Gesicht! Das ist das Gesicht von John Strake.«

Dann erhob er sich und sah den Priester in sonderbarer Konzentration an. »Warten Sie bitte hier einen Augenblick«, sagte er, »ich möchte Ihnen etwas zeigen.«

Er ging durch die Mitteltür hinaus und schloß sie hinter sich; er ging, wie der Priester annahm, zum alten Büffet oder vielleicht auch in sein Schlafzimmer. Father Brown blieb sitzen und starrte geistesabwesend auf den Teppich, auf dem ein schwacher roter Schimmer von dem Glas in der Tür schien. Mal schien er wie ein Rubin aufzuleuchten, und dann wurde er wieder dunkler, als ob die Sonne an jenem stürmischen Tage von Wolke zu Wolke wanderte. Nichts rührte sich außer den Wasserwesen, die in dem mattgrünen Gefäß hin und her trieben. Father Brown dachte angestrengt nach.

Nach ein oder zwei Minuten stand er auf und schlüpfte leise zum Telephon im Alkoven, von wo aus er seinen Freund Dr. Boyne in der amtlichen Dienststelle anrief. »Ich möchte Ihnen über Aylmer und seine Angelegenheiten berichten«, sagte er ruhig. »Das ist eine merkwürdige Geschichte, aber ich glaube doch, daß etwas dahinter steckt. Wenn ich Sie wäre, würde ich sofort einige Männer herschicken, vier oder fünf vielleicht, und sie das Haus umstellen lassen. Wenn etwas geschehen sollte, dann wird sich wahrscheinlich eine spektakuläre Flucht ereignen.«

Dann ging er zurück und setzte sich wieder hin und starrte auf den dunklen Teppich, der wieder im Lichte der Glastür blutrot aufglühte. Etwas in dem gefilterten Licht ließ seinen Geist in bestimmte Grenzbereiche des Denkens wandern, in das erste weiße Tageslicht vor dem Aufdämmern von Farben und in all jene Geheimnisse, die das Symbol von Fenstern und Türen zugleich verhüllt und entschleiert.

Ein unmenschliches Geheul aus menschlicher Kehle erscholl von jenseits der verschlossenen Türen, fast zugleich mit dem Geräusch eines Schusses. Bevor das Echo des Schusses erstorben war, wurde die Tür gewaltsam aufgestoßen und sein Gastgeber stolperte in das Zimmer, den Morgenmantel halb von der Schulter gerissen, die lange Pistole rauchend in der Hand. Er schien am ganzen Körper zu zittern, aber teilweise ward er von einem unnatürlichen Gelächter geschüttelt.

»Gepriesen sei die Weiße Magie!« schrie er. »Gepriesen sei die silberne Kugel! Der Höllenhund hat einmal zu oft gejagt, und meine Brüder sind endlich gerächt.«

Er sank in einen Sessel, die Pistole glitt ihm aus der Hand und fiel zu Boden. Father Brown schoß an ihm vorüber, schlüpfte durch die Glastür und ging den Korridor hinab. Dabei legte er die Hand auf die Klinke der Schlafzimmertür, als habe er halb die Absicht, dort einzutreten; dann bückte er sich einen Augenblick, als untersuche er etwas – und dann rannte er zur Außentür und öffnete sie.

Auf dem Schneefeld, das vor kurzem noch so leer gewesen war, lag ein schwarzer Gegenstand. Auf den ersten Blick sah er fast so aus wie eine riesige Fledermaus. Ein zweiter Blick zeigte, daß es sich trotz allem um eine menschliche Gestalt handelte, aufs Gesicht gestürzt, den ganzen Kopf von einem breitkrämpigen schwarzen Hut bedeckt, der fast lateinamerikanisch aussah, während der Anschein schwarzer Schwingen von den beiden losen Ärmeln eines sehr weiten schwarzen Umhangs erweckt wurde, die, vielleicht aus Zufall, auf jeder Seite in voller Länge ausgespreitet waren. Beide Hände waren verborgen, obwohl Father Brown glaubte, er könne die Position der einen von ihnen ausmachen, und er sah nahebei, unter dem Saum des Umhangs, den Schimmer einer metallischen Waffe. Die Hauptwirkung jedoch war eigenartigerweise die der einfachen Übertriebenheit der Heraldik; wie ein schwarzer Adler, ausgebreitet auf weißem Grunde. Als er aber um die Gestalt herumging und unter den Hut sah, erhaschte der Priester einen Blick in das Gesicht, das in der Tat so war, wie der Gastgeber es genannt hatte, fein und intellektuell; auch skeptisch und streng: das Gesicht von John Strake.

»Da soll mich doch«, murmelte Father Brown. »Das sieht wirklich so aus, als ob ein großer Vampir herabgestoßen sei wie ein Vogel.«

»Wie sonst hätte er gekommen sein können?« klang eine Stimme von der Tür her, und als Father Brown aufblickte, sah er erneut Aylmer da stehen.

»Hätte er nicht zu Fuß gehen können?« erwiderte Father Brown ausweichend.

Aylmer streckte den Arm aus und überstrich die weiße Landschaft mit einer Geste.

»Betrachten Sie den Schnee«, sagte er mit einer tiefen Stimme, die auf eine Art rollend vibrierte. »Ist der Schnee nicht unberührt – rein wie die Weiße Magie, wie Sie selbst ihn genannt haben? Gibt es auf ihm meilenweit auch nur einen Flecken, abgesehen von jenem widerlichen schwarzen Klecks, der dorthin gefallen ist? Es gibt keine Fußspuren außer den wenigen von Ihnen und mir; und keine, die sich von irgendwo dem Haus näherten.«

Dann blickte er den kleinen Priester einen Augenblick lang mit einem konzentrierten und eigenartigen Ausdruck an und sagte:

»Ich will Ihnen noch etwas sagen. Jener Umhang, mit dem er fliegt, ist zu lang, um darin zu gehen. Er war kein sehr großer Mann, und er würde hinter ihm herschleifen wie die Schleppe eines Königs. Breiten Sie ihn über seinen Körper aus, wenn Sie wollen, und sehen Sie selbst.«

»Was hat sich zwischen Ihnen ereignet?« fragte Father Brown abrupt.

»Das ging zu schnell, um es zu beschreiben«, antwortete Aylmer. »Ich hatte einen Blick durch die Tür hinaus geworfen und wandte mich wieder um, als plötzlich eine Art Windrauschen mich umgab, als werde ich von einem frei in der Luft drehenden Rad herumgeschwungen. Irgendwie wirbelte ich herum und feuerte blindlings; und danach sah ich nur, was Sie jetzt auch sehen. Aber ich bin zutiefst überzeugt, daß Sie das nicht sehen würden, wenn ich nicht ein silbernes Geschoß in meiner Pistole gehabt hätte. Dann läge dort ein anderer Körper im Schnee.«

»Sollen wir übrigens«, bemerkte Father Brown, »das dort im Schnee liegen lassen? Oder würden Sie es lieber in Ihr Zimmer bringen – ich nehme an, das ist Ihr Schlafzimmer dort im Korridor?«

»Nein, nein«, erwiderte Aylmer hastig, »wir müssen es dort liegen lassen, bis die Polizei es gesehen hat. Außerdem habe ich von diesen Dingen jetzt mehr gehabt, als ich im Augenblick ertragen kann. Was auch geschehen mag, ich muß jetzt einen Schluck trinken. Danach mögen sie mich hängen, wenn sie wollen.«

Im mittleren Zimmer taumelte Aylmer zwischen der Palmenpflanze und dem Fischgefäß in einen Sessel. Zwar hätte er fast das Gefäß umgestoßen, als er ins Zimmer torkelte, aber es war ihm gelungen, die Brandy-Karaffe zu finden, nachdem er mit der Hand fast blindlings in verschiedene Fächer und Winkel gefahren war. Er wirkte zu keiner Zeit wie ein methodischer Mensch, aber in diesem Augenblick erreichte seine Zerstreutheit ihren Höhepunkt. Er trank einen tiefen Schluck und begann dann, fieberhaft zu reden, so als müsse er die Stille füllen.

»Sie haben immer noch Zweifel«, sagte er, »obwohl Sie das Ding mit Ihren eigenen Augen gesehen haben. Glauben Sie mir, da war mehr in dem Streit zwischen dem Geist von Strake und dem Geist des Hauses Aylmer. Außerdem ist es nicht Ihre Sache, ein Ungläubiger zu sein. Ihre Sache ist es, für all die Dinge einzutreten, die diese dummen Leute Aberglauben nennen. Oder glauben Sie etwa nicht, daß da eine ganze Menge in den Altweibergeschichten von Amuletten und Zaubermitteln und so weiter steckt, silberne Kugeln eingeschlossen? Was halten Sie als Katholik davon?«

»Ich halte mich für einen Agnostiker«, erwiderte Father Brown lächelnd.

»Unfug«, sagte Aylmer ungeduldig. »Es ist Ihre Aufgabe, an die Dinge zu glauben.«

»Nun ja, ich glaube natürlich an einige Dinge«, räumte Father Brown ein, »und deshalb glaube ich natürlich an andere Dinge nicht.«

Aylmer lehnte sich vornüber und blickte ihn mit einer sonderbaren Intensität an, die fast die eines Hypnotiseurs war.

»Sie glauben es«, sagte er. »Sie glauben alles. Wir alle glauben alles, selbst wenn wir alles ableugnen. Die Leugner glauben. Die Ungläubigen glauben. Spüren Sie nicht in tiefster Seele, daß diese Widersprüche keine wirklichen Widersprüche sind: daß es einen Kosmos gibt, der sie alle umfängt? Die Seele dreht sich auf einem Sternenrad, und alle Dinge kehren wieder; vielleicht haben Strake und ich uns in vielerlei Gestalt bekämpft, Tier wider Tier und Vogel wider Vogel, und vielleicht werden wir uns ewig bekämpfen. Aber da wir einander suchen und brauchen, ist selbst dieser ewige Haß ewige Liebe. Gut und Böse drehen sich in einem Rad, das ein Ding ist und nicht viele. Erkennen Sie denn nicht in Ihrem Herzen, glauben Sie denn nicht hinter all Ihren Gläubigkeiten, daß es nur eine Wirklichkeit gibt und wir deren Schatten sind; und daß alle Dinge nur die Aspekte des einen sind: eines Zentrums, in dem die Menschen zum Menschen verschmelzen, und der Mensch zu Gott?«

»Nein«, sagte Father Brown.

Draußen begann die Dämmerung zu sinken, in jenem Stadium eines so schneebeladenen Abends, in dem die Erde heller aussieht als der Himmel. In der Vorhalle des Haupteingangs, sichtbar durch ein halbverhängtes Fenster, konnte Father Brown schwach eine vierschrötige Gestalt stehen sehen. Er blickte flüchtig zur Terrassentür, durch die er ursprünglich eingetreten war, und sah sie von zwei ebenfalls bewegungslosen Gestalten verdunkelt. Die Innentür mit dem Buntglas stand leicht angelehnt; und in dem kurzen Korridor hinter ihr konnte er die Enden zweier langer Schatten sehen, vom flachen Abendlicht übertrieben und verzerrt, aber immer noch graue Karikaturen menschlicher Gestalten. Dr. Boyne hatte bereits auf die telephonische Botschaft gehört. Das Haus war umstellt.

»Welchen Sinn hat es, nein zu sagen?« beharrte sein Gastgeber, immer noch mit dem gleichen hypnotischen Blick. »Sie haben einen Teil jenes ewigen Dramas mit eigenen Augen gesehen. Sie haben die Drohung John Strakes gesehen, Arnold Aylmer mittels Schwarzer Magie zu erschlagen.

Sie haben gesehen, wie Arnold Aylmer John Strake mittels Weißer Magie schlug. Sie sehen Arnold Aylmer lebendig und mit Ihnen redend vor sich. Und doch glauben Sie es nicht.«

»Nein, ich glaube es nicht«, sagte Father Brown und erhob sich aus seinem Stuhl wie einer, der einen Besuch beendet.

»Warum nicht?« fragte der andere.

Der Priester hob seine Stimme nur ein wenig an, aber in jede Ecke des Zimmers hallte sie wie eine Glocke.

»Weil Sie nicht Arnold Aylmer sind«, sagte er. »Ich weiß, wer Sie sind. Ihr Name ist John Strake; und Sie haben den letzten der Brüder ermordet, der jetzt draußen im Schnee liegt.«

Ein weißer Ring erschien um die Iris im Auge des anderen Mannes; er schien mit hervorquellenden Augäpfeln einen letzten Versuch zu machen, seinen Gefährten zu hypnotisieren und zu beherrschen. Dann machte er jäh eine Bewegung zur Seite; aber noch während er sie machte, öffnete sich die Tür hinter ihm, und ein großer Detektiv in Zivil legte ihm ruhig eine Hand auf die Schulter. Die andere Hand hing hinab, aber sie hielt einen Revolver. Der Mann blickte wild um sich und sah in allen Ecken des stillen Zimmers Männer in Zivil.

An jenem Abend hatte Father Brown ein anderes und längeres Gespräch mit Dr. Boyne über die Tragödie der Aylmer-Familie. Zu jenem Zeitpunkt gab es keinerlei Zweifel mehr an der zentralen Tatsache des Falles, denn John Strake hatte seine Identität bekannt, und sogar seine Verbrechen; das heißt, richtiger müßte man sagen, daß er sich seiner Siege rühmte. Gemessen an der Tatsache, daß er sein Lebenswerk abgeschlossen hatte, nachdem der letzte Aylmer tot war, schien ihm alles übrige einschließlich der Existenz selbst gleichgültig zu sein.

»Der Mann ist sozusagen monoman«, sagte Father Brown. »Er ist an nichts anderem interessiert; nicht einmal an einem anderen Mord. Dafür muß ich ihm dankbar sein; denn mit dieser Überlegung hatte ich mich während dieses Nachmittags häufig genug zu beruhigen. Wie auch Sie zweifellos erkannt haben, hätte er, statt diesen wilden, aber einfallsreichen Roman um beschwingte Vampire und silberne Kugeln zu spinnen, eine einfache Bleikugel in mich schießen und aus dem Hause gehen können. Ich versichere Ihnen, daß dieser Gedanke mir reichlich häufig kam.«

»Und ich frage mich, warum er das nicht getan hat«, bemerkte Boyne. »Ich verstehe das nicht; aber bisher verstehe ich überhaupt nichts. Wie in aller Welt sind Sie dahinter gekommen, und was in aller Welt haben Sie da entdeckt?«

»Oh, Sie haben mich mit sehr wertvollen Informationen versorgt«, erwiderte Father Brown bescheiden, »vor allem mit jenem Stück Information, das wirklich zählte. Ich meine die Feststellung, daß Strake ein sehr erfindungsreicher und einfallsreicher Lügner sei, und bei der Verfertigung seiner Lügen von großer Geistesgegenwart. Heute nachmittag brauchte er sie; aber er war der Gelegenheit gewachsen. Sein vielleicht einziger Fehler war, daß er eine übernatürliche Geschichte wählte; er war der Ansicht, daß ich als Kleriker alles zu glauben hätte. Viele Leute haben Vorstellungen dieser Art.«

»Mir aber ist das alles unverständlich«, sagte der Arzt. »Sie müssen wirklich mit dem Anfang anfangen.«

»Der Anfang war ein Morgenrock«, sagte Father Brown einfach. »Das war die einzige gute Verkleidung, die ich je gesehen habe. Wenn man in einem Haus einem Mann im Morgenrock begegnet, nimmt man ganz automatisch an, daß er sich in seinem eigenen Haus befindet. Ich selbst nahm das auch an; aber danach begannen sich sonderbare kleine Dinge zu ereignen. Als er die Pistole herabnahm, zog er den Hahn mit ausgestrecktem Arm durch, wie man das zu tun pflegt, um sicher zu gehen, daß eine fremde Waffe nicht geladen ist; aber natürlich hätte er wissen müssen, ob die Pistolen in seinem eigenen Flur geladen waren oder nicht. Dann gefiel mir die Art nicht, wie er nach Brandy suchte oder wie er fast das Fischgefäß über den Haufen rannte. Denn ein Mann, der ein so zerbrechliches Ding als Inventarstück in seinen Gemächern hat, entwickelt eine Art mechanischer Gewohnheit, es zu umgehen. Doch mochten diese Dinge Phantasieprodukte sein; der erste reale Hinweis aber war dieser. Er war aus dem kleinen Korridor zwischen den beiden Türen gekommen; und in jenem Korridor gibt es lediglich noch eine Tür, die in ein anderes Zimmer führt; also nahm ich an, es sei das Schlafzimmer, aus dem er gerade gekommen war. Ich versuchte die Klinke; aber die Tür war verschlossen. Das kam mir seltsam vor, und ich blickte durchs Schlüsselloch. Es war ein völlig leerer Raum, offenbar unbenutzt; kein Bett, kein Garnichts. Also war er nicht aus irgendeinem Zimmer gekommen, sondern von außerhalb des Hauses. Und als ich das erkannte, habe ich wohl das ganze Bild erkannt.

Der arme Arnold Aylmer schlief sicherlich und lebte vielleicht oben, und er kam im Morgenmantel herab und ging durch die Tür mit dem roten Glas. Am Ende des Korridors sah er, schwarz vor dem Licht des Wintertages, den Feind seines Hauses. Er sah einen großen bärtigen Mann in einem breitkrempigen schwarzen Hut und einem weiten flappenden schwarzen Umhang. Sehr viel mehr sah er nicht in dieser Welt.

Strake sprang ihn an und erwürgte oder erstach ihn; das werden wir sicher erst nach der Leichenschau wissen. Dann hörte Strake, der in dem engen Durchgang zwischen Kleiderständer und altem Büffet stand und im Triumph auf den letzten seiner Feinde hinabschaute, etwas, mit dem er nicht gerechnet hatte. Er hörte Schritte im Wohnzimmer. Das war ich selbst, der durch die Terrassentür eintrat.

Seine Verkleidung war ein Wunder an Schnelligkeit. Sie umfaßte nicht nur eine Maskierung, sondern auch einen Roman – einen Stegreifroman. Er nahm seinen großen schwarzen Hut und den Umhang ab und zog sich des toten Mannes Morgenrock an. Dann tat er etwas Grausiges; zumindest berührt es meine Einbildungskraft als grausiger denn alles andere. Er hängte die Leiche wie einen Mantel an den Kleiderständer. Er hüllte sie in seinen eigenen langen Umhang ein und sah, daß der ihr weit über die Füße hinabhing; und er verdeckte den Kopf vollständig mit seinem eigenen breiten Hut. Das war der einzige mögliche Weg, sie in jenem kleinen Korridor mit der geschlossenen Tür zu verbergen; aber ein wirklich kluger. Ich selbst bin einmal an diesem Kleiderständer vorbeigegangen, ohne zu merken, daß er etwas anderes als ein Kleiderständer war. Ich glaube, daß mich diese meine Ahnungslosigkeit immer schaudern machen wird.

Er hätte es vielleicht dabei belassen können; aber ich hätte die Leiche jeden Augenblick entdecken können; und eine solchermaßen aufgehängte Leiche schreit sozusagen nach einer Erklärung. So entschloß er sich zu dem kühneren Streich, sie selbst zu entdecken und sie selbst zu erklären.

Und da dämmerte diesem sonderbaren und furchtbar fruchtbaren Geist der Gedanke einer Verwechslungsgeschichte; die Vertauschung der Rollen. Er hatte bereits die Rolle von Arnold Aylmer übernommen. Warum sollte da nicht sein toter Feind die Rolle von John Strake übernehmen? Irgend etwas in diesem Verwirrspiel muß die Phantasie dieses düster-phantasievollen Mannes angesprochen haben. Das war wie ein schrecklicher Maskenball, auf den die beiden Todfeinde gehen, der eine als der andere verkleidet. Nur sollte der Maskenball ein Todestanz sein: und einer der Tänzer tot. So kann ich mir vorstellen, wie sich das in seinem Kopf entwickelt hat, und ich kann mir vorstellen, wie er dabei schmunzelte.«

Father Brown starrte ins Leere mit seinen großen grauen Augen, die das einzig Bemerkenswerte in seinem Gesicht waren, wenn er sie nicht mit seinem Zwinkertick verschleierte. Er redete einfach und ernst weiter:

»Alle Dinge sind von Gott; und vor allen anderen Vernunft und Einbildungskraft und die großen Gaben des Geistes. Sie sind gut in sich selbst; und niemals dürfen wir ihren Ursprung vergessen, selbst nicht in ihrer Verdrehung. Nun hatte dieser Mann in sich eine sehr noble Kraft, die sich verdrehen ließ; die Kraft, Geschichten zu erzählen. Er war ein großer Erzähler; nur hatte er seine Vorstellungskraft auf praktische und böse Zwecke gerichtet; Menschen mit falschen Tatsachen zu betrügen, statt mit wahren Erfindungen. Es begann damit, daß er den alten Aylmer mit ausgeklügelten Ausreden und geistreich ausgedachten Lügen betrog; doch selbst das mag zu Anfang wenig mehr gewesen sein als jene tollen Geschichten und Flunkereien von Kindern, die gleichermaßen erzählen können, sie hätten den König von England und den König des Feenreiches gesehen. Das wurde in ihm immer stärker durch das Laster aller Laster, den Stolz; er wurde immer eitler auf seine rasche Fähigkeit, originelle Geschichten zu erfinden und sie aufs feinste weiterzuspinnen. Das meinten die jungen Aylmers, als sie sagten, John habe ihren Vater immer in seinen Bann ziehen können; und das war wahr. Es war jener Bann, den die Erzählerin in Tausendundeiner Nacht über den Tyrannen wirft. Und bis zuletzt wandelte er in der Welt mit dem Stolz des Dichters und dem falschen aber unauslotbaren Mut des großen Lügners. Immer wieder konnte er neue Märchen aus Tausendundeiner Nacht erfinden, wenn sein Kopf in Gefahr war. Und heute war sein Kopf in Gefahr.

Aber ich bin ganz sicher, daß er das ebensosehr als Phantasmagorie wie als Irreführung genoß. Er machte sich an die Aufgabe, die wahre Geschichte falsch herum zu erzählen: den toten Mann für den Lebenden und den lebenden Mann für den Toten auszugeben. Er hatte sich bereits in Aylmers Morgenrock begeben; nun machte er sich daran, sich in Aylmers Körper und Seele zu begeben. Er blickte auf die Leiche, als sei es seine Leiche, die da kalt im Schnee lag. Dann spreitete er sie in jener seltsamen Weise adlergleich aus, um den sausenden Niedersturz eines Greifvogels anzudeuten, und bedeckte sie nicht allein mit seinen eigenen dunklen und fliegenden Gewändern, sondern auch mit einem ganzen düsteren Märchen vom Schwarzen Vogel, den lediglich die Silberkugel fällen kann. Ich weiß nicht, ob es das Silber war, das auf dem Büffet glitzerte, oder der Schnee, der hinter der Tür schimmerte, was sein so intensives künstlerisches Temperament auf das Thema der Weißen Magie und des weißen Metalls brachte, das man gegen Zauberer verwendet. Was immer aber auch der Ursprung, er machte es sich wie ein Dichter zu eigen; und tat es rasch wie ein praktischer Mann. Er vollendete den Austausch und die Verkehrung der Teile, indem er die Leiche als Strakes Leiche hinaus auf den Schnee schleuderte. Er tat sein Bestes, um ein gruseliges Gedankenbild von Strake als einem Wesen heraufzubeschwören, das überall in der Luft lauere, eine Harpyie mit den Schwingen der Schnelligkeit und den Klauen des Todes, und um die Abwesenheit von Fußspuren und andere Dinge zu erklären. Wegen eines Stückchens künstlerischer Unverfrorenheit bewundere ich ihn zutiefst. Er wendete tatsächlich einen der Widersprüche in seinem Argument in einen Beweis zu seinen Gunsten um und sagte, daß der Umhang des Mannes für ihn zu lang sei beweise, daß er niemals wie ein normaler Sterblicher über die Erde ging. Während er das sagte, starrte er mich aber durchdringend an; und irgend etwas sagte mir, daß er in diesem Augenblick einen besonders großen Bluff versuchte.«

Dr. Boyne sah nachdenklich drein. »Hatten Sie da schon die Wahrheit entdeckt?« fragte er. »Es gibt in Fragen, die die Identität berühren, etwas Eigenartiges und die Nerven Aufregendes. Ich weiß nicht, ob es unheimlicher ist, ein solches Rätsel schnell oder langsam zu lösen. Ich frage mich, wann Sie Verdacht schöpften und wann Sie sicher waren.«

»Ich glaube, daß ich wirklich Verdacht schöpfte, als ich Sie anrief«, erwiderte sein Freund. »Und das kam von nicht mehr als dem roten Licht von der geschlossenen Tür, das auf dem Teppich aufleuchtete und wieder dunkel wurde. Es sah aus wie eine Blutlache, die lebendig wurde, während sie nach Rache schrie. Warum sollte es sich so verändern? Ich wußte, daß die Sonne nicht herausgekommen war; also konnte es nur dadurch kommen, daß die zweite Tür hinter ihm sich auf den Garten hin geöffnet und geschlossen hatte. Wenn er jedoch hinausgegangen war und dabei seinen Feind gesehen hatte, dann hätte er in diesem Augenblick Alarm geschlagen; aber der Krach begann erst einige Zeit danach. Ich begann zu spüren, daß er hinausgegangen war, um etwas zu tun ... um etwas vorzubereiten ... aber was den Zeitpunkt angeht, zu dem ich mir sicher war, das ist eine andere Sache. Ich wußte, daß er ganz zum Schluß versuchte, mich zu hypnotisieren, mich mit der schwarzen Kunst von Augen wie Talismane und einer Stimme voller Beschwörung zu beherrschen. Das pflegte er zweifellos beim alten Aylmer zu machen. Aber es war nicht nur die Art, wie er es sagte, es war, was er sagte. Es war die Religion und die Philosophie darin.«

»Ich fürchte, ich bin ein Praktikus«, sagte der Doktor mit rauhem Humor, »und ich kümmere mich nicht viel um Religion und Philosophie.«

»Sie werden niemals ein Praktikus werden, wenn Sie das nicht tun«, sagte Father Brown. »Hören Sie, Doktor; Sie kennen mich ziemlich gut; und ich glaube, Sie wissen, daß ich nicht bigott bin. Sie wissen, wie ich weiß, daß es in allen Religionen alle Arten gibt; gute Menschen in schlechten und schlechte Menschen in guten. Aber eine kleine Tatsache habe ich einfach als Praktikus gelernt, eine ganz praktische Sache, die ich durch Erfahrung aufgeschnappt habe wie die Verhaltensweisen eines Tieres oder die Marken guter Weine. Ich habe kaum je einen Verbrecher getroffen, der, wenn er denn überhaupt philosophierte, nicht nach diesen Grundsätzen von Orientalismus und Wiederkehr und Reinkarnation und Schicksalsrad und Schlange, die sich selbst in den Schwanz beißt, philosophiert hätte. Ich habe ausschließlich durch die Praxis herausgefunden, daß ein Fluch auf den Dienern jener Schlange liegt; auf ihrem Bauch sollen sie kriechen und Staub sollen sie fressen; und nie noch ward ein Schuft oder ein Lump geboren, der nicht in dieser Art Geistigkeit hätte schwatzen können. Vielleicht ist das in ihren wirklichen religiösen Ursprüngen anders; aber hier in unserer Welt der arbeitenden Menschen ist das die Religion von Schurken; und da wußte ich, daß ein Schurke sprach.«

»Wie«, sagte Boyne, »ich hätte gedacht, daß ein Schurke sich zu jeder beliebigen Religion bekennen kann.«

»Ja«, stimmte der andere bei, »er könnte sich zu jeder Religion bekennen; das heißt, er könnte jede vortäuschen, wenn es denn alles Vortäuschung ist. Wenn es lediglich eine mechanische Heuchelei und nichts sonst ist, könnte es zweifellos von jedem mechanischen Heuchler getan werden. Jede Sorte Maske kann auf jede Sorte Gesicht gesetzt werden. Jeder kann bestimmte Phrasen lernen oder in Worten behaupten, daß er bestimmte Meinungen habe. Ich kann auf die Straße gehen und behaupten, daß ich ein Wesleyscher Methodist sei oder ein Sandemanit, obwohl ich fürchte, daß ich nicht sehr überzeugend wäre. Wir sprechen aber über einen Künstler; und damit der Künstler Gefallen findet, muß ihm die Maske in einem gewissen Ausmaß aufs Gesicht geformt sein. Was er nach außen vorstellt, muß etwas in ihm entsprechen; er kann seine Wirkungen nur aus den Materialien seiner Seele erzielen. Ich nehme an, er hätte behaupten können, Wesleyaner zu sein; aber er hätte niemals ein so überzeugender Methodist sein können, wie er als Mystiker und Fatalist überzeugen konnte. Ich spreche von der Art Ideale, an die ein solcher Mann denkt, wenn er wirklich idealistisch zu sein versucht. Sein ganzes Spiel mir gegenüber war es, so idealistisch wie nur möglich zu sein; und wann immer das von dieser Art Mann versucht wird, werden Sie im allgemeinen genau diese Art Ideal finden. Diese Art Mensch mag von Blut triefen; aber dennoch wird er immer imstande sein, einem ernsthaft zu erzählen, daß der Buddhismus besser als das Christentum sei. Nein, er wird sogar ganz ernsthaft erzählen, daß der Buddhismus christlicher als das Christentum sei. Das allein genügt, um ein häßliches und gespenstisches Licht auf seine Vorstellungen von Christentum zu werfen.«

»Bei meiner Seele«, sagte der Doktor lachend, »ich komme nicht dahinter, ob Sie ihn nun anklagen oder verteidigen.«

»Es heißt nicht einen Mann verteidigen, wenn man sagt, daß er ein Genie ist«, sagte Father Brown. »Bei weitem nicht. Und es ist eine einfache psychologische Tatsache, daß ein Künstler sich immer durch eine gewisse Wahrhaftigkeit verraten wird. Leonardo da Vinci kann nicht zeichnen, als ob er nicht zeichnen könnte. Selbst wenn er das versuchte, würde doch immer die starke Parodie einer schwachen Sache dabei herauskommen. Dieser Mann hätte aus einem Wesleyaner etwas viel zu Schreckliches und Wunderbares gemacht.«

Als der Priester sich wieder aufmachte und sein Gesicht nach Hause richtete, war die Kälte noch intensiver geworden und war doch irgendwie berauschend. Die Bäume standen da wie silberne Kerzenhalter bei einem unglaublich kalten Kerzenfest der Läuterung. Es war stechend kalt, so wie das silberne Schwert des reinen Schmerzes, das einst die Reinheit selbst durchstach. Aber das war keine tödliche Kälte, abgesehen davon, daß sie jeden sterblichen Widerstand gegen unsere unsterbliche und unmeßbare Lebendigkeit tötete. Der blaßgrüne Himmel der Dämmerung erschien mit seinem einen Stern wie dem Stern von Bethlehem seltsam widersprüchlich als eine Höhle der Klarheit. Es war, als könne es eine grüne Esse der Kälte geben, die alle Dinge wie die Wärme zum Leben erweckte, und daß, je tiefer sie in diese kalten kristallinen Farben eindrängen, sie um so leichter würden wie geflügelte Wesen und klar wie farbiges Glas. Es prickelte von Wahrheit und trennte Wahrheit von Irrtum mit einer Klinge wie Eis; was aber übrigblieb, hatte sich nie zuvor so lebendig gefühlt. Es war, als ob alle Freude ein Juwel im Herzen eines Eisbergs wäre. Der Priester verstand seine Stimmung selber kaum, als er tiefer und tiefer in das grüne Glühen hineinschritt und tiefer und tiefer die jungfräuliche Lebenskraft der Luft einsog. Vergessene Krummheiten und Krankheiten schienen zurückzubleiben oder ausgelöscht zu sein, wie der Schnee die Fußspuren des Blutmannes ausgestrichen hatte.

Als er heimwärts durch den Schnee schlurfte, murmelte er zu sich selbst: »Und doch hat er ganz recht mit seiner Weißen Magie, wenn er nur wüßte, wo er nach ihr suchen muß.«

Das Verhängnis der Darnaways

Zwei Landschaftsmaler standen da und betrachteten eine Landschaft, die zugleich ein Seestück war, und beide waren von ihr eigenartig beeindruckt, wenngleich ihre Eindrücke nicht unbedingt die gleichen waren. Für den einen, der ein aufsteigender Künstler aus London war, war sie zugleich neu und fremdartig. Für den anderen, der ein Künstler aus dem Ort, aber über den Ort hinaus berühmt war, war sie zwar besser bekannt; aber vielleicht gerade wegen allem, was er über sie wußte, um so fremder.

Nach Farbe und Form, wie diese Männer sahen, war sie ein Strich Sand gegen einen Strich Sonnenuntergang, und die ganze Szenerie lag da in Strichen düsterer Farben, ein stumpfes Grün und Bronze und Braun und ein Graubraun, das nicht nur matt war, sondern in jenem Dämmerlicht noch geheimnisvoller als Gold. Unterbrochen wurden diese gleichmäßigen Linien nur durch ein langes Gebäude, das sich aus den Feldern in die Sande der See erstreckte, so daß sich seine Umfransung aus traurigem Unkraut und Binsen fast mit dem Seetang zu treffen schien. Doch seine eigentümlichste Eigenart war, daß sein oberer Teil die zersplitterten Umrisse einer Ruine aufwies, von so vielen weiten Fensteröffnungen und breiten Rissen durchlöchert, daß er vor dem ersterbenden Licht nur mehr ein dunkles Skelett war, während die untere Masse des Bauwerks praktisch überhaupt keine Fenster hatte, denn die meisten von ihnen waren blind und zugemauert, und ihre Umrisse im Dämmerlicht nur schwach erkennbar. Ein Fenster zumindest war aber immer noch ein Fenster; und das Sonderbarste daran schien, daß es erleuchtet war.

»Wer in aller Welt kann denn in dem alten Gehäuse leben?« rief der Londoner aus, ein großer Mann mit dem Aussehen eines Bohemiens, jung, doch mit einem struppigen roten Bart, der ihn älter aussehen ließ; Chelsea kannte ihn als Harry Payne.

»Gespenster, möchte man annehmen«, erwiderte sein Freund Martin Wood. »Und die Leute, die da leben, sind tatsächlich eher Gespenster.«

Es mag wie ein Paradox erscheinen, daß der Londoner Künstler mit seiner lärmigen Frische und Neugier fast ländlich wirkte, während der örtliche Künstler sehr viel gewiegter und erfahrener schien und ihn mit reifer und gutmütiger Belustigung betrachtete; und tatsächlich war er insgesamt eine ruhigere und konventionellere Erscheinung mit seiner dunkleren Kleidung und dem glattrasierten, eckigen, unerschütterlichen Gesicht.

»Das ist natürlich nur ein Zeichen der Zeit«, fuhr er fort, »oder vielmehr des Vergehens der alten Zeiten, und der alten Familien mit ihnen. In dem Haus leben die letzten der großen Darnaways, und nicht viele der neuen Armen sind so arm wie sie. Sie können es sich nicht einmal leisten, ihr eigenes Obergeschoß bewohnbar zu machen; statt dessen müssen sie in den unteren Räumen einer Ruine leben wie Fledermäuse und Eulen. Und doch besitzen sie Familienporträts, die bis in die Zeit der Rosenkriege und der frühesten Porträtmalerei in England zurückreichen, und manche davon sind sehr schön; ich weiß das, weil sie für deren Auffrischung meinen professionellen Rat erbeten haben. Da ist vor allem eines, und eines der frühesten, das ist so gut, daß man eine Gänsehaut bekommt.«

»Nach dem Aussehen zu schließen macht einem das ganze Haus Gänsehaut«, erwiderte Payne.

»Nun ja«, sagte sein Freund, »um die Wahrheit zu sagen, das stimmt.«

Das folgende Schweigen wurde durch ein schwaches Rascheln in den Binsen am Wassergraben gestört; und verständlicherweise fuhren sie leicht zusammen, als eine dunkle Gestalt schnell und fast wie ein aufgeschreckter Vogel am Ufer dahinstrich. Aber es war nur ein Mann, der mit einer schwarzen Tasche in der Hand schnell ausschritt: ein Mann mit einem langen blassen Gesicht und scharfen Augen, die den Fremden aus London auf leicht düstere und mißtrauische Weise betrachteten.

»Das ist nur Dr. Barnet«, sagte Wood einigermaßen erleichtert. »Guten Abend, Doktor. Gehen Sie ins Haus? Ich hoffe, daß niemand krank ist.«

»In einem solchen Haus ist jeder immer krank«, grummelte der Arzt, »nur sind sie manchmal zu krank, um es selbst zu merken. Schon die Luft da drin ist Gifthauch und Pestilenz. Ich beneide den jungen Mann aus Australien nicht.«

»Und wer«, fragte Payne plötzlich und ziemlich geistesabwesend, »könnte der junge Mann aus Australien sein?«

»Ah!« schnob der Arzt. »Hat Ihnen Ihr Freund nichts über ihn erzählt? Soviel ich weiß, kommt er heute an. Roman ganz im alten Stil des Melodrams: Der Erbe kehrt aus den Kolonien in sein zerfallenes Schloß zurück, und alles komplett einschließlich eines alten Familienvertrags, wonach er die Dame zu heiraten hat, die aus dem alten efeubewachsenen Turm Ausschau hält. Komischer alter Unfug, nicht wahr? Aber es geschieht tatsächlich von Zeit zu Zeit. Er hat sogar ein bißchen Geld, der einzige Lichtblick, den es in dieser Angelegenheit je gegeben hat.«

»Was hält denn Miss Darnaway in ihrem efeuumsponnenen Turm selbst von der ganzen Angelegenheit?« fragte Martin Wood trocken.

»Was sie inzwischen auch von allem übrigen hält«, erwiderte der Doktor. »In dieser alten verwucherten Höhle des Aberglaubens denkt man nicht, man träumt nur und läßt sich treiben. Ich glaube, daß sie den Familienvertrag und den Eheherrn aus den Kolonien als Teil des Verhängnisses der Darnaways hinnimmt, wissen Sie. Ich glaube wirklich, wenn er sich als buckliger Neger mit einem Auge und mörderischen Neigungen herausstellt, wird sie lediglich finden, daß das das Tüpfelchen auf dem i ist und ausgezeichnet in diese düstere Szenerie paßt.«

»Sie geben meinem Freund aus London da kein sehr heiteres Bild von meinen Freunden auf dem Lande«, sagte Wood lachend. »Ich hatte eigentlich die Absicht, ihn mit auf Besuch zu nehmen; denn kein Künstler sollte sich die Darnaway-Porträts entgehen lassen, wenn er die Gelegenheit hat. Aber vielleicht sollte ich das besser verschieben, wenn sie sich gerade inmitten der australischen Invasion befinden.«

»Aber um Himmels willen, gehen Sie und besuchen Sie sie«, sagte Dr. Barnet mit Wärme. »Alles, was ihr vergiftetes Leben aufhellt, macht mir meine Aufgabe leichter. Ich fürchte, daß es einer ganzen Menge Vettern aus den Kolonien bedarf, um die Dinge aufzuheitern; je mehr desto heiterer. Kommen Sie, ich werde Sie selbst mit hineinnehmen.«

Als sie sich dem Hause näherten, sahen sie es isoliert wie eine Insel durch einen Graben faulichten Wassers, den sie auf einer Brücke überquerten. Auf der anderen Seite erstreckte sich ein ziemlich weiter Steinboden oder Damm mit großen Rissen, aus denen hier und da Büschel Unkraut und Dornen emporsprossen. Diese Felsenplattform sah im grauen Zwielicht groß und kahl aus, und Payne hätte niemals geglaubt, daß eine solche Ecke der Welt so viel von der Seele einer Wildnis enthalten könnte. Diese Plattform ragte nur nach einer Seite vor wie eine riesige Türschwelle, und dahinter war die Tür; ein sehr niedriger Torbogen aus der Tudor-Zeit stand offen, war aber dunkel wie eine Höhle.

Als der lebhafte Doktor sie ohne Förmlichkeiten hineinführte, erhielt Payne einen weiteren niederschmetternden Eindruck. Er hätte erwarten können, daß er sich beim Aufstieg in einen sehr zerfallenen Turm auf einer sehr engen Wendeltreppe wiederfinde; doch waren in diesem Fall die ersten Schritte ins Haus tatsächlich Stufen abwärts. Sie stiegen mehrere kurze, zerbrochene Treppen hinab in große dämmrige Räume, die, abgesehen von den Reihen dunkler Bilder und staubiger Bücherregale, die traditionellen Kerker entlang dem Burggraben hätten sein können. Hier und da erhellte eine Kerze in einem alten Kerzenhalter einige staubige, zufällige Einzelheiten erstorbener Pracht; aber den Besucher beeindruckte oder bedrückte dieses künstliche Licht weniger als der einzige fahle Schimmer natürlichen Lichtes. Als er den langen Raum hinabschritt, erblickte er das einzige Fenster in jener Mauer – ein sonderbar niedriges ovales Fenster im Stil des späten 17. Jahrhunderts. Das Fremdartige daran aber war, daß es sich nicht unmittelbar zum Himmel hin öffnete, sondern nur zu einer Widerspiegelung des Himmels, einem fahlen Streifen Tageslicht, zurückgeworfen vom Spiegel des Wassergrabens im überhängenden Schatten des Ufers. Payne kam eine Erinnerung an die Dame von Shallot, die die Außenwelt nie anders als in einem Spiegel sah. Die Dame dieses Shallot aber sah die Welt gewissermaßen nicht nur in einem Spiegel, sondern auch noch auf dem Kopfe stehend.

»Das ist, als ob das Haus der Darnaways nicht nur buchstäblich, sondern auch bildlich falle«, sagte Wood mit leiser Stimme, »als ob es langsam in Sumpf oder Treibsand versinke, bis die See es wie ein grünes Dach bedeckt.«

Selbst der derbe Dr. Barnet zuckte ein wenig zusammen beim schweigenden Näherkommen einer Gestalt, die sie empfangen wollte. Tatsächlich war der Raum so still, daß die Erkenntnis, er sei nicht leer, sie alle erschreckte. Drei Menschen befanden sich in ihm, als sie ihn betraten: drei undeutliche Gestalten bewegungslos im undeutlichen Raum; alle drei in Schwarz gekleidet und dunklen Schatten ähnlich. Als die vorderste der Gestalten in das graue Licht des Fensters kam, zeigte sie ein Gesicht fast so grau wie ihr Haarkranz. Das war der alte Vine, der Verwalter, seit langem *in loco parentis*, seit dem Tode jenes exzentrischen Vaters, des letzten Lord Darnaway. Er wäre ein schöner alter Mann gewesen, hätte er nur keine Zähne gehabt. Aber er hatte einen, der ab und zu sichtbar wurde und ihm ein reichlich finsteres Aussehen gab. Er empfing den Doktor und dessen Freunde mit ausgesuchter Höflichkeit und geleitete sie dorthin, wo die beiden anderen Gestalten in Schwarz saßen. Die eine davon, schien Payne, gab dem Schloß einen weiteren passenden Hauch düsteren Alters durch die einfache Tatsache, daß es sich um einen katholischen Priester handelte, der aus einem der Priesterlöcher der finsteren alten

Tage hervorgekrochen sein mochte. Payne konnte sich vorstellen, wie er Gebete murmelte oder den Rosenkranz betete oder Glocken läutete oder andere undeutliche und melancholische Dinge an jenem melancholischen Ort trieb. Im Augenblick hätte man annehmen können, daß er der Dame religiöse Tröstungen zuteil werden ließ; doch konnte man kaum annehmen, daß die Tröstungen sehr tröstlich, oder auch nur besonders aufheiternd waren. Im übrigen erschien der Priester als Person reichlich unbedeutend mit seinem derben und eher ausdruckslosen Gesicht; mit der Dame aber war es eine ganz andere Sache. Ihr Gesicht war weit davon entfernt, derb oder unbedeutend zu sein; es hob sich aus der Dunkelheit von Kleidung und Haar und Hintergrund mit einer Blässe hervor, die fast furchterregend war, und mit einer Schönheit, die fast furchterregend lebendig war. Payne sah es so lange an, wie er nur wagte; und bevor er starb, sollte er *es* noch viel länger ansehen.

Wood tauschte mit seinen Bekannten nur jene freundlichen und höflichen Sätze, die für sein Ziel nötig waren, die Porträts erneut zu besuchen. Er bat um Entschuldigung dafür, daß er an einem Tag zu Besuch kam, der, wie er gehört habe, der Tag eines Familienempfangs sei; aber er war bald überzeugt, daß die Familie doch eher erleichtert war, Besucher zu haben, die sie ablenken oder den Schock mildern konnten. Deshalb zögerte er nicht, Payne durch den zentralen Empfangsraum in die dahinter liegende Bibliothek zu führen, wo das Porträt hing, denn eines gab es da, das zu zeigen er besonders erpicht war, nicht als Bild allein, sondern fast als Rätsel. Der kleine Priester schlurfte mit ihnen; er schien sowohl von alten Bildern etwas zu verstehen als auch von alten Gebeten.

»Ich bin eigentlich stolz darauf, es entdeckt zu haben«, sagte Wood. »Ich glaube, es ist ein Holbein. Und wenn nicht, so doch von jemandem, der in Holbeins Zeit lebte und ebenso groß war wie Holbein.«

Es war ein Porträt im harten, aber ehrlichen und lebendigen Stil jener Zeit, das einen Mann in schwarzer, mit Gold und Pelzen verzierter Kleidung darstellte, mit einem schweren und vollen, ziemlich bleichen Gesicht, aber wachsamen Augen.

»Welch ein Jammer, daß die Kunst nicht für immer in jener Übergangszeit stehenbleiben konnte«, rief Wood, »und nie mehr zu anderem überging. Sehen Sie nicht, wie es gerade realistisch genug ist, um real zu sein? Wie das Gesicht um so deutlicher spricht, weil es aus einem steiferen Rahmen weniger wichtiger Dinge hervortritt? Und die Augen sind noch wirklicher als das Gesicht. Bei meiner Seele, ich glaube, die Augen sind zu wirklich für das Gesicht! Es ist fast so, als ob diese schlauen schnellen Augäpfel aus einer großen blassen Maske hervorträten.«

»Mir scheint, daß auch die Gestalt etwas Steifes hat«, sagte Payne. »Als das Mittelalter endete, war man zumindest im Norden noch nicht ganz Herr der Anatomie. Das linke Bein da scheint mir ziemlich verzeichnet.«

»Ich bin da nicht so sicher«, erwiderte Wood ruhig. »Diese Burschen, die gerade malten, als der Realismus Auftrieb bekam und ehe er übertrieben wurde, waren oft realistischer als wir glauben. Sie gaben Dingen, die wir für lediglich konventionell halten, porträthafte Ähnlichkeit. Du kannst sagen, daß dieses Mannes Augenbrauen oder Augenhöhlen ein bißchen schief liegen; aber ich wette, du würdest, falls du ihn kenntest, feststellen, daß die eine seiner Augenbrauen tatsächlich höher hinaufreicht als die andere. Und ich würde mich nicht wundern, wenn er tatsächlich lahm oder so etwas gewesen wäre und das schwarze Bein wirklich krumm sein sollte.«

»Wie ein alter Teufel sieht er aus!« brach Payne plötzlich heraus. »Ich hoffe, Hochwürden wird mir das vergeben.«

»Ich glaube an den Teufel, danke«, sagte der Priester mit undurchdringlichem Gesicht. »Seltsamerweise gibt es eine Legende, daß der Teufel lahm war.«

»Aber«, protestierte Payne, »Sie wollen doch nicht wirklich behaupten, daß er der Teufel ist; aber wer beim Teufel war er?«

»Er war der Lord Darnaway unter Heinrich VII. und Heinrich VIII.«, erwiderte sein Gefährte. »Aber auch ihn umgeben eigenartige Legenden; auf deren eine weist jene Inschrift im Rahmen hin, und sie ist weiter in einigen Notizen ausgeführt, die jemand in einem Buch hinterließ, das ich hier gefunden habe. Beides liest sich reichlich eigenartig.«

Payne beugte sich vor und verdrehte den Hals so, daß er der archaischen Inschrift folgen konnte, die rings um den Rahmen lief. Wenn man die altertümliche Schreibweise und Rechtschreibung beiseite ließ, handelte es sich um eine Art Reim, der etwa so lautete:

»Im siebenten Erben bin ich erneut:
In der siebenten Stunde mach' ich mich fort:
Niemand halte dann meine Hand:
Und weh der, die dann mein Herz erfreut.«

»Klingt irgendwie gruselig«, sagte Payne, »aber das kommt vielleicht daher, daß ich kein Wort davon verstehe.«

»Es ist auch reichlich gruselig, wenn du es verstehst«, sagte Wood leise. »Der Eintrag, der zu einem späteren Zeitpunkt in das alte Buch gemacht wurde, das ich gefunden habe, berichtet, wie dieser reizende Knabe sich absichtlich selbst so getötet hat, daß seine Frau als Mörderin hingerichtet wurde. Eine andere Eintragung erinnert an eine spätere Tragödie, sieben Erbfolgen später – unter den Georges –, bei der sich ein anderer Darnaway umbringt, nachdem er zuvor vorsorglich Gift in den Wein seiner Frau gegeben hatte. Es wird behauptet, daß beide Selbstmorde um 7 Uhr abends stattfanden. Ich nehme an, die Schlußfolgerung daraus lautet, daß er wirklich in jedem 7. Erben wiederkehrt und, wie der Reim andeutet, dann die Dinge für jene Dame, die unklug genug war, ihn zu heiraten, höchst unerfreulich gestaltet.«

»Nach dieser Argumentation«, erwiderte Payne, »wird es für den nächsten 7. Gentleman ein bißchen unbequem werden.«

Woods Stimme wurde noch leiser, als er sagte:

»Der neue Erbe wird der 7. sein.«

Harry Payne wölbte plötzlich seine breite Brust und reckte seine Schultern wie ein Mann, der eine Last abwirft.

»Was schwatzen wir bloß für dämlichen Quatsch?« rief er. »Wir sind doch schließlich alle gebildete Männer in einem aufgeklärten Zeitalter. Bevor ich in diese verdammte dumpfige Atmosphäre gekommen bin, hätte ich niemals geglaubt, daß ich über so was redete, außer um darüber zu lachen.«

»Du hast recht«, sagte Wood. »Wenn du lange genug in diesem unterirdischen Schloß lebst, fängst du an, die Dinge anders zu empfinden. Ich selbst habe angefangen, sonderbar für dieses Bild zu empfinden, nachdem ich es so oft in der Hand gehalten und es aufgehängt habe. Manchmal erscheint es mir, als ob dieses gemalte Gesicht da lebendiger sei als die toten Gesichter der Menschen, die hier leben; daß es eine Art Talisman oder Magnet ist: daß es den Elementen befiehlt und das Schicksal von Menschen und Dingen vollstreckt. Ich nehme an, du würdest das reichlich phantasievoll nennen.«

»Was ist das für ein Geräusch?« rief Payne plötzlich.

Sie alle lauschten, aber da schien kein Geräusch zu sein außer dem dumpfen Dröhnen der fernen See; dann stieg in ihnen das Gefühl auf, als menge sich etwas anderes hinein; etwas wie eine Stimme, die durch das Brausen der Brandung rief, zunächst durch sie gedämpft, doch näher und näher kommend. Im darauffolgenden Augenblick waren sie sicher: Jemand rief draußen in der Dämmerung.

Payne wandte sich zu dem niedrigen Fenster hinter ihm und beugte sich, um hinauszublicken. Es war das Fenster, von dem aus nichts zu sehen war als der Wassergraben mit seinen Spiegelungen von Ufer und

Himmel. Doch war dieses umgekehrte Spiegelbild nicht das gleiche, das er zuvor gesehen hatte. Aus dem überhängenden Schatten des Ufers im Wasser hingen zwei dunkle Schatten herab, die Füße und Beine einer Gestalt widerspiegelten, welche oben auf dem Ufer stand. Durch jene begrenzte Öffnung konnten sie nichts anderes sehen als die beiden Beine, schwarz vor der Spiegelung eines bleichen und fahlen Sonnenuntergangs. Aber irgendwie gab gerade die Tatsache, daß der Kopf unsichtbar war, als stecke er in den Wolken, dem nachfolgenden Ton etwas Schreckliches; der Stimme eines Mannes, welcher laut etwas rief, das sie nicht genau hören oder verstehen konnten. Payne besonders starrte mit verändertem Gesicht aus dem kleinen Fenster, und er sagte mit veränderter Stimme:

»Wie sonderbar er dasteht!«

»Nein, nein«, sagte Wood in einer Art beruhigenden Flüsterns. »Dinge sehen in der Widerspiegelung oft so aus. Es ist das Wabern des Wassers, was dich das denken läßt.«

»Was denken läßt?« fragte der Priester kurz.

»Daß sein linkes Bein krumm sei«, sagte Wood.

Payne hatte das ovale Fenster wie eine Art mystischen Spiegels gesehen; und ihm schien es, als wären darin noch andere unergründliche Bildnisse des Verhängnisses. Neben der Gestalt gab es noch etwas anderes, das er nicht verstand; drei dünnere Beine zeigten sich wie dunkle Linien gegen das Licht, als stünde dreibeinig eine ungeheure Spinne oder ein Vogel neben dem Fremden. Dann kam ihm der weniger verrückte Gedanke an ein Dreibein wie das der heidnischen Orakel; und im nächsten Augenblick war das Ding verschwunden, und die Beine der menschlichen Gestalt bewegten sich aus dem Bild.

Er wandte sich um und sah in das fahle Gesicht des alten Vine, des Hausverwalters, dem der Mund offen stand, bereit zu sprechen, der einzige Zahn sichtbar.

»Er ist gekommen«, sagte er. »Das Schiff aus Australien ist heute früh angekommen.«

Und noch während sie aus der Bibliothek in den zentralen Salon gingen, hörten sie die Schritte des Neuankömmlings, wie er die Eingangsstufen herabklapperte und eine Reihe leichter Gepäckstücke hinter sich herzog. Als Payne eines davon erblickte, lachte er erleichtert auf. Sein Dreibein war nichts anderes als das Stativ einer tragbaren Kamera, leicht ein- und auszupacken; und der Mann, der es trug, schien ebenso handfeste und normale Eigenschaften anzunehmen. Er trug dunkle Kleidung, aber von salopper und feriengemäßer Art; sein Hemd war aus grauem Flanell, und seine Stiefel hallten selbstbewußt genug in jenen stillen Räumen wider. Als er vortrat, um seine neue Umgebung zu begrüßen, hing seinem Schritt kaum mehr als der Hauch eines Hinkens an. Aber Payne und seine Gefährten sahen ihm ins Gesicht, und konnten den Blick kaum davon abwenden.

Er bemerkte offenbar etwas Sonderbares und Ungemütliches in seinem Empfang; aber sie hätten beschwören können, daß er selbst die Ursache davon nicht kannte. Die Dame, die in einem gewissen Sinne bereits als ihm anverlobt galt, war wahrlich schön genug, um seine Aufmerksamkeit zu fesseln; aber zugleich erschreckte sie ihn offensichtlich auch. Der alte Hausverwalter brachte ihm eine Art feudaler Huldigung dar, behandelte ihn aber zugleich so, als sei er das Familiengespenst. Der Priester schließlich blickte ihn mit einem Gesicht an, das vollkommen undeutbar und daher vielleicht um so entnervender war. Eine neue Art Ironie, der griechischen Ironie ähnlicher, zog in Paynes Geist ein. Er hatte sich den Fremden als einen Teufel gedacht, und nun erschien es fast schlimmer, daß er ein unbewußtes Schicksal war. Er schien auf das Verbrechen zuzumarschieren mit der ungeheuerlichen Unschuld eine Ödipus. Er hatte sich dem Haus seiner Väter mit so blinder Heiterkeit genaht, daß er seine Kamera aufgebaut hatte, um den ersten Anblick zu photographieren; aber selbst die Kamera hatte das Aussehen des Dreifußes einer tragischen Pythia angenommen.

Payne war, als er wenig später Abschied nahm, überrascht über etwas, das zeigte, daß sich der Australier seiner Umwelt bereits nicht mehr so unbewußt war. Er sagte nämlich mit leiser Stimme:

»Gehen Sie nicht ... oder kommen Sie bald zurück. Sie sehen wie ein menschliches Wesen aus. Dieses Haus macht mich verrückt.«

Als Payne aus diesen fast unterirdischen Hallen auftauchte in die Nachtluft und den Duft des Meeres, fühlte er sich, als komme er aus jener Unterwelt der Träume, in der Ereignisse sich gleichzeitig auf unruhige und unwirkliche Art überstürzen. Die Ankunft des fremden Verwandten war irgendwie unbefriedigend und sozusagen unüberzeugend erfolgt. Die Verdoppelung des Gesichtes aus dem alten Porträt in dem neu Angekommenen beunruhigte ihn wie ein zweiköpfiges Monstrum. Und doch war es nicht unbedingt ein Alptraum; und möglicherweise war es nicht das Gesicht, das er am deutlichsten vor sich sah.

»Sagten Sie«, fragte er den Arzt, als sie gemeinsam über die gestreiften dunklen Sande an der dunkelnden See dahinschritten, »sagten Sie, daß der junge Mann Miss Darnaway durch einen Familienvertrag oder so was verlobt sei? Klingt ja fast wie ein Roman.«

»Aber wie ein historischer«, antwortete Dr. Barnet. »Die Darnaways versanken alle vor einigen Jahrhunderten in Schlaf, als jene Dinge wirklich getan wurden, von denen wir nur noch in Romanen lesen. Ja, ich glaube, daß es da so eine Familientradition gibt, wonach Vettern und Cousinen zweiten oder dritten Grades immer dann heiraten, wenn sie in einem bestimmten Alter zueinander stehen, um das Vermögen zusammenzuhalten. Verdammt dumme Tradition, würde ich sagen; und wenn sie auf diese Weise oft untereinander geheiratet haben, dann könnte das auf Grund der Vererbungsgesetze Ursache dafür sein, daß sie so degeneriert sind.«

»Ich würde nicht behaupten«, antwortete Payne etwas steif, »daß sie alle degeneriert sind.«

»Nun ja«, erwiderte der Doktor, »der junge Mann sieht natürlich nicht degeneriert aus, auch wenn er mit Sicherheit hinkt.«

»Der junge Mann!« schrie Payne, der plötzlich und unvernünftig Ärger empfand. »Nun, wenn Sie glauben, daß die junge Dame degeneriert aussieht, dann glaube ich, haben Sie einen degenerierten Geschmack.«

Das Gesicht des Arztes wurde dunkel und bitter. »Ich glaube, davon weiß ich mehr als Sie«, schnappte er.

Sie beendeten ihren Marsch schweigend, wobei jeder das Gefühl hatte, unvernünftig grob gewesen zu sein, und ebenso unter unvernünftiger Grobheit gelitten zu haben; und Payne mußte allein über der Angelegenheit brüten, denn sein Freund Wood war zurückgeblieben, um sich um seine Angelegenheiten im Zusammenhang mit den Bildern zu kümmern.

Payne nahm die Einladung des Vetters aus den Kolonien, der jemanden brauchte, um ihn aufzuheitern, höchst ausführlich wahr. Während der nächsten Wochen sah er ein Gutteil vom dunklen Inneren des Hauses der Darnaways; obwohl gesagt werden mag, daß er sich nicht ausschließlich darauf beschränkte, den kolonialen Vetter aufzuheitern. Die Melancholie der Dame war bereits älteren Ursprungs und bedurfte vielleicht größerer Aufhellung; wie auch immer, er zeigte eifrige Bereitschaft, sie aufzuhellen. Er war jedoch nicht ohne Gewissen, und die Situation machte ihn nachdenklich und war ihm unbehaglich. Die Wochen vergingen, und niemand konnte aus dem Verhalten des neuen Darnaway erkennen, ob er sich dem alten Familienvertrag entsprechend als verlobt betrachtete oder nicht. Er durchwandelte träumend die dunklen Galerien und starrte leeren Blickes auf die dunklen und düsteren Bildnisse. Die Schatten dieses Gefangenenhauses begannen offenkundig, sich um ihn zu schließen, und von seiner australischen Selbstsicherheit war wenig übriggeblieben. Payne aber konnte zu jener Frage, die ihn am meisten beschäftigte, nichts herausfinden. Einmal versuchte er, sich seinem Freund Martin Wood anzuvertrauen, als der in seiner Eigenschaft als Bilderaufhänger herumwirtschaftete; aber selbst der verschaffte ihm kaum Aufschluß.

»Mir scheint, du kannst dich da nicht einmischen«, sagte er kurz, »wegen der Verlobung.«

»Natürlich werde ich mich nicht einmischen, wenn es da eine Verlobung gibt«, gab sein Freund zurück; »aber gibt es eine? Ich habe zu ihr natürlich kein Wort gesagt; aber ich habe von ihr genug gesehen, um ziemlich sicher zu sein, daß sie nicht glaubt, es gäbe eine, selbst wenn sie glaubt, es könnte eine geben. Und er sagt nicht, daß es eine gibt, und deutet nicht einmal an, daß es eine geben sollte. Dieses Hin- und Hergeschwanke scheint mir allen gegenüber reichlich unfair.«

»Vor allem dir gegenüber, nehme ich an«, sagte Wood einigermaßen barsch. »Wenn du aber mich fragst, dann sage ich dir, was ich mir denke – ich glaube, er hat Angst.«

»Angst, einen Korb zu bekommen?« fragte Payne.

»Nein; Angst, angenommen zu werden«, antwortete der andere. »Beiß mir den Kopf nicht ab – ich meine nicht, Angst vor der Dame. Ich meine, Angst vor dem Bild.«

»Angst vor dem Bild!« wiederholte Payne.

»Ich meine, Angst vor dem Fluch«, sagte Wood. »Erinnerst du dich nicht an den Reim, wonach das Verhängnis der Darnaways über ihn und sie kommt?«

»Ja gut, aber hör mal«, rief Payne, »selbst das Verhängnis der Darnaways kann nicht beides zugleich haben. Erst sagst du mir, daß ich meinen Willen wegen des Vertrages nicht durchsetzen kann, und dann, daß der Vertrag sich wegen des Fluches nicht durchsetzen kann. Wenn aber der Fluch den Vertrag zerstört, warum sollte sie dann an den Vertrag gebunden sein? Wenn sie Angst davor haben, einander zu heiraten, sind sie frei, sonst jemanden zu heiraten, und Schluß damit. Warum sollte ich darunter leiden, etwas zu beachten, das sie zu beachten nicht die Absicht haben? Mir erscheint deine Haltung reichlich unvernünftig.«

»Natürlich ist das alles ein wüstes Durcheinander«, sagte Wood reichlich ärgerlich, und fuhr fort, den Rahmen eines Gemäldes abzuklopfen.

Plötzlich brach eines Morgens der neue Erbe sein langes und verwirrendes Schweigen. Er tat das auf eine eigentümliche Weise, ein bißchen ungehobelt, wie das seine Art war, offensichtlich besorgt, das Richtige zu tun. Er bat offen um Rat, nicht diese oder jene Person, wie Payne getan hatte, sondern alle zusammen als Gruppe. Als er zu sprechen begann, stellte er sich der ganzen Gesellschaft wie ein Politiker entgegen, der auf

Wahlkampfreise ist. Er nannte das einen Showdown. Glücklicherweise war die Dame nicht in diese weiträumige Geste einbezogen; und Payne schüttelte es, wenn er an ihre Gefühle dachte. Aber der Australier war durch und durch redlich; da er es für natürlich hielt, um Hilfe und Information zu bitten, berief er eine Art Familienrat ein, vor dem er seine Karten auf den Tisch legte. Oder besser gesagt: Er schmiß seine Karten auf den Tisch, denn er tat es mit einem ziemlich verzweifelten Ausdruck wie einer, den durch Tage und Nächte der zunehmende Druck eines Problems gequält hat. In dieser kurzen Zeit hatten die Schatten jenes Hauses der niedrigen Fenster und der absackenden Fußböden ihn sonderbar verändert und eine bestimmte Ähnlichkeit gesteigert, die ihnen durch all die Erinnerungen kroch.

Die fünf Männer einschließlich des Doktors saßen um einen Tisch herum; und Payne überlegte sich müßig, daß sein heller Tweedanzug und seine roten Haare die einzigen Farben im Raum sein dürften, denn der Priester und der Hausverwalter trugen Schwarz, und Wood und Darnaway trugen gewöhnlich dunkelgraue Anzüge, die fast wie schwarz aussahen. Vielleicht hatte der junge Mann diesen Unterschied gemeint, als er ihn ein menschliches Wesen nannte. In diesem Augenblick wandte sich der junge Mann selbst in seinem Sessel um und begann zu sprechen. Einen Augenblick später wußte der verblüffte Künstler, daß er über die fürchterlichste Sache auf Erden sprach.

»Ist da irgendwas dran?« sagte er. »Das habe ich mich immer wieder fast bis zum Wahnsinn gefragt. Ich hätte niemals geglaubt, daß ich eines Tages über solche Dinge nachdenken würde; aber dann denke ich an das Porträt und an den Reim und an die Übereinstimmungen, oder wie immer Sie das nennen wollen, und dann wird mir eiskalt. Ist da irgendwas dran? Gibt es ein Verhängnis der Darnaways oder nur einen verdammt eigenartigen Unglücksfall? Habe ich ein Recht zu heiraten, oder bringe ich dadurch etwas Großes und Schwarzes, von dem ich nichts weiß, aus dem Himmel herab auf mich und noch jemanden?«

Sein rollendes Auge schweifte über den Tisch und blieb an dem derben Gesicht des Priesters hängen, zu dem er nun zu sprechen schien. Paynes versunkener praktischer Verstand tauchte wieder auf und protestierte dagegen, daß das Problem des Aberglaubens ausgerechnet vor dieses höchst abergläubische Tribunal gebracht werde. Er saß neben Darnaway und mischte sich ein, ehe der Priester antworten konnte.

»Nun ja, die Übereinstimmungen sind schon merkwürdig, will ich zugeben«, sagte er und bemühte sich um eine Note der Heiterkeit, »aber sicherlich werden wir —« und dann hielt er wie vom Blitz getroffen inne. Denn Darnaway hatte bei der Unterbrechung seinen Kopf scharf über die Schulter gedreht, und während dieser Bewegung schob sich die linke Augenbraue weit höher empor als die andere, und für einen Augenblick starrte ihn das Porträt mit einer gespenstischen Übertreibung der Genauigkeit an. Die anderen sahen es auch; und alle sahen aus, als habe sie ein grelles Licht geblendet. Der alte Verwalter stöhnte dumpf auf.

»Das hat keinen Zweck«, sagte er heiser, »wir haben es mit etwas zu Furchtbarem zu tun.«

»Ja«, stimmte der Priester mit leiser Stimme zu, »wir haben es mit etwas Furchtbarem zu tun; dem Furchtbarsten, das ich kenne, und sein Name ist Unsinn.«

»Was haben Sie gesagt?« sagte Darnaway und sah ihn immer noch an.

»Ich sagte Unsinn«, wiederholte der Priester. »Bisher habe ich nichts dazu gesagt, denn es war nicht meine Angelegenheit; ich hatte in der Nachbarschaft nur vorübergehende Pflichten und Miss Darnaway wollte mich sehen. Aber da Sie mich jetzt persönlich und unmittelbar fragen, ist es leicht zu antworten. Natürlich gibt es kein Verhängnis der Darnaways, das Sie hindern könnte, irgend jemanden zu heiraten, den zu heiraten Sie einen anständigen Grund haben. Kein Mensch ist dazu bestimmt, auch nur die kleinste läßliche Sünde zu begehen, geschweige denn Verbrechen wie Selbstmord und Mord. Sie können nicht dazu gezwungen werden, gegen Ihren Willen böse Dinge zu tun, nur weil Ihr Name Darnaway ist, ebensowenig wie ich, weil mein Name Brown ist. Das Verhängnis der Browns«, fügte er geschmäcklerisch hinzu, »der Fluch der Browns würde sogar noch besser klingen.«

»Und ausgerechnet Sie«, wiederholte der Australier starren Blicks, »raten mir, so darüber zu denken?«

»Ich rate Ihnen, an anderes zu denken«, erwiderte der Priester heiter. »Was ist denn aus der aufsteigenden Kunst des Photographierens geworden? Wie klappt es mit der Kamera? Ich weiß, daß es unten reichlich düster ist, aber die leeren Bögen oben im ersten Stock könnte man leicht in ein erstklassiges Photoatelier verwandeln. Ein paar Arbeiter könnten es im Handumdrehen mit einem Glasdach versehen.«

»Also wirklich«, protestierte Martin Wood, »ich glaube, Sie sollten der letzte Mann auf Erden sein, mit diesen wundervollen gotischen Bögen herumzumachen, die mit zum Besten gehören, was Ihre eigene Religion auf Erden je hervorgebracht hat. Ich hätte mir gedacht, daß Sie ein Gespür für diese Art Kunst haben; aber ich kann nicht verstehen, warum Sie so ungewöhnlich scharf aufs Photographieren sind.«

»Ich bin ungewöhnlich scharf aufs Tageslicht«, antwortete Father Brown, »besonders in dieser dumpfigen Angelegenheit; und die Photographie besitzt die Tugend, aufs Tageslicht angewiesen zu sein. Und wenn Sie nicht wissen, daß ich alle gotischen Spitzbögen auf Erden zu Staub zermahlen würde, um die Gesundheit einer einzigen menschlichen Seele zu retten, dann wissen Sie über meine Religion nicht so viel, wie Sie zu wissen glauben.«

Der junge Australier war wie ein verjüngter Mann auf die Füße gesprungen. »Beim Himmel! Das nenne ich reden«, rief er; »obwohl ich niemals gedacht hätte, das ausgerechnet von dieser Seite zu hören. Ich sage Ihnen, Hochwürden, ich werde etwas tun, um zu zeigen, daß ich meinen Mut noch nicht verloren habe.«

Der alte Hausverwalter sah ihn mit bebender Wachsamkeit an, als spüre er im Trotz des jungen Mannes den Todgeweihten. »Oh«, rief er, »und was wollen Sie jetzt tun?«

»Ich werde das Porträt photographieren«, erwiderte Darnaway.

Und doch schien kaum eine Woche später der Sturm der Katastrophe aus dem Himmel zu brausen und jene Sonne der Vernunft zu verdunkeln, die der Priester vergeblich beschworen hatte, und das Haus der Darnaways erneut in die Düsternis ihres Verhängnisses zu stürzen. Es war leicht genug gewesen, das neue Studio einzurichten; und von innen betrachtet, sah es aus wie jedes andere Studio dieser Art, leer bis auf die Fülle des weißen Lichtes. Wer aus den düsteren Räumen unten kam, hatte mehr als üblich das Gefühl, in eine mehr als moderne Helligkeit zu treten, so leer wie die Zukunft. Auf Anregung von Wood, der das Schloß gut kannte und seinen ersten ästhetischen Widerwillen überwunden hatte, war ein kleiner Raum, der in der oberen Ruine intakt geblieben war, leicht in eine Dunkelkammer umgewandelt worden, in die Darnaway aus dem weißen Tageslicht ging, um dort beim karmesinen Schein einer roten Lampe herumzuwirtschaften. Wood sagte lachend, daß ihn die rote Lampe mit dem Vandalismus versöhnt habe, denn die blutrote Dunkelheit sei so romantisch wie die Höhle eines Alchimisten.

Darnaway war an jenem Tag, da er das rätselhafte Porträt photographieren wollte, bei Tagesanbruch aufgestanden und hatte es aus der Bibliothek über die einzige Wendeltreppe hinauftragen lassen, welche die beiden Stockwerke miteinander verband. Dort hatte er es im vollen weißen Tageslicht auf eine Art Staffelei gestellt und seinen photographischen Dreifuß davor aufgebaut. Er sagte, er sei begierig, eine Reproduktion an einen berühmten Antiquar zu schicken, der bereits über die Antiquitäten des Hauses geschrieben hatte; aber die anderen wußten, daß diese Ausrede sehr viel Tieferes überdeckte. Es war, wenn schon nicht ein geistiger Zweikampf zwischen Darnaway und dem dämonischen Bild, so doch zumindest ein Zweikampf zwischen Darnaway und seinen eigenen Zweifeln. Er wollte das Tageslicht der Photographie von Angesicht zu Angesicht dem dunklen Meisterwerk der Malerei gegenüberstellen und sehen, ob nicht das Sonnenlicht der neuen Kunst die Schatten der alten vertreiben könne.

Vielleicht wollte er deshalb alles allein machen, auch wenn einige Einzelheiten länger zu dauern und mehr als die üblichen Verzögerungen mit sich zu bringen schienen. Auf jeden Fall entmutigte er die wenigen, die sein Studio am Tag dieses Experiments aufsuchten und ihn beim Fokussieren und Herumhantieren in einer sehr einsamen und unzugänglichen Stimmung vorfanden. Der Verwalter hatte ihm eine Mahlzeit hingestellt, da er sich weigerte, herunterzukommen; der alte Herr kam auch einige Stunden später zurück und stellte fest, daß über das Essen mehr oder minder normal verfügt worden war; aber als er es brachte, erfuhr er nicht mehr Dank als ein Grunzen. Payne stieg einmal hinauf, um zu sehen, wie er vorankomme, aber da er den Photographen jeder Unterhaltung abgeneigt vorfand, kam er wieder herunter. Father Brown war den gleichen Weg in unauffälliger Weise gewandert, um Darnaway einen Brief jenes Experten zu bringen, dem die Photographie geschickt werden sollte. Doch ließ er den Brief auf einem Tablett liegen, behielt all seine Gedanken über jenes große Glashaus voller Licht und Ergebenheit in ein Stekkenpferd, eine Welt, die er gewissermaßen selber geschaffen hatte, für sich und kam wieder herab. Er sollte Grund haben, sich sehr bald daran zu erinnern, daß er der letzte war, der jene einsame Treppe zwischen den Stockwerken herabgekommen war und einen einsamen Mann und einen leeren Raum hinter sich gelassen hatte. Die anderen standen in dem Salon, der zur Bibliothek führte, genau unter der großen schwarzen Ebenholzuhr, die aussah wie ein riesiger Sarg.

»Wie kam Darnaway voran«, fragte Payne ein wenig später, »als Sie zuletzt oben waren?«

Der Priester fuhr mit der Hand über seine Stirn. »Sagen Sie mir bloß nicht, daß ich anfange zu spinnen«, sagte er mit einem traurigen Lächeln. »Ich glaube, daß mich das grelle Tageslicht da oben geblendet hat und daß ich die Dinge nicht genau erkennen konnte. Aber um ehrlich zu sein: Für einen Augenblick hatte ich den Eindruck, als sei an Darnaways Gestalt, wie er da vor dem Porträt stand, etwas nicht geheuer.«

»Oh, das ist nur das lahme Bein«, sagte Barnet prompt. »Darüber wissen wir doch alles.«

»Wissen Sie«, sagte Payne plötzlich und senkte seine Stimme, »ich glaube nicht, daß wir alles darüber wissen, oder überhaupt etwas. Was ist mit seinem Bein los? Was war mit dem Bein seines Ahnen los?«

»Darüber steht was in dem Buch, das ich dort drinnen gelesen habe, im Familienarchiv«, sagte Wood, »ich werde es Ihnen holen.« Und er ging in die gerade dahinter liegende Bibliothek.

»Ich glaube«, sagte Father Brown ruhig, »daß Mr. Payne einen besonderen Grund hat, gerade das zu fragen.«

»Ich kann es ja ein für alle Mal ausspucken«, sagte Payne, aber mit noch leiserer Stimme. »Schließlich gibt es ja eine vernünftige Erklärung. Jeder Hergelaufene könnte sich so hergerichtet haben, daß er aussieht wie das Porträt. Was wissen wir über Darnaway? Er benimmt sich ziemlich merkwürdig –«

Die anderen starrten ihn reichlich aufgeschreckt an; nur der Priester schien es ruhig aufzunehmen.

»Ich glaube nicht, daß das alte Porträt jemals photographiert worden ist«, sagte er. »Deshalb will er das machen. Darin ist, glaube ich, nichts Merkwürdiges.«

»Wirklich das Natürlichste von der Welt«, sagte Wood lächelnd; er war gerade mit dem Buch in der Hand zurückgekommen. Doch während er noch redete, rührte sich etwas im Uhrwerk der großen dunklen Uhr hinter ihm, und nacheinander hallten die Schläge durch den Raum, bis sie die Zahl 7 erreicht hatten. Mit dem letzten Schlag erscholl ein großes Krachen in der oberen Etage, das das Haus wie ein Donnerschlag erschütterte; und Father Brown hatte bereits die ersten beiden Stufen der Wendeltreppe hinter sich, ehe noch das Geräusch erstorben war.

»Mein Gott!« rief Payne unwillkürlich; »er ist allein da oben.«

»Ja«, sagte Father Brown ohne sich umzuwenden, als er im Treppenaufgang verschwand. »Wir werden ihn allein vorfinden.«

Als sich die übrigen von ihrer ersten Lähmung erholt hatten und in wildem Durcheinander die Steinstufen hinaufrannten und ihren Weg ins neue Studio fanden, da stimmte es in dem Sinne, daß sie ihn allein vorfanden. Sie fanden ihn in den Trümmern seiner großen Kamera, deren lange zersplitterte Beine grotesk in drei verschiedene Richtungen ragten; und Darnaway war auf sie gestürzt, und das eine schwarze krumme Bein lag im vierten Winkel auf dem Fußboden. Für einen Augenblick sah der dunkle Haufen aus, als sei er mit einer riesigen scheußlichen Spinne verschlungen. Doch brauchte es nur wenig mehr als einen Blick und eine Berührung, um zu erkennen, daß er tot war. Nur das Porträt stand unberührt auf der Staffel, und man konnte sich einbilden, daß die lächelnden Augen leuchteten.

Eine Stunde später traf Father Brown bei seinem Bemühen, die Verwirrung des geschlagenen Hauses zu lindern, den alten Hausverwalter, der so mechanisch murmelte, wie die Uhr die schreckliche Stunde gezählt und geschlagen hatte. Und fast ohne hinzuhören wußte er, wie die gemurmelten Worte lauten mußten:

> »Im siebenten Erben bin ich erneut,
> In der siebenten Stunde mach' ich mich fort.«

Als er etwas Tröstliches sagen wollte, schien der alte Mann plötzlich aufzuwachen und vor Zorn zu erstarren; sein Murmeln wandelte sich in einen wilden Schrei.

»Sie!« schrie er, »Sie und Ihr Tageslicht! Selbst Sie werden jetzt nicht mehr sagen, es gebe kein Verhängnis der Darnaways.«

»Meine Ansicht darüber ist unverändert«, sagte Father Brown sanft.

Und nach einer Pause fügte er hinzu: »Ich hoffe, Sie werden den letzten Wunsch des armen Darnaway erfüllen und dafür sorgen, daß die Photographie abgeschickt wird.«

»Die Photographie!« rief der Doktor scharf. »Zu was soll das gut sein? Und außerdem, es ist merkwürdig, aber es gibt keine Photographie. Es scheint, als habe er gar keine gemacht, trotz seines Herumwirtschaftens während des ganzen Tages.«

Father Brown drehte sich jäh um. »Dann machen Sie sie«, sagte er. »Der arme Darnaway hatte völlig recht. Es ist von größter Wichtigkeit, daß die Aufnahme gemacht wird.«

Als all die Besucher, der Arzt und der Priester und die beiden Künstler, in schwarzer und trübseliger Prozession über die braungelben Sande davonzogen, waren sie zunächst mehr oder minder schweigsam, so als ob sie betäubt wären. Und in der Tat hatte die Erfüllung jenes vergessenen Aberglaubens in eben dem Augenblick, als sie ihn am meisten vergessen hatten, etwas von einem Donnerschlag aus heiterem Himmel an sich, als Arzt und Priester ihre Köpfe ebenso mit Rationalismus angefüllt hatten wie der Photograph seine Räume mit Tageslicht. Sie mochten so rationalistisch sein, wie sie wollten; aber in hellem Tageslicht war der siebente Erbe wiedergekehrt, und im hellen Tageslicht war er in der siebenten Stunde zu Grunde gegangen.

»Ich fürchte, daß nun alle für ewige Zeiten an den Darnaway-Aberglauben glauben werden«, sagte Martin Wood.

»Ich kenne einen, der das nicht tut«, sagte der Doktor scharf. »Warum sollte ich dem Aberglauben frönen, bloß weil ein anderer dem Selbstmord frönt?«

Sie glauben, daß der arme Mr. Darnaway Selbstmord begangen hat?« fragte der Priester.

»Ich bin sicher, daß er Selbstmord begangen hat«, erwiderte der Doktor.

»Möglich ist es«, stimmte der andere zu.

»Er war ganz allein da oben, und in seiner Dunkelkammer hatte er eine ganze Apotheke von Giften. Außerdem ist es genau das, was Darnaways zu tun pflegen.«

»Sie glauben also nicht, daß es irgendwas mit der Erfüllung des Familienfluchs zu tun hat?«

»Doch«, sagte der Arzt, »ich glaube an einen Familienfluch, und das ist die Familienkonstitution. Ich habe Ihnen gesagt, es sei erblich und daß sie alle halb verrückt sind. Wenn man dermaßen stagniert und Inzucht betreibt und im eigenen Sumpf brütet, muß man degenerieren, ob man will oder nicht. Die Vererbungsgesetze kann man nicht umgehen; die Wahrheit der Wissenschaft kann man nicht leugnen. Der Verstand der Darnaways zerfällt in Stücke, so wie ihr verrottetes Gebälk und Gemäuer in Stücke zerfällt, zerfressen von der See und der Salzluft. Selbstmord – natürlich hat er Selbstmord begangen; und ich wage zu behaupten, auch alle übrigen werden Selbstmord begehen. Vielleicht das Beste, was sie tun können.«

Während der Mann der Wissenschaft sprach, sprang Payne plötzlich und mit aufschreckender Deutlichkeit das Gesicht der Tochter des Hauses Darnaway in die Erinnerung, eine tragische Maske, blaß vor unergründbarer Schwärze, aber selbst von blendender und sterbliches Maß überstrahlender Schönheit. Er öffnete den Mund, um zu sprechen, und fand sich sprachlos.

»Aha«, sagte Father Brown zum Doktor, »dann glauben Sie also doch an den Aberglauben?«

»Was meinen Sie – glauben an den Aberglauben? Ich glaube an den Selbstmord als Folge wissenschaftlicher Notwendigkeit.«

»Nun ja«, erwiderte der Priester, »ich kann aber nicht den Deut eines Unterschiedes zwischen Ihrem wissenschaftlichen Aberglauben und jenem anderen magischen Aberglauben erkennen. Beide verwandeln mir am Ende Menschen in Gelähmte, die ihre eigenen Beine und Arme nicht mehr bewegen und ihre eigenen Leben und Seelen nicht mehr retten können. Im Vers heißt es, es sei das Verhängnis der Darnaways, getötet zu werden, und im wissenschaftlichen Lehrbuch heißt es, es sei der Fluch der Darnaways, sich selbst zu töten. In beiden Fällen erscheinen sie mir als Sklaven.«

»Aber ich dachte, Sie hätten gesagt, daß Sie an eine vernünftige Sicht auf diese Dinge glaubten«, sagte Dr. Barnet. »Glauben Sie denn nicht an die Vererbung?«

»Ich sagte, ich glaube ans Tageslicht«, erwiderte der Priester mit lauter und klarer Stimme, »und ich denke nicht daran, zwischen zwei Gängen untergründigen Aberglaubens zu wählen, die beide im Dunkel enden. Und der Beweis dafür ist: daß Sie sich alle vollständig im dunkeln darüber befinden, was sich wirklich in jenem Haus abgespielt hat.«

»Meinen Sie den Selbstmord?« fragte Payne.

»Ich meine den Mord«, sagte Father Brown, und seine Stimme, obwohl nur leicht angehoben, schien irgendwie über das ganze Uferland zu hallen. »Es war Mord; Mord aber kommt aus dem Willen, den Gott frei geschaffen hat.«

Was die anderen in diesem Augenblick darauf antworteten, sollte Payne nie erfahren. Denn das Wort hatte eine eigentümliche Wirkung auf ihn; es jagte ihn hoch wie ein Trompetenstoß und ließ ihn doch innehalten. Er blieb inmitten der sandigen Einöde stehen und ließ die anderen weitergehen; er spürte das Blut durch seine Adern kribbeln und jene Empfindung, die man Haare-zu-Berge-Stehen nennt; und doch verspürte er ein neues und unnatürliches Glücksgefühl. Ein psychologischer Vorgang, der zu schnell und zu kompliziert war, als daß er ihm hätte folgen können, war bereits zu einer Schlußfolgerung gelangt, die er nicht zu analysieren vermochte; doch war diese Schlußfolgerung erleichternd. Nachdem er für einen Augenblick stehengeblieben war, kehrte er um und ging langsam über die Sande zurück zum Haus der Darnaways.

Er überquerte den Wassergraben mit einem Tritt, der die Brücke erschütterte, und stieg die Treppen hinab und durchquerte die langen Räume mit hallenden Schritten, bis er die Stelle erreichte, wo Adelaide Darnaway saß, vom niedrigen Licht des ovalen Fensters mit einem Heiligenschein umgeben, fast wie eine vergessene Heilige, die man im Lande des Todes zurückgelassen hat. Sie blickte auf, und ein Ausdruck der Verwunderung machte ihr Antlitz nur noch wunderbarer.

»Was ist?« sagte sie. »Warum sind Sie zurückgekommen?«

»Ich bin wegen Dornröschen gekommen«, sagte er in einem Ton, der den Widerhall eines Lachens hatte. »Dieses alte Haus sank vor langer Zeit in Schlaf, wie der Doktor gesagt hat; aber es wäre töricht, wenn Sie vorgäben, alt zu sein. Kommen Sie hinauf ins Tageslicht, und vernehmen

Sie die Wahrheit. Ich bringe Ihnen ein Wort; es ist ein schreckliches Wort, aber es sprengt den Bann Ihrer Gefangenschaft.«

Sie verstand kein Wort von dem, was er sagte, aber etwas machte sie aufstehen und sich von ihm die lange Halle hinabgeleiten lassen und die Treppen hinauf und hinaus unter den Abendhimmel. Die Ruinen eines toten Gartens erstreckten sich seewärts, ein alter Springbrunnen mit der Gestalt eines grünspanbedeckten Tritons stand da, der aus einem ausgetrockneten Horn nichts in ein leeres Becken goß. Er hatte diesen trostlosen Umriß oftmals vor dem Abendhimmel gesehen, wenn er vorüberkam, und er war ihm in mehr als einer Hinsicht wie das Sinnbild versunkenen Glücks erschienen. Nicht lange mehr, und zweifellos würden sich diese leeren Brunnen wieder füllen, aber mit den fahlen grünen bitteren Wässern der See, und die Blumen würden ertrinken und ersticken im Seetang. So, hatte er sich gesagt, würde auch die Tochter der Darnaways verheiratet werden; verheiratet werden aber dem Tod und einem Verhängnis, so gehörlos und gefühllos wie die See. Nun aber legte er seine Hand auf den bronzenen Triton wie die Hand eines Riesen und schüttelte ihn, als wolle er ihn wie ein Götzenbild oder einen bösen Gott des Gartens umstürzen.

»Was soll das heißen?« fragte sie gefaßt. »Was ist dieses Wort, das uns frei machen wird?«

»Es ist das Wort Mord«, sagte er, »und die Freiheit, die es bringt, ist so frisch wie Frühlingsblumen. Nein; ich will nicht sagen, daß ich jemanden ermordet habe. Aber die Tatsache, daß irgend jemand ermordet werden kann, ist schon in sich selbst eine gute Neuigkeit nach all den bösen Träumen, in denen Sie gelebt haben. Verstehen Sie denn nicht? In diesem Ihrem Traum geschah alles, was Ihnen geschah, aus Ihnen heraus: Das Verhängnis der Darnaways schlummerte in den Darnaways und entfaltete sich wie eine schreckliche Blume. Es gab selbst durch glücklichen Zufall keine Flucht; alles geschah unausweichlich; ob nun nach Vine und seinem Altweibermärchen, oder nach Barnet und seiner neumodischen Vererbungslehre. Aber dieser Mann, der starb, ist nicht das Opfer eines Zauberfluchs oder ererbten Wahnsinns. Er wurde ermordet; und für uns ist dieser Mord nichts als ein Zufall; ja, *requiescat in pace:* aber ein glücklicher Zufall. Ein Strahl Tageslicht, denn er ist von außen gekommen.«

Sie lächelte plötzlich. »Ja, ich glaube, ich verstehe. Sie scheinen wie ein Wahnsinniger zu sprechen, aber ich verstehe. Aber wer hat ihn ermordet?«

»Ich weiß es nicht«, antwortete er ruhig, »aber Father Brown weiß es. Und wie Father Brown sagt, geschieht Mord durch den Willen, frei wie der Wind vom Meer.«

»Father Brown ist ein wunderbarer Mensch«, sagte sie nach einer Pause, »er war der einzige Mensch, der je mein Dasein erhellt hat, bis —«

»Bis was?« fragte Payne und machte eine ungestüme Geste, in der er sich ihr zuneigte und das bronzene Monster so von sich stieß, daß es auf seinem Sockel zu wackeln schien.

»Nun, bis Sie es taten«, sagte sie und lächelte wieder.

So ward das Dornröschenschloß erweckt, und es ist nicht Aufgabe dieser Geschichte, die einzelnen Stadien seines Erwachens zu schildern, obwohl sich die meisten ereignet hatten, noch ehe die Dunkelheit dieses Abends auf das Ufer niedersank. Als Harry Payne ein weiteres Mal über jene dunklen Sande heimwärts schritt, die er schon in so vielen Stimmungen überquert hatte, befand er sich auf jenem höchsten Gipfel der Glückseligkeit, der diesem sterblichen Leben beschieden ist, und das ganze rote Meer in ihm wogte in seiner höchsten Flut. Er hätte keinerlei Schwierigkeiten gehabt, sich den ganzen Ort nochmals in Blütenpracht vorzustellen, und den bronzenen Triton strahlend als goldenen Gott, und den Springbrunnen strömend mit Wasser oder Wein. Doch all dieses Prangen und Blühen hatte sich ihm mit dem einen Wort »Mord« entfaltet, und immer noch war es ein Wort, das er nicht verstand. Er hatte es vertrauensvoll aufgenommen, aber das war nicht unweise; denn er gehörte zu jenen, die einen Sinn für den Klang der Wahrheit haben.

Über einen Monat später kehrte Payne in sein Londoner Haus zurück, um eine Verabredung mit Father Brown einzuhalten, und er brachte die gewünschte Photographie mit. Seine Liebesgeschichte war so wohl gediehen, wie das im Schatten einer solchen Tragödie ziemlich war, und um so leichter lag der Schatten selbst auf ihm; aber es war schwierig, ihn als etwas anderes denn den Schatten eines Familiengeschickes anzusehen. Er war auf manche Weise sehr beschäftigt gewesen, und erst nachdem der Haushalt der Darnaways seine strenge Gleichförmigkeit wieder gefunden und das Porträt schon lange wieder seinen Platz in der Bibliothek eingenommen hatte, hatte er es geschafft, es mit einem Magnesiumblitz aufzunehmen. Bevor er es aber wie ursprünglich verabredet dem Antiquar zuschickte, brachte er es dem Priester, der so dringend danach verlangt hatte.

»Ich kann Ihr Verhalten in all dem nicht verstehen, Father Brown«, sagte er. »Sie benehmen sich so, als hätten Sie das Problem schon auf Ihre Weise gelöst.«

Der Priester schüttelte kummervoll den Kopf. »Nicht im geringsten«, antwortete er. »Ich bin wohl sehr dumm, denn ich stecke fest – stecke bei der handfestesten Frage von allen fest. Es ist eine eigenartige Angelegenheit, so einfach bis zu einer gewissen Stelle, und dann – lassen Sie mich einen Blick auf die Photographie werfen, bitte.«

Er hielt sie einen Augenblick lang nahe vor seine zusammengekniffenen kurzsichtigen Augen und sagte dann: »Haben Sie ein Vergrößerungsglas?«

Payne brachte ihm eines, und der Priester schaute einige Zeit höchst aufmerksam hindurch und sagte dann: »Sehen Sie sich den Titel des Buches in der Ecke des Bücherregals neben dem Rahmen an: ›Die Geschichte der Päpstin Johanna‹. Nun frage ich mich … ja, beim Himmel; und das darüber ist irgendwas über Island. Gott! Was für ein eigenartiger Weg, es herauszufinden! Was war ich doch für ein dummer Dackel, daß ich es nicht bemerkt habe, als ich da war!«

»Aber was haben Sie denn herausgefunden?« fragte Payne ungeduldig.

»Das letzte Glied«, sagte Father Brown, »und jetzt stecke ich nicht mehr fest. Ja, ich glaube, ich weiß jetzt, wie sich die ganze unglückliche Geschichte von Anfang bis Ende abspielte.«

»Aber warum?« beharrte der andere.

»Nun, weil«, sagte der Priester mit einem Lächeln, »die Bibliothek der Darnaways Bücher über die Päpstin Johanna und über Island enthält, von einem anderen ganz zu schweigen, das ich da sehe und dessen Titel anfängt ›Die Religion Friedrichs‹, was nicht schwer zu ergänzen ist.« Dann aber, da er den Ärger des anderen sah, erlosch sein Lächeln, und er sagte ernsthafter:

»Tatsächlich ist dieser letzte Punkt, obwohl er das fehlende Glied darstellt, nicht die Hauptfrage. In dem Fall gibt es viel merkwürdigere Dinge. Eines davon ist ein eher merkwürdiges Beweisstück. Lassen Sie mich zuerst etwas sagen, das Sie erstaunen mag. Darnaway starb nicht an jenem Abend um 7 Uhr. Da war er bereits einen ganzen Tag lang tot.«

»Überraschung wäre ein zu mildes Wort«, sagte Payne grimmig, »angesichts der Tatsache, daß wir beide ihn später noch herumgehen sahen.«

»Nein, taten wir nicht«, erwiderte Father Brown gelassen. »Ich meine, wir sahen ihn, oder dachten ihn zu sehen, wie er mit dem Fokussieren seiner Kamera herumhantierte. War aber nicht sein Kopf unter jenem schwarzen Tuch, als Sie durchs Zimmer kamen? Als ich kam, war er. Und da hatte ich den Eindruck, daß etwas an dem Zimmer und der Gestalt sonderbar war. Nicht weil das Bein krumm war, sondern weil es gerade nicht krumm war. Sie war zwar mit der gleichen Art dunkler Kleidung angezogen, aber wenn Sie glauben, einen bestimmten Mann dastehen zu sehen, doch auf eine Weise, wie ein bestimmter anderer Mann zu stehen pflegt, dann werden Sie den Eindruck gewinnen, er stünde da in einer eigenartigen und angestrengten Haltung.«

»Wollen Sie wirklich sagen«, rief Payne mit einem leichten Schauer, »daß das irgendein Unbekannter war?«

»Es war der Mörder«, sagte Father Brown. »Er hatte Darnaway bereits bei Tagesanbruch getötet und die Leiche und sich in der Dunkelkammer versteckt – ein ausgezeichnetes Versteck, da gewöhnlich niemand da reingeht oder viel sehen kann, wenn er es tut. Aber um 7 Uhr ließ er sie natürlich heraus auf den Boden fallen, damit man sich die Sache durch den Fluch erkläre.«

»Aber ich verstehe das nicht«, bemerkte Payne. »Warum hat er ihn denn nicht um 7 Uhr getötet, statt sich für 14 Stunden mit einem Leichnam zu belasten?«

»Lassen Sie mich Ihnen eine andere Frage stellen«, sagte der Priester. »Warum ist die Aufnahme nicht gemacht worden? Weil der Mörder ihn sofort tötete, als er hinaufkam, und ehe er die Aufnahme machen konnte. Für den Mörder war es wesentlich zu verhindern, daß die Photographie den Fachmann für die Antiquitäten der Darnaways erreichte.«

Ein plötzliches Schweigen trat ein, und dann fuhr der Priester mit leiserer Stimme fort:

»Sehen Sie denn nicht, wie einfach das ist? Sie selbst haben doch die eine Möglichkeit erkannt; aber es ist noch einfacher, als selbst Sie gedacht haben. Sie haben gesagt, ein Mann könne hergerichtet werden, um einem alten Bild zu gleichen. Sicherlich aber ist es noch einfacher, ein Bild herzurichten, damit es einem Mann gleicht. In einfachen Worten: Es stimmt auf eine ganz besondere Weise, daß es kein Verhängnis der Darnaways gibt. Es gibt kein altes Bild; es gibt keinen alten Reim; es gibt keine Geschichte von einem Mann, der den Tod seiner Frau verursachte. Aber es gab einen sehr bösen und sehr klugen Mann, der bereit war, den Tod eines anderen Mannes zu verursachen, um ihm die versprochene Frau zu nehmen.«

Der Priester lächelte Payne plötzlich traurig an, als ob er ihm Mut machen wolle. »Für einen Augenblick haben Sie, glaube ich, gedacht, ich meinte Sie«, sagte er, »aber Sie waren nicht der einzige, der das Haus aus Gefühlsgründen immer wieder heimsuchte. Sie kennen den Mann oder denken vielmehr, daß Sie ihn kennten. Doch gibt es Abgründe in dem Mann namens Martin Wood, Künstler und Antiquar, die keine seiner künstlerischen Bekanntschaften zu erraten vermochten. Erinnern Sie sich, daß er gerufen wurde, um die Bilder zu beurteilen und zu katalogisieren; in einer aristokratischen Rumpelkammer dieser Art bedeutet das soviel wie den Darnaways einfach zu sagen, welche Kunstschätze sie überhaupt besaßen. Sie würden keineswegs überrascht sein, wenn Dinge auftauchten, die sie vorher nie gesehen hatten. Es mußte nur gut gemacht werden, und das wurde es; vielleicht hatte er recht, als er sagte, wenn es nicht von Holbein sei, dann von einem ähnlichen Genie.«

»Ich bin wie betäubt«, sagte Payne, »und dabei gibt es zwanzig Dinge, die ich immer noch nicht begreife. Woher wußte er, wie Darnaway aussah? Wie hat er ihn wirklich getötet? Die Ärzte scheinen daran immer noch herumzurätseln.«

»Ich habe bei der Dame eine Photographie gesehen, die der Australier vorausgeschickt hatte«, sagte der Priester, »und es gibt mancherlei Wege, auf denen er Dinge erfahren konnte, sobald der neue Erbe anerkannt war. Wir kennen diese Einzelheiten nicht, aber sie bieten keine Schwierigkeiten. Erinnern Sie sich, daß er in der Dunkelkammer zu helfen pflegte; das scheint mir ein idealer Platz zu sein, um inmitten all der herumstehenden Gifte einen Mann, sagen wir mal, mit einer vergifteten Nadel zu stechen. Nein, das alles sind keine Schwierigkeiten. Die Schwierigkeit, die mich in Verlegenheit brachte, war, wie Wood gleichzeitig an zwei Stellen sein konnte. Wie konnte er den Leichnam aus der Dunkelkammer nehmen und so gegen die Kamera lehnen, daß der in Sekundenschnelle zusammenstürzte, und das, ohne die Treppe herabzukommen, während er doch in der Bibliothek war und ein Buch suchte? Und ich war ein solcher Trottel, daß ich nicht einmal die Bücher in der Bibliothek angesehen habe; und erst auf dieser Photographie habe ich durch unverdientes Glück die einfache Tatsache eines Buches über die Päpstin Johanna gesehen.«

»Sie heben sich Ihr bestes Rätsel für den Schluß auf«, sagte Payne grimmig. »Was in aller Welt hat denn die Päpstin Johanna damit zu tun?«

»Vergessen Sie nicht das Buch über irgend etwas Isländisches«, mahnte der Priester, »oder das über die Religion irgendeines Friedrich. Es bleibt nur noch die Frage, was für eine Art Mensch der letzte Lord Darnaway war.«

»So, bleibt sie das?« bemerkte Payne nachdrücklich.

»Er war ein kultivierter, humorvoller Exzentriker, nehme ich an«, fuhr Father Brown fort. »Als kultivierter Mann wußte er, daß es niemals eine Päpstin Johanna gegeben hat. Als humorvoller Mensch kann er sich durchaus einen Titel wie ›Die Schlangen von Island‹ ausgedacht haben oder etwas Ähnliches, das es auch nicht gibt. Und ich wage, den dritten Titel als ›Die Religion von Friedrich dem Großen‹ zu rekonstruieren, den es ebenfalls nicht gibt. Nun, fällt Ihnen nicht auf, daß genau das die Titel sind, die man auf den Rücken von Büchern kleben könnte, die es auch nicht gibt; oder mit anderen Worten in ein Buchregal, das kein Buchregal ist?«

»Oha!« rief Payne. »Jetzt begreife ich, was Sie meinen. Es gab da eine Geheimtreppe —«

»Hinauf in jenen Raum, den Wood selbst als Dunkelkammer ausgewählt hatte«, sagte der Priester und nickte. »Tut mir leid. Es konnte nicht verhindert werden. Furchtbar banal und dumm, so dumm, wie ich es in diesem ganzen reichlich banalen Fall war. Aber wir waren da in einen wirklich muffigen alten Roman von verfallendem Adel und einem verrottenden Familiensitz verwickelt; und es wäre zuviel gewesen, zu hoffen, daß wir der Geheimtreppe hätten entkommen können. Das war das Priesterloch; und ich verdiente, da reingesperrt zu werden.«

Der Geist von Gideon Wise

Father Brown hat diesen Fall immer als das vertrackteste Beispiel für die
Theorie des Alibis betrachtet: jene Theorie, die behauptet, daß es trotz des
mythologischen irischen Vogels für jeden unmöglich ist, gleichzeitig an
zwei Stellen zu sein. Um damit anzufangen: James Byrne, ein irischer Journalist, kam vielleicht dem irischen Vogel am nächsten. Er kam dem An-zwei-Stellen-gleichzeitig-Sein so nahe, wie nur irgend jemand das kann:
denn er befand sich binnen 20 Minuten an zwei Stellen in den gegensätzlichsten Extremen der sozialen und politischen Welt. Die erste war in den
Hallen des Grandhotels Babylon, das der Treffpunkt jener drei Wirtschaftsmagnaten war, die sich damit befaßten, eine Aussperrung in der
Kohleindustrie zu organisieren und sie als Kohlestreik zu denunzieren, die
zweite war in einer eigenartigen Kneipe, die nach außen die Fassade eines
Gemüseladens hatte, wo sich das eher unterirdische Triumvirat jener traf,
die die Aussperrung liebend gerne in einen Streik verwandelt hätten – und
den Streik in eine Revolution. Der Reporter wechselte zwischen den drei
Millionären und den drei bolschewistischen Führern mit der Immunität
des modernen Herolds oder des neuen Botschafters hin und her.

Er traf die drei Bergbaumagnaten verborgen in einem Dschungel blühender Pflanzen und einem Wald kannelierter und überladener Säulen
aus vergoldetem Gips an; vergoldete Vogelkäfige hingen hoch oben unter
ausgemalten Kuppeln zwischen den höchsten Blättern der Palmen; und in
ihnen befanden sich Vögel der buntscheckigsten Farben und der unterschiedlichsten Stimmen. Kein Vogel sang je in der Wildnis ungehörter,
und keine Blume verschwendete ihren süßen Duft je unbeachteter an die
Wüstenluft, als die Blüten jener hohen Gewächse an diese eifrigen und
atemlosen Geschäftsleute, meist Amerikaner, die an jenem Orte miteinander redeten und hin und her liefen. Und dort saßen inmitten einer
Explosion von Rokoko-Ornamenten, die nie jemand ansah, und dem
Geschnatter teurer fremdländischer Vögel, auf das nie jemand hörte, und
in Massen opulenter Polsterungen und einem Labyrinth luxuriöser Archi-

tektur jene drei Männer und sprachen darüber, daß Erfolg auf Überlegung, Sparsamkeit, Wachsamkeit in der Wirtschaft und auf Selbstbeherrschung gründe. Einer von ihnen sprach allerdings nicht so viel wie die anderen; aber er beobachtete mit seinen hellen und bewegungslosen Augen, die von seinem Zwicker zusammengeklemmt erschienen, und das ständige Lächeln unter seinem schwarzen Schnurrbart sah eher wie ständiger Hohn aus. Das war der berühmte Jacob P. Stein, und er sprach nie, bevor er etwas zu sagen hatte. Sein Gefährte jedoch, Gallup der alte Pennsylvanier, ein riesiger fetter Kerl mit ehrwürdig grauen Haaren, aber dem Gesicht eines Boxers, redete viel. Er war in jovialer Stimmung und gerade dabei, den dritten Millionär halb zu verspotten, halb zu bedrohen, Gideon Wise – ein harter, trockener, eckiger, alter Vogel von jenem Typus, den seine Landsleute mit Hickoryholz vergleichen, mit steifem grauem Kinnbart und den Manieren und der Kleidung eines x-beliebigen alten Farmers aus dem mittleren Westen. Es gab da einen alten Streit zwischen Wise und Gallup über Zusammenarbeit und Wettbewerb. Denn der alte Wise hatte, mit den Manieren eines Hinterwäldlers, gewisse seiner Ansichten eines alten Individualisten beibehalten; er gehörte, wie wir in England sagen würden, der Manchester-Schule an; Gallup hingegen versuchte immer wieder, ihn zu überreden, den Wettbewerb auszuschließen und die Ressourcen der ganzen Welt zusammenzuschließen.

»Früher oder später müssen Sie einsteigen, alter Knabe«, sagte Gallup gerade freundschaftlich, als Byrne eintrat. »Das ist nun mal der Lauf der Welt, und zum 1-Mann-Geschäft können wir nicht zurück. Wir müssen alle zusammenhalten.«

»Wenn ich dazu was sagen darf«, sagte Stein in seiner ruhigen Art, »dann möchte ich sagen, daß es etwas noch Dringenderes gibt als unseren wirtschaftlichen Zusammenhalt. Es geht auf jeden Fall um politischen Zusammenhalt; und deshalb habe ich Mr. Byrne gebeten, uns heute hier zu treffen. Wir müssen uns in der politischen Frage zusammenschließen; aus dem einfachen Grund, weil alle unsere gefährlichsten Gegner sich bereits zusammengeschlossen haben.«

»O ja, dem politischen Zusammenschluß stimme ich völlig zu«, knurrte Gideon Wise.

»Hören Sie«, sagte Stein zu dem Journalisten, »ich weiß, daß Sie Zugang zu jenen sonderbaren Plätzen haben, und deshalb möchte ich, daß Sie für uns inoffiziell etwas tun. Sie wissen, wo sich diese Männer treffen; nur zwei oder drei von ihnen zählen wirklich, John Elias und Jake Halket, der das große Wort führt, und vielleicht noch dieser dichtende Knabe Horne.«

»Horne war doch ein Freund von Gideon«, sagte der spottende Mr. Gallup, »war mit ihm in der Sonntagsschule, oder sowas.«

»Damals war er ein Christ«, sagte der alte Gideon feierlich, »aber wenn sich ein Mann mit Atheisten einläßt, weiß man nie. Ich treffe ihn immer noch ab und zu. Ich war natürlich bereit, ihn gegen Krieg und Konskription und all das zu unterstützen, aber wenn es sich um all diese verdammten Bolschies handelt, die da überall aufblühen –«

»Um Vergebung«, unterbrach Stein, »aber da die Sache reichlich dringend ist, werden Sie mir erlauben, sie Mr. Byrne sofort zu unterbreiten. Mr. Byrne, ich kann Ihnen im Vertrauen mitteilen, daß ich Informationen oder besser Beweise habe, die wenigstens zwei dieser Männer für lange Zeit ins Gefängnis brächten, und zwar wegen Verschwörung im letzten Krieg. Ich will diese Beweise nicht verwenden. Aber ich möchte, daß Sie unauffällig zu ihnen gehen und ihnen sagen, daß ich sie verwenden werde, und zwar morgen verwenden werde, wenn sie ihre Haltung nicht ändern.«

»Nun«, erwiderte Byrne, »was Sie da vorschlagen, würde mit Sicherheit Mitwisserschaft eines Verbrechens und vielleicht sogar Erpressung genannt werden. Erscheint Ihnen das nicht reichlich gefährlich?«

»Ich glaube, es ist reichlich gefährlich für sie«, schnappte Stein, »und ich wünsche, daß Sie zu ihnen gehen und ihnen das sagen.«

»Na schön«, sagte Byrne und stand mit einem halb humorvollen Seufzer auf. »Das gehört zwar zu meiner täglichen Arbeit; aber ich warne Sie: Wenn ich in Schwierigkeiten gerate, werde ich Sie in die Geschichte reinziehen.«

»Dann ziehen Sie mal, mein Junge«, sagte der alte Gallup mit einem herzhaften Lachen.

Denn noch ist von jenem großen Traum Jeffersons und dem Ding, das die Menschen Demokratie nennen, so viel übrig geblieben, daß in seinem Land die Armen, während die Reichen wie Tyrannen herrschen, nicht wie Sklaven reden; vielmehr herrscht Offenheit zwischen Unterdrückern und Unterdrückten.

Der Treffpunkt der Revolutionäre war ein eigenartiges, kahles, weiß gekalktes Lokal, an dessen Wänden sich ein oder zwei verzerrte ungeschlachte Schwarzweiß-Zeichnungen befanden, in jenem Stil, der angeblich proletarische Kunst ist, die aber nicht einmal für 1 Proletarier unter 1 Million Hand und Fuß hat. Die einzige Gemeinsamkeit beider Ratsversammlungen war vielleicht die, daß beide die amerikanische Verfassung durch den Ausschank alkoholischer Getränke verletzten. Cocktails der unterschiedlichsten Farben hatten vor den drei Millionären gestanden. Halket, der gewalttätigste der Bolschewiken, hielt es durchaus für angebracht, Wodka zu trinken. Er war ein langer, schwerfälliger Kerl mit bedrohlich vorgebeugter Haltung, und sogar sein Profil war angriffslustig wie das eines Hundes, Nase und Lippen waren vorwärts gestülpt, wobei die letzteren einen struppigen roten Schnurrbart trugen, und das Ganze krümmte sich in ständiger Verachtung auswärts. John Elias war ein dunkler wachsamer Mann mit Brille und einem schwarzen Spitzbart; er hatte in vielen europäischen Cafés Geschmack an Absinth gewonnen. Des Journalisten tiefster Eindruck war, wie ähnlich sich doch trotz allem John Elias und Jacob P. Stein waren. Sie waren sich in Gesicht und Geist und Gestik so ähnlich, daß der Millionär im Hotel Babylon durch eine Falltür hätte verschwinden und in der Festung der Bolschewiken wieder auftauchen können.

Auch der dritte Mann hatte einen eigenartigen Geschmack bei Getränken, und sein Getränk war charakteristisch für ihn. Denn was vor dem Poeten Horne stand, war ein Glas Milch, und gerade dessen Mildheit schien in dieser Umgebung etwas Bedrohliches an sich zu haben, als ob seine undurchsichtige farblose Farbe die einer verdorbenen Paste sei, viel giftiger als das tote kranke Grün des Absinths. Doch in Wahrheit war diese Mildheit soweit recht ehrlich; denn Henry Horne war auf ganz anderen Wegen und von ganz anderen Ursprüngen ins Lager der Revolution gekommen als Jake, der einfache Spengler, und Elias, der kosmopolitische Drahtzieher. Er hatte eine sogenannte sorgfältige Erziehung genossen, war während seiner Kindheit in die Kirche gegangen und schleppte ein Abstinenzlertum mit sich durchs Leben, das er auch nicht abschütteln konnte, nachdem er solche Nebensächlichkeiten wie Christentum und Ehe abgeworfen hatte. Er hatte blondes Haar und ein feines Gesicht, das dem Shelleys ähnlich gewesen wäre, hätte er sein Kinn nicht durch einen kleinen ausländischen Fransenbart geschwächt. Irgendwie ließ ihn der Bart eher wie eine Frau aussehen; als ob jene weniger goldenen Haare alles wären, was er leisten konnte.

Als der Journalist eintrat, redete wie meistens der unvermeidliche Jake. Horne hatte irgendeine beiläufige konventionelle Bemerkung gemacht, »der Himmel verbiete« dieses und jenes, was völlig ausreichte, um Jake sich in einem Sturzbach von Lästerungen ergießen zu lassen.

»Der Himmel verbiete! Und was anderes tut er ja verflucht auch nicht«, sagte er. »Der Himmel tut nie was anderes, als dies und das und jenes zu verbieten; verbietet uns zu streiken, und verbietet uns zu kämpfen, und verbietet uns, die verdammten Wucherer und Blutsauger abzuknallen, wo sie gerade sitzen. Warum verbietet der Himmel *denen* nicht mal was? Warum stehen eure verdammten Priester und Pfaffen nicht mal auf und erzählen zur Abwechslung die Wahrheit über diese Viecher? Warum tut ihr feiner Gott nicht mal –«

Elias erlaubte sich einen sanften Seufzer, wie aus matter Müdigkeit, um ihm zu entrinnen.

»Priester«, sagte er, »gehörten, wie Marx gezeigt hat, zur Feudaletappe der wirtschaftlichen Entwicklung und sind daher kein wirklicher Teil des Problems mehr. Die Rolle, die einst der Priester gespielt hat, hat heute der kapitalistische Experte übernommen und –«

»Ja«, unterbrach der Journalist mit seiner grimmigen und ironischen Unparteilichkeit, »und ihr solltet endlich zur Kenntnis nehmen, daß manche von ihnen wahre Experten darin sind, sie zu spielen.« Und ohne seinen Blick von dem hellen aber toten Blick Elias' abzuwenden, berichtete er ihm von Steins Drohung.

»Ich war auf so was vorbereitet«, sagte der lächelnde Elias ohne Bewegung, »ich darf sagen, gut vorbereitet.«

»Dreckige Hunde!« explodierte Jake. »Wenn ein armer Mann so was sagen würde, würde er zu Zwangsarbeit verdonnert. Aber ich schätze, sie werden früher an schlimmere Orte kommen, als sie ahnen. Wenn die nicht zur Hölle fahren, weiß ich beim Teufel nicht, wo die hinfahren –«

Horne machte eine Geste des Protestes, vielleicht nicht so sehr wegen dem, was der Mann gerade sagte, als vielmehr wegen dem, was er gleich sagen würde, und Elias schnitt die Rede mit kalter Präzision ab.

»Wir haben es wirklich nicht nötig«, sagte er und blickte dabei Byrne stetig durch seine Brille an, »Drohungen mit der anderen Seite auszutauschen. Es ist völlig ausreichend, daß ihre Drohungen, was uns betrifft, recht unwirksam sind. Auch wir haben all unsere Vorbereitungen getroffen, von denen einige erst sichtbar werden, wenn sie in Aktionen sichtbar werden. Soweit es uns betrifft, entspräche ein sofortiger Bruch und ein äußerstes Kräftemessen durchaus unserem Plan.«

Während er auf seine wirklich ruhige und würdige Weise sprach, ließ etwas in seinem bewegungslosen gelben Gesicht mit den großen Brillengläsern dem Journalisten eine ferne Furcht über den Rücken kriechen. Halkets wüste Visage mochte, von der Seite betrachtet, allein durch ihren Umriß ein Knurren zeigen; doch von vorne gesehen enthielt der schwelende Zorn in seinen Augen auch Furcht, als ob das ethische und das wirtschaftliche Rätsel nachgerade zuviel für ihn wären; und Horne schien noch mehr in Drähten aus Sorge und Selbstkritik zu hängen. Um diesen dritten Mann aber, den mit den Brillengläsern, der so vernünftig und einfach sprach, um ihn war etwas Unheimliches; es war, als ob am Tisch ein toter Mann rede.

Als Byrne mit seiner Fehdebotschaft abging und durch die sehr enge Passage neben dem Gemüseladen schritt, fand er ihren Ausgang durch eine eigenartige, wenngleich eigenartig vertraute Gestalt blockiert: kurz und stämmig sah sie als dunkler Umriß mit rundem Kopf und breitkrämpigem Hut reichlich sonderbar aus.

»Father Brown!« rief der überraschte Journalist. »Ich glaube, Sie sind hier an der falschen Tür. Zu dieser kleinen Verschwörung passen Sie nicht.«

»Ich bin an einer sehr viel älteren Verschwörung beteiligt«, erwiderte Father Brown lächelnd, »dennoch aber einer weitverbreiteten Verschwörung.«

»Nun ja«, erwiderte Byrne, »aber von den Leuten hier ist Ihren Aufgaben keiner näher als 1000 Meilen.«

»Kann man nicht immer sagen«, erwiderte der Priester gleichmütig, »Tatsache aber ist, daß eine Person hier kaum mehr als 1 Zoll von ihnen entfernt ist.«

Er verschwand in dem dunklen Eingang, und der Journalist setzte seinen Weg reichlich verwirrt fort. Noch mehr verwirrte ihn ein kleiner Zwischenfall, der ihm zustieß, als er sich in das Hotel begab, um seinen kapitalistischen Klienten Bericht zu erstatten. Man erreichte die Laube voll Blüten und Vogelbauern, in die jene mürrischen alten Herren eingebettet waren, über eine Flucht von Marmorstufen, die vergoldete Nymphen und Tritonen flankierten. Diese Stufen herab rannte ein eifriger junger Mann mit schwarzen Haaren, einer Stubsnase und einer Blume im Knopfloch, der ihn ergriff und zur Seite zog, ehe er die Stufen hinaufsteigen konnte.

»Was ich sagen wollte«, wisperte der junge Mann, »ich bin Potter – der Sekretär vom alten Gid, wissen Sie: Unter uns, wird da jetzt ein Donnerkeil geschmiedet oder was?«

»Ich bin zu der Schlußfolgerung gelangt«, erwiderte Byrne vorsichtig, »daß der Zyklop etwas auf dem Amboß hat. Denken Sie aber immer daran, der Zyklop ist zwar ein Riese, hat aber nur ein Auge. Ich glaube, der Bolschewismus ist –«

Während er sprach, lauschte ihm der Sekretär mit einem Gesicht von fast mongolischer Unbewegtheit, trotz der Lebendigkeit seiner Beine und seiner Aufmachung. Als aber Byrne das Wort »Bolschewismus« verwendete, bewegten sich die scharfen Augen des jungen Mannes, und er sagte schnell: »Was hat denn das – o ja, die Art von Donnerkeil; tut mir leid, mein Fehler. Man sagt so leicht Amboß, wenn man eigentlich Eisschrank meint.«

Womit der außergewöhnliche junge Mann die Treppe hinunter verschwand, während Byrne sie hinaufstieg und immer neue Mystifikationen sein Gehirn umnebelten.

Er fand die Gruppe der drei auf vier erweitert vor durch die Anwesenheit einer Person mit scharfgeschnittenem Gesicht, sehr dünnem strohfarbenem Haar und Monokel, die eine Art Berater vom alten Gallup war, vielleicht sein Rechtsanwalt, obwohl sie so eindeutig nicht angeredet wurde. Sein Name war Nares, und die Fragen, die er an Byrne richtete, bezogen sich aus dem einen oder anderen Grund vorwiegend auf die Anzahl derer, die möglicherweise der revolutionären Organisation angehörten. Davon berichtete Byrne, der nur wenig wußte, noch weniger; und schließlich erhoben sich die vier Männer von ihren Sitzen, und das letzte Wort hatte der Mann, der am schweigsamsten gewesen war.

»Vielen Dank, Mr. Byrne«, sagte Stein und klappte seine Brille zusammen. »Bleibt nur noch festzustellen, daß alles vorbereitet ist; darin stimme ich vollkommen mit Mr. Elias überein. Morgen wird die Polizei noch vor Mittag Mr. Elias auf Grund von Beweisen, die ich ihr vorlegen werde, verhaftet haben, und wenigstens jene drei werden noch vor dem Abend im Gefängnis sitzen. Wie Sie wissen, habe ich mich bemüht, diesen Schritt zu vermeiden. Ich glaube, das ist alles, meine Herren.«

Doch Mr. Jacob P. Stein legte seine formellen Informationen am nächsten Tag nicht vor, und zwar aus einem Grund, der schon oft die Tätigkeiten so tatkräftiger Charaktere unterbrochen hat. Er tat es nicht, weil er zufällig tot war; und auch das übrige Programm wurde nicht ausgeführt aus Gründen, die Byrne in Riesenschlagzeilen fand, als er seine Morgenzeitung aufschlug: »Schrecklicher Dreifachmord: Drei Millionäre in einer Nacht erschlagen!« Weitere Ausrufsätze folgten in kleinerer Schrift, kaum viermal größer als die normale Schrift, die auf der Besonderheit des Geheimnisses bestanden: der Tatsache, daß die drei Männer nicht nur gleichzeitig ermordet worden waren, sondern auch an drei weit voneinander liegenden Orten – Stein auf seinem künstlerisch ausgestatteten Luxuslandsitz hundert Meilen landein, Wise vor dem kleinen Bungalow an der Küste, wo er von Seebrisen und dem einfachen Leben lebte, und der alte Gallup in einem Dickicht unmittelbar vor dem Parktor seines großen Hauses am anderen Ende der Grafschaft. In allen drei Fällen konnte es keinen Zweifel an den Szenen der Gewalttätigkeit geben, die dem Tode voraufgegangen waren, obwohl man die Leiche Gallups erst am zweiten Tage fand, dort, wo sie groß und gräßlich zwischen den zerborstenen Gabeln und Ästen des kleinen Waldes hing, in den sie mit ihrem ganzen Gewicht gekracht war wie ein Bison in die Lanzen, während Wise ganz offenkundig über die Klippen in die See geschleudert worden war, nicht ohne Kampf, denn die Spuren seiner schürfenden und ausrutschenden Fußabdrücke konnten bis an den Rand verfolgt werden. Doch war das erste Anzeichen der Tragödie der Anblick seines großen schlappen Strohhuts gewesen, der weit draußen auf den Wogen schwamm, deutlich sichtbar von den Klippen oben. Auch Steins Leichnam hatte sich zunächst der Suche entzogen, bis eine schwache Blutspur die Suchenden zu einem Badhaus nach altrömischem Muster führte, das er sich in seinem Garten errichtet hatte; denn er war ein Mann von experimenteller Denkart mit einem Hang zu Altertümern gewesen.

Was immer er sich auch denken mochte, Byrne mußte zugeben, daß es nach dem Stand der Dinge gegen niemanden irgendwelche gesetzlichen Beweise gab. Ein Motiv für den Mord reichte nicht aus. Selbst die moralische Eignung zum Mord reichte nicht aus. Und er konnte sich jenen blassen jungen Pazifisten Henry Horne nicht vorstellen, wie er einen anderen Mann mit brutaler Gewalt abschlachtete, obwohl ihm der lästerliche Jake und selbst der höhnische Jude fähig zu allem erschienen. Der Polizei und dem Mann, der ihr offenbar assistierte (und der kein anderer war als der geheimnisvolle Mann mit dem Monokel, der als Mr. Nares eingeführt worden war), war die Lage ebenso klar wie dem Journalisten. Sie wußten, daß die bolschewistischen Verschwörer im Augenblick nicht vor Gericht gestellt und verurteilt werden konnten und daß es eine höchst sensationelle Pleite wäre, wenn sie vor Gericht gestellt und freigesprochen würden. Nares begann mit kunstvoller Offenheit, indem er sie sozusagen zur Beratung hinzuzog, sie einlud zu einem privaten Konklave und sie aufforderte, im Interesse der Menschheit frei ihre Meinungen zu äußern. Er hatte seine Untersuchungen an dem der Tragödie am nächsten liegenden Platz begonnen, dem Bungalow an der See; und Byrne war es gestattet, der eigenartigen Szene beizuwohnen, die zugleich ein friedliches Gespräch unter Diplomaten war, und eine verschleierte Inquisition, ein Verhör von Verdächtigen. Sehr zu Byrnes Überraschung gehörten der ungleichen Gesellschaft, die da rund um den Tisch im Bungalow am Meer saß, auch die dickliche Gestalt und der eulenhafte Kopf Father Browns an, obwohl seine Verbindung zu der Angelegenheit erst eine ganze Weile später sichtbar wurde. Die Anwesenheit des jungen Potter, dem Sekretär des toten Mannes, erschien da viel natürlicher; jedoch war sein Benehmen nicht ganz so natürlich. Ihm allein war der Ort ihres Treffens wohlbekannt, und in einem grimmigen Sinne war er sogar ihr Gastgeber; und doch bot er nur geringe Hilfe oder Information. Sein rundes, stubsnäsiges Gesicht war eher trotzig als traurig.

Jake Halket redete wie üblich am meisten; und von einem Mann seines Naturells konnte man auch nicht erwarten, daß er die höfliche Fiktion aufrechterhielte, er und seine Freunde seien nicht angeklagt. Der junge Horne versuchte auf seine feinere Weise, ihn zurückzuhalten, als er begann, die Männer zu beschimpfen, die ermordet worden waren; aber Jake war jederzeit ebenso bereit, seine Freunde niederzubrüllen wie seine Feinde. Er erleichterte seine Seele in einer großen blasphemischen Rede von einem sehr unamtlichen Nachruf auf den verblichenen Gideon Wise. Elias saß ganz still und scheinbar unbeteiligt hinter der Brille, die seine Augen verbarg.

»Ich nehme an, es wäre nutzlos«, sagte Nares kalt, »Ihnen zu sagen, wie unschicklich Ihre Bemerkungen sind. Wahrscheinlich berührt es Sie eher, wenn ich Ihnen sage, daß sie unklug sind. Sie haben praktisch zugegeben, daß Sie den toten Mann haßten.«

»Und dafür wollen Sie mich einbuchten lassen, was?« höhnte der Demagoge. »Na schön. Aber Sie müssen ein Gefängnis für 'ne Million Menschen bauen, wenn Sie alle armen Schweine einbuchten lassen wollen, die Grund hatten, Gid Wise zu hassen. Und Sie wissen so gut wie ich, daß das bei Gott die Wahrheit ist.«

Nares schwieg; und niemand sprach, bis Elias sich mit seiner klaren, wenn auch etwas schleppenden Sprechweise einschaltete.

»Mir scheint das auf beiden Seiten eine höchst unergiebige Unterredung zu sein«, sagte er. »Sie haben uns herbestellt entweder, um nach Informationen zu fragen, oder um uns einem Kreuzverhör zu unterziehen. Falls Sie uns vertrauen, sagen wir Ihnen, daß wir keinerlei Informationen besitzen. Wenn Sie uns mißtrauen, müssen Sie uns mitteilen, wessen wir angeklagt sind, oder Sie müssen die Höflichkeit haben, die Tatsache für sich zu behalten. Niemand ist imstande gewesen, auch nur den schwächsten Hauch eines Beweises dafür aufzuzeigen, daß irgendeiner von uns mit diesen Tragödien mehr zu tun hätte, als mit der Ermordung von Julius Caesar. Sie wagen nicht, uns zu verhaften, und Sie wollen uns nicht glauben. Wozu sollen wir also noch länger hierbleiben?«

Und er stand auf, knöpfte sich ruhig seine Jacke zu, und seine Freunde folgten seinem Beispiel. Als sie zur Tür gingen, wandte sich der junge Horne um und blickte die Untersucher einen Augenblick lang aus seinem fahlen fanatischen Gesicht an.

»Ich möchte sagen«, sagte er, »daß ich während des ganzen Krieges in einem schmutzigen Gefängnis gesessen habe, weil ich nicht bereit war, Menschen zu töten.«

Damit gingen sie hinaus, und die Mitglieder der zurückbleibenden Gruppe sahen einander grimmig an.

»Ich glaube kaum«, sagte Father Brown, »daß wir siegreich dastehen, trotz ihres Rückzugs.«

»Mir ist das gleichgültig«, sagte Nares, »außer mich von diesem lästerlichen Lumpen Halket anbrüllen zu lassen. Horne jedenfalls ist ein Gentleman. Was immer sie aber behaupten, ich bin absolut sicher, daß sie etwas wissen; sie stecken mit drin, oder doch die meisten von ihnen. Sie haben es ja fast zugegeben. Sie haben uns ja fast mehr deshalb verspottet, daß wir nicht imstande sind zu beweisen, daß wir recht haben, als weil wir unrecht hätten. Was meinen Sie, Father Brown?«

Die angesprochene Person blickte mit einem Blick, der geradezu beunruhigend mild und nachdenklich war, zu Nares hinüber.

»Es stimmt«, sagte er, »daß ich mir über eine ganz bestimmte Person die Meinung gebildet habe, sie wisse mehr, als sie uns erzählt hat. Aber ich glaube, es wäre ganz gut, wenn ich den Namen jetzt noch nicht nenne.«

Nares Monokel fiel ihm aus dem Auge, und er blickte scharf auf. »Bisher ist das alles inoffiziell«, sagte er. »Ich nehme aber an, Sie wissen, daß Sie zu einem späteren Zeitpunkt in eine schwierige Position geraten, wenn Sie Ihre Informationen zurückhalten.«

»Meine Position ist einfach«, erwiderte der Priester. »Ich bin hier, um mich um die legitimen Interessen meines Freundes Halket zu kümmern. Ich glaube, daß es unter diesen Umständen in seinem Interesse ist, wenn ich Ihnen sage, daß ich vermute, er werde in Kürze seine Beziehungen zu dieser Organisation lösen und aufhören, in diesem Sinne Sozialist zu sein. Ich habe sogar jeden Grund zu der Annahme, daß er wahrscheinlich zum Schluß Katholik werden wird.«

»Halket!« platzte der andere ungläubig heraus. »Wie denn, der verflucht die Priester doch vom Morgen bis zum Abend!«

»Ich glaube nicht, daß Sie diese Art Mensch wirklich verstehen«, sagte Father Brown milde. »Er verflucht die Priester, weil sie (seiner Meinung nach) ihre Pflicht versäumen, sich um der Gerechtigkeit willen der ganzen Welt entgegenzustellen. Warum aber sollte er von ihnen erwarten, daß sie sich der ganzen Welt um der Gerechtigkeit willen entgegenstellten, wenn er nicht bereits begonnen hätte anzunehmen, daß sie sind – was sie sind? Doch sind wir hier nicht zusammengekommen, um die Psychologie des Religionswechsels zu diskutieren. Ich habe das nur erwähnt, weil es Ihre Aufgabe erleichtern kann – vielleicht Ihre Suche eingrenzt.«

»Wenn das wahr ist, würde es sie tatsächlich eingrenzen auf diesen enggesichtigen Schurken Elias – und mich würde das nicht erstaunen, denn einen unheimlicheren, kaltblütigeren, spöttischeren Teufel habe ich nie gesehen.«

Father Brown seufzte. »Mich hat er immer an den armen Stein erinnert«, sagte er, »und tatsächlich nehme ich an, daß sie irgendwie verwandt sind.«

»Na hören Sie«, begann Nares, als sein Protest dadurch abgeschnitten wurde, daß die Tür aufflog und erneut die lange schlaksige Gestalt und das blasse Gesicht des jungen Horne freigab; diesmal aber schien es, als trüge es nicht nur seine natürliche Blässe, sondern hinzu noch eine neue und unnatürliche.

»Hallo«, rief Nares und setzte sich das Monokel ein, »warum sind denn Sie zurückgekommen?«

Horne durchquerte eher schwankend und schweigend den Raum und ließ sich schwer in einen Sessel fallen. Dann sagte er in einer Art von Betäubung: »Ich habe die anderen verpaßt ... ich hab den Weg verloren. Ich dachte mir, ich käme besser zurück.«

Die Überreste der abendlichen Erfrischungen standen noch auf dem Tisch, und Henry Horne, der lebenslängliche Abstinenzler, goß sich ein Weinglas mit Brandy voll und trank es auf einen Zug leer.

»Sie scheinen aufgeregt zu sein«, sagte Father Brown.

Horne hatte die Hände an die Stirn gelegt und sprach wie aus ihrem Schatten heraus: Er schien mit leiser Stimme nur zu dem Priester zu sprechen.

»Ich kann es Ihnen ja genausogut sagen. Ich habe einen Geist gesehen.«

»Einen Geist!« wiederholte Nares erstaunt. »Wessen Geist?«

»Den Geist von Gideon Wise, dem Herrn dieses Hauses«, antwortete Horne fester, »wie er über dem Abgrund stand, in den er stürzte.«

»Ach Unfug!« sagte Nares. »Kein vernünftiger Mensch glaubt an Geister.«

»Das stimmt so nicht ganz«, sagte Father Brown und lächelte leicht. »Für viele Geister gibt es ebenso gute Beweise wie für die meisten Verbrechen.«

»Schön, es ist meine Aufgabe, hinter Verbrechern herzulaufen«, sagte Nares ziemlich grob, »und ich überlasse es anderen Leuten, vor Geistern wegzulaufen. Wenn irgend jemand zu dieser Tageszeit wünscht, sich vor Geistern zu fürchten, ist das seine Angelegenheit.«

»Ich habe nicht gesagt, daß ich mich vor ihnen fürchte, obwohl ich zu behaupten wage, daß ich es vielleicht täte«, sagte Father Brown. »Niemand weiß es, ehe er es ausprobiert hat. Ich habe gesagt, ich glaubte an sie, jedenfalls genug, um mehr über diesen einen hören zu wollen. Was genau haben Sie denn nun gesehen, Mr. Horne?«

»Es war drüben am Rand dieser brüchigen Klippen; Sie wissen, da gibt es eine Art Spalt oder Lücke genau an der Stelle, wo er hinuntergeschleudert worden ist. Die anderen waren voraufgegangen, und ich kreuzte die Heide in Richtung auf den Pfad entlang den Klippen. Ich bin oft diesen Weg gegangen, weil ich den Anblick der hohen Wellen liebe, wie sie gegen die Felsen schlagen. Heute nacht machte ich mir wenig daraus, bis auf ein gewisses Erstaunen darüber, daß die See in einer so mondhellen Nacht so rauh ist. Ich konnte die fahlen Schaumkämme erscheinen und vergehen sehen, während die großen Wellen ans Land schlugen. Dreimal sah ich das Aufschimmern des Schaumes im Mondenlicht, und dann sah ich etwas Unergründliches. Das vierte Aufleuchten der Silbergischt schien im Himmel festzuhaften. Es stürzte nicht; – ich wartete mit wahnwitziger Intensität darauf, daß es stürze. Ich bildete mir ein, daß ich verrückt und daß die Zeit für mich geheimnisvoll angehalten oder verlängert worden sei. Dann kam ich näher, und dann habe ich, glaube ich, laut geschrieen. Denn jene frei schwebende Gischt, diese ungefallenen Schneeflocken, sie hatten sich zu einem Gesicht und einer Gestalt zusammengefügt, weiß wie der schimmernde Leprakranke in der Legende, und schrecklich wie der erstarrte Blitz.«

»Und das war Gideon Wise, sagen Sie?«

Horne nickte, ohne zu sprechen. Und dann wurde das Schweigen plötzlich von Nares gebrochen, der aufstand; so jäh, daß er einen Stuhl umwarf.

»Ach, das ist alles Unfug«, sagte er, »aber wir gehen besser raus und sehen uns das an.«

»Ich werde nicht gehen«, sagte Horne mit plötzlicher Wildheit. »Ich werde diesen Pfad niemals mehr betreten.«

»Ich glaube, daß wir diesen Pfad heute nacht alle betreten müssen«, sagte der Priester gewichtig; »obwohl ich niemals leugnen werde, daß es ein gefährlicher Pfad ist ... für mehr als nur einen Menschen.«

»Ich werde nicht ... Gott, wie ihr mich alle hetzt«, rief Horne, und seine Augen begannen, in ganz eigenartiger Weise zu rollen. Er war mit den übrigen aufgestanden, machte aber keine Bewegung zur Tür hin.

»Mr. Horne«, sagte Nares entschieden, »ich bin Polizeibeamter, und dieses Haus ist, auch wenn Sie das nicht wissen, von der Polizei umstellt. Ich habe versucht, die Untersuchungen in freundlicher Art durchzuführen, aber ich muß alles untersuchen, selbst etwas so Törichtes wie einen

Geist. Ich muß Sie also ersuchen, mich zu der Stelle zu führen, von der Sie gesprochen haben.«

Erneut herrschte Schweigen, während Horne wie in unbeschreiblichen Ängsten stöhnte und keuchte. Dann ließ er sich plötzlich wieder in seinem Sessel nieder und sagte mit ganz neuer und viel gefaßterer Stimme: »Ich kann das nicht tun. Sie können auch erfahren, warum nicht. Sie werden es früher oder später doch herausfinden. Ich habe ihn getötet.«

Für einen Augenblick herrschte die Stille eines Hauses, das nach einem Blitzschlag voller Leichen ist. Dann ertönte in dieser ungeheuren Stille die Stimme von Father Brown seltsam klein wie das Quieken einer Maus.

»Haben Sie ihn absichtlich getötet?« fragte er.

»Wie soll man eine solche Frage beantworten?«, antwortete der Mann im Stuhl und nagte trübsinnig an seinen Fingern. »Ich war verrückt, nehme ich an. Ich weiß, daß er unausstehlich und unverschämt war. Ich befand mich auf seinem Land, und ich glaube, er hat mich geschlagen; jedenfalls kam es zu einem Handgemenge, und er stürzte über die Klippe. Als ich schon ein gutes Stück vom Tatort entfernt war, wurde mir plötzlich klar, daß ich ein Verbrechen begangen hatte, das mich aus der Menschheit ausschloß; das Zeichen Kains pulsierte auf meiner Stirn und in meinem Hirn; ich machte mir zum ersten Mal klar, daß ich tatsächlich einen Menschen getötet hatte. Ich wußte, ich würde das früher oder später gestehen müssen.« Plötzlich setzte er sich aufrecht hin. »Aber ich werde nichts gegen andere aussagen. Es hat keinen Zweck, mich über Komplotte oder Komplizen auszufragen – ich werde nichts sagen.«

»Angesichts der anderen Morde«, sagte Nares, »ist es schwer zu glauben, daß die Auseinandersetzung tatsächlich so unvorbedacht entstanden ist. Sicherlich hat jemand Sie hergeschickt?«

»Ich werde nichts gegen jemanden aussagen, mit dem ich zusammengearbeitet habe«, sagte Horne stolz. »Ich bin ein Mörder, aber ich werde kein Verräter sein.«

Nares stellte sich zwischen den Mann und die Tür und rief mit amtlicher Stimme jemandem draußen etwas zu.

»Wir alle werden dennoch jetzt zum Tatort gehen«, sagte er leise zum Sekretär, »dieser Mann aber muß in Haft genommen werden.«

Die ganze Gesellschaft hatte das Gefühl, daß eine Gespensterjagd auf einer Klippe am Meer nach dem Geständnis des Mörders eine reichlich törichte Antiklimax sei. Nares aber, obwohl der skeptischste und spöttischste von allen, hielt es für seine Pflicht, keinen Stein ungewendet zu lassen; man könnte sagen, keinen Grabstein ungewendet. Denn schließlich war jene brüchige Klippe der einzige Grabstein über dem nassen Grab des armen Gideon Wise. Nares, der als letzter aus dem Haus kam, schloß die Tür und folgte den übrigen über die Heide zur Klippe, als er überrascht sah, wie der junge Potter, der Sekretär, schnell auf sie zu zurückkam mit einem Gesicht im Mondlicht so weiß wie ein Mond.

»Bei Gott, Sir«, sagte er, als er zum ersten Mal in jener Nacht sprach, »da ist wirklich irgendwas. Es – es sieht genau wie er aus.«

»Sie sind ja verrückt«, keuchte der Detektiv. »Hier ist wohl jeder verrückt.«

»Glauben Sie denn, ich kennte ihn nicht, wenn ich ihn sehe?« schrie der Sekretär mit außerordentlicher Bitterkeit. »Ich habe dazu Gründe.«

»Vielleicht«, sagte der Detektiv scharf, »gehören Sie zu jenen, die Grund hatten, ihn zu hassen, wie Halket sagte.«

»Vielleicht«, sagte der Sekretär; »jedenfalls kenne ich ihn, und ich sage Ihnen, ich kann ihn da stehen sehen, starr und starräugig unter diesem höllischen Mond.«

Und er wies auf die Spalte in den Klippen, in der sie bereits etwas erblicken konnten, das ein Mondstrahl sein konnte oder ein Gischtfetzen, das aber bereits begann, kompakter auszusehen. Sie waren 100 Meter näher herangekrochen, und immer noch war es bewegungslos; aber es sah aus wie eine Statue aus Silber.

Nares selbst sah ein bißchen blaß aus, und er schien dazustehen und mit sich zu diskutieren, was jetzt zu tun sei. Potter fürchtete sich offenkundig ebensosehr wie Horne; und selbst Byrne, der ein hartgesottener Reporter war, empfand Widerwillen dagegen, näher heran zu gehen als unbedingt nötig. Daher kam *es* ihm einigermaßen merkwürdig vor, daß der einzige Mann, der sich vor dem Geist nicht zu fürchten schien, der Mann war, der öffentlich erklärt hatte, daß er sich vielleicht fürchten werde. Denn Father Brown ging mit seinem schwerfälligen Schritt ebenso stetig vorwärts, als ob er eine Anschlagtafel konsultieren wolle.

»Das scheint Sie ja nicht sehr zu beunruhigen«, sagte Byrne zu dem Priester, »und dabei waren Sie doch der einzige, der an Gespenster glaubt.«

»Wenn es darum geht«, sagte Father Brown, »so dachte ich, daß Sie derjenige wären, der nicht an sie glaubte. Aber es ist eine Sache, an Geister zu glauben, und eine andere, an einen Geist zu glauben.«

Byrne sah einigermaßen beschämt aus und warf einen verstohlenen Blick hinaus auf die im kalten Mondlicht daliegende bröckelige Landspitze, die Stätte jener Vision oder Wahngestalt.

»Ich hab' es nicht geglaubt, bis ich es gesehen habe«, sagte er.

»Und ich hab' es geglaubt, bis ich es gesehen habe«, sagte Father Brown.

Der Journalist starrte ihm nach, wie er über die große kahle Fläche stapfte, die zum gespaltenen Vorgebirge hinanstieg wie die Steilseite eines in zwei gespaltenen Hügels. Unter dem ausbleichenden Mond sah das Gras wie langes graues Haar aus, das der Wind in eine Richtung gekämmt hatte und das zu jener Stelle zu weisen schien, wo die abbröckelnde Klippe in der graugrünen Grasnarbe fahle Kalkstellen zeigte und wo jene fahle Gestalt, jener schimmernde Schatten stand, den bisher niemand begreifen konnte. Noch beherrschte jene fahle Gestalt eine verlassene Landschaft, die leer war bis auf den schwarzen vierschrötigen Rücken und die geschäftsmäßige Gestalt des Priesters, der allein auf sie zu ging. Dann riß sich der Häftling Horne plötzlich mit einem durchdringenden Schrei von seinen Bewachern los und rannte an dem Priester vorbei und sank vor der Erscheinung auf die Knie.

»Ich habe gestanden«, hörten sie ihn schreien. »Warum sind Sie gekommen, um ihnen zu sagen, daß ich Sie getötet habe?«

»Ich bin gekommen, um ihnen zu sagen, daß Sie es nicht getan haben«, sagte der Geist und streckte ihm seine Hand hin. Da sprang der kniende Mann mit einer ganz neuen Art Schrei auf; und da wußten sie, daß es eine Hand aus Fleisch war.

In jüngster Zeit sei niemand auf so bemerkenswerte Weise dem Tode entronnen, sagte der erfahrene Detektiv ebenso wie der nicht minder erfahrene Journalist. Und dabei war letzten Endes alles sehr einfach. Flocken und Bruchstücke brachen ständig von der Klippe ab, und manche davon hatten sich in dem riesigen Spalt verfangen und eine Art Sims oder Tasche dort gebildet, wo man einen glatten Absturz durch die Dunkelheit in die See vermutete. Der alte Mann, der ein sehr zäher und drahtiger alter Mann war, war auf diese tiefere Felsschulter gestürzt und hatte schreckliche 24 Stunden mit Versuchen verbracht, über Felsplatten zurückzuklettern, die beständig unter ihm zusammenbrachen, schließlich aber aus ihren eigenen Trümmern eine Art Fluchttreppe bildeten. Das mochte die Erklärung für Hornes optische Täuschung sein, eine weiße Woge sei erschienen und verschwunden, und schließlich zum Stehen gekommen. Auf jeden Fall aber war da jetzt Gideon Wise, solide aus Knochen und Flechsen, mit weißem Haar und weiß bestaubter ländlicher Kleidung und harten ländlichen Zügen, die jedoch sehr viel weniger hart waren als üblich. Vielleicht ist es förderlich für Millionäre, 24 Stunden auf einer Felsschulter einen Fußbreit von der Ewigkeit entfernt zuzubringen.

Jedenfalls verzichtete er nicht nur auf jeden Groll gegenüber dem Verbrecher, sondern gab auch einen Bericht über die Angelegenheit, die das Verbrechen erheblich modifizierte. Er erklärte, daß Horne ihn überhaupt nicht hinabgestürzt hätte; daß vielmehr der ständig abbröckelnde Boden unter ihm nachgegeben habe und daß Horne sogar einige Anstalten gemacht habe, als ob er ihn retten wolle.

»Auf jenem schicksalhaften Felsstück da unten«, sagte er feierlich, »habe ich Gott versprochen, meinen Feinden zu vergeben; und Gott würde es verdammt schäbig finden, wenn ich da nicht einen kleinen Unfall wie diesen vergäbe.«

Horne mußte natürlich unter polizeilicher Bewachung abgeführt werden, aber der Detektiv verhehlte sich nicht, daß die Haft des Häftlings vermutlich nur kurz sein und seine Bestrafung, wenn überhaupt, nur sehr gering ausfallen werde. Nicht jeder Mörder kann schließlich den Ermordeten in den Zeugenstand stellen, daß er für ihn aussage.

»Das ist ein merkwürdiger Fall«, sagte Byrne, als der Detektiv und die anderen über den Klippenpfad zur Stadt hin davonhasteten.

»Ist es«, sagte Father Brown. »Es geht uns zwar nichts an; aber es würde mich freuen, wenn Sie noch bei mir blieben und wir es durchsprächen.«

Nach einem Schweigen stimmte Byrne plötzlich zu, indem er sagte: »Ich nehme an, Sie dachten bereits an Horne, als Sie sagten, jemand sage nicht alles, was er wisse.«

»Als ich das sagte«, erwiderte sein Freund, »dachte ich an den außergewöhnlich schweigsamen Mr. Potter, den Sekretär des nun nicht länger verblichenen oder (sagen wir mal) beklagten Mr. Gideon Wise.«

»Nun ja, das einzige Mal, als Potter überhaupt etwas zu mir sagte, dachte ich, er wäre verrückt«, sagte Byrne und starrte vor sich hin, »aber ich habe mir nie vorgestellt, daß er ein Verbrecher sei. Er sagte irgendwas, das habe alles mit einem Eisschrank zu tun.«

»Ja, ich habe mir gedacht, daß er einiges darüber gewußt hat«, sagte Father Brown nachdenklich. »Ich habe niemals gesagt, daß er irgendwas damit zu tun hatte ... Ich nehme an, der alte Wise ist wirklich stark genug, um allein aus dem Abgrund raufzuklettern.«

»Wie meinen Sie das?« fragte der erstaunte Reporter. »Natürlich ist er aus jenem Abgrund herausgekommen; denn er ist ja da.«

Der Priester beantwortete die Frage nicht, sondern fragte abrupt: »Was denken Sie über Horne?«

»Na ja, man kann ihn nicht gerade einen Verbrecher nennen«, antwortete Byrne. »Er hat nie irgendeinem Verbrecher geähnelt, den ich je gekannt habe, und ich habe da einige Erfahrung; und Nares hat natürlich noch viel mehr. Meiner Meinung nach haben wir nie wirklich geglaubt, daß er ein Verbrecher sei.«

»Und ich habe ihm in einer anderen Hinsicht nicht geglaubt«, sagte der Priester gelassen. »Sie mögen mehr über Verbrecher wissen. Aber es gibt eine Gruppe Menschen, über die ich vermutlich mehr weiß als Sie, oder auch Nares. Davon habe ich viele gekannt, und ich kenne ihre kleinen Tricks.«

»Eine andere Gruppe Menschen«, wiederholte Byrne verdutzt. »Über welche Gruppe wissen Sie was?«

»Reuige Sünder«, sagte Father Brown.

»Das verstehe ich nicht«, widersprach Byrne. »Sie meinen, Sie glauben ihm sein Verbrechen nicht?«

»Ich glaube ihm seine Beichte nicht«, sagte Father Brown. »Ich habe viele Beichten gehört, aber niemals eine ehrliche von dieser Art. Sie war romantisch; sie war literarisch. Sehen Sie mal, wie er darüber sprach, das Kainszeichen zu tragen. Das war literarisch. Niemand würde so empfinden, der gerade mit eigener Person getan hat, was ihm bisher entsetzlich war. Stellen Sie sich vor, Sie wären ein ehrlicher Angestellter oder Ladenjunge und stellten schockiert fest, daß Sie soeben zum ersten Mal Geld gestohlen haben. Würden Sie dann sofort darüber nachdenken, daß Sie die Tat des Barrabas getan haben? Stellen Sie sich vor, Sie brächten in einem furchtbaren Wutanfall ein Kind um. Würden Sie danach durch die Geschichte zurückgehen, bis Sie Ihre Tat mit der eines idumäischen Herrschers namens Herodes identifizieren könnten? Glauben Sie mir, unsere eigenen Verbrechen sind viel zu häßlich, privat und prosaisch, als daß wir unsere ersten Gedanken auf historische Parallelen richteten, wie zutreffend auch immer. Und warum ist er so weit gegangen zu sagen, er werde seine Mittäter nicht preisgeben? Indem er das sagte, gab er sie doch preis. Bis dahin hatte niemand von ihm verlangt, irgend etwas oder irgend jemanden preiszugeben. Nein, ich glaube nicht, daß er ehrlich war, und ich würde ihm nicht die Absolution erteilen. Ein schöner Zustand, wenn die Leute die Absolution für Dinge bekämen, die sie nicht begangen haben.« Und Father Brown blickte mit abgewandtem Kopf stetig aufs Meer hinaus.

»Aber ich verstehe nicht, worauf Sie hinauswollen«, rief Byrne. »Warum ihn mit Verdächtigungen überhäufen, wenn er schon freigesprochen ist? Er ist da raus. Er ist auf jeden Fall in Sicherheit.«

Father Brown wirbelte herum wie ein Kreisel und ergriff seinen Freund mit unerwarteter und unerklärlicher Erregung beim Mantel.

»Das ist es«, rief er nachdrücklich. »Halten Sie das fest! Er ist in Sicherheit. Er ist da raus. Deshalb ist er der Schlüssel zu dem ganzen Rätsel.«

»O Hilfe«, sagte Byrne schwach.

»Ich meine«, beharrte der kleine Priester, »daß er drin ist, weil er raus ist. Das ist die ganze Erklärung.«

»Und auch noch eine sehr einleuchtende«, sagte der Journalist mit Gefühl.

Sie standen da und schauten eine Weile schweigend auf die See hinaus, und dann sagte Father Brown fröhlich:

»Und damit kommen wir zurück zum Eisschrank. Wo ihr euch in diesem Fall von Anfang an geirrt habt, ist, wo so viele Zeitungen und Politiker sich irren. Weil ihr annehmt, daß es in der modernen Welt nichts anderes als den Bolschewismus zu bekämpfen gäbe. Diese Geschichte hat nichts mit Bolschewismus zu tun; oder nur als Irreführung.«

»Ich verstehe nicht, wie das gehen sollte«, protestierte Byrne. »Hier haben Sie drei Millionäre, die in diesem einen Fall ermordet wurden –«

»Nein!« sagte der Priester mit scharfer klingender Stimme. »Haben Sie nicht. Das ist es ja gerade. Sie haben nicht drei ermordete Millionäre. Sie haben zwei ermordete Millionäre; und Sie haben den dritten Millionär putzmunter um sich schlagend und bereit, weiter um sich zu schlagen. Und Sie haben diesen dritten Millionär, für immer befreit von der Drohung, die ihm vor Ihren eigenen Augen an den Kopf geworfen wurde, in spielerisch höflichen Formulierungen während jenes Gesprächs, das nach Ihrem Bericht im Hotel stattgefunden hat. Gallup und Stein drohten dem altmodischeren und unabhängigen alten Schurken, sie würden ihn auf Eis legen, wenn er sich ihrem Verbund nicht anschlösse. Daher natürlich der Eisschrank.«

Nach einer Pause fuhr er fort. »Natürlich gibt es eine bolschewistische Bewegung in der modernen Welt, und ihr muß zweifellos widerstanden werden, obwohl ich nicht so recht an Ihren Weg des Widerstandes glaube. Was aber niemand zu bemerken scheint, ist, daß es noch eine andere Bewegung gibt, die ebenso modern und ebenso bewegend ist: die große Bewegung hin zu Monopolen oder die Umwandlung aller Betriebe in Konzerne. Auch das ist eine Revolution. Auch das bringt hervor, was alle Revolutionen hervorbringen. Menschen töten dafür und dagegen, wie sie es für und gegen den Bolschewismus tun. Sie hat ihre Ultimaten und ihre Invasionen und ihre Exekutionen. Diese Konzernmagnaten halten hof wie die Könige; sie haben ihre Leibwächter und ihre Meuchelmörder; sie haben ihre Spione im Lager des Gegners. Horne war einer der Spione des alten Gideon in einem der Lager des Gegners. Hier aber wurde er gegen einen anderen Gegner eingesetzt: die Rivalen, die ihn ruinierten, weil er nicht mitmachte.«

»Ich verstehe immer noch nicht, wie er eingesetzt wurde«, sagte Byrne, »oder wozu.«

»Aber begreifen Sie denn nicht«, rief Father Brown scharf, »daß sie sich gegenseitig ein Alibi verschafften?«

Byrne sah ihn immer noch etwas zweifelnd an, obwohl Verständnis auf seinem Gesicht aufdämmerte.

»Das meinte ich«, fuhr der andere fort, »als ich sagte, sie seien drin, weil sie raus seien. Die meisten Leute würden sagen, daß sie aus den beiden anderen Verbrechen raus sind, weil sie in diesem drin waren. Tatsächlich aber sind sie in den beiden anderen drin, weil sie aus diesem einen raus sind; weil dieses eine niemals stattgefunden hat. Eine sehr eigentümliche und unwahrscheinliche Art Alibi, natürlich; unwahrscheinlich und deshalb undurchdringlich. Die meisten Leute würden sagen, daß ein Mann, der einen Mord gesteht, aufrichtig sein muß; daß ein Mann, der seinem Mörder vergibt, aufrichtig sein muß. Niemand würde annehmen, daß das Ding gar nicht stattgefunden hat, so daß der eine Mann nichts zu vergeben und der andere nichts zu fürchten hat. Sie waren für jene Nacht durch eine Geschichte, die gegen sie zeugt, an dieser Stelle fixiert. Aber sie waren in jener Nacht nicht hier; denn Horne ermordete da den alten Gallup im Walde, während Wise den kleinen Juden in seinem römischen Badhaus erwürgte. Deshalb habe ich gefragt, ob Wise wirklich stark genug für ein solches Kletterabenteuer ist.«

»Das war wirklich ein gutes Abenteuer«, sagte Byrne bedauernd. »Es paßte in die Landschaft und war wirklich sehr überzeugend.«

»Zu überzeugend, um zu überzeugen«, sagte Father Brown und schüttelte den Kopf. »Wie lebendig wurde jener mondbeschienene Schaum hochgeschleudert und in einen Geist verwandelt. Und wie literarisch! Horne ist ein Kriecher und ein Stinktier, aber vergessen Sie niemals, daß er wie viele andere Kriecher und Stinktiere in der Geschichte auch ein Dichter ist.«

Anmerkungen

DIE AUFERSTEHUNG VON FATHER BROWN
The Resurrection of Father Brown
S. 435: »Die Auferstehung ...« – es empfiehlt sich, bei dieser Geschichte sowohl die Geschichte von der Marterung Jesu, seinem Tod am Kreuz, seiner Auferstehung und die symbolische Darstellung dieser Vorgänge in der katholischen Messe im Sinne zu behalten wie auch die entsprechende biblische Sprache, da Chesterton mit diesen Elementen und ihren Formeln hier teils paraphrasierend, teils ironisierend umgeht.
»Thema von Kurzgeschichten« – die nur Chesterton schrieb.
»Präsident Monroe« – James M. (1758–1831), Politiker aus Virginia, der 1811 Staatssekretär des Präsidenten Madison wurde und von 1817 bis 1825 selbst als 5. Präsident der USA amtierte; er ließ am 2.12.1823 seinen Staatssekretär John Quincy Adams die Erklärung verkünden, daß den europäischen Mächten hinfort die Einmischung in amerikanische Angelegenheiten (nämlich die des gesamten Doppelkontinentes) verwehrt sei, wofür umgekehrt die USA sich nicht in europäische Angelegenheiten einmischen wollten; daraus wurde unter Präsident Theodor Roosevelt 1904 eine Art Aufsichtsrecht der USA über die anderen amerikanischen Staaten; in diesem Sinne ist die Monroe-Doktrin bis heute mehr oder minder gültiger Grundsatz der US-Außenpolitik.
S. 436: »Meredith« – George M. (1828–1909), englischer ironisch-satirischer Schriftsteller, der vor allem Menschen schilderte, die mit dem Gegensatz zwischen Natur und Vernunft in sich fertig wurden (seine Frauengestalten) oder nicht (seine Männergestalten).
»Snaith« – klingt in der Aussprache fast wie »snails«, eine seit ca. 1825 gängige Fluchformel aus »God's nails«, nämlich den Nägeln, mit denen Jesus ans Kreuz geschlagen wurde. In dieser Erzählung wird besonders deutlich, wie Chesterton seine Namen zusätzlich als direkte oder indirekte Elemente einsetzt: Zu dem Spiel mit dem Vornamen Saul/Paul steht Snaith als Gegenbild John Adams Race gegenüber, Hans Adams Rasse; die fragwürdigen Herren Alvarez und Mendoza tragen die Namen ebenso fragwürdiger spanischer Eroberer Lateinamerikas; Calder6n de la Barca schließlich (1600–1681), einer der bedeutendsten spanischen Dichter, liebte es, in seinen Theaterstücken mit dem Wunderbaren zu spielen und Wirklichkeitsnähe mit der gleichnishaften Auffassung alles Irdischen abzuwechseln.
»Ingersoll ... Voltaire« – Robert Green Ingersoll (1833–1899), US-Jurist, Dozent und Schriftsteller, ein bedeutender Agnostiker; als dessen wichtigste Werke in diesem Zusammenhang gelten »Some Mistakes of Moses«, 1879, und »Foundations of Faith«, o. J.; Voltaire: Pseudonym von François-Marie Arouet l. j. (= le jeune bzw. junior), der sein Pseu-

donym durch Anagramm aus seinem Namen bildete; französischer Schriftsteller, Dichter und Philosoph (1694–1778); gilt als einer der bedeutendsten Geister Frankreichs und vor allem der französischen Aufklärung, der nicht zu Unrecht schärfste antiklerikale Positionen einnahm.

S. 438: »ikonoklastische Partei« – Ikonoklasten = Bilderstürmer nennt man nach ihrer aller Vorbild im Byzanz des 8. Jh. alle Fanatiker, die ihrem Haß gegen einen anderen als ihren Glauben dadurch Ausdruck verleihen, daß sie seine Bilder und Bildwerke zerstören.

»Initiation« – eigentlich Vorgang der rituellen Einweihung in Glaubensmysterien zum Zeitpunkt des Erwachsenwerdens; das zugehörige Verb »initiieren« wird heute jedoch leider fast ausschließlich in einem falschen säkularisierten Sinn als Synonym für »anregen« o. ä. mißbraucht.

S. 439: »über eine Klippe verschwinden ...« – als der Erfinder von Sherlock Holmes, Dr. Conan Doyle, diese Kunstfigur nicht mehr leiden konnte, weil er sich selbst für den Verfasser seriöser Bücher ansah, ließ er ihn in einem gigantischen Ring- und Endkampf mit dessen Erzfeind, dem Professor Moriarty, in der Schweiz in den Wasserfällen von Reichenbach verschwinden; der Protest des Publikums zwang ihn aber, ihn später wieder auferstehen zu lassen und die merkwürdige Art seiner Rettung ausführlich zu erzählen.

S. 444: »Dagos« – angelsächsisches Schimpfwort für Angehörige aller romanischen Völker, außer den Franzosen, die man Froschfresser schimpft – (entstanden aus Sankt Jakob zu spanisch Santiago zum Vornamen Diego = spanisch Jakob, verangelsächsischt zum Schimpfwort Dagoj etwa wie »Fritz« als Schimpfwort für die Deutschen).

S. 447: »Voodoo« – vom dahomeischen Wort »vodu«; eine Mischung aus afrikanisch-animistischen und christlichen Glaubens- und Ritualvorstellungen mit Zauberei, Schlangenkult, Opferungen usw., die vor allem auf den westindischen Inseln mit Zentrum Jamaika und in den Südstaaten der USA unter Negern und Negerblütigen gepflegt wird; zugehörig der Glaube an Zombies = Lebendtote ohne eigenen Willen.

»... den Himmel herausfordere ...« – man denke an Don Juans Einladung an seinen Steinernen Gast.

S. 448: »Seine Eminenz verweigert Anerkennung« – an Wunder dürfen Katholiken nach der Lehre der Kirche nur dann glauben, wenn das sogenannte Wunder vom zuständigen Bischof förmlich als Wunder anerkannt worden ist.

S. 450: »Wo gehen Sie hin?« – in diesem Zusammenhang Anspielung auf eine Stelle in der Petrus-Legende: als Petrus aus Rom vor den drohenden Marterungen floh, begegnete er Jesus, den er verwundert fragte: »Quo vadis, Domine?« = Wo gehst du hin, Herr. Antwort: nach Rom zu deiner Gemeinde, die du verlassen hast.

»Titus Oates« – lebte 1649 bis 1705 und wird in Lexika bis heute als »englischer Verschwörer« bezeichnet: Er war Priester der Church of England, wurde aber wegen unsauberen Lebenswandels aus ihr ausgeschlossen und entschied sich, das »Popish Plot« (Päpstische Verschwörung) zu inszenieren, 1677 trat er angeblich zum Katholizismus über, verbrachte einige Zeit bei den Jesuiten und enthüllte alsdann den Behörden den angeblichen Versuch der Jesuiten, mit Billigung des Papstes Innozenz XI. London niederzubrennen, die Protestanten zu massakrieren und König Karl II. zu ermorden. Als Konsequenz dieser »Enthüllung« wurden mindestens 35 Katholiken ermordet. 1685 wurde er zu Pranger, Auspeitschung und lebenslanger Haft verurteilt; 1689 wurde er von König Wilhelm III. (aus dem Hause Oranien) begnadigt und mit einer Pension bedacht.

DER PFEIL AUS DEM HIMMEL
The Arrow of Heaven

S. 453: »embarras de richesse« – französisch, etwa »belästigender Überfluß«, z. B. an Beweisen oder Begründungen.

S. 454: »Dandy« – nicht übersetzbares Wort, da seine Bedeutung drei Elemente in sich zusammenfügt, die im Deutschen nur einzeln zu nennen sind: geschmackvollst in allen Äußerlichkeiten des gesellschaftlichen Lebens, vor allem durch die Kleidung ausgedrückt; als Voraussetzung dazu Müßiggänger; und das beides bis an den Rand des Stutzers (= haarscharf jenseits der Grenze, wo der gute Geschmack aufhört, den die gesellschaftliche Konvention bestimmt, die ihrerseits aus dem absoluten Selbstverständnis einer sich selbst nie in Frage stellenden führenden Gesellschaftsschicht stammt).

»4. Juli« – der Nationalfeiertag der USA, an dem sich alle mit allen in freundschaftlichsten Formen für diesen Tag für verbrüdert halten.

S. 455: »Daniel Doom« – »doom« ist im Englischen sowohl das Schicksal, das Geschick; wie auch – meist wie hier groß geschrieben – das Jüngste Gericht.

S. 458: »Karibische Inseln« – im Original »Cannibal Islands«. Das Wort »Kannibale/Cannibals« o. a. ist vom spanischen »cannibales« abgeleitet, das wiederum aus »caribales« entstand und ursprünglich die Kariben bezeichnete, die von Spanien ausgemordeten Ureinwohner der Karibischen Inseln; die Selbstbezeichnung »caribe« bedeutete »die Tapferen, die Mutigen« und bezog sich ursprünglich nur auf die Kriegerkaste. Da die Kariben rituellen Verzehr von Menschenfleisch kannten und betrieben, wurde ihr Name zum Synonym für Menschenfresser.

»Schwarze Hand« – generelle Bezeichnung für kriminelle Vereinigungen wie weiland in Berlin z.B. »Ringverein« oder im alten Italien »Mafia«.

S. 459: »Old Hickory« – hier sind zwei Begriffe zu betrachten: a) »old« – im Englischen, vor allem im USAnischen nicht unbedingt identisch, mit »alt«, sondern durchaus auch Ehrentitel im Sinne etwa von »in seiner Profession ungemein erfahren«; weshalb »old«, zusätzlich zum Aspekt der Bewunderung mit dem der Zuneigung oder zumindest wohlwollenden Betrachtung verbunden, selbst Jünglinge ehren kann; daher in diesen adjektivischen Zufügungen unübersetzbar und durch »der alte ...« nur andeutend wiederzugeben, b) »Hickory« – bedeutet zunächst eine Walnußbaumart, die nur in Nordamerika vorkommt und zur Familie der weißen Walnußbäume gehört; aufgrund ihrer besonderen Holzstruktur beliebtes Material für Schnitzarbeiten, die wegen der Zähigkeit des Holzes sehr scharf konturierte Ausarbeitungen ermöglicht; schließlich wegen des nachdunkelnden Farbtons gerne für »verwitterte« Männergesichter aus der Geschichte der Indianerabschlachterei gebraucht; der »berühmtere Old Hickory« meint den 7. Präsidenten der USA, Andrew Jackson, der »Old Hickory« genannt wurde, nicht zuletzt wegen seiner bösartigen Behandlung der Indianer (da zu dieser Zeit den Denkenden in den USA bereits die Haltlosigkeit aller Entschuldigungsargumente für die Behandlung der Indianer durch die angelsächsischen Protestanten durch Ausrottung im physischen wie im kulturellen und wirtschaftlichen Sinne durchaus klar war und ihnen nur die Wahl zwischen Bewunderung des Indianerschlächters und Indianerkulturzerstörers Jackson einerseits und Eingeständnis begangener Fehler andererseits blieb, wozu aber Protestanten bekanntlich noch weniger fähig sind als Katholiken, weshalb dem relativ kleinen Fehler des unwissenden und daher unschuldigen Anfangs als Abhilfe der Vernichtungsreflex aus moralischer Feigheit folgt: das nicht mehr Existente hat es nie gegeben. Leider sind die Spuren des Ermordeten nie vollständig zu tilgen).

S. 459: »Indianerkämpfer« – im Original »frontier man«: als Grenze (= frontier) sahen die Weißen die Linie zwischen den schon ausgemordeten Indianergebieten und jenen an, in denen es noch Indianer gab; das Verfahren endete logischerweise mit der Zeit an der Pazifikküste; aus dieser Ausmordungskampagne zogen die USAner ihr Eigenbewußtsein gegenüber ihren europäischen Herkunftsländern (die sie aus eben den Verhaltensweisen ihnen gegenüber haßten, die sie jetzt den Indianern gegenüber selbst anwendeten); und als es keine Indianer mehr zu ermorden gab, verließ die USA das Selbstbewußtsein, bis Kennedy den Mond als neue »frontier« proklamierte.

S. 461: »in träumerisches Nachdenken versunken« – ist die sinngerechte Umsetzung des seltenen idiomatischen Begriffs »in a brown study«: diesen raren Ausdruck wählte Chesterton zweifellos als wortspielerische Ergänzung zum Namen Father Brown; das Wortspiel ist unübersetzbar.

S. 466: »letzter Zusatz zur amerikanischen Verfassung« – das 1919 verabschiedete 18. Amendment verbot Herstellung, Verkauf und Transport berauschender Getränke und bildete damit die Grundlage der Prohibition, die nicht nur ihr Ziel nicht erreichte, sondern darüber hinaus das organisierte Verbrechen gebar.

S. 466: »Von seinem Schöpfer begabt ...« – Father Brown parodiert hier eine Passage des 2. Satzes aus der Unabhängigkeitserklärung der 13 nordamerikanischen Kolonien vom 4. Juli 1776: »...endowed by their Creator with certain unalienable Rights, that among these are Life, Liberty and the pursuit of Happiness« (... von ihrem Schöpfer begabt mit bestimmten unveräußerlichen Rechten, darunter Leben, Freiheit und Streben nach Glück).

S. 467: »das alte Buch« – gemeint ist die Bibel in der althergebrachten Form, im Englischen die James-Bibel, im Deutschen die Luther-Bibel, und nicht die neue glatte ökumenische Variante.

»Jesabel« – die nicht eben feinen Geschichten über diese alttestamentarische Dame finden sich detailliert im Buch der Könige I, 16ff. Und was Agag, den König der Amalekiter und sein merkwürdiges Schicksal angeht, lese man im AT, Buch Numeri 24, 7 und Samuel 1, 15 ff. nach.

S. 468: »Apoll« – ein von den Griechen aus Kleinasien importierter Gott.

»der heilige Sebastian« – nach der Legende Märtyrer in der diokletianischen Zeit, der mit Pfeilschüssen zu Tode gebracht wurde.

S. 470: »Hiawatha« – bedeutende Algonkin-Gestalt des 15./16. Jahrhunderts, die wesentlichen Anteil an der Ausarbeitung der Verfassung der »Fünf Nationen« hatte – die ihrerseits erheblichen Anteil an der Entwicklung der modernen europäischen Staatsideologie und am Prozeß der Umsetzung von Menschenrechten in Staatsgesetze hatten – und eine bedeutende Gestalt der Literatur um den »edlen Wilden« wurde; daß die US-Verfassung von der Hiawatha-Verfassung erheblicher als von den alteuropäischen Philosophien beeinflußt wurde, sei mit allen Nebenfolgen nur am Rande vermerkt (siehe die Tagebücher Benjamin Franklins und den Impeachment-Prozeß der US-Verfassung).

»Mystiker« – echte Mystiker sind solche, die das Wunder des Kontaktes mit der Transzendenz in der Alltäglichkeit erleben. (Eine Äbtissin sagte einmal: »Wenn eine meiner Nonnen mit dem Bauch voller Leberwurstbrote in gemäßer Menge glaubt, mystische Erlebnisse gehabt zu haben, glaube ich das eher, als wenn sie vorher 24 Stunden gehungert hat.«)

DAS ORAKEL DES HUNDES
The Oracle of the Dog

S. 478: »Apportierhund« – im Englischen »retriever«.

S. 481: »Viktorianer« – Königin Viktoria (aus dem seit 1714 herrschenden Haus Hannover) saß von 1837 bis 1901 auf dem britischen Thron (siehe auch Anmerkung zu S. 543).

S. 482: »namens Nacht« – im Original »Nox«, lateinisch = Nacht.

»Schicksalsfelsen« – im englischen Original »Rock of Fortune«, »fortune« = Schicksal, Glück, Reichtum usw.

S. 484: »Auguren« – im alten Rom jene Priester, die bei wichtigen Staatshandlungen aus bestimmten Vorzeichen den Willen der Götter zu erforschen hatten.

S. 489: »Enzyklika *Rerum Novarum*« – Papst Leo XIII. erließ diese Enzyklika »der neuen Dinge« 1891} sie stellt den grundlegenden Text der katholischen Soziallehre (abgesehen vom Neuen Testament) dar.

S. 491: »Bürger Riquetti« – Gabriel de Riqueti, Graf von Mirabeau (1749–1791), französischer Denker, Schriftsteller, Staatsmann} er erstrebte als bedeutendster Kopf der Französischen Revolution eine konstitutionelle Staatsreform nach englischem Vorbild; sein vorzeitiger Tod öffnete der radikalen Entwicklung der Revolution den Weg. Das Zitat (dessen Herkunft nicht festgestellt werden konnte) spielt darauf an, daß Mirabeau sich in den ersten Tagen der Revolution nicht mehr mit seinem Grafentitel nannte, sondern ihn gemäß den anti-aristokratischen Strömungen ablegte und sich nur mehr mit dem Namen seiner Familie nannte, den niemand kannte, weshalb die Reden des Bürgers Riqueti verhallten, was die Revolutionsführung dazu veranlaßte, ihn aufzufordern, doch wieder seinen berühmten Adelsnamen zu verwenden.

»Hartington« – bereits im 13. Jh. tauchen in der englischen »Chronica Majora« Hartingtons auf; so ritt ein Graf H. 1213 als Mitglied einer Geheimgesandtschaft des Königs Johann Ohneland zum almohadischen Kalifen Muhammad an-Nasir nach Sevilla, um diesem eine Allianz mit England gegen Papst und Frankreich anzutragen; falls man gemeinsam siege, wolle Johann mit seinem Volk (gemeint war hier wohl Aquitanien) zum Islam übertreten. Der Kalif lehnte bekanntlich ab, Johann unterlag, Aquitanien blieb bisher vorwiegend katholisch.

S. 492: »seine Freunde gebeten, den Sekretär aufzusuchen« – nämlich, um ihm die Forderung zum Duell zu überbringen und die Einzelheiten des Duells zu besprechen (die Freunde = die Sekundanten).

S. 494: »Yankee« – ein in seiner Herkunft und Urbedeutung bis heute ungeklärter Ausdruck, der ab 1683 mit zunächst niederländischen Assoziationen belegt ist (also vielleicht die Anglisierung eines niederländischen Janke als spöttisch-herabsetzendes Diminutiv zu Jan: ergo etwa Hänschen); ab 1758 als Spitzname zunächst für Neuengland-Bewohner, dann für solche der Nordstaaten überhaupt (während des US-Bürgerkrieges allgemeine herabsetzende Bezeichnung des Südens für die Nordstaatensoldaten), ab 1784 in England für alle US-Einwohner (als die natürlich nur weiße protestantische Menschen galten); seit 1781 zunehmend auch Charakterkennzeichnung mit den Bedeutungen Schläue, pfiffige Hinterlist, kaltes Profitkalkül usw.

»Bramarbas« – ein prahlerischer Feigling, der gerne versucht, Schwächere durch seine Haltung zu beeindrucken und dann unter Druck zu setzen.

S. 494: »Dorfpriester« – der unbeholfene Dorfpriester in der feinen Gesellschaft, dessen Befangenheit den kleinen Schoßhund veranlaßt, ihn herausfordernd anzukläffen, taucht in der englischen Literatur immer wieder auf.

S. 496: »*Das Gelbe Zimmer*« – 1907 erschien von Gaston Leroux *Le mystère de la chambre jaune (Das Geheimnis des gelben Zimmers)*, eine durchaus auch in der Tradition des Schelmenromans stehende, als klassisch geltende Darstellung des Problems vom Mord im verschlossenen Raum.

S. 499: »Anubis ... Pascht ... Bullen von Bashan« – Anubis ist der ägyptische Totenkopf in Hundegestalt oder in Menschengestalt mit Hundekopf; Pascht (auch Bascht, Bastet u. a.) ist die bekannteste katzengestaltige (zumindest katzenköpfige) Göttin Altägyptens: im Neuen Reich war die Katze eine der Erscheinungsformen des Sonnengottes Re, der als »Großer Kater« die Apophis-Schlange vernichtet; die Katze wurde zum Erscheinungsbild ursprünglich löwengestaltiger Göttinnen wie Hathor, Mut und eben Bastet, wobei die Katzengestalt die Gnade der besänftigten Gottheit darstellt; Bastet vor allem spielte eine große Rolle im Tierkult der Spätzeit (Statuen, Friedhöfe mit Katzenmumien usw. beweisen das ausgiebig). Zu den Bullen von Bashan heißt es im Buch der Psalmen 22, 13–14: »Mich umgaben starke Stiere, Riesen Basans umzingelten mich. Sie rissen wider mich ihr Maul auf, ein reißender, brüllender Löwe«, wozu der Übersetzer und Herausgeber A. Bertholet in Kautzsch's AT-Ausgabe 1923 anmerkt, die Riesen von Basan, nämlich die Stiere, seien das Zeichen für Basan, eine Landschaft, die für ihre fetten Weiden und als ein Hauptherd der Viehzucht berühmt sei.

»Er ist Mensch geworden« – nämlich Gott in der Gestalt Jesu (Hauptthema des NT).
»der heilige Franz« – Giovanni Bernardone (1181–1126), erhielt vom Vater den Beinamen Francesco, Begründer des Ordens der Franziskaner, war von fröhlichem Wesen und tiefer Liebe zu Gott und allen Dingen, also auch Pflanzen und Tieren, mit denen er sprach und die sich um ihn zu sammeln pflegten.

DAS WUNDER VON MOON CRESCENT
The Miracle of Moon Crescent

S. 500: »Moon Crescent ... romantisch« – M.C. = Mondsichel.
»Washington und Jefferson« – George Washington (1732–1799), Nationalheld und 1. Präsident der USA (1789/97), entstammte der virginischen Pflanzeraristokratie, war im Unabhängigkeitskrieg gegen Großbritannien Oberbefehlshaber der nordamerikanischen Freiheitstruppen, leitete 1787 den Verfassungskonvent. Thomas Jefferson (1743–1826), Verfasser der Unabhängigkeitserklärung und 3. Präsident der USA (1801/09), war 1779/82 Gouverneur von Virginia, 1785/89 Gesandter in Paris, 1790/93 Washingtons Staatssekretär (= Außenminister); als Präsident erwarb er von Frankreich 1803 Louisiana, wodurch sich das Territorium der USA mehr als verdoppelte.
»Queen Anne« – die zweite Tochter des 1688 gestürzten katholischen Stuartkönigs James II. war selbst protestantisch (1665–1714) und herrschte als Königin von Großbritannien und Irland 1702/14; durchkämpfte den Spanischen Erbfolgekrieg, vereinigte 1707 England und Schottland zu Großbritannien; unter ihr entstanden Parkanlagen der strengsten Komposition, ehe später der »naturähnliche« typisch englische Park entstand.
S. 501: »Roosevelt ... Henry Ford ... Mrs. Asquith« – gemeint sind Theodore Roosevelt (1858–1919), der 1901/09 der 26. Präsident der USA war und u. a. den Panama-Kanal verwirklichte, die Monroe-Doktrin (vgl. Anmerkung zu S. 435), gegen starken Widerstand Lateinamerikas erweiterte und innenpolitisch gegen die Trustbildung kämpfte; Henry Ford (1863–1947), US-Unternehmer, Konstrukteur des Ford-Automobils und Gründer der Ford Motor Company, übernahm aus Deutschland das Fließbandsystem und entwickelte es zum Träger seiner Fertigungsverfahren, das zum Ziel Massenanfertigung weniger Muster, gesteigerte Arbeitsteilung und hohe Rationalisierung hatte und kurze Arbeitszeiten bei hohen Löhnen erreichen sollte; Mrs. Asquith, die Löwin der New Yorker Salons zu Beginn des 20. Jh., war die Frau des Eisenbahntycoons Asquith.
S. 504: »Sophia ... Saphira« – Sophia heißt auf griechisch »Weisheit«; Saphira bedeutet »der Saphir« = Geldgier.
S. 504: »Patagonien« – der südlichste Teil Südamerikas mit Feuerland.

»Spiritus« ist lateinisch und bedeutet Luft/hauch, Wind, Atem, Odem, Leben, Seele, Geist usw. (im Christlichen ist »sanctus Spiritus« der Heilige Geist); das griechische Wort ist »pneuma«.

S. 506: »auseinandergerissen wie Judas« – Judas wurde nicht auseinandergerissen, sondern er hat sich erhängt.

S. 507: »Einsiedler auf einem Krokodil« – der Einsiedler, der sich von einem Krokodil über einen Fluß tragen ließ, war Antonius der Große, der Vater des Mönchstums (251–356; bekannt durch »die Versuchung des hl. A.«).

»Heiliger mit drei Leichen« – Heilige mit mehreren Leichen waren die englischen Heiligen Baltherus und Bilfridus, die nach ihrem Tod ihre Leichen vervielfachten, damit jede danach begierige Gemeinde eine bekomme.

»Heiliger hängt seinen Mantel an den Sonnenstrahl« – Heilige, die ihren Mantel an einen Sonnenstrahl hängten, waren: (a) der hl. Lucanus, Bischof von Säben-Brixen, der das tat, als er sich vor Papst Cölestin I. (422–432) rechtfertigen mußte; (b) der hl. Deicola (auch Deicolus, Dichuill, Desle, Diey), ein Ire, der Ende des 6. Jh. in den Vogesen das Kloster Lure/Lüders gründete und ablehnend den ihm angebotenen Bischofsmantel aufhängte; (c) der hl. Goar aus Aquitanien, der um 500 als Einsiedler am Rhein wirkte (aus seiner Zelle entstand die Stadt St. Goar) und sein Habit ebenfalls bei Gelegenheit an einen Sonnenstrahl hängte; sowie (d) die hl. Brigida von Kildare (453–523), uneheliche Tochter des irischen Königs Dubtach, Begründerin des Doppelklosters Kildare, dessen erste Äbtissin und Begründerin des Brigittenordens, die St. Brendan bei der Rückkehr von seiner 7jährigen Meerfahrt empfing und ihr nasses Habit so zum Trocknen aufhängte.

»Heiliger benutzt Mantel als Atlantikboot« – seinen Mantel als Boot benutzte niemand, doch rettete (a) der hl. Hyazinth beim Mongolensturm 1240 gegen Kiew seine dominikanischen Ordensbrüder in seinem Mantel über den Dnjestr (der damals zugefroren war, was den mongolischen Reitern ihren Angriff sehr erleichterte), reiste (b) der hl, Penafort (1238/40, 3. General der Dominikaner) in seinem Mantel als Segelboot von Mallorca nach Spanien; doch dürfte Chesterton (c) irrtümlich an die Seefahrt des hl. Brendan gedacht haben.

»heilige Esel mit 6 Beinen« – ihm war nicht auf die Spur zu kommen.

»Haus von Loreto« – dieses war das Wohnhaus der Muttergottes und des Lieblingsjüngers Johannes in Ephesos, von wo es Engel 1295 vor den Seldschuken durch die Lüfte nach Loreto in Sicherheit brachten (die andere Version, es sei das Haus der hl. Familie in Nazareth gewesen, ist abzulehnen, da das Haus in Nazareth immer noch zu besichtigen ist: das Haus in Ephesos nicht mehr!).

»Hunderte von steinernen Jungfrauen, die blinzeln und weinen« – bezieht sich auf Marienstatuen und die mit ihnen verbundenen Legenden.

S. 510: »enfant terrible« – französisch = schreckliches Kind.

»sardonisch« – sardonisches Lachen bedeutet ein krampfhaftes Lachen, das seinen Namen nach dem Kraut Sardonia hat, das Gesichtszuckungen verursachen soll.

S. 514: »Nase im Gesicht ... Schlinge um den Hals« – unübertragbares Wortspiel mit »nose« = Nase und »noose« = Schlinge.

S. 514: »Daguerreotypie« – ein von dem französischen Maler Louis Jacques Mande Daguerre (1789–1851) im Jahr(e) 1837 erfundenes frühes Photographierverfahren bzw. die so entstandenen Photographien.

»praktischer Mann ... praktischer Witz« – »practical man ... practical joke«: der Begriff des »practical joke« ist praktisch unübertragbar; er bedeutet ungefähr einen handfesten Schabernack (etwa die Äquatortaufe bei Schiffsreisen).

ANMERKUNGEN

S. 515: »Professor Vair« – der Name spielt spöttisch auf »fair« an.
S. 517: »Sehr gepunktet ... bekloppt« – unübertragbares Wortspiel »very dotted ... dotty«.
S. 520: »spirituelle Kräfte ... Satanismus« – Father Brown meint hier mit spirituellen Kräften, was üblicherweise als »Schwarze Magie« bezeichnet wird, und verweist mit der Bemerkung über den Satanismus auf die Kenntnisse des katholischen Geistlichen im Bereich des Exorzismus, wie gleichzeitig auf die Kenntnisse des Autors Chesterton auf diesem Gebiet.
S. 523: »Beurteilung von Menschen« – im Original hier und im folgenden »judge of men« in all seinen Bedeutungen: Beurteiler, Verurteiler, Richter usw. von/der Menschen: Gott ist am Tag des Jüngsten Gerichts der »judge of men«.

DER FLUCH DES GOLDENEN KREUZES
The Curse of the Golden Cross

S. 524: »Insel ... Laputa« – der Wundarzt und nachmalige Kapitän verschiedener Schiffe Lemuel Gulliver besuchte – dem Herausgeber seiner Abenteuer, Jonathan Swift, zufolge – während seiner dritten Reise die fliegende Insel Laputa, deren Bewohner sich so tief in Probleme von Mathematik, Musik und Astronomie versenkt haben, daß sie zu zwischenmenschlichen Beziehungen nicht mehr fähig sind.
S. 533: »Mannstreu« – lateinisch Eryngium maritimum, auch Strand- oder Dünendistel genannt.
S. 541: »die englischen Gemeinden zurückhaben wollen« – gemeint ist, daß die katholische Kirche jene Gemeinden zurückhaben wolle, die ihr durch die sogenannte Kirchenreform Heinrichs VIII. entrissen und in anglikanische Gemeinden umgewandelt wurden.
S. 543: »Gladstone ... Parnell ... Viktoria« – William Ewart Gladstone (1809–1898), britischer Politiker und Staatsmann, 1852/55 und 1859/66 Schatzkanzler, 1880/85, 1886, 1892/94 Premierminister, bemühte sich innenpolitisch vor allem um die Lösung der irischen Frage durch irische Selbstregierung (»Home Rule«), scheiterte aber damit 1886 und 1893; außenpolitisch stand er im Gegensatz zum Kolonialimperialismus der Konservativen, aus deren Reihen er nach dem Krimkrieg zur liberalen Partei übergewechselt war. Charles Stewart Parnell (1846–1891), irischer Politiker, ab 1875 im House of Commons Großbritanniens Führer der ›Home Rule-Gruppe‹, also der Abgeordneten, die für die Selbstverwaltung Irlands eintraten; in zahlreiche Skandale, politische Morde usw. angeblich verwickelt, die jedoch allesamt nicht eindeutig zu belegen sind, außer in der Publizistik seiner politischen Gegner. Königin Viktoria (1819–1901), aus dem Hause Hannover und Tochter einer Prinzessin von Sachsen-Coburg (daher ihre Liebe zu ihrem Vetter Prinz Albert von Sachsen-Coburg-Gotha, den sie 1840 heiratete), herrschte von 1837 bis 1901 als Königin von Großbritannien und Nordirland und zusätzlich ab 1876 als Kaiserin von Indien.
»Gilde ... *salvo managio suo* ... *Servi Regis* ...« – die Gilde (das Wort gehört zur Wortgruppe »Geld« und »gelten« in der Urbedeutung zurückzahlen, opfern) bezeichnete ursprünglich das Opfergelage zur Besiegelung einer eingegangenen rechtlichen Verbindung und wurde dann zur Bezeichnung genossenschaftlicher Vereinigungen des Mittelalters, zunächst von Kaufleuten (Gewerbsgilde, Hanse) und Handwerkern, aber auch z.B. von Bauern; der Gewerbsgilde wuchsen sehr bald auch Funktionen der Schutzgilde zur Verteidigung gemeinsamer Interessen zu; neben diese Berufsvereinigungen im Rahmen des Innungs- oder Zunftwesens traten bald auch religiöse Gilden = Bruder-/Schwesterschaften. *Salvo managio suo:* mittellateinischer Rechtsgrundsatz, wörtlich »mit Ausnahme seines Handwerkszeugs«, welcher die Wegpfändung der zur Berufsausübung notwendigen Gerätschaften, Ladengeschäftseinrichtungen usw. verbot (ist modifiziert bis heute gültig). *Servi Regis:*

mittellateinischer Rechtsbegriff, wörtlich »Diener des Königs«, der die so bezeichneten Personen der ausschließlichen Rechtsgewalt des Königs unterstellte Juden waren (z.B. als »Kammerknechte«) fast immer *Servi Regis* und insofern grundsätzlich vor Übergriffen geschützt (auch wenn die Praxis oftmals wegen der Schwäche der Herrscher oder ihrer Geldgier anders aussah).

S. 544: »Homousios« – in der alten Kirche vertrat der Presbyter Arius aus Alexandria (gest. 336) die Lehre, daß Christus nicht wesensgleich mit Gott sei, sondern nur wesensähnlich; in dem Arianerstreit bezeichnete das griechische Wort »Homousie« die Wesensgleichheit, »Homoiusie« die Wesensähnlichkeit; die Konzile von Nizäa 325 und Konstantinopel 381 verdammten die arianische Lehre und damit die »Homoiusie« und sprachen sich (im »nizäanischen Glaubensbekenntnis«) für die Wesensgleichheit aus; wer sich danach noch für die Wesensähnlichkeit aussprach, galt als Ketzer und wurde entsprechend von der Kirche verworfen und anschließend vom Staat bestraft (da der Kirche das Recht auf Strafen an Leib und Leben nicht zustand, der Staat aber angesichts der damaligen Auffassung religiöse Ketzerei als Hochverrat ansah und verfolgte); da zwischen beiden Begriffen in der Schreib- wie Sprechweise der Unterschied nur durch das »i« ausgedrückt ist, konnten sich vor allem Ungebildete leicht vertun (auf dieses »i«, im Griechischen Iota genannt, und diese seine spezielle Bedeutung geht die Formel zurück, daß an einem Text »kein Iota geändert« werden dürfe).

S. 549: »bis vor kurzem Krieg vergessen« – gemeint ist mit dem dann doch gekommenen Krieg der 1. Weltkrieg.

»Antonius von Padua« – der 1195 in Lissabon geborene, in Padua 1231 gestorbene Franziskaner war ein bedeutender seelsorgerischer und sozialkritischer Prediger (z.B. gegen Wucherei und erfolgreich gegen Freiheitsstrafen für zahlungsunfähige Schuldner); er gilt als Patron der Liebenden, der Ehe, der Frauen, der Kinder, von Reisenden, Pferden, Eseln, Bergleuten und Fayenceherstellern und ist »Helfer gegen alle Nöte« wie Unfruchtbarkeit, Fieber, Dämonen, Kriegsnot und Pest sowie für das Wiederfinden verlorener Dinge; außerdem ist er Stadtpatron von Padua, Lissabon, Spalato, Paderborn und Hildesheim.

DER GEFLÜGELTE DOLCH
The Dagger with Wings

S. 557: »Levitation ... Simon Magus« – als Levitation gilt das freie Schweben des menschlichen Körpers, eine Fähigkeit, die einzelnen Heiligen im christlichen Bereich, aber auch Fakiren, Medien usw. zugeschrieben wird. Über Simon Magus, den samaritanischen Zauberer, heißt es in der Apostelgeschichte 8, 9 ff., er habe sich dem Glauben an Jesus anschließen wollen, sei aber von Petrus scharf abgewiesen worden, da er apostolische Befugnisse mit Geld kaufen wollte (daher Simonie = Schacher mit Kirchenämtern); Simon gilt seit Justin als der Erzketzer.

S. 558: »Stab des Hermes« – Hermes bzw. Merkur ist der Gott u. a. des Handels, der Wege, der Wanderer, der Diebe, des Schlafs und des Traums; außerdem aber auch der Götterbote, als welchen ihn sein geflügelter Heroldsstab auszeichnet (als Gott der Wanderer und Wege kennzeichnet ihn gelegentlich sein Paar geflügelter Schuhe).

S. 560: »Dundee ... John Graham von Claverhouse ... die Covenanters« – John Graham (1649–1689) war Berufssoldat, der zunächst in Frankreich und den Niederlanden diente, nach England zurückkehrte und dort 1678 Hauptmann wurde und 1688 für seine Verdienste als John Graham of Claverhouse als Viscount Dundee in den Adelsstand erhoben wurde; er erwarb sich als regierungstreuer Offizier große Verdienste bei der Niederschlagung der Rebellion der Covenanters; später focht er an der Seite James' II. für das Haus der Stuart mit den Highlanders (Schotten) gegen die Truppen der englischen Regierung bzw. Wilhelms III. aus dem Hause Oranien; er fiel als Stellvertreter James' II. im Oberkommando am 27.07.1689 im Verlauf der Schlacht von Killiecrankie während einer wirren Reiterattakke; da er als unverwundbar galt und die genauen Umstände seines Todes nie geklärt wurden, entstand sofort die Legende, er sei mit einem silbernen Knopf von seiner eigenen Jakke erschossen worden. Die Covenanters haben ihren Namen von covenant (lat, »conventio«) = Übereinkunft, Vertrag usw. und spielten vor allem im 17. Jh. eine bedeutende Rolle in der Geschichte Schottlands und Englands; sie waren/sind Presbyterianer, die ihre Lehre und ihr Dogma als das einzige Gesetz Schottlands durchsetzen wollten. Der erste »covenant« zwischen ihnen wurde 1575 geschlossen, von 1638 bis 1651 waren sie die politische Hauptmacht und -partei in Schottland; ihre Machtstellung wurde faktisch zerstört durch die Inthronisation Karls II. 1665, woraufhin die Rebellion der Covenanters gegen die englische Krone ausbrach (die englische Armee kämpfte, wie gesagt, erfolgreich unter John Graham). Als es 1689 zur Regelung der Religionsfrage kam, fanden die Covenanters in dem Dokument keine Berücksichtigung.

S. 560: »Wenn er ihnen die Hölle heiß machte ...«: – im Original ein unübersetzbares Wortspiel: »If he dragooned them it was because he was a dragoon, but not a dragon.«
»Dalrymple von Stair« – Sir John Dalrymple of Stair (1648–1707), aus bedeutender schottischer Familie, großer Jurist und Politiker, Berater Wilhelms von Oranien und verantwortlich für das Massaker an den Macdonalds zu Glencoe am 13.11.1692, dem Versuch zur Unterdrückung der Rebellion der Highlanders (Schotten) für die Stuarts gegen Oranien bzw. England. (Böse Menschen bezeichnen den Big Mac und andere Produkte des Hauses Macdonald als dessen Rache an der Menschheit für den Verrat Dalrymples und das Massaker von Glencoe.)

S. 568: »Harpyie« – in der griechischen Mythologie waren Harpyien weibliche Unheilsdämonen mit Flügeln und Vogelkrallen.

S. 570: »Wesleyscher Methodist ... Sandemanit ...« – der Methodismus ist eine aus der anglikanischen Kirche hervorgegangene Erweckungsbewegung des 18. Jh., die auf reformatorischer Grundlage beruht, die Erlösung des Menschen von Sünde und Schuld als Hauptziel ansieht, keine eigentliche Glaubenslehre besitzt, vielmehr Vielfältigkeit und Freiheit in der Gestaltung des religiösen Lebens betont und sich erst seit 1891 offiziell als Kirche bezeichnet. Als Begründer des M. gilt John Wesley (1703–1791), der 1729 mit seinem Bruder Charles W. als Student in Oxford einen religiösen Bund gründete, dessen Mitglieder wegen ihres methodisch geordneten frommen Lebens den Spottnamen »Methodisten« erhielten. Sandemaniten nennt man Anhänger Robert Sandemans (1718–1771), der aus den Glassiten eine eigene Sekte entwickelte; die Glassiten wiederum (heute meist nur mehr Sandemaniten genannt) waren/sind eine von John Sandeman, einem Priester der Established Church of Scotland (die ihn 1728 ausschloß), gegründete Sekte.

S. 570: »von Blut triefen ... Buddhismus« – es gehört zum Wesen des Buddhismus, daß er Leben in jeder Art hochachtet und jedes Töten strikt ablehnt.

DAS VERHÄNGNIS DER DARNAWAYS
The Doom of the Darnaways

S. 572: »Darnaways« – im Englischen ist »darn« ein Euphemismus für »damn«, also für verfluchen, verdammen. Kombiniert mit »away« = weg, fort mit, ist Chestertons Absicht bei der Namensgebung einmal mehr leicht erkennbar.

»Chelsea« – Vorort bzw. Stadtteil Londons; da dort 1745/69 farbenprächtig bemaltes Porzellan hergestellt wurde, entwickelte es sich anschließend zum Künstlerviertel der Stadt.

S. 573: »Zeit der Rosenkriege« – das normannische Herrscherhaus (1066–1154) der Nachfolger Wilhelms des Eroberers wurde 1154 von dem ihm verschwägerten Haus der Anjou-Plantagenet abgelöst, welches bis 1485 herrschte (Graf Gottfried V. von Anjou, der in 2. Ehe die normannische Erbin Mathilde geheiratet hatte, trug als Helmzier den Ginsterbusch = planta genista = Plantagenet). Zusammen mit dem Großteil des englischen Hochadels ging es in den Rosenkriegen 1455/85 unter, in denen die jüngere Nebenlinie der Plantagenet – das Haus York mit dem Wappen der weißen Rose – die ältere Nebenlinie – das Haus Lancaster (das seit 1399 herrschte) mit dem Wappen der roten Rose – im Kampf um den Thron zu vernichten trachtete, das Haus Lancaster ging 1471 unter, das Haus York herrschte durch Eduard IV. ab 1461 und ging 1485 unter, als Richard III. von Heinrich VII. aus dem Hause Tudor gestürzt wurde (zu diesen Vorgängen vergleiche man die Königsdramen Shakespeares); das Haus Tudor, eine Nebenlinie der Lancaster, herrschte bis 1603; als Jakob I. von Schottland aus dem Hause Stuart Elisabeth I. auf den Thron folgte; den Stuarts folgte 1714–1901 das Haus Hannover, diesem das Haus Sachsen-Coburg-Gotha, das sich seit 1917 Windsor nennt.

S. 574: »niedriger Torbogen aus der Tudor-Zeit« – als Tudor-Stil bezeichnet man in der englischen Kunst den bis zum Regierungsantritt Elisabeths I. 1558 vorherrschenden Stil, den in der Architektur vor allem der flach gewölbte, aber im Scheitel schwach gespitzte Tudor-Bogen auszeichnet.

S. 575: »Die Dame von Shallot« – gehört zu jenen verwunschenen Maiden aus dem Umkreis der Artus-Sage, die ein beliebtes Thema der viktorianischen Zeit waren; »Lady of Shallott« ist der Titel eines Gedichtes von Alfred Lord Tennyson von 1832, das später stark überarbeitet wurde.

»in loco parenti« – Rechtsformel, lateinisch =an der Stelle des Vaters (= Vormundschaft).

»Priesterlöcher« – (in Deutschland ist eine Parallelerscheinung auch als »Pfaffenlöcher« bekannt) Heinrich VIII. aus dem Hause Tudor ließ 1533 durch den »Act of Appeals« endgültig die rechtliche Bindung der englischen Kirche an Rom aufheben und sie dem englischen Staat integrieren, wobei der Monarch Oberhaupt der Kirche wurde; 1534 ergeht die »Suprematsakte«: Dem König als Oberhaupt der Kirche muß von Geistlichen und Beamten als Anerkennung seiner vollen kirchlichen Oberhoheit der »Suprematseid« geleistet werden, auf dessen Verweigerung die Todesstrafe steht (berühmtestes Opfer Thomas More bzw. Morus), was 1673 durch die »Testakte« erneuert wurde, die 1688 durch den katholischen König Jakob II. aus dem Hause Stuart aufgehoben wird. Während dieser Zeit richteten vor allem Adlige, aber auch wohlhabende Bürgerliche, die aus religiösen oder politischen Gründen gegen Suprematsakte- und Testakte waren, in ihren Schlössern bzw. Häusern Verstecke für katholische Geistliche ein, die den Eid verweigerten und weiterhin als katholische Priester im Untergrund fungierten: die »priest's holes« = Priesterlöcher. Sie spielen in der romantischen englischen Literatur eine bedeutende Rolle.

S. 576: »Holbein« – gemeint ist Hans Holbein der Jüngere (1497–1543), Sohn von Hans Holbein dem Älteren (1465–1524); Hans H. d. J. ließ sich 1532 in London nieder, wurde 1536 Hofmaler Heinrichs VIII. und gilt als letzter der großen altdeutschen Maler, der jedoch die Formen der Renaissance bereits mühelos aufnahm, die dem aus der Gotik stammenden Dürer noch so große Schwierigkeiten machten.

S. 577: »Heinrich VII.« – herrschte 1485/1509 als erster Tudor-König, Heinrich VIII. (sein Sohn) als zweiter 1509/1547 (ihnen folgten Eduard VI. bis 1553, Maria I. – die Katholische, die Blutige – bis 1558, Elisabeth I. als letzte des Hauses bis 1603).

S. 578: »die Georges« – sind die ersten vier Könige aus dem Haus Hannover: Georg I. Ludwig 1714/1727, Georg II. August 1727/1770, Georg III. Wilhelm Friedrich 1760/1820 (ab 1811 unheilbar erkrankt), Georg IV. August Friedrich 1820/1830 (ihnen folgten Wilhelm IV. Heinrich bis 1837 und Alexandrine Viktoria als letzte des Hauses bis 1901).
S. 591: »*requiescat in pace*« – lateinischer Segensspruch über Gestorbene = er/sie/es ruhe in Frieden.

DER GEIST VON GIDEON WISE
The Ghost of Gideon Wise

S. 597: »der mythologische irische Vogel« – ob mythisch oder mythologisch: auch hier irrt Chesterton, wie so oft in irischen Fragen nach der Weise gebildeter Engländer (vgl. hierzu auch Father Browns Argumentation zum Mittelalter, S. 541). Nirgends sind Spuren eines solchen Vogels zu entdecken; wohl aber sagt ein irisches Sprichwort im Gegenteil: »*Ni feidir leis an gobadán an dá thra do freastal*«, daß nämlich auch der Gobadán nicht auf beiden Flußufern gleichzeitig sein kann (der kleine Vogel G. lebt an Flußmündungen).
S. 598: »Hickoryholz« – Hickory, der weiße nordamerikanische Walnußbaum, liefert ein Holz, das als besonders hart und knorrig gilt (vgl. die Anmerkung zu S. 459).
»die Manchester-Schule« – den Begriff verwendete erstmals Disraeli (1804–1881) auf die Theorien Cobdens und Brights sowie ihre Anhänger, die sich im Kampf gegen das staatliche Getreidemonopol in Manchester zu versammeln pflegten und für den absolut freien Handel eintraten; daher auch der Begriff des Manchester-Liberalismus, der für die Freiheit des Handels ohne jede soziale Rücksicht war/ist.
S. 599: »Konskription« – staatlich verfügte Einziehung von Privatvermögen und -material zur Finanzierung und Förderung des Krieges.
»Bolschies« – wie man sieht, griff der kindliche US-Unfug, fremdartige Dinge und Namen nach Art der Kinderzimmerstammelsprache zu verkürzen, bereits früh um sich.
S. 599: »Jefferson« – siehe Anmerkung zu S. 499.
»Ausschank alkoholischer Getränke« – in den USA fand die »Trockenlegung« von 1917 bis 1933 statt; sie sollte den Alkoholismus bekämpfen und förderte statt dessen das organisierte Verbrechen.
»Absinth« – ein aus der Wermutwurzel hergestelltes Destillat in Likörform, das wegen seiner überaus hohen Toxizität bereits vor dem 1. Weltkrieg in Europa verboten wurde.
S. 600: »Shelley« – Percy Bysshe Sh. (1792–1822), englischer Dichter und Dramatiker pantheistischer Religiosität und empörter Streiter wider alle Unterdrückung.
S. 608: »der schimmernde Leprakranke in der Legende …« – diese Legende geht zweifellos zurück auf »Die Heilung Naemans vom Aussatz«, 2. Buch der Könige, 5; sie spielt eine besondere Rolle in der Legende von St. Julian dem Gastfreundlichen, der einen Leprakranken über einen Fluß trug, der sich danach als Jesus zu erkennen gab. (Die bedeutendste literarische Ausformung schuf Gustave Flaubert in seiner 1877 erschienenen »Legende de Saint Julien l'Hospitalier«).
S. 609: »das Zeichen Kains« – laut Altem Testament (1. Moses 4,15) zeichnete Gott Kain nach dessen Mord an seinem Bruder Abel auf der Stirn, was ihn als einen nur von Gott zu Richtenden kennzeichnen sollte. Erst später als Zeichen der Schuld verstanden.
S. 613: »die Tat des Barrabas« – Barabbas (= Sohn des Vaters) war laut NT Matthäus 27, 15ff., Markus 15, 6ff. und Lukas 23, 13ff. ein Verschwörer gegen Rom, Mörder und Räuber, den Pontius Pilatus »dem Volk« zur Wahl stellte in der Hoffnung, es möge Jesus als den Freizulassenden wählen: Doch wollte es nach Aufstachelung durch die Hohen Priester

den Barabbas, und Jesus kam ans Kreuz. (Undeutliche Legenden wollen wissen, daß jener Schacher, der Jesus am Kreuze anerkannte, ebenfalls Barabbas geheißen habe, weshalb es in manchen orientalischen Kirchen zeitweilig eine nie kirchlich anerkannte Verehrung des »hl. Barabbas« gab.)

»die Tat des idumäischen Herrschers ... Herodes« – laut NT ließ der König Herodes einer Weissagung zufolge alle Neugeborenen in Bethlehem abschlachten, damit ihm keines von ihnen den Thron streitig mache; vor dieser Abschlachtung entflohen Joseph und Maria mit Jesus nach Ägypten, so daß Herodes auch durch den Kindermord seinem Schicksal nicht entging.

präsentiert:

Spannung
bis zur letzten Seite

Die besten Ermittler in einer neuen Krimiklassiker-Edition

Zwei spannende Fälle um Detektiv Erast Fandorin, den »russischen James Bond des 19. Jahrhunderts«, in einem Band

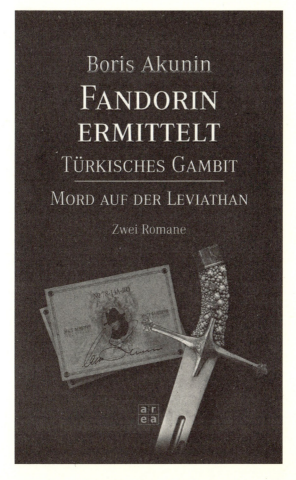

ISBN 3-89996-183-8

Die besten Ermittler in einer neuen Krimiklassiker-Edition

Das berühmte Katz-und-Maus-Spiel zwischen dem geheimnisumwitterten Dr. Mabuse und dem ehrgeizigen Staatsanwalt von Wenk

ISBN 3-89996-076-9

Die besten Ermittler in einer neuen Krimiklassiker-Edition

22 legendäre Sherlock-Holmes-Erzählungen in einem Band

ISBN 3-89996-181-1